KB239372

고려대 소장 『서포만필』 필사본(청구기호: 만송 C12 A9A 1~2)의 표지 김춘택의 서포만필서, 상권 총 114항, 하권 총 155항으로 이루어져 있다. 통문관 구장본과 항목 수가 동일하되, 통문관 구장본의 하권 1항부터 10항까지를 상권의 끝에 두었다. 필사기(筆寫記)가 없어 필사한 사람이나 시기는 알 수 없다. 고려대 도서관의 목록은 이 필사본이 고종 때 이루어졌다고 추정했다. 2권 2책, 무계(無界), 10행 24자 소자쌍행(小字雙行), 23.3×16.5cm.

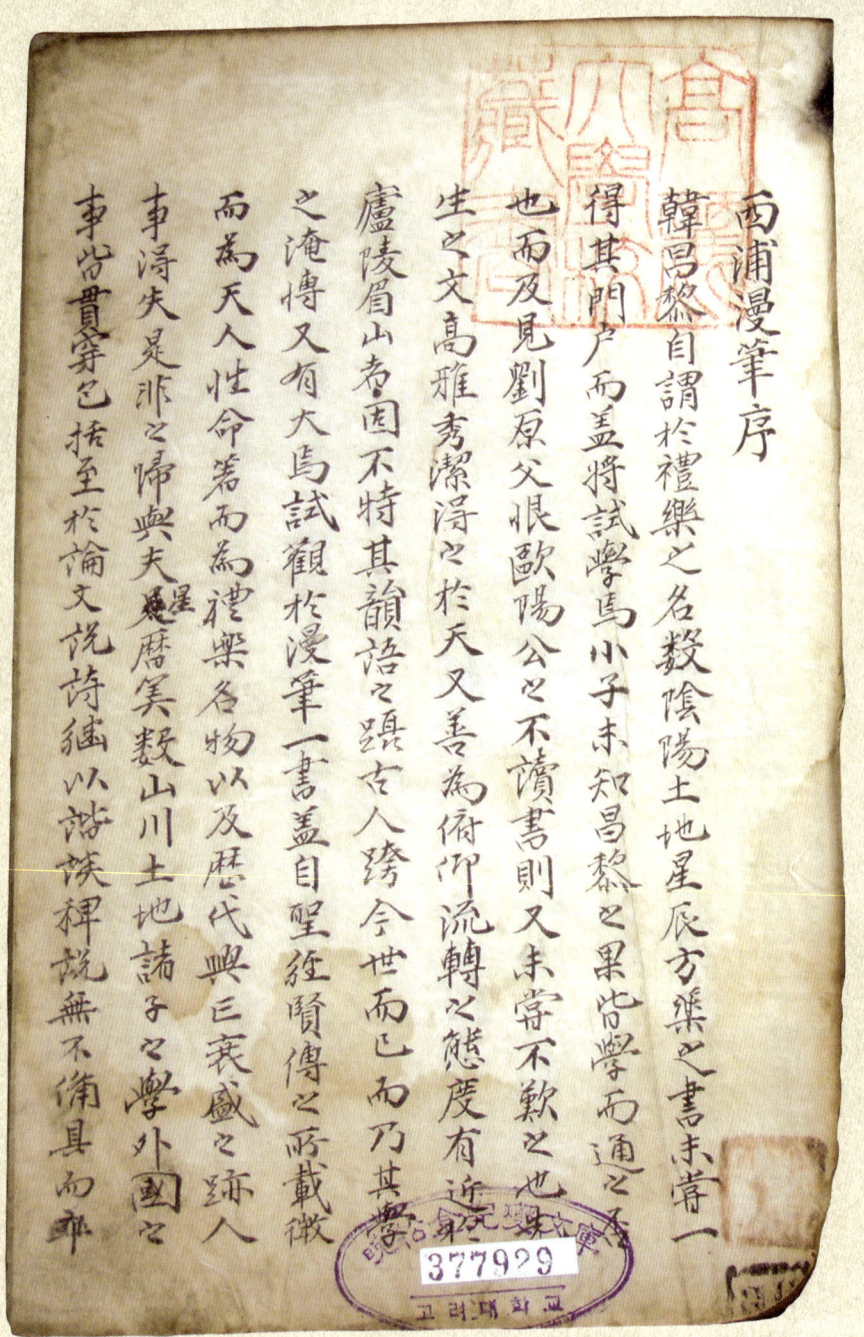

事當貫穿包括至於論文說詩繙以游俠裨說無不備具而郵
車海夫是邪之歸與夫屢歷算數山川土地諸子之學外國之
而為天人性命著而為禮樂名物以及歷代興三義盛之跡人
之淹博又有大焉試觀於漫筆一書蓋自聖經賢傳之所載微
盧陵眉山者固不特其韻語之題古人跨今世而已而乃其學
生之文高雅秀潔得之於天又善為俯仰流轉之態度有近
也而及見劉原父恨歐陽公之不讀書則又未嘗不歎之也朱
得其門戶而蓋將試學焉小子未知昌黎之果皆學而通之也不
韓昌黎自謂於禮樂之名數陰陽土地星辰方樂之書未嘗一
西浦漫筆序

377929 고려대학교

고려대본 『서포만필』 머리에 실린 김춘택의 「서포만필서」 『서포만필』은 여러 분야에서 다른 학자들이 드러내지 못한 바를 드러내고 문장 또한 고아하고 유려하다고 논평한 후, 불교의 설이 범람한다는 비난은 천견(淺見)에 지나지 않는다고 변호했다.

西浦漫筆

漢儒稱西伯受命稱王改元九年而崩武王立二年而觀兵四
年而滅殷上冒文王九年稱十三年云太史公端人之言皆如
此至宋歐陽氏始辨文王之不稱王武王之不冒年蔡九峰於
書傳辨之尢詳矣然朱子却言今人說文王不稱王固好而但
書中不合有九年大統未集一句不知九年自何時敷起耶耒
惠王三十七年稱王改為後元年想及文王事亦類此云泰誓
武成篇中誥王字蔡傳皆以為史臣之辭而朱子則以為我太
祖成即位前只合稱黜松宣可稱帝云如經文中王次于河朔
之類乃史臣之言追加無妨而唯有道曾孫周王發云者乃當

고려대본 「서포만필」 상권의 본문 시작 면(상-1) 상-1은 문왕의 칭왕 사실과 무왕의 은나라 정벌 시기에 대해 논한 글이다. 역사기록을 해석할 때 문맥과 사실에 근거하는 객관적인 태도를 지녀야 한다고 주장했다.

不盡他文王在位五十年正崩武王踞位十三年正伐紂即文
王之立當在紂先與帝乙同時而其前又有王季則太王之去
紂盡甚遠矣殷之失國與周之積衰不同紂之去武丁不遠而
其間有祖甲帝乙皆賢君太王正當殷道全盛之時何可遽起
剪滅之志乎且太王已邑歧崎嶇戎狄之間董能自保當時氣
勢想亦未及乎此矣但太王之聖智異於常人遂知後世之必
興聖人之遍周而其貽謀燕翼嘉謀伯仁之事故詩
人頌之謂酌商之業窠始乎此之當流者也泰伯何至以受胡
之事在於後世子孫頗先迕之乎左傅不徙云者初不言何事
恐不之擄心盖泰伯知太王之意在於季歷而若顯处推讓則

고려대본 『서포만필』 상권의 본문(상-1과 상-2) 상-2는 주나라 태왕의 맏아들인 태백에 대해 서술한 항목이다. 주나라 태왕이 천하를 차지하려고 했으나 아들 태백이 말렸다고 보는 설을 치밀하게 반박했다.

時告神之文何可謂之追如乎蔡傳於是不通矣盖帝歴考前

史惟吳惠王稱王歿元而秦始皇漢高帝並天下稱帝並不改

元嗣君即位而不改元者唯五代之君夢有仍稱先朝年號者

此尤亂世無稽之典泰誓既曰十三年則以為武王即位以後

十三年甚明且順端儒何嘗捨埋逢而乾曲逢乎漢之去周不

遠或有石擄或自未相傳如此今不可考歐蔡謂公生於千

載之後亦何敢斷然改正乎若文王之稱王恐當以朱子

說為正也

孔子稱泰伯以至德朱子引詩實始剪商左傳泰伯不從語

為中龍之首豈起也江源諸山來自正南徼外為毅豹嶺白狗
嶺雪嶺然後為岷山又東北玄為峯瀧諸山安有自岷山南出
大江之南為五嶺之理乎滇池一域自胡元始入中國版籍乎
而中國之人未知金沙之源更遠於汶江故甚言如此無足
怪去西崤石在阿湟兩水之間以衡山之在湘沅間一支不可
東出而乃謂形去為陰山竹也若西傾之為中龍似乎無病
而西傾又自岷山來則不可謂之龍首朱子言閩中諸山自當為
漢來之気南小兩龍山知自何山始入中國而甘南都司
之祈連刪丹雲南麗江府之雪山似近之気若中龍尓岷山
甚首也

377929

고려대본 「서포만필」 상권의 마지막 면 고려대본의 상권 마지막 항목은 통문관 구장본의 하-10에 해당한다. 상권의 마지막 면과 하권의 마지막 면에 모두 필사기(筆寫記)가 없다.

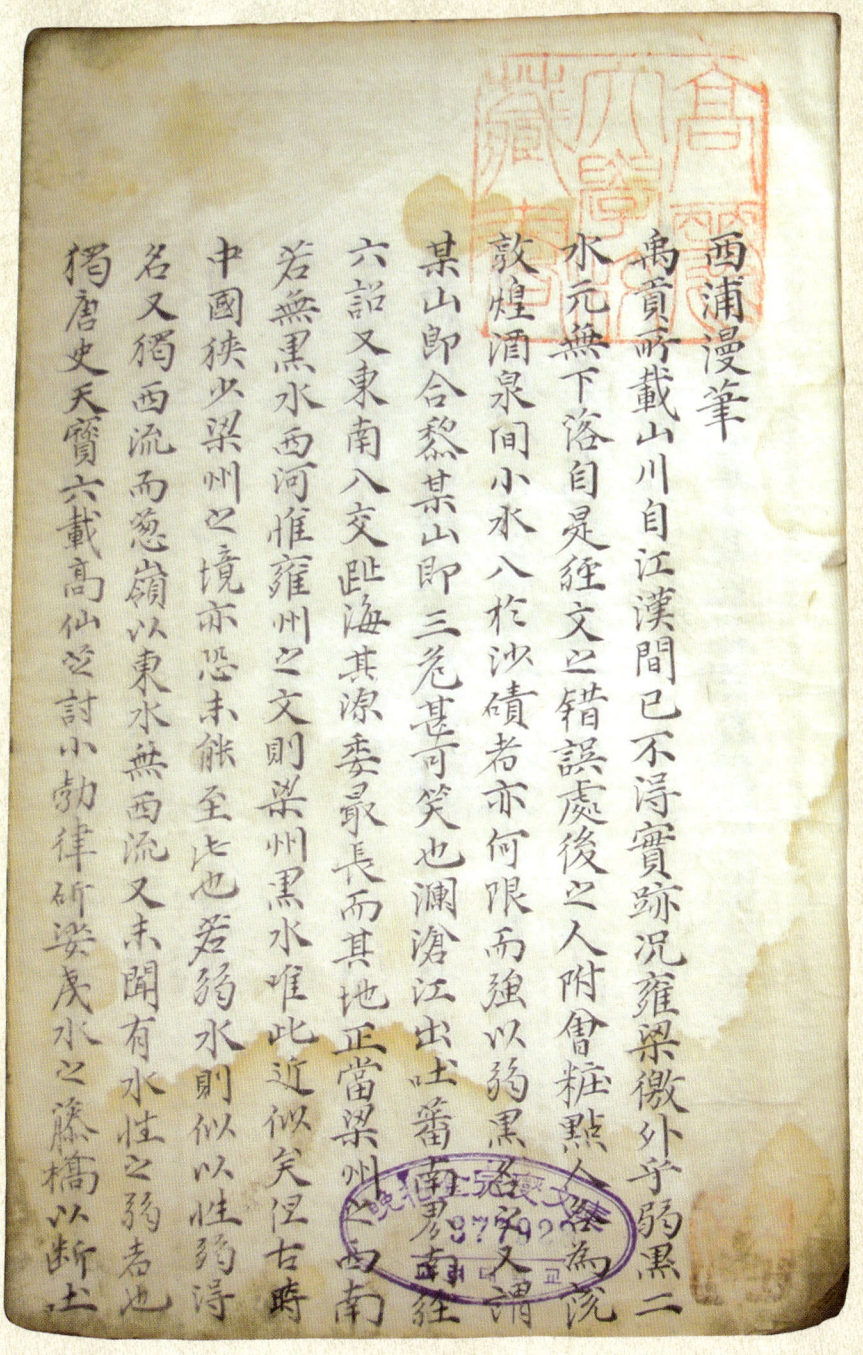

西浦漫筆

禹貢所載山川自江漢間已不得實跡況雍梁徼外乎弱黑二
水元無下落自是經文之錯誤處後之人附會粧點以弱黑
敦煌酒泉間小水八於沙磧者亦何限而強以弱黑謂
某山即合㶟某山即三危甚可笑也瀾滄江出吐蕃往
六詔又東南八交趾海其源委最長而其地正當梁州之西南
若無黑水西河惟雍州之文則梁州黑水唯此近矢但古時
中國狹少梁州之境亦恐未能至此也若弱水則似以性弱得
名又猶西流而葱嶺以東水無西流又未聞有水性之弱者也
猶唐史天寶六載高仙芝討小勃律斫娑夷水之藤橋以斷土

고려대본 『서포만필』 하권의 본문 시작 면 고려대본의 하권 첫 항목은 통문관 구장본의 하-11에 해당한다. 불교의 정법·상법·말법의 시기를 역사시간에 배당하여 불교와 유교의 성쇠를 논했다.

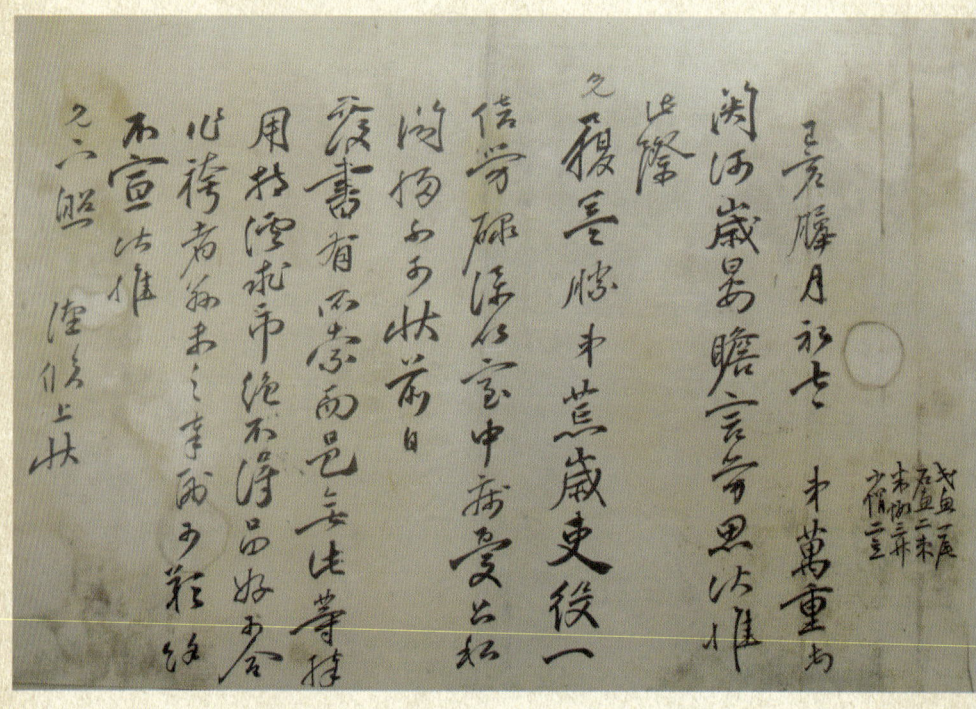

고려대도서관 소장 『고식古式』 수록의 서포 간찰 서포가 23세 때인 1659년(현종 즉위년) 12월 7일에 쓴 간찰. 『고식』은 정봉태(丁鳳泰)가 우리나라 선인들의 친필 간찰들을 모아 엮은 서첩(書帖)이다.

서포만필 상

한국
고전
문학
전집

001

서포만필 西浦漫筆 상

김만중 지음 | 심경호 옮김

문학동네

머리말

서포西浦 김만중金萬重은 조선의 몽테뉴다. 그는 고정관념을 거부하고 에세이를 통해 탐구정신으로 일체를 회의했으며, 사상과 문학뿐 아니라 사회 현실의 여러 문제에 대해 냉엄한 분석을 시도했다. 당시 지식인들이 정통 역사서로서 신뢰한 『자치통감資治通鑑, 중국 송나라 사마광이 펴낸 역사서』과 그 교조적 논평서인 『통감강목通鑑綱目, 주희가 쓴 역사서』의 서술 태도를 비판하고, 속류 주자학자들이 자기의 맥脈을 짚듯 사상의 맥을 짚어보지 못하는 편협한 태도를 질타했다. 병자호란 당시 현실적 민족주의의 관점에서 불가피하게 강화를 주장한 최명길崔鳴吉의 심리를 분석했으며, 조선 문학이 중국 문학의 아류가 아니라 독자적 생명을 지니고 발전한 사실을 객관적으로 논증했다. 이렇게 진지한 논변을 행하느라 에세이에 해학의 맛을 곁들일 수 없었는데, 그 점에서도 그는 조선의 몽테뉴라 할 만하다. 그럼에도 불구하고 단편의 에세이 하나하나는 지적 탐구의 과정을 그대로 드러내어, 독자로 하여금 맑은 감흥을 갖게 만든다.

흔히 사색의 내용을 논리적으로 서술하기 위해서는 일정한 길이가 필요하다고 한다. 치밀하게 논증하려면 아무래도 긴 글을 써야 할 것이다. 하지만 글이 짧더라도 상당히 치밀한 논증을 겸할 수 있다. 만필漫筆, random essays의 문체가 바로 그렇다.

김만중의 『서포만필西浦漫筆』은 에세이 모음집이다. 상권은 104항, 하권은 165항이다. 김만중은 경학·역사·문학, 유가·불가·도가 등 삼교, 천문·지리·음양·산수·율려, 근대 과학 등 다양한 주제를 이 단편 논문집에서 다루었다. 만필의 형식으로 다양한 주제를 다루었고, 개방적인 시선으로 역사 속 인물과 사건을 바라보았다.

김만중은 1687년숙종 13 선천宣川 유배지에서 에세이를 하나하나 집필하기 시작해서 남해南海 유배시기인 1689~1692년에 그것들을 하나로 묶은 듯하다. 이 에세이 모음집은 인쇄되지 못하고 필사본 형태로 제한된 범위 내에서만 읽혔다. 이본이 여럿 전하는데, 내용상 차이는 없고 원래의 에세이 수를 줄이거나 순서를 바꾸고 간혹 다른 글자를 사용했을 뿐이다. 이본들은 대개 상하 2권으로 되어 있다. 하권의 중간까지는 경학이나 통감학 등 학문적인 문제를 다루었고, 하권의 후반에서는 주로 시평詩評을 기록했다.

김만중의 종손인 김춘택金春澤이 말했듯이, 『서포만필』의 내용은 "앞사람들이 펴 보이지 못한 것들을 펴 보였다". 곧 김만중은 『서포만필』에서 『자치통감』의 역사기록을 근거로 경학상의 쟁점을 논증하고, 불교와 주사학 및 주자朱子, 주희의 학문 태도에 관해 비판적으로 검토하며, 조선의 역사 지리를 고증하고 국난의 경과를 고찰하는 한편, 중국 문학과 조선 한문학의 작품에 대해 비평했다. 그렇기에 『서포만필』은 17세기 말 시점에서는 찾아보기 어려운 회의와 탐구의 정신을 담았으며, 인간을 진정으로 이해하려는 관용의 관점을 드러냈다.

김만중은 거대 담론이나 이념을 동어반복하지 않고 세세한 사실을 해부하면서 지식을 심화시켰다.[1] 유가와 불가의 관계에 대해서는 속류 주자학자들과는 달리 그 성립을 연속적인 것으로 파악했으며, 불교를 무조건 배척하는 풍조에 대해 전제의 오류를 통박했다. 당시로서는 보기 드물게 상대주의적인 견해를 당당하게 피력했다는 점 때문에 이 에세이 모음집은 한국 지성사에서 특이한 위치를 차지한다.

또한 김만중은 문화 및 문학 비평에서도 상대주의적 관점을 지켰다. 중국 시의 우수성을 강조하는 한편, 한국 시의 장점을 적시했다. 나아가 민족문학론의 추형雛形과 같은 견해를 제시했다.

『서포만필』은 김만중이 만년에 이르러 일생의 경륜과 지적 모색과정에서 얻은 지성의 정수를 집성한 것이다. 따라서 이 책을 읽는 것은 일종의 지적 모험이 될 것이다. 논증적 에세이가 방출하는 지성의 형광을 많은 사람들이 보고 즐기기를 바란다.

역주자는 이미 2005년부터 여러 대학교의 대학원 강좌에서 『서포만필』의 몇몇 조항들을 선별해서 강독해왔다. 고려대(2006년 2학기)는 물론 연세대(2005년 2학기), 외국어대(2005년 1학기)에서 강독을 진행하면서 완전한 형태의 역주본을 내겠다고 약속했다. 하지만 원고를 새로 정리하고 주석과 평설을 첨부하는 동안 많은 시일이 흘렀다. 그간의 연구 결과가 문학동네 간행 한국고전문학전집의 첫 권으로 간행되기에 이르렀기에 감회가 새롭다.

연구실의 여러 대학원생들이 교정을 보아주고, 특히 연구실의 노요한 군은 최종 원고를 읽으면서 보충할 필요가 있는 각주를 일일이 지적해주었다. 한편 문학동네 편집부가 편집을 맡아주었기에 이와 같은 형태를 이룰 수 있었다. 또한 김춘길 님은 원고의 구석구석까지 검토

---

1) 심경호, 「서포 김만중의 산문세계」, 『한민족어문학』 제41집, 한민족어문학회, 2002.

해서 용어와 표현을 통일시켜주었다. 복잡한 교정사항과 너덜너덜 전지箋紙에 추가한 내용들을 모두 반영해준 데 대해 진심으로 고마움을 표하고자 한다.

부족한 점이 있지만 이제 스스로를 놓아줄 때가 된 듯하다. 오랫동안 연찬한 결과물을 상재上梓하게 된 사실을 자축하고 싶다.

2010년 7월
안암골에서 역주자 적음

1. 『서포만필』의 텍스트는 통문관 구장본과 고려대 도서관 소장본 등 여러 이본들을 이용했다.

『서포만필』의 이본으로는 통문관본과 고려대본 이외에 서울대 규장각 소장본, 단국대 퇴계중앙도서관 연민문고본, 그리고 버클리 대학 동아시아도서관 아사미(淺見)문고 소장 자연경실장본(自然經室藏本) 결본(缺本)이 있다. 고려대본은 통문관본과 항목 수가 동일하고 오자도 적다. 단, 고려대본은 통문관본의 하권 1항부터 10항까지를 상권의 끝에 두었다. 연민문고본은 조항의 순서를 크게 조정해서, 주제가 연관되어 있는 것끼리 정렬하려고 한 듯하다. 본서는 혼란을 피하기 위해 통문관본의 편차를 기준으로 삼는다. 서울대본은 상권의 뒷부분과 하권의 앞부분이 상당히 빠져 있고, 아사미문고의 자연경실장본은 상권에 해당하는 부분이 없다.

통문관본: 서포만필서(김춘택), 상권 104항, 하권 165항.
고려대본: 서포만필서(김춘택), 상권 114항, 하권 155항.
서울대본: 서포만필서(김춘택), 상권 1~72항, 하권 46~165항.
아사미문고 자연경실장본: 제3권(통문관본 하-13~하-72에 해당), 제4권(통문관본 하-73항~하-165항에 해당). 하-20이 빠져 있고, 하-149와 하-150의 순서가 바뀌어 있음.

한편 연민문고본의 구성을 통문관본 및 고려대본과 비교하면 다음과 같다. 숫자는 통문관본 및 고려대본의 조항 연번호이다.

서포만필서(김춘택)
건(乾): 상-4~상-13, 상-15~상-31, 상-33~상-42, 상-78, 하-30, 하-33, 하-37~하-39, 하-48, 하-49, 하-60, 하-62, 하-67, 하-69, 하-70, 상-46~상-48, 상-52, 상-58, 상-91, 하-66, 하-75, 하-77, 하-32, 상-92, 상-47, 상-89 하-111, 상-64, 상-73, 상-74, 하-63, 하-41, 상-86, 하-53, 하-54, 하-52, 상-102, 상-97, 하-26, 상-81, 상-83, 상-45, 하-2, 상-103, 상-104, 하-3, 하-1.
곤(坤): 상-94~상-96, 상-75, 상-76, 상-68, 상-69, 상-71, 하-55~하-58,

하-81~하-84, 하-80(일부), 하-89, 하-90, 하-9, 하-10, 하-11, 하-13,
하-14, 하-85, 하-86, 하-12, 하-40, 하-44, 하-45, 하-73, 하-74, 하-165,
하-4, 하-16, 하-15, 하-20~하-23, 하-17, 하-19, 하-51, 하-6, 하-95, 하-
96, 하-139, 하-140, 하-154, 하-7, 하-31, 하-91~하-94, 하-97~하-110, 하-
112~하-130, 하-132, 하-133, 하-135~하-138, 하-141~하-153, 하-157~하-
161, 하-155, 하-126, 하-162~하-164, 하-18, 하-8.

2. 『서포만필』 역주에 참고한 자료는 다음과 같다.

통문관 영인 필사본 『서포만필』 상하 2책.
고려대 도서관 한적실 소장 필사본 『서포만필』 상하 2책.
서울대 규장각 소장 필사본 『서포만필』 상하 2책.
단국대 퇴계중앙도서관 연민문고 소장 필사본 『서포만필』 건곤 2책.
미국 버클리 대학 동아시아도서관 아사미(淺見)문고 소장 자연경실장본 필사본
　　『서포만필』 권3·권4.
『서포만필』, 유인본(油印本), 문림사(文林社), 1965.
『서포만필』, 홍인표(洪寅杓) 옮김, 일지사, 1987.
김만중, 『서포선생집西浦先生集』, 김진화(金鎭華) 편차, 1702년 의성(義城) 간행,
　　목판본 10권: 한국고전번역원민족문화추진회 영인표점 한국문집총간 148
　　영인.
김만중, 『서포선생문집 1』, 한국역대문집총서 247, 영인본, 경인문화사, 1988.
김진규(金鎭圭), 『죽천집竹泉集』, 국립중앙도서관 소장 목판본, 1773년 간행, 32권 12책.
교토대학 다니무라문고 소장 필사본 『서포만필』 상하 2책.
오사카부립 나카노시마도서관 소장 필사본 『서포만필』 1책(韓5-1).
오사카부립 나카노시마도서관 소장 필사본 『서포만필』 상하 2책 (韓13-1).

서포만필서^{西浦漫筆序1)}

창려^{昌黎} 한유²⁾는 스스로 "예악^{禮樂}의 명수^{名數}와 음양^{陰陽}·토지^{土地}·성신^{星辰}·방약^{方藥}의 책에 대해서는 일찍이 한 번도 그 문호를 엿보아 배운 적이 없었으나 장차 그것들을 배우려고 한다"³⁾라고 했다. 나는 한유가 과연 그것들을 모두 배워 통달했는지 알 수 없다. 그러나 유창⁴⁾이 "구양수⁵⁾는 독서하지 않았다"⁶⁾고 한스러워한 것을 보고 탄식하지

1) 서포만필서(西浦漫筆序): 김춘택의 『북헌집北軒集』 권16에는 「서포유사별록西浦遺事別錄」 4조목 중 4번째 조목으로 기록되어 있다. 『북헌집』 권16, 한국고전번역원 영인표점, 『한국문집총간』 185, 1997, 221쪽.
2) 한유(韓愈, 768~824): 중국 당(唐)나라의 문인이자 정치가. 자(字)는 퇴지(退之).
3) 예악(禮樂)의~한다: 한유의 『동아당창려집주東雅堂昌黎集註』 권16 「후계에게 답한 서신答侯繼書」에 나오는 말이다.
4) 유창(劉敞, 1019~1068): 송(宋)나라 신유(新喩) 사람. 자는 원보(原父), 호(號)는 공시(公是). 『춘추春秋』에 뛰어났다. 『송사宋史』 권319에 입전(立傳)되어 있다.
5) 구양수(歐陽脩, 1007~1072): 송나라 길주(吉州) 여릉(廬陵, 지금의 강서江西 길안시吉安市) 사람. 자는 영숙(永叔), 자호는 취옹(醉翁).
6) 구양수는 독서하지 않았다: 『송사』 권319 「유창열전劉敞列傳」에 보면, "구양수는 『서書』에 대해 의문이 있을 때마다 서신을 부쳐와서 유창에게 물었는데, (유창은) 심부름꾼을 마주하고서 붓

않을 수 없었다.

　서포 선생의 문장은 높고 우아하며 빼어나고 깔끔한데, 그것은 하늘에서 얻어 타고난 것이다. 또한 굽어보고 우러러보며 흘러가서 변화하는 태도를 잘 지었다. 그 점은 여릉廬陵 구양수와 미산眉山 소식[7]에 가까운 면이 있다. 참으로 그 운치 있는 언어가 옛사람을 본받고 지금 시대를 뛰어넘었을 뿐만 아니라, 학문의 깊고 넓음 또한 옛사람이나 지금 사람보다도 더하다.

을 놀려 답하면서 손을 쉬지 않았다. 그래서 구양수는 유창의 박학에 탄복했다"고 했다. 『고금사문유취古今事文類聚』 별집(別集) 권1 「구양수가 독서하지 않음을 애석하게 여기다惜歐不讀書」 항목에 보면 다음과 같은 일화가 있다. "유원보(劉原父) 창(敞)은 사액(詞掖)에 있을 때 즉석에서 구제(九制)의 문장을 휘호해내는 재주가 있었다. 구양문충공(歐陽文忠公, 구양수)이 일찍이 편지를 내어, '입각(入閣)이 어느 해에 시작되었고, 각은 무슨 전각인지, 연영전(延英殿)을 연 것이 어느 해의 일인지, 닷새에 한 번씩 기거(起居)하다가 결국 정아(正衙)를 폐지하고 좌기(坐起)하지 않게 된 것이 언제인지, 이 세 가지는 제가 상세히 알지 못하므로 부디 본말(경위)을 알려주십시오'라고 했다. 공은 마침 손님과 식사를 하던 참이라 '내일 답하리라'라고 했다. 얼마 있다가 구양문충공이 다시 회보를 하여 즉석에서 답하도록 요구하자, 유원보는 그 자리에서 문건을 작성했으니, 입각의 사실을 상세하게 기록해서 빠진 것이 없었다. 구양문충공이 크게 놀라, '유원보의 박학은 미칠 수가 없다'고 했다. 구양수는 『오대사五代史』에 입각의 사항을 넣게 되었는데, 즉시 유원보가 서간으로 답했던 내용을 넣었다. 유원보는 일찍이 가만히 친지에게 말하길, '구구(歐九, 구양수)는 정말 문장이 뛰어나지만, 다만 그다지 독서하지 않은 것이 애석할 따름입니다'라고 했다. 소동파(소식)가 뒤에 이 말을 듣고서, '나 같은 자는 장차 어찌하랴'라고 했다."
　명나라 왕사정(王士禎)의 『지북우담池北偶談』 권8에도 「구유歐劉」의 조항이 있는데, 비슷한 일화가 적혀 있다. "유원보는 영숙(구양수)과 아주 친했다. 하지만 유원보가 말하기를, '구구는 훌륭하지만, 독서하지 않아 애석하다'고 했다. 인종이 일찍이 '재집(宰執) 유창은 어떠한가'라고 물었을 때, 위공(魏公, 한기韓琦)은 그의 재주를 극찬했으나 구양수는 대답하기를, '유창은 문장이 훌륭하지는 못하지만 그 박학은 본시 존중할 만합니다'라고 했다." 진사도(陳思道)의 「강서도중江西道中」에 보면, "번번이 왕개보(왕안석)가 신법을 행하는 것을 조롱하고, 늘 구공(구양수)이 독서하지 않는다고 한탄했지. 유씨들은 이미 다 끝장났기에 크게 한탄하나니, 길가에 교목은 나날이 성글어가누나(每嘲介甫行新法, 常恨歐公不讀書. 浩歎諸劉今已矣, 路傍喬木日蕭疎)"라고 했다.
7) 소식(蘇軾, 1036~1101): 미주(眉州) 미산(眉山, 지금의 사천성) 사람. 자는 자첨(子瞻)·중화(仲和), 호는 동파거사(東坡居士).

『서포만필』한 책을 보더라도, 성인의 경經과 현인의 전傳. 경에 대한 해설
에 실려 있는 천인성명天人性命, 하늘과 인간의 관계, 하늘의 명과 인간의 본성의 논설같이
은미한 사안과 예악명물禮樂名物. 예법과 음악. 기명과 문물의 말같이 밝게 드러나
있는 사실에서부터, 역대 흥망성쇠의 자취와 인사의 득실, 시비의 귀
결, 그리고 성력星曆·산수『주역』의 상수학·산천·토지, 제자백가의 학문, 외
국의 사실에 이르기까지 모두 꿰고 있다. 심지어 문장의 논평과 시의
해설, 해학적인 이야기와 거리의 패설稗說에 이르기까지 갖추지 않은
것이 없으며, 그 대부분은 앞시대의 사람들이 미처 발명發明하지 못했
던 바를 발명한 것이다.

　그 문장은 힘이 넘쳐나고8) 내달리는 듯하며, 혹은 아름답고도 진기
하며 그윽하고도 미묘하다. 그래서 어리석은 사람이 읽으면 거의 망연
해서 알지 못하여, 기괴함에 놀라 허둥지둥 도망가느라 겨를이 없을
것이다. 그러나 만일 대롱구멍으로 하늘을 보는 정도의 좁은 견식만
가지고 있다면, 그런 사람은 이 책을 읽느라 고기 맛을 잊을 것이다.9)
선생은 문장이 훌륭한데다 이와 같이 박식을 겸비했으니, 옛사람들보
다 뛰어나다고 말하지 못할 것이 없으리라!

---

8) 그 문장은 힘이 넘쳐나고: 원문은 임리(淋漓). 본래 물이 뚝뚝 듣는 모양을 나타내는 말인데,
　생동적인 모양을 형용하는 말로 쓰인다. 이상은(李商隱)의 『이의산시집李義山詩集』상 「한비
　韓碑」에 보면 "공은 물러나 재계하면서 작은 누각에 앉아 큰 붓에 먹물을 묻혀 어쩌나 그리
　생동적이었던가. 「요전堯典」과 「순전舜典」의 글자를 하나하나 써나가고, 「청묘淸廟」와 「생민
　生民」을 도말하여 고쳤네. 글이 이루어지면 격식을 분쇄하여 글씨가 종이에 있고, 맑은 새벽
　에 재배하면서 궁궐의 붉은 섬돌에 펼쳤네. 표에는 신(臣) 유는 죽기를 무릅쓰고 올리나이다
　하면서, 신성한 천자의 공들여 쓴 비를 영탄했네(公退齋戒坐小閣, 濡染大筆何淋漓. 點竄堯典舜
　典字, 塗改淸廟生民詩. 文成破體書在紙, 淸晨再拜鋪丹墀. 表曰臣愈昧死上, 詠神聖功書之碑)"라고
　했다.
9) 고기 맛을 잊을 것이다: 『논어論語』「술이述而」에 보면, "공자께서 제(齊)나라에서 소(韶) 음
　악을 들어보시고는 석 달 동안 고기 맛을 잊으셨다. 그러고는 말씀하시기를, '음악이 이러한
　경지에 이르렀는지를 몰랐다'고 하셨다(子在齊聞韶, 三月不知肉味, 曰: '不圖爲樂之至於斯也')"
　한다. 그 어구를 빌려왔다.

어떤 사람은 나를 힐난하여 말했다.

"『서포만필』은 정말 뛰어나고 아름답습니다. 그러나 의심스러운 점이 있습니다. 그 강론하는 설이 때로 선유先儒, 주자를 가리킴와 다른 점이 있고, 또한 석씨釋氏, 불교의 설이 범람하는 듯하니, 어째서입니까?"

내가 대답했다.

"네네, 아닙니다 아닙니다. 정자[10]와 주자[11]는 경전 해석에서 서로 다른 점이 많았습니다. 또 주자는 연평延平 이동[12]에게서 직접 배웠지만 서로 논란하여 결론짓지 못한 것이 있습니다. 게다가 주자 자신만 보더라도 초년의 설과 만년의 설이 다릅니다.[13] 만약 도리와 어긋나 배치되며 성현을 업신여기고 없는 이야기를 지어내어 헐뜯으며 사사로운 견해를 제멋대로 늘어놓고 남을 이기려는 마음을 다하려 애써서, 옛날의 순자[14]와 명나라의 왕수인[15], 근래의 윤휴[16]같이 했다면, 참으로 죄를 지었다고 할 것입니다. 그러나 그렇지 않고 어쩌다 다른 점이 있는 경우라면, 그것은 바로 선배 유학자도 이미 면하지 못했던 일입니다. 그렇거늘 서포 선생에 대해서 무엇을 의심하겠습니까?

지금 사람들은 말을 배우면서부터 곧바로 석씨를 배척하지만, 이른

---

10) 정자(程子): 중국 북송(北宋)의 철학자 정호(程顥)·정이(程頤) 형제. 이들 형제의 학설을 이정지학(二程之學)이라 하는데, 이는 주희(朱熹)에게 영향을 주었다. 이정지학과 주자학을 합쳐서 정주학(程朱學)이라고 한다.

11) 주자(朱子): 주희(朱熹, 1130~1200), 복건성(福建省) 우계(尤溪) 사람. 자는 원회(元晦)·중회(仲晦), 호는 회암(晦庵)·회옹(晦翁)·운곡산인(雲谷山人)·창주병수(滄洲病叟)·둔옹(遯翁).

12) 이동(李侗, 1093~1163): 남송의 학자로, 남평(南平) 사람. 자는 원중(願中). 세상에서 연평선생(延平先生)이라 불렀다. 정이의 사전제자(四傳弟子, 학통으로 볼 때 4대 뒤의 제자)이다.

13) 주자 자신만~다릅니다: 명(明)나라 왕수인은 『주자만년정론朱子晩年定論』을 저술하고, 조선의 남당(南塘) 한원진(韓元震, 1682~1751)은 『주자언론동이고朱子言論同異攷』를 저술했다.

14) 순자(荀子): 순황(荀況, BC 313~BC 238). 전국시대 조(趙)나라 안택현(安澤縣) 사람.

15) 왕수인(王守仁, 1472~1529): 여요(餘姚) 사람. 자는 백안(伯安), 호는 양명(陽明).

16) 윤휴(尹鑴, 1617~1680): 본관은 남원(南原). 처음 이름은 갱(鍞), 자는 희중(希仲), 호는 백호(白湖)·하헌(夏軒).

바 노사老師, 나이 많은 스승나 숙유宿儒, 학식과 덕행이 뛰어나 명망 높은 선비라 일컬어지는 사람이라 해도 반드시 석씨가 무엇인지를 제대로 아는 것은 아닙니다. 이것은 주자가 말한 대로 '꺾어 함락시켜 확청廓淸, 더러운 것을 떨어버리고 말쑥하게 함시키는 효과를 앉아서 거둘 수 없을 뿐만 아니라, 어쩌면 그를 보내어 적의 포로가 되게 하고서는 도리어 우리 당의 허물이라고 여기지 않을까 염려한다'[17]고 한 것에 해당할 것입니다.

서포 선생의 뜻은 아마도 그 점을 병통으로 여긴 끝에 학문에서 연원을 탐구하고 흐름을 분별해낸 듯합니다. 그리고 책 속에 혹 석씨를 칭찬한 듯한 말이 있기는 합니다만, 주자도 본디 석씨에 대해서 말하기를, '저 석씨는 마음 세움이 군세고 단단하며 힘씀이 정밀하고 전일해서 보통 사람보다 크게 뛰어난 점이 있으므로, 마침내 하고자 하는 대로 하여 실제 효과가 있었다'[18]고 했습니다. 그러면 이렇다고 해서 서포 선생의 글이 석씨의 설로 넘쳐난다고 비난한다면 어찌 천박한 견

---

17) 꺾어~염려한다: 주희의 『회암선생주문공문집晦庵先生朱文公文集』 권70 「대기를 읽고讀大紀」에 나온다. "천리(天理) 전체의 큰 것을 가지고 바로잡지 못하고 오로지 교통(交通)하고 생육(生肉)한다는 설만을 위주로 증거를 삼으면, 이미 요령을 얻을 수 없을 뿐만 아니라, 그저 사방 오랑캐의 더러운 이름을 더하게 될 따름이다. 우리에 대해 내수(內修) 자치(自治)의 실질을 가르치지 않고서 그저 중화(中華) 열성(列聖)을 존중해야 한다는 설로 교만하게 만들면, 나는 그것이 비단 꺾어 함락시켜 확청시키는 효과를 앉아서 거둘 수 없을 뿐만 아니라, 어쩌면 그를 보내어 적의 포로가 되게 하고서는 도리어 우리 당의 허물이라고 여기지 않을까 염려한다. 아아, 안타까운 일이로다!"

18) 저 석씨는~효과가 있었다: 위에 나온 주희의 「대기를 읽고」에 나온다. "저 석씨(불교)로 말하면, 그것이 땅에 발붙이게 된 처음부터 이(理)와 이미 배치되어 있거늘, 그 소견이 틀리지 않고 그 행동이 모순되지 않고자 한다면 어찌 가능하겠는가! 대개 그 학문하는 본심은 정말로 이(理)가 가득 들어차 조금도 사이가 없어서 자기가 이(理) 없이 스스로 편안히 할 자리를 하나도 얻지 못함을 싫어하고, 이(理)가 흐르고 흘러 조금도 쉼이 없어 자기가 이(理) 없는 때를 틈타 스스로 멋대로 할 쯤을 잠깐이라도 얻을 수 없음을 짜증 낸다. 그렇기 때문에 군주와 어버이를 배반하고 아내와 자식을 버리고서 산림에 들어가 목숨을 바쳐서 그들이 말하는 이른바 공무(空無) 적멸(寂滅)의 경지를 추구하여 그쪽으로 도망한다. 그 도량이 이미 좁은 데다가 형세가 이미 어긋나 있다. 하지만 입심(立心)의 견실하고 확고함과 용력(用力)의 정밀하고 전일함은 역시 일반 사람들의 수준을 크게 벗어난 바가 있다. 그러므로 능히 끝내 그들이 바라는 바처럼 해서 실제로 견지(見地)가 있게 된다."

해가 아니겠습니까?"

그러자 힐난하는 사람이 비로소 의심을 풀었다. 하지만 의심을 풀든 안 풀든 그런 것은 서포 선생을 더 부각시키지도, 더 손상 입히지도 못한다.

종손從孫 김춘택[19]은 삼가 서문을 쓴다.

韓昌黎自謂: "於禮樂之名數, 陰陽·土地·星辰·方藥之書, 未嘗一得其門戶, 而盖將試學焉." 小子未知昌黎之果皆學而通之否也, 而及見劉原父恨歐陽公之不讀書, 則又未嘗不歎之也.

先生之文, 高雅秀潔, 得之於天. 又善爲俯仰流轉之態度, 有近於廬陵·眉山者, 固不特其韻語之躡古人跨今世而已, 而乃其學之淹博, 又有大焉.

試觀於『漫筆』一書, 盖自聖經賢傳之所載, 微而爲天人性命, 著而爲禮樂名物, 以及歷代興亡衰盛之跡, 人事得失, 是非之歸, 與夫星曆算數, 山川土地, 諸子之學, 外國之事, 皆貫穿包括, 至於論文說詩, 繼以諧談稗說, 無不備具, 而率[20]多發前人之所未發. 其文又淋漓馳騁, 或瑰奇幽妙, 自蒙陋者讀之, 殆茫然不省, 驚怪疾走之不暇. 其或有管中之窺, 則又足以忘肉味矣. 先生以高文兼博識如此, 雖謂之勝古人, 殆無不可哉!

或有難小子曰: "『漫筆』誠高矣美哉! 但有可疑者. 其講論之說, 時與先儒有異同, 又似汎濫釋氏, 何也?" 小子應之曰: "唯唯否否. 程朱釋經, 多相不同. 朱子親學於延平, 有相難而不決者. 朱子且自有初晚之異. 苟或反背慢誣, 逞私務勝, 如古之荀況, 明之王守仁, 近日之尹鑴, 則固罪也. 不然而或

19) 김춘택(金春澤, 1670~1717): 김만중의 족손. 본관은 광산(光山). 자는 백우(伯雨), 호는 북헌(北軒). 아버지는 호조판서 김진구(金鎭龜)이며, 할아버지는 숙종의 장인 김만기(金萬基)이다.
20) [교감] 率: 통문관본은 '卒'로 되어 있다. 고려대본, 연민문고본, 서울대본을 따른다.

有異同, 卽先儒之所已不免, 於先生又何疑焉? 今世之人, 自其學語, 排釋
氏, 而所謂老師宿儒, 未必能知釋氏之爲何物也. 此朱子所謂 '無以坐收摧陷
廓淸之功, 或乃往遺之禽, 而反爲吾黨之訛' 者也. 先生之意, 殆以是爲病,
遂於其學, 究源而辨流矣. 而書中或有似稱賞者, 則朱子固亦曰: '以其立心[21]
之堅固, 用力之精專, 亦有以大過人者, 故能卒如所欲而[22]實有見焉.' 以是
而謂先生汎濫釋氏, 豈非淺見哉?" 難者之疑始解. 然解不解, 亦不足爲先生
損益矣.

　　從孫 春澤 謹序.

🎋 평설

김춘택은 이 글에서 『서포만필』을 문장가의 저술로서 평가하고 서
포의 사유방법에 대해 변론했다.

『서포만필』에는 불교를 옹호하는 발언이 많다. 이 때문에 교조주의
주자학자들은 서포가 이단을 옹호한다는 혐의를 두었을 것이다. 실제
로 당시의 주자학자들이 『서포만필』을 읽고 서포의 사상적 경향을 비
판했는지는 알 수 없다. 아마도 김춘택은 가상의 비판자로부터 서포를
보호하려 했던 것 같다. 즉 김춘택은 서포가 불교의 본질을 모르는 당
시 사람들이 오히려 이단에 사로잡힐 우려가 있다고 보아 그 근원과
유파를 연구했다고 변론했다. 또한 서포가 불교에 관심을 보인 것은
주희가 불교의 설을 일부 긍정했으나, 뒷날 결국은 불교를 배척했던
예와 같다고 주장했다.

주희 역시 15세 때부터 10년 동안 불교를 공부하다가, 24세 때 아버

---

21) [교감] 心: 연민문고본과 서울대본은 '志'로 되어 있다. 통문관본과 고려대본을 따른다.
22) [교감] 而: 서울대본은 '者'로 되어 있다. 통문관본, 고려대본, 연민문고본을 따른다.

지의 동문인 연평延平선생 이동李侗을 만나면서 유학으로 돌아왔다.[23) 그러나 뒤에 그는 "불경의 육근六根·육진六塵·육식六識·사대四大·십이연생十二緣生의 설은 극히 정교하다"(『주자어류朱子語類』 권126)고 평가하는 등 불교를 일부 긍정했다. 하지만 주희는 정이와 장재張載의 불교 배척설을 그대로 따르면서 불교의 이론이 유학의 구시求是. 참 진리를 추구함만 못하다고 최종 결론을내렸다.

김춘택은 서포가 불교의 설을 일부 긍정한 것은 주희의 예와 같다고 했지만, 이는 적절한 변호라 할 수 없다. 주희는 처음에 불교의 설을 일부 긍정했으나, 불교와 유교의 공부론을 엄밀히 구별하고 유교의 공부론을 정치하게 구축했다. 이에 비해 서포는 그러한 차별화를 시도하지 않았다. 또 처음의 사상을 뒤에 가서 바꾼 것이 아니라, 평소 의문을 지녔던 불교와 유교의 교차점에 대한 사안을 만년에 이르러 만필의 형태로 드러낸 것이다.

23) 秦家懿, 「朱子と佛教」, 『朱子學入門』(朱子學大系 第1卷, 東京: 明德出版社, 1974).

서
포
만
필 상
권

문왕의 칭왕 사실과 무왕의 은나라 정벌 시기

상-1

한^漢나라 유학자는, "서백이 천명^{天命}을 받아 왕^王이라 칭하고 개원^{改元.} _{연호를 바꿈}한 지 9년 만에 붕^{崩. 제왕의 죽음}했다. 무왕^{武王}은 즉위한 지 2년 만에 군대를 사열하고 4년 만에 은^殷나라를 멸망시켰다. 이 해로부터 위로 문왕 9년을 거슬러 합산하여, (은나라를 멸망시킨 때를) 즉위 13년이라 칭했다"¹⁾고 했다. 태사공²⁾ 등 여러 사람들도 모두 이와 같이 말했다.³⁾

---

1) 서백(西伯)이~칭했다: 『상서주소尙書注疏』 「주서周書·태서泰誓」 서(序)에 대한 공안국(孔安國)의 전(傳)에 나오는 설을 요약한 것이다. "주나라가 우나라와 예나라의 분쟁을 조정해서 인질을 교환해 화평하게 하자 제후들이 모두 귀의했으므로 그것을 천명을 받은 해로 삼았다. 9년이 지나서 문왕이 졸하자, 무왕이 3년 만에 상기(喪期)를 마치고, 맹진(孟津)에서 열병식을 거행하고는 제후들에게 은나라의 주(紂)를 토벌할 마음이 있는지 점쳐보니, 제후들의 의견이 모두 같았으므로 마침내 물러나 약세임을 드러냈다(周自虞芮質厥成, 諸侯並附, 以爲受命之年. 至九年而文王卒, 武王三年服畢, 觀兵孟津, 以卜諸侯伐紂之心. 諸侯僉同, 乃退以示弱)." 공안국의 설은 『서집전』 「주서·태서」의 "惟十有三年春, 大會于孟津"에 대한 채침(蔡沈)의 주에도 인용되어 있다.

2) 태사공(太史公): 사마천(司馬遷, BC 145~BC 86?). 서한(西漢)의 사학가·문학가·사상가. 하양(夏陽) 용문(龍門, 지금의 섬서성 한성韓城) 사람. 자는 자장(子長).

3) 태사공(太史公) 등~말했다: 사마천의 『사기史記』 「주본기周本紀」에 나온다.

그러다가 송宋나라 구양수에 이르러 비로소 문왕은 왕을 칭하지 않았으며 무왕은 연대를 거슬러 합산하지 않았음을 논증해서 밝혔다.[4] 이 점에 대해서는 구봉九峰 채침[5]이『서집전』에서 변석辨釋한 것이 아주 자세하다.[6]

그러나 주자는 도리어 "지금 사람들이 문왕이 왕을 칭하지 않았다고 말하는 것은 참으로 좋지만, 그렇다고 한다면『서』[7] 속에 '9년이 지났는데도 대통大統을 이루지 못했다'[8]는 구절이 있어서는 안 된다. 그 9년은 어느 때부터 센 것인지 모르겠다. 양혜왕은 즉위한 지 37년에 왕을 칭하고 원년을 고쳐서 즉위 1년이라 했다.[9] 생각해보니 문왕의 일

---

4) 구양수(歐陽脩)에 이르러~밝혔다: 구양수의『구양문충공집歐陽文忠公集』권18「태서론泰誓論」에 나온다. 또한『서집전』「주서·태서」의 "惟十有三年春, 大會于孟津"에 대한 채침의 주에도 인용되어 있다.

5) 채침(蔡沈, 1167~1230): 송나라 건양(建陽, 지금의 복건성) 사람. 자는 중묵(仲默). 채원정(蔡元定, 1135~1198)의 아들.

6) 이 점에 대해서는~자세하다:『서집전書集傳』에서는 공안국의 설을 들어 이것이 위태서(僞泰誓)의 글에 미혹되어 잘못 해석한 것임을 밝히고, 개원(改元)이 중요시된 연유를 설명한 후, 구양수의 설을 인용하여 문왕이 천명을 받아 개원했다는 것과 무왕이 문왕의 원년을 거슬러 합산하였다는 것은 잘못임을 분명히 하였다.

7)『서書』:『상서尙書』, 즉『서경書經』. 중국의 요순(堯舜)시대부터 주(周)나라까지 덕으로 다스린 군주들의 문서를 수집하여 공자가 편찬했다는 책.

8) 9년이~못했다:『서경』「주서周書·무성武成」에 나온다. "왕이 말했다. '아, 여러 제후들아. 선왕이 나라를 세워 토지를 열어놓았고 공류(公劉)가 앞사람의 공렬(功烈)을 돈독히 했으며, 태왕(太王) 때 이르러 왕이 될 자취의 기반을 처음으로 놓았고, 왕계(王季)가 왕가(王家)의 일에 힘쓰셨다. 우리 문고(文考)이신 문왕(文王)께서 공을 이룩하시어 크게 천명에 응해 사방의 중하(中夏)를 위무하시니, 큰 나라는 그 힘을 두려워했고 작은 나라는 그 덕을 그리워했다. 9년이 지났는데도 대통(大統)을 아직 이루지 못했으니, 나 소자(小子)는 그 뜻을 이어받았노라'(王若日: '鳴呼, 群后! 惟先王建邦啓土, 公劉克篤前烈, 至于大王, 肇基王迹, 王季其勤王家. 我文考文王, 克成厥勳, 誕膺天命, 以撫方夏, 大邦畏其力, 小邦懷其德, 惟九年大統未集, 予小子其承厥志')."

9) 양혜왕(梁惠王)은~했다:『죽서기년竹書紀年·하』「현왕顯王」에 이렇게 나온다. "34년에 위(魏)나라 혜성(惠成)이 왕이 되었고, 36년에 원년을 고쳐서 1년이라 칭했다. 왕과 제후들이 서주(徐州)에서 회동했다."『사기』「위세가魏世家」에는 이렇게 나온다. "36년에 다시 제(齊)나라 왕과 견(甄) 땅에서 회동했다. 이 해에 혜왕(惠王)이 졸하고, 아들 양왕(襄王)이 즉위했다. 양왕은 원년에 제후들과 서주에서 회합했으니, 왕을 보필한 것이다. 아버지 혜왕을 추존하여 왕으로 삼았다."

도 이와 비슷했을 것이다"[10]라고 했다.

「태서」와 「무성」에 나오는 모든 '왕'이란 글자에 대해서 채침의 『서집전』은 그것들이 모두 사신史臣이 추후에 칭한 말이라고 했다. 그러나 주자는 이렇게 말했다.[11] "우리 송나라 태조가 즉위하기 전에는 마땅히 점검[12]이라 칭해야 하거늘, 어찌 황제라 칭할 수 있었겠는가? 경문經文 중에 '왕이 하삭에 주둔했다'[13]와 같은 종류는 역사기록의 한 방식에 따라 왕이란 표현을 추가했다고 보더라도 무방하다. 하지만 '도가 있는 사람의 증손인 주왕 발'[14]이라고 한 것은 당시 천지신명에게 고유告由한 글이거늘 어떻게 추후에 가필한 것이라고 말할 수 있겠는가?" 그렇다면 채침의 『서집전』은 여기에서 통하지 않게 된다.

대개 이전의 역사를 두루 살펴보면, 오직 양혜왕만이 왕을 칭하고 개원했을 따름이고, 진시황秦始皇과 한나라 고제高帝. 고조 유방는 천하를 통일하고 황제를 칭했으되 모두 개원하지 않았다. 선왕을 이은 군주로서 즉위하고도 개원하지 않은 사람들은 오직 오대五代의 군주들뿐이다. 그

10) 지금 사람들이~비슷했을 것이다: 주희의 『주자어류朱子語類』 권63에 나온다. 상-1의 평설 참조.
11) 주자는 이렇게 말했다: 이하는 『주자어류』 권35에 보면 진중울(陳仲蔚)의 질문에 대한 주희의 답변으로 나온다.
12) 점검(點檢): 시위(侍衛)와 호종(扈從)의 일을 맡았던 관직. 송나라 태조는 즉위 전에 전전도점검(殿前都點檢)을 지냈다.
13) 왕이 하삭에 주둔했다: 『서경』 「주서·태서泰誓」에 "무오일(戊午日)에 왕이 하삭(하북)에 주둔하시니 여러 제후들이 군대를 거느리고 다 모였다. 이에 왕이 군대를 순행하며 맹세했다(惟戊午, 王次于河朔, 群后以師畢會. 王乃徇師而誓)"라고 했다.
14) 도가 있는 사람의 증손인 주왕(周王) 발(發): 『서경』 「주서·무성」에, "상(商)나라의 죄를 지극히 하여 황천(皇天)과 후토(后土)와 지나가는 곳의 명산(名山)·대천(大川)에 고유(告由)하며 말했다. '도가 있는 사람의 증손 주왕 발은 장차 상나라를 크게 바로잡을 것입니다. 지금 상나라 왕 수(受)가 무도하여 하늘이 내린 물건을 함부로 없애며, 백성들을 해치고 포학하게 굴며, 천하에 도망한 자들의 주인이 되어 마치 못과 숲에 모이듯 합니다. 나 소자는 이미 어진 사람을 얻어 감히 상제(上帝)를 공경히 받들어 어지러운 모략을 막으니, 화하(華夏, 중국)와 만맥(蠻貊, 예전에 중국의 남쪽과 북쪽의 미개한 백성)이 따르지 않음이 없습니다(底商之罪, 告于皇天后土, 所過名山大川曰: '惟有道曾孫周王發, 將有大正于商. 今商王受無道, 暴殄天物, 害虐烝民, 爲天下逋逃主, 萃淵藪. 予小子旣獲仁人, 敢祗承上帝, 以遏亂略, 華夏蠻貊, 罔不率俾')"라고 했다.

들은 대부분 선조의 연호를 그대로 일컬었다. 그러나 이는 아주 혼란스런 시대의 일이므로 참고할 만한 전례典例가 아니다. 「태서」에서 이미 13년이라고 했으므로, 무왕이 즉위한 후 13년이라고 보는 것이 아주 분명하고 이치에 맞는다.

여러 학자들은 어째서 구태여 평탄한 길을 버리고 구불구불한 길로 나아갔단 말인가? 한나라는 주周나라와 멀지 않았으므로 혹 근거할 바가 있었거나 따로 이와 같이 전해왔을지 모르지만, 지금은 그 사실을 고증할 수가 없다. 구양수와 채침 등 여러 학자들은 주나라 이후 천 년 뒤에 태어났거늘, 어찌하여 감히 단연코 개정했단 말인가? 문왕이 왕을 칭한 일은 마땅히 주자의 설을 옳다고 보아야 할 것이다.

漢儒稱: "西伯受命稱王, 改元九年而崩. 武王立二年而觀兵, 四年而滅殷, 上冒文王九年, 稱十三年"云. 太史公諸人之言皆如此. 至宋歐陽氏, 始辨文王之不稱王, 武王之不冒年. 蔡九峰於『書傳』辨之, 尤詳矣. 然朱子却言: "今人說文王不稱王固好, 而但『書』中不合有 '九年大統未集' 一句. 不知九年自何時數起耶? 梁惠王三十七年稱王, 改爲後元年. 想得[15] 文王事亦類此"云.

「泰誓」·「武成」篇中諸 '王'字, 蔡傳皆以爲史臣之辭, 而朱子則以爲 "我太祖未卽位前, 只合稱點檢, 豈可稱帝云? 如經文中 '王次于河朔'之類, 乃史臣之言, 追加無妨, 而 '唯有道曾孫周王發'云者, 乃當時告神之文, 何可謂之追加乎?" 蔡傳於是不通矣.

蓋嘗歷考前史, 惟梁惠王稱王改元, 而秦始皇·漢高帝幷天下稱帝, 幷不改元. 嗣君卽位而不改元者[16], 唯五代之君, 多有仍稱先朝年號者, 此尤亂世無稽之典. 「泰誓」旣曰 '十三年', 則以爲武王卽位以後十三年, 甚明且順.

---

15) [교감] 得: 고려대본과 통문관본은 '及'으로 되어 있다. 서울대본을 따른다.
16) [교감] 者: 서울대본에는 없다. 고려대본, 통문관본을 따른다.

諸儒何苦捨坦途, 而就曲逕乎? 漢之去周不遠, 或有所據, 或自來相傳如此, 今不可考. 歐·蔡諸公生於千載之後, 亦何敢斷然改正乎? 若文王之稱王, 恐當以朱子說爲正也.

🪻 평설

상고시대의 역사기록을 해석할 때 유가의 성인聖人 관념을 고수하느라 기록을 왜곡하지 말고 문맥과 사실에 근거하는 객관적인 태도를 지녀야 한다고 논한 글이다. 서포는 주희의 설에서 그 논리적 근거를 확인했다. 곧 주희는『상서』「주서周書」에서 주나라 무왕이 '13년'에 맹진에서 군대를 사열하고 은나라 주紂왕을 정벌했다고 기록한 것을 두고, '13년'은 무왕이 '즉위한 후 13년'이라고 풀이했다. 이는 명나라 복건성 사람으로 양명학자인 마명형馬明衡의『상서의의尙書疑義』권4에 나오는 논증과 유사하다.

주희의 논의는『주자어류』권63의 보광輔廣이 기록한 부분에 나온다. 그 부분을 소개하면 다음과 같다.

　　묻습니다.『중용中庸』의 풀이『중용혹문中庸或問』에는 유씨游氏가 문왕이 왕을 칭하지 않았다는 것을 변증한 설을 실어두었는데, 올바릅니다. 그렇거늘 선생께서는 도리어 "이 일은 다시 살펴보아야 한다"고 하셨으니, 어째서입니까? 답한다. 문왕이 왕을 일컫지 않았다고 설명한 것은 정말로 좋다. 다만 그렇다면『서』속에 "9년이 지났는데도 대통을 이루지 못했다"는 구절이 있어서는 안 된다. 그 9년이란 것이 어느 시기부터 헤아리기 시작한 것인지 모르겠다. 만약 문왕이 신하의 절개를 고수하여 왕을 칭하지 않았다면 "천하를 셋으로 나눈 것 가운데 둘을 차지했다"고 말하는 것도 옳지 않다. 그리고『서』에서는 "태왕이 왕이 될 자취의 기반을 처음으로 놓았다"고 했으니, 태왕 때 주나라 왕가는 이미 스스로 강성해 있었다. 지금 『사기』는 양혜왕 37년을 '양왕 원년'이라고 적었으며, 『죽서기년』은 후원년後元年으로 삼았다. 상상컨대 당시 문왕의 일은 대개 이와 같았을 것이다. 그러므로 선배 유학자들이 모두 "우虞와 예芮의 싸움을 조정해서 인질을 맞교환하기로 하고 강화를 맺게 했던 이후가 천명을 받은 원년이다"라고 했다.

또한 주희는 군주의 혁명 이전 사실을 역사서에 기록할 때는 그 칭호를 소급해 고쳐서는 안 된다고 했다. 『주자어류』 권78에 보면 주희는 제자 진중울과의 대화에서 자신의 그러한 견해를 밝혔다.

묻습니다. '삼황三皇'에 대해 풀이한 것이 아주 많습니다만, 어느 것을 옳다고 해야 합니까? 답한다. 알 수가 없다. 잠시 공안국孔安國의 설을 따라야 할 것이다. 하지만 오봉五峰·호굉胡宏은 천황·지황·인황을 삼황이라 보고, 복희·신농·황제·요·순을 오제五帝로 보면서, 고신高辛과 전욱顓頊을 손꼽지 않았다. 요컨대 이와 같이 말할 수는 없다. 또한 구양공歐陽公·구양수歐陽脩의 설은 "문왕은 결코 왕이라 일컬은 적이 없다"고 했는데, 그렇다면 "9년이 지났는데도 대통을 이루지 못했다"는 것은 어느 해부터 헤아리기 시작한 것인가? 또한 무왕이 처음 은나라 주왕을 정벌하기 시작한 때에 "도가 있는 사람의 증손인 주왕 발"이라고 했으니, 어찌 곧바로 왕을 칭했단 말인가? 사필史筆의 기록이라고 한다면 어째서 즉위하기 전에 곧바로 왕이라고 적었단 말인가? 우리 태조가 즉위하기 전의 일을 기록할 때 사관史官은 다만 '전전도점검'이라 적었지, 어찌 곧바로 제帝라 칭했던가! 이것은 모두 알 수가 없다. 또 묻습니다. 구양공이 지은 「제왕세차서帝王世次序」는 『사기』의 오류를 바로잡았다고 했는데, 과연 그러합니까? 답한다. 이것은 모두 알 수가 없다. 어제 공중지鞏仲至의 서한을 받았는데, 반숙창潘叔昌이 『세본世本』을 구해달라고 부탁했다고 한다. 지난날 대인大人에게도 역시 이 책이 있었는데, 뒤에 전란으로 잃어버렸고, 지금은 이를 수습해 가지고 있는 사람이 드물다. 『사기』는 모두 이것에 근거하여 기술했다. 이를테면 『맹자』에 등정공滕定公이 나오는데, 『세본』에 기록된 바로는 등성공滕成公과 등고공滕考公이 있어서 『맹자』와 다르다. 이것들은 모두 고찰할 수가 없다. 이미 앞사람의 잘못을 고찰할 수가 없거늘, 어찌 후대 사람의 논증을 근거로 삼을 수 있겠는가! 이 사실들은 이미 고쳐지고 바뀌어버렸으므로 이해할 길이 없다.

주희와 진중울의 대화는 또다른 텍스트에도 나온다.

묻습니다. 삼황에 관해서는 어느 설을 따라야 합니까? 답한다. 다만 공안국의 설을 따라야 할 것이다. 하지만 오봉은 천황·지황·인황을 삼황이라고 하고, 복희·신농·황제·요·순을 오제라고 하면서, 『주역』「계사전繫辭傳」에 근거하면 마땅히 이와 같아야 한다고 했다. 요컨대 반드시 이와 같지는 않을 것이다. 또한 구양공은 「태서론」을 지으면서, 문왕은 왕을 칭하지 않았다고 하여, 사마천의 설을 하나하나 분쇄했다. 하지만 이것 또한 사마천이 완전히 잘못한 것이고 구양공이 완전히 옳은지를 알지 못하겠다. 「태서」에는 "9년이 지났는데도 대통을 이루지 못했다"는 설이 있는데, 만약 문왕이 50년간 재위했다는 설에 근거해서 추론한다면, 9년이란 것이 어느 해부터 시작하는지 알지 못하겠다. 그리고 "증손 주왕 발"이란 설도 있는데, 도무지 이해하기가 어렵다. 두 설은 성급하게 결론 내리지 말고 잠시 의문사항으로 남겨두는 것이 좋을 듯하다. 또한 『세본』에 실려 있는 제왕세계帝王世系에는 등고공과 등성공만 있지 등문공과 등정공은 없다. 이것은 『맹자』와 부합하지 않는다. 이런 점을 이해하려면 즉각 알기 어려우므로, 정신을 허비할 필요가 없다.

서포는 주희가 그러했듯이 사실관계를 따질 수 없을 정도로 자료가 고쳐지고 바뀐 것에 대해서는 정신을 허비하면서까지 따지려 들 필요가 없다고 했다. 그렇지만 서포는 구체적인 역사 사실을 해석할 때 주희의 그 방법론을 더 철저히 활용하려 했다고 볼 수 있다.

주나라 태왕의 맏아들인 태백의 실상

상-2

공자는 태백泰伯[1]은 "지극한 덕을 지닌 사람"[2]이라고 했다. 그러나 주자는 『시경』의 "태왕이 실로 비로소 상商을 제거했다"[3]는 구절과 『춘추좌씨전春秋左氏傳』의 "태백이 따르지 않았다"[4]는 말을 인용해서, "태왕[5]

---

1) 태백(泰伯): 주(周)나라 태왕(太王)의 맏아들. 그의 밑으로 우중(虞仲)과 계력(季歷)이 있었는데, 태왕은 계력의 아들 창(昌, 훗날의 문왕)의 뛰어난 인품을 보고 계력에게 왕위를 넘겨주려 했다. 당시에는 장자 상속제였기 때문에 계력이 왕위에 오르는 것은 불가능했으나 태백과 우중이 태왕의 뜻을 알고 형만(荊蠻) 땅으로 떠났다. 『사기』권4 「주본기周本紀」에 나온다.
2) 지극한 덕을 지닌 사람: 『논어』「태백」에 "태백은 정말 지극한 덕을 지닌 사람(至德)이라고 일컬을 만하다. 세 번이나 천하를 양보했거늘 백성들이 그 덕을 칭송할 근거를 남기지 않았다(泰伯, 其可謂至德也矣. 三以天下讓, 民無得而稱焉)"고 했다.
3) 태왕이~제거했다: 『주자어류』권35 「논어論語·17」에 보면 이렇게 나온다. "묻습니다. 태백은 태왕에게 천하를 취하려는 뜻이 있음을 알았고, 왕계(王季)에게 또 성스러운 아들이 있었으므로, 양보해 떠난 것입니까? 답한다. 태백은 태왕에게 천하를 차지하라고 요청하지 않았다. 어떤 사람이 묻습니다. 태왕에게 상(商)을 제거하려는 뜻이 있었다고 하니, 과연 이와 같았습니까? 답한다. 『시』에 분명히 '태왕이 실로 비로소 상을 제거했다(實始翦商)'"라고 했다.
4) 태백이 따르지 않았다: 『춘추좌씨전』희공(僖公) 5년의 전(傳)에 다음과 같은 기록이 있다. "진(晉)나라 제후가 다시 우(虞)나라에 가도(假道, 길을 빌린다고 핑계댐)해 괵(虢)나라를 정벌하려 하자, 궁지기(宮之奇)가 간(諫)하기를, '괵나라는 우나라의 바깥에 있습니다. 괵나라가 망하면 우나라도 반드시 뒤따를 것입니다. 진나라는 열어줄 수가 없고, 외적은 가볍게 볼

에게 관병[6]의 뜻이 있었으나 태백은 정벌을 말렸던 백이·숙제 같은 마음[7]을 실현했다"[8]고 보았다. 그런데 지금 일의 형세로 미루어보면 그

수가 없습니다. 한 번도 심하거늘 어찌 두 번씩이나 그럴 수 있겠습니까? 속담에 이르기를, '수레의 덧방나무와 바퀴는 서로 의지하고, 입술이 없으면 이가 시리다(輔車相依, 脣亡齒寒)라 한 것은 우나라와 괵나라의 관계를 두고 한 말입니다'라고 했다. 제후가 '진나라는 우리와 같은 종족이거늘, 어찌 우리를 해치겠는가'라고 묻자, 궁지기가 대답했다. '태백(大伯·泰伯)과 우중(虞仲)은 태왕(大王·太王)과 소(昭, 여기서는 아들)의 관계입니다만, 태백이 태왕을 따르지 않았기 때문에 우중도 후사가 되지 못했습니다. 괵중(虢仲)과 괵숙(虢叔)은 왕계와 목(穆, 여기서는 손자)의 관계입니다만, 문왕(文王)의 경사(卿士)가 되어서 왕실에 훈공을 세우고 맹부(盟府)에 공훈이 저장되었습니다. 진나라는 괵나라도 멸하려 하거늘 우나라에 대해 무슨 미련을 두겠습니까? 또, 우나라가 진나라와 같은 성이라고 하여도, 진나라 군주에게 우나라가 친족인 환장(桓莊)보다도 친할 수 있습니까? 만약 진나라 군주가 환장족을 아낀다고 한다면, 그들에게 무슨 죄가 있어 모두 도륙했다는 말입니까? 이는 그들의 세력이 조금 강해진 때문이 아니겠습니까? 친근하여 총애했던 사람들이라도, 조금 세력을 불리면 모두 그들을 해쳤습니다. 하물며 나라와 나라 사이야 더 말할 것이 있겠습니까?'

5) 태왕(太王): 고공단보(古公亶父). 기산(岐山)으로 도읍을 옮겨 나라 이름을 주(周)라 하고 제후국으로서의 기틀을 갖추었다. 『사기』 권4 「주본기」 참조.

6) 관병(觀兵): 무위(武威)를 나타내거나 군대를 사열함. 태왕이 은나라를 칠 뜻이 있었음을 말한다.

7) 백이(伯夷)·숙제(叔齊) 같은 마음: 원문은 고마지심(叩馬之心). 곧 말을 붙잡고 가지 못하게 한 마음. 주나라 무왕이 은나라 주왕을 정벌할 때 백이와 숙제가 이를 말렸던 것을 가리킨 말이다. 백이와 숙제는 고죽국(孤竹國)의 왕자들이다. 그들의 아버지가 숙제에게 왕위를 물려주려 했는데, 아버지가 죽자 숙제는 형 백이에게 왕위를 양보했다. 백이가 아버지의 뜻을 어길 수 없다고 도망하자 숙제도 그 뒤를 따랐다. 백이와 숙제가 서백(西伯) 창(昌, 훗날의 문왕)의 소문을 듣고 그에게 의탁하고자 찾아갔으나, 서백은 이미 죽고 무왕이 은나라 주왕을 정벌하려 하고 있었다. 백이와 숙제는 무왕의 말고삐를 잡고 "부친이 돌아가셨는데 장례는 치르지 않고 전쟁을 일으키는 것을 효라고 할 수 있습니까? 신하 된 자로서 군주를 시해하려는 것을 인(仁)이라고 할 수 있습니까"라며 은나라 정벌을 말렸다. 『사기』 권61 「백이열전伯夷列傳」에 나온다.

8) 태왕에게~실현했다: 『주자어류』 권35 「논어·17」에 다음과 같은 기록이 있다. "묻습니다. 태백은 문왕이 장차 천하를 차지하리란 것을 알고 양보한 것입니까, 아니면 태왕이 계력에게 나라를 전하려는 것을 알고 양보한 것입니까? 답한다. 태백의 뜻은 아마도 그렇지는 않았을 것이다. 다만 태왕에게 상나라를 제거하려는 뜻이 있음을 보았으나 저절로 그의 뜻과는 부합하지 않았다. 잠시 스스로가 그런 일을 행할 수 없음을 헤아리고 곧 떠나버렸던 것이다. 『춘추좌씨전』에서는 '태백이 따르지 않았으므로 왕위를 잇게 하지 않았다(泰伯不從, 是以不嗣)'고 했다. '따르지 않았다'는 것은 태왕이 상나라를 제거하려는 일을 따르지 않았다는 것이다. 태백이 떠나버리자, 그 형세는 다만 계력에게 왕위를 전하고, 계력은 문왕에게 전할 수밖에 없었다. 태백이 처음에 헤아린 것은 이것과 상반되었다. 그러나 주나라가 천하를 얻게 되자, 이 모든 것이 서로 성취(成就)한 바처럼 여기게 되었다. 주나라의 안에는 태백과 우중이 있고, 바깥에는 백이와 숙제가 있어, 이들은 소견이 한가지였으니, 상나라를 도모하려 하지 않았다."

것이 완전히 그런 것 같지는 않다.

문왕文王이 재위 50년에 붕崩하고 무왕武王이 왕위를 이은 지 13년에 주紂를 쳤으니 문왕이 왕이 된 것은 마땅히 주紂보다 먼저로, 제을⁹⁾과 같은 때여야 한다. 그전에 또 왕계¹⁰⁾가 있었으니, 태왕과 주紂의 시간적 거리는 매우 멀다. 은殷은 나라를 갑작스레 잃었으므로, 주周가 점차 쇠한 것과 다르다. 주紂는 무정武丁, 은나라 제21대 왕과 그리 멀리 떨어지지 않고, 그 사이에 조갑祖甲, 은나라 제24대 왕이나 제을이 있어 그들이 모두 어진 군주였으므로, 태왕은 바로 은나라가 전성하던 때에 해당한다. 그렇거늘 태왕이 어찌 갑자기 은나라를 없앨 뜻을 가질 수 있었겠는가? 더구나 태왕은 기岐 땅에 도읍했는데 그곳은 융적¹¹⁾의 사이에 끼어 있어서 나라의 처지가 위태로워 가까스로 보존할 수 있을 뿐이었다. 따라서 당시의 형세로 보면 태왕이 그러한 상황에 이르지 못했을 것이다. 다만 태왕의 성지聖智가 보통 사람들과는 달라, 후세에 반드시 흥성하여 성인여기서는 백이와 숙제이 주나라에 올 것임주나라에 천명이 돌아올 것임을 미리 알았으므로, 후손에게 계책을 남겨 공경하는 자손을 편안하게 한 것이¹²⁾ 덕과 인을 쌓는 일이 아닌 것이 없었다. 그러므로 『시경』의 시편을 지은 시인詩人이 그 일을 찬송하기를 "상나라를 정벌하는 사업은 실로 태왕의 때에 시작되었다"¹³⁾고 했던 것이다. 이 점은 마땅히 활간活看, 융통성 있게 살

---

9) 제을(帝乙): 은나라 주(紂)왕의 아버지.

10) 왕계(王季): 문왕의 아버지 계력(季歷)을 말한다. 무왕 이후에 왕계로 추존되었다.

11) 융적(戎狄): 중국에서 서쪽 오랑캐와 북쪽 오랑캐를 아울러 이르는 말.

12) 후손에게~한 것이: 원문은 '연익(燕翼)'이다. 선조가 자손을 도와 편안하게 한다는 뜻이다. 『시경詩經』 「대아大雅·문왕유성文王有聲」의 "후손에게 계책을 남겨주사 공경하는 아들을 편안케 하시니 무왕은 훌륭한 군주이시도다(貽厥孫謀, 以燕翼子. 武王烝哉)"라는 구절에서 나왔다.

13) 상나라를~시작되었다: 『시경』 「노송魯頌·비궁閟宮」의 다음 구절을 말하는 듯하다. "후직(后稷)의 손자가 실로 태왕(太王)이시니, 기산(岐山) 남쪽에 거하여 진실로 비로소 상나라를 치도다(后稷之孫, 實維大王, 居岐之陽, 實始翦商)." 이에 대한 주희의 주에 "태왕이 빈(豳) 땅에서부터 기산의 남쪽으로 옮겨 거주하였는데, 사방의 백성들이 모두 귀의하여 이에 왕의 자취가

꼭해야 한다. 태백이 어찌 천명을 받는 일이 후세의 자손 대에 있을 것까지 알아서 미리 형만荊蠻의 땅으로 도망갔던 것이겠는가? 『좌전』에서 "따르지 않았다"[14]고 말한 것은, 그것이 어떤 일인지는 애당초 말하지 않았으므로 증거로 삼기에는 부족한 듯하다. 대개 태백은 태왕의 뜻이 계력에게 있음을 알았지만, 만약 드러내놓고 왕위를 사양한다면 계력이 반드시 숙제처럼 도망했을 것이고, 그렇게 되면 아버지의 실책을 천하에 드러내지 않을까 두려워했다. 그래서 이와 같이 하여 아무런 흔적도 남기지 않아 백성들로 하여금 자신의 일을 칭송할 수 없게 했을 뿐이다.[15]

어떤 사람이 말했다.

"그렇다면 양보한 것은 나라인데, 부자夫子 · 공자는 어찌해서 천하를 양보했다고 일컬었는가?"

나는 말했다.

"주나라가 결국 상商나라를 대신해 왕 노릇을 하게 되었으므로 역시 천하를 양보했다고 일컬을 만하다. 남용[16]이 '우[17]'와 직[18]은 몸소 농사

비로소 드러났으니, 이때부터 상나라를 칠 조짐이 있었던 것이다(大王自豳徙居岐陽, 四方之民, 咸歸往之, 於是而王迹始著, 蓋有翦商之漸矣)"라고 나온다.

14) 따르지 않았다: 『춘추좌씨전』 노나라 희공 5년에 우나라 군주가 괵나라를 치려 했다. 우나라 대부 궁지기가 우나라 군주에게 간하면서 우나라와 괵나라가 순망치한의 관계임을 말했다. 이때 궁지기는 태백이 고공단보가 막내동생 왕계에게 뜻을 두고 있음을 알고 "따르지 않았다(不從)"고 말했다. 대개 부왕의 명을 따르지 않음으로써 왕위를 잇지 않았다는 뜻으로 풀이하지만 서포는 그것이 어떤 일인지 분명하지 않다고 보았다.

15) 백성들로 하여금~했을 뿐이다: '은미하여 자취를 볼 수 없는 것'을 말한다. 『논어』「태백」에 "태백은 정말 지덕이라고 일컬을 만하다. 세 번이나 천하를 양보했거늘 백성들이 그 덕을 칭송할 근거를 남기지 않았다"고 했는데, 주희는 "백성들이 그 덕을 칭송할 근거를 남기지 않았다"는 구절에 대해 "겸손함이 은미해서 아무런 자취도 볼 수가 없다는 뜻이다(其遜隱微, 無迹可見也)"라고 주를 달았다.

16) 남용(南容): 남궁괄(南宮括). 춘추시대 노(魯)나라 사람으로, 공자의 제자.

17) 우(禹): 하(夏)나라의 시조. 순(舜)임금 때 치수사업을 성공시켰으며 순임금에게 왕위를 물려받은 후로는 자식에게 왕위를 물려주었다. 『사기』 권2 「하본기夏本紀」에 나온다.

18) 직(稷): 후직(后稷). 성은 희(姬), 이름은 기(棄). 주(周)나라의 시조. 후직의 어머니는 거인의 발자국을 밟고 태기가 있은 후 후직을 낳았는데 그 일이 상서롭지 않다 하여 아이를 버렸다. 그런데 말이나 소가 그 아이를 피해 지나가고 새들이 날개로 아이를 덮어 보호하는 것을

를 지었어도 천하를 차지했다'[19]고 말한 것도 이런 뜻에서였다.”

〔석륵[20]은 말하기를, “조맹덕[21]과 사마중달[22]은 남의 고아와 과부를 속여 천하를 탈취했다”[23]고 했다.〕

孔子稱"泰伯以至德", 朱子引『詩』"實始翦[24]商", 『左傳』"泰伯不從"語, 以爲"太王有觀兵之意, 而泰伯成叩馬之心." 今以事勢推之, 恐不盡然.

文王在位五十年而崩, 武王嗣位十三年而伐紂, 則文王之立, 當在紂先, 與帝乙同時, 而其前又有王季, 則太王之去紂, 盖甚遠矣. 殷之失國, 與周之積衰不同, 紂之去武丁不遠, 而其間有祖甲·帝乙皆賢君, 太王正當殷道全盛之時, 何可遽起剪滅之志乎? 且太王之邑岐, 崎嶇戎狄之間, 董能自保, 當時氣勢, 想亦未及乎此矣. 但太王之聖智, 異於常人, 逆知後世之必興, 聖人之適周, 而其貽謀燕翼者, 莫非積德累仁之事. 故詩人頌之謂, "翦商之業,

---

보고, 후직의 어머니는 보통 아이가 아님을 깨닫고 소중하게 키웠다고 한다. 『사기』 권4 「주본기」에 나온다.

19) 우(禹)와 직(稷)은~차지했다: 남용이 공자에게 "예(羿)와 오(奡)는 활을 잘 쏘고 힘이 셌으나 제대로 죽지 못한 반면, 우와 직은 몸소 농사를 지었어도 천하를 차지했습니다"라고 말하자, 그가 나간 뒤 공자는 남용을 가리켜 "군자로다, 이 사람은! 덕(德)을 숭상하는구나, 이 사람은!"이라고 칭찬했다. 직의 후손이 주나라 무왕이므로 남용이 이렇게 말한 것이다. 『논어』「헌문憲問」에 나온다.

20) 석륵(石勒): 중국 오호십육국(五胡十六國)의 하나인 후조(後趙)의 태조. 갈족(羯族) 출신으로 유연(劉淵)이 한나라를 세우자 장군으로 임명되어 진(晉)의 왕준(王浚)을 무찌르고 왕위에 올랐다. 전조(前趙)를 멸한 뒤 세력이 화북 일대에 미쳤다.

21) 조맹덕(曹孟德): 조조(曹操, 155~220). 패국(沛國)의 초(譙, 지금의 안휘성 박주亳州) 사람. 맹덕(孟德)은 자, 시호는 무황제(武皇帝).

22) 사마중달(司馬仲達): 사마의(司馬懿, 179~251). 하내군(河內郡, 지금의 하남성 온현溫縣) 사람. 중달(仲達)은 자.

23) 조맹덕과~탈취했다: 『자치통감』 권95 「진기晉紀 17·현종성황제顯宗成皇帝」에 보면, 함화(咸和) 7년 춘정월 신미에 조주(趙主) 석륵은 신하들에게 향연을 베풀어 "조맹덕과 사마중달이 남의 고아와 과부를 속여 홀리며 천하를 탈취한 짓은 끝내 본받지 않겠다(終不效曹孟德·司馬仲達欺人孤兒寡婦狐媚以取天下也)"고 말했다.

24) [교감] 翦: 통문관본은 '傳'으로 되어 있고 고려대본과 서울대본은 '剪'으로 되어 있다. 『시경』의 원문에는 '翦'으로 되어 있다. '翦'과 '剪'은 통용자이다.

實始于此." 此當活看也. 泰伯何至以受命之事在於後世子孫, 預先逃之乎?
『左傳』"不從"[25]云者, 初不言何事, 恐不足據也. 蓋泰伯知太王之意在於季
歷, 而若顯然推讓, 則季歷必爲叔齊之逃, 又恐彰其父之失, 故爲此泯然無
跡, 使民無得而稱之耳.

或曰: "然則所讓者國, 夫子何以稱天下?" 曰: "周終代商爲王, 則亦可以
天下稱. 南容曰: '禹稷躬稼而有天下.'"

〔石勒曰: "曹孟德·司馬仲達, 欺人孤寡, 以取天下."〕

🔖 평설

서포는 주나라 혁명의 기원에 관한 주희의 설을 비판했다. 주희는
『시경』과 『좌전』을 인용해서 주나라 태왕이 이미 천하를 차지하려는
뜻이 있었으나 아들 태백이 정벌을 말렸다고 보았다. 태왕은 셋째아들
인 왕계에게 왕위를 물려주었는데 이를 두고, 태왕이 이미 천하를 차
지할 마음이 있어서 왕계의 후손인 문왕과 무왕이 제위에 오르게끔 그
렇게 한 것이라는 설이 있다. 주희는 그 설을 지지한 것이다. 하지만
서포는 "태왕이 은나라를 칠 뜻이 있었다"는 것은 당시의 형세에 맞지
않으며, "태백이 태왕을 말리고자 하는 뜻이 있었다"는 것도 이치에 맞
지 않는다고 반박했다. 과연 태백은 왕계에게 왕위를 물려주고자 하는
아버지 태왕의 뜻을 알고 스스로 도망함으로써 왕계가 왕위에 오를 수
있도록 했고, 그로써 주나라가 천하를 차지하게 되는 기틀을 마련했다
고 보아야 하는가? 이것은 후세 사람들이 판단할 수 없다. 서포는 대
백이 앞날을 미리 내다본 것은 아니라고 보되, 결과적으로 성군을 낳
을 자가 제위에 오를 수 있도록 했다고 보았다. 서포는 왕가의 후사를
정하는 문제와 관련해서 이러한 고사를 재검토한 듯하다.

---

25) [교감] 從: 통문관본은 '汔'로 되어 있다. 고려대본과 서울대본을 따른다.

주나라 무왕의 혁명과 혁명 이후의 사적

상―3

    은나라 탕왕(湯王)과 주나라 무왕(武王)이 백성들을 위문하고 각각 하나라 걸왕(桀王)과 은나라 주왕(紂王)을 정벌한 일과, 은나라 재상 이윤[1]이 군주 태갑(太甲)을 폐위하고 한나라 곽광[2]이 무제의 손자 창읍왕[3]을 폐위한 일은, 권도(權道, 시의에 따른 방편)지만 결코 경(經, 본래의 강령)을 고수함과 어긋나는 것이 아니다. 백이·숙제와 엄연년[4]·혜강[5]·소식[6]의 비판은 모두 잘못되

---

1) 이윤(伊尹): 중국 은나라 초기의 재상. 이름은 지(摯), 자는 윤(尹). 관명인 아형(亞兄)이 호가 되었다.
2) 곽광(霍光, ?~BC 68): 서한(西漢) 하동(河東) 평양(平陽) 사람. 자는 자맹(子孟). 곽거병(霍去病)의 이복동생으로, 대사마 대장군(大司馬大將軍)을 지냈다.
3) 창읍왕(昌邑王, ?~BC 59): 한나라 무제의 손자 유하(劉賀).
4) 엄연년(嚴延年, ?~BC 58): 서한(西漢) 동해(東海) 하비(下邳) 사람. 자는 차경(次卿). 소제(昭帝) 때에 군리(郡吏)를 지냈고 선제(宣帝) 때에는 시어사(侍御史)가 되었다. 곽광이 창읍왕을 폐위하고 선제를 즉위시키자, 곽광이 폐립(廢立, 임금을 폐하거나 새로 맞아 세움)을 마음대로 한다며 그를 탄핵했다. 『전한서(前漢書)』 권90에 입전(立傳)되어 있다.
5) 혜강(嵇康): 삼국시대 위(魏)나라 초군(譙郡, 지금의 안휘성 숙주宿州) 사람. 완적(阮籍) 등과 함께 '죽림칠현(竹林七賢)'이라고 일컬어졌다. 『혜중산집嵇中散集』 권2의 「산거원에게 보내어 절교하는 서신與山巨源絶交書」에서, "탕과 무를 비판하고 주공을 박대한다(非湯武而薄周公)"

었다.

걸왕과 주왕처럼 포악한 존재를 정벌할 수 없다면, 남조 송나라의 원흉 소[7]와 후량의 주우규[8] 같은 흉악한 역도들도 정벌할 수 없다. 창읍왕 같은 자를 폐위할 수 없다면, 당나라의 무조[9]와 위후[10]와 같이 음란한 자를 폐위하는 것도 부당하다. 그렇게 된다면 끝내 인륜이 문드러지고 천리天理가 소멸하게 될 것이다. 하늘이 백성을 위해 군주를 세워둔 뜻[11]은 결코 그렇지 않다.

성탕成湯, 탕임금에 대해서는 나는 비난할 것이 없다. 그러나 "무왕이 황금으로 장식한 도끼와 흰 깃발로 정벌했다"[12]는 것만은 참으로 주자가 말했듯이 '거칠고 포악한' 점이 있다.[13] 아마도 사마천이 『사기』에서

는 뜻을 말했다.

6) 소식(蘇軾): 북송의 정치가·학자. 소식은 『동파전집東坡全集』 권105 「논고論古·무왕론武王論」에서, 무왕은 성인이 아니고 무경(武庚)을 봉한 것은 부득이한 일이었다고 논했다.

7) 소(邵): 남조(南朝) 송나라 문제(文帝)의 장남인 유소(劉邵, 424~452). 자는 휴원(休遠). 무고(巫蠱) 사건으로 태자 자리에서 폐위되자 문제를 시해하고 즉위했다가 형벌을 받고 죽었다.

8) 주우규(朱友珪, ?~913): 후량(後梁) 태조(太祖) 주온(朱溫)의 아들. 자는 요희(遙喜). 후량 태조가 병들어 주우문(朱友文)을 즉위시키려 하자, 태조와 주우문을 죽이고 즉위했다. 즉위한 지 8개월 뒤에 원상선(袁象先)이 금병(禁兵, 궁궐 내 숙위병)으로 토벌하자 자살했다.

9) 무조(武曌): 측천무후(則天武后, 624~705). 조(曌)는 측천무후가 만든 글자로, 자신의 이름을 표기하는 자형으로 사용했다.

10) 위후(韋后, ?~710): 당(唐)나라 중종(中宗)의 황후.

11) 하늘이~세워둔 뜻: 한유의 「원도原道」에 나오는 말이다.

12) 무왕이~정벌했다: 『서경』 「주서·목서牧誓」에, "갑자일 새벽에 왕이 상(商)나라 교외의 목야(牧野)에 이르러 맹세했다. 왕이 왼손에 황금으로 장식한 도끼를 쥐고 오른손에 흰 깃발을 잡고 휘두르며 말했다. '멀리 왔구나, 서쪽 지역의 사람들이여'(時甲子昧爽, 王朝至於商郊牧野, 乃誓. 王左杖黃鉞, 右秉白旄以麾, 以麾曰: '逖矣, 西土之人')"라는 기록이 있다.

13) 주자가 말했듯이~점이 있다: 『주자어류』 권35 「논어·17」에 보면 주희와 제자의 다음과 같은 문답이 있다. "묻습니다. 태백은 지덕(至德)이라고 말할 수 있다(泰伯可謂至德)는 말은 무엇입니까? 답한다. 이것은 백성들이 칭할 만한 근거가 없었다(民無得而稱焉)는 곳에서 드러난다. 사람들은 모두 이 구절을 간취하지 못하고 있다. 만일 그렇다면, 공부자(공자)는 다만 '지덕'이라는 한 구만 말해도 될 텐데 무엇 때문에 그 아래에 다시 여섯 글자를 놓았겠는가? 그대가 다시 자세히 그 구절을 살펴본다면 대단히 의미가 있을 것이다. 황의강(黃義剛)이 말했다. 공부자는 태백에 대해서 지덕이라고 일컬었고, 문왕에 대해서도 지덕이라고 일컬었

기록한 것[14])이 반드시 사실을 제대로 파악한 것은 아닌 듯하다.

다만 내가 대단히 의아해하는 것은 주나라 무왕이 은나라 땅에 미자微子를 봉하지 않고 무경武庚을 봉했다는 사실이다. 주왕의 포악한 짓을 보면 그 아들이 처형당하는 일을 면한 것만도 다행이다. 그렇다면 독부[15])의 남은 아들이 상공上公으로 우대받지 말고 삼각[16])에 충원되지 말

으며, 무왕에 대해서는 진선하지는 않다(未盡善)고 일컬었습니다. 문왕을 무왕에게 비긴다면 문왕은 지덕이라고 할 수 있으나, 태백을 문왕에게 비긴다면 태백이 지덕하다고 할 수 있습니다. 문왕은 천하를 셋으로 나눈 가운데 둘을 차지했으므로, 태백에 비교하면 이미 저 한 마음을 온전히 할 수가 없었습니다. 답한다. 이것은 그렇다. 의강이 또 말했다. 태백이 만약 무왕의 시기에 살았다면 목야에서 군사를 일으키는 일은 어쩔 수 없었을 것입니다. 대개 천명과 인심은 여기에 이르면 전측(轉側, 왔다갔다함)할 곳이 없을 것입니다. 답한다. 아마도 태백이라면 그렇게는 행하지 않았을 것 같다. 성인(聖人)의 제도와 실행은 저마다 달라서, 혹은 멀리 떠나고 혹은 가까이 오며, 혹은 떠나고 혹은 떠나지 않는다(或遠或近, 或去或不去). 비록 그들의 마음이 서로 한결같다고 해도 서로 달리 행하는 바가 있다. 범익지(范益之)가 물었다. 문왕은 어떠합니까? 답한다. 문왕의 경우도 그렇게는 행하지 않았을 것이다. 만일 문왕이 행했다고 하더라도, 아주 주도하고도 느긋하게 행했을 것이다. 무왕은 크게 행했으므로 거칠고 포악했다. 당시에 주(紂)가 이미 녹대(鹿臺)에서 불길로 뛰어들었거늘, 무왕이 도리어 친히 그의 머리를 찍어서 효수(梟首)했다. 문왕의 경우라면 아마도 그렇게 하려 하지 않았을 것이다. 이것은 말하기 어렵다. 무왕이 당시에 행한 것에는 미진한 곳이 있었다. 그래서 동파(東坡)는 그가 성인이 아니라고 했는데, 비록 말함이 지나쳤지만, 필경 미진한 곳이 있었다. 의강이 말했다. 무왕이 주(紂)를 죽인 뒤에는 미자(微子)가 어질므로 왕으로 세울 만하거늘 그를 세우지 않고서 반드시 자기가 즉위한 것은 어째서입니까? 선생은 다만 얼마 동안 미간을 찌푸리다가 다시 말했다. 이 일은 말하기 어렵다!"

14) 『사기』에서 기록한 것: 『사기』 권4 「주본기」에 다음과 같은 기록이 있다. "주(紂)의 군사가 전부 무기를 거꾸로 들고 싸워, 무왕을 위해 길을 열어주었다. 무왕이 내달려가자, 주의 군사가 모두 무너지듯이 주를 배반했다. 주는 달아나서 거꾸로 녹대의 위로 올라가, 주옥을 몸에 옷처럼 들쓰고 스스로 불에 뛰어들어 타 죽었다. 무왕이 커다란 흰 깃발을 들고서 제후들을 지휘하자 제후들이 모두 무왕에게 절했으며, 무왕이 마침내 제후들에게 읍하자 제후들이 모두 뒤를 따랐다. 무왕이 상(商)나라에 이르자, 상나라 백성들이 모두 교외에서 기다렸다. 이에 무왕이 신하들을 시켜서 상나라 백성들에게 일러 말하기를, '상천이 아름다운 복을 내렸도다!(上天降休)'라고 하자, 상나라 사람이 모두 두 번 절하며 머리를 조아리니, 무왕도 역시 답으로 절했다. 마침내 들어가서 주가 죽은 곳에 이르렀다. 무왕이 직접 화살을 세 대 날린 뒤 수레에서 내려 날랜 칼로 치고 노란색 도끼로 주의 머리를 베어 크고 흰 깃발에 걸었다. 이윽고 주의 폐첩(嬖妾) 두 여인을 오게 했는데, 두 여인은 모두 목을 매어 자살했다. 무왕은 다시 활을 세 번 쏘고 검으로 치며 검은색 도끼로 머리를 베어 작은 흰 깃발에 매달았다. 무왕은 마침내 나가서 군진으로 돌아갔다."

15) 독부(獨夫): 『맹자』 「양혜왕·하」의 '일부(一夫)'와 같은 뜻이다. "제나라 선왕이 '탕이 걸을

았어야 했다.

소식은 "무왕이 무경을 봉한 것은 은나라 유민을 위로하기 위해서 였다"[17]고 했는데, 이는 매우 잘못이다. 옛날에 우임금이 붕어하자 익益은 우임금의 아들 계啓를 피해서 기산箕山의 남쪽인 양성陽城으로 떠났 는데, 천하에서 칭송하여 구가謳歌하는 사람들이 익에게 귀의하지 않고 계에게 가면서, "우리 임금님의 아들이시다!"라고 했다.[18] 오나라 사 람들이 영郢에 쳐들어가자 초나라 소왕昭王은 운鄖 땅으로 달아났다. 운 땅 사람이 말하기를, "평왕平王이 우리 아버지를 죽였으니, 내가 그 자 식을 죽이는 것도 옳지 않은가"라고 했다.[19] 은나라 주왕이 백성들에 게 자행한 짓은 초나라 평왕이 그런 것보다 심했거늘, 백성들이 우임 금에게 했던 보은으로 주왕에게 답했으리라는 것은, 이치상 있을 수가 없다.

미자는 현명하면서 장자長子로서 적손의 중한 자리에 거했으므로, 은 나라 사람들이 그에게 귀의한 지 오래되었다. 따라서 만일 주왕의 악 이 오랜 기간 쌓이기 이전에 죽었더라면, 은나라의 부형이나 신하들은 마땅히 미자를 옹립했을 것이다. 비간이 죽고 기자가 옥에 갇혔을 때,[20] 미자가 홀로 은나라 제기祭器를 안고 백마를 타고 주周나라에 조

내쫓고 무왕이 주를 벌했다고 하는데 과연 그런 일이 있었습니까'라고 물었다. 맹자는 대답 하기를, '기록에 그런 일이 있습니다'라고 했다. 선왕이 다시 '신하로서 군주를 시해하는 것 이 있을 수 있는 일입니까'라고 묻자, 맹자는 대답했다. '인의 도리를 해치는 것을 적(賊)이 라 하고 의의 도리를 해치는 것을 잔(殘)이라고 합니다. 잔적의 짓을 하는 사람을 한 사내라 고 말하니, 한 사내 주를 죽였다는 말은 들었어도, 군주를 죽였다는 말은 듣지 못했습니다' (齊宣王問曰: '湯放桀, 武王伐紂, 有諸?' 孟子對曰: '於傳有之.' 曰: '臣弑其君可乎?' 曰: '賊仁 者謂之賊, 賊義者謂之殘, 殘賊之人謂之一夫. 聞誅一夫紂矣, 未聞弑君也')."

16) 삼각(三恪): 주(周)나라가 천하를 통일한 후 전대 세 왕조의 자손에게 왕후의 명칭을 주어 공 경함을 보인 것을 말한다. 『좌전』 양공(襄公) 25년에 나온다.
17) 무왕이~위해서였다: 소식의 『동파전집』 권105 「논고·무왕론」 참조.
18) 옛날에 우임금이~했다: 『맹자』 「만장萬章·상」에 나온다.
19) 운 땅 사람이~했다: 『좌전』 정공(定公) 4년에 나온다.

회하러 간 것[21]은 은나라의 종사(宗祀) 이음을 자기의 임무로 삼았던 것이 아니겠는가! 미자를 임금으로 삼고 기자로 보필하게 하여, 성탕(成湯)과 삼종[22]이 실행했던 옛 정치를 닦아 동북방의 제후들을 위무했다면, 천하의 일은 알 수 없었을 것이다. 이것이 바로 주나라 무왕이 미자를 세우지 못한 이유이고 무경을 그 땅에 봉하여 은나라 백성들을 위로한 까닭이다.

아아! 백성들을 속일 수 없는 것이 이미 오래되었다. 주나라가 아직 천하에 왕 노릇을 하지 못했을 때, 은나라 백성들은 목을 빼 서쪽을 바라보기를 마치 큰가뭄 날 구름과 무지개 바라보듯이 했다. 그러한 때에 무왕이 관병[23]을 해서 군대의 위세를 보이자, 은나라 사람들은 도시락과 음료수를 가지고 왕의 군대를 맞이하기를 갓난아이가 자애로운 어머니에게 기어가는 것같이 했다. 그런데도 전쟁 후 제후들과 회합해 천하가 청명해져서[24] 천하가 주나라를 종주(主인)로 삼은 이후에 도

---

20) 비간(比干)이~옥에 갇혔을 때: 비간은 은나라 주왕의 숙부로, 주왕의 학정을 간했다. 이에 주왕이 노하여, "성인의 심장에는 일곱 개의 구멍이 있다 하는데 사실인지 보겠다" 하고서 비간을 죽여 그 심장을 쪼개보았다고 한다. 『사기』 권3 「은본기」에 나온다. 한편, 기자(箕子)는 은나라 주왕의 숙부로 이름은 서여(胥餘)이며, 기(箕)는 봉국(封國)의 이름이고 자(子)는 작위(爵位)를 말한다. 주왕의 무도(無道)함을 간했으나 듣지 않자, 미치광이 행세를 하여 노예가 되었다. 주나라 무왕이 은나라를 멸망시키고 천자가 된 다음 기자에게 찾아가 천하를 다스리는 방법을 물으니, 기자는 홍범구주(洪範九疇)를 가르쳐주었는데, 이것이 바로 『서경』 「홍범洪範」이다. 『논어』 「미자微子」에, "미자는 떠나고, 기자는 노예가 되었으며, 비간은 간언을 하다가 죽었다. 공자는 말하기를, 은나라에는 세 사람의 인자가 있다고 했다(微子去之, 箕子爲之奴, 比干諫而死. 孔子曰: 殷有三仁焉)"는 대목이 나온다.
21) 홀로 은나라 제기(祭器)를~조회하러 간 것: 미자는 은나라 주왕의 서형(庶兄)으로, 이름은 계(啓)이다. 주왕에게 여러 차례 간했으나 듣지 않으매 마침내 은나라 제기를 안고 떠났다. 뒤에 주나라가 통일하여 구차하게 자기 몸만 보존할 수 없자, 제기를 안고 백마를 타고 주나라로 갔다. 주공이 주왕의 아들 무경을 주벌했을 때 미자를 송(宋)에 봉하고 은나라 유민을 다스리게 했다.
22) 삼종(三宗): 황제(黃帝), 당요(唐堯), 우순(虞舜)을 가리킨다.
23) 관병(觀兵): 『상서주소尙書注疏』 「주서周書」 서(序)에 대한 공안국(孔安國)의 전(傳)에 나온다. 상-1 각주 1) 참조.

리어 슬피 울며 하늘을 향해 호곡하여 은나라의 전통을 이으려 했으니, 이것이 어찌 그럴 만한 까닭이 없었던 것이겠는가?

제나라 환공은 이민족을 물리치고 주나라를 높여서 그 공이 컸지만, 그 자신은 교만하게 굴다가 동맹관계의 아홉 제후국을 잃고 말았다.[25] 그렇거늘 이러한 조처의 잘못이 어찌 단지 말과 행동에만 드러났겠는가? 지난날 미자를 은 땅에 봉했다면, 미자는 참으로 어진 사람이었으므로 어찌 천명이 있는 바를 몰랐겠는가? 오직 기주[26] 지역을 다스리며 주 왕실에 복종했을 터인데, 어찌 다른 마음을 지녔겠는가? 그렇거늘 은 땅에 누구를 봉하느냐는 일로 처음 도모한 것이 좋지 못했기 때문에 결국 재앙이 이루 말할 수 없게 되어, 뱁새가 매로 변하고 골육이 원수로 바뀌었다.[27] 이지러진 도끼와 깨진 도끼로 가까스로 천하의 안

24) 제후들과~청명해져서: 『시경』 「대아大雅·대명大明」에 나온다. "목야 넓고 넓은데 단거(檀車) 빛나고, 흰 배의 네 필 말이 강성하구나. 대장군 상보(尙父)가 이때 매처럼 날아올라 저 무왕을 도와 대상(大商)을 정벌한 후, 제후들과 회합한 아침에 천하가 청명해졌네(牧野洋洋, 檀車煌煌, 駟騵彭彭. 維師尙父, 時維鷹揚, 涼彼武王, 肆伐大商, 會朝淸明)."

25) 제나라 환공(桓公)은~잃고 말았다: 환공(?~BC 643)은 중국 춘추시대 제나라의 군주. 성은 강(姜), 이름은 소백(小白). 재위기간은 BC 685~BC 643년. 제나라 양공(襄公)의 동생으로, 양공이 포악하게 굴자 거(莒)나라로 망명했다가 양공이 피살된 후 귀국해 자리를 물려받았다. 그후 정적인 관중(管仲)을 재상으로 임명해 내정을 개혁하고 국력을 강성하게 했다. 송·진·채 등의 나라와 연합하여 노·정을 제압하고, BC 681년과 BC 679년에 북행과 견에서 제후들과 회맹하여 처음으로 패자가 되었다. '존왕양이(尊王攘夷, 왕을 받들고 오랑캐를 물리침)'를 기치로 삼아 대군을 이끌고 연을 침공한 견융을 격퇴하고, 적(狄) 땅 사람의 침공을 받은 형(邢)·위(衛)를 구원했다. 초가 중원으로의 확장을 기도했을 때 중원의 각 나라와 연합하여 초를 정벌하고 초와 소릉(召陵)에서 맹약을 맺고 초의 기도를 제지했다. BC 651년 규구(葵丘)에서 제후들을 모으고 맹약을 맺을 때 주나라 왕실을 지지하는 대표로 참가하여, 그 패업이 최고에 도달했다. 관중이 죽은 뒤 역아(易牙)·개방(開方)·수조(竪刁)를 중용하여 정무에 태만했고, 안으로 총애하는 사람이 많았다. 죽은 뒤 여러 공자들이 왕위를 다투어 패업은 드디어 쇠약해지고 말았다.

26) 기주(冀州): 구주(九州)의 하나. 지금의 하북성(河北省)·산서성(山西省)과 하남성(河南省) 황하(黃河) 이북과 요령성(遼寧省) 요하(遼河)의 서쪽 지역. 상(商)나라 말기에 주왕이 수도로 삼았고, 무왕이 상을 이긴 후 이 지역을 나누어 조가(朝歌) 이북을 패(邶), 남쪽을 용(鄘), 동쪽을 위(衛)라 불렀다.

정을 이루었으니,[28] 아아! 애석하도다.

어떤 사람이 말했다.

"그렇다면 성왕成王은 미자를 송나라에 봉해 유독 두려워하지 않았으니 어찌 그럴 수 있었습니까?"

내가 대답했다.

"이것은 무왕의 실책을 보완한 것입니다. 그때는 천하가 주나라에 귀의한 지 한 세대가 지났습니다. 은나라의 잔당들도 이미 제거되어 없어졌고, 인심의 향배도 이미 걱정할 것이 없었습니다. 그런데도 오히려 미자를 은 땅에 봉하지 않고 송 땅에 봉하고, 패邶·용鄘·위衛 세 나라를 합해서 강숙을 크게 계도[29]했습니다. 이 사실에서 그 의도를 볼 수가 있습니다."

湯·武之吊伐, 伊·霍之廢立, 權未嘗非經. 夷齊·嚴延年·嵇康·蘇軾之論, 皆非也. 桀·紂而不可伐, 則雖元凶邵[31]·朱友珪之凶逆, 亦不可伐. 昌邑而不可廢, 則雖武曌·韋后之穢亂, 亦不當廢. 終必至於人理歝. 天理滅, 天之爲民置君之意, 斷不如是也.

---

27) 그렇거늘 은 땅에~원수로 바뀌었다: 무왕이 은나라를 정벌한 후 은나라의 옛 땅에 무경을 봉하고 관숙·채숙·곽숙의 삼숙에게 은나라를 감시하게 하였다. 무왕이 붕(崩)하고 어린 성왕이 즉위하여 주공이 돕자 삼숙은 주공이 어린 왕에게 이롭지 못할 것이라고 유언비어를 퍼뜨렸고, 이에 주공은 자리를 피하여 동쪽에 거처하였다. 뒤에 성왕이 이 사실을 알고 주공을 다시 불러들이자 삼숙이 두려워하여 무경과 함께 반란을 일으켰다. 『서경』「주서·대고大誥」는 성왕이 주공에게 명하여 그들을 토벌할 때 천하에 크게 고한 것을 기록한 것이라 전한다.

28) 이지러진 도끼와~이루었으니: 『시경』「빈풍豳風·파부破斧」에 "내 도끼 깨지고, 또 내 도끼 이지러졌도다. 주공(周公)이 동쪽을 정벌하니 사방 바로잡혔도다. 우리 백성 불쌍히 여기시어 또한 큰일 하셨도다(既破我斧, 又缺我斨. 周公東征, 四國是皇. 哀我人斯, 亦孔之將)"라고 했다.

29) 강숙(康叔)을 크게 계도: 『상서』「주서周書·주고酒誥」 소서(小序)에 보면 강숙이 은나라 옛 도읍에 봉해졌는데 당시 인민들은 은나라의 주왕에 동화되어 술을 즐겼으므로, 주공이 성왕의 명을 받아 그들을 경계했다고 했다.

30) [교감] 霍: 통문관본은 '藿'으로 되어 있다. 고려대본과 서울대본을 따른다.

31) [교감] 邵: 서울대본은 '劭'로 되어 있다. 통문관본과 고려대본을 따른다.

成湯吾無間. 然唯"武王之黃鉞白旗", 誠有如朱子所謂麤暴者, 而亦恐史
遷所記, 未必得實也. 第吾之所甚疑惑者, 不以殷封微子, 而封武庚耳. 紂
之惡, 得免孥戮幸矣, 獨夫餘孽, 其不當優以上公, 以備三恪, 明矣.

蘇氏謂: "武王之封武庚, 所以慰殷之遺民." 此甚不然. 昔者禹崩, 而[32]益
避位於陽城, 天下之謳歌者, 不歸益而之啓曰: "吾君之子也." 吳人之入郢,
楚昭王奔鄖, 鄖人曰: "平王殺吾父, 我殺其子, 不亦可乎?" 紂之施於民者,
甚於平王, 而民以報於禹者報之, 無是理也.

夫以微子之賢, 居世嫡之重, 殷人之歸心, 久矣. 使紂[33]惡未稔而先死,
殷之父兄世臣, 固當擁立之矣. 當比干之死, 箕子之囚, 獨抱祭器白馬朝周,
亦豈不以嗣續宗祀爲己任乎! 以微子爲君, 而箕子輔相[34]之, 修成湯三宗之
政, 以撫東北方之諸侯, 則天下之[35]事, 有未可知者[36]. 此微子之所以不得
立, 而武庚之封, 所以解說於殷民也.

嗟乎! 民之不可欺也, 久矣. 當周之未王, 殷民之引領西望, 若大旱之望
雲霓. 其觀兵也, 簞食壺漿, 以迎王師, 如赤子之赴慈母. 及其會朝清明, 天
下宗周之後, 乃反哀號呼天, 欲紀其緒, 此豈無所以然者哉?

齊桓公攘夷尊周, 厥功懋矣, 驕矜而失九國, 況此舉措之失, 不但色辭者
乎? 向使微子而封殷, 則彼固仁人, 豈不知天命之所在? 惟意董理冀土, 服
事周室, 豈有他哉? 惟其始謀之不臧, 故末流之禍, 有不可勝言. 鷦鷯化爲鷹
隼, 骨肉變成仇敵, 缺斨破斧, 堇以獲定. 嗚呼, 惜哉!

或曰: "然則成王之封微子於宋, 獨不畏, 惡其能乎?" 曰: "此乃補武王之
失也. 於是時也, 天下歸周已閱世矣. 殷之餘黨, 已剗滅矣. 人心之向背, 已

---

32) [교감] 而: 서울대본에는 없다. 통문관본과 고려대본을 따른다.
33) [교감] 紂: 고려대본은 '宋'로 되어 있으나 오자이다. 통문관본과 서울대본을 따른다.
34) [교감] 相: 통문관본은 '成'으로 되어 있다. 고려대본과 서울대본을 따른다.
35) [교감] 之: 고려대본에는 없다. 통문관본과 서울대본을 따른다.
36) [교감] 者: 통문관본과 서울대본은 '也'로 되어 있다. 고려대본을 따른다.

無可慮矣. 然猶不封之於殷, 而封之於宋, 合邶·鄘·衛三邦, 大啓康叔, 其意
可見矣."

🍃 평설

　서포는 주나라 무왕이 은나라를 정벌해서 천하를 안정시키려고 각
지에 분봉할 때 은나라 후예로서 덕망이 높았던 미자를 은나라 옛 땅
에 봉하지 않은 것은 실책이라고 논했다. 당시 무왕은 은 땅에 은나라
의 또다른 후예인 무경을 봉했는데, 무경은 이후 주나라 성왕 때 반란
을 일으킨다. 결국 주공이 무경을 토벌하고, 미자를 송* 땅에 봉해서
은나라 유민들을 다스리게 했다. 서포는 무왕이 개국을 도모할 때 잘
못해서 끝내 화를 초래했다고 논했다. 성인의 신성성에 대해 회의한
것이자, 군주는 처음 도모할 때 잘해야 한다는 뜻을 드러낸 것이기도
하다.

봉건설 비판
상-4

봉건설은 유종원·소식·범조우가 곡진하게 논했다.[1] 그러나 가만히 생각해보니, 봉건제는 희성姬姓을 가진 주周나라 한 왕조의 제도였을 뿐이니, 요[4]·순[5]·우禹·탕湯은 반드시 그렇지는 않았다. 저 만국萬國은 생

1) 봉건설(封建說)은~논했다: 유종원(柳宗元), 소식(蘇軾), 범조우(范祖禹)의 봉건설은 각각 『유하동집柳河東集』 권3 「봉건론封建論」, 『동파전집東坡全集』 권105 「논고·진론秦論·2」, 『당감唐鑑』 권4 「태종太宗·2」에 실려 있다.

4) 요(堯): 순임금과 아울러 중국의 이상적인 천자로 알려져 왔다. 『상서尚書』 「요전堯典」이나 『사기』 「오제본기五帝本紀」에 사적이 기록되어 있다. 『사기』에 의하면, 요는 성을 도당(陶唐), 이름을 방훈(放勳)이라고 한다. 오제(五帝)의 하나인 제곡(帝嚳)의 손자로, 천자의 지위에 오르자 희화(羲和) 등에게 명해 역법(曆法)을 정하고, 효행으로 이름이 높았던 순을 등용하여 자기의 두 딸을 아내로 삼게 하고 섭정(攝政)하게 했다.

5) 순(舜): 성(姓)은 우(虞) 또는 유우(有虞), 이름은 중화(重華). 선양(禪讓) 설화의 대표적 인물로, 요(堯)·우(禹)와 병칭된다. 『사기』 「오제본기」에 의하면, 전욱(顓頊)의 6세손으로 아버지는 고수(瞽叟)였다. 당시 천자 요임금은 순의 평판을 듣고 자기 두 딸을 순에게 출가시켰다. 아버지와 이복동생에게 살해당할 뻔한 사건을 극복하고 효의 도리를 다했다. 요임금의 발탁으로 섭정을 했으며, 요임금이 죽자 요임금의 아들 단주(丹朱)를 즉위시키려 했으나 천하의 인심이 그에게 기울어졌기 때문에 마침내 천자의 지위에 올랐다. 순은 남방을 순수(巡狩)하던 중 병으로 죽어, 창오산(蒼梧山)에 묻혔다고 한다.

민生民 이래로 스스로 있었던 것이지, 천자가 분봉分封한 것이 아니다. 우가 왕이 되어 도산塗山에서 회합했는데, 회합에 뒤늦게 나타나서 주살誅殺, 죽임된 사람은 오직 방풍뿐이었다.[6] 탕이 왕이 되어 멸망시킨 곳도 갈葛 및 곤오, 위, 고[7] 등 서너 나라뿐이었고, 그 지역 역시 대부분 왕기王畿, 경기 지역에 편입시켰다. 우왕과 탕왕이 어찌 비어 있는 땅을 자제들과 공신들에게 봉했겠는가?

경전經傳에서 이른바 "들을 구획해서 제후를 세웠다"[8]고 한 것은 여러 나라의 크기에 따라 제도를 만들기를, 후세의 호湖와 영嶺, 광동·광서 지역에 설치한 이른바 선위宣慰·선무宣撫·안무安撫·장관長官 등의 토관土官과 같이 했을 뿐이다. 오직 주나라 무왕武王이 육주六州의 군대로 은나라 주왕紂王을 정벌했으되, 목야의 전투에서는 수, 곧 주왕의 군대가 오히려 숲과 같이 많다고 일컬었다.[9] 관숙管叔과 채숙蔡叔의 난리에 사방의 나라들이 선동했다가 전후로 멸망한 곳이 100여 나라였으므로, 무왕과 주공[10]이 그 지역을 가지고 크게 제후들을 봉하고 왕실의 번병藩屛,

---

6) 우가 왕이 되어~방풍(防風)뿐이었다: 『사기』 권47 「공자세가孔子世家」에 보면, "중니(仲尼)가 말하기를, '우가 뭇 신들을 회계산(會稽山)에 오게 했을 때 방풍씨가 뒤늦게 왔으므로, 우가 죽여서 도륙했다'라고 했다"고 나온다.

7) 곤오(昆吾), 위(韋), 고(顧): 『시경』 「상송商頌·장발長發」에, "위와 고를 정벌하고, 곤오와 하걸도 쳤네(韋顧既伐, 昆吾夏桀)"라고 했다.

8) 들을 구획해서 제후를 세웠다: 들을 구획한다는 것은 분야(分野)에 따라 분봉(分封)한다는 뜻이고, 제후를 세운다는 것은 제후에게 봉지(封地)를 정해 임명한다는 말이다. 제후를 세운다는 말은 『주역』의 효사(爻辭)에 거듭 나온다.

9) 목야(牧野)의 전투에서는~많다고 일컬었다: 『상서』 「주서·무성武成」에 다음과 같은 기록이 있다. "갑자일 새벽에 수(受, 주왕紂王)가 숲처럼 많은 군대를 거느리고 목야에 모였으나, 우리 군대에 대적하는 자가 없었다. 앞에 있는 무리들이 창을 거꾸로 들어 뒤에서 공격하여 패배하니, 피가 흘러 방패가 떠다녔다. 한 번 전투복을 입어 천하가 크게 안정되었다(甲子昧爽, 受率其旅若林, 會于牧野, 罔有敵于我師, 前徒倒戈, 攻于後以北, 血流漂杵, 一戎衣, 天下大定)."

10) 주공(周公): 이름은 단(旦). 주나라 왕조를 세운 문왕(文王)의 아들이며 무왕(武王)의 동생이다. 무왕이 죽은 뒤 나이 어린 성왕이 제위에 오르자 섭정이 되었다. 은나라 족속의 대표자 무경(武庚)과 녹보(祿夫), 그리고 주공의 동생 관숙·채숙 등이 반란을 일으키자, 주공은 소공(召公)과 협력하여 동방으로 원정(遠征)하여 하남성(河南省) 낙양(洛陽) 부근 낙읍(洛邑,

울타리으로 삼아 천하를 차지한 위세를 드러냈다. 이는 융성했던 상고시대의 관점에서 본다면 말세의 일이었으므로, 덕이 박해서 그랬다고 말하더라도 옳다.

封建說, 柳子厚及蘇氏·范氏盡之矣. 然竊嘗疑封建只是姬周一王之制, 堯·舜·禹·湯, 未必然. 彼萬國者, 生民以來, 所自有, 非[11]天子分封之也. 禹之王也, 會萬國於塗山, 後至而誅者, 唯防風. 湯之王也, 所滅唯葛及昆吾·韋·顧[12]數國, 而其地亦應多入於王畿. 禹·湯安得空閒之土, 以封子弟功臣乎?

經傳所謂 '劃野建侯' 云者, 不過因諸國之大小, 而爲之制度, 如後世湖嶺間土官, 所謂宣慰·宣撫·安撫·長官之屬[13]而已. 唯周武王以六州之衆伐紂, 故牧野之戰, 受旅猶稱若林. 管蔡之亂, 四國煽動, 前後夷滅者, 蓋以百數, 故武王·周公得以其地, 大封列侯, 藩屛王室, 示天下形勢. 此自隆古觀之, 則自是季世事, 雖謂之德薄, 可也.

🎋 평설

주나라 때 지방을 나누어 제후를 봉했다는 봉건론에 대해서는 역사적 사실 여부나 정치적 의의에 대해 많은 논란이 있어왔다. 당나라 유종원, 북송의 소식과 범중엄은 군주의 절대 권력을 분산시키는 한 방

지금의 성주成周에 진(鎭)을 설치했다. 주공은 은나라 족속을 회유하기 위하여 은나라 옛지역인 상구(商丘)에 주왕의 형 미자계(微子啓)를 봉하여 송(宋)나라라 칭하고, 아들 백금(伯禽)을 노(魯, 지금의 곡부曲阜)나라에 봉건(封建)하는 등 봉건제(封建制)를 실시했다. 또한 예악(禮樂)과 법도(法度)를 제정했는데, 『주례周禮』는 그의 저술이라고 전해진다.
11) [교감] 非: 서울대본은 '惟'로 되어 있다. 통문관본, 고려대본, 연민문고본을 따른다.
12) [교감] 顧: 연민문고본은 '顚'으로 되어 있다. 통문관본, 고려대본, 서울대본을 따른다.
13) [교감] 所謂~長官之屬: 연민문고본에만 있다.

도로 봉건론을 지지하고, 그 기원을 주나라 이전의 시대로 소급했다. 서포는 봉건의 기원을 주나라 이전으로 소급하는 데 반대하고, 봉건은 말세에 이르러 군주의 덕치가 쇠퇴했을 때 성립했다고 보았다. 조선의 상황에 비추어 왕권의 강화를 지지했기 때문에 이와 같이 주장한 듯하다.

범증과 동공
상一5

　소식[1]과 호인[2]이 범증范增과 동공[3]에 관해 논한 것은 모두 당시의
사정을 제대로 파악하지 못했다. 범증이 항량項梁에게 유세하여 초나라
왕족의 후예를 찾아 천자로 즉위시키라고 권한 것은 우씨[4]에게 진심으
로 충성한 것이 아니었고, 사실은 항씨項氏의 세력을 키우고자 함이었
다. 이것은 바로 진승과 오광이 스스로를 부소·항연이라고 일컬은 것[5]
과 같다. 민간에서 양을 치던 이가 어찌 반드시 초나라의 후손이었겠

---

1) 소식(蘇軾, 1036~1101): 「범증론范增論」을 집필했다.
2) 호인(胡寅): 북송 때 학자, 복건성 사람. 자는 강후(康侯), 시호는 문정(文定). 당호가 치당(致
　堂)이어서 호치당으로 부른다. 『독사관견讀史管見』을 집필했다.
3) 동공(董公): 신성(新城)의 삼로(三老). 한왕(漢王) 유방(劉邦)에게, 항우에게 살해된 초나라
　의제(義帝)를 위해 발상(發喪)하고 병사들에게 흰 상복을 입히라고 권했다. 그리고 군대는 명
　분이 있어야 적을 복종시킬 수 있다고 한왕을 설득해서 항우를 "임금을 내쳐죽인 천하의 역적
　으로 성토하라"고 했다. 『한서漢書』 권1 「고제기高帝記」에 나온다.
4) 우씨(芊氏): 초(楚)나라 임금의 성(姓).
5) 진승(陳勝)과~일컬은 것: 진승과 오광(吳廣)은 자신들이 공자 부소(扶蘇)와 초나라 장수 항
　연(項燕)이라 사칭하여 단을 모으고 맹세한 후 진승은 스스로 장군이 되고 오광은 도위가 되
　어 서쪽의 진(陳)으로 진출했다.

는가?[6] 범증은 그 우씨초회왕의 손자 심心를 맞아 왕으로 세우려 할 때 이미 그를 제사지내고 나면 버릴 추구[7]쯤으로 보았다. 『사기』에서 "범증이 평소에 기발한 계책을 좋아했다"[8]고 했으니, 그 의미가 절로 분명하다. 범증으로 말하자면 항씨의 모신謀臣, 꾀가 많아 모사에 뛰어난 신하이었으니 초나라 의제에 대해 무슨 충성심이 있었겠는가? 안양에서 새벽에 송의를 조회한 것[9]과 장강長江 가운데서 의제를 격살한 것[10]은 범증이 반드

6) 민간에서~후손이었겠는가: 『사기』권7 「항우본기項羽本紀」에, "이에 항연이 범증의 말을 옳다고 여겨, 마침내 초나라 회왕의 손자 심心을 민간에서 찾았는데, 그는 남을 위해 양을 치고 있었거늘, 그를 즉위시켜 초나라 회왕으로 삼았으니, 백성들이 바라는 바를 따라서 그렇게 한 것이다(於是項梁然其言, 乃求楚懷王孫心民間, 爲人牧羊, 立以爲楚懷王, 從民所望也)"라고 했다.

7) 제사지내고~추구(芻狗): 추구는 짚으로 만든 개를 말하며 제사 때 쓰고 나면 버리므로, 필요할 때는 사용하고 쓸모없어지면 버리는 것의 비유로 쓰임. 옛날 중국에서 제사지낼 때 사용하던 풀강아지. 제사가 끝나면 태워버렸으므로, 소용이 있을 때는 귀중하게 여기지만 다 쓰고 나면 버리는 것을 비유하는 말로 사용한다. 『장자莊子』「천운天運」에 "무릇 추구는 아직 진설하지 않았을 때에는 대광주리에 넣어 화려하게 수놓은 천으로 싸두었다가, 시축(尸祝, 제사를 주관하는 제주)이 재계(齋戒)한 뒤에 내와서 신에게 바치지만, 이미 진설한 뒤에는 길 가는 이가 그 머리와 등짝을 밟고 지나가고 풀 베는 이는 그것을 가져다가 부뚜막에 불을 지피고 말 따름이다(夫芻狗之未陳也, 盛以篋衍, 巾以文繡, 尸祝齋戒以將之. 及其已陳也, 行者踐其首脊, 蘇者取而爨之而已)"라고 했다.

8) 범증이~좋아했다: 『사기』권7 「항우본기」에 보면, "거소(居鄛) 사람 범증은 나이가 일흔인데, 평소 집에 있을 때 기이한 계책을 좋아했다(居鄛人, 范增, 年七十, 素居家, 好奇計)"라고 했다.

9) 안양(安陽)에서 새벽에 송의(宋義)를 조회한 것: 『사기』권7 「항우본기」에 다음과 같은 기록이 있다. "왕이 송의를 불러서 더불어 일을 계획해보고는 그를 크게 좋아하여 마침내 머물러두고서 상장군으로 삼고, 항우는 노공(魯公)으로서 차장(次將)으로 삼았으며, 범증은 말장(末將)이 되었다. 조(趙)나라를 구원할 때 모든 별장이 송의에게 소속되어 경자관군이라고 호칭했다. 행군하여 안양에 이르러 46일이나 머물러도 전진하지 않았다. …… 항우는 이른 새벽에 상장군 송의를 조회하러 가던 즉시 장막 안으로 들어가 송의의 머리를 베고는 군진에 명령을 내어 말하기를, '송의가 제나라와 모의하여 초나라를 배반하려 했으므로 초나라 왕이 몰래 항우에게 명하여 그를 주살하라고 시켰다'라고 했다(王召宋義, 與計事而大悅之, 因置以爲上將軍, 項羽爲魯公, 爲次將, 范增爲末將, 救趙. 諸別將皆屬宋義, 號爲卿子冠軍. 行至安陽, 留四十六日不進. … 項羽晨上將軍宋義, 卽其帳中斬宋義頭, 出令軍中曰: '宋義與齊謀反楚, 楚王陰令羽誅之')."

10) 장강(長江) 가운데서 의제를 격살한 것: 『사기』권7 「항우본기」에 다음 기록이 있다. "항왕이 관문을 나와 도성으로 가서는 사람을 시켜서 의제를 옮기게 하고는 말하기를, '옛날의 제왕은 땅이 사방 천리로서, 반드시 상류에 거처했습니다'라고 했다. 마침내 사자를 시켜서 의제를 장사(長沙) 침현(郴縣)으로 이주하도록 해 의제를 재촉해서 길에 오르게 하니, 그 신하들이 차츰 배반했다. 마침내 가만히 형산(衡山)·임강왕(臨江王)을 시켜서 의제를 강 가운데서

시 주모했을 것이다. 그러니 그가 어찌 이 일 때문에 떠나려 했겠는가?

무릇 의제^{초회왕의 손자} 심^心가 유약한데도 항우가 매우 꺼린 것은, 초나라의 구가^{舊家, 대를 이은 집안} 세신^{世臣, 대대로 한 가문이나 왕가를 섬기는 신하} 중에 의제의 측근 신하로서 항씨의 강성함을 미워하여 항씨와 의제 사이를 이간하는 자가 많았기 때문이다. 송의를 상장^{上將}으로 삼고, 패공을 관중^{關中}으로 들여보낸 것¹¹⁾을 살펴도 이를 알 수가 있다. 그러나 이 모두는 여러 신하가 행한 일이지 어찌 의제 스스로 시행한 것이겠는가? 패공이 함곡관에 먼저 들어갔으나 항우의 위세에 눌려 퇴각한 후 항우가 함양을 약탈하고서 회왕에게 보고했을 때 의제가 "약속대로 행하라"고 대답한 것¹²⁾도 마땅히 신하들의 의견을 따라 그러했을 것이다. 의제가 항우를 죽이고자 한 것은 아마도 여러 대신들과 함께 모의한 것이었으나, 의

격살하도록 했다(項王出之國, 使人徙義帝, 曰: '古之帝者, 地方千里, 必居上游.' 乃使徙義帝長沙郴縣, 趣義帝行, 其羣臣稍稍背叛之, 乃侤令衡山·臨江王擊殺之江中)."

11) 송의를~들여보낸 것: 『사기』 권8 「고조본기高祖本紀」에 다음 기록이 있다. "조나라에서 거듭 구원을 청하자 회왕은 이에 송의를 상장군으로 삼고 항우를 차장으로 삼았으며 범증을 말장으로 삼아 북쪽으로 조나라를 구원하였다. 또한 패공(沛公, 유방)에게 명하여 서쪽으로 공략하여 함곡관에 들어오게 하였다. 그리고 여러 장수들과 함곡관에 먼저 들어가 관중(關中) 지역을 평정하는 자가 왕이 되기로 약속하였다(趙數請救, 懷王乃以宋義爲上將軍, 項羽爲次將, 范增爲末將, 北救趙. 令沛公西略地入關. 與諸將約, 先入定關中者王之)."

12) 패공이~대답한 것: 『사기』 권8 「고조본기」에 다음 기록이 있다. "항우가 마침내 서쪽으로 향하여, 함양(咸陽)의 진나라 궁실을 도륙하고 불태우매, 지나가는 곳마다 해 입고 파괴되지 않은 곳이 없었다. 진나라 사람들이 크게 실망했으나, 두려워서 감히 복종하지 않을 수 없었을 따름이다. 항우가 사람을 시켜서 돌아가 회왕(懷王)에게 보고하게 하자, 회왕이 말하기를, '약속대로 행하라'라고 했다. 항우는 회왕이 선뜻 자기로 하여금 패공과 더불어 함께 서쪽으로 함곡관으로 들어가게 하지 않고 북쪽으로 조나라를 구원하게 하여 먼저 함곡관에 들어오는 자를 왕으로 삼는다는 천하의 약속에 늦은 것을 원망했다. 마침내 말하기를, '회왕이란 자는 우리집의 항량이 세운 자일 뿐이고, 공벌(功伐)이 없거늘, 어찌 맹약의 맹주가 될 수 있겠는가! 본시 천하를 안정시킨 것은 여러 장수들과 나 항적이다'라고 했다. 마침내 거짓으로 회왕을 높여서 의제로 삼았으나, 실은 그의 명을 받아들이지 않았다(項羽遂西, 屠燒咸陽秦宮室, 所過無不殘破. 秦人大失望, 然恐, 不敢不服耳. 項羽使人還報懷王. 懷王曰: '如約.' 項羽怨懷王不肯令與沛公俱西入關, 而北救趙, 後天下約. 乃曰: '懷王者, 吾家項梁所立耳, 非有功伐, 何以得主約! 本定天下, 諸將及籍也.' 乃佯尊懷王爲義帝, 實不用其命)."

제는 어리석고 치밀하지 못하여 항우에게 먼저 화를 당했다. 이것은 곽광이 창읍왕을 세우매[13] 창읍왕의 여러 신하들이 모의하여 곽광을 해치려고 했으나 패하여 죽으면서, "마땅히 잘라내야 할 것을 잘라내지 못하여 도리어 그 화를 입었다"고 한 것과 아주 비슷하다.[14] 만약 의제가 항우에 의해 침현에 보내졌을 때 반드시 제후를 모아 초나라를 취하고자 했었다면, 항우가 어찌 편안할 수 있었겠는가? 항우는 참으로 사나웠으므로 여러 대신들이 의제를 위해 항우를 제거하려고 도모했던 것은 다만 화를 재촉하기에 충분했다. 그런데도 소식은 의제를 '천하의 현명한 임금'이라고 했으니,[15] 이는 잘못이다.

동공이 한왕漢王. 패공에게 의제를 위해 발상하고 역적을 토벌하라고 권한 말도 범증이 항량에게 한 말과 비슷하다. 당시에 적국을 기울게 하고 제후를 모으는 계책은 옳은 것 같으나, 소하蕭何 · 장량張良 · 진평陳平 · 한신韓信의 여러 공들 중에 그것을 말한 자가 없었던 것은 어째서인가? 아마도 제후들은 의제가 천하의 군주가 되기에는 부족하다는 것을 잘 알고 있었기 때문일 것이다. 그러므로 패공이 인물을 알아주어 등용된 자들은 그들의 임금의제이 시해되었다는 것을 듣고도 이상하게 여기지 않고

---

13) 곽광(霍光)이 창읍왕(昌邑王)을 세우매: 곽광은 한나라 무제(武帝)의 두터운 신임을 받은 명신으로, 무제의 유조(遺詔)를 받고 김일제(金日磾) 등과 더불어 소제(昭帝)를 보필하면서 대사마(大司馬)·대장군(大將軍)이 되었다. 소제가 죽자 창읍왕 하(賀)를 맞아들여 황제의 자리에 있게 했다가, 그가 음란하다는 이유로 폐위시키고 다시 선제(宣帝)를 영입하는 등 전후 20년 동안 정치를 좌우했다.

14) 이것은 곽광이~비슷하다:『사기』권52「제도혜왕세가齊悼惠王世家」에 보면, "소평(召平)이 말하기를, '아아, 도가의 말에 마땅히 끊어야 할 때 끊지 않으면 도리어 그 난리를 입는다고 했으니, 바로 이것을 두고 한 말이다' 하고는 마침내 자살했다(召平曰: '嗟乎道家之言, 當斷不斷, 反受其亂, 乃是也.' 遂自殺)"라고 했다.

15) 소식은~했으니:『동파전집』권105「논고論古」에 "나는 일찍이 의제는 천하의 현명한 군주라고 논한 적이 있다. 의제는 패공만을 보내 함곡관에 들어가게 하였고 항우를 보내지 않았으며, 경자관군(卿子冠軍) 송의를 뭇 사람들 속에서 알아보고서 그를 상장군으로 발탁하였으니, 현명하지 않고서 능히 이와 같을 수 있겠는가?(吾嘗論之, 義帝天下之賢主也. 獨遣沛公入關而不遣項羽, 識卿子冠軍於稠人之中, 而擢以爲上將, 不賢而能如是乎)"라고 나온다.

잠잠했다. 하물며 이웃나라 사람이야 어떠했겠는가?

예는 이뿐만이 아니다. 제왕 영은 그의 임금 불을 죽이고 스스로 즉위했고,[16] 연왕 도는 그의 임금 광을 죽이고 스스로 즉위했으며,[17] 상산왕 장이는 그의 임금 헐을 몰아내고 스스로 즉위했고,[18] 구강왕 경포와 장사왕 오예[19] 또한 초나라 항우의 명령을 받고 몸소 장강 가운데서 다스렸다. 당시 제후들은 대개가 이러한 무리들이었다. 의제가 죽자 한왕이 흰 상복을 입는 장례를 거행한다는 말을 듣고 그들이 어찌 조금이라도 감격하고 분발하는 뜻이 있었겠는가? 이것은 필시 초나라에 대해 죄를 묻는다면 장차 나에게 죄가 미칠 것이라고 생각했기 때문이다. 장량과 진평이 말하지 않은 것은 아마도 이 때문일 것이다.

그런데 호치당호인은, 역이기酈食其가 제齊를 항복시키고 수하隨何가 구강九江을 항복시킴으로써 초나라를 멸망시키고 천하를 차지하게 된 것이 모두 흰 상복의 장례를 거행케 한 힘에 귀착한다[20]고 생각했으니

---

16) 제왕(齊王) 영(榮)은~즉위했고: 『사기』 권7 「항우본기」에, "전영(田榮)이 전담(田儋)의 아들 불(市)을 세워 제나라 왕으로 삼았다(田榮立田儋子市爲齊王)"라고 했다.

17) 연왕(燕王) 도(荼)는~즉위했으며: 『사기』 권7 「항우본기」에, "이어서 한광(韓廣)을 요동으로 내쫓으나 한광이 듣지 않으므로, 도가 한광을 격살했다(因遂韓廣之遼東, 廣弗聽, 荼擊殺廣)"고 했다.

18) 상산왕(常山王)~즉위했고: 『사기』 권7 「항우본기」에, "조나라 왕 헐(歇)을 이주시켜 대왕(代王)으로 삼았다. 조나라 재상 장이(張耳)는 본디 어질었는데, 그도 따라서 함곡관을 들어갔으므로, 장이를 세워서 상산왕으로 삼고, 조나라 땅에 군림하도록 하고 양국(襄國)을 도읍으로 정하게 했다(徙趙王歇爲代王. 趙相張耳素賢, 又從入關, 故立耳爲常山王, 王趙地, 都襄國)"고 했다.

19) 구강왕(九江王)~오예(吳芮): 『사기』 권7 「항우본기」에, "당양군(當陽君) 경포(黥布)를 초나라 장수로 삼았는데, 늘 군대의 으뜸에 있었으므로 경포를 세워서 구강왕(九江王)으로 삼아 육(六) 땅에 도읍하게 했다. 파군(鄱君) 오예(吳芮)는 백월(百越)을 인솔해 제후를 도왔으며, 또 따라서 함곡관을 들어갔으므로 오예를 세워서 형산왕(衡山王)으로 삼고 주(邾)에 도읍하게 했다(當陽君黥布爲楚將, 常冠軍, 故立布爲九江王, 都六. 鄱君黥芮, 率百越, 佐諸侯, 又從入關, 故立芮爲衡山王, 都邾)"고 했다. 오예는 뒤에 딸을 경포(영포)에게 시집보냈고, 또 한나라를 받들어 장사왕(長沙王)에 봉해졌다.

20) 그런데 호치당은~귀착한다: 『비연집斐然集』 권11 「청행삼년상차자請行三年喪箚子」에, "전일 조서를 보면, 대장과 편비장에게 명령하여 발상하고 상복을 입으라고 하셨는데, 식자들치고 훌륭하다고 일컫지 않는 이가 없습니다. 이것은 바로 한나라 고조가 의제를 위해 호소(縞

이 얼마나 사정에 어두운 일인가? 한나라가 초나라를 이긴 이유에 대해서는 남궁의 연회에서 고제高帝와 신하들이 모두 말했다.[21] 역이기와 수하의 유세가 각각 제와 구강에서 효과를 보았던 것은 제나라 왕과 구강 왕이 초나라 왕과 사이가 나빴고 한나라의 세력이 점점 강해졌기 때문이다. 설령 두 사람이 그러한 유세를 하지 않았더라도 마땅히 제나라 왕과 구강 왕을 항복시켰을 것이다.

어떤 사람은 이렇게 말했다.

"동공의 계책이 비록 한나라와 초나라가 흥하고 망한 이유는 아니었다고 해도 그의 명분과 의리는 아주 옳다. 제나라 환공이나 진나라 문공의 거동도 이것을 뛰어넘을 수 없으니, 어찌 당시로서는 소하나 장량이 미치지 못한 제일의第一義, 근본이 되는 첫번째 의의가 아니었겠는가?"

이것 또한 그렇지 않다. 무릇 한나라 고조가 군대를 일으켰을 때 그 마음이 어찌 오로지 백성을 위로하고 죄인을 토벌하는 데에서만 나왔겠는가? 그러나 주문공朱文公, 주자은 "한나라 고조는 사사로운 본성이 적었으며 천인天人을 받들 만한 기상이 있었다"[22]고 했다. 장량이 평생 행한 바는 비록 득과 실이 없을 수는 없으나 꾸미지 않고 있는 그대로 드러냈으므로 겉과 속이 훤하여 남들이 볼 수 있었다. 그의 인품을 논하자면 비록 탕임금과 무왕에게는 미치지 못하지만 제나라 환공이나 진

素, 흰 비단옷)의 상복을 입었던 절개로, 군대를 제어하는 근본을 얻은 것이요, 승리의 큰 기틀을 장악한 것입니다(前日詔書, 令大將偏裨, 發哀成服, 識者無不稱善. 此乃漢祖爲義帝縞素之節, 得馭軍之本, 制勝之大幾矣)"라고 했다.

21) 한나라가~말했다: 『사기』 권8 「고조본기」에, "고조가 낙양(雒陽)의 남궁(南宮)에서 술자리를 베풀었다. 고조가 말하기를, '여러 제후들과 장수들은 숨기려 하지 말라. 짐은 진실을 말하겠으니, 내가 천하를 얻은 것은 어째서인가? 항씨가 천하를 잃은 것은 어째서인가'라고 했다. 고기왕릉(高起王陵)이 대답하여 이렇게 말했다. …… (高祖置酒雒陽南宮. 高祖曰: '列侯諸將無敢隱, 朕皆言其情, 吾所以有天下者何? 項氏之所以失天下者何?' 高起王陵對曰: …)"라고 했다.

22) 한나라 고조는~있었다: 『주자어류』 권135, 「역대歷代·2」에 보면 약해(若海)의 기록에, "한나라 고조는 사사로운 뜻의 분수가 적다. 당나라 태종은 일체가 인과 의를 빌려와서 사사로운 짓을 저질렀다(漢高祖, 私意分數少, 唐太宗, 一切假仁借義, 以行其私)"고 했다.

나라 문공보다는 훨씬 뛰어나다. 그렇거늘 어찌 반드시 소인배들의 교활한 일을 백성에게 벌여 보여 백성을 속였겠는가?

하물며 한나라 고조 원년 10월에 의제가 살해당했으나 군사들이 흰 상복을 입은 일은 다음해 3월에 있었으니, 어찌 군부君父의 초상이 났다는 부음을 듣고 처음에는 전혀 변화를 보이거나 동요하지 않다가 6개월이 지난 후에 갑자기 곡하여 먼 지역까지 감화해서 변화시켰단 말인가? 비록 오패가 인의의 이름만 빌려온 일[23]을 모방하려고 했더라도 어느 누가 그것이 거짓이어서 본래 의리를 지니지 않았음을 몰랐겠는가? 아울러 논한다면, 동공의 유세는 판세의 분수령에서 한나라에게 유리함을 가져다주기에는 아주 부족했고, 범증의 계책은 다만 항우가 실책을 저지르게 만드는 병폐가 되었을 뿐이다.

東坡·致堂之論范增·董公, 皆不得當時事情. 增之說項梁, 非眞忠於芉氏者, 實欲張大項氏氣勢, 亦猶陳·吳之稱扶蘇·項燕. 民間牧羊兒, 詎必是楚後? 方其迎立之時, 已視爲未祭之芻狗矣. 史稱增素好奇計, 意自分明. 若增者, 自是項氏謀臣, 於帝何有哉? 安陽之朝, 江中之擊, 增必爲謀首, 其肯以此去乎哉?

夫以義帝之冲弱, 而深見忌於羽者, 以楚之舊家世臣, 多有爲帝左右, 惡項氏之强, 綦[24]間於帝者耳. 觀其以宋義爲上將, 遣沛公入關, 則可知之[25]矣. 然此皆諸臣事, 豈帝自運哉? 如約之對, 亦當如是矣. 義之欲殺羽, 盖與諸大臣謀者, 而義愚不密, 爲羽所先. 此頗似霍光之立昌邑王, 昌邑群臣謀

---

23) 오패(五伯)가 인의(仁義)의 이름만 빌려온 일: 오패는 춘추오패(春秋五霸)를 말한다. 『맹자』 「진심盡心·상」에, "오패는 인의를 빌려서 쓴 자들이다. 오래도록 빌려 쓰고서 반환하지 않았으니, 자기의 참 소유가 아닌 것을 그들이 어떻게 알았겠는가?"라고 했다.

24) [교감] 綦: 통문관본에 '綦'으로 되어 있다. 고려대본, 연민문고본, 서울대본을 따른다.

25) [교감] 之: 연민문고본에는 이 글자가 없다. 통문관본, 고려대본, 서울대본을 따른다.

欲害光, 及敗臨死曰: "當斷不斷, 反受其亂"者也. 苟令帝在郴, 則其必合諸侯, 以謀楚, 羽安得晏然? 羽則固悍矣, 諸大臣之爲帝謀者, 適足以促禍, 而蘇子乃謂天下之賢主, 過矣.

董公之說漢王, 亦猶增之說項梁. 在當時傾敵國攡諸侯之策, 疑若得之矣. 蕭·張·陳·韓諸公, 未有言之者, 何也? 蓋諸侯之人, 熟知義帝之不足爲共主. 故如沛公之受知簡用者, 聞其君之死於弑, 而蓋亦恬[26]然不以爲異, 況隣國乎?

非但此也. 齊王榮弑其君市而自立. 燕王荼弑其君廣而自立. 常山王耳逐其君歇而自立. 九江王布, 長沙王芮, 又受楚之令, 親下手於江中者, 當時諸侯, 擧皆此類, 聞縞素之擧, 豈有一分感激奮發之義乎? 是[27]必自疑聲罪於楚者, 行將及己. 良·平之不言, 意者以此乎!

致堂乃以酈生之下齊, 隨何之下九江, 以至[28]滅楚有天下, 皆歸之縞素之力, 何其迂哉? 漢之所以克楚, 南宮之[29]置酒, 高帝群臣, 言之盡矣. 酈·隨之說, 得售於齊·九江, 以[30]其與楚有隙, 而漢勢漸張故耳. 設令二生不擧此說, 亦當下之矣.

或謂: "董公之謀, 縱非漢·楚之所以興亡者, 其名義甚正. 桓·文之擧, 無以踰此, 亦豈非當時第一義, 而蕭·張之所不及者乎?"

此亦不然. 夫漢祖之起兵, 其心豈能一出於弔民討罪乎? 然而朱文公稱漢祖私意分數少, 有天人捧出底氣像[31]. 良以其一生所爲, 雖不能無得失, 而莫不任眞不飾, 表裏洞然, 人得以見之. 論其人品, 雖不及湯·武, 而過於桓·文, 則遠甚[32]. 何必作此小家子狡獪伎倆, 示民以[33]詐乎?

---

26) [교감] 恬: 연민문고본은 '括'로 되어 있다. 통문관본, 고려대본, 서울대본을 따른다.
27) [교감] 是: 연민문고본은 '此'로 되어 있다. 통문관본, 고려대본, 서울대본을 따른다.
28) [교감] 至: 연민문고본은 이 글자가 없다. 통문관본, 고려대본, 서울대본을 따른다.
29) [교감] 之: 연민문고본은 이 글자가 없다. 통문관본, 고려대본, 서울대본을 따른다.
30) [교감] 以: 연민문고본은 '而'로 되어 있다. 통문관본, 고려대본, 서울대본을 따른다.
31) [교감] 像: 고려대본은 '象'으로 되어 있다. 통문관본, 서울대본, 연민문고본을 따른다.

況元年十月義帝見弑, 而縞素之師, 乃在三月, 安有聞君父之喪, 而初未嘗
有變動之節, 乃於六月之後, 猝然袒哭, 而能使遠近風動者乎? 雖欲效五伯之
假之, 人孰不知其非有也? 合而論之, 則董公之說, 固不足爲漢輕重, 而范增
之策, 適足爲羽之病而已也.

🌿 평설

서포는 이 글에서 소식이 범증의 거취에 대해 논한 내용과 호인이
동공의 계책에 대해 논한 내용을 반박하면서, 역사 해석에서 명분보다
형세를 면밀히 따져야 한다고 보았다.

소식의 논평은 『동파전집』 권105 「지림志林 13조·논고」에 나온다.

　　한나라가 진평陳平의 계책을 써서 초나라 군주와 신하 사이를 이간질
했으므로, 항우는 범증이 한나라와 사통한다고 의심해 그 권력을 빼앗았
다. 범증이 크게 노하여, "천하 일이 크게 정해졌습니다. 군왕께서 스스
로 하십시오. 원컨대 해골이나마 살려주셔서 군사의 대오 사이로 돌아가
도록 해주십시오"라고 했다. 그는 떠나가다가 팽성彭城에서 등창으로 죽
었다.

　　소자蘇子는 이렇게 말한다. 범증이 떠난 것은 잘한 일이다. 떠나지 않
았더라면 항우가 필시 범증을 죽였을 것이다. 다만 빨리 떠나지 않은 것
이 한스러울 따름이다. 그렇다면 어떤 일로 떠났어야 했는가? 홍문연에
서 범증은 항우에게 패공을 죽이라고 했으나 항우가 듣지 않아 끝내 천
하를 잃고 말았으니, 그때에 떠났어야 했는가? 아니다. 범증이 패공을

---

32) [교감] 遠甚: 연민문고본은 '甚近'으로 되어 있다. 통문관본, 고려대본, 서울대본을 따른다.
33) [교감] 以: 연민문고본은 '而'로 되어 있다. 통문관본, 고려대본, 서울대본을 따른다.

죽이자고 한 것은 남의 신하 된 자의 본분으로 볼 때 당연한 일이었고, 항우가 패공을 죽이지 않은 것은 군주 된 사람으로서 스스로의 판단에 따른 일이었다. 범증이 어찌 이 때문에 떠나야 했겠는가? 『역易』에 말하기를, "기미를 앎이 신묘함이리라知幾其神乎"라고 했고, 『시詩』에 이르기를, "저 큰 비와 큰 눈이 내림에 먼저 싸락눈이 모이는도다如彼雨雪, 先集維霰"라고 했다. 범증이 떠나려면 마땅히 항우가 경자관군卿子冠軍. 송의宋義을 죽였을 때 그랬어야 했다.

진섭陳涉이 민심을 얻게 된 것은 항연과 부소를 들먹였기 때문이다. 항씨가 흥기한 것은 초나라 회왕의 손자 심心을 세움으로써였고, 제후가 항씨에게 등돌린 것은 의제를 죽임으로써였다. 그런데 의제가 즉위할 때는 범증이 모책을 세운 장본인이었다. 의제의 죽음이 어찌 유독 초나라의 성쇠에만 관계될 뿐이었겠는가? 역시 범증도 앙화를 당했던 것이니, 의제가 망하는 일이 없었더라면 범증은 오래도록 자리를 보존했을 것이다.

그런데 항우가 경자관군을 죽인 일은 의제를 시해할 조짐이었고, 의제를 시해한 것은 곧 범증을 의심하는 뿌리가 되었다. 어찌 진평이 항씨와 범증을 이간하기를 기다릴 필요가 있었겠는가? 사물은 먼저 썩은 뒤에 벌레가 생겨나는 법이다. 사람은 먼저 의심을 둔 뒤에 참소가 들어오는 법이다. 진평이 아무리 지혜롭다고 해도 어찌 의심을 두지 않는 군주를 이간할 수 있었겠는가?

나는 일찍이 논하기를, "의제는 천하의 현명한 군주라고 본다義帝天下之賢主也"라 했다. 의제는 패공만 함곡관에 들어가게 하고 항우는 보내지 않았으며, 많은 무리들 속에서 경자관군을 알아보고 발탁하여 상장군으로 삼았으니, 현명하지 않고도 능히 이와 같을 수 있었겠는가? 항우가 경자관군을 교살矯殺하자 의제는 결코 감당할 수가 없었다. 따라서 항우가 의제를 죽이지 않았으면 의제가 항우를 죽여야 했으리란 것은 지혜로운 자를 기다린 이후에야 알 수 있는 것이 아니다. 범증이 처음에 항량에게 권고하여 의제를 세우게 하자, 제후들이 이 때문에 항우에게 복종했다. 중도에 의제를 죽인 것은 범증의 뜻이 아니었다. 어찌 유독 그의 뜻이 아니었을 뿐이었겠는가? 힘껏 간쟁해 말리려도 항우는 그의 말을 듣지 않았을 것이다. 그의 말을 쓰지 않고 그가 세운 의제를 죽였으니, 항우가 범증을 의심하는 일은 반드시 이로부터 시작되었을 것이다.

항우가 경자관군을 죽였을 때, 범증은 항우와 어깨를 나란히 하여 의제를 섬기게 되었으므로 항우와는 군주와 신하의 본분이 아직 정해지지 않았다. 당시의 범증을 위해 계책을 세워본다면, 형세상 항우를 죽일 수 있으면 죽이고 그렇지 못하면 떠나면 되었다. 만일 그랬다면 어찌 의연한 대장부가 아니었겠는가? 범증은 나이가 이미 일흔 살이었으므로, 뜻이 부합하면 머무르고 부합하지 않으면 떠나야 했다. 그렇거늘 그때에 거취의 나뉨을 분명히 하지 않고 항우에 붙어 공적을 이루려 하였으니, 참으로 누추하도다. 그렇기는 하지만 범증은 고제^{유방}가 두려워하던 존재였다. 범증이 떠나지 않았기에 그때는 항우가 망하지 않았던 것이다. 아아, 범증은 역시 인걸이로다!

한편 호인이 동공의 거취에 대해 논한 내용은 『비연집』 권11 「재론견사차자^{再論遣使箚子}」에 나온다.

저는 듣자오니, 나라를 잘 다스리는 사람은 반드시 확정하여 바꾸지 않는 계책이 있어서, 그 대의를 바르게 해야지 요행으로 행해서는 안 된다고 합니다. 한나라 고조는 함곡관을 나가서는 동공의 계책을 따랐습니다. "군주를 시해했다는 이유로 항우를 토벌하면, 뒷날 거듭 패하더라도 항우가 불의하다는 죄를 짊어지게 되어, 강하더라도 반드시 약해질 것이다"라는 것이 그 계책이었습니다. 한나라는 그 계책을 고수해 바꾸지 않았으므로 끝내 천하를 차지하게 된 것입니다.

그러나 조선 후기의 이남규李南珪는 「동공론董公論」을 지어, 동공의 계책은 이세利勢를 따진 사술詐術에 불과해 대의大義를 편 것이 아니라고 논했다. 서포와 논점은 다르지만 호인의 논을 비판한 방식은 비슷하다.

장량의 시중時中
상―6

　양시[1]가 장자방張子房, 즉 장량張良에 관하여 논한 것은 새롭고 기발해서 좋아할 만하다. 주문공朱文公, 주희도 그 설을 인정했다. 그러나 『사기』와 『한서』의 본전[2]을 근거로 자세히 본말을 고찰해보면 그 논점은 사실과 다르다. 진승陳勝과 오광吳廣이 거병하자 장자방 또한 한韓나라의 자제들을 이끌고 한韓나라의 부흥을 도모하려고 동쪽으로 가서 초나라 왕 경구景駒를 만나려고 했다. 도중에 유留에서 패공沛公을 만나 회담한 뒤 뜻을 같이해서 그 구장廐將, 마구를 관장하는 장수이 되었다. 이때 경구가 항량에게 정복당하자 장자방은 항량에게 유세하여 횡양군橫陽君을 왕으로 세우도록 하고 그 자신은 한韓나라의 사도司徒가 되었다. 패공이 진秦을 정벌하려고 영천潁川을 지나갈 때 마침 장자방은 한韓 땅을 공략하여 평

---

1) 양시(楊時, 1053~1135): 북송의 학자며 정이(程頤)의 제자. 자는 중립(中立), 호는 구산(龜山).
2) 『사기』와 『한서』의 본전: 『사기』 권55 「유후세가留侯世家」와 『전한서前漢書』 권40 「장량열전張良列傳」을 말한다.

정해 있었는데 마침내 패공을 따라 서쪽으로 갔다. 장자방이 처음 유留에서 패공을 따랐던 것은 한때 함께 도모한 일이었을 뿐이므로 충성을 맹세하며 위지[3]하고 신하가 되었다고 할 수 없다. 당시는 또 한나라에 임금이 없었다가, 횡양군이 즉위한 뒤에는 장자방이 그를 보필했다. 옛날에는 패국霸國이 정벌을 행할 때 동맹국의 군주들과 군사작전을 위한 회동을 가졌는데, 임금이 몸소 갈 수 없을 경우에는 경卿을 보냈다. 장자방이 패공을 따라 진나라로 들어간 것은 실제로는 횡양군의 명이 있었기 때문이다. 항우가 결국 횡양군을 죽인 것은 이 일에 화가 났기 때문이다. 또 이때 패공유방은 초나라의 한 읍을 다스리는 우두머리에 지나지 않았고, 한韓은 비록 작은 나라이기는 했지만 장자방은 그 이웃 나라의 대부였으므로, 장자방이 초나라 읍의 우두머리를 신하로서 섬겨야 할 의리는 없었다. 「공신표」[4]에서 "장량은 한나라 사도로서 패공을 따라 관중으로 들어갔다"고 했으니, 이 점은 매우 명백하다. 장자방은 파수灞水가에서 항백에게, "신은 한나라 왕에 의해 패공에게 보내졌으므로 도망하는 것은 옳지 못합니다"라고 했다.[5] 이것은 유독 장자방의 말일 뿐만 아니라, 당시 제후들이 모두 아는 사실이었다. 장자방이 소하蕭何 · 조무상曹無傷 · 번쾌樊噲 · 역이기酈食其 등과 마찬가지로 패공에게

---

3) 위지(委質): 처음 벼슬에 나갈 때 임금 앞에 예물을 바치는 것을 말하며, 이때 예물로 죽은 꿩을 사용했다. 죽은 것을 바치는 것은 임금을 위해 필사(必死)의 뜻을 갖고 있음을 보이기 위함이다.

4) 「공신표功臣表」: 『사기』 권18 「표表 6 · 고조공신후연표高祖功臣侯年表」를 말한다. 단 이 표에는 "구장이 되어 그를 따라 하비에서 일어나 한나라 사도로서 한나라를 항복시켰다(以廐將從, 起下邳, 以韓司徒, 下韓國)"라고 되어 있다.

5) 장자방은~ 했다: 『사기』 권55 「유후세가」에 관련 기록이 있다. "홍문 아래에 이르러 패공을 공격하려고 하자, 항백(項伯)이 마침내 밤에 말을 내달려 패공의 군진으로 들어가 사사로이 장량을 만나보고 함께 도망하고자 했다. 장량이 말하기를, '신은 한(韓)나라 왕에 의해 패공에게 보내졌거늘, 지금 사정이 급하다고 도망한다면 옳지 못하다' 하고는 마침내 자세한 내용을 갖추어 패공에게 말했다. 패공이 크게 놀라 말하기를, '장차 어찌하면 좋을까' 했다(至鴻門下欲擊沛公, 項伯乃夜馳入沛公軍, 私見張良, 欲與俱去. 良曰: '臣爲韓王送沛公, 今事有急, 亡去不義.' 乃以語沛公. 沛公大驚曰: '爲將奈何')."

충성을 맹세했다면, 항백이 어찌 급히 도망가라고 권유했겠으며, 장자방의 대답이 어찌 다만 이와 같았겠는가? 유방과 항우의 오해가 풀어지고 제후들이 각각 땅을 나눠 받게 되자 장자방의 일은 끝났으므로, 패공이 봉지로 가는 것을 전송하고 자신은 본국으로 돌아갔다. 이것은 바로 남의 신하된 자가 복명復命, 명을 받들고 그 결과를 보고함하는 일상적인 일이었다. 어찌 양구산양시이 말한 대로 "처음에는 몸을 패공에게 맡겨 일을 처리하고, 또다시 한漢나라를 떠나 한韓나라로 돌아간 자"이겠는가? 『사기』에서는 "장자방이 태공병법太公兵法을 패공에게 유세하자 패공은 항상 그의 계책을 사용했으며 다른 병법을 말하면 이해하지 못했다. 장자방은, '패공은 아마 하늘이 내리셨을 것이다'[6]라 하고서 마침내 패공을 따르고 경구에게 가지 않았다"라고 했다. 이때 항씨가 차츰 강해져서 제후 중에 그를 따르는 이가 많았으나, 장자방은 홀로 패공을 따랐고 이후에 또 패공을 따라 진나라 관문으로 들어갔으므로 사신史臣이 여기에서 이 사실을 말했을 뿐이다. 이때 마침내 패공의 신하가 되어 다시는 한韓나라로 돌아가지 않았다고 말한 것이 아니다. 아마도 양구산은 이것을 잘못 본 것이 아니겠는가?

얼마 지나지 않아서 횡양군이 초나라에서 죽자 장자방은 돌아갈 나라가 없어지고 섬길 임금이 없어졌으니 임금의 원수는 갚지 않을 수 없었으므로 부득이 한나라에 가서 하소연했다. 그리고 이에 이르러 장자방은 비로소 한나라의 신하가 되었다. 그러자 평소 거만했던 한나라

---

6) 패공은 아마 하늘이 내리셨을 것이다: 『사기』 권55 「유후세가」에 보면, "장량이 자주 태공병법으로 패공에게 유세하자, 패공이 훌륭하다고 여겨서 늘 그의 모책을 응용했으며, 장량이 다른 사람의 말을 하면 모두 이해하지 못했다. 장량은 '패공은 아마도 하늘이 주는 듯하다'라고 여겨, 마침내 그를 따랐으며, 떠나가서 경구(景駒)를 알현하지 않았다. 그러다가 패공이 설(薛) 땅으로 가게 되자, 항량을 알현했는데, 항량은 초나라 회왕을 세웠다(良數以太公兵法說沛公, 沛公善之, 常用其策, 良爲他人言, 皆不省. 良曰: '沛公殆天授.' 故遂從之, 不去見景駒, 及沛公之薛, 見項梁, 項梁立楚懷王)"라고 했다.

고조도 평생 장자방을 빈사賓師, 제후가 귀한 손님으로 대우하는 학자로 대우하여 감히 이름을 부르지 않았다. 이는 아마도 한나라 고조가 장자방이 한나라를 섬긴 것은 오로지 옛 임금을 위해 복수하려 한 데서 말미암은 것이지, 풍·패의 여러 공들 중에 고매한 이들은 역사서에 이름을 남기려 하고 저급한 이들은 부귀를 얻으려 해서 자신을 따른 것7)과는 다르다는 사실을 매우 잘 알고 있었기 때문일 것이다. 고조만 그 사실을 알았던 것이 아니다. 장자방 또한 남에게 숨긴 적이 없었다. 그러므로 그가 말하기를, "집안이 대대로 한韓나라에서 재상을 지냈는데 한나라가 망했으므로 한나라를 위해 원수를 갚으려고 이제 세 치의 혀로 고제의 스승이 되었다"고 했다. 장자방의 출처出處의 본말本末은 청천백일靑天白日처럼 분명하여 사람들이 누구나 볼 수 있다. 어찌 양귀산의 말처럼 '마음을 뒤집고 바꾸어 천년토록 부끄러움을 받는' 경우라 하겠는가?

어떤 사람은 말하기를, "그렇다면 양구산이 말했듯이 한韓나라의 성成, 횡양군을 보필하여 중원을 치달리는 것이 바로 장자방의 뜻이 아니겠는가?"라고 한다. 이에 대해 말하자면 다음과 같다.

"신하가 되어 그 임금을 존귀하고 영화롭게 하고자 하는 것 또한 각각 나의 깜냥을 헤아리고 임금의 덕을 헤아려서 할 뿐이다. 영씨秦와 항씨項羽의 일족8)의 난은 치우9)보다 심해서 만약 총명함과 무덕武德을 지

---

7) 풍(豊)·패(沛)의 여러 공들~따른 것: 사마천은 『사기』 권95 「번·력·등·관열전樊酈滕灌列傳」의 찬(贊)에서 이렇게 말했다. "나는 풍·패의 지방에 가서 원로들을 방문하여 소하·조참·번쾌·등공의 생가를 보고 그들의 평소 행적에 관한 이야기를 들었는데, 세간에 전하는 것과는 완전히 달랐다. 그들이 칼을 울리고 개를 도축하거나 비단을 팔고 있을 무렵, 설마 고조의 기미(驥尾, 천리마의 꼬리)에 붙어서 이름을 한나라 궁정에 드리우고 덕택을 자손에게 미칠 줄이야 꿈에도 생각하지 않았을 것이다."

8) 영씨와 항씨: 원문은 영항(嬴項). 진(秦)나라와 초(楚)나라 항우. 영(嬴)은 진나라 황제의 성씨로 진나라를 가리키고, 항(項)은 초나라 항씨(項氏) 일족을 말한다.

9) 치우(蚩尤): 황제(黃帝) 때 제후로, 병란을 일으키기 좋아하여 천하를 어지럽혔으므로, 황제가 정벌하여 탁록(涿鹿)에서 전투를 벌였는데, 치우가 안개를 자욱하게 일으키자 황제가 지남거(指南車)를 만들어 격파했다고 한다.

녀 하늘이 명한 자가 아니라면 그들을 평정할 수가 없었으므로, 참으로 횡양군이 감당할 수 있는 바가 아니다. 이에 비해 패공의 규모와 기량은 매우 뛰어나서 범증이나 항백도 모두 그가 마침내 천하를 소유하게 될 것을 알았거늘, 기민한 감식안을 지녔던 장자방만 몰랐겠는가? 장자방이 패공을 두고 '하늘이 내렸다'는 한 마디 말에서도 분명히 드러난다. 한漢나라는 본래 제후국이었고 하늘로부터 천자에 명해질 분수가 있었던 것은 아니었으므로, 패공이 천하를 평정하여 천자가 되고 횡양군이 다시 한漢나라에 봉해져서 종묘사직의 제사를 이을 수 있다면, 신하 되어 임금에게 충성하기를 원하는 자는 그걸로 마음을 흡족히 할 수 있었을 것이다. 진영의 어머니가 아들에게 감히 왕이 되려 하지 말라고 해서 지혜가 뛰어났다고 칭송받았던 것은 그 여성이 스스로 역량을 잘 살폈기 때문이다.[10] 장자방의 현명함이 한 아녀자에게도 미치지 못한다는 것인가?"

어떤 사람은 말하기를, "그렇다면 양구산이 '잔도를 불태워 끊어버려서 한漢나라 왕이 동쪽으로 가지 못하게 하고자 했다'라고 한 것 또

---

10) 진영(陳嬰)의 어머니가~때문이다: 『사기』 권7 「항우본기」에 보면 이렇게 나온다. "진영이란 자는 옛날의 동양영사(東陽令史)였는데, 고을에 살면서 평소 신실하고 근면했으므로 장자라고 일컬어졌다. 동양의 소년들이 그 현령을 죽이고 서로 모여 수천 명이 우두머리를 두고자 했으나 마땅한 인물이 없었으므로, 마침내 진영에게 청했다. 진영이 사양하다가 마지못하자, 마침내 억지로 진영을 세워 우두머리로 삼았는데, 고을 가운데 따르는 자가 2만 명이었다. 소년들이 진영을 세워 곧 왕으로 삼고자 하고, 군대의 표시를 달리하여 창두(蒼頭)를 특별히 세웠다. 진영의 모친이 진영에게 말하기를, '내가 너희 집에 시집온 뒤로 이제껏 너의 선조 가운데 귀한 신분이었던 사람이 있다고는 듣지 못했다. 지금 네가 갑작스레 큰 이름을 얻게 되면 상서롭지 못하니, 다른 이에게 소속되어 있다가 일이 이루어지면 그나마 제후에라도 봉해질 것이지만, 그대로 일이 패하면 쉬이 망하고 말 것이니, 세상에서 손으로 가리키며 이름을 부를 존재가 아니다'라고 했다. 진영이 마침내 감히 왕이 되지 못했다(陳嬰者, 故東陽令史, 居縣中, 素信謹, 稱爲長者. 東陽少年殺其令, 相聚數千人欲置長, 無適用, 乃請陳嬰. 嬰謝不能, 遂彊立嬰爲長, 縣中從者得二萬人. 少年欲立嬰便爲王, 異軍蒼頭特起. 陳嬰母謂嬰曰: '自我爲汝家婦, 未嘗聞汝古之有貴者. 今暴得大名, 不祥, 不如有所屬, 事成猶得封侯, 事敗易以亡, 非世所指名也.' 嬰乃不敢爲王)."

한 사실이 아닌가"라고 한다.

나는 다음과 같이 말한다.

"양구산의 착오는 바로 이 한 가지에 있다. 아마도 그는 동남지방에서 성장하여 양梁·한韓의 지형을 몰랐기 때문에, 잔도가 끊어지면 군사들이 고향으로 돌아가려는 마음을 일으키지 못하게 막을 수 있겠다고 정말로 여긴 것이다. 참으로 그랬다면 조급히 동쪽으로 향하고자 했던 뜻을 지녔던 한漢나라 왕이 어찌 그 말을 기꺼이 따랐겠는가? 또한 『사기』에서, '항우에게 동쪽으로 갈 뜻이 없음을 보이려고 했다'[11]는 것은, 양구산의 말처럼 '한나라가 잔도를 끊었다는 것을 듣고 항우가 참으로 한나라가 나갈 길이 없게 되었다고 여기도록 한 것'을 가리킨 것이 아니다. 항우는 스스로 약속을 어긴 것을 알고 있었으므로 한나라가 동쪽으로 진출할 것을 두려워했다. 그래서 삼진三秦[12]의 군사로 하여금 경계하게 해서 한나라의 길을 차단하려는 계책[13]을 일찍이 하루도 마음에 잊은 적이 없었다. 그러므로 장자방은 한나라 왕으로 하여금 항우에게 약하게 보이도록 해서 한나라 왕의 뜻은 다만 파촉巴蜀을 지키는 데 있으며 오직 남들의 침벌을 두려워하는 듯이 하여 적국의 마음을 교만하게 하고 적국의 방비를 해이하게 하려 했을 뿐이었다.

고씨의 북제와 우문씨의 북주[14]는 황하를 경계로 삼았는데, 처음에

---

11) 항우에게~했다: 『사기』 권8 「고조본기」에 보면, "그로써 제후가 군사를 훔쳐서 습격하는 것에 방비했으며, 또한 항우에게 동쪽으로 향하려는 뜻이 없음을 보였다(以備諸侯盜兵襲之, 亦示項羽無東意)"라고 했다.

12) 삼진(三秦): 지금 중국의 섬서성(陝西省) 일대. 진(秦)나라 말에 항우가 관중(關中)을 셋으로 나누어, 본래 진나라 장수였다가 자신에게 항복한 장한(章邯), 사마흔(司馬欣), 동예(董翳) 세 사람에게 분봉한 데서 이런 명칭이 있게 되었다.

13) 그래서~계책: 『사기』 권7 「항우본기」에 보면, "관중을 셋으로 나누어 진나라의 항복한 장수들을 왕으로 삼아서 한나라 왕을 막았다(三分關中, 王秦降將, 以距塞漢王)"라고 했다.

14) 고씨(高氏)의~북주(北周): 원문은 고제(高齊)와 우문주(宇文周). 황제의 성씨가 고(高)인 북제(北齊)와 황제의 성씨가 우문(宇文)인 북주를 가리킨다.

는 북주 사람이 얼음을 뚫어 북제 군사를 대비하더니 북제가 쇠퇴하자 북제 사람들이 도리어 얼음을 뚫어 북주 사람을 대비했다.[15) 진나라 왕 돈[16)이 반란하자 건강建康의 사람들이 두려워했는데, 온교가 주작대항을 불태워 끊어버리자 명제明帝가 친히 정벌하려다가 그 소식을 듣고 크게 노했다.[17) 후당의 이극용[18)은 변인卞人의 침입이 두려워 대대적으로 성참城塹, 성과 참호을 만들려 했으나 유연업은 그것이 위세와 명망을 버리고 외적의 침략하려는 마음을 열어주는 일이어서 옳지 않다고 여겼다.[19)

---

15) 고씨의 북제와~대비했다:『자치통감資治通鑑』권169「진기陳紀 3·세조문황제世祖文皇帝」에 나온다. "처음에 제(齊)나라 현조(顯祖) 시대에 주(周)나라 사람이 늘 제나라 군사가 서쪽으로 건너올 것을 염려해, 매번 겨울철이 되면 하수(河水)를 수비하여 얼음을 송곳으로 깼다. 그러다가 세조(世祖)가 즉위함에 이르러, 폐행(嬖倖, 남에게 아첨하는 사람)이 권력을 행사하여 조정의 정치가 차츰 문란해지자, 제나라 사람이 얼음을 송곳으로 깨어 주나라 군사가 핍박해오는 것을 대비했다. 곡율광(斛律光)이 두려워서 말하기를, '국가에 늘 관서와 농서 땅을 병탄하려는 뜻이 있었거늘, 지금 이 지경에 이르러서는 오로지 성색(聲色, 노래와 여색)을 즐기고만 있다니!'라고 했다(初, 齊顯祖之世, 周人常懼齊兵西度. 每至冬月, 守河椎氷. 及世祖卽位, 嬖倖用事, 朝政漸紊, 齊人常椎氷, 以備周兵之逼. 斛律光憂之曰: '國家常有呑關隴之志, 今日至此, 而唯翫聲色乎!')."
16) 왕돈(王敦): 진(晉)나라 사람. 자는 처중(處中).
17) 진나라 왕돈이~노했다:『진서晉書』권6「제기帝紀 6·원제元帝」에 이러한 기록이 있다. "가을 7월 임신 초하루, 왕돈이 그 형 왕함(王含)과 전봉(錢鳳)·주무(周撫)·등악(鄧岳) 등을 보내니, 수로와 육로로 5만을 이끌고 남안(南岸)에 이르렀다. 온교(溫嶠)는 강 북쪽으로 군대를 옮겨 주둔하고, 주작항(朱雀桁)을 불태워서 그 예봉을 꺾었다. 원제는 몸소 육군(六軍)을 이끌고, 도성을 나가 남황당(南皇堂)에 주둔했다. 계유의 날 밤에 이르러 장사를 모집해, 장군 단수(段秀), 중군사마(中軍司馬) 조혼(曹渾), 좌위참군(左衛參軍) 진숭(陳嵩)·종인(鍾寅) 등이 갑졸 1000명을 이끌고 강물을 건너 적이 미처 대비하지 못한 참에 엄습했다. 새벽에 월성(越城)에서 싸워 크게 격파하고, 그 전봉장(前鋒將) 하강(何康)을 참수했다. 왕돈은 분통해하다가 죽었다(秋七月壬申朔, 敦遣其兄含及錢鳳·周撫·鄧岳等, 水陸五萬, 至于南岸. 溫嶠移屯水北, 燒朱雀桁, 以挫其鋒. 帝躬率六軍, 出次南皇堂. 至癸酉夜, 募壯士, 遣將軍段秀·中軍司馬曹渾·左衛參軍陳嵩·鍾寅等甲卒千人渡水, 掩其未備, 平旦, 戰于越城, 大破之, 斬其前鋒將何康. 王敦憤惋而死)."
18) 이극용(李克用, 856~906): 후당(後唐)의 태조(太祖).
19) 후당의 이극용은~여겼다:『자치통감』권262「당기唐紀 78·소종성목경문효황제昭宗聖穆景文孝皇帝」에 관련 기록이 있다. "임오년, 이부상서 최윤(崔胤), 동평장사 충청해(充淸海), 절도사 이극용이 크게 군사와 백성을 동원하여, 진양(晉陽)의 성참을 수축했다. 압아(押牙) 유연업(劉延業)이 간(諫)하기를, '대왕의 명성이 중화와 외이에 떨치므로 군사의 기세를 드날

장자방이 잔도를 끊은 계책은 그 종적이 이들의 사례와 비슷하다. 삼진의 왕은 아마도 이 소식을 듣고 장자방을 겁쟁이라고 비웃었겠지만, 옛길로 군사들이 한꺼번에 나오자 저항할 수 있는 자가 없었다. 이는 바로 병법에서, '처음에는 처녀와 같다가 나중에는 도망치는 토끼처럼 빠르다'는 것이다. 게다가 포상의 경계 몇 마디[20]는 더욱 장자방이 평생 수용受用. 접수해서 활용함한 바이다. 양구산은 장자방이 삼진을 평정하는 계책을 한마디도 언급하지 않았다고 했다. 하지만 장자방의 일화는 환온이 삼진의 호걸 중 아직 이르러온 자가 없는 이유를 물은 일[21]과 진정 짝이 될 수 있다고 하겠다.'

양구산은 또 정자程子의 말을 인용하여, "한나라 고조가 장자방을 잘 이용했던 것이 아니라 실은 장자방이 고조를 잘 이용했다"[22]고 했다. 이 말 또한 조금 치우친 듯하다. 고조는 장자방을 등용하여 천하를 차지했고 장자방은 고조를 이용하여 임금의 원수를 갚았으니, 어찌 서로

려서 사방 국경을 엄히 하는 것이 마땅하지, 가까운 성참을 수축하여 위세와 명망을 감손시키고 외적의 침략하려는 마음을 열어주어서는 안 됩니다'라고 했다. 이극용이 사례하고, 황금과 비단으로 상을 내렸다(史部尙書崔胤·同平章事充淸海·節度使李克用, 大發軍民, 治晉陽城塹, 押牙劉延業諫曰: '大王聲振華夷, 宜揚兵以嚴四境, 不宜近治城塹, 損威望而啓寇心.' 克用謝之, 賞以金帛)."

20) 포상(苞桑)의 경계 몇 마디: 포상은 근본이 확고한 것의 비유로, 백성들의 터전이 확고한 것을 말한다. 『주역』 비괘(否卦)에 "망할까망할까 하여, 우묵한 뽕나무에 매리라(其亡其亡, 繫于苞桑)"라고 했으니, 제왕이 안주하지 않고 늘 위난을 염려한다면 국가가 공고해진다는 뜻이다.

21) 환온(桓溫)이~물은 일:『진서』권114「재기載記·왕맹王猛」에 관련 기록이 있다. "환온이 관문에 들어서자 왕맹이 갈옷을 입고서 예알하였는데, 한편으로 당시의 일을 담론하면서, 이를 문질러 잡으면서 말해 방약무인했다. 환온이 살펴보고는 기이하게 여기며 묻기를, '나는 천자의 명령을 받들어 정예 병사 10만을 인솔하여 의리에 입각해 역적을 토벌해서 백성을 위해 잔악한 적을 제거했거늘, 삼진 땅의 호걸 가운데 이르러오지 않는 자들이 있으니, 어째서인가'라고 했다(桓溫入關, 猛被褐而詣之, 一面談當世之事, 捫虱而言, 旁若無人. 溫察而異之, 問曰: '吾奉天子之命, 率銳師十萬, 杖義討逆, 爲百姓, 除殘賊, 而三秦豪傑, 未有至者, 何也')."

22) 한나라 고조가~잘 이용했다: 양시 편찬의 『이정수언二程粹言』 하권에 보면, "선생께서 말하기를, '세상에서 한나라 고조가 능히 장자방을 잘 이용했다고 말하지만 잘못이다. 장자방이 고조를 이용했을 따름이다(子曰: '世云, 漢高能用子房, 非也. 子房用漢高耳')"라고 했다.

쓰고 서로 쓰인 것이 아니겠는가?

양구산은 또 이르기를, '한나라 고조는 장자방의 술책을 다 쓸 수 없었다'고 했다. 그가 말한 술책이라는 것이 무엇을 가리키는지 알지 못하겠으나, 설령 장자방이 고조의 재상이 되었다 해도, 나는 그가 반드시 주나라 관제[23]와 정전제를 쓰지는 않았으리라고 본다.[24]"

楊龜山之論張子房, 新奇可喜[25], 朱文公亦取之. 然以『史』・『漢』本傳, 細考本末, 其[26]實不然. 陳・吳之起, 子房亦率韓子弟, 以圖興復, 欲東見楚王景駒, 道遇沛公, 與語相合, 以爲廐將. 是時景駒爲項梁所破, 子房乃說梁, 立[27]橫陽君爲王, 而子房爲韓[28]司徒. 及沛公伐秦過穎川, 因子房略定韓地, 遂從沛公而西. 蓋子房之初從沛公於留, 不過一時共事, 不可謂委質[29]爲臣. 時則韓亦未有君也, 橫陽旣立, 則子房輔相之. 古者霸[30]國征伐, 與國之君, 有兵車之會, 不能自行, 則遣其卿. 子房之從沛公入秦, 實橫陽所命. 項羽之終殺橫陽, 怒此故也. 且此時沛公不過楚一邑長, 韓雖小國, 子房乃隣國大夫, 固無相臣之義. 「功臣表」稱"張良以韓司徒從入關"云者, 自甚明白. 其在

---

23) 주나라 관제(官制): 원문은 주관(周官). 『주례周禮』에 나온 관제를 말함. 『주례』는 한나라 때에 처음 발견됐는데, '주관'으로 불렸다가 『서경』의 「주관」과 혼동되므로 「주관경周官經」이라고 개칭되었다. 유흠(劉歆) 이후로 '주례'라고 칭해졌다. 고대 주나라의 이상적인 제도를 기록한 것으로 인정되었다. 왕망(王莽)이 전한의 왕권을 찬탈하고 신(新)나라를 세운 뒤 『주관』 곧 『주례』의 관제를 모방하여 관제를 개혁하려고 했다.

24) 나는 그가~본다: 왕망이 전한의 왕권을 찬탈하고 신나라를 세운 뒤 『주관』 곧 『주례』의 관제를 모방하여 관제를 개혁하고 주나라 정전제(井田制)를 모방하여 전제를 개혁한다고 일컬었던 것과 같이 하지는 않았으리라는 뜻이다. 곧, 인의(仁義)를 빌린다든가 권도(權道)를 행하지는 않았으리라는 뜻이다.

25) [교감] 喜: 연민문고본은 '嘉'로 되어 있다. 통문관본, 고려대본, 서울대본을 따른다.

26) [교감] 其: 연민문고본은 '末'로 되어 있다. 통문관본, 고려대본, 서울대본을 따른다.

27) [교감] 立: 고려대본과 통문관본은 '主'로 되어 있다. 서울대본과 연민문고본을 따른다.

28) [교감] 韓: 고려대본은 '號'로 되어 있다. 통문관본, 서울대본, 연민문고본을 따른다.

29) [교감] 質: 연민문고본은 '折'로 되어 있다. 통문관본, 고려대본, 서울대본을 따른다.

30) [교감] 霸: 연민문고본은 '白'으로 되어 있다. 통문관본, 고려대본, 서울대본을 따른다.

灞上, 謂項伯曰: "臣爲韓王送沛公, 亡去不義." 此非獨子房之言, 亦當時諸侯所共知. 誠使子房委質於沛公如蕭·曹·樊·酈, 則項伯亦豈遽令棄去, 子房之對, 豈但如是? 及至劉·項之釁已解, 而諸侯各有分地, 則子房之事畢矣, 送沛公就封, 身還本國. 此亦人臣復命之常事, 烏有如龜山所謂 '初則委身沛公以濟事, 又復去漢歸韓'者乎? 『史』稱 "子房以太公兵法說沛公, 沛公常用其策, 他人輒不省. 子房曰: '沛公殆天授!' 遂從不去"云. 是時項氏方强, 諸侯人多從之者, 而子房獨從沛公, 後又從入秦關, 故史臣於此終言之耳, 非謂此時遂臣於沛公, 而不復歸韓也[31]. 無亦龜山誤看乎此歟?

既而橫陽死於楚, 子房無國可歸, 無君可事, 而君之讐[32]不可不報, 故不得不赴愬於漢. 至是而子房始爲漢臣矣. 然高祖之素慢, 終身待子房以賓師, 不敢名呼, 蓋深知子房之事漢, 一出於爲故君復讐, 非如豊·沛諸公之高者爲竹帛名, 下者爲富貴計故耳. 非獨高祖知之, 子房亦未嘗有隱乎人. 故其言曰: "家世相韓, 韓亡, 爲韓報讐, 今[33]以三寸舌爲帝者師." 子房之出處本末, 皎然如靑天白日, 人得以見之. 安有反覆變幻, 擧千載而受其瞞, 如龜山所云哉?

或曰: "然則龜山所謂 '輔韓成, 馳騁中國', 亦非子房之意歟?" 曰: "人臣之欲尊榮其君者, 亦各量力度德耳. 嬴·項之亂, 甚於蚩尤, 苟非聰明神武, 天之所命者, 莫能定之, 固非橫陽所能與也. 沛公之規模氣量, 殊絶於人, 如范增·項伯輩, 亦皆知其終有天下, 以子房之神明機鑑, 寧獨不知? '天授'一語, 亦已審矣. 韓本諸侯之國, 非有天子之分[34]者, 使沛公定天下爲天子, 橫陽復封於韓, 宗祀得以血食, 則爲人臣願忠於君者, 亦足以恔其心矣. 陳嬰之母以明智稱者, 爲[35]其審[36]於自量. 曾謂子房之賢不及一婦人哉?

31) [교감] 也: 연민문고본은 '地'로 되어 있다. 통문관본, 고려대본, 서울대본을 따른다.
32) [교감] 讐: 서울대본은 '讐'로 되어 있다. 통문관본, 고려대본, 연민문고본을 따른다.
33) [교감] 今: 연민문고본은 위에 '末' 자가 있다. 통문관본, 고려대본, 서울대본을 따른다.
34) [교감] 分: 통문관본은 '命'으로 되어 있다. 고려대본, 서울대본, 연민문고본을 따른다.

或曰: "然則龜山所謂 '燒絶棧道, 不欲漢王之東' 云者, 亦非也?" 曰:
"龜山之錯, 正在此一着. 盖彼生長東南, 不識梁·韓地形, 意謂棧道旣絶, 則
眞可以扼[37]思歸之師耳. 誠如是, 則以漢王之鬱鬱欲東, 其肯從之乎? 且史
所稱 '示羽無東意' 者, 非謂欲使羽聞漢絶棧, 眞以爲無路可出, 如龜山所云.
羽自知負約, 恐漢東出[38], 其所以警飭三秦, 拒[39]塞漢路者, 未嘗一日忘於
心. 故子房敎漢王示之以弱, 有若其志只在於保有巴蜀, 唯恐他人之侵伐者
然, 以驕敵國之心, 而弛其備禦耳. 高齊與宇文周, 畫河[40]爲界, 始則周人鑿
氷以備齊, 及齊[41]之衰, 齊反鑿氷備周. 晉王敦之反, 建康惱懼. 溫嶠燒絶朱
雀大桁, 明帝方欲親征, 聞而大怒. 李克用懼汴人侵逼, 大治城塹, 劉延業以
爲不宜, 損[42]威望而啓寇心. 子房絶棧之策, 其跡正與此等相類. 三秦之王,
盖聞之而笑其怯矣. 及故道之師一出而無能枝梧者, 此正兵法 '始如處女,
終如脫兎' 者, 而包桑戒數語, 尤子房一生受用處. 龜山謂 '子房無一言及於
定三秦之策', 此與桓溫 '三秦豪傑未有至者' 之問, 眞可作對也.

龜山又引程子之言曰: "非高祖能用子房, 實子房能用高祖." 此言亦恐
少[43]偏. 高祖用子房而取天下, 子房用高祖而報君仇, 豈非交相爲用乎? 又
謂 "高祖未能盡子房之術." 所謂術者, 未敢知其何指, 而設令子房相高祖,
吾知其必不周官, 必不井田也.[44]

---

35) [교감] 爲: 통문관본은 '謂'로 되어 있다. 고려대본, 서울대본, 연민문고본을 따른다.
36) [교감] 審: 연민문고본은 '心'으로 되어 있다. 통문관본, 고려대본, 서울대본을 따른다.
37) [교감] 扼: 연민문고본은 '厄'으로 되어 있다. 통문관본, 고려대본, 서울대본을 따른다.
38) [교감] 東出: 연민문고본은 '出東'으로 되어 있다. 통문관본, 고려대본, 서울대본을 따른다.
39) [교감] 拒: 통문관본은 '距'로 되어 있다. 고려대본, 서울대본, 연민문고본을 따른다.
40) [교감] 河: 연민문고본은 '野'로 되어 있다. 통문관본, 고려대본, 서울대본을 따른다.
41) [교감] 及齊: 연민문고본은 두 글자가 빠져 있다. 통문관본, 고려대본, 서울대본을 따른다.
42) [교감] 損: 연민문고본은 '捐'으로 되어 있다. 통문관본, 고려대본, 서울대본을 따른다.
43) [교감] 少: 통문관본은 '小'로 되어 있다. 고려대본, 서울대본, 연민문고본을 따른다.
44) [교감] 又謂~井田也: 연민문고본은 이 부분이 탈락되었다. 통문관본, 고려대본, 서울대본을
따른다.

🌿 평설

서포는 북송의 양시가 장량을 '이치와 의리에 배치되지 않은' 인물로 평가하면서도 그를 또 시세 파악에 뛰어난 지략가로 묘사한 것을 비판했다. 양시의 논문은 『구산집龜山集』 권9 「사론史論·장량」에 나온다.

자방은 포의布衣의 신분에서 일어나, 세 치 혀만 이용하여 천자의 사부가 되었다. 그 기이한 모책과 비밀스런 계책은 패배를 성공으로 변화시켰으니, 곤란하고 급박한 형세 속에서 나온 것이 자주 있었다. 그래서 한나라 고조는 그를 칭송하여 소하蕭何·한신韓信과 짝하여 삼걸이라고 했다. 천하가 평정된 뒤에 공이 높은 자들은 왕왕 재주 때문에 혐의를 받아 의심의 틈이 한바탕 벌어지고는 했다. 이를테면 한신의 경우, 고조가 자신이 입던 옷을 벗어주고 먹던 음식을 나누어줄 만한 정성이 있었음에도 불구하고 제대로 다 이겨내지 못하여 끝내 유체遺體가 소금에 절여지고 말았다. 소하는 비록 공명을 이루어 스스로를 보전하기는 했으나 의심을 받는 일이 거듭 있었다. 이 세 사람의 경우, 오로지 자방만이 공을 이룬 뒤 숨을 줄 알아서 권세에 가까이하지 않았으며 권력과 이익을 마치 해진 신발 벗듯이 여겼으므로, 비록 몸을 조정과 저자에 두더라도 홀연히 만 리 바깥의 강호로 떠나 있듯이 하여, 큰 기러기가 하늘로 날고 봉황이 높이 날듯이 하여 주살이 미치지를 않았으니, 범려范蠡와 비교해보더라도 더욱 뛰어나도다! 무릇 한나라가 흥기할 무렵, 장수와 재상들 가운데 거취의 때에서 모두 기회에 적중하여 이치와 의리로부터 위배되지 않은 사람을 꼽는다면 나는 오로지 자방에게서 그런 사람을 찾을 수 있었다(子房起布衣, 徒以三寸舌爲帝者師. 其奇謀秘計, 轉敗爲成, 出於困急之中者數矣. 故高祖稱之, 配蕭·韓爲三傑. 天下旣平, 功高者往往以才見忌疑釁一開, 雖韓信有解衣推食之誠猶不克, 終竟以菹醢, 蕭何雖能以功名自全而見疑亦屢矣. 是三人者, 惟子房功成智隱不邇

權勢, 視夫權利如脫敝屣, 雖寄身朝市, 而翛然如江湖萬里之遠, 鴻冥鳳擧, 繒繳不及, 方諸范蠡, 其優矣哉! 夫漢興, 將相於去就之際, 皆中機會而不違理義者, 吾獨於子房得之矣).

서포는 장량이 조국 한^韓나라의 원수를 갚기 위해 초한 전쟁에 끼어들고 부득이하여 한^漢나라를 도왔다는 사실을 부각시켰다. 곧 장량의 '의리'를 변호한 것이다. 또한 장량은 결코 인의^{仁義}를 빌린다거나 권도^{權道}를 쓸 인물이 아니라고 보았다.

장자방과 상산사호
상―7

장자방^{張子房, 장량}이 상산사호[1]를 불러들여 태자의 지위를 안정시킨 공은 위대하다. 그러나 이것은 오직 장자방이기에 가능했던 것이지 모든 사람이 본받을 수 있는 것은 아니다. 사마광[2]은 장자방이 태자를

---

1) 상산사호(商山四皓): 진(秦)나라 말기 세상이 어지러워지자 장안 부근의 상산에 숨은 네 노인. 동원공(東園公), 녹리선생(甪里先生), 기리계(綺里季), 하황공(河黃公) 등을 말한다. 상산사호는 당시에 명망이 대단했는데, 한나라 고조가 불러도 나가지 않았다. 한고조가 태자를 폐위시키고 척부인(戚夫人)의 아들 조왕(趙王) 여의(如意)를 태자로 세우려 했는데, 세자의 지지 세력이 대단하다는 것을 보이기 위해 장량의 계책을 써서 여후(呂后) 등이 예를 갖추어 상산사호를 부르자, 상산사호가 조정으로 나왔다. 상산사호가 진나라 말기의 난리를 피하여 은거하고 있을 때 고조가 그들을 맞이했으나, 그들은 나오지 않고 하늘을 쳐다보고 탄식하면서 「자지가紫芝歌」를 불렀다고 한다.

2) 사마광(司馬光, 1019~1086): 북송 때의 정치가·사학자. 자는 군실(君實), 호는 우보(迂夫)·우수(迂叟), 시호는 문정(文正). 산서성 하현(夏縣) 속수향(涑水鄕) 사람이므로 속수선생(涑水先生)이라고도 한다. 또 죽은 뒤 온국공(溫國公)에 봉해졌으므로 사마온공이라고도 한다. 20세에 진사가 되고, 1067년 신종(神宗)이 즉위한 해에 한림학사(翰林學士)와 어사중승(御史中丞)이 되었다. 그러나 신종이 왕안석(王安石)을 발탁하여 신법(新法)을 추진하게 하자, 지방으로 나갔다. 당시 그는 『자치통감資治通鑑』을 쓰고 있었는데, 신종의 후원을 받아 1084년 20권으로 완성했다. 이듬해 신종이 죽은 뒤 철종(哲宗)이 즉위하여 선인태후(宣仁太后)가 섭정하자, 발탁되어 정권을 담당했다. 재상이 된 그는 왕안석의 신법을 하나하나 폐지하고 구법

위하여 붕당朋黨을 심었다고 반박했는데,[3] 이 논박은 실로 천고千古의 확론確論이라 바꿀 수가 없다. 그가 "목을 늘어뜨려 태자를 위해 죽겠다"[4]고 말한 한마디를 살펴보아도 그 사실을 알 만하다.

한나라가 천하를 평정한 뒤 미처 봉작을 받지 못한 장수들이 종종 모래밭에 앉아 이야기하는 것을 고조가 보고서 무슨 이야기를 나누는 것인지 물었을 때에도, 장자방의 대답은 당연히 이랬어야 했다.

"폐하께서는 사사로운 은혜와 원한 때문에 상벌을 내리셔서 모두들 스스로를 위험하다고 느끼니 이것은 혼란으로 이르는 길입니다. 이제 먼저 임금께서 가장 미워하는 사람들 중 사람들이 모두 알 만한 자를 봉하신다면 인정人情은 절로 안정될 것입니다. 폐하께서는 너무도 현명하시고 통달하시거늘 어찌 따르지 않는 자가 있겠습니까?"

그렇거늘 장자방은 어찌 반드시 그들이 모반한다고 무고하여 군주가 아랫사람을 의심하는 단서를 열었단 말인가?[5]

(舊法)으로 대체했으나 얼마 되지 않아 죽었다. 그 뒤 다시 신법당이 세력을 얻자, '원우의 당적(黨籍)'에 올라 냉대를 받았으나, 북송 말부터는 명신(名臣)으로 추존되었다. 『송사宋史』 권336 「열전」 제95에 입전되어 있다. 저서로는 『자치통감』 『속수기문涑水紀聞』 『사마문정공집司馬文正公集』 등이 있다. 단 사마광은 "장자방이 태자를 위해 붕당을 심었다"고 말하지 않았다. 주희의 해석을 보고 서포가 유추한 것이다.

3) 사마광은~반박했는데: 사마광은 『자치통감』에서 사호가 태자를 보필한 것이 아니라 숙손통(叔孫通)이 간언을 해서 태자가 폐위되지 않은 것으로 서술했다. 주희는 "아마도 장자방이 이렇게 했다면 이는 그 아비를 협박한 것이 된다"고 했다. 『어찬주자전서御纂朱子全書』 권6에 나온다.
4) 목을~죽겠다: 『사기』 권55 「유후세가」의 상산사호 이야기에서, 상산사호가 고조에게 하는 말 속에 나온다. 평설을 참조하라.
5) 폐하께서는~열었단 말인가: 『사기』 권55 「유후세가」에 나오는 옹치(雍齒) 봉작의 고사를 근거로 서포가 추정한 것이다. 옹치 봉작의 고사는 이렇다. 한나라 6년에 고조가 낙양(洛陽)의 남궁(南宮)에서 바라보니, 여러 장수들이 모래벌판에 앉아 이야기를 나누고 있었다. 고조는 장량에게 그들이 무슨 이야기를 나누냐고 물었다. 장량은 "폐하께서 포의로서 군사를 일으켜 천하를 얻었는데, 황제가 되신 뒤 옛 친구들에게만 벼슬을 내리고 원수들은 모두 주살했으므로 저들이 혹시라도 의심을 받아 주살당하지 않을까 염려해서 아예 모반을 꾀하고 있습니다"라고 대답했다. 고조가 우려하여 대처할 방법을 묻자, 장량은 고조가 가장 미워하는 자를 봉해서 그들의 의구심을 해소시키라고 했다. 그러자 고조는 옹치를 십방후(什方侯)에 봉했다. 옹치는 처음에 고조를 따랐다가 배반했고 다시 귀순해서 공을 세웠던 자로, 고조의 미움을 산 인물이다. 그러자 다른 신하들이 모두 진정되었다.

왕안석은 시에서 "한나라 왕업의 흥망이 잠깐 사이에 달려 있는데
도, 유후留侯는 그때에도 항상 여유로웠네. 고릉固陵에서 처음 한신韓信·
팽월彭越의 땅에 대해 의논했고, 낙양 남궁의 복도複道에서 바야흐로 옹
치雍齒를 봉할 것을 모의했지"[6]라고 했다. 장자방은 외국에서 망명한
신하로서 빈사賓師의 지위에 있었으므로 그 말을 참으로 자중하지 않을
수 없었으나, 역시 고조의 신명한 무덕武德과 진평[7]·수하·육가[8] 등 여
러 공들이 고조를 돕고 있는 상황을 믿었을 뿐이다.

어떤 이들은 유후·장량의 사례를 구실로 삼아서 신하가 임금을 섬
기는 도는 모두 이와 같아야 한다고 하면서 스스로 편리한 입장을 점
했다고 여긴다. 그러나 그렇게 되면 그것은 아주 불충이기에 내가 부
득이 변석하지 않을 수 없었다.

---

6) 한나라 왕업의~모의했지: 『왕형공시주王荊公詩注』권46에 수록된, 「장량」에 대한 송나라 이벽
(李壁)의 주(註)에 보면, "그 가을에 한왕이 초(楚)를 추격해서 양하(陽夏)의 남쪽에 이르렀는
데, 전투를 하다가 불리하자 고릉(固陵)에 성벽을 쌓았다. 제후들이 약속한 기일이 되어도 오
지 않자, 장량이 한왕에게 유세했고, 한왕은 장량의 계책을 시행했다. 그러자 제후들이 모두
이르러왔다(其秋, 漢王追楚至陽夏南, 戰不利而壁固陵, 諸侯期不至. 良說漢王, 漢王用其計, 諸侯皆
至)"고 했다.

7) 진평(陳平, ?~BC 178): 한나라 양무(陽武) 사람. 시호는 헌(獻). 하남성 난고현(蘭考縣) 출생
이다.

8) 수하(隨何)·육가(陸賈): 수하는 언변에 뛰어나서 회남왕(淮南王) 경포(黥布)로 하여금 초를
배반하고 한나라에 귀의하게 만들었다. 육가는 진평에게 충고하여 여씨들을 제거하게 했다.
육가는 원래 초나라 사람으로서 고조를 도와 천하가 대충 안정된 뒤에도 남월왕(南越王)을 달
래 한나라로 귀순하게 만들고, 또 무력통치를 좋아하는 고조를 위해 진(秦)이 천하를 잃고 한
이 천하를 얻게 된 이유와 고금의 치란(治亂)에 관한 것들을 12편으로 엮어 『신어新語』를 저
술하여 고조가 천하를 다스리는 데 참고가 되게 하는 등 많은 영향력을 행사했다. 고조가 죽
고 혜제(惠帝)가 위에 오르자 여태후(呂太后)가 권력을 휘두르게 되었는데, 우승상 진평은 그
를 걱정했으나 역부족을 느끼고 화가 자기에게 미칠까 두려워 항상 깊이 들어앉아 생각만 하
고 있었다. 이때 육가가 나타나서 진평에게 태위(太尉) 주발(周勃)과 결탁하여 장수와 재상
이 서로 한 덩어리가 되지 않으면 안 된다는 충고를 했다. 이에 진평은 그 충고를 받아들여 주
발과의 사이를 돈독히 하고 결국 여씨 일가를 주륙하는 데 성공했다. 『사기』권97에 입전되어
있다.

子房之致四晧安太子, 其功偉矣. 然唯[9]子房可耳[10], 不可人人效之. 溫公爲子樹黨之駁, 實千古確論, 不可易也. 觀其 "延頸爲太子死" 一語, 則可知之矣.

至於沙中偶語之對, 只當曰: "階下以恩怨爲賞罰, 故人人自危, 此致亂之道. 今若先封帝所最憎, 人所共知者, 人情自安矣. 以帝之明達, 寧有不從者乎?" 何必誣人謀叛, 啓人君疑下之端乎?

王介甫詩曰: "漢業存亡俯仰中, 留侯於此每從容. 固陵始議韓彭地, 複道方謀雍齒封." 子房以羈旅之臣, 居賓師之位, 其言固不得不自重, 而亦恃高祖之神武, 及陳平·隨·陸諸公左右之耳.

或者以此藉口, 謂人臣事君之道, 皆當如是, 以爲自占便利之地, 則不忠之大者. 余不得不辨之也.

🪨 평설

서포는 당시 관료들이 장량의 처신을 빌미로 삼아 자신의 기회주의적 행태를 시중時中, 시의時宜를 따라 바르게 행동함의 도리라고 변명하는 것을 비판했다. 서포는 장량이 한나라 고조의 태자를 위해 상산사호를 끌어들인 일이 '붕당을 세운 일'이라고 인정하면서 그것은 장량이기 때문에 황실을 안정시키는 공을 세울 수 있었지, 다른 사람들은 그러한 효과를 세우지 못한다고 단언했다. 상산사호의 일화는 『사기』 권55 「유후세가」에 나온다.

한고조가 연회를 열어 술자리를 벌이자 태자가 곁에서 모셨다. 네 사

---

9) [교감] 唯: 연민문고본은 이 글자가 없다. 통문관본, 고려대본, 서울대본을 따른다.
10) [교감] 耳: 연민문고본은 '矣'로 되어 있다. 통문관본, 고려대본, 서울대본을 따른다.

람이 태자를 따랐는데, 모두 나이가 80여 세였으며, 수염과 눈썹이 새하얗고 의관이 아주 기이했다. 상천자이 괴이하게 여겨 묻기를, "저 사람들은 어떤 사람들인가" 하자, 네 사람이 앞으로 나와 각각 성명을 말하는데, 동원공·녹리선생·기리계·하황공이라고 했다. 상이 그 말을 듣고 크게 놀라서, "내가 공들을 여러 해에 걸쳐 찾았지만, 공들이 나를 피했소. 지금 공들은 어찌하여 나의 자식을 따라서 노닌단 말이오"라고 물었다. 네 사람이 모두 대답하기를, "폐하는 선비들을 가벼이 여겨 욕하기를 좋아하므로, 저희들은 의리상 모욕을 받을 수 없었기에 두려워서 도망하여 숨었습니다. 가만히 듣건대 태자는 사람됨이 인효仁孝하고 공경스러우며 선비들을 사랑하여, 천하 사람들치고 목을 늘어뜨리고 태자를 위해 죽기를 바라지 않는 사람이 없다고 합니다. 그래서 저희들이 온 것입니다"라고 했다. 상이 말하기를, "부디 그대들이 끝까지 태자를 조호調護. 보살핌. 보호함해주시오"라고 했다.

상산사호가 조정에 나온 것을 두고, 은둔의 지조를 잃었다고 비난하는 논리도 있다. 주희는 관점을 달리해서 『자치통감』이 상산사호의 이야기를 축소하고 숙손통의 간언이 태자의 지위를 안정시키는 데 도움이 된 듯이 서술하고 있음에 주목했다. 만일 장량이 상산사호를 이용했다면 그것은 태자를 위해 태자의 부친인 고조를 협박한 것이 된다고 여긴 것이다.

서포는 일단 『사기』에서 장량이 상산사호를 끌어들여 태자의 지위를 안정시킨 것으로 서술한 점을 그대로 받아들였다. 그리고 장량의 그 사례는 누구나 본받을 수 있는 것이 아니라고 경고했다.

강후의 좌단 호령
상-8

강후[1]는 한나라 고조 때 숙장宿將, 노련한 장군으로서 태위[2]가 된 지도 10년이나 되었다. 그렇기에 군인들의 마음이 어디로 쏠리고 있는지 이미 잘 알고 있었을 터인데, 북군北軍의 군사들에게 유씨를 위하면 좌단左袒, 한쪽에 찬성함을 하고 여씨를 위하면 우단右袒, 다른 한쪽에 반대함을 하라는 명령을 어찌 부질없게 주관도 없이 그저 시험 삼아 내렸다고 하겠는가?

강후가 맹단盟壇에 올라 한 번 호령하자 모든 사람이 좌단하여 돌연 염류[3]로 하여금 기백氣魄을 더하고 여얼[4]들로 하여금 넋이 빠지게 만

---

1) 강후(絳侯): 주발(周勃, ?~BC 169). 중국 전한(前漢)의 명신(名臣). 강소성 패현(沛縣) 사람. 고조와 태후 여씨가 죽은 후 여러 여씨들이 정권을 잡으려 했을 때 북군에 들어가 유씨를 위하는 자들은 좌단하라고 하자 군중의 사람들이 모두 좌단했다. 이로써 관영(灌嬰)과 진평(陳平) 등 고제의 중신들이 여러 여씨들을 제압하는 계기를 마련했다.
2) 태위(太尉): 진(秦)·한나라의 벼슬 이름. 군사를 맡음. 삼공(三公) 가운데 첫번째 지위.
3) 염류(炎劉): 한나라 왕족 유씨(劉氏). 한나라의 덕이 화(火)이기 때문에 염(炎) 자를 붙였다. 유향(劉向)의 『삼통력三統曆』은 진(秦)나라를 수덕(水德)으로 보고, 한나라는 화덕(火德)이어서 진나라를 이기고 성립했다고 설명했다.

들었다. 그로써 가까운 지역이나 먼 지역의 군주들이 모두 그 사실을 들고서 천명과 인심이 누구 편에 있는지 명확히 알게 되었다. 그러자 송창[5]이 그것을 계기로 삼아 이어나가, 대왕[6]에게 신중히 하라고 권했던 장무[7]의 의심을 해결하고, 대왕을 옹립할 대책을 정했다.

강후가 유씨의 종실을 안정시킨 공은 여기서 최고였다. 가령 북군이 모두 우단할 마음을 품기를 호인이 힐난했듯이 했더라면,[8] 태위가 어떻게 쉽게 군문軍門에 들어갈 수 있었겠는가? 작게는 계 땅 사람들이 왕패를 야유함[9]과 같이 했을 것이고, 크게는 하삭에서 전포를 죽임[10]과 같이 했을 것이다. 그렇다면 갑자기 군사들에게 의리義理의 논리를 들이대어 몰아붙인다고 해도 그 지지를 얻을 수 있었겠는가?

옛날 큰일을 이룬 사람 가운데는 정말 어쩌다가 일시적인 요행으로 공을 이룬 사람도 있다. 하지만 강후의 이 업적은 곡주후 역상의 아들 역기酈寄가 모반하리라는 것을 미리 깊이 생각하고 오히려 역기를 이용

4) 여얼(呂孽): 양왕(梁王) 여산(呂產), 조왕(趙王) 여왕(呂王), 연왕(燕王) 여통(呂通)을 가리킨다. 이들은 한나라 고조의 황후로서 혜제(惠帝)의 생모였던 여씨를 황제로 옹립하려 했다. 여씨는 곧 여후(呂后, BC 241~BC 180)로, 이름은 치(雉)이며, 선보(單父) 사람이다.
5) 송창(宋昌): 한나라 고조를 따라서 공을 세운 인물. 장무후(莊武侯)에 봉해졌다. 고조의 장남인 대왕 환(桓)을 옹립했다.
6) 대왕(代王): 한나라 고조의 아홉 왕 가운데 장남. 이름은 환. 뒷날의 효문제(孝文帝)이다.
7) 장무(張武): 대왕(代王)의 낭중령(郎中令). 여씨의 반란에 대하여 대왕에게 신중히 거동하도록 건의했다.
8) 호인(胡寅)이 힐난했듯이 했더라면: 호인의 『독사관견讀史管見』 권1에 나온다.
9) 계(薊) 땅 사람들이 왕패(王霸)를 야유(揶揄)함: 왕패는 후한 영천(潁川) 사람으로, 회릉후(淮陵侯)에 봉해졌던 인물이다. 후한 광무제가 군사를 일으켜 북쪽으로 계주(薊州)에 이르렀을 때 계주가 왕랑(王郎)에게 호응하므로 광무제는 왕패를 보내어 저자에 가서 사람들을 모으게 했다. 그러나 저자의 사람들은 크게 웃으며 손을 쳐들어 야유했으므로 왕패는 부끄러워 떠났다. 광무제는 한단(邯鄲)에서 왕랑의 군사를 피해, 남으로 호타하(滹沱河)에 이르러 얼음 위로 건너야 했다. 왕패는 『후한서』 권50 「열전」 제10에 입전되어 있다.
10) 하삭(河朔)에서 전포(田布)를 죽임: 전포는 당나라 목종(穆宗) 때의 장수로서 하삭에서 승리했으나 아장 사혜성(史憲誠)이 이간하여 다시 하삭의 군사(軍事)를 맡아보게 했다. 그러나 장졸(將卒)의 성토(聲討)가 있자, 유표(遺表)를 남기고 자살했다. 『구당서舊唐書』 권141 「열전」 제91에 입전되어 있다.

하여 모반파의 두목인 조왕趙王 여록呂祿으로 하여금 병권을 태위에게 넘기도록 유세한 것이었다.[11] 이것은 상대방의 심리를 췌마揣摩. 남의 마음을 헤아려 앎. 촌탁忖度과 같음하는 방식이 아주 익숙해서 그런 것이었지, 우연히 그렇게 한 것이 아니다. 후세 사람이 천 년 뒤에 상상과 억측으로 어찌 그 실정을 이해할 수 있으며 그 기미機微를 살필 수가 있겠는가?

絳侯以高帝時宿將, 爲太尉亦且十年. 其於軍心之去就, 知之固稔, 左右袒之令, 夫豈漫無主意, 姑且試之者乎? 登壇一呼, 萬祖齊左, 頓使炎劉增氣, 孽呂褫魂, 遠近聽聞, 莫不曉然於天命人心之所在. 故宋昌得而[12]引之, 以決張武之疑, 而定代來之策.

絳侯安劉之功, 此着最高. 假令北軍皆懷[13]右袒之心, 如[14]胡氏所難, 則太尉初何可輕入其軍? 小則如薊人之揶揄王霸, 大則如河朔之戕殺田布. 雖欲猝然驅[15]之以義, 其可得乎?

古之成事者, 固或有一時僥倖而若此者, 曲逆之深念, 酈寄之游說, 揣摩已熟, 非苟然也. 後之人像想臆度於千載之下, 何能得其情而審其機乎?

🌿 평설

서포는 호인이 강후 주발의 공적을 논한 관점을 비판했다. 호인은 『독사관견』권1에서 다음과 같이 논했다.

---

11) 곡주후(曲周侯) 역상(酈商)의 아들~유세한 것이었다: 곡주후 역상은 늙고 병들었으나, 그 아들 역기는 모반파인 조왕 여록과 친했다. 태위 주발은 진평과 모의하여 역상으로 하여금 그 아들 역기를 시켜 여록에게 유세하여 병권을 태위에게 넘기도록 획책했다.
12) [교감] 而: 통문관본은 '以'로 되어 있다. 고려대본, 서울대본, 연민문고본을 따른다.
13) [교감] 懷: 연민문고본은 '疑'로 되어 있다. 오자이다. 통문관본, 고려대본, 서울대본을 따른다.
14) [교감] 如: 연민문고본에만 있다.
15) [교감] 驅: 서울대본에는 '歸'로 되어 있다. 통문관본, 고려대본, 연민문고본을 따른다.

태위가 군사들에게 좌단이냐 우단이냐 물은 것은 잘못이다. 만일 군중이 모두 우단하거나 혹은 이분의 일이나 삼분의 이가 우단했다면 어떠했겠는가? 그래서 선현은 "이때에 곧바로 마땅히 대의를 가지고 설득한 다음 인솔해서 이용했어야 했다. 하물며 태위는 이미 북군의 마음을 얻었기 때문에, 사졸들은 본시 오로지 옛 장군의 명을 들었을 것이다"라고 했다.

주발은 한나라 고조가 죽은 후 여씨가 정권을 잡으려는 것을 막고 고조의 장남 대왕을 즉위시켰는데, 이때 북군의 지지를 얻기 위해 한 황실에 동조하는 사람들은 모두 좌단하라고 명했다. 이 사실을 두고 호인은 주발이 성패를 예측하지 못하고 과감한 시도를 했던 것이라고 논했다. 하지만 서포는 주발이 췌마揣摩에 뛰어나 북군의 심리를 꿰뚫고 있었으므로 좌단의 명을 내린 것이라고 해석했다. 이렇듯 서포는 정권을 안정시키는 공은 우연히 이룰 수 있는 것이 아니라 상대방의 심리를 췌마하는 데서 이룰 수 있다는 점을 강조했다.

번쾌와 여씨의 난

상—9

    무양후[1]는 군도群盜의 무리에서 일어나 수백 번 싸워 제후로 봉해졌으니, 어찌 일찍이 박사博士나 선생先生과 더불어 의리義理를 강론한 적이 있었던가? 하지만 한나라 군사가 개선한 뒤 고조가 병을 핑계로 신하들을 만나지 않자 그가 궁궐 문을 밀치고 들어가 고제高帝. 고조에게 두 번이나 간언諫言한 것을 보면, 견식이 아주 뛰어나고 사려가 심원해 소하[2]나 장량[3]을 제외하고는 비교할 만한 사람이 없다고 하겠다. 만일 번쾌가 한나라 제2대인 혜제惠帝. 고조의 둘째아들로서 왕위 계승의 적장자와 제5대인

---

1) 무양후(舞陽侯): 번쾌(樊噲). 한나라 패현(沛縣) 사람으로 유방(劉邦)을 따라 의병을 일으켜 전공을 많이 세웠다. 홍문(鴻門)의 모임에서 항우(項羽)가 유방을 죽이려는 계략을 꾸몄을 때 문지기의 저지를 뚫고 들어가 항우를 맹렬히 꾸짖고 유방을 탈출시켰다. 그 뒤 초를 정벌하는 데 공을 세워 무양을 식읍으로 받았으므로 무양후라 불린다. 천하가 평정된 후 고조가 병들어 군신들을 만나려 하지 않자 번쾌가 문을 박차고 들어가 과거를 떠올림으로써 병석에서 일어나도록 했다. 『사기』 권94에 입전되어 있다.

2) 소하(蕭何, ?~BC 193): 한나라 고조 때의 재상. 강소성 패(沛) 땅 사람.

3) 장량(張良, ?~BC 168): 자는 자방(子房). 원래 한(韓)나라 사람으로 조상 대대로 한나라에서 재상을 지냈다.

문제文帝, 고조의 넷째아들 때 대신의 책임을 맡았더라면, 그 업적은 마땅히 진평4)이나 주발5)보다 컸을 것이다. 고제가 고명顧命, 유언 때 특별히 번쾌를 언급하지 못한 것은 때마침 그가 참소당하여 처벌받아야 했기 때문이다.6) 북송 때 소명윤7)이 자기의 씩씩한 논변만 믿고 경솔하게 논평하여, 그를 개 잡아 팔던 사람이라고 과소평가한 것8)은 사람을 잘못 본 것이라 하겠다.

고제가 죽자 여후呂后는 부고를 내지 않고 비밀에 부친 뒤, 여러 대신들을 살해하려 했다. 역상酈商이 심이기9)에게 말하기를, "지금 진평과 관영10)은 형양滎陽을 지키고, 번쾌와 주발은 연대燕代에 주둔하고 있는데, 이 소식을 들으면 반드시 병사들을 연합하여 궁내로 향할 것이니, 그렇게 되면 천하가 위태로울 것이다"라고 했다.

이것을 보면, 번쾌가 여씨를 따르지 않았다는 것은 알 수가 있다. 비

---

4) 진평(陳平, ?~BC 178): 한나라 초기의 공신. 항우의 신하였다가 고조 유방에게 옮긴 후 여러 차례 지모로써 고조의 통일사업에 이바지했다. 혜제 때 좌승상이 되고 여씨의 난에는 주발과 힘을 합쳐 평정했다.

5) 주발(周勃, ?~BC 169): 한나라의 명신. 강소성 패현 사람.

6) 때마침~했기 때문이다: 『자치통감』권12 「한기漢紀·4」, 고제 12년(BC 195) 5월 20일에 나온다. 고제가 병을 크게 앓았는데, 어떤 사람이 번쾌를 미워해서 "여씨의 일당이라서 어느 날 황상이 안가(晏駕, 죽음)하면 군사를 동원해 조왕 유여의(劉如意)를 죽일 것입니다"라고 했다. 황제가 진평과 주발에게 번쾌를 참수하라고 했으나, 형이 실행되지 않았고 고제가 죽어 번쾌는 목숨을 건졌다.

7) 소명윤(蘇明允): 소순(蘇洵, 1009~1066). 송(宋)나라 미산(眉山) 사람. 자는 명윤(明允), 호는 노천(老泉). 문집으로 『가우집嘉祐集』이 있다.

8) 소명윤이~과소평가한 것: 『가우집』권3 「권서權書 3·고조」에서 번쾌를 낮게 평가했다.

9) 심이기(審食其): 패공(沛公)이 팽성(彭城)에서 패해 서초(西楚)가 여후를 인질로 잡아놓았을 때 시종했다. 항우가 패한 뒤 벽양후(辟陽侯)로 봉해졌고, 여후가 정권을 잡게 되자 신임을 받았다. 관직은 좌승상까지 이르렀다. 유장(劉長)의 모친은 일찍이 조(趙)나라 재상 관고(貫高)가 한나라 고조를 죽이려 한 일에 연좌되어 감옥에 갇혔다. 유장의 외삼촌은 벽양후를 통해서 고조에게 사실을 이야기할 수 있도록 여후에게 부탁했으나 여후는 이를 허락하지 않았고 벽양후 또한 힘이 없었다. 뒤에 유장의 모친이 자살하고 유장은 이 일로 벽양후에게 원한을 품고 조회하러 가는 길에 벽양후를 살해했다.

10) 관영(灌嬰): 한나라의 무장. 주발과 협력해 여씨를 몰아내고 유씨(劉氏) 황실을 튼튼하게 했다.

록 그렇지만 당시 일에는 아주[11] 말하기 어려운 것이 있다. 『강목』[12]에
는 대왕代王. 효문제孝文帝이 즉위했다는 내용 아래에 한나라 역사서의 옛글
에 근거해서 "여후를 주살했다고 기록한 곳에 효혜제孝惠帝의 아들 홍[13]
의 이름도 같이 기록했다. 이것은 아들 홍 역시 유씨가 아니라고 본 것이
다"라고 적었다. 『강목』은 비록 눌재 조씨[14]에게 나온 것이지만, 이
러한 큰 예법에 관한 항목은 당연히 주문공朱文公. 주희의 지휘를 따랐을
것이다.

그러나 주자의 『주자어류』[15]에 보면, "소제[16]는 장황후張皇后의 아들
이 아닐 뿐이지, 어쩌면 후궁의 소생일 것이다. 『사기』에는 '대신이 음
모하여 소제를 혜제의 아들이 아니라고 했다'고 했으니, 그 의도가 역
시 드러난다"고 했다. 또 말하기를, "소제는 결국 여씨의 당이므로 주
살되지 않을 수 없었다"고 했다.[17]

---

11) 아주: 원문은 '煞'. 백화어투에서 '극히', '심하게'라는 뜻을 나타낸다.
12) 『강목綱目』: 송나라 주희가 쓴 역사서. 59권. 『통감강목通鑑綱目』이라고도 한다. 『자치통감』
  294권을 바탕으로 강목의 체계로 편집한 것으로, BC 403년부터 960년까지 1362년간의 정통·
  비정통을 분별하고 대요(大要, 총總)와 세목(細目, 목目)으로 나누어 기술했다. 주희는 대요
  만을 썼고, 그의 제자 조사연(趙師淵)이 세목을 완성했다.
13) 홍(弘): 유홍(劉弘). 혜제의 후궁에게서 난 왕자.
14) 조씨(趙氏): 조사연. 송나라 종실로서 황암(黃巖) 사람. 자는 기도(幾道), 호는 눌재(訥齋).
  건도(乾道) 연간의 진사로, 스승 주희와 함께 『통감강목』을 논의하고 교주(校註)했다. 곧 주
  희가 범례를 만들고, 이에 따라 조사연이 전편을 작성했다. 영해군추관(寧海軍推官)을 거쳐
  조여우(趙汝遇)의 천거로 직사관(職事官)이 되었다가 참소로 벼슬에서 물러났다. 10여 년 뒤
  태상승(太常丞)이 되었다.
15) 『주자어류朱子語類』: 송나라 함순(咸淳) 6년에 여정덕(黎靖德)이 주희와 그 문인들의 문답을
  집성한 책. 정식 명칭은 『주자어류대전朱子語類大全』이다. 1270년에 140권으로 간행되었다.
  같은 이름의 책이 몇 종류 있으나 여정덕의 편찬으로 된 이 책이 가장 많이 알려졌다. 이런
  종류의 책은 주희가 죽은 후 11~12년이 지난 뒤 나오기 시작했다. 『주자어록』(1215), 『주자
  어속록』(1238) 등이 그것이며, 황토의(黃土毅) 편찬의 『주자어류』(1220)는 이 책의 선구를
  이루었다. 그 밖에 『주자어속류』(1252) 등 많은 어류가 있다.
16) 소제(少帝): 여태후(呂太后)는 장황후에게 남의 자식을 데려다가 기르도록 하고, 그 어미를
  죽이고 태자로 삼은 후, 혜제가 죽자 나이 어린 그를 소제라 하여 즉위시키고 권력을 휘둘렀다.
17) 소제는~고 했다: 앞의 말과 함께 모두 『주자어류』 권135 「역대歷代·2」에 나온다.

진나라 해제[18]와 탁자[19]는 모두 옹립될 수 없는 사람인데도 『춘추春秋』에서는 오히려 이극[20]에게 '시해'되었다고 기록했다. 한나라 혜제의 아들은 바로 고황제高皇帝의 손자이거늘, 어찌 옹립될 수 없는 자라 하겠는가? '주살되지 않을 수 없었다'고 함은 형세를 기준으로 말한 것이다. 만약 의리를 기준으로 논한다면, 아마 이와 같지는 않을 것이다. 가령 무양후가 죽지 않고 혜제의 아들 홍을 옹립하여 돕고 여산呂産이나 여록呂祿을 몰아서, 안으로는 진평과 주발을 저지하고 밖으로는 주허후朱虛侯의 형 제왕齊王인 유양劉襄을 막았더라면, 반역과 순종의 판별을 과연 어떻게 해야 할 것인지 모르겠다.

舞陽侯起於群盜, 百戰以取封侯, 何嘗與博士先生講明義理? 而觀其還軍排闥二諫, 見識超卓, 思慮深遠, 蕭·張之外, 無可倫擬. 使之當惠·文世, 任以大臣, 則功業當在平·勃之右. 高帝之不及於顧命者, 時方以讒當誅故也. 蘇明允倚其雄辯, 輕於立論, 乃以狗屠小[21]之, 可謂不知人.

高帝[22]初崩, 呂后秘不發喪, 謀殺諸大臣. 酈商謂審食其曰: "今陳平·灌嬰守滎陽, 樊噲·周勃定燕代, 聞此必連兵內向, 天下危矣."

以此觀之, 則噲之不從呂氏, 亦可知也. 雖然當時事煞有難言者, 『綱目』於代王卽位下, 因漢史舊文書之曰: "誅呂后所, 名孝惠子弘等, 是以子弘爲非劉氏也." 『綱目』雖出於訥齋趙氏, 此等大節上, 當用文公指揮也.

然『語類』謂: "少帝但非[23]張后子, 或是後宮所出. 史謂: '大臣陰謀以少

---

18) 해제(奚齊): 진(晉)나라 헌공(獻公)과 여희(驪姬) 사이에서 태어났다. 헌공이 여희를 총애해서 태자 신생(申生)을 폐하고 공자 이오(夷吾)와 중이(重耳)를 몰아낸 후 해제를 후사로 삼으려 했다. 헌공은 임종에 앞서 대부 순식(荀息)에게 국정을 맡긴 다음 해제를 부탁했다. 헌공이 죽자 진나라는 혼란스러워지고 해제는 이극에게 살해되었다.

19) 탁자(卓子): 진나라 왕자. 해제와 함께 이극에게 살해되었다.

20) 이극(里克): 진나라의 경(卿). 해세와 탁자를 살해했다.

21) [교감] 小: 연민문고본과 서울대본은 '少'로 되어 있다. 고려대본과 통문관본을 따른다.

22) [교감] 帝: 연민문고본은 '祖'로 되어 있다. 통문관본, 고려대본, 서울대본을 따른다.

帝非惠帝子', 意亦可見." 又曰: "少帝畢竟是呂氏黨, 不容不誅耳."

夫晉奚齊·卓子, 皆是不當立者, 而『春秋』於里克猶以弑書. 況爲惠帝子者乃是高皇帝之孫, 烏可謂不當立者乎? 不容不誅, 以勢言也. 若論義理, 則恐不如此. 假使舞陽不死, 而擁佑子弘, 驅駕産·祿, 內制平·勃, 外抑齊襄, 則吾未[24]知逆順之辯, 果何如也.

🌿 평설

서포는 한나라 고조가 죽은 뒤 무양후 번쾌가 여씨의 난에 큰 역할을 하지 않은 사실에 대해 의리의 관점에서 비판할 수는 없다고 보았다.

서포는 번쾌가 만일 효혜제의 아들 홍을 옹립했더라면 천하를 안정시키는 데 크게 기여했을 것이라고 추정했다. 다만 홍에 대해서는 『자치통감강목』의 기사를 근거로 효혜제의 아들이 아니라는 설이 있고, 그 설을 근거로 홍이 옹립될 수 없었다는 반론이 있을 수 있다.

서포는 홍이 유씨가 아니라는 설은 근거가 분명하지 않다고 지적하고, 『강목』의 '주살' 운운은 홍의 출신과 의리명분에 따른 기술이 아니라 형세에 따른 서술이었다고 반박했다. 『통감』의 역사기록 방식을 의리명분의 관점으로만 해석하는 데 대해 의문을 지니고, 『통감』의 기록을 형세에 충실한 역사기록으로 간주해야 한다고 본 것이다.

---

23) [교감] 但非: 서울대본은 '非但'으로 되어 있다. 통문관본, 고려대본, 연민문고본을 따른다.
24) [교감] 未: 서울대본은 '不'로 되어 있다. 통문관본, 고려대본, 연민문고본을 따른다.

설공의 계책

상-10

설공[1]이 경포[2]와의 대치에서 계책을 낸 것은 바로 사마선왕[3]이 무공의 오장원[4]에서 제갈공명을 속인 말과 같은 것으로, 아마도 이로써

---

1) 설공(薛公): 여음후(汝陰侯) 등공(滕公) 곧 하후영(夏侯嬰)의 식객. 설공은 경포가 반란을 일으켰을 때 그가 상계(上計)를 쓴다면 산동은 한나라의 소유가 아닐 것이고, 중계(中計)를 쓴다면 승패는 알 수가 없으며, 하계(下計)를 쓴다면 한나라 고조는 편안히 잠들 수 있을 것이라고 했다. 경포는 설공이 예상한 대로 하계를 써서, 동쪽으로 가서 형(荊, 지금의 강소성 오강吳江)에 진을 쳐서 오나라를 취하고, 서쪽으로 가서 하채(下蔡)를 취한 다음 귀한 물건을 월나라에 옮겨두고는 장사(長沙)로 돌아갔다. 『사기』 권91 「경포열전」에 나온다.

2) 경포(黥布): 본명은 영포(英布). 법에 걸려 얼굴에 자자(刺字)하게 되어 경포라 했다. 처음에는 항우를 도와 구강왕(九江王)에 봉해졌다가 뒤에 한나라 고조의 천하통일에 공을 세워 회남왕(淮南王)에 봉해졌다. 나중에 반란을 일으켰다가 실패하고 주살되었다.

3) 사마선왕(司馬宣王): 사마의(司馬懿, 179~251). 하내군(河內郡) 온현(溫縣) 사람. 자는 중달(仲達).

4) 무공(武功)의 오장원(五丈原): 지금의 섬서성(陝西省) 주지현(周至縣)의 경계, 위수(渭水)의 남쪽 기슭. 『삼국지』 권35 「촉서·제갈량전諸葛亮傳」에 보면, 건흥(建興) 12년(234) 봄에 제갈량이 많은 군사를 이끌고 야곡(斜谷)으로 나와서 유마(流馬)로 운반하면서 무공의 오장원에서 군진을 펴고 위남(渭南)에서 사마선왕 곧 사마의와 대치했다. 제갈량은 군량이 끊겨 자신의 뜻을 펴지 못할까 근심하여, 군사를 나누어 둔전(屯田, 군량을 자급하기 위해 밭을 경작함)하도록 하여 장기간 주둔할 수 있는 기반을 삼았다. 밭 가는 군사가 위빈(渭濱)의 백성들과 섞여 지냈으나 백성들은 편안히 지내며 군사들도 백성들의 물건을 사사로이 뺏는 일이 없

사람의 마음을 진정시키려 했던 듯하다. 경포의 병사들은 본래 만전萬全의 태세를 갖추고 나온 자들이 아니지만, 초楚나라 병사들은 사납고 날랬으므로 결전에 유리했다. 오吳를 취한 뒤〔유가劉賈는 회동淮東에 봉해져 형왕荊王이 되었으므로 오吳라고 한 것이다〕 직접 공락鞏洛 지방으로 나갔으면 요행히 일전을 겨뤄 오히려 해낼 수도 있었다.

초를 취하는 것과 채蔡를 취하는 것은 그 형세가 대략 같았지만, 채를 취하는 것이 더욱 첩경이었다. 따라서 설공의 계책은 여기서 나온 것이다. 이에 비해 경포는 실은 중계中計를 낸 것이다. 초에서부터 제齊를 공격한다면 길을 우회하여 좌측으로 향하게 된다. 제는 정말 대국인데다가 조참5)이 재상으로 있었으므로, 쉽게 취할 수가 없었다. 제나라를 미처 함락시키지 못한 상황에서 한나라 군사가 그 뒷길을 끊으면, 연燕·조趙에 격문이 전달되기도 전에 경포는 이미 사로잡힐 것이다. 이것은 하책下策이다. 설공은 경포가 용감하고 병법에 익숙하여 반드시 이 하책을 내지는 않으리라는 걸 알았기 때문에, 말을 뒤집어서 한 것뿐이다.

경포는 '귀한 보물들을 월越에 두고 자신은 장사 지방으로 돌아갔다'고 했는데, 이것은 전투에서 패한 뒤의 일이다. 이것이 어찌 경포가 하고자 했던 일이었겠는가? 이런 것은 계책이라고 논할 것도 못 된다. 경포의 패배는 제대로 된 계책을 얻지 못해서가 아니다. 경포는 정말로 패하지 않을 수가 없었으니, 설공이 그렇게 계책을 낸 것은 너무 빠르다.

었다. 서로 대치한 지 100여 일 만에 제갈량은 병들어 군중에서 숨을 거두게 된다. 촉(蜀)의 군대가 물러가자 사마의는 촉군의 군영을 둘러보고 "천하의 기재(奇才)로다"라고 말했다. 이 해 가을에 제갈량은 오장원에서 병으로 죽었다.

5) 조참(曹參): 한나라 고조와 같은 패(沛) 땅 사람으로, 소하(蕭何)와 함께 병사를 일으켜 고조를 도와 천하를 평정하고, 건성후(建成侯)에 봉해졌다가 평양후(平陽侯)로 봉해지고, 제나라 재상이 되었다.

薛公之策黥布, 卽司馬宣王武功五丈原之詭語, 蓋所以鎭定人心也. 布之兵本非出於萬全者, 而楚兵剽輕, 利在決戰.[6] 取吳之後〔劉賈封於淮東爲荊王, 卽所謂吳〕, 直指鞏洛, 僥倖於一戰, 猶可爲也.

取楚與取蔡, 形勢略同, 而取蔡尤經. 故[7]薛公策其出此, 而布則實出於中計也. 自楚擊齊, 途迂且左. 齊固大國, 而曹參相之, 未易取也. 齊未下而漢截其後, 則未及傳檄燕·趙, 布已[8]成禽[9], 此實下策. 薛公知布之勇, 而習兵必不出此, 故顚倒其言耳.

若夫歸重於越, 身歸長沙, 乃兵敗後事, 豈布所欲哉? 此則非可以策論之也. 布之敗, 非不得策, 固無不敗之理. 薛公策之審矣.

🍂 평설

초한 전쟁 때 설공이 초나라 장수 경포의 계책을 예측하여 전투에서 승리한 사실에 대해 그 예측이 우연한 것이 아니라 경우의 수를 따져서 필연의 상황을 발견한 것이란 점을 지적했다. 역사적 인물의 사적을 신비화하지 않고 인과와 필연의 연쇄를 찾아내려는 정신을 살필 수 있다.

6) [교감] 戰: 연민문고본은 '勝'으로 되어 있다. 통문관본, 고려대본, 서울대본을 따른다.
7) [교감] 故: 연민문고본은 '古'로 되어 있다. 통문관본, 고려대본, 서울대본을 따른다.
8) [교감] 已: 연민문고본은 '以'로 되어 있다. 통문관본, 고려대본, 서울대본을 따른다.
9) [교감] 禽: 연민문고본은 '擒'으로 되어 있다. 통문관본, 고려대본, 서울대본을 따른다.

조조와 유현덕

상-11

　조조가 형양榮陽 전투에서 패했을 때, 가령 조홍曹洪의 구원이 없어서 죽었다 하더라도[1] 어찌 한나라 왕실의 충신이 아니라고 하겠는가? 천자를 허하로 옮겨가게 한 것[2]은 공허함을 버리고 완전한 실질을 취한 일로, 국가 계책으로서 당연했다. 이때 원술袁術과 원소[3]는 한창 강성하고 조조의 세력은 확장되지 않았으므로, 제나라 환공과 진나라 문공[4]

---

1) 조조(曹操)가~죽었다 하더라도: 조조는 동탁(董卓)이 낙양(洛陽)의 궁실을 불태우고 천자를 장안(長安)으로 옮기기 위하여 병사를 일으켰다는 소식을 듣고, 분연히 일어나 싸우다가 형양에서 대패한다. 화살을 맞고 그가 탄 말도 상처를 입자, 그의 종제인 조홍은 그에게 말과 병력을 주었지만 조조는 이를 거절하며 죽기를 무릅쓰고 싸웠다. 조홍은 "나는 없어도 되지만 천하에 임금이 없으면 안 된다"고 하면서 그를 구원했다.

2) 허하(許下)로 옮겨가게 한 것: 조조가 허(許) 땅에 있을 때, 천자를 맞이하여 양곡이 풍족한 곳에 머물도록 조처했다.

3) 원소(袁紹, ?~202): 여남(汝南) 여양(汝陽) 사람. 자는 본초(本初). 영제(靈帝) 때 시어사(侍御史)·호분중랑장(虎賁中郎將)이 되었다. 영제가 죽자 동탁을 불러들여 환관들을 주살할 것을 하진(何進)에게 권했는데, 일이 누설되어 하진이 피살당하자 군사를 이끌고 입궁하여 환관들을 모조리 죽였다. 동탁이 도성에 도착하여 소제(少帝)를 폐위시키자 기주(冀州)로 도망하여 병사를 일으키고는 동탁을 토벌하고자 스스로 맹주(盟主)가 되었다.

이 대순[5]에 의탁하여 사해천하를 복종시켰던 자취를 모방하려 했던 것이니, 어찌 갑자기 찬탈의 모의를 했겠는가?

조조가 한나라 황제를 처음 섬길 때에는 예를 잃은 적이 없어서, 동탁이 공경을 도륙하고 비주妃主를 겁탈하는 것과는 달랐다. 그러나 천제天帝가 갑자기 동승[6]과 모의하여 조조를 처치하려 했으니, 경망함이 심했다. 이때부터 군신 간의 세력은 둘 다 온전할 수가 없게 되어 조조는 급속하게 왕망[7]과 동탁[8]의 전철을 밟게 되었다. 그러자 천하 사람들이 모두 조조가 한나라 왕실의 적이 될 것을 알았고, 지사志士와 인인仁人들도 조조에게 편드는 자가 없었다. 물론 공문거[9]처럼 자부심이 대단

4) 제(齊)나라 환공(桓公)과 진(晉)나라 문공(文公): 춘추오패(春秋五覇) 가운데 국가의 세력이 막강한데도 허약한 주(周)나라 황실을 잘 받들었다고 일컬어지는 제후들.

5) 대순(大順): 『예기禮記』「예운禮運」에 보면, "천자는 덕을 수레로 삼고 악을 수레몰이로 삼는다. 제후(諸侯)는 예(禮)로써 서로 허여하며, 대부(大夫)는 법(法)으로써 서로 질서를 매기고, 사(士)는 신(信)으로써 서로 고찰하며, 백성은 화목함으로써 서로 지니니, 천하가 살찐다. 이것을 대순이라고 한다(天子以德爲車, 以樂爲御. 諸侯以禮相與, 大夫以法相序, 士以信相考, 百姓以睦相守, 天下之肥也, 是謂大順)"라고 했다.

6) 동승(董承): 후한(後漢) 헌제(獻帝)의 장인으로, 거기장군(車騎將軍)을 지냈다. 헌제의 밀조(密詔)를 받았다고 하여, 유비(劉備)와 내통하고 조조를 살해하려다가 일이 발각되어 조조에게 죽임을 당했다. 『삼국지』 권32 「촉서蜀書·선주전先主傳」에 보면 이러한 기록이 있다. "유비가 출발하기 전, 헌제의 장인이며 거기장군인 동승이 헌제의 허리띠에 쓴 밀조를 주며 조조를 죽이라고 했다. 유비가 아직 출발하지 않았을 때 조조가 유비에게 조용히 말했다. '지금 천하에 영웅이 있다면, 당신과 나뿐이오. 원술 같은 사람은 그 안에 들지 못하오.' 유비는 마침 밥을 먹고 있었는데, 이 말을 듣고 숟가락과 젓가락을 떨어뜨렸다(先主未出時, 獻帝舅車騎將軍董承, 辭受帝衣帶中密詔, 當誅曹公. 先主未發. 是時曹公從容謂先主曰, '今天下英雄, 唯使君與操耳. 本初之徒, 不足數也.' 先主方食, 失匕箸)."

7) 왕망(王莽, BC 45~AD 23): 산동(山東) 사람. 자는 거군(巨君). 한나라의 신도후(新都侯)였으나, 인망을 얻자 AD 5년에 한나라 평제(平帝)를 시해하고 평제의 어린 아들 유영(劉嬰)을 세우고 섭정하다가 다시 AD 9년에 유영을 몰아내어 한나라를 멸망시키고 국호를 '신(新)'이라 하고는 황제가 되었다. 주나라의 정전법(井田法)을 모방하여 토지개혁을 단행했고 사대제도(賒貸制度, 가난한 농민에게 싼 이자의 자금을 융자해주는 제도)를 두기도 했으나, 여러 모순과 사회 문제를 해결하지 못했다. 광무제(光武帝)가 병사를 일으킨 뒤, 장안(長安)의 미앙궁(未央宮)에서 부하에게 찔려 죽음으로써 건국한 지 15년 만에 멸망하고, 후한이 그 뒤를 이었다.

8) 동탁(董卓): 한나라 영제 때 장군으로, 경사로 쳐들어와서 환관을 주륙하고 스스로 상국(相國)이 되어 소제를 폐하고 하태후(何太后)를 시해하고는 헌제(獻帝)를 세웠다.

하여 조조에게 맞섰던 자는 말할 것도 없었고, 조조의 측근에서 조언을 해서 대업을 이루게 도왔던 순문약[10] 같은 자도 명의名義. 명분과 의리를 아끼고 두렵게 여겨서 달가운 마음으로 독약을 마셨다. 천하는 셋으로 나뉜 이후로 조조가 늙어 죽을 때까지 안정될 수 없었다. 동승의 계책은 정녕 한나라 왕실의 패망을 재촉하기에 족한 것이었지만, 조조가 천하를 통일할 수 없었던 것도 전적으로 거기서 유래된 것이지, 적벽赤壁 전투에서 패하고 나서야 일이 결판이 났던 것이 아니다.

유현덕劉玄德은 재기才氣 면에서는 손책孫策만 못하고, 선전善戰 면에서는 여포呂布만 못하며, 강대함 면에서는 이원二袁. 원술·원소만 못하다. 그런데도 조조가 유독 그를 두려워한 것은 어찌 까닭이 없었겠는가?

동승은 용렬한 사람이었거늘, 계책을 세워 어찌 감히 조조를 제거하려고 꾀했겠는가? 이것은 모두 유현덕이 은근히 부추긴 것이다. 당시 허하 사람들 가운데 오직 동승만 구신舊臣이었다. 따라서 자연히 동승은 한나라 왕실을 보호하고 있다는 공덕을 자부했기에, 필시 산직散職. 정한 사무가 없는 벼슬으로 밀려난 데 대해 앙앙불락하고 있으리라 계산해서 유현덕이 그 점을 이용해 동승을 격동시킨 것일 뿐이다. 게다가 유현덕은 동승이 능히 성사할 수 있다고 여긴 것이 아니다. 단지 그를 이용

<hr>

9) 공문거(孔文擧): 공융(孔融, 153~208). 동한(東漢) 헌제 때의 인물. 자는 문거. 북해(北海) 상(相)으로서 후진들을 이끌어주었으므로 한직으로 물러난 뒤에도 빈객이 많았다. 조조에게 맞서 사사건건 트집을 잡고 조롱했으며, 조조가 정권을 잡은 뒤에도 누차 상소를 하면서 거드름 피우고 업신여기는 말을 많이 했다. 그 사실이 『후한서』 권70 「공융열전孔融列傳」에 나온다. 결국 조조의 무함을 받고 대역부도죄(大逆不道罪)로 기시(棄市, 죄인의 목을 베고 시체를 저잣거리에 버리던 형벌)되고 말았다.

10) 순문약(荀文若): 후한(後漢)의 순욱(荀彧·荀郁). 연(衍)의 아우로, 영음(潁陰) 사람. 자는 문약, 시호는 경(敬). 후한 말에 조조를 보좌했으나 왕도(王道)로 인도하지 못했다는 비판을 받았다. 헌제 때 조조에게 승상의 직을 주고 구석(九錫, 천자가 공신에게 내려주는 아홉 가지 물건)의 예를 내려주자는 조정의 의론이 있었을 때 반대했다. 조조가 유수(濡須)로 진격하자 수춘(壽春)에 남아 있다가 울화병으로 죽었다고도 하고, 조조가 보낸 그릇이 빈 그릇이었으므로 음독자살했다고도 한다. 후자의 설은 『후한서』에 나온다.

하여 군주와 신하 사이를 이간시켜서 조조로 하여금 천하에 악명을 짊어지도록 하고, 자기는 홀로 서徐·패沛 지역에서 초연해 있어 그 재앙에 끼어들지 않았다. 그렇다면 조조가 유현덕을 두려워한 것이 당연하지 않은가?

역사의 기록에는 동승이 "헌제에게 의대衣帶 속에 밀조를 받았다"[11]고 했다. 그 밀조도 필시 황제에게서 나온 것이 아닐 것이다.

曹操滎陽之敗, 使無曹洪之求, 豈不爲漢家一忠臣哉? 許下之遷, 去空虛而就完實, 國計宜然. 當是時, 二袁方强, 操勢未張, 方欲擬跡桓·文, 托大順以服四海, 何至便有篡奪謀哉?

操之事上, 初無失禮, 比如董卓之屠戮公卿, 劫掠妃主也. 而帝遽與董承謀誅之, 躁妄甚矣. 自是以後, 君臣之勢, 不容兩全, 操駸駸日趨莽·卓之轍[12], 而天下之人皆知其爲漢賊, 志士仁人莫有與之者, 無論孔文擧之負氣詰頑[13], 平生帷幄, 如荀文若者, 亦畏惜名[14]義, 甘心仰藥. 天下三分, 迄操老死, 不能定. 承之謀, 固足促漢室之亡, 而操之不能一天下, 亦全由於此, 不待赤壁之敗而決矣.

劉玄德才氣不如孫策, 善戰不如呂布, 强大不如二袁, 而操獨畏之, 豈無以哉? 董承庸人, 計豈敢[15]出此? 此皆玄德之慫慂也. 當時許下之人, 唯承爲舊臣, 而自倚保護之功, 計必怏怏於散地, 故玄德因以激之耳. 且玄德非謂承能成事, 特借[16]之以離[17]間君臣, 使操負惡名於天下, 而己獨超然於徐

11) 헌제에게~밀조를 받았다: 『삼국지』 권32 「촉서·선주전先主傳」에 나온다.
12) [교감] 轍: 연민문고본은 '軌'로 되어 있다. 통문관본, 고려대본, 서울대본을 따른다.
13) [교감] 頑: 연민문고본은 '頑'으로 되어 있다. 통문관본, 고려대본, 서울대본을 따른다.
14) [교감] 名: 연민문고본은 '命'으로 되어 있다. 통문관본, 고려대본, 서울대본을 따른다.
15) [교감] 敢: 연민문고본은 이 글자가 없다. 통문관본, 고려대본, 서울대본을 따른다.
16) [교감] 借: 서울대본은 '惜'으로 되어 있다. 통문관본, 고려대본, 연민문고본을 따른다.
17) [교감] 離: 서울대본은 '雞'로 되어 있다. 통문관본, 고려대본, 연민문고본을 따른다.

沛間, 不與其禍. 操之畏之, 不亦宜乎?

史言: "承受帝衣帶中密詔", 詔亦未必出於帝也.

🎋 평설

서포는 조조와 유비가 동탁의 난 때 한나라 왕실의 유지를 위해 행한 사적을 검토했다. 통설로는 조조가 한나라 왕실의 권한을 찬탈하려 했다고 하지만, 서포는 조조가 왕실을 허 땅으로 옮겨가게 한 것은 국가의 안정을 도모하려 한 실질적인 계책이었다고 보았다. 그리고 오히려 유현덕유비이야말로 헌제의 장인 동승을 부추겨서 군신의 사이를 이간시키고 조조가 왕망과 동탁의 전철을 밟게 만들었다고 논했다. 결국 천하가 셋으로 나뉘어 혼란스럽게 된 것은 유현덕에게 책임이 있다고 본 것이다. 삼국의 정립과 촉한의 성립에 관한 통념을 부정하고, 당시의 역사적 사실을 의리명분론과는 다른 시각으로 해석한 것이다.

유현덕의 오나라 공격

상－12

세상 사람은 대부분 조비[1]가 한나라 정권을 찬탈했는데도 군부君父의 원수를 갚지 않고 소열후[2]가 군사를 동원해서 먼저 오나라를 공격한 것은 옳지 못했다고 한다.

이것은 단지 제귀에서의 패배[3]만 보고서 그에 따라 허물을 집요하

1) 조비(曹丕, 187~226): 조조(曹操)의 차남. 자는 자환(子桓), 시호는 문제(文帝).
2) 소열후(昭烈侯): 유비(劉備). 소열후는 죽은 뒤에 받은 시호로, 소열황제(昭烈皇帝)라고도 한다.
3) 제귀(秭歸)에서의 패배: 손권(孫權)이 위(魏)와 결탁하고 유비와의 동맹을 깨뜨리자, 유비는 한중(漢中)에다 진(鎭)을 쳤고, 관우(關羽)가 제귀에 주둔하고 있던 오나라 장수를 공격해서 사로잡았다. 그러자 손권이 기습하여 관우를 죽이고 형주(荊州)를 차지했다. 유비는 제귀로 돌아와 오나라를 공격하려고 준비했는데, 결국 그 전쟁에서 패해 세력을 잃게 된다. 『자치통감』 권69에 이러한 기록이 있다. "한주(漢主, 유비)가 제귀에서 돌아와 장차 오나라를 공격하려고 했다. 영중에 종사 황권(黃權)이 '오나라 사람은 전쟁을 사납게 하고, 수군이 물길을 거슬러가면 진군은 쉬우나 퇴각이 어렵습니다. 제가 청컨대 먼저 말을 달려 적을 대하고, 폐하께서는 뒤에 진압하시는 것이 마땅합니다'라고 했으나 한주는 따르지 않고 황권을 진북장군으로 삼아 강북의 여러 군대를 감독하게 하고 자신은 여러 장군들을 인솔하여 강남에서부터 험한 산길을 따라가서 이도(夷道)와 효정(猇亭)에 군대를 주둔했다. 오나라 장군들은 모두 그를 맞아 싸우고자 했다(漢主自秭歸將進擊吳, 治中從事黃權諫曰: '吳人悍戰, 而水軍沿流, 進易退難.

게 그에게 돌린 것일 뿐이다. 손권[4]이 동맹국으로서의 의리를 배신하고 적에게 붙어 나의 대장̨관우을 죽이고 나의 형주를 빼앗아,[5] 병사들이 파협̨巴峽의 입구에서 교전하고 있었다. 이것은 바로 뜰의 코앞에 들이닥쳐 있는 적이었으니 만약 먼저 그들을 조치하지 않는다면, 어찌 북쪽으로 대거 출병할 수 있었겠는가? 오나라를 쳐부수고 위̨魏나라를 토벌하는 일은 원래 두 가지가 아니지만, 완급과 선후는 정말로 분명하다.

제갈공명이 영안[6]에서 유현덕으로부터 한나라 황실을 부흥시켜달라고 부탁하는 유언을 받았을 때 어찌 부질없이 천천히 하려고 했겠는가마는, 그런데도 그의 말에 "북쪽을 정복하고자 생각하기에 먼저 남쪽으로 쳐들어가야 한다"[7]고 했다. 선주先主, 유현덕의 동쪽 정벌[8]이 어찌 이와 달랐겠는가?

다만 오나라는 쳐들어갈 틈새가 없었기 때문에 조자룡[9] 등 여러 사람이 가려 하지 않았다. 제갈공명이 당시 동쪽 정벌을 간̨諫하여 말리지 않은 것은 출전의 명분과 의리가 아주 정대하여 간할 수 있는 이유가 없고, 유현덕과 관우의 군신관계[10]로 볼 때 그만두려야 둘 수 없는 면

臣請爲先驅以當寇, 陛下宜爲後鎭.' 漢主不從, 以權爲鎭北將軍, 使督江北諸軍, 自率諸將, 自江南緣山截嶺, 軍於夷道·猇亭. 吳將皆欲迎擊之)."

4) 손권(孫權, 182~252): 시호는 대황제(大皇帝). 손견(孫堅)의 둘째아들로, 200년에 형 손책(孫策)이 죽자 그 뒤를 이어 주유(周瑜) 등의 보좌를 받아 강남(江南)의 경영에 힘썼다.

5) 손권이~빼앗아: 앞서 나왔듯이 손권이 유비와의 맹약을 깨뜨리자, 관우가 오나라 장수를 공격할 때 손권이 기습하여 관우를 죽이고 형주를 차지했다.

6) 영안(永安): 삼협(三峽) 속에 있는 백제성(白帝城) 영안궁(永安宮). 관우의 죽음을 복수하기 위해 유비가 직접 군사를 거느리고 오나라를 공격하다가, 오나라 장수 육손(陸遜)에게 대패하여 후퇴하다가 영안궁에서 병사했다.

7) 북쪽을 정복하고자~쳐들어가야 한다: 제갈량이 뒤에 후주(後主)에게 올린 「출사표出師表」에서 한 말이다.

8) 동쪽 정벌: 유비가 동쪽의 오를 먼저 정벌하려 했던 일.

9) 조자룡(趙子龍): 조운(趙雲). 상산(常山) 진정(眞正) 사람. 자룡(子龍)은 그의 자.

10) 유현덕과 관우의 군신관계: 두 사람과 장비(張飛)는 도원결의(桃園結義)를 맺고, 뒤에는 군신관계가 되었다.

이 있었기 때문이 아니었겠는가?

　애석하도다! 손권이 화친하자고 애걸했을 때 허락해야 하는데도 허락하지 않았다니! 비록 그렇기는 하지만, 선주가 오나라에서 뜻을 이루지 못한 것은 정녕 제갈공명과 조자룡이 예상한 대로였으나, 전 군사가 완전히 패배하여 분통이 터져 붕조崩殂, 임금이 죽음. 붕어崩御할 줄이야 어찌 미리 예상할 수 있었겠는가? 아! 어찌 하늘의 운수 때문이 아니었겠는가?

　世多謂:"曹丕簒漢, 君父之讐未復, 昭烈不宜兵先加吳." 此但見秭歸之敗, 從而執咎耳. 孫權以同盟之國, 背義附賊, 戕我大將, 奪我荊州, 兵交於巴峽之口. 此乃門庭之寇, 若不先與措置, 何能大擧北11)出乎? 伐吳12)與討魏, 元非兩事, 而緩急先後, 則固較然矣.

　孔明受永安興復之託, 亦豈欲虛徐? 而其言曰:"思惟北征, 宜先入南." 先主之東伐, 何以異此? 但吳無可乘之隙, 故子龍諸人, 皆不欲行, 而孔明之不諫者, 豈不以出師名義甚正, 無可以諫者, 而劉·關君臣之契, 亦有不容已者歟?

　惜乎! 權之乞和, 可以許, 而不許也. 雖然先主之不得志於吳, 固孔明·子龍之所料, 至於全師傾覆, 發憤崩殂, 則亦何能逆覩? 嗚呼, 豈非天哉!

▒ 평설

　『통감강목』은 유비가 조조 정벌에 나서지 않고 오나라를 공격한 사실을 비난하고 제갈량이 유비의 오나라 정벌에 대해 간쟁하지 않은 것

---

11) [교감] 北: 연민문고본은 '此'로 되어 있다. 통문관본, 고려대본, 서울대본을 따른다.
12) [교감] 吳: 연민문고본은 '兵'으로 되어 있다. 통문관본, 고려대본, 서울대본을 따른다.

을 비난했다. 하지만 서포는 그 관점에 찬동하지 않았다. 유비가 관우의 복수를 위해 오나라를 공격한 것과 제갈량이 유비의 오나라 공격에 대해 실패를 예상하고도 간쟁하지 않은 것은 형세상 그럴 수밖에 없었다고 본 것이다.

조비와 사마염 등의 찬탈

조조曹操와 사마의 부자[1], 고환[2]과 우문태[3]는 나라의 권력을 잡은 지 수십 년이나 되었지만 종신토록 나라를 차지하지 못했다. 각각 조조의 뒤를 이어 조비, 사마의 부자를 이어 사마염, 고환을 이어 고양高洋, 우문태를 이어 우문각宇文覺이 천자의 지위를 이어받았지만 모두 한 해를 넘기지 못하고 찬탈했다. 어찌 이렇게 전대에는 느긋하다가 후대에는 조급했단 말인가?

고양이 위魏나라를 찬탈할 때 서지재[4]가 고양에게 선양禪讓, 왕위를 물려줌

---

1) 사마의(司馬懿) 부자: 사마의는 곧 자가 중달(仲達)이다. 촉(蜀)의 제갈량이 위(魏)를 정벌하러 왔을 때 계략으로 막아냈다. 조조 이후에 조비(曹丕)가 문제(文帝)로 즉위하자 정치를 보좌했고, 문제로부터 명제(明帝)를 보살펴달라는 부탁을 받았다. 명제 조예(曹叡)가 죽은 후 조상(曹爽)과의 권력 투쟁에서 이겨 그를 죽이고 승상이 되었다. 아들 사마사(司馬師)와 사마소(司馬紹)도 이어서 정권을 장악했다. 손자 사마염(司馬炎)이 찬탈하여 진(晉)나라 선제(宣帝)가 되었다.

2) 고환(高歡): 북제(北齊)의 시조.

3) 우문태(宇文泰, 505~556): 우문부(宇文部, 선비족 일파) 출신. 자는 흑달(黑獺).

4) 서지재(徐之才): 북제 사람으로, 서웅(徐雄)의 아들. 방술·천문에 정통했고, 양(梁)에서 벼슬

을 받아들이라고 권하자, 고양은 누태후5)에게 아뢰었다. 태후는 "너의 아버지는 용과 같았고 너의 형은 호랑이와 같았는데도 오히려 종신토록 신하의 자리를 지켰는데, 너는 유독 어떤 사람이기에 순舜이 우禹에게 선양한 일을 행하려고 하는가"라고 했다. 고양이 이 사실을 서지재에게 고하자, 서지재는, "바로 부형에 미치지 못하기 때문에 일찌감치 지존의 지위에 올라야 하는 것입니다"라고 했다. 서지재의 이 말은 아마도 조비와 사마염 등이 마음속으로 생각했던 일이지만 다른 사람에게 말하지 않은 바일 것이다.

바야흐로 조조나 사마의, 고환이나 우문태가 정권을 잡았을 때는 그들의 위대한 이름과 임기응변의 재주가 인심을 눌러 복종시키고 적국을 두려워 떨게 할 수 있어서, 손바닥 위에서 조종해서 완급을 마음대로 할 수 있었으므로 정녕 황제를 귀하다고 여길 필요가 없었다. 그러나 후계자의 때에 이르러서는 역량이나 재망才望, 재주와 명망이 본래 남들의 주상主上으로 있을 수 있는 자가 아니었으므로, 바로 앞사람이 남긴 공렬功烈, 큰 공적과 옛 신하들에게 의지해야 했던 것이다. 만약 또다시 어물어물 서너 해가 지나갔다면, 마치 불이 점점 꺼져가고 술기운이 점점 깨어나는 것 같아서 얼마 못 가서 자립할 수 없는 지경에 이르지 않았겠는가?

천하의 중기重器6)는 한번 손에 들어오면 좀처럼 움직이기 어렵다. 이것이 그들이 그처럼 조급해서 시기를 잃을까 두려워한 까닭이다. 앞

하다가 소종(蕭綜)을 따라 위(魏)에 들어와 상서령(尙書令)이 되었다.
5) 누태후(婁太后): 고환의 첫째부인으로, 고양의 모친. 강직하고 호방한 여인이었다.
6) 중기(重器): 천하를 지배하는 권력을 비유한 말. 『후한서後漢書』 권1 「광무제기光武帝紀」에, "광무황제가 남돈(南頓)에 행행(行幸, 임금이 궁궐 밖으로 거둥하던 일)했을 때 그곳의 부로(父老)들이 10년간 전조(田租, 논밭에 대한 조세)를 면제해달라고 청했다. 광무는 '천하의 중기를 늘 감당하지 못할까 두려워 하루하루가 조심스러운데 어떻게 10년을 기약할 수 있겠는가' 했다"고 나온다.

사람과 뒷사람이 모두 같은 궤도를 따라나갔으므로 가소로울 따름이다.

曹操·司馬懿父子·高歡·宇文泰, 秉國久者, 至數十年, 而終身不取. 及曹丕·司馬炎·高洋·宇文覺之嗣立[7], 皆不踰年而簒奪. 何前之緩緩, 而後之汲汲也?

高洋之簒也, 徐之才勸洋受禪. 洋以告妻太后, 太后曰: "汝父如龍, 汝兄如虎, 猶終身北面. 汝獨何人, 欲行舜禹之事乎?" 洋以告之才, 之才曰: "正爲不及父兄, 故宜早升尊位." 之才此言, 蓋丕·炎諸人心中之事, 不以告人者也.

方操·懿·歡·泰之秉政, 其梟雄之名, 機變之才, 足以鎭服人心, 震懾敵國, 操縱在手, 緩急隨意, 正不必以皇帝爲貴也. 及乎嗣子之身, 力量才望, 本非能居人之上者, 正賴前人餘烈, 及其舊臣耳. 若復奄延數年, 則如火漸熄, 如酒漸淡, 幾何不至於不能自立乎?

天下重器一入手, 則猝難動搖. 此所以如是汲汲, 惟恐失時. 前後一轍, 亦可笑也.

🌿 평설

서포는 혼란기에 실제로 권력을 잡았던 인물과 그 후계자의 경우를 대비시켜, 행동양식의 차이를 논했다. 조조의 아들 조비, 사마의 부자 다음의 사마염, 북제 고환의 아들 고양, 우문태 뒤의 우문각은 모두 그들의 선대가 천자를 손바닥 위에서 조종했던 것과는 달리 시기를 잃을까 조급해서 천자의 지위를 강탈할 수밖에 없었다는 것이다.

---

7) [교감] 立: 서울대본은 '位'로 되어 있다. 통문관본, 고려대본, 연민문고본을 따른다.

사안의 처신
상―14

주자^{주희}는 "환온¹⁾이 군주의 자리를 옮겼다면 사안²⁾이 반드시 죽음으로 절개를 지킬 수는 없었을 것"이라고 했다. 또 "사안은 아직 과실을 저지르지 않았을 때의 왕검³⁾과 같은 인물이다"라고도 했다.⁴⁾

생각건대 사안을 이와 같이 낮게 볼 수는 없을 것 같다. 사안은 본래 환온의 막료로서 환온이 그를 발탁해 신임한 것이 지극했다. 간문제⁵⁾의 병세가 위독해지자, 환온은 사안이 들어가 임금의 유조^{遺詔, 고명顧命}를 받들도록 천거했다. 여기서 환온의 뜻을 알 수 있다. 그러나 사안과 왕탄지⁶⁾는 왕실을 위해 마음을 다했다. 간문제의 유조를 고친 것⁷⁾과 환

---

1) 환온(桓溫, 312~373): 동진(東晉)의 정치가·무인(武人). 자는 원자(元字).
2) 사안(謝安, 320~385): 동진 때의 대표적인 명신(名臣). 자는 안석(安石).
3) 왕검(王儉, 452~489): 남조(南朝) 제(齊)의 낭야(琅邪) 임기(臨沂) 사람. 자는 중보(仲寶).
4) 주자는~ 했다:『주자어류』권136「역대歷代·3」에 정순(正淳)의 기록이 있다.
5) 간문제(簡文帝): 진(晉)나라 제8대 황제 태종(太宗).
6) 왕탄지(王坦之): 동진 사람. 자는 문도(文度). 치초(郗超)와 함께 환온의 막부에 들어갔다가 중서령(中書令)에 이르렀고, 사안과 함께 조정을 도왔다.

온에게 내리는 구석의 상을 미루게 한 것[8]은 모두 그 두 사람에게서 나온 것이다. 환온이 만약 뜻을 이루었다면 어찌 두 사람을 죽이지 않을 수 있었겠으며, 또 어찌 스스로를 보전하기 위한 계책을 행할 수 있

---

7) 유조를 고친 것: 『자치통감』 권103 「진기晉紀·25」에 이러한 기록이 있다. "갑인에 황제가 몸이 편찮아서 급히 대사마 환온을 불러서 보좌하게 하려고, 한나절 한밤에 네 번이나 조칙을 발했으나 환온은 고사하고 오지 않았다. 처음 황제가 회계왕(會稽王)으로 있을 때 왕술(王述)의 이종사촌을 아내로 맞아 비(妃)를 삼아, 세자 도생(道生)과 그 아우 유생(兪生)을 낳았다. 도생은 성글고 경망스러워 행실이 없었으므로, 모자가 모두 유폐(幽廢, 아주 깊숙이 가두어 둠)되어 죽었다. 나머지 세 아들은 욱(郁)·주생(朱生)·천류(天流)인데 모두 요절했다. 여러 비빈들은 잉태를 끊은 지 벌써 10년이 되어가는데, 왕이 관상을 잘 보는 사람을 시켜서 보게 했더니, 모두 말하기를 '적절한 사람이 없습니다'라고 했다. 다시 여러 비잉(婢媵, 시녀)들을 관상 보게 했는데, 이능용(李陵容)이란 자가 직방(織坊, 베 짜는 곳)에 있었는데, 피부가 검고 키가 커서, 궁인들이 그녀를 곤륜(崑崙)이라 불렀다. 관상쟁이가 놀라서, '이 사람이 그 사람이다!'라고 했다. 왕이 불러서 시침(侍寢)하게 해서 아들 창명(昌明)과 도자(道子)를 낳았다. 기미에 창명을 황태자로 세웠는데, 태어난 지 10년이었다. 도자는 낭야왕(琅邪王)으로 삼아 회계국(會稽國)을 이끌면서 황제의 모친 정태비(鄭太妃)의 제사를 받들도록 했다. 유조에 '대사마 환온이 주공에 의거하여 섭정의 직에 있었던 고사'라고 했다. 또 말하기를, '어린 아들을 보필할 수 있으면 보필하고, 그렇지 못하면 그대가 스스로 취하라'라고 했다. 시중 왕탄지가 스스로 유조를 들고 들어가, 황제 앞에서 찢어버렸다. 황제가 말하기를, '천하는 당래(儻來, 뜻밖에 손안에 들어옴)하는 운수이거늘 그대는 무얼 꺼리오'라고 했다. 왕탄지는, '천하는 선(宣)·원(元)의 천하이거늘, 폐하가 어찌 마음대로 할 수 있단 말입니까!'라고 했다. 황제가 마침내 왕탄지를 시켜서 유조를 고쳐, '집안과 나랏일은 한결같이 대사마에게 품정(稟定, 여쭈어 의논해 결정함)하기를 제갈무후(諸葛武侯)와 왕승상(王丞相)의 고사처럼 하라'고 했다. 이날 황제가 붕(崩)했다. 신하들이 의혹하여 감히 후사를 세우지 못했는데, 어떤 이는, '모름지기 대사마의 처분대로 해야 한다'고 했다. 상서복야(尙書僕射) 왕표지(王彪之)가 정색을 하고 말하기를, '천자가 붕하면 태자가 교대하여 서는 것이지, 대사마가 어찌 달리하랴! 만약 먼저 대놓고 자문하면 필시 거꾸로 책망을 받을 것이다'라고 했다. 조정의 의론이 마침내 정해졌다. 태자가 황제의 지위에 나아가 대사면을 했다. 숭덕태후(崇德太后)가 영을 내렸다."

8) 구석(九錫)의 상을 미루게 한 것: 구석은 천자가 공신에게 내려주는 아홉 가지 물건. 거마(車馬)·의복(衣服)·악칙(樂則)·주호(朱戶)·납폐(納陛)·호분(虎賁)·궁시(弓矢)·부월(鈇鉞)·거창(秬鬯). 『자치통감』 권103 「진기 25·열종효무황제烈宗孝武皇帝」에 이러한 기사가 있다. "이 때 효무제(孝武帝)가 춘추(나이)가 많아서 정치를 스스로 판단할 수 없었는데, 환온의 위세가 내외를 뒤흔들었으므로 세간 물정이 시끌시끌하여 새로운 이견이 자꾸 파생되었다. 사안과 왕탄지는 충성을 다하고 천자를 보필해서 끝까지 군신관계가 화목할 수 있었다. 그러다가 환온의 병이 위독해지자, 조정에 넌지시 일러서 구석의 예를 내려주도록 종용하여 원굉(袁宏)으로 하여금 초안을 갖추게 했다. 사안이 보고서는 그 자리에서 고쳤으므로, 이로써 열흘이 지나도록 직책에 나아가지 않았다. 마침 환온이 훙(薨)하자, 구석을 내리라는 명은 마침내 중지되었다."

었겠는가? 이 때문에 환온이 조정으로 들어가자 성안 사람들이 떠들썩하게 말하기를, "왕탄지와 사안을 죽여 진晉나라의 제위를 옮기려 한다"고 했다. 이를 보면 두 사람이 이른바 "나라가 망하면 함께 죽을 사람"9)이 아니었겠는가?

또한 주자가 사안을 과소평가한 것은 사안이 청담淸談, 속되지 않은 청아한 이야기을 즐겼기 때문이다. 무릇 원찬은 문을 닫아걸고 누워 있으면서 쓸쓸하고 한가하게 지냈지만 석두石頭에서의 죽음을 판별할 수 있었는데10) 어찌 사안이 꼭 원찬만 못했겠는가? 비수11)의 싸움에서 사안은 아우 사석을 원수로 삼고 조카 사현謝玄을 선봉장으로 삼았다.12) 전투

---

9) 나라가 망하면 함께 죽을 사람: 예로부터 전하는 고어이다. 이를테면 원나라 조방(趙汸)의 『춘추집전春秋集傳』 권9 성공(成公) 18년 정월 경신(庚申)의 '진(晉)나라가 그 군주 주포(州蒲)를 시해했다'는 기사에 관한 주석에서 "옛날에는 사직의 신하가 있어, 나라가 망하면 함께 망하고 나라가 존재하면 함께 존재하는 의리가 있었다"는 말이 나온다.

10) 원찬(袁粲)은~있었는데: 원찬은 남조(南朝) 송(宋)나라 사람으로 유휴범(劉休範)이 반란을 일으켰을 때 비장한 말로 여러 장수들을 격려하여 승리를 거두었으나, 다시 소도성(蕭道成) 즉 남제(南齊)의 고제(高帝)가 명제(明帝)의 어린 아들인 후폐제(後廢帝, 뒤에 창오왕蒼梧王으로 강등되었음) 유욱(劉昱)을 폐위시키려 할 때, 이에 반대하여 고제를 죽이려 누설되는 바람에 살해되었다. 소도성은 마침내 송나라 폐제(廢帝)를 죽이고 순제(順帝)를 세웠다가 제위를 빼앗아 남제(南齊)를 세웠다. 『송서宋書』 권89 「원찬열전袁粲列傳」에 이러한 기록이 있다. "인순제(人順帝)가 즉위한 뒤 중서감사(中書監司)로 옮기고 시중(侍中)의 직책은 예전처럼 겸직했다. 이때 제왕(齊王)이 동부(東府)에 있었으므로, 원찬을 시켜서 석두(石頭)에 주둔하게 했다. 원찬은 평소에 조용하게 물러나 있었는데, 매번 조정의 명이 있을 때마다 대개 곧바로 따르지 않고, 사정이 어쩔 수 없이 절박하여 부득이한 연후에야 나아갔다. 그러다가 조칙을 내려 석두로 옮기라고 하자, 곧바로 칙지를 따랐다. 주선해주는 사람이 있어서 기세를 바라볼 줄 알았는데, 그가 원찬에게 말하기를, '석두의 기운이 아주 괴리되어 있으니, 가면 반드시 화가 있을 겁니다'라고 했다. 원찬은 대답하지 않았다."

11) 비수(淝水): 비수(肥水). 근원은 안휘성 합비현(合肥縣) 자봉산(紫蓬山)에서 나온다. 북쪽으로 흘러가다가 두 갈래로 나뉘는데, 동쪽 지류는 소호(巢湖)로 들어가고, 서쪽 지류는 회수(淮水)로 들어간다. 사안은 이곳에서 부견(符堅)의 100만 대병을 함몰시켰다. 『진서晉書』 권79 「사안열전謝安列傳」에는 '회비(淮肥)'로 되어 있다.

12) 비수의~삼았다: 『진서晉書』 권79 「사안열전」에 관련 기록이 있다. "이때 부견(符堅)이 강성하여 국경 지역에 근심거리가 되어, 여러 장수들이 패하여 물러나기를 계속했다. 사안은 아우 석(石)과 조카 현(玄) 등을 보내어 기미에 응하여 정벌하라고 했는데, 가는 곳마다 승첩을 했다."

를 해서 만약 이때 승리하지 못했다면 이 때문에 온 일가친척이 순국했을 것이다. 이 얼마나 장렬한 일인가?

왕검의 경우로 말하면 본래 소씨[13]의 좌명^{천자를 돕는 역할}이어서[14] 그 출처出處, 처신와 추향趨向, 향배이 사안과는 조금도 같은 점이 없다. 그렇거늘 어찌 과실을 저질렀느니 과실을 저지르지 않았느니 하며 논할 수 있다는 말인가? 만약 왕검이 사안을 크게 사모했다[15]는 이유로 사안의 평가에 영향을 미친다면 장선[16]이나 왕소원[17]도 스스로 배진공[18]이나 제갈무후諸葛武侯에 비유했으니, 이것으로 또한 배진공과 제갈무후에게 누를 끼칠 수 있겠는가?

주자는 또 "전쟁에서의 승리는 진晉나라 사람들이 잘해서가 아니라 바로 부견苻堅이 잘못해서이다"[19]라고 했다. 옛날부터 전쟁에서의 승리는 적군의 잘못에 기인한다. 만약 적군이 최선을 다한다면, 비록 태공이나 양저[20]라 할지라도 어떻게 이길 수 있겠는가? 조조曹操는 동쪽으

---

13) 소씨(蕭氏): 남제(南齊)의 시조는 도성(道成)인데, 한나라 소하(蕭何)의 후예이다.

14) 왕검의~좌명(佐命)이어서: 『남제서南齊書』 권23 「왕검열전王儉列傳」에 보면 이러한 기록이 있다. "왕검은 태조가 웅건하고 기이함을 알고는 먼저 영군부(領軍府)에서 의거(衣裾, 옷 뒷자락. 곧 없어서는 안 될 존재) 같은 존재로 두었다. 태조가 태위(太尉)로 있으면서 이끌어다가 우장사(右長史)로 삼아, 은혜와 예우가 융성하고 친밀하여, 독대해보고는 그의 건의를 그대로 실행했다. …… 이때 대전(大典, 나라의 큰 의식)이 장차 거행되려 했는데, 왕검이 좌명으로 있어 예의와 조책(詔策)이 모두 왕검에게서 나왔다."

15) 왕검이 사안을 크게 사모했다: 『남제서』 권23 「왕검열전」에 이러한 기록이 있다. "왕검이 늘 남에게 말하기를, '강좌(江左)의 풍류재상(風流宰相)으로는 오로지 사안이 있을 따름이다'라고 했는데, 대개 자신을 그에 견준 것이다."

16) 장선(張璿, 1477~1542): 명(明)나라 진주(晉州) 사람. 자는 중재(仲齋), 호는 항산(恒産).

17) 왕소원(王昭遠, 944~1000): 송나라 익주(翼州) 부성(阜城) 사람. 호는 철산(鐵山). 학식은 있었으나 인색하여 부임하는 곳마다 선정(善政)을 베풀지 못했다. 『송사宋史』 권479 「왕소원열전王昭遠列傳」에 이러한 기록이 있다. "왕소원은 술이 얼근하게 취하면 팔을 휘두르면서, '이번 행차에는 단지 적을 이기는 데 그치는 것이 아니라, 이 2~3만의 조면(雕面, 겉꾸밈을 함) 악소년들을 거느리고 중원을 취하기를 손바닥 뒤집듯 할 것이다'라고 했다. 출발하게 되자, 철여의(鐵如意)를 들고 군사의 일을 지휘하며, 스스로를 제갈량에 견주었다."

18) 배진공(裵晉公): 당(唐)나라 문희(聞喜) 사람인 배도(裵度)의 봉호.

19) 전쟁에서의 승리는~잘못해서이다: 『주자어류』 권136 「역대·3」에 나온다.

로 내려가면서 하루 밤낮 동안 300리를 가서 안장 없은 말을 버리고 배의 노를 집어들고서 오월吳越과 이로움을 다투었다. 이것은 조조의 잘못이므로 적벽에서 패하게 되었다.[21] 비록 조조가 스스로의 잘못 때문에 적벽에서 패했다고 하더라도, 주유[22]나 제갈공명의 전공이 어찌 묻혀버리겠는가? 만약 비수에서의 공功이 장준[23]에게서 나왔다면 이윤과 여상[24]도 윗자리를 양보해야 할 것이다.

朱子謂: "桓溫遷祚, 則謝安必不能死節." 又謂: "安是未敗闕底王儉." 竊恐安不可如是低看也. 安本溫之幕僚, 溫所以延攬牢籠, 亦至矣. 簡文之大漸, 溫薦安入受顧命, 此其意可知. 而安與王坦之, 盡心王室, 遺詔之改草, 九錫之遷延, 皆出兩人. 溫若得志, 豈容不殺二子? 亦豈爲自全計哉? 是以溫之入朝, 都下洶洶云: "欲誅王·謝, 因移晉祚", 豈非所謂國亡與亡者哉?

且文公少安, 以淸談故耳. 夫以袁景倩之閉門高臥, 蕭條散落, 能辨石頭一死, 安知安石之不如景倩哉? 淝水之役, 弟爲元帥, 子姪爲先鋒, 戰若不

---

20) 태공(太公)이나 양저(穰苴): 태공망(太公望) 여상(呂尙)과 사마양저(司馬穰苴). 양저는 춘추시대 제(齊)나라 사람으로 성은 전(田)이다. 출신이 미천했으나 병법에 밝아서 대사마(大司馬)가 되었고 병서(兵書)를 남겼다.

21) 적벽(赤壁)에서 패하게 되었다: 『삼국지』 권54 「오지吳志·주유周瑜」에 이러한 기록이 있다. "주유가 말하기를, '…… 더구나 안장 없은 말을 버리고 배의 노를 집어들고서 오월과 쟁패하는 것은 본시 중국이 잘하는 바가 아니다. 또한 지금은 아주 추운데다가 말먹이 꼴도 부족하거늘, 중국의 장사와 병졸을 내몰아 멀리 강호(江湖)의 사이로 건너가게 한다니, 수토(水土)에 익숙지 않아서 필시 질병을 앓을 것이다. 이 네 가지는 지금 군사를 쓰는 데 대한 걱정거리이다'라고 했다(瑜曰: '… 且舍鞍馬杖舟楫, 與吳越爭衡, 本非中國所長. 又今盛寒, 馬無藁草, 驅中國士衆遠涉江湖之間, 不習水土, 必生疾病, 此數四者, 用兵之患也')."

22) 주유(周瑜): 오나라 사람으로 자는 공근(公瑾). 주유가 대도독(大都督)이 되어 조조와 대치할 때, 조조가 유세객으로 보낸 장간(蔣幹)을 데리고 가서 창고를 보여주며 군량이 많다는 것을 과시했다. 『자치통감』 권66에 나온다.

23) 장준(張浚): 송나라 고종(高宗) 때의 무신. 자는 덕원(德遠).

24) 이윤(伊尹)과 여상: 은나라 태갑(太甲)을 보좌한 이윤과 주나라 문왕(文王)의 스승으로서 무왕(武王)·성왕(成王)을 보좌한 태공망 여상.

捷, 則是以百口徇國, 何其烈也?

若王儉者, 自是蕭氏佐命, 其出處趨向, 與安小[25]無彷彿, 有何敗闕·未敗闕之可論乎? 若以其景慕而波及之, 則張璚[26]·王昭遠亦自比於裵晉公·諸葛武侯, 亦可以此累裵·葛乎?

文公又謂: "戰勝, 非晉人之善, 乃堅之不善." 自古戰勝者, 皆因敵人之不善. 敵苟盡善, 雖太公·穰[27]苴, 何能克之乎? 曹操之東下, 一日夜行三百里, 捨鞍馬, 杖舟楫, 與吳越爭利. 此操之不善, 故有赤壁之敗. 雖然公瑾·孔明之功, 又安可掩哉? 向使淝水之勳, 出於張德遠, 則伊·呂亦且讓右矣.

평설

동진 간문제 말기에 환온이 권력을 휘두를 때 사안이 처신한 방식을 어떻게 평가해야 하는가의 문제를 두고 주희의 견해를 비판한 글이다. 주희는 사안이 환온의 편에 붙었던 왕검과 같은 부류이되, '미리 과실을 저지르지 않았을 따름'이라고 폄하했다. 주희의 논설은 『주자어류』 권36, 「역대歷代·3」에 나온다.

"사안이 환온을 대한 것은 본디 아무 책략이 없었다. 환온이 와서는 한 군주를 폐하고, 요행히 자기 편에 서달라고 조르고 구석의 아홉 가지 하사품을 순서대로 받으려 하되 아주 심한 지경에 이르지는 않았으니, 그래도 반은 수재였다. 만약 그가 이십 분 철저하게 적이기를 주전충朱全忠의 부류보다 한 걸음 더 했더라면, 사안이 어찌했을 것인가? 왕검은 평소 스스로를 사안에 견주었으나, 왕검은 이미 망할 대로 망한 사안이었

25) [교감] 小: 통문관본은 '少'로 되어 있다. 고려대본, 서울대본을 따른다.
26) [교감] 璚: 고려대본은 '濬'으로 되어 있다. 통문관본, 서울대본을 따른다.
27) [교감] 穰: 고려대본은 '攘'으로 되어 있다. 통문관본, 서울대본을 따른다.

으며, 사안은 다만 요행히도 소탈하지 않은 왕검이었다. 사안은 왕검에 비해 조금 영특한 면이 있었을 뿐이다. 부견이 왔을 때 또한 아무런 조치를 취하지도 못했다. 선배는 말하기를, 진晋나라 사람이 잘해서가 아니라 부견이 잘못한 것일 뿐이라고 했다. 하지만 부견은 대군을 데리고 와서는 안 되었으니, 사안은 반드시 헤아리고 있던 바가 있었을 것이다. 겸하여 진秦나라 사람이 국내에서 스스로 난리를 일으켰으니, 진晋 또한 반드시 그 사실을 알았을 것이다. 그러므로 사안은 진정시키고 기다릴 수 있었던 것이다. 그리하여 부견이 오자, 사안 쪽에서는 역시 다만 군사를 움직여 적이 마땅히 올 곳에 가서 기다렸다가 맞받아칠 수 있었던 것이다. 부견이 대군을 데리고 오지 않고, 다만 경기병으로 때때로 진晋의 변경을 어지럽혔더라면, 곧바로 가만히 앉아서 낭패를 보았을 것이다."

그러고는 정순正淳에게 묻기를, "환온이 진晋나라의 제위를 옮겼다면 어찌 능히 절개를 지켜 죽을 수 있었겠는가?"라고 했다. 정순은 "반드시 그러하지 못했을 것이며 모름지기 도피하였을 것입니다"라고 대답했다. 그러자 묻기를, "도피해서 장차 어디로 간단 말인가? 만약 절개를 지키려 죽는 것이 아니라면, 북면北面, 신하로서 임금을 섬김을 하여 적을 섬겨야 했다. 이 지경에 이르게 되면 막다른 곳이라 중간에 다시금 선택의 여지가 없는 것이다"라고 했다. 그리고 이어서 말했다. "위효관韋孝寬의 지략이 이와 같았다. 양견楊堅이 주周나라의 왕위를 찬탈할 때 울지형尉遲迥 등이 모두 죽었는데 위효관은 양견에게 위두㷉斗. 울두 즉 금다리미를 바치며, 그것으로 천하를 위안慰安하라고 청했다. 사안은 처음에 의심했으므로, 이미 사안의 처지는 위효관의 처지와 다르지 않았거늘, 하필이면 이와 같이 부화하여 결탁했단 말인가? 원래 이러한 지경에 이르러서는, 즉각 변별하지 않는다면 또한 죽음을 면하지 못한다. 그런데 죽지 못했다면 다만 절개를 잃을 따름이다."

또 이렇게 말했다. "사안과 부견의 관계는 마치 근세의 진노공陳魯公

과 완안량完顔亮의 관계와 같으니, 다행히 그가 죽기를 흘겨볼 따름이었다." 백풍伯豊이 "구래공寇萊公이 진종眞宗에게 전연澶淵으로 출정해서 강화를 맺게 한 일과 비교하면 어떻습니까?" 물으니, "당연히 그러면 도리어 조처가 있었을 것이다. 하지만 이 지경에 이르면, 다만 앞으로 나아갈 따름이지 뒤로 물러날 수는 없었다"고 답했다.

서포는 인물 평가에서 절개의 유무와 선악의 마음을 그 인물에 대해 미리 상정해놓고 역사 사실의 성패를 논하는 방식을 배격했다.

북위 효문제의 중국동화 정책

상-15

북위北魏의 효문제[1]는 천부적 자질의 훌륭함이 많은 왕들 가운데서 뛰어났으나, 그가 이민족의 문화를 변화시켜 중화의 문화로 만들려 한 일 가운데는 맞지 않은 것이 많았다.

성주成周 시대에 낙양[2]에 도읍을 세운 것은 낙양이 당시 구복[3]의 중심지였기 때문이다. 북위의 경우 북쪽으로 끝이 없고, 낙양에서부터

---

1) 효문제(孝文帝): 북위 제6대 황제(471~499). 이름은 굉(宏), 묘호는 고조(高祖). 낙양으로 천도한 뒤 척발씨(拓跋氏)를 원씨(元氏)로 바꾸었다. 5세에 즉위하여 490년까지 조모인 문명태후(文明太后)의 섭정을 받았다. 친정 후 율령을 개정하고, 494년에 수도를 평성(平城, 지금의 산서성 대동大同)으로 옮긴 뒤 한화(漢化) 정책을 대대적으로 실시했다. 그러나 북방민족의 하급 군인이 가난해져 육진(六鎭)의 난이 일어났다.

2) 낙양(洛陽): 지금의 하남성 수도. 낙수(洛水)의 북방에 있다. 동주(東周)가 이곳에 도읍을 정했고, 그후 후한(後漢)·서진(西晉)·후위(後魏)·수(隋)·오대(五代) 등도 이곳을 수도로 정했다.

3) 구복(九服): 주나라 때 왕기(王畿)를 사방 1000리로 하고, 그 주위를 상하좌우 각각 500리마다 1기(畿)로 구획하여 후복(侯服)·전복(甸服)·남복(男服)·채복(采服)·위복(衛服)·만복(蠻服)·이복(夷服)·진복(鎭服)·번복(蕃服)으로 한 것을 말한다. 상고시대와 주나라 때는 오복(五服)이었다. 즉 상고 때는 전복(甸服)·후복(侯服)·수복(綏服)·요복(要服)·황복(荒服), 주나라 때는 후복(侯服)·전복(甸服)·남복(男服)·채복(采服)·위복(衛服)이었다. 복(服)은 천자에게 복종한다는 뜻이다.

남쪽으로는 적국과의 거리가 겨우 수백 리에 불과해서, 낙양은 나라의 중심지라고 할 수가 없었다. 하동河東이나 하내河內가 모두 옛 제왕의 도읍지였고, 그곳의 기풍이 강경하여 북쪽 사람들에게 적당했는데, 왕정을 행하는 사람이 하필 낙양에 도읍해야 했는가?

효문제가 유도儒道, 유교와 도교를 숭상하고 문학을 고양한 뜻은 훌륭하지만, 어찌 한족의 청하淸河 최씨崔氏, 범양范陽 노씨盧氏, 형양榮陽 정씨鄭氏, 태원太原 왕씨王氏 등 4성四姓을 높이 평가했을까?[4] 또한 자신의 아우인 여섯 왕들로 하여금 오족[5]의 여인을 새 아내로 맞게 하고 전처를 첩으로 삼게 하자, 오족의 여인들은 문호門閥에 기대어 남편의 부녀들을 노비로 여겼으니, 무어 그들을 귀하게 여길 일이 있어서 이렇게 윤리를 어지럽혔단 말인가? 옛날의 반경[6]은 도읍을 옮길 때 서민들이 원망하자 간절하게 세 번이나 타이르는 포고문을 내렸다. 태자 순은 나이가 어려서 비록 즉시 명령을 따르지 못했지만, 어찌하여 폐위하고 살해하기까지 했단 말인가?[7] 효문제 당시 군신 간에 우모[8]로써 가르치고

---

4) 어찌 한족의~평가했을까: 효문제가 탁발씨를 원씨로 바꾸고, 한족의 4성을 높이 평가했다. 심지어 『자치통감』 제(齊)나라 명제(明帝) 건무(建武) 3년(496) 춘정월 정묘의 조항에는 북위 효문제가 탁발씨를 원씨로 바꾸고 최·노·정·왕 네 성의 딸을 받아들여 후궁으로 충당한다는 기사가 있다.

5) 오족(五族): 한족의 명문거족을 말한다. 청하 최씨, 범양 노씨, 형양 정씨, 태원 왕씨 등 4성에 농서(隴西) 이씨(李氏)를 포함시킨 듯하다. 단 실제 『자치통감』 제나라 명제 건무 3년 춘정월 정묘에 북위 효문제가 여섯 아우를 장가들게 한 가문은 조금 다르다. 당시의 조칙에 다음과 같이 되어 있다. "이 해에 여섯 아우를 장가들게 한다. 맏아우 함양왕(咸陽王) 희(禧)는 영천(潁川) 태수인 농서 이보(李輔)의 딸을, 다음 아우인 하남왕(河南王) 간(干)은 작고한 중산대군(中散代郡) 목명락(穆明樂)의 딸을, 다음 아우인 광릉왕(廣陵王) 우(羽)는 표기자의참군(驃騎諸議參軍) 형양(榮陽) 정평성(鄭平城)의 딸을, 다음 아우인 영천왕(潁川王) 옹(雍)은 작고한 중서박사(中書博士) 범양(范陽) 노신보(盧神寶)의 딸을, 다음 아우인 시평왕(始平王) 협(勰)은 정위경(廷尉卿) 농서 이충(李沖)의 딸을, 막내아우 북해왕(北海王) 상(詳)은 이부낭중(吏部郎中) 형양 정의(鄭懿)의 딸을 맞아들일 만하다."

6) 반경(盤庚): 은나라 왕. 상(商)나라 황제 양갑(陽甲)의 아우. 은나라 중엽에 엄(奄)에서 은으로 천도하여 중흥을 이루었다. 백성들을 설득해서 천도하고 민심을 수습하는 과정이 『서경』「상서商書·반경」에 실려 있다.

훈계한다고 했지만 그것들은 거의가 다 문장치레나 하고 실속이 없어 자못 거군[9]과 자양[10]의 유풍이 있었다. 아마도 북위가 붓 잡는 무리[11]들을 거두어들인 잘못이 아니겠는가?

북위가 전성기였을 때 소제[12]의 내란이 일어났으므로, 북위를 소제에 비교하면 강약의 기세가 마치 산으로 계란을 누르는 듯했다. 설령 강좌[13]의 왕기王氣가 300년의 주기에 이르지는 못할지라도 북위 효문제가 강회江淮 지방을 석권하고 양梁·한漢 지방을 아우르는 것이 어려운 일은 아니었다. 그런데 병거兵車가 여러 번 출동하여 자신은 전쟁을 하다가 죽고,[14] 끝내 한치 한자의 작은 공도 세움이 없었으니, 그의 무략武略, 군사상의 책략이 경쟁력이 없었다는 것을 이로써 알 수 있다. 나라를 남쪽으로 옮긴 뒤에 날로 쇠약해지고 북방 영토는 텅 비고 말아서 모두가 이주씨[15]의 말 기르는 목장이 되어버려, 한두 세대를 전하면서 나라는 이미 혼란스러워져 망하게 되었다. 효문제야말로 바로 북위를 위해 재앙의 기틀을 만들어낸 군주라고 해도 옳다.

---

7) 태자 순(恂)은~했단 말인가: 『북사北史』 권19 「효문육왕전孝文六王傳」에 나온다.

8) 우모(訏謨): 대모(大謨). 크게 모의(謀議)함.

9) 거군(巨君): 왕망(王莽)의 자.

10) 자양(子陽): 유엽(劉曄). 삼국시대 위나라 성덕(成德) 사람. 자양은 그의 자. 조조(曹操)가 불러 사공조연(司空曹椽)이 되었고 이후 동향후(東享侯)에 봉해졌다.

11) 붓 잡는 무리: 효문제가 문학을 숭상한다면서 고작 반역 또는 변절한 인물을 등용하거나 보잘것없는 인물밖에 없었음을 비꼬는 말인 듯하다.

12) 소제(蕭齊): 남조(南朝)의 제(齊). 소씨(蕭氏)가 창건했으므로 이르는 말이다.

13) 강좌(江左): 양자강(揚子江) 동쪽 지방. 지금의 강소성.

14) 병거(兵車)가~죽고: 효문제는 태화(太和) 21년(497) 남제에 내란이 일어나자 20만 대군을 이끌고 정벌에 나섰으나, 제나라 명제가 병으로 죽자 상갓집을 정벌하는 것은 예의에 어긋난다고 해서 그만두었다. 다시 태화 22년에 병든 몸인데도 효문제는 남제를 정벌하러 나서서 승리를 거두지만 얼마 못 가 병으로 죽었다.

15) 이주씨(爾朱氏): 선조는 설호부락(契胡部落)의 대인(大人)으로, 대체로 목마를 주업으로 하던 사람들이다. 후위(後魏)의 이주영(爾朱榮)은 명제(明帝) 때 적을 토벌하는 공을 세웠는데, 북방의 많은 내란을 평정하고 낙양에 쳐들어와서 장제(莊帝)를 세우고 대장군이 되었다.

魏孝文天資之美, 超出百王, 而其變夷爲華, 則多有不中者. 成周之營洛, 以洛爲當時九服之中也. 魏土北邊無極, 而自洛陽南距敵國, 才數百里, 非所謂宅中者也. 河東·河內, 皆古帝王之都, 而風氣强勁, 宜於北人. 行王政者, 何必洛陽?

崇儒右[16]文, 意固美矣, 而奚取於崔·盧·鄭·李乎? 又令諸王改娶於五族, 而以前妻爲妾, 彼倚門戶, 奴其夫之婦女, 又安足貴而[17]爲此亂倫之事乎? 盤庚之遷都, 庶民怨咨, 而猶且申申三誥. 太子恂以童幼之年, 雖不卽從令, 何遽至於廢而殺之乎? 君臣之間, 所以訏謨而敎誡之者, 率皆飾文而少[18]實, 頗有巨君·子陽之遺風, 無亦魏收秉筆輩之過歟?

以魏之全盛, 當蕭齊之內亂, 强弱之勢, 如山壓卵. 設令江左王氣, 未及三百之期, 席卷[19]江·淮, 包括梁·漢, 非難事也. 而兵車屢動, 身殂戎行, 而終無尺寸之功, 武略之不競, 於斯可知. 國旣南遷, 日漸委靡, 北土空虛, 盡爲爾朱氏牧馬之地, 一再傳而國已亂亡. 雖以孝文爲魏基禍之主, 可也.

🌿 평설

북위 효문제는 이민족 출신으로서 한화 정책을 대대적으로 실시해 문화 수준을 향상시키는 등 천부적 자질이 뛰어나다고 평가받아왔지만, 서포는 효문제가 북방에 중국 문화를 정착시키는 데 실패했다고 논했다. 나아가 서포는 효문제야말로 북위에 재앙을 초래한 군주라고 비판했다. 중국에서는 최근 효문제를 민족 동화의 성공자로 부각시키고 있는데, 서포는 이미 오래전에 민족 동화가 과연 성공할 수 있을지에 대해 진지하게 회의했다.

---

16) [교감] 右: 서울대본은 '占'로 되어 있다. 통문관본, 고려대본, 연민문고본을 따른다.
17) [교감] 而: 통문관본, 고려대본, 서울대본은 이 글자가 없다. 연민문고본을 따른다.
18) [교감] 少: 서울대본은 '小'로 되어 있다. 통문관본, 고려대본, 연민문고본을 따른다.
19) [교감] 卷: 서울대본은 '捲'으로 되어 있다. 통문관본, 고려대본, 연민문고본을 따른다.

  제갈공명[1]이 기산[2]을 공격할 때, 위연[3]은 군사 5천 명을 주면 자오곡[4]에서부터 장안長安을 습격하겠다고 청했다. 제갈공명은 따르지 않았다. 당나라 태종太宗이 주필산[5]에서 전투할 때, 도종[6]이 군사 5천 명으로 허慮를 노려 조선의 평양平壤을 탈취하겠다고 청했다. 태종도 거들떠보지 않았다. 이 두 가지 계책은 아주 비슷하다. 제갈공명과 태종의 군대는 둘 다 공을 세우지 못했다. 위연은 항상 이를 한으로 여겼고,

---

1) 제갈공명(諸葛孔明): 제갈량(諸葛亮, 181~234). 양도(陽都) 사람. 공명은 그의 자. 삼국시대 때 촉(蜀)나라의 재상을 지냈다.
2) 기산(祁山): 중국 감숙성 서화현(西和縣) 동북쪽에 있는 산. 제갈량이 위나라를 칠 때 여섯 번이나 이 산에 갔다.
3) 위연(魏延, ?~234): 유비(劉備) 막하의 용장(勇將). 의양(義陽) 사람. 자는 문장(文長).
4) 자오곡(子午谷): 섬서성 장안현(長安縣)에 위치한 진령(秦嶺) 산속에 있는 골짜기이다.
5) 주필산(駐蹕山): 수산(首山), 즉 중국 요령성 요양현(遼陽縣) 남쪽에 있는 산. 645년 고구려는 서부 변방의 군사 요충지인 주필산 등지의 전투에서 당나라 태종이 이끄는 수십만 군사를 격파했다.
6) 도종(道宗): 이도종(李道宗, 600~653). 자는 승범(承范). 당나라 태조의 증손이다. 태종의 고구려 침략 때 요동도(遼東道) 부대총관(副大總官)이었다.

태종도 이정[7]의 말을 듣고서 뒤늦게 지난 일을 후회했다. 일이 끝난 뒤에 잘못을 집요하게 따진다는 것은 정말로 쉬운 일이다. 위공[8]은 이 점에서 속태(俗態)를 벗어나지 못했다. 위연과 도종의 계책은 정말 용감하다고 할 수 있지만, 성공을 했을지는 알 수 없다.

장안이 한나라 수도였을 때 이각[9]이 대궐을 침범했다. 성곽이 험준하여 공격할 수 없었으므로, 반란병이 내부에서 응한 뒤에야 탈취할 수 있었다. 위연 당시에 위(魏)나라가 중진(重鎭, 방비를 굳게 하는 군진)을 세우고 높은 벼슬의 신하를 시켜 지키게 했으니, 방비가 이치상 소홀할 리 없었다. 하후[10]가 비록 무모하다 하더라도 어찌 언뜻 적병 수천을 보고 곧바로 성을 버리고 위연이 생각했던 것처럼 도주했겠는가? 성을 공격한 지 서너 날이 되어도 함락하지 못했을 것이고, 낙양에서 구원병이 도착하면 위연은 반드시 사로잡혔을 것이다.

수나라 양제(煬帝)가 백만 대군으로 요동[11]을 공격하자, 고구려 또한 어찌 나라의 힘을 다 기울여 수나라의 군사에 대항하지 않았겠는가? 도종이 생각했던 것처럼 평양이 허약했다면 내호아[12]가 강회(江淮)의 수군을 거느리고 성곽 아래까지 공격했다가 대패하고 돌아갔겠는가? 하물며 연개소문[13]이 어찌 형세만 바라보고 꼼짝 않고 있을 자였던가?

---

7) 이정(李靖, 571~649): 본명은 약사(藥師), 당나라 경조(京兆) 삼원(三原) 사람.
8) 위공(衛公): 이정. 공을 세워서 위국공(衛國公)이라는 봉호를 받았다.
9) 이각(李傕, ?~198): 동탁(董卓)의 부하.
10) 하후(夏侯): 하후현(夏侯玄, 209~254). 위나라 장군으로 삼국(三國) 초(譙) 땅 사람. 자는 태초(太初). 『삼국지三國志』 「위지魏志」에 입전되어 있다.
11) 요동(遼東): 군(郡)의 이름. 전국시대 연(燕)의 땅이다. 진(秦)나라가 설치했으며 유주(幽州)에 속한다. 한나라는 이를 따랐다. 지금의 요령성 동남부로부터 요하(遼河) 동부까지의 땅을 관할했다.
12) 내호아(來護兒, ?~617): 수(隋)나라 강도(江都, 지금의 강소성 강도江都) 사람. 자는 숭선(崇善).
13) 연개소문(淵蓋蘇文, ?~666): 원문에는 천개소문(泉蓋蘇文)으로 되어 있다. 당나라 고조 이연(李淵)의 '淵' 자를 피하기 위해 '泉'으로 썼다. 또한 개금(蓋金)이나 개소문(蓋蘇文)이라고 부른다.

요동 정벌을 논한 당나라 사람 가운데 오직 유공권[14])이 문종文宗에게 대답한 말이 가장 공정하다. 연개소문은 비록 흉역凶逆. 흉악하고 반역적임한 사람이지만, 그의 재략才略을 본다면 역시 한 시대의 영웅호걸이므로, 정녕 이도종 따위가 대적하여 이길 수 없었다.

孔明之攻祁山, 魏延請得五千兵, 從子午谷襲長安, 孔明不從. 唐太宗駐蹕之役, 道宗請以五千兵, 乘虛取平壤, 太宗亦不省. 此兩策絶相類, 而孔明·太宗之師, 皆不得成功, 故魏延常以爲恨, 太宗亦頗追悔於李靖之言. 事過後執咎, 誠是易[15])事, 衛公於此, 不免俗態也. 魏延·道宗之策, 固可謂之敢勇, 成功則未也.

長安漢都, 李權之犯闕, 城峻不可攻, 叛卒內應, 然後克之. 是時, 魏置重鎭, 守以貴臣, 守禦之備, 理無踈略. 夏侯雖曰無謀, 安有乍見敵兵數千, 便委城而走, 如延所料乎? 攻城數日不下, 則洛陽之救已至, 延必成擒[16])矣.

隋煬帝以百萬衆攻遼東, 高麗亦豈不傾國以拒王師? 平壤虛弱, 如道宗所料者, 而來護兒以江淮水軍, 直擣城下, 大敗以還? 況泉蓋蘇文, 豈望風束手者乎?

唐人之論征遼之役者, 唯柳公權之對文宗, 其言最公. 蘇文雖凶逆, 若其才略, 亦一時雄傑, 固非道宗輩所能克也.

평설

제갈량이 북쪽으로 위나라를 정벌하려고 기산을 공격했을 때, 위연

---

14) 유공권(柳公權, 778~865): 당나라 경조 화원(華原, 지금 중국 섬서성 동천시銅川市 요주구耀州區) 사람. 자는 성현(誠懸). 유공권이 요동정벌을 논한 기록은 출전을 알 수 없다.
15) [교감] 易: 통문관본은 '異'로 되어 있다. 고려대본, 서울대본, 연민문고본을 따른다.
16) [교감] 擒: 연민문고본은 '禽'으로 되어 있다. 통문관본, 고려대본, 서울대본을 따른다.

은 자오곡을 통해 장안을 급습하겠다는 계책을 내놓았다. 또 당나라 태종이 고구려를 침략하려고 주필산에 이르렀을 때, 도종은 허를 노려 평양을 공격하겠다는 계책을 내놓았다. 두 경우 모두 형세를 오판한 것이었지만, 위연과 태종은 일이 다 끝난 뒤 계책대로 하지 못한 것을 후회했다.

서포는 사태가 모두 끝난 뒤 지난날 두 선택지 가운데 다른 한쪽의 방식을 취하지 않은 것을 후회하는 일이 부질없다고 보았다.

역사문헌의 개연적 사실 언급과 사실 기록의 미비

상―17

낙빈왕[1]은 무후를 토벌하려는 격서[2]에서 "아들을 죽이고 형을 도륙하며 군주를 시해하고 어머니를 독살했다"고 말했다. 군주를 시해했다

---

1) 낙빈왕(駱賓王, 639~684): 당나라 의오(義烏) 사람. 시문이 뛰어나 왕발(王勃, 650~676)·양형(楊炯, 650~695?)·노조린(盧照鄰, 637?~689?) 등과 함께 '초당사걸(初唐四傑)'로 일컬어지며, '왕양노락(王楊盧駱)'으로 병칭되기도 한다.

2) 무후(武后)를 토벌하려는 격서: 무후는 당나라 제3대 고종의 황후로, 중국 역사상 유일의 여제가 되었다. 이름이 무조이며, 산서성 사람. 무후를 토벌하려는 격서란 낙빈왕이 「이경업을 대신하여 무씨를 성토하는 격문代李敬業討武氏檄」을 말한다. 혹은 「이경업을 대신하여 무후가 조정에 임하는 일을 두고 군현에 보내는 격문代李敬業以武后臨朝移諸郡縣檄」이라고도 하고, 「서경업을 위해 무조를 성토하는 격문爲徐敬業討武曌檄」이라고도 한다. 『낙승집駱丞集』 권4에 실려 있다. 그 글에 보면, "그대들 문무 관원은 혹 집안 대대로 한나라 작위를 이어받았거나, 혹은 문지(門地, 문벌)가 황실의 지친(至親)이거나, 혹은 무관의 중임을 받았거나, 혹은 선실(宣室, 미앙궁 정전正殿)에서 고명(顧命, 황제 임종시의 유언 명령)을 받았다. 그때 말씀이 여전히 귀에 있거늘, 충성을 어찌 마음속에 잊겠는가? 한움큼의 흙(고종의 건릉乾陵을 말함)이 아직 마르지 않았건만, 육척지고(六尺之孤, 즉 후사後嗣의 왕)는 어디에 있는가? 혹이라도 앙화를 복으로 바꿀 수 있다면, 서거한 분(고종)을 잘 장사지내 보내고, 살아 계신 분(방주房州에 연금되어 있는 중종)을 섬겨, 근왕(勤王, 제후대신이 천자의 환난을 제거하고자 병사를 일으킴)의 공을 함께 세우고 대군의 명령을 폐하지 않을 것이니, 모든 작위와 상금은 태산과 황하와 같이 길이 후세에 전할 것이다(公等或居漢地, 或協周親, 或膺重寄于話言, 或受顧命于宣室. 言猶在耳, 忠豈忘心! 一抔之土未乾, 六尺之孤安在? 儻能轉禍爲福, 送往事居, 共立勤王之

는 말은 아마도 고종의 일을 가리키는 듯하다. 그러나 역사서에는 다만 고종이 병들었는데 의관이 머리를 찔러 피를 내야 한다고 청했으나 무후가 고종의 병이 낫기를 바라지 않았다[3]고만 언급했을 뿐 왕을 시해한 사실은 나오지 않는다. 대개 죄를 성토하는 글에서는 개연적 사실도 아울러 언급하기 때문인 것 같다.

양광[4]이 부황 문제文帝. 양견를 시해한 일은 늘 괴이하게 여겨왔으나, 유술[5]의 좌천과 선화[6]의 음란함, 장형[7]이 주살당하기 직전에 한 언급[8]에 비추어보면 그것은 그저 개연적 사실이라고만 할 수는 없다. 역사서도 "안팎으로 이설이 자못 많았다"고 일컬었다.

師, 無廢大君之命, 凡諸爵賞, 同指山河)"라고 했다. 또한 그 글에 다음 구절이 나온다. "게다가 살무사와 도마뱀 같은 마음을 지니고 승냥이와 이리 같은 본성으로, 사악하고 간사한 무리를 가까이하여 어울리고 충성스럽고 어진 이들을 잔악하게 대해 해치며, 자식을 죽이고 형을 도륙하며 군주를 시해하고 황후를 짐독으로 죽이니, 신과 사람이 모두 미워할 바요, 하늘과 땅이 용납하지 않을 바로되, 여전히 뱃속에 비밀스런 앙화를 품고 마음속으로 신령한 중기(重器, 천하를 지배하는 권력)를 가만히 엿보고 있다(加以虺蜴爲心, 豺狼成性, 近狎邪佞, 殘害忠良. 殺子屠兄, 弑君鴆母, 神人之所共疾, 天地之所不容, 猶腹包藏禍, 心竊窺神器)."

3) 고종이~않았다:『자치통감』권203에 기록이 있다. "11월 병술, 조칙을 내려 내년에 숭산(嵩山)을 봉하려던 일을 중지했다. 상의 병환이 심했기 때문이다. 상은 머리가 너무나 무거워 제대로 볼 수가 없었으므로, 시의 진명학(秦鳴鶴)을 불러서 진찰하게 했다. 진명학은 머리를 찔러서 피를 내면 나을 수가 있다고 했다. 마침 황후가 수렴 너머에 있다가 상이 병 낫는 것을 바라지 않아 노해서 말하기를, '그렇게 한다면 그것은 참수나 마찬가지이거늘, 천자의 머리에 칼로 피를 낸단 말인가'라고 했다(十一月丙戌詔罷來年封嵩山, 上疾甚故也. 上苦頭重不能視, 召侍醫秦鳴鶴診之. 鳴鶴請刺頭出血可愈. 天后在簾中不欲上疾愈, 怒曰: '此可斬也. 乃欲於天子頭刺血')."
4) 양광(楊廣, 569~618): 수나라 양제(煬帝)의 본명. 문제의 둘째아들이다.
5) 유술(柳述): 수나라 하동(河東) 해(海) 사람. 자는 업륭(業隆). 유기(柳機)의 아들이다. 수나라 문제의 총애를 받아 이부상서에까지 올랐다. 문제의 총애를 믿고 교만하게 굴다가 양소(楊素)에게 미움을 샀다. 양제가 등극하자 영월로 좌천되었다.
6) 선화(宣華): 남조(南朝) 진(陳)나라 선제(宣帝)의 딸.
7) 장형(張衡, ?~612): 수나라 하내(河內) 사람. 자는 건평(建平).
8) 장형이 주살당하기 직전에 한 언급:『자치통감』권181에 다음과 같은 기록이 있다. "장형이 죽음에 임하여 큰 소리로 말하기를, '내가 남을 위해 어떤 일을 했다고 오래 살기를 바라겠는가'라고 했다. 형벌을 감독하는 자가 입을 막고는 빨리 죽이라고 재촉했다(衡臨死大言曰: '我爲人作何等事, 而望久活?' 監刑者塞耳, 促令殺之)." 그 주석에 보면 장형이 한 말은 인수(仁壽) 4년의 일이라고 했다. 인수 4년은 수나라 양제가 문제를 죽인 해이며, 장형은 양제가 문제를 시해하는 일을 도왔다.

그런데 수나라 말기의 군웅들인 한왕漢王 양량9)·양현감10)·이밀11)·배건통12) 등의 여러 가지 죄가 역사서에 한 번도 언급되지 않은 이유는 무엇 때문인가? 양량은 매우 갑작스럽게 출병했으므로 시해 사실을 듣지 못했을 것이고, 양현감은 양소楊素의 아들이므로 당연히 그 아버지가 황태자 양소楊昭에게 독약을 건넨 악행을 들춰내려 하지 않았을 것이다. 배건통은 거칠고 추한 사람이라서 책망할 필요조차 없다. 오직 이밀만은 황실을 출입하며 수시로 주선하였으므로 소문을 듣지 못했을 이유가 없다. 조군언13)은 평소에 깊은 원한을 지니고 있었거늘, 무엇을 꺼리고 고려할 일이 있다고, "남산南山의 대나무를 다 잘라다가 죽책으로 만들어 기록한다고 해도 그 죄를 이루 다 쓸 수 없고, 동해의 물을 터뜨려서 쓸어버린다고 해도 그 악을 다 없애기 어렵다"고 수나라 양제를 성토한 열 가지 죄목14)에서 그들의 죄를 언급하지 않았던가? 전대 역사에 나오는 이러한 사건은 이치와 형세로도 추리하기 어렵다.

양현감이 이밀의 '멀리 달려서 계 땅으로 침입하라는 계책'15)을 채택

9) 양량(楊諒): 수나라 문제의 다섯번째 아들로, 일명 걸(杰)이라고도 한다. 자는 덕장(德章).
10) 양현감(楊玄感, ?~613): 양소(楊素)의 아들. 아버지의 공로로 예부상서에 올랐다. 그러나 양제(煬帝)의 정치가 어지럽게 되자 반의를 품어 이밀(李密) 등과 반란을 일으켰다.
11) 이밀(李密, 582~618): 당나라 경조(京兆) 장안(長安) 사람. 자는 현수(玄邃). 법주(法主).
12) 배건통(裵虔通): 수나라 하동(河東) 사람. 수나라 양제 때 동의대부를 지냈다.
13) 조군언(祖君彦, ?~618): 수나라 범양(范陽) 추(遒) 사람. 수나라 양제의 10대 죄악을 낱낱이 열거한 이밀의 격문을 실제로 지은 인물이다.
14) 수나라 양제를 성토한 열 가지 죄목: 『자치통감』 권183에 다음과 같은 기록이 있다. "이밀이 그 막부를 시켜서 군현에 격문을 보내 수나라 양제의 열 가지 죄를 성토했다. 그리고 또 '남산의 대나무를 다 잘라다가 죽책으로 만들어 기록한다고 해도 그 죄를 이루 다 쓸 수 없고, 동해의 물을 터뜨려서 쓸어버린다고 해도 그 악을 다 없애기 어렵다'고 했다. 조군언이 지은 말이다(密使其幕府移檄郡縣, 數煬帝十罪. 且曰: '罄南山之竹, 書罪無窮, 決東海之波, 流惡難盡.' 祖君彦之辭也)."
15) 멀리 달려서 계(薊) 땅으로 침입하라는 계책: 『자치통감』 권182에 다음과 같은 기록이 있다. "이밀이 말하기를 '천자가 출정해 멀리 요동 밖에 있어서, 유주(幽州)와도 천 리나 떨어져 있

하지 않은 일과 이밀이 서홍객의 '곧바로 강도江都로 향하라는 계략'16)
을 채용하지 않은 일을 세상 사람들은 모두 안타깝게 생각한다.

그러나 요遼를 정벌하려는 전쟁에서 맹장들과 정병들이 모두 요동에
있었으므로, 그들의 고향으로 돌아가고자 하는 마음을 잘 이용했더라
면 아마도 양현감이 막아내지 못했을 것이다. 그리고 양현감이 우문술
宇文述 등과 맞서 여러 차례 전투해 모두 패한 사실을 살펴보면 그의 재
능 또한 알 만하다.

이밀은 낙구洛口에 있을 때, 양현감과 우선시하는 일이 종종 달랐다.
따라서 천하를 평정하는 데 어려운 점은 군웅群雄에게 있지, 어리석은
양제에게 있지 않았다. 서홍객의 말대로 이밀이 대군을 동쪽으로 내려
보냈더라면 회수 북쪽과 산동은 당연히 왕세충17)·두건덕18)에게 완전

다. 남쪽에는 거대한 바다가 있고, 북쪽에는 강한 오랑캐가 있어, 중간의 한 길은 이치상 극
도로 어렵고 위태롭다. 공이 군사를 끼고 불의에 나가서 멀리 내달려 계 땅으로 들어가 임투
(臨渝)의 험난한 지세를 근거로 하고 그 목덜미를 누른다면, 귀로가 반드시 끊어질 것이고,
고려가 그 소식을 들으면 반드시 그 뒤를 밟을 것이다. 그렇게 되면 열흘, 한 달이 채 못 되어
서 군자와 양식이 다하여, 그 군사가 항복하지 않는다면 무너질 것이므로, 싸우지 않고도 생
포할 것이다. 이것이 가장 뛰어난 계책이다'라고 했다(密曰: '天子出征, 遠在遼外, 去幽州猶隔
千里. 南有巨海, 北有强胡, 中間一道, 理極艱危. 公擁兵出其不意, 長驅入薊, 據臨渝之險, 扼其咽
喉, 歸路旣絕, 高麗聞之, 必躡其後, 不過旬月, 資糧皆盡, 其衆不降則潰, 可不戰而擒. 此上計也').
16) 서홍객(徐洪客)의~계략: 『자치통감』권184에 다음과 같은 기록이 있다. "태산도사(泰山道
士) 서홍객이 이밀에게 서신을 올려, '내 생각에 대중이 오랫동안 모여 있으면 아마도 쌀이
바닥나고 인민이 흩어지고, 군사들이 늙어 전투를 싫어해 공을 이루기 어려울 것입니다. 이
밀에게 권컨대, 가만히 진취의 기미를 타서, 장사와 말이 정예인 때 강 흐름을 따라 동쪽으로
가다가 곧바로 강도로 향해 독부(獨夫, 민심이 떠나 더이상 군주의 위엄을 갖추지 못하는 외
로운 자)를 붙잡아 천하에 호령하십시오'라고 했다. 이밀이 그 말을 장대하다고 여겨 서신을
보내어 초빙했으나 서홍객은 끝내 나오지 않았으며, 결국 어디로 갔는지 알 수가 없었다(泰
山道士徐洪客獻書於密, '以爲大衆久聚, 恐米盡人散, 師老厭戰, 難可成功, 勸密乘進取之機, 因士
馬之銳, 沿流東指, 直向江都, 執取獨夫, 號令天下.' 密壯其言, 以書招之, 洪客竟不出, 莫知所之)."
17) 왕세충(王世充, ?~621): 수나라 신풍(新豊) 사람. 자는 행만(行滿).
18) 두건덕(竇建德, 573~621): 수나라 청하(淸河) 장남(漳南, 지금의 하북성 청하현淸河縣 일대)
사람. 대업(大業) 13년 낙수(樂壽)에서 장락왕(長樂王)이라고 칭했다. 뒤에 하왕(夏王)으로
바꾸는 등 위세를 떨쳤으나, 왕세충을 구원하러 갔다가 태종에게 패해 장안에서 효수되었다.

히 편입되었을 것이다. 그랬더라면 민심이 떠난 독부^{獨夫} 양제를 취하기는 어렵지 않았을 터이지만, 이밀이 어떻게 천하를 호령할 수 있었겠는가? 다만 장강과 회수 사이에서 주저하다가 끝내 패망하고 말았을 터이다. 우문화급¹⁹⁾은 실제로 이러한 형세가 되고 말았다. 이밀이 서홍객의 계략을 채용하지 않은 것은 대단한 식견인데도 후세 사람들은 서홍객의 계책을 천하의 기이한 계책이라고 여기니 참으로 가소롭다.

　駱賓王武曌檄曰: "殺子屠兄, 弑君鴆母." 弑君蓋指高宗也. 然史只言 '高宗之病, 醫請刺頭出血, 武后不欲疾愈'云, 而無弑逆之事. 蓋聲罪之文, 幷疑似而言之也. 常怪楊廣之弑逆, 以柳述之竄, 宣華之淫, 張衡臨誅之語觀之, 則不可謂疑似²⁰⁾也. 史亦稱: "中外頗有異論." 而漢王諒 · 楊玄感 · 李密 · 裵虔²¹⁾通之數罪, 無一及之者, 何也? 然諒之發兵甚遽, 容有未及聞. 玄感當爲其父諱惡, 虔通等麤人不足責. 唯李密出入仗下, 周旋許時²²⁾, 宜無不聞之理. 祖君彦素懷怨懟²³⁾, 何所顧藉, 而終不及之於決波磬竹之中耶? 前史此等事, 難以理勢推度也.

　楊玄感不用李密 '長驅入薊'之策, 李密不用徐洪客 '直指江都'之計, 世皆恨之. 然征遼之役, 猛將精兵, 皆在遼東, 因其思歸而用之, 則恐非玄感之所能遏, 觀其與宇文述等屢戰皆敗, 則其才亦可知也. 當密之在洛口, 與玄感首事時不同²⁴⁾, 難平者²⁵⁾在於群雄, 而不在於昏煬也. 密之大衆東下, 則淮北 · 山東, 當盡入於世充 · 建德, 獨夫固²⁶⁾不難執取, 亦何能號令天下乎?

---

19) 우문화급(宇文化及, ?~619): 수나라 무천(武川) 사람. 자는 문술자(文述子).
20) [교감] 疑似: 연민문고본은 '似疑'로 되어 있다. 통문관본, 고려대본, 서울대본을 따른다.
21) [교감] 虔: 고려대본은 '虜'로 되어 있다. 통문관본, 서울대본, 연민문고본을 따른다.
22) [교감] 時: 연민문고본은 '久'로 되어 있다. 통문관본, 고려대본, 서울대본을 따른다.
23) [교감] 怨懟: 서울대본은 이 두 글자가 없다. 통문관본, 고려대본, 연민문고본을 따른다.
24) [교감] 同: 연민문고본은 '得'으로 되어 있다. 통문관본, 고려대본, 서울대본을 따른다.
25) [교감] 平者: 연민문고본은 '於平'으로 되어 있다. 통문관본, 고려대본, 서울대본을 따른다.
26) [교감] 固: 고려대본은 '圍'로 되어 있다. 통문관본, 서울대본, 연민문고본을 따른다.

不過蹢躅江淮間, 終歸敗滅, 宇文化及便是樣子. 密之不用洪客計, 大有識
見, 而後人乃以爲天下奇計, 亦可噴也.

🍃 평설

역사서의 사실 기록은 반드시 객관적인 것도 상세한 것도 아니다.
때로는 은폐와 조작이 있기 때문이다. 서포는 측천무후가 고종을 독살
했다는 사실이 낙빈왕의 측천무후 토벌 격서에는 나오지만 역사서에
는 나오지 않는 예를 들어, 격서의 기록이 과장과 선전일지 모른다고
인정했다. 하지만 수나라 양제가 찬탈한 일은 개연성에 그치지 않는다
고 했다. 또한 수나라 말기의 여러 군웅들이 저지른 죄목이 역사서에
전혀 나오지 않는 것을 보면 역사 기록에는 은폐와 조작이 있을 수 있
다고 논했다. 나아가 『자치통감』이 역사적 인물을 논평하는 관점은 오
류가 있을 수 있다고 보았다. 그 일례로 양현감과 이밀의 병법에 대해
일방적으로 비판하는 것은 옳지 않다고 본 것이다.

「도리자」라는 참요

상-18

수隋나라 말기에 「도리자[1]」라는 가요가 있었는데, 당시 사람들은 군웅의 한 사람이었던 이밀이 천자가 되리라는 뜻이라고 여겼다. 그러나 이밀이 패하고 당나라가 일어나자, 또 당나라가 천명을 받을 부증符證, 완전히 들어맞는 징험이라 여겼다.

내 생각으로는 이 가요의 응험應驗, 드러난 징조가 맞음은 마땅히 결어結語에 있지, 수구首句에 있지 않다. 도리자황후桃李子皇后 운운한 것은 『시경』의

---

1) 「도리자桃李子」: 수나라 말기 대업(大業) 연간에 유행하던 동요(童謠). 『자치통감』 권183 「수기隋紀 7·양황제하煬皇帝下」에 "도리자여, 황제와 황후가 양주(揚州)를 에둘러 지나 아리따운 화원 안에 있네. 망언하지 말라. 누가 허(許)를 말하나(桃李子, 皇后繞揚州, 宛轉花園裏. 勿浪語, 誰道許)"라고 나온다. 한편 『수서隋書』에는 "도리자여, 큰 고니가 양산을 에워쌌네. 아리따운 꽃나무 속에서, 함부로 말하지 말라. 누가 허(許)를 말하랴(桃李子, 鴻鵠遶陽山, 宛轉花木裏, 莫浪語, 誰道許)"라고 되어 있다. 이후 이밀(李密)은 양현감(楊玄感)의 옥사에 연루되어 체포되었다가 도망하여 군도와 결탁했다. 그리고 양산에서부터 습격하여 낙구창(洛口倉)을 격파하고 뒤에 원내(苑內)에 주둔했다. 노래 속의 '막랑어'는 이밀을 가리킨다. 당시 우문화급(宇文化及)이 허국(許國)이라고 스스로 호했는데, 얼마 안 있어 파멸했다. 노래 속의 '수도허'는 우문화급의 일에 대해 놀라고 의심하는 말이라고 한다.

"꽃이 복사꽃·오얏꽃 같다"[2]는 말이 남녀 두 사람을 흥[3]한 것과 같다.[4] 이것은 수나라 양제와 후비의 복식이 화려하고 그들이 마냥 놀러 다니기만 해서 돌아올 줄 모르는 사실을 가리킨 것이다.

"함부로 말하지 말라, 누가 허를 말하랴"라는 것은, 사기事機. 일이 되어가는 가장 중요한 기틀의 비밀을 극진하게 말하고는 "누가 감히 허許 자를 말하랴"라고 한 것이다. 역시 『시경』 당풍唐風에서 "나는 천명을 들었으나, 감히 다른 사람에게는 말하지 못한다"[5]고 한 것과 뜻이 같다. 우문화급은 당시 허공許公이라 했고, 천자의 자리를 찬탈하고 나서는 허제許帝라고 칭했다.

고금의 참요讖謠는 대부분 견강부회에서 나왔다. 이것은 앞 시대의 역사를 부회한 것인데, 아마 제대로 된 주제를 잃어버린 것 같다.

隋末有「桃李子」之謠, 時人以爲應在李密. 及密敗唐興, 又以爲唐受命之符. 竊謂此謠之應, 當在結語, 不在首句也. '桃李子皇后' 云云者, 如『詩』以華如桃李, 興男女二人. 此爲煬帝與后妃, 服飾[6]華美[7], 遊蕩忘返也. "莫浪語, 誰道許"者, 極言事機之秘密, 而又曰: "誰敢說道許字乎?" 亦「唐風」 "我聞有命, 不敢告[8]人"之意. 宇文化及時爲許公. 及簒位亦稱許帝也. 古今讖謠率出於附會, 而此則前史之所以附會者, 又似失題也.

2) 화려하기가~같다: 『시경』「소남·하피농의何彼襛矣」의 한 구절이다.
3) 흥(興): 『시경』의 육의(六義) 가운데 하나. 육의 가운데 수사법으로는 비(比)·부(賦)·흥(興)이 있는데, 흥은 사물의 정경을 보고 시인이 일으키는 감흥을 뜻한다고 할 수 있다.
4) 남녀~같다: 이 구절에 대한 해석은 주희의 『시집전』을 따른 것이다.
5) 나는 천명을~못한다: 『시경』「당풍·양지수揚之水」의 구절이다.
6) [교감] 飾: 고려대본과 연민문고본은 餙로 되어 있다. 통문관본과 서울대본을 따른다.
7) [교감] 美: 고려대본과 연민문고본은 麇로 되어 있다. 통문관본과 서울대본을 따른다.
8) [교감] 告: 연민문고본은 이 글자가 빠져 있다. 통문관본, 고려대본, 서울대본을 따른다.

🌿 평설

수나라 말기에 유행한 참요에 대해 논했다. 참요는 민중의 대항언론 인데, 본래는 참위설을 배경으로 하는 노래를 가리켰다. 대개 민중 속에서 만들어져 나와 세태, 정치, 인물을 비판하거나 미래를 예견하는 듯한 뜻을 담고 있다. 이 노래는 거리의 아동들을 통해 전파되므로 동요라고도 했다. 참요나 동요 등을 모두 아울러 요謠라고 한다. 또한 참요나 동요를 모두 참요라 부르는 것이 일반적이다. 여기서도 원문의 '요謠'를 '참요'로 번역했다.

참요는 반드시 민중이 지은 것은 아니며, 누군가 정치적 목적에서 참요의 형식을 빌리기도 했다. 참요의 내용과 역사의 관계는 처음에는 예언의 형태이지만, 후대의 관점에서 보면 견강부회하는 면도 없지 않다. 서포는 참요가 역사를 징험할 뿐만 아니라 사후 또는 후대에 견강부회가 일어난다는 점을 지적했다.

장손무기의 간쟁

상－19

당나라 태종[1]은 태자 치[2]가 유약하다며 못 미더워하고 오왕[3] 각恪을 일컬어서는 자기를 닮아 영특하며 과감하다고 했다. 오왕을 후사로 세우려 하자 장손무기[4]가 온 힘을 다해 간쟁했기 때문에 그만두었다. 호인[5]은, "장손무기는 영특하고 과감한 각을 후원하여 즉위토록 해야 했거늘, 사사로이 자기 생질을 감쌌으므로 불충함이 막심하다"고 했다.

무릇 진왕[6] 이치가 적자로 세워져 있을 때는 평소 어질고 아량이 넓

---

1) 당나라 태종(재위 624~649): 당나라의 제2대 황제. 이름은 이세민(李世民)이다.
2) 태자 치(治, 628~683): 당나라 제3대 황제인 고종(高宗). 태종과 문덕순성황후(文德順聖皇后) 사이에서 태어난 셋째아들이다.
3) 오왕(吳王): 태종과 수나라 양제의 딸 양숙비(楊淑妃) 사이에서 난 아들이다.
4) 장손무기(長孫無忌, ?~659): 문덕순성황후의 오빠.
5) 호인(胡寅): 송나라 학자. 자는 명중(明仲)이며 치당선생(致堂先生)으로 불렸다. 『독사관견讀史管見』을 저술했다.
6) 진왕(晉王): 통문관본에는 '秦王'으로 되어 있으나, 고려대본, 서울대본, 연민문고본을 따라 '晉王'으로 바로잡는다. 장손무기가 추천했던 이치(李治)를 가리킨다. 『독사관견』에 보면, 장손무기는 태자 치를 '인서(仁恕, 자비심이 깊고 마음이 어짊)'의 인물로 표현했다고 한다. 즉 『독사관견』 「태종太宗·하」에 보면, "사도(司徒) 장손무기는 말하기를, '태자가 비록 궁궐 문

다고 이름나 있었으니, 나중에 무조[7]가 불러올 재앙을 어찌 미리 알았 겠는가? 마찬가지로 비록 오왕이 영특하고 과감하다고 하더라도 끝에 가서 역시 덕을 잃지 않으리라고 어찌 장담하겠는가?

호인은 당나라 현종의 둘째아들로서 태자가 되었던 영[8]에 대해 "어 머니가 바르므로정실이므로 아들이 중하고, 어머니가 어질므로 자식이 선 량했다"[9]고 논했다. 그러나 진왕 이치의 어머니 장손후長孫后, 문덕순성황후 는 10년간 황후였으므로 올발랐다고 할 수 있지 않은가? 밝은 덕이 안 팎으로 드러났으므로 현명하다고 할 수 있지 않은가? 멸망한 수나라 의 망한 집 자손이자 역적 양광[10]과 같은 가계에서 태어난 양숙비를 어떻게 바르면서 현명하다고 할 수 있겠는가?

가령 오왕이 왕통을 이어서 그 부담을 이기지 못했다고 하자. 그렇 다면 호인은 다시 장손무기가 군주의 뜻을 거스를까 두려워하고, 외조 카 이치를 태자로 세우기를 꺼리며 자기 한 몸을 보호하려고 해서, 온 힘을 다해 제대로 간쟁하지 않았다는 이유로, 장손무기가 불충한 죄를 저질렀다고 비난할 것인가?

당나라 중종[11]이 영왕英王이었을 때는 맹렬하다고 소문이 자자했다. 그 모습도 태종과 비슷했다[12]고 한다. 오왕 역시 영영과 마찬가지로

을 나가지 않는다고 해도 천하 사람들치고 흠모하여 우러러보지 않는 이가 없습니다. 폐하의 신무(神武, 뛰어난 무예와 용맹)는 난리를 평정할 재주이시고, 태자의 인서는 실로 수문(守文, 앞 왕 때 이루어진 법을 계승하여 나라를 잘 다스림)의 덕입니다. 이것은 황천(皇天)이 위대 한 당나라에 복조(福祚)를 내리신 것입니다'라고 했다(司徒無忌曰: '太子雖不出宮門, 天下無不 欽仰. 陛下神武, 乃撥亂之才, 太子仁恕, 實守文之德. 此皇天所以祚大唐也')"라고 되어 있다.

7) 무조(武曌, ?~705): 무측천(武則天)을 말한다.

8) 영(瑛): 처음에 진정왕(眞定王)으로 봉해졌다가 715년 황태자가 되었다.

9) 어머니가~선량했다: 호인의 『독사관견』에 나오는 논평을 일부 끌어왔다.

10) 양광(楊廣): 수나라 양제. 수나라 제2대 황제(재위 604~618). 시호의 양(煬)은 악랄한 황제 를 뜻한다.

11) 중종(中宗, 재위 683~684, 705~710): 당나라 제4대 황제. 이름은 현(顯)이다. 고종과 무측 천 사이에서 태어난 일곱째아들이다.

그 자신은 영특하고 과감했지만, 그 어머니는 올바르지 못했을 수 있지 않겠는가?

장손무기가 사사로운 혐의를 돌아보지 않고 태자를 보필한 일은 진실로 옛 대신의 풍모가 있었다. 따라서 후일의 불행 때문에 장손무기를 폄하해서는 안 된다.

호인의 『독사관견』은 종종 성패로 사람을 논하고는 한다.[13] 준절峻截. 매우 위엄 있고 정중함한 듯하지만 실상은 구차하므로 논박하지 않을 수 없다.

唐太宗疑太子治柔弱, 謂吳王恪英果類己, 欲立之, 長孫無忌力爭, 得已. 胡氏曰: "無忌所宜援立英果, 而私護其甥, 不忠莫甚焉." 夫晉[14]王位居正嫡, 素有仁恕之名, 後來武曌之禍, 何以逆知之? 吳王雖曰英果, 亦安保其終無失德乎?

胡氏之論太子瑛曰: "母正則子重, 母賢則子良." 長孫后十年正位中壼, 可不謂正乎? 明德著於中外, 可不謂賢乎? 亡隋餘孽逆廣之同産[15], 可謂正且賢乎? 假令吳王承統不克負荷, 則胡氏其又不以畏嫌保身不能力爭爲無忌不忠之罪乎?

中宗爲英王時以勇烈聞, 又稱其貌類太宗, 又安知吳王之不類英王乎? 無忌之不顧私嫌, 保佑太子, 眞有古大臣之風. 不可以後日之不幸少之也. 胡

---

12) 그 모습도 태종과 비슷했다: 675년 태자 홍(弘)이 죽자, 무측천의 둘째아들 현(賢)이 태자가 되었다. 현은 측천이 낳은 것이 아니라 측천의 언니인 한국부인(韓國夫人)이 낳았다는 소문이 있었다. 이 때문에 현은 괴로워했다. 이때 영왕 철(哲)의 얼굴이 태종과 닮았다고 해서 철을 추천하는 자가 있었다. 추천한 자가 죽임을 당하자 측천은 그것이 태자 현의 소행이라 여겨 현을 폐위시켰다. 680년 현을 대신하여 태자가 된 영왕 철은 이름을 현(顯)으로 개명, 이후 중종이 되었다.

13) 호인의~논하고는 한다: 여기서는 『독사관견』 권18 「태종·하」에서 "그 조카에게 사사로운 정을 두어, 온 힘을 다해 옹호했다"고 운운한 것을 말한다.

14) [교감] 晉: 통문관본은 '秦'으로 되어 있다. 고려대본, 서울대본, 연민문고본을 따른다.

15) [교감] 同産: 고려대본과 통문관본은 '産'으로 되어 있다. 서울대본과 연민문고본을 따른다.

氏『管見』, 往往以成敗論人, 似峻截而實苟且, 不可不卞[16]也.

🌿 평설

서포는 역사적 인물을 평가할 때 성패의 결과를 기준으로 소급해서 그 인물의 사적을 논해서는 안 된다고 보았다. 그에 따르면 호인의『독사관견』은 성패로 인물을 논해서 외견상으로는 논리가 매섭지만 실상은 구차스럽다.

당나라 태종이 태자 이치를 폐하고 오왕 이각을 태자로 세우려 했을 때, 이치의 외삼촌 장손무기가 간쟁하여 말린 일이 있다. 장손무기의 사적에 대해 호인은 "사사로이 생질을 감쌌으므로 불충하다"고 비판했다. 그리고 이치는 당나라 제3대 황제로 즉위한 뒤 무조와의 사이에 이현을 낳아 뒷날 측천무후가 발호하는 빌미를 만들었다.

서포는 호인이 장손무기를 비난한 것은 이러한 후대의 사실까지 모두 고려한 것이어서 지나치게 성패의 결과를 소급해서 해석한 바 온당치 않다고 보았다. 그리고 장손무기가 자신이 태자의 외삼촌이라는 사실을 꺼리지 않고 공정하게 행동했다고 평가했다.

---

16) [교감] 卞 : 연민문고본은 '卡'로 되어 있다. 통문관본, 고려대본, 서울대본을 따른다.

당나라 명황의 인물 평어
상—20

당나라 명황[1]이 촉 땅에 있을 때 신하들과 더불어 즉위 이래 대신들을 평하다가, "요숭[2]이 만약 있었다면 적을 평정할 필요도 없었을 것이다"라고 말했다.[3] 그리고 송경[4]은 명예를 좋아하고, 이임보[5]는 현명한 이를 시기하고 능력 있는 신하를 질투한다고 했다."[6]

---

1) 명황(明皇): 당나라 현종(玄宗, 685~762)의 별칭. 이름은 융기(隆基)이며 예종의 셋째아들이다. 요숭과 송경을 등용해서 이른바 개원(開元)의 훌륭한 정치를 했으나 이임보와 양국충(楊國忠)에게 정치를 맡겨 천보(天寶)의 난을 초래했다.

2) 요숭(姚崇, 650~721): 당나라 섬주(陝州) 사람.

3) 당나라 명황이~말했다: 『신당서』 권223 「이임보전」에 나온다. 명황은 "요원숭이 있었다면 적은 멸할 것도 못 된다(若姚元崇在, 賊不足滅)"라고 했다.

4) 송경(宋璟, 663~737): 당나라 형주(邢州) 남화(南和) 사람이며, 선조들이 광평(廣平)에서 이주해왔다고 한다. 인정을 베풀고 대절(大節, 대의를 위해 죽음으로써 지키는 절개)을 지킨 재상이라고 흔히 일컬어진다.

5) 이임보(李林甫, ?~752): 당나라 종실. 이사해(李思海)의 아들.

6) 송경은~질투한다고 했다: 앞의 『구당서』 「이임보전」에 나온다. 송경에 대해서는 "그자는 정직을 팔아서 명성을 취했을 따름이다(彼賣直以取命耳)"라고 논평하고, 이임보에 대해서는 "이자는 현명한 이를 시기하고 능력 있는 신하를 질투하는 면에서는 도무지 견줄 만한 사람이 없다(是子妬賢嫉能, 擧無比者)"고 논평했다.

이때 명황은 곡강 장구령[7]이 안녹산의 반란을 예견한 일[8]을 추억해서 그리워했기에[9] 마음이 맑고 밝았기 때문에 요숭·이임보에 대해 모두 정당하게 논평할 수 있었다.

다만 송경을 폄하한 일만은 매우 괴이하다. 송경이 귀에 거슬리는 간언을 했기 때문에 유감이 여전히 남아 있었던 듯하다. 이것은 개탄할 만하다.

다만 나는 송경이 방정方正, 언행이 바르고 점잖음함으로써 천하에 이름을 떨쳤다는 사실을 평소 의심해왔다. 당나라 사람의 소설에는 송경이 명황과 더불어 갈고[10]에 대해 논하면서 "머리는 청산의 봉우리와 같으며, 손은 흰 비가 점점이 뿌리는 것과 같다"[11]고 한 말이 기록되어 있다.

---

7) 장구령(張九齡, 673~740): 소주(韶州) 곡강(曲江) 사람. 자는 자수(子壽). 당나라 현종 때의 재상. 안녹산이 후환이 될 것임을 예견했다. 반대파인 이임보에게 미움을 받고 실각했다.

8) 장구령이~예견한 일: 장구령은 안녹산이 반역할 상[反相]이므로 죽이지 않으면 반드시 후환이 될 것이라고 간쟁한 적이 있다.

9) 장구령이~그리워했기에: 『자치통감』 권219 「당기唐紀 35·숙종」의 지덕(至德) 2년(757) 3월에 기록이 나온다.

10) 갈고(羯鼓): 갈족(羯族)의 악기. 받침 위에 올려놓고 두 개의 채로 양면을 치는 장구. 평소 현종은 갈고 치기를 좋아했다. 어느 날 내정에서 갈고를 치는데 바로 그때 우연히 온갖 꽃이 만발했다는 '갈고최화(羯鼓催花)'의 고사가 유명하다.

11) 머리는~뿌리는 것과 같다: 『태평광기太平廣記』 권205 「송경」에 다음과 같은 기록이 있다. "송개부(宋開府) 경(璟)은 비록 개결하고 비범했지만 역시 성악(聲樂)을 깊이 좋아했는데, 특히 갈고를 잘 쳤다. 처음에 천자의 은총을 입어, 현종과 갈고의 일을 논하는데, '청주(青州)의 석말(石末)이 아니면 곧 노산(魯山)의 화옹(花甕)이니, 소벽(小碧)의 위를 문지르면 손바닥 아래에 모름지기 붕긍(朋肯) 소리가 날 것입니다'라고 했으니, 이것에 의하면 바로 한진(漢震)의 제1고이다. 또한 주춧돌에 석말이나 화옹을 쓴다고 했으므로 이것은 요고(腰鼓)가 분명하고, 손바닥에 붕긍 소리가 나지 않는다고 했으므로 손으로 타는 것이지, 갈고가 아님이 분명하다. 송경이 또 천자에게 말하기를, '머리는 청산의 봉우리와 같으며, 손은 흰 비가 점점이 뿌리는 것과 같다'고 했다. 이것을 보면, 갈고의 능한 일은 산봉우리에서 그 부동의 형상을 취하고, 빗방울에서 그 급함을 취했다. 현종은 송경과 함께 둘다 양고(兩鼓)를 잘 쳤는데, 갈고를 특히 선호했으니, 그것을 한진에 비교하면 조금 우아하고 세밀했다. 송개부의 집안에 그 곡보가 전부 전해지는데, 동도유수(東都留守) 정숙명(鄭叔明)의 조모는 곧 송개부의 딸로, 지금 존현리(尊賢里) 정씨 댁에 작은 누대가 있으니, 곧 송부인(정숙명)이 갈고를 연습하던 곳이다." 『당어림唐語林』에도 흡사한 내용이 있다.

만약 이 말이 거짓이 아니라면 송경이 어찌 왕에게 후한 대우를 받을 수 있었겠는가?

한나라 송홍이 환담桓譚을 광무제光武帝에게 천거하자 광무제는 환담에게 금琴을 연주케 하고 나서 그 솜씨를 칭찬했다. 그러자 송홍은 환담을 불러 그를 나무라고, 천거를 잘못한 죄에 대해 스스로 사과했다.[12] 환담은 금琴으로 세속의 음악을 연주했을 뿐인데도 송홍의 말이 이와 같았다. 하물며 갈고를 가지고 이민족의 음악을 연주했다면 어떠했겠는가?

명황은 즉위 이후 스스로 이원梨園에서 춤추고 노래하는 이원제자梨園弟子들을 가르쳤으므로 장정규[13] 등은 이 때문에 간언을 많이 했다. 그 이후로 과연 노래와 음악, 안일과 방종으로 군주로서의 덕을 잃게 되었다. 스스로 양귀비의 여러 자매들을 위해 갈고를 치고, 연주해준 대가로 받는 전두纏頭를 취하기까지 했으니, 이것은 배우들과 유희를 즐긴 후당의 장종, 곧 이천하[14]와 무엇이 다른가? 그런데도 송경은 간언하지 않았을 뿐만 아니라 명황을 안일과 방종으로 유도하기까지 했다. 송나라 도군[15]과 채유[16]의 군신관계가 아마도 이에 가까웠을 것이다.

소설에서는 또한 송경의 집안 아녀자들 중에는 갈고를 익히지 않은 이가 없다고 했다. 송경이 갈고를 지나치게 좋아한 것은 참으로 그 유래가 오래된 것이었다. 이렇거늘 어떻게 임금의 마음에 있는 잘못을

---

12) 한나라 송홍(宋弘)이~사과했다: 『자치통감』 권40 참조.
13) 장정규(張廷珪): 당나라 하남(河南) 제원(濟源) 사람. 감찰어사를 거쳐 개원 연간에 예부시랑, 황문시랑(黃門侍郞)을 지냈다.
14) 이천하(李天下): 배우들과 함께 유희를 즐겼던 후당(後唐)의 장종(莊宗). 『자치통감』 권272에 보면 "후당 장종은 간혹 스스로 흰 분과 검은 칠을 하고서, 배우들과 함께 뜰에서 연극을 하여 유부인(劉夫人)을 즐겁게 했으며, 배우들이 그를 이천하라 했다"고 한다.
15) 송나라 도군(道君): 송나라 휘종(徽宗). 도교를 숭상했으므로 그의 생전에 황제의 자리를 물려받은 흠종(欽宗)이 그에게 교주도군황제(敎主道君皇帝)라는 존호를 올렸다.
16) 채유(蔡攸): 북송의 정치가로, 채경(蔡京)의 맏아들. 자는 거안(居安). 휘종을 모시면서 현혹시켰다. 아버지 채경과 정권 쟁탈을 벌였다. 휘종이 물러날 때 아버지와 함께 국난을 초래한 인물로 지목되어 유배된 뒤 살해되었다.

바로잡을 수 있었겠는가? 그렇다면 당나라 명황이 그를 두고 '명예를 좋아한다'고 평가한 것은 신하를 대단히 잘 파악한 언급이라 하겠다.

明皇在蜀, 與左右論卽位以來大臣曰: "姚崇若在, 敵不足平." 謂宋璟好名, 李林甫妬賢嫉能. 是時明皇方追思曲江之先見, 心鑑淸明, 故論姚崇·林甫, 皆得其當. 獨怪廣平之貶, 猶若有餘憾於逆耳者, 是可慨也.

然[17]常疑廣平以方正名天下, 而唐人小說記其與明皇論羯鼓之言曰: "頭如靑山峯, 手如白雨點." 使此言非誣, 則其何以取重人主乎? 漢宋弘薦桓譚於光武帝, 令鼓琴而善之, 弘召譚責之, 自謝失薦之罪. 譚之琴特世俗之樂, 而弘言猶如此, 況夷狄之樂乎?

明皇自卽位初, 自教梨園弟子[18], 張廷珪等多以爲言. 其後果以聲樂佚豫, 喪其德. 自爲揚氏諸姨擊羯鼓, 索纏頭, 此與李天下何異? 廣平不惟不諫, 乃復導之. 宋道君·蔡攸君臣之契, 殆近之耳.

小說又謂廣平家婦女, 無不習羯鼓. 公之蠱[19]心於此, 固已久矣, 尙何望格君心之非哉? 然則好名之評, 可謂知臣莫如也.[20]

🎋 평설

서포는 역사적 인물의 평가 문제에 깊은 관심을 지녔다. 특히 과거의 인평人評에 대해 역사 기록의 직접적 근거가 발견되지 않을 때는 '소설'의 자료도 인증했다. 이때의 '소설'은 『개원천보유사開元天寶遺史』 같은 필기잡록筆記雜錄의 부류를 모두 말한다.

---

17) [교감] 然: 연민문고본은 이 글자가 없다. 통문관본, 고려대본, 서울대본을 따른다.
18) [교감] 弟子: 통문관본은 '子弟'로 되어 있다. 고려대본, 서울대본, 연민문고본을 따른다.
19) [교감] 蠱: 서울대본은 '患'으로 되어 있다. 통문관본, 고려대본, 연민문고본을 따른다.
20) [교감] 也: 서울대본은 이 글자가 없다. 통문관본, 고려대본, 연민문고본을 따른다.

당나라 명황 때 송경은 방정한 신하로서 이름이 높았지만, 명황은 그를 두고 '명예를 좋아한다'고 평한 바 있다. 서포는 이 평가의 괴리에 대해 사색했다. 서포는『태평광기』나『당어림』에 송경이 명황과 더불어 갈고를 즐겼다는 기록이 있는 것을 근거로 송경이 군주를 올바른 도리로 간쟁하지 못했음을 비판했다. 그리고 그것을 토대로 명황이 송경을 두고 '명예를 좋아한다'고 평한 것은 옳다고 결론지었다.

당나라 태종의 재평가
상-21

당나라 태종[1]의 혈통은 서량[2]에서 나왔기 때문에 성질이 서북 이민족인 융적[3]과 일치한다. 융적이 태종에게 천극한[4]의 칭호를 청한 일[5]은 아마도 융적이 태종을 풍자한 것인 듯하다. 태자 승건[6]은 항상 돌궐[7]

1) 당나라 태종: 당나라 제2대 황제로, 고조(高祖)의 둘째아들. 성명은 이세민(李世民). 수나라 말년에 고조를 도와 사방을 정복하고 중국을 통일했다.
2) 서량(西凉): 중국 5호 16국의 하나로, 동진(東晉)의 안제(安帝) 때 이고(李暠)가 감숙성 서부에 세운 나라로 수도는 주천(酒泉)이고, 북량(北凉)에 의해 멸망당했다.
3) 융적(戎狄): 이민족, 오랑캐. 융(戎)은 서방 소수민족의 범칭이고, 적(狄)은 중국 북쪽의 미개국을 뜻한다.
4) 천극한(天可汗): 원래 선비(鮮卑)·유연(柔然)·돌궐(突厥)·회흘(回紇)·몽고(蒙古) 등의 군주에 대한 칭호로서, 북방 유목민족의 통일군주의 칭호였다. 이때 可는 '극'으로 읽는다. 돌궐 등에는 극한이 다수 있었다. 중앙을 다스리는 자가 '대극한(大可汗)'으로 불리고, 그 밖의 극한들은 '소극한(小可汗)'이라 해서 대극한의 지배하에 있었다. 『자치통감』 권11에 보면, 이민족 군장들이 당나라 태종에게 천극한이 되어달라고 하자 태종은 서북 이민족의 수장이기도 하다는 뜻에서 그 청을 받아들였다. 당시 당나라 천자에 대한 호칭은 황제였으나, 이 과정을 통해 당나라 천자는 중국의 천자인 동시에 이민족의 수장까지 겸하게 되었다고 평가된다.
5) 천극한의 칭호를 청한 일: 앞의 주에 나왔듯이 『자치통감』 권11에 기록이 있다. 이민족 군장들이 태종에게 천극한이 되어줄 것을 청하고, 태종이 당나라 천자 칭호와 더불어 극한들을 지배하는 위치에 있는 천극한의 칭호를 수락했다.

말을 사용하고 돌궐 옷을 입었으며, 만기[8])를 거느리고 금성[9])의 서쪽에서 사냥을 한 연후에 사마[10])에게 몸을 맡겨 그 소속 부대의 특별 직임을 맡고 싶다고 말했다.[11]) 명황은 안녹산[12])을 양자로 삼았는데, 금鍐연주를 듣다가 즐거워하지 않고는 갈고鞨鼓[13])를 가져오라 명령하여 더러움을 씻었다.[14]) 이것들은 부자조손이 동일 혈통이었음을 말해준다. 다만 승건이 천극한의 아이로서 한번 사마의 특별 직임을 맡고 싶다고 원한 것은 도리어 얼마나 크게 겸손한 일인가? 우스꽝스러울 따름이다.

승건이 남자 악동樂童을 총애하여 '칭심'[15])이라 이름한 것은, 정말 측

---

6) 승건(承乾): 당나라 태종의 첫째아들 항산왕(恒山王). 돌궐의 풍습을 좋아했다. 후군집(侯君集)과 함께 모반했다는 죄목으로 태자의 자리에서 물러났다. 『구당서』 권76 「태종제자」와 『신당서』 권80 「태종제자」에 입전되어 있다.

7) 돌궐(突厥): 6세기 중엽 알타이 산맥 부근에서 일어난 유목민족. 『소설小說』에 의하면 "돌궐은 금산(金山)의 남쪽에 살고 있다. 돌궐이라는 것은 투구의 칭호인데, 그들이 투구를 잘 만든다고 하여 이름한 것이다"라고 했고, 『자치통감강목資治通鑑綱目』의 주(註)에는, "금산은 그 모양이 투구와 같으니, 그 나라의 풍속에 투구를 돌궐이라고 부른다. 그것으로 나라 이름을 삼은 것이다"라고 했다.

8) 만기(萬騎): 당나라 때 시위군의 이름. 흔히 만기는 '많은 수의 기병'을 뜻하기도 하는데, 여기서는 두 가지 다 통용될 듯하다.

9) 금성(金城): 『자치통감』의 호삼성(胡三省) 주에, "금하(金河)가 옳은 듯하다"고 했다.

10) 사마(思摩): 힐리족(頡利族) 출신의 극한(可汗). 돌궐족이면서도 호인(胡人) 같아서 당나라 태종의 호감을 샀으나, 나중에 반란을 일으켰다. 『구당서』 권194 「돌궐·상」과 『신당서』 권215 「돌궐」에 입전되어 있다.

11) 태자 승건은~맡고 싶다고 말했다: 『신당서』 권80 「태종제자·승건」에도 기록이 있지만 여기의 문장은 『자치통감』 권196 「당기 12·태종문무대성대광효황제太宗文武大聖大廣孝皇帝」에서 취해왔다.

12) 안녹산(安祿山, 703?~757)은 중국 당나라 때 반란을 일으킨 무장(武將)으로, 아버지는 이란계 소그드 사람인 무장 안연언(安延偃, 일설에는 양아버지라고도 함)이고, 어머니는 터키족 돌궐의 무녀(巫女) 아사덕씨(阿史德氏)이다.

13) 갈고(鞨鼓): 갈족(鞨族)의 악기. 앞에 나왔다.

14) 명황은~더러움을 씻었다: 송나라 하원(何薳)의 『춘저기문春渚紀聞』 권8 「명황호오明皇好惡」에 나온다.

15) 칭심(稱心): '마음에 든다'는 뜻으로 태자 승건이 좋아했던 악동의 칭호이다. 승건은 기이한 행동이 많았던 인물로, 돌궐의 언어·복장을 즐겼고, 부하들에게 호인의 옷을 입혀 호인의

천무후[16]가 '여의^{如意}[17]'라는 남성을 총애한 일과 짝이 된다고 하겠다.

唐太宗, 系出西涼, 故性與戎狄相合. 天可汗之[18]請, 盖諷之也. 太子承乾, 常爲突厥言語服飾[19], 欲以萬騎獵於金城西, 然後委身思摩, 得當一設. 明皇養祿山爲子, 聞彈琴輒不樂, 命取羯鼓解穢. 父子祖孫, 同一氣脈也. 但承乾以可汗之兒, 願當一設, 抑何太謙也? 好笑! 承乾寵幸樂童, 號曰稱心[20], 絶可與武后之如意作對也.

🌿 평설

당나라 태종은 정관貞觀의 성대를 이룬 성군으로 알려져왔다. 조선의 『용비어천가』는 태종의 치적을 당나라 태종의 사적에 견주면서 칭송한 대표적인 예이다. 그러나 서포는 『만필』에서 당나라 태종을 성군으로 볼 수 없다는 사실을 다각도로 논증했다. 이 항목에서는 당나라 황실이 서북 이민족의 혈통을 이었기 때문인지 태자 승건은 늘 돌궐의 언어를 사용하고 돌궐의 옷을 입었으며, 명황은 안녹산과 함께 갈고를 즐기는 등 부자조손이 모두 이민족의 관습을 즐겼다고 지적했다.

다만 당나라 태종에게 서북 이민족이 '천극한'이라는 칭호를 사용하라고 청한 것은 이민족의 풍자가 담겨 있는 듯하다고 보았다. 천극한 칭호의 일은 『자치통감』 권11에 나온다.

춤을 추게 하는 등 기행(奇行)으로 유명했다. 결국 태종은 칭심을 죽였고, 이를 안 승건은 칭심의 상(像)을 만들어 궁녀들에게 제사지내게 하며 눈물을 흘리기도 했다.

16) 측천무후: 본명은 무조(武曌). 무측천. 앞에 나왔다.

17) 여의(如意): 측천무후가 총애한 남성의 이름.

18) [교감] 之: 연민문고본은 '知'로 되어 있다. 오자이다. 통문관본, 고려대본, 서울대본을 따른다.

19) [교감] 飾: 고려대본은 '餔'로 되어 있다. 통문관본, 서울대본, 연민문고본을 따른다.

20) [교감] 心: 연민문고본은 '曰'로 되어 있다. 오자이다. 통문관본, 고려대본, 서울대본을 따른다.

3월에 사방 오랑캐의 군장들이 대궐에 조예하여 상에게 천극한이 되어달라고 청했다. 상은, "나는 대당의 천자이거늘 아래로 극한의 일을 행해야 한단 말인가"라고 했다. 신하들과 오랑캐들이 모두 '만세'라고 일컬었다. 그후로 옥새를 누른 서신을 서북의 군장에게 내릴 때는 모두 '천극한'을 칭했다.

덧붙여 서포는 태자 승건이 남자 악동을 좋아한 일이 뒷날 측천무후가 여의라는 남성을 총애한 일과 유사하다 하고, 당나라 황실에 음란한 행각이 풍습으로 굳어졌다고 넌지시 비판했다.

당나라 헌종에 대한 배도·한유의 지나친 칭송

상-22

　당나라 헌종憲宗은 천하의 병력을 다 모아서 삼주三州의 탄환같이 작은 땅[1]을 4년이나 걸려 겨우 정복했으니, 그는 무략武略. 군사상의 책략이 아주 부족했다. 그러나 작은 그릇이 쉽게 넘치듯 교만한 마음이 이내 생겼다. 진공晉公 배도[2]는 일의 책임을 맡은 신하로서 아첨의 말을 늘어놓고 헌종의 기략機略. 임기응변의 계략을 찬술纂述해 사관들에게 사초史草에 실어줄 것을 요청했다. 이것은 수나라 고조문제 때 하약필[3]이 「평진칠책平

---

1) 삼주(三州)의 탄환(彈丸)같이 작은 땅: 천하의 땅이 구주(九州)라면 삼주는 그 3분의 1을 말한다. 탄환 같은 땅이란 아주 작은 지방을 가리킨다. 헌종의 회서(淮西) 정벌을 가리키는 말이다.

2) 배도(裴度, 765~839): 당나라 때 문희(聞喜) 사람. 자는 중립(中立), 봉호는 진공(晉公), 시호는 문충(文忠).

3) 하약필(賀若弼): 수나라 대장. 오주총관(吳州摠管)으로 있으면서 기략으로 진나라의 남서주(南徐州)를 공략했다. 뒤에 우령군대장군(右領軍大將軍)에 제수되었고 진나라를 평정한 후 「평진칠책」을 엮어 수나라 고조에게 올렸다. 고조는 그것을 살펴보려 하지 않고, "그대는 내 이름을 띄워보려고 하지만 나는 명성을 구하지 않네"라고 했다. 고제가 북순(北巡)하는 데 따라가 득실을 논하다가 주살되었다. 『북사北史』「하약필전」과 『자치통감』 권177 「수기隋紀 1·고조문황제高祖文皇帝」 상지상(上之上)부터 중(中)까지에 그의 사적이 나온다.

陳七策」을 찬술해서 수나라 고조의 기략을 칭송한 것과 똑같은 수법이었다. 그런데도 호치당은 온 힘으로 배도를 비호해 공자·맹자에 견주기까지 했으니[4] 나는 그가 무슨 말을 하는지 알 수가 없다.

한유의 「조주사표」[5]에는 당나라 헌종의 공덕이 고조나 태종보다 뛰어나다고 했다.[6] 요堯·순舜·우禹·탕湯이 작문의 재료로 부족하지 않거늘, 하필 사람의 조상을 깎아 눌러 그 자손을 추앙해야 하겠는가?

이때부터 당나라 황제들은 밖으로는 백성을 괴롭히는 간신들을 신임하고, 안으로는 궁중을 가득 채운 귀첩鬼妾, 요망스러운 첩들에게 현혹되며, 연못·누대와 전각·동산을 장식함으로써 그 득의양양함을 빛내고, 방사方士들의 신통한 보약을 복용해 그 음욕을 돋워 마음을 해치고 성정을 손상시키다가, 결국 자신의 가노에게 죽임을 당했다.[7] 이 일에는

---

4) 호치당(胡致堂)은~했으니:『독사관견讀史管見』권24, 헌종의 여러 조항에서 호인이 배도를 칭송한 사실을 가리킨다.

5) 「조주사표潮州謝表」: 한유가 조주자사(潮州刺史)로 있을 때 올린 장문의 「조주자사사상표潮州刺史謝上表」. 한유는 817년(원화 12년, 50세) 오원제(吳元濟)의 반란 평정에 공을 세워 형부시랑이 되었으나, 819년에 「논불골표論佛骨表」를 지어 헌종에게 올린 것 때문에 조주자사로 좌천되었다. 「논불골표」는 불교에 대한 배척과 아울러 불골을 믿는 헌종에 대한 비판이 주된 내용이었기 때문에 헌종은 이 표를 읽고서 노해 한유를 사형에 처하라고 명했다. 이때 재상 배도의 적극적인 변론으로 목숨을 건지게 되어 조주자사로 좌천되었다. 한유는 조주에 도착한 즉시 장문의 「조주자사사상표」를 헌종에게 올렸는데, 「논불골표」에서 보여준 강개한 태도와는 달리, 「논불골표」의 말이 불경했다며 잘못을 비는 한편, 편벽하고 기후가 좋지 못한 조주 땅에서 생존의 위협을 받고 있다는 등 애절한 어투로 자신의 가련함을 호소했다. 이듬해 헌종 사후에 소환되어 이부시랑(吏部侍郎)에 올랐다.

6) 한유(韓愈)의~뛰어나다고 했다:「조주사표」에서 "고조는 천하를 창제해 그 공이 크지만 다스림은 아직 태평하지 않았습니다. 태종 때는 태평했으나 큰 공을 세운 것은 모두 고조 때였으므로, 폐하가 천보(天寶)의 뒤를 이어 낡은 인습을 고집하고 고치지 않았는데도 60~70여 년 동안이나 혁혁하게 흥기해서 남쪽을 면해 옥좌에 앉아 지휘해서 이렇게 우람한 다스림의 공적을 가져온 것과는 다릅니다"라고 했다.

7) 자신의 가노에게 죽임을 당했다: 여기서 '가노'는 환관을 말한다. 환관 구사량(仇士良)은 순종에서 무종까지 20년간 여섯 황제를 모시면서 권력을 휘둘렀는데, 황제 둘, 비 하나, 재상 넷을 죽이기까지 했다. 문종은 "가노에게 제약을 받아야 하다니!"라고 탄식했는데, 그 의도를 알아챈 이훈(李訓)과 정주(鄭注)가 내관들을 죽이기 위해 금오청사(金吾廳舍) 위의 석류에 감로(甘露)가 있다고 거짓으로 아뢰어 내관들을 유인해냈다. 그러나 그들은 중위(中尉)로 있던 구

배도와 한유 두 사람에게 책임이 있다 하겠다.

어떤 사람은 유종원의 「하간전」[8]도 그 뜻이 헌종을 겨냥한 것이라고 한다. 그렇다면 유종원도 정녕 야박한 사람이라 하겠다. 하지만 사람을 빗댄 것으로 말하면 누가 심하게 어긋났다고 하겠는가?

　　唐憲宗竭天下兵力, 討三州彈丸之地, 四年而僅克之, 其[9]不武甚矣. 而小器易溢, 驕心方生. 裵晉公以任事之臣, 鋪張諛辭, 纂述機略, 請付史官. 此與賀若弼「平陳七策」, 如出一手. 而胡致堂費力回護, 至比於孔·孟, 吾不知其何[10]說也.

　　昌黎「潮州謝表」謂, 憲宗功德, 過於高祖·太宗. 堯·舜·禹·湯, 不乏作文材料, 何必抑人之祖, 以揚其孫哉?

　　自是以後, 外任剝民之奸臣, 內惑[11]塡宮之鬼妾, 飾[12]臺殿苑囿, 以明其得意, 服方士金石之劑, 以濟其淫慾, 蠱心喪性, 身斃於家奴. 裵·韓二公與有責焉.

　　或謂柳州「河間傳」, 意在憲宗. 若然則子厚固薄矣, 若其擬人, 則夫孰曰非倫哉?

사량에게 죽임을 당했고 조정 신하들도 목숨을 잃었다. 이것을 감로지변(甘露之變)이라 한다. 『구당서』 권17 「문종본기文宗本紀·하」에 나온다.

8) 「하간전河間傳」: 유종원(柳宗元)의 전기체 작품으로 『유하동집柳河東集』 외집(外集)에 실려 있다. 하간에 사는 음탕한 부인의 이야기를 서술했다. 한 부인이 그 집안의 어떤 음탕한 여자의 행실을 심하게 욕했지만, 그 음녀가 그 부인을 유인해 절개를 잃게 만들자 그후로 그 부인도 음부(淫婦)가 되었다는 이야기이다.

9) [교감] 其: 연민문고본은 이 글자가 없다. 통문관본, 고려대본, 서울대본을 따른다.

10) [교감] 何: 서울대본은 '可'로 되어 있다. 통문관본, 고려대본, 연민문고본을 따른다.

11) [교감] 惑: 연민문고본은 '感'으로 되어 있다. 통문관본, 고려대본, 서울대본을 따른다.

12) [교감] 飾: 서울대본은 '餙'로 되어 있다. 통문관본, 고려대본, 연민문고본을 따른다.

🪶 평설

　당나라 헌종은 회서의 반란을 진압해 현명한 군주로 평가되어왔다. 그러나 서포는 헌종이 무략이 부족했을 뿐만 아니라, 용렬하기까지 하다고 지적했다. 그리고 배도가 헌종의 기략을 찬해 역사서에 실으려고 한 일, 한유가 「조주사표」에서 헌종을 당나라 고조나 태종보다도 훌륭하다고 일컬은 일 등은 모두 부당하다고 논했다.

「평회서비」의 불공정한 서술
상 — 23

한유韓愈가 지은 「평회서비」[1]에서 여러 장군의 공을 서술한 것은 편중이 없지 않아서 무부武夫들의 마음을 감복시키기에는 부족하다. 태화太和[2] 3년829에 이우[3]가 여러 도의 병사를 이끌고 창경[4]을 토벌하는 데 성공하자 이동첩李同捷은 항복했고, 이우는 대장 만홍萬洪으로 하여금 창주滄州를 지키게 했다.[5] 그런데 선위사宣慰使 백기[6]가 수백의 기병으로

---

1) 「평회서비平淮西碑」: 당나라가 안녹산(安祿山)과 사사명(史思明)의 난 이후 번진(藩鎭)이 발호해 전쟁이 그치지 않았는데, 헌종(憲宗) 때인 원화(元和) 11년(816)에 회서절도사(淮西節度使) 오원제(吳元濟)가 또 반란을 일으켰다. 이에 헌종이 배도(裵度) 등을 보내 평정하고서, 이를 기념하기 위해 세운 비이다.

2) 태화(太和): 당나라 문종(文宗)의 연호.

3) 이우(李祐): 당시 제(齊) 땅의 영주였다. 이우(李佑)라고도 알려져 있으나, 『구당서』와 『신당서』에는 모두 이우(李祐)라고 기록되어 있다.

4) 창경(滄景): 창주(滄州)를 뜻한다. 창주는 곧 경성군(景城郡)으로 춘추전국시대 제나라와 조나라의 경계였다. 진(秦)나라 거록(鉅鹿)과 상곡(上谷) 두 군이 있던 자리로, 한나라 고조 때 이곳에 발해군(渤海郡)을 설치했는데, 곧 당나라 때의 창주이다. 창경은 창주와 경성군을 합친 명칭인 듯하다.

5) 태화 3년에~지키게 했다: 『신당서』 권175 「백기열전栢耆列傳」에 나온다.

창주에 달려 들어와 만홍을 죽이고 이동첩을 붙잡아 자신의 공으로 삼았다. 이때 이우는 병이 들어 있었는데 만홍이 죽었다는 소식을 듣고 놀라 분에 못 이겨 죽었다. 여러 장수가 소송을 하자 백기 또한 폄적貶謫. 벼슬자리에서 내치고 귀양을 보냄되어 죽었다.

　백기는 진공[7] 배도裴度가 선위사로 회서에 있을 때 계책을 준 사람이고, 이우는 곧 이소[8]와 같이 일했던 사람이다. 창주의 일은 대략 회채의 난[9]에 방불하지만, 이우가 공에 대처함에 있어 이소에 미치지 못했기 때문에 스스로 근심과 욕을 초래한 것이다. 백기란 자의 경우에는 아마도 이우를 부러워했기 때문에 그런 일을 벌였던 듯하다.

　平淮碑之敍諸將功, 不無[10]偏重, 宜不足以服武夫之心也. 太和三年, 李祐[11]率諸道兵, 討滄景克之, 李同捷降, 祐使大將萬洪守滄州. 宣慰使柏[12]耆以數百騎, 馳入滄州, 殺洪取同捷, 自以爲功. 時祐方病, 聞洪死, 驚憤而卒. 諸將訟之, 耆亦貶死. 耆乃晉公宣慰淮西時獻策之人, 而祐卽李愬同事者. 滄州事, 亦略彷彿[13]於淮蔡, 而祐之處功, 不及李愬, 故自貽憂辱. 若耆者, 盖有所艶羨[14]也.

---

6) 백기(柏耆): 당시 간의대부(諫儀大夫)로서 전쟁에 참가한 장수.

7) 진공(晉公): 당나라 때 문희(聞喜) 사람인 배도의 봉호.

8) 이소(李愬, 773~821): 이성(李晟)의 아들로, 자는 원직(元直).

9) 회채(淮蔡)의 난: 당나라 헌종 때 오원제(吳元濟)가 회서(淮西)·채주(蔡州)의 절도사 오소성(吳少誠)을 죽이고 모반한 일을 말한다. 이소와 배도가 오원제를 사로잡고 마침내 회서를 평정했다.

10) [교감] 不無: 연민문고본은 '無不'로 되어 있다. 통문관본, 고려대본, 서울대본을 따른다.

11) [교감] 祐: 통문관본은 '佑'로 되어 있다. 고려대본, 서울대본, 연민문고본을 따른다.

12) [교감] 柏: 통문관본 이외의 이본들은 '栢'으로 되어 있다. 『구당서』와 『신당서』에 '栢'으로 되어 있다.

13) [교감] 彷彿: 서울대본은 '髣髴'로 되어 있다. 통가자(通假字)이다.

14) [교감] 所艶羨: 연민문고본은 '絶艶而羨'으로 되어 있다. 통문관본, 고려대본, 서울대본을 따른다.

평설

당나라 헌종 때 배도 등은 회서절도사 오원제가 일으킨 반란을 4년 여에 걸친 전쟁 끝에 평정했다. 한유의 「평회서비」는 그 일을 기념해 비를 세울 때 지은 글이다. 회서의 난을 평정할 때 이우도 큰 공을 세 웠으나 백기가 그 공을 가로챘다. 「평회서비」는 이우의 공을 언급하지 않았다. 서포는 그 사실을 일례로 들어 과거의 공적을 평가하는 일에 서 자칫 균형을 잃기 쉽다고 알렸다. 공을 세우는 일과 공을 세운 뒤의 평가는 늘 복잡한 이해관계를 안고 있다는 점에 주목한 것이다.

배도의 재평가
상-24

진공晉公 배도裵度는 당나라 헌종 때 회채淮蔡의 정벌에서 다른 사람 덕으로 일을 이루어 그 공을 차지하고도 부끄러워하지 않았다. 배도는 유극명劉克明의 반란으로 경종[1]이 시해되었을 때 수상으로 있었으면서도 적을 토벌할 수 없었고, 또한 이훈李訓과 정주[2]가 권력을 농단하는데도 그들을 제거할 수 없었다. 소인환관들이 둘러싸서 감싸주자 달갑게 여겼고, 감히 모질게 이의를 제기하지 않았다. 조정에 나서서 대절大節. 국가 사직을 위하는 큰 절개이란 하나도 볼 만한 것이 없었으니, 참으로 성인이 비난한 향원[3]이다. 그런데도 불구하고 사신은 그를 곽분양[4]에 비

---

1) 경종(敬宗): 당나라 목종(穆宗)의 맏아들이고, 성명은 이담(李湛). 유극명의 반란으로 살해되었다.
2) 정주(鄭注): 당나라 경종 때 권력을 휘둘렀는데, 이훈과 함께 환관들을 소탕하려다 실패하여 피살되었다. 감로(甘露)의 사변이라고 한다. 태화(太和) 9년, 재상 이훈과 정주 등이 환관을 살해할 계책으로 금오청사(金吾廳舍) 뒤 석류나무에 감로가 있다고 황제에게 말해, 황제가 가서 그것을 볼 때 환관들이 수행하면 현장에서 제거하려고 복병을 두었다. 그러나 그 사건의 전말이 탄로 나서 이훈·정주·왕애(王涯) 등이 피살되었다.

교했으니[5] 한번 웃어볼 만한 일이다.

晉公淮蔡之役[6], 因人成事, 居功不恥, 敬宗之被弑, 身爲上相, 旣不能討
賊. 又不能去訓·注之弄權, 甘心小人之牢籠, 不敢崖異, 立朝大節, 無一可
觀, 眞聖人所謂鄕愿也. 史臣乃比之於[7]汾陽, 可發一笑.

🏵 평설

당나라 헌종과 경종 때 재상으로 있던 배도에 대해『자치통감』은 그
를 현종 때의 명장 곽자의에 견주었다. 곧『자치통감』권14에서 그를
두고 "늙으나 젊어서나 쓰일 때나 버려질 때나 몸으로써 국가의 경중
을 책임지기를 곽자의와 같이한 것이 20여 년이다 老少用捨, 以身繫國家輕重, 如郭
子儀者, 二十餘年"라고 했다. 하지만 서포는 배도가 헌종 때 회채의 정벌이
있은 뒤 실제 공적은 없었으면서도 남의 공을 차지했다는 점, 경종 때
는 유극명의 반란을 진압하지도 못하고 감로의 사변을 일으키게 되는
이훈과 정주의 권력 농단을 미리 막지 못했다는 점을 지적했다. 결국

3) 향원(鄕愿): 언행이 일치하지 않고, 위선으로 세상을 기만하는 자. 마을에서는 근후(謹厚, 조
   심스럽고 온후함)한 체하지만 실제로는 세속에 영합하는 위선자. 신조와 주견 없이 그때그때
   세태에 따라 맞추어서 주위로부터 진실하다고 칭송받는 사람을 말한다. 그의 사이비한 행동
   이 사람으로 하여금 진위(眞僞)를 판단하는 기준을 흐리게 만들므로 공자는『논어』「양화陽
   貨」에서, "향원은 덕을 해치는 자이다(鄕愿, 德之賊也)"라고 했다.
4) 곽분양(郭汾陽): 당나라 현종 때의 명장 곽자의(郭子儀). 삭방절도사(朔方節度使)로 안녹산과
   사사명의 난을 평정했고, 토번(吐藩)과 회흘(回紇)의 잦은 침입을 막아 20여 년간 국가의 안위
   를 책임졌으며, 벼슬이 중서령(中書令)에 이르고 분양군왕(汾陽郡王)에 봉해졌다.
5) 사신(史臣)은~비교했으니:『자치통감』권246「당기唐紀 62·문종원성소헌효황제文宗元聖昭憲
   孝皇帝」의 개성(開成) 4년 3월 병술에 사망 기사가 있고, 거기에 "곽자의처럼 몸을 국가의 경
   중에 연계시키기를 20여 년이나 했다(以身繫國家輕重 如郭子儀者二十餘年)"고 적혀 있다.
6) [교감] 役: 통문관본은 '後'로 되어 있다. 오자이다.
7) [교감] 於: 통문관본은 이 글자가 없다. 고려대본, 서울대본, 연민문고본을 따른다.

서포는 배도가 소인들, 곧 환관들의 권력 구조에 편들고 조정에서 대절을 세우지 못한 '향원'에 불과하다고 혹평했다. 『자치통감』의 인물 평어를 정면으로 비판한 것이다.

당나라 말 군벌 이극용의 처신

　당나라 소종^{昭宗} 때 진왕^{晉王} 이극용[1]이 삼진[2]의 황소^{黃巢} 반란군을 평정하자, 여러 장수들은 모두 이극용에게 당나라 수도로 들어가서 천자를 알현하도록 권했지만, 이극용의 측근 개우[3]는 "신하가 충성을 다하는 것은 왕사^{王事. 임금에 관한 일}에 부지런함에 있지 대궐에 들어가서 천자를 만나보는 것에 있지 않다"고 했다. 이극용은 결국 번진^{藩鎭}으로 돌아왔다.

　선대 유학자들은 개우가 실책을 했다고 비판했다. 범범하게 보면 정말 그렇다. 그러나 개우의 이 말은 후한 때 원소[4]의 책사였던 저수[5]가

---

1) 이극용(李克用, 856~906): 당나라 말기 군웅의 한 사람. 돌궐의 사타족(沙陀族) 출신으로, 후당 이존욱(李存勗)의 아버지. 독안룡(獨眼龍)이라 일컬어졌다. 황소(?~884)의 난을 진압하고 중국 북부 산서성을 중심으로 세력을 펼쳤다. 경쟁자였던 주온(朱溫, 854~914)이 907년에 당을 찬탈하고 후량을 세우자, 원한 속에 죽었다. 주온은 곧 주전충(朱全忠)이다. 뒤에 아들 이존욱이 후량의 뒤를 이어 후당을 세우게 된다.
2) 삼진(三鎭): 중국 북부의 중산(中山) · 하간(河間) · 태원(太原)을 가리킨다.
3) 개우(蓋寓): 이극용의 장군 가운데 가장 신임받던 인물.
4) 원소(袁紹, ?~202): 후한 때 여남(汝南) 여양(汝陽) 사람. 자는 본초(本初).

후한의 조정에 들어갈 필요가 없다고 건의하자, 곽도[6]가 저수를 비난한 것과는 일은 같지만 의도는 다르다. 곽도는 전적으로 원소를 위한 계책을 낸 것이지만, 개우는 오히려 당나라 조정을 위한 계책을 낸 것이다. 그 계책의 득실은 따질 수 없지만 그 마음은 취할 만하다.

그런데도 호치당胡致堂은 당나라 소종을 어떤 임금으로 생각했는가?[7] 비록 주공周公이나 제갈공명이 그를 보필했다 하더라도 군신의 도리로 끝맺기는 어려웠을 것이다. 하물며 이극용은 본래 변방의 사람이며 또 천자의 명령을 거역한 전과도 있는 사람이 아닌가? 만약 이극용이 주전충과의 싸움에서 패해 돌아가지 않았다면, 반드시 조조나 사마의司馬懿 같은 인물이 됨을 면하지 못했을 것이다. 그렇다면 물러나 번진을 지키면서 평생토록 이씨당나라 왕실의 순수한 신하가 되는 것만 하겠는가? 가령 이극용이 천자를 끼고 제후를 호령했더라도 호치당이 말했던 것처럼 반드시 천하를 통일할 수는 없었을 것이다.

지금 비록 변인[8]에게 억압을 받기는 하지만, 그래도 강토를 잃지 않고 보유해 자벌레처럼 굽혔던 몸을 아들 때에 가서 폈다면, 이해의 관점에서 말한다 하더라도 어찌 서로 큰 차이가 나지 않겠는가? 원소나 조조의 득실로 말하면 이 한 가지에 전적으로 귀착되는 것은 아니다.

晉李[9]克用之平三鎭, 諸將皆勸入見天子. 蓋寓曰 : "人臣盡忠, 在於勤王, 不在入覲." 晉王遂還鎭. 先儒以寓爲失策. 泛[10]看之, 則固然矣. 然寓之

5) 저수(沮授): 후한 때 광평(廣平) 사람. 지략이 있었으나 원소를 따라 조조와의 싸움에서 죽었다.
6) 곽도(郭圖): 후한 때의 인물로, 원소의 모사(謀士). 자는 공칙(公則).
7) 호치당은~생각했는가: 『독사관견讀史管見』 권26과 권27에서 소종의 사적을 논했다. 특히 이극용의 상표(上表)에 대해 소종이 간언을 잘 들었더라면 좋았을 것이라고 아쉬워했다.
8) 변인(汴人): 이극용과 주전충을 괴롭히던 지방 호족세력.
9) [교감] 李: 연민문고본은 '王'으로 되어 있다. 통문관본, 고려대본, 서울대본을 따른다.
10) [교감] 泛: 서울대본은 '眨'으로 되어 있다. 통문관본, 고려대본, 연민문고본을 따른다.

此言, 與郭圖之難沮授者, 事同而[11]意異. 圖專爲袁紹計, 而寓却爲唐朝庭. 無論其計之得失, 其心亦可取也.

且致堂以昭宗爲何等主耶? 雖使周·葛輔之, 君臣之道, 難乎有終. 況克用本以裔外之人, 又有逆命[12]之釁者乎? 若克用得道於夷滅, 則必不免爲曹·馬, 豈如退守藩鎭, 終身爲李[13]氏純臣乎? 且令克用挾天子令諸侯, 如致堂之言, 未必能一天下.

今雖[14]見抑於汴人, 亦不失保有彊土, 尺蠖之屈, 待子而伸, 雖以利害言之, 亦何相遠哉? 若袁·曹之得失, 亦不全在於此一着也.

💈 평설

혼란기에 나라나 지역의 통치권을 유지하는 문제는 그 득실을 쉽게 논하기 어렵다. 당나라 말기에 진왕 이극용이 삼진을 평정한 후 천자를 알현하려 하자, 개우는 이극용에게 번진으로 돌아가는 것이 옳다고 주장했다. 당시 당나라 소종은 정치를 제대로 하지 못했다. 호인은 당시의 역사를 논하면서 이극용이 천자의 권력을 강화시켜줄 기회였다고 보고 개우를 비판했다. 하지만 서포는 이극용이 결코 당나라 천자의 권력을 보좌할 인물이 아니며, 개우의 건의야말로 당나라 조정을 위해 이극용을 번진에 묶어두려는 계책을 낸 것이라고 평가했다.

---

11) [교감] 而: 연민문고본은 이 글자가 없다. 통문관본, 고려대본, 서울대본을 따른다.
12) [교감] 命: 서울대본은 '名'으로 되어 있다. 통문관본, 고려대본, 연민문고본을 따른다.
13) [교감] 李: 연민문고본은 '季'로 되어 있다. 통문관본, 고려대본, 서울대본을 따른다.
14) [교감] 今雖: 연민문고본은 '雖今'으로 되어 있다. 통문관본, 고려대본, 서울대본을 따른다.

당나라 말기의 소종[1]은 이무정[2]을 토벌하려고 두양능[3]으로 하여금 병사를 전담케 했다. 두양능이 간했으나 소종이 듣지 않자, 두양능은 울면서 조칙을 받들었다. 이때 소종은 이미 두양능을 죽여 이무정과 화해할 뜻이 있었고, 두양능도 그것을 알고 있었기 때문이다. 이무정은 "폐하는 다만 강약만 살피고 시비는 헤아리지 않는다"[4]고 했고, 유계술[5]은 "주상은 경박하고 변덕스러워 받들기 어렵다"[6]고 했다. 그러므

---

1) 소종(昭宗): 당나라 말기의 소종의 행적은 『구당서』 권20 「본기本紀」와 『자치통감』 권 258 「당기唐紀 · 소종성목경문효황제昭宗聖穆景文孝皇帝」에 자세하다.

2) 이무정(李茂貞): 당나라 때 박야(博野) 사람으로, 본래 성은 송(宋), 이름은 문통(文通). 황소의 난을 진압하는 데 공을 세워 이씨 성을 하사받았다. 당나라 소종이 901년에 환관에게 납치되어 봉상(鳳翔)에 있을 때 그곳 절도사였던 이무정에게 의존했다. 이 때문에 이무정은 교만 방자히 굴었다.

3) 두양능(杜讓能): 소종 때 재상을 지낸 인물. 자는 군의(群懿). 평장사(平章事) · 진국공(晉國公)에 이르렀으나 소종의 명으로 자진했다.

4) 폐하는~않는다: 이무정이 당나라 소종에게 올린 표에 "지금 조정은 다만 강약만 살피고 시비는 헤아리지 않는다"고 했다. 『자치통감』 권259 「당기唐紀 75 · 소종성목경문효황제」의 소종 경복(景福) 2년(893) 7월에 나온다.

로 두양능이 소종의 속마음을 알아차리고 있었으리란 것을 어찌 믿지 못하겠는가?

소종이 재위한 16년 사이에 왕사王師. 천자의 군대가 하동[7]에서 패하자 대신을 강등시켜 사죄하고,[8] 홍평[9]에서 패하자 대신을 죽이고 군사 작전을 풀었다.[10] 삼진三鎭의 군사가 대궐을 범하자 석문[11]으로 행차왕의 피신을 가리킴했고,[12] 이무정이 대궐을 범하자 화주[13]로 행차했다. 유계술

---

5) 유계술(劉季述): 당나라 소종 때의 환관. 건녕(乾寧) 연간에 왕중선(王仲先)과 함께 좌우중위(左右中尉)가 되었다. 소종은 즉위 10년 되는 해의 어느 날 술김에 어린 환관과 시녀 여럿을 살해했다. 그러자 유계술은 우군중위 왕중선 등과 모의해서 소종을 폐위시키고 태자를 세우려 했다.

6) 주상은 경박하고~어렵다: 『자치통감』 권262 「당기 78·소종성목경문효황제」, 광화(光化) 3년 (900) 10월에 나온다.

7) 하동(河東): 황하가 산서성 경내를 북에서 남으로 흐르므로, 산서성 경내 황하의 동쪽을 하동이라 부른다. 진(秦)과 한나라는 여기에 군(郡)을 설치했고, 당나라는 도(都)를 설치했으며, 송나라는 노(路)를 설치했으되, 모두 하동이라 일렀다.

8) 왕사(王師)가 하동(河東)에서~강등시켜 사죄하고: 경복 원년(892)에 이무정·왕행유(王行瑜)·한건(韓建) 등이 반신 양복공(楊復恭)을 토벌한다는 명목으로 군사를 일으킨 후 소종의 군사가 곳곳에서 패했다. 이무정을 제압할 수 없자, 조정에서는 두양능과 금병을 이동해서 다섯 절도사의 권한을 중지시키고 두양능에게 평장사를 겸하게 해서 이무정의 마음을 기쁘게 하고자 했다.

9) 홍평(興平): 당나라 때 설치한 현. 섬서성 함양현(咸陽縣) 서쪽, 위수(渭水) 북쪽을 가리킨다.

10) 홍평에서 패하자~풀었다: 경복 2년 9월 임오에 소종의 군사가 이무정과 맞서다가 홍평에서 궤멸한 뒤, 이무정이 재상 두양능의 죄를 따지면서 주살할 것을 청했다. 소종은 태위(太尉)·평장사·진국공이었던 두양능을 뇌주(雷州) 사호(司戶)로 폄적(貶謫, 벼슬을 깎고 멀리 귀양 보냄)했다가 10월 을미에 두양능을 자진하게 했다.

11) 석문(石門): 지금의 섬서성 남전현(藍田縣) 서남쪽에 있다. 895년에 소종이 사냥하러 나가서 수성사(壽聖寺)에 행차한 적이 있고, 또 영수사(靈壽寺)에 이른 적도 있다.

12) 삼진(三鎭)의 군사가~행차했고: 건녕 2년 5월 정사(초하루)에 이무정·왕행유·한건 등이 정예병을 이끌고 입근(入覲, 대궐에 들어가 군주를 알현함)해서 무능한 재상들을 죽일 것을 청했고, 그 무리의 일부가 남아 숙위했다. 7월 병진(초하루)에 이극용이 군사를 이끌고 와서 왕행유 등이 군사를 거느리고 대궐로 들어온 죄를 묻겠다고 했다. 소종은 7월 계해의 밤에 출행(出幸)해서, 결국 석문진(石門鎭)의 불궁(佛宮)으로 피신해야 했다.

13) 화주(華州): 서위(西魏) 때의 동옹주(東雍州)로, 소속된 것은 정현(鄭縣, 지금 섬서성 화현華縣)이다. 수나라 때인 607년에 폐지됐다. 당나라 무덕(武德) 초에 다시 설치하고 태주(太州)로 이름을 고치고, 신룡(神龍) 연간 초에 화주로 회복되었다. 천보(天寶) 연간 초에 화음현(華陰郡)으로 고쳐 설치되고, 건원(乾元) 연간 초에 화주로 회복되었다. 건녕 4년(897) 홍덕부(興德府)로 승급했다가 광화(光化) 원년(898)에 예전처럼 화주가 되었다. 1913년에 화현으로 강등되었다.

에게 폐위되어 소양원[14]에 갇혔을 때 유계술은 채찍으로 땅에 글자를 써가면서 수십 가지 죄목을 하나하나 따졌다. 한전해[15]에게 위협받자 봉상[16]으로 행차했으며, 주전충[17]에게 위협당하자 낙양[18]으로 천도했다. 자기 스스로를 '흘간산 꼭대기에서 얼어 죽은 참새'[19]에 비유했으며, 결국은 남의 손에 죽임을 당하고 궁실[20]이 피로 물들게 했다. 옛날부터 망국의 군주로서 모든 굴욕을 맛보고 결국 비참한 화를 면치 못한 이로는 소종과 같은 사람이 없었다.

공자는 "사람이 항심恒心이 없으면 무당이나 의사도 될 수 없다"[21]고 했다. 『춘추좌씨전』에서는 "선비가 두 마음, 세 마음을 가지면 마치 배우자를 잃은 것과 같다. 하물며 임금에 있어서랴!"[22]라고 했다.

---

14) 소양원(少陽院): 당나라 말기 소종 때의 동궁(東宮).

15) 한전해(韓全海): 소종 때의 환관.

16) 봉상(鳳翔): 당나라 지덕(至德) 2년(757)에 봉상군(鳳翔郡)으로 승급하여 설치되었는데, 거기에 소속된 것은 봉상과 천흥(天興)의 두 현이었다. 지금의 섬서성 봉상현(鳳翔縣)이다. 당나라 때 경사(京師) 서쪽에 진을 다시 두어 서경(西京)으로 했다. 이무정이 이곳에 자리 잡고 기왕(岐王)이라 칭했으며, 한전해는 소종을 위협해 이곳에 이르게 했다.

17) 주전충(朱全忠): 오대(五代) 양(梁)나라를 개국한 제왕. 성은 주(朱)씨, 본명은 온(溫)이며, 탕산(碭山) 사람.

18) 낙양(洛陽): 낙수(洛水) 북쪽에 있으며, 동주(東周)의 도성이었다. 후한(後漢)·서진(西晉)·후위(後魏)·수(隋)·오대(五代)가 모두 여기에 서울을 두었다.

19) 흘간산 꼭대기에서 얼어 죽은 참새: 903년에 소종이 수레를 타고 화주에 이르자, 백성들이 길을 빼곡하게 메우고 만세를 불렀다. 소종이 울면서 "만세를 부르지 말라. 짐은 이제 너희들의 주인이 아니다"고 말하고는 흥덕궁에 거처했다. 대신에게 말하기를, "상말(비어鄙語)에 '흘간산 꼭대기에서 얼어 죽은 참새야, 어째서 좋은 곳으로 날아가 살지 않느냐(紇干山頭凍殺雀, 何不飛去生處樂)'라고 했다. 짐이 지금 이리저리 떠돌아다니고 있으니 어떤 지경에 떨어질지 모르겠구나' 하고 눈물을 흘려 옷깃을 적셨다. 좌우 사람들이 감히 쳐다보지 못했다고 한다.

20) 궁실: 주전충이 사람을 시켜 소종을 살해한 곳이 초전(椒殿)이다. 초액(椒掖)이라고 하면 후비가 거처하는 궁전을 말한다.

21) 사람이 항심이 없으면 무당이나 의사도 될 수 없다: 『논어』「자로子路」에 나오는 말. "공자가 말하기를, 남쪽 사람의 말에 '사람이면서 한결같은 마음이 없다면, 무당 노릇이나 의원 노릇도 할 수 없다'고 했으니, 좋은 말이다. '그 덕행을 한결같이 하지 않으면 혹자가 부끄러움을 받들어 올린다'라고 하였다. 공자가 말하기를, '점괘를 보지 않았기 때문일 뿐이다'라고 하였다(子曰: 南人有言曰 '人而無恒, 不可以作巫醫', 善夫! '不恒其德, 或承之羞' 子曰: '不占而已矣')."

昭宗欲討李茂貞, 使杜讓能專任兵事. 讓能諫不聽, 泣而奉詔. 此時昭宗
已有殺讓能以解於茂貞之意, 故讓能亦知之也. 茂貞謂: "陛下但觀强弱, 不
計是非." 劉季述謂: "主上輕佻變詐, 難以奉事", 詎不信哉?

昭宗在位十六年間, 王師敗於河東, 貶大臣以謝之, 敗於興平, 殺大臣而
解之. 三鎭犯闕, 幸石門. 李[23]茂貞犯闕, 幸華州. 爲劉季述所廢, 囚於少陽
院, 以銀撾數罪. 爲韓全海所劫, 幸鳳翔. 爲朱全忠所劫, 遷洛陽. 自比於紇
干[24]凍雀, 終不免身死人手, 血染椒掖. 自古亡國之君, 未有備嘗屈辱, 終罹
慘禍, 如昭宗者.

孔子曰: "人而無恒, 不可以作巫醫." 『春秋傳』曰: "士之二三, 猶喪配偶,
況人君乎?"

🌀 평설

당나라 말기의 소종은 망국의 군주이다. 신라의 최치원이 그에게
「사불허북국거상표^{謝不許北國居上表}」를 보낸 일이 있다. 발해가 신라보다 위
에 처하기를 요구했으나 소종이 이를 허락하지 않은 데 대해 사례하는
글이었다. 또 진성여왕 4년인 890년에 최승우는 당나라 서울인 장안으
로 유학 가 국자감에서 3년 동안 공부한 끝에 소종의 경복 2년⁸⁹³ 빈공
과 시험에서 합격했다.

소종은 본래 훤칠하고 잘생긴데다가 영특한 기운이 있었다. 당나라
조정이 날로 쇠퇴해가는 것을 분하게 여겨 선대의 업적을 회복할 뜻이
있었다. 그래서 태자로 있을 때부터 환관을 미워하더니, 즉위하게 되

---

22) 선비가 두 마음~임금에 있어서랴: 『춘추좌씨전』 성공(成公) 8년(BC 583)에 나온다.
23) [교감] 李: 연민문고본은 '季'로 되어 있다. 통문관본, 고려대본, 서울대본을 따른다.
24) [교감] 干: 통문관본은 '于'로 되어 있다. 고려대본, 서울대본, 연민문고본을 따른다.

자 재상들과 정사를 의논했다. 하지만 환관들의 뿌리가 단단해지고 군벌들이 강성하고 횡포가 심해 힘으로 제어할 수 없게 된데다, 그 자신도 충성과 사특을 분별할 수 없을 뿐만 아니라 행동거지가 타당하지 못하게 되었다. 그러자 반역의 무리가 사방에서 일어나 사태가 걷잡을 수 없게 된 것이다.

이무정과 주온朱溫은 당나라 말의 군벌이다. 이무정은 졸병 출신으로 885년에 희종이 흥원으로 갈 때 모시고 간 뒤 무정군절도사가 되었으며, 명령을 받아 봉상절도사 이창부를 공격해서 죽이고 그 대신 봉상절도사가 되었고 농서군왕에 봉해졌다. 891년에 양복공이 반란을 일으키자 소종의 허락을 얻지 않은 채 흥원을 점령한 뒤, 896년에 장안으로 쳐들어갔다. 그 뒤 이무정은 진왕에 봉해지고 흥원 윤, 산남서도 절도사가 되었으며, 권력을 휘두르기 시작했다. 한편 주온은 황소黃巢의 군대에서 유력한 부장으로 있다가 당나라에 귀순해 선무군절도사를 지내고 황소의 난을 진압하는 데 공을 세웠다. 그 공으로 전충이란 이름을 하사받았고, 이후 세력을 키웠다.

896년에 이무정의 군대가 장안으로 진격하자, 소종은 이곳저곳으로 피신해야 했다. 그러면서도 오히려 간쟁하는 신하를 내쫓아 이목을 막았다. 서울로 돌아가서는 최윤崔胤은 날마다 환관을 베는 것을 일삼았다. 소종은 정치에 힘쓰지 않고 술에 빠지고 마구 분노를 터뜨려 사람들이 저마다 위태롭게 여겼다.

소종은 한때 이무정을 토벌하려고 재상 두양능으로 하여금 병사를 전담케 했다. 두양능은 자신이 그 일을 맡을 수 없다고 사양했지만, 소종은 듣지 않았다. 두양능은 울면서 조칙을 받들었다. 이때 소종은 두양능을 죽여 이무정과 화해할 뜻이 있었고 두양능은 그 사실을 알고 있었기에 사양했던 것이다.

평소 이무정은 소종에 대해 "폐하는 다만 강약만 살피고 시비를 헤아리지 않는다"고 했다. 환관 유계술도 "주상은 경박하고 변덕스러워 받들기 어렵다"고 했다. 소종은 술에 취해 어린 환관과 시녀를 죽였다. 그 때문에 유계술은 소종에게 원한을 갖고 있었다. 899년에 유계술은 조칙을 위조해 소종을 폐위시키고 태자인 유왕에게 국보를 전했다. 소종은 동궁인 소양원에 두 달 동안 유폐되었다. 900년에 최윤이 주전충을 불러들여 성원하도록 하고, 손덕소의 힘으로 반정에 성공했다. 이로써 유계술 등이 복주伏誅, 형벌을 받아 죽음되고 환관들도 거의 없어졌다. 하지만 주전충은 찬탈의 음모를 품었다. 얼마 안 되어 최윤은 죄를 뒤집어쓰고 죽었다. 이무정은 기왕에 봉해지고 주전충은 양왕에 봉해졌다. 904년에 주전충은 소종을 죽이고 애제를 세웠다가, 애제로부터 선위받아 국호를 양梁이라 했다. 907년에 당나라가 망하고 주온이 후량의 태조로 즉위한 뒤로도 이무정은 기왕이라 칭했다. 923년에 또다른 군벌 이극용이 후량을 멸망시키고 후당을 세우자, 이무정은 후당의 신하를 칭했다. 그러다가 다음해 병으로 죽었다.

생전에 이곳저곳을 떠돌던 소종은 자신의 행색이 하도 초라해서 스스로를 '얼어 죽은 참새'에 비유했다. 곧 주전충의 난으로 903년에 소종은 수레를 타고 화주로 피신했는데, 백성들이 길을 빼곡하게 메우고 만세를 불렀다. 소종이 울면서 "만세를 부르지 말라. 짐은 이제는 너희들의 주인이 아니다"고 말하고는 홍덕궁에 거처했다. 대신에게 말하기를 "상말에 '흘간산 꼭대기에서 얼어 죽은 참새야, 어째서 좋은 곳으로 날아가 살지 않느냐'고 했다. 짐이 지금 이리저리 떠돌아다니고 있으니 어떤 지경에 떨어질지 모르겠구나!" 하고 눈물을 흘려 옷깃을 적셨다. 좌우 사람들이 감히 쳐다보지 못했다. 결국 소종은 남의 손에 죽임을 당하고 궁실이 피로 물들었다.

구양수는 「붕당론」이라는 유명한 글에서 "당나라 말년에 이르러 붕당의 논이 점점 일어났는데 소종 때 이르러 조정의 명사를 다 죽여서 간혹 황하에 던지며 말하기를, '이들은 맑은 무리들이다. 혼탁한 물에 던질 만하다'라고 했으니, 이에 당나라는 드디어 멸망하게 되었다"라고 했다. 소종이 군벌과 환관들에게 휘둘리고 오히려 간언하는 직신直臣, 강직한 신하들을 마구 죽인 사실을 그렇게 표현한 것이다.

후량의 유수기의 행적과 심리

후량後梁의 유수광[1])이 아버지 유인공[2]을 폐위시키자, 유수광의 아우 유수기[3]는 후진後晉으로 도망갔다. 후진의 왕은 주덕위[4]에게 연燕을 정벌하고 탁주[5]를 포위하도록 했는데, 이때 자사 유지온劉知溫이 성을

---

1) 유수광(劉守光, ?~914): 오대(五代) 때 심주(深州) 낙수(樂壽) 사람. 후량(後梁) 유인공의 아들이며, 유수문(劉守文)의 동생이다. 유수광은 부친 유인공의 애첩과 사통했다가 세자 자리를 박탈당하자 앙심을 품고 있었는데, 성을 공략하러 온 이사안(李思安)의 군대를 물리치고 그 여세를 몰아 아버지를 시해했다.『자치통감』권266에 나온다.

2) 유인공(劉仁恭): 후당 심주(深州) 사람. 호방하고 슬기가 있었는데, 땅을 파서 성을 공격해 군중에서는 유굴두(劉窟頭)라 불렸다. 중원에 사건들이 많았으나, 그는 연(燕)나라에 의지했기에 무서울 것이 없었고, 늘 대안산(大安山)에 거처했다. 후량의 이사안이 공격해오자, 아들 유수광이 병사를 거느리고 격파해 물리치고는 노룡절도사를 자칭했으며, 결국 유인공을 별실에 가두었다. 이존욱(李存勗)이 연나라를 격파하고 유인공을 죽였다.

3) 유수기(劉守奇): 유수광(劉守光)의 아우.

4) 주덕위(周德威, ?~919): 오대 때 후당(後唐)의 저명한 장수. 삭주(朔州) 마읍(馬邑, 지금의 산서성 삭주) 사람. 자는 진원(鎭遠), 소자(小字)는 양오(陽五).

5) 탁주(涿州): 당나라 대력(大歷) 4년(769)에 설치되었는데, 범양현(范陽縣, 지금의 하북성 탁현涿縣)에 소속되었다. 원나라 태종(太宗) 8년(1236) 탁주로(涿州路)로 승급했고, 중통(中統) 4년(1263)에 주(州)로 회복되었으며, 명나라 홍무(洪武) 연간 초에 범양현(范陽縣) 8주(州)를 폐했다. 1913년 주(州)에서 현(縣)이 되었다. 그후 다시 탁주시로 승격했다.

지키고 있었다. 유수기가 성 아래에서 "하동河東의 소류小劉가 아버지를 위해 적을 토벌하는 일이 네 일과 무슨 관련 있기에 성을 굳게 지키고 있는가?"라고 말하자 유지온은 결국 항복했다. 그후 주덕위는 유수기의 공을 질투해 그를 진왕晉王에게 참소해서 쫓아냈다.[6]

유수기의 공은 다만 하나의 주州에 불과할 따름이어서 역이기[7]가 70여 개의 성을 항복시킨 일[8]과는 같지 않다. 그렇거늘 주덕위는 어째서 갑자기 이렇게까지 그를 질투하게 되었는가? 주덕위는 전쟁을 오래 겪은 노익장으로서, 위엄과 존망으로 본래 유명했다. 그래서 주덕위는 유수광의 후임으로 노룡[9]의 절도사가 되어[10] 군사권을 쥐는 일을 주머니 속의 물건 꺼내듯이 여겼다. 그러나 유수기는 옛 장수의 아들이기 때문에 연나라 사람들이 그에게 귀의하고자 하는 마음을 품어 유수기를 옹립하려는 형세가 파다했다. 그렇기 때문에 주덕위는 유수기를 쫓아낸 것이다. 주덕위의 용맹과 지략은 여러 장수들이 미칠 수 없었지만, 그가 이와 같이 탐욕스러웠으니 어찌 끝이 좋았겠는가? 호류[11]

6) 주덕위는~그를 쫓아냈다: 『자치통감』 권268에 다음과 같은 기록이 있다. "건화(乾化) 2년 봄 정월, 주덕위가 동쪽으로 비호(飛狐)로 나가서, 조왕장(趙王將) 왕덕명(王德明), 의무장(義武將) 정암(程巖)과 역수(易水)에서 만났다. 병술의 날에 삼진(三鎭)의 병수가 연(燕)의 기구관(祁溝關)으로 진공해 함락시켰다. 무자의 날에 탁주를 포위하자, 자사 유지온이 성을 지켰다. 유수기의 객 유거비(劉去非)가 성 아래에서 유지온에게 크게 외쳐 말하기를, '하동의 소유랑(小劉郞)이 와서 부친을 위해 적을 토벌하거늘, 네 일과 무슨 관계가 있다고 굳게 지키느냐'라고 했다. 유수기가 갑옷을 벗고 위로하자, 유지온이 성 위에서 절을 하고는, 마침내 항복했다. 주덕위는 유수기의 공적을 시기해 진왕에게 그를 참소하니, 진왕이 유수기를 불렀다. 유수기는 죄를 얻을까 두려워서, 유거비 및 진사(進士) 조봉래(趙鳳來)와 함께 도망해왔다. 상이 유수기를 박주자사(博州刺史)로 삼았다."
7) 역이기(酈食其): 한나라 진류(陳留) 고양(高陽) 사람.
8) 역이기가 70여 개의 성을 항복시킨 일: 『사기』 권72 「회음후열전淮陰侯列傳」에 나온다.
9) 노룡(盧龍): 수나라 때 설치한 현. 하북성 무령현(撫寧縣) 동쪽에 있다. 당나라 무덕(武德) 2년에 비여현(肥如縣)이라 고쳤다.
10) 절도사가 되어: 정절(旌節·旌節)은 사신이나 절도사가 가지고 다니는 부절 구실을 하는 기. 여기서는 절도사 깃발을 뜻한다.
11) 호류(胡柳): 호류파(胡柳陂). 하남성 복양(濮陽) 서남쪽에 위치하는데, 황류파(黃柳陂)라고도

의 패배가 어찌 다행 아니겠는가?

왕언장[12]은 참으로 열사烈士이다. 따라서 그의 기록은 당연히 정회[13]의 아래에 있어야 한다. 하지만 구양수의 『오대사』[14]와 주자의 『통감강목』[15]은 정회의 기록에서 왕언장의 일을 특필하지 않았다. 어찌 궐문闕文. 글자나 글귀가 빠진 문장이 아니겠는가?

劉守光廢其父仁恭, 守光弟守奇奔晉. 晉使周德威伐燕圍涿州, 刺史劉知溫城守. 守奇呼於城下曰: "河東小劉, 卽爲父討賊[16], 何預汝事[17]而堅守耶?" 知溫遂降. 德威嫉守奇之功, 譖[18]諸晉王而逐之.

夫守奇之功, 特一州耳, 非如酈生之下七十餘城, 德威何遽忌嫉至此哉? 德威以宿將, 威望素著, 取守光之後盧龍旌節, 視爲囊中一物. 而守奇以舊帥之子, 燕人歸心, 頗有以此代立之勢, 故德威逐之耳. 德威勇略, 非諸將所及, 而其貪忮如此, 何以有終? 胡柳之敗, 豈非幸也歟?

王彦章固烈士, 其識當在丁會之下, 而歐陽『史』及『通鑑綱目』, 於會未[19]有特筆, 詎非闕文?

한다. 오대(五代) 진(晉)나라의 주덕위가 918년에 양(梁)나라를 공격하다가 여기에서 패해 죽었다.

12) 왕언장(王彦章, 863~923): 오대 때 후량의 수장(壽張) 사람. 자는 자명(子明).

13) 정회(丁會, ?~910): 오대 때 수춘(壽春) 사람. 자는 도은(道隱).

14) 『오대사五代史』: 송나라 구양수(歐陽脩)가 쓴 역사서. 원래 이름이 『오대사기五代史記』인데, 후세에 설거정(薛居正) 등이 관찬으로 편수한 『오대사』와 구별하여 『신오대사』라고 부른다. 이 책은 본기 12권, 열전 45권, 고(考) 3권, 세가 및 연보 11권, 사이부록(四夷附錄) 3권 등 모두 74권으로 되어 있다.

15) 『통감강목通鑑綱目』: 『자치통감강목』. 『자치통감』을 대요(大要)와 강목(綱目)으로 분류하고 편찬한 책이다. 주희가 처음 편찬하기 시작해, 그 문인 조사연(趙師淵)이 편찬을 도와 완성했다. 모두 59권이다.

16) [교감] 討賊: 연민문고본은 '詩賦'로 되어 있다. 오자이다. 통문관본, 고려대본, 서울대본을 따른다.

17) [교감] 事: 연민문고본은 '輩'로 되어 있다. 통문관본, 고려대본, 서울대본을 따른다.

18) [교감] 譖: 연민문고본은 '讚'으로 되어 있다. 오자다. 통문관본, 고려대본, 서울대본을 따른다.

19) [교감] 未: 연민문고본은 '末'로 되어 있다. 통문관본, 고려대본, 서울대본을 따른다.

🌿 평설

당나라 말 혼란기에 다섯 왕조가 짧은 기간 명멸한 것을 두고 오대五代라고 한다. 오대의 역사는 과거 지식인들이 그다지 연구하지 않았다. 하지만 서포는 『자치통감』에서 오대의 역사를 기록한 부분을 정밀하게 읽고 그 역사 기록 방식에 대해 갖가지 의문을 제기했으며, 역사적 인물이 이룩한 공적 득실과 인간 본성에 대해 논했다.

여기서는 후량의 유수기가 후진으로 도망가서 공적을 세웠으나 참소를 당해 축출된 사적을 검토했다. 유수기는 탁주 공략 때 공을 세웠으나 주덕위의 참소를 입었다. 그런데 『자치통감』에는 주덕위가 왜 유수기를 참소했는지 밝히지 않았다. 서포는 주덕위의 심리와 유수기의 형세 등을 분석해 유수기가 연燕 땅 사람들의 추대를 받을 수 있었으므로 주덕위가 그를 질투한 것이라고 추단했다. 그리고 서포는 주덕위가 호류胡柳의 전쟁에서 패한 것은 후진으로 볼 때 다행스러운 일이라고까지 말했다. 호류의 전투에 대해서는 『자치통감』 권270에 자세한 기록이 나온다.

임술의 날에 호류파胡柳陂에 이르렀다. 계해 아침, 척후가 말하기를 양梁나라 군사가 후방에서 들이닥쳤다고 했다. 주덕위는 이렇게 말했다. "적이 노정을 곱절로 먼길을 와서 미처 머물 군진을 치지 못했고, 우리는 진영의 목책이 아주 견고하여 수비가 넉넉한데, 이미 깊이 적의 경계 안으로 들어왔으니, 출동할 때 만전을 기해야지 가벼이 발동해서는 안 됩니다. 이곳은 대량大梁으로부터 아주 가까이 있고, 양나라 군사는 각각 집 생각만 하고 있어서 안으로 울분과 격정을 품고 있으므로, 방략方略으로 제압하지 않는다면 아마도 뜻을 얻기 어려울 것입니다. 왕께서는 군사와 무기를 차분히 준비시키되 싸우지 마시고, 부디 제가 기병으로 요란히 굴어 저자들을 쉬지 못하게 해서, 저녁에 이르러 군영과 보루가 아직 세워지지 않고 땔감과 부뚜막이 아직 갖추어지지 않았을 때, 그들의 피곤함과 결핍을 기회로 삼는다면, 단번에 훼멸시킬 수가 있습니다!"

왕이 말했다. "전방이 하상河上에 있어서 적을 보지 못하는 것이 한스러웠는데, 지금 적이 이르렀는데도 공격하지 않는다면 다시금 무엇을 기다리랴? 그대는 이다지도 겁이 많단 말인가!" 그러고는 이존심李存審을 돌아보면서 말했다. "치중輜重, 말이나 수레에 실은 짐. 군수품을 먼저 출발하도록 칙령을 내려라. 나는 네 뒤가 되어서 적을 치고 가겠다." 그러고는 즉시 친위 군사를 인솔하고 먼저 출발했다. 주덕위는 어쩔 수 없어 유주幽州의 군사를 인솔해 따랐다. 그는 아들에게 말하기를, "나는 제대로 죽을 곳을 얻지 못하겠구나!"라고 했다.

양나라의 하괴賀瑰가 군진을 이루어 이르러왔는데, 옆으로 수십 리에 뻗쳐 있었다. 왕의 장수 은창도銀槍都가 그 진을 함락시키려고 부딪치고 짓밟으며 치고 베고 하면서 앞으로 갔다가 뒤로 돌아가기를 10리나 했다. 행영行營 좌상마군 도지휘사左廂馬軍都指揮使 정주방어사鄭州防禦使 왕언장의 군대가 먼저 패해 서쪽 복양濮陽으로 달아났다. 진晉의 치중은 군진의 서쪽에 있었는데, 멀리 양나라 깃발이 펄럭이는 것을 보고 놀라서 무너져, 유주幽州의 군진으로 들어갔다. 유주의 군사도 역시 뒤흔들려 어지러워져서, 서로 밟고 베고 했다. 주덕위는 통제할 수 없었다. 결국 부자가 모두 전사했다. 위박절도부사魏博節度副使 왕함王緘이 치중과 함께 가다가 역시 죽었으며, 진晉의 병사는 다시는 대오를 이루지 못했다. 양나라 병졸이 사방에서 모여들어 군세가 아주 성했다.

후주 세종의 왕위 계승

상－28

호치당胡致堂은 후주後周의 세종[1]을 다음과 같이 논했다.

"마땅히 곽씨郭氏를 위해 후계자를 세워서 대국의 왕으로 봉하고, 곽
조郭祖. 곽위郭威가 자기를 사랑하고 부귀하게 해준 은혜를 잊지 않으며,
자신은 원래 성으로 돌아가서 시씨柴氏를 칭했어야 한다. 그래서 시수
례柴守禮를 태상황太上皇으로 삼고 시씨柴氏의 종묘를 세웠더라면, 양부의
왕가를 높이는 도리와 생부의 가계를 높이는 도리가 나란히 행해져서
서로 어그러지지 않았을 것이다."[2]

곽조가 세종에게 제위를 물려줄 때, 그의 생각은 현명한 이에게 주
고자 한 것인가? 아들에게 주고자 한 것인가? 과연 그가 현명한 이에
게 주고자 했다면 마땅히 곽郭이라는 씨氏를 쓰게 하지는 않았을 터인

---

1) 세종(世宗, 921~959): 본명은 시영(柴榮). 오대 후주의 황제.
2) 마땅히~않았을 것이다: 호인의 『독사관견讀史管見』 권30 「세종世宗」에 나온다. 나이 들어 광
　록경(光祿卿)으로 물러난 시수례가 원구(元舅)로 자처해서 세력을 믿고 방자하게 굴었던 사
　실을 논평하여 한 말이다.

데, 곽이라는 씨를 쓰게 했으므로 그는 아들에게 주고자 했음이 분명하다. 그러므로 세종이 곽조로부터 제왕의 지위를 받으면서, 어찌 자신을 순舜임금에게 제왕의 지위를 전해받은 우禹에게 비할 수 있었겠는가? 세종은 오대五代의 시대에 성장해서 후당의 이사원이 양자 이종가李從珂에게 제위를 물려준 일3)을 보고, 제왕의 적통은 양자가 제위를 계승한다고 해서 어그러지지는 않는다고 여겼을 따름이다. 가령 세종이 예법을 제대로 지킬 수 있었다면, 그가 추대되어 세자가 되었을 즈음 곽조에게 이렇게 말했을 것이다.

"제왕의 가문에 혈연관계가 없는 양아들이 있다면, 다만 그를 다독이고 사랑하며 훈도하고 깨우쳐서, 그에게 국가를 위해 힘쓰게 하면 됩니다. 만약 그 양아들에게 종묘사직을 이어서 받들게 한다면, 귀신은 종족이 같지 않으면 제사를 흠향歆饗하지 않을 것이므로, 거莒 사람이 증鄫나라의 후사가 되어 결국 증나라를 멸망시켰다고 비난받는 일4)과 다르지 않습니다. 그러므로 이민족인 주사씨가 이씨가 되어 후당의 선조가 된 일5)은 원래 본받을 수 없습니다. 더구나 주사씨는 찬탈해서 왕위를 취한 것이지, 이씨가 일부러 준 것은 아닙니다. 저는 비록 죽더

---

3) 후당의 이사원(李嗣源)이~제위를 물려준 일: 이사원은 후당의 명종(明宗)이며, 이종가는 폐제(廢帝) 혹은 말제(末帝)이다. 이종가는 원래 왕씨(王氏)였으나 이사원이 장군으로 있던 시절 평산(平山)을 지나다가 그곳에 있던 이종가를 보고 양자로 삼았다. 이후 이종가가 전투에서 공적을 쌓자 그에게 왕위를 물려주었다.

4) 거 사람이~비난받는 일: 거(莒)와 증(鄫)은 모두 춘추시대 약소국인데, 증나라가 외손인 거의 공자(公子)를 길러서 후사로 삼았다. 이 일을 두고 『춘추春秋』는 "거 사람이 증나라를 멸망시켰다"고 적었다. 대개 다른 성(姓)을 왕의 후사로 삼는 법이 없다고 여겼기 때문이다.

5) 이민족인 주사씨(朱邪氏)가~선조가 된 일: 서돌궐족이었던 주사씨들이 이씨(李氏)가 되어 이후 후당의 선조가 된 일을 가리키는 듯하다. 『자치통감』권210에 다음과 같은 기록이 있다. "구양수의 『오대사기』에 보면, '이씨의 선조는 대개 서돌궐에서 나왔는데, 본래는 주사(朱邪)라고 했으나, 그 후손에 이르러 별도로 사타(沙陀)라고 스스로 일컬었으며, 주사를 성(姓)으로 삼았다. 발야고(拔野古)를 시조로 한다. 그 자서(自敍)에 이르기를, 사타란 북정(北庭, 오랑캐)의 서덜이다'(歐陽脩 『五代史記』曰: '李氏之先, 盖出於西突厥, 本號朱邪, 至其後世, 別自號曰沙陀, 而以朱邪爲姓, 拔野古爲始祖. 其自敍云, 沙陀者, 北庭之磧也')."

라도 감히 큰 윤리를 어지럽히는 우두머리가 되지는 않겠습니다."

이와 같이 하여 곽조가 느끼고 깨달아 같은 성의 사람을 후계자로 삼았다면 세종은 마땅히 곽조를 이은 곽씨 성의 군주에게 충성을 다했을 것이다. 당나라 말기의 이사소[6]의 경우에는 후당의 장종[7]을 마음에 두고 잊지 않았기에, 후계자가 되라고 하는 말을 들었을 때 세 번 양보해도 들어주지 않으면 다른 나라로 도망가서 자신의 뜻을 이루는 것이 가능했을 것이다. 비록 그렇다고 해도 그 요순 같은 지극한 덕을 바탕으로 삼는 일을 어찌 오대 말의 군주들에게 요구하고 책망할 수 있겠는가? 다만 이미 승계한 이후의 일에 대해 말한다면 세종이 예법을 지킨 일에서 큰 실수를 찾아볼 수가 없다.

예전에는 제후들 중에 덕이 있는 사람이 등극해 원후元后·천자가 되기를, 춘추시대 때 제齊와 진晉이 교대로 패권을 잡듯이 했다. 그렇기 때문에 비록 천명은 바뀌었을지라도 종사는 바뀌지 않았고, 또한 제와 진이 패권을 잃듯이 했을지라도 나라는 의연히 예전과 같았다. 『예기禮記』는 순임금의 덕을 칭송해, "종묘에서 흠향하고 자손들이 보존한다"[8]고 했는데, 그것은 종사와 나라가 그대로 유지된 사실을 말한다. 그런데 후세에는 그렇지 않았다. 천자가 등급이 떨어져서 제후가 되면 곧 멸망하고 말았다. 어찌 동한東漢의 헌제獻帝·산양공山陽公 유협劉協와 위魏나라의 원제元帝·진류왕陳留王 조환曹奐가 양아들에게 제왕의 자리를 넘겼다고 해서, 조조曹操와 사마의司馬懿가 각각 한나라와 위나라를 멸망시키지 않았다고 말할

---

6) 이사소(李嗣昭, ?~925): 본명은 한진통(韓進通)인데, 농민의 아들로서 당나라 말기 번진(藩鎭)의 절도사였던 이극용(李克用)의 아우인 이극유(李克柔)의 양자가 되어 후량의 군대를 격파하는 공을 세웠다. 후당의 동광(同光) 3년(925)에 장종(莊宗)이 거란군에게 포위되었을 때 300명의 기병을 인솔하고 포위를 풀어주었다. 후량의 장문례(張文禮)를 공격하다가 화살을 맞고 그것이 원인이 되어 죽었다. 장종은 곧 이존욱(李存勗)으로 이극용의 아들이다.
7) 후당(後唐)의 장종(莊宗): 원문은 동광(同光)인데, 동광은 곧 후당의 장종으로 즉위한 이존욱(李存勗)이 923년부터 926년까지 사용한 연호이다.
8) 종묘에서~보존한다: 본래 『예기』에 들어 있던 『중용』에 나오는 말이다.

수 있겠는가? 이와 같은데도 그것을 두고 '양부의 왕가를 높이는 도리와 생부의 가계를 높이는 도리가 나란히 행해져서 서로 어그러지지 않았을 것'이라고 말한다면, 내가 누구를 속이겠는가? 하늘을 속이겠는가?

지금 부귀한 집안의 어떤 노인이 아들이 없자 그 재산을 친척 자식들에게 나누어주기를 원치 않고 이웃에서 버린 한 아이를 안고 와서 아들로 삼았다고 하자. 부자 노인이 죽고 나서 대단히 많은 재물이 모두 양아들의 소유가 되었는데, 어느 날 그 양아들은 종족의 사람들을 모아놓고 그들에게 말한다. "나는 원래 노인의 아들이 아니므로 다른 사람의 성을 함부로 쓰면서, 다른 사람의 제사를 받들 수는 없다. 지금 서너 마지기 밭이 있으니, 부자 노인의 제사와 그 밭을 아울러서 친족의 자제에게 주겠다." 이것이 바로 양아들인 나의 처지에서 양부모가 사랑하고 길러준 은혜를 잊지 않는 방법이다. 이렇게 한다면 사람이 마음에 어찌 불평이 있겠는가?

측천무후는 당나라 황실인 이씨의 신부가 되어 조정에 군림해 제왕의 명령을 내린다는 뜻에서 제制를 일컬었으며, 권력이 손에 들어오자 구묘九廟를 모두 혁파해서 당나라를 없애고 주周나라를 세웠다. 호치당의 논설은 이 측천무후의 경우라면 부절처럼 딱 들어맞는다.

어떤 사람은 말한다. "만약 곽조가 천하를 공변된 것으로 여기는 마음으로 세종에게 천하를 넘겨주어서 시씨의 성을 회복하고 시씨의 종묘를 세우도록 허락했다고 해도 여전히 세종은 도망가야 하겠는가?"

나는 이렇게 답한다. "이렇다면 그것은 순임금이 우에게 천하를 준 일과 같다. 어찌 도망가야 하겠는가? 비록 그렇다고 해도 곽조는 요임금·순임금이 될 수 없고, 세종 또한 태백[9]이 될 수 없다."

---

9) 태백(太伯): 주나라 태왕(太王)의 큰아들이었으나 아버지가 동생 계력(季歷)에게 왕위를 넘겨

胡致堂論周世宗曰: "宜爲郭氏立後, 封以大國, 不忘撫愛富貴之恩, 而復姓曰柴. 尊守禮爲太上皇, 立柴氏宗廟, 則其道幷行而不相悖矣."

夫郭祖之傳世宗, 其心爲與賢耶? 爲與子耶? 果其與賢, 則宜不冒以郭氏, 其爲與子明矣. 世宗之受[10]之也, 亦豈以舜·禹自視哉? 彼生長五代, 習見嗣源·從珂之事, 謂帝王之統, 不妨以假子承襲耳. 假令世宗能以禮自處, 則方其立而爲嗣也, 言於郭祖曰: "帝王家之有義兒, 但可撫愛訓誨, 使之爲國家出力耳. 若使奉承宗祀, 則鬼神不享[11]非類, 無異於邙人之滅鄫. 朱邪[12]氏之事, 本不足法, 而彼亦篡而取之, 非故與也. 臣雖死不敢爲亂首."

如是而郭祖感悟, 立同姓爲後, 則世宗當盡忠於[13]嗣君. 如嗣昭, 存審之於同光, 三讓而不聽, 逃之他國, 以成其志, 可也. 雖然至德之事, 豈可責之於五季之君哉? 就旣已承襲後而言之, 則世宗之處守禮者, 未[14]見其大過矣.

古者諸侯之有德者, 陟爲元后, 如齊·晉之迭霸[15]. 故雖天命遷貿, 而宗社不改, 亦如齊·晉雖失霸, 國固自如. 『禮記』稱舜之德曰 "宗廟享[16]之, 子孫保之", 是也. 後世則不然. 天子降爲諸侯, 則便是滅亡, 豈得以山陽·陳留傳之子孫, 謂曹·馬不滅漢魏乎? 若是而謂之幷行不悖, 則吾誰欺? 欺天乎?

今有富家翁無子而不欲傳之族子, 抱隣人遺棄之兒而爲子. 富翁旣沒, 鉅萬家貲[17], 盡爲養兒所有, 一朝會宗族而告之曰: "吾非此翁之子, 不可冒他

주려고 한다는 사실을 알고는 몰래 도망가서 동생에게 왕위를 물려주게 했다.

10) [교감] 受: 서울대본은 '憂'로 되어 있다. 오자이다. 통문관본, 고려대본, 연민문고본을 따른다.
11) [교감] 享: 연민문고본과 서울대본은 '饗'으로 되어 있다. 통가자이다. 통문관본과 고려대본을 따른다.
12) [교감] 邪: 통문관본은 '邢'으로 되어 있다. 오자이다. 고려대본, 서울대본, 연민문고본을 따른다.
13) [교감] 於: 연민문고본은 이 글자가 없다. 통문관본, 고려대본, 서울대본을 따른다.
14) [교감] 未: 연민문고본은 이 글자가 없다. 통문관본, 고려대본, 서울대본을 따른다.
15) [교감] 霸: 통문관본은 '伯'으로 되어 있다. 통가자이다. 고려대본, 서울대본, 연민문고본을 따른다.
16) [교감] 享: 서울대본은 '饗'으로 되어 있다. 통가자이다. 통문관본, 고려대본, 연민문고본을 따른다.
17) [교감] 貲: 서울대본은 '貰'로 되어 있다. 통문관본, 고려대본, 연민문고본을 따른다.

人之姓, 奉他人之祀. 今有數畝[18]田, 幷富翁之祀, 而歸之於族子." 此吾所
以不忘撫愛之恩, 人心其有不平者乎?

武曌以李氏新婦, 臨朝稱制, 及其威權入手, 劃除九廟, 以唐爲周. 致堂此
論, 可謂如合符節.

或曰: "若使郭祖以公天下之心, 傳之世宗, 而許其復姓立廟, 則猶且逃之
乎?" 曰: "此則舜·禹之所受, 若之何其逃之? 雖然郭祖之不能爲堯·舜, 亦
猶世宗之不能爲泰伯也."

🌀 평설

당나라 말기 오대 때는 친아들이 아닌 양아들에게 제위를 물려주는
일이 있었다. 후주의 곽위가 시영을 양아들로 삼아 제위를 물려준 일
은 그 대표적인 예이다. 시영은 곽씨를 칭하고 등극했는데, 그가 후주
의 세종이다. 호인은 『독사관견』에서 시영이 제위를 전해받되 시씨로
돌아가서 시씨의 종묘를 별도로 세웠어야 한다고 논했다. 하지만 서포
는 시영이 제위를 사양하지 않은 잘못을 비판하되, 다른 한편으로 시
영에게 제위를 물려준 곽위의 잘못을 지적하고, 곽위가 시영에게 제왕
의 지위를 물려준 것에 대해 순임금이 우임금에게 선양을 했던 것과
같기를 기대할 수 없었다고 논했다.

---

18) [교감] 畝: 연민문고본은 이 글자 아래에 '之'가 있다. 통문관본, 고려대본, 서울대본을 따른다.

『자치통감』과 『통감강목』의 미비

『자치통감[1]』은 역대의 사서를 산정해 책 하나로 집성한 것이다. 그러나 전 시대에 집필한 것은 상세함과 간략함, 고상함^{정당함}과 비속함이 각각 다르다. 사마천[2]과 반고[3]의 역사서는 대단히 간결했으므로, 『자치통감』은 그 내용을 더욱 줄이고 덜어내어 왕왕 너무나 간결하다는 병폐가 있다. 그리고 남북조와 당나라 말^{오대}의 사서는 아주 번잡했으

---

1) 『자치통감自治通鑑』: 중국 북송(北宋)의 사마광(司馬光, 1019~1086)이 1065~1084년에 편찬한 편년체(編年體) 역사서. 주(周)나라 위열왕(威烈王)이 진(晉)나라 3경(卿, 한韓·위魏·조씨趙氏)을 제후로 인정한 BC 403년부터 5대 후주(後周)의 세종(世宗)인 960년에 이르기까지 1362년간의 역사를 1년씩 묶어서 편찬한 것이다. 주기(周紀) 5권, 진기(秦紀) 3권, 한기(漢紀) 60권, 위기(魏紀) 10권, 진기(晉紀) 40권, 송기(宋紀) 16권, 제기(齊紀) 10권, 양기(梁紀) 22권, 진기(陳紀) 10권, 수기(隋紀) 8권, 당기(唐紀) 81권, 후량기(後梁紀) 6권, 후당기(後唐紀) 8권, 후진기(後晉紀) 6권, 후한기(後漢紀) 4권, 후주기(後周紀) 5권 등 모두 16기(紀) 294권으로 구성되었다.
2) 사마천(司馬遷, BC 145~BC 86?): 한나라 한성(韓城) 사람. 『사기』를 집필했다.
3) 반고(班固, 32~92): 후한(後漢)의 역사가로, 안릉(安陵) 사람. 자는 맹현(孟賢). 표(彪)의 아들이다. 아버지의 유지를 받들어 『한서』를 20여 년에 걸쳐 저술했으나, 팔표(八表)와 천문지(天文志) 등은 완성하지 못해, 누이동생 소(昭)가 이를 보완했다.

므로, 『자치통감』이 마음대로 베어내고 잘라냈어도 자못 군더더기가 많음을 면치 못했다. 지금 앞뒤 사적 가운데 서로 비슷한 것들을 나란히 두고 비교해보면, 번번이 앞의 것은 간략하고 뒤의 것은 상세하다는 사실을 그리 어렵지 않게 발견할 수 있다.

『통감강목』[4]은 『자치통감』이 이룬 공을 기초로 조금 정돈을 가하면 공을 이루기가 퍽 쉬웠다. 하지만 조사연[5]은 사학적 재능이 본래 범조우나 유창 형제[6] 등 여러 사람에 미치지 못하는데다가, 한 사람의 정력으로는 또한 미치지 못하는 바 있으므로, 자르고 마름질하고 전개하고 축약하는 곳에 유감스러움이 많다. 아마 사실을 구비하고 문장은 생략하는 데 주력했기 때문에 형세상 부득불 그럴 수밖에 없었을 것이다.

『通鑑』刪歷代史, 緝[7]成一書, 而前代[8]執筆者, 詳略雅俗, 各自不同. 馬·班之書, 大段簡潔, 故『通鑑』略加刪節, 而往往傷於大簡. 南北·唐末最爲繁蕪, 故極意芟刈, 而未免稍冗. 今將前後事蹟相類者比倣之, 則每每略於前, 而詳於後, 不難見也.

『綱目』因『通鑑』之成功, 稍加整頓, 頗易爲功, 而訥齋史才, 本不及范·劉諸人, 一人精力亦有所不逮, 故剪裁展縮處, 多有可憾. 蓋其主意在於事備而文省, 勢亦不得不然也.

---

4) 『통감강목』: 북송 때 사마광이 지은 『자치통감』을 주희가 손수 만든 한 권의 범례(凡例)에 의거해서 문인 조사연 등이 전편을 다시 강(綱)과 목(目)으로 나누어 정리했다. 59권으로, 본래 제목은 '자치통감강목'이다. 앞에 나왔다.
5) 조사연(趙師淵): 송나라 종실로서 황암(黃巖) 사람. 자는 기도(幾道), 호는 눌재(訥齋). 주희의 지시에 따라 『통감강목』을 편찬했다.
6) 범조우(范祖禹)나 유창(劉敞) 형제: 사마광을 도와 『자치통감』의 편술에 참여했던 유창·유서(劉恕) 형제와 범조우 등을 말한다. 유창은 『사기』 『전한서』 『후한서』를, 유서는 『삼국사』 『남북조사』 『수사』를, 범조우는 『당사』 『오대사』를 맡았다.
7) [교감] 緝: 연민문고본은 '葺'으로 되어 있다. 통문관본, 고려대본, 서울대본을 따른다.
8) [교감] 代: 연민문고본은 '後'로 되어 있다. 통문관본, 고려대본, 서울대본을 따른다.

🎖 평설

서포는 『자치통감』을 그것이 저본으로 삼은 기존의 역사서들과 비교해 역사서술의 형식이 균일하지 않음을 지적했다. 또한 『통감강목』도 사실을 구비하고 문장을 간결히 하는 데 주력했기 때문에 사실의 정리와 서술의 정돈에서 불만스러운 점이 있다고 했다. 전통시대의 지식인들은 대개 『자치통감』과 『통감강목』을 절대적 가치를 지닌 고전으로 간주해왔지만, 서포는 『자치통감』과 『통감강목』의 문맥을 면밀하게 읽어서 서술상의 모순을 비판했던 것이다.

『통감강목』의 기신紀信 기록

상-30

한나라 초 군주와 신하의 관계에서 지력智力을 전문적으로 떠맡고 윤리를 부지해 수립하는 일은 유독 기신紀信 한 사람에게 의지했다. 가만히 생각하기를, 『통감강목』은 마땅히 대서특필해서 "초나라가 한나라 형양을 포위해 한나라 장군 기신은 죽었으나 그 선행은 아마도 인멸湮滅, 흔적도 없이 모두 흩어짐되지 않을 것이다"라고 했어야 했다. 기신은 당시에도 찬양받지 못했고 또 뒷날의 역사서에서도 무몰蕪沒, 묻혀서 없어짐되었으니, 어찌 이렇게 불행이 무겁단 말인가?

수나라 요군소[1]가 하동을 수비하고 있을 때, 양식이 떨어지고 구원도 끊기자 좌우의 부하들은 요군소를 살해하고 당나라에 투항했다. 『통감강목』은 "당나라가 수나라의 하동 수장 요군소를 죽였다"고 적었다.[2] 이는 비록 요군소의 이름을 명시함으로써 그를 찬양한 필치이지

---

1) 요군소(堯君素): 수나라 양제 때 하동(河東) 태수. 절의가 있었다.
2) 『통감강목』은~적었다: 『자치통감강목』 권38에 나온다.

만, '당나라가 죽였다'는 것은 조금도 사실적인 기록이 아니다. 또 그렇게 '당나라'를 명시해서 당나라의 죄과를 분명히 했으나 당나라로 죄과를 돌릴 이유가 없다. 아마도 "수나라 하동군이 당나라에 투항했는데, 수장 요군소가 그 일로 죽었다"고 적는 것이 온당할 것이다.

漢初君臣之際, 專任智力, 扶樹倫常, 獨賴紀信一人. 竊謂『綱目』宜大書之曰: "楚圍漢滎陽, 漢將軍紀信死之, 庶幾不沒其善也." 信旣不蒙旋美於當時, 又復蕪沒於後史, 抑何重不幸也?

隋堯君素守河東, 糧盡援絶, 左右殺君素降唐. 『綱目』書之曰: "唐殺隋河東守將堯君素." 此雖褒筆, 而謂之唐殺, 少[3]非實錄, 唐亦無可罪者. 恐不如書之曰"隋河東郡降唐, 守將堯君素死之"之爲穩也.

🍃 평설

『통감강목』은 춘추필법을 이어 사실의 기록에 포폄의 뜻을 가탁했다. 대개 전근대시대에는 『통감강목』의 필법이 과거 역사를 해석하는 잣대였으나, 서포는 그 필법의 일관성에 대해 회의했다. 여기서는 한나라 초에 기신이 고조를 위해 대신 항우에게 잡혀 죽은 일과 수나라 말 하동군을 지키던 요군소가 부하들의 손에 죽은 일을 『통감강목』이 기록한 방식을 분석했다.

기신은 한나라 고조의 충신이다. 항우가 형양榮陽을 포위해 위급할 때, 스스로 고조로 가장해 고조의 수레를 타고 나가 초楚나라를 속였다. 고조는 그 틈을 타서 빠져나갔으므로, 항우는 노한 나머지 기신을 태워 죽였다. 후에 순경順慶에 사당을 세우고 충우忠祐라 했다.

---

3) [교감] 少: 연민문고본은 '小'로 되어 있다. 통문관본, 고려대본, 서울대본을 따른다.

한편 요군소는 수나라 탕음湯陰 사람으로 양제煬帝가 진왕晉王으로 있을 때, 좌우에서 시종했다. 양제가 등극한 뒤 여러 차례 승진되어 응격낭장鷹擊郎將에 이르렀고, 수나라 말에 하동통수河東通守가 되었다. 당나라에서 여소종呂紹宗과 위의절韋義節 등을 보내 공격했는데, 그 포위가 위급했다. 또 요군소에게는 금권金券, 금계金契. 공신에게 내려주어 본인 및 후세가 죄를 범하더라도 이것을 증거로 삼아 그 공을 헤아려 죄를 면해주거나 줄이는 것을 내려 죽이지 말고 기다리게 했으나, 요군소는 항복하려는 마음이 끝까지 없어 그 처가 성 아래에서 투항을 권유하자 활을 쏘아 넘어뜨렸다. 오래도록 죽을 각오로 지켰으나 한 해가 넘어 성안에 먹을 것이 부족해지자, 부하들에게 해를 당했다.

서포는 『통감강목』이 기신의 사적을 포상해 적지 않았고, 요군소의 사적은 사실 관계를 그르쳤다고 비판했다.

『자치통감』의 「대풍가」 누락

한나라 고조의 「대풍가」[1]는 문사^{文辭, 문학적 표현언어}가 우람하고 아름다운 데 그치지 않는다. 시를 말하는 사람은 한나라의 정치에 패도[2]가 섞여 있음을 이 시에서 살필 수 있다고 했으니, 여염 골목에서 노래 부르는 보통의 풍요^{風謠}와 견줄 바가 아니다. 그렇기에 이 시는 채록할 만하거늘 『자치통감』은 삭제했다.

전류[3]의 「환향가^{還鄕歌}」는 아마 「대풍가」의 영향을 받고 모방해 쓴 것

---

1) 「대풍가大風歌」: 한나라 고조는 돌아오는 길에 패현(沛縣)을 지나다가 그곳에 머무르며 패궁에서 연회를 베풀었다. 옛 친구들과 마을의 부로(父老, 동네에서 나이 많은 어른), 자제들을 모두 초청해 마음껏 술을 마시며, 패현의 아이 120명을 선발해 그들에게 노래를 가르쳤다. 술이 거나해지자 고조는 축을 타며 직접 이 노래를 지어서 불렀다고 한다. 『사기』 「고조본기高祖本紀」와 『문선文選』에 수록되어 있다.

2) 패도(覇道): 왕(王)·패(覇)에 대한 논설은 전국시대의 맹자(孟子)에 의해 주장된 것이며, 고대의 성왕(聖王)의 덕화(德化)에 의한 정치를 왕도(王道)라 부르는 데 대해, 천자(天子)의 힘이 쇠미(衰微)해진 춘추시대 이후부터 패자와 힘이 있는 제후가 실력주의로 제후와 백성을 통어(統御)하려는 정치를 패도라 불렀다. 『사기』 권68 「상군열전商君列傳」에 보면, "내가 그대에게 패도를 말하려고 하니, 그 뜻은 그것을 써주기를 바라서라오(吾說公以覇道, 其意欲用之矣)"라고 하여 패도라는 말이 나온다.

같다. 그리고 그 의미는 부귀를 자랑하는 데 지나지 않아 볼 만한 것도 없다. 그런데도 『자치통감』은 이를 취했다.[4]

이것은 마치 장옥場屋, 과장에서 당락과 성적을 따질 때 고시관이 기세가 드세고 안목이 드높을 때는 재사才士의 걸작을 보고 붓으로 죽 그어버렸다가, 채점장쇄위鎖闈에 갇혀 10여 일 지나 정신이 피로하고 눈이 침침해진 뒤에는 걸작을 뽑았다는 것이 왕왕 내쳐졌던 자의 찌꺼기를 주워 모으는 일과 같다. 사마광[5]은 이 점에서 물의가 분분함을 피하기 어렵다.

漢祖「大風歌」, 非但文辭偉麗, 言詩者謂, 漢治之雜覇, 於此可見, 則非尋常閭巷間風謠之比[6]. 此在可錄而『通鑑』削之.

錢鏐「還鄕」之歌, 盖欲模擬「大風」餘響, 而其意不越乎富貴誇耀, 無足可觀, 而『通鑑』取之.

此如場屋得失, 方考官之氣驕眼高時, 得才士傑作, 一筆抹去, 及至鎖闈經旬, 神疲目眵之後, 擢秀占巍者, 往往掇拾被黜人之殘膡者也. 溫公於此[7]難免物議之囂然也[8].

---

3) 전류(錢鏐): 오대(五代) 오월(吳越)의 개국왕(開國王). 임안(臨安) 사람. 자는 구미(具美), 시호는 무숙(武肅). 전류는 908년에 오월을 개국하고 천보(天寶)라는 연호를 사용했다. 후량 개평(開平) 4년(910)에 의금군(衣錦軍)을 순시하다가 「환향가」를 지었다.

4) 『자치통감』은 이를 취했다: 이것은 착오인 듯하다. 『자치통감』 권267 「후량기後梁紀 2·태조」의 개평 4년 겨울 10월에 오월왕 류가 의금군에서 돌아왔다는 기사가 있으나, 본문에는 「환향가」를 싣지 않았다. 호삼성(胡三省)의 주(註)에 실려 있다.

5) 사마광(司馬光): 자는 군실(君實), 호는 우부(迂夫)·우수(迂叟), 시호는 문정(文正). 온국공(溫國公)에 봉해졌으므로, 사마온공(司馬溫公)이라 일컬어졌다.

6) [교감] 比: 고려대본은 '此'로 되어 있다. 오자이다. 통문관본, 서울대본, 연민문고본을 따른다.

7) [교감] 此: 연민문고본은 '茈'로 되어 있다. 통문관본, 고려대본, 서울대본을 따른다.

8) [교감] 也: 통문관본, 고려대본, 연민문고본은 이 글자가 없다. 서울대본을 따라 보충한다.

🪶 평설

서포는 『자치통감』이 한나라 고조의 「대풍가」를 수록하지 않은 사실을 들어, 사마광의 선시選詩 안목이 일관되지 못하다고 비판했다. 「대풍가」는 본래 『사기』 「고조본기」와 『문선』에 실려 있다. 그 노래는 다음과 같다.

大風起兮雲飛揚	큰바람이 일고 구름은 높이 날아가네
威加海內兮歸故鄕	위풍을 해내에 떨치고 고향에 돌아왔네
安得猛士兮守四方	내 어찌 용맹한 인재를 얻어 사방을 지키지 않을 쏘냐

한편 전류의 「환향가」는 『신오대사新五代史』와 『자치통감』의 호삼성 주 등에 수록되어 전한다. 두 기록에 약간 차이가 있다. 호삼성 주에 실린 가사는 다음과 같다.

三郞還鄕兮衣錦衣	셋째 도련님이 고향에 돌아왔네, 비단옷 걸치고
父老遠來相追隨	부로들이 멀리서 와서 추종하누나
斗牛無孛人無欺	북두성과 견우성에 살별 없으면 태평이란 말이 속이지 않누나
吳越一王駟馬歸	오월의 한 왕이 네 마리 말이 끄는 수레 타고 돌아왔도다

서포는 『자치통감』의 호삼성 주를 본문으로 착각한 듯하다.

한나라 고조 6년^{BC 201}에 원공^{원훈, 공신} 18인의 위차^{位次, 자리나 계급의 차례}를 정했다. 한 주석가는 "장오[1]가 조왕^{趙王}에서 선평후^{宣平侯}로 강등되어 봉해진 것은 수년 뒤의 일인데 어찌 여기에 참예될 수 있겠는가? 이 원공의 위차는 여태후가 정한 것이다"[2]라고 했다.

이 말은 옳지 않다. 이 해 봄에 한신^{韓信}이 초왕의 자리에서 폐해져서 회음후가 되었는데, 회음후는 제3위로 이른바 '강후·관영[3]과 같은 열'[4]

---

1) 장오(張敖, ?~BC 182): 조왕(趙王) 장이의 아들이자 유방(劉邦)의 장녀 노원공주(魯元公主)의 남편. 장이가 죽자 그를 조왕으로 세웠다.

2) 장오가~정한 것이다: 장오가 원공 18인에 들어간 것에 대해서는 온당치 못하다는 논의가 진작부터 있었다. 이를테면『한서漢書』권16「고혜고후문공신표高惠高后文功臣表」에 보면 '선평무후장오(宣平武侯張敖)'에 "장이(張耳)와 장오는 둘 다 아무 큰 공이 없다. 대개 노원공주 때문에 여후(呂后)가 곡승(曲升, 곡절이 있어 승급시킴)시킨 것이다"라는 안사고(顏師古)의 주를 실어두었다. 또한 원나라 방회(方回)의『고금고古今攷』권25「작원공십팔인위차作元功十八人位次」에 관련 논증이 있다.

3) 강후(絳侯)·관영(灌嬰): 강후는 주발(周勃, ?~BC 169). 고조를 섬겨 천하 평정의 공을 세우고, 혜제(惠帝)와 문제(文帝)를 섬겨 승상(丞相)에 올라 강후에 봉해졌다. 그러나 안사고의 주

이었다. 그러다가 회음후 한신이 죽자 장오가 마침 왕위를 잃었으므로 그 아버지 장이[5]의 공으로 회음후의 자리에 채워졌던 것뿐이다. 다만 장오 한 사람이라면 혹시 여태후가 정한 것이라 할 수도 있다.

그런데 해연奚涓·왕흡王吸·정복丁復·고달蠱達 등 여러 사람은 『사기』나 『한서』의 본기나 열전에서 두드러지게 나타난 곳이 없다. 정말 전쟁과 정벌에서 세운 공적이 후세에 인멸된 것이 적지 않음을 알겠다.

漢高祖六年, 定元功十八人位次. 註家謂: "張敖之自趙王降封宣平侯, 在此後數年, 安得預此? 元功位次乃呂后所定."

此言非也. 是年春, 楚王信已廢爲淮陰侯, 蓋淮陰之位次居第三, 所謂與絳·灌等列者也. 及淮陰侯[6]之死, 張敖適又失王, 故以父耳之功, 補淮陰之窠耳. 若敖一人, 則容或是呂后所定也.

奚涓·王吸·丁復·蠱達諸人, 『史』·『漢』紀傳無顯處, 固知戰伐之功, 湮滅於後世者, 不少矣.

🌿 평설

역사서의 기록은 무엇이나 모두 늘 신뢰할 만한가? 역사서를 다룰 때마다 직면하게 되는 의문이다. 『자치통감』은 역사서 가운데서도 가장 신뢰받은 편년체 역사 기록물이지만, 세부 기록을 살펴보면 앞뒤가

에 의하면 『초한춘추楚漢春秋』 「고조신高祖臣」에 강관(絳灌)이 있으나, 그 사람을 가리키는지는 알 수 없다고 했다. 그런데 주발은 제4위인데 관영은 제9위로 위계가 크게 차이 난다. 여기서는 통설에 따라 주발과 관영으로 보았다.
4) 강후·관영과 같은 열: 한나라 때 한신이 회음후로 강등되어 강후·관영과 동렬이 된 것을 부끄럽게 여겼다.
5) 장이(張耳): 한나라 고조가 포의(布衣, 벼슬이 없는 신분) 때 교유했던 인물이다.
6) [교감] 侯: 서울대본은 이 글자가 없다. 통문관본, 고려대본, 연민문고본을 따른다.

모순되거나 사실 파악을 어렵게 하는 절록節錄이 있고, 기록 자체의 미비도 있다. 일례로 한나라 고조 6년에 18인의 공신을 초상으로 그려 기린각에 봉안하게 했으나, 그 가운데 여러 사람의 공적은 『자치통감』 자체는 물론, 저본으로 삼은 『사기』나 『한서』에도 나타나 있지 않다. 더구나 18인의 공신 가운데 장오는 후侯로 되어 있는데, 그가 선평후가 된 시기는 기린각에 초상들을 봉안한 이후의 일이다. 따라서 기린각 봉안은 고조 때 이루어진 것이 아니라 고조의 부인 여후여태후가 실권을 잡았을 때 이루어졌다는 설도 있다.

서포는 이 설에 대해서는 반론을 폈다. 장오는 부친 장이의 뒤를 이어 회음후에 봉해진 일이 있고, 그 무렵에 기린각 봉안이 이루어졌다고 추정한 것이다. 그러나 확론을 하지는 못하고, 장오의 경우는 여후 때 추가로 봉안했을 가능성이 있다고 유보했다.

원위元魏. 북위北魏의 여러 황제들은 대체로 초년에 은혜로웠으나 모두 일찍 죽었다. 도무道武·명원明元·태무太武·문성文成·헌문獻文·효문孝文 등은 모두 영명한 군주였는데, 오직 태무¹⁾만 40세에 이르러 시해당했고 나머지는 모두 30여 세 혹은 20여 세에 죽었다. 효문제 같은 현명한 군주 또한 겨우 33세에 죽었고, 선무宣武 이하로는 말할 필요도 없다.

역사를 고증해보면 태무가 경목태자景穆太子를 낳고, 경목태자는 문성을 낳았다. 문성은 헌문을 낳았고 헌문은 효문을 낳았으며 효문은 태자 순恂을 낳았다. 이들은 모두 14~15세에 죽었다. 태어난 아들들이 여러 대에 걸쳐서 이처럼 일찍 죽을 수는 없으므로, 역사서에 오류가 있는 듯하다.

그런데 『북제기北齊紀』를 보면 낭야왕²⁾ 고엄은 나이 14세에 화사개³⁾

---

1) 태무(太武, 408~452): 본명은 탁발도(拓跋燾). 북위의 제3대 황제(재위 423~452). 자는 불리(佛釐), 묘호는 세조(世祖). 선비족으로, 명원제(明元帝)의 맏아들.

를 죽인 뒤 후주後主에게 살육당했는데 아들 네 명이 있었다. 북쪽 종족들의 조숙함이 이와 같으므로 북위의 역사도 의심할 수가 없다.

역사서를 참고해보면 위나라 태무는 45세까지 살았다고 했다. 하지만 임술년422에 황태자를 세울 때 황태자 도燾의 나이가 장차 주성周星 곧 12세가 될 것[4]이라고 일컬은 사실로 미루어보면, 45세라고 한 기록은 마땅히 41세로 바꾸어야 한다.[5]

元魏諸帝率皆夙惠而早妖[6]. 道武·明元·太武·文成·獻文·孝文, 皆稱令主, 唯太武纔得四十以弑殂, 餘皆三十餘或二十餘. 以孝文之賢, 亦止三十三, 宣武以下, 不足論也.

以史考之, 太武之生景穆太子, 景穆之生文成, 文成之生獻文, 獻文之生孝文, 孝文之生太子恂, 皆以十四五歲. 累代生男, 不能[7]皆如是之早, 或恐史策錯誤矣.

及觀『北齊紀』, 則瑯琊王儼, 年十四誅和士開, 被戮於後主, 而有男四人. 北種之早成乃爾, 『魏史』亦無可疑矣. 按史稱魏太武壽四十五, 而以壬戌建儲時稱皇子燾年將周星者推之, 則四十五當作四十一.

---

2) 낭야왕(瑯琊王, 558~571): 고엄(高儼)의 봉작명. 북제의 종실로, 자는 인위(仁威).
3) 화사개(和士開, 524~571): 북제(北齊) 임장(臨漳) 사람. 자는 언통(彦通).
4) 황태자 도(燾)의 나이가 장차 주성(周星) 곧 12세가 될 것: 『자치통감』 권119에 다음 기록이 있다. "황태자 도는 나이가 장차 주성이 되어, 현명하고 밝고 따스하고 온화합니다. 자식을 황태자로 세우되 장남을 세우는 것은 예제의 대경(大經)이어서, 만약 반드시 성인이 되길 기다렸다가 선택하여, 천륜을 뒤집고 혼란시킨다면 난리를 불러들이는 길이 될 것입니다(皇子燾年將周星, 明叡溫和. 立子以長, 禮之大經. 若必待成人然後擇之, 倒錯天倫, 則召亂之道也)."
5) 45세라고 한 기록은 마땅히 41세로 바꾸어야 한다: 『자치통감』에는 422년 12세가 될 즈음이라는 언급, 즉 11세 정도였다는 언급을 참조하면 태무의 생년은 412년이 되니 마땅히 45세는 41세가 되어야 한다. 그러나 현대의 연구에 따르면 그의 생년은 408년이라고 한다. 따라서 태무는 45세까지 살았다는 언급이 사실이다.
6) [교감] 妖: 고려대본은 '夭'로 되어 있다. 통가자이다. 통문관본, 서울대본, 연민문고본을 따른다.
7) [교감] 能: 서울대본은 '應'으로 되어 있다. 통문관본, 고려대본, 연민문고본을 따른다.

🏵 평설

『자치통감』에서 북위의 황제들에 관해 그 생존 연한을 적은 것은 합리적으로 보기 어려운 면이 있다. 대개 북위의 황제들은 조숙한 것이 종족적 특징이다. 하지만 문성, 헌문, 효문, 태자 순을 모두 14~15세에 죽었다고 기록한 것은 오류라 하지 않을 수 없다고 서포는 논했다. 역사 서술을 분석하면서 합리성을 강조한 것이다.

『자치통감』의 우미인 기록 누락

상-34

『한서漢書』에서는 항우[1]가 밤에 일어나 군진의 장막 안에서 술을 마실 때 우미인[2]으로 하여금 춤을 추게 하고 슬픈 노래를 부르며 강개慨慷해 두세 줄기의 눈물을 흘렸다고 한다. 무릇 항우는 죽음에 처했을 때도 오히려 정장[3]을 향해 빙긋 웃었는데, 이때 눈물을 흘린 것은 정녕

---

1) 항우(項羽, BC 232~BC 202): 이름은 적(籍)이고, 강소성 임회군(臨淮郡) 하상현(下相縣) 사람. 우(羽)는 자이다.

2) 우미인(虞美人): 우희(虞姬)라고도 한다.

3) 정장(亭長): 전국시대 때 역참(驛站)의 장(長). 여기에서는 오강(烏江, 지금의 안휘성 내 소재) 역참의 장을 말한다. 오강은 초패왕(楚覇王) 항우가 스스로 목을 쳐서 자결한 곳이다. 한왕(漢王) 유방(劉邦)과 해하(垓下, 지금의 안휘성 영벽현靈璧縣)에서 펼친 '운명과 흥망을 건 한판 승부(건곤일척乾坤一擲)'에서 패한 항우는 오강으로 도망가 정장으로부터 "고향 강동(江東, 강남, 양자강 하류 이남의 땅)으로 돌아가 재기하라"는 권유를 받았다. 그러나 항우는 "8년 전(BC 209) 강동의 8000여 자제(子弟)와 함께 떠난 내가 지금 혼자 무슨 면목으로 강을 건너 강동으로 돌아가 부형들을 대할 것인가"라며 파란만장한 31년의 생애를 마쳤다. 항우가 죽은 지 1000여 년이 지난 어느 날, 두목(杜牧)은 오강의 객사(客舍)에서 일세의 풍운아(風雲兒)를 생각하고, 오강의 정자에 「제오강정題烏江亭」이라는 시를 남겼다. "승패는 병가도 알 수 없는 법, 수치를 참는 자가 진정한 남아라네. 강동의 자제 중엔 인걸이 많아, 흙먼지 일으키며 다시 오면 결과를 몰랐으리(勝敗兵家不可期, 包羞忍恥是男兒. 江東子弟多英俊, 捲土重來未可知)."

우희에 대한 떨어질 수 없는 애정 때문이었다.

그런데 『자치통감』[4]과 『자치통감강목』[5]은 우희에 대한 대목을 삭제해버리고, 다만 "항우가 밤에 한나라 군사가 사방에서 초나라 노래 부르는 소리를 듣고 놀라서 '한나라가 이미 초楚를 다 차지했는가? 어째서 초나라 사람이 저렇게 많은가'라고 했다. 그리고 장막 안에서 일어나 술을 마시며 슬픈 노래를 부르고 강개하여 두세 줄기 눈물을 흘렸다"[6]고 했다.

이것에 의거한다면 항우가 눈물을 흘린 것은 단지 전쟁에 패해 죽지 않을까 두려워해서였거나, 아니면 술을 마시고서 감정이 복받쳐서였을 따름이다. 만약 항우가 이 사실을 안다면 어찌 원망스럽다고 하지 않겠는가? 아마 『자치통감』을 엮은 사마광이나 『자치통감강목』을 엮은 주자의 의도는 '우미인이여'[7]라는 노래를 불렀으나, 어찌 족히 그 때문에 눈물을 흘렸겠는가 하고 여긴 때문인 듯하다.

『漢史』項羽起飮帳中, 使虞美人起舞, 悲歌慷慨, 泣數行下. 夫羽之將死, 猶且對亭長一笑, 而於此泣下者, 正以不能割情於虞姬耳.

『綱目』·『通鑑』刪去虞姬一節, 只曰: "羽夜聞漢軍四面楚歌, 驚曰: '漢皆

---

4) 『자치통감』: 중국 북송(北宋)의 사마광(司馬光)이 1065~1084년에 편찬한 편년체(編年體) 역사서. 294권으로, 『통감』이라고도 한다. 앞에 나왔다.

5) 『자치통감강목』: 북송 때 사마광이 지은 『자치통감』을 주희가 손수 만든 한 권의 범례(凡例)에 의거해서 문인 조사연(趙師淵) 등이 전편을 다시 강(綱)과 목(目)으로 나누어 정리했다. 59권으로. 『강목綱目』이라고도 한다.

6) 항우가~흘렸다: 항우의 군사는 해하에서 농성했으나 이미 전력은 저하되었고 체력도 바닥 나 있었다. 성 주위는 한나라 군사와 제후들의 연합군이 포위하고 있었다. 어느 날 밤 항왕은 적진에서 초나라 노래가 들려오는 것을 듣고 탄식했다. 곧 '사면초가(四面楚歌)'의 고사이다.

7) 우미인이여: 『사기』「항우본기」에 따르면, 항우는 유방에게 패하자 마지막 술잔을 나누며 우희에게 이렇게 노래를 불렀다고 한다. "힘은 산을 뽑고 기운은 세상을 덮었지만, 시운이 불리하니 오추마도 나아가지 않는구나. 우희야 우희야 너를 어찌하리?(力拔山兮氣蓋世, 時不利兮騅不逝, 騅不逝兮可奈何? 虞兮虞兮奈若何?)" 우혜(虞兮)는 여기에서 연원한 것이다.

已得楚乎? 是何楚人之多也?' 起飲帳中, 悲歌慷慨, 泣數行下."

據此則羽之涕泣, 只是兵敗怖死, 否則酒悲耳. 使羽有知, 寧不稱寃? 盖溫公·朱子之意, 以爲彼虞兮何足爲之出涕也.

🎋 평설

초한전쟁 때 항우는 해하에서 한나라 고조의 군사에게 포위되어 '사면초가'의 막다른 상황에 다다르자, 최후의 주연을 베풀었다. 그후 우희는 어떻게 되었는지 『사기』「항우본기」에는 나와 있지 않다. 전설에 의하면, 시름에 찬 항우에게 "대왕의 의기가 다했으니 천첩이 어찌 살기를 바라겠습니까"라 하고는 자진自盡했다고 한다. 뒷날 송나라 증공曾鞏의 부인 선부인宣夫人 위씨魏氏는 "우미인의 피가 변해 우미인초虞美人草, 개양귀비가 되었다"는 시를 남겼다. 「우미인초행虞美人草行」이라는 제목의 3수가 남송의 승려 혜홍惠洪이 엮은 『냉재야화冷齋夜話』에 전한다.

鴻門玉斗紛如雪	홍문에선 옥두옥 술잔가 깨져 눈처럼 흩어졌고
十萬降兵夜流血	항복했던 진나라 10만 군사는 생매장당했네
咸陽宮殿三月紅	함양의 궁전은 석 달 동안 붉게 타올랐으니
覇業已隨煙燼滅	항왕의 꿈은 그때의 연기 따라 사라졌다네
剛强必死仁義王	모질면 죽고 어질고 의로우면 왕 되는 법
陰陵失路非天亡	항왕이 음릉에서 길 잃은 건 하늘이 망하게 한 것 아니었네
英雄本學萬人敵	영웅은 본디 만인과 대적하는 법을 배우나니
何用屑屑悲紅粧	자잘하게 미인 하나 때문에 어찌 그리 슬퍼했나
三軍散盡旌旗倒	대군 흩어지고 깃발 넘어지니

玉帳佳人坐中老	휘장 속 가인이 그대로 늙었구나
香魂夜逐劍光飛	향기로운 혼이 한밤중에 칼빛 따라 날아가서
靑血化爲原上草	흘린 선혈이 들녘 풀이 되었다네
芳心寂寞寄寒枝	쓸쓸히 꽃다운 마음을 찬 가지에 깃들였으니
舊曲聞來似斂眉	옛노래 들리면 눈썹을 찡그리는 듯하네
哀怨徘徊愁不語	애조 띠며 흔들려 말없이 근심에 젖었으니
恰如愁聽楚歌時	항왕 옆에서 근심스레 초나라 노래 듣던 모습이네
滔滔逝水流今古	도도한 강물은 예나 지금이나 흐른다만
漢楚興亡兩坵土	흥망 다투던 두 영웅은 둔덕 흙이 되었도다
當年遺事久成空	그 옛일은 오래전에 허망하게 되었으니
慷慨樽前爲誰舞	술잔 들며 강개하던 누굴 위해 춤추었나

서포는 「우미인초행」에 대해서는 언급하지 않았다. 하지만 『자치통감』과 『자치통감강목』이 우미인의 기사를 누락시킨 것은 「우미인초행」의 제1수에서 "자잘하게 미인 하나 때문에 어찌 그리 슬퍼했나"라고 한 말과 같은 기조에서였던 듯하다. 두 역사서는 우미인의 기사를 고의로 생략했기 때문에, 그 결과 항우는 죽음을 두려워했거나 술을 마시면 우는 인물이 되고 말았다. 서포는 애첩을 위해 눈물을 흘리는 항우의 모습에서 영웅의 인간적 면모를 읽어낸 것이다.

『한서』의 개작 오류

상-35

　　사마천의 『사기』는 유방[1]과 항우項羽의 홍문지회[2]를 기록하면서 한 글자도 억지로 구차하게 쓰지 않았다. 그런데 뒷날의 역사서에서는 잘못 고친 곳이 있다. 이를테면 『사기』에서 장량[3]이 패공沛公과 항우를 대왕이라 칭하고, 범증[4]을 장군이라 칭한 것 등이 그것이다. 당시에는 이미 스스로 서로를 그렇게 존칭했던 것이다. 그런데 후세 사람들은 왕을 분봉分封, 천자가 땅을 나누어 제후를 봉하던 일하기 전에는 이렇게 부를 수 없다고 하여, 항우를 장군이라 고쳐 불렀다. 이것은 지금 시대에 갓 급제해서 방이 발표되기 이전의 사람을 선달[5]이라고 칭하지 않는

---

1) 유방(劉邦): 한나라 제1대 황제(재위 BC 206~BC 195). 패(沛, 강소성 풍현豊縣) 사람. 자는 계(季). 묘호는 고조(高祖).
2) 홍문지회(鴻門之會): 초나라 항우와 한나라 유방이 진(秦)의 도읍 함양(咸陽)의 쟁탈을 둘러싸고 일으킨 사건.
3) 장량(張良): 한나라 고조 유방의 공신. 자는 자방(子房), 시호는 문성공(文成公).
4) 범증(范增): 항우의 참모.
5) 선달(先達): 조선시대 벼슬자리에 나가지 못한 무과(武科) 출신. 조선시대의 무관(武官)은 식

자가 없음을 모르는 것과 같다.

『사기』에는 장량이 "옥두玉斗 한 쌍을 대장군大將軍 족하足下에 바칩니다"라고 했고, 또한 "장군께서 잘못을 꾸짖을 뜻이 있다고 들었습니다"라고 했다. 두 곳의 경우 장군이라고 칭한 것은 모두 범증을 가리킨다. 후세 사람의 기록은 '대장군'을 '아부亞父. 범증'로 고쳤으나, 아래 문장의 '잘못을 꾸짖는다' 운운한 곳에서는 우연히 고치지 않고 옛날 그대로 두었기 때문에, 옛날 사람이나 지금 사람이나 종종 '항왕項王이 잘못을 꾸짖었다'고 오인해왔다.

항우는 처음에 비록 패공을 저격하려 했지만, 얼마 있다가 항백6)이 중간에서 화해를 시켰기 때문에, 실은 잘못을 꾸짖을 뜻이 없었다. 만일 장량이 한 말이 이와 같았다면, 어찌 격렬하게 노여워하지 않았겠는가? 장량의 뜻은 아마도 "항왕이 머무르게 하고 술을 내신 것은 호의에서 나온 것이지만, 아부가 해칠 의사가 있었으므로 부득이 몸을 빼서 난을 피했습니다"라는 것이었을 듯하다. 또한 항우도 범증이 옥패玉佩를 들어 보이고 칼춤을 추게 한 의도를 알았으므로 다시 힐책하지 않았다.

이것은 유선주의 단계 사건7)과 아주 비슷하다. 범증이 한탄하면서 '바보자식竪子'이라고 비난한 것은 항장項莊을 가리킨다. 만일 항장이 아

년무과(式年武科)·증광무과(增廣武科)·별시무과(別試武科)·알성무과(謁聖武科)·중시무과(重試武科) 등을 통해 벼슬길에 올랐으나 상위 입격자인 갑과(甲科)·을과(乙科)는 바로 임관되어도 병과(丙科)의 일부는 임관되지 못하고 자리가 날 때까지 대기하는 예가 많았다.

6) 항백(項伯): 항우의 숙부 되는 사람인데, 일찍이 유후 장량과 친근하게 지냈다.
7) 유선주(劉先主)의 단계(檀溪) 사건: 촉한의 선주 유비(劉備)가 일찍이 형주자사(荊州刺史) 유표(劉表)의 술자리에 초대받아 갔을 때, 유표의 부하인 괴월(蒯越)과 채모(蔡瑁)가 자신을 체포하려는 것을 알고, 몰래 나가서 적로마(的盧馬)를 타고 도주했다. 그러나 양양(襄陽) 서쪽 단계의 물에 빠져 더 나아가지 못하게 되자 유비가 급히 말하기를 "적로야, 오늘은 위태롭게 되었으니 힘써주어야겠다!"라고 하니, 적로가 단번에 세 길을 뛰어올라 그곳을 빠져나올 수 있었다. 『삼국지』 권32 「촉지蜀志·선주전」에 나온다.

부를 깊게 믿었다면, 비록 항백이 유방을 보호하고 덮어주려 했다고 할지라도 몇 걸음 안에 있던 유방에게 항장이 어찌 손을 대기 어려웠겠는가?

항장은 원래 항왕이 노할 뜻이 없었고 항백이 힘을 다해 보호하는 것을 보고는 아부가 노망 났다고 여겼을 것이다. 오늘날 많은 사람들은 '바보자식'이란 말이 항우를 가리킨다고 오인한다. 하지만 범증이 비록 늙은 신하이기는 하지만, 이같이 무례한 말씨는 쓰지 않았을 것이다. 또 아래 문장에서 범증이 "항왕의 천하를 빼앗을 사람은 반드시 패공이다"라고 말한 내용을 옮겨적은 글의 문세文勢에 비추어보면 그 뜻이 아주 명백하다.

馬史敍劉·項鴻門之會, 一字不苟, 後史有誤改處. 如張良稱沛公, 項羽爲大王, 稱范增爲將軍, 蓋當時自[8]相尊稱已如此, 後人謂未分王前, 不應有此號, 改稱羽爲將軍, 殊不知新及第未唱榜者, 未有不以先達稱之者耳[9].

馬史謂張良以"玉斗一雙奉大將軍足下", 又曰: "聞將軍有意督過." 兩處所稱將軍, 皆范增也. 後史改大將軍爲亞父, 而於下文督過處, 偶然仍舊不改, 古今人往往誤認[10]作項王督過.

羽初雖欲擊沛公, 旋因項伯之居間解之, 實無督過意. 良言乃如此, 則豈不反激其怒乎? 良意蓋謂項王之留飮自是好意, 而亞父却有相害意, 故不得不脫身逃難. 羽亦知擧玦舞劍之意, 故不復詰責.

此頗似劉先主檀溪事. 范增所恨豎子, 指項莊, 使莊深信亞父, 則雖有項伯之翼蔽, 數步之內, 何難下手? 彼見項王之元無怒意, 項伯之極力救護, 未必不以亞父爲耄耳. 今人亦多誤認豎子爲項羽. 增雖老臣, 不應有此謾辭.

8) [교감] 自: 연민문고본은 이 글자가 없다. 통문관본, 고려대본, 서울대본을 따른다.
9) [교감] 耳: 연민문고본은 '也'로 되어 있다. 통문관본, 고려대본, 서울대본을 따른다.
10) [교감] 認: 연민문고본은 '聽'으로 되어 있다. 통문관본, 고려대본, 서울대본을 따른다.

且下文"奪項王天下者必沛公," 文勢甚明.

🌿 평설

홍문지회는 홍문연이라고도 한다. 초한전쟁의 양쪽 영웅들이 대거 등장하며 초한의 대립 관계에서 국면이 전환되는 매우 중요한 계기였다. 홍문은 지금의 섬서성 임동구臨潼區 동쪽에 있다. 홍문지회 이후 이곳을 항왕영項王營이라고도 부른다. BC 210년에 진나라 시황제가 죽자 각지에서 난이 일어났는데, 그중에서 항우와 유방의 세력이 강대했다. 항우는 남방에서 진나라 땅을 침략해가며 함곡관函谷關에 이르렀는데, 그때는 이미 유방이 무관武關에서 관중關中으로 들어가 함양을 점령하고 방비를 굳게 한 뒤였다. 항우는 크게 노해 10만 군사를 홍문에 집결시켜 한나라 군을 격파할 태세를 과시하며 유방을 청했다. 당시 유방의 군사는 항우 군사의 4분의 1에 불과했다. 유방은 100여 기騎를 거느리고 홍문에 이르러 항우에게 사과했다. 항우의 모신謀臣, 모사에 뛰어난 신하인 아부 곧 범증은 항장을 시켜 칼춤을 추다가 유방을 죽이라고 했으나, 장량과 교분이 있었던 항백이 칼춤을 추면서 살해를 막았다. 그리고 유방은 부하 번쾌樊噲와 지장智將 장량의 계략에 따라 탈출하는 데 성공했다.

서포는 홍문연의 기사와 관련해서 『사기』의 사실적 기사를 반고가 『한서』에서 개작하면서 인칭을 개찬한 탓에 사건의 전개를 제대로 전달하지 못했다고 비판했다.

역사서의 왜곡

상—36

　지난 역사서가 기록한 것 가운데는 간혹 사건의 실상에 근접하지 않은 것들이 있다. 촉나라 선주^{유비}가 사마휘¹⁾에게 인물을 묻자, 사마휘는 "당시의 정무를 아는 것은 재주와 지혜가 뛰어난 인걸에게 달려 있습니다. 이곳에는 복룡과 봉추가 있는데, 제갈공명²⁾과 방사원³⁾이 그들입니다"라고 했다.⁴⁾ 이때 선주가 비로소 세간에 제갈공명이 있음을

---

1) 사마휘(司馬徽): 동한 말기의 영천(潁川) 사람. 자는 덕조(德操).
2) 제갈공명(諸葛孔明): 제갈량(諸葛亮). 삼국시대 촉(蜀)나라의 재상. 공명이 그의 자다. 융중(隆中)에 은거하다가 유비(劉備)의 막료가 되어, 삼분정립(三分鼎立)의 계책을 내 유비로 하여금 촉나라를 세우게 했다. 유비가 죽은 뒤 유조(遺詔, 임금의 유언)를 받들어 후주(後主) 유선(劉禪)을 보필하다 위(魏)나라의 사마의(司馬懿)와 오장원(五丈原)에서 대진(對陣) 중에 졸(卒)했다.
3) 방사원(龐士元, 179~214): 성명은 방통(龐統)으로, 삼국시대 촉한(蜀漢) 양양(襄陽) 사람. 사원이 그의 자이다. 유비가 익주(益州)를 얻을 때 큰 공을 세웠으나 낙성(雒城)으로 진격하는 도중에 유장(劉璋)의 부하인 장임(張任)이 매복한 병사의 화살을 맞아 낙봉파(落鳳坡)에서 죽었다. 그의 나이 36세였다. 유비는 그에게 관내후(關內侯)의 작위와 정후(靖侯)의 시호를 내렸다.
4) 사마휘는~라고 했다: 사마휘가 제갈량과 방통을 아울러 칭한 것은 『삼국지』「촉서蜀書·방통

알고 스스로를 굽혀서 삼고초려^{三顧草廬. 인재를 맞아들이기 위해 참을성 있게 노력함}했던 것은 다만 사마휘의 말을 믿을 수 있다고 여겼기 때문이다. 그러다가 제갈공명을 얻어서 물고기가 물에 의지하는 것 같은 인연을 맺게 되었으니[5], 사마휘의 말은 더욱 신뢰성이 있는 것으로 입증되었다. 그렇다면 방사원이 현명하다는 사실이 어찌 뚜렷하게 드러나지 않았겠는가?

하물며 제갈공명이 군주를 모시는 장막 안에서 조용히 계책을 올리고는 했으므로, 어찌 방사원의 이름을 진작에 잠깐이라도 언급하지 않았겠는가만, 이때 방사원은 오나라에서 유세 중이었으므로 제갈공명과 더불어 촉의 조정에 오르지 못했던 것이다. 그렇거늘 방사원이 오나라를 버리고 유비에게 돌아왔을 때, 어찌 고작 뇌양현^{耒陽縣}이란 곳의 일개 현령으로 삼고는 그가 현령의 직을 제대로 보지 않는다고 책망하는 지경에 이르렀는가?[6] 또 노숙의 서신을 보고서야 비로소 그가 고작 백리재^{百里才. 백 리의 작은 고을을 맡길 작은 인재} 정도가 아님을 알았단 말인가?[7] 이와 같은 것은 앞의 설과 뒤의 설 가운데 필시 어느 하나는 잘

<hr />

「방통전^{龐統傳}」의 배송지^{裴松之} 주^注에서 진^晉나라 습착치^{習鑿齒}의 『양양기^{襄陽記}』를 인용해, "제갈공명은 와룡^{臥龍}, 방사원은 봉추^{鳳雛}, 사마덕조는 수경이라 하는데, 모두 방덕공^{龐德公}이 붙인 말이다^{諸葛孔明爲臥龍, 龐士元爲鳳雛, 司馬德操爲水鏡, 皆龐德公語也}"라고 한 말에 나온다. 또한 『세설신어^{世說新語}』「언어^{言語}」의 주^注에, "유비가 시세^{時世, 그 당시의 세상}의 일을 덕조에게 묻자 덕조가 말하기를 '저 같은 속사^{俗士, 세속의 선비}가 어찌 당세의 요무^{要務, 중요한 임무}를 알겠습니까? 이 지방에 복룡^{伏龍}과 봉추^{鳳雛}가 있지 않습니까'라고 했다. 이는 제갈공명과 방통을 말한다"라고 했다.

5) 제갈공명을~맺게 되었으니: 『삼국지』권35 「촉서^{蜀書}·제갈량전^{諸葛亮傳}」에 "선주^{유비}가 관우와 장비의 화를 풀며 말하기를 '나에게 공명^{孔明}이 있는 것은 물고기에게 물이 있는 것과 같다. 너희들은 다시금 이에 대해 언급하지 말았으면 한다^{孤之有孔明, 猶魚之有水也. 願諸君勿復言}"고 나온다. 이후 어수지계^{魚水之契}는 군신간에 서로 믿고 의지함이 깊은 교계^{交契}를 뜻하는 말로 쓰이게 되었다.

6) 방사원이~이르렀는가: 방통이 손권의 곁을 떠나 유비에게 갔을 때, 유비는 그 용모가 추한 것을 보고 뇌양현의 현령을 시켰다. 방통이 그곳에서 임무를 제대로 수행하지 않자, 장비가 그를 벌하러 갔다. 장비의 호통을 듣고 방통은 수개월 밀린 민원을 단숨에 처리했다. 장비는 사죄하고 그를 유비에게 천거했다.

못일 것이다.

前史所錄, 間有不近事情處. 蜀先主訪士於司馬徽, 徽曰: "識時務, 在[8] 俊傑. 此間有伏龍·鳳雛, 諸葛孔明·龐士元也." 是時先主始知世間有諸葛亮, 而猥自枉屈三顧草廬者, 徒以徽之言可信也. 及得孔明而托魚水之契, 則徽言於是益驗, 而士元之賢, 亦豈不明著乎?

況孔明之從容帷幄, 士元之名, 何嘗不在於齒牙間, 而時士元游說吳中, 故未能與之同升矣. 然[9]則士元之捐吳歸劉, 何至以爲一縣令而責其廢事, 又何待子敬之書, 始知[10]非百里才乎? 若此者, 前後說必有一誤.

🌿 평설

서포는 역사서의 기록에 간혹 사건의 실상에 근접하지 않은 것들이 있다고 보았다. 사마휘가 유비에게 제갈량과 함께 방통을 인걸로서 언급했거늘, 뒷날 방통이 오나라를 버리고 귀의했을 때 그를 제대로 알아보지 못한 것은 그 한 가지 예이다. 서포는 사마휘가 유비에게 방통을 천거했다는 기록이 잘못이거나, 뒷날 귀의했을 때 유비가 방통을 제대로 알아보지 못한 것이 잘못이라고 했다. 모순율을 이용해 역사 기록의 진실성을 따진 것이다.

---

7) 노숙(魯肅)의~알았단 말인가: 『삼국지』 권37 「촉서·방통전」에 보면, 노숙이 유비에게 서찰을 보내 "방사원은 백 리의 작은 고을을 맡길 작은 인재가 아니다. 그에게 치중(治中, 주의 자사) 별가(別駕, 자사의 보좌)의 임무를 맡겨야만 천리마처럼 치달릴 수 있을 것이다"라고 권유했다.

8) [교감] 在: 연민문고본은 '著'로 되어 있다. 통문관본, 고려대본, 서울대본을 따른다.

9) [교감] 然: 연민문고본은 이 아래에 '時'가 있다. 군더더기이다. 통문관본, 고려대본, 서울대본을 따른다.

10) [교감] 知: 연민문고본은 이 아래에 '其'가 있다. 통문관본, 고려대본, 서울대본을 따른다.

방효유[1]는 수경水鏡 사마휘[2]가 제갈공명과 방사원[3]을 나란히 칭송한 것[4]이 잘못이라고 했는데,[5] 그 말은 옳다. 제갈무후제갈량는 이윤伊尹

---

1) 방효유(方孝孺, 1357~1402): 명나라 절강성 영해(寧海) 사람. 자는 희직(希直)·희고(希古), 호는 손지재(遜志齋). 시호는 문정(文正). 정학선생(正學先生)이라 일컬어졌다.

2) 사마휘(司馬徽). 자는 덕조(德操). 앞에 나왔다.

3) 방사원(龐士元, 179~214): 방통. 삼국시대 촉한 양양(襄陽) 사람. 사원은 그의 자이다. 앞에 나왔다.

4) 사마휘가~칭송한 것: 사마휘가 제갈량과 방통을 나란히 칭송한 것은 『세설신어世說新語』에서 알 수 있다. 곧, 『세설신어』 「언어言語」의 주(注)에, "유비가 시세(時世)의 일을 덕조에게 묻자 덕조가 말하기를, '저 같은 속사(俗士)가 어찌 당세의 요무(要務)를 알겠습니까? 이 지방에 복룡(伏龍)과 봉추가 있지 않습니까'라고 했다. 이는 제갈공명과 방통을 말한다"라고 했다. 한편, 『삼국지』 권37 「촉서蜀書·방통전龐統傳」의 배송지(裴松之) 주(注)에서는 진(晉)나라 습착치(習鑿齒)의 『양양기襄陽記』를 인용해, "제갈공명은 와룡(臥龍), 방사원은 봉추(鳳雛), 사마덕조는 수경이라 하는데, 모두 방덕공(龐德公)이 붙인 말이다(諸葛孔明爲臥龍, 龐士元爲鳳雛, 司馬德操爲水鏡, 皆龐德公語也)"라고 했다.

5) 방효유는~잘못이라고 했는데: 방효유의 이 말은 『손지재집遜志齋集』 권5 「방통」에 보인다. 방효유는 유학자라면 학문과 경세(經世, 세상을 다스림)를 두루 겸비해야 한다고 강조하며, 제갈공명은 두 가지에 통달했지만 방통은 군주인 유비를 단지 패자(覇者)로 만들기에 급급했다고 평가했다.

과 여망呂望에 필적하거늘 어찌 방사원이 짝이 될 수 있겠는가? 그러나 방사원은 불행히도 빗나간 화살에 맞아 요절해서[6] 재주를 다 펼치지 못했다. 그러나 촉나라 사람이 역사를 쓸 때 이순二荀의 반열에 올려놓았고[7] 또 그의 북방에 대한 건의[8]에 대해 합당하지 않다는 말을 듣지 못했다. 이것으로 방사원의 재주를 상상할 만하다.

---

6) 불행히도~요절해서: 방통은 214년 익주(益州)를 치기 위해 낙성(雒城, 지금의 사천성 광한廣漢 북쪽)에서 싸우다가 빗나간 화살에 맞아 죽었다. 이때 그의 나이 36세였다.

7) 이순(二荀)의 반열에 올려놓았다: 순욱(荀彧)과 순유(荀攸)를 가리키는 듯하다. 『서포만필』의 바로 다음 항(상-38)에 이순이란 말이 나오고 이순이 순욱과 순욱의 조카 순유를 가리킨다는 것과, 『삼국지』의 편찬자 진수(陳壽)가 파서군(巴西郡) 안한현(安漢縣, 지금의 사천성 남충시南充市) 사람으로, 본문에서 가리키는 촉나라 사람일 것이라는 정황 등이 그 방증이다. 『진서晉書』권39 「순개전荀闓傳」에 다음과 같은 말이 있다. "위나라 왕 명제(明帝)가 일찍이 가만히 왕이(王廙)에게 묻기를, '이순 형제 가운데 누가 더 뛰어난가' 하자, 왕이는 순개의 재주와 명철함이 순수(荀邃)보다 낫다고 했다. 명제가 그 말을 유량(庾亮)에게 하자, 유량은 '순수의 진실되고 순수한 바탕은 순개라고 해도 미치지 못합니다'라고 했다. 이로써 의론하는 자들은 그 형제의 우열을 확정하기 어렵다고 했다(明帝嘗從容問王廙曰: 二荀兄弟孰賢? 廙答以闓才明過邃. 帝以語庾亮, 亮曰: 邃眞粹之地, 亦闓所不及. 由是議者莫能定其兄弟優劣)." 한편 『삼국지』「촉지·방통전」 말미의 평어는 방통을 위(魏)나라 순욱에 견주었다. "평한다. 방통은 아호(雅好, 우아하고 멋짐)한 부류로서, 경학이 있고 사려가 깊어서, 당시 형초(荊楚)에서는 그를 고준(高俊)이라 했다. …… 그를 위나라 신하에 견준다면, 순욱의 중숙(仲叔, 형제 항렬)이라고 할 만하다(評曰: 龐統雅好人流, 經學思謀, 于時荊楚謂之高俊. … 擬之魏臣, 統其荀彧之仲叔)."

8) 북방에 대한 건의: 건안(建安) 16년(211) 조조(曹操)가 종요(鍾繇)를 보내 한중(漢中)에 군대를 주둔시키자 익주목(益州牧) 유장(劉璋)은 두려워하며 어찌할 바를 몰랐다. 이에 법정(法正)에게 군사 4000을 주어 형주(荊州)로 유비를 찾아가 촉으로 들어오게 했다. 유비는 형주에 제갈량과 관우 등을 남겨두고 친히 보병 수만 명을 이끌고 익주로 들어갔다. 그가 촉에 들어가자 유장은 군사와 군량미를 내주어 한중의 황건적 장로(張魯)를 치게 했다. 유비는 군사 3만을 이끌고 가맹(葭萌, 지금의 사천성 광원廣元)으로 가서 얼마 되지 않아 장로를 토벌하고 민심을 수습했다. 이때 방통은 유비에게 익주를 취하도록 건의하고 유비는 이를 따랐다. 익주를 도모하는 계책은 『삼국지』권37 「촉서·방통전」에 자세히 나온다. 방통은 대개 세 가지 계략을 건의했다. 첫째는 한중을 치러 가는 척하면서 정예 병사를 모아 밤낮으로 달려가 방비가 허술한 유장을 치는 것이고, 둘째는 유장의 장수인 양회(楊懷)와 고패(高沛)를 속여 그들을 사로잡고 군대를 빼앗아 곧장 성도로 진격하는 것이며, 셋째는 백제성(白帝城)에 물러나 있다가 형주의 군사와 연합해 서서히 익주를 도모하는 것이다. 유비는 두번째 계책을 선택했다. 이때 조조가 손권을 공격했고 손권이 유비에게 원병을 청하자 유비는 구원하기 위해 동쪽으로 향했으나 유장은 겨우 군사 4000을 내주었다. 이에 유비는 격노해 양회와 고패를 베고 성도로 진격했다. 낙성을 포위하여 공격한 지 1년 만인 214년에 함락시키고 성도로 향하자, 유장이 나와서 항복했다.

아아, 안타깝다! 만약 방사원이 죽지 않고 소열황제^{유비}를 좌우에서 보좌하며 양주^{梁州}와 익주^{益州}를 진무하고, 제갈공명, 관운장^{관우}과 함께 형주와 양주^{襄州}에 있으면서 동쪽으로는 손권을 압박하고 북쪽으로는 조조를 밀쳐냈더라면, 한나라의 중흥을 거의 이루지 않았겠는가?

方正學以水鏡之幷稱葛·龐爲非, 其言是矣. 武侯乃伊·呂之匹, 豈有其倫哉? 然士元不幸殀於矢石, 未究其用, 而蜀人作史, 班之二荀, 而北方之論, 未聞有不厭者, 其才亦可想也.

嗟呼, 惜哉! 使士元而不死, 左右⁹⁾昭烈, 鎭撫梁·益, 而孔明·雲長, 同在荊·襄, 東壓孫權, 北蹴曹操, 則漢之中興, 其有不十全者乎?

🍃 평설

명나라 학자 방효유는 제갈량과 방통을 비교해 제갈량은 학문과 경세를 겸비했으나 방통은 군주를 패자로 만들려 급급했다고 논했다. 서포는 그 견해에 동의하면서도, 방통 역시 큰 재주를 지녀서 유비의 정권을 도왔더라면 한나라의 중흥을 가져왔으리라고 평했다. 방효유의 논설은 그의 문집 『손지재집』권5 「방통」에 나온다.

사마휘는 제갈공명과 방통을 병칭했는데, 나는 가만히 의문을 지니고 있다. 논자는 방통이 일찍 죽어서 그 공훈과 업적이 제갈공명에 미치지 못한다고 애석해했다. 나는 생각하기를, 만일 방통이 죽지 않았다고 해도 결국 제갈공명에 견줄 수는 없다고 본다. 제갈공명의 학문은 거의 왕도^{王道}에 가깝되, 방통의 말은 교사^{矯詐}를 부리고 공리^{功利}를 좇는

---

9) [교감] 右: 서울대본은 '佐'로 되어 있다. 통문관본, 고려대본, 연민문고본을 따른다.

습벽이 있다. …… 방통은 그 군주를 인의(仁義)로 보필해 커다란 신의를 천하에 펼치지 못하고, 군주를 인도해 제나라 환공·진나라 문공이 했던 패도의 일을 하도록 했으니, 그 재주와 지혜는 일컬을 만하지 못하다. 어디 준걸의 면모가 있는가?(然徽以孔明龐統并稱, 吾竊有疑焉. 論者惜統早死, 故功業不及孔明. 余謂使統不死, 終非孔明比也. 孔明之學, 庶乎王道, 而統之言, 皆矯詐功利之習. … 統不能輔其主以仁義, 敷大信於海內, 而導之爲齊桓晉文所爲之事, 其才智不足稱矣. 安在其爲俊傑哉)

서포는 역사적 인물에 대한 이른바 철안(鐵案, 변하지 않는 단안)을 묵수(墨守, 옛 관습을 굳게 지킴)하지 않고 스스로의 기준에 따라 새로운 평가를 시도했다.

정사 『삼국지』의 제갈량 기록

상-38

    세상에서는 대부분 진수[1]가 자기 아버지가 제갈무후^{제갈량}에게 머리 깎이는 형벌을 당했기 때문에[2] 『삼국지』에서 제갈공명이 용병술에 뛰어나지 않다고 기론^{譏論. 조롱하는 어투로 논함}했으며, 또 제갈공명을 관중[3]과 소하[4]에 버금간다고 여겼다 한다.[5] 이는 아마 그렇지 않을 것이다.

    진수는 제갈공명이 상벌을 시행한 것이 공평하다고 대단히 칭찬했다.[6] 심지어 "사람을 살리는 도로써 사람을 죽였으므로 비록 그 사람

---

1) 진수(陳壽, 233~297): 서진(西晉)의 역사가. 파서군(巴西郡) 안한현(安漢縣) 사람.

2) 진수는~당했기 때문에: 『진서晉書』 권82 「진수전陳壽傳」에 나온다.

3) 관중(管仲): 춘추시대 제(齊)나라의 재상(宰相). 영상(潁上, 지금의 안휘성 서북부) 사람으로, 이름은 이오(夷吾).

4) 소하(蕭何, ?~BC 168): 한나라 패(沛) 땅 사람. 고조를 도와 한나라 조정을 세웠다.

5) 『삼국지』에서~여겼다 한다: 진수가 제갈량의 용병술에 대해 평하고 관중과 소하에 버금간다고 한 내용은 『삼국지』 권35 「촉서·제갈량전」에 인용된 진수의 표문(表文)과 평(評) 등에 보인다. 용병술과 지략에 대해서는 "군사를 다스리는 데는 뛰어났으나 기발한 모책은 모자랐다(於治戎爲長, 奇謀爲短)"라든가 "하지만 해마다 많은 병졸들을 동원하고도 공을 이룰 수 없었으니, 대개 임기응변과 장략(將略, 장수로서의 지략)은 그의 장점이 아니었도다(然連年動衆, 未能成功, 蓋應變將略, 非其所長歟)"라고 했다.

이 죽음에 처해졌어도 원망하지 않았다"고까지 했다.[7] 만약 진수가 자기 아버지의 형벌에 유감이 있었다면 역사서를 기록하는 말이 반드시 이와 같지는 않았을 것이다. 아마도 진수의 아버지가 머리 깎이는 형벌에 처해졌다는 것은 반드시 실상과 부합하는 말이 아닐 것이다. 만약 그것이 사실이라면 진수의 마음이 공평했음을 볼 수 있다.

　사람의 감정은 귀로 듣는 것을 귀하게 여기고 눈으로 보는 것을 천하게 여기지 않음이 없다.[8] 만약 성취한 바의 넓고 좁은 바에 대해 논한다면 제갈공명을 어찌 관중과 소하에 견줄 수 있겠는가? 진수가 제갈공명을 논평해 관중과 소하에 버금간다고 말한 것은 제갈공명을 대단히 존경한 것이지 폄하한 것이 아니다. 용병술이 뛰어나지 않았다고 운운한 것은 제갈공명이 절제節制, 기율을 갖춤의 군사[9]를 운용해서 만전을

---

6) 제갈공명이~대단히 칭찬했다: 『삼국지』 권35 「촉서·제갈량전」에 다음과 같은 말이 있다. "충성을 다해 시대에 보탬을 주는 자는 비록 원수라 해도 반드시 상을 주고, 법을 위반하고 게으른 자는 비록 친척이라 해도 반드시 벌을 내렸다. 죄를 자복하고 실정을 토로하는 자는 비록 중벌이라 해도 풀어주고, 언사를 이용해 수식을 교묘하게 하는 자는 경죄라 해도 반드시 죽였다. 선행은 아무리 미약하더라도 상을 주지 않는 것이 없고, 악은 아무리 미세하더라도 폄척(貶斥, 벼슬을 떼어 물리침)하지 않는 것이 없었다. 모든 일을 정련(精練)하여 사물의 이치를 그 근본으로 삼고, 자리에 합당한 책임을 지우며, 허위(虛僞)에는 관계하지 않았다. 마침내 방역(邦域, 나라 안)의 안에서 모든 사람들이 외경하고 사랑해, 형벌과 정치가 비록 준엄하다 해도 원망하는 자가 없었으니, 그가 마음을 씀이 공평하고 권계가 분명했기 때문이다(盡忠益時者, 雖讐必賞, 犯法怠慢者, 雖親必罰, 服罪輸情者, 雖重必釋, 游辭巧飾者, 雖輕必戮, 善無微而不賞, 惡無纖而不貶, 庶事精練, 物理其本, 循名責實, 虛僞不齒, 終於邦域之內, 咸畏而愛之, 刑政雖峻而無怨者, 以其用心平而勸戒明也)."
7) 사람을 살리는 도로써~않았다고까지 했다: 이 말은 진수가 『맹자』의 말을 인용해 제갈량을 평한 것이다. 『맹자』 「진심盡心·상」에, "편안하게 해주는 방법으로 백성을 부리면 비록 수고로우나 백성들이 원망하지 않으며, 살려주는 방법으로 백성을 죽이면 비록 죽더라도 죽이는 자를 원망하지 않는다(孟子曰: 以佚道使民, 雖勞不怨. 以生道殺民, 雖死不怨殺者)"라고 했다.
8) 사람의 감정은~않음이 없다: 귀로 전해 들은 것만을 믿고 눈으로 직접 본 사실에 대해서는 믿지 않는다는 말. 장형(張衡)의 「동경부東京賦」에, "그대 같은 사람은 말하자면 학문을 하지 않아 겉만 간신히 이해하여, 귀는 존귀하게 여기면서 눈은 천하게 여기는 자입니다(若客所謂未學膚受, 貴耳而賤目者也)"라고 했다.
9) 절제(節制)의 군사(軍師): 춘추시대 제(齊)나라 재상 관중(管仲)이 태공(太公)의 병법을 닦아서 기율을 갖춘 군사를 둔 것을 가리킨다.

기하는 데 힘썼으므로 세속에서 제갈공명이 기이하고 속이는 계책을 쓰지 않았음을 탓하는 견해가 있었기 때문에 그런 것이다. 같은 시대의 위연[10]과 후세의 소식의 말[11]이 모두 이와 같으니, 단지 진수만 그런 것이 아니다. 그러나 진수는 제갈공명의 문집을 엮고 천자에게 올린 표문[12]에 이르기를, "(제갈공명이) 대적하는 상대는 혹 걸출한 인물을 만나기도 했다"고 했고, 그 끝에서는 또한 "천명天命으로 어쩔 수 없는 일이었다"고 돌리고 있다.[13] 이것이 어찌 정말로 용병술이 부족하다고 여겨 그런 것이겠는가?

진수가 『삼국지』의 열전을 엮으면서 제갈공명은 독전獨傳, 단일 인물의 전만을 독립시킴으로 하고, 방통과 법정[14], 이순[15]과 가후[16]는 동전同傳, 복수 인물의전을 함께 묶어둠으로 한 것을 보더라도 견식이 탁월함을 알 수 있다.[17] 만약 진수가 위魏는 '황제'라 칭하고 촉蜀은 '적구敵寇, 외적'라 칭했다고 해서 그를 문책하려 한다면,[18] 진수가 그렇게 한 것이 어찌 그만둘 수 있는데

10) 위연(魏延, ?~234): 의양(義陽, 하남성 동백동백桐柏) 사람. 자는 문장(文長).

11) 소식(蘇軾)의 말: 제갈량에 대한 소식의 평론은 『동파전집』 권43 「제갈량론諸葛亮論」에 나온다.

12) 표문(表文): 진수가 『촉상제갈량집蜀相諸葛亮集』을 편찬하고 상주(上奏)한 글이 목록과 함께 『삼국지』 권35 「촉서·제갈량전」에 실려 있다.

13) (제갈공명이) 대적하는~돌리고 있다: 표문의 내용은 다음과 같다. "그가 대적하는 상대들은 혹 걸출한 인물들이었으며, 게다가 중과부적(衆寡不敵, 적은 수효가 많은 수효를 대적하지 못함)하고 공격과 수비에 방법을 달리했으므로, 비록 해마다 군사를 일으켰으나 승리를 거둘 수 없었다. …… 대개 이는 천명에 돌릴 것이지 사람의 재주와 능력으로 다투어 얻을 수 있는 것이 아니다(而所與對敵, 或值人傑, 加衆寡不侔, 攻守異體, 故雖連年動衆, 未能有克. … 蓋天命有歸, 不可以智力爭也)."

14) 법정(法正): 촉의 모사로, 자는 효직(孝直).

15) 이순(二荀): 순욱(荀彧)과 순유(荀攸). 위나라 모사, 순유는 순욱의 조카.

16) 가후(賈詡): 위나라 모사로, 자는 문화(文和).

17) 진수는~알 수 있다: 『삼국지』는 제갈량을 권35(『촉서』)에 단독으로 입전했고, 권37에서는 방통(龐統)과 법정 두 사람을 하나의 전 속에 나란히 입전했다. 한편 순욱과 순유, 가후는 『삼국지』 권10(「위서魏書」)에 하나의 전으로 입전했다.

18) 만약 진수가~문책하려 한다면: 진수는 처음에 촉(蜀)에 벼슬하다가 환관 황호(黃皓)의 전횡

도 그렇게 한 일이겠는가?

世多謂陳壽父被髡於武侯, 故[19]『國志』譏孔明用兵非長, 又[20]以爲管·蕭
亞匹, 此殆不然. 壽極稱孔明刑賞之公平, 至謂: "以生道殺人, 雖死不怨."
苟有憾於其父之刑, 其言必不如此. 恐'壽父被髡'云者, 未必是實狀. 苟其實
也, 足見斯人之心公也.

人情莫不貴耳賤目, 而若論所就之闊狹, 則孔明豈得比管·蕭乎? 謂之亞
匹者, 此乃尊榮之至, 非貶之也. 若其用兵云云者, 孔明節制之師, 務出萬
全, 故世俗之論, 嫌其不用奇詐. 同時魏文長, 後世蘇子瞻之言, 皆如是, 非
獨壽也. 然其表文有曰: "與之對敵, 或値人傑." 末又歸之天命之不可强, 此
豈眞以爲短於用兵者哉?

觀其以孔明[21]獨傳, 龐統與法正同傳, 二荀與賈詡同傳, 見識之卓可知.
若以帝魏寇蜀罪壽, 則是豈得已者乎?

🌿 평설

역사가는 사사로운 감정을 극복하고 역사 서술에서 객관적 위치를
견지할 수 있는가? 서포는 정사 『삼국지』의 저자 진수의 경우에서 그
문제를 사색했다. 진수의 아버지는 촉한蜀漢 마속馬謖의 참군參軍이었는

으로 인해 벼슬을 그만두고 후에 진(晉)에서 벼슬했다. 서진(西晉)은 위나라 신하였던 사마의
(司馬懿)의 자손들이 위나라를 이어 통치했으므로, 진수는 위를 정통으로 보아 본기(本紀)에
넣고 '제(帝)'라 칭했으며, 촉과 오는 열전(列傳)에 싣고 '주(主)'라 칭했다. 이것이 나중에 정
윤론(正閏論, 바른 계통인지 가외의 계통인지에 대한 논쟁)을 불러일으키는 원인이 되었지
만, 촉에 관한 기사는 호의를 가지고 상세히 썼다.

19) [교감] 故: 연민문고본은 이 아래에 '三'이 있다. 통문관본, 고려대본, 서울대본을 따른다.
20) [교감] 又: 연민문고본은 '江'으로 되어 있다. 통문관본, 고려대본, 서울대본을 따른다.
21) [교감] 明: 연민문고본은 이 아래에 '爲'가 있다. 통문관본, 고려대본, 서울대본을 따른다.

데, 건흥建興 6년[228] 제갈량이 위魏나라를 정벌할 때 마속을 선봉으로 삼았으나 제갈량의 계책을 따르지 않고 군사행동에 실책이 있어 가정街亭 전투에 패한 죄로 주살되었다. 이때 진수의 아버지는 연좌되어 머리 깎이는 곤형髡刑에 처해졌고, 제갈량의 아들 제갈첨諸葛瞻도 진수를 가벼이 여겼다. 그래서 진수는 『촉지蜀志』를 편찬할 때 자신의 증오심 때문에 제갈량을 나쁘게 평했다고 전한다.

한편 소식은 『동파전집』 권43 「제갈량론」에서, 제갈량이 강대국인 조조에 맞설 수 있었던 것은 구구區區한 충신忠信으로 인인지사仁人志士. 어진 사람과 고매한 뜻을 품은 사람의 중망重望. 두터운 명망을 얻었기 때문일 뿐이라고 했다. 또 세 가지 사례를 들어 제갈량의 과오와 실책을 말했다. 첫째 형주荊州의 유표劉表가 죽었을 때 그 아들을 불의에 습격하자고 했던 사건, 둘째 익주목益州牧 유장劉璋이 유비를 촉으로 맞이했을 때 불과 서너 달만에 성도成都를 빼앗고 유장을 유폐시킨 사건, 셋째 조조가 죽었을 때 그 아들 조비曹丕와 조식曹植 사이를 뇌물로 이간시키지 못한 것 등이다. 그러나 서포라면 제갈량이 뇌물로 조비 형제를 이간시키지 않았던 점을 들어 제갈량이 사술詐術. 삿된 술책을 쓰지 않았음을 입증했을 것이다.

조조, 제갈량, 사마의의 용병술

상-39

조맹덕, 제갈공명, 사마중달[1]의 용병술과 방략方略. 어떤 일을 꾀하는 방법과
계략은 서로 같지 않은 듯하지만, 역시 대적하는 자가 어떠한가에 따라
차이가 있었을 뿐이다.

조조의 병법이 특히 권모權謀. 임기응변에 능한 계략에 뛰어나다고 일컬어지
는 것은 대개 이원二袁 · 여포呂布 · 한수韓遂 · 장로張魯 같은 무리를 속임수
로 우롱할 수 있었기 때문이다. 그러나 제갈공명의 「후출사표」에서 언
급했듯이 조조는 네 번이나 소호巢湖. 안휘성에 있는 호수를 넘어가서 망루를
쌓고 중모仲謀. 손권孫權와 대치하게 되자 땅에 경계선을 그어 한 발자국도
나아갈 수 없었다.[2] 이것은 제갈공명과 사마중달이 위빈渭濱에서 서로

---

1) 조맹덕, 제갈공명, 사마중달: 조맹덕은 위(魏)나라 무제(武帝) 조조(曹操, 155~220), 제갈공
  명은 곧 제갈량이다. 사마중달은 진(晉)나라 선제(宣帝)로 추존된 사마의(司馬懿, 179~251)
  를 가리킨다.
2) 네 번이나 소호(巢湖)를~나아갈 수 없었다. 제갈량이 「후출사표後出師表」에서 평소 의혹으로
  여기던 바를 진술하는 가운데 네번째 의혹에 '조조가 네 번 소호를 건너갔으나 성공하지 못한
  사실'을 언급했다. 소호는 중국 안휘성 중부에 있는 큰 호수로, 초호(焦湖)라고도 한다.

대치했던 것과 무엇이 다른가?[3] 제갈공명이 칠종칠금[4]한 일이나, 사마중달이 맹달[5]을 사로잡고 공손연[6]을 참수한 것으로 말하면, 어찌

---

3) 제갈공명과~무엇이 다른가: 건흥(建興) 12년(234) 봄에 제갈량은 전군을 이끌고 야곡(斜谷)으로 출병하여 유마(流馬)로 군수물자를 운반하고 무공(武功)의 오장원(五丈原)을 거점으로 삼아, 사마의와 위남(渭南)에서 대치했다. 제갈량은 매번 군량이 끊겨 자신의 뜻을 펴지 못할까 근심하여, 군사를 나누어 둔전(屯田)하도록 하여 장기간 주둔할 수 있는 기반을 삼았다. 밭 가는 군사가 위빈의 백성들과 섞여 지냈으나 백성들은 편안히 지내며 군사들도 백성들의 물건을 사사로이 뺏는 일이 없었다. 서로 대치한 지 100여 일 만에 제갈량은 병들어 군중에서 숨을 거두게 된다. 촉(蜀)의 군대가 물러가자 사마의는 촉군의 군영을 둘러보고 "천하의 기재(奇才)로다"라고 말했다. 「제갈량전」에 나온다.

4) 칠종칠금(七縱七擒): 제갈량이 남방으로 출병했을 때 일곱 차례 맹획(孟獲)을 사로잡고 다시 일곱 차례 풀어준 끝에 맹획이 성심으로 복종한 일을 말한다. 유비가 죽은 후 제갈량은 각지에서 일어난 반란을 수습하기 위해 이간책을 썼다. 그 결과 반란군의 장수인 맹획을 사로잡았다. 맹획을 생포한 제갈량은 오랑캐로부터 절대적 신임을 받고 있는 그를 죽이기보다는 오랑캐의 마음을 얻기 위해 맹획을 풀어주었다. 고향에 돌아온 맹획은 전열을 정비해 다시 반란을 일으켰고, 제갈량은 맹획을 다시 사로잡았지만 또 풀어주었다. 이렇게 하기를 일곱 번 만에 맹획은 마침내 제갈량에게 마음속으로 복종하게 되었다. 『삼국지』 권35 「촉서·제갈량전」에 다음과 같은 기록이 있다. "제갈량은 많은 병사를 이끌고 남쪽으로 정벌했으니, 그 가을은 모두가 평안했다(亮率衆南征, 其秋悉平)." 그리고 배송지(裴松之) 주(注)는 『한진춘추漢晉春秋』를 인용해 다음과 같이 말했다. "제갈량이 남중(南中)에 이르러 가는 곳마다 싸워서 승리를 했다. 맹획이란 자가 이민족이나 한족 모두에게 복종을 받는다는 말을 듣고 현상금을 걸어 생포해 데려오도록 했다. 그를 붙잡은 뒤에 군영과 진지 등을 보게 하고는, '이 군대는 어떠냐'라고 물었다. 맹획은 '앞서는 허실을 몰랐기 때문에 패했다. 지금은 덕분에 군영과 진지를 보았는데, 만약 이런 정도라면 틀림없이 쉽게 이길 것이다'라고 대답했다. 제갈량은 웃으면서 놓아주고는 다시 싸우기를 칠종칠금했는데, 제갈량은 오히려 맹획을 떠나게 했다. 맹획은 가지 않고 머물러, '공은 천위(天威, 제왕의 위엄)이시니, 남방 사람들이 다시는 배반하지 않을 것입니다'라고 했다(亮至南中, 所在戰捷. 聞孟獲者, 爲夷漢所服, 募生致之. 旣得, 使觀於營陳之間, 問曰: '此軍何如?' 獲對曰: '向者不知虛實, 故敗. 今蒙恩觀看營陳, 若祇如此, 卽定易勝耳.' 亮笑, 縱使更戰, 七縱七禽, 而亮猶遣獲. 獲止不去, 曰: '公, 天威也, 南人不復反矣.')."

5) 맹달(孟達, ?~228): 후한의 부풍(扶風) 사람. 자는 자도(子度). 젊어서 촉(蜀)에 들어가 유장(劉璋)에게 귀의했다가 유비가 촉에 들어가자 의도태수(宜都太守)가 되었다. 뒤에 관우를 돕지 않은 죄가 두려워서 부하를 이끌고 위(魏)로 귀의해 문제(文帝)의 총애를 받았다. 문제가 죽자 맹달은 강등을 자원해 변방의 임무를 맡았는데, 마음속으로 불안해했다. 제갈량이 그 소식을 듣고 회유하자, 맹달은 여러 차례 제갈량과 편지를 주고받으며 촉으로 귀의하고자 했다. 그러나 그와 사이가 나빴던 위흥태수(魏興太守) 신의(申儀)가 그 사실을 밀고하자, 이를 두려워한 맹달이 태화(太和) 원년(227) 12월에 신성(新城, 지금의 호북성 방현房縣)에서 반란을 일으켰다. 사마의는 완(宛, 지금의 하남성 남양南陽)에서 달려와 8일 만에 성 아래에 이르러 군대를 나누어 보내 오(吳)와 촉(蜀)의 원군을 격파하고, 이듬해 정월에 성을 공격해 16일 만에 함락시키고 맹달을 참수했다. 맹달은 완의 지세가 험준하므로 사마의가 친히 출병하지 않

귀신이 바람을 일으키고 우레를 일으키는 격이 아니었던가?

曹孟德・諸葛孔明・司馬仲達之用兵方略, 似乎不同, 而亦在所與對敵者
之何如[7]耳. 曹公之兵, 特以權謀稱者, 盖以二袁・呂布・韓遂・張魯輩, 可以
詭計愚之也. 及其四越巢湖, 與仲謀對壘, 則劃地而不能進一步, 與孔明・仲
達相持渭濱何異? 若孔明之七縱七擒, 仲達之擒孟達斬公孫, 又何其如鬼神
風雷哉?

평설

서포는 조조, 제갈량, 사마의의 용병술과 방략을 비교해, 큰 차이는
대적하는 자가 누구인가에 달려 있고, 실제로는 서로 능력이 같다고
했다. 도덕주의적 관점을 배격하고 실제 현실을 중시하는 관점에서 그

을 것이고 완과 신성(新城)의 거리가 1000리나 되기 때문에 사마의 쪽의 군대가 오려면 한 달
이상 걸릴 것이라고 판단했다. 그러나 사마의의 군대가 이르자 맹달은 제갈량에게 "내가 거
사(擧事)한 지 겨우 8일 만에 적군이 이미 성 아래에 당도하다니 어찌 그리 신속한가"라고 했
다. 『진서晉書』 권1 「제기帝紀・고조선제高祖宣帝」에 나온다.
6) 공손연(公孫淵): 요동태수(遼東太守) 공손문의(公孫文懿). 태화 2년(228) 공손연은 숙부 공손
공(公孫恭)의 자리를 빼앗아 요동태수가 되었다. 오나라 손권은 공손연을 회유하기 위해 보물
과 사신을 보냈으나, 공손연은 사신의 목을 베어 위나라로 보냈다. 그 뒤 공손연은 스스로 연
왕(燕王)이라 칭하고 선비족을 끌어들여 위나라를 침략하게 했다. 청룡(靑龍) 4년(236) 공손
연이 반란을 일으키자 위(魏) 명제는 사마의(司馬懿)에게 반란을 진압하도록 명했다. 경초(景
初) 2년(238) 사마의는 요수(遼水)에 이르러 주둔했는데, 공손연은 요수(遼隧)에서 저항하며
성을 견고히 했다. 사마의는 공손연의 본거지였던 양평(襄平)으로 곧장 향하여 점령했다. 마
침 연일 장맛비가 내리자 부장들 가운데 철군을 건의하는 이도 있었으나, 사마의는 적군이 자
신의 군대보다 수가 많아 적군의 군량미가 금방 바닥 날 터이므로 비가 멎자마자 속전해야 한
다고 주장했다. 비가 그치고 맹렬한 공격을 받은 공손연은 크게 두려워 인질을 교환해 강화할
것을 제의했다. 사마의가 강화를 거절하자 공손연은 남쪽으로 공격해 들어갔으나 사마의의
군대에게 패하여 참수당했다. 사마의는 그해 8월에 공손연의 머리를 낙양으로 올려 보냈다.
『진서』 권1 「제기・고조선제」에 나온다.
7) [교감] 何如: 연민문고본은 '如何'로 되어 있다. 통문관본, 고려대본, 서울대본을 따른다.

렇게 논평한 것이다.

조조는 권모술수에 뛰어나 원술·여포·한수·장로를 속임수로 우롱했다. 한편 제갈량은 맹획을 칠종칠금하고 사마의는 공손연을 참수해 '귀신이 바람을 일으키고 우레를 일으키는' 신출귀몰한 병법을 과시했다.

당나라 고조를 도와 공을 세운 유문정[1]이 죽은 것은 그의 죄 때문이 아니다. 당나라 고조를 도와 공을 세운 배적[2]도 죄로 폄적되어 죽었으나 그 죄 또한 후군집[3]에게 비할 바가 아니다. 태종은 그들의 영지와 관작을 회복시켜주고 능연각[4]에 초상을 걸었어야 했다.

유문정은 현명함에서는 방현령과 두여회[5]에게 미치지 못하지만, 공

---

1) 유문정(劉文靜): 당나라 고조를 도와 난을 평정하는 데 지략을 발휘하고 전공(戰功)이 있었다. 하지만 동료인 배적이 자신보다 관직이 높은 데 불만을 품어, 그것이 화근이 되어 죽었다.
2) 배적(裵寂): 유문정의 친구로, 같이 당나라 고조를 도와 전공을 세웠다.
3) 후군집(侯君集): 당나라 삼수(三水) 사람. 태종을 따라다니며 전공을 세웠다. 토욕혼(吐谷渾)을 격파하고 고창(高昌)을 평정했으며 이부상서에 제수되고, 노국공(潞國公)에 봉해졌다. 뒷날 공적을 믿고 전횡을 부렸다. 태자 승건(承乾)이 자주 잘못을 저지르다가 폐위될까 염려해서 후군집에게 계책을 물었는데, 일이 발각되어 체포된 뒤 감옥에서 참수되었다.
4) 능연각(凌烟閣): 당나라 때 서안부(西安府, 지금의 섬서성 서안시西安市 장안구長安區)의 성 안에 있던 전각. 공신들을 기리기 위하여 공신들의 화상(畵像)을 그려서 봉안한 높은 누각. 정관(貞觀) 17년에 당나라 태종(太宗)이 장손무기(長孫無忌)·두여회(杜如晦)·위징(魏徵) 등 훈신 24명의 화상을 그려 봉안했다.
5) 방현령(方玄齡)과 두여회(杜如晦): 당나라의 건국 공신. 24명의 공신에 속한다.

은 마땅히 제일이다. 방현령은 덕망으로 보면 으뜸가는 자리를 차지해
도 안 될 것이 없지만, 장손무기[6]로 하여금 외람되게 곽광[7]이나 등우[8]
의 자리를 차지하도록 한 것은 당대當代의 선비들을 부끄럽게 하려는
것이 아니었을까?

대개 능연각의 등급 차례는 오로지 이세민이 정권을 잡기 위해 일으
킨 현무문玄武門의 난[9] 때 세운 공을 위주로 한 것이므로, 분양왕汾陽王 곽
자의[10]와 진왕晉王 이광필[11]처럼 의병을 일으켜 공을 세운 사람은 모두
그다음 자리에 놓았다. 태종은 집을 이루고 나라를 만든 것이 모두 자
신의 공적이지, 다른 사람이 참여할 수 없는 것이라고 여겼던 것이다.
태종은 이 점에서 그 뜻이 고루하고 그릇이 작다고 하겠다. 한나라 고
조가 소하·장량·한신 등 삼걸[12]에게 공을 돌린 것과 비교하자면, 비
단 하늘과 땅 사이처럼 현격한 차이가 있을 뿐만이겠는가? 후한 명제
때 공신을 위해 설치한 운대[13]에 28장수의 도상을 걸었던 것은 비록

---

6) 장손무기(長孫無忌, ?~659): 문덕순성황후의 오빠.
7) 곽광(霍光): 한나라 무제 때의 무신(武臣)으로 대사마 대장군(大司馬大將軍)을 지냈다.
8) 등우(鄧禹): 동한(東漢) 신야(新野) 사람.
9) 현무문(玄武門)의 난: 당나라 태종 이세민(李世民)이 정권을 잡기 위해 현무문에서 형제들을
   살해한 일. 이세민은 당나라를 세운 고조 이연(李淵)의 둘째아들이고 그의 형 건성이 태자였
   다. 이연은 수나라 군대와 군웅의 저항을 물리치면서 장안(長安)으로 들어가, 양제의 손자인
   왕유(王侑)를 천자로 받들고서 양제를 태상황(太上皇)으로 한 뒤, 자신은 대승상(大丞相)·당
   왕(唐王)이라고 부르게 했다. 다음해에 양제의 부고(訃告)가 전해지자, 왕유의 선양(禪讓)으
   로 당조(唐朝)를 세우고 연호를 무덕(武德)이라고 고쳤다. 이건성(李建成)·이세민·이원길(李
   元吉)의 세 아들 사이에 세력다툼이 길어지다가, 624년에 수도 장안의 북문인 현무문에서 이
   세민이 황태자 이건성과 동생 이원길을 살해했다. 이연은 이세민에게 양위(讓位)하고, 태상황
   으로서 만년을 보냈다. 이세민은 정권을 잡고 이연을 감금했다가 퇴위시키고 황제로 즉위
   했다.
10) 곽자의(郭子儀): 당나라 현종(玄宗) 때의 명장.
11) 이광필(李光弼): 당나라의 무장. 곽자의의 추천으로 안녹산의 난을 평정하는 데 참가했다.
12) 삼걸(三傑): 고조를 도와 한나라가 천하를 통일할 수 있게 보필한 세 공신. 소하(蕭何), 장량
    (張良), 한신(韓信)을 말한다.
13) 운대(雲臺): 후한의 명제(明帝) 때 공신 28명의 초상을 건 곳.

참위[14]의 설에 맞춘 것이어서 기린각[15]의 경우와 아주 다르지만, 원공元功, 공훈을 인정한 것은 오히려 제대로 적절한 사람들을 선정했다. 능연각은 그보다도 못하다.

후한 광무제는 도참설을 숭배하고 헛된 글로 꾸몄으므로 왕망[16]과 비슷하다. 당나라 태종은 자신의 뜻을 과시하고 공적을 자랑하기를 좋아하여 인륜을 파괴하고 어지럽혔으니, 적통이 아니면서 권력을 장악한 수나라 양제[17]와 어찌 다르겠는가? 그러나 광무제는 능력만 있고 원대한 계책에는 힘쓰지 않은 데 비해, 태종은 간쟁하는 말을 힘써 따랐으므로, 득실이 서로 크게 차이가 났다. 역시 "뒤에 나온 것일수록 공교하다"[18]는 말이 맞다고 하겠다.

〔아마阿麼는 수나라 양제의 어릴 때 자이다.〕

劉文靜死, 非其罪. 裴寂以罪貶死, 而其罪亦非侯君集之比. 太宗宜復其封爵, 使得與於凌烟之畫也. 文靜之賢, 不及房·杜, 而功則宜爲第一. 玄齡以德望居首, 亦無不可, 而乃使長孫無忌, 濫居霍光·鄧禹之座, 不亦羞當世之士哉?

槪烟閣等第, 專主玄武門之功, 汾[19]·晉義旅一切坐次. 太宗盖謂化家爲

14) 참위(讖緯): 참록(讖籙)과 도위(圖緯)로 길흉화복을 예언하는 술수(術數). 서한(전한) 말엽에 크게 유행하여 후대에까지 맥이 이어졌다.
15) 기린각(麒麟閣): 전한(前漢)의 무제(武帝) 때 기린을 얻었다고 하여 지은 전각. 선제(宣帝) 때 곽광 등 11인 공신의 도상을 모셨다.
16) 왕망(王莽, BC 45~AD 23): 산동(山東) 사람. 자는 거군(巨君).
17) 양제(煬帝): 원문은 아마(阿麼)이다. 아마는 아마(阿麼)라고도 적는다. 수나라 양제의 어릴 때 자이다.
18) 뒤에 나온 것일수록 공교하다: 주희의 말로, 후대에 일상어로 널리 쓰이게 되었다. 『주자어류』 권101에 보면, "동래(東萊) 여조겸(呂祖謙)이 (맹자가 말한) 지언(知言, 남이 한 말의 본뜻을 이해함)이 (장재張載가 말한) 정몽(正蒙)보다 나은 듯하다"고 한 데 대해 주희가 "대개 뒤에 나온 것일수록 공교하다(蓋後出者巧也)"라고 논평을 붙였다.
19) [교감] 汾: 연민문고본은 '謝'로 되어 있다. 통문관본, 고려대본, 서울대본을 따른다.

國, 咸我績, 他人不得與也. 太宗於此志陋而器狹矣. 其視漢高歸功三傑, 何啻天淵? 雲臺廿八, 附合讖緯, 大不如麟閣, 而元功却得其人. 凌烟又其下矣.

光武之崇信圖讖, 粉飾虛文, 酷似巨君. 太宗之夸志喜功, 壞亂倫常, 何異阿㜁? 而光武唯能, 不務遠略, 太宗勉强從諫, 故得失相懸, 亦所謂"後出者巧"也.

〔阿㜁, 隋煬小字〕[20]

🌿 평설

당나라 태종의 논공행상과 덕목을 평가한 글이다. 태종은 현무문의 난 때 공을 세운 사람과 안녹산의 난을 평정한 사람만 공신으로 우대했다. 태종은 황제가 되기 위해 형제들을 죽였고, 공적을 논할 때 무武만 인정하고 문文을 배제했다. 더불어 한나라 광무제와 비교해 태종이 자신의 공적을 가장 크다고 여긴 것을 비판했다. 그러나 태종은 신하들의 간쟁을 귀담아 들어 정관貞觀의 치治를 이루었다. 서포는 신하들의 간언諫言을 열심히 듣고 원대한 계책을 세우는 것을 제왕의 덕목이라 보고, 그러한 기준에서 역대 왕의 역량과 실질 정치를 평가했다.

---

20) [교감] 阿㜁, 隋煬小字: 통문관본, 고려대본, 연민문고본에는 이 주가 없다. 서울대본을 따른다.

조광윤의 하동 평정 지연

『주자어류』[1]에 보면 어떤 사람이 주자에게 "예조藝祖, 송나라 태조 조광윤가 천하를 파죽지세破竹之勢, 거침없이 쳐들어가는 당당한 기세로 평정했다고 하는데, 하동[2]을 유독 취하기 어려웠던 것은 무엇 때문입니까"라고 물었다. 주자는 말하기를, "태조는 서한으로 북한北漢을 회유했다. 그쪽에서 답하기를, '차마 유씨가 혈식[3]을 받지 못하게 할 수 없다'고 했다. 저쪽의 말이 곧고 이치가 맞았기 때문에 취하기 어려웠다"고 했다. 주자의 이 말은 감히 그렇다고 인정할 수 없다.

---

1) 『주자어류』: 송나라의 함순(咸淳) 6년에 여정덕(黎靖德)이 주자와 그 문인(門人)들의 문답을 집성한 책 140권. 앞에 나왔다.
2) 하동(河東): 북한(北漢, 951~980)의 근거지. 북한은 유숭(劉崇)이 세운 중국 5대 10국의 하나로, 본래는 그냥 한나라라고 했다. 후한(後漢)이 후주(後周, 951~960)의 태조 곽위(郭威)에게 멸망당하고 은제(隱帝)가 죽자, 은제의 숙부 유숭이 한나라 왕실의 계승·부흥을 주장해 독립한 나라이다. 거란과 동맹을 맺어 후주와 다투었으나 거란에게 농락당했을 뿐이고, 한족 국가의 주류에서는 제외되었다. 980년 4대 29년으로 송나라에게 멸망당했다.
3) 혈식(血食): 종묘에서 본래 피 묻은 산짐승을 잡아 제사지냈다고 해서 국가 의식으로 제사지냄을 이르는 말.

이것은 곽주[4] 즉 후주의 때라고 한다면 옳다고 하겠다. 만약 송나라 왕조의 관점에서 본다면, 북한을 개국한 유지원[5]의 자손이 남당의 군주 이승[6]이나 후촉의 군주 맹지상[7]의 자손과 무엇이 다른가? 유독 저 양쪽 집안을 차마 하지 못하는 마음이 없었단 말인가? 소열후[8] 부자가 용촉[9]에 나라를 세운 것은 실로 한나라 고조나 광무제의 뒤를 따라 이은 것이었으니, 말이 곧고 이치가 맞음이 어찌 북한보다 못하겠는가마는, 촉이 망한 것은 실로 오나라보다 먼저였다. 하물며 유지원은 공도 없고 덕도 없어서 나라를 세운 뒤 4년 만에 망한 자가 아닌가!

하동이 한참 늦게 망한 것에 대해서는 대개 두 가지 설이 있다. 첫번째는 유씨는 거란契丹을 아버지처럼 섬겼으므로 거란이 특별히 도왔는데, 이 때문에 송나라가 병사를 적게 내보내면 완전히 없앨 수 없었고 병사를 많이 내보내면 오랑캐가 허점을 탈 것이 분명했으므로 취하기 어려웠다는 것이다. 두번째는 송나라가 먼저 하동을 취하면 분汾·진晉 일대가 오랑캐와 접경을 이루게 되어 수비할 지역이 넓어져 병력이 분산되

---

4) 곽주(郭周): 중국 5대 10국 시대 최후의 왕조인 후주. 곽조(郭祖)가 세웠기 때문에 이렇게 말한다. 태조 곽위는 후한의 추밀사(樞密使)였으나, 은제가 그의 세력이 강대함을 두려워해 제거하려 하자 대량(大梁, 개봉開封)에서 군사를 일으켜 후한을 멸하고 951년 제위에 올라 국호를 주(周)라고 했다. 제2대 양자(養子) 세종(世宗, 시영柴榮)은 5대 중 제1의 명군으로 일컬어지며, 근위군을 개혁하는 등 권력을 집중시키고 개혁을 추진했으나 도중에 죽었다. 아들 공제(恭帝)는 어렸기 때문에 장군(將軍)들이 최고사령관 조광윤(趙匡胤, 송태조宋太祖)을 옹립, 제위를 양도하게 하여 결국 960년 후주는 3대 9년 만에 멸망했다.
5) 유지원(劉知遠): 5대 10국 시대 한나라를 개국한 시조. .
6) 이승(李昇): 5대 10국 시대 남당(南唐, 937~975)의 군주.
7) 맹지상(孟知祥): 5대 10국 시대 촉주(蜀主). 자는 보윤(保胤). 묘호는 고조(高祖). 시호는 문무성덕영렬명황제(文武聖德英烈明皇帝).
8) 소열후(昭烈侯): 촉한(蜀漢)의 유비(劉備, 160~223)가 황제(皇帝) 이후에 사용한 호칭이다.
9) 용촉(庸蜀): 촉 땅을 지칭한 말. 『상서』「주서·목서牧書」에 '용(庸)·촉(蜀)·강(羌)·모(髳)·미(微)·노(盧)·팽(彭)·복(濮)'의 여덟 나라 이름이 나오는데, 이 여덟 나라는 만이융적(蠻夷戎狄)으로서 문왕(文王)에 예속한 나라들이었다고 한다. 곧 서남이(西南夷)의 나라들이다. 그런데 용은 용복(庸濮)으로서 촉과는 떨어져 강한(江漢)의 남쪽에 있었으나, 이 구절에서 용에 이어 촉이 나오기 때문에 '용촉'이 하나의 복합어가 되었다.

므로, 때문에 남쪽 지방을 통합한 뒤 취하려 했을 뿐이라는 것이다.

『語類』, 或問 : "藝祖平定天下如破竹, 而河東獨難取何也?" 曰 : "太祖以
書喩之, 答曰 : '不忍劉氏之不血食.' 被他辭直理順, 所以難取." 朱子此言
不敢以爲然.

此在郭周時則可矣. 若以宋祖視之, 則劉知遠之孫, 與李昇 · 孟知祥之子
孫何異? 彼兩家獨無不忍之心乎? 昭烈父子立國於庸蜀, 實纘高 · 光之緖,
辭直理順, 豈不如北漢, 而蜀之亡實先於吳. 況知遠之無功無德, 立國四年
而亡者乎?

河東之後亡, 盖有二說. 劉氏父事契丹, 特以爲援. 宋少[10]出師則不足以
剪滅, 多出師則虜必乘虛, 此其難取者也. 宋若先取河東, 則汾 · 晉一帶, 與
虜接境, 守備廣而兵力分, 亦欲混一南夏, 然後取之耳.

평설

이 글에서 서포는 주희의 형세 판단론을 비판했다. 북송의 시조 조
광윤은 천하를 파죽지세로 평정했으나 하동만은 오래도록 점령하지
못했다. 그 이유에 대해 주희는 '한나라'의 정통성이란 개념으로 해석
했다. 하동은 북한의 근거지이다. 북한의 태조 유숭은 한나라의 계승
과 부흥을 명목으로 나라를 세웠기 때문에, 주희는 조광윤이 명목상의
이유로 북한을 취하기 어려웠다고 보았다. 그러나 서포는 사실적인 근
거를 들어 주희의 의견을 반박했다. 서포는 두 가지 설을 세웠다. 첫
째, 북한은 명분을 내세우기는 했지만 한나라를 직접 계승한 것이 아
니다. 둘째, 하동은 지리적 · 군사적으로 쉽사리 취하기 어려웠다.

10) [교감] 少 : 고려대본은 '小'로 되어 있다. 통문관본, 서울대본, 연민문고본을 따른다.

제갈공명의 마속 기용

상-42

제갈공명은 「후출사표」[1]에서는 자신이 이해할 수 없는 여섯 가지 일을 나열하면서 출정出征을 간곡히 청했다. 그 하나는 조조가 이복[2]과 하후연[3]을 기용했던 일이다. 그런데 그 말은 너무 번잡해 간단하지가 않다. 아마 많은 촉나라 사람들은 제갈공명이 마속[4]을 기용해 패전하게 된 것을 큰 잘못이라 여겼으므로, 조조의 일을 인용해 자신의 기용이 부득이했다고 말함으로써 스스로 변명한 듯하다. 이것을 보면 당시의 사정을 알 수가 있다. 상상컨대 마속은 병법에 관해 담론을 매우 잘했을 것이다. 그런데 무인들은 억세고 사나운 무리라서 오한[5]이나 충

---

1) 「후출사표後出師表」: 제갈량이 위나라를 토벌하려고 출진(出陣)할 때 촉제(蜀帝) 유선(劉禪)에게 바친 「출사표出師表」 중 후편. 「출사표」는 전후 두 편인데 전편은 227년 작이고 후편은 228년 무렵의 작이다. 『삼국지』 「제갈량전」과 『문선文選』 등에 수록되어 있다.
2) 이복(李服): 후한 광무제(光武帝) 유수(劉秀)가 건국할 때 공적을 세운 28장수 중 한 사람. 촉(蜀)나라 공손술(公孫述)과 여덟 번 싸워 여덟 번 이겼다.
3) 하후연(夏侯淵, ?~239): 위나라의 용장. 패국 초현 사람. 하후돈(夏侯惇)의 친척 동생.
4) 마속(馬謖, 190~228): 제갈량과 형제처럼 지내던 마량(馬良)의 아우.

사도⁶⁾같이 종종 어눌했다.⁷⁾ 따라서 제갈공명은 이 점에서 유생^{儒生}의 습성과 기질 때문에 일을 그르칠 수밖에 없었다.

무릇 제갈공명처럼 완벽한 재능을 지니고도 오히려 이와 같은 실수가 있었다. 하물며 방차율⁸⁾과 장덕원⁹⁾은 공소^{空疎, 텅 비고 굼뜸}하고 우활^{迂闊, 실제와 관련이 멂}한 청담과 선설¹⁰⁾을 잘한다는 이유로 각각 유질¹¹⁾과 여지를 임용했으니, 어찌 나라를 그르치지 않을 수 있었겠는가? 심경지¹²⁾

───────

5) 오한(吳漢): 동한(東漢)의 완인(宛人)으로 지모(智謀)가 있었고, 왕망(王莽) 말기에는 어양(漁陽)으로 망명해 있었다. 그후 광무(光武)를 도와 많은 공을 세우고 대사마(大司馬)가 되었으며, 광평후(廣平侯)에 봉해졌다.

6) 충사도(种師道): 송나라 흠종(欽宗) 때 지모와 병법에 능했던 인물. 금(金)나라 군대가 침입할 때 그의 힘으로 민심을 안정시키고 적을 물리쳤다.

7) 억세고 사나운~어눌했다:『후한서後漢書』「경엄전」을 보면 경감이 장수가 되어 46개 군을 평정하고 "300개의 성을 도륙했다"고 했다. 「공손술전公孫述傳」에는 송도를 함락시키고 오한이 공손씨 가족을 멸망시킨 뒤에도 병사들이 3일간 멋대로 노략질했다고 되어 있다. 또 「광무제기光武帝紀」를 보면, 건무(建武) 12년 11월 신사(辛巳)일에 "오한이 성도를 도륙했다"고 했다. 중흥을 도모한 인의(仁義)의 군사가 이와 같았으니, 이 소식을 들은 유수(劉秀)는 오한과 유상(劉尙)을 크게 나무랐다고 한다.『자치통감』권35에 나와 있다.

8) 방차율(房次律): 당나라 현종(玄宗) 때 인물. 본명은 방왕관(房王官). 문부상서(文部尙書)·문하평장사(門下平章事)를 지냈으나 병법에는 무식해 유질에게 병사(兵事, 병역·군대·전장에 관한 일)를 일임했다가 대패했다.

9) 장덕원(張德遠): 송나라 고종(高宗) 때의 인물. 본명은 장준(張浚). 섬주(陝州) 경서제로선무사(京西諸路宣撫使)가 되어 금나라에 대항했으나, 여지(呂祉) 등을 임용해서 실패했다.

10) 청담(淸談)과 선설(禪說): 중국 위진(魏晉)시대에 혼란한 세상을 피해 은자(隱者)로서의 삶을 지향했던 죽림칠현(竹林七賢) 등의 청류파(淸流派) 지식인들이 현실 생활에서 벗어나 철학적 주제를 토론한 것을 말한다.

11) 유질(劉秩): 당나라 때 문신. 유지기(劉知幾)의 아들.『주례』에 나오는 육관(六官)의 직(職)에 따라 경사백가(經史百家)의 말을 분류해『정전政典』35권을 지었다. 그런데 두우(杜佑)가 이것을 보고 조금 미진하게 생각해 200권으로 했다.『주례』에 나오는 천·지·춘·하·추·동의 육관(六官)으로 나누어 자료를 모아놓은 것이다. 두우의『통전通典』은 바로『정전政典』을 주요 자료로 삼아 확대한 것이다.

12) 심경지(沈慶之): 남북조시대 남조인 송나라 제3대 황제 문제(文帝) 때 오(吳, 절강성) 땅 사람.『송서宋書』에 입전(立傳)되어 있다. 문제가 북벌을 하려고 해서 단양윤(丹陽尹)을 시켜 서담지(徐湛之)와 이부상서 강담(江湛)으로 하여금 심경지와 논란을 벌여 그 뜻을 꺾게 만들려고 했다. 심경지는 "나라 다스리는 일은 집안 다스리는 일과 같아서, 밭 가는 일은 마땅히 남자 종에게 묻고, 베 짜는 일은 여자 종에게 물어야 합니다. 폐하는 지금 다른 나라(북위)를 정벌하려 하면서 백면서생의 무리와 도모하시니, 일을 어떻게 제대로 할 수 있겠습니까"라고 했다.

가 말한 "밭 가는 일은 노남자종에게 묻고, 베 짜는 일은 비여자종에게 물어야 한다"는 깨우침은 진실로 뒤바꿀 수 없는 주장임을 알겠다.

孔明「後出師表」, 列未解者六. 其一乃曹操用李腹·夏侯淵事, 而其言繁而不殺. 盖蜀人多咎孔明之用馬謖致敗, 故舉此不得已之言以自解, 此可見當時事情. 想謖長於談兵, 而武夫鷙悍之徒, 往往訥於言, 如吳漢·种師道, 故孔明於此不免爲儒生習氣所誤耳.

夫以孔明之全才, 猶有此失, 況以房次律·張德遠之空疎迂闊, 清談禪說13), 而任用劉秩·呂社, 安有不誤國者哉! 是知沈慶之耕奴織婢之喩, 誠不易之論也.

🌿 평설

서포는 완벽한 재능을 가졌다고 평가받는 제갈량도 마속을 잘못 기용한 일이 있다고 지적했다. 특히 마속은 무인이 아니면서 병법을 담론하는 '유생의 습성과 기질'을 지녔건만 제갈량이 제대로 파악하지 못하고 마속을 기용했다고 비판했다. 서포는 제갈량이 「후출사표」에서 자신의 출정을 정당화하기 위해 여섯 가지 의심스러운 일을 거론하면서 조조가 이복과 하후연을 잘못 기용한 사실을 든 것은 바로 그 자신이 마속을 잘못 기용한 것에 대해 변호하는 의미를 지녔다고 보았다.

「출사표」는 제갈량이 위나라를 토벌하려고 출진할 때 촉제 유선에게 바친 글이다. 전후 두 편인데 전편은 227년 작이고 후편은 228년 무렵의 작이다. 『삼국지』「제갈량전」과 『문선』 등에 수록되어 있다. "선제先帝의 창업創業 아직 반에 이르지 못하고 중도에 붕조崩殂, 임금이 죽음하

---

13) [교감] 說: 서울대본은 '悅'로 되어 있다. 통문관본, 고려대본, 연민문고본을 따른다.

다"라는 서두로 시작된다. 조비曹조가 세상을 떠나고 조예曹叡가 황제의 자리에 올랐을 무렵, 사마의司馬懿는 생전의 조비가 명한 대로 양주와 옹주 두 지역을 총괄했다. 제갈량은 마속의 계책에 따라 사마의가 쿠데타를 꾸미고 있다는 유언비어를 낙양과 업성 등에 널리 유포시켰다. 조예는 직접 군사를 이끌고 사마의에게 갔다. 영문을 모르는 사마의는 억울함을 조예에게 호소했지만, 조예는 의심을 완전히 풀지는 못하고 관직을 빼앗아 고향으로 보냈다. 제갈량은 비로소 위나라를 공격할 때가 왔다고 판단하고 후주 유선에게 출사표를 올렸다. 이것이 「전출사표前出師表」이다. 한중에 주둔해 힘을 기른 제갈량은 조휴曹休가 동오에게 크게 패했다는 소식을 들은데다가, 손권의 사자使者까지 오니 이제야말로 위나라를 공격할 호기라 판단했다. 조정의 신하들 가운데 공격을 만류하는 이들이 많았고, 후주後主 유선도 주저했다. 이에 제갈량은 다시 한 번 출사표를 올려 결전의 뜻을 밝혔다. 마침내 제갈량은 30만 대군을 이끌고 위연魏延을 선봉장으로 삼아 진창으로 진격했다. 「후출사표」에서 제갈량은 자신이 이해할 수 없는 일 여섯 가지를 서술해 후주에게 군사 출정의 허락을 간곡히 요청했다.

주자의 인물논평에 나타난 편파성

상-43

일찍이 나는 장위공[1]이 왕개보[2]와 비슷하다고 생각했다. 왕개보는 경제經濟. 경세제민經世濟民로 군주에게 인정을 받았다. 장위공은 국토의 부흥을 자신의 임무라고 여겼다. 그 두 가지는 모두 가장 앞세워서 해야 할 제목題目. 주제이다. 왕개보는 정자程子와 함께 일을 했고, 장위공은 주문공주자을 지기知己로 두었다. 그 두 사람은 모두 세상에 드문 대유학자였다. 그러나 그들은 뜻이 컸지만 재주가 적었고, 오만하고 괴팍하여 마음대로 행동했으며, 충실한 신하와 어진 선비들을 축출하고 배척하여, 군사軍師. 임금 밑에서 군기軍機를 잡고 작전과 계략을 짜던 사람를 잃고 나라를 축소시켰다. 그 점에서 두 사람은 흡사하지 않은 것이 없었다. 만년에 불교를 잘못 믿은 것도 비슷했다.

하지만 왕개보는 한기[3]나 구양수歐陽脩 같은 이들에게도 종주宗主. 적통

---

1) 장위공(張魏公): 장준(張浚). 위공은 그의 봉호.
2) 왕개보(王介甫): 왕안석(王安石). 무주(撫州) 임천(臨川) 사람. 개보는 그의 자.

가 되려 하지 않았으나, 이와는 다르게 장위공은 왕언백과 황잠선[4]의 문하에 드는 것도 달가워했다. 이것이 곧 서로 크게 다른 점이다. 그렇거늘 후세에 종산[5]에게 비방의 의론이 편중된 것은 그의 아버지 왕원택王元澤이 장경부張敬夫에 미치지 못한 때문이 아니었을까?

장남헌[6]과 윤화정[7]은 부모가 호불好佛. 불교를 좋아함했다는 점에서 같았다. 그러나 주문공은 윤화정이 자기의 아버지를 도道로 깨우치지 않았다고 꾸짖으면서, 장남헌에게는 아버지가 호불했던 것이 어쩔 수 없었다고 했다. 어떤 이에게는 현자로서 부족한 것을 따져서 말하고, 어떤 이를 위해서는 기휘忌諱. 꺼리어 싫어함했으니, 체제의례義例가 같지 않다.

嘗謂張魏公恰似王介甫. 王以經濟結主知, 張以興復爲己任, 皆是第一義好題目. 王與程子共事, 張得文公爲知己, 皆是命世大儒. 其志大才疎, 傲愎自用, 斥逐忠賢, 喪師縮國, 無一不合. 晚年佞佛亦相似.

然王於韓·歐, 亦不肯宗主, 而張乃甘心於黃·汪門下, 此則大相逕庭矣. 而後世謗議偏萃於鍾山者, 豈非以王元澤不及張敬夫歟?

張南軒·尹和靖父母之好佛一也. 而文公於尹責之以不能諭於道, 於張諉[8]之以無可奈何. 或責賢者備, 或爲賢者諱, 義例不同.

---

3) 한기(韓琦, 1008~1075): 자는 치규(稚圭), 시호는 충헌(忠獻). 송나라 인종(仁宗) 때의 재상으로 위국공(魏國公)에 봉해졌으므로 한위공(韓魏公)이라고 부른다.

4) 왕언백(王彦伯)과 황잠선(黃潛善): 송나라의 간신. 황잠선은 이강(李綱)을 배척했는데, 왕위공은 그에게 합세하여 이강과 조정(趙鼎)의 무리는 탄핵하고 왕언백과 진회(秦檜)의 무리는 추천했다.

5) 종산(鍾山): 왕안석의 고향. 여기에서는 왕안석을 지칭하는 말이다.

6) 장남헌(張南軒, 1133~1180): 장식(張栻). 자는 흠부(欽夫)·경부(敬夫), 호는 남헌(南軒). 장준의 아들로, 호굉(胡宏)에게 배웠으며 주희의 친구였다.

7) 윤화정(尹和靖): 정이(程頤)의 제자 윤돈(尹焞). 화정은 그의 호.

8) [교감] 諉: 서울대본은 '諉'로 되어 있다. 통문관본, 고려대본을 따른다.

✹ 평설

북송의 신종 이후 멸망 때까지 신법당과 구법당의 대립이 있었다. 왕안석을 수령으로 한 신법당의 관리는 대개 남방 출신이면서 지위가 낮고 진보적이며 혁신적이었고, 사마광을 수령으로 한 구법당의 관리는 주로 화북 지방의 대지주나 대상인 출신이 많고 보수적이었다.

신법당과 구법당에 대한 평가는 간단치 않다. 신법당의 왕안석과 구법당의 장준은 모두 당대의 현실문제를 해결하기 위해 노력한 인물들이다. 왕안석은 정이와 뜻을 같이했고, 장준은 주희가 인물을 알아주었다. 장준은 실은 명분 없는 전쟁을 일으켜 곡단曲端이란 장군을 죽음으로 내몰았다. 그렇기에 명나라 말의 원굉도袁宏道는 「주선진에 묶다宿朱仙鎭」 제4수에서,

祠前簫鼓賽如雲	사祠 앞에선 퉁소와 북이 울고 새전賽錢. 복채은 구름 같은데
茹泣爭鑴弔古文	울음 삼키며 다투어 조고문弔古文. 여기서는 악비를 제사지내는 글을 새기네
一等英雄含恨死	일등 영웅이 원한 품고 죽어가다니
幾時論定曲將軍	어느 때에야 곡장군곡단을 제대로 평가할까

라고 곡단을 동정했다. 그러나 주희는 자신과 친분이 있는 장준의 오만하고 괴팍한 행동을 문제 삼지 않고 오히려 그를 변호하고 곡필曲筆. 사실대로 쓰지 않음했다. 심지어 주희는 장준의 사후에 행장을 지어 후세 사람들이 그대로 믿게 했다.

서포는 장준의 행동뿐만 아니라 주희의 태도가 공정치 못하다고 비판했다.

서포는 앞서 상-42에서 제갈량이 '유생의 습성과 기질'을 지닌 마속

을 기용해 실패하고도 그것이 부득이했다고 변명한 것을 지적했다. '유생의 습성과 기질'이라는 것은 마속이 무장이 아니라 유생이어서 말재간이 있었던 것을 가리킨다. 그런데 제갈량은 주위의 만류를 무시한 채 경험 많은 장수를 출정시키지 않은데다가, 경험이 부족한 마속을 간파하지 못하고 그 유생의 습성과 기질에 현혹되어 평소 자기와 절친한 까닭에 그를 출정시켰다. 당파가 생겨나고 파벌이 생겨나는 것도 이것과 유사하다고 볼 수 있다.

　서포는 제갈량의 예화를 들어 유생의 습성과 기질을 간파하지 못하는 편견을 경계했다. 그리고 서포는 이 조항에서 주희의 인물 평가가 공정치 못했음을 넌지시 언급했다. 제갈량과 주희의 인물 평가를 예로 들어, 서포는 진정한 유학자가 되는 일이 얼마나 어려운가 생각해본 것이다.

도교, 불교, 유교의 근본 특색과 변질

상—44

방사¹⁾는 도사⁽禱祀,기도⁾와 황백²⁾을 근본 특색으로 하고, 불도⁽佛徒⁾는 탑 묘⁽塔廟,불탑·불당⁾와 재계⁽齋戒⁾를 근본 특색으로 하며, 유학자는 정삭³⁾·복색⁽服 色⁾·명당⁴⁾·벽옹⁵⁾·봉건⁶⁾·정전⁷⁾·주관⁸⁾·육형⁹⁾ 등을 근본 특색으로 한다.

---

1) 방사(方士): 방술사(方術士). 방술은 방기(方技)라고도 하는데, 『한서』「예문지藝文志」는 방기 의 서적을 의경(醫經)·경방(經方)·방중(房中)·신선(神仙)의 네 종류로 나누었다. 후에는 여기 에 복서(卜筮)·점험(占驗) 등을 포함시켰다. 방사는 전국시대 말기 연(燕)·제(齊) 지방에서 활동했다. 그들은 동해에 신선의 거처가 있고 거기에서 불사약을 얻을 수 있다고 말했다. 진 나라 시황제는 방사 서불(徐市, 혹은 서복徐福)에게 동남동녀(童男童女) 수천 명을 이끌고 해 상에 이르러 신선을 구하게 했고, 한나라 무제도 방사들을 중용했다. 후한 때에도 방사가 배 출되었다. 이 무렵부터 의학(醫學)·방중술(方中術)·금주(禁呪) 외에 역학(易學)·참위(讖緯)· 점술(占術)·음양(陰陽) 등까지 포함되어, 도사(道士)와 혼동되기에 이르렀다.
2) 황백(黃白): 도사들이 만들어내는 선약(仙藥), 혹은 주사로 금을 만드는 선술(仙術).
3) 정삭(正朔): 천자는 역법을 장악해 해마다 달력을 천하에 반포했다.
4) 명당(明堂): 천자가 제후를 인견(引見)하는 궁전. 정사를 보는 궁정. 여기서는 그 제도.
5) 벽옹(辟雍): 주나라 때 천자의 도성에 설립한 대학. 주위의 형상이 벽과 같이 둥글고 물이 둘 려 있었다. 여기서는 그 교육 제도를 가리킨다.
6) 봉건(封建): 일명 분봉제(分封制)라고도 한다. 고대 국왕 혹은 황제가 제후에게 분봉하던 제 도. 하·은 때부터 시작되었다고 한다. 주나라 무왕(武王)은 은나라를 멸망시킨 공로로 공신이 나 일족에게 봉국을 내리고 이들을 제후에 임명했다. 제후는 가신과 노예를 이끌고 봉지로 가

진시황과 한나라 무제는 방사의 근본 특색을 이용했고 왕망[10]과 왕안석은 유학자의 근본 특색을 이용했다. 그러다가 궁색해진 연후에 황백은 수련修練, 연단의 제조으로 변하고, 재계는 선정禪定, 참선으로 변했으며, 주례周禮는 격물格物·치지致知·성의誠意·정심正心으로 변했다. 그 입설立說, 논리를 세움함이 심원하고 교묘해 이를 설파할 수는 없지만, 실은 모두가 저쪽에서 궁색하게 되자 이쪽으로 도망했을 뿐이다.

『한서』에 이르기를, "왕망은 제도를 정비하면 천하가 저절로 태평할 것이라 여기고 예악禮樂을 제작하고 육경六經의 설을 강론해서 부합시키는 일에 마음을 집중하느라, 급히 서둘러야 할 정무를 처리할 겨를조차 없었으므로 결국 패망하고 말았다"고 했다.[11] 왕망의 일은 정말 천고의 웃음거리이다. 하지만 한나라 이래로 유자의 설이 거개가 이와 같았다. 비록 정이천程伊川 또한 "덕이 우·탕에게 미치지 못하더라도 하·은·주 삼대의 정치를 이룩할 수가 있다"[12]는 설을 주장했으니, 그 나머지야 알 만하다.

서 세습 특권을 누리며 대대로 경(卿)이 되었다. 제후는 정기적으로 왕실에 조공을 바치고 조빙(朝聘, 조정에 참예함)했으며 유사시 왕을 위해 군대와 노역을 제공했다. 그러나 모든 행정권한은 제후에게 주어졌으므로 독립 국가의 형태를 띠었다. 춘추시대의 열국은 대부분 주 왕실의 분봉에 의해 생겨난 것이다. 또 이때부터 제후의 권력이 커지면서 본국의 속박에서 벗어났으며 제후국 간 패권 다툼을 벌이는 춘추전국시대의 장을 열었다.

7) 정전(井田): 주나라 때 행해졌다고 전해지는 토지제도로, 후세 유가가 이상으로 삼았다. 실제 내용은 『맹자』와 『주례』에 각기 다른 계통이 전해지고 있다.

8) 주관(周官): 주례. 주공이 저술했다고 전하는 『주례』에 제시되어 있는 주나라 제도를 말한다. 서주시대에 그대로 실행된 것처럼 믿어져 왔다. 천관(天官) 대총재(大冢宰), 지관(地官) 대사도(大司徒), 춘관(春官) 대종백(大宗伯), 하관(夏官) 대사마(大司馬), 추관(秋官) 대사구(大司寇), 동관(冬官) 대사공(大司空)을 정점으로 하여 6부의 관리 조직을 구성했다.

9) 육형(肉刑): 몸에 상처를 내는 형벌. 죄인을 처벌하던 제도를 말한다.

10) 왕망(王莽, BC 45~AD 23): 자는 거군(巨君). AD 8년 전한의 정권을 탈취해 '신(新)' 왕조를 열었으나, 장안(長安)의 미앙궁(未央宮)에서 부하에게 살해당했다.

11) 『한서』에~했다: 『한서』 권99 「왕망전王莽傳」에 나오는 내용을 간추려서 적은 것이다.

12) 덕이~있다: 정이천의 「춘추전서春秋傳序」에 "후대의 왕이 춘추의 뜻을 안다면 그의 덕이 우·탕의 덕이 아니라 하더라도 삼대의 정치를 본받을 수 있을 것이다(後王知春秋之義, 則雖德非禹湯, 尙可以法三代之治)"라고 나온다.

호인^{胡寅}은 말하기를, "양나라 무제¹³⁾의 패망은 아마도 하늘이 경계했던 듯하다"고 했다. 뒤에 사람들 가운데는 아직도 그 잘못을 모르고 오히려 이를 따라서 논리를 세워 자기를 해명하려 한 자도 있으니, 또한 그들을 어떻다 해야 하겠는가? 왕망의 경우는 역시 하늘이 경계한 것이 아니겠는가? 그렇거늘 송나라 신종과 왕안석도 『주례』로 나라를 그르쳤는데도, 후대의 유학자는 또 이를 따라 논리를 세웠으니, 역시 탄식할 만하다.

나는 일찍이 농담으로 이렇게 말했다.

"『주역』은 복희씨가 만들었지만, 문왕·주공·공자 세 성인의 손을 거쳐 도가 더욱 높아졌다. 『주례』는 주공이 창시했지만, 왕망·우문태¹⁴⁾·왕안석 세 권신의 손을 거쳐 피해가 더욱 깊어졌다. 두 책이 선인과 인연을 맺거나 악인과 인연을 맺거나 하는 차이가 어찌 이렇게 다르단 말인가?"

方士之禱祀·黃白, 浮屠之塔廟·齋戒, 儒者之正朔·服色·明堂·辟雍·封建·井田·周官·肉刑, 皆其本色也. 秦皇·漢武·王莽·王安石, 嘗用之而窮, 然後黃白變爲修鍊, 齋戒變爲禪定, 周禮變爲格致誠正. 其爲說, 淵深高妙, 不可得以¹⁵⁾破之, 而其實皆窮於彼而遁於此也.

『漢書』言:"王莽以爲制定則天下自平, 銳意於禮樂六經之說, 而未暇急務, 以至於敗." 此可爲千古笑資. 然漢以來儒者之說, 擧皆如是. 雖伊川亦有'德非禹·湯, 可以致三代之治'之說, 餘可知也.

胡致堂謂:"梁武之敗, 殆天所以警戒." 後來而尚不知其非, 有又從而¹⁶⁾

---

13) 양나라 무제: 본명은 소연(蕭衍)이고 묘호는 고조(高祖).
14) 우문태(于文泰, 507~556): 남북조시대 북주(北周)의 태조.
15) [교감] 以: 통문관본은 '而'로 되어 있다. 고려대본, 서울대본을 따른다.
16) [교감] 而: 통문관본은 '以'로 되어 있다. 고려대본, 서울대본을 따른다.

爲之說以自解者, 亦末如之何? 若莽者, 亦豈非天之不警者? 而宋神宗·王安石, 亦以『周禮』誤國, 後儒又從而爲之說, 亦可歎也.

嘗戲謂: "『易』創於庖犧, 經文王·周公·孔子三聖人之手, 而道益尊. 『周禮』創於周公, 經王莽·宇文泰·王安石三權臣之手, 而害逾深. 何二書結緣善惡之不同也?"

🪷 평설

서포는 도교, 불교, 유학이 근본 특색들이 역사상 변모한 점에 주목하고, 그 근본 특색이라는 것이 반드시 긍정적 측면만을 지닌 것이 아니므로 역사적 변모를 거친 이후의 것도 반드시 긍정적일 수만은 없다는 사실에 주목했다. 유학은 『주례』의 이상 제도를 그 근본 특색으로 하며, 거기서부터 송나라 성리학의 격물·치지·성의·정심의 설이 변화되어 나왔다고 할 수 있다. 그런데 『주례』는 왕망이 떠받들어 정치 제도의 기본 이념을 제공하게 되었지만, 실상 한나라 유학은 그 틀을 벗어나기 어려웠고, 그후의 유학도 큰 틀에서는 변화가 없다. 서포의 이러한 진단은 반드시 객관적 사실 판단이라 하기는 어렵다. 하지만 도교와 불교가 근본 특색에 결함이 있었다면 유학 역시 근본 특색에 결함이 있었다고 본 점은 주목할 만하다. 곧 서포는 상대주의적 논점을 이 조항에 선명하게 드러냈다.

불교, 도교와 유학의 생사관

상—45

석씨^{불교}와 노씨^{도가}의 학설은 생명을 얻음과 잃음을 나란히 여기고 삶과 죽음을 한가지로 여겼거늘, 구양수는 "석씨는 죽음을 두려워하고 노씨는 삶을 탐한다"고 했다.[1]

이 말은 그들의 병폐를 지적하는 데는 맞지 않은 듯하지만, 양쪽의 서적들을 자세히 살펴본다면 구양수의 주장이 거짓이 아님을 곧 알 수 있다.

그런데 그 양쪽의 관점에서 우리 유가를 살펴본다면 어찌 '명예를 좋아한다'고 하지 않겠는가?

二氏之學, 齊得喪一死生, 而歐陽公乃謂: "釋氏畏死, 老氏貪生." 此言疑

---

1) 구양수(歐陽脩)는~했다: 구양수는 「당화양송唐畫陽頌」에서 "불교의 무리가 무생(無生, 애당초 태어남이 없음)을 말하는 것은 죽음을 두려워하는 논리이다. 노자의 무리가 불사(不死)를 말하는 것은 생명을 탐하는 논리이다"라고 했다. 이 글은 『문충집文忠集』 권139 「집고록발미集古錄跋尾 · 6」에 수록되어 있다.

若不²⁾對於病, 而若細觀二家書, 則³⁾可知歐說之非誣也. 然自二氏觀吾儒,
則得不謂之好名哉!

🌿 평설

유가, 도가, 불교의 사상을 외부의 시선으로 바라보는 방법을 제시
했다. 삼교는 각각 독자적인 기본 이념과 사상을 지니지만 서로의 입
장을 고수하고 주장하다 보면 고착된 편견과 고정관념을 지니게 된다.
그러나 삼교는 각각 스스로 추구하는 지향과 실제 양상 사이에 모순이
있을 수 있다. 석씨와 노씨는 죽음과 삶을 동일시한다고 표방하지만
그 둘은 모두 죽음을 두려워하는 면이 있다. 마찬가지로 유학은 명예
보다 실질의 도를 추구해야 한다고 주장하지만 실제로는 명예를 좋아
하는 부정적 측면이 있는 것이다. 서포의 시선이 매우 상대주의적임을
알 수 있다.

---

2) [교감] 若不: 연민문고본은 '不若'으로 되어 있다. 잘못 도치하였다. 통문관본, 고려대본, 서울
　대본을 따른다.
3) [교감] 則: 연민문고본은 '之'로 되어 있다. 오자이다. 통문관본, 고려대본, 서울대본을 따른다.

『주역』「계사전」의 작자

상—46

    구양수는 『주역』「계사전」[1]에 '자왈子曰'이라는 글자가 있으므로 공자가 지은 것이 아니라고 했다.[2] 주자는 '자왈'이란 말은 뒷사람이 추가한 것이라고 결론짓고, 호굉[3]이 『통서』[4]를 개정한 예와 같다고 여겼다. 만

---

1) 「계사전繫辭傳」: 『주역』의 10익(十翼) 가운데 하나. 상하 2전으로 되어 있다. 현재의 『주역』은 8괘와 64괘, 그리고 괘사(卦辭)·효사(爻辭)·10익으로 되어 있다. 태극(太極)이 변해 음·양으로, 음·양은 다시 변해 8괘, 즉 건(乾)·태(兌)·이(離)·진(震)·손(巽)·감(坎)·간(艮)·곤(坤) 괘가 되었다. 그러나 8괘만 가지고는 천지자연의 현상을 다 표현할 수 없어 이것을 변형해 64괘를 만들고 거기에 괘사와 효사를 붙여 설명한 것이 바로 『주역』의 경문(經文)이다. 경문을 이론적·철학적으로 해석한 것을 10익이라고 한다. 새의 날개처럼 돕는 열 가지라는 뜻으로, 즉 「단전象傳·상하」「상전象傳·상하」「계사전·상하」「문언전文言傳」「설괘전說卦傳」「서괘전序卦傳」「잡괘전雜卦傳」이 그것이다.

2) 구양수는~아니라고 했다: 구양수는 「전역도傳易圖」에서, 『논어』에서 첫머리에 '자왈'이라고 한 것은 공자와 제자의 말을 구분하고 또 여러 사건을 담은 문장이 순서 없이 섞여 있어 이를 구분하기 위해서였으므로, 「문언전」 등이 공자가 스스로 지은 것이라면 '자왈'이라는 말을 할 필요가 없으며, 일시에 쓰인 것이므로 '자왈'을 써서 순서를 매길 필요도 없다고 했다. 그리고 '하위(何謂)'로 시작하여 '자왈'로 이어지는 등의 말은 모두 강사(講師)가 자문자답한 것이라고 했다.

3) 호굉(胡宏, 1106~1161): 북송 때의 학자. 자(字)는 인중(仁仲), 호는 오봉(五峰). 정호(程顥)·정이(程頤)의 문인인 양시(楊時)와 아버지 호안국(胡安國)에게 배웠다. 저서에 『지언知言』과

일 주자의 말이 옳다면, "천존지비天尊地卑"로 시작하는 「계사전」의 첫머리부터 모두 '자왈'로 시작해야 하는데, 어찌하여 「계사전」 제5장[5]부터 비로소 간간이 그 말이 나오는가?

또 "명학재음鳴鶴在陰"[6] 이하는 경서의 글과 공자의 말이 뒤섞여 글을 이루었다. 거기서 만약 '자왈'이란 글자를 빼버린다면, 대체로 문장의 기세가 유창하지 못하고 말의 뜻도 분명하지 않게 된다. 이와 같은 것들은 또 어떻게 처리할 것인가?

주자는 『대학』[7]을 해설하면서, "경문 1장[8]은 공자의 말인데 증자[9]

『오봉집五峰集』 등이 있다.

4) 『통서通書』: 북송 중기 송학(宋學)의 개조 주돈이(周敦頤)의 저서. 1권 40편. 본래 『역통易通』이라 일컬으며 『태극도설太極圖說』과 표리(表裏)의 관계를 이룬다. 『태극도설』이 우주론을 설명한 데 비해, 이 책은 윤리설을 중심으로 했다. 태극, 음양 이기(二氣), 오행(五行, 금·목·수·화·토의 5원소), 남녀, 만물의 순서로 세계가 구성되었다고 논하고, 인간만이 가장 우수한 존재이기 때문에, 중정(中正)·인의(仁義)의 도를 지키고 마음을 성실하게 하여 성인이 되어야 한다는 도덕과 윤리를 강조했다.

5) 「계사전」 제5장: "한 번 음이 되고 한 번 양이 되는 것을 도라 하니, 도를 이은 것이 선(善)이고 도를 이룬 것이 성(性)이다. 어진 이는 그것을 보고 인(仁)이라 하고 지혜로운 이는 그것을 보고 지(知)라 한다. 백성은 나날이 사용하면서도 알지 못한다. 그러므로 군자의 도가 드물다. 인의 모습으로 드러나며 무궁한 쓰임 속에 감추어져 있다. 만물을 고동(鼓動, 부추겨 움직이게 만듦)하되 성인과 더불어 근심하도록 하지 않으니, 번성한 덕과 위대한 업적이 지극하도다. 낳고 낳는 것을 역(易)이라 하고 상(象)을 이루는 것을 건(乾)이라 하며 법(法)을 본받는 것을 곤(坤)이라 한다. 수(數)를 궁극에까지 미루어나가 미래를 아는 것을 점(占)이라 하고 통하여 변화시키는 것을 사(事)라 하며 음으로 변하고 양으로 변해서 예측할 수 없는 것을 신(神)이라 한다(一陰一陽之謂道. 繼之者, 善也. 成之者, 性也. 仁者見之謂之仁, 知者見之謂之知, 百姓日用而不知, 故君子之道, 鮮矣. 顯諸仁, 藏諸用, 鼓萬物而不與聖人同憂, 盛德大業, 至矣哉. 生生之謂易, 成象之謂乾, 效法之謂坤, 極數知來之謂占, 通變之謂事, 陰陽不測之謂神)."

6) 명학재음(鳴鶴在陰): 『주역』 「계사전」 제8장에 수록된 "우는 학이 그늘에 있어, 그 새끼가 화답하네. 내게 좋은 작록(爵祿, 벼슬과 녹봉)이 있으니, 내가 너와 함께 나누어 가지리라(鳴鶴在陰, 其子和之. 我有好爵, 吾與爾靡之)"의 구를 말한다. 군자의 말과 행동은 주위에 영향을 미치므로 신중해야 함을 강조한 내용이다.

7) 『대학大學』: 한나라 이후 『시경』 『서경』 『역경』 『예기』 『춘추』가 오경(五經)으로서 기본 경전으로 전해지다가 주희가 『예기』에서 『중용』과 『대학』 두 편을 독립시켰다. 이에 장구(章句)를 짓고 자세한 해설을 붙이는 한편, 착간(錯簡, 책장 또는 편篇·장章의 순서가 잘못됨)을 바로잡았다. 주희는 『대학』 전체를 경문(經文) 1장, 전문(傳文) 10장으로 나누어 '경문'은 공자의 사상을 증자가 기술한 것이고, '전문'은 증자의 생각을 그의 문인이 기록한 것이라고 했다. 『대

가 이를 기술한 것이다. 전문 10장[10]은 증자의 뜻인데 문인이 기록한 것이다"[11]라고 했다.

이제 「계사전」에서도 '자왈'이란 글자가 있느냐 없느냐에 따라 있으면 공자의 말을 적은 것이고 없으면 공자의 뜻을 적은 것이라고 구분한다면, 구양수의 의문을 풀 수 있을 것이다. 또 그 「계사전」을 존중하고 믿는 데도 해로움이 없을 것이다. 구양수가 고집한 주장은 비록 조잡하고 천박한 듯하지만, 아주 정확해서 이를 파기할 수 없다.

歐陽氏以『易』「繫」有'子曰'字, 謂非仲尼所作. 朱文公歸之後人所加, 如胡仁仲改定『通書』之例. 信如文公之言, 則自首章"天尊地卑", 皆應以'子曰'起之, 何以自第五章始間間有之乎?

且"鳴鶴在陰"以下, 以經文及夫子之言, 錯綜而成文, 如拔去'子曰'二字, 則往往文勢不暢, 語意不明. 如此者, 又何以處之? 文公『大學』說曰: "經一章孔子之言, 而曾子述之, 傳十章曾子之意, 而門人記之."

今於「繫辭」'子曰'字有無處, 亦以孔子之言與意分別之, 則似可以釋歐公之疑, 而亦無害於尊信之道也. 蓋歐公所執, 雖似粗淺, 極確不可破也.

학』의 저자에 대해서는 여러 가지 설이 있는데 자사(子思)가 지은 것이라는 견해가 지배적이다. 『대학』의 내용은 3강령(명명덕明明德, 신민新民, 지어지선止於至善)과 8조목(격물格物, 치지致知, 성의誠意, 정심正心, 수신修身, 제가齊家, 치국治國, 평천하平天下)으로 구성되어 있다.

8) 경문 1장: 주희의 『대학장구大學章句』에서 경(經)으로 파악한 1장을 말한다.

9) 증자(曾子): 이름은 삼(參, 혹은 참)으로, 산동성 사람. 자는 자여(子輿). 증점(曾點)의 아들이다.

10) 전문 10장: 3강령과 8조목을 논한 본문을 경문으로 보고, 이하의 해설을 전문으로 본다. 주희는 『대학』의 전문을 10장으로 나누고, 증자가 공자의 경문을 풀이하고 증자의 문인이 기록한 것으로 간주한다.

11) 경문 1장은~기록한 것이다: 주희의 『대학장구』 경문 1장 다음에 주석으로 나온다. 앞의 주석 참조.

평설

구양수는 「계사전」에서 '자왈'로 시작하는 구절은 공자의 말이 아니라고 보았고, 주희는 그 부분을 뒷사람이 추가한 것이라고 단정했다. 그런데 주희는 『대학』을 분석하면서, 말을 직접 옮긴 부분과 뜻을 옮긴 부분을 구별하여, 경문은 공자의 말을 증자가 기술했고 전문은 증자의 뜻을 문인이 기록했다고 판정한 바 있다. 서포는 그 기준을 「계사전」의 구조에 적용해서, '자왈'이 있는 부분은 공자의 말을 직접 옮긴 것이고 '자왈'이 없는 부분은 공자의 뜻을 옮긴 것으로 볼 수 있다고 주장했다. 「계사전」을 공자의 저술로 보는 기왕의 경학설을 그대로 받아들이면서 경문의 구조를 나름대로 층위설에 입각해서 분석하려 한 것이다.

여기서 서포는 경문의 해석에서 말한 이와 글쓴이를 구별하는 원천 비평 방법을 제기했다고 할 수 있다. 즉 서포는 텍스트 해석과 관련하여 다음 두 가지를 늘 염두에 두어야 한다고 보았다. 첫째, 말하는 주체와 그 말을 기록하는 자가 항상 일치하는 것은 아니다. 둘째, 기록된 글은 말하는 주체의 의도를 온전하게 췌마揣摩, 헤아려 알아냄했다고 단언하기 어렵다.

『맹자』「호악장」[1]에서 "머리를 아파하고 이마를 찌푸리며 서로 말하기를, '우리 왕께서 음악을 좋아하심이여! 어찌 우리로 하여금 이런 극단에 이르게 하는가!' 하면서, 아비와 자식이 서로 만나보지 못하고 형제처자도 흩어지고 있다"고 한 문장에 대해, 지금 독자들은 '이런 극단' 이상을 백성들의 말로 보고, '아비와 자식이 서로 만나지 못함'이하를 백성들의 일로 끊어서 읽는다. 이는 대개 언해諺解, 한문을 한글로 풀이함의 잘못[2]에 기인한다. 고문의 문맥은 유장悠長, 길게 늘어짐하여 종종 그것이 흘러가는 대로 맡겨둘 뿐이니, 지금 사람들이 글을 지을 때 걸음걸

---

1) 「호악장好樂章」: 『맹자』「양혜왕梁惠王·하」의 장.
2) 언해(諺解)의 잘못: 교정청 언해본과 율곡 언해본이 모두 차극(此極)까지를 백성의 말로 풀이하고 있다. 교정청 언해본은 "다 首룰 疾ᄒ며 頞을 蹙ᄒ야 서로 告ᄒ야 굴오디 우리 王의 樂敏홈을 好홈이여 엇디 우리로 ᄒ여곰 이 極에 至케ᄒ는고 ᄒ야 父子ㅣ 서로 보디 몯ᄒ며 兄弟와 妻子ㅣ 離散ᄒ며"로 풀이했고, 율곡 언해본은 "다 머리 알ᄒ며 니마 삥긔여 서로 告ᄒ야 굴오디 우리 王의 樂을 敏ᄒ기 됴히 녀기시미여 엇디 우리로 ᄒ여곰 이 그 極호매 니르게 ᄒ는고 ᄒ야 父子ㅣ 서로 보디 몯ᄒ며 兄弟와 妻子ㅣ 離散ᄒ며"로 풀이했다.

음마다 고개를 돌려보듯 앞뒤를 호응하게 하는 것과는 다르다. "아비와 자식이 서로 만나보지 못함" 이하는 마땅히 모두 백성의 말로 보아야 한다. 이른바 "극단"이라 한 것은 바로 아래 문장에서 운운한 것을 가리킨다.

이 참에 생각나는데, 포저浦渚 조익3) 어른은 「왕우전장往于田章」을 해석하면서, "불약시괄"4)도 그 문세文勢가 아주 이것과 비슷하다고 했다. 이른바 "괄"5)이라 한 것도 아래 문장에서 운운한 것을 가리킨다는 것이다. 대개 "이의已矣"라고 말한 것은 스스로를 부족하게 여기는 마음이 없다는 것이고, "어아하재"6)는 "광 땅 사람들이 나를 어떻게 하겠는가"7)라는 말과 또한 유사하다. 이는 비록 주자의 풀이와 다르지만, 일설一說로 삼아도 무방할 것이다.

포저는 「부동심장」을 풀이해8) "오불췌언"9)이라는 말은 '호乎'자의

----

3) 조익(趙翼, 1579~1655): 조선시대 중기의 문신으로, 본관은 풍양(豊壤). 자는 비경(飛卿), 호는 포저(浦渚)·존재(存齋).

4) 불약시괄(不若是怒):『맹자』「만장萬章·상」에 나온다. "만장이 말했다. '부모께서 사랑하시면 기뻐해 잊지 말며, 부모께서 미워하시면 더욱 노력하고 원망하지 말아야 한다는데, 그렇다면 순임금께서는 원망하신 것입니까?' 맹자가 말했다. '장식(長息, 공명고의 제자)이 공명고(公明高, 증자의 제자)에게 묻기를, 순임금이 밭에 간 이유는 제가 이미 가르침을 들어서 알고 있습니다만, 하늘과 부모를 부르면서 우셨다는 것은 저로서는 이해할 수 없습니다 하자, 공명고는 그것은 자네가 알 수 있는 것이 아닐세' 하고 말했다. 저 공명고는 효자의 마음이 다음의 말처럼 무관심할 수 없다고 생각했다. 즉 나는 힘을 다해 밭을 갈아 공손히 자식된 직분을 할 따름이니, 부모께서 나를 사랑하지 않는 것이 나하고 무슨 상관 있겠는가라는 말이다(萬章曰: '父母愛之, 喜而不忘, 父母惡之, 勞而不怨. 然則舜怨乎?' 孟子曰: '長息問於公明高曰: 舜往于田, 則吾旣得聞命矣, 號泣于旻天, 于父母, 則吾不知也. 公明高曰: 是非爾所知也.' 夫公明高以孝子之心, 爲不若是怒, 我竭力耕田, 共爲子職而已矣, 父母之不我愛, 於我何哉)."

5) 괄(怒): 조기(趙岐)와 주희는 모두 '근심 없는 모양(無愁之貌)'이라고 주석했다.

6) 어아하재(於我何哉): 주희는『맹자집주孟子集註』에서, "어아하재는 자신에게 무슨 죄가 있어서인지 알지 못하겠다고 자책한 것이니, 부모를 원망한 것이 아니다(於我何哉, 自責不知己有何罪耳, 非怨父母也)"라고 주석했다.

7) 광(匡) 땅 사람들이 나를 어떻게 하겠는가:『논어』「자한子罕」에 "하늘이 장차 이 문(文)을 없애려 하셨다면 뒤에 죽는 사람이 이 문(文)에 참여하지 못했을 것이다. 그러나 하늘이 이 문(文)을 없애려 하지 않으셨으니, 광 땅 사람들이 나를 어떻게 하겠는가(天之將喪斯文也, 後死者不得與於斯文也, 天之未喪斯文也, 匡人其如予何)"라고 했다.

의미를 띠고 있다고 했다. 주자의 『시집전詩集傳』에서 "사아불능찬혜"10) 를 풀이한 문세가 바로 이와 같으므로, 역시 근거 없다고 할 수 없다.

주자가 이치를 분석하고 경전을 해설한 것은 왕통11)이 말했듯이 '천 명天命에 짝하는12) 것이라 하겠기에, 후학들은 문득 이설을 세워 미친 짓을 하여 분수를 어기는 죄를 짓지 말아야 한다. 그런데 그 의견이 편 벽되고 막혀 있어, 안연처럼 '무슨 말이든 이해하여 기뻐하지 않는 바 가 없는' 경지13)에 미치지 못하는 자들은 스스로 그때그때 기록해두었 다가 견해가 진전되기를 기다리는 것도 무방하다. 이 역시 배움의 일 단一端인 것이다.

물명物名, 물건 이름과 자의字義에 관계된 것이라든가 이렇게 구두句讀에 관 계된 세세한 일에 이르러서는, 황간과 채침14) 같은 분들도 스승의 설을

---

8) 포저는 「부동심장不動心章」을 풀이해: 조익은 『맹자천설孟子淺說』에서 "만약 스스로 돌이켜 서 정직하지 못하면 비록 천한 사람이라도 내 두려워하지 않겠는가(若自反不直, 雖褐夫之賤, 吾能不懼乎)"라고 호(乎) 자의 어기를 띠고 있다고 했다.

9) 오불췌언(吾不揣焉): 『맹자』 「공손추公孫丑·상」에 "옛날 증자가 자양(子襄, 증자의 제자)에게 이르기를, '그대는 용(勇)을 좋아하는가? 내 일찍이 대용(大勇, 큰 용기)을 부자(夫子)에게 들 었으니, 스스로 돌이켜서 정직하지 못하면 비록 천한 사람(갈관박褐寬博)이라도 내 두려워하 지 않겠는가? 그러나 스스로 돌이켜서 정직하다면 비록 천만 명이 있더라도 내가 가서 대적 할 수 있다'(昔者曾子謂子襄曰: '子好勇乎? 吾嘗聞大勇於夫子矣, 自反而不縮, 雖褐寬博, 吾不揣 焉, 自反而縮, 雖千萬人, 吾往矣')"라고 했다.

10) 사아불능찬혜(使我不能餐兮): 『시경』 「정풍鄭風·교동狡童」에 "그대 때문에 내가 밥을 먹지 못하라(維子之故, 使我不能餐兮)"라고 나온다. 주희는 『시집전』에서, "이는 또한 음녀(淫女) 가 거절을 당하고서 그 사람을 희롱한 말이다. 나를 좋아하는 자가 많기에, 그대가 비록 거절 하지만 나로 하여금 밥을 먹지 못하게 할 수는 없다는 뜻이다(此亦淫女見絶而其人之詞, 言悅 己者衆, 子雖見絶, 未至於使我不能餐也)"라고 풀이했다.

11) 왕통(王通, 584~617): 수나라 학자. 하분(河汾) 즉 강주(絳州) 용문(龍門) 사람. 자는 중엄 (仲淹).

12) 천명(天命)에 짝하는: 왕통은 일찍이 "나를 등용해준다면 『주례周禮』를 들고 가겠다"고 하고, 또 『주례』는 천명에 짝한다고 거듭 찬탄했다고 한다.

13) 안연(顏淵)처럼~경지: 『논어』 「선진先進」의 "子曰: '回也, 非助我者也, 於吾言, 無所不說'"을 인용했다. 그런데 '無所不說'에 대해 양나라 황간(皇侃)은 "안회는 말을 들으면 곧 이해했다 (回聞言卽解)"라고 주석했으나, 주희는 '설(說)'을 '열(悅)'로 보아, "기뻐하지 않는 바가 없다" 라고 보았다.

그대로 다 따르지는 않았다. 여백공呂伯恭. 여조겸은 사람들에게 『이천역전伊川易傳』만 보도록 해 의심을 일으키지 못하게 했으나, 주자는 말하기를, "만약 이와 같이 글을 본다면 무슨 참다운 정신이 있겠으며, 또한 내게 무엇을 하란 말인가"[15]라고 했다.

『孟子』好樂章曰: "疾首蹙頞而相告曰: '吾王之好鼓樂, 夫何使我至於此極也!' 父子不相見, 兄弟妻子離散." 今讀者, 截之於此極以上爲百姓之言, 父子不相見以下爲百姓之事. 盖諺解之誤. 古文語脈悠長, 往往任其所之而止, 不如今人作文, 步步回首也. 此當通作百姓之言, 所謂極者, 正指下文云云也.

----

14) 황간(黃幹, 1152~1221)과 채침(蔡沈, 1167~1230): 주희의 두 문인. 황간은 호가 면재(勉齋)로, 주희의 사위이다. 주희의 『의례경전통해儀禮經傳通解』에서 누락된 상례(喪禮)·제례(祭禮)를 양복(楊復)과 함께 보충하여 『의례경전통해속儀禮經傳通解續』을 엮었다. 채침은 채원정(蔡元定)의 차남으로, 1199년(희령 5년) 겨울에 스승 주희로부터 『서경』에 주석을 달라는 분부를 받고 10년 만에 『서집전書集傳』을 완성했다.

15) 여백공(呂伯恭)은~무엇을 하란 말인가: 『주자어류』 권67 「역易·3」에 나온다. "묻습니다. 『역』을 읽을 때 만약 이천(伊川, 정이程頤)의 설만 따른다면 아마도 너무 완결되지 않아서 힘들여 사색할 곳이 없고, 만약 자기의 의견을 써서 사색하여 설을 세운다면 또 너무 광이(狂易)한 듯합니다. 호(浩) 저는 최근 공부하다가 『역』을 보면서 이천의 설을 주로 하되 횡거(橫渠)·온공(溫公)·안정(安定)·형공(荊公)·동파(東坡)·한상(漢上)의 풀이들을 참고로 하면서 그 가운데 가장 좋은 것을 골라서 초록했더니 혹 제 마음에 흡족했습니다만, 이렇게 해도 좋겠습니까? 대답한다. 여백공은 사람들에게 다만 이천의 『역』만 보도록 해서 의심을 두지 않게 했다. 내 생각에는 만약 이렇게 글을 본다면 무슨 정신이 있겠으며 또 내게 무엇을 할 수 있게 만들겠는가? 호(浩)가 말했다. '이천에게는 잘못된 곳이 있을 수 없습니다.' 답했다. 그가 도리를 말한 것은 정말로 잘못이 아니다. 다만 문의(文義)와 명물(名物)에서는 미진한 점이 있을 수 있다. 또한 말했다. 그대는 여러 학자들을 어떻게 보는가? 호(浩)가 말했다. 각각 뛰어난 점이 있습니다. 말했다. 동파가 『역』을 풀이한 것은 대체로 가장 좋지 않다. 하지만 그는 도리어 글을 지을 줄 알고 구법(句法)을 알아서, 글을 풀이하고 의미를 해석한 것에는 반드시 뛰어난 점이 있다(問: '讀『易』, 若只從伊川之說, 恐太見成, 無致力思索處. 若用己意思索立說, 又恐涉狂易. 浩近學看『易』, 主以伊川之說, 參以橫渠溫公安定荊公東坡漢上之解, 擇其長者抄之, 或足以己意, 可以如此否?' 曰: '呂伯恭敎人只得看伊川『易』, 也不得致疑. 某謂若如此看文字, 有甚精神? 卻要我做甚!' 浩曰: '伊川不應有錯處.' 曰: '他說道理決不錯, 只恐於文義名物也有未盡.' 又曰: '公看得諸家如何?' 浩曰: '各有長處.' 曰: '東坡解『易』, 大體最不好. 然他卻會作文, 識句法, 解文釋義, 必有長處')."

仍思浦渚趙相解往于田章"不若是忍", 文勢頗與此相類. 所謂忍者, 亦指下文云云. 盖'已矣'云者, 無自視不足之意. "於我何哉", 與"匡人其於予何哉", 語亦相似. 此雖異於朱子之解, 恐不妨以備一說. 浦相之解不動心章"吾不揣焉", 帶'乎'字意, 朱子『詩傳』, "使我不能餐兮", 文勢正如此, 亦不爲無據也.

文公之析理解經, 殆王通所謂'敵天命'者, 後學不當輒爲異同之說, 以犯狂僭之罪. 而若其意見偏滯, 不能如顏子之無所不說者, 不妨私自箚錄以待見解之長進, 是亦問學之一端. 至於物名字義及如此句讀間細事, 黃·蔡諸公, 亦未嘗盡用師說矣. 呂伯恭敎人只看程傳, 不得致疑, 朱子曰: "若如此看文字, 有甚精神? 却要我做甚?"

🌿 평설

서포는『맹자』「양혜왕·하」의 '호악장'에 대해 고문의 문세를 참조해서 언해본의 해설을 비판했다. 언해본은 주희의 설을 따른 것이므로, 서포의 비판은 곧 주자설에 대한 비판을 뜻했다. 주희의 경전 해석은 당시로서는 가장 권위가 있었다. 하지만 주희의 제자인 황간과 채침은 명물, 자의, 구두와 관련된 문제에서 반드시 주희의 설을 따르지는 않았다. 또 주희 자신도 여조겸이 정이의『이천역전』을 무조건 신봉하는 것을 비판한 일이 있다. 서포는 이러한 근거에서 17세기 경학가로서 주희의 설과는 다른 구두와 해설을 꾀했던 포저 조익의 설 가운데 몇몇은 경청할 만하다고 평가했다.

시경 「관저」의 작중 화자

상—48

주자는 『시집전詩集傳』에서, 「관저」[1] 제2장과 제3장이 모두 궁중[2]에서 시를 지은 사람의 말이라고 했다. 그러나 그렇게 본다면, '오매寤寐, 자나 깨나'라든가 '금슬琴瑟'이라는 말은 아주 어울리지 않는 듯하다. '우友, 벗한다'라는 것은 "우우형제형제에게 우애한다"[3]라고 할 때의 '우'와 같은 뜻이므로, 이 뜻으로 본다면 상대방과 맞먹는 일이 된다. 그렇다면 더욱 비첩婢妾, 종의 신분으로 첩이 된 여자이 감히 임금의 부인과 맞먹는다고 할 수 있는

---

1) 「관저關雎」: 『시경』 「주남周南」의 첫 편. 『시집전』 서(序)에서는 "오로지 주남과 소남(召南)만이 직접 문왕의 교화를 입어서 덕을 완성했으므로 사람들마다 모두 그 성정의 올바름을 얻었다(唯周南召南, 親被文王之化以成德, 而人皆有以得其情之正)"라고 했다.

2) 궁중(宮中): 『시집전』의 해석을 보면, "주나라 문왕은 태어나면서부터 성덕이 있었고, 또 성녀인 태사씨(太姒氏)를 얻어 배필로 삼았으니, 궁중에 있는 사람들이 태사가 처음 시집올 때 그 유한(幽閑)하고 정정(貞靜, 곧고 고요함)한 덕이 있음을 보았으므로 이 시를 지었다(周之文王, 生有聖德, 又得聖女太姒氏, 以爲之配, 宮中之人, 於其始至, 見其幽閑貞靜之德, 固作是詩)"라고 했다.

3) 우우형제(友于兄弟): 『서경』 「주서·군진」에 "왕이 다음과 같이 말씀하셨다. '군진(君陳)아! 너의 훌륭한 덕은 효도와 공손함이니, 효도하고 형제에게 우애하여……'(王若曰: '君陳! 惟爾令德, 孝恭, 惟孝, 友于兄弟…')"라고 나온다.

말은 아닌 것 같다. 이 시의 첫 장은 정말로 궁중 사람의 말이지만, 제2장과 제3장은 군자의 뜻을 대신 서술한 것으로 보아도 무방할 것이다.

「들에 죽은 노루 있네」[4]의 첫 장 역시 "한 여인이 춘심春心, 이성을 그리워함을 품었다"고 했으므로, 정녕 여자가 스스로 쓴 것이 아니지만, 마지막 장에는 바로 여자가 거절하는 말을 서술했다. 『시경』에서는 본디 이 같은 예가 있는 것이다.

공자는 "「관저」는 즐거우나 음란하지 않고 슬프지만 상심傷心하지 않는다"[5]고 했다. 무릇 남녀의 감정은 즐거우면 쉽게 음란해지고 슬프면 쉽게 상심하게 되지만 「관저」는 그렇지 않다. 이것은 특히 성정의 올바름을 얻은 것이어서 다른 국풍의 시편들이 미칠 수 없는 바이다. 만약에 비첩들이 임금 부인을 받드는 것이라면, 즐거움이 어찌 갑자기 음란한 데에 이르며 슬픔이 어찌 갑자기 상심한 데에 이르겠는가? 이것은 정녕 일컬을 것도 못 된다.

朱子以「關雎」二三章, 皆作宮中作詩之人之事, '寤寐'・'琴瑟' 等語, 頗似不甚懇切, 而友者, "友于兄弟"之友, 自是敵體之事, 尤恐非婢妾之所敢擬於君夫人者也. 此詩首章固是宮中之人之語, 而二三章不妨以代述君子之意.

「野有死麕」首章稱"有女懷春", 則固非女子自作, 而末章乃述女子拒之之

---

4) 「들에 죽은 노루 있네野有死麕」: 『시경』「소남召南」의 한 편. "남국의 여인들이 문왕의 교화로 몸가짐을 정숙히 하고 흉포한 사람의 욕됨을 받는 것을 경계해 읊은 노래라고 했다. "들에 죽은 노루가 있거늘 흰 띠풀로 싸도다. 한 여인이 춘심을 품었더니, 멋진 사내가 유혹하네. 숲에 떡갈나무 있으며 들에 죽은 사슴이 있기에, 흰 띠풀로 묶으니 여자가 옥처럼 아름답도다. 가만가만 서서히 와서 내 수건을 움직이게 하지 말고, 삽살개가 짖게 하지 말라(野有死麕, 白茅包之. 有女懷春, 吉士誘之. 林有樸樕, 野有死鹿. 白茅純束, 有女如玉. 舒而脫脫兮, 無感帨兮, 無使尨也吠)."
5) 「관저」는 즐거우나~상심하지 않는다: 『논어』「팔일八佾」에 보면, "공자께서 말씀하시기를, '관저는 즐거워하되 지나치지 않고, 슬퍼하되 화기(和氣)를 해치지 않는다'(子曰: 「關雎」, 樂而不淫, 哀而不傷)"고 했다. 주희는 '슬퍼하되 화기를 해치지 않는다'는 논평을, "자나 깨나 그리워하며 밤이 깊어도 잠 못 이루어 몸을 뒤척인다"는 구절에 해당한다고 보았으나, 이설도 있다.

辭, 詩固有此例也.

孔子曰: "「關雎」樂而不淫, 哀而不傷." 夫惟男女之情, 樂則易至於淫, 哀則易過於傷, 而「關雎」不然. 此所以獨得性情之正, 而非他國風之所及. 若婢妾之奉君夫人, 則樂何遽至於淫, 哀何遽至於傷? 此固不足稱也.

🌿 평설

『시경』 국풍 주남의 「관저」에 대해서는 작중 화자를 누구로 볼 것인가에 대해 이설이 많고, 주희가 해설한 본지本旨, 본뜻에 동의하지 않는 이설도 많다. 조선시대에는 『시경』 해석에서 『시집전』과 명나라 영락제 때 칙찬勅撰, 칙명으로 편찬함된 『시전대전』의 해설을 정설로 삼았다. 하지만 일부 학자들은 주희의 음시설淫詩說과 민간가요설을 비판하는 것은 물론, 시편의 새로운 해설을 시도했다. 음시설이란 국풍의 시 가운데 남녀의 만남을 소재로 한 시들은 중매 없이 남녀가 만나 사랑을 하는 내용을 담은 것이라고 보는 설을 말한다.

「관저」는 3장으로 되어 있다.

關關雎鳩	노래하는 한 쌍의 물수리
在河之州	황하의 물가에 노는구나
窈窕淑女	얌전하고 조용한 아가씨는
君子好逑	덕 높은 군자의 좋은 배필일세
參差荇菜	올망졸망 마름풀을
左右流之	이리저리 찾고
窈窕淑女	품위 있고 얌전한 아가씨를
寤寐求之	자나 깨나 생각하네

求之不得	생각해도 얻지 못하니
寤寐思服	자나 깨나 또 생각하네
悠哉悠哉	생각하고 또 생각하며
輾轉反側	이리 뒤척 저리 뒤척 잠 못 이루네

參差荇菜	올망졸망 마름풀을
左右采之	이리저리 뜯으며
窈窕淑女	얌전하고 아리따운 아가씨를
琴瑟友之	금슬 좋게 사귀네
參差荇菜	올망졸망 마름풀을
左右芼之	이리저리 가려내고
窈窕淑女	얌전하고 아리따운 아가씨와
鐘鼓樂之	풍악을 울리며 즐기네

「관저」는 군자가 요조숙녀를 구했으나 얻지 못하자, 자나 깨나 그리
워하며 밤이 깊어도 잠 못 이루어 몸을 뒤척이다가, 마침내 요조숙녀
를 얻어 풍악을 울리며 즐겁게 지내는 내용을 읊은 시라고 하겠다. 이
「관저」에 대해서는 세 가지 설이 있다. 『노시魯詩』에서는 "주나라 강왕康
王이 후궁과의 즐거움에 빠져 아침에 늦게 일어남을 풍자했다"고 했다.
『모시毛詩』에서는 "후비가 군주를 위해 좋은 첩을 찾아주고 싶은데 찾
지 못하는 안타까운 심정을 노래했다"고 보았다. 『모시』의 소서小序는
공자의 제자 자하子夏가 지었다는 설이 있다. 그 소서에서는 「관저」는
숙녀를 얻어 군자의 배필로 삼아 어진 이를 등용하는 데 뛰어나고 그
여색을 음란하게 좋아하지 않음을 즐거워한 것이다. …… 이것이 「관
저」의 본뜻이다"라고 했다. 한편 주희는 『시집전』에서 이 시가 궁중 사
람들이 후비의 덕을 노래한 것이라고 풀이했다.

서포는 「관저」의 첫 장은 궁중 사람이 화자이지만 제2장과 제3장은 시인이 군자의 뜻을 대신 서술한 것이라고 분간했다.

『시경』의 음시

상-49

『주자어류』에 보면, 주자의 제자가 "음분淫奔. 남녀가 음탕한 행동을 함의 시에 대해 동래[1]는 시인이 풍자한 것이라 하셨으나 선생님은 그대로 '음분한 사람들의 말'이라 하시니, 그 설을 이해하지 못하겠습니다"라고 여쭙는 말이 있다.[2] 이에 대해 주자는 "만약 이것을 시인이 쓴 것이라고 하자. 그래서 무주婺州 사람 중에 음분한 사람이 있다면, 동래는 어째서 시를 한 편이라도 지어서 그들을 풍자하지 않는가? 이것은 경박한 사람이 쓴 것이다. 시인은 온후하므로 반드시 그렇게 하지는 않을 것이다"라고 했다.

여기서 주자는 변설을 좋아한다고 하겠다. 남녀가 밀회하는 내용을 다룬 「대거」[3]나 「장중자」[4] 같은 시의 경우, 그 남녀가 어찌 다른 사람

---

1) 동래(東萊): 여조겸(呂祖謙, 1137~1181). 절강성 금화(金華) 사람. 자는 백공(伯恭), 동래가 그의 호.
2) 『주자어류』에 보면~ 있다: 『주자어류』 권80에 이무흠(李茂欽)이 물은 내용으로 나온다.
3) 「대거大車」: 『시경』 「왕풍王風」의 한 편. 『시집전』에서는 대부들이 법으로 민간의 색정을 다스

이 알까 두려워하지 않았겠는가? 설령 개인적으로 서로 창화唱和한 시가 있다 하더라도 결코 거리마다 크게 노래 부르고 벽에다 큰 글씨로 써 붙일 리는 없을 것이다. 그렇다면 노래를 채취하는 사람이 어디에서 이를 얻을 수 있겠는가? 또한 「신대」5)나 「순분」6) 같은 시들은 모두

리자, 중매 없이 자기들끼리 만나 사랑을 나누는 남녀들이 두려워하며 노래한 것이라 했다. 현재는 출세해 대부의 수레를 타고 지나가는 옛 애인을 보내면서 여자가 신분 때문에 비록 다가갈 수 없지만 사랑은 영원히 변함없을 거라는 해석이 더 합리적이라고 보는 견해가 있다. 「모시서毛詩序」는 "「대거」는 주나라 대부를 풍자한 것이다. 예의가 무너져 남녀가 음분했다. 그러므로 옛 일을 진술해 지금의 대부가 남녀의 송사를 제대로 처리하지 못하는 것을 풍자했다(大車, 刺周大夫也. 禮義陵遲, 男女淫奔. 故陳古以刺今大夫不能聽男女之訟焉)"라 했다. 시는 다음과 같다. "큰 수레가 덜컹덜컹 가는데, 관복이 갈대잎처럼 푸르군요. 어찌 그대가 그립지 않겠습니까만 저 사람이 무서워 가지 못합니다. 큰 수레가 덜컹덜컹 가는데, 관복이 홍옥처럼 붉군요. 어찌 그대가 그립지 않겠습니까만 저 사람이 무서워 달려가지 못합니다. 살아서는 다른 집에 살아도, 죽어서는 한 구덩이에 묻히겠어요. 그대 내 말을 믿지 못하면, 저 밝은 해에 맹세하리다(大車檻檻, 毳衣如菼. 豈不爾思, 畏子不敢. 大車啍啍, 毳衣如璊. 豈不爾思, 畏子不奔. 穀則異室, 死則同穴. 謂予不信, 有如皦日)."

4) 「장중자將仲子」: 『시경』 「정풍鄭風」의 한 편. 현대의 관점에서 보면, 사람들의 눈을 피해가며 애틋한 사랑을 나누는 남녀의 마음을 노래한 것으로 이해된다. 제3장에 "장중자여, 우리 동산을 넘어 들어오지 마라. 우리 단향목을 꺾지 마라(將仲子兮, 無踰我園, 無折我樹檀)"라고 했다. 「모시서」는 이 시가 정나라 장공(莊公)을 풍자한 내용이라고 보았다. 즉 장공이 모친 무강(武姜)을 이기지 못하고, 또 아우 숙단(叔段)을 일찌감치 교도하지 못해 교만하게 만들어, 결국 아우를 해치게 되었음을 비판한 것이라는 것이다. 한편 주희의 『시집전』은 이 시를 음분한 사람의 말이라고 보았다.

5) 「신대新臺」: 『시경』 「패풍邶風」의 한 편. 「모시서」는 위(衛)나라 선공(宣公, 진晉나라 환공의 아우)이 자기 아들 급(伋)을 위해 제(齊)나라 제후의 딸 선강(宣姜)을 며느리 삼기로 했는데, 선강을 보고는 반해버려 자기 처로 삼아버렸다는 고사를 이 시에 연결시켜, "「신대」는 위나라 선공을 풍자한 것이다. 급의 아내를 맞아들이기로 해 신대를 황하 가에 만들고 기다렸으므로, 나라 사람들이 혐오해 이 시를 지었다(「新臺」, 刺衛宣公也. 納伋之妻, 作新臺于河上而要之, 國人惡之, 而作是詩也)"고 했다. 시는 다음과 같다. "새로 지은 누대가 선명하고, 황하 물결도 넘실거리네. 젊고 고운 님을 찾아왔더니, 늙고 병든 꼽추가 기다리네. 새로 지은 누대가 아스라하고, 황하 물결도 출렁거리네. 젊고 고운 님을 찾아왔더니, 늙고 병든 꼽추는 죽지도 않았네. 고기 잡으려고 어망을 쳐놓았더니 기러기가 걸리다니. 젊고 고운 님을 찾아왔더니 늙고 병든 꼽추를 얻었구나(新臺有泚, 河水瀰瀰. 燕婉之求, 籧篨不鮮. 新臺有洒, 河水浼浼. 燕婉之求, 籧篨不殄. 魚網之設, 鴻則離之. 燕婉之求, 得此戚施)."

6) 「순분鶉奔」: 『시경』 「용풍鄘風」의 한 편. 「모시서」는 위(衛)나라 선강이 자기의 서자(庶子) 공자 완(頑)과 음란하게 굴자 그것을 풍자했다고 보아, "순지분분은 위나라 선강을 풍자한 것이다. 위나라 사람은 선강이 메추리와 까치만도 못하다고 여겼다(鶉之奔奔, 刺衛宣姜也. 衛人以爲宣姜鶉鵲之不若也)"라고 했다. 시는 다음과 같다. "메추리는 쌍쌍이 힘차게 날고, 까치도

궁중의 음란함을 풍자한 것인데, 어디에 온유하고 순박함이 있단 말인가? 이 또한 어찌 위나라 선공[7]이나 선강宣姜이 지은 것이겠는가?

주자는 『시집전』에서 여러 유학자들의 견강부회한 내용을 삭제해버리고 곧바로 본래의 모습을 회복했다. 그러므로 이른바 만고의 쇄신을 가져왔다고 할 만하다. 그러나 종래의 설을 배격하면서 분개하고 질투함이 너무 지나쳤다. 공자와 맹자가 『시경』의 시편을 논할 때, 예를 들면 "불현경지不顯敬止"[8]는 자의와 관련해 원래 정설이 없었고, "융적시응戎狄是膺, 형서시징荊舒是懲"[9]은 본지本旨와 관련해 원래 정설이 없었다.

사람이 그 말단을 따르더라도 나는 그 근본을 찾고, 사람들이 편벽함을 얻더라도 나는 그 완전함을 거두고자 한다면, 두 가지 서로 다른 설을 보존한대서 무어 해가 되겠는가?

불교 서적에 이런 말이 있다.[10]

"오백나한들이 각자 자기의 뜻으로 부처의 말씀을 해석하고 부처에게 묻기를, '누가 부처님의 뜻을 잘 터득했습니까' 하자, 부처는 '모두가 내 뜻은 아니다'라고 했다. '그렇다면 잘못을 저지른 것이 아닙니까' 하자, 부처는 '비록 내 뜻은 아니지만, 논한 바가 모두 좋아서 세상

쌍쌍이 기세 좋게 나네. 어질지 못한 저 사람을 형이라 해야 하나? 까치는 쌍쌍이 기세 좋게 날고, 메추리도 쌍쌍이 힘차게 나누나. 어질지 못한 저 사람을 임금이라 해야 하나(鵲之奔奔, 鶉之彊彊. 人之無良, 我以爲兄. 鶉之彊彊, 鵲之奔奔. 人之無良, 我以爲君)?"

7) 선공(宣公): 위나라 제14대 군주(재위 BC 718~BC 700), 이름은 진(晉).

8) 불현경지(不顯敬止): 『시경』「주송周頌·경지敬之」에 나오는 구절. 「경지」는 성왕(成王)이 제사지내면서 신하들의 경계를 받아들여 스스로 경계한 내용의 악가(樂歌)라고 한다. '불청경지(不聽敬止)'라는 설도 있는데, 그렇다면 '총명하지 못해 공경하지 못함'의 뜻인 '불총경지(不聰敬止)'와 같다고 본다.

9) 융적시응(戎狄是膺), 형서시징(荊舒是懲): 『시경』「노송魯頌·비궁閟宮」에 나오는 말. "서쪽 북쪽 오랑캐를 무찌르고 남쪽 오랑캐를 징계하니"라는 뜻이다. 「비궁」은 노나라 희공이 제나라에게 빼앗겼던 옛 땅을 되찾고 훌륭한 정치를 베푸는 것을 칭송한 내용이라고 한다.

10) 불교 서적에 이런 말이 있다: 『잡아함경雜阿含經』권43에 보면, 여러 비구(比丘)들이 탈고(脫苦, 고뇌로부터 벗어남)의 방법에 관해 서로 상이한 설들을 제시하고 어느 것이 옳으냐고 질문했을 때 부처는 '너희들이 말한 설은 모두 선설(善說)이다'라고 말했다. 서포의 언급은 아마도 이러한 예들을 의식한 표현인 듯하다.

의 가르침으로 삼을 만하므로, 공은 있고 죄는 없다'고 했다."

이 말이 오히려 통한다.

『語類』, "問: '淫奔之詩, 東萊謂詩人所刺, 而先生則直謂淫奔者之言, 未曉其說.' 朱子曰: '若是詩人所作, 則婺州人如有淫奔, 東萊何不作一詩刺之? 此乃輕薄子之所爲, 詩人溫厚, 必不如此.'"

有是乎夫子之好辨也! 男女私會如「大車」·「將仲子」之類, 何嘗不畏人知? 設令有私相唱和之詩, 決無沿街大唱, 付壁大書之理, 採風謠者, 何從得之? 又如「新臺」·「鶉奔」, 皆刺宮禁穢亂, 安在其爲溫醇乎? 此亦豈衛宣公·宣姜之所作乎?

文公『詩傳』, 劃去諸儒附會, 直復本來顏面, 可謂一洗萬古. 然其掊擊舊說, 忿疾太過. 自鄒魯論詩, 如"不顯敬止"之於字義, "戎狄是膺, 荊舒是懲"之於本旨之類, 元無一定之說. 人沿其末, 我泝[11]其本, 人得其偏, 我收其全, 亦何傷於兩存也?

佛書曰: "五百羅漢, 各以其意解釋佛語, 問於佛曰: '誰得佛意?' 佛曰: '皆非我意.' 曰: '然則無乃[12]有罪?' 佛曰: '雖非我意, 所論皆善, 堪作世教, 有功無罪.'" 此言却通.

🌿 평설

서포는 『시집전』이 『시경』의 해석에 큰 공을 세웠다는 것을 인정하면서도 주희가 종래의 설을 배격하는 데 너무 과격했다고 지적했다. 그리고 경문을 해석할 때는 근본으로 소급하고 전체를 터득하기 위해

---

11) [교감] 泝: 통문관본은 '沿'으로 되어 있다. 고려대본, 서울대본을 따른다.
12) [교감] 乃: 고려대본은 '柰'로 되어 있다. 통문관본, 서울대본을 따른다.

서로 다른 이설들을 복수로 보존해두고 절충하는 방법도 무방하다고 했다. 불가佛家의 사람들조차도 부처의 뜻한 바에 맞추는 경직된 실천을 일삼으려 하지 않는다고 지적해, 편벽된 사고를 경계했다. 곧 서포는 어떤 종류의 사상이건 옳은 것은 취하고 그른 것은 버린다는 개방적인 학문관을 지녔음을 알 수 있다.

『서경』 「여형」의 육형

상―50

한나라 유학자들은 모두 순임금이 육형肉刑, 육체에 과하던 형벌을 없앴다고 말했으나, 송나라 유학자들은 힘써 육형을 주장했다. 그러므로 주자나 채침은 「순전舜典」의 '상형장'1)에 대해 변석辨釋, 사리事理를 변명해 해석함을 특히 자세히 가해 20자 사이에는 곡절이 대단히 많다. 하지만 끝내 의문이 없을 수 없다.

이른바 전형典刑, 예로부터 내려오는 법전을 두고 상형常刑, 일정하게 정해진 형벌이라고 했다면, 가벼운 형벌 무거운 형벌이나 모두 상형常刑이 있어야 한다. 어찌 유독 육형은 상형이라 하고 편복2)은 도리어 상형이 아니라 했는

---

1) 상형장(象刑章): 『서경書經』 「우서虞書·순전舜典」 '상이전형(象以典刑)'으로 시작되는 문장을 말한다. 여기서 상형(常刑)이라고 하면 옛 형벌을 가리키는 말이 되었다. 「여형」은 주나라 목왕(穆王)이 고요(皋陶)의 관직을 맡은 여후(呂侯)에게 형벌에 관해 서술하라고 명하자 여후가 형벌의 내용을 적은 것이라고 한다. 서서(書序)에 "여후에게 명한 것으로, 목왕이 하우(夏禹)의 속형 법을 풀이하도록 명해 여형을 지은 것이다(呂命, 穆王訓夏贖刑, 作呂刑)"라고 했다.
2) 편복(鞭扑): 편(鞭)은 가죽끈으로 만든 형 기구로 시행하고, 복(扑)은 회초리로 사용하는 형 기구로 시행하는 형벌.

가?[3)] 이로써 사람을 죽이는 것이 상사常事. 늘 있는 일가 되고 사람을 살리는 것이 변상變常, 정상적인 법도를 변형시킴이 되었으니 성인의 가르침일 수가 없다.

학교에서의 처벌은 본래 처음 배우는 학동들로 하여금 아픔을 맛보아 경계심을 느껴, 덕에 나아가고 학업을 닦는 데 근면하게 하려는 것이다. 하지만 그래도 그것이 혹 신체에 손상을 입힐까 염려하여 회초리를 써서 혈기를 소통시켜 주었으니, 이것은 사랑이 지극해서 그런 것이다. 선왕이 선비들을 길러냄은 마치 부형이 자제를 가르침과 같았다. 주공이 백금[4)]을 종아리 친 일은 있으나, 어찌 벌금을 물린 일이 있었는가?

옛날 벌금에는 황금을 사용했고 환鍰의 단위로 계산했는데, 1환은 여섯 냥이었다. 어찌 가난한 선비의 한 집안을 파산시키지 않을 수 있었겠는가? 그런데도 회초리로 때리거나 매질하는 형벌보다도 관대하다고 하여 바야흐로 벌금의 속죄를 허용했다면, 아마도 실제 사정과 가깝지 않을 것이다.

이제 처음 한 구절을 강령으로 삼고 그 아래 여섯 구절을 조목으로 삼아 이렇게 풀이해본다.[5)]

---

3) 어찌 유독~아니라 했는가:『서경』「우서 · 순전」의 "상이전형(象以典刑), 유유오형(流宥五刑)"에 대한 채침의 주에 "상(象)은 하늘이 상(象)을 드리워 사람에게 보여주는 것과 같은 것이며 전(典)은 떳떳한[常] 것이다. 사람들에게 떳떳한 형벌을 보여준다는 것은 이른바 묵(墨) · 의(劓) · 비(剕) · 궁(宮) · 대벽(大辟) 등 다섯 형벌의 바름이다(象, 如天之垂象以示人. 而典者, 常也. 示人以常刑, 所謂墨 · 劓 · 剕 · 宮 · 大辟五刑之正也)"라고 한 것을 염두에 두고 한 말이다.

4) 백금(伯禽): 주공의 아들로, 노(魯)에 봉해졌다.

5) 여섯 구절을~풀이해본다: 이는『서경』「우서 · 순전」'상형장'의 "귀양살이로 다섯 형벌을 너그럽게 용서하고, 채찍으로 때리는 벌을 관부의 형벌로 삼으며, 회초리로 때리는 벌을 학교의 형벌로 삼고, 금을 바쳐 속형을 하며, 일부러 범하지 않았거나 천재지변으로 범한 죄는 그냥 놓아주고, 개전의 잘못을 뉘우치지 않고 다시 죄를 저지른 자는 사형한다(流宥五刑, 鞭作官刑, 扑作敎刑, 金作贖刑, 眚災肆赦, 怙終賊刑)"는 말을 가리킨다. "유유오형(流宥五刑)"의 '유(流)'를 채침은 '유형(流刑)', 곧 귀양살이로 풀었으나, 서포는 이를 '의(依)', 곧 의거한다는 뜻으로

"순임금은 상형으로 아래 백성들에게 모범을 보이셨다. 이른바 상형이란 것은 어떤 형벌인가? 육형을 완화하는 원칙에 따라 채찍으로 관부官府의 형을 삼고 회초리로 학교의 형을 삼으며 벌금으로 속형贖刑을 삼는다. 그리고 과오나 재난에 의한 것이면 용서하고, 세력을 믿거나 다시 죄짓는 자는 용서하지 않는다."

이와 같이 설명해나간다면 자못 분명하고 확실해 많은 굴곡이 없게 될 것이다.

한나라 문제가 육형을 삭제한 일은 절로 성스러운 군주의 덕을 보인 일이다. 그러나 공자가 「여형」을 『서경』에 수록해둔 것이 그것을 낮게 평가하려는 뜻에서였다고는 보이지 않는다. 아마도 『주례』의 한 예와 다르다고 해서 반드시 배격할 것은 아닌 듯하다. 「여형」의 첫머리 뜻은 아마 목왕이 재위한 지 100년이 되었으므로, 이미 늙었는데도 능히 그런대로 형벌을 제작할 수 있었다는 것이어서 찬미하는 어투이다. 채침의 『서집전』에서는 '거칠게나마髦荒'를 윗구절에 붙여 해석했다.[6] 고문은 이처럼 고루하지는 않았을 것이다.

漢儒皆謂舜除肉刑, 而宋儒力主肉刑. 故朱·蔡於「舜典」象刑章, 辨釋特詳, 二十字間曲折甚多, 而終有所不能無疑者. 所謂典刑, 旣曰常刑, 則輕刑·重刑, 皆應有常, 豈得獨以肉刑爲常, 而鞭扑反爲非常乎? 是以殺人爲常

보아 아래에서 경문을 해석하고 있다. 다섯 형벌이란 묵형(墨刑), 의형(劓刑), 비형(剕刑), 궁형(宮刑), 대벽(大辟)의 다섯 형벌로, 모두 신체에 가해지는 형벌이다.

6) 채침의~해석했다: 『서경』 「주서周書·여형呂刑」에 "여후(呂侯)를 명하시니, 왕이 나라를 누린 지 백 년에 모황(髦荒)하여 헤아려 형벌을 만들어 사방을 다스렸다(惟呂命, 王享國百年, 髦荒, 度作刑, 以詰四方)"고 나온다. 채침은 "모(髦)는 늙어서 혼란함을 일컫고, 황(荒)은 소홀함이라(髦, 老而昏亂之稱, 荒, 忽也)"라고 하여 목왕(穆王)이 모황한 것이라 풀이하였다. 이를 서포는 '황'을 아래 구에 붙여 '거칠게나마 헤아려 형벌을 제작하여 사방을 다스렸다'의 뜻으로 풀이하였다.

事, 而生人爲變常, 非所以爲訓也.

學校之罰, 本欲使蒙學小子見痛知警, 敏於進修, 而猶恐其或至傷損, 以夏楚二物, 宣其氣血, 愛之至也. 先王之作士, 猶父兄之訓子弟. 周公之撻伯禽, 寧有罰鍰之事?

古者金用黃金, 而以鍰計之, 一鍰六兩, 幾何不破寒士一家之産哉? 猶曰鞭扑之寬, 方許其贖, 則尤恐不近事情矣.

今以首[7]一句爲綱領, 下六句爲條目, 解之曰: "舜以常形垂示下民. 所謂常刑者, 何刑也? 以依宥肉刑, 以鞭爲官刑, 以扑爲教刑, 以金爲贖刑, 眚灾則赦之, 怙終者不赦." 如是說去, 則頗似明白直截, 無許多屈曲也.

漢文之除肉刑, 自是盛德事, 而孔子之錄「呂刑」, 未見有貶之之意, 恐不必以異於周禮一例排擊也. 「呂刑」篇首之意, 蓋謂穆王在位百年, 旣已耄矣, 而乃能荒度作刑, 讚美之辭. 蔡『傳』以'荒'屬上句, 古文不應如是之陋也.

평설

『상서』 즉 『서경』의 「여형」은 고요의 법무 관직을 계승한 여후가 형刑에 관해 서술한 글이다. 곧 주나라 강왕의 손자인 목왕이 재위한 지 100년이 되어 너무 늙자, 여후가 형을 만들어 사방의 나라들을 바로잡은 내용이다. '보형甫刑'이라고도 한다. 『사기』에는 보후甫侯가 왕에게 말해 형벌제도를 정비하게 했다고 한다. 여후와 보후는 같은 사람인 듯하다. 『상서』의 「여형」 서序에 "목왕이 하우의 속형 법을 풀이하도록 명해 「여형」을 지었다"고 되어 있다. 그런데 채침은 『서집전』에서 「여형」이 속형을 서술한 것은 「순전」의 "금을 바쳐 속형한다"는 말에 근본하지만 그 내용은 「순전」의 뜻과 다르다고 보았다. 「순전」에서 보속補贖, 죄

---

7) [교감] 首: 통문관본은 '宥'로 되어 있다. 고려대본과 서울대본을 따른다.

의 형벌을 금전 등으로 보상함을 말한 이 구절은 '유유오형流宥五刑, 편작관형鞭作官刑, 복작교형扑作敎刑'의 다음에 나온다. 보속은 관형官刑과 교형敎刑에만 해당되고 오형五刑에 대해서는 경감하더라도 유배가 있을 뿐이라고 했다. 그리고 공자가 이 편을 기록해둔 것은, 목왕이 권모술수를 써서 백성의 재물을 거두어들인 일을 예로 들어 뒤의 군주를 경계하려는 뜻에서였다고 풀이했다. 그 안어按語, 논자의 논평의 전문은 이렇다.

이 편은 전적으로 속형을 풀이했는데, 대개 「순전」의 "금을 바쳐 속형한다"는 말에 근본했다. 이제 이 글을 자세히 살펴보면 사실은 그렇지 않다. 대개 「순전」에서 보속에 대해 말한 것은 관부와 학교의 형벌에 관해서였을 따름이지, 오형에 대해서는 결코 보속하는 법이 없었다. 오형을 관대히 하면 그저 유배에 처할 뿐이다. 매질하는 것을 관대히 하게 되어야 비로소 보속을 허락했다. 지금 목왕의 속형법은 대벽大辟, 사형이라 하더라도 보속을 허락한다. 한나라 장창張敞은 강족羌族을 토벌하면서 병량兵糧, 군량이 이어지지 않자 곡식을 관부에 들이고 죄를 속면贖免. 곡식이나 재물로 죄를 면제함하는 법을 설치해달라고 건의했다. 하지만 결코 살인이나 도적의 죄까지 보속하게 한 것은 아니다. 그런데 소망지蕭望之 등은 만일 장창의 말대로 하면 부자는 살고 가난뱅이만 죽게 되므로 이익 추구의 길을 열어 정치교화를 해치게 된다고 했다. 그렇다면 요순시대에 어찌 이런 속형법이 있었겠는가? 목왕은 무도하게 순유巡遊, 각처로 돌아다니며 놂해 재물을 허비하고 백성을 수고롭게 하다가, 말년에 이르러서는 아무런 자산도 가진 게 없었다. 그래서 갖가지 권모술수를 써서 백성의 재물을 거두어들였다. 공자께서 이것을 기록한 것은 대개 경계를 보이신 것이다. 하지만 편 전체에 애긍측달哀矜惻怛. 불쌍히 여겨 슬퍼함의 정이 실려 있으므로, 그나마 삼대三代의 충후忠厚한 유풍을 살필 수 있다.

「여형」에 대해 조선 후기의 다른 학자들도 눈문을 쓴 것이 많다. 소론학자 이광사李匡師는 『두남집斗南集』 권3(『원교집선員嶠輯選』 권4)에 수록된 「여형변呂刑辨」이란 논문에서, 채침이 오형五刑에는 보속이 없고 관형官刑과 교형校刑에만 보속이 있다고 해설한 것을 비판하고 오형에도 보속이 있었다고 주장한다. 그리고 이광사는 다음과 같이 반론을 폈다.

곡물을 받아들이고 죄를 속면하자고 한 장창의 계책에 대해, 소망지가 "이익 추구의 길을 열어 정치교화를 해치게 된다"고 반대하고 나선 것은 당연한 일이다. 성인의 뜻은 오형에 해당하는 죄를 사실상 저지르지 않았다면 다섯 가지 벌로 바로잡겠다는 것이었다. 그러나 장창은 오형에 해당하는 죄를 저지른 실상이 밝혀졌는데도 오형을 가하지 않고 곡물을 납부하게 해서 보속해주자는 것이었으니, 소망지가 운운한 것이 어찌 마땅하지 않은가? 채침은 소망지의 뜻을 짐작하지 못하고 「순전」의 관점에서 오해해 대질한 것이다.

『효경』의 가치

상—51

『효경』[1]은 공자가 남긴 책이다. 한나라 이래『논어』와 함께 경經으로 존중되어, 부인이나 아이들 및 하급 병사들도 이를 외워 익히지 않음이 없었으니, 그 담긴 뜻이 매우 훌륭하다. 그런데 주자가 이를 위서僞書라 지목한 후부터, 그리고 "주공이 교외에서 후직后稷을 제사지내어 하늘에 짝했다"[2]는 한마디는 신하된 사람에게 참란僭亂. 분수를 모르고 난리를 일으켜 신분관계를 무너뜨림의 마음을 일으키게 하는 것이라고 해, 드디어 그 책은

---

1) 『효경孝經』: 공자와 그의 제자 증삼(曾參, 혹은 증참)이 문답한 것 중에서 효도에 관한 것을 추린 책. 주희가 틀린 곳을 바로잡고 동정(董鼎)이 주(註)를 달았다. 공자의 옛집에서 나온 것은 『고문효경』으로, 진시황의 분서(焚書) 때 이 책을 안지(顏芝)가 잘 갈무리해두었다가 전했다. 그 아들 정(貞)이 다시 쓴 것이『금문효경』이다. 공안국(孔安國)이『고문효경』을 해독하고 주석했으며, 당나라 현종(玄宗) 때『어주효경御注孝經』이, 송나라 진종(眞宗) 때『효경정의孝經正義』가 나왔다. 주희는 고문(古文)이 잘못되었다고 하여 새로 경문(經文) 1장과 전문(傳文) 14장으로 체계를 잡았다. 조선시대에서는 여러 차례 간행해 보급했는데 1589년(선조 22)에 유성룡(柳成龍)의 발문이 있는 본이 중심이 되었다. 『효경』은 민간의 아동들로부터 군왕에 이르기까지 모든 사람의 필독서였으며, 우리나라 전통사회에 커다란 영향력을 미쳐 효를 통치사상의 근간으로 삼는 데 일익을 담당했다. 통일신라 때『효경』이 독서삼품과에 속한 이후『효경』은 관리 선발시험의 한 과목으로 주요 위치를 차지했다.

축출되었고 그 자리는 『대학』³⁾으로 대체되었다.

주자가 『효경』에 대해 의심을 둔 것은 다만 전문⁴⁾에 있었다. 만약 전문을 논한다면 『대학』의 전문 또한 증자가 직접 지은 것이 아니니 어찌 홀로 병폐가 없겠는가?⁵⁾ 치평治平, 치국평천하 1장은 『대학』의 전문 가운데서 거의 반을 차지하고 치재治財, 재물을 모으고 분배함의 도를 논한 것도 한 장의 반을 차지하지만 끝내 예악에 관해서는 한마디도 없다.⁶⁾ 수사⁷⁾의 학문공자 당시의 유교에서 나라를 다스리는 도는 아마 이와 같지 않았을 것이다.

정심장正心章의 '분치'⁸⁾와 수신장修身章의 '오타'⁹⁾는 곧 사람의 악덕

---

2) 주공이~하늘에 짝했다: 『효경』 「성치장聖治章」에 보면, "지난날 주공이 교외에서 후직을 제사지내어 하늘에 짝하고, 종묘의 명당에서 문왕을 제사지내어 상제에 짝했다(昔者周公郊祀后稷以配天, 宗祀文王於明堂以配上天)"는 말이 있다.

3) 『대학』: 한나라 이후 오경(五經, 『시경』 『서경』 『역경』 『예기』 『춘추』)이 기본 경전으로 전해지다가 주희가 『예기』에서 『중용』과 『대학』 두 편을 독립시켰다. 이에 장구(章句)를 짓고 자세한 해설을 붙이는 한편, 착간(錯簡, 책장 또는 편篇·장章의 순서가 잘못됨)을 바로잡았다. 주희는 『대학』 전체를 경문 1장, 전문 10장으로 나누어 전자는 공자의 사상을 증자가 기술한 것이고, 후자는 증자의 생각을 그의 문인이 기록한 것이라고 했다. 『대학』의 저자에 대해서는 여러 가지 설이 있는데 자사(子思)가 지은 것이라는 견해가 지배적이다. 『대학』의 내용은 3강령(명명덕明明德, 신민新民, 지어지선止於至善)과 8조목(격물格物, 치지致知, 성의誠意, 정심正心, 수신修身, 제가齊家, 치국治國, 평천하平天下)으로 구성되어 있다. 우리나라에는 『예기』 한 편으로 들어왔을 것으로 추측되며, 주희가 독립시킨 『대학』은 1419년에 『성리대전』 『사서오경대전』이 명나라에서 수입될 때 들어왔다.

4) 전문(傳文): 경문을 해설한 글. 여기에서는 『효경』의 전문을 가리킨다.

5) 『대학』의 전문~병폐가 없겠는가: 『대학』의 전문도 『효경』과 같이 현인이 직접 지은 것이 아니니 병폐가 없을 수 없으며, 그 병폐는 『효경』보다 더 많다는 뜻이다. 이에 대해 서포는 다음에서 조목조목 지적하고 있다.

6) 치평(治平) 1장은~한마디도 없다: 주희가 학문의 중심으로 삼은 『대학』이 수신(修身)보다 치평을 논한 것이 훨씬 많고 인간의 심성을 다스리는 예악(禮樂)에 대해서는 전혀 논의하지 않은 것에 대해 서포가 비판한 것이다.

7) 수사(洙泗): 산동성에 있는 수수(洙水)와 사수(泗水). 공자가 이 두 강 사이에서 제자들을 모아 가르친 데서 연유해 공자와 유가를 상징한다.

8) 분치(忿懥): 성냄. 사적인 노여움. 까닭 없이 남을 증오하는 것. 『대학』에 "몸을 닦는 것이 마음을 바로잡는 데 있다는 것은 몸(마음)에 노여워 성내는 바가 있으면 바름을 얻을 수 없고, 두려워 놀라는 바가 있으면 바름을 얻을 수 없으며, 근심하고 걱정하는 바가 있으면 바름을 얻을 수 없다는 것을 말한다(所謂修身在正其心者, 身有所忿懥, 則不得其正, 有所恐懼, 則不得其

이므로 결코 우憂·악樂·애愛·악惡과 같이 편벽되면 병이 되는 것과 나란히 하여 동일하게 여겨서는 안 된다. 그러나 주자는 이에 대해 매우 견고하게 지켜 사람들로 하여금 입을 열지 못하게 했다. 순임금이 사흉을 처벌하고,[10] 문왕·무왕이 천하를 편안하게 한 것은 결코 '분치'에서 나온 것이라고 할 수 없으므로 노怒와 분치는 진실로 차이가 있다.[11] 공자가 유비를 만나지 않은 것[12]과 맹자가 왕환과 말하지 않은 것[13]도 '오타'라고 여긴다면 어찌 또한 온당치 못한 것이 아니겠는가?

正, 有所好樂, 則不得其正, 有所憂患, 則不得其正)"고 했다.

9) 오타(敖惰): 교만하고 게으름.『대학』에 다음과 같은 글이 있다. "이른바 집안을 가지런히 하는 것이 몸을 닦는 데 있다는 것은 사람이 친히 하고 사랑하는 바에서 편벽하게 되고, 천히 여기고 미워하는 바에서 편벽하게 되며, 두려워하고 공경하는 바에서 편벽하게 되고, 슬퍼하고 불쌍히 여기는 바에서 편벽하게 되며, 오만하게 굴고 게을리하는 바에서 편벽하게 되기 때문에 그러는 것이다. 그러므로 좋아하면서도 그 악한 점을 알고, 미워하면서도 그 아름다운 점을 아는 사람은 천하 사람들 가운데 드물다(所謂齊其家在修其身者, 人之其所親愛而辟焉, 之其所賤惡而辟焉, 之其所畏敬而辟焉, 之其所哀矜而辟焉, 之其所敖惰而辟焉, 故好而知其惡, 惡而知其美者, 天下鮮矣)"고 했다.

10) 순임금이 사흉(四凶)을 처벌하고: 사흉은 환두(驩兜), 공공(共工), 곤(鯀), 삼묘(三苗)를 말한다. 환두와 공공은 서로 더불어 무리를 이루었고, 삼묘는 지형의 험고함을 믿고 강회(江淮), 형주(荊州)에서 여러 차례 난을 일으켰다. 곤은 왕명을 거역하고 종족을 해쳤으며 홍수를 다스리는 데 공적이 없었다. 순임금이 공공을 유릉(幽陵)으로 유배보내고, 환두를 숭산(崇山)으로 추방하며, 삼묘를 삼위산(三危山)으로 쫓아내고, 곤을 우산(羽山)으로 추방해 네 사람을 처벌하자 천하가 복종했다.

11) 순임금이~차이가 있다: 순임금이 사흉을 처벌한 것은『서경』「우서·순전」에 나오는데, 채침은 주에서 정자(程子)의 말을 인용하여 "순(舜)이 사흉을 처벌함에 노여움이 사흉에게 있었으니, 순이 어찌 관여하였겠는가? 이 사람들에게 노여워할 만한 일이 있었으므로 노여워하신 것이니, 성인(聖人)의 마음은 본래 노여워함이 없다(舜之誅四凶, 怒在四凶, 舜何與焉? 蓋因是人有可怒之事而怒之)"라고 하였다. 또 문왕과 무왕이 한 번 노하여 천하의 백성을 편안히 하였다는 고사는『맹자』「양혜왕」에 나온다. 서포는 두 가지 예를 들어서 자신의 안에 구비되어 있는 덕의 일종인 분치와 본래 자신의 안에는 없으며 외물로 인하여 일어나게 되는 노여움을 구분하고 있다.

12) 공자가 유비(孺悲)를 만나지 않은 것: 유비가 공자를 만나고자 했으나 공자는 그의 잘못을 깨우치기 위해 병을 핑계로 거절했다.『논어』「양화陽貨」에 "노나라 사람 유비가 공자를 뵈려 했으나, 공자는 몸이 아프다는 핑계로 사양했다. 명을 받은 사람이 주인의 말을 전하러 방을 나가자, 거문고를 가져다 타면서 노래를 불러 유비에게 들리게 했다(孺悲欲見孔子, 孔子辭以疾, 將命者, 出戶, 取瑟而歌, 使之聞之)"고 했다. 주희는 주에서 "일찍이 공자에게 사상례를

내 생각으로 『효경』은 인륜을 주로 하여 순임금부터 수사^{洙泗, 즉 공자·맹}자에 이르기까지 사람을 가르치는 법이 되었고, 『대학』은 격치¹⁴⁾를 주로 하여 곧 낙민¹⁵⁾ 학문의 종지^{宗旨, 기본 취지}가 되었는데, 그것은 옛날과 오늘날의 시대의 기틀이 서로 다르기 때문이다.

『孝經』, 孔氏之遺書. 自漢以來, 與『論語』幷尊爲經, 婦孺卒伍, 無不誦習, 其意甚好. 自朱子目之以僞書, 又以周公配帝一語, 謂之啓人臣僭亂之心, 其書遂絀¹⁶⁾, 而代以『大學』.

夫文公之致疑於『孝經』者, 特在傳文. 若論傳文, 則『大學』之傳, 亦非曾子自作, 豈獨無病? 治平一章, 幾居一篇之半, 其論治財之道, 又居一章之半, 而終無一語及於禮樂. 洙泗爲邦之道, 恐又不如是也.

배웠었는데, 이때에 반드시 죄를 지은 것이 있었을 것이다(嘗學士喪禮於孔子, 當是時, 必有以得罪者)"라고 하여 공자의 덕이 본래 그러한 것이 아니라 잘못이 상대에게 있었던 것이라 풀이하였다.

13) 맹자가 왕환(王驩)과 말하지 않은 것: 맹자가 제나라의 객경(客卿)으로 있을 때 등나라 문공의 문상을 갔는데, 왕이 왕환에게 맹자를 수행하게 했다. 왕환이 아침저녁으로 맹자를 만났지만 제나라와 등나라를 거쳐 돌아올 때까지 왕환과 한마디도 하지 않았다. 이는 의(義)에 따라 끊은 것이지 게을러서 말을 하지 않은 것이 아니다. 『맹자』「공손추公孫丑·하」에, "맹자가 제나라에서 경 벼슬로 있으면서 등나라로 조문을 가야 했는데 왕이 개(蓋)읍의 대부인 왕환에게 부사로 따라가도록 했다. 왕환이 아침저녁으로 맹자를 알현했으나, 등나라로 갔다가 제나라로 돌아올 때까지 한 번도 그와 더불어 사행의 일을 이야기하지 않았다(孟子爲卿於齊, 出吊於滕, 王使蓋大夫王驩 爲輔行, 王驩朝暮見, 反齊滕之路, 未嘗與之言行事也)"고 했다.

14) 격치(格致): 격물치지(格物致知). 『대학』에서 제시한 8조목 가운데 두 조목. 주희가 『대학장구』를 저술한 후 학문과 수양에서 기초적인 문제로 중요시되었다. 주희는 현존 『대학』 본문에 불충분한 점이 있다고 보고 자신이 128자를 보충해 「격물치지보망장格物致知補亡章」을 썼다. 『대학』 경전에서는 격물치지에 관한 것으로 '치지재격물(致知在格物)' '격물이후지지(物格而後知至)' '차위지지지야(此謂知之至也)'의 세 구절이 있는데, 주희는 '격지야(格至也)'라고 하여 인식의 주체가 대상인 사물에 나아감으로써 사물에 관한 올바른 지식을 이룰 수 있다고 보았고, '지(知)'는 인간의 마음이 사물에 닿아(卽物) 그 사물의 이치를 궁구함(窮理)으로써 각성되는 것이라 했다.

15) 낙민(洛閩): 정주학(程朱學)을 낙민학(洛閩學)이라고도 한다. 정호(程顥)·정이(程頤)는 낙양 사람이고, 주희는 건양(建陽), 즉 민(閩) 땅에서 학문을 강론했으므로 생긴 말이다.

16) [교감] 絀: 고려대본은 '强'으로 되어 있다. 통문관본과 서울대본을 따른다.

正心章之忿懥, 修身章之敖惰, 乃人之惡德, 決不當如憂樂愛惡, 辟而後
爲病者, 比而同之. 而文公於此, 守之甚牢, 使人不得開口. 夫舜之誅四凶,
文武之安天下, 決不可謂出於忿懥, 則怒與忿懥, 固有辨矣. 而至以孔子之
不見孺[17]悲, 孟子之不語王驩爲敖惰, 則豈不亦未安乎?

竊謂『孝經』主人倫, 自帝舜至洙泗敎人之法, 『大學』主格致, 乃洛閩爲學
之宗旨, 機有古今之異故也.

🌿 평설

서포는『효경』을 떠받들었다. 그것은 그가 효의 실천을 중시했다는
개인사와 긴밀한 관계가 있는 듯하다. 그는『효경』을 현창하기 위해
주희의『효경』위작설僞作說을 반박했는데, 그 과정에서『대학』을 상대
적으로 폄하하는 논점을 제기했다. 즉 그는『대학』이 수신보다 치평을
논한 것이 훨씬 많고 인간의 심성을 다스리는 예악에 대해 전혀 논의
하지 않은 사실에 의문을 제기했다.

서포는 비록 주희의 사서장구집주四書章句集註를 정면으로 비판하지 않
았지만,『대학』의 가치를 상대적으로 폄하함으로써 주희의 사서학四書學
체계를 배격하는 결과를 낳았다.

그런데 서포는『효경』의 문헌 가치를 옹호했으나, 문헌 실증주의의
방법을 수립하지는 못했다.

---

17) [교감] 孺: 고려대본은 '儒'로 되어 있다. 통문관본과 서울대본을 따른다.

계곡 장유의 격물론

'격물'[1] 두 글자에 실로 이치를 궁구한다는 뜻이 있음을 보지 못해 평소 스스로 우둔하고 침체함을 한탄해왔다. 그러다가 『택당집』[2]에 계곡[3]의 말[4]이 기록된 것을 보고서야 곧 앞 시대의 철인哲人들도 이러한

---

1) 격물(格物): 흔히 격물치지(格物致知)로 쓴다. 『대학』에서 제시한 8조목 가운데 하나.

2) 『택당집澤堂集』: 조선 중기의 문신 이식(李植, 1584~1647)의 문집. 34권 17책. 원집(原集) 10권, 속집(續集) 6권, 별집(別集) 18권으로 되어 있다. 원집 10권과 속집 권1~4는 저자가 직접 수정한 것이고, 속집 권5~6은 김수항(金壽恒)이 편찬했으며, 별집은 송시열이 편찬했다. 별집 가운데 권14~17에는 잡저가 실려 있는데, 대부분 학술에 관한 잡록이나 문학에 얽힌 이야기가 소개되어 있다. 그중 「산록散錄」에는 유가 경전을 비롯해 제가의 학술상 의론과 고사가 소개되어 있다. 덧붙여 허균이 「수호전」을 모방해 「홍길동전」을 썼다는 기록이 있다.

3) 계곡(谿谷): 장유(張維, 1587~1638). 조선 중기의 문신으로, 본관은 덕수(德水). 자는 지국(持國), 호는 계곡·묵소(默所), 시호는 문충(文忠). 우의정 김상용(金尙容)의 사위로, 효종비 인선왕후(仁宣王后)의 아버지이다. 김장생(金長生)의 문인이다.

4) 계곡의 말: 계곡이 말하기를, "격물이라는 두 글자의 뜻을 알 수 없는데 그것이 궁리라는 뜻인지 후세 사람들이 어떻게 알 수 있겠는가"라고 하자 이에 대해 택당은 "격물이라는 글자의 뜻이 분명하지는 않으나 학문과 관계되어 있는 것만은 분명하다"고 답했다. 『택당별집』 권15 잡저(雜著) 「산록」에 나온다. "계곡이 내게 말하기를, '격물이라는 두 글자의 뜻이 무엇인지 분명히 알 수 없거늘 그것이 과연 궁리라고 하는 뜻인지 후세 사람들이 어떻게 알 수 있겠는가.

병폐가 있었음을 알았다. 또 주자의 「강덕공에게 답한 서한答江德功書⁵⁾을 보니, 주자는 "격물의 학설은 정자가 상세히 논했습니다. 나의 변변치 않은 학설은 실로 그 뜻에 근거한 것입니다. 나는 15~16세 때 처음 이 책을 읽었으나, 격물의 뜻을 깨닫지 못해 마음속에 오락가락한 것이 30여 년이었습니다. 요 몇 해 동안 실제 용공처用功處, 공부를 행하는 곳에 나아가 이를 따져보고서야 이 설이 온당함을 알았습니다"라고 했다.

무릇 격물의 뜻은 정자가 이미 상세히 말했거늘, 성인에 가까운 인물⁶⁾인 주자도 30여 년이 지난 뒤 실지實地에서 용공用功, 공부를 행함하여 겨

나는 그런 주장을 믿지 않는다'고 했다. 이에 내가 '옛사람들은 태학에 들어가서 반드시 학문을 하지 않았습니까' 하니, 계곡이 그렇다고 대답했다. 그래서 내가 또 '그렇다면 성의와 정심과 치지로 이어진다고 할 때 그 위에는 무슨 공부가 있다고 해야 하겠습니까? 격물이라는 글자의 뜻이 분명하지는 않다 하더라도, 학문과 관계되는 것만은 분명합니다' 하자, 계곡이 아무 대답도 하지 않았다. 내가 또 생각에, 문자의 뜻은 과거와 현재가 서로 다를 수 있지만, 옛 고전에서 많이 나타나는 격이라는 글자는 그 뜻이 비록 하나만은 아니라 할지라도, 필시 옛글에서는 상용하던 글자일 것이다. 그리고 궁리라는 글자는 『주역』의 글에서나 겨우 볼 수가 있거늘[「설괘전說卦傳」에 '물리(物理)를 궁구하고 인성(人性)을 극진히 하여 모든 근원인 천명(天命)에 이른다고 하여, 궁리라는 말이 여기에 유일하게 나온다―옮긴이] 지금 사람들은 항상 그 글자를 사용하고 있다. 그렇다면 옛사람들이 궁리라는 글자를 본다면 계곡이 말한 대로 그 뜻을 알지 못해서 제대로 이해하기 어렵다고 하지 않겠는가 (溪谷爲余言: '格物二字不可曉. 其爲窮理之義, 後人何以測之? 吾所未信也.' 余謂: '古人入大學, 必以學爲事也.' 溪谷曰 '然.' 余曰: '然則誠意正心致知之上, 有何工夫? 格物字, 雖晦具義, 則必學問事也.' 溪谷不答. 余又思古今文字, 有不相同者, 詩書多說格字, 義雖非一, 必是古文常用之字也. 窮理字, 僅見於易文, 而今人則恒用. 若使古人見窮理字, 則無乃以爲隱晦而難通, 如溪谷云乎)."

5) 「강덕공에게 답한 서한答江德功書」: 『주자대전朱子大全』 권44에 13편의 「강덕공에게 답한 서한」이 실려 있다. 여기서는 그 두번째 서신을 인용했다. 그 주요 부분은 다음과 같다. "격물의 학설은 정자(程子)가 상세히 논했으나, 그 이른바 '격(格)은 지(至)이다. 격물을 하여 사물에 이르면 물리가 다하게 된다'고 한 것은 뜻과 구문이 모두 철저해 바꿀 수 없다. 나의 설은 실은 그 뜻에 근본하되, 억지로 동의한 것은 아니다. 대개 15~16세 때 처음으로 이 책을 읽을 줄 알게 되면서부터 격물의 뜻을 깨닫지 못해 30여 년간이나 마음속에 이리저리 생각했다. 근래에 실지 용공(用功, 공부를 행함)의 곳에서 추구하고 다른 경문과 전문의 기록을 참고로 내외본말을 반복해서 증험(證驗)해, 마침내 이 설이 꼭 들어맞는다는 것을 알게 되었으니, 아마도 하루아침에 갑자기 설파(說破)하기는 어려울 듯하다(格物之說, 程子論之詳矣. 而其所謂 '格, 至也. 格物而至於物, 則物理盡'者, 意句俱到, 不可移易. 熹之謬說, 實本其意, 然亦非苟同之也. 蓋自十五六時, 知讀是書, 而不曉格物之義, 往來於心, 餘三十年. 近歲就實用功處求之, 而參以他經傳記, 內外本末, 反復證驗, 乃知此說之的當, 恐未易以一朝卒然立說破也)."

우 터득할 수 있었다. 나는 정신이 어둡고 소견이 궁색한데다가 애초에 오랜 세월 노력을 기울이지도 않고 자의字義와 문장의 기세만 가지고 터득하려 했으니 대단히 어리석었다고 할 수 있다. 그러나 지금 사람들은 '격물' 두 글자를 읽고서 이상하다고 여기지 않고 수신修身·정심正心 등의 글자와 한 가지 예로 간과하니, 이는 아무래도 너무 안일한 것 같다.

대개 정자·주자의 학문은 『대학』이라는 책을 따라 들어간 것이 아니라 단지 『대학』이라는 책으로 증명했을 따름이다.

格物二字, 實未見其有窮理之義, 尋常自歎鈍滯. 及見『澤堂集』記谿谷之言, 乃知前哲亦有此病. 又見朱文公「答江德功[7]」書曰: "格物之說, 程子論之詳矣. 某之謬說, 實本此意. 某自十五六時[8], 知讀是書, 而不曉格物之義[9], 往來於心, 餘三十年. 近歲, 就實用功處求之, 乃知此說之的當"云.

夫格物之義, 程子旣已詳言之矣. 而以朱子之將聖, 三十餘年之後, 用功於實地, 堇能得之. 今以昏塞之見, 初無時月之功, 而欲以字義文勢, 求而得之, 可謂極愚矣. 而今之人讀格物二字, 了不以爲異, 與修身正心等字, 一例看過者, 亦似太無事矣.

盖程朱之學, 非因『大學』之書而入者, 特以『大學』之書證之耳.

---

6) 성인에 가까운 인물: 장성(將聖)을 풀이한 말이다. 『논어』 「자한子罕」에 나온다. "태재가 자공(子貢)에게 묻기를, '부자(夫子)는 성인이시군요. 어찌 그리 잘하는 것이 많습니까' 하자 자공이 대답하기를, '진실로 하늘이 내린 성인이시며, 또한 능한 것이 많습니다'라고 했다(大宰問於子貢曰: '夫子聖者與, 何其多能也.' 子貢曰: '固天縱之將聖, 又多能也')."
7) [교감] 功: 고려대본은 '公'으로 되어 있다. 오자이다. 통문관본, 서울대본, 연민문고본을 따른다.
8) [교감] 時: 고려대본은 '歲'로 되어 있다. 통문관본, 서울대본, 연민문고본을 따른다.
9) [교감] 義: 고려대본은 '意'로 되어 있다. 통문관본, 서울대본, 연민문고본을 따른다.

🍃 평설

격물치지는 『대학』에 나오는 격물·치지·성의誠意·정심·수신·제가齊家·치국治國·평천하平天下 등 이른바 8조목 가운데 처음 두 조목을 가리킨다. 이 말은 본래의 뜻이 밝혀지지 않아 후세에 그 해석을 놓고 여러 학파가 생겨났다. 『대학』에서는 '격물치지'에 관한 것으로 '치지재격물致知在格物' '물격이후지지物格而後知至' '차위지지지야此謂知之至也'의 세 구절이 있다.

주희는 '격格은 이르는 것이다'라고 해서, 인식 주체가 대상인 사물에 나아감으로써 사물에 관한 올바른 지식을 이룰 수 있다고 보았다. 곧 '지知'는 인간의 마음이 사물에 닿아 그 사물의 이치를 궁구함으로써 각성되는 것이라 했다.

이렇게 주희는 격格을 이른다至는 뜻으로 해석해 모든 사물의 이치를 끝까지 파고 들어가면 앎에 이른다致知는 성즉리설性卽理說을 확립했다. 하지만 명나라 중엽의 왕양명은 심즉리설心卽理說을 주장하여, 성인聖人의 도道가 자성自性에서 자족自足한 것이므로 바깥 사물에서 구할 것이 아니라고 하였다. 곧 격格은 '바르게 한다'의 뜻이고, 물物은 사물의 물이 아니라 조금이라도 뜻이 있는 것은 다 물物이라고 하였다. 또한 지知는 '양지良知'로서 본연本然으로 가지고 있는 '앎'이며, 치致는 이 고유한 '앎'을 완성하는 것이라고 하였다.

주희의 격물치지가 지식 위주인 데 반해 왕양명은 도덕적 실천을 중시하고 있어 오늘날 주자학을 이학理學이라 하고, 양명학을 심학心學이라고 한다. 조선시대 학자들은 대개 주희의 설을 따랐지만 일부 학자들은 이설을 제기했다. 장유는 그 대표적인 학자이다. 서포는 장유의 설을 그대로 승인하지는 않았으나, '격물'의 개념이 난해하며 실지實地의 용공用功에서 그 의미를 터득해야 한다고 보았다.

『서경』과 『맹자』의 성탕 사적 왜곡

상—53

　　맹자는 '구향(仇餉)'이란 말을 듣고 갈나라 제후가 제사음식 나르던 아이를 죽인 일[1]을 자세히 다루었는데, 반드시 근거한 바가 있을 것이다. 그러나 그 일은 적국이 상대국을 무너뜨리는 모략이 있는 것 같고, 또 사실에 가깝지 않은 부분도 있다. 갈나라 제후가 제사지내지 않은 것은 역시 은나라 주[2]가 제사는 무익하다고 한 것이나 도척[3]이 선조

---

1) 갈(葛)나라 제후가~아이를 죽인 일: 『맹자』 「등문공滕文公·하」에 나온다. 흔히 '송소국야장(宋小國也章)'이라고 한다. 갈나라 제후가 제사지내지 않자 탕왕이 추궁했더니, 갈나라 제후는 재물에 바칠 짐승이 없다고 했다. 탕왕이 소와 양을 보냈으나 갈나라 제후는 그것을 잡아먹고 제사지내지 않았다. 그 이유를 묻자, 이번에는 제사지낼 곡식이 없다고 했다. 탕왕이 백성들로 하여금 농사를 지어 곡식을 마련해주도록 했다. 그러나 갈나라 제후는 그 곡식만 빼앗고 여전히 제사지내지 않았다. 또 농사짓는 곳에 밥을 나르는 아이까지 죽이고 그 밥을 빼앗았다는 것이다.

2) 주(紂): 중국 고대 은(殷)나라 최후의 왕. 하(夏)나라 걸왕(桀王)과 함께 걸주(桀紂)로 병칭되는 악덕 천자의 대표이다. 본명은 제신(帝辛) 또는 수(受). 주는 무도한 군주에게 주어진 시호이다.

3) 도척(盜跖): 『장자』에 기록이 있다. 그는 천하의 대도(大盜)로 공자의 친구인 유하계(柳下季)의 아우인데 부하 9천명을 부리면서 천하를 횡행하면서 훔친다. 얼마나 탐욕스러운지 부모형

에게 제사지내지 않았다는 것과 같아서, 진정 제물에 쓰는 서직黍稷. 메기
장과 찰기장인 자성粢盛이 없어서가 아니었다. 다만 마땅히 예를 지키지 않
았다고 그들을 꾸짖어서, 고치지 않으면 그 죄를 성토하고 토벌하면
그만이지, 그에게 소와 양을 보내고 백성들로 하여금 가서 농사짓게
한 것이 어찌 성실한 도리이겠는가? 어린아이가 살해되었다는 점에
대해서는, 만약 갈나라 백성이 그를 죽였다고 한다면 사실과 가까울
것이다. 그러나 어찌 부유한 나라의 군주로서 밭농사 짓는 사람에게
주려는 단세기 밥[4]을 빼앗아 먹었겠는가? 만약 갈나라 제후에게 진실
로 이러한 일이 있었다면, 제나라 왕 건이 진나라 때문에 송백 땅에
갇혀 굶어 죽은 일[5]이나, 조나라 무령왕[6]이 내란 때문에 사구의 궁에
서 굶어 죽은 일[7]과 다름없다. 탕임금 또한 어찌 차마 그를 정벌했겠
는가?

내가 생각하기에, 아마도『서경』에 '구향에 관한 말이 있는 까닭에[8]

제도 조상의 제사도 안중에 없다. 그를 막기 위해 큰 나라는 성을 쌓아야 했고 작은 나라는 성
문을 굳게 잠가야 했다. 물론 백성이 당하는 고통은 이루 말할 수 없었다. 공자가 유하계의 만
류를 뿌리치고 훈시하러 갔다가 봉변만 당하고 돌아왔다.
4) 단세기 밥: 단사(簞食)를 나타낸 말로 대그릇 밥·도시락을 가리키는데, 변변찮은 음식을 말
한다.
5) 송백(松柏) 땅에 갇혀 굶어 죽은 일: 전국시대 진(秦)나라는 제(齊)나라를 쳐서 멸하고 그 왕
건(建)을 공(共) 땅의 송백으로 옮겨 가두고서는 굶어 죽게 했다.
6) 무령왕(武靈王): 전국시대 조(趙)나라 왕.
7) 사구(沙丘)의 궁에서 굶어 죽은 일: 조나라 무령왕의 원래 태자는 조장(趙章)이었으나 작은아
들 하(何)를 총애해 장을 폐하고 하를 세웠다. 하가 조혜문왕(趙惠文王)이다. 곧이어 무령왕
자신은 나라 밖의 일에 전념하겠다는 구실로 왕의 자리를 하에게 넘겨주고 스스로는 주부(主
父)라고 칭했다. 후에 무령왕이 마음이 바뀌어 조나라를 둘로 나누어 장을 대왕(代王)에 임명
하려 했으나 측근의 반대로 시행하지 못했다. 장이 그 소식을 듣고 무령왕이 혜문왕과 함께
사구에 있던 행궁에 행차한 틈을 이용해 난을 일으켜 혜문왕을 살해하려 했으나 성공하지 못
했다. 장은 목숨을 구해 무령왕의 숙소로 피했다가 조성(趙成)과 이태(李兌)에게 잡혀 살해되
고 이어서 사구궁을 포위하자 무령왕은 석 달 만에 굶어 죽었다.
8) 『서경』에~있는 까닭에: 『서경』「상서尙書·중훼지고仲虺之誥」에 '갈백구향(葛伯仇餉)'이라는
말이 나온다. 흔히 "갈백이 먹여주는 자를 원수로 삼았다"고 풀이한다.

전국시대 학자들이 견강부회하여 이 이야기를 만들어냈고, 맹자는 그대로 그것을 인용하면서 애당초 그 말의 허실을 따지지 않았던 것 같다.

〔내 생각에 '구향'이라고 하는 것은 백성들의 농사지을 시기를 빼앗아서 남편이 밭 갈 때 아내가 들밥을 내올[9] 수 없게 되었기에 그렇게 만든 사람을 마치 원수처럼 보았다는 뜻일 듯하다.〕

孟子言葛伯仇餉事甚詳, 必有所據也. 然其事頗似敵國相傾之謀, 又有不近事情者, 葛伯之不祀, 亦如紂之謂祭無益, 盜跖之不祭先祖, 非眞無犧牲粢盛也. 但當責之以禮, 不悛則聲罪致討而已. 遺之牛羊, 使民往耕, 夫豈誠實之道哉? 至於童子之見殺, 若謂葛民殺之, 則近矣. 豈有以國君之富, 而攫食餉田之簞食者哉? 若葛伯眞有是事, 則與齊王建之松栢, 趙武靈之沙丘無異矣. 湯亦何忍伐之耶?

竊恐『書』有仇餉之語, 故戰國學士附會而爲此說, 孟子因而引之, 初不較其言之虛實也.

〔竊謂仇餉者謂奪民農時, 使不得餉田, 有若仇視之也.〕

🌿 평설

『서경』에는 탕왕이 무력으로 세력을 넓힌 것에 대해 정당성 문제를 고심하는 내용이 나온다. 신하 중훼는 탕임금의 훌륭한 덕을 칭송하며 문제될 것이 없다고 위로한다. 본문에 나온 '갈백구향'도 중훼가 자신

---

9) 남편이 밭 갈 때~들밥을 내올: 원문은 향전(餉田)이다. 본래 춘추시대 진(晉)의 대부인 극결(郤缺)이 미천한 신분으로 지내면서 기(冀) 땅에서 밭을 갈 때 그 아내가 들밥을 내왔는데 서로 공경하기를 손님처럼 했다고 한다. 『소학小學』「계고稽古」에 나오는 이 고사는 부부간에 공경을 다하라는 가르침을 담고 있다. 여기서는 평범한 농민들이 농사짓고 들밥 먹는 일상의 삶을 살아가는 것을 말한다.

의 주장을 피력하는 증거로 사용했다. 즉 갈나라 제후는 밭에 음식을 나르던 아이를 죽여 백성들의 원수가 되었으므로 탕임금이 갈 땅부터 정벌을 시작했다고 했다. 『서경』 「상서商書·중훼지고」에 다음과 같이 기록되어 있다.

성탕이 하나라 왕 걸을 남소南巢에 유폐시키고는 덕에 부끄러움을 느껴 "나는 후세에 내가 이야깃거리가 될까 두렵다"고 말했다. 중훼는 이렇게 고했다. "아아! 하늘이 백성을 내리실 때 욕망을 갖게 했으니, 임금이 없으면 곧 어지러워질 것입니다. 하늘은 총명한 이를 내셔서 이들을 다스리는 것입니다. 하나라 임금은 덕에 어두워 백성들을 도탄에 빠뜨렸으므로, 하늘이 이에 임금께 용기와 지혜를 내려 온 나라의 의표가 되어 바로 다스리게 해서 우임금의 옛일을 계승토록 하신 것입니다. 이는 떳떳한 법에 따라 천명을 받드는 것입니다. 하나라 임금은 죄가 있습니다. 즉 하느님을 속이고 명령을 백성들에게 내렸습니다. 하느님은 이를 옳지 않게 여기시고, 상나라가 명을 받도록 하여 백성들을 밝혀주신 것입니다. 하나라는 어진 이를 업신여기고 권세에 아부하는 무리들이 득실거렸으므로, 애초부터 우리나라는 하나라 임금을 곡식 싹 가운데의 강아지풀과 곡식알에 섞인 쭉정이같이 여겨왔습니다. 그래서 소인이나 대인이나 모두 떨면서 죄업이 닥칠까 두려워하지 않는 이가 없었습니다. 하물며 우리 임금님의 덕에 관한 말은 충분히 들을 만한데 어쩌겠습니까? 임금께서는 노래와 여색을 가까이하지 않으시고 재물과 이익을 불리지 않으셨으며, 덕이 많은 사람들에게는 힘써 벼슬을 주시고, 공이 많은 사람에게는 힘써 상을 내리셨으며, 사람을 쓸 때는 자신과 같이 대우하시고, 허물을 고치시는 데는 주저하지 않으셨으며, 관대하고 어지서서 온 백성이 모두 믿음을 드러냈습니다. 갈 땅의 제후가 밥을 나르던 아이와 원수가 되니, 갈 땅부터 정벌을 시작하면 북쪽 오랑캐들이 원망하며 어째서 우리만 뒤로 미루느냐고 했습니다. 임금께서 가는 곳은 백성들이 경축하면서 기다리고 있었는데 이제 오셔서 살려주었다고들 하니, 백성들이 상나라를 떠받드는 것이 이미 오래된 일입니다."

한편 『맹자』 「등문공·하」에는 다음과 같은 기록이 있다.

만장이 물었다. "송나라는 작은 나라이지만 지금 왕도 정치를 시행하려고 합니다. 그러나 만일 제나라와 초나라가 쳐들어오면 어떻게 하면 좋겠습니까?"

맹자가 대답했다. "탕임금이 박 땅에 있을 때 갈나라가 이웃에 있었다. 갈나라 제후는 방종해 제사지내지 않았다. 탕임금이 사람을 시켜 '어찌하여 제사지내지 않는가'라고 물었더니, '제사에 쓸 짐승이 없기 때문입니다'라고 했다. 탕임금이 사람을 시켜 소와 양을 보내주었다. 갈나라 제후는 이것을 잡아먹고 제사지내지 않았다. 탕임금이 사람을 시켜 '어찌하여 또 제사지내지 않는가'라고 물었다. 이번에는 '제사에 쓸 곡식이 없기 때문입니다'라고 했다. 탕임금은 박 땅의 백성들로 하여금 갈나라 제후를 위해 농사짓게 하고, 노약자들에게는 먹을 것을 운반하게 했다. 갈나라 제후는 자기 백성을 거느리고 나와서 술·밥·수수·쌀 등을 가진 사람들을 위협해 그것을 빼앗고 주지 않는 자는 죽였다. 한 어린아이가 수수와 고기를 밭으로 내갔는데, 그 아이를 죽이고 음식을 빼앗았다. 『서경』에서 '갈백구향'이라고 한 것은 이를 두고 한 말이다. 갈나라 제후가 어린아이까지 죽였기 때문에 탕임금은 갈나라 제후를 치게 되었다. 온 세상 사람들은 모두 말하기를, '천하의 부를 차지하려는 것이 아니고 백성의 원수를 갚아준 것이다'라고 했다. 탕임금이 갈나라를 필두로 열한 차례나 정벌했으되, 천하에는 적이 없었다."

서포는 『상서』와 『맹자』에서 성탕의 정벌을 정당화하려는 설을 비판하고 역사적 정황을 재구성하고자 했다. 경전의 권위와 유가학설의 권위를 일부 부정한 점에서 과감한 태도가 드러난다.

공자의 제자들이 유약을 공자처럼 섬기려 했다는 『맹자』의 기록

상－54

자하[1]·자유[2]·자장[3]이 공자를 섬기듯 유약[4]을 섬기려 했다는데, 아마 그런 일은 없었을 것이다.[5] 세 사람이 모두 성인 문하의 가장 뛰어난 제자들이라서 그들의 지혜라면 성인 공자의 희디희어 깨끗함이 더이상 더할 것이 없음[6]을 알 만한데, 어찌 유독 증자[7]만 그것을 알겠

---

1) 자하(子夏): 성명은 복상(卜商)으로, 산서성 사람.
2) 자유(子游): 공자 문하의 십철(十哲) 중 한 사람. 본명은 언언(言偃)으로, 오나라 사람.
3) 자장(子張): 이름은 사(師). 공자 문하 중 한 사람.
4) 유약(有若): 춘추 말기 노나라 사람. 자는 자유(子有).
5) 자하·자유·자장이~없었을 것이다: 『맹자』 「등문공滕文公·상」의 '신농지언자허행장(神農之言者許行章)'에 나온다. "자하·자장·자유는 유약을 성인과 비슷하다고 해서 공자를 섬기는 것처럼 섬기려 했다. 이를 증자에게도 강조했다. 이에 증자가 말하기를, '그럴 수는 없다. (공자의 덕은) 장강과 한수로 씻은 것과 같고, 가을볕으로 쬐어 말린 것과 같이 너무나 깨끗해 더이상 더할 것이 없다'(子夏·子張·子游以有若似聖人, 欲以所事孔子事之, 彊曾子. 曾子曰: '不可. 江漢以濯之, 秋陽以暴之, 皜皜乎不可尙已')"라고 했다.
6) 성인 공자의~더할 것이 없음: 『맹자』 「등문공·상」의 '신농지언자허행장'에 나온다. 위의 주 5) 참조.
7) 증자(曾子): 이름은 삼(參)으로, 산동성 사람. 자는 자여(子輿). 증점(曾點)의 아들.

는가? 비록 안자[8]가 살아 있다고 하더라도 오히려 감당할 수 없거늘, 하물며 유약이 어찌 감당하겠는가? 단지 말과 기상이 비슷하다 해서 곧 스승으로 섬긴다면, 정말 초나라 장왕[9]이 죽은 손숙오孫叔敖의 흉내를 잘 낸 우맹[10]을 재상으로 삼으려 한 것과 같다.

생각건대 증자의 문하에 천한 사람들이 이 설을 만들어 여러 사람을 억압하고 그 스승을 높이려 한 듯하다. 맹자는 단지 마침 진상[11]이 스승을 배반한 것에 대해 그 말이 대증요법對症療法, 겉으로 나타난 증상에 따라 적절히 치료함이 될 수 있다고 여겼으므로 그 말을 인용해 자기 논리를 날카롭게 하는 데 이용했을 따름이다.

어떤 사람은 이렇게 말했다. "세 사람이 어찌 정말로 유약을 성인으로 여겼겠는가? 다만 말하는 것이 비슷해 갱장의 사모[12]로 삼으려 했을 뿐이다." 이 말은 사실에 가까울 것이다. 그러나 만약 그렇다면 증자의 대답이 응당 이처럼 간절치 못하고 범연했을 리가 없었을 것이다.

子夏·子游·子張, 欲以事孔子者事有若, 恐無是事. 三人俱以聖門高弟, 智足以知聖人孔子之嶢嶢不可尙, 豈獨曾子知之乎? 雖使顔子而尙在, 猶恐不敢當, 況有若乎? 只以言語氣像之近似, 便欲師事之, 眞可與楚莊王之欲相優孟作對.

意者, 曾子門下之汚下者, 作爲此說, 抑諸子而尊其師. 孟子只以其言, 適與陳相之背師對症, 故引之以助談鋒耳. 或曰: "三子亦豈眞以有若爲聖人

8) 안자(顔子): 안연(顔淵). 이름은 회(回), 안회(顔回)라고 흔히 부른다. 자는 연(淵).
9) 장왕(莊王): 춘추시대 초나라 왕, 춘추오패(春秋五覇)의 한 사람.
10) 우맹(優孟): 춘추시대 초나라의 예인.
11) 진상(陳相): 초나라 진량(陳良)의 제자.
12) 갱장(羹墻)의 사모: 자나 깨나 눈에 선함. 늘 잊히지 않음. 옛날 요임금이 돌아간 뒤 순임금은 3년간 요임금을 사모해, 앉으면 담 벽에 요임금이 보이고 밥 먹으면 국에도 요임금이 보였다고 한다. 『후한서』 권63 「이고전李固傳」에 나온다.

哉? 只以言貌之彷彿, 欲寓其羹墻之慕而已." 此言近之矣. 而若然則曾子之
對之不應如是寬泛而不切也.

🦋 평설

여기서 서포는 『맹자』에서 '공자의 제자들이 공자의 사후 유약을 공
자처럼 섬기려 했다'고 말한 부분을 앞뒤의 맥락 속에서 재검토하여,
그 부분에는 수사법상 사실 정보를 편리하게 왜곡한 부분이 있다고 논
했다. 결국 서포는 고전으로서 권위를 지닌 서적이라도 사실을 왜곡한
부분이 있다고 지적함으로써 고전의 절대적 권위를 부정한 셈이다.

『논어』에서의 관중 평가

상―55

    앞 시대의 선배 유학자는 관중[1)]과 위징[2)]을 비평할 때 단지 관중이 섬긴 제(齊)나라 환공[3)]이 아우이고 관중이 본래 따랐던 자규[4)]가 장남인지 아닌지를 가지고 단정했다.[5)] 그러나 사실 환공은 형이 아니었다. 장유는 『계곡만필』[6)]에서 근거를 들어 아주 상세히 고찰했는데, 여러 곳에서 말한 것이 모두 틀릴 리는 없을 것이다. 아마 정자(程子)가 우연하게 검토를 잘못했던 것 같은데, 주자도 역시 그 설에 말미암아 입론(立論).

---

1) 관중(管仲): 춘추시대 제(齊)나라의 재상(宰相). 본명은 관이오(管夷吾).
2) 위징(魏徵): 당나라 초기의 공신·학자. 곡성(曲城, 산동성) 사람. 자는 현성(玄成), 시호는 문정공(文貞公).
3) 환공(桓公): 중국 춘추시대 제나라 군주(재위 BC 685~BC 643).
4) 자규(子糾): 환공의 이복동생. 환공의 형이라는 설도 있다.
5) 앞 시대의~단정했다:『논어』「헌문」제18장의 주에서 주희는 정자의 말을 인용하여 관중이 그가 섬기던 자규(子糾)를 위해 죽지 않은 것은 환공이 형이고 자규가 동생이었기 때문이며, 이는 위징(魏徵)과 왕규(王珪)가 형인 건성(建成)을 섬기다가 후에 동생인 세민(世民, 후의 당 태종)을 섬긴 것과는 의리가 다르다고 하였다.
6) 『계곡만필谿谷漫筆』: 조선 중기의 문신 장유(張維, 1587~1638)가 1632년(인조 10) 병석에 있으면서 기록한 잡기(雜記). 관중에 대한 장유의 논평은 평설 참조.

의론의 체계를 세움 ^{했던} 것이다.⁷⁾ 오직 범조우⁸⁾는 사론史論, 역사에 관한 논설이나 주장에서 자규가 세자가 된 적이 없다고 했다.⁹⁾ 대개 범조우는 사학史學에 뛰어났으므로, 아마도 자규가 형이기는 했으나 세자가 되지 않았다는 사실을 알았던 것이다. 이 사실을 기록한『춘추』장공莊公 9년의 기사에서 장공이 제나라를 정벌하고 자규를 제나라에 들여놓으려 했다고 적은 바로 아래에 "제소백입우제齊小白入于齊"라고 적었다. '제齊'의 나라 이름 다음에 '소백小白'을 이어 적음으로써 환공을 '제나라' 명칭에 연계시킨 것은 환공이 즉위한 후 부국강병에 힘써 패제후覇諸侯가 되는 등 성취한 바가 크기 때문에 그렇게 인정해준 것이지, 형제의 순서로 보아 당연히 옹립되어야 했다고 본 것은 아니다.『통감강목』의 필법은『춘추』를 배운 것이다. 그런데 진나라 말기에 군웅群雄은 모두 이름으로 칭했지만, 오직 패공沛公만을 작위로 칭했다. 이것도 뒷날 공적을 기준으로 인정해준 것이지, 본래 당초에 그가 옹립되어야 하는가를 문제 삼은 것은 아니다.

『논어』에서 공자가 자공¹⁰⁾과 자로¹¹⁾에게 대답한 말도 단지 관중이

---

7) 아마 정자가~했던 것이다:『논어』「헌문」제18장의 주에서 주희는 정자의 말을 인용하여 "환공은 형이고 자규는 아우였다(桓公, 兄也. 子糾, 弟也)"고 하였다.

8) 범조우(范祖禹, 1041~1098): 송나라의 역사가. 자는 순부(淳夫)·몽득(夢得), 호는 화양선생(華陽先生).

9) 범조우는~했다: 범조우는『당감唐鑑』「고조高祖·하」에서 "제나라 환공이 공자 규를 살해하자 소홀(召忽)은 그를 위해 죽었지만 관중은 죽지 않았으며, 또 환공을 도와 패업을 이루게 하였으니, 어째서인가? 환공과 자규는 모두 공자(公子)의 신분으로 출분(出奔)한 것이었으니, 자규가 세자(世子)가 된 적이 없었다(齊桓公殺公子糾, 召忽死之, 管仲不死, 又相桓公以霸, 何哉? 桓公子糾, 皆以公子出奔, 子糾未嘗爲世子也)"라고 하였다. 이어서 범조우는 건성(建成)은 태자(太子)였고 또 형이었으며 진왕(秦王, 세민)은 번왕(藩王)이었고 또 아우였다. 왕규와 위징은 명을 받아 동궁(東宮)의 신하가 되었으므로 건성이 그들의 군주이며, 따라서 건성을 살해해서는 안 되었으며, 세민이 아우된 자로서 형을 죽이고 번왕인 자로서 태자를 죽여 왕위를 빼앗았으므로 왕규와 위징은 태종(太宗, 세민)을 섬겨서는 안 되었다고 하였다. 다만, 환공이 자규를 죽인 것을 논하며 형제간의 의리는 거론하고 있지 않다. 이를 근거로 서포는 범조우가 자규가 형이었음을 알았을 것이라고 추정한 듯하다.

공적이 있기 때문에 그의 어짊을 인정한 듯하며, 그 뜻이 보필하는 사람이 바른가 그렇지 않은가에 있었다고는, 또 그 사람의 어짊을 인정하지 않고서 다만 그 어진 자의 공만을 인정했다고는 보이지 않는다. 자공이 "공문자[12]는 어떻게 하여 그를 문이라 시호했습니까"라고 묻자, 공자는 "민첩해서 학문을 좋아했고, 아랫사람에게 묻기를 부끄럽게 여기지 않았기 때문에 그를 문이라 했다"[13]고 했다. 대개 이러한 것도 문文이라 할 수 있다고 여겨 그렇게 말한 것이다. 성인의 말에 경중이 있음이 이와 같다. 이제 그 어짊은 인정하지 않고 단지 그 공만 인정했다면, 그 어세語勢, 말의 힘가 이같이 경쾌하지는 않았을 것이다.

또 『논어』에서 관중을 두고 "스스로 도랑에서 목매 죽어 남이 알아주는 이가 없는 것과 같이 하겠는가"[14]라고 한 말은 더욱 감히 알 수가

---

10) 자공(子貢, BC 520?~BC 456?): 춘추시대 위(衛)나라의 유학자. 성은 단목(端木), 이름은 사(賜).

11) 자로(子路, BC 543~BC 480): 공자의 문하생. 성명은 중유(仲由)로, 변(卞, 산동성) 사람. 자로는 그의 자.

12) 공문자(孔文子): 이름은 어(圉). 행실이 좋지 않았지만 문(文)이라는 시호를 받았다.

13) 민첩해서 학문을 좋아했고~그를 문이라 했다: 공문자가 태숙질로 하여금 본부인을 쫓아내게 하고는 자기의 딸 공길(孔姞)을 그에게 시집보냈다. 그후 태숙질이 본부인과 간통하자 화가 난 공문자가 태숙질을 치려 하면서 공자에게 그 일의 정당성을 물었다. 공자는 대답하지 않고 수레를 재촉해 떠났다. 태숙질이 쫓거나 송나라로 달아나니 공문자는 태숙질의 아우인 유(遺)로 하여금 공길을 아내로 맞이하게 했다. 이러한 공문자에게 '문(文)'이란 시호가 주어졌으므로 의아하게 생각한 자공이 공문자의 시호가 어떻게 해서 '문'이 되었는지 묻자 공자는 다음과 같이 말했다. "민첩해서 배우기를 좋아하고, 아랫사람에게 묻는 것을 부끄럽게 여기지 않았다. 이로써 시호를 문이라 한 것이다(子貢問曰: '孔文子何以謂之文也?' 子曰: '敏而好學, 不恥下問, 是以謂之文也')." 『논어』 「공야장公冶長」에 나온다. 주희는 소식의 말을 인용하여 "공자께서 그의 선함을 없애지 않고 말씀하시기를 '능히 이와 같으면 문이라고 시호하기에 족하다'라고 하셨으니, 경천위지(經天緯地)의 문은 아니다(孔子不沒其善, 言: 能如此, 亦足以爲文矣, 非經天緯地之文也)'라고 주(註)하였다.'"

14) 스스로 도랑에서~같이 하겠는가: 『논어』 「공야장」에 나온다. "자공이 말했다. '관중은 인자가 아닐 것입니다. 환공이 자규를 죽였는데, 죽지 못하고 또 환공을 도와주었으니 말입니다.' 공자께서 말씀하셨다. '관중이 환공을 도와 제후의 패자가 되어 한 번 천하를 바로잡아 백성들이 지금까지 그 혜택을 받고 있으니, 관중이 없었다면 나(우리)는 그 머리를 풀고 옷깃을 왼편으로 하는 오랑캐가 되었을 것이다. 어찌 필부필부들이 조그마한 신의를 위해 스스

없다. 내 생각으로는 공자의 이 장의 말에 대해서도 단지 '미상未詳, 자세하지 않음'이라는 두 글자를 쓰면 되지, 반드시 억지 주장을 할 필요는 없을 것이다. 주자는 『주역』의 미제괘[15]의 풀이에서, "머리를 적신다고 한 것은 분명히 여우가 물을 건너는 상象이거늘, 도리어 술을 마셔서 머리를 적신다고 했으니, 알 수가 없다. 단지 공자의 말씀이기 때문에 사람들이 감히 논의를 하지 못할 따름이다"[16]라고 했다.

先儒之論管仲, 魏徵直以桓公子糾長弟斷之, 而其實桓非兄也. 張谿谷『漫筆』, 考據甚詳, 不應數處所說皆誤也. 恐程子偶然失檢, 而朱子亦因而立論也. 唯范淳夫史論謂 '子糾未嘗爲世子', 夫夫也長於史學, 盖亦知子糾之爲兄, 而特非世子也. 『春秋』以桓公繫之齊者, 以桓公後來所就之大而與之, 非謂兄弟之次當立也. 『綱目』筆法, 學『春秋』者也. 於秦末群雄皆稱名, 而唯沛公稱爵, 亦以其後來功業與之, 固非當初便有當立不當立者也.

今觀夫子答子貢·子路之言, 似只以仲之有功, 而許其仁, 未見其意在於所輔者之正不正, 又未見其不許仁而但許仁者之功也. 子貢問: "孔文子, 何以爲之文也?" 子曰: "敏而好學, 不恥下問, 是以謂之文也." 盖謂如此亦可以爲文也. 聖人之語, 有輕重如此. 今若不許其仁, 而只許其功, 則語勢不應如此之輕快也.

로 도랑에서 목매 죽어 알아주는 이가 없는 것과 같이 하겠는가(子貢曰: '管仲非仁者也. 桓公殺公子糾不能死又相之.' 子曰: '管仲相桓公霸諸侯一匡天下, 民到于今受其賜. 微管仲吾其被髮左衽矣. 豈若匹夫匹婦之爲諒也, 自經於溝瀆而莫之知也')?"

15) 미제괘(未濟卦): 『주역』 64괘의 마지막 제64괘. 감상이하(坎上離下), 곧 '화수미제(火水未濟)'이다. 괘사는 "미제는 형통하니, 어린 여우가 건넘에 용감해 그 꼬리를 적시니, 이로운 바가 없다(未濟, 亨, 小狐汔濟, 濡其尾, 無攸利)"이다. 그 상구효(上九爻)의 효사에 "믿음을 두고 술을 마시면 허물이 없지만 머리를 적시듯 지나치면 신뢰가 있더라도 옳음을 잃으리라(有孚于飮酒, 无咎. 濡其首, 有孚, 失是)"라고 했다. 「상전象傳」은 "술을 마셔 머리를 적심은 또한 절제를 모르는 것이다(飮酒濡首, 亦不知節也)"라고 했다.
16) 머리를~따름이다: 『주자어류』 권73 「역易 9·미제未濟」에 나온다.

至於"自經溝瀆, 人莫之知"一語, 尤有所不敢知者. 竊謂聖人之言, 如此章之類, 只消'未詳'二字足矣, 恐不必强爲之說也. 朱子曰: "『易』未濟濡首, 分明是狐過水象, 却云飮酒濡首, 不可曉, 只是孔子說, 故人不敢議."

🌿 평설

관중은 제나라 양공의 맏아들인 자규를 섬겼으나 뒤에 그 아우 소백小白이 자규를 죽이고 왕이 되자 소백을 섬겨 패업을 이루게 했다. 그가 환공이다. 당나라 때 위징은 태종의 형 건성建成이 태자로 있을 때 그를 섬겼으나 태종이 형을 죽이고 제위에 오르자 태종을 섬겼다.

공자가 관중에 대해 평가한 말은 『논어』 두 곳에 나온다. 우선 『논어』 「공야장」에 이러한 대화가 있다.

자공이 말했다. "관중은 인자가 아닐 것입니다. 환공이 자규를 죽였는데, 죽지 못하고 또 환공을 도와주었으니 말입니다."

공자께서 말씀하셨다. "관중이 환공을 도와 제후의 패자가 되어 한 번 천하를 바로잡아 백성들이 지금까지 그 혜택을 누리고 있으니, 관중이 없었다면 나(우리)는 그 머리를 풀고 옷깃을 왼편으로 하는 오랑캐가 되었을 것이다. 어찌 필부필부匹夫匹婦들이 조그마한 신의를 위해 스스로 도랑에서 목매어 죽어 알아주는 이가 없는 것과 같이 하겠는가."

『논어』 「헌문편」에는 이러한 대화가 나온다.

자로가 말했다. "환공이 자규를 죽이자 그를 모셨던 소홀召忽은 죽었으나 역시 그를 모셨던 관중은 죽지 않았으니, 관중은 어질다 할 수 없겠지요?"

공자께서 말씀하셨다. "환공이 제후들을 규합하되 무력을 쓰지 않은 것은 관중의 힘이었으니, 누가 그의 인仁만 하겠는가. 누가 그의 인만 하겠는가!"

하지만 정자程子는 환공이 적장자였으므로 관중이 자규의 죽음에 따라 죽지 않고 살아남아 환공을 위해 일한 것을 의義라고 변호했다. 『이정전 서二程全書』에 다음과 같은 어록이 있다.

정자가 말씀하셨다. 환공은 형이고 자규는 아우였다. 관중은 자신이 섬기던 자에게 사사로운 정을 지녀 그를 도와 나라를 다투었으니, 의가 아니다. 환공이 자규를 죽인 것은 비록 지나쳤으나 자규의 죽음은 실로 마땅했다. 관중은 처음에 자규와 더불어 모의했으므로, 함께 죽는 것이 옳았다. 하지만 그를 보필해서 나라를 다투는 것이 의가 아님을 알고 스스로 죽음을 면해 후일의 공을 도모했으므로, 그것 또한 옳은 일이다. 그러므로 공자는 관중이 주군을 따라 죽지 않았음을 나무라지 않고 그의 공을 칭찬하신 것이다. 만일 환공이 아우이고 자규가 형이어서 관중이 도운 것이 정당한데, 환공이 그 나라를 빼앗고 죽였다면 관중과 환공은 한세상에 같이 살 수 없는 원수가 되었을 것이다. 공자께서 훗날의 공적을 계산해서 관중이 환공을 섬긴 일을 인정했다면, 성인의 이 말씀은 대단히 의를 손상시켜 만세의 반복불충反覆不忠, 이랬다저랬다 하고 충성하지 못하는 난을 열어놓은 것이 아니겠는가? 당나라의 왕규와 위징은 건성의 난리에 죽지 않고 태종을 따랐으므로 의를 해쳤다고 할 수 있다. 뒤에 비록 공적이 있었으나 어찌 속죄할 수 있겠는가? 생각건대 관중은 공적이 있고 죄가 없었으므로 성인이 그 공적만을 칭찬한 것이다. 왕규와 위징은 먼저 죄가 있고 뒤에 공적이 있었으므로 공적이 있다고 해서 그것으로 죄를 덮어주지 않는 것이 옳다.

그런데 정묘호란 때 우리나라에 왔던 후금 사람 유해劉海는 조선 조정에 대해 형세상 명나라와의 관계를 끊으라고 전하면서 관중이 자규를 따라 죽지 않고 살아남은 예를 들었다. 관중의 일을 예로 들어 유해는 계곡 장유에게 이미 없어진 명나라를 위해 절의節義, 절개와 의리만 지킬 것이 아니라 청나라와 손잡고 강화하자는 뜻을 전한 것이다. 장유의 『계곡만필』에 당시의 일이 기록되어 있다.

유해가 관사에 있을 때 나는 월사 이정귀 공, 김신국 판서와 함께 왕명을 받들고 유해 있는 곳으로 가서 강화조약을 맺게 되었다. 두 공은 모두 말을 잘 못한다면서 유해와의 대담을 내게 맡겼다. 유해가 두어 가지 조약을 내놓았는데, 첫째로 우리나라더러 천조天朝, 명나라와의 관계를 끊으라는 것이었다. 나는 언성을 높여 통절痛切한 말로 오랫동안 이야기를 주고받았다. 유해는 『논어』에서 "환공이 자규를 죽일 때 소홀은 자규를 따라 죽고 관중은 죽지 않았는데 공자는 관중을 어질게 여겼다"는 말을 인용했다. 대개 유해는 이 말로 나를 회유하고 위협하려 했다. 이때 역관 장예충이 말을 전했는데, 예충은 여러 역관 중에서 평소부터 우수하다고 일컬어진 자였거늘, 유해의 말을 듣고 그 의미를 알아듣지 못했다. 나는 중국어를 잘하지는 못했으나, 일찍이 『사성통해四聲通解』를 보았으므로 자음만은 대략 알았다. 그 말을 형세와 의사로 짐작해 그것이 소홀과 관중에 관한 말인 줄 알고, 예충을 시켜 다시 물어보니 과연 그러했다. 내가 곧 『논어』에서 "예로부터 모두 죽음은 있는 것이나 사람으로서 신의가 없으면 성립할 수 없다"는 말을 인용하여 그의 의견을 꺾었더니 유해는 말문이 막혔다. 나는 이 일로 인해 비로소 역관들이 말에 서툰 것을 알았다.

서포가 관중의 일을 주제로 이 논문을 작성한 것은 조선 후기의 대명對明 절의론에 대해 나름대로의 관점을 확립하려는 숨은 의도를 지니고 있다. 다만 서포는 의리론을 정면에서 다루지는 않았다.

제나라 오릉중자라는 인물

상—56

제나라의 오릉중자[1]는 사람됨이 기괴하여 송나라의 진양[2]이나 석개[3] 등 여러 사람과 같은 듯하지만, 그에게서는 패륜悖倫, 윤리를 어그러뜨림과 멸리滅理, 도리를 무너뜨림의 죄가 있었던 것으로는 보이지 않는다. 형이 벼슬하고 동생이 은거하는 것은 각각 자신의 뜻을 따른 것이니, 예로부터 무슨 한정限定이 있겠는가? 그리고 이 때문에 독실하게 평론을 하는 군자들에게 죄를 얻었다는 말도 듣지 못했다. 그가 훗날 돌아와서 어머니와 형을 뵙고 그들이 음식을 건네주자 먹은 일을 본다면, 어찌 형을 피하고 어머니를 떠나서 자기 어머니가 해준 음식을 먹지 않는 지경에 이르렀겠는가? 나와서 토한 것은 다만 꽥꽥거리는 거위를 받

---

1) 오릉중자(於陵仲子): 진중자(陳仲子). 제(齊)나라 사람. 『맹자』 「등문공·하」에 나온다.
2) 진양(陳襄, 1017~1080): 송나라 복주(福州) 후관(候官) 사람. 자는 술고(述古), 호는 고령(古靈).
3) 석개(石介, 1005~1045): 북송 연주(兗州) 사람으로, 조래선생(祖徠先生)이라고 일컬었다. 자는 수도(守道)·공조(公操). 손복(孫復)과 함께 태산(泰山)에서 글을 읽었는데, 지독하게 고통스런 생활을 하면서 담백한 음식만 먹었으며, 밤새도록 잠자리에 들지 않았다. 한 번 좌정한 뒤로 10년이나 돌아오지 않았다고 한다.

아먹는 것이 부당함을 풍간諷諫, 완곡한 표현으로 잘못을 고치도록 말함한 것이니, 만약 다른 음식이었다면 정말로 토하지 않았을 것이다. 맹자가 "백이伯夷가 지은 집인가, 도척盜跖이 지은 집인가. 백이가 씨뿌려 심은 곡식인가, 도척이 심은 곡식인가?"라고 힐난했으나, 그러한 설로 과연 오릉중자의 마음을 굴복시킬 수가 있겠는가? 아마도 오릉중자는 참람僭濫, 명분을 어겨 방자스러움한 나라의 폭군이 군림하는 시대에 태어났고, 자신의 형 또한 반드시 어진 대부는 아니었을 것이다. 그러므로 물러나 들에서 밭을 갈며 자신의 몸을 깨끗이 했던 것이다. 그가 어머니를 받들며 함께 살지 못한 것도 무언가 일의 형세가 그렇게 만든 것이므로, '편협할 애' [4]라는 한 글자로 판단하는 것으로 충분하다.

오릉중자보다 앞서 장저·걸닉[5]과 접여[6]의 무리는 그 행동이 더욱 이치에 맞는다고 할 수 없다.[7] 공자도 일찍이 그들을 두고 "몸을 깨끗이 한다면서 인륜을 어지럽혔다"고 비난했다.[8] 그런데 그 말의 뜻이 충

---

4) 편협할 애(隘): 『맹자』「공손추公孫丑·상」에 나온다. "맹자가 말하기를, '백이는 좁고 유하혜는 불공하니 좁음과 불공함은 군자가 따르지 않는다'라고 하였다(孟子曰: 伯夷, 隘, 柳下惠, 不恭, 隘與不恭, 君子不由也).'" 주희는 "애(隘)는 협착(狹窄)한 것이다"라고 하였다.

5) 장저(長沮)·걸닉(桀溺): 춘추시대의 은자. 그들이 나란히 밭을 갈고 있을 때 공자가 그곳을 지나다가 그들에게 나루터를 물었다. 『논어』「미자微子」에 나온다.

6) 접여(接興): 『논어』「미자」에 나온다. 즉 공자가 초나라에 갔을 때, 초광(楚狂) 접여가 공자 곁을 지나면서 풍자하기를, "봉황이여 봉황이여, 어찌 덕이 쇠퇴했나. 지난 일은 어쩔 수 없다만, 앞날의 일은 그래도 쫓아갈 수가 있도다. 어쩔 수 없도다 어쩔 수 없도다. 지금 정치하는 것은 목숨이 위태롭도다(鳳兮鳳兮, 何德之衰. 往者不可諫, 來者猶可追. 已而已而, 今之從政者殆而)"라고 노래를 불렀다고 한다.

7) 장저·걸닉과~할 수 없다: 『논어』「미자」에 나온다. 공자가 은자인 장저·걸닉을 평하기를, "새 짐승과는 한 무리를 이루고 살 수 없다. 나는 이 세상 사람의 무리와 함께하지 않고 달리 누구와 함께하겠는가? 천하에 도리가 통하고 있다면야 내가 세상을 변역시키려 하지 않을 것이다(鳥獸不可與同群. 吾非斯人之徒與, 而誰與? 天下有道, 丘不與易也)"라고 했다. 이에 대해 주희의 『집주』는 정자(程子)의 말을 인용해 "성인은 천하를 잊으려는 마음을 감히 지니지 않기에 이와 같이 말한 것이다(聖人不敢有忘天下之心, 故其言如此)"라고 했다.

8) 그들을 두고~비난했다: 『논어』「미자」에 보면, 자로(子路)가 은자인 하조장인(荷蓧丈人)을 만나 그 집에 묵고 왔는데 공자는 자로에게 하조장인이 자신을 반박한 내용에 대해 재반박하도록 했다. 자로가 그 집에 가자 하조장인은 출타한 뒤였으므로 집에 남은 아이들에게 다음과 같이 말했다. 이 말은 공자의 지시에 따른 것이었을 듯하다. "벼슬하지 않는 것은 의리가 없다.

실하고 순후해서 그리움에 잊지 못하는 듯 늘 도리에 맞도록 그들을 끌어들이려 한 것을 보면, 어찌 일찍이 맹자처럼 결점을 들추어내 실컷 논변을 펼쳐 업신여기고 짓밟았는가? 제나라 민왕湣王의 음란함과 포악함은 걸桀·주紂보다 심했다. 이것이 진실로 오릉중자가 몸을 더럽히지는 않을까 두려워한 까닭이다. 맹자는 그 조정에 서서 다른 나라를 침벌하는 모의[9]에 간여했다. 성인의 하신 일이야 진실로 실정에 어두운 유생이나 비루한 선비들과 함께 나란히 논할 바는 아니지만, 만약 강직한 사람[10]이 이 사실을 관찰한다면 마땅히 기뻐하지 않을 부분이 있을 것이니, 맹자의 말에는 무례를 범한 부분이 있지 않을까? 오릉중자 같은 사람은 비록 도에 합치되도록 행동하지는 않았다 하더라도, 그를 수양산首陽山의 사당에 배향配享, 문묘나 사원에 학식이나 덕망이 있는 사람의 신주를 모심한다면 누가 옳지 않다고 말하겠는가?

소동파소식는 두루 통달하는 것을 좋아했기 때문에 손복[11]과 석개를 인정하지 않았다.[12] 이것 또한 맹자가 오릉중자를 배척한 것과 같다.

장유(長幼, 어른과 아이)의 절차도 폐할 수 없거늘 군신의 의리를 어떻게 폐하겠는가? 자신의 몸을 깨끗이 했으나 큰 인륜을 어지럽히는 것이니 군자가 벼슬하는 것은 그 의를 행하는 것이다. 도가 행해지지 않는 것을 나는 이미 알고 있다(不仕無義, 長幼之節, 不可廢也, 君臣之義, 如之何其廢之. 欲潔其身而亂大倫. 君子之仕也, 行其義也, 道之不行, 已知之矣)."

9) 다른 나라를 침벌하는 모의:『맹자』「공손추·하」에 보면, 제(齊)나라 대부 심동(沈同)이 제나라 선왕(宣王)의 뜻으로 연(燕)나라를 정벌해도 좋으냐고 물었을 때, 맹자는 정벌해도 좋다고 대답한 것으로 되어 있다.

10) 강직한 사람: 견(狷)은 지조가 매우 군세어 융통성이 없는 것을 말한다. 이에 비해 광(狂)은 뜻만 너무 커서 행실이 뜻에 미치지 못하는 것을 말한다.『논어』「자로子路」에 "공자가 말했다. '중도(中道)를 지닌 사람을 얻어서 도를 전하지 못할 경우에는 반드시 광견(狂狷)을 택하겠다. 광한 자는 진취하는 바가 있고, 견한 자는 뜻이 견고하다'(子曰: '不得中行而與之, 必也狂狷乎. 狂者進取, 狷者有所不爲也')"라고 했다.

11) 손복(孫復, 992~1057): 송나라 진주(晉州) 평양(平陽) 사람으로, 석수도의 스승이다. 자는 명복(明復).

12) 손복과 석개를 인정하지 않았다:『동파전집』에 수록된「의학교공거장議學校貢擧狀」에 보면, "경전에 통하고 옛것을 익힌 자로는 손복·석개만한 사람이 없다. 그러나 만일 손복과 석개가 여전히 살아 있다면 우활(迂闊)하고 교탄(矯誕, 교만하고 망령됨)한 선비일 뿐이니 또한 정치의 일에서 쓰일 수가 있을 것인가(通經學古者, 莫如孫復·石介, 使孫復·石介尙在, 則迂闊矯

주자가 손복과 석개를 지극히 존숭한 것은 아마도 소동파의 뜻에 분격한 바가 있어서였을 것이다.[13] 정말로 생각지도 못하고 칭찬받는 경우가 있구나![14]

於陵仲子, 想其爲人古怪, 如宋陳古靈·石守道諸人, 未見其有悖倫滅理之罪也. 兄仕弟隱, 各從其志者, 自古何限, 而未聞以此得罪於篤論之君子. 觀其他日歸見母兄, 與之食而食之, 則亦何至於避兄離母, 以其母則不食乎? 出而哇之者, 特諷鶂鶂[15]之不當受, 若他食則固不哇也. "伯夷·盜跖所築所樹"之說, 果可以伏仲子之心耶? 槪仲子生於僭國暴君之世, 其兄又未必是賢大夫. 故退而耕野, 以潔其身. 其不得奉母同居, 亦或事勢之使然, 斷之以一隘字足矣.

前乎仲子, 如沮溺·接輿之徒, 其行尤不能中理, 孔子亦嘗非之以爲潔身亂倫. 而觀其辭意忠厚, 眷眷不忘, 每欲引之於中道, 何嘗如孟子之縱辯摘疵, 陵[16]轢而踐踏之耶? 齊湣王之淫虐, 甚於桀·紂. 此固仲子之若將浼焉者, 而孟子立其朝, 與聞伐國之謀. 聖人作用, 固不可與拘儒曲士幷論, 而若使狷者觀之, 則宜有所不悅者矣, 得無其言有所觸犯耶? 若仲子者, 雖非中行, 以之配食於首陽之祠, 則誰曰不允?

誕之士也, 又可施之於政事之間乎)"라고 했다.

13) 주자가~있어서였을 것이다: 『주자어류』 권129에 다음과 같은 말이 있다. "본조(송)의 손복과 석개 등은 홀연히 출현해 하나의 평정(平正)한 도리를 잘 발명했으니, 전 시대에도 이에 비길 만한 사람이 없다. 한퇴지(한유)의 경우는 오푼(五分)만 했다고 하겠는데, 그것도 다만 문장을 말했을 뿐이다. 후래의 관락(關洛) 여러분, 즉 송나라의 성리학자들이 출현하지 않았더라면 손복과 석개가 일등급의 사람들이었을 것이다. 손복은 조금 약했으나 석개는 아주 강건해 단단하게 해냈다.

14) 정말로~있구나: 『맹자』 「이루·상」에 보면, "예상치 못한 칭찬도 있고, 완전함을 구하려다 얻는 비방도 있다(有不虞之譽, 有求全之毁)"는 말이 나온다.

15) [교감] 鶂: 『맹자』의 현행 텍스트에는 '鶃'으로 되어 있으나, 『서포만필』의 이본들은 '鶂'으로 되어 있다.

16) [교감] 陵: 고려대본은 '凌'으로 되어 있다. 통문관본과 서울대본을 따른다.

東坡喜通, 故不取孫·石, 亦如孟子之斥仲子也. 朱文公之極尊二子, 盖有
激於東坡. 信乎有不虞之譽也!

🌿 평설

서포는 『맹자』 「등문공·하」에 나오는 오릉중자, 즉 진중자의 행위에
대한 맹자의 평가를 재비판했다. 제나라 진중자는 성품이 너무 깔끔해
만종萬鍾, 후한 양. 종鍾은 용량의 단위의 녹祿을 먹고 있는 자기 형 대戴의 녹봉과
저택이 모두 불의한 것이라 하여 오릉於陵이라는 곳에 따로 나가 살면
서 사흘씩이나 굶을 정도로 궁하게 지냈다. 하루는 자기 형 집에 왔다
가 누가 산 거위를 가져온 것을 보고는 얼굴을 찌푸리며 꽥꽥거리는
그것을 무엇하러 받느냐고 말했다. 그런 어느 날 그가 또 형의 집에 왔
을 때 자기 어머니가 그 거위를 잡아 요리해서 함께 먹었다. 때마침 형
이 밖에서 돌아와 먹는 것을 보고는, "야 그게 바로 꽥꽥거리는 그 고
기다!" 하니까 진중자는 먹다 말고 나가서 토했다.

맹자는 진중자의 행동을 염廉하다고 할 수 없다고 비판했다. 맹자의
논설은 이렇다.

"진중자의 절조節操, 절개와 지조를 충족시키려면 지렁이가 된 뒤에야 가
능할 것이다. 무릇 지렁이는 위로는 마른 흙을 먹고 아래로는 황천의
물을 마신다. 진중자가 거처하는 방은 백이가 지은 것인가 아니면 도
척이 지은 것인가? 먹고 있는 곡식은 백이가 심은 것인가 아니면 도척
이 심은 것인가? 이것은 알 수가 없다."

이에 대해 서포는 맹자의 논설이 결점을 들추는 데 급급한 억지라고
비판했다.

『맹자』에 수록된 공자 학설

공자의 언행이 후세에 전해지는 것으로서『논어』20편 외에『예기』
『공자가어』『효경』에 실려 있는 것들은 대개 완전히 순수하지는 못하
다. 그 밖에『춘추좌씨전』『순자』『장자』등 제자백가서에서 섞여 나온
것은 각자 저자들의 뜻에 따라 말로 엮었기 때문에, 깊고 얕고 순수하
고 불순함이 또한 각각 다르다. 오직『맹자』에 인용된 것은 마땅히 믿
지 않을 수 없겠지만, "붙잡으면 보존되고 놓으면 잃어버리며 나가고
들어옴이 일정한 때가 없고"와 같은 설[1]은 말투가 노론魯論[2]과 현저히

---

1) '붙잡으면 보존되고~같은 설:『맹자』「고자告子·상」의 이른바 '우산지목장(牛山之木章)'에
   나온다. "맹자는 말했다. '제나라 우산의 수목은 일찍이 아름다웠는데, 그것이 도심에서 외곽
   지대였기 때문에 도끼가 그 나무를 베었으니, 어찌 아름다워질 수 있겠는가? 이러한 상황에
   서도 밤낮으로 자라남과 비와 이슬의 적심으로 싹조차 자라지 못한 것은 아니지만, 소나 양이
   지나다 그것을 뜯어먹은 까닭에 저처럼 밋밋해져버렸고 사람들은 이 우산의 황폐해진 모습만
   을 보고 여기에는 일찍이 무성한 초목이 없었다고 치부해버린다. 이것이 어찌 우산의 본래 모
   습이었겠는가? 단지 사람한테서만 어떻게 인의의 마음이 없다고 할 수 있겠는가? 그들이 그
   양심을 잃어버린 것도, 마치 도끼가 산의 나무를 잘라서 그 산을 민둥산으로 만들어버린 것과
   같은 것이다. 날이면 날마다 도끼로 나무를 벤다면, 산에 나무가 아름다울 수 있겠는가? 그

다르므로, 맹자의 입에서 나온 말이라는 것이 완연하다. 안연^{顏淵}의 "순은 어떤 사람이며, 나는 어떤 사람인가"라는 말³⁾ 역시 그렇다. 안연에게 이런 큰 뜻이 없었다는 말이 아니다. 만약 "있어도 없는 듯이, 꽉 차 있으면서도 텅 빈 듯이"⁴⁾나, "이미 나의 온 힘을 다해 배우기를 그만두

누구든 밤낮으로 선량한 마음이 그 사람 마음속에서 자라나는 바와 아침의 청명한 기운에 그가 좋아하고 미워하는 마음에서 보통 사람과 더불어 거의 차이가 없는데, 그 사람의 낮에 벌이는 행위가 이를 곡망(梏亡, 이욕 때문에 본심을 잃음)하니 곡망하기를 반복하면 그 밤에 자라났던 양기도 보존될 수 없을 것이며, 밤에 자라난 양기를 보존할 수 없게 되면 그와 금수의 차이도 크게 나지 않을 것이다. 사람들은 그러한 금수 같은 사람을 보고, 그 사람에 대해 일찍부터 선량한 마음을 지녔다고 생각지는 않을 것이다. 이것이 어떻게 사람의 마음이겠는가? 따라서 정말로 제대로 길러진다면 어떤 사물이든 자라나지 못할 것이 없으며, 만일 제대로 길러지지 못한다면 어떤 사물이든 사라지지 않음이 없을 것이다. 공자가 '붙잡으면 보존되고 놓으면 잃어버리며 나가고 들어옴이 일정한 때가 없어 그 방향을 알 수 없는 것은 오직 사람의 마음을 두고 말한 것이다'라고 하셨다(孟子曰: '牛山之木, 嘗美矣, 以其郊於大國也. 斧斤伐之, 可以爲美乎? 是其日夜之所息, 雨雲之所潤, 非無萌蘖之生焉, 牛羊又從而牧之, 是以若彼濯濯也. 人見其濯濯也, 以爲未嘗有材焉, 此豈山之性也哉? 雖存乎人者, 豈無仁義之心哉? 其所以放其良心者, 亦猶斧斤之於木也. 且旦而伐之, 可以爲美乎? 其日夜之所息, 平旦之氣, 其好惡與人相近也者幾希, 則其旦晝之所爲, 有梏亡之矣. 梏之反覆, 則其夜氣不足以存, 夜氣不足以存, 則其違禽獸不遠矣, 人見其禽獸也, 而以爲未嘗有才焉者, 是豈人之情也哉, 故苟得其養, 無物不長, 苟失其養, 無物不消, 孔子曰: '操則存, 舍則亡, 出入無時, 莫知其鄕, 惟心之謂與')!"

2) 노론(魯論): 『논어』에는 고론(古論)·제론(齊論)·노론(魯論)의 3종류가 있다. 노론은 금문논어의 하나로, 한나라 정현(鄭玄)이 노론을 중심으로 편장(篇章)을 나누고, 고론과 제론을 포괄했다. 『논어집주論語集註』「서설序說」에서 하안(何晏)의 설을 인용해 설명한 바 있다.

3) "순은 어떤 사람이며 나는 어떤 사람인가"라는 말: 『맹자』「등문공·상」의 이른바 '등문공위세자장(滕文公爲世子章)'에 다음과 같은 말이 있다. "세자가 초나라에서 돌아오다가 다시 맹자를 뵈었는데, 맹자가 말하기를, '세자는 제 말을 의심하십니까? 무릇 도(道)는 하나일 따름입니다. 성간(成覸)이 제나라 경공더러 성인도 장부이며 나도 장부이니 내가 어찌 성인을 두려워하리오'라고 했으며, 안연이 '순임금은 어떤 사람이며, 나는 어떤 사람인가. 사람이 할 도리를 다한다면 다 순임금과 같이 될 것이다'라고 했고, 공명의(公明儀)는 말하기를, '문왕은 나의 스승이다. 주공이 어찌 나를 속이겠는가'라고 했다(世子自楚反, 復見孟子, 孟子曰: '世子疑吾言乎? 夫道一而已矣. 成覸謂齊景公曰: 彼丈夫也, 我丈夫也, 吾何畏彼哉?' 顏淵曰: '舜何人也? 子何人也? 有爲者亦若是.' 公明儀曰: '文王我師也, 周公豈欺我哉')."

4) 꽉 차 있으면서도 텅 빈 듯이: 『논어』「태백泰伯」 '증자왈장(曾子曰章)'에 보면, 증자가 죽은 안회를 회상하는 말에 나온다. "증자가 말하기를, '유능하면서도 무능한 사람에게 묻고, 박학다식해도 잘 알지 못하는 사람에게 물으며, 도가 있으면서도 없는 듯이 하고, 덕이 실하면서도 허한 듯이 하며, 또 남에게 욕을 보아도 따지고 마주 다투지 않는다'라고 했다(曾子曰: '以能問於不能, 以多問於寡. 有若無, 實若虛, 犯而不校')."

고자 해도 그만둘 수가 없도다"[5] 등의 말과 나란히 비교해 살펴본다면, 이들 말에는 자못 눈썹을 치켜세우고 수염을 휘날리는[6] 기상이 있음을 느끼게 된다. 정자程이가 "붙잡으면 보존되고 놓으면 잃어버리며 나가고 들어옴이 일정한 때가 없고"라는 구절에 관해 논한 말[7]을 살펴서 판단한다면 이것은 맹자의 말이라고 생각된다.

孔子言行之傳後者, 二十篇之外, 如『禮記』·『家語』·『孝經』所載, 盖未能盡醇. 其雜出於『左氏傳』及『荀』·『莊』諸子者, 各以其人之意, 爲之說, 故深淺粹駁, 亦各不同. 惟『孟子』所引, 宜不可不信, 而如操捨出入之說, 辭氣逈

5) 이미 나의~그만둘 수가 없도다: 『논어』「자한子罕」'안연위연탄왈장(顏淵喟然歎曰章)'에 나온다. "안연이 탄식하며 말했다. '우러러볼수록 더욱 높아지고, 뚫을수록 더욱 여물어지며, 처다보면 앞에 있는데, 어느덧 뒤에 있도다. 선생님께서는 순조롭게 남을 잘 이끌어주신다. 나를 넓혀주시기를 문(文)으로써 하시고 나를 집약시켜주시기를 예(禮)로써 하셨다. 그만두고자 해도 그만둘 수 없어 이미 내 재주를 다했으나 (선생님의) 세운 바가 우뚝한 언덕 같아 비록 쫓아가려 해도 말미암을 데가 없다(顏淵喟然歎曰: '仰之彌高, 鑽之彌堅. 瞻之在前, 忽焉在後. 夫子循循然善誘人, 博我以文, 約我以禮, 欲罷不能. 旣竭吾才, 如有所立卓爾. 雖欲從之, 末由也已')."
6) 자못 눈썹을 치켜세우고 수염을 휘날리는: '양미(揚眉)'는 득의, 근심, 분노 따위가 겉으로 드러난 모양을 형용하고, '분염(奮髥)'은 격분한 모습을 형용한다.
7) 정자가~논한 말: 『맹자』「고자·상」의 '우산지목장'에, "공자는 '붙잡으면 보존되고 놓으면 잃어버리며 나가고 들어옴이 일정한 때가 없어 그 방향을 알 수 없는 것은 오직 사람의 마음을 두고 말한 것이다'라고 했다(孔子曰: '操則存, 舍則亡, 出入無時, 莫知其鄕, 惟心之謂與')." 『맹자집주』는 다음의 정자의 말을 인용해 풀이했다. "마음이 어찌 출입이 있겠는가? 또한 잡고 놓음을 가지고 말씀했을 뿐이니, 마음을 잡는 방법은 경(敬)하여 마음을 곧게 하는 것일 뿐이다(心豈有出入, 亦以操舍而言耳, 操之之道, 敬以直內而已)." 정자가 맹자가 인용한 공자의 말에 의문을 제기하는 것을 근거로, 서포는 맹자가 인용한 안연의 말이 맹자의 어투라고 보았다. 정자의 말은 『정씨유서程氏遺書』 제50 '이천선생어(伊川先生語)'에 다음과 같은 식으로 실려 있다. "아직 감각하지 못했을 때는 어느 곳에 마음이 있는지 알 수 있느냐고 묻기에 답한다. '마음을 잡으면 있고, 놓으면 없어진다. 출입하는 것이 때가 없어서 어디 있는지를 알지 못한다. 다시 어떻게 마음이 있는 곳을 찾을 수 있겠는가? 오직 마음을 잡아야 할 뿐이니, 이 마음을 잡는 길은 경(敬)으로 안을 곧게 하는 것이다'(有言未感時知何所寓. 曰: '操則存, 舍則亡. 出入無時, 莫知其鄕, 更怎生尋所寓. 只是有操而已, 操之之道, 敬以直內也')." 또한 『심경부주心經附註』 권3 「맹자·우산지목장」에 보면, "범순부의 딸이 맹자의 조존장(操存章)을 읽고 말하기를, '맹자는 마음을 모르셨다. 마음이 어찌 출입이 있겠는가' 했는데, 이천 선생은 그 말을 듣고 말씀하기를, '이 여자가 비록 맹자는 몰랐으나 도리어 마음은 알았다'라고 했다(范純夫之女, 讀孟子操存章曰: '孟子不識心, 心豈有出入.' 伊川先生聞之曰: '此女雖不識孟子, 却能識心')."

異於魯論, 宛然孟子口中語. 顏淵"舜何人, 予何人"之說, 亦然. 非謂顏子無
此大志, 若以"有若無, 實若虛", "旣竭吾力, 欲罷不能"等語, 比幷而觀之,
覺此頗有揚眉奮髥底氣像也. 按程子論 '操捨出入'之說而斷, 以爲孟子之言.

🏵 평설

　상-57과 상-58에서 서포는 여러 경전에 전하는 공자의 언행이 과
연 실제 그랬는지에 대한 의문을 제기한다. 서포는 『논어』20편 외에
『예기』『공자가어』『효경』에 실려 있는 공자의 말은 순수하다고 볼 수
없으며, 그 밖에 『춘추좌씨전』『순자』『장자』등 제자백가서에서 섞여
나온 것은 각각 저자들이 자신의 뜻을 가지고 공자를 끌어와 주장한
것으로 보고 있다. 그나마 『맹자』에 인용된 것은 신빙성이 있겠지만
이것도 그 말씨가 '노론魯論' 즉 『논어』와는 아주 다르므로 공자의 말을
그대로 옮긴 것이 아니라 맹자의 의견이거나 살을 붙인 것으로 추측했
다. 그 예로 우선 『맹자』의 "붙잡으면 보존되고 놓으면 잃어버리며 나
가고 들어옴이 일정한 때가 없고"에 관한 정자의 견해를 참고해서 공
자의 말이 아닌 맹자의 말이라는 결론을 내렸다. 또한 『논어』에서의
안회는 어눌할 정도로 묘사되어 있는 데 반해 『맹자』에 실린 안회의
말은 그렇지 않으며, 그 기상과 분위기로 볼 때 맹자와 가깝기 때문에
맹자의 말이라 보았다.

『중용』의 애공문정장

상—58

　『중용』의 제20장 「애공문정哀公問政」은 제왕이 따라야 할 대경大經, 근본 줄거리과 대법大法, 중대한 법을 마치 창고의 곡식을 다 쏟아놓듯 흉중의 생각을 다 쏟아내[1] 하나도 미진한 것이 없다. 비록 기자가 무왕에게 진술

---

1) 흉중의 생각을 다 쏟아내: 원문은 경균도름(傾囷倒廩).
2) 기자(箕子)가 무왕에게 진술한 것: 기자가 주(周)나라 무왕에게 정치대도(政治大道)에 대해 말한 내용, 즉『서경』의 「홍범洪範」을 말한다. 무왕이 상(商)을 멸한 후 기자를 주나라의 도읍으로 데리고 가서 하늘의 도가 무엇이냐는 말에 기자가 답한 것이 곧 이 「홍범」이라고 한다. 사관이 기록했다는 설도 있고 기자가 써서 바쳤다는 설도 있다. 오행(五行), 오사(五事), 팔정사(八政事), 오기(五紀), 황극(皇極), 삼덕(三德), 계초(稽草), 서징(庶徵), 오복육극(五福六極) 등 사람들이 살아가는 데 꼭 필요한 아홉 가지 기본 원리를 서술했다. "13년이 되는 해에 왕이 기자를 방문해 말하기를, '오호라, 기자여. 하늘은 아래 백성들을 보호하며 서로 화합해 살도록 하셨는데, 나는 일정한 인륜을 어떻게 제정해야 할지를 모릅니다' 하니, 기자가 대답했다. '제가 듣기로는 옛날의 곤(鯀)은 홍수를 막으려다 오행의 배열을 어지럽혔으므로, 천제께서 크게 노하시어 아홉 가지의 대법을 가르쳐주지 않아 평소에 일정한 인륜을 망치게 되었다 합니다. 곤이 죽임을 당하고 우(禹)가 뒤를 이어 일어나니 하늘은 우에게 대법 아홉 가지를 주어 평소에 인륜의 도리가 안정되었다고 합니다. 그 첫째는 오행이고, 다음 둘째는 다섯 가지 일을 공경해 행하는 것이며, 다음 셋째는 힘써 여덟 가지 정치를 행하는 것이고, 다음 넷째는 다섯 가지 천상과 역법에 조화하는 것이며, 다음 다섯째는 임금의 법칙을 세워 사용하는 것이며, 다음 여섯째는 세 가지 덕을 이용해 다스리는 것이며, 다음 일곱째는 점쳐 의문을 풀

한 것[2]이라 해도 이것과 비교한다면 편협하다 할 것이다. 애공[3]의 작은 막대기 같은 역량으로 어떻게 이같이 큰 종소리를 낼 수 있었는지 모르겠다.[4] 어쩌면 공자의 뜻이 이 사례를 빌려 후대 왕들에게 교훈을 주기 위함이 아니었을까? 또 그 문체의 복잡함과 간략함은『논어』에서 군주에게 고한 말과 완전히 다르다. 내 생각에는 공자의 말이『논어』에 기록된 것은 후세의 기거주[5]와 같은 데 비해『대기』[6]와『공자가어』에 기록되어 실린 것은 대개 문한文翰. 문필에 관한 일을 담당하는 신하의 논설과 같다고 하겠다.

　　『中庸』'哀公問政'一章, 帝王大經大法, 傾困倒廩, 無復餘蘊. 雖箕子之陳於武王者, 方玆爲編[7]矣. 不知哀公之寸筳, 何以得此顒春. 無亦夫子意欲假此, 而垂訓後王也[8]? 且其文體之繁約, 與『論語』告君之語, 逈然不侔. 竊謂聖人之語之記於『論語』者, 如後世起居注, 而『戴記』·『家語』, 盖詞臣之論也.

<hr>

어 밝히는 것이고, 다음 여덟째는 모든 징조를 생각하는 것이며, 다음 아홉째는 다섯 가지 복을 누리고 여섯 가지 곤궁한 것을 징계하는 것입니다 (惟十有三祀, 王訪于箕子, 王乃言曰: '嗚呼, 箕子, 惟天陰騭下民, 相協厥居, 我不知其彝倫攸敍.' 箕子乃言曰: '我聞, 在昔, 鯀陻洪水, 汨陳其五行, 帝乃震怒, 不畀洪範九疇, 彝倫攸斁. 鯀則殛死, 禹乃嗣興, 天乃錫禹洪範九疇, 彝倫攸敍. 初一曰五行, 次二曰敬用五事, 次三曰農用八政, 次四曰協用五紀, 次五曰建用皇極, 次六曰乂用三德, 次七曰明用稽疑, 次八曰念用庶徵, 次九曰嚮用五福威用六極')."

3) 애공(哀公, ?~BC 468): 성은 희(姬), 이름은 장(將). 정공(定公)의 아들이다.

4) 애공의~모르겠다: 촌정(寸筳)은 작은 막대기를 뜻한다. 동방삭(東方朔)의 「객난客難」에 "막대기로 종을 치면 어찌 능히 그 소리를 낼 수 있겠는가(以筳撞鍾, 豈能發其音聲)"란 말이 있다. 또 소동파의 「구양소사의 회로당 차운에 화운함和歐陽少師會老堂次韻」에 "나는 관직을 버리고 다시 도를 묻고 싶다만 작은 막대기로 어찌 큰 종소리를 낼 수 있으랴(我欲棄官重問道, 寸筳何以得春容)"라는 구절이 있다.

5) 기거주(起居注): 사관(史官)이 제왕의 일상 언행을 기록한 내용.

6) 『대기戴記』: 『예기』의 별칭. 현재 전하는 『예기』를 중국 한나라 때 대성(戴聖)이 정리했으므로 이런 별칭이 있다.

7) [교감] 編: 고려대본은 '偏'으로 되어 있다. 통문관본, 서울대본, 연민문고본을 따른다.

8) [교감] 也: 고려대본은 '乎'로 되어 있다. 통문관본, 서울대본, 연민문고본을 따른다.

🪸 평설

『중용』의 「애공문정」은 훌륭한 정치가가 되는 길, 조상에게 제사지내는 의의, 바른 태도 등을 논한 내용이다. 『중용』에서 가장 긴 장이다. 『공자가어』에서도 같은 내용을 다루고 있다. 서포는 『서경』의 「홍범」도 이에 비하면 편협하다고 말했다. 그만큼 「애공문정」은 군주의 자세에 대해 상세히 설파했다.

『중용』의 「애공문정」장은 다음과 같다.

애공이 정치에 관해서 물었다. 공자께서 말씀하셨다.

"문왕·무왕의 정사는 전적에 실려 있습니다. 문왕·무왕 같은 임금과 그 신하와 같은 사람들이 있으면 정사는 행해지고, 그 같은 사람들이 없으면 정사는 행해지지 않습니다. 사람의 도는 정치에 빠르게 나타나고 땅의 도는 나무에 빠르게 나타나니 무릇 정치란 갈대와 같습니다.

그러므로 정치의 성패는 사람에 달려 있으니, 사람을 취함은 몸으로써 할 것이요, 몸을 닦음은 도로써 할 것이요, 도를 닦음은 인으로써 할 것입니다. 인仁은 인人이니 친족을 친애함이 크고, 의義는 의宜이니 어진이를 높임이 큽니다. 친족에 대한 친애의 강쇄降殺. 등급을 깎아내림와 어진이에 대한 높임의 등차가 예가 생겨난 까닭입니다. 그러므로 군자는 몸을 닦지 않을 수 없으니, 몸을 닦을 것을 생각할진댄 어버이를 섬기지 않을 수 없고, 어버이를 섬길 것을 생각할진댄 사람을 알지 않을 수 없고, 사람 알기를 생각할진대 하늘을 알지 않을 수 없습니다.

천하의 달도達道. 보편적인 도는 다섯이고, 그것을 행하는 것은 셋입니다. 군신·부자·부부·형제·붕우의 사귐, 이 다섯은 천하의 달도요, 지·인·용, 이 셋은 천하의 달덕達德. 보편적인 덕이니 이것을 행하는 것은 하나입니다. 혹은 태어나서 이것을 알기도 하고, 혹은 배워서 이것을 알기도 하며, 혹은 고심해서 이것을 알기도 하나 그 앎에 미쳐선 한 가지입니다.

혹은 편안히 이것을 행하기도 하고, 혹은 이롭게 여겨 이것을 행하기도 하며, 혹은 억지로 힘써서 이것을 행하기도 하나 그 성과를 거두는 데에 미쳐선 한 가지입니다."

공자께서 말씀하셨다.

"배우기를 좋아함은 지^智에 가깝고, 힘써 행함은 인^仁에 가까우며, 부끄러워할 줄 앎은 용^勇에 가깝다. 이 세 가지를 알면 몸 닦을 바를 알 것이요, 몸 닦을 바를 알면 사람 다스릴 바를 알 것이요, 사람 다스릴 바를 알면 천하와 국가 다스릴 바를 알 것이다."

무릇 천하와 국가를 다스림에 아홉 가지 상도^{常道, 올바른 법도}가 있으니, '몸을 닦음' '현자를 존경함' '친족을 친애함' '대신을 공경함' '뭇 신하들을 체찰^{體察}함' '서민을 자식처럼 사랑함' '공인^{工人}들을 오게 함' '먼 지방의 사람을 회유함' '제후들을 포용함'이다. 몸을 닦으면 도가 확립되고, 현자를 존경하면 의혹되지 않으며, 친족을 친애하면 제부^{諸父, 아버지 항렬의 친척}·형제가 원망하지 않게 되고, 대신을 공경하면 혼미하지 않게 되며, 뭇 신하들을 체찰하면 그들이 보답하는 예가 무겁게 되고, 서민을 자식처럼 사랑하면 백성들이 서로 권면하게 되며, 공인들이 와서 모이게 하면 국가에서 필요한 기물들이 풍족하게 되고, 먼 지방의 사람을 회유하면 사방의 나라들이 귀순해오며, 제후를 포용하면 천하가 두려워하게 된다.

재계하여 몸과 마음을 깨끗이 하고 복장을 정숙히 하여 예 아니면 움직이지 않음은 몸 닦는 길이다. 참소하는 사람을 버리고 여색을 멀리해 재화를 경시하고 덕을 귀중히 여김은 현자를 고무하는 길이다. 그 지위를 높여주고 녹을 무거이 해주며 호오^{好惡}를 함께함은 친족끼리 친애함을 권면하는 길이다. 관속을 많이 두어 마음대로 부리게 함은 대신을 고무하는 길이다. 충후하고 신실된 마음으로 대우해주고 봉록을 무거이 해줌은 관인들을 격려하는 길이다. 시기에 알맞게 부리고 세 거두기를 가벼이 함은 백성들을 고무하는 길이다. 날로 살피고 달로 시험해 급여를 성과에 맞게 함은 공인들을 고무하는 길이다. 가는 이를 환송하고 오는 이를 환영하며 착한 이를 칭찬하고 능력이 모자라는 이를 불쌍히 여김은 먼 지방 사람들을 회유하는 길이다. 자손이 끊어졌으면 가계를 이어주고 나라가 쇠망했으면 다시 들쳐 일으켜주고, 나라가 어지러우면 다스려주며, 나라가 기울어 위태로우면 붙들어주고, 제후들에게 조회朝會와 빙문聘問을 시킬 때는 때에 맞추어 하고, 제후나 그 사신들이 귀국할 때는 많은 물품을 주고 그들이 올 때에는 공물貢物을 적게 함은 제후를 포용하는 길이다.

무릇 천하와 국가를 다스림에 아홉 가지 상도가 있되, 그것을 행하는 근본은 하나다. 무릇 일이란 미리 계획하면 이루어지고 미리 계획하지 않으면 실패한다. 말이 미리 정해지면 실패하지 않고 일이 미리 정해지면 곤란을 겪지 않게 된다. 행동이 미리 정해지면 결함이 없고, 도가 미리 정해지면 궁하지 않게 된다. 아랫자리에 있으면서 윗사람에게 신임 얻지 못하면 백성을 다스려낼 수 없으리라. 윗사람에게 신임을 얻는 데는 도가 있으니 벗들에게 불신받으면 윗사람에게 신임을 얻지 못하리라. 벗들에게 믿음받는 데는 도가 있으니 어버이에게 순하지 못하면 벗들에게 불신받으리라. 어버이에게 순한 데에는 도가 있으니 자신을 돌이켜보아 성실치 못하면 어버이에게 순하지 못하리라. 자신을 성실케 하는 데는 도가 있으니 선에 밝지 못하면 자신을 성실케 하지 못하리라. 성실함은 하늘의 도이고 성실해지려고 하는 것은 사람의 도이다. 성실한 자는 애쓰지 않아도 도에 맞아지며 생각하지 않아도 도에 얻어져 종용從容히 도에 맞나니 성인聖人이다. 성실해지려고 하는 자는 선善을 가려 굳게 잡는 자이다.

이것을 널리 배우고, 자세히 묻고, 신중히 생각하고, 밝게 변별하고, 독실히 행할지어다. 배우지 않음이 있을지언정 배울 바엔 능숙해지지 않고서는 그만두지 않으며, 묻지 않음이 있을지언정 물을 바엔 알지 않고서는 그만두지 않고, 생각하지 않음이 있을지언정 생각할 바엔 얻지 않고서는 그만두지 않으며, 변별하지 않음이 있을지언정 변별한 바엔 밝히 하지 않고서는 그만두지 않고, 행하지 않음이 있을지언정 행할 바엔 독실해지지 않고서는 그만두지 않아, 남이 한 번에 능하거든 자신은 백 번을 하고, 남이 열 번에 능하거든 자신은 천 번을 할지어다. 과감히 이 도를 능히 해낸다면 비록 우매한 이라 하더라도 반드시 명민하게 될 것이요, 비록 유약한 이라 하더라도 반드시 굳세게 될 것이다.

그런데 서포는 「애공문정」에 대해 공자가 애공에게 직접 한 말이 아니라고 보았다. 당시 애공은 군주의 위치에 있었지만 노나라 국력이 약했고 국내적으로도 맹손씨·숙손씨·계손씨 등 이른바 삼환三桓으로 인해 왕권이 미약했기 때문이다. 또한 『논어』에서도 애공과 공자의 대화는 간단한 수준에 머물고 있다. 따라서 『중용』과 『공자가어』의 문장은 공자가 애공에게 직접 한 말이 아니라, 공자가 그런 대화 형식을 빌려 후대의 왕들을 가르치려고 저술 과정에서 공자의 뜻을 펼친 것이라고 보았다. 곧 『논어』는 실제 공자의 언행과 가장 가깝고 『공자가어』는 문한을 담당하는 신하들의 의론에 가깝다고 보았는데, 그 차이가 문체의 상이함에 반영되어 있다고 논했다.

맹자가 제나라의 연나라 정벌을 승인했다는 설

상─59

맹자[1]가 제나라 대부 심동(沈同)에게 연나라를 정벌해도 된다고 대답한 내용[2]은 끝내 미진한 것 같다. 연나라를 정벌해도 된다는 것은 사

---

1) 맹자: 『사기』 권74 「맹자순경열전孟子荀卿傳」에서 사마천은 "맹가는 추나라 사람으로서 자사의 문인에게 배웠다. 도를 통달하게 되자 제(齊)나라로 가서 선왕(宣王)에게 자신의 주장을 역설했으나 등용되지 않았고, 양(梁)나라로 가서 혜왕(惠王)을 만났지만 혜왕 역시 그의 말을 귀담아듣지 않았다. 이에 세상에 뜻을 끊고 물러가서 제자 만장(萬章) 등과 함께 『시』 『서』를 이어받고 공자의 뜻을 조술해 『맹자』 7편을 지었다"고 했다. 공자의 사상을 계승·발전시켜 인의를 더욱 강조하고 성선설(性善說)을 주장한 그는 도덕정치와 민본주의가 내포된 왕도정치 사상을 펼치며 '이로움'이 아니라 '의로움'을 추구해야 한다고 말했다.
2) 맹자가~대답한 내용: 『맹자』 「공손추·하」에 나온다. 「공손추」에는 제나라에 관한 기사가 많다. 제나라 왕을 비롯해 인명과 지명, 제나라와 관계되는 여러 사건들이 많이 나온다. 그 대부분은 공손추와 맹자가 나눈 문답, 맹자와 제자들 간의 언행을 재전제자(再傳弟子, 학통으로 보아 2대 뒤의 제자)들이 기록한 내용으로 이루어져 있다. 제나라가 연나라를 정벌한(齊人伐燕) 기록은 『맹자』 전반에 걸쳐 네 장이나 실려 있다. 「공손추·상하」 「양혜왕·하」가 각각 두 장씩 다루고 있다. 제나라가 연나라를 정벌한 사실을 글로 쓴 사람은 공손추로 추측된다(「공손추」에서는 왕이라고만 했으나, 「양혜왕」에서는 왕이라 하면 누군지 알 수 없으므로 제나라 선왕이라 고쳐 쓴 듯하다). 우선 「공손추·하」 제8장을 보면, 제나라 대부 심동이란 자가 사실은 선왕의 명령이면서도 겉으로는 자기 개인의 의견인 양 맹자에게 와서 내란에 허덕이고 있는 연나라를 쳐도 좋으냐고 물었다. 이에 맹자는 쳐도 좋다고 대답한다. 그러나 결코 제나라가 쳐

람을 죽여도 된다는 것과 다르다. 이미 죽여야 할 사람의 이름을 들어 질문했으니, 그것은 덤덤하게 물은 것이 아님을 알 수 있다.

지금 어떤 시골 사람이 있다고 하자. 그는 부유하지만 악독한 자이다. 이웃에 사는 세력가가 그를 죽이고 재물을 빼앗고자 하지만, 사람들이 자기를 비난할까 두려워 그 부하들로 하여금 시골에서 사람들에게 존경과 신임을 받는 선생에게 가서 "아무개는 죽여야 되지요?"라고 묻게 한다면 그 말에는 여전히 꺼리는 바가 있는 것이다. 이때 선생이 만약 "그 아무개가 진실로 죽을죄가 있다 하더라도 사람을 죽이는 것은 사사士師, 형벌을 맡아보던 관리가 할 일이지 정녕 사람마다 의론해 정할 바가 아니오"라고 대답한다고 하자. 그렇다면 어찌 그 세력가의 겸병兼幷, 남의 재물까지 빼앗아 합쳐 소유함 계책을 미리 앞서서 좌절시키지 않겠는가? 만약 이제 선생이 덤덤하게 응답하기를, "죽여도 된다"고 했다면, 그 세력가는 선생의 말을 근거 삼아 시골 사람들에게 두루 말하기를, "어른께서도 이미 허락하셨다" 하고는, 마침내 아무개를 죽이고 그의 재물을 겁탈할 것이다. 그렇다면 그 세력가만 사람의 목숨을 빼앗았기에 죽음으로 갚아야 할 죄과를 저질렀을 뿐만 아니라, 시골 선생도 그 세력가와 함께 악행을 저질렀다는 죄로 연루됨을 어떻게 면할 수 있겠는가? 연

도 좋다고는 말하지 않았다. 「양혜왕·하」 제10장을 보면, 제나라가 연나라를 쳐서 대승을 거둔 뒤 선왕이 묻기를, "연나라를 아주 취하지 않으면 천명을 거스르는 것이 아니겠습니까"라고 했다. 맹자는 "취하고 취하지 않는 것은 끝까지 연나라의 민의(民義)로써 결정되는 것입니다"라고 대답했다. 이는 가혹한 정치를 하지 말고 민의를 존중하도록 왕에게 간한 것이다. 그러나 선왕은 맹자의 말을 받아들이지 않고 연나라를 점령해버렸다. 그리고 제나라 군대는 마구 약탈했다. 온 천하의 제후들은 제나라를 불의로 규정짓고 연합해서 연나라를 구원하려 하자, 선왕은 크게 놀라서 맹자에게 이를 의논했다. 「양혜왕·하」 제11장에서 맹자는 민의에 따라서 연나라 왕을 새로 세우고 군사를 철수시킬 것을 권했으나 왕은 듣지 않았다. 연나라 백성들은 드디어 제나라에 반란을 일으키고, 따로 왕을 세워 독립하고 말았다. 「공손추·하」 제9장을 보면, 선왕은 맹자에게 몹시 부끄러운 표정을 지었다. 그런데 왕의 측근에 있는 진가(陳賈)라는 자가 자진해서 선왕의 처사를 변명하고 도리어 맹자를 책망해 그를 궁지에 빠뜨리고 만다.

나라를 정벌하라는 맹자의 대답이 어찌 이와 다르단 말인가?

어떤 사람이 물었다.

"평범한 사람의 일이라면 그럴 것이다. 하지만 지금 제나라 왕은 비록 그 덕망이 천리天吏[3]는 아니라 할지라도 그 지위로 따진다면 제후들 가운데서 패권을 잡거나 천하를 아울러 왕으로서 군림할 수 있다. 그렇다면 제나라 민왕湣王이 연나라 백성을 잡아 가두어 살인하고 약탈할 줄 맹자가 어찌 앞질러 헤아렸겠는가?"

나는 이렇게 대답했다.

"진실로 이와 같다면, 마땅히 즉시 대답하기를 '죄 있는 나라를 정벌하고 그 백성을 위로하는 일은 바로 천리天吏가 할 일입니다. 그럴 수 없다면 정벌하지 마십시오'라고 해야 했다. 이럴 경우 그가 내 말을 듣지 않고 오히려 내 말을 군사 동원의 단초로 삼는다 하더라도, 그것은 내가 원인이 되어 일으킨 정벌은 아니다. 하물며 제나라 민왕이 탕왕·무왕같이 될 수 없음을 어찌 알기 어려웠겠는가? 힘써 간했는데 그가 듣지 않아 떠난다 해도 잘못이 아니다."

그러자 어떤 사람이 다시 물었다.

"이 일은 심동에게 실수가 있습니다. 심동이 재차 물었더라면 마땅히 한 번 말을 돌려 했을 것이고, 맹자는 정녕 당신이 말한 그런 식으로 말했을 것이오."[4]

---

3) 천리(天吏): 하늘의 명령으로 포악한 군주를 정벌해 백성을 구제하는 사명을 가진 인물.
4) 이 일은~말했을 것이오: 『맹자』「공손추·상」제8장에 나온다. "심동이 개인적으로 '연나라를 정벌해도 좋으냐고 묻자, 맹자는 '정벌할 수 있다. 연나라 왕 자첩(子噲, 쾌噲)이 천자의 명도 받지 않고 나라를 자지(子之)에게 주었고, 자지 역시 부당하게 자첩에게서 연나라를 받았다. 이는 마치 연나라에서 벼슬하는 사람이 있어서 그 사람을 그대라고 가정할 때, 그대가 어떤 사람을 좋아한다고 해서 왕에게 고하지도 않고 사적으로 당신의 직위나 봉급을 물려주고, 그 사람 역시 왕의 명령도 없는 터에 사적으로 당신의 작과 녹을 받는다면 이를 정당하다고 하겠는가. 이것은 자첩이 자지에게 불법적으로 연나라를 물려준 사실과 무엇이 다르겠는가'라고 했다. 그후 제나라가 연나라를 정벌했다. 어떤 사람이 '선생(맹자)이 권유해 연나라

나는 이렇게 대답했다.

"그것 또한 그렇지 않다. 나라를 도모하는 일은 사람을 가르치는 일과는 다르다. 만약 만장萬章이나 공손추公孫丑의 무리와 성性을 논하고 기氣를 말한다면[5] 이끌기만 하고 펴주지는 않았을 것이니, 그들이 마음으로 통하지 못하거나 말로 제대로 표현하지 못해 답답해할 때까지 기다려서 안 될 것이 없다. 하지만 연나라를 정벌하는 일의 경우에는 국가의 성패와 백성의 안위가 나의 말 한마디에 달려 있는데, 어찌 재차묻기를 기다릴 수 있겠는가?"

맹자가 "그가 내 말을 옳다고 여겨서 연나라를 정벌했다"고 한 말을살펴본다면, 연나라를 정벌한 계책은 맹자의 말 한마디에서 결정된 것이 분명하다. 이때부터 제나라와 연나라는 서로 어육魚肉, 짓밟고 으깨어 아주결딴냄이 되어, 백성들이 칼날에서 죽은 자가 몇천 몇만인지 알 수 없게되었고, 결국은 자쾌가 젓 담기고 민왕은 힘줄을 뽑히게 되었다.[6] 어

를 쳤다는 말이 있는데 사실입니까'라고 묻자, 맹자는 '아니다. 심동이 나에게 연나라를 치는것이 가하냐고 묻길래, 내가 가하다고 응대한 바 있으므로, 그가 내 말에 고무되어 연나라를정복한 것은 사실일 수도 있다. 만일 그가 다시 누가(어떤 국가가) 연나라를 능히 칠 수 있느냐고 물었다면, 장차 나는 그에게 천명(天命)을 받고 이를 지키는 임금만이 정벌할 수 있다고말할 참이었다. 이제 한 예로서 사람을 죽인 살인자가 있는데, 어떤 사람이 이 살인자를 죽여야 하느냐고 묻는다면 나는 마땅히 죽여야 한다고 할 것이다. 그러나 그가 만일 누가 감히 살인자를 죽일 수 있느냐고 되물을 때, 나는 사사만이 죽일 수 있다고 대답할 것이다. 이제 연나라 못지않게 무도(無道)한 제나라가 연나라를 정벌하는 것은 마치 연나라가 연나라를 정벌하는 것과 마찬가지인데, 어찌 내가 이를 권유했겠는가'라고 했다(沈同以其私問曰: '燕可伐與?' 孟子曰: '可. 子噲不得與人燕, 子之不得受燕於子噲. 有仕於此, 而子悅之, 不告於王而私與之吾子之祿爵: 夫士也亦無王命而私受之於子, 則可乎? 何以異於是?' 齊人伐燕. 或問曰: '勸齊伐燕, 有諸?'曰: '未也. 沈同問, 燕可伐與? 吾應之曰: 可. 彼然而伐之也. 彼如曰: 孰可以伐之? 則將應之曰: 爲天吏則可以伐之. 今有殺人者, 或問之曰: 人可殺與? 則將應之曰: 可. 彼如曰: 孰可以殺之? 則將應之曰: 爲士師, 則可以殺之. 今以燕伐燕, 何爲勸之哉?')"

5) 만약~말한다면:「공손추·상」'호연지기장(浩然之氣章)'과「고자·상」'성유기류야장(性猶杞柳也章)' 참조.

6) 결국은~되었다: 제나라 민왕이 연나라를 정벌하고 연왕 자쾌를 죽여 젓갈 담았고, 연나라 소왕(昭王)이 보복으로 제나라를 칠 때 초장(楚將) 도치(淖齒)가 민왕의 힘줄을 뽑아 죽였다.『사기』와『자치통감』에 나온다.

찌 하늘이 살기殺氣를 발하면, 비록 성현이라 하더라도 마음대로 할 수 없는 것이 있다고 하지 않겠는가?

주자에 의하면, "연나라를 정벌한 것은 제나라 민왕이지만, 맹자의 문인이 민왕이 후에 무도해서 나라를 잃었음을 보고 선왕宣王 때 일이라 일컬었다" 한다.[7]

孟子伐燕之對, 終恐未盡. 燕可伐, 與人可殺不同. 旣擧可殺之人之名[8] 而問之, 則可知其非泛然問及也.

今有鄕人, 富而惡者, 隣居豪民欲殺之, 以奪其財, 恐人之議已也. 使其黨問於鄕先生人所尊信者曰: "某甲可殺歟?" 此其言猶有所憚也. 先生若對之曰: "某甲誠有死罪, 殺人乃士師事, 固非人人所敢議." 豈不足以逆折其兼幷之謀耶? 今乃泛應曰: "可殺." 豪民以先生之言, 徇于鄕曰: "長者旣已許我矣." 遂殺之而劫其貸, 非但豪民犯償命之科, 鄕先生其能免同惡之累乎? 伐燕之對, 何以異此?

或曰: "庶民之事則然矣. 今齊王雖德非天吏, 若其位則可以爲霸王之事. 繫累殺掠, 孟子安能逆料乎?" 曰: "苟如是則宜卽對曰: '伐罪弔民, 乃天吏事. 王自度能爲天吏則伐之, 不能則勿伐.' 縱彼不用吾言, 猶爲用兵之端, 不自我而發之也. 況湣王之不能爲湯·武, 豈難知哉? 雖力爭不聽而去之, 未爲過也."

或曰: "此卽失在沈同. 同若再問, 則當有一轉語, 孟子固有所云云矣."

<hr>

7) 주자에 의하면~말했다 한다: 제나라가 연나라를 정벌한 것에 대해 『사기』와 『순자荀子』는 민왕 10년으로 기록했으나 『맹자』는 선왕이 연나라 정벌에 대해 맹자에게 자문한 것으로 기록했다. 민왕은 선왕의 아들이다. 주희는 『맹자혹문孟子或問』에서 전 시대의 역사에는 알 수 없는 부분이 적지 않다고 지적하고 이 문제는 궐의(闕疑, 지금 단계에서 진위를 가릴 수 없다면 잠시 의문으로 남겨둠)로 해두어야 한다고 했다. 단, 서포가 인용한 주희의 말은 출전이 불확실하다.

8) [교감] 名: 통문관본은 '命'으로 되어 있다. 고려대본과 서울대본을 따른다.

曰:"此亦不然. 謀國與誨人不同. 若與萬章·公孫丑輩, 談性說氣, 則引而
不發, 待其憤悱, 固無不可. 若如此者, 國家成敗, 生民休戚, 繫我一言, 何可
待其再問乎?"

觀其"彼然而伐之"之言, 則伐燕之計, 決於孟子一言審矣. 自是以後, 兩
國互相魚肉, 生民之死於鋒鏑者, 當不知幾千萬, 終至子噲菹醢, 湣王擢筋.
豈天發殺機, 雖聖賢亦有不得自由者耶?

按, 朱子曰:"伐燕者湣王, 而孟子門人見湣王後來無道失國, 故稱宣王"云.

🌿 평설

맹자의 정벌론征伐論에 대한 논란이다. 여러 제후들이 저마다 왕이라
참칭僭稱, 제멋대로 부름하고 서로의 영토를 침범하는 전국시대에, 맹자는 전
쟁을 일으키기 좋아하는 제나라 선왕을 만나 정치에 관해 조언을 해주
고 있었다. 그런 상황에서 제나라 대부 심동이 선왕의 뜻을 넌지시 전
하여 "연나라를 정벌해도 되겠느냐"고 질문했을 때 맹자는 "정벌해도
좋다"고 대답했다. 따라서 맹자의 이 대답은 제나라의 군사행동에 명
분을 실어주었을 것이다.

서포는, 맹자는 심동이 설령 사사로이 질문했다고 해도 그가 제나라
재상인 이상 그의 영향력을 예측했어야 했고, 또 심동이 다시 "누가 연
나라를 정벌할 수 있느냐"고 물었다면 '천리天吏'만이 가능하다고 대답
했어야 한다고 보았다. '천리'는 하늘의 명령으로 백성을 구제하는 사
명을 가진 인물로, 전국시대의 '천리'는 하늘의 명령을 따르는 지도자
를 뜻한다. 하늘의 명은 오직 왕도를 펴는 천자만이 시행할 수 있다.
하지만 맹자가 언급한 '천리'의 의미를 순수하게 받아들이지 않고 제
나라 선왕을 지칭한 것이라 생각하는 사람들도 있었다. 제나라가 연나
라를 정벌한 일은 결국 실패했다. 그 때문에 더욱 맹자의 언행은 사람

들의 무서운 질책과 비난을 받았다. 서포는 그 사실을 반추하면서 지식인이 정치에 개입하는 것을 어느 정도로, 어떤 방식으로, 어떤 원칙으로 해야 하는가 반성하게 했다.

순舜이 부모에게 고하지 않고 장가들었다는 설

상-60

세상 사람들이 순은 부모에게 아뢰지 않고 장가들었다[1]고 말한 것은 아마 전국시대에 간교한 사람들이 예의를 어기고 성인을 모함하는 이야기로, 이윤이 요리로 등용되기를 구했다[2]든가, 공자가 군주들이

---

1) 순(舜)은~장가들었다: 순이 요(堯)임금의 두 딸인 아황(娥皇)과 여영(女英)을 아내로 맞이할 때 그의 완악(頑惡, 성질이 사납고 고집스러움)한 부친 고수(瞽瞍)에게 아뢰지 않았다는 일이다. 『맹자』「만장萬章·상」에 나온다. "만장이 맹자에게 물었다. '『시경』에 이르기를 장가들려면 어떻게 해야 하는가? 반드시 부모에게 아뢰어야 한다 했으니, 진실로 이 말대로라면 순과 같이 하지 말아야 할 듯합니다. 순이 부모에게 아뢰지 않고 장가든 것은 어째서입니까?' 맹자가 말했다. '부모에게 아뢰었다면 장가들 수 없었을 것이다. 남녀가 한 방에 거처함은 사람의 큰 윤리이니, 만일 부모에게 아뢰면 사람의 큰 윤리를 폐지해 부모를 원망하게 되었을 것이다. 이 때문에 아뢰지 않은 것이다(萬章問曰: 『詩』云, 娶妻如之何, 必告父母. 信斯言也, 宜莫如舜. 舜之不告而娶, 何也?' 孟子曰: '告則不得娶, 男女居室, 人之大倫也. 如告則廢人之大倫, 以懟父母, 是以不告也')." 순이 부모에게 아뢰지 않고 장가든 것은 이른바 권도(權道, 시의에 따른 방편)를 행한 것으로, 그것 역시 대효(大孝, 하늘이 낸 큰 효심)의 일단이 발휘된 것으로 이해해야 한다는 점이 시사되어 있다. 『조주장지趙注章旨』에 이를 평할 때에는 "어질고 성스러운 분인 순이 지니고 있는 것은 매우 크다. 작은 것을 버리고 큰 것을 따랐다는 점에 권도를 행사한 의의가 있다. 아뢰지 않고 아내를 얻은 것은 정도(正道)를 지킨 것이다"라고 했다. 또한 『집주集註』에는 "이 장(章)은 또 순이 인륜의 변고(變故)를 당해서 천리의 불변함을 잃지 않았음을 말한 것이다"라고 했다.

가까이하는 시인(侍人)을 주인으로 삼아 경(卿) 벼슬을 얻고자 했다[3]든가 하는 것 같은 부류이거늘, 맹자가 그 사실을 기록한 것은 아무래도 제대로 살피지 못한 때문인 것 같다.

광장[4]이 아버지에게 착한 일을 하시라고 책한 일은 의리에 어긋났

---

2) 이윤(伊尹)이 요리로 등용되기를 구했다:『여씨춘추呂氏春秋』「본미편本味篇」에 의하면, 유신씨(有莘氏)가 공상(空桑)이라는 곳에서 영아(嬰兒)를 얻어다가 요리인에게 기르도록 했는데, 그후 이수(伊水)에 살았다 하여 그를 이윤이라고 불렀다는 것이다. 탕(湯)이 유신씨에게 청혼하자 유신씨는 이윤을 시켜 그 딸을 호송하게 했다. 이윤은 지극한 맛을 가지고 물 기운과 불 기운을 조제(調劑)하는 일을 논하고 온 천하의 생선과 육류의 좋은 맛, 채소와 과일의 좋은 맛, 조화시켜서 만드는 좋은 맛, 밥의 좋은 맛, 물의 좋은 맛을 열거해 천자가 아니면 그런 것을 갖추지 못한다고 말했다는 것이다. 반고는『한서』「예문지藝文志」에서『이윤』27편을 소설가(小說家)에 편입시켰는데, 이윤이 요리하는 일을 이용해서 탕을 유세했다는 설은 본래 믿기 어려운 일종의 소설가들의 조작에서 나온 것이었을지도 모른다. 이 밖에도『한비자韓非子』에도 유사한 기사가 보인다.『사기』에는 "이윤이 도(道)를 행해 훌륭한 인군(人君)을 만들고자 했으나 방법이 없자, 마침내 유신씨의 잉신(媵臣, 시집가는 여자를 따라가 보호하는 신하)이 되어 솥과 도마를 지고 맛있는 음식으로 탕을 설득해 왕도(王道, 인덕을 근본으로 하는 정도)에 이르게 했다(伊尹欲行其道以致君, 無由, 乃爲有莘氏之媵臣, 負鼎俎, 以滋味說湯, 致於王道)"는 기록이 있다. 아마 전국시대에 이런 말을 하는 자들이 있었던 듯하다.『맹자』「만장·상」에서는 "만장이 물었다. '사람들이 말하기를 이윤이 고기를 썰어 요리함으로써 탕왕에게 등용되기를 요구했다고 하니, 그러한 일이 있었습니까?' 맹자가 말했다. '아니다. 그렇지 않다. …… 나는 요순(堯舜)의 도(道)로써 탕왕에게 요구했다는 말은 들었고, 할팽(割烹, 고기를 베어 삶는 등 요리를 함)으로써 했다는 말은 들어보지 못했다'(萬章曰: '人有言, 伊尹以割烹要湯, 有諸?' 孟子曰: '否, 不然, … 吾聞其以堯舜之道要湯, 未聞以割烹也')"고 했다.

3) 공자가 군주들이~얻고자 했다: 공자주시인(孔子主侍人)을 말하는데, '주(主)'는 주인을 정하고 거기서 유숙(留宿)한다는 뜻이다. '시인(侍人)'은 환관(宦官), 거세한 자로 후궁에서 일하는 사람이다.『맹자』「만장·상」에서는 "만장이 물었다. '어떤 사람이 이르기를, 공자께서 위(衛)나라에서는 옹저(癰疽)를 주인으로 삼으셨고, 제(齊)나라에서는 시인(侍人)인 척환(瘠環)을 주인으로 삼으셨다 하니, 이러한 일이 있었습니까?' 맹자가 말했다. '아니다. 그렇지 않다. 일을 좋아하는 자들이 지어낸 말이다'(萬章問曰: '或謂, 孔子於衛, 主癰疽, 於齊, 主侍人瘠環, 有諸乎? 孟子曰: '否, 不然也, 好事者爲之也')"라고 했다. 국군(國君, 임금이나 제후)의 측근으로 있는 자의 집에 객(客)으로 유숙하고 있으면 국군에 통하기가 편해서 쉽게 등용되는 것을 기대할 수 있다고 여기겠지만, 맹자가 보기에 정정당당하게 사는 군자로서는 그런 짓을 하는 것을 수치스럽게 여길 것이라고 생각했다. 그리고 공자가 그렇게 했다면 더욱 말이 안 된다고 맹자는 생각했다.『조주장지』에 "군자는 올바른 데서 살고, 벼슬길로 나아가거나 벼슬길에서 물러나며 몸을 펴거나 몸을 굽힘에 있어 절개를 관철시켜 마음을 곧게 지니고 신의를 저버리지 않는다. 그런 까닭에 맹자는 그 점을 변론해서 그 대의(大義)를 바로잡은 것이다"라고 했다.

4) 광장(匡章): 제나라 장군. 광장의 모친이 그의 부친에게 잘못해서 부친이 모친을 죽여서 마판 밑에 파묻어버렸다. 광장은 부친에게 누차 죽은 모친을 용서하고 다른 데에 옮겨다 묻기를 권

다고 하겠지만, 그가 아버지에게 죄를 짓고는 아내를 내쫓고 아들을 물리치고 평생토록 봉양을 받지 않은 것을 보면, 그의 큰 아픔과 원망은 지극한 정성에서 나온 것이었다. 그렇기에 맹자는 그를 인정했다.

순이 아버지에게 납득되지 못한 일로 말한다면 이는 광장의 경우보다 더 심했다. 순의 아버지는 순이 창고에 올라가자 사다리를 치우고 창고를 불태웠고, 순이 우물에 들어가자 우물을 메웠으니,[5] 그 의도는 순을 반드시 죽이려는 데 있었다. 이때 순이 공세자[6]가 아버지의 오해로 결국 삶겨 죽는 처벌을 묵묵히 받은 일처럼 하지 않은 것은 아버지

유했으나 그의 부친은 종래 들어주지 않아 자기도 부친이 마음을 돌리지 않는 이상, 처자의 봉양을 받을 수 없다고 하여 처를 내보내고 자식을 자기 앞에 오지 못하게 했다. 부친이 마음을 돌리지 않고 그대로 죽어버려 광장도 처자를 물리친 채 혼자 살았고, 모친도 고쳐 다시 장사지내지 않았다. 『맹자』 「이루離婁·하」에 나온다. "공도자(公都子)가 말했다. '광장을 온 나라 사람들이 모두 불효라 이르거늘 부자(夫子)께서 그와 더불어 교유하시고 또 예우하시니, 감히 묻겠습니다. 어째서입니까? …… (맹자가 말했다.) '무릇 장자(광장)는 아들이 아버지에게 책선(責善, 옳은 일을 하도록 서로 권함)을 해서 서로 맞지 않은 것이다'(公都子曰: '匡章, 通國皆稱不孝焉, 夫子與之遊, 又從而禮貌之, 敢問何也.' … (孟子曰) '夫章子, 子父責善而不相遇也')." 제나라 사람들이 모두 불효자로 기휘(忌諱, 꺼리어 싫어함)하는 광장과 예모(禮貌)를 갖추어 교유했다는 것은 맹자의 사람 보는 태도가 얼마나 엄연했나를 알 수 있게 한다. 『조주장지趙注章旨』에 "광장은 부친에게 죄를 지어 처를 내보내고 자식을 못 오게 하여 위로는 봉양하지 못하고, 아래로는 자기를 책했다. 뭇사람은 불효라고 했지만 기실은 그렇지 않다. 그렇기 때문에 맹자는 예모를 갖추어 그를 대해주었던 것이다'라고 했고, 『집주』에 "이 장의 뜻은 뭇사람이 미워하는 일에 대해서도 반드시 그것을 살펴야 한다는 것으로서 이것으로 성현의 지극히 공변되고 지극히 인자한 마음을 알 수 있게 된다"고 했다.

5) 순의 아버지는~메웠으니: 순의 아버지 고수는 후처와 그 소생인 상(象)의 선동으로 전실 자식인 순을 죽이려고 했다. 순더러 지붕을 수리하라고 올려보내놓고 나서 사다리를 치우고 창고에 불을 질렀는데, 순은 그런 일이 일어날 것을 짐작해 미리 삿갓을 두 개 마련해 가지고 올라갔다가 불이 붙자 그 삿갓을 붙들고 뛰어내려와 무사했다는 것이다. 순을 태워 죽이려는 계획이 실패로 돌아가자, 이번에는 순더러 우물에 내려가 우물을 치게 하고 순이 우물에서 나오려 할 때 흙으로 우물을 묻어버렸는데, 순은 다른 우물로 통하는 굴을 뚫어 무사히 나왔다는 것이다. 『열녀전』에 의하면, 순은 그의 두 아내에게서 이런 지혜를 얻었다고 한다. 『맹자』 「만장·상」에 관련 기록이 있다. "만장이 말했다. '부모가 순더러 양곡 창고의 지붕을 고치게 하고는 사다리를 치우고 고수가 양곡 창고에 불을 질렀습니다. 또 우물을 치게 하고는 거기서 나오는데 그대로 묻어버렸습니다'(萬章曰: '父母使舜完廩, 捐階, 瞽瞍焚廩, 使浚井, 出, 從而揜之')."

6) 공세자(恭世子): 춘추시대에 진(晉)나라 헌공(獻公)의 태자 신생(申生)은 참소당해 그 아버지가 그를 죽이려 하자 아무런 변명이나 도피를 하지 않고 죽으려 하므로 그를 공세자라고 했다.

의 죄악을 기정화해버리면 아버지가 형벌을 받을까 두려워해서였다. 곧 순이 죽지 않은 것은 아버지를 위해서였지 자신을 위해서가 아니었다. 그렇거늘 유독 무슨 마음으로 처첩의 봉양을 받으려고 아버지를 속이고 그들을 아내로 맞아들였겠는가? 만약 아내를 두어 가정을 꾸리는 윤리가 중요하다고 생각했다면, 광장이 이미 결혼한 아내를 내친 일은 윤리를 아주 크게 망친 일이다. 하지만 광장이 아내를 내친 일이 아버지를 원망했기 때문에 그랬다는 말은 듣지 못했다. 그렇다면 순이 비록 장가들지 못한다 해도, 어찌 아버지를 원망하는 데까지 이르렀겠는가?

어떤 사람은 순의 아버지 고수가 순을 원수처럼 여겼으므로 순이 장가들게 했을 리 없었을 것이라 의심했다. 이것은 이치와 형세로 보아 그렇게 추측할 수 있는 일이다. 혼인의 예에서는 중매가 중간에 끼여 역할을 하면서, 사위 될 사람의 아버지에게 통지하지도 않고 먼저 사위 될 사람에게 말하는 법이 없다. 요임금이 날짜를 택해 사자^{使者}로 하여금 고수에게 가서 말하기를, "내가 들자니 너의 아들 순이 성철^{聖哲, 덕이 높고 총명함}하다 하므로 장차 두 딸 아황과 여영을 순에게 시집보내려고 먼저 내 뜻을 밝히니, 너는 이 사실을 알지어다"라고 했어야 했다. 그리고 사자는 경계하여 말하기를, "천자의 명이 존엄하니, 삼가 따르지 않는다면 네 신상에 죄를 짓게 된다"고 했어야 했다. 그랬다면 고수가 비록 사납다 하더라도 어찌 감히 복종하지 않았겠는가?

순이 요임금의 두 딸과 결혼한 것은 고수가 순의 초례^{醮禮, 결혼식}에 가서 순에게 결혼을 명했기 때문일 것이다. 설령 요임금이 먼저 순에게 고했다 하더라도, 순은 반드시 부모가 계시다는 것을 이유로 들어 감히 독단적으로 결정하지는 않았을 것이다.

또 맹자는, 순의 이복동생 상이 우물을 메우고 순의 집에 들어갔다가 순이 평상에 앉아 있는 모습을 보고 거짓으로 "형님이 보고 싶어 울

적해 왔다"고 했을 때, 순은 그가 거짓말하는 줄 몰랐다고 했다. 그러
면서 맹자는 마치 정자산이 연못지기에게 속은 것처럼 순도 속았다는
말7)을 했는데, 그것은 아마 그렇지 않을 것이다. 순이 이미 고수가 자
기더러 우물을 준설하게 했던 속뜻이 우물을 메워 자기를 죽이려는 데
있음을 알았다면, 상이 자기 집에 들어온 뜻이 자기의 물건을 빼앗아
가려는 데 있음을 또 어찌 몰랐겠는가? 어찌 어진 사람으로서 동생에
대해서는 차마 억측하지 못하고, 반대로 부모에 대해서는 억측했단 말
인가? 그렇다면 순은 상이 울적해서 왔다는 말이 거짓임을 모른 것이
아니라, 악을 미워하는 마음이 아우를 친애하는 마음에 가려져 아우가
온 것을 혐의嫌意롭게 여기지 않아 그런 것이었다.

　순임금이 상에게 "백성들을 네가 다스리라"고 했다는 이야기는 더욱
실정에 맞지 않는다. 순임금이 상을 유비의 땅에 봉하되 관리로 하여
금 그 지역을 다스리게 하고 상에게는 할 일을 할 수 없게 만든 것8)으

---

7) 정자산(鄭子産)이~속았다는 말: 정자산은 정(鄭)나라 재상 공손교(公孫僑)이다. 『맹자』 「만
장·상」에 이러한 기록이 있다. "어떤 사람이 자산에게 산 물고기를 선물하니, 자산이 연못지
기에게 기르라고 했다. 연못지기는 물고기를 삶아 먹고 자산에게 말하기를, '처음에 고기를
놓아주자 어릿어릿하더니, 조금 있다가는 꼬리를 치며 물속으로 사라졌다'고 하니, 자산은
'살 곳을 얻었구나, 살 곳을 얻었구나'라고 했다. 연못지기가 나와서 말하기를, '누가 자산을
지혜롭다 말하는가. 내 이미 물고기를 삶아 먹었는데, 자산은 살 곳을 얻었구나. 살 곳을 얻었
구나라고 말하는구나'(昔者有饋生魚於子産, 子産使校人畜之池, 校人烹之, 反命曰: '始舍之, 圉圉
焉, 少則洋洋焉, 攸然而逝.' 子産曰: '得其所哉! 得其所哉!' 校人出曰: '孰謂子産智? 予旣烹之,
曰: 得其所哉! 得其所哉!')"라고 했다. 여기서 순이 자기를 살해하려던 이복동생 상이 찾아온
것을 기쁘게 환영한 것은 거짓이 아니며, 사리에 맞는 방법으로 대한 것이기 때문에 맹자는
이를 진심이라 여겨서 자산이 연못지기에게 속은 고사를 들어 그 점을 설명했다.
8) 상을 유비(有庳)의~할 수 없게 만든 것: 순은 천자가 되자 상을 유비(지금의 호남성 도현道縣
북부 소재)에 제후의 하나로 봉해주었다. 상은 나라 다스리는 능력이 없을뿐더러 백성들에게
포악하게 굴 가능성이 많았으므로 순임금은 유비의 백성들을 괴롭힐까 두려워서 천자의 권한
으로 관원을 파견해 그 나라를 다스리게 했다는 것이다. 맹자는 순임금이 상을 봉한 것은 형
제간의 우애의 지극함을 보인 것이라 했고, 동생을 친애해 그를 부귀하게 해주는 사은(私恩,
사사로운 은혜)을 베풀면서도 공의(公義)를 해치지 않은 것은 인의(仁義)에 따른 처사라고 변
호했다. 『조주장지』에 "속의 간절하고 성실한 것이 밖으로 나타나는 것이 어진 사람의 마음이

로 보면, 순임금이 상이란 인간의 본성을 잘 알았던 것이 분명하다. 그런데 또 어찌 그로 하여금 신하들과 백성들을 다스리게 할 수 있었겠는가? 만일 그렇게 했다면 이것은 간사한 소인들이 농락하는 술책이므로, 결코 성인의 말이 아니다.

과거의 선배 유학자는 고수가 순에게 창고를 수리하고 우물을 치게 했다는 이야기는 실제로 그런 일이 있을 수 없다고 보았으니,[9] 이 이야기는 다시 변설辨說. 사리를 분별하여 설명함할 것도 못 된다. 그런데 순임금이 부모에게 아뢰지 않고 장가들었다는 일에 대해서는 끝내 의심하는 자가 없으니, 탄식할 만하다.

世謂舜不告而娶, 此殆戰國奸人悖禮誣聖之說, 與伊尹割烹, 孔子主侍人一律, 而孟子亦未之察也.

匡章責善於父, 可謂舛矣. 而爲其得罪於父, 出妻屏子, 終身不養, 其隱痛怨艾, 出於至誠, 故孟子取之.

若舜之不得於父, 抑又甚矣. 焚廩捐井, 意在必殺. 舜之不爲恭世子之待

다. 상은 극단적으로 무도한데, 우애의 본성이 그 패역(悖逆)함을 잊게 했으니, 하물며 인현(仁賢)한 인물에 대해서랴"라고 했다. 『집주』는 오씨(吳氏)의 설을 인용해서, "성인은 공의 때문에 사은을 잊지 않고, 또 사은 때문에 공의를 해치지 않는다. 순임금이 상을 대한 것은 인의 극치이고 의의 극진함이다"라고 했다. 그러나 서포는 상을 유비에 봉하고 관리로 하여금 그 지역을 다스리게 했다는 고사 자체를 의심하고 부정했다.

9) 과거의~보았으니: '창고를 수리하고 우물을 치게 했다'는 일에 대해서 의심한 선배 유학자는 많았다. 『논어정의論孟精義』 권8, 『이정유서二程遺書』 권4, 권18, 권19에서는 정이(程頤)가 "맹자가 말했던 '창고를 수리하고, 우물을 치게 했다는 일'은 꼭 실제로 있었다고 할 수는 없다. 그의 도리를 따질 뿐이었다(孟子言 '舜完廩浚井之說, 恐未必有此事, 論其理而已)"고 말했다. 또한 『회암집晦庵集』 권73에서는 주희가 "고수와 상은 순을 죽이려 하지 않았다. 만약 고수와 상이 순을 죽이려고 했으면 칼로 찌르면 되는데, 우활하게 창고를 수리하고 우물을 치게 할 필요가 있겠느냐(瞽象未嘗欲殺舜也, 瞽象欲殺舜, 刃之可也, 何其完廩浚井之迂)"라고 논한 바 있다. 또한 『존맹변尊孟辯』(송나라 여윤문余允文 찬) 권중(卷中), 『문견후록聞見後錄』(송나라 소박邵博 찬) 권12, 『유치산집游鳥山集』(송나라 유작游酢 찬) 권3, 『추요집芻蕘集』(명나라 주시수周是修 찬) 권6에 주희와 유사한 논(論)이 있다.

烹者, 恐其成父之惡, 而陷於刑辟. 舜之不死, 爲父, 非爲己也. 亦獨何心於 妻妾之自奉, 至於欺其父而娶之乎? 若以居室之倫爲重, 則匡章出已娶之 妻, 廢倫尤甚矣. 章之出妻, 未聞以爲慰父, 則舜雖不娶, 何至於怨慰乎?

或疑以瞽之仇舜, 不應許其娶妻, 此可以理勢推之也. 婚姻之禮, 媒妁居 間, 未有不通於婿之父母, 而先言於婿者也. 堯擇日齋宿, 而命使者詔瞽曰, "予聞爾之子舜之聖哲, 將以二女歸之, 先諭予意, 爾其知悉." 使者申之以 誠曰: "帝命尊嚴, 有不祇承者, 其於爾躬有罪." 瞽雖頑, 何敢不從乎? 舜之 娶帝二女, 蓋瞽[10)]之醮而命之者也. 設令帝先告於舜, 則舜必以有父母在, 不敢自專對之矣.

孟子又謂, 象旣揜井, 往入舜宮, 見舜在床, 詐稱鬱陶, 舜不知其僞, 如鄭 子産之見欺於圉人, 此恐不然. 舜旣知瞽之使已浚井, 意在揜殺, 則又何不知 象之入宮, 意在搶掠乎? 豈仁人之於弟不忍臆逆, 而反忍於父母乎? 然則舜 非不知鬱陶之言, 出於詐僞, 而惡惡之心, 爲親愛所掩, 不以爲嫌也.

至於"臣庶汝治"之說, 尤不近情. 象之封庫, 使吏治國, 象不得有爲, 則舜 之知象審矣. 又何可使治臣庶乎? 此乃譎詭小人籠絡之術, 決非聖人之言 也.

先儒謂完廩浚井, 未必實有其事, 此固不足多辨. 而若其不告而娶, 則終 未有疑之者, 亦可嘆也.

🦋 평설

맹자는 "『서』를 그대로 다 믿는다면 『서』가 없는 것이 더 좋다_{盡信書,} _{則不如無書}"고 했다. 『서』는 곧 『서경』이다. 단, 맹자는 『서경』만 말한 것이

---

10) [교감] 瞽: 통문관본과 고려대본은 아래에 '叟' 자가 더 있다. 윗문장에서 '瞽'로 약칭했으므로 그 표기에 준하는 것이 좋다. 서울대본을 따른다.

아니라 일반적인 전적에 대해 올바른 독법이란 어떠해야 하는지 논했다고 볼 수도 있다. 즉 서적의 기록에는 과장된 표현이 적지 않아서, 그것을 읽을 때에는 문면대로 믿지 말아야 한다고 경고하는 것이다.

서포는 "순이 부모에게 아뢰지 않고 장가들었다"는 종래의 해석에 대해 의심했다. 이것은 회의의 정신을 잘 보여준다.

서포 이전의 학자들은 "순이 부모에게 아뢰지 않고 장가들었다"는 것을 의심하지 않았다. 서포보다 한 세기 뒤에 이르러서야, 청나라 학자 원매袁枚. 1716~1797는 그의 『수원시화隨園詩話』 보유補遺 권3의 27조에서 서포가 앞서 그랬듯이 그 설을 의심했다. 즉 그는 이렇게 논했다. "맹자가 '『서경』을 그대로 다 믿는다면 『서경』이 없는 것이 더 좋다'고 한 말은 만년에 도道를 깨달아서 말했던 것이다. 일찍 깨달으면 '사다리를 불태우고 우물 뚜껑을 덮었다'나, '순이 부모에게 아뢰지 않고 장가들었다'는 설을 거짓으로 돌렸을 것이다."

단, 서포가 이와 같이 의문을 품은 것이 중국이나 한국의 학설에서 영향을 받은 것인지 그렇지 않은지는 분명하지 않다. 하지만 당시의 대부분의 학자들이 의문을 품지 않았던 경학의 설에 대해 과감하게 이설을 제기한 점은 그의 독창적 사유 방식을 잘 드러낸다고 볼 수 있다.

고수의 살인사건과 사법관 고요의 조처

상-61

　도응桃應은 맹자에게 "순임금이 천자일 때 순임금의 아버지 고수瞽瞍
가 살인했다면 사법관인 고요皐陶는 어떻게 해야 합니까"라고 물었다.
맹자가 도응의 질문에 대답한 말[1]은 대개 순임금이 어버이를 친히 여
기고 사랑함이 지극함과 고요의 법 집행이 공정함을 말했을 뿐이다.
애당초 이것을 실제로 일 처리하는 데까지 미루어서는 안 되며, 말의
표현에 집착해서 본뜻을 해치지 않는 것이 옳다.[2] 구양수는 맹자가 세

---

1) 맹자가~대답한 말: 『맹자』 「진심盡心 · 상」에 나온다. "도응이 물었다. '순임금이 천자이고 고
요가 사(士)인데 고수가 살인했다면 어떻게 합니까?' 맹자가 말했다. '붙잡을 따름이다.' '그
렇다면 순임금은 고수의 형 집행을 막지 않겠습니까?' '순임금이 어찌 막겠는가. 직책으로서
받은 바가 있으므로 막을 수 없다.' '그렇다면 순임금은 어찌해야 합니까?' '순임금은 천하
보기를 헌신짝 버리듯 하고, 몰래 고수를 업고 바닷가로 가 거처하면서 죽을 때까지 흔연히
즐거워하며 천하를 잊을 것이다(桃應問曰: '舜爲天子, 皐陶爲士, 瞽瞍殺人, 則如之何?' 孟子曰:
'執之而已矣.' '然則舜不禁與?' 曰: '夫舜惡得而禁之. 夫有所受之也.' '然則舜如之何?' 曰: '舜
視棄天下, 猶棄敝蹝也, 竊負而逃, 遵海濱而處, 終身訢然樂而忘天下')."
2) 말의 표현에~것이 옳다: 『맹자』 「만장 · 상」에 나온다. 맹자의 제자인 함구몽(咸丘蒙)이 순이
천자가 되자 요와 고수가 순을 섬겼다는 말이 사실이냐고 묻자, 맹자가 이는 제동야인(齊東野
人, 제나라 동쪽 벽촌 사람)의 말이라고 했다. 함구몽이 다시 『시경』 「소아 · 북산北山」의 "하

상 사람들을 위해 논리를 세운 것이라고 여겼는데,[3] 이 말이 그 본지를 다 드러냈다고 하겠다. 그러나 주자는 이를 비판하기를, "이런 이치가 있은 뒤에 이런 마음이 있고, 이런 마음이 있은 뒤에 이런 일이 있으며, 이런 일이 있은 뒤에 이런 말이 있는 것이다"[4]라고 했다. 또한 말하기를, "형벌을 감면해주는 팔의[5]란 곧 죄를 덮어줄 때의 일이다. 처음에는 모름지기 죄인을 잡아야 한다. 잡지 못하면 옥관[6]이 직분을 제

늘 아래 어디든 왕의 땅 아닌 곳이 없고, 바닷가에 이르기까지 두루 왕의 신하 아닌 사람이 없다(普天之下, 莫非王土. 率土之濱, 莫非王臣)"는 구절을 인용해 고수도 순임금의 신하가 아니냐고 물었다. 이에 대해 맹자는 그 시는 "어떤 일이든 왕의 일 아닌 것이 없거늘 나만 홀로 수고해야 한다"는 사실을 말한 것이라고 가르쳐주고, "『시경』의 시를 말하는 사람은 문자 때문에 표현을 잘못 이해해서는 안 되고, 표현 때문에 주제를 잘못 이해해서는 안 되며, 시인이 말하려 한 뜻을 가지고 시의 주제를 헤아려야 한다. 그래야 제대로 이해할 수 있다(說詩者, 不以文害辭, 不以辭害志, 以意逆志, 是爲得之)"고 덧붙였다.
3) 구양수(歐陽脩)는~여겼는데: 구양수의 『오대사五代史』 권20 「주가인전周家人傳」 제8에 다음과 같은 기록이 있다. "아아, 부자 사이의 은혜는 지극한 것이다. 맹자는, 순이 천자이고 아버지 고수가 살인했다면 순임금은 천하를 버리고 그 아버지를 업고 도망하면서 천하는 아무 의미 없다고 여길 것이라고 했다. 순임금으로서는 지극히 공변된 태도를 취하지 않을 수 없다. 따라서 순임금은 천하를 버릴 수는 있어도 아버지에게 형벌을 가할 수는 없다고 본 것이다. 맹자의 이 설은 천하를 위해 올바른 논리를 세운 것이다(嗚呼! 父子之恩, 至矣. 孟子言舜爲天子而瞽瞍殺人, 則棄天下, 竊負之而逃, 以謂天下可無. 舜不可無至公, 舜可棄天下, 不可刑其父, 此爲世立言之說也)."
4) 이런 이치가~있는 것이다: 『회암집晦庵集』 권40 「하숙경에게 답함答何叔京」에 나온다.
5) 팔의(八議): 원래는 팔벽(八辟)이라 불렸다. 『주례周禮』 「추관(秋官)·소사구小司寇」와 『대명률大明律』 「명례各例」에 나온다. 주대(周代)에 특별 심의를 거쳐 형벌을 감면할 수 있도록 규정한 여덟 가지 조건으로, 의친(議親, 왕의 오복친五服親과 외척), 의고(議故, 천자의 친구), 의현(議賢, 어진 사람), 의능(議能, 덕과 재능이 있는 사람), 의공(議功, 큰 공을 세운 사람), 의귀(議貴, 지위가 높은 사람), 의근(議勤, 국사에 진력한 사람), 의빈(議賓, 왕이 빈객의 예로 대우하는 사람) 등이다. 후에는 제왕의 친족이나 근신의 형벌을 감면하는 특전 규정이 되었다. 한나라 때 팔의라고 명칭을 고쳤고, 삼국(三國)의 위(魏)나라 때 정식으로 법전에 수록한 후 청나라에 이르기까지 준용되었다.
6) 옥관(獄官): 형벌을 담당하는 관리. 사사(士師)라고도 한다. 『논어』 「미자微子」에, "유하혜가 사사가 되어 세 번 물러났다. 어떤 사람이 '그대는 나라를 아예 떠나는 것이 옳지 않겠는가'라고 했다. 그러자 유하혜는 이렇게 말했다. '도리를 곧게 따라서 남을 섬기면 어디 간들 면직되지 않겠는가. 만일 도리를 굽혀 남을 섬긴다면 어찌 부모의 나라를 떠날 필요가 있겠는가(柳下惠爲士師, 三黜, 人曰: '子未可以去乎?' 曰: '直道而事人, 焉往而不三黜, 枉道而事人, 何必去父母之邦')"라고 했다. 주희의 『집주』에서 '사사'를 '옥관'이라고 했다.

대로 하지 않은 것이다"[7]라고 했다. 내 생각으로는 주자의 이 말은 정
말로 맹자를 존중하려는 뜻에서 한 것이었다고 본다. 다만 아마도 사
마온공[8]의 의심[9]과 이구[10]의 비방[11]은 이 때문에 더욱 심해진 듯

7) 팔의란~하지 않은 것이다:『회암집晦庵集』권39「범백숭에게 답함答范伯崇·위군대자이위정
衛君待子而爲政」에 나온다.

8) 사마온공(司馬溫公): 산서성 하현(夏縣) 속수향(涑水鄉) 사람. 사마광(司馬光, 1019~1086).
자는 군실(君實), 호는 우보(迂夫)·우수(迂叟), 시호는 문정(文正).

9) 사마온공의 의심:『전가집傳家集』권73「의맹疑孟·고수살인瞽瞍殺人」에 나온다. "의문을 제기
한다.「우서虞書」에서 순의 덕을 칭송해서 '아버지는 완고하고 어머니는 어두우며 아우 상
(象)은 오만하거늘, 지극한 효성으로 잘 조화하여 덕으로 나아가서 간악함에 이르지 않게 했
다'고 했으니, 순에게서 귀하게 여길 바는 효로, 그 어버이를 조화하게 만들고 어버이로 하여
금 진퇴에서 자기 자신을 잘 다스려 악에 이르지 않게 했다는 사실이다. 이와 같이 했다면 순
이 아들이므로 고수는 필시 살인하지 않았을 것이다. 만약 미연에 그치게 할 수 없어서 살인
하기에 이르러 해당 관리에게 체포되어 마침내 천하를 버리고 어버이를 훔치는 일은 미친 사
내라 해도 오히려 그렇게 하지 않을 터이거늘, 순이 그렇게 하리라고 말할 수 있겠는가. 이는
다만 거리 골목의 말이지, 아마도 맹자의 말은 아닐 것이다. 더구나 고수가 이미 고요에게 체
포되었다면 순이 어떻게 훔치겠는가. 아무리 업고 바닷가로 도망한다 해도 고요가 체포할 것
이다. 만약 '고요가 겉으로는 체포해서 법을 법대로 시행해도 안으로는 사실상 놓아주어서 순
에게 넘겨야 한다'고 한다면, 이것은 군주와 신하가 함께 거짓을 저질러서 천하를 속이는 일
이다. 어찌 순이고 고요일 수 있겠는가! 또 순은 이미 천자가 되었으니, 천하의 백성이 그를
추대하기를 부모같이 할 터이므로, 비록 바닷가로 가서 거처하려 해도, 백성들이 어찌 그 소
원을 들어주겠는가! 그렇기에 고요가 고수를 체포한다는 것은 법은 제대로 시행하지만 순을
잃게 되므로 잃는 바가 더 많다. 그러므로 '이는 다만 거리 골목의 말이지, 아마도 맹자의 말
이 아닐 것이다'라고 하는 것이다(疑曰: 虞書稱舜之德曰:'父頑, 母嚚, 象傲, 克諧以孝, 烝烝乂,
不格姦.' 所貴於舜者, 爲其能以孝和諧其親, 使其進退以養自治而不至於惡也. 如是則舜爲子, 瞽瞍必
不殺人矣. 若不能止其未然, 使至於殺人, 執於有司, 乃棄天下, 竊之以逃, 狂夫且猶不爲, 而謂舜爲之
乎? 是特委巷之言也, 殆非孟子之言也. 且瞽瞍旣執於皐陶矣, 舜惡得而竊之. 雖負而逃於海濱, 皐陶
猶可執也. 若曰:'皐陶外雖執之以正其法, 而內實縱之以予舜.' 是君臣相與爲僞以欺天下也. 惡得爲
舜與皐陶哉! 又舜旣爲天子矣. 天下之民, 戴之如父母, 雖欲遵海濱而處, 民豈聽之哉! 是皐陶之執瞽
瞍, 得法而亡舜也, 所亡益多矣. 故曰:'是特委巷之言, 殆非孟子之言也')."

10) 이구(李覯, 1009~1059): 송나라 건창(建昌) 군남성(軍南城) 사람. 자는 태백(泰伯)으로, 우
강선생(旴江先生)·직강선생(直講先生)으로 불렸다.

11) 이구의 비방:『우강집旴江集』권10「형금刑禁」제4에 나온다. "맹자는 '순이 천자이고 고요
가 사사인데 고수가 살인했다면 고요가 고수를 체포해야 하고, 순은 천하 버리기를 헌신짝
버리듯이 하고, 고수를 몰래 업고 바닷가로 도망가서 종신토록 흔연히 즐기면서 천하를 잊었
을 것이다'라고 했다. 저 천자의 아버지에 대해서도 법을 굽힐 수 없거늘 관리의 자손으로서
음보(蔭補, 조상의 덕으로 벼슬을 받음)로 등용된 경우에야 더 말해 무엇하겠는가(孟子謂:
'舜爲天子, 皐陶爲士, 瞽瞍殺人, 則執之. 舜, 視棄天下, 猶棄敝蹝也, 竊負而逃, 遵海濱而處, 終身訢
然樂而忘天下.' 彼天子父, 猶不可曲法, 而況官之子孫, 乃用蔭乎')."

하다.

예로부터 법을 엄격하게 적용하기로는 전국시대 진秦나라에서 법가
사상을 실현한 상앙[12]보다 더 심한 사람이 없다. 그런데도 상앙은 말
하기를, "태자는 임금의 후계자이므로 형벌을 가할 수 없다"[13]고 했다.
역사서에서도 애당초 태자가 옥에 갇힌다거나 형을 받는다고 말하지
않고, 죄를 덮어줄 때 팔의의 원칙으로 용서했다. 임금의 후계자도 그
렇거늘 하물며 임금의 아버지인 경우에야 어떠하겠는가? 임금의 후계
자나 임금의 아버지는 물론, 비록 대신이 법을 어겼을지라도 관리는
또한 마땅히 임금의 지시를 받기 위해 주청해야지, 먼저 조정을 급습
해서 체포하기를, 마치 간악한 백성이나 사나운 군졸이 도망칠까 두려
워하듯 해서는 안 된다. 한나라 때 가의[14]는 삼공三公[15]이 비록 죄를 범
했더라도 결박해서 사구司寇, 법관에게 보낼 수는 없다[16]고 했다. 이것은

---

12) 상앙(商鞅, ?~BC 338): 위앙(衛鞅) 또는 공손앙(公孫鞅)이라 불렸다. 위(衛)나라 공족(公族)
출신으로 형명학(刑名學)에 조예가 깊었다. 위(魏)나라에서 벼슬하려 했으나 받아주지 않아,
진(秦)나라로 가서 효공(孝公)에게 채용되었다. 부국강병의 계책을 세워 보수파와 투쟁하면
서 형법·가족법·토지법 등 여러 방면에 걸친 대개혁을 단행함으로써 후일 진나라 제국의 기
반을 세웠다. 그 공적으로 열후(列侯)에 봉해지고 상(商, 섬서성 상락商洛)을 봉토로 받으면
서 상앙이라 불렸다.

13) 태자는~가할 수 없다: 『사기』 권68 「상군열전商君列傳」에 이러한 기록이 있다. "이에 태자
가 법을 어기자 위앙이 말하기를, '법이 행하지 않는 것은 윗사람이 어기기 때문이다'라고 하
며 태자에게 형을 가하려 하였으나, 태자는 군주의 후계자이므로 형을 시행할 수 없어, 태자
의 부(傅)인 공자건(公子虔)에게 형을 가하고 사(師)인 공손가(公孫賈)에게 묵형을 가했다(於
是太子犯法. 鞅曰: '法之不行, 自上犯之.' 將法太子. 太子, 君嗣也, 不可施刑. 刑其傅公子虔, 黥
其師公孫賈)."

14) 가의(賈誼, BC 200~BC 168): 낙양(洛陽) 사람. 시문에 뛰어나고 제자백가에 정통하여 문제
의 총애를 받아 약관으로 최연소 박사가 되었다.

15) 삼공(三公): 나라의 세 가지 최고 관직. 한나라 때는 대사마(大司馬)·대사공(大司空)·대사
도(大司徒)이다.

16) 삼공이~없다: 가의(賈誼)의 『신서新書』 권2 「계급階級」에 보면 다음과 같은 기록이 있다.
"지금은 왕(王)·후(侯)·삼공이 귀하게 되어, 천자가 정색을 하고 예를 갖추어야 한다. 그렇
거늘 지금 서민들이나 노예들과 마찬가지로 묵형(이마에 글자 새기는 형벌), 비형(코 베는
형벌), 곤형(머리 깎는 형벌), 월형(발꿈치 베는 형벌), 태형(볼기 치는 형벌), 마형(욕하는
형벌), 기시(棄市) 등의 형벌을 가한다면 당(堂) 아래에 계단이 없어지지 않겠습니까? 형벌

반드시 근거 없는 말이 아닐 것이다.

팔의는 정말 죄안罪案, 범죄 사실의 확정 기록이 성립해서 입건한 뒤 법률을 검토할 때 적용하는 법이다. 이른바 의귀議貴는 대개 공경대부처럼 존귀한 자들에게 적용하고, 의친議親은 임금과의 친족관계가 기년복 이하의 상복을 입는 방친傍親, 방계 친척에게 적용하는 것이다. 그렇다면 어찌 천자의 아버지를 팔의의 법으로 논의하는 이치가 있겠는가? 천자가 비록 존귀하지만 역시 사람의 자식이다. 지금 사람의 자식으로서 임금이 되었거늘, 자신의 아버지를 죽이는 일이 옳은가 옳지 않은가를 논한다면, 이것은 임금이 임금답지 못하고 신하가 신하답지 못하며 아버지가 아버지답지 못하고 자식이 자식답지 못한 경우이다.[17] 그러고도 어찌 나라를 다스리겠는가?

한나라 때는 회남왕淮南王 장長이 대신을 철퇴로 죽이고 역모를 도모했는데도 그를 촉도蜀道, 촉나라 땅에 버려두기만 했으니, 법 적용이 지극히

을 받아 욕보는 것이 너무 모질지 않겠습니까? …… 신이 듣자오니, '신발이 아무리 새것이라도 베개처럼 쓸 수는 없고, 관모가 아무리 해지더라도 신발 밑창으로 쓸 수는 없다'고 했습니다. 무릇 일찍이 귀하고 총애받는 자리에 있었을 때에는 천자께서는 얼굴빛을 고쳐서 그를 예우했을 것이고, 관리와 백성은 숙이고 엎디어 공경하고 두려워했을 것입니다. 지금 그런 사람에게 과실이 있다면 폐기하라고 시키는 것은 좋습니다. 물러나게 하는 것은 좋습니다. 죽음을 내리시는 것은 좋습니다. 그러나 만약 포승줄로 단단히 묶고 형벌을 집행하는 장관에게 보내고 죄인 다루는 관리에게 예속시켜 사구(司寇)와 뇌정(牢正, 감옥의 담당 관리), 도장(徒長, 부역하는 죄수들의 부장)과 소리(小吏, 아전)가 욕하고 꾸짖으며 몽둥이질하고 볼기친다면 아마도 그것은 서민들에게 보게 할 바가 아닐 듯합니다(今自王侯三公之貴, 皆天子之所改容而禮之也. 古天子之所謂伯父伯舅也. 今與衆庶徒隷, 同黥劓髡笞傷棄市之法, 然則堂下不亡陛乎? 被僇辱者, 不太迫乎? … 臣聞之曰: '履雖鮮, 弗以加枕, 冠雖弊, 弗以苴履.' 夫嘗已在貴寵之位, 天子改容而嘗體貌之矣, 吏民嘗俯伏以敬畏之矣. 今而有過, 令廢之可也, 退之可也, 賜之死可也. 若夫束縛之, 係紲之, 輸之司寇, 編之徒官, 司寇牢正, 徒長小吏, 罵詈而榜笞之, 殆非所以令衆庶見也). 『한서』「가의전」에도 같은 내용이 인용되어 있다.

17) 이것은~경우이다: 『논어』「안연顔淵」에 이런 말이 있다. "제나라 경공(景公)이 말했다. '좋은 말씀입니다. 진실로 군주가 군주 노릇을 못 하고 신하가 신하 노릇을 못 하며 아버지가 아버지 노릇을 못 하고 자식이 자식 노릇을 못 한다면, 비록 곡식이 있은들 내가 그것을 먹을 수 있겠습니까'(公曰: '善哉. 信如君不君, 臣不臣, 父不父, 子不子, 雖有粟, 吾得而食諸')."

관대했다. 하지만 원앙袁盎은 그가 반드시 죽을 것이라고 생각했다. 그것은 장이 평소 교만하고 귀하게 굴었기 때문이다.[18] 순임금의 아버지 고수가 노쇠한 나이에 천하 사람들의 봉양을 누리다가 갑자기 이 같은 굴욕을 당한다면, 놀라고 두려워서 죽거나 반드시 분개하며 자결했을 것이다. 그렇게 되면 맹자가 가정해서 말했듯이 순임금이 고수를 몰래 등에 업고 달아나려는 계책이 불행히도 성사되지 못했을 것이다. 그렇게 되었더라면 이는 순임금이 그 크나큰 천하를 차지하고도 자신의 아버지를 용납할 수 없었던 것이고, 가령 그 당시 강직한 역사가인 동호[19]가 있었다면 시역弑逆, 부모나 임금을 죽임의 죄를 반드시 아랫사람에게만 적용하지 않고 순임금에게 적용했을 것이다. 그렇게 된다면 순임금이 어찌 백성들을 다스릴 수[20] 있었겠는가? 순임금이 진실로 이와 같았다면 고요가 또 어떻게 조처할 수 있었겠는가?

어떤 사람이 물었다. "그렇다면 고요가 사士이고 고수가 사람을 죽였

---

18) 한나라 때는~굴었기 때문이다: 『사기』 권101 「원앙조조열전袁盎鼂錯列傳」에 다음과 같은 기록이 있다. "회남여왕 조(朝)가 벽양후(辟陽侯)를 살해했는데 처신하는 것이 대단히 교만했다. …… 태자의 모반 사실이 발각되어, 그 옥사를 다스리다가 회남왕까지 연루되었다. 회남왕이 징소(徵召, 호출함)되자, 상(고조)이 그 김에 회남왕을 촉 땅으로 좌천시켜 함거로 전송하게 되었다. 원앙이 다시 중랑장이었는데, 이때 다음과 같이 간언했다. '폐하께서 평소 회남왕을 교만하게 만들어 조금도 금지하지 않으셔서 이런 지경에 이르렀습니다. 지금 또 갑작스레 회남왕을 꺾으시니, 회남왕은 사람됨이 억세서, 만약 서리와 이슬을 만나서 도중에 죽기라도 한다면 폐하께서는 끝내 천하의 큰 땅덩이를 가지시고도 용납하지를 못해서 아우를 죽였다는 이름을 가지시게 되실 터이니, 어찌시겠습니까?' 상이 듣지 않았다. 마침내 가다가 회남왕이 옹(雍)에 이르러 병으로 죽었다(淮南厲王朝, 殺辟陽侯, 居處驕甚. … 太子謀反事覺, 治連淮南王, 淮南王徵, 上因遷之蜀, 輣車傳送. 袁盎時爲中郎將, 乃諫曰: '陛下素驕淮南王, 弗稍禁 以至此. 今又暴摧折之. 淮南王爲人剛, 如有遇霧露行道死, 陛下竟爲以天下之大弗能容, 有殺弟之 名, 奈何?' 上弗聽. 遂行之, 淮南王至雍, 病死)."

19) 동호(董狐): 춘추시대 진(晉)나라의 사관(史官). 진나라 영공(靈公)이 조천(趙穿)에게 시해되자 조돈(趙盾)이 정경(正卿)의 소임을 못했기 때문이라고 하여, "조돈이 그 군주를 시해했다"고 기록했다. 『춘추좌씨전』 선공(宣公) 2년에 나온다.

20) 다스릴 수: 원문은 조림(照臨)이다. 『시경』 「소아小雅·소명小明」에 "밝디밝게 위에 있는 하늘이 아래 땅을 조림한다(明明上天, 照臨下土)"는 구절이 있다.

다면 어떻게 하겠습니까?" 나는 이렇게 대답했다. "고요는 들어가서 순임금을 뵙고, 어버이를 도리로 나아가도록 하시라고 청해서 두 번 잘못을 저지르지 않도록 할 것이다. 그리고 순임금은 그 사실을 자기 죄로 받아들이고 울면서 자책하며, 부드럽고 은근하게 간하여 더욱 지극한 효도[21]를 더할 뿐이다. 만약 상[22]이 사람을 죽였다면 순임금은 하는 수 없이 은혜를 누르고 법을 펴서 죄안을 따진 뒤 그를 용서했을 것이다."

어떤 사람이 물었다. "가령 맹자가 말한 것처럼 고요가 법을 집행했다면 순임금은 장차 어떻게 했겠습니까?" 나는 이렇게 대답했다. "천자의 아버지라면 정말로 사람을 죽여서는 안 되지만, 그렇다고 천자의 아버지가 사람을 죽였다고 해서 신하로서 나랏법을 빙자해 함부로 구속을 단행한다면, 이것은 바로 임금을 무시하는 것이 된다. 당나라 환관 이보국이 칼끝을 보이며 숙종의 아버지 현종을 협박한 것[23]도 여기에 이르지 않았는데, 고요가 어찌 이런 일을 했겠는가? 만일 그가 이와 같이 했다면, 순임금은 법에 따라 그를 죽일 따름이다."

어떤 사람이 물었다. "천자의 아버지를 태상太上이라고 일컫는 일은 진한秦漢 이전에는 없었습니다. 신하와 백성들이 천자의 아버지를 대하는 것에는 아무래도 고금의 차이가 있는 것이 아닙니까?" 나는 이렇게 대답했다. "제왕의 칭호는 진실로 고금의 차이가 있지만 부자와 군신

---

21) 더욱 지극한 효도: 원문은 증증지효(烝烝之孝). 임금이 부모에게 차츰차츰 선도(善道)로 나아가도록 인도하는 지극한 효성을 말한다. 『상서』 「우서(虞書)·요전堯典」에, "차츰차츰 선(善)으로 나아가게 해 간악함에 이르게 하지 않았다(烝烝乂, 不格姦)"고 했다.

22) 상(象): 순임금의 이복동생. 어머니와 짜고 순임금의 아버지인 고수를 꾀어 순임금을 죽이려 했던 인물.

23) 이보국(李輔國)이~현종을 협박한 것: 당나라 현종이 숙종에게 양위하고 태상황(太上皇)이 되어 남궁(南宮)에 있을 때, 환관 이보국이 군사를 거느리고 칼을 휘두르며 태상황을 위협한 일이 있다. 『신당서新唐書』 권28 참조.

의 윤리에 어찌 고금의 차이가 있겠는가? 맹자는 함구몽咸丘蒙에게 답하기를, 고수는 '천자의 아버지가 되었으니 지극히 존귀하다'[24]고 했다. 무릇 이미 '지존至尊'이라고 표현했거늘, '태상'을 무엇 때문에 더하겠는가?"

孟子答桃應之問, 盖言舜親愛之至, 皐陶用法之公而已. 初不可以推之於行事, 不以辭害意, 可也. 歐陽氏以爲孟子爲世立言, 此言盡之矣. 而朱子非之曰: "有是理然後有是心, 有是心然後有是事, 有是事然後有是言." 又曰: "八議乃蔽罪時事, 其初須着執之, 不執則士師失其職矣." 竊謂朱子此言, 固所以尊孟子, 而第恐溫公之疑, 李覯之謗, 因此滋甚也.

自古用法嚴酷, 無過商鞅, 而猶曰[25]: "太子君嗣, 不可加刑." 史初不言太子下獄當刑, 蔽罪時得以八議宥之也. 君之嗣且然, 況君之父乎? 無論君嗣君父, 雖大臣犯法, 有司亦當奏請取旨, 不應經先掩捕於朝廟之上, 若奸民悍卒, 恐其逃逸者也. 賈誼謂三公雖有罪, 不可束縛繫紲, 輸之司寇. 此必非無稽之言也.

八議之法, 固是得情後勘律時事, 而所謂議貴者, 盖謂公卿大夫之尊, 議親者, 亦是傍期以下之親, 安有天子之父, 而亦以八議議之之理乎? 天子雖尊, 亦人之子. 今以人之子爲之君, 而以戮其父之當否議之, 則是爲君不君, 臣不臣, 父不父, 子不子, 其何以爲國乎?

漢淮南王長, 椎[26]殺大臣, 又有逆謀, 廢處蜀道, 法至寬也. 而袁盎料其必

---

24) 천자의 아버지가 되었으니 지극히 존귀하다: 『맹자』「만장·상」에 다음과 같은 글이 있다. "효자의 지극함은 어버이를 높이는 것보다 큰 것이 없고, 어버이를 높이는 지극함은 천하를 가지고 봉양하는 것보다 큰 것이 없으니, 천자의 아버지가 된다는 것은 존귀해짐의 지극함이요, 천하를 가지고 봉양하는 것은 봉양함의 지극함이다. 『시경』에 이르기를, '영원토록 효도를 다하니, 효도를 다함은 선왕을 본받은 것이로다'라고 한 것은 이것을 가리켜 한 말이다(孝子之至, 莫大乎尊親, 尊親之至, 莫大乎以天下養, 爲天子父, 尊之至也, 以天下養, 養之至也. 『詩』曰: '永言孝思, 孝思維則', 此之謂也)."

25) [교감] 曰: 서울대본은 '爲'로 되어 있다. 통문관본과 고려대본을 따른다.

死者, 以長之素驕貴也. 瞽瞍以衰耋之年, 享天下之養, 猝然遭此折辱, 不驚
怖致殞, 則必感憤自決, 竊負之計, 不幸有所不及, 則是舜以天下之大, 不能
容其父. 使時有董狐, 則弑逆之罪, 必不在下, 舜何以照臨[27]臣民? 舜苟若
是, 則皐陶又將何以自處乎?

或曰: "然則皐陶爲士, 瞽瞍殺人, 則如之何?" 曰: "皐陶入告於舜, 請諭
父母於道, 無使貳過. 舜引而爲罪, 涕泣自責, 愉婉以諫, 益加烝烝之孝而
已. 若象殺人, 則舜不得不抑恩而伸法, 得情而後宥之也." 或曰: "假令皐陶
執之如孟子之言, 則舜將如之何?" 曰: "天子之父, 固不可殺人, 爲人臣者,
憑藉邦禁, 擅行拘囚, 則是乃無君. 李輔國之露刃劫迫, 亦不至是, 皐陶豈爲
是哉? 苟其如是, 則舜以法誅之而已."

或曰: "天子之父之稱以太上, 秦漢以前無有也. 臣民之視之, 無亦有古今
之異歟?" 曰: "帝王稱號, 固有古今之異, 父子君臣之倫, 安有古今之異? 孟
子之答咸丘蒙曰: '爲天子父, 尊之至也.' 夫旣曰至尊, 則太上何以加焉?"

🍀 평설

『맹자』「진심·상」에 보면 도응이 "순임금이 천자이고 고요가 사±인
데, 순임금의 아버지 고수가 살인했다면 고요는 어떻게 해야 하는가"라
고 맹자에게 질문했다. 맹자는 "고요는 고수를 체포할 수밖에 없으며,
순임금은 한밤에 고수를 몰래 빼내 함께 도망해서 종신토록 천자의 자
리에 오르지 말아야 한다"고 대답했다. 법의 집행력이 천자의 아버지에
게 미칠 수 있느냐는 문제를 둘러싼 논의이다.

맹자는 사법관은 직분을 수행해야 하고 천자는 효를 다해야 한다는

---

26) [교감] 椎: 통문관본은 '推'로 되어 있다. 고려대본과 서울대본을 따른다.
27) [교감] 照臨: 서울대본은 '臨照'로 되어 있다. 통문관본과 고려대본을 따른다.

논리가 충돌되지 않게 그와 같이 답했다. 이에 대해 서포는 법 집행은 천자와 천자의 아버지에게는 미칠 수 없다고 보아, 맹자의 설은 '법 집행의 공정성'만 강조한 가설의 답일 뿐이라고 해석했다.

"고수가 살인했다면 고요는 법 집행을 할 수 있는가"는 조선 후기의 많은 지식인들이 답변을 시도한 난제難題였다. 완구 신대우申大羽와 다산 정약용도 이 문제를 논한 바 있다.

주자의 등문공 편하
상-62

등나라[1] 문공은 맹자를 높여서 등용했지만, 얼마 되지 않아 송나라 강왕[2]에게 멸망당했다. 주자는 이렇게 말했다. "등나라 문공은 맹자의 말씀을 들었으나 그것을 미심쩍어했으므로[3] 그의 믿음이 돈독하지 못했음을 알 수 있다. 또 허행[4]의 술책이 지극히 천박하고 낮았음에도

---

1) 등(滕)나라: 희씨(姬氏) 성의 제후국으로, 지금의 산동성 등주(滕州) 서남쪽.
2) 강왕(康王, 재위 239~286): 이름은 언(偃). 벽공(辟公)의 아들로, 형 척성(剔成)을 죽이고 스스로 '송군(宋君)'이라 했다가 10년 만에 왕으로 일컬었다. 성질이 포악무도해 제후들이 '걸송(桀宋)'이라 불렀다.
3) 등나라 문공(文公)은~했으므로: 등나라 문공이 세자였을 때 초(楚)나라로 가기 위해 송나라를 지나다가 맹자를 찾아갔다. 맹자는 성(性)의 선(善)함을 말씀하면서 줄곧 요순을 칭했다. 이후 세자는 초나라에서 돌아왔으나 맹자의 말씀이 미심쩍어 맹자를 다시 찾아갔다. 당시 사람들은 성이 본디 선함을 알지 못해서 성현(聖賢)에는 미칠 수 없다고 여겼기 때문이다. 이를 안 맹자는 "세자는 내 말을 의심하십니까? 도는 하나일 뿐입니다"라고 하여, 옛날이나 지금이나 어질거나 어리석거나 본디 도리는 하나일 뿐이라고 설파했다.
4) 허행(許行): 등나라에 살면서 농업생산에 의한 자급자족 생활을 주장한 인물. 허행의 무리는 신농(神農)의 교(敎)라는 것을 기치로 삼아 국군(國君, 임금이나 제후)을 포함한 모든 사람이 자신의 노동으로써 자신의 생활을 유지할 것을 설파했다.

그를 맞아들였으니, 그의 식견이 낮음을 알 수 있다. 이것이 결국 왕도王道를 이루지 못했던 이유이다"라고 말했다.

헤아려보건대 맹자가 등나라 문공에게 고한 내용은 자공[5] 같은 무리도 듣지 못했던 것이다. 예전에 배운 적도 없었고 말 달리며 활쏘기나 하던 사람[6]으로서 문공은 양산을 기울이는 잠시 동안[7] 갑작스럽게 그것을 들었거늘 의심하는 바를 둘 수 있었고 또 그 말을 못내 잊지 않았으니, 여기서 문공이 훌륭한 자질을 가지고 태어났고 정성스레 도道로 향하고자 했음을 알 수 있다. 어찌 믿음이 돈독치 못했다고 할 수 있겠는가? 허행이 오자 작은 구역 한 곳을 떼어줘 거처하게 했으니, 이 또한 제왕의 정치에서 부득이한 것이었다. 어디 허행의 도를 높이고 믿어서 맹자에게 딴마음을 품은 적이 있었다고, 이 점을 트집잡아 허물로 삼아야 하겠는가?

주나라 태왕과 문왕 같은 성군도 한 사람태왕은 오랑캐[8]의 침략을 받았고, 한 사람문왕은 유리[9]에 갇혔다. 그들이 망하지 않은 것은 그나마

---

5) 자공(子貢, BC 520?~BC 456?): 위(衛)나라의 유학자. 성은 단목(端木), 이름은 사(賜). 공자의 제자 중 제일의 변설가(辯舌家)였다. 숙손무숙(叔孫武叔)이 자공은 공자보다 현명하다 했고, 당시 정치가들로부터도 사랑을 받았다.

6) 말 달리며 활쏘기나 하던 사람: 등정공(滕定公), 문공(文公)의 아버지.

7) 양산을 기울이는 잠시 동안: 잠시 이야기를 하기 위해 수레를 멈추고 양산을 기울인다는 뜻. 이렇듯 잠시 만났어도 구면(舊面)처럼 친해진다는 의미로, 경개여구(傾蓋如舊)라는 말이 있다.

8) 오랑캐: 중국 북서부 산간 지역의 오랑캐. 융적(戎狄)이라고 하여, 일반적인 북방 이민족을 통틀어 가리키는 경우도 있다. 태왕(太王, 고공단보古公亶父)이 덕을 쌓고 의를 행하자 온 나라 사람들이 모두 그를 받들었다. 연이어 융적의 공격을 두 차례나 당하자 분개한 백성들이 태왕에게 싸울 것을 제안한다. 그러나 태왕은 "그들의 부형을 죽여가면서 그들의 군주가 되진 않겠다"라며 백성들을 이끌고 기산(岐山) 아래로 가 정착했다.

9) 유리(羑里): 안양(安陽)에서 탕음(湯陰)으로 향하는 곳에 위치. 태왕(太王)과 왕계(王季), 공계(公季)에 이어서 주나라 문왕(文王)으로 추시(追諡, 죽은 뒤에 시호를 내리던 일)된 서백(西伯)이 감금당한 곳이다. 서백이 왕도정치를 펼친다는 소문을 듣고 주변 사람들이 그에게 찾아들었다. 이를 시기한 숭후호(崇侯虎)는 은(殷)나라 주(紂)에게 그를 모함해서 유리에 갇히도록 했다. 그러나 굉요(閎夭) 등의 지략(智略)으로 서백은 풀려나고, 선물을 받아 흡족해진 주는 그에게 주변 제후국을 정벌할 수 있는 권한을 주었다.

다행이었다. 등나라는 약소국이어서 걸송樂宋에게 멸망당했으니 강약의 형세는 피할 수 없는 바이거늘, 어찌 주자는 완벽하게 갖추기를 책망했단 말인가? 만장萬章은 맹자에게 "송나라가 장차 왕도정치를 행하려 하지만, 제나라와 초나라가 미워해 쳐들어오면 어찌합니까"라고 물었다.[10] 이것은 아마 등나라의 일에 데어서 그런 것 같다. 작은 나라이면서 왕도정치를 한다고 명분을 삼았기 때문에 오히려 스스로 멸망을 재촉했다. 만장은 아마도 제나라와 초나라에게 미움 받는 송나라도 송나라에게 미움 받던 등나라와 같았으므로 이렇게 말했을 것이다. 주자가 등나라 문공에게 허물을 돌린 것은 아마도 맹자를 옹호하려 했기 때문인 듯하다. 등나라 문공 같은 사람은 정말 가련할 따름이다.

주자는 이전에 맹자가 등나라 문공을 만나 정전에 대해 논한 것을 두고 한바탕 시원하다고 한 적이 있었다.[11] 게다가 이천[12]이 궁중의 연회를 하다 말고 사마광의 조문을 가는 것은 "노래하다 곡하는 것이어서 옳지 않다"[13]고 한 말을 그르다고 했으니, 여기에서 바로 군자의

---

10) 만장(萬章)은~물었다: 만장은 맹자의 제자이다. 맹자의 이 물음은 『맹자』 「등문공·하」에 나온다. 주희는 『집주』에서 "송나라 왕 언(偃)이 이미 등나라를 멸하고 설(薛)나라를 정벌했으며, 제(齊)·초(楚)·위(魏)의 군대를 패퇴시켜 패자가 되고자 했다고 하니, 아마도 바로 이때인 듯하다"라고 추정했다.

11) 주자는~있었다: 『주자어류』 권51 「맹자 1·노평공장출장魯平公將出章」에 나온다. 주희는 "등나라 문공을 만나본 경우는 허다하게 정전(井田)을 말해 한바탕 소탈하다고 할 수 있어서 천하에 왕도를 펴려는 자가 일어난다면 반드시 맹자에게서 법을 취할 것이다. 다만 여기서 말은 할 수 있었지만 등나라는 실행할 수 없었다"고 했다.

12) 이천(伊川): 정이(程頤, 1033~1107)의 호. 북송(北宋)의 유학자. 이천백(伊川伯)으로 봉해졌으며 이천선생(伊川先生)이라 존칭된다.

13) 노래하다 곡하는 것이어서 옳지 않다: 조정에서 경사스러운 잔치가 벌어지고 있었는데 사마광의 부음이 들리자 모두 조문하자고 했다. 그런데 정이는 『논어』 「술이」의 "선생은 상을 당한 사람 곁에서 식사를 하게 되면 결코 배불리 먹지 않았다. 선생은 이날 곡을 했다면 노래를 부르지 않았다(子食於有喪者之側, 未嘗飽也, 子於是日哭則不歌)"라는 말을 들어서 곧바로 조문 가는 것이 옳지 않다고 했다. 소식은 그런 말은 들어보지 못했다고 했다. 정이 쪽 사람들은 모두 정이가 옳다고 했지만, 주희만은 정이의 설이 잘못이라고 했다.

치우치지 않음[14]이 드러난다.

滕文公尊用孟子, 而旋爲宋康王所滅. 朱子曰: "文公聞孟子之言而疑之,
可見信不篤. 許行之術至淺下而且延之, 可見識見之卑. 此所以終不濟事."

夫孟子之告文公, 乃子貢之徒所不得聞者. 以未嘗學問, 馳馬試劍之人,
猝然聞之於傾蓋之間, 而能有所疑, 眷眷不忘. 此可見天質之美, 嚮道之誠,
豈可謂信不篤耶? 許行之來, 處以一廛, 是亦王政之所不可已, 何嘗尊信其
道, 有所參貳於孟子者, 而執此爲咎[15]耶?

以周太王·文王之聖, 狄人之侵, 羑里之囚, 不亡者, 幸耳. 以滕之弱小, 見
滅於桀宋, 强弱之勢, 所不能免, 何朱子責之太備也? 萬章問於孟子曰: "宋
將行王政, 齊楚惡而伐[16]之 則如之何?" 此蓋有懲於滕也. 滕以小國, 有行
王政之名, 故反促其滅亡. 萬章恐宋之見惡於齊·楚, 亦如滕之見惡於宋, 故
其言如此. 朱子之歸咎於滕文, 蓋爲孟子回護之也. 若滕文公者, 眞可哀憐
也已.

朱子嘗以孟子見滕文說井田, 爲一場踈脫. 又以伊川歌哭說爲非, 於此方
見君子之不黨也.

🌺 평설

서포는 사실 판단에서 편당偏黨의 견해를 배격하려고 했다. 『논어』
「위정爲政」에 보면, "군자는 두루 사귀되 편당하지 않고 소인은 편당하
나 널리 미치지 않는다"고 했다. 서포는 주희가 정이의 철학을 계승했

---

14) 군자의 치우치지 않음: 『논어』「위정」에, "군자는 두루 사귀되 편당(偏黨, 한쪽으로 쏠림)하
지 않고 소인은 편당하나 널리 미치지 않는다(子曰, 君子周而不比, 小人比而不周)"고 했다.
15) [교감] 咎: 통문관본은 '咎'로 되어 있다. 고려대본과 서울대본을 따른다.
16) [교감] 伐: 고려대본은 '代'로 되어 있다. 통문관본과 서울대본을 따른다.

음에도 불구하고, 연회하다 말고 사마광의 조문을 가서는 안 된다고 했던 정이의 말을 그르다고 판정한 사실에서 군자다움을 볼 수 있다고 했다.

서포는 이보다 앞서 주희가 등나라 문공에 대해 왕도정치를 결코 실행할 수 없는 군주라고 폄하한 사실에 대해서는 일종의 편견이 들어 있다고 비판했다. 학문권력을 부정하고 편당의 견해나 편견을 배격하려는 서포의 뜻이 잘 드러나 있다.

「관저」의 저구

상-63

『시경』 「주남周南·관저」에 나오는 저구雎鳩가 정이 두터우면서도 암수 사이의 분별이 있다는 사실은 실제로 명확한 증거가 없다. 장강長江과 회수淮水 사이가 바로 단혈과 옥산[1]이 있는 곳이 아니던가? 진실로 거기에 이와 같이 괴이한 새가 있었다면 고금의 문인들이 어째서 전혀 언급하지 않았단 말인가? 수나라·당나라 제왕의 동산이나 송나라 간악[2]에서도 어째서 잡아들였다는 소문이 들리지 않는가? 개인적인 생각으로는 이 시에서 이 새를 보고 흥興을 일으킨 것은 다만 암수가 서로 조화해서 즐겁게 운다는 사실만 취한 것이지, 이 새가 암수 사이에 분별이 있다는 사실을 취한 것은 아니라고 본다.

예를 들어 빈풍의 「낭발」에서는 단지 '이리가 상도常度, 평소의 태도를 잃지 않는다'는 사실을 가지고 흥을 일으킨 것이지, 어찌 '이리가 탐욕스

1) 단혈(丹穴)과 옥산(玉山): 『산해경山海經』에 따르면, 단혈산(丹穴山)에는 봉황이 살고, 옥산(玉山)에는 짐새[鴆]가 산다고 했다.
2) 간악(艮岳): 송나라 휘종(徽宗) 때 동경(東京)의 동북쪽에 만든 산 이름.

럽고 사납다'는 사실과 관련 있겠는가?[3] 주남의 「종사」는 자손이 많다
는 사실을 비유로 취한 것이지, 어찌 메뚜기가 곡식을 해친다는 사실
과 관련 있겠는가?[4] 『좌전左傳』에서 상구爽鳩는 사구司寇를, 저구는 사마
司馬를 상징한 것이라 한 것을 보면[5], 그 저구가 물수리 종류에 속한다
는 것은 의심할 수 없다. 그것을 일러 암수 사이에 분별이 있다고 말한
것은 반드시 한나라 유학자들이 견강부회한 것이다.

추우는 짐승 이름 같지 않으며 관리의 이름인 듯하다.[6] 아마도 이것
은 동물들이 왕성하게 번식해 있고 사냥에서 짐승들이 많이 잡힌 것을
시인이 보고 우인[7]과 마관[8]을 찬미한 것인 듯하다. 그렇게 본다면 뜻

---

3) 어찌 이리가~관련 있겠는가: 「낭발狼跋」은 다음과 같다. "이리가 앞으로 나아가면 턱살이 밟
  히고, 뒤로 물러나면 꼬리가 밟히도다. 공(公)이 큰 아름다움을 사양하시니, 붉은 신발이 편
  안하시구나. 그 뜻은 이리가 물러나면 꼬리가 밟히고 나아가면 턱살이 밟히도다. 공이 큰 아
  름다움을 사양하시니, 덕음(德音, 덕스럽다는 평판)에 하자가 없으시구나(狼跋其胡, 載疐其尾.
  公孫碩膚, 赤舄几几. 狼疐其尾, 載跋其胡. 公孫碩膚, 德音不瑕)." 이에 대해 주희의 『시집전』은 이
  렇게 논했다. "주공(周公)이 비록 의심과 비방을 만났지만, 그 대처함이 상도(常道)를 벗어나
  지 않았으므로 시인이 찬미했다. 그 뜻은 '이리가 앞으로 나아가면 턱살이 밟히고 뒤로 물러
  나면 꼬리가 밟히듯이 공은 유언(流言, 근거 없는 소문)의 변고를 만났으나, 그 편안하고 느긋
  하여 자득(自得)함이 바로 이와 같았다고 한 것이다. 대개 그 도가 높고 덕이 가득해 거처하는
  땅에서 편안하고 하늘의 운명을 달게 여겨 즐긴 것에는 충분히 말로 표현할 수 없는 변이 있
  었다. 그래서 큰 변고를 만나서도 상도를 잃지 않은 것이다(周公, 雖遭疑謗, 然所以處之, 不失
  其常. 故詩人美之. 言狼跋其胡, 則疐其尾矣, 公遭流言之變, 而其安肆自得, 乃如此, 蓋其道隆德盛,
  而安土樂天, 有不足言者, 所以遭大變而不失其常也)."
4) 어찌 메뚜기가~관련 있겠는가: 「종사螽斯」는 다음과 같다. "종사의 깃이 화하게 모였으니,
  너의 자손이 번성함이 당연하도다. 종사의 깃이 떼 지어 날아가니, 너의 자손이 계속됨이 당
  연하도다. 종사의 깃이 모였으니, 너의 자손이 번성함이 당연하도다(螽斯羽, 詵詵兮. 宜爾子孫,
  振振兮. 螽斯羽, 薨薨兮. 宜爾子孫, 繩繩兮. 螽斯羽, 揖揖兮. 宜爾子孫, 蟄蟄兮)."
5) 『좌전』에서~보면: 『좌전』 소공 17년의 전(傳)에 관련 내용이 나온다.
6) 추우(騶虞)는~듯하다: 「추우」는 다음과 같다. "저 무성한 갈대에 한 번 화살을 쏘아 다섯 암
  돼지를 잡노니, 아 이것이 추우로다. 저 무성한 쑥대에 한 번 쏘아 다섯 새끼 돼지를 잡노니,
  아 이것이 추우로다(彼茁者葭, 壹發五豝, 于嗟乎騶虞. 彼茁者蓬, 壹發五豵, 于嗟乎騶虞)." 『시집
  전』에서는 "추우는 짐승의 이름으로, 흰 호랑이이면서 흑색의 무늬가 있고 산 것을 잡아먹지
  않는다(騶虞, 獸名, 白虎黑文, 不食生物者也)"라고 했다.
7) 우인(虞人): 고대에 산림이나 천택(川澤)과 원유(苑囿, 대궐 안에 있는 동산)를 맡아본 벼슬아
  치. 『주례周禮』에 보면 대사마(大司馬)의 통솔을 받는 하위직으로 되어 있다.

이 저절로 분명하고 순조롭거늘, 어찌 반드시 먼 곳에서 뜻을 구하겠는가? 주자가 말하기를, "'저 무성한 갈대에'라 함은 인仁이요, '한 번 화살을 쏘아 다섯 암퇘지를 잡노니'는 의이다"[9]라고 했다. 추우는 다만 인자한 짐승이라고 일컬었을 뿐이지, 의로운 짐승을 아울러 일컫는다고는 듣지 못했다. '우차于嗟'라는 한마디는 다만 맨 처음 구에만 연결되고 그다음 구에는 연결될 수 없다. 그것을 다음 구까지 연결시킨다면 과연 문리文理, 글의 조리가 성립하는가?

또 반드시 짐승의 이름이라고 여긴다면 이것은 바로 풍자한 시이지 찬미한 시가 아니다. 바야흐로 만물이 생장할 때 짐승의 무리를 모두 잡는다면, 선왕先王이 말한 삼구[10]의 뜻과 부합하지 않는다. 그러므로 시인은 어진 짐승이 돋아나는 풀을 밟지 않고 살아 있는 것을 먹지 않는 것을 생각해, '우차' 하면서 그 사실을 말한 것이다. 이와 같이 해석한다면 그 의미가 바로 통한다. 다만 주남과 소남에 풍자시가 있을 리 없으므로, 아마도 한나라 유학자들이 어진 짐승의 이름을 지어내 「인지지」와 억지로 짝을 맞추었을 것이다.[11]

「작소鵲巢」 또한 그렇다. 어찌 반드시 비둘기 성질이 둔하다는 사실

---

8) 마관(馬官):『주례』에 보면 하관(夏官) '사마(司馬)'의 직장(職掌) 가운데 교인(校人)은 마관의 우두머리라고 했다.

9) 저 무성한 갈대에~의(義)이다:『주자어류』권81에 이러한 논의가 있다. "「추우」는 대개 전렵(田獵, 사냥)의 때에 동물과 식물이 번성한 것을 보고, 문왕의 평소 어진 은택이 널리 미친 것을 찬미해서 읊은 것이지, 전렵의 일을 가리켜서 어질다고 한 것이 아니다.『예』에 이르기를, '아무 일도 없거늘 전렵하는 것을 두고 불경(不敬)이라 한다'고 했다. 그러므로 이 시에서, '저 무성한 갈대에'는 인이요, '한 번 화살을 쏘아 다섯 암퇘지를 잡노니'는 의이다(騶虞之詩, 盖於田獵之際, 見動植之蕃庶, 因以贊詠文王平昔仁澤之所及, 而非指田獵之事爲仁也. 禮曰: '無事而不田曰不敬蒐.' 故此詩, 彼茁者葭, 仁也, 一發五豝, 義也)."

10) 삼구(三驅): 사냥할 때 한쪽을 터놓고 삼면만 에워싸던 일. 혹은 삼구란 옛날에 수렵을 함은 첫째, 선조에게 제사지내기 위함이고, 둘째, 빈객들을 대접하기 위함이요, 셋째, 임금의 푸줏간을 채우기 위해서라는 설이 있다. 한나라 때 정현(鄭玄)과 마융(馬融)의 설이다.

11) 아마도~짝을 맞추었을 것이다: 국풍 주남의 끝 작품인 「인지지麟之趾」가 인(仁)을 주제로 하는 것처럼 소남(召南)의 끝 작품도 인을 주제로 하여 매듭지으려 했다는 뜻이다.

을 취했겠는가?[12] 서릉씨는 누에 치고 고치실 켜서 천하 사람들에게 옷을 입혔으므로,[13] 공교로움이 천손天孫. 직녀보다 낫다고 할 만하다. 『열녀전』에서도 부공婦工. 부녀자들이 해야 한다고 여겼던 방적과 자수 등의 일과 부덕婦德을 나란히 일컬었으니,[14] 옛날부터 부녀자들에 대해 어찌 일찍이 둔함을 미덕으로 여겼겠는가? 단지 바깥일에 간섭하는 것이 옳지 않다고 여겼을 뿐이다.

주자는 소아 「대동」에 나오는 "가득한 그릇의 밥이요"[15]라는 구절을 논하면서 "흥에는 두 가지 뜻이 있어서, 아주 완전히 의리義理가 없는 것이 있다"[16]고 했다. 내 생각에 「토저」[17]의 흥은 마땅히 이와 같다고

---

12) 어찌 반드시~취했겠는가: 『시경』 「소남·유작維鵲」에 이렇게 나온다. "까치가 둥지를 틀매, 비둘기가 살도다. 새아씨가 시집오매, 백량(百兩)으로 맞이하도다. 까치가 둥지를 두매, 비둘기가 차지하도다. 새아씨가 시집가매, 백량으로 전송하도다. 까치가 둥지를 두매, 비둘기가 가득 살도다. 새아씨가 시집오매, 백량으로 이루도다(維鵲有巢, 維鳩居之. 之子于歸, 百兩御之. 維鵲有巢, 維鳩方之. 之子于歸, 百兩將之. 維鵲有巢, 維鳩盈之. 之子于歸, 百兩成之)." 주희의 『시집전』에서는 "비둘기는 본성이 졸렬해 둥지를 틀 수가 없어서, 혹은 까치가 만든 둥지에 거처하기도 한다(鳩性拙, 不能爲巢, 或有居鳩之成巢者)"라고 했다.

13) 서릉씨(西陵氏)는~옷을 입혔으므로: 여기서의 능씨(陵氏)는 황제(黃帝)의 황비 서릉씨를 일컫는 듯하다. 서릉씨의 딸 누조(嫘祖)가 황제의 원비(元妃)가 되어, 백성에게 누에 치고 고치 켜서 의복 만드는 법을 가르쳤다고 한다. 『어비역대통감집람御批歷代通鑑輯覽』 권1에, "서릉씨의 딸 누조가 황제의 원비가 되어, 백성들에게 누에 기르고 고치 켜서 의복을 만드는 법을 가르쳐서, 천하에는 살갗이 터지고 동상에 걸리는 환난이 없게 되었다. 후세에 선잠(先蠶, 누에치기를 처음 시작했다는 신)으로 모셔서 제사지냈다"고 했다. 우리나라에서도 국왕이 선잠단(先蠶壇)에서 서릉씨를 제사지내는 친잠례(親蠶禮)를 거행했다.

14) 『열녀전列女傳』에서도~일컬었으니: 이러한 사정은 『주례』 「천관天官·구빈九嬪」에 "구어(九御)에게 부덕(婦德)·부언(婦言)·부용(婦容)·부공(婦功, 婦工. 방적과 자수 등 여인의 일)을 가르쳤다"고 한 것을 보아도 알 수 있다.

15) 가득한 그릇의 밥이요: 『시경』 「소아·대동大同」의 첫 구절을 가리킨다.

16) 흥에는~없는 것이 있다: 『주자어류』 권81에 다음과 같은 논의가 있다. " '가득한 그릇의 밥이요, 가시나무 수저로다'에 대해 『시집전』은 흥(興)이라고 했다. 묻습니다. '이러한 예는 아무 의리(義理, 의미)가 없는 듯합니다.' 답한다. '흥에는 두 가지 뜻이 있어서 아주 완전히 의리가 없는 것이 있다'('有饛簋飧, 有捄棘匕,' 『詩傳』云: '興也.' 問: '似此等例, 却全無義理.' 曰: '興有二義, 有一樣全無義理')."

17) 「토저兎罝」: "정돈된 토끼그물이여, 말뚝 치기를 정정히 하도다. 굳세고 굳센 무부(武夫)여, 공후(公侯)의 간성이로다. 정돈된 토끼그물이여, 길 가운데 쳤도다. 굳세고 굳센 무부여, 공

생각한다. 아마도 시인이 우연히 들판에 있는 토끼그물을 보고 흥을 일으켜 조정에 현명한 재사들이 있음을 찬미한 듯하다.[18] 요순시대처럼 성대한 때에도 오히려 초야에 남아 있는 현인이 없음을 찬미하고, 군자가 초야에 있음을 경계로 삼았다. 간성[19]의 재주를 가지고도 초야에서 토끼그물이나 치고 있거늘, 어찌 세상이 잘 다스려질 수 있겠는가? 회음후 한신 같은 사람이 성 밑에서 낚시질을 했으니,[20] 이것이 진秦나라가 망한 까닭이다.

雎鳩之摯而有別, 實無明證. 江淮間, 非丹穴玉山? 苟有如是異禽, 則古今文人何以都無言及? 隋唐之苑囿, 宋之艮岳, 何以不聞捕致耶? 竊謂是詩之以是鳥起興者, 只取雌雄和鳴, 非有取於鳥之性也.

如豳風「狼跋」, 只興其不失常度, 何關狼之貪戾? 周南「螽斯」取比於子孫衆多, 豈在蝗之害穀? 以『左傳』爽鳩爲司寇, 雎鳩爲司馬觀之, 則其爲鷙屬無疑. 謂之有別者, 未必非漢儒之附會也.

騶虞不似[21]獸名, 謂之官名. 恐是詩人見動殖[22]之蕃, 獲禽之多, 而歸美

후의 좋은 짝이로다. 정돈된 토끼그물이여, 숲 가운데 쳤도다. 굳세고 굳센 무부여, 공후의 복심(腹心, 충성을 바치는 심복)이로다(肅肅兎罝, 椓之丁丁. 赳赳武夫, 公侯干城. 肅肅兎罝, 施于中逵. 赳赳武夫, 公侯好仇. 肅肅兎罝, 施于中林. 赳赳武夫, 公侯腹心)."

18) 아마도~듯하다: 주희는 『시집전』에서 이 시를 "교화가 행해지고 풍속이 아름다워서 어진 사람과 재주 있는 사람이 많아 비록 토끼그물을 치는 야인(野人)이라 하더라도 그 재주의 쓸 만함이 오히려 이와 같았다. 그러므로 시인이 그가 일삼는 바로 인하여 흥을 일으켜 찬미하였으니, 문왕의 덕화의 성함을 이로 인하여 볼 수 있다(化行俗美, 賢才多衆, 雖罝兎之野人, 而其才之可用猶如此. 故詩人因其所事以起興而美之, 而文王德化之盛, 因可見矣)"라고 풀이하였다.

19) 간성(干城): 주희는 『시집전』에서 "간성은 대개 바깥을 막고 안을 보위하는 것을 말한다(干城, 皆所以攻外而衛內者)"라고 했다.

20) 회음후(淮陰侯)~낚시질을 했으니: 한신(韓信)은 젊은 시절 성 아래에서 낚시질을 하며 표모(漂母, 빨래를 하는 여자)에게 밥을 얻어먹으며 지냈다. 후에 한나라 고조를 도와 소하(蕭何)·장량(張良)과 더불어 한흥삼걸(漢興三傑)이 되고, 회음후에 봉해졌다.

21) [교감] 似: 서울대본은 '以'로 되어 있다. 오자이다. 통문관본과 고려대본을 따른다.

22) [교감] 殖: 통문관본은 이 글자가 없다. 고려대본과 서울대본을 따른다.

於虞人馬官. 義自明順. 何必遠求? 朱子曰:"'彼茁者葭', 仁也, '一發五豝',
義也." 夫騶虞只稱仁獸, 未聞兼稱義獸, 則'于嗟'一語, 只結得首句, 不得
結次[23]句矣. 此果成文理乎?

且必以爲獸名, 則此乃刺詩, 非美之也. 方庶類生長之時, 盡其類而取之,
非先王三驅之義. 故詩人思仁獸之不踐生草, 不食生物, 于嗟而道之. 如是
解之, 其義乃通. 但二南不應有刺, 盖漢儒撰出仁獸之名, 強配「麟趾」也.

「鵲巢」亦然. 何必取於鳩性之拙? 西[24]陵氏作爲蠶繰, 衣被天下, 可謂巧
過天孫. 『列女傳』亦以婦工與德幷稱. 自古婦女何嘗以拙爲美? 只不當干預
外事耳.

朱子論'有饛簋飧'之詩曰:"興有二義, 有一樣[25]全無義理者." 竊謂「兎罝」
之興, 當如是也. 盖詩人偶見野有兎罝而起興, 以美朝有賢才. 堯舜之盛, 猶
以野無遺賢爲美, 君子在野爲戒. 豈有干城之才, 在野置兎, 而得爲治世乎?
有如淮陰侯者, 釣於[26]城下, 此秦所以滅也.

🎋 평설

『시경』 국풍 주남 「관저關雎」를 해석할 때 흥의 의미를 천착해서 '저
구'의 속성과 연결시키는 설이 많았다. 주희는 『시집전』에서 저구는 조
화를 이루면서도 서로 정해진 짝이 있어 난잡하지 않다고 주장했다.
서포는 흥의 의미를 지나치게 천착해서 저구의 속성을 탐색하는 것은
옳지 않다고 보았다. 그리고 「추우」「작소」「토저」에 대해서도 주희의
『시집전』과는 다른 해설을 시도했다. 우선 「토저」에 대해서는 '추우'를

---

23) [교감] 次: 고려대본은 '末'로 되어 있다. 통문관본과 서울대본을 따른다.
24) [교감] 西: 통문관본은 '而'로 되어 있다. 고려대본과 서울대본을 따른다.
25) [교감] 樣: 고려대본과 통문관본은 '㨾'로 되어 있다. 서울대본을 따른다.
26) [교감] 於: 고려대본은 '魚'로 되어 있다. 통문관본과 서울대본을 따른다.

노래한 것 자체에 특별한 의리가 없다고 보았다. 이것은 주희가 흥에 두 가지가 있어서 '완전히 의리가 없는 것'이 있을 수 있다고 한 설을 확장시켜 적용한 것이다. 한편「추우」의 경우는 흥이 아니라 부賦의 수법을 사용했다고 논했다. 그리고「작소」에 대해서는「관저」와 마찬가지로 흥의 의미를 지나치게 천착해서는 안 된다고 주장했다. 서포는 주희의『시집전』에서 규정한 부·비·흥의 수사법 이론을 깊이 검토하고, 그 원리를 수용하여 시편의 수사 방식을 재론하고자 한 것이다.

송나라 범조우[1]의 딸은 "마음은 출입하지 않는다"[2]고 했다. 곧 『능엄경』에서 "마음은 안에 있지 않고 밖에 있지도 않다"[3]고 한 말과 같은 뜻이다. 그녀가 마음의 본체를 이해하지 못했다고 할 수는 없다. 그

---

1) 범조우(范祖禹): 북송의 유학자, 정치가. 자는 순부(淳夫).
2) 마음은 출입하지 않는다: 『심경부주心經附註』 권3 「맹자·우산지목장牛山之木章」에 보면 다음과 같은 기록이 있다. "범순부의 딸이 맹자의 조존장(操存章)을 읽고 말하기를, '맹자는 마음을 모르셨다. 마음이 어찌 출입이 있겠는가' 했는데, 이천선생은 그 말을 듣고 말씀하기를, '이 여자가 비록 맹자는 몰랐으나 도리어 마음은 안다'고 했다(范純夫之女, 讀孟子操存章曰: '孟子不識心, 心豈有出入.' 伊川先生聞之曰: '此女雖不識孟子, 却能識心.')."
3) 마음은~밖에 있지도 않다: 『능엄경楞嚴經』 권1에 다음과 같은 기록이 있다. "아난이 부처에게 아뢰어 말하기를, '세존이시여, 저는 듣자니 부처께서 문수 등 제법의 왕자들과 실상(實相, 진여眞如의 본체)을 논하실 때, 세존께서도 역시 마음은 안에 있지도 않고 바깥에 있지도 않다고 들었습니다. 저는 생각하건대 안으로는 볼 것이 없고 바깥은 알 수가 없습니다[있습니다]. 안으로 알 수가 없으므로 안에 있다는 것은 성립하지 않고, 몸과 마음이 서로 알므로 바깥에 있다는 것은 뜻이 성립하지 않습니다. 지금 알기 때문에 결코 안으로 볼 것이 없고, 마땅히 중간에 있습니다'(阿難白佛言, '世尊, 我亦聞佛與文殊等諸法王子, 談實相時, 世尊亦言, 心不在內, 亦不在外. 如我思惟, 內無所見, 外不相知[外又相知], 內無知故, 在內不成, 身心相知, 在外非義. 今相知故, 復內無見, 當在中間')."

러므로 정이는 그녀를 인정했으나,『맹자』를 알지 못하는 사람으로 여겼다.[4] 범조우의 딸은『맹자』에서 말한 바 '출입'[5]이란, 아난[6]이 마음을 방소方所에서 찾은 것과 같이, 마음이 들락날락하는 것을 말한 것이라고 오인한 것 같다. 그러므로 정이는 또 "마음이 어찌 출입이 있겠는가? 이 또한 잡거나 놓아두는 것으로 말한 것이다"[7]라고 했다.

주자는 "출입이 없다고 말하는 것도 하나의 의미이고, 출입이 있다고 말하는 것도 하나의 의미이다"[8]라고 했다. 내 생각에 이 말이 가장

---

4) 정이(程頤)는~사람으로 여겼다:『주자어류』권59에 이러한 기록이 있다. "범순부의 딸이 '마음에 어찌 출입이 있습니까'라고 하자, 이천(정이)은 '이 여자는 비록 맹자를 알지는 못하지만 마음에 대해 잘 안다'고 했다. 이 이야기는 사람들이 주목해야 한다. 맹자는 공자의 말을 인용해 '출입에 정해진 때가 없고, 그 향하는 곳을 알 수 없다'고 했는데, 이것은 별도 설이 있다. 이천은 '범순부의 딸이 마음에 대해 잘 안다고 하되, 마음은 도리어 알기 쉽지만 맹자의 뜻을 안 것은 아니다'라고 했다(范淳夫之女謂, '心豈有出入?' 伊川曰: '此女雖不識孟子, 却能識心.' 此一段說話, 正要人看. 孟子擧孔子之言曰: '出入無時, 莫知其鄕.' 此別有說. 伊川言: '淳夫女却能識心, 心却易識, 只是不識孟子之意')." 이것은『심경부주』에도 들어 있다.
5) 『맹자』에서 말한 바 '출입':『맹자』「고자告子·상」에 "공자께서 말씀하시기를 '잡으면 보존되고 놓으면 잃어서, 나가고 들어옴이 정한 때가 없으며 그 방향을 알 수 없는 것은 오직 사람의 마음을 두고 말한 것이다'라고 하였다(孔子曰: '操則存, 舍則亡, 出入無時, 莫知其鄕, 惟心之謂與')"라고 나온다. 주희는『집주』에서 "공자께서 말씀하시기를 '마음을 잡으면 여기에 있고, 놓으면 잃어버려서 그 출입이 정해진 때가 없으며 또한 정처(定處)가 없음이 이와 같다'고 하였는데, 맹자께서 이를 인용하여, 마음이 신명(神明)하고 측량할 수 없어 득실(得失)이 쉽고 보존하고 지킴이 어려워서, 잠시라도 그 기름을 잃어서는 안 됨을 밝히신 것이다(孔子言: '心, 操之則在此, 舍之則失去, 其出入無定時, 亦無定處如此.' 孟子引之, 以明心之神明不測, 得失之易而保守之難, 不可頃刻失其養)'라고 하였고, 또 정자(程子)의 말을 인용하여 "마음이 어찌 출입이 있으리오. 이 또한 마음을 잡음과 놓음을 가지고서 말씀했을 뿐이니, 마음을 잡는 방법은 경(敬)으로써 마음을 곧게 하는 것일 뿐이다(程子曰: '心豈有出入? 亦以操舍而言耳. 操之之道, 敬而直內而已)'라고 하였다.
6) 아난(阿難): 아난은 석가의 사촌 동생으로, 석가가 55세 때 그의 시자(侍者)로 추천되어 25년간 보좌하면서 가장 많은 설법을 직접 들었으므로 다문제일(多聞第一)이라 불린다. 그는 석가의 가르침에 대해 기억을 더듬어가며 "나는 이렇게 들었다. 어느 때 붓다께서는……"이라는 말을 시작으로 암송하면, 여러 비구들은 아난의 기억이 맞는지를 확인해 잘못이 있으면 정정한 뒤 모두 함께 외웠고 그래서 경(經)이 결집되었다고 한다.
7) 마음이~말해야 한다: 각주 5)를 참조할 것.
8) 출입이 없다고~하나의 의미이다:『주자어류』권59에 관련 논의가 있다. "도부(道夫)는 이렇게 말했다. '일찍이 자앙(子昻)과 마음에는 출입이 없다는 문제를 논했는데, 자앙은 마음이 너무나 커서 안팎이 없으므로 정말로 출입이 없다고 했습니다. 저는 마음이 보존되고 없어지고

곡진하게 표현한 것이다. 범조우의 딸은 단지 한 부분의 의미만 이해
했을 뿐이다.

그런데 주자는 또 "이 여인은 일찍이 고생한 적이 없기 때문에 다른
사람들에게는 마음의 출입이 있다는 것을 몰랐다"[9]고 해설하였다. 이
는 범조우의 딸의 뜻을 제대로 지적한 것이 아닐 뿐만 아니라 정이의
뜻과도 맞지 않는 것 같다. 계곡 장유도 이를 의심한 적이 있었다.[10]
송나라 사대부 가운데에는 선학禪學. 선불교의 학문을 숭상하는 자들이 있었
으므로 부녀자들 중에도 왕왕 지혜로운 자가 있었다. 정자정이의 집안
에도 지혜로운 여자가 많았으니, 아마도 선문禪門에서 터득한 자들일

하는 것은 내려놓거나 잡거나 하였기 때문이지, 정말로 출입이 있는 것이 아니라고 생각하였
습니다.' 주회가 말했다. '출입이 있다고 하더라도 하나의 의미가 있고, 출입이 없다고 하더라
도 역시 하나의 의미가 있다. 다만 지금은 공부자의 말씀을 기준으로 찾아본다면, 공부자는
분명히 출입에 정해진 때가 없다'고 했고, 또 나 스스로 지금 여기에서 골골몰몰하고 있는 것
을 보면 이것이 출입이 아니고 무엇이겠는가? 오로지 신명(神明)스럽고 헤아리기 어려우므로
출입이 있는 것이고, 바로 출입할 수 있기에 신명스럽고 헤아리기 어려운 것이다'(道夫言: '嘗
與子昻論心大無外, 固無出入. 道夫因思心之所以存亡者, 以放下與操之之故, 非眞
有出入也.' 曰: '言有出入, 也是一箇意思, 言無出入, 也是一箇意思. 但今以夫子之言求之, 他分明道
出入無時. 且看自家今汩汩沒沒在這裏, 非出入而何? 惟其神明不測, 所以有出入, 惟其能出入, 所以
神明不測')."
9) 이 여인은~몰랐다: 『주자어류』 권59에 관련 논의가 있다. "인심은 전경(前境)에 따라 무시로
드나든다. 만일 하나의 물(物)을 보면 마음은 곧 바깥에 있고, 다 보고 나면 곧 이곳에 있다.
물(物)을 따르는 것은 곧 뜬생각이니 이 본심은 그 뜬생각이 그치면 곧 여기에 있다. 사실 본
심은 드나들지 않으나, 다만 사람들에게 드나듦을 알리고자 하기 때문에 그렇게 말할 뿐이다.
드나듦이 없는 것도 한 부류의 사람이고 드나듦이 있는 것도 한 부류의 사람이다. 그렇기에
정이는 범순부의 딸이 마음은 알았지만 맹자는 몰랐다고 한 것이다. 이 여인은 정녕 완전하고
실되어서 마음이 어지럽지 않으므로 드나듦이 없다고 했지만, 다른 사람들에게는 드나듦이
많다는 사실을 몰랐다. 그것은 마치 병 없는 사람이 남의 질병과 고통을 모르는 것과 같다(人
心緣境, 出入無時. 如看一物, 心便在外, 看了卽便在此. 隨物者是浮念, 此是本心, 浮念斷, 便在此.
其實不是出入, 但欲人知出入之故耳. 無出入是一種人, 有出入是一種人. 所以云淳夫女知心而不知
『孟子』. 此女當是完實, 不勞攘, 故云 '無出入', 而不知人有出入者多, 猶無病者不知人之疾痛也)."
10) 계곡(谿谷) 장유(張維)도~의심한 적이 있었다: 장유는 정이의 말에 동조하고 주회의 말에
의문을 제시했다. 『계곡선생만필谿谷先生漫筆』 권1 「정이천과 주자가 인심의 출입 문제를 논
함川朱子之論人心之出入」에 나온다.

것이다.

〔주자는 "두 정씨는 앞서 병이 들었다가 뒤에 나았다"고 했다.[11] 생각건대 그들이 병이 낫지 않았을 때는 모두 선을 말한 것 같다.〕

范女心無出入之說, 卽『楞嚴』"心不在內, 亦不在外"之意. 其於心之本體, 不爲無見, 故程子許之, 而以爲不識孟子者. 范女蓋誤認孟子所謂出入, 亦如阿難之以方所求之也. 故程子又曰: "心豈有出入, 亦以操捨言之."

朱子曰: "言無出入, 也是一箇意思. 言有出入, 也是一箇意思." 竊謂此言最爲盡之. 范女蓋只見得一邊意思耳.

朱子又有'此女未嘗勞攘, 故不知人有出入'之說. 此則非但不是范女之意, 亦恐與伊川之旨不合. 張谿谷蓋嘗疑之矣. 有宋士大夫, 崇尙禪學, 故婦女往往有慧解者. 程子家中, 亦多慧女, 蓋有得於禪門者也.

〔朱子謂: "兩程先病後瘳", 想其未瘳時, 大家說禪.〕

🌿 평설

『맹자』「고자·상」의 '우산지목장'은 마음의 문제에 관해 다음과 같이 논했다.

제나라 우산의 수목은 일찍이 아름다웠으나 도심의 외곽 지대에 있었기 때문에 도끼를 들여넣어 그 나무들을 베었으니 아름다워질 수 있겠는가? 이러한 상황에서도 밤낮으로 자라나고 비 이슬이 적셔주어 싹조차 자라지 못한 것은 아니지만, 소나 양을 거기다 방목하여 저처럼 밋밋

---

11) 주자는~했다: 주희가 정윤부(程允夫)에게 답한 편지에 나온다. 자세한 내용은 뒤의 상-80 참조.

해져버렸다. 사람들은 우산의 밋밋해진 모습만 보고 여기에는 일찍이 쓸 만한 재목이 없다고 간주해버리니, 이것이 어찌 우산의 본래 모습이었겠는가? 사람에게 보존되어 있는 것도 어찌 인의의 마음이 없다고 할 수 있겠는가마는, 사람이 양심을 놓아버린 것이 마치 도끼로 산의 나무를 날이면 날마다 베어가는 것과 같으니, 산의 나무가 아름다울 수 있겠는가? 밤낮으로 자라나는 바와 새벽녘의 맑은 기운에 좋아하고 미워하는 것이 보통 사람과 엇비슷한 것이 거의 드문데, 아침과 낮의 행위가 질곡을 주어 그 기운을 망하게 하니, 질곡을 주는 것이 반복되면 밤에 자라났던 야기夜氣, 밤의 깨끗하고 조용한 마음를 보존할 수 없게 되고, 야기를 보존할 수 없게 되면 금수와 차이가 크지 않을 것이다. 사람들은 금수 같은 상태를 보고, 그 사람이 애당초 재질材質이 있지 않았다고 여기니, 이것이 어떻게 사람의 실정實情이겠는가? 따라서 정말로 올바르게 양성한다면 어떤 사물이든 자라나지 못할 것이 없고, 올바르게 양성할 수 없으면 어떤 사물이든 사라지지 않을 것이 없다. 공자는 "붙들면 있고 놓으면 사라져서 출입이 정해진 때가 없으며, 그 방향을 알 수 없는 것은 오직 사람의 마음을 두고 말하는 것이리라!"고 하셨다.

이 문제와 관련해서 장유는 「이천과 주자가 인심의 출입 문제를 논함伊川朱子之論人心之出入」이라는 논문을 남겼다.

"잡아두면 보존되고 놓아버리면 잃어서, 시도 때도 없이 들락거리면서 그 방향을 알 수 없는 것은 오직 사람의 마음을 두고 말한 것이다."
이것은 공자가 한 말인데, 맹자가 이를 인용해서 사람의 마음을 논했다. 범조우의 딸이 『맹자』의 조혼장을 읽고서, "맹자는 마음을 알지 못했다. 마음이 어찌 출입이 있겠는가"라고 했다. 이천선생이 이 말을 듣고 "이 여자가 『맹자』는 알지 못했지만 마음은 제대로 알았다"고 했다.

주희는 "범조우의 딸이 마음은 알았지만 『맹자』는 알지 못했다. 이 여자는 마음이 실되어 혼란스럽지 않았기 때문에 출입이 없다고 말한 것인데, 다른 사람에게는 출입이 있다는 사실을 몰랐다. 이는 병에 걸리지 않은 사람이 남의 고통을 알지 못하는 것과 같다"고 했다.

나는 일찍이 이런 설들을 읽어보고 이천의 말이 정밀하고 적절한 점에 탄복하는 동시에, 주희의 말에 대해서는 의아해하지 않을 수 없었다. 무릇 마음이 출입한다는 말은 마음이 고요할 때도 있고 움직일 때도 있음을 말한 것일 따름이다. 나간다고 해서 어찌 안을 떠나서 밖으로 간 적이 있겠는가. 들어온다는 것도 저쪽에서 이쪽으로 들어오는 것이 아니다. 마음이 일어나고 사라지고 천번 만번 변한다 해도 본디 이 방촌方寸. 마음. 사방 한 치의 표기임을 벗어나는 것이 아니므로 실제로 나가고 들어오는 일이 있는 것은 아니다. 그래서 정자가 말하기를, "마음이 어찌 출입하겠는가? 이 또한 맹자가 마음을 잡음과 놓음을 가지고서 말한 것일 뿐이다"라고 했으니, 이는 참으로 체험에서 우러나온 절실한 말이라 하겠다. 그리고 범조우의 딸이 말한 뜻도 이와 같기는 하다. 하지만 『맹자』를 활간活看하지 못하고 그 문자에만 집착해서 참 의도를 파악하지 못했기 때문에 정자는 그녀에 대해 "맹자를 알지 못했다"고 한 것이다. 그런데 주희는 "범조우의 딸이 자기에게 혼란스러움이 없었기 때문에 다른 사람들의 경우 마음이 출입함이 있음을 모른 것이다"라고 했다. 이것은 사람의 마음이 실제로 출입한다고 여긴 것이다. 이는 맹자가 말하고자 한 본래 뜻이 아닐 듯하고, 정자의 말과도 다른 듯하다. 그리고 자신에게 혼란스러움이 없기 때문에 다른 사람의 마음이 출입하는 것을 알 수 없다고 한다면, 태어나면서부터 알고 편안한 마음으로 실천해가는 성인의 경우는 인심人心과 물태物態. 물질의 형태가 진실인지 거짓인지를 끝내 두루 알지 못할 것이다.

서포는 범조우의 딸이 "마음은 출입하지 않는다"고 말한 설이 『능엄경』에 근거한 것이라 지적하고 그 설이 비록 마음의 문제에 대해 정밀한 설명을 했다고 할 수는 없으나 일정한 평가를 받을 만하다고 보았다. 그리고 송나라 때는 사대부들이 선사상禪思想을 숭상했으므로 사대부 여성 가운데는 지혜로운 여성들이 많았다고 했다. 불교 가운데서도 선사상이 인간의 마음을 이해하는 데 크게 기여했다고 본 것이다.

인심도심설

상—65

주자의 『중용장구』[1] 서문에 "인심人心이 도심道心으로부터 명령을 들
으면"[2]이라고 했는데, 이 말 한 마디가 가장 이해하기 어렵다. 앞에서

---

1) 『중용장구中庸章句』: 주희의 「중용장구서中庸章句序」에 따르면, 공자의 손자이기도 한 자사(子
思, BC 483~BC 402)가 도학(道學)이 제대로 전해지지 않을까 걱정하는 마음에서 『중용』을
지었다고 했다. 『중용』은 『예기』의 한 편이던 것이 송나라 때 이르러 단행본이 된 것이다. 당
시 일부 학자들은 『중용』이 선학(禪學)의 내용과 일치하는 부분이 있다는 이유로 불교 경전이
라 여기기도 했으나, 정이(程頤)는 중용의 중(中)을 '불편(不偏, 한쪽에 치우치지 않음)'으로
풀이하고 용(庸)을 '불역(不易, 바꾸어 고치지 않음)'으로 해석하여 유가 경전으로서의 입지를
공고히 했다. 그 뒤 주희는 주석서인 『중용장구』를 지어 장구를 나누었다. 『중용』의 첫 구절
"天命之道性, 率性之謂道, 修道之謂教"는 성리학적 논리를 정립하는 데 절대적 역할을 했다.
2) 인심(人心)이~명령을 들으면: 주희는 「중용장구서문」에서 "정(精)은 인심과 도심의 두 가지
사이를 살펴 섞이지 않게 하는 것이요, 일(一)은 본심의 올바름을 지켜 잃지 않게 하는 것이
니, 이에 종사하여 조금도 간단(間斷)함이 없어, 반드시 도심으로 하여금 일신(一身)의 주가
되게 하고 인심이 매양 명령을 듣게 하면, 위태로운 것이 편안하게 되고 은미한 것이 드러나
게 되어 동정(動靜)과 말하고 행동하는 것이 저절로 과불급의 잘못이 없게 될 것이다(精則察
夫二者之間而不雜也, 一則守其本心之正而不離也. 從事於斯, 無少間斷, 必使道心常爲一身之主, 而
人心每聽命焉, 則危者安, 微者著, 而動靜云爲, 自無過不及之差也)"라고 하였다. 뒤에서 서포는 주
희가 이른 바 도심을 의리지심(義理之心, 의리에 맞는 마음)으로, 인심을 발어형기자(發於形氣
者, 형기에서 발한 마음)로 이해할 것을 제안하고 있다. 한편 인심·도심설은 그 말이 『서경』에

"마음의 허령지각[3]은 하나일 뿐이다"[4]라고 했으니, 도심과 인심이 어찌 두 가지 마음이겠는가?[5] 이를 임금에 비유하면, 도심은 마치 임금이 조정에 나가 정사를 보거나 강론하는 때와 같고, 인심은 잔치하는 동안이거나 한가롭게 놀며 즐기는 때와 같으니, 실제로는 한 사람의 몸이다. 만약 인심이 도심으로부터 명령을 듣는다면, 이것은 잔치를 하는 임금이 조정 보는 임금에게 명령을 듣게 하려는 것과 다름없다. 바야흐로 그가 명령을 들을 때 한 사람인지, 두 사람인지 모르겠다.

지금 이것을 두고, "반드시 의리義理에 맞는 마음을 항상 온몸의 주인으로 삼아서, 형기形氣에서 때때로 발[6]하는 것이 의리로부터 명령을 듣지 않는 것이 없게 한다"이라고 풀이한다면[7] 다소 분명해 보일 듯하

서 유래한다. 곧, 『서경』「우서·대우모大禹謨」에 보면, 순임금이 "인심은 위태로우며 도심(道心)은 은미하니 오로지 정밀히 하고 한결같아야 진실로 중(中)을 잡을 수 있다(人心惟危, 道心惟微, 惟精惟一, 允執厥中)"라는 말을 우임금에게 전했다고 한다. 이에 대해 주희는 "반드시 도심으로 하여금 일신의 주장을 삼고 인심이 매양 명령을 듣게 하면, 위태로운 것이 편안하게 되고 은미한 것이 드러나게 되어 저절로 과불급(過不及, 능력 따위가 지나치거나 미치지 못함)의 잘못이 없을 것이다(必使道心常爲一身之主, 而人心每聽命焉, 則危者安, 微者著, 而動靜云爲自無過不及之差矣)"라고 했다.

3) 허령지각(虛靈知覺): 주희는 「중용장구서」에서 "허령은 마음의 본체요, 지각은 마음의 쓰임이다(虛靈心之體, 知覺心之用)"라고 했다.

4) 마음의~하나일 뿐이다: 주희의 「중용장구서」에, "대개 일찍이 논하기를 마음의 허령지각은 하나일 뿐이다(蓋嘗論之, 心之虛靈知覺, 一而已矣)"라고 했다.

5) 도심과 인심이~마음이겠는가: "허령지각은 하나일 뿐이다"는 말에 이어서, 주희는 이렇게 논했다. "인심과 도심의 다름이 있는 것은, 하나(인심)는 형기(刑氣)의 사(私)에서 나오고 하나(도심)는 성명(性命, 인성과 천명)의 올바름에서 근원해 지각이란 것이 같지 않기 때문이다. 인심과 도심의 두 가지 마음이 한치 사이에 섞여 있어서 다스릴 바를 알지 못하면, 위태로운 것은 더욱 위태로워지고, 은미한 것은 더욱 은미해져서 천리(天理)의 공변됨이 끝내 인욕(人欲, 사람의 욕심)의 사사로움을 이기지 못할 것이다(以爲有人心道心之異者, 則以其或生於形氣之私, 或原於性命之正, 而所以爲知覺者不同. 二者雜於方寸之間, 而不知所以治之, 則危者愈危, 微者愈微, 而天理之公卒無以勝夫人欲之私矣)."

6) 때때로 발(發): 『중용』에서는 "희로애락이 '발'하지 않음을 일컬어 중(中)이라 하며, '발'해서 모두 절도에 맞음을 일컬어 화(和)라고 하는데, 중이라는 것은 천하의 큰 근본이요, 화라는 것은 천하의 달도(達道, 보편적 도)이다(喜怒哀樂之未發謂之中, 發而皆中節謂之和, 中也者天下之大本也, 和也者天下之達道也)"라고 했다.

나, 주자의 의도가 과연 이와 같은지는 알 수 없다.

대개 사람의 몸 안에서는 두 가지 마음이 있는 것 같을 때가 있게 마련이다. 방편[8]적으로 입언立言. 논리를 세워 언술함해서 사람들을 쉽게 깨닫도록 하는 것 역시 하나의 방법이다. 그 방편이란 석씨釋氏의 "마음으로 마음을 살핀다"는 설인데, 이것은 본시 이미 주자에게 배척당했던 것이다.[9] 마음으로 마음을 살핌은 자기 마음으로 자기 마음을 스스로 검

---

7) 의리(義理)에 맞는~풀이한다면: 서포의 인심 도심 이해는 마음의 발(發)에 두 근원을 인정하지 않는다는 점에서 율곡의 성리설과 그 맥락을 같이한다. 율곡은 「우계 성혼에게 답하는 첫 번째 편지答成浩原其一」에서 "마음은 하나인데 도심이라고 하고 인심이라고 하는 것은 성명(性命)과 형기(形氣)의 구별이 있기 때문입니다. 정(情)은 하나인데 사단이라고도 하고 칠정이라고도 하는 것은 사단은 오로지 리(理)로써 말한 것이고 칠정은 기(氣)를 겸하여 말한 것이기 때문입니다. 그러므로 인심과 도심은 서로 겸할 수 없으며 서로 종시(終始)가 될 뿐입니다(心一也, 而謂之道謂之人者, 性命形氣之別也. 情一也, 而或曰四或曰七者, 專理兼言氣之不同也. 是故人心道心, 不能相兼而相爲終始也)"라고 했고, 「우계 성혼에게 답하는 두번째 편지答成浩原其二」에서 "인심과 도심은 비록 두 이름이나 그 근원은 다만 한 마음입니다. 그 발함이 혹은 의리(義理)가 되고 혹은 식색(食色)이 되므로, 그 발하는 것에 따라서 그 이름을 달리하는 것입니다(人心道心雖二名, 而其原則只是一心. 其發也, 或爲理義, 或爲食色, 故隨其發而異其名)"라고 했다. 율곡은 이와 같이 주희가 「중용장구서」에서 이른 바 "인심은 형기(形氣)의 사(私)에서 나오고 도심은 성명(性命)의 올바름에서 근원한다(或生於形氣之私, 或原於性命之正)"의 '혹 생혹원(或生或原)'이 마음이 발생하는 두 가지 소종래(所從來)를 말하는 것이 아니라는 입장을 취하였다. 다만 서포는 이것이 주희의 뜻과 합치하는지 아닌지에 대해서는 유보적인 입장을 취했다.

8) 방편(方便): 상황에 다른 일시적인 수단과 방법. 중생을 깨달음으로 인도하기 위해 일시적인 수단으로 설한 가르침. 방편설법(方便說法)이라고 하면, 참 진리를 직접 말하지 않고 수행자의 능력에 맞추어 임시방편으로 하는 설법을 말한다. 『법화경』에 따르면 수행자의 현실태(機根)에 즉응(卽應, 곧바로 응함)해 가르쳐온 가르침은 모두 방편이어서, 진실로는 일불승(一佛僧, 부처가 되는 유일한 가르침)밖에 없다는 점을 애초부터 전제하고 있다.

9) 주자에게 배척했던 것이다: 관련 내용은 『주자어류』 권100 「소자지서邵子之書」에 보인다. 주희는 오인걸(吳人傑, 혹은 吳仁傑)과 함께 소강절(邵康節)의 학문에 대해 논하면서 소강절이 "도(道)로써 성(性)을 살피고 심(心)으로써 신(身)을 살피고 신으로써 물(物)을 살피면 다스려지기는 다스려지나 여전히 해가 됨을 면하지 못한다. 이는 도로써 도를 살피고 성으로써 성을 살피고 심으로써 심을 살피고 신으로써 신을 살피고 물로써 물을 살피는 것만 같지 않으니, 비록 서로 상하게 하려 해도 그것이 가하겠는가? 그렇다면 가(家)로써 가를 살피고 국(國)으로써 국을 살피고 천하로써 천하를 살피는 것 또한 이로 말미암아 알 수 있는 것이다"라고 언급한 것에 대해 도로써 도를 살피고 성으로써 성을 살핀다는 등의 설은 병통이 없다고도 할 수 없고 그렇다고 병통이 있다고도 할 수 없다고 하였고, 천하로써 천하를 살핀다는 등의 설은 노자에서 나온 것이라고 하였다.

속한다는 것이다. 인심이 도심으로부터 명령을 듣는다는 것은 자기 마음이 자기 마음으로부터 검속받는다는 것인데, 그 둘이 서로 차이가 있다고는 보이지 않는다.

「中庸序」"人心聽命於道心"一語, 最爲難讀. 夫旣曰"虛靈知覺一而已矣", 則道心 · 人心豈是[10]二心? 譬之人主, 則道心如人主之視朝開講時, 人心如燕閒游衍時, 其實一人之身. 若使人心聽命於道心, 則是無異於欲令燕閑之人主聽命於視朝之人主. 方其聽命時, 未知爲一人耶, 抑二人耶?

今若解之曰: "必使義理之心常爲一身之主, 而其有時發於形氣者, 亦莫不聽命於義理"云, 則頗似分曉. 未知文公之意, 果如是否?

大抵人之一身之內, 有若有二心時, 方便立言, 取人易曉, 是亦一道. 而此乃釋氏"以心觀心"之說, 固已見斥於朱子矣. 以心觀心者, 以其心自檢其心也. 人心聽命於道心者, 以其心受檢於其心也, 未見其有異同也.

🍃 평설

서포는 불교의 정혜법문定慧法門, 열반에 드는 삼학三學 가운데 두 가지을 높이 평가했다. 당대의 유학자들이 불교를 이단이라고 배척하지만, 서포는 주희의 시대에 마음에 관한 유학의 설은 불교의 영향을 받았으므로 불교를 무조건 배척해서는 안 된다고 보았다.

그렇다고 서포가 불교를 추수追隨, 남을 붙좇아 따름한 것은 아니다. 서포는 불교와 유교의 연관 접점을 모색했다. 이 항에서는 불교의 "마음으로 마음을 살핀다"는 설과 성리학의 "인심이 도심으로부터 명령을 받는

10) [교감] 是: 통문관본은 '有'로 되어 있다. 고려대본과 서울대본을 따른다.

다"는 설은 근본적으로 차이가 없다고 논했다.

서포는 어머니를 통해 불교에 접했고, 그 접촉을 통해 불교에 대한 긍정적 인식을 가지게 된 듯하다. 또한 서포는 유불 절충론자와 사유 방법 면에서 공통성을 지니기도 했다. 그 당시 유불 절충론자로서 대표적인 인물이 신유한申維翰, 1681~1752. 자는 주백周伯, 호는 청천靑泉이다.

북송 명인들의 지감과 그 한계

상—66

　소순[1]은 "인정에 가깝지 않은 것은 크게 간사하지 않은 것이 거의 없다"[2]고 했다. 명도선생 정호[3]는 사람이 정좌靜坐한 것을 보고 그가 학문을 잘한다고 칭찬했다.[4] 공자·맹자 이후에 사람을 보는 방법으로

---

1) 소순(蘇洵, 1009~1066): 자는 명윤(明允), 호는 노천(老泉). 소식(蘇軾)의 부친. 앞에 나왔다.
2) 인정(人情)에~거의 없다:『당송팔대가문초唐宋八大家文鈔』권111「변간론辨姦論」에 나온다. 소순은「변간론」을 지어 왕안석을 비판했는데, 그 주지(主旨)는 이렇다. "행사가 인정에 가깝지 않은 자치고 크게 간사하지 않은 자가 드무니, 수조·역아·개방과 같은 이들이 바로 그러한 자들이다. 세상의 명성을 이용해 그 흑심을 감추고 있으면, 선정(善政)을 기대하는 군주, 인재를 소중히 여기는 재상들이라도 오히려 그를 등용할 것이며, 그렇게 되면 그는 의심할 바 없이 반드시 천하의 환란이 될 것이니, 이는 비단 왕연(王衍)과 노기(盧杞)에 비할 바가 아니다(凡事之不近人情者, 鮮不爲大姦慝, 豎刁·易牙·開方是也. 以蓋世之名, 而濟未形之惡, 雖有願治之主, 好賢之相, 猶將擧而用之, 則其爲天下之患, 必然而無疑者, 非特二子之比也)."
3) 정호(程顥, 1032~1085): 송나라 낙양(洛陽) 사람으로, 세상에서 명도선생(明道先生)이라 불렸다. 자는 백순(伯淳). 동생 정이(程頤)와 함께 이정(二程)이라 일컬어졌다.
4) 명도선생~칭찬했다:『정씨외서程氏外書』제12「상채어록上蔡語錄」에 보면, 명도선생 정호는 제자들에게 자신의 말만 배우지 말고 마음과 말이 상응하도록 정좌해야 한다고 가르쳤다. 이천선생(伊川先生) 정이 역시 정좌하고 있는 사람을 볼 때마다 그가 학문을 잘한다고 칭찬했다고 나온다. "사현도(謝顯道)가 부구(扶溝)에서 명도선생을 모시고 있었는데, 하루는 명도선생이 그에게 이렇게 말했다. '너희들이 여기서 나를 따르는 것은 다만 나의 언어를 배우는 것일

이보다 좋은 것은 없다. 그러나 소식은 소순의 방법을 썼다가 이천 정이를 잘못 평가했고,[5] 구산 양시[6]는 명도선생의 방법을 썼다가 육당[7]을 잘못 평가했다.[8] 소순과 정호 두 분이 전한 바는 그저 그 껍질뿐인 것인가?

비록 그렇지만 왕안석[9]이 자기를 알아주는 군주를 만나지 않았다면 후세 사람들은 마땅히 그를 이천과 나란히 존경했을 것이고, 육당이 적당(賊黨)에 빠지지 않았다면 그 역시 『이락연원록』[10]에 등록되는 인물이 되었을 것이다.[11]

따름이다. 그러므로 마음을 배우는 것이 입과 호응하지 않는다. 어찌 실행을 하지 않느냐?' 사현도가 그 뜻을 더 여쭙자, '정좌하라. 이천은 사람들이 정좌하는 것을 보면 번번이 그가 학문을 잘한다고 감탄했다'고 말했다."

5) 이천 정이를 잘못 평가했고: 『송명신언행록宋明臣言行錄』 외집(外集) 권3에 사건의 전말이 자세히 보인다. 소식의 상주문(上奏文)에 보면, "신(臣)은 평소 정(程) 아무개의 간사함을 미워했습니다"라고 했다. 국기(國忌, 군주와 관련된 기일忌日)에 향(香)을 올리는데, 정이가 소찬(素饌)을 올리게 하자, 소식이 "정숙(正叔, 정이)은 부처를 좋아하지 않거늘 어째서 소찬을 드시는가"라고 힐난했다. 정이는 "예법에 보면 상례를 치를 때는 술을 마시지 않고 고기를 먹지 않는다고 했소. 기일은 상(喪)을 기억하는 날이오"라고 했다.

6) 양시(楊時, 1053~1135): 송나라 남검주(南劍州) 사람. 자는 중립(中立). 만년에 구산(龜山)에 은거하여 구산선생으로 불린다.

7) 육당(陸棠): 양시의 제자. 『상촌집象村集』 권42 외집(外集) 「휘언彙言·2」에 "대현(大賢)의 문하에서 노닐었으면서도 소인이 되는 것을 면하지 못했던 자는, 순경(荀卿)에게 배운 이사(李斯), 정자(程子)에게 배운 형서(邢恕), 구산의 문인이었던 육당이다"라고 했고, 다시 『상촌집』 권53 「구정록求正錄」에 "육당 같은 적(賊)을 정문(程門)에서 한때 공경의 자세를 잘 지킨 사람이라고 지목하기도 했다(陸棠賊而程門目以持敬)"고 했다. 이상의 언급으로 봐서 육당은 구산선생의 제자였다가 나중에 반역한 자임을 알 수 있다.

8) 육당을 잘못 평가했다: 육당은 공부할 때 용모를 장엄하게 하고 단정히 앉아 외부의 움직임에 동요하지 않는 것으로 명성을 얻었다. 이를 양구산(楊龜山)이 믿고 사위로 삼았으나 후에 범여(范汝)가 반란을 일으킬 때 참가했다.

9) 왕안석(王安石, 1021~1086): 북송(北宋)의 정치가·학자로, 강서성 임천(臨川) 사람. 자는 개보(介甫), 호는 반산(半山). 인종(仁宗) 때 만언서(萬言書)를 올려 변법(變法)을 주장하고, 신종(神宗) 때 신법(新法)을 시행해 대대적인 개혁을 시도했다. 저서에 『주관신의周官新儀』 『임천집臨川集』 등이 있다.

10) 『이락연원록伊洛淵源錄』: 『연원록淵源錄』이라고도 한다. 모두 20권이다. 주희가 지은 것으로, 주돈이(周敦頤)로부터 정호·정이에 이르는 교유와 그 제자들의 언행을 수록해서 주자학의 도통을 천명했다.

蘇明允謂: "不近人情者, 鮮不爲大奸." 明道先生見人靜坐, 稱其善學. 孔
孟之後, 觀人之法, 莫良於此. 然而子瞻用之, 失之於伊川, 龜山用之, 失之
於陸[12]棠, 豈二公所傳者, 特其糟粕也?

雖然使介甫不遇知己之主, 後人當與伊川竝尊, 陸[13]棠不陷於建賊, 是亦
『淵源錄』中人也.

🌿 평설

사람을 보는 방법에 관한 서포의 단상斷想이 드러난다.

소순은 사람을 볼 때 인정이 없는 자는 간사한 자라고 여겨「변간
론」에서 왕안석을 공개적으로 비판했다. 이는 왕안석 반대파의 공감을
얻었다. 하지만 소순의 아들인 소식은 그 방법으로 정이를 평가해서
정이를 간사한 자라고 공격했다. 그런데 정이는 존경받는 학자였기 때
문에, 소식은 훗날 주희 등에게 비난을 받았다.

또한 정호는 제자들에게 정좌하라고 가르쳤고, 정이 또한 그것을 보
고 "학문을 잘한다善學"고 평가했다. 양시는 제자 중 정좌를 잘하는 육
당을 칭찬하고 사위까지 삼았으나, 육당은 양시를 배신했다.

11) 비록 그렇지만~되었을 것이다: 같은 소순의「변간론」에 "내가 보건대 왕연(王衍)의 사람됨
   은 용모와 언행이 진실로 세상을 속이고 명예를 훔침이 있었으나, 그러나 남을 해치지 않고
   남의 것을 탐하지 않았으며 만물과 함께 부침(浮沈)하였으니, 만약 겨우 중주(中主)에 미쳤던
   혜제(惠帝)가 없었다면 비록 왕연이 백 명 천 명이 있었던들 무엇을 바탕으로 삼아 천하를 어
   지럽혔겠는가? 노기(盧杞)의 간사함은 진실로 나라를 전패시키기에 족했지만, 그러나 배우
   지 못하고 문채가 없어 용모는 다른 사람을 움직이기에 부족하였고 언어는 세상을 속이기에
   부족하였으니, 덕종(德宗)이 비루하고 어리석지 않았다면 무엇을 바탕으로 삼아 용사(用事)
   하였겠는가(以吾觀之, 王衍之爲人, 容貌言語, 固有以欺世而盜名者, 然不忮不求, 與物浮沈, 使晉
   無惠帝, 僅得中主, 雖衍百千, 何從而亂天下乎? 盧杞之姦, 固足以誤國, 然而不學無文, 容貌不足以
   動人, 言語不足以眩世, 非德宗之鄙暗, 亦何從而用之)"라고 나오는 것을 염두에 두고 한 말이다.
12) [교감] 陸: 고려대본은 '六'으로 되어 있다. 통문관본, 서울대본, 연민문고본을 따른다.
13) [교감] 陸: 고려대본은 '六'으로 되어 있다. 통문관본, 서울대본, 연민문고본을 따른다.

소순이 「변간론」을 적어 비난했던 왕안석도 신종이 등용해서 정권을 잡지만 않았어도 그 자질만으로 충분히 존경받는 인물이 되었을지 모른다. 또 정좌를 잘했던 육당이 적의 무리와 손잡지 않았더라면 『이락연원록』에 정이의 훌륭한 제자로서 이름이 올랐을 것이다.

모두 지난 사실을 두고 결과론적으로 해석한 것이기는 하지만, 사람을 올바로 평가하는 것의 어려움과 시대의 구미口味, 입맛에 적용하기 힘든 처세의 문제를 논한 것이기도 하다.

　명도선생 정호程顥는 "원풍元豊[1]의 옛 관리들과 함께 일을 해야 한다"
고 말했다. 주자는 여조겸[2]에게 보낸 서찰에서 "이것이 바로 성현의
마음씀이요 의리의 공정함이니, 잠시 속임수로 일을 처리하려는 것이
아니다"[3]라고 했다. 그러나 『주자어류』에서 『주역』의 함괘[4]를 논할 때

---

1) 원풍(元豊): 송나라 신종(神宗)의 연호(1078~1085). 당시는 왕안석(王安石)이 좌천되어 지방
　에 있었으나 여혜경(呂惠卿)·한강(韓絳) 등이 그의 뜻을 이어 계속해서 신법(新法)을 시행하
　고 있었다.
2) 여조겸(呂祖謙, 1137~1181): 절강성 금화(金華) 사람. 자는 백공(伯恭), 호는 동래(東萊).
3) 이것이 바로~것이 아니다: 『회암집晦庵集』 권35 「여백공에게 답해 연원록을 논함答呂伯恭論
　淵源錄」에 나온다. "명도선생은 이렇게 말했네. '원풍 대신과 함께 정사를 관장하여야 하니,
　이 일은 어제 이미 논했지만, 역시 미진한 부분이 있다.' 지금 이 일을 상세히 살펴보니, 바로
　성현의 용심(用心)이요, 의리의 정대함이지, 그저 권계와 속임수로 구차하게 일시적으로 일
　을 구제해보려 한 것이 아니었다. 대개 이천(정이)의 기상이 명도(정호)와는 다르기 때문에
　변화와 인재를 논하는 데에도 역시 이러한 뜻이 있었던 것이다(明道言: '當與元豊大臣共政, 此
　事昨來已嘗論之, 然亦有未盡.' 今詳此事, 乃是聖賢之用, 義理之正, 非姑爲權謀, 苟以濟事於一時也.
　蓋伊川氣象, 自與明道不同, 而其論變化人材, 亦有此意)."
4) 함괘(咸卦): 『주역』 「함괘」(艮下兌上 ䷞)의 육이(六二) 효사(爻辭)에 "장딴지에 먼저 느껴 망령
　되이 행동한다면 흉하다(咸其腓, 凶)"고 했다. 함괘는 남녀, 부부의 감응관계를 상징한다.

는 곧바로 이를 '술책을 쓰는 것'이라 말했고 심지어 '눈을 가리고 참새를 잡는 것'이라고까지 비방했다.[5] 두 주장은 상반되니, 후학들은 어느 것을 따라야 하겠는가?

내 생각에 정호는 본래 왕안석과 함께 일하다가 크게 패한 뒤에 갈라졌다. 즉 여회[6]와 소식[7] 등 여러 사람이 처음부터 형서[8]와 대립했던 것과는 다르다. 정호의 말에서는 이와 같지 않을 수 없었고, 또 이와 같지 않을 수도 없었던 것이다. 『주자어류』의 내용은 실로 온당하지 못한 듯하다. 하지만 주자의 서찰 또한 그를 떠받드는 것이 너무 심했으니, 이는 정호가 후세 사람들에게 기대했던 바가 아닐 것이다.

주자는 정윤부程允夫에게 답한 서찰에서 "소철[9]이 재상자리를 차지하

---

5) 『주자어류』에서~비방했다: 『주자어류』 권72에 나온다. "명도선생의 당초 뜻은 바로 이와 같아서, 여러 공들로 하여금 희령(熙寧)·원풍 때 정권을 담당한 사람들로 하여금 함께 일을 하여 희령·원풍의 법을 변화시키고자 했던 것이다. 어쩌면 미래의 어느 날 일이 뒤집히면 그 죄는 비단 내게 있는 것만은 아니다. 그는 정말로 술수를 부려야 했다. 하지만 역시 졸렬한 계책이었다. 속담에 이른바 '눈을 가리고 참새를 잡으려 한다'는 말이 있다. 그렇게 하면 나는 참새를 보지 못하지만, 이는 참새가 도리어 나를 본다는 사실을 알지 못하는 것이다. 자네가 이러한 술법으로 저쪽을 제압하려 한다지만, 이는 저쪽의 술법이 자네가 있는 곳보다 훨씬 높다는 것을 모르는 것이다. 그래서 뒤에 사마온공(사마광)은 장자후(章子厚)를 머물게 하여, 그와 함께 신법을 바꾸고자 했던 것이지만, 끝내 주렴 앞에서 사리에 어긋나 욕을 먹고는 죄를 얻어 떠나갔던 것이다(明道當初之意, 便是如此, 欲使諸公用熙豐執政之人, 與之共事, 令變熙豐之法. 或他日事飜, 則其罪不獨在我. 他正是要使術, 然亦拙謀. 諺所謂掩目捕雀, 我却不見雀, 不知雀却看見我. 你欲以此術制他, 不知他之術更高你在. 所以後來溫公留章子厚, 欲與之共變新法, 卒至簾前忤晉, 得罪而去)."

6) 여회(呂晦, 1014~1071): 송나라의 정치가. 자는 헌가(獻可).

7) 소식(蘇軾, 1036~1101): 자는 자첨(子瞻), 호는 동파거사(東坡居士). 소순(蘇洵)의 아들이고 소철의 형으로, 대소(大蘇)라고도 불렸다.

8) 형서(荊舒): 곧 왕안석. 왕안석은 먼저 서공(舒公)에 봉해졌다가 나중에 고쳐서 형공(荊公)에 봉해졌다.

9) 소철(蘇轍, 1039~1112): 자는 자유(子由), 호는 난성(欒城). 미산(眉山)에서 출생했으며, 소순의 아들로 19세 때 형 소식과 함께 진사시험에 급제했으나 왕안석의 신법에 반대해 지방관리로 좌천되었다. 철종(哲宗) 때 구법당이 정권을 잡자 우사간(右司諫)·상서우승(尙書右丞)을 거쳐 문하시랑(門下侍郎)이 되었다. 그러나 또다시 신법당에 의해 광동성 뇌주(雷州)로 귀양갔고, 사면된 후에는 하남성 영창(潁昌)으로 은퇴했다. 당송팔대가(唐宋八大家)의 한 사람이며, 시문 외에도 많은 고전의 주석서를 냈다. 그 밖에 『난성집欒城集』『난성응조집欒城應詔集』

려고 획책하여 범순인[10])을 뒤흔든 일은 음흉해 증오할 만하다"[11])라 하고서는, 조기도趙幾道에게 답한 서찰에서는 소철이 편찬한 『고사古史』의 훌륭함을 크게 칭찬하고서,[12]) 그것은 그의 자질이 염정恬靜, 침착하고 고요함하고 다른 것에 마음을 빼앗기지 않은 결과라고 했다. 이 두 주장 또한 같지 않으니, 알 수가 없다. 정씨와 소씨의 당파가 갈린 뒤 서로 비방하는 말은 마땅히 없을 수가 없었을 것이다. 선인들이 서적과 서찰에 쓴 것을 어찌 다 믿을 수 있겠는가?

明道言: "當與元豊舊人共事." 朱子與呂伯恭書曰: "此乃聖賢之用, 義

『시전詩傳』『춘추집전春秋集傳』『고사古史』 등의 저서가 있다.

10) 범순인(范純仁): 북송 때 사람으로, 벼슬은 중서시랑(中書侍郎)에 이르렀다. 시호는 충선(忠宣). 왕안석의 신법을 비판해 그의 미움을 샀다.

11) 소철이~증오할 만하다: 『회암집』 권41 「정윤부에게 답함答程允夫」에 나온다. "하물며 소공(蘇公)이 비록 간정(簡靜, 간솔하고 고요함)하다고 이름이 났지만 실제로는 음험하다. 원우(元祐) 말년에 재상의 지위를 차지하려고 획책하여 힘껏 소인 양외(楊畏)를 끌어들여, 범충선 공을 전복시키고 자기가 그 지위를 대신할 수 있게 일을 꾸몄다. 제대로 효과를 얻지 못하자, 좌중에서 탄문(彈文, 탄핵하는 글)을 외워 범충선 공을 동요케 만들었다. 이것이 어찌 도리를 지닌 군자가 할 짓인가? 이것은 나만의 말이 아니다. 앞서 다른 분들이 이미 책에 기록해두었다(況蘇公雖名簡靜, 而實陰險. 元祐末年, 規取相位, 力引小人楊畏, 使傾范忠宣公而以己代之. 旣不效矣, 則誦其彈文於坐, 以動范公. 此豈有道君子所爲哉? 此非熹之言, 前輩固已筆之於書矣)."

12) 소철이~칭찬하고서: 『회암집』 권54 「조기도에게 답함答趙幾道」에 나온다. "다만 소황문(蘇黃門)이 '고사서(古史序)'를 지었는데, 글머리에서 곧바로 옛날 성인들은 그들이 반드시 선행하기를 마치 불이 반드시 뜨겁고 물이 반드시 차가운 듯이 했고, 선하지 않은 일을 하지 않기를 마치 추우(騶虞)가 생물을 죽이지 않고 절지(竊脂, 콩새)가 곡식을 훔치지 않듯이 해서, 의리(義理)의 대강령(大綱領)의 곳에서 아주 분명하게 파악하고 아주 친절하게 제기했다. 비록 그 아래 글이 진선(盡善, 완전히 훌륭함)하다고는 할 수 없지만, 그 서너 구절이 이미 근세의 여러 유학자들이 미칠 바가 아니다. 그가 애초에 학문하는 공부가 차례와 질서가 없고 거쳐야 할 경력을 지니지 못해서, 본말의 하나하나 체당(諦當, 정확하게 들어맞음)을 파악하지 못한 것은 안타까우나, 그 자질이 염정(恬靜, 침착하고 고요함)하고 그 밖의 것에 마음을 빼앗기지 않았으므로, 이 크고 첫머리가 되는 단계에서 영향을 엿볼 수 있었다(惟蘇黃門作古史序, 篇首便言古之聖人其必爲善, 如火之必熱, 水之必寒. 不爲不善, 如騶虞之不殺, 竊脂之不穀, 於義理大綱領處, 見得極分明, 提得極親切. 雖其下文未能盡善, 然只此數句, 已非近世諸儒所能及矣. 惜其從初爲學功夫本無次序, 不曾經歷, 不能見得本末一一諦當, 只其資質恬靜, 無他外慕, 故於此大頭段處, 窺測得箇影響)."

理之正, 非姑爲權譎以濟事." 『語類』中論『易』咸卦, 則直謂之 '任術', 而至以 '掩目捕雀' 譏之. 二說相反, 後學當何適從耶?

竊謂明道本與介甫同事, 及其大郞當然後貳之. 蓋與獻可·子瞻諸人, 自初與荊舒角立者不同. 在明道之言, 不可不如此, 亦不得不如此. 『語類』固似未安, 書亦尊奉太過, 恐非明道之所期於後人也.

朱子答程允夫書, 蘇子由規[13]取相位, 動搖范忠宣事, 險詖[14]可惡, 而答趙幾道書, 則盛言子由『古史』之善, 以爲資質恬靜無他外慕之效. 此二說, 亦不同, 未可知也. 程·蘇分黨之後, 彼此相傾之語, 宜無所不有. 前輩之筆之於書者, 烏可盡信乎[15]?

🌿 평설

사람을 평가하는 일의 어려움을 논했다. 정호는 구법당을 지지하고 소식은 신법당을 지지하여 당이 갈렸다. 정호의 학통을 이어받은 주희는 정호가 신법당을 지지한 것을 두고, 한 서찰에서는 극찬했으나 『주자어류』에서는 비난했다. 서포는 정호가 신법당을 지지한 것은 불가피한 일이었을 것이라 보고, 주희가 서찰에서 그를 지나치게 떠받든 것은 공정하지 못하다고 비판했다.

---

13) [교감] 規: 고려대본은 '觀'으로 되어 있다. 오자이다. 통문관본과 서울대본을 따른다.
14) [교감] 詖: 고려대본은 '跛'로 되어 있다. 통문관본과 서울대본을 따른다.
15) [교감] 乎: 고려대본과 통문관본은 이 글자가 없다. 서울대본을 따라 보충한다.

주자의 소식 비판과 소옹의 정이 비판

상-68

범중엄[1]과 사마광 등 여러 현인들이 구양수를 공격한 것이나[2] 주공
염[3]의 무리가 소식을 공격한 것은[4] 모두 공정한 논의이다. 그러나 장
지기가 말을 꾸며 구양수를 모함하고[5] 가이가 말을 꾸며 소식을 모함

1) 범중엄(范仲淹, 989~1052): 송나라 소주(蘇州) 오현(吳縣) 사람. 자는 희문(希文), 시호는 문
　정(文正). 호부시랑(戶部侍郎)을 지냈으며, 시문에도 뛰어났다.
2) 범중엄과~공격한 것이나: 송나라 인종(仁宗)은 아들이 없어 종형인 복왕(濮王) 윤양(允讓)의
　아들 서(曙)가 천자의 자리를 이어 영종(英宗)이 되었다. 1065년 영종이 조정 대신들에게 복
　왕 전례에 대해 논의하라고 하자 의견이 둘로 나뉘었다. 사마광(司馬光)·여회·범중엄·여대
　방(呂大防) 등은 복왕을 황제의 백부로 예우해야 한다고 주장했고, 한기·증공량·구양수(歐陽
　修) 등은 복왕을 황고(皇考, 황제의 아버지)로 예우해야 한다고 주장했다.
3) 주공염(朱公掞): 주광정(朱光庭). 정호(程顥)와 정이(程頤)에게서 수학했다. 원우(元祐) 연간
　에 급간(給諫)을 지냈다. 주희의『이락연원록伊洛淵源錄』에 행적이 나온다.
4) 주공염의~공격한 것은:『송사』권427에 "소식이 정이를 좋아하지 않자, 정이의 문인 가이(賈
　易)·주광정(朱光庭)이 마음 편할 수가 없어서 함께 소식을 공격했다(蘇軾不悅於頤, 頤門人賈易·
　朱光庭不能平, 合攻軾)"고 했다.
5) 장지기(蔣之奇)가 말을 꾸며 구양수를 모함하고: 구양수는 장지기를 어사(御史)로 추천해준
　적이 있다. 그러나 구양수가 정계에서 점점 고립되고 정치적 지위가 흔들리는 것을 보고서 자
　신을 구양수의 당인(黨人, 같은 당파의 사람)으로 보는 뭇사람의 혐의에서 벗어나려 했다. 당
　시 설종유라는 자가 구양수에게 원한을 품고 구양수가 큰며느리 오씨(吳氏)와 애매한 행위가

한 것⁶⁾은 결코 군자가 할 바가 아니다. 소식이 책문策問, 정치에 관한 계책을 물어 답하게 하던 과거의 한 과목에서 신종神宗을 한나라 선제에 비유한 것은 매우 완곡하다고 할 수 있는데도 가이의 무리는 도리어 그것을 비난거리로 삼았다. 만일 이런 무리가 뜻을 얻었다면 신법을 부활시킨 '소술紹述'의 앙화가 장돈이나 채경의 경우보다도 컸을 것이다.⁷⁾

　"야화산조"의 시구⁸⁾는 만약 '여러 현인들이 등용된 사실을 듣고 이

있었다는 소문을 냈는데, 장지기는 이 소문을 듣고 구양수가 며느리와 사사로운 관계가 있다고 고발했다. 이 사실은 조사 결과 날조된 것으로 알려졌고 장지기는 유배되었다.

6) 가이가 말을 꾸며 소식을 모함한 것: 『송사』권355「가이전賈易傳」에 이러한 기록이 있다. "소식이 항주(杭州) 지사가 되어, 절서(浙西)의 재앙과 장마가 아주 심하다고 호소했다. 가이는 동료 양외(楊畏)·안정(安鼎)을 이끌고, 소식이 고식적(姑息的, 임시변통으로 대처함)으로 명예를 얻고 조정의 논의를 현혹시키려고 한다고 논박하고, 사실을 따질 것을 청했다. 조칙이 내려오자, 급사중(給事中) 범조우(范祖禹)는 그것을 봉환(封還, 부당한 임금의 조칙을 되돌림)하면서, 정말로 이 일은 관용을 베풀어 불문에 부쳐 백성을 살려야 한다고 여겼다. 가이가 마침내 이렇게 말했다. '소식이 지난날 양주(揚州)에 있을 때 시를 지어 상제의 유조(遺詔)를 받들며 〈좋은 소식을 들었다〉라 하고, 여대방의 제(制, 칙서)를 초하면서는 〈백성들이 또한 수고롭도다〉라고 하면서 주나라 여왕(厲王)의 시를 인용해 희녕(熙寧)·원풍(元豊)의 정치에 비유했다. 아우 소철은 일찍이 응제(應制, 천자의 명에 부응해서 시문을 짓는 일)와 과시(科試, 과거시험)에서 문장이 잘못되어 격식에 맞지 않았거늘 요행히 외람되게 벼슬길에 올랐는데, 소식과 함께 지난날 전 황제를 비방하고 원망해 신하된 예법이 없으며, 심지어 이임보(李林甫)·양국충(楊國忠)을 비유로 삼기까지 했다.' 의론하는 자들이 이로써 가이를 나쁘게 보았으므로, 외직으로 나가 선주(宣州) 지사가 되었다(蘇軾守杭, 訴浙西災潦甚苦. 易率其僚楊畏·安鼎, 論軾姑息邀譽, 眩惑朝聽, 乞加考實. 詔下, 給事中范祖禹封還之, 以謂正宜闊略不問, 以活百姓. 易遂言: '軾頃在揚州題詩, 以奉上帝遺詔爲聞好語, 草呂大防制云, 民亦勞止, 引周厲王詩以比熙寧元豊之政. 弟轍蚤應制科試, 文繆不應格, 幸而濫進, 與軾昔皆謗怨先帝, 無人臣禮, 至指李林甫楊國忠爲喩.' 議者由是薄易, 出知宣州)."

7) '소술(紹述)'의 앙화가~컸을 것이다: 장돈(章惇)은 본시 성격이 호방하고 박학하며 글에 능했다. 왕안석이 그 재주를 인정해 편수삼사조례관(編修三司條例官)으로 등용했다. 왕안석과 같이 개혁을 추진했으나 어린 철종을 대신해 태황태후 고씨가 섭정하던 때에는 축출되어 있었다. 그러나 사마광이 죽고 철종이 친정하면서 신법당의 장돈이 재상이 되었고 같은 당의 일원인 채경(蔡京) 등과 함께 일부의 신법을 부활시켰다. '소술'이란 앞 사람의 일을 이어받아 행함을 말한다. 그들은 구법당에 대해 격렬한 보복을 가했다.

8) "야화산조(野花山鳥)"의 시구: 『동파전집』에는 '山'이 '啼'로 되어 있다. 『동파전집』권15「의흥현으로 돌아와 죽서사에 시를 지어 남기다歸宜興留題竹西寺·3수」가운데 제1수에, "이 삶이 아무 일 없음을 이미 깨달았거늘, 게다가 올해는 대풍년을 만났도다. 산사에 돌아와 좋은 소식 들으니, 들꽃과 산새들도 기뻐하네(此生已覺都無事, 今歲仍逢大有年. 山寺歸來聞好語, 野花啼鳥亦欣然)"라고 했다.

제 나도 곧 추천되리라고 기대해 갓의 먼지를 터는 기쁨이 있다'는 뜻
이라고 한다면 참으로 인정人情에 가깝다. 어찌 황제가 서거했다는 말
을 좋은 소식이라고 한 것이겠는가? 가이나 조정지9)의 무리야 무어
말할 것이 있겠는가? 그런데 주자 역시도 재난을 다행으로 여겼다고
비난했으니, 참으로 공평하기 어려운 것이 인간의 마음이다.

정이는 『역전』에서 여와씨와 무후를 인용해 곤괘의 육오六五를 해설
했는데,10) 소부11)는 "정이가 선인후宣仁后의 수렴청정 때문에 선인후를

9) 조정지(趙挺之, 1040~1107): 밀주(密州) 제성(諸城) 사람. 자는 정보(正夫).

10) 정이는 『역전易傳』에서~해설했는데: 『이천역전伊川易傳』은 곤괘(坤卦)의 "육오(六五)는 황
색치마처럼 하면 크게 선하여 길하리라(六五黃裳元吉)"에 대하여 "곤(坤)은 비록 신하의 도
리이니, 오(五)가 실로 군주의 지위이므로 그 때문에 경계해 '황상원길'이라 한 것이다. 황색
은 중앙의 색이고, 상(裳)은 아래옷이다. '중(中)을 지켜 아래에 거하면 크게 길할 것이니, 그
분수를 지킴을 말한 것이다. 원(元)은 크면서 좋은 것이다. 효상(爻象)은 오로지 '중(中)을 지
키고 아래에 거처하면 원길이다'라고 했을 뿐이고, 그 의미를 충분히 드러내지는 않았다. 황
상이 이미 원길이니, 존위에 거하면 천하의 대흉이 되리란 것은 알 수가 있다. 후세 사람들은
이 뜻을 잘 알지 못해서, 이 의미가 어두워졌으므로 변별하지 않을 수 없다. 오(五)는 존위이
다. 다른 괘에서 육(六)이면서 오(五)의 자리에 있다면 혹 문명(文明, 문채가 빛남)이 되기도
하고 혹 유순(柔順, 부드럽고 순종적임)이 되기도 하고 혹 암약(暗弱, 어둡고 약함)이 되기도
하나, 곤괘(坤卦)에서는 존위에 거처함이 된다. 음이란 것은 신하의 도리요, 부인의 도리이다.
신하이면서 존위에 거한 것은, 유궁(有窮) 나라의 제후 예(羿)와 전한 말의 왕망(王莽)이 이
러하며, 그나마 그럴 수도 있다고 말할 수 있다. 그런데 부인으로서 존위에 거한 것은 여와씨
(女媧氏)와 측천무후가 이러하며, 이것은 비상(非常)의 변고이기에 차마 입에 담을 수도 없다.
그러므로 황상의 경계가 있으면서 이루 다 말하지 않은 것이다. 어떤 사람이 물었다. 혁괘(革
卦)에서는 탕왕과 무왕의 일을 그나마 다 들어서 말해놓고, 여기서는 유독 말하지 않은 것은
어째서인가? 답한다. 폐하면 흥하는 것은 이치의 상도이지만, 음이면서 존위에 있는 것은 비
상의 변고이기 때문이다(六五, 黃裳元吉. 坤雖臣道, 五實君位, 故爲之戒云, 黃裳元吉. 黃, 中色.
裳, 下服. 守中而居下, 則元吉, 謂守其分也. 元, 大而善也. 爻象唯言守中居下則元吉, 不盡發其義
也. 黃裳旣元吉, 則居尊爲天下大凶可知. 後之人未達, 則此義晦矣, 不得不辨也. 五, 尊位也, 在他
卦, 六居五, 或爲文明, 或爲柔順, 或爲暗弱. 在坤, 則爲居尊位. 陰者, 臣道也, 婦道也. 臣居尊位,
羿·莽是也, 猶可言也. 婦居尊位, 女媧氏·武氏是也, 非常之變, 不可言也, 故有黃裳之戒而不盡言也.
或疑在革, 湯武之事猶盡言之, 獨於此不言, 何也? 曰: 廢興, 理之常也, 以陰居尊位, 非常之變也)."

11) 소부(邵溥): 자(字)는 공청(公清). 소옹(邵雍)의 손자, 소백온(邵伯溫)의 장남이다. 정강(靖
康) 연간에는 호부시랑(戶部侍郞)을 지냈으며, 고종(高宗)이 남도(南渡)한 이후에는 사천(四
川) 선무사(宣撫使)와 섬서(陝西) 선무사를 지내고, 소흥(紹興) 20년에는 미주군(眉州郡) 태
수(太守)를 맡았다. 관직이 휘유각 대제(徽猷閣待制)에 이르러 조정의 관직을 띤 채 죽었다.
소부가 정이의 곤괘 육오(六五)효 해석에 대한 비판한 내용은 주희의 『문공역설文公易說』 권
3과 『주자어류』 권69에 실려 있다.

원망하여 특별히 이런 뜻을 발명했다"고 했다. 아! 실정에서 벗어난 비방이 어느 곳인들 없겠는가?

范·馬諸賢之攻歐陽公, 朱公揀輩之攻蘇子瞻, 皆正論也. 而蔣之奇·賈易之汙蠛羅織, 決非君子所爲. 子瞻於策問, 以神宗比漢宣, 可謂太婉, 而猶且以爲訕謗. 使此類得志, 則紹述之禍, 烈於章·蔡矣.

"野花山鳥"之句, 若謂'聞諸賢登庸, 有彈冠之喜'云爾, 則固近人情. 豈有以奉諱爲好語者哉! 彼賈易·趙挺之何足道, 朱文公亦有幸災之誚. 信乎, 難平者心也!

伊川『易傳』引娲·武解「坤」之六五, 邵溥謂, "伊川怨宣仁, 故特發此義." 嗟乎! 情外之謗, 何所獨無?

🌿 평설

남에 대한 비판이 실정에서 벗어날 수 있다는 사실을 거론했다. 물론 범중엄과 사마광이 구양수를 공격하거나 주공염이 소식을 공격한 것처럼 남에 대한 비판이 공정한 예도 있다. 하지만 장지기가 구양수를 모함하고 가이가 소식을 모함한 것은 부당하다. 그런데 주희와 같은 사람도 소식의 시구를 곡해해서 소식을 은근히 비판하고, 소옹도 정이의 『역전』에 나타난 해설을 곡해해서 정이를 비방했다. 이러한 예를 보면 인간사회에서 실정을 벗어난 부당한 비방은 피할 수 없는 것인지도 모른다고 서포는 우울해했다.

왕안석의 재평가

상-69

　세상에서는 왕안석이 궁중의 상화조어연賞花釣魚宴에 나온 낚싯밥 먹은 일을 두고 간사하다고 여겼으나[1] 주자는 그가 무심無心해서 그런 것이라고 보았다.[2] 이것은 아마도 둘 다 옳지 않은 듯하다. 무릇 사람이 잘못 먹을 수 있는 것은 자기 밥상 위의 음식뿐이다. 만약 이 낚싯밥을 중관[3]이 금접시에 담아 별도의 곳에 놓아두었다면 왕안석이 어찌 잘못 먹는 결과에 이르렀겠는가?

---

1) 왕안석(王安石)이~여겼으나: 『소씨견문록邵氏見聞錄』 권2에 일화가 보인다. 왕안석이 낚싯밥을 다 먹은 것에 대해 인종은 간사하다고 그를 비난했다. "인종 때 왕안석이 지제고(知制誥)로 있었는데, 하루는 상화조어연에서 내시가 각각 금접시에 금붕어 낚싯밥을 담아서 책상 위에 두었다. 왕안석이 그것을 다 먹었다. 다음날 인종이 재보(宰輔)에게 말하기를, '왕안석은 간사한 인간이다. 만일 낚싯밥을 한 알 잘못 먹었다면 그만이지만, 그것을 다 먹었다고 한다면 정리(情理)에 맞지 않는다'고 했다(仁宗朝, 王安石爲知制誥, 一日賞花釣魚宴, 內侍各以金樏盛釣餌藥置几上. 安石食之盡. 明日仁宗謂宰輔曰: '王安石詐人也. 使誤食釣餌一粒則止矣. 食之盡不情也')."
2) 주자는~보았다: 주희는 왕안석의 행동을 '무신경하다'고 여겨 "형공(荊公)의 기질에는 육체를 잊어버리고 속세를 떠나려는 부분이 있었다"고 했다.
3) 중관(中官): 내시부(內侍府) 관원의 총칭. 환관(宦官) 또는 내시.

공자가 노나라 애공을 만났을 때, 애공이 복숭아를 하사하고, 복숭아를 닦으라고 기장을 주었다. 그러자 공자는 먼저 기장을 먹었다. 애공이 괴이히 여겨 물으니 공자가 곡식을 귀하게 여기는 뜻에서 그런 것이라고 대답했다.[4]

생각건대 왕안석의 뜻은 그렇게 낚싯밥을 먹음으로써 인종[5]을 풍간諷諫, 완곡한 표현으로 잘못을 고치도록 말함하려 했던 것인데, 인종이 묻지 않았다. 그렇기 때문에 왕안석은 끝내 자신의 뜻을 드러낼 수 없어서, 정리情理에 지나치다는 비난을 입은 것이니, 아무래도 탄식할 만하다.

왕안석의 이 일은 진양[6]과 석개[7]가 우활하고 편벽되었던 일과 비슷하므로,[8] 임금을 섬기는 법도로 삼을 수는 없다. 비록 공자가 복숭아 닦는 기장을 먼저 먹은 일이 『공자가어』[9]에 수록되어 있기는 하지만

---

4) 공자가~대답했다: 『공자가어』 권5에 나온다. 공자는 귀한 것으로 천한 것을 닦는 기구로 쓰면, 가르치는 것(教)과 의리(義)에 해가 된다고 했다. "공자가 노나라 애공을 모시고 앉아 있을 때 애공이 복숭아와 기장을 하사했다. 애공이 '드십시오'라고 하자, 공자는 먼저 기장을 먹고 뒤에 복숭아를 먹었다. 애공의 시종들이 모두 입을 가리고 웃었다. 애공은 '기장은 복숭아를 닦으라는 것이지 잡수시라는 것이 아닙니다'라고 했다. 공자는 대답했다. '저도 알고 있습니다. 하지만 기장은 오곡 가운데 으뜸으로서, 교례와 종묘 제사 때도 가장 중요한 제수로 삼습니다. 과일 종류에 여섯 가지가 있는데 복숭아가 가장 아래에 놓이며 제사에도 쓰지 않고 교례와 종묘 제단에도 올리지 않습니다. 군자는 천한 것을 가지고 귀한 것을 닦는다고 들었지, 귀한 것을 가지고 천한 것을 닦는다고 듣지 않았습니다. 지금 오곡의 으뜸을 가지고 과일의 아랫것을 닦는다면 이것은 윗것으로 아랫것을 닦는 것이 됩니다. 제 생각에 이것은 교화를 저해하고 의리를 해치게 될 것입니다.' 애공은 '훌륭하도다!'라고 했다(孔子侍坐於哀公, 賜之桃與黍焉. 哀公曰: '請食.' 孔子先食黍而後食桃, 左右皆掩口而笑. 公曰: '黍者所以雪桃, 非爲食之也.' 孔子對曰: '丘知之矣. 然夫黍者, 五穀之長, 郊禮宗廟以爲上盛. 菓屬有六而桃爲下, 祭祀不用, 不登郊廟. 丘聞之, 君子以賤雪貴, 不聞以貴雪賤. 今以五穀之長, 雪菓之下者, 是從上雪下, 臣以爲妨於教, 害於義, 故不敢.' 公曰: '善哉!')."
5) 인종(仁宗): 이름은 조정(趙禎). 진종(眞宗)의 여섯째 아들이고, 어머니는 이신비(李宸妃)이다.
6) 진양(陳襄): 송나라 때의 인물로, 자는 술고(述古), 호는 고령(古靈).
7) 석개(石介): 송나라 때의 인물로, 자는 수도(守道).
8) 진양과 석개가~일과 비슷하므로: 진양과 석개는 남을 비방하려다 도리어 자신들이 궁지에 빠졌다. 서포는 이 사건을 들어 왕안석의 기이한 행동과 후에 받게 되는 비방을 같은 맥락으로 보고 있다.
9) 『공자가어』: 공자의 언행·일사(逸事, 세상에 드러나지 않은 사실)·제자와의 문답을 수록한 책

반드시 믿을 수는 없다. 마땅히 곡식을 귀하게 여기는 뜻을 직접 진술했으면 그뿐이지, 어찌 꼭 기장을 먹어야 했는가?

世以王介甫之食釣餌爲奸, 而朱子則以爲無心, 皆恐不然. 凡人之可以誤食者, 自己案上物耳. 若此釣餌, 中官盛以金樏, 置之他處, 介甫何至誤食乎?

孔子見魯哀公, 哀公賜之桃, 而以黍爲雪桃之具, 孔子先食黍. 哀公怪而問之, 孔子對以[10]貴穀之義.

竊謂介甫之意, 亦欲以此諷諫仁宗, 而仁宗不問, 故介甫終不得宣其意, 蒙被過情之誚, 亦可歎也.

介甫此事, 頗似陳古靈·石守道之迂僻, 不可以爲事君之法. 雖孔子之事, 『家語』所錄, 未必可信. 只宜直陳貴穀之義, 何必食黍?

🌿 평설

서포는 두 가지 일화를 들어서 신하가 군주를 풍간하는 방법에 대해 말했다. 첫째는 북송의 신종이 개최한 상화조어연 때 낚싯밥으로 준비한 것을 왕안석이 다 먹어버린 사건이다. 둘째는 『공자가어』에 나와 있는 일화로, 노나라 애공이 복숭아를 닦으라고 준 기장을 공자가 먹은 일이다.

낚싯밥을 먹은 일화는 후세 사람들이 "왕안석은 간사한 인간이다"라고 비판하는 데 결정적인 근거가 되었다. 주희는 왕안석이 매사에

────────────

이다. 처음에는 27권이었으나 현재 10권이 전한다. 위(魏)나라 왕숙(王肅)이 지었다고 하나 이설(異說)이 있다.

10) [교감] 以: 통문관본은 '而'로 되어 있다. 고려대본, 서울대본, 연민문고본을 따른다.

무신경한 성격을 지녔기 때문이라고 평가했다. 서포는 왕안석이 그 일을 계기로 신종에게 무언가 간언하려 했으나 기회를 얻지 못했을 것이라고 추정했다. 단, 서포는 왕안석이 직언하면 좋았을 것을 괴상한 행동으로 표현하려다가 결국 뜻을 이루지 못했고 그 때문에 괜한 오해를 입었다고 탄식했다.

한편, 노나라 애공은 복숭아를 하사하면서 기장을 주어 그것으로 복숭아의 털을 닦도록 했다. 그러나 공자는 이 사실을 알면서도 기장을 먼저 먹고 복숭아를 뒤에 먹었다. 애공이 의아해하자 공자는 "귀한 것으로 천한 것을 닦을 수는 없습니다. 이러한 행동은 의義에 어긋나고 가르침에도 본보기가 될 수 없습니다"라고 말했다. 서포는 굳이 말로 해도 충분한 것을 그러한 괴이한 방법으로 간한 것을 탄식했다.

왕안석의 사건은 소백온邵伯溫의 『소씨문견록邵氏聞見錄』에 수록되어 있다. 그러나 그 기록은 당파성을 벗어나기 어렵다. 한편 공자의 일화가 『공자가어』에 수록되어 있기는 해도 신뢰하기 어렵다. 더구나 『공자가어』는 위서僞書이다. 그러나 서포는 두 사건을 연결지어 신하의 간언 방법에 대해 논했다. 또한 한 일화나 한 행동에 담긴 속뜻을 탐색해서 그 기괴성을 합리적으로 해석하고자 했다.

소순이 왕안석을 겨냥해서 지은 「변간론」[1]이 순전히 호오^{好惡. 좋아함과} ^{싫어함}의 공정한 판단에서 나왔다고 말한다면 참으로 믿지 못하겠다. 또 주자가 소순의 논조를 인정하지 않고 오로지 왕안석을 편든 것으로 말하면 약간 치우쳤던 듯하다.

구양수는 한 시대 인물들을 평가하는 저울대를 잡고 있었는데, 왕안석과 소순 두 사람은 한때 그 문하에 있었고, 문장은 서로 상하를 따질 수 없을 만큼 비등했다. 어떤 사물들이 서로 상하를 논할 수 없는 수준이면서 서로 다투지 않을 수 있는 경우는 없다. 그리고 구양수도 그들을 대하는 태도에 후하고 박함이 없었다고는 할 수 없다. 소순의 사람됨은 스승과 친우에 독실했고 의기^{義氣}를 중시했으나, 왕안석은 자신의 뜻을 내세워 홀로 행동했으며 남에게 의지하는 바가 없었다. 그렇기

---

1) 소순(蘇洵)이~「변간론辨奸論」: 소순은 소식(蘇軾)의 아버지로, 흔히 노소(老蘇)라고 부른다. 「변간론」은 소순의 문집인 『가우집嘉祐集』 권9에 들어 있다.

때문에 구양수는 소순을 좋아하고 왕안석을 멀리한 것 같다. 구양수는 왕안석의 글을 보고는, "개보^{왕안석의 자}는 이것을 쓸 수 없으니 분명 자고²⁾의 문장일 것이다"라고 했으나, 소순의 글을 한번 보고 순경^{荀卿, 순자}의 문장과 수준이 같다고 인정했다.³⁾ 소순이 순경이라면, 왕안석이 어찌 맹자로 자부하지 않겠는가? 그러나 구양수는 이같이 허여한 적이 없다. 두 사람의 혐의는 모두 이름을 다투는 데에서 근원했으므로 그 잘못은 똑같다.

소식의 천당과 정이의 낙당⁴⁾은 이보다 더 심했다. 소식과 정이는 모두 한 시대의 태산과 북두의 명망을 가지고 원우^{元祐, 1086~1094} 연간 초기의 정계에서 만났으나, 두 집안의 기풍은 판이해 서로 용납할 수 없었다. 비유하자면 진^晉나라와 초^楚나라가 군사를 훈련시켜 중원에서 만나면 그 형세가 전쟁으로 이르지 않을 수 없는 것과 같았다.⁵⁾ 비록 사마광이 죽지 않았다 해도 그들을 진정시킬 수 있었겠는가?

오직 삭당^{朔黨}이 솥의 세 발 중 하나처럼 서 있었으니, 그 사정은 천당·낙당과는 같지 않았다. 사마광이 원풍^{元豊, 1078~1085} 연간의 폐정을 개혁해 단번에 대대의 천자들이 이어온 옛 모습을 회복시키고자 했을 때, 소식은 후법^{後法}을 가볍게 논의할 수 없다며 끝내 구차하게 동의하

---

2) 자고(子固): 송나라 때의 문인 증공(曾鞏, 1019~1083)의 자이다. 남풍(南豊) 사람이어서 남풍 선생이라고 불린다.

3) 소순의~인정했다: 『가우집』 「구양내한에게 올린 두번째 서신上歐陽內翰第二書」에 나온다. "저의 못남을 모르시고 일컬으시기를, '그대의 육경론(六經論)은 순경자의 글과 같다'고 하셨습니다(不知其不肖, 稱之曰: '子之六經論, 荀卿子之文也')."

4) 소식의 천당(川黨)과 정이(程頤)의 낙당(洛黨): 원문은 천(川)·낙(洛)인데, 각각 소식과 정이를 가리킨다. 송나라 때 왕안석의 신법을 폐지하는 데 힘썼던 구법당의 대표 사마광이 죽은 뒤에 구법당은 크게 낙당과 촉당(蜀黨), 그리고 삭당(朔黨)의 셋으로 나누어졌다. 낙당의 영수는 정이이고, 촉당의 영수는 소식이며, 삭당의 영수는 유지(劉摯)이다. 촉당은 천당이라고도 한다.

5) 진(晉)나라와~것과 같았다: 춘추시대에 진나라 문공(文公)이 초나라 성왕(成王)을 성복(城濮)에서 패퇴시키고 패자가 되었는데, 영공(靈公) 대에 와서 패자의 자리를 잃고 초나라 장왕(莊王)이 다시 패자가 되었다. '진초갱패(晉楚更霸)'라는 고사성어가 전한다.

지 않았다.[6] 그 말 또한 좋지 않은 것이 아니지만 마음속의 참뜻은 남의 절제를 받지 않으려 한 것이므로, 소식은 여기에서 잘못을 저질렀다.

정호와 정이의 경우는 형서荊舒가 신법을 추진할 때 서로 함께 늘 논의했으며, 정호는 친히 제치사[7]의 속관이 되었다. 소식이 정이를 의심하고 미워한 것은 이 때문일 것이다. 정이가 조정에 나갔을 때 봉건의 논의를 제창하며, 먼저 공씨孔氏를 백 리의 땅으로 봉해야 한다고 했다.[8] 그 거창하고 거대함이 어찌 왕안석을 훨씬 능가할 뿐이겠는가? 유안세[9]는 사마광의 의발衣鉢, 불교에서 스승이 제자에게 물려주는 가사와 바리때. 도법을 상징함을 전수받은 문인으로, 한결같이 돌아가신 스승과의 약속을 지키다 보니 정이·소식과는 모두 화합하지 못했다. 그러므로 주자는 "정이가 한결같이 계속 유안세에게 논박당했다"고 했다.[10]

---

6) 사마광이~동의하지 않았다: 사마광은 정권을 잡고서 왕안석이 추진했던 신법을 전부 폐지했다. 그러나 소식은 신법 가운데 면역법(免役法)은 유보하자고 주장했다.

7) 제치사(制置司): 제치삼사조례사(制置三司條例司). 왕안석이 개혁을 추진하기 위해 설치한 관청으로, 이곳에서 국가의 재정 사무를 통할해 재정에 관한 새 법규를 제정하고 시행했다.

8) 정이가~했다: 주희는 『이락연원록伊洛淵源錄』권7 '여시강(呂侍講)'에 다음 기록을 실었다. "원우(元祐) 초에 정 선생이 봉건을 의제로 올려 공자의 후손을 봉하고자 했다. 여공(여희철呂希哲)은 '지금 모후(선인황후)가 조정에 임하여 중신들 의론이 손상입고 패망한 정치를 부지하려는 것이 한둘이 아니므로 이러면 족하오. 큰 정치를 해야 할 시기가 아니겠소?' 했다. 정 선생은 묵묵히 있다가 자리를 떴다." 그러나 정이의 「공씨 가계를 보살피라고 명한 공문修立孔氏條制」에 보면 봉건을 청한 일이 없다.

9) 유안세(劉安世): 북송의 정치가로, 자는 기지(器之). 사마광에게 학문을 배웠으며 벼슬이 간의대부(諫議大夫)에 이르렀다. 강직한 성품으로 널리 알려졌는데, 사람들은 그를 원성(元城)선생이라 불렀다.

10) 주자는 "정이가~논박당했다"고 했다: 『주자어류』권130에 나온다. "묻습니다. '유원성(劉元城)이 군자의 당을 심고 키우는 일을 할 줄 몰라서. 고작 하나의 작은 일로 줄곧 때려 부수기만 하여 군자를 다 떠나게 하고 소인들이 등용되도록 만들었습니다. 이것이 그의 과실입니까?' 답한다. '과실은 여기에 있지 않다. 이것은 그의 견식에 병이 있기 때문이다. 말의 본의를 알지 못하면 남을 알 수가 없다고 했는데, 그는 말의 본의를 알지 못했다. 또한 정이천에 대해 말하자면, 그는 그저 대대의 천자들이 이어온 전고(典故, 전거가 되는 고사)가 있었음을 보았으되 현실과 부합하지 않았으므로 옳지 않다고 곧바로 말했다. 그는 어린 군주를 보도(輔導, 도와서 인도함)하는 이치는 마땅히 이와 같아야 함을, 즉 전고를 끌어와 보도함을 몰랐다. 그러므로 정이천은 한결같이 그에 의해 논죄(論罪, 죄를 논해 형을 적용시킴)되었다.

정이의 논의는 실로 삼대 성왕의 제도이지만 만약 당시에 적용시켜 운용해야 할 마땅함으로 말한다면, 어린 황제인 철종이 위에 있고 모후가 조정에서 섭정을 하고 있었으므로 비록 조종의 법도를 고수한다 하더라도 오히려 한바탕 사람들의 많은 구설을 면하기 어려웠을 것이다. 하물며 이 같은 큰 정책의 변화를 추진함에 있어서야 더 말해 무엇하겠는가? 게다가 정이도 만년에는 그 스스로 봉건제도를 시행하기 어렵다는 것을 알았으니, 유안세 일파를 어찌 심하게 허물할 수 있겠는가?

총괄해 논한다면 소식과 유안세의 현명함은 비록 정이에게는 미치지 못하지만, 그들이 고집한 바를 본다면 오직 삭당만 비방할 수 없을 것이다. 다만 안타까운 것은 이파異派에 대한 그들의 공격이 너무 심했다는 점이다. 소식은 유안세의 당에게 큰 곤란을 겪었지만 유안세를 즐겨 칭찬해, 스스로 그에게 미치지 못한다고 여겼다. 죽을 때까지 좋아함을 잃지 않았으니 그 마음이 또한 어찌 공정하지 않겠는가?

선배 유학자[11]는 안평중晏平仲이 성인인 공자를 알아보지 못한 것을 운명이라 했다. 소식이 정이를 알아보지 못한 것 또한 어찌 운명이라 하지 않을 수 있겠는가? 남송 초기에 소식과 정이의 학문이 유학의 전통을 지닌 나라를 둘로 나누었는데, 당시 군주가 소식을 매우 융숭하게 표창했다. 그러므로 주자가 소식을 배척한 것은 대개 그가 말류의 폐단을 낳게 될 것까지를 미루어서 극단적으로 말한 것이었다. 대개 이 일은 부득이했다.

老蘇辨奸論, 謂之純出於好惡之正, 則固不敢信. 若朱子之專右荊公, 則

이렇게 그의 견식은 다만 이와 같았을 따름이다.

11) 선배 유학자: 『주자어류』 권61에서 주희는 이렇게 말했다. "안영(晏嬰)의 지혜로도 중니를 알아보지 못했으니 어찌 명(命)이 아니겠는가! 그런데 명이란 글자도 두 가지로 보아야 한다. 품부 받은 명으로 본다면 안영이 품부 받은 지혜가 얕은 것이 된다. 명분의 명으로 본다면 안영은 이 점에서 가려져서 알아보지 못한 것이 아니겠는가. 이것은 두 가지로 보아야 할 것이다."

似乎小偏.

歐公執一代人物之權衡, 而王·蘇二子一時游於其門, 文章不相上下. 物未有不相上下, 而能不相爭者, 而歐公之待之不能無厚薄. 蓋蘇之爲人, 篤於師友而重義氣. 王則特立獨行, 無所附麗, 故歐公喜蘇而疎王. 見荊公文字, 則謂介甫不能作此, 必是子固之文. 至於老蘇, 則一見許以荀卿子之文. 老泉而爲荀卿, 則介甫豈不以孟子自待乎? 而歐公未嘗有此等許可. 二子之嫌, 皆[12]源於爭名, 其失均矣.

若川·洛則尤有大焉. 程·蘇俱以一代山斗之望, 會於元祐初政, 而兩家氣味, 判不相入, 譬如晉·楚治兵, 遇於中原, 其勢不得不至於戰爭, 雖溫公不死, 其能鎭定乎?

惟朔黨之鼎峙, 其情與川·洛不同. 溫公欲盡革元豊弊政, 一復祖宗之舊, 子瞻謂後法之不可輕議, 終不肯苟同. 其言亦未嘗不善, 乃其微意, 則不欲受人節制, 子瞻於是乎非矣.

若二程則荊舒之變法, 固其相與熟講者, 而明道親爲制置司屬官, 子瞻之疑惡伊川, 蓋以此也. 及伊川之造朝, 倡爲封建之議, 謂當先封孔氏以百里之地. 其宏濶勝大, 何啻突過介甫哉? 劉器之以溫公傳鉢門人, 一遵先師約束, 與伊川·子瞻俱不協, 故朱子謂: "伊川一向爲元城所論列."

夫伊川之議, 固三代聖王之制, 而若以時措之宜言之, 則當是時, 幼主在上, 母后臨朝, 雖膠守祖宗法制, 猶不免爲一番人口實, 況乎如此大更張哉? 且伊川晩年, 亦自知封建之難行, 則器之輩, 又何可深尤?

摠而論之, 則子瞻·器之之賢, 雖不及伊川, 而若其所執, 獨朔黨無可譏矣. 但恨其伐異太甚. 子瞻最爲元城之黨所困, 而極喜稱道元城, 自以爲不及. 至死不相失歡, 其心亦何嘗不公?

先儒謂晏平仲之不識聖人命也. 子瞻亦豈所謂命者耶? 當南宋初, 程·蘇

---

12) [교감] 皆: 고려대본은 '蓋'로 되어 있다. 통문관본과 서울대본을 따른다.

之學, 中分魯國, 而時君之表章眉山, 極其隆重. 故朱文公之闢子瞻, 率皆推而極之於末流之弊而言之, 蓋不得已也.

🌿 평설

같은 시대를 살아가는 현인들이 반드시 서로를 제대로 이해하는 것은 아니다. 서포는 그 실례를 소순과 왕안석, 소식과 정이의 예에서 보았다. 소순은 「변간론」에서 이렇게 말했다. "행사가 인정에 가깝지 않은 자치고 크게 간사해지지 않는 자가 드물다. 세상의 명성을 이용해 그 흑심을 감추고 있으면, 선정善政을 기대하는 군주, 인재를 소중히 여기는 재상들이라도 오히려 그를 등용할 것이 틀림없다. 그렇게 된다면 그들은 의심할 바 없이 반드시 천하의 환란이 될 것이니, 이는 왕연王衍·노기盧杞에 비할 바가 아니다." 이 글은 왕안석을 공격하기 위해 누군가가 소순이란 이름을 빌려 지은 것이라고 한다.

한편 구양수는 행정의 효율성을 중시하고 인재의 선발에 주의를 기울였다. 그가 시행한 정책은 비록 온건했지만 성격이 강직했기 때문에 마찰을 빚는 일이 종종 있었다. 구양수의 『문충집文忠集』에 수록된 「독대어獨對語」에 보면, 영종이 구양수에 대해 "성격이 올곧아서 뭇사람의 원망을 피하지 않고, 일을 상주할 때 혹 상공과 의견이 다르면 상대방을 논박해서 꺾어버림으로써 말을 회피하는 일이 없었다. 또 간쟁하여 정치를 논할 때도 왕왕 남의 단점을 비판해서 꺾어버림으로써 상주할 때와 다름이 없도다"라고 했다.

결국 흔히 위대한 인물이라 해도 편견과 결점을 지니고 있고, 그 때문에 같은 시대의 위대한 인물을 제대로 평가하지 못하는 경우가 종종 있다. 서포는 이 사실을 새삼 중시하고 그 사실을 인간 삶의 한 숙명으로 인식했다.

　촉한의 요립[1]이 연좌된 것은 다만 선주 유비가 한중漢中을 취하지 않
고 오나라와 전투한 양한襄漢에서의 용병用兵의 일을 비방했던 이유 때
문인데도, 제갈공명諸葛孔明은 무리를 망친 양에 그를 비유해[2], 문산[3]에
폐치하고 평생토록 나오지 못하게 했다. 하물며 북송의 철종 원우元祐
연간에 채확[4]이 차개시[5]를 지어 철종이 선인후宣仁后의 섭정을 받고 있

---

1) 요립(廖立): 생몰년 미상. 촉한의 임원(臨沅) 사람으로, 자는 공연(公淵). 제갈량은 일찍이 그
　를 '초의 뛰어난 인재'라고 호평했다. 하지만 후주 유선 때 요립은 시중 벼슬에서 장수(長水)
　교위로 좌천되자 당시의 인재들을 비난하고 심지어 군정을 비방하기까지 했다. 제갈량은 그
　의 말실수를 이유로, 그를 서민으로 폐하고 문산으로 유배 가게 만들었다.
2) 제갈공명은~비유해: 『삼국지』 권40 「촉지·요립전廖立傳」에는 제갈량이 그를 탄핵해 올린 표
　(表)가 실려 있는데 그 가운데 이런 말이 있다. "어떤 사람이 이 나라의 군병이 많고 훈련이
　잘되어 군대의 편제가 분명하다고 말하자, 요립은 머리를 쳐들어 지붕을 바라보며 분하고 놀
　라는 기색을 띤 채 '어디 말이나 되는가!'라고 했습니다. 무릇 이런 일들은 헤아릴 수 없이 많
　습니다. 한 마리 양이 무리를 혼란시키는 것도 오히려 해가 되는 법이거늘 요립은 높은 지위
　를 맡고 있으니 중인 이하 사람들이 어찌 참과 거짓을 알겠습니까?"
3) 문산(汶山): 민산(岷山). 문산현(汶山縣) 문산.
4) 채확(蔡確, 1038~1093): 송나라의 진강(晉江, 지금의 복건성 소재) 사람. 자는 지정(持正).
5) 차개시(車蓋詩): 채확의 「여름날 차개정에 올라夏日登車蓋亭」를 가리킨다. 흔히 '차개정시'라

는 사실을 비방한 것은 얼마나 죄악이 큰데 영남[6]으로 귀양 보낸 것이 지나치다 하겠는가? 만약 제갈공명이 재상이었더라면 그를 처단했을 것이 틀림없다. 그렇다면 범순인[7]이 너그러이 용서하자고 주장한 것은 정녕 유안세[8]가 준절하게 다스리자고 주장한 것만 못했다.

그런데 소식이 의론한 것으로 말하면, 철종[9]으로 하여금 중죄로 다스리도록 하고 선인후[10]가 뒤에 가서 감형하게 하려고 했으니,[11] 이는 대단히 이치를 해친 것이다.

만약 채확의 죄가 진실로 가벼운 것이었다면 철종이 어찌 태후 때문에 중벌을 가할 수 있겠는가? 채확의 죄가 진실로 무겁다면 선인후 역시 어떻게 사단이 자신에게 있다고 여겨 천단擅斷하여 죄를 가볍게 할 수 있겠는가? 만일 그렇게 했다면, 모자간이 다 같이 권모權謀와 술책術策을 썼다는 비난을 면치 못했을 것이다. 또한 그 일이 선인후가 죽은 뒤에 일어났다면, 철종은 중벌을 가했을 것인가 아니면 경벌을 가했겠는가? 소식의 학술이 순수하지 못함을 여기에서 볼 수 있다.

당시 원우 연간에 북교北郊를 별도로 두어 교사郊祠에서 하늘과 땅을 나누느냐 합하느냐는 문제로 말하면[12] 예법에 밝은 사람들이 모여 의

고 부른다.

6) 영남(嶺南): 오령(五嶺) 바깥의 땅. 영표(嶺表). 당나라 때부터 광동(廣東)을 영남이라 불렀다.

7) 범순인(范純仁): 범중엄의 둘째아들. 자는 요보(堯夫), 시호는 충선(忠宣).

8) 유안세(劉安世): 원성(元城) 사람이라 해서 유원성(劉元城)이라 부른다. 송나라 위(魏) 땅 사람으로, 자는 기지(器之).

9) 철종(哲宗, 1076~1100): 송나라 제7대 황제의 묘호(廟號). 신종(神宗)의 여섯째 아들로, 이름은 조후(趙煦).

10) 선인후(宣仁后, 1032~1093): 영종(英宗)의 비. 성은 고씨(高氏)이고, 박주(亳州) 사람이다.

11) 소식이~했으니: 소식의 의론은 범순인, 유안세의 의론과 함께 이도(李燾)의『속자치통감장편續資治通鑑長編』권425 철종 원우 4년 여름 4월 임자의 기록에 실려 있다.

12) 교사(郊祠)에서~문제로 말하면: 교사에서 하늘과 땅을 나누느냐 합하느냐의 문제는 한나라 이후에 논쟁의 초점이 되었다. 경전에는 하늘과 땅을 합해 제사지낸다는 글이 있다. 한나라 광무제는 낙양(洛陽)에 교(郊)의 제단을 설치해서 하늘과 땅을 합해 제사지냈다. 당나라 현종(玄宗)도 남교(南郊)에서 하늘과 땅을 합해 제사지냈다. 송나라도 그 제도를 따랐으나, 원

론해야 할 일이거늘 어찌 소식이 이 문제에 대해 시비를 했단 말인가?

蜀漢廖立所坐, 只是譏議襄漢用兵事, 孔明猶譬之以敗群之羊, 廢處汶
山, 終身不復. 況蔡確車盖之詩, 何等罪惡, 而乃以嶺表爲過乎? 使孔明爲
相, 誅之無疑矣. 然則忠宣之寬恕, 固不得如元城之峻絶, 而至於東坡之議,
欲令哲宗重擬而宣仁未減, 此甚害理.

使確罪誠輕也, 則哲宗豈得以太后之故而加重之? 誠重也, 則宣仁亦安可
以事在自己擅輕之? 如是則母子間俱不免爲任術矣. 且使事在宣仁百歲後,
則哲宗將重之耶, 輕之耶? 子瞻學術之不醇, 於此可見.

若郊祀[13]分合之類, 自是禮家聚訟, 有何是非於其間乎?

🪨 평설

서포는 한 인간이 병법이나 정무에서 실책을 범한 일에 대해 죄를
따질 때는 그 죄상 자체에 근거해야지, 부차적인 사항이나 논죄 뒤의
결과를 예상해서는 안 된다고 했다. 그 구체적 사례로 북송 때 채확이
차개시를 지은 것을 두고 여러 사람들의 논죄가 달랐던 사실을 들었
다. 특히 소동파의 의론에 대해서는 견식이 부족하다고 비판했다.

채확은 차개정車蓋亭에 올라 시를 지었는데, 원우 연간의 제현諸賢들이
이것을 근거로 채확의 죄를 물었다. 이 때문에 군소배들이 의구심을
품어 모의를 더욱 깊게 하고, 또 제현들을 이간질했다. 철종은 본래 원

우 연간에 북교(北郊)를 별도로 두는 문제를 논의하게 했다. 소식은 하늘과 땅의 합사(合祀)
를 주장했고, 유안세는 분사(分祀)를 주장했다. 소식의 의견을 지지한 사람은 고작 다섯 명
이었으나 유안세의 의견을 따른 사람은 40여 명이나 되었다. 명나라 가정(嘉定) 연간에 다시
논의해 분사하기로 했다.

13) [교감] 祀: 통문관본은 '社'로 되어 있다. 고려대본, 서울대본, 연민문고본을 따른다.

우의 제현을 좋아하지 않았으므로, 원우의 제현이 비록 십분 온당하다 하더라도 패망하지 않을 수 없었다.

채확의 차개정 시는 모두 10수로 되어 있다. 그중 표면적으로는 인생은 꿈과 같고 부귀는 연기와 같다는 뜻을 나타낸 시구가 들어 있다.

紙屛瓦枕竹方床	종이 병풍 돌베개 대나무 침상에
手倦抛書午夢長	게을리 책 던지고 낮잠을 자는구나
睡起莞然成獨笑	잠에서 깨어나 빙그레 혼자 웃음 짓나니
數聲漁笛在滄浪	어부의 피리 소리 창랑에서 들려오네

채확과 알력이 있던 범처후范處厚가 그의 시를 얻어 전箋을 올려 해석하기를, "학처준郝處俊이 증산공甑山公으로 봉해진 것은 마침 고종高宗이 무후武后에게 양위하려 할 때였는데, 학처준이 간諫해 제지시키려 했습니다. 이는 곧 사실로써 태황태후를 비유한 것입니다. 또 창랑滄浪이라든가 양진揚塵이라든가 하는 것은 대개 시운의 큰 변고를 말한 것이므로 아주 좋지 않은 말입니다. 비방과 원망이 끼치게 될 해악은 새삼 말할 것도 없습니다"라고 했다. 『송사』 권471에 나온다.

당시 소식은 이렇게 논했다. "만약 조정이 채확의 죄를 가볍게 처리하면, 천하 사람들은 반드시 '황제 폐하가 남의 비방을 당하는데도 성모聖母가 분노하고 질시하지 않는다'고 하리니, 그러면 효도와 치도에 해가 됨이 얕지 않을 것입니다. 만약 조정이 채확을 깊게 죄준다면, 물의를 일으키는 자들이 또한, '태황태후 폐하는 성스러운 도량이 천자와 비등할 만큼 관대하거늘 한 소인이 원망하고 비방하는 말조차 수용하지 못한다'고 할 것이니, 그러면 인자한 정치에 누가 없을 수 없습니다. 신은 바라건대, 황제 폐하께서 칙서를 내려 해당 관리로 하여금 옥사를 벌여 채확의 죄상을 다스린 연후에, 태황태후께서 손수 작성하신 조서를 안에서 내보내셔서 '내가 부덕해서 늘 비방을 들어 스스로를 경계하고자 해왔다. 지금 만약 채확을 죄준다면, 천하의 여러 서로 다른 언론을 어떻게 이르러오게 하겠느냐. 하물며 채확은 일찍이 보필의 신하로서 마땅히 신하로서의 대의를 알 것이니, 지금 봉함으로 올라온 것이 반드시 채확의 시는 아닐 것이니 일절 따지지 말라'고 하십시오. 그리고 조정에 이와 같은 처치를 방문으로 걸어두면, 성모의 인자함과 성군의 효성스러움의 도리가 둘 다 확보될 것입니다."

북송 영종의 생부 추존과 예제 개정

상-72

이천(伊川) 정이에게는 진실로 예악(禮樂)을 제정하는 재능이 있었다.[1] 사(士, 사대부)·서인(庶人, 서민)은 4대를 제사지내야 한다고 한 일, 복왕의 칭호를 정한 일,[2] 희조의 신위를 동향하게 한 일,[3] 신주의 격식을 정한 일[4] 등

---

1) 정이(程頤)에게는~재능이 있었다: 『주자어류』 권90에 이러한 기록이 있다. "정이천의 목주(木主, 신주神主) 제도는 그 섬각(剡刻, 세밀하고 날카로움)과 개규(開竅, 환하게 통함)의 곳에 모두 음양의 수가 존재한다. 정말로 예악을 제작하는 도구가 갖추어져 있다고 할 만하다(伊川木主制度, 其剡刻開竅處, 皆有陰陽之數存焉. 信乎其有制禮作樂之具也)."

2) 복왕(濮王)의 칭호를 정한 일: 『이정문집二程文集』 권6 「주소奏疏·팽중승을 대신해 복왕을 황고(皇考)라 칭해야 한다고 논하는 代彭中丞論濮王稱親疏」에서 다룬 사안이다. 복왕은 북송 영종(英宗)의 생부이다. 북송 인종(仁宗)이 후사가 없이 죽자 복안의왕(濮安懿王) 윤양(允讓)의 아들 조서(趙曙)가 뒤를 이었는데, 그가 영종이다. 영종은 즉위한 이듬해에 조칙을 내려 생부 복안의왕을 숭봉(崇封)하는 문제를 의논하게 했다. 이 논의를 복의(濮議)라고 한다.

3) 희조(僖祖)의 신위를 동향(東向)하게 한 일: 희조는 송나라 태조 조광윤의 고조 조조(趙眺). 『이정문집二程文集』, 부록(附錄) 「체설稀說」에 나온다.

4) 신주의 격식을 정한 일: 『이정유서二程遺書』 권18에 다음과 같은 논의가 있다. "'신주를 반드시 밤나무로 하는 것은 어째서입니까?' 답한다. '주나라에서는 밤나무를 사용했으니, 토지에서 산출되는 나무로서 그 견고함을 취한 것이다. 지금 밤나무를 사용하는 것은 주나라 제도를 따르는 것이다. 만약 사방에 밤나무가 없다면 반드시 그것을 쓸 필요는 없다. 다만 나무 가운데 견고한 것을 취하면 된다('木主必以栗, 何也?' 曰: '周用栗, 土所産之木, 取其堅也. 今用栗,

은 모두 백세百世의 법칙이 되었으니, 그 공功이 『주례周禮』와 대등하다고 할 만하다. 그러나 이것은 모두 경전에 근거하지 않고 의리에 기반해 새로운 설을 일으킨 것이므로, 주부자朱熹는 정이가 작자로 자처한 것이라 혐의를 두었고, 때문에 옛 예법의 권위를 빌리지 않을 수 없었다. 하지만 주자가 인용한 것은 혹 실상에 근접하지 않은 것도 없지 않았으니, 이를 간과해서는 안 될 듯하다.[5]

초상을 당했을 때 오복[6]을 입는 친족은 모두 고조高祖에서 분파된 것인데, 오래 사는 사람은 종종 현손이 장성하는 것을 보게 되므로 고조까지 제사지내는 것이 인정에 부합한다고 할 수 있다. 주자가 정자의 말[7]을 풀이하여 "고조가 돌아가셨을 때 상복을 입으니, 제사 또한 지

從周制也. 若四方無栗, 亦不必用, 但取其木之堅者可也').'

5) 이것은 모두~간과해서는 안 된다: 주희는 40세를 전후해서 『제의祭儀』 『가례家禮』 『고금가제례古今家祭禮』 등의 예서를 편찬했다. 주희는 당시 민간의 예속을 인정하고 이를 적극적으로 반영하되 이를 전용해 사시의 정례를 폐하는 오류를 범하지 말아야 한다는 입장을 견지했다. 이런 태도는 이정(二程, 정이·정호)을 계승한 것으로 이정은 예(禮)의 의리를 해치지 않을 경우에는 민속의 예제(禮制)를 폐기하지 않았다. 『회암집』 권30 「장흠부에게 답함答張欽夫」에 이러한 말이 있다. "다만 보건대, 두 선생은 모두 풍속을 따른 묘제(墓祭, 산소에서 지내는 제사)가 의리를 해치지 않는다는 설이 있으므로 가벼이 폐하지 않았습니다. …… 비록 예로서 올바른 것이 아니라 해도 역시 인정상 그만둘 수 없는 것입니다. 다만 전적으로 이것을 사용해 4계절의 정당한 예를 폐해서는 안 됩니다. 그래서 전날의 뜻은 이미 정당한 제례가 있으면 이것을 보존하더라도 해가 없을 듯하다고 여긴 것입니다(但見二先生皆有隨俗墓祭不害義理之說, 故不敢輕廢 … 雖非禮之正, 然亦人情之不能已者. 但不當專用此而廢四時之正禮耳. 故前日之意, 以爲旣有正祭, 則存此似亦無害)."

6) 오복(五服): 초상을 당했을 때 망자와의 혈통관계의 원근에 따라 다섯 가지로 구분되는 유교의 상복 제도. 유교사상에서는 사람이 죽은 뒤 그 망자와의 친소(親疎)에 따라 각각 다른 기간의 상복을 착용해 애도의 뜻을 표한다. 곧 참최(斬衰)·자최(齊衰)·대공(大功)·소공(小功)·시마(緦麻)의 다섯 가지이다. 오복 제도는 친족관계의 경중을 정하는 표준이 되고 친족 간에 행해지는 행위의 효력과 범죄의 경중을 설정하는 준칙이 되었다.

7) 정자의 말: 『이정유서二程遺書』에 다음과 같은 내용이 나온다. "천자로부터 서인(庶人)에 이르기까지 오복(五服)은 일찍이 다름이 없었으니, 상복을 입은 대상은 모두 고조(高祖)에게까지 이르렀다. 상복을 입는 제도가 이와 같았으니 제사 역시도 반드시 이와 같았을 것인데, 그 소삭(疏數, 드물게 하거나 자주 함)의 예절은 상고할 길이 없다. 다만 그 이치는 반드시 이와 같다. 칠묘(七廟)와 오묘(五廟) 역시도 제사는 고조에까지 이른다는 원칙 아래 있으며, 대부(大夫)와 사(士)도 삼묘(三廟)·이묘(二廟)·일묘(一廟) 혹은 제침(祭寢)이라고 하여 비록 묘는 다르

내지 않을 수 없다"고 한 것과 같은 옛 예법에서는 증조에 대해 자최[8] 3개월의 상복을 입는다고 되어 있다[9]. 송나라 심괄[10]은 "3대 이상은 모두 증조라 칭하고 거슬러 섬겼으므로 비록 4~5대 이상이라 하더라도 모두 3개월 복을 입는다"고 했다.[11] 주자도 심괄의 말이 옳다고 했다.[12] 정이는 "천자로부터 사·서인에 이르기까지 모두 4대를 제사지내되 다만 소삭疏數. 드물게 하거나 자주 하는 것에 차이가 있다"고 했으나,[13] 사·서

지만 제사는 고조에까지 이른다는 원칙에는 아무런 해가 되지 않는다. 만약 녜(禰)에만 제사를 올린다면 이는 어머니만 알고 아버지는 모르는 격이 되니, 이는 금수(禽獸)의 도인 것이다. 녜에만 제사를 올리고 고조에까지 제사가 미치지 않는다면 이는 사람의 도리가 아니다(自天子至於庶人, 五服未嘗有異, 推至高祖. 服旣如是, 祭祀亦須如是. 其疏數之節, 未有可考, 但其理必如此. 七廟·五廟, 亦只是祭及高祖, 大夫·士, 雖或三廟·二廟·一廟或祭寢, 廟則雖異, 亦不害祭及高祖. 若止祭禰, 只爲知母而不知父, 禽獸道也. 祭禰而不及高祖, 非人道也)." 이에 대한 주희의 평설은 각주 13)을 참고할 것.

8) 자최(齊衰): 상기가 대상에 따라 3년, 1년, 5개월, 3개월의 구분이 있다. 3년의 경우는 아들이 어머니 상을 당했을 때, 아버지 없는 손자가 할머니 상을 당했을 때, 어머니가 맏아들 상을 당했을 때, 며느리가 시어머니 상을 당했을 때이다.

9) 증조에 대해~되어 있다: 『의례儀禮』 「상복喪服」에 나온다.

10) 심괄(沈括, 1031~1095): 송나라의 관리이자 학자. 자는 존중(存中), 호는 몽계(夢溪).

11) 심괄은~입는다고 했다: 심괄은 '曾'은 거듭할 '重'의 뜻이라고 보았다. 조부 이상의 조상들은 모두 증조(曾祖)이고, 손자 이하의 자손들도 모두 증손이며, 이는 100대가 지나도 마찬가지이기에, 이들이 상을 당하면 반드시 석 달 동안 복상을 해야 한다고 말했다. 그 근거로 주(周)나라 성왕(成王)이 후대의 사직에 대해 증손(曾孫)으로 호칭한 것과, 제사의 축문에서도 원근을 막론하고 조상들을 모두 증조로 칭한 것을 제시했다. 심괄의 『몽계필담』 권3 「변증辨證 1」에 나온다.

12) 주자도~옳다고 했다: 『주자어류』 권85 「예禮 2」에 "심존중(沈存中, 심괄)이 말하기를 『의례』 「상복喪服」에서 증조(曾祖)는 자최복(齊衰服)을 입는다고 하였는데, 증조 이상은 모두 증조라고 한다'고 하였다. 아마도 이 말이 옳은 듯하다. 이와 같다면 모두 자최 3월의 상복을 입게 된다. 생각해보건대 고조가 돌아가셨는데 어찌 상복을 입지 않을 리가 있겠는가? 자최 3월을 행함이 마땅하다(沈存中說: 「喪服」中, 曾祖齊衰服, 曾祖以上皆謂之曾祖, 恐是如此. 如此, 則皆合有齊衰三月服. 看來高祖死, 豈有不爲服之理? 須合行齊衰三月也)"라고 나온다.

13) 4대를 제사지내되~있다고 했으나: 『회암집』 권30 「왕상서에 답하여 가묘에 대해 논함」에서, "그러나 정자의 말씀으로 고찰해보면 고조를 위해 복을 입으니 제사 또한 지내지 않을 수 없고 7묘든 5묘든 역시 고조에서 그치고, 3묘와 1묘에서부터 제침(祭寢, 서민이 침소에서 제사 지내는 일)에 이르기까지 역시 반드시 고조에까지 미치니, 다만 소삭(疏數, 드물게 하거나 자주 하는 것)의 차이가 있을 따름이라고 하였으니, 아마도 이것이 제사의 본뜻을 가장 잘 얻은 듯합니다. 지금 제법(祭法)을 고찰해보면 제사가 반드시 고조에 미친다는 글은 보이지 않으

인이 4대를 제사지내는 것은 경전經傳에서 출처를 발견할 수 없다. 주자
는 또 한나라 유흠14)이 선대 왕들의 위패를 종묘에 배치하는 문제에 관
한 논의에서 주장한 삼소삼목15)의 설을 옳다고 했는데, 그 말은 이것과
다르다.16)

옛사람은 내외 친척의 칭호가 복잡하지 않아 오직 부자, 조손, 구생
舅甥, 외삼촌과 생질, 고질姑姪, 고모부와 조카과 같은 몇 글자로 모두를 표현했으며,
뒤얽혀 구별되지 않는다고 탓하지 않았으므로, 부자의 항렬에 있는 사
람은 모두 부자라고만 불렀지 다른 호칭은 없었다. 주자가 『정씨유
서』17)에서 질姪이라 일컬은 것을 논하면서 변증한 것18)이 상세하다. 예

나. 월제(月祭, 달마다 제사지냄)와 향상(享嘗, 계절에 한 번 지내는 제사)의 구별이 있으므
로, 옛날에 제사는 원근(遠近)으로 소삭을 구분했음을 역시 알 수 있습니다(然考諸程子之言,
則以爲高祖有服, 不可不祭, 雖七廟五廟, 亦止於高祖, 雖三廟一廟, 以至祭寢, 亦必及於高祖, 但有
疏數之不同耳. 疑此最爲得祭祀之本意. 今以祭法考之, 雖未見祭必及高祖之文, 然有月祭享嘗之別,
則古者祭祀以遠近爲疏數亦可見矣)"라고 했다. 『예기』「제법」에서는, "제후는 5묘를 세우는데,
1단(壇)과 1선(墠)으로, 고묘(考廟)·왕고묘(王考廟)·황고묘(皇考廟) 등은 모두 월제를 지낸
다. 현고묘(顯考廟)와 조고묘(祖考廟)는 향상으로 그친다(諸侯五廟, 一壇, 一墠, 曰考廟, 曰
王考廟, 曰皇考廟, 皆月祭之. 顯考廟祖考廟, 享嘗乃止)"라고 했다.
14) 유흠(劉歆, BC 53?~BC 25): 자는 자준(子駿). 나중에 이름을 수(秀), 자를 영숙(穎叔)으로 고
쳤다.
15) 삼소삼목(三昭三穆): 종묘에 선대 왕의 위패를 모실 때 밝은 쪽인 왼쪽 줄을 소, 어두운 쪽인
오른쪽 줄을 목이라 하여, 제1세를 중앙에 모시고 2·4·6세는 소, 3·5·7세는 목에 모시는
방식을 말한다. 삼소삼목은 모두 7묘(廟)가 된다.
16) 주자는 또 한나라~이것과 다르다: 주희는 『회암집』권15 「조묘의장祧廟議狀」에서 유흠의
설명을 좇아 천자 7묘설을 주장했다. 7묘는 천자의 사당 제도이고, 5묘는 제후의 사당 제도
이다. 7묘는 중앙에 태조의 묘를 두고, 좌우에 삼소삼목(三昭三穆)을 배열한다. 천자의 7묘설
은 유흠 등에서 시작되어 왕숙(王肅) 등이 주장했다. 그 근거는 『예기』「왕제王制」, 『순자』
「예론禮論」, 『곡량전穀梁傳』희공(僖公) 15년조 등이다. 「왕제」의 글은 이렇다. "천자는 7묘
이고, 삼소삼목으로, 태조의 묘와 합해 일곱이다. 제후는 5묘이고, 이소이목(二昭二穆)으로,
태조의 묘와 합해 다섯이다. 대부는 3묘이고, 일소일목(一昭一穆)으로, 태조의 묘와 합해 셋
이다. 사(士)는 1묘이다. 서인은 침(寢)에서 제사한다(天子七廟, 三昭, 三穆, 與大祖之廟而七.
諸侯五廟, 二昭, 二穆, 與大祖之廟而五. 大夫三廟, 一昭, 一穆, 與大祖之廟而三. 士一廟. 庶人祭於
寢)." 한편 주희는 「체협의禘祫議」에서 "제후에게는 이종(二宗, 종묘에 제사지내는 두 사람의
선조)이 없다"고 하며 위현성·정현 등과 같이 5묘설을 지지했다. 그 근거는 『의례』「상복소
기喪服小記」, 『예위계명징禮緯稽命徵』, 『효경구명결孝經鉤命訣』등이다.
17) 『정씨유서程氏遺書』: 통문관본과 서울대본은 유서(遺書)로 되어 있다. 『이정유서二程遺書』라

서禮書에 이른바 세숙부모世叔父母라는 칭호 또한 계모繼母·자모慈母·적자嫡
子·서자庶子의 칭호와 같은 것이어서, 호칭이 각각 해당하는 바가 있었
지, 평상시에 부르는 것을 말함은 아니다. 서소書疏, 편지, 여기에서는 부고訃告에
서의 칭호가 반드시 이와 같았을 것이다. 주서「문후지명」에서 주나라
평왕은 진나라 문후를 아버지라 했다.[19] 문후는 평왕에 대해서 이미
소원했거늘, 오히려 이렇게 아버지라 불렀으니 하물며 가까운 사람인
경우에야 어떠했겠는가? 설령 송나라 인종에게 친아들이 있었다 하더
라도 옛 예법에 의하면 오히려 복왕濮王 윤양允讓을 아버지라고 불러야
하니, 영종의 경우에야 어찌 달리 논하겠는가? 비록 그렇지만 후세의
인정이 옛날과는 달라져서 이미 백부나 숙부로 아버지의 형제를 호칭
하게 되었으므로, 영종이 이미 인종의 아들이 되었다면 복왕을 백숙伯
叔, 아저씨이라 불러도 무슨 잘못이 있겠는가.[20] 그러나 만약 "반드시 고
인은 이미 이같이 호칭했을 뿐이다"라고 말하려 한다면, 경전에 증거
가 없으니 감히 꼭 그렇다고 말할 수는 없다.

　상商나라와 주周나라가 토지와 백성을 소유한 것은 각각 직稷과 설契
로부터 시작되었다. 그러므로 천하를 차지하지 않았을 때부터 그들은

고도 한다.
18) 질(姪)이라~변증한 것:『회암집』권30「장흠부에게 부쳐 정집이 자를 바꾼 사실에 대해 논
함與張欽夫論程集改字」를 말한다.
19) 주나라 평왕(平王)은~아버지라 했다:『서경』「주서周書·문후지명文侯之命」에서 평왕은 진
(晉)나라 문후(文侯)를 방백(方伯, 관찰사)으로 삼고 책서(策書, 책봉 문서)를 지어 그에게 명
하면서 '부희화(父義和)'란 표현을 썼다. '희화'는 문후의 자이다. 유왕(幽王)이 견융(犬戎)에
게 살해당하자 진나라 문후가 정(鄭)나라 무공(武公)과 함께 태자 의구(宜臼)를 맞이해 세우
니, 이가 평왕이다. 평왕은 동도(東都, 낙양)로 천도하고는 문후를 방백으로 삼고 검은 기장
술과 활 그리고 화살을 내려줄 때 책서를 만들어 명하자, 사관(史官)이 이것을 기록해「문후
지명」을 만들었다. 금문(今文)과 고문(古文)에 모두 있다.
20) 영종이 이미~잘못이 있겠는가: 송나라 인종이 자식이 없어 조카인 조서(趙曙)에게 계승시
켰고, 이가 바로 영종이다. 영종은 조카로서 삼촌을 계승했으므로, 인종을 부(父)로 불러야
할지, 백숙(伯叔)이라 불러야 할지 호칭의 혼란이 일어난 것이다.

이미 존숭되어 태조太祖의 묘당이 세워졌었고, 은나라의 탕왕湯王과 주나라의 무왕武王은 전해오는 것을 따랐을 뿐이다. 하夏나라는 우왕禹王 때부터 나라가 시작되었는데, 그 선조에 직·설과 같은 사람이 없었으므로 우왕 때는 단지 친묘親廟, 부친의 사당만 세웠다. 계啓 이후부터 차차 조천祧遷, 대수代數가 차서 신주를 다른 곳으로 옮겨 모시는 것하다가 우왕의 묘당을 옮겨야 할 때가 되자 비로소 태조로 높이게 되었다. 그러므로 옛 예법에 "하나라는 4묘였는데 자손에 이르러 5묘가 되었다"[21]고 했다.

주자는 「왕상서에게 답한 서찰答汪尙書書」에서 고증을 분명하게 했다.[22] 삼대의 예법은 고의로 달리한 것이 아니라, 그 나라를 세운 경위가 같지 않기 때문에 달라진 것이다. 가령 우왕이 탕·무의 처지에 있었다면 어찌 직·설을 제사하지 않았겠으며, 탕·무의 선조에 직·설이 없었다면 또 어찌 꼭 4대조를 태조로 삼았겠는가? 왕안석의 주장은 그

---

21) 하나라는~5묘가 되었다: 앞서 언급한 「왕상서에 답하여 가묘에 대해 논함」에 나온다.
22) 주자는~고증을 분명하게 했다: 주희는 예의 격식보다는 의리가 중요하다고 논했다. 『회암집』 권30 「왕상서에 답하여 가묘에 대해 논함」에 다음과 같은 논설이 있다. "옛날 제후의 5묘의 2소2목은 고조 이하의 4세로 상복을 입는 친밀한 관계입니다. 태조는 처음으로 봉해진 군주로 100대가 되어도 그 사당을 허물지 않습니다. 오늘날의 공후는 가(家)는 있어도 국(國)은 없으므로, 태조의 사당을 가질 수 없습니다. 그러므로 지화(至和) 연간의 4묘는 단지 2소2목의 4세 유복지친(有服之親, 친족이 사망한 경우 복제에 따라 일정 기간 상복을 입는 가까운 친척의 총칭)으로, 태조의 사당이 없습니다. 그것이 옛 제도와 부합하지 않는 것 같지만, 실은 그 뜻을 얻음에 있어서는 잘못이 없습니다. …… 예가(禮家)들은 하나라의 4묘가 자손에 이르러 5묘가 되었다고 합니다. 그렇다면 이 5묘를 세운다는 것 역시 5세 이후에 처음으로 봉해지는 군주가 동향(東向)의 위치를 바로한 후에야 그 숫자를 얻을 수 있는 것으로, 오늘날 사당을 세우는 처음에 바로 세우는 태조의 사당과는 다릅니다. 정화 연간의 제도는 모두 이것을 고려하지 않았기 때문에 2소2목의 위에 고조(高祖)의 아버지를 계산하여 5세를 갖추었습니다. 이미 처음 봉해진 군주도 아니며, 또 이미 친함이 다해 상복이 끊어졌는데도 구차하게 그 5세의 숫자를 채워 이를 제사지내니, 의리에 어찌 합당하겠습니까(蓋古者諸侯五廟, 所謂二昭二穆者, 高祖以下四世有服之親也. 所謂太祖者, 始封之君, 百世不毀之廟也. 今世公侯有家而無國, 則不得有太祖之廟矣. 故至和四廟, 特所謂二昭二穆, 四世有服之親, 而無太祖之廟. 其於古制雖若不同, 而實不害於得其意也. … 禮家又言, 夏四廟, 至子孫而五, 則是凡立五廟者, 亦是五世以後, 始封之君正東向之位, 然後得備其數, 非於今日立廟之初便立太祖之廟也. 政和之制, 蓋皆不考乎此, 故二昭二穆之上, 通數高祖之父以備五世. 夫旣非始封之君, 又已親盡而服絶矣, 乃苟以備夫五世而祀之, 於義何所當乎)."

것대로 한 가지 주장으로,[23] 삼대·한·당에서는 없던 것이다. 비록 그렇지만 정이가 어찌 왕안석의 의견을 구차하게 따랐겠으며, 주자 역시 어찌 정이가 같은 당파라고 해서 그를 변호했겠는가?[24] 진실로 조상을 받들어 모신다는 마음에서 살핀다면 이 역시 한 왕조에서 시행할 법이 되기에 해로운 것이 없으므로, 꼭 옛날의 예법과 다르다고 하여 혐오할 것은 아니다. 오직 삼대의 예법에 반드시 부합시키려 했으므로, 그 말이 대부분 구차해져서 당시 여러 사람들의 마음을 굴복시킬 수 없었다. 또 그뿐 아니라 후세에도 마단림이 『문헌통고』[25]에서 교주고슬[26]이니 당동벌이[27]라는 지목을 주자에게 가하게 되었으니,[28] 정말 안타까운

---

23) 왕안석(王安石)의~한 가지 주장으로: 왕안석의 『임천문집臨川文集』 권42 「묘의차자廟議箚子」에 나온다. 송나라 태조 조광윤(趙匡胤)의 조부 조경(趙敬)을 추존한 묘호는 희조(僖祖)이다. 송나라 조정에서는 이 희조를 원조(遠祖)와 합사(合祀)하자는 논의가 분분했다. 태조가 4조를 추숭한 뒤, 치평(治平) 연간에 이르러 희조를 천묘(遷廟, 원조를 합사하는 사당)에 모셔서 태조를 동향의 자리에 앉혔다. 그 뒤 신종(神宗)이 다시 희조를 받들어 동향하게 하고 태조를 소목(昭穆)에 배열했다. 그때 사마광(司馬光)과 한유(韓維)는 그 불가함을 극력 논했고, 왕안석만 가하다고 했다. 정이 역시 왕안석이 옳다고 여겼다.

24) 주자 역시~변호했겠는가: 송나라가 희조로 태조를 삼은 것은 왕안석에서 비롯되었는데, 정이는 "개보의 소견이 세속 선비보다 한층 높다"고 했고, 주희 또한 따르게 되었다. 대개 천묘를 옮길 신주(神主)를 자손의 협실에 내려두는 이치도 없고, 또 태종(太宗)도 시조(始祖)의 위치에 함께 벌여둘 수 없다는 뜻인 듯하다.

25) 『문헌통고文獻通考』: 송나라 말 원나라 초의 학자 마단림(馬端臨, 1254?~1323)의 『문헌통고』를 말한다. 348권. 주로 경제·제도에 대해 기술했다. 체제는 전부(田賦)·전폐(錢幣)·호구(戶口)·직역(職役)·정각(征榷)·시적(市糴)·토공(土貢)·국용(國用)·선거(選擧)·학교(學校)·직관(職官)·교사(郊社)·종묘(宗廟)·왕례(王禮)·악(樂)·병(兵)·형(刑)·경적(經籍)·제계(帝系)·봉건(封建)·상위(象緯)·물이(物異)·여지(輿地)·사예(四裔) 등 24항목으로 되어 있다.

26) 교주고슬(膠柱鼓瑟): 거문고의 기둥(기러기발)을 아교로 붙여놓고 거문고를 탄다는 뜻으로, 규칙만 고수해 융통성이 없는 꽉 막힌 사람을 이르는 말이다. 거문고의 기러기발을 아교풀로 고착시켜버리면 한 가지 소리밖에 나지 않는다. 『사기』 「염파인상여열전廉頗藺相如列傳」 참조.

27) 당동벌이(黨同伐異): 후한 말기 황태후의 외척들과 환관, 유학자 집단이 서로 물고 물리는 권력 다툼을 벌였는데, 여기서 자기와 당파가 다른 집단을 무조건 배격하는 것을 말한다. 중대한 사안을 두고 당리당략에만 치중한 정치권과 사회상을 풍자하는 말로, 결국에는 나라를 망하게 한다는 것을 경고하는 말이다. 『후한서』 「당동전黨同傳」에 나온다.

28) 주자에게 가하게 되었으니: 『문헌통고』 권94에서 "소흥(紹興) 5년 윤10월, 조칙을 내려 태묘 대전의 서쪽에 4조의 신전을 건립하게 하고 희조·순조(順祖)·익조(翼祖)·선조(宣祖) 등 4조

일이다.

주자는 또 한유의 「체협의」[29]를 끌어왔는데, 이것은 더욱 사정에 맞지 않다. 한유의 논의는 다만 합제合祭, 한 사당에 두 위 이상의 신령을 모셔서 제사지냄할 때는 모시는 조상을 동향으로 해야 하며, 평상시에는 협실夾室에 신주를 모셔놓는다는 뜻이었다.[30] 한유의 문장은 본래 절로 분명하다. 더구나 이렇게 조정에 있으면서 자문에 응해 의론을 모아 올린 글은 조목조목 상세히 전달하는 데 힘썼으므로, 글 너머의 은미한 이치가 심오해서 알기 어려운 것이 있다고도 할 수 없다. 신주의 격식에 대해서는 이미 "참람되게 제후의 예를 사용했다"고 했으므로, 자연히 이설이 없었던 것이다.

伊川信有制禮作樂之具, 如士庶祭四代, 濮國稱號, 僖祖東向, 及木主尺度, 皆爲百世法程, 可謂功敵『周禮』矣. 然此皆義起, 故夫子嫌以作者自居, 不得不借重於古禮, 而其所援引, 或不能襯切, 此則恐不可不知也.

五服之親, 皆自高祖分派, 而人之得壽者, 往往及見玄孫之長成, 祭及高祖, 可謂合於人情矣. 若曰"高祖有服, 不可不祭"云, 則古禮惟於曾祖, 著齊衰三月. 沈括謂: "自三代以上, 皆稱曾祖逆[31]事之", 則雖四五代以上, 皆有

의 신주를 봉안하게 한 뒤 해마다 예관(禮官)으로 하여금 제수를 올리게 했다"는 기사의 뒤에 안어(按語, 자신의 견해를 진술하는 말)를 부쳐 주희를 비판했다.

29) 「체협의締祫議」: 시조에 대한 제사인 체제사와 시조와 다른 조상들을 아울러 제사지내는 협제사에 대한 의론. 『창려집주昌黎集註』 권14 「잡저雜著」에 들어 있다.

30) 한유의 논의는~뜻이었다: 한유의 「체협의」에 나온다. 당시 체협에 관한 설로는 첫째, 헌조(獻祖)와 의조(懿祖)의 위패는 합사하는 방에 영구히 두어야 한다고 했다. 둘째, 헌조와 의조의 위패는 파괴해서 묻어야 한다고 했다. 셋째, 헌조와 의조의 위패는 각각 능에 옮겨야 한다고 했다. 넷째, 헌조와 의조의 위패는 흥성(興聖)황제의 사당에 두어 체협의 제사를 지내야 한다고 했다. 다섯째, 헌조와 의조에 대해 별묘를 세워야 한다고 했다. 한유는 다섯 설이 모두 옳지 않다고 보고, 체협의 제사 때 헌조는 동향의 위치를 차지하고 그 자손인 경황제(景皇帝)는 좌우의 열에 진열하는 것이 좋다고 주장했다.

31) [교감] 逆: 고려대본은 '建'로 되어 있다. 통문관본과 서울대본을 따른다.

三月服. 朱子以括言爲是. 程子又謂: "自天子至於士庶, 祭皆四代, 但有疎數"云, 而士庶之祭四代, 經傳無見出處. 朱子又以劉歆[32]廟議, 三昭三穆[33]說爲是, 其言與此不同矣.

古人淳質於內外親戚之稱號, 惟以父子祖孫舅甥姑姪[34], 若干字盡之, 不以混雜無別爲嫌, 故凡在父子之行者, 皆直謂之父子而無他稱號. 朱子之論『遺書』稱姪, 辨之詳矣. 若禮書所謂世叔父母之稱, 亦如繼母·慈母·嫡子·庶子之稱, 稱之各有所當, 非謂常時呼喚, 書疏稱謂, 必皆如是也.「周書·文侯之命」, 周平王稱晉文侯爲父. 文侯之於平王, 固已疎矣, 猶且如此, 況其近者乎? 設令宋仁宗有親生之子, 揆以古禮, 則猶當父呼濮王, 何論英宗? 雖然後世人情, 與古不同. 旣以伯叔稱父之兄弟, 則英宗旣爲仁宗子矣, 伯叔濮王, 又何疑乎? 若必曰"古人已如此稱號云爾", 則經傳無證, 不敢謂必然也.

商·周之有土有民, 自稷·契始, 自其未有天下時, 已尊爲太祖之廟, 湯·武因之而已. 夏之立國, 自禹始, 其先無如稷·契者, 故禹之世, 只立親廟. 自啓以後, 次次祧遷, 至禹廟當遷, 則始乃尊之爲太祖. 古禮曰: "夏四廟, 至子孫而五."

朱子於「答汪[35]尙書書」, 考據甚明. 三代之禮, 非故爲異, 其立[36]國不同故也. 使禹處湯·武之地, 豈得不祀稷·契, 使湯·武之先無稷·契, 則亦豈必以四代祖爲太祖乎? 介甫之禮, 自是一家說, 三代·漢·唐所未有也. 雖然程子豈肯苟循介甫, 朱子亦豈黨護伊川哉? 苟以藝祖尊祖之心推之, 則是亦不害爲一王之法, 正不必以異於古禮爲嫌也. 唯其必欲附合三代, 故其言多苟, 不能伏當時諸公之心, 而後來馬氏『通考』, 至以膠柱鼓瑟·黨同伐異之

---

32) [교감] 歆: 통문관본은 '韻'으로 되어 있다. 고려대본과 서울대본과 따른다.
33) [교감] 穆: 통문관본은 '穋'으로 되어 있다. 고려대본과 서울대본을 따른다.
34) [교감] 姪: 통문관본은 '侄'로 되어 있다. 통용하는 글자이다. 다만 고려대본과 서울대본을 따른다. 이하 모두 같다.
35) [교감] 汪: 고려대본은 '任'으로 되어 있다. 통문관본과 서울대본을 따른다.
36) [교감] 立: 서울대본은 '主'로 되어 있다. 오자이다. 통문관본과 고려대본을 따른다.

目, 加之於朱子, 良可惜也.

朱子又以韓昌黎[37]「禘祫議」爲援, 則尤恐不近矣. 韓之議, 只欲於合祭時奉獻祖東向, 而常時則藏主[38]於夾室矣[39]. 韓文本自明暢, 況此等獻議文字, 務在條達詳悉, 恐未必有言外微意深奧難看者也. 若木主之式, 旣曰: "僭用諸侯之禮"云, 故自無異同之說矣.

평설

서포는 『서포만필』의 상-72, 상-74, 하-41, 하-42에서 예론을 논했다. 상-72에서 서포는 정이가 의리에 기반해 새로운 예설을 일으킨 것을 높이 평가하고, 주희가 그것을 반박하기 위해 옛 예법을 인증한 것에는 간혹 오류가 있다고 지적했다. 특히 상-72에서는 사·서인이 4대를 제사지내는 일과 송나라 영종이 인종의 후사로 들어갔으나 생부 복왕濮王을 아버지로 부르거나 백숙으로 부를 수 있다고 했다.

이것은 실은 조선의 인조가 생부 정원군을 어떻게 불러야 하고 그를 위해 어떤 상복을 입어야 하는가로 논의가 분분했던 사실을 의식해서 문제를 제기한 것이다. 대개 당시의 주류는 정원군을 백숙부라 불러야 하고 아버지 '고考'를 칭할 수 없다고 했는데, 최명길 등은 '고'를 칭할 수 있다고 했다. 후대에 이르러 서포는 '고'를 칭할 수도 있고, 풍습을 고려해 '백숙'이라 칭할 수도 있다는 주장을 했다. 그 문제에 대해 번잡하게 논의하는 것이 무의미했다고 일축한 셈이다.

---

37) [교감] 黎: 통문관본은 '藜'로 되어 있다. 오자이다. 고려대본과 서울대본을 따른다.
38) [교감] 主: 고려대본은 '之'로 되어 있다. 통문관본과 서울대본을 따른다.
39) [교감] 矣: 서울대본은 '耳'로 되어 있다. 통문관본과 고려대본을 따른다.

주자 「체협의」의 예제

주자가 「체협의」[1]에서 옛 묘廟에 대해 논한 것은 매우 상세하다. 그러나 그 주장은 막히고 통하지 않는 부분이 많다. 『문헌통고』에서 이 부분을 논했는데, 대단히 분명하고 정확하다.[2] 만약 주자가 다시 태어난다면 아마도 예전의 견해를 버릴 것이다.

그런데 주자는 일찍이 『좌전』의 "읍에 돌아가신 군주의 묘廟가 있어야 도읍이라고 말한다"[3]는 설에 대해 다음과 같이 논했다. "옛사람의 묘는 옮기지 않았으므로, 태왕太王의 묘가 기岐에 있고, 문왕의 묘가 풍

---

1) 「체협의締祫議」: 주희의 『회암집』 권69에 실려 있다. 주희는 이 글에서 위현성(韋玄成)의 주장을 지지해서 태조와 이종(二宗) 사친(四親, 고조, 증조, 조부, 부)을 모두 아울러 7묘로 하고 "고조 이상은 더이상 친(親)이 없어져 신주(위패)를 옮긴다"고 했다.
2) 『문헌통고』에서~정확하다: 『문헌통고』 권100에 나온다. 마단림(馬端臨)은 "태조를 동향으로 앉히면 소목(昭穆)으로서 남북을 향하는 신주는 서방이 윗자리이므로 소(昭)의 자리에서 고조는 서쪽이고 비(妣)는 동쪽이며 조(祖)는 서쪽이고 비는 동쪽이다. 이것은 조모(祖母)와 손자를 나란히 두는 것이어서 체(體)에 순(順)하다"라고 했다.
3) 읍(邑)에~말한다: 『춘추좌씨전』 장공(莊公) 28년에 "무릇 읍에 종묘와 선군(先君)의 신주가 있으면 도(都)라 하고, 그것이 없으면 읍이라 한다"고 했다.

豐에 있었던 것과 같이, 일찍이 도읍이었던 곳은 저절로 묘가 있었다. 그리하여 무왕이 태왕을 제사지낼 때는 기에서, 문왕을 제사지낼 때는 풍에서 지냈고, 주나라 수도 호경⁴⁾에는 도리어 두 왕의 묘가 없었다."⁵⁾ 주자의 이 말로 살펴본다면, 옛날의 묘제廟制는 소목⁶⁾으로 순서를 두어 도궁都宮에 합한 적이 없다는 사실이 아주 명백하다. 이른바 좌소우목左昭右穆이라는 것은 단지 합제合祭, 둘 이상의 죽은 사람의 혼을 한곳에 모아 제사함할 때 신주의 위치가 이와 같다는 것일 뿐이다. 이를 가지고 미루어보면 희주姬周시대의 묘제에 대해 말할 수 있다. 태왕은 기에 도읍했을 때, 옛 도읍이 몰락했으므로 당연히 기에 후직后稷의 사당과 부친의 사당을 만들었으며, 이후 태왕과 왕계王季, 태왕의 막내아들로 문왕의 아버지의 묘 역시도 당연히 기에 있었다. 풍에는 단지 문왕의 묘만 있었고, 호경에는 주공이 의례를 제정할 때에도 단지 무왕의 묘 하나만 있었다.

사시의 제향⁷⁾ 때에는 각각 그 묘에 갔지만, 대협大祫 . 조상의 신주를 천묘遷廟에 함께 모셔 제사지냄 때는 기에 있는 후직의 묘에 가서 무왕 이상의 선대 왕들을 합사合祀했다. 또 이를 가지고 미루어보면, 『예기』에서 말한, "손孫은 조묘祖廟에 함께 제사를 올리고, 차례대로 신주를 올려 모신다"는 말

호경(鎬京): 서주(西周)의 무왕(武王)이 도읍한 곳. 동천(東遷)할 때까지의 왕도(王都). 현재의 섬서성 서안(西安) 부근이다.

5) 옛사람의 묘는~두 왕의 묘가 없었다: 『주자어류』 권54 「맹자지평륙장孟子之平陸章」에 하손(賀孫)이 기록한 내용에 나온다.

6) 소목(昭穆): 사당에서 신주를 모시는 차례로, 왼쪽 줄의 소(昭), 오른쪽 줄의 목(穆)을 통틀어 일컫는 말. 소목 제도는 중국 상고시대부터 유래된 것인데 주나라 때 주공(周公)이 예악(禮樂)을 정비하면서 구체화되었다고 한다. 제1세를 중앙에 모시는데 천자는 소에 2·4·6세, 목에 3·5·7세를 각각 봉안하여 삼소삼목(三昭三穆)의 7묘가 되고, 제후는 소에 2·4세, 목에 3·5세를 각각 봉안해 이소이목의 5묘가 되며, 대부는 일소일목의 3묘가 된다. 『예기』「왕제王制」에 나온다.

7) 사시(四時)의 제향(祭享): 시제(時祭). 사시(四時)의 중월(仲月), 즉 음력 2월, 5월, 8월, 11월에 5대 이상 조상의 묘에서 거행하는 것으로 대개 정일(丁日)이나 해일(亥日)에 지낸다. 『예기』「제통祭統」에 보면, 봄 제사는 약(礿), 여름 제사는 체(禘), 가을 제사는 상(嘗), 겨울 제사는 증(烝)이라고 했다.

은 아마 경대부卿大夫의 의례이지 천자의 제도는 아닌 듯하다. 성왕成王
이 서거하였을 때 당연히 합장했어야 했던 곳은 바로 문왕의 묘였으
나, 성왕은 따로 호경에다 묘를 세웠지 반드시 풍으로 옮겨 봉안奉安하
지 않았고, 또 문왕을 기에 옮기지도 않았던 것이다. 그렇다면 신주를
협실夾室. 곁방에다 옮겨 모신다는 것은 경대부의 의례이며, 천자의 묘는
비록 100대를 지난다 하더라도 옮긴 적이 없었다. 다만 그 관계의 원
근遠近 때문에 제사지내는 것에 빈도의 차이가 있었을 뿐이다. 이는 아
주 명백하고 또 막힐 곳이 없다.

그런데도 한나라 이래 유학자들의 논의가 소목昭穆 · 체천祕遷. 원조遠祖를
천묘에서 함께 제사지내는 일 · 도궁 · 협실과 같은 설에 얽히고설킴을 면하지 못한
것은 아마도 천자와 제후의 상제례喪祭禮가 후세에 전해지지 않아서 한
나라 유학자들이 사례士禮. 선비들의 예법를 기준으로 추측해서 방국邦國. 국가
의 예를 제정했기 때문이다. 그러므로 수백, 수천 년 동안 기워대고 끌
어 맞추어 여력을 남기지 않았으나, 끝내 사람들의 마음을 흡족하게 해
주지 못했던 것은 큰 근본을 이미 잃었기 때문이다.

어떤 사람이 물었다.

"그렇다면 이것과 서한西漢의 제도는 어떻게 구별되는가?"

나는 이렇게 대답했다.

"서한의 제도는 한나라가 스스로 창제한 것이 아니고, 분명 진秦나라
의 옛 관습을 답습한 것이다. 그런데 진나라는 주나라를 답습했다. 광
형8) 등의 때에 이르러 모든 것을 사례士禮를 기준으로 일삼게 되었고,
동도東都. 서한시대를 일컫는 말에 이르러서는 같은 사당에 모시는 제도로 변했
다. 그러므로 지금 사람들은 도리어 서한의 제도를 옛 제도라 여기지

---

8) 광형(匡衡): 전한(서한)시대의 학자이자 정치가. 자는 치규(雉圭). 『시경』에 밝았다. 태자소부
(太子少傅)와 승상을 지냈는데, 직언을 곧잘 해서 면직되기도 했다.

않는다. 마단림은 비록 『문헌통고』에서 서한 때 각각의 장소에 사당을 둔 것이 좋았다고 했으나, 그것이 주나라의 의례에 합치하는 것인 줄은 몰랐다. 주자가 주나라의 의례를 논한 것이 이처럼 분명했음에도 「체협의」에서 그 점을 언급하지 않은 것은 아마 당시의 쟁점이 다만 송나라 태조의 고조인 희조僖祖의 신주를 동향하는 문제에 있었기 때문일 것이다."

朱子於「禘祫議」論古廟制, 詳矣. 然其說多扞格不通. 『文獻通考』論此一節, 極辨極確. 若晦庵復起, 殆將捨其前見矣.

然朱子嘗論『左傳』'邑有先君之廟曰都'之說, 曰: "古人之廟不遷, 嘗[9]爲都處, 便自有廟, 如太王廟在岐, 文王廟在豊. 武王祭太王則於岐, 祭文王則於豊, 鎬京却無二王廟." 以朱子此言觀之, 則古之廟制, 未嘗序以昭穆, 合爲都宮甚明. 其所謂左昭右穆者, 特其合祭時設位如是耳. 執此而推之, 則姬周一代之廟制, 可得而言. 太王之邑岐也, 舊都淪沒, 理當創立后稷及親廟於岐, 而後來太王·王季二廟, 亦當在岐也. 豊則只有文王一廟, 鎬京在周公制禮時, 亦只有武王一廟.

四時之享, 各就其廟, 大祫則就岐后稷廟, 而合祀武王以上也. 又以此推之, 則『禮』所謂"孫祔[10]祖廟, 以次陞遷"云者, 恐是卿大夫之禮, 非天子之制也. 成王之崩, 所當祔[11]者, 乃是文王廟, 而成王自當立廟於鎬京, 必不遷奉於豊, 而又遷文王於岐. 然則遷主之藏於夾室, 此亦卿大夫之禮. 天子之廟, 雖百代未嘗遷動, 唯以其遠近爲享祀疎數之節而已. 此甚明白, 又無扞[12]格處.

9) [교감] 嘗: 통문관본은 '當'으로 되어 있다. 고려대본과 연민문고본을 따른다.
10) [교감] 祔: 고려대본은 '附'로 되어 있다. 통문관본과 연민문고본을 따른다.
11) [교감] 祔: 고려대본은 '附'로 되어 있다. 통문관본과 연민문고본을 따른다.
12) [교감] 扞: 통문관본은 '揮'으로 되어 있다. 고려대본과 연민문고본을 따른다.
13) [교감] 者: 고려대본과 연민문고본은 '子'로 되어 있다. 오자이다. 통문관본을 따른다.

而漢以來儒者¹³⁾之論擧, 不免爲昭穆·禘遷·都宮·夾室之說所纏縛者, 盖以天子諸侯喪制禮, 不傳於後, 漢儒以士禮推而爲邦¹⁴⁾國禮. 故千數百年間, 彌縫牽合, 不遺餘力, 而終不能伏人心者, 以大本已失故也.

或曰: "然則此與西漢之制, 又何以別乎?" 曰: "西漢之制, 非漢所自創, 是必襲秦之舊, 而秦又襲周也. 至匡衡輩, 一切以士禮從事, 至東都而又變爲同堂之制. 故今人反以西漢爲非古. 馬端臨雖以西漢廟在各處爲善, 而亦不知其合於周禮. 唯朱子之論周禮, 如是分明, 而於「禘祫議」未有所及之者, 盖當時所爭, 特在於僖祖東向故耳."

🍃 평설

남송 영종 원년에 조묘^{祧廟}를 둘러싼 의론이 일어나자, 주희는 「조묘의장^{祧廟議狀}」을 지어 자신의 견해를 밝혔다. 곧 주희는 『회암집』 권15에 수록된 「조묘의장」에서 유흠의 설명을 좇아 7묘설을 주장했다. 7묘는 중앙에 태조의 묘를 두고, 좌우에 소^昭 셋과 목^穆 셋을 배치하는 방식이다. 천자의 7묘설은 유흠 등에서 시작되어 왕숙 등이 주장했다. 그러나 주희는 「체협의」에서는 "제후에게는 이종^{二宗}이 없다"고 하여, 위원성·정현 등과 같이 5묘를 지지했다.

서포는 주희의 「체협의」가 『주례』의 설과 다르다고 논박했다. 고대부터 서한 때까지는 왕조가 도읍한 곳에 각각 7묘를 두었으므로 제사 때도 7묘가 있는 곳으로 가서 행했다는 것이다.

서포는 이 논의를 통해서 조선에서 일어난 부묘^{祔廟, 종묘에 합사함} 논의에 대한 견해를 넌지시 밝혔다. 당시 효종의 장례가 끝나고 태묘에 효종의 신주를 부묘할 때가 되자, 태묘에 안치된 역대 신주의 배치를 조정해야

---

14) [교감] 邦: 고려대본은 '朝'로 되어 있다. 통문관본과 연민문고본을 따른다.

할 필요성이 제기되었다. 한원진韓元鎭은 주희의 「조묘의장」이 일시적인 문제를 해결하기 위한 주장을 담고 있는 글이므로 주희의 정론이 아니라 보고, 『중용혹문』과 「체협의」를 기준으로 삼아야 한다고 주장했다. 서포는 사례士禮와 방국의 예는 다르다고 전제한 뒤 주희의 「체협의」도 비판하고 제3의 설을 모색한 것이다.

제왕가의 상기 단축

상—74

제왕가에서 상기喪期가 짧아진 것은 오래되었다. 한나라 문제의 유조 遺詔, 임금의 유언는 단지 관리나 백성들을 위한 것이었고, 애당초 사군嗣君, 왕 위를 이은 임금과 관련된 것은 아니었다.[1] 호인은 『독사관견』에서 한나라

---

1) 한나라 문제(文帝)의~아니었다: 『자치통감』 권15 「한기漢紀·7」 문제(文帝) 7년(갑신, BC 157)의 기록에 나온다. "여름 6월 기해(1일)에 황제가 미앙궁에서 붕어(崩御, 임금이 죽음)했다. 유조에서 이렇게 말했다. '짐은 듣자니, 대개 천하의 만물에 싹이 생기면 죽지 않는 것이 없다고 하니, 죽는다는 것은 천지의 이치이며 만물의 자연스러움이다. 어찌 심하게 슬퍼할 만한 것인가! 오늘의 세상에서는 모두가 살기를 좋아하고 죽기를 싫어하며, 후한 장례를 치르느라 생업을 깨뜨리고, 복상(服喪, 상복을 입음)을 무겁게 해서 산 사람을 다치게 한다. 하지만 나는 이런 일을 전혀 인정할 수가 없다. 더구나 짐은 아주 부덕해서 백성들을 도와준 것이 없거늘, 이제 죽어서 또 복상을 치르고 오래도록 곡하게 하여, 추위와 더위의 고통을 거듭 당하게 하고 다른 사람들의 부자를 슬프게 하며 장로들의 마음을 상하게 하고 그 음식을 손해나게 하며 귀신에게 지내는 제사를 끊어지게 하여 나의 부덕함을 더욱 거듭하게 한다면, 천하에 무엇이라 할 것인가? 짐이 다행히 종묘를 보전하여 보잘것없는 몸으로 천하 군왕들의 위에 있은 지 20년이 되었다. 하늘의 신령들과 사직의 복택에 의지해 안으로는 편안하고 밖으로는 전쟁을 치른 일이 없었다. 짐이 불민해 허물 있는 행동으로 돌아가신 황제가 남겨 놓은 덕을 부끄럽게 할까봐 늘 두려웠고, 세월이 오래되면 될수록 유종의 미를 거두지 못할까봐 두려웠다. 이제 다행히 천수를 다하고 고묘(高廟, 종묘)에 다시금 공양할 수 있게 되었으니, 짐의 명민하지 못함으로도 이를 아름답게 여기노라. 어찌 슬픈 생각을 가질 수 있겠는가! 천하의 관리

경제(景帝)가 선친인 문제의 유조에 따라 상기를 단축한 사실을 두고 경제를 문죄했으나, 이것은 대개 고찰이 상세하지 않아서 그런 것이다.[2] 한나라 혜제는 선황제가 죽고 즉위한 해인 원년에 음란하게 즐기며 정무를 돌보지 않았다.[3] 그보다 훨씬 앞서 한나라 고제가 패궁에서 연회를 연 것도 태상황이 죽고 3년이 지나지 않아서였다.[4] 이렇거늘 한나

들과 백성들에게 명하나니, 이 명이 도착하면 나와서 사흘간 곡을 하고 모두 상복을 벗어, 며느리 얻고 딸 시집보내며 제사지내고 술 마시며 고기 먹는 일을 금하지 말라. 상사에 참여해서 상복을 입고 곡하면서 제사지내야 하는 사람은 모두 참최복을 입지 말고 질(絰)과 대(帶)는 세 치를 넘게 하지 말며, 수레와 병기에도 상포(喪布)를 드리우지 말고, 백성들을 궁전으로 오게 해서 곡하게 하지 말라. 궁전에서 마땅히 곡해야 하는 사람은 모두 아침저녁으로 열다섯 번만 곡을 하고 예를 마치면 파해 아침저녁을 맞아 곡할 때가 아니라면 멋대로 곡하게 하지 말라. 하관을 하고 나면 대공은 15일, 소공은 14일만 상복을 입고, 시마는 7일만 하고 상복을 벗어라. 기타 이 조령 가운데 없는 것은 모두 이 조령의 뜻에 비추어 일을 처리하라. 천하에 포고해서 짐의 뜻을 분명히 알리도록 하라. 패릉(覇陵)의 산천은 옛것을 이용하고, 새로 고치는 것이 없게 하라. 부인(夫人) 이하 소사(少使, 한나라 여관女官의 명칭)에 이르기까지 귀령(歸寧, 친정 부모를 뵘)하게 하라.' 을사일(7일)에 패릉에 장사지냈다."
2) 호인(胡寅)은~그런 것이다: 『독사관견』 권1에서 "천하에 유조를 내려 관리와 백성들에게 사흘 만에 상복을 벗으라고 했다"는 사실에 대해 논했다. 왕응린(王應麟)의 『통감답문通鑑答問』 권3 「유조단상遺詔短喪」에도 전재되어 있다. 호인은 "문제의 고명(顧命, 임금의 유언)을 기회로 천하의 통상(通喪)을 폐기하고 말았다. 이것은 경제의 잘못이 아니겠는가(因文帝之顧命, 廢天下之通喪, 此非景帝之過歟)"라고 했다.
3) 한나라 혜제(惠帝)는~돌보지 않았다: 『자치통감』 권12 「효혜황제孝惠皇帝」, 원년(정미, BC 194)에 나온다. "겨울 12월에 황제가 새벽에 사냥을 나갔다. 조왕(趙王)은 나이가 어려서 일찍 일어날 수가 없었는데, 태후가 사람을 시켜서 짐독을 가져다가 그에게 먹였다. 황제가 돌아오니 조왕이 죽어 있었다. 태후는 드디어 척부인(戚夫人)의 손과 발을 자르고 눈을 뽑고 귀를 지지고 벙어리 되는 약을 마시게 한 다음 변소에 있게 하고는 인체(人彘, 사람돼지)라고 불렀다. 며칠 뒤 비로소 황제를 불러 그 인체를 보게 했다. 황제가 물어보고는 그것이 척부인인 것을 알았다. 마침내 크게 통곡했다. 그러고서 병이 나 한 해 이상 일어날 수 없었다. 사람을 시켜 태후를 청하고는, '이것은 사람이 할 바가 아닙니다. 신은 태후의 아들이 되어 끝까지 천하를 다스릴 수가 없습니다'라고 했다. 황제는 이로써 매일 술을 마시고 음란하게 즐기면서 정무를 돌보지 않았다."
4) 고제(高帝)가~않아서였다: 『자치통감』 권12 「태조고황제太祖高皇帝·하」 10년(갑진, BC 197)과 12년(병오, BC 195)에 나온다. "(10년) 여름 5월에 태상황(유방의 아버지 유집가執嘉)가 역양궁(櫟陽宮)에서 붕어했다. 가을 7월 계묘(24일)에 태상황을 만년(萬年, 섬서성 임동구臨潼區 북쪽)에 장사지냈다. …… (12년) 겨울 10월에 황상이 경포(黥布)의 군사와 기현(蘄縣, 안휘성 숙현宿縣 남쪽)에서 만났는데, 경포의 군사는 대단한 정예였다. 황상이 용성

라 때 상기를 짧게 줄인 것이 어떻게 문제나 경제로부터 시작되었다고 하겠는가. 통상적인 상례를 폐지한 일이 어느 시대부터 시작된 것인지 모르겠다. 선배 유학자들도 정확하게 말한 분이 없다.

일찍이 경전經傳의 내용으로 이 문제를 고찰해본 적이 있다. 진秦·한漢 이전은 전국시대인데, 공손추가 1년상이라도 안 하는 것보다는 낫다고 한 말⁵⁾이나 등나라의 부형과 노나라의 선군도 이를 행하지 않았다는 말⁶⁾을 살펴보면 전국시대의 상제喪制, 상중에 있는 사람이 상복을 입는 제도가 어떠했는지 알 수 있다. 또 소급하여 춘추시대를 보면, 진晉나라 도공悼公은 노나라 양공襄公 15년 11월에 죽어 다음해 정월에 장사지냈는데, 3월

(庸城, 숙현 부근)에서 성벽을 굳게 하고 경포가 쳐놓은 군진을 바라보니, 마치 항적(項籍)의 군사 같았다. …… 경포의 군사가 패주해 회하(淮河)를 건넜다. …… 황상이 돌아오면서 패현(沛縣)을 지나다가 패궁(沛宮)에 머물러 연회를 열고, 옛 친구와 부로(父老)들, 그리고 제모(諸母, 고모)와 자제들을 불러 술자리를 거들게 하고 옛이야기를 하면서 웃고 즐겼다."

5) 공손추(公孫丑)가~낫다고 한 말: "제나라 선왕이 상기를 짧게 하고 싶어했다. 공손추가 말하기를, '1년상을 입는 것은 그래도 안 하는 것보다는 낫지 않습니까?' 했다. 맹자가 이르기를, '그것은 마치 어떤 사람이 자기 형의 팔을 비트는데 자네가 그 사람한테 좀 천천히 하라고 말하는 것과 같다. 역시 그에게 효도와 우애를 가르쳐줄 따름이다'라고 말했다. 왕자로서 그의 모친이 죽은 자가 있는데, 그의 스승이 그를 위해 몇 달 동안의 상만이라도 입도록 청했다. 공손추가 '이러한 것은 어떻습니까?' 하고 말씀드리자, 맹자는 '그것은 상기를 끝까지 채우고 싶어도 채울 수 없는 경우다. 하루를 더 입는다 하더라도 그렇게 안 하는 것보다 낫다. 먼젓것은 금하지 않는데 하지 않는 것을 두고 한 말이다'라고 했다."

6) 등(滕)나라의 부형과~행하지 않았다는 말: 『맹자』 「등문공·상」에 나온다. "등나라 정공(定公)이 훙(薨, 임금이 죽음)하자 세자가 연우(然友)를 시켜 맹자에게 물어본 연후에 장례를 치르고자 했다. 연우가 추(鄒)에 가서 맹자에게 물으니, '부모 상은 본래 자기 스스로 극진히 할 때이다. 증자가 말하기를, 살아서 섬기는 데 예법으로써 하고, 죽어서 장례를 지내는 데 예법으로써 하며, 제사지낼 때에도 예법으로써 하면 효도라 이를 만하다. 제후 예법에 관해서는 내가 아직 배우지 못했지만, 비록 그렇다 해도 나는 일찍이 들었는데 3년상에 자소(齊疏, 자최)를 입고 죽을 먹는 일은 천자로부터 서인에 이르기까지 삼대가 다 같이 한다'고 대답했다. 그러나 연우가 반명(反命, 사신이 돌아와 보고함)하여 3년상을 행하기를 정하는 데 부형과 백관들이 모두 원하지 않아 말하기를, '우리 종국(宗國, 종주국)인 노나라의 선군(先君, 선대의 임금)도 시행하지 않았고 우리 선군(先君, 선대의 임금)께서도 시행하지 않았으므로 당신의 몸에 이르러서 돌이키는 것은 옳지 못하오. 또 기록에도 말하기를, 복상과 제사는 선조를 따른다 하니, 말하자면 우리도 이어져 내려온 전통이 있습니다'라고 했다."

에 진나라 평공^{平公}은 온^溫 땅에서 제후들과 잔치를 벌이고 여러 대부들로 하여금 춤을 추게 했다. 그때 진나라에는 숙향⁷⁾이라는 어진 사람이 조정에 있었는데도 이러했다.⁸⁾ 노나라 소공 12년 3월에 정^鄭나라 간공^{簡公}이 죽고 4월에 그 후계자인 정나라 정공^{定公}이 제^齊나라·위^衛나라와 함께 진^晉나라에 조회^{朝會}를 갔는데, 진^晉나라 제후가 제후들을 위해 향연을 베풀자 정나라 재상 자산^{子産}이 향연을 사절하면서 장례를 치르고 난 뒤 명령을 받들겠다고 청했다.⁹⁾ 대개 당시의 상제에서 진^晉나라·정

<hr/>

7) 숙향(叔向): 중국 춘추시대 진(晉)나라의 현자. 성은 양설(羊舌), 이름은 힐(肹) 또는 숙힐(叔肹). 숙향은 그의 자.

8) 진나라에는~이러했다: 『춘추좌씨전』 노(魯)나라 양공(襄公) 15년에 나온다. 노나라 양공 15년 가을, 주(邾)나라 사람이 노나라 남쪽 변경을 쳤다. 이에 노나라가 사람을 보내 진(晉)나라에 이 사실을 고하자, 진나라가 제후들을 모아 주나라와 거(莒)나라를 치려고 했다. 그러나 진나라 도공이 병이 나서 곧 중지했다. 겨울에 진나라 도공이 세상을 떠났다. 이로 인해 결국 제후들의 회맹은 이루어지지 않았다. 노나라 양공 16년 봄 정월에 진나라 도공을 안장했다. 이에 진나라에서는 도공의 아들 평공(平公)이 즉위했다. 대부 양설힐(羊舌肹, 숙향)이 사악탁(士渥濁)을 대신해 태부(太傅)가 되었다. 또 장군신(張君臣)이 사마(司馬)가 되고, 기해(祁奚)·한양(韓襄)·난영(欒盈)·사앙(士鞅) 등이 공족대부(公族大夫)가 되었다. 또 우구서(虞丘書)가 승마어(乘馬御)가 되었다. 진나라 평공이 상복을 벗고 길복으로 갈아입은 뒤 관원들을 이끌고 곡옥(曲沃)으로 가서 증제(烝祭, 겨울에 조상에게 지내는 제사)를 지냈다. 또 도성을 지키는 군사들에게 수비를 엄하게 경계하도록 하고 황하를 따라 배를 타고 동쪽으로 내려갔다. 이어서 격량(溴梁)에서 노나라 양공, 송나라 평공, 정나라 간공(簡公), 조나라 성공, 거자(莒子) 이비공(梨比公), 주(邾)의 선공(宣公)·설백(薛伯)·기백(杞伯)·소주목공(小邾穆公) 등을 만났다. 진나라 평공은 이 자리에서 제후들에게 명해 서로 침탈한 땅을 돌려주도록 했다. 이에 노나라를 침공했다는 이유로 주의 선공과 거자 이비공을 억류하면서 "이들은 제나라와 초나라의 사자들과 사적으로 교통했다"고 꾸짖었다. 진나라 평공은 이어서 온(溫, 하남성 온현) 땅에서 향연을 베풀고, 각 나라의 대부들에게 춤을 추게 하면서 "시를 읊되 반드시 춤과 그 내용이 통해야만 하오"라고 당부했다. 그러나 제나라 영공을 대신해 참석한 제나라 대부 고후(高厚)가 읊은 시는 춤과 뜻이 통하지 않았다. 이에 진나라의 순언(荀偃)이 노해 "제후에게 딴마음이 있습니다"라고 말했다. 그러고는 각 나라의 대부들에게 명해 고후와 맹세를 맺게 했다. 그러자 고후가 도망쳐 돌아갔다. 이에 노나라의 숙손표(叔孫豹)와 진나라의 순언, 송나라의 상술(向戌), 위나라의 영식(甯殖), 정나라의 공손채(公孫蠆), 소주(小邾)의 대부 등이 맹세하기를, "우리는 맹주의 조정에 근참(覲參, 군주가 있는 곳으로 가서 참배함)하지 않는 불충한 자를 함께 토벌한다"고 했다.

9) 노나라 소공(昭公)~받들겠다고 청했다: 『춘추좌전』 소공 12년의 전(傳)에 관련 기사가 전한다.

나라 선군의 상처럼 무겁거나,[10] 주나라 경왕景王의 왕목후王穆后·왕태자의 상처럼 그에 버금가거나,[11] 진晉나라 평공平公의 신하 지도자知悼子의 경우처럼 가벼운 일[12]을 막론하고, 한결같이 모두 장사지내고 곡을 마친 뒤 곧바로 연회의 절차를 밟았다. 상제의 기강이 이렇게 혼란스러웠던 것이다.

『논어』에 보면, 자장이 공자에게 "『서경』「주서·무일」의 '은나라 고종高宗은 거상居喪. 부모상을 치름 3년 동안 말하지 않았다'는 것은 무슨 말입니까"라고 묻자, 공자는 "어찌 고종만 그러하셨을까? 옛사람은 모두가 그러하셨다"라고 대답했다.[13] 이때에는 주나라의 예禮를 노나라에서 시행했고, 공자는 유가儒家의 종주로서 70제자들이 그를 좇아 배우고 있었다. 만약 주나라나 노나라에서 선군을 위해 양암諒闇에서 거상 3년을 한 자가 있었다면 자장이 반드시 은나라 고종에 대해 의심하지 않았을 것이며, 공자도 꼭 옛사람을 거론해 대답하지는 않았을 것이다. 호인

10) 진나라~무겁거나: 각주 8)과 각주 9)를 참조할 것.

11) 주나라 경왕의~버금가거나: 『춘추좌전』 소공 15년의 전(傳)에 관련 기사가 전한다.

12) 진나라 평공의~가벼운 일: 진나라 평공은 자신의 신하인 지도자(知悼子)가 죽은 후 장례가 아직 치러지지 않았는데도 술 마시며 즐겼다고 한다. 『예기』「단궁檀弓·하」에 관련 내용이 나온다.

13) 자장(子張)이~대답했다: 『논어』「헌문憲問」에 다음과 같은 대화가 있다. "자장이 말하기를, '서경에 이르기를, 고종께서는 부왕의 3년상 동안 말을 하지 않았다 했는데, 무슨 뜻입니까?'라고 하자, 공자가 답하시기를, '어찌 고종께서만 그러했겠느냐? 옛사람들이 다 그러했으니, 임금이 돌아가시면 백관들은 각기 직책을 다해 3년 동안 총재(家宰)의 지휘에 따랐다'고 했다(子張曰: '書云, 高宗諒陰, 三年不言, 何謂也?' 子曰: '何必高宗? 古之人皆然, 君薨, 百官總己, 以德於冢宰三年')." 한편 『서경』「주서周書·무일無逸」에는 이렇게 되어 있다. "고종(무정武丁)의 경우에는 정말로 오랫동안 바깥(민간)에서 고생해 거기서 소인(小人)과 더불어 생활했다. 그러다가 고종이 즉위하고서는 게다가 양암(諒闇, 양음亮陰)에 있기를 3년 동안 아무 말도 하지 않았다. 그렇게 아무 말도 하지 않고 근신했는데, 말을 하게 되자 온화해졌으며 함부로 안락에 탐닉하는 법이 없었다. 그래서 은나라를 편안하게 잘 다스려서, 대신이든 소신이든 그 누구에 이르기까지 원망하는 일이 없었다. 그래서 고종이 나라를 다스린 지는 50년하고도 9년이 더 되었다(其在高宗時, 舊勞于外, 爰暨小人. 作其卽位, 乃或亮陰三年, 不言. 其惟不言, 言乃雍, 不敢荒寧. 嘉靖殷邦, 至于小大, 無時或怨. 肆高宗之享國, 五十有九年)."

은, "자장은 3년상에 대해 의심한 것이 아니라, 말을 하지 않으면 명령을 내릴 수 없었으리라고 의심한 것뿐이다"라고 했다. 이는 대개 천착한 말이니, 아마 자장이 묻고자 한 본뜻은 아닐 것이다. 옛날에는 시마繐麻의 상을 입으면 종묘에 제사지내지 않았다. 아마도 상사가 있으면 그에 따른 상복을 입고 거상을 하는 곳에 있으면서, 단지 거상에 관한 일에만 종사했기 때문일 것이다. 그러므로 비록 종묘의 일이라도 그만두지 않을 수 없었으니, 그 밖의 일은 알 만하다. 옛사람이 예를 제정한 뜻은 이처럼 전일專一했다. 3년상이란 것과 한마디도 안 했다는 것은 한 가지 일이니, 자장이 어찌 이것을 둘로 나누어보았겠는가?

후세에 임금들은 신하를 믿지 못해서 신하에게 권력을 대신 행사하도록 하지 않았다. 그러므로 비록 옛날 예제禮制로 복귀하려는 뜻을 가진 현명한 임금이 있다 해도 어쩔 수 없이 백포白袍를 입고 정사를 보았으니, 이것은 말세에 권도權道로써 한 일이다. 자장이 어찌 이를 미리 알았겠으며, 유독 천자의 거상에 대해서만 의심을 품었겠는가? 자장은 아마도 주나라·노나라의 임금으로서 3년상을 시행하는 사람이 없었기 때문에 의심해 그러한 질문을 했을 것이고, 공자는 주나라·노나라 임금의 실례失禮를 지목해 말하고 싶지 않았으므로 단지 옛사람이란 말을 들어 대답했을 뿐이다.

내가 생각하기에, 선왕의 대경大經와 대법大法이 없어진 것은 당연히 점진적으로 그렇게 된 것이지, 한 사람의 손에서 나온 것이 아니다. 그리고 그 시초는 아마 주나라 성왕成王이나 강왕康王에서부터일 것이다. 옛날에는 임금이 돌아가시면 거상 3년을 마친 뒤에 임금을 계승하는 것이 예법을 따르는 일이었다. 성왕의 상이 있자 장례를 마치지 않았는데도 강왕은 길복吉服, 3년상을 마친 뒤에 입는 보통 옷을 입고 즉위했다. 이미 길복을 입고 제후를 만나보았다면 길복을 입고 천지에 대한 교제郊祭를 지내지 않을 수 없다. 길복을 입고 조회를 하며 길복을 입고 제사를 지낸 것이 곧 상기를 단축하는 일의 점진적인 시작이 아니었겠는가? 소식이 '예를 어겼다'고 비판한 것은 이 때문이다.[14)

그러나 소식이 주공이라면 반드시 이렇게 하지는 않았을 것이라고

---

14) 소식(蘇軾)이~때문이다: 『서경』 「주서·강왕지고康王之誥」의 "뭇 공(제후들)은 모두 강왕의 명령을 들은 뒤 서로 읍례를 하고 종종걸음으로 나갔다. 이 예가 끝나자 강왕은 면복(冕服, 제왕의 정복)을 벗고 상복으로 갈아입었다(群公旣皆聽命, 相揖趨出, 王釋冕, 反喪服)"에 대한 해석과 관련해서 소식의 설을 검토한 내용이다. 주나라 성왕과 강왕의 시대는 주나라의 전성기였지만 이 시기에도 상례(喪禮)가 철저히 지켜진 것은 아니었다. 이에 대해 소식은 의문을 제기하고 비판했다. 소식은 성왕이 붕어해 장례를 마치지 않았는데도 군주와 신하가 모두 면복을 입는 것은 예가 아니라고 보았다. 그래서 공자의 "장차 자식을 관례(冠禮) 올리려 할 적에 기일에 미치지 못하여 자최(齊衰)와 대공(大功)의 상이 있으면 상복을 그대로 입고 관례를 올린다"는 말을 인용하며, 관례는 길례(吉禮)인데도 오히려 상복을 입고 행하는데, 고명을 받고 제후를 알현하면서 상복을 입고 하지 않은 것을 비판했다. 『서경』에 이 부분이 채택된 것은 부자간과 군신 간에 가르침과 경계가 깊어 후세의 법이 될 만해 공자가 채택한 것이지, 그렇다고 예에 맞는 것은 아니라고 보았다. 이 설은 『서집전』 「강왕지고康王之誥」에 인용되어 있다. 한편 소식 이후로도 이 문제는 여전히 논란거리가 되었다. 『주자어류』에 보면, 반자선(潘子善)이 "강왕이 상복을 벗고 곤룡포와 면류관을 입은 데 대해 여러 학자들은 모두 변례(變禮, 상황에 따라 변형시킨 예법)로 여겼지만, 소씨(소식)만은 예를 잃은 것으로 여겼습니다. 이럴 때는 어떻게 해야 옳을지 모르겠습니다"라고 묻자, 주희는 "대개 왕위를 전수하는 것은 나라의 큰일이므로 마땅히 그 예를 엄격히 해야 할 것이고, 임금과 제후는 나라를 가정처럼 여기므로 비록 선군의 상이라 하더라도 자신의 사사로운 복으로 여기게 되는 것이다"라고 대답했다. 호안국(胡安國)은 『춘추전春秋傳』에서 "「고명」과 「강왕지고」에는 성왕이 승하할 때 그 임금과 신하가 모두 면복으로 차려입었는데, 그것은 무슨 이유인가? 이때 성왕이 바야흐로 승하해 빈소로 나가서 아직 상복을 입지 못했기 때문에 마면(麻冕, 검은 삼베갓)과 보상(黼裳, 자루 없는 도끼의 모양을 수놓은 긴옷) 차림으로 들어가서 고명을 받고, 이미 고명을 받아 제후에게 포고한 뒤 면류관을 벗고 도로 상복을 입은 것은 이에 상을 입고 거상(居喪)을 한 것이다"라고 했다.
이러한 설들을 종합해 조선 중기의 신흠(申欽)은 「강왕지고 뒤에 쓰다書康王之誥後」(『상촌집』 수록)에서 다음과 같이 논한 바 있다. "문왕·무왕·성왕 세 왕 이후에는 국가에 우려할 만한 일이 하나도 없었는데, 막 왕위에 오를 때 일상적인 예를 행하지 않고 갑자기 권도(權道, 시의에 따른 방편)의 제도를 썼으므로, 소식은 '주공(周公)이 있었으면 반드시 그렇게 하지 않았을 것이다'라고 한 것이다. 이에 비해 호씨의 논변은 반드시 그렇지 않았을 것으로 여겼다. 정당한 예로 여기지 않은 것은 동일하다. 주자가 반자선의 물음에 답한 것은 그 변에 대처함의 당연함을 말한 데 불과하지 강왕의 일을 정당한 예였다고 여긴 것은 아니다. 후세 사람들이 전대 현인들의 뜻을 알지 못하고 그를 근거로 말을 하고 있으며, 심지어 어버이의 시신이 아직 식기도 전에 곤룡포와 면류관을 착용하고 부의(斧扆, 빨간 비단에 자루 없는 도끼 모양을 수놓은 것을 겉에 바른 머릿병풍)을 등지고 앉아 엄연히 신하들에게 임해 포고하는 자까지 있으니 윤리에 어긋나는 일이 아니겠는가?"

한 말은 옳지 않은 듯하다. 생각건대 이것은 사실 주공의 뜻을 근거로 소공昭公이 실행했을 것이다. 무왕이 서거하자 주공이 총재가 되어 섭정했다. 이것은 순임금과 하나라 이래 통용되던 예법이어서 주공이 더한 게 없지만, 성왕은 갑자기 유언비어에 현혹되어 주공이 자기에게 이롭게 하지 않을 것이라고 의심했다. 만약 소공과 여공呂公이 조정하지 않았다면 성왕은 반드시 주공을 죽였거나 아니면 성왕이 폐위되었을 것이다. 아아! 위태롭도다. 주공은 이에 인심이 날로 더욱 오염되어 옛 도리를 다시 돌이킬 수 없고, 후세의 임금과 신하가 서로 의심하고 적대하는 변화가 장차 이루 말로 표현할 수 없는 지경이 될 줄 알았다. 그러므로 차라리 다소 선왕의 예를 덜고 깎아내더라도 만세에 임금된 자와 신하된 자를 온전히 하려 한 것이니, 주공의 뜻이 비장했다고 하겠다.

성왕·강왕·주공·소공의 시대에는 예악이 매우 성대해 후대의 왕이 법으로 취했으나, 상기를 단축하는 잘못은 사실 여기서부터 시작된 것이다.

달이 차면 기울고 음陰이 구괘[15]에서 생겨나는 것은 천도天道가 그러한 것이다. 그렇거늘 후세의 유학자들은 도리어 한나라 문제와 경제에 대해 눈을 부릅뜨고 소매를 걷어붙이니 이 또한 원통하지 않겠으며, 가소롭다 하지 않겠는가!

帝王家短喪久矣. 漢文遺詔, 只爲吏民, 初不與嗣君相涉. 胡致堂之罪景帝, 蓋考之不詳也. 漢惠帝元年, 汪樂不聽政. 高帝沛宮之宴, 亦在太上皇三年之內. 漢之短喪, 豈自文·景乎? 通喪之廢, 不知始自何代, 先儒亦無的言者.

嘗以經傳所載考之, 秦漢前爲戰國, 以公孫丑爲朞之喪猶愈於已, 滕父

---

15) 구괘(姤卦): 5월의 괘이다. 하지(夏至)에 비로소 일음(一陰)이 생겨나므로, 그것이 구괘에 해당한다.

兄·魯先君, 亦莫之行之語觀之, 則戰國之喪制可知也. 又泝而爲春秋, 晉悼公以魯襄公十五年十一月卒, 明年正月而葬, 三月晉平公宴諸侯於溫, 令[16] 諸大夫舞, 叔向方在其朝. 魯昭公十二年三月, 鄭簡公卒, 四月鄭定公與齊衛朝晉, 晉侯享諸侯, 子産相鄭伯, 辭於享, 請旣葬而後聽命. 盖當時喪制, 無論重如晉·鄭先君之喪, 次如周景王王后太子之喪, 輕如晉平公之知悼子, 一切皆以葬而卒哭, 爲宴樂之節, 喪紀之淆亂如此.

子張問於孔子曰: "『書』云 '高宗諒闇, 三年不言', 何謂也?" 子曰: "何必高宗? 古之人皆然." 是時周禮在魯, 夫子爲斯文主, 而七十子從而學焉. 如使周·魯先君有諒闇三年者, 則子張必不有疑於殷宗, 夫子亦必不以古人對之也. 胡氏曰: "子張非疑於三年之喪, 只以不言則無所稟令爲疑." 此盖穿鑿之辭, 恐非子張之意. 古者總麻廢祭, 盖以有其喪, 則服其服而在其喪之所, 其所從事者, 只是喪事. 故雖宗廟之事, 不得不廢, 餘可知也. 古人制禮之意, 其專一如此. 三年之喪與不言, 只是一事, 子張何以分而二之乎?

後世人主, 不信其臣, 不欲假之以權. 故雖有賢君有志於復古者, 不得不以白袍視事, 此是季世權宜事. 子張安得預知之, 而獨有疑於諒闇乎? 子張之問, 盖以周·魯之君未有行三年之喪者, 故疑以問之, 而夫子不欲斥言周·魯之失禮, 只擧古之人而對之也.

竊謂先王之大經大法, 其廢當有積漸, 非出於一人之手, 而若其權輿, 則盖自周之成·康矣. 古者君薨, 喪三年畢, 嗣君踐阼, 禮也. 成王之喪始殯, 而康王以吉服卽位. 夫旣以吉服見諸侯, 則不可不以吉服行郊[17]廟之事. 吉服而朝覲, 吉服而享祀, 則此非短喪之漸乎? 蘇子譏其失禮, 是也.

然其謂周公必不爲此者, 恐不然. 意者, 此實周公之意, 而昭公行之也. 武王崩, 周公位冢宰攝政. 此乃虞夏以來, 通行之禮, 周公非有所加也. 而成王

16) [교감] 令: 고려대본은 '命'으로 되어 있다. 통문관본과 연민문고본을 따른다.
17) [교감] 郊: 고려대본은 '朝'로 되어 있다. 통문관본과 연민문고본을 따른다.

遽[18]惑於流言, 疑公之不利於己. 若無昭·呂之調劑, 則王必殺公, 否則王
廢. 鳴呼, 殆哉! 周公於是知人心之日益汚下, 古道之不可復返, 後世君臣相
疑相賊之變, 將有不可勝言. 故寧少貶先王之禮, 而以全[19]夫萬世爲人君爲
人臣者, 周公之意, 亦可悲也.

夫成·康·周·昭之際, 禮樂之極盛, 後王之所取法, 而短喪之失, 實自此始.

月望而缺, 陰生於姤, 天道然也. 後世儒者, 乃反攘袂裂眥於文·景之君,
不亦冤乎? 不亦可笑乎?[20]

평설

서포는 제왕가에서 상기를 단축한 것이 주공에서 시작되었으리라고
추론했다. 실상 과거의 유학자들은 제왕가에서 3년 통상通喪을 폐지한
것이 어느 시대부터 시작되었는지 밝히지 못했다. 주희는 『주자어류』
에서 "예학에 대해 모르는 것이 많다. 문서로서 불완전하므로 아무리
생각해도 결론을 내릴 수가 없기 때문이라 하는 것이다"라고 말한 바
있다. 유학자들은 대개 옛날의 법은 번잡했지만 후대로 내려갈수록 소
략해진 것으로 보며, 당대 사회에 옛날의 예의를 실행하고자 해도 실
체와 형식이 일치하지 않는다고 한탄했다.

서포는 예제는 권도에 따라 시기에 적절하게 변할 수밖에 없음을 지
적하고, 주공은 유언비어를 빌미로 정국이 혼란스러운 때에 성왕의 상
기를 단축시킴으로써 난국을 타개하려 했다고 해석했다. 예법과 시기
의 절충을 중시하고, 예법이 변한 이유를 역사적 맥락 속에서 해명하려
한 것이다.

18) [교감] 遽: 통문관본은 '據'로 되어 있다. 고려대본과 연민문고본을 따른다.
19) [교감] 全: 고려대본은 '舍'으로 되어 있다. 통문관본과 연민문고본을 따른다.
20) [교감] 夫成·康·周·昭之際~不亦可笑乎: 연민문고본은 이 부분이 없다.

주나라 성왕을 보필한 주공의 공적

이덕유[1]는 한나라 소제[2]의 현명함을 칭찬해, "주나라 성왕成王도 자신의 덕망에 부끄러움이 있을 정도[3]이다"[4]고 했다. 주나라 성왕으로

---

1) 이덕유(李德裕): 이길보(李吉甫)의 아들로, 당나라 찬황(贊皇) 사람. 자는 문요(文饒). 경종(敬宗) 때 절서관찰사(浙西觀察使)를 지내다가 문종(文宗) 때 배도(裴度)의 추천으로 재상의 물망에 올랐으나, 우승유(牛僧孺) 등이 꺼려해 무산되었다. 목종(穆宗) 때부터 우승유와 이종민(李宗閔) 두 사람이 붕당(朋黨)을 꾸미자, 당시 재상이었던 부친 이길보의 뒤를 이어 무종(武宗) 대까지 전후 40년 가까이 서로 당쟁을 벌였다. 이것이 우이(牛李)의 당쟁이다.『구당서』「이덕유전李德裕傳」에 나온다. 그 자신은 무종 때 재상이 되어 6년간 정권을 잡았다. 저서로는『차류구문次柳舊聞』『회창일품집會昌一品集』이 있으며 경종에게 올린「단의육잠丹扆六箴」이 유명하다.

2) 소제(昭帝, 재위 BC 87∼BC 74): 한나라 무제(武帝)의 작은아들로, 본명은 엽(瞱) 또는 민(敏, 황태자가 된 후)이며, 유불릉(劉弗陵)이라 한다.

3) 덕망에 부끄러움이 있을 정도: 덕이 다른 사람에게 미치지 못해 부끄러울 정도라는 뜻이다.『서경』「상서商書 · 중훼지고仲虺之誥」에, "성탕(成湯)이 걸(桀)을 남소(南巢)로 내치고 나서 덕망을 부끄러워하여 '나는 후세에 나를 구실로 삼을까 저어스럽다'고 했다"고 나온다.

4) 주나라 성왕도∼정도이다:『자치통감』권23 한나라 원봉(元鳳) 원년에 소제(昭帝)는 14세에 불과했으나, 참소를 받아들이지 않았으며, 상관걸(上官桀) 부자도 두려워할 정도였다는 기사가 있다. 그 기사 뒤에 사마광은 이덕유의 논(論)을 인용해 "인군(人君)의 덕은 지극한 밝음보다 큰 것이 없다. 밝음으로써 간악한 자를 비추어보면, 온갖 사악함이 그 실상을 감출 수가 없다. 한나라 소제가 그렇다. 주나라 성왕도 덕망에 부끄러움이 있을 정도이다"라고 했다.

말하면 어찌 한나라 소제만 못하겠는가? 한나라 원제[5]와 촉나라 후주[6]에 비하더라도 아마 덕망에 부끄러움이 있을 것이다. 제갈공명이 후주後主를 보필하자, 나라 사람들은 감히 나서서 참언讒言, 거짓으로 꾸며서 남을 참소함하지 못하고, 적국도 감히 이간질하지 못했다. 이는 다름 아니라 후주가 그 아버지를 믿을 줄 알았기 때문이다.

주공周公은 타고난 성덕으로 숙부라는 지친 관계에 있으면서 성왕을 회유誨諭하고 백금伯禽에게 가르침을 행하였으니, 이 어찌 친부자와 차이가 있겠는가? 또한 무왕의 유교遺教. 유언가 비록 훈고訓詁. 경서의 해석과 주해의 글에는 보이지 않지만, 지극한 간절함을 헤아려보면 어찌 소열제[7]의 아래에 있었다 하겠는가? 만일 성왕이 아버지 무왕을 잊지 않았다면, 어찌 근거도 없는 말을 한 번 듣고서 갑자기 주공이 자기에게 불리하게 했다고 의심하겠는가?

석현[8]이 소망지[9]를 참소讒訴. 죄를 있는 것처럼 헐뜯어 고해 바침하자, 한나라 원제는 "소태부는 평소 강직하거늘 어찌 옥리 앞에 나아가 심리를 받으려 하겠는가" 했다.[10] 소망지가 죽게 되자 원제는 "과연 나의 어진 태

---

5) 원제(元帝): 한나라 선제(宣帝)의 큰아들. 이름은 석(奭). 즉위하면서 유생들을 등용해 정사를 맡겼으나, 성격이 우유부단했다. 16년간 재위했으며, 시호가 원(元)이다.

6) 후주(後主): 중국 삼국시대 촉한의 임금 소열제 유비(劉備)의 아들 유선(劉禪)을 말한다. 제갈량의 보필을 받아 위(魏)·오(吳)나라와 삼국정립의 형국을 유지했다.

7) 소열제(昭烈帝): 유비의 시호. 유비는 제갈량을 양양(襄陽)에서 만나 천하를 삼분하는 계책을 제안받고, 파촉(巴蜀)을 평정한 후 성도(成都)에서 제위에 오르고 국호를 한나라라고 했다. 유비를 또 유선주(劉先主)라고도 한다.

8) 석현(石顯): 한나라 제남(濟南) 사람. 자는 군방(君房). 원제 때 중서령(中書令)이 되었고, 성제(成帝)가 즉위하자 장신중태복(長信中太僕)에 임명되었다.

9) 소망지(蕭望之, BC 106?~BC 47): 한나라 난릉(蘭陵) 사람인데, 두릉(杜陵)으로 이사했다. 자는 장천(長倩). 선제 때 벼슬이 태자태부(太子太傅)에 이르렀고, 선제의 병이 심해지자 어린 원제를 보좌했다. 나라를 바로잡은 일이 많았으나 뒤에 홍공(弘恭)과 석현의 함정에 빠져 독약을 먹고 자살했다.

10) 석현이~했다: 『자치통감』 권28 「한기漢紀·효원황제孝元皇帝 상」 초원(初元) 2년에 기사가 있다.

부太傳를 죽이고 말았다"라고 했다. 소망지가 원제의 태부이기는 했으나, 원제와 친밀한 정도나 원제를 오래 모신 기간은 주공이 성왕과 친밀한 정도나 성왕을 모신 기간만 못했다. 원제는 그래도 소망지의 현명함과 강직함을 알았다. 그렇거늘 성왕은 유독 주공의 충성심과 성덕을 몰랐으니, 그 차이가 역시 크다고 하지 않겠는가?

일찍이 나는 순임금이 고수를 아버지로 모시고, 주공이 성왕을 임금으로 섬긴 것은 하늘의 뜻이라고 생각했다. 만일 그렇지 않았다면, 성인이 일을 잘 처리함을 드러내 후세에 모범을 드리울 수 없기 때문이다. 무릇 요임금 같은 위대한 성인도 순임금을 만나지 못했다면 공을 이룰 수 없었을 것이다. 성왕의 자질은 한나라 원제나 촉나라 후주에게 미치지 못했으나, 주공·소공[11]·여공[12]·필공[13]이 그를 보필했으므로, 세상을 태평하게 하고 훌륭한 이름을 잃지 않을 수 있었다. 『서경』에 이르기를, "팔다리가 있어야 사람이 되고 어진 신하가 있어야 성군이 난다"[14]고 했으니, 정말 그렇다.

李德裕稱漢昭帝之明, 曰: "周成王有慙德." 若成王者, 豈獨不如漢昭? 比之漢元帝·蜀後主, 殆亦有慙德也. 諸葛之輔後主, 國人不敢進讒, 敵國不敢行間. 此無他, 後主知信其父而已[15].

---

11) 소공(召公): 이름은 석(奭), 소공은 시호. BC 11세기 때의 사람으로 주나라 무왕(武王)의 동생이다.
12) 여공(呂公): 주나라 여상(呂尙). 강상(姜尙)이라고도 한다. 성은 강(姜)으로, 동해(東海) 사람. 자는 아(牙).
13) 필공(畢公): 『서경』「필명畢命」에, "필공에게 명해 동쪽 교외를 편안히 하고 다스리게 했다(命畢公, 保釐東郊)"는 구절이 있다.
14) 팔다리가~성군이 난다: 『서경』「열명 說命·하」에 나오는 말이다. 은나라제17대왕반경(盤庚)의 뒤를 이은 소신(小辛)과 소을(小乙)은 국력을 약화시켰는데, 무정(武丁)이 다시 은나라를 중흥시켰다. 「열명」은 임금 무정의 요구에 따라 재상 부열(傅說)이 배움에 관한 이야기를 아뢰는내용이다. "임금은어진이가아니면나라를다스리지못한다"고 했다.
15) [교감] 已: 통문관본은 이 한 글자가 없다. 고려대본과 연민문고본을 따른다.

周公以元聖之德, 處叔父之親, 誨成王而行敎於伯禽, 此豈與親父子有間? 且武王之遺敎, 雖不見於訓誥, 計其丁寧切至, 亦豈在昭烈之下哉? 使成王不忘武王, 則何至一聞無根之言, 遽疑公之不利於己乎?

石顯讒蕭望之, 元帝曰: "大傅素剛, 安肯就吏?" 及其死, 曰: "果然殺吾賢傅." 望之之傅元帝, 其親且久, 必不如周公也. 然元帝猶知望之之賢且剛, 而成王獨不知周公之忠聖, 相去不亦遠乎?

嘗謂舜之以瞽瞍爲父, 周公之以成王爲君, 皆天意也. 不然則無以顯聖人能事, 而垂範於後世也. 夫以堯之大聖不得舜, 則不能成功. 成王之悠性, 不及於漢元帝·蜀後主, 而周·召·呂·畢夾輔之, 則足以躋世太[16]平, 不失令名. 書曰: "股肱唯人, 良臣唯聖." 信矣!

🌿 평설

서포는 주나라 성왕이 한나라 소제나 촉나라 후주보다도 덕이 모자랐으나 주공·소공·여공·필공의 보필로 세상을 태평하게 하고 훌륭한 이름을 잃지 않았다고 논평했다. 정치에서 군주의 역할보다도 보필하는 사람의 역할을 중시한 것이다.

---

16) [교감] 太: 고려대본은 '泰'로 되어 있다. 통문관본과 연민문고본을 따른다.

역사 후퇴설 비판

상-76

춘추시대[1]는 선왕先王, 요·순·우임금과 하·은·주나라의 제왕의 시대가 시간상으로 아주 가깝지만, 240년 동안[2] 군주를 시해하거나 군주에게 반역하

---

1) 춘추시대: 주(周)나라가 동쪽으로 도읍을 옮긴 BC 770년부터 BC 453년 또는 403년까지의 시대. 주나라 제13대 평왕(平王)이 낙양으로 도읍을 옮긴 이후부터를 동주시대라 하고, 동주시대를 다시 춘추시대와 전국시대로 나눈다. 전국시대의 시작은 진(晉)의 한(韓)·위(魏)·조(趙) 3씨가 실권을 잡은 해(BC 453), 또는 이 3씨가 정식 제후(諸侯)로 승격한 해(BC 403)를 기준으로 삼는다. 춘추시대에는 주나라 왕실의 세력이 약해지는 대신 제후들이 서로 패권을 다투어, 1000여 제후의 나라가 10여 개국으로 압축되었다. 이 가운데 패권을 잡은 제후를 춘추오패(春秋五覇)라 한다. 오패는 제(齊)의 환공(桓公), 진(晉)의 문공(文公), 초(楚)의 장왕(莊王), 오(吳)의 합려(闔閭), 월(越)의 구천(句踐)을 말한다. 단, 오왕 합려, 월왕 구천 대신 송(宋)의 양공(襄公)과 진(秦)의 목공(穆公)을 꼽기도 한다. BC 453년에 이르러 진(晉)이 한(韓)·위(魏)·조(趙) 세 나라로 분리되면서 전국시대가 시작되었다. 춘추시대에는 패자들이 주나라 왕실을 존중한다는 관념이 있었으나, 전국시대에는 오로지 힘으로 대결하는 약육강식의 양상이 펼쳐졌다. 전국 7웅(戰國七雄)은 한(韓)·위(魏)·조(趙) 등 세 나라 외에 진(秦)·초(楚)·연(燕)·제(齊)를 꼽는다.

2) 240년 동안: 공자가 『춘추』를 기록한 시기, 즉 BC 722년 은공(隱公) 원년부터 BC 481년 애공(哀公) 14년까지를 말한다. 『맹자』 「등문공·하」에 "공자가 두려워서 『춘추』를 지으니, 『춘추』를 기록하는 일은 천자의 일이다. 그래서 공자는 말하기를, '나를 알아주는 것은 오직 『춘추』 때문일 것이고 나를 죄주는 것 또한 『춘추』 때문일 것이다'(孔子懼, 作春秋. 春秋, 天子之事也.

는 변고와 근친상간 같은 음란한 행위는 일일이 기록할 수 없을 정도로 빈번히 일어났다. 그 음란함과 패악悖惡, 도리에 어긋나고 흉악함은 당나라 무후와 위후의 시대에 비견할 만하지만,[3] 당나라 사대부들의 풍습이 다 그러한 것은 아니었다. 춘추시대 공문자는 배우기를 좋아하고 예의를 익혀 세상에서 현대부賢大夫라고 불렸지만, 그의 딸에게 금수禽獸의 행위를 하게 했다.[4] 이 일은 당나라의 안락공주安樂公主가 무연수武延秀에게 시집간 것과 비슷하되, 안락공주는 그래도 남편이 죽은 후에 그렇게 했다.[5] 공문자는 부끄러움을 몰랐고, 사람들도 당연하다고 여겼으

是故孔子曰: '知我者其惟春秋乎! 罪我者其惟春秋乎!')"라 했는데, 주희는 『맹자집주』에서 "호씨(胡氏)의 말을 인용해서 "공자를 죄준다는 것은, 공자가 천자의 지위도 없으면서 242년간 남면(南面, 임금이 앉던 자리의 방향)의 권력에 가탁해서 난신적자(亂臣賊子, 나라를 어지럽히는 신하와 부모의 뜻을 거스르는 자식)로 하여금 그들의 욕망을 제멋대로 하지 못하도록 하므로 두려워하리란 것을 두고 말한 것이다(罪孔子者, 以謂無其位而託二百四十二年南面之權, 使亂臣賊子禁其欲而不得肆, 則威矣)"라고 했다. 호씨는 춘추시대를 242년 동안이라고 했다.

3) 당나라 무후(武后)와~비견할 만하지만: 무위(武韋)의 화(禍, 690~705)라고 하면, 당나라 고종의 황후인 측천무후(則天武后)와 측천무후의 아들인 중종(中宗)의 황후 위(韋)씨가 연이어 실권을 잡은 일을 가리킨다. 무씨(武氏)는 태종(太宗)의 여관(女官, 내명부 또는 나인)이었다가 태종의 사후 비구니가 되었으나, 태종의 아들 고종의 비가 되었고 655년에는 황후가 되었다. 무후는 그의 입후(立后, 왕후를 들임)에 반대했던 신하들을 제거하고, 660년 이후는 병약한 고종을 대신해 섭정했다. 683년 고종이 죽은 뒤에는 중종과 예종(睿宗)을 내세웠으나 정치의 실권은 무후가 잡았다. 690년에는 예종을 폐하고 제위에 올라 국호를 주(周)로 고쳤다. 위후(韋后)는 측천무후가 죽은 후, 중종이 복위하자 무후를 본떠 실권을 잡고 중종을 독살했다. 이에 이융기(李隆基, 현종玄宗)가 병사를 일으켜 위후를 살해했다.

4) 춘추시대 공문자(孔文子)는~행위를 하게 했다: 공문자는 태숙질(太叔疾, 세숙제世叔齊)에게 본부인을 쫓아내게 하고는 자기의 딸 공길(孔姞)을 그에게 시집보냈다. 그후 태숙질이 본부인과 간통하자 화가 난 공문자가 태숙질을 내치려고 공자에게 그 일의 정당성을 물었다. 공자는 대답하지 않고 수레를 재촉해 떠났다. 태숙질이 쫓겨나 송(宋)나라로 달아나니 공문자는 태숙질의 아우 유(遺)에게 공길을 아내로 맞도록 했다. 이러한 공문자에게 '문(文)'이란 시호가 주어졌으므로 의아하게 생각한 자공(子貢)이 공문자의 시호가 어떻게 해서 '문'이 되었는지 묻자 공자는 다음과 같이 말했다. "민첩해서 배우기를 좋아하고, 아랫사람에게 묻는 것을 부끄러워하지 않았다. 이로써 시호를 문이라 한 것이다(敏而好學, 不恥下問, 是以謂之文也)"라고 했다. 『논어』 「공야장公冶長」에 나온다.

5) 안락공주는~그렇게 했다: 안락공주의 이름은 과아(裹兒)로, 중종과 폐후(廢后, 폐위된 왕후) 위씨의 소생이다. 684년 3월 부친과 모친이 무후에 의해 유배가는 도중 호송수레 안에서 낳은

며, 공자만 그를 비판했을 뿐이다.[6] 진한秦漢 이후의 임금들이 반드시 춘추시대의 임금보다 현명한 것은 아니지만 풍속은 전보다 훨씬 단정했다. 제후를 혁파하고 현령을 두며 법령이 조정 한곳에서 나는 효과가 아니겠는가!

春秋去先王最近, 而二百四十年間弑逆之變·蒸報之行, 不可勝錄. 其穢亂悖惡, 可比於唐武·韋[7]朝, 而唐之士夫風習, 不盡然也. 孔文子好學習禮, 世所稱賢大夫, 而使其女爲禽獸行. 其事恰似安樂公主嫁武延秀, 而安樂猶是夫死也. 文子旣不知羞恥, 人亦視爲當然, 獨孔子非之耳. 秦漢以後之君, 非必盡賢於春秋, 而風俗之修潔, 大勝於前. 豈非罷侯置守, 法令出於一之效歟!

딸이다. 열악한 환경에서 자라다가, 13세 때 무후의 명으로 이현(李顯, 중종)이 황태자로 봉해져 장안으로 들어온 뒤 안락공주로 봉해졌다. 측천무후가 죽은 후 이현이 황제의 자리에 오르지만, 실제 권력은 위후가 차지했다. 위후는 측천무후의 길을 걸으려 했으며, 안락공주를 후계자로 생각했다. 당시 측천무후가 이미 죽었지만 무씨들은 여전히 상당한 세력을 지니고 있었으므로, 위후는 안락공주를 무삼사(武三思)의 아들 무숭훈(武崇訓)에게 시집보냈다. 그런데 안락공주가 무숭훈에게 시집간 지 얼마 되지 않아 무숭훈이 죽고, 그녀는 무숭훈의 사촌동생 무연수와 간통하고 혼례를 올렸다. 안락공주는 무연수와의 사이에 딸 하나를 낳았으며, 무숭훈과의 사이에서 낳은 아들은 다섯 살 때 호국공으로 봉했다. 후에 여황제가 되고 싶은 마음에 모친 위후와 결탁해 부친 중종을 독살했다. 그 도가 점점 지나치자 이융기가 병사를 일으켜 모후는 폐위되고 그녀도 죽게 되었다. 『신당서』 권83 「제공주열전諸公主列傳」에 나온다.

6) 공문자는~비판했을 뿐이다:『춘추좌씨전』 애공(哀公) 11년에 나온다. "애공 11년 겨울에 위(衛)나라 대부 태숙질이 송나라로 달아났다. 애초에 태숙질은 송나라 공자 자조(子朝)의 딸을 아내로 맞이하면서 처제를 총애했다. 자조가 위나라를 떠나 망명하게 되자 공문자가 태숙질을 충동해서 본처를 쫓아내게 한 뒤 자신의 딸 공길을 아내로 삼게 했다. 그러나 태숙질이 먼저 아내의 아우와 간통했으므로 공문자가 노해 군사로 그를 치려 했다. 이에 태숙질은 송나라로 달아난 것이다. 공문자는 태숙질의 아우를 시켜 공길을 보내주었다. 『논어』에서 자공은 공문자의 사람됨이 이와 같은데도 시호를 '문'이라고 한 것에 대해 공자에게 물었다. 공자는 공문자가 민첩하면서도 배우기를 좋아했고 아랫사람에게 묻는 것을 부끄러워하지 않았으므로 '문'이라는 시호를 내렸다고 대답했다. 그러나 『춘추좌씨』에 보면, 공문자가 태숙질을 치기 전에 공자를 찾아가 자문을 구했을 때 공자는 사양했으며, 수레에 말을 매어 떠날 채비를 하면서 "새가 나무를 가려서 앉는 법이지, 나무가 어찌 새를 가릴 수 있겠는가"라고 했다.

7) [교감] 韋: 고려대본은 '衛'로 되어 있다. 통문관본과 연민문고본을 따른다.

유학자들은 유교의 왕도정치를 이상으로 하고 법가의 법치주의를 배격한다. 그리고 윗시대에는 왕도정치가 시행되었으나 후대에는 그러한 정치가 시행되지 않아 쇠퇴의 길로 접어들었다고 한탄하고는 했다. 하지만 서포는 춘추시대의 사회적 안정 정도와 당나라의 그것을 비교해서 후자가 더 낫다고 했다. 게다가 서포는 그 원인이 봉건제도를 폐지하고 군현제도를 실시함으로써 국가의 법령이 중앙에서 나오게 된 데 있다고 보았다. 유가의 복고주의와는 상이한 정치관을 지녔던 것이다.

사람이 나이 어릴 때에는 싱거운 것을 먹으면서도 달다고 여기고 작은 것을 보고도 크다고 한다. 삼대三代 이전의 일은 이와 비슷한 경우가 많다. 아마도 이 이치는 요임금 때 홍수의 재난과 통할 것이다. 해마다 방비를 든든히 했어도 강물의 범람을 근심스러워했다는 것은, 설령 호자와 금제[1] 같은 둑을 쌓았다고는 하지만, 유추할 수가 있다. 제방을

---

1) 호자(瓠子)와 금제(金堤): 호자와 금제는 옛 제방의 이름. 한나라가 일어난 지 39년 만에 하수 (河水)가 산조(酸棗)에서 터져나와 금제를 무너뜨리고, 그 뒤 40여 년이 지난 원광(元光) 3년 (BC 132) 5월 연간에 호자에서 황하가 범람해 16군의 농민이 피해를 입었으며, 양(梁)·초 (楚) 지방에서는 작물이 익지 않아 농민들은 피폐했다. 『사기』 권29 「하거서河渠書」에 따르면, 무제가 원봉 2년(BC 109)에 태산에 봉선(封禪, 흙을 쌓아 단을 만들어 하늘과 산천에 제사지내던 일)을 하러 갔다가 호자가 터진 것을 막느라고 나무를 다 잘랐으므로 땔감이 모자라 마침내 기원(淇園)의 대나무를 베어 물막이로 썼다고 한다. 당시 호자에서 황하가 범람해 설상(齧桑)을 휩쓸고 회하(淮河)와 사수(泗水)에까지 범람했다. 이때 무제는 백마와 벽(璧, 둥근옥)을 황하에 가라앉혀 황하의 신 하백(河伯)에게 제사지낸 뒤, 세 갈래 물길을 별도로 만들게 하고는, 문무백관에게 섶나무를 지고 가 터진 곳을 보강하게 했다. 공사가 좀처럼 성공하지 못하자, 무제는 「호자가 瓠子歌」 두 수를 지었다. 소체(騷體)라고 불리는 당시 유행하던 가락인데, 그 첫 수는 이렇다.

쌓아 보호하고 물길을 터서 통하게 하는 일이 시대마다 있었지만, 어찌 땅이 다스려지고 하늘이 이루어져서 만세토록 영원히 힘입을 정도에[2] 이르렀겠는가?

사람이 바람과 우레에 미혹되지 않는 것은 조금이라도 기백 있는 사람이라면 모두 그러할 것이다. 예컨대 위나라 하후현[3]이 기둥에 기대 글을 쓰고 있다가 기둥에 벼락이 쳤는데도 멈추지 않았다고 해서[4] 어

"호자의 둑이 끊어졌으니 어찌하랴. 넘실넘실 물이 차서 마을이 모두 다 하수(河水)가 되었네. 모두 하수가 되었으니 이곳이 편하지 않아라. 공사는 끝날 때가 없으니 우리 산들은 평평하게 깎이누나. 우리 산들이 평평하게 되니 거야의 물이 넘치네. 물고기들 슬퍼하고 겨울은 가깝도다. 하수의 바른 흐름이 무너져 지난날의 물길에서 이탈하였구나. 교룡은 치달려 멀리 노니는구나. 이 황하를 원래대로 돌아오도록 신께서는 분발하소서. 봉선을 행하지 않았다면 관외(關外)의 범람을 어찌 알았으리오. 나를 위해 하백(河伯)에게 고해주시오. 어찌 이리도 불인(不仁)한 것인지. 범람이 그치지 않는구나. 나의 백성들을 근심케 하는도다. 설상 땅은 둥실 뜨고 회수와 사수도 넘쳐, 물이 물러가지 않으니 물의 바른 흐름이 무너졌도다(瓠子決兮將奈何, 皓皓旴旴兮閭殫爲河, 殫爲河兮地不得寧, 功無已時兮吾山平. 吾山平兮鉅野溢, 魚拂鬱兮柏冬日. 延道弛兮離常流, 蛟龍騁兮方遠遊. 歸舊川兮神哉沛, 不封禪兮安知外. 爲我謂河伯兮何不仁, 泛濫不止兮愁吾人. 齧桑浮兮淮泗滿, 久不反兮水維緩)."

한편 『전한서前漢書』 권76 「조윤한장양왕열전趙尹韓張兩王列傳」에는 왕존(王尊)이 호자와 금제가 터졌을 때 백마를 잡아 제사지냈다는 내용이 실려 있다.

2) 어찌 땅이 다스려지고~영원히 힘입을 정도에: 『서경』 「우서虞書·대우모大禹謨」에 기록이 있다. "우(禹)가 말했다. '아! 임금이시여 생각하십시오. 덕(德)은 정사를 선하게 하고 정사는 백성을 기르는 데 있으니, 수·화·금·목·토·곡(穀)이 잘 닦이고, 정덕(正德)·이용(利用)·후생(厚生)이 조화를 이루어, 아홉 가지 공(功)이 펴져서 아홉 가지 펴진 것을 노래하거든 경계하고 깨우쳐서 아름답게 여기며 독려해 두렵게 하며 아홉 가지 노래로 하시어 무너지지 않게 하소서.' 순임금이 말씀했다. '아! 너의 말이 옳다. 땅이 다스려질 때 하늘이 이루어지고 수·화·금·목·토·곡(穀)의 육부(六府)와 정덕·이용·후생의 삼사(三事)가 진실로 다스려져 만세가 영원히 힘입었으니 이는 너의 공이다(禹曰: '於帝念哉! 德惟善政, 政在養民. 火水金木土穀惟修, 正德利用厚生惟和, 九功惟敍, 九敍惟歌. 戒之用休, 董之用威, 勸之以九歌, 俾勿壞.' 帝曰: '兪! 地平天成, 六府三事允治, 萬世永賴, 時乃功')."

3) 하후현(夏侯玄, 209~254): 위(魏)나라 초(譙, 지금의 안휘성 박주亳州) 사람. 자는 태초(太初). 하후상(夏侯尙)의 아들이자 조상(曹爽)의 외사촌 동생이다.

4) 하후현(夏侯玄)이~않았다고 해서: 『삼국지』 권9 「위서魏書·제하후조전諸夏侯曹傳」의 하후현 조목에는 이 내용이 없고, 항세준(杭世駿, 1696~1773)의 『삼국지보주三國志補注』에 보면 『세설신어世說新語』를 인용해 이 고사를 소개한 대목이 있다. 『세설신어』는 또 고개지(顧愷之)의 「서찬書贊」을 인용해 "하후태초(夏侯太初)가 일찍이 기둥에 기대 글을 쓰고 있는데, 때마침 큰비가 쏟아지고 벼락이 쳐서 기대고 있던 기둥이 부서졌다. 옷은 그을렸지만 안색이 변하지 않

찌 성인이라고 말할 수 있겠는가? 무왕이 주왕紂王을 치자 천하가 주나라를 종주국으로 여기게 되었으니, 비록 남은 잔당들이 있다 하더라도 수나라 두건덕5)의 유흑달 같은 이들에 불과했을 것이다. 엄나라를 치고 비렴을 몰아낸 것은7) 성인의 본분 상에 있는 것으로서 굳이 칭할 만한 것이 못 된다. 또 주왕의 동산이 비록 크다고 한들8) 백성들에게 짐승을 잡을 수 있도록 허가했다면 한 달도 못 가 짐승들이 저절로 다 없어졌을 것이니, 또한 무슨 수고로움이 있었겠는가? 이것을 주공의 공으로 간주하는 것은 참으로 알 수 없는 일이다.

앉고, 글씨 쓰기를 예전과 같이 했다. 좌우의 빈객들은 모두 허둥대어 가만있지 못했다. 고개지의 「서찬」에 나온다"라고 했다. 그리고 역시 『삼국지보주』는 「어림御林」에서 다음과 같은 기록을 인용했다. "하후태초가 위나라 황제를 따라 능묘에 배알할 때, 소나무와 잣나무 아래에 배열했다. 마침 폭우가 쏟아지고 벼락이 그들이 서 있는 나무를 때려, 머리에 쓴 관면(冠冕, 면류관)이 타서 망가질 정도였다. 좌우 사람들은 그것을 보고 모두 엎드렸으나, 하후태초는 안색을 바꾸지 않았다. 장영서(臧榮緒)는 그 고사의 주인공이 제갈탄(諸葛誕)이라고 했다."

5) 두건덕(竇建德, 573~621): 수나라 청하(淸河) 장남(漳南) 사람. 대업(大業) 13년 악수(樂壽)에서 장락왕(長樂王)이라고 칭했다.

6) 유흑달(劉黑闥, ?~623): 본래 두건덕의 부장으로 호뢰(虎牢, 지금의 하남성 형양시 사수진) 전투에서 패한 뒤 패잔병을 이끌다가, 621년 7월에 하북의 남부에서 재차 봉기했다. 이 해 12월에 이세민이 토벌을 하기 시작해서 3개월 뒤 유흑달은 패주했다.

7) 엄(奄)나라를 치고~몰아낸 것은: 엄은 동방의 나라로, 주(紂)를 도와 포학한 짓을 했다. 비렴(飛廉)은 주가 총애하던 신하이다. 『맹자』 「등문공·하」에 다음과 같은 기록이 있다. "주공이 무왕을 도와 주를 주벌하고, 엄나라를 정벌한 지 3년 만에 그 군주를 토벌하며, 비렴을 바다 모퉁이로 몰아내 죽이시니 나라를 멸망시킨 것이 50개국이었고, 범과 표범, 코뿔소와 코끼리를 몰아내 멀리 쫓으시니 천하가 크게 기뻐했다. 『서경』 「주서周書·군아君牙」에 이르기를 '크게 드러나셨다, 문왕의 계책이여! 크게 계승하셨다, 무왕의 공렬(功烈, 큰 공적)이여! 우리 후세 사람들을 도와 계도해주시되 모두 정도(正道)로써 하고 결함이 없게 하셨다고 했다(周公相武王, 誅紂, 伐奄三年, 討其君, 驅飛廉於海隅而戮之, 滅國者五十, 驅虎豹犀象而遠之, 天下大悅. 書曰: '丕顯哉! 文王謨, 丕承哉! 武王烈. 佑啓我後人, 咸以正無缺')."

8) 주왕의 동산이 비록 크다고 한들: 주왕이 농지를 버려 동산을 만들었다는 고사가 『맹자』 「등문공·하」에 전한다. "요·순임금이 세상을 떠나자, 성인의 도(道)가 쇠해 폭군이 대대로 나와 백성들의 집을 파괴해 웅덩이와 못을 만드니 백성들이 편안히 쉴 곳이 없고, 농지를 버려 동산을 만드니 백성들이 의식(衣食)을 얻을 수 없었으며, 부정한 학설과 포학한 행동이 또 일어났다. 동산, 웅덩이, 못이 많아지매 짐승들이 이르렀다. 은나라 주(紂)의 때에 이르러 천하가 또 크게 어지러워졌다(堯舜旣沒, 聖人之道衰, 暴君代作, 壞宮室以爲汚池, 民無所安息, 棄田以爲園囿, 使民不得衣食, 邪說暴行又作, 園囿汚池沛澤多, 而禽獸至. 及紂之身, 天下又大亂)."

그 밖에 은나라 고종이 귀방을 정벌한 일[9]이라든가 주나라 선왕宣王
이 회수淮水 남북의 이민족을 평정하고 북방에 성을 쌓은 일과 같은 것
들은 『시경』에서 칭송하고 『사기』 같은 역사책에도 빛난다. 하지만 사
실을 고찰해 논하자면 그런 일들은 명나라 만력萬曆의 한 시기에 해당
할 것이다. 가령 당나라 헌종憲宗의 다른 일은 후세에 전하지 않고, 다
만 한유韓愈의 「평회서비平淮西碑」와 「성덕시聖德詩」만 본다면 헌종이 어찌
성인이지 않겠는가?
　유학자들은 또한 말하기를, "하·은·주 삼대는 몸소 행하는 궁행躬行,

---

9) 은나라 고종(高宗)이 귀방(鬼方)을 정벌한 일: 『주역』 기제괘(旣濟卦, 水火, 離下坎上 ䷾)의 구
삼효(九三爻)에, "고종이 귀방을 정벌해 3년 만에 이겼으니, 소인(小人)을 쓰지 말아야 한다
(高宗伐鬼方, 三年克之. 小人勿用)"고 했다. 정이(程頤)의 『역전易傳』은, "구삼(九三)은 기제(旣
濟)의 때를 당해 강(剛)으로서 강위(剛位)에 처했으니, 강(剛)을 씀이 지극한 것이다. 기제에
강을 씀이 이와 같으면 이는 바로 고종이 귀방을 정벌한 일이니, 고종은 반드시 상(商)나라의
고종일 것이다. 천하의 일이 이미 이루어지매 포학한 자와 혼란한 자를 멀리 정벌하러 가는
것이다. 위엄과 무력이 미칠 수 있어 백성 구제를 마음으로 삼는 것은 바로 왕의 일이니, 오직
성현의 군주만이 가능하다. 만일 위엄과 무력으로 치달려 복종하지 않는 것에 분노하고 토지
를 탐낸다면, 백성을 해치고 욕심을 부리는 것이다. 그러므로 소인을 써서는 안 된다고 경계
한 것이다. 소인이 행함은 탐하고 분노하는 사사로운 뜻으로 하는 것이니, 탐내고 분노하는
것이 아니면 즐겨 하려고 하지 않는다. 3년 만에 이겼다는 것은 수고로움과 피곤함이 자심함
을 나타낸 것이다. 성인은 구삼이 기제를 당해 강을 씀으로 인해 이 뜻을 드러내 사람들에게
보여주었으니, 법과 경계로 삼음이 어찌 천박한 식견으로 미칠 수 있는 바이겠는가(九三, 當旣
濟之時, 以剛居剛, 用剛之至也. 旣濟而用剛如是, 乃高宗伐鬼方之事, 高宗, 必商之高宗, 天下之事旣
濟而遠伐暴亂也. 威武可及而以救民爲心, 乃王者之事也, 唯聖賢之君則可. 若騁威武, 忿不服, 貪土
地, 則殘民肆欲也. 故戒不可用小人. 小人爲之, 則以貪忿私意也, 非貪忿, 則莫肯爲也. 三年克之, 見
其勞憊之甚. 聖人因九三當旣濟而用剛, 發此義以示人, 豈法爲戒, 豈淺見所能及也)"라고 했다. 주
희의 『본의本義』는, "기제의 때에 강으로써 강위에 처했으니, 고종이 귀방을 정벌한 상(象)이
다. 3년 만에 이겼다는 것은 오랜 뒤에 이겼음을 말한 것이니, 점치는 자에게 가벼이 움직이
지 말라고 경계한 것이다"라고 했다. 또한 주희는 "고종이 귀방을 정벌했다는 것은 아마도 고
종이 옛날에 점쳐서 이 효를 얻었던 것 같다. 그러므로 성인이 그것을 끌어들여 이 효의 길흉
을 증명한 것이니, 예컨대 '기자(箕子)의 명이(明夷, 어진 사람이 혼암한 군주를 만나 화를 당
함)이니 정(貞)함이 이롭다'는 것과 '제을(帝乙, 은나라 제27대 왕)이 누이동생을 시집보낸
다'는 경우가 아마도 모두 이와 같을 것이다'라고 했다. 『주역전의대전周易傳義大全』에 수록된
건안구씨(建安丘氏)의 설에 따르면, "귀방은 아득히 멀리 있는 작은 나라다. 『창힐편蒼頡篇』에
서는 귀(鬼)를 원(遠)이라 했다'고 했다.

실천에 근본을 두었고 한나라와 당나라는 지력^{智力, 지모와 무력}에서 나왔다"
고 하지만 또한 어찌 전부 그러했겠는가? 은나라 고종이 아들을 쫓아
낸 일, 주나라 강후^{康后}가 음란하게 굴었던 일, 주나라 선왕이 참요^{讒謠,}
^{조짐을 미리 예언하는 민간가요}를 믿고 함부로 사람을 죽인 일, 위^衛나라 무공이
형을 죽이고 왕위를 찬탈한 일 등이 어찌 『대학』에서 말하는 수신제가
^{修身齊家}의 도^道라고 할 수 있겠는가?

人之幼稚之年, 食淡爲甘, 視小成大. 三代以前, 事多類此. 恐此理相通堯
之洪水之災, 只是連歲極備, 河漲爲患, 如瓠子·金堤, 設令有加, 可以類推.
隱堰而護之, 疏鑿而通之者, 代不乏人, 何至於地平天成, 萬世永賴乎?

人之不迷於風雷, 稍有氣魄者皆然. 如夏侯玄之倚柱作書, 震柱不輟者,
亦可謂之聖歟? 武王誅紂, 天下宗周, 雖有餘孼, 不過如竇建德之劉黑闥. 滅
奄驅廉, 在聖人分上, 固不足稱. 而紂之苑¹⁰⁾囿雖大, 許民採捕¹¹⁾, 則不出旬
月, 禽獸自盡, 亦何勞於驅出? 以此爲功, 尤所未喩.

此外, 高宗伐鬼方, 周宣之平淮夷城朔方, 詩人頌之, 焜燿竹素, 而核實而
論之, 則明萬曆一朝, 可以當之也. 使唐憲宗他事, 不傳於後世, 而只見「平
淮碑」·「聖德詩」, 則憲宗豈不爲聖人乎? 儒者又謂: "三代本於躬行, 漢唐出
於智力", 亦豈盡然? 殷高宗之逐子, 周康¹²⁾后之淫亂, 周宣王之信讒濫殺,
衛武公之弑兄簒位, 豈可謂『大學』修齊之道乎?

🍃 평설

  서포는 차가운 눈과 차가운 머리를 가졌던 비평가다. 유학의 경전은
이상적인 정치를 한 성인과 성군들을 상정해놓고 그들의 업적을 과장
해서 칭송한다. 하지만 서포는 은나라 고종이 먼 이국을 정벌하고 주
나라 선왕이 회수 남북의 이민족을 평정했다는 것 등은 사실과 부합하
지 않는다고 했다. 중국이 먼 지역의 이민족을 정벌해서 그 위세를 떨
칠 수 있었던 것은 명나라 만력 연간에나 가능했다고 한다. 또한 은나
라와 주나라의 정치를 삼대의 정치라고 미화하지만 역사적 사실로 볼
때 당시의 정치는 『대학』에서 말하는 수신제가의 도를 결코 실천하지
못했다고 지적한다. 복고주의와 사실 미화의 관념을 비판한 점, 명나
라 만력 연간을 쇠미衰微의 시대로만 보지 않은 점 등이 당시의 유학자
들과 다르다.

『장자』의 고전적 가치

상-78

명나라 사람 가운데 허유[1]가 곧 사악(四岳[2])이라고 여기는 자가 있었다. 그 설에 따르면 춘추시대의 허남(許男)이 아마 사악의 후예일 것이고, 허(許)는 한나라 때에는 영천군[3]에 있었으며, 기산[4]과 영수[5]가 그 봉토 내에 있었다. 그러므로 허라는 성씨를 갖고 기산·영수 부근에 살면서 요임금에게 천하를 양보했던 사람은 둘일 리 없다는 것이다. 이 말은 근거가 없다고 하지 못할 것이다.

사악은 한 사람으로서, 주공과 소공이 섬(陝) 땅을 나누어서 맡은 일을 총괄했으므로, 여러 정사를 규탁(揆度)하였던 백규(百揆)를 제외하고 가장

---

1) 허유(許由): 상고시대의 고사(高士, 인격이 고결한 선비)로, 양성(陽城) 괴리(槐里) 사람. 자는 무중(武仲).
2) 사악(四岳): 사방 제후(諸侯)를 관장하는 관직. 『서경』 「우서·요전堯典」에 나온다. 혹은 사악은 희화(羲和)의 사자(四子)로 사악의 제후를 분장(分掌)한다고 해석하기도 한다.
3) 영천군(潁川郡): 현재 하남성 중부와 남부 지역.
4) 기산(箕山): 중국 하남성 등봉(登封) 동남쪽에 있는 산.
5) 영수(潁水): 하남성 등봉현 서쪽 지역의 영곡(潁谷) 동남쪽으로 흐르는 강.

무거운 직책이었다. 그래서 처음에 요임금에게 천하를 양보하고, 또 천하를 위해 순舜을 천거할 수 있었다.[6] 순이 28년이나 섭정한 뒤 요가 죽었는데, 사악이 여전히 그 직책에 있었으므로 순은 중대한 정사는 모두 그에게 자문했다.[7] 여기에서 그가 현명하고 장수했다는 것을 알 수 있다. 생각건대 그가 늙어서 관직을 그만두고 기산과 영수 사이에서 한가롭게 지냈는데, 일을 좋아하는 사람이 '더러운 말을 들은 귀를 씻었다'는 설[8]을 만들어냈을 것이다. 기산에 있던 허유의 무덤은 한나라 때까지도 전하였으니 그의 성덕盛德, 크고 훌륭한 덕과 고풍高風, 뛰어나고 고상한 풍채나 품격을 사람들이 오래도록 잊지 못함이 이와 같았다.

장자[9]의 책은 대부분 옛 성현의 사적에 대해 자기 뜻대로 부연敷衍, 설명을 자세히 늘어놓음했으므로, 모두 다 허구이고 그런 일이 없었던 것은 아니다. 그러나 지금 살펴보니, 『서경』「요전」에서, 요임금이 사악에게 제위를 선양하였을 때 사악이 말했던 "비덕첨제위否德忝帝位, 덕이 없어 제위를 욕되게 할 것입니다"라는 다섯 글자는 말이 간략하면서도 의미가 풍족해 더 보탤 것이 없지만, 『장자』「소요유」에서, 요임금이 허유에게 제위를 선양하였을 때 허유가 "포인시축庖人尸祝"[10] 운운하며 대답한 말은 어찌 이리도 얕고 가벼워서, 후생後生, 도가 훼손된 시대에 태어난 후대 사람의 어투를 띠고 있는 것인가? 「요전」과 「순전」은 정녕 공자의 붓을 거쳤기 때문이다. 태사

---

6) 처음에~천거할 수 있었다: 요임금 때 사악이 순(舜)을 후계자로 천거했다. 또 순임금 때에도 사악이 우(禹)를 후계자로 천거했다.
7) 순은~자문했다: 이러한 사정은 『서경』「우서·순전舜典」에 잘 드러나 있다.
8) 더러운 말을~설: 요임금이 기산 아래에 은거하고 있던 허유를 찾아가 구주(九州)의 장으로 삼겠다고 하자 허유가 더러운 소리를 들었다며 귀를 씻었다고 한다. 『고사전高士傳』「허유」에 나온다.
9) 장자(莊子): 성은 장(莊), 이름은 주(周). 송(宋)의 몽읍(蒙邑, 하남성 상구商邱 근처) 사람.
10) 포인시축(庖人尸祝): 시축(尸祝)하는 사람이 요리사 일을 대신한다는 뜻. 포인(庖人)은 요리를 맡은 관인(官人). 시축은 신주(神主) 앞에서 축문(祝文)을 읽거나 빈다는 뜻. 『장자』「소요유逍遙遊」에 "요리사가 비록 요리를 하지 못해도, 시축하는 사람이 술통과 도마를 타고 넘어가 요리를 대신하지 않는다(庖人雖不治庖, 尸祝不越樽俎而代之矣)"라고 했다.

공 사마천司馬遷은 허유의 무덤이 전하는데도 그에 대한 소략한 기록도 전해오지 못하는 의혹을 풀 수 있었다.[11]

明人有以許由爲四岳者. 春秋許男, 盖四岳之裔, 而許在漢爲潁川郡, 箕山潁水在其封內, 姓許而處箕潁之間, 讓堯之天下者, 不應有二, 此言不爲無據矣.

四岳以一人摠周·召分陝之事, 百揆之外, 最爲重任. 初旣讓堯之天下, 又能爲天下薦舜, 舜[12]攝二十八年, 堯乃殂落, 而四岳猶在其職, 舜於政事之大者, 咸詢之, 其賢且壽可見. 想其以老致事, 就閑於箕潁之間, 而好事者, 作爲洗耳之說. 箕山之塚, 至漢猶傳, 其盛德高風, 人之久不能忘如此.

莊周書多取古聖賢之事, 以其意敷衍之, 未必皆烏有無是也. 然以今觀之, '否德忝帝位'五字, 語省意足, 無以復加, 而'庖人尸祝'之對, 一何浮淺, 有後生氣像哉! 二典固經夫子之筆, 太史公可以解不少槪見之惑矣.

11) 「요전」과 「순전」은~풀 수 있었다: 『사기』 권61 「백이열전」에 "태사공은 말한다. 내가 기산 (箕山)에 올랐는데, 그 위에 허유의 무덤이 있다는 사실을 들었다. 공자는 옛날의 인자(仁者) 와 성자(聖者)와 현자(賢者), 예를 들어 오나라의 태백과 백이와 같은 사람들을 서열(序列)하 여 상론하였다. 내가 생각하기에, 전해오는 허유와 무광의 의로움은 지극히 높은데도 그 문 사(文辭)가 개략적으로도 기재되어 있지 않는 것은 무엇 때문인가? …… 백이와 숙제는 비 록 현명하기는 하였지만 공자를 얻어서 그 이름이 더욱 드러났고, 안연이 비록 배움에 독실 하기는 하였지만 천리마의 꼬리에 붙어서 그 행실이 더욱 유명해졌다. 그러나 암혈(巖穴)에 은둔하여 거처하는 자는 시문에 따라서 성인(聖人)에 의해 칭송되기도 하고 그렇지 못하기 도 한다. 이와 같은 부류의 사람들은 이름이 인멸되어 칭송되지 않으니 슬프도다!(太史公曰, 余登箕山, 其上蓋有許由冢云. 孔子序列古之仁聖賢人, 如吳太伯伯夷之倫詳矣. 余以, 所聞由·光義 至高, 其文辭不少槪見, 何哉? … 伯夷·叔齊雖賢, 得夫子而名益彰, 顔淵雖篤學, 附驥尾而行益顯. 巖穴之士, 趣舍有時, 若此類名堙而滅而不稱, 悲夫)"라고 나온다.
12) [교감] 舜: 고려대본은 '之'로 되어 있다. 통문관본과 연민문고본을 따른다.

🎋 평설

서포는 상고시대의 역사 사실을 기록한 문헌으로 『상서』 등 경전만
그 권위를 인정할 수는 없다고 보았다. 서포는 오히려 『장자』와 같은
책도 기록성의 가치를 일정하게 지니고 있다고 여겼다. 이 조항에서 서
포는 『장자』에서 요임금에게 천하를 양보했다고 말한 허유가 곧 『상
서』에서 순을 천거한 사악과 동일한 사람이라고 논했다. 다만 『장자』에
는 뒷사람이 억지로 맞춘 부분이 있으므로 전부 믿을 수는 없다고 유보
했다.

상산 육구연의 심학

상산 육구연[1]은 극기복례[2]에 대해 설명하기를, "사욕私慾을 극복하
는 것이 아니다. 별도로 극복해야 하는 것이 따로 있다"고 했다. 이 말
은 굳이 주자에게 선학禪學, 선종의 교리를 연구하는 학문이라 하여 배척당했다.[3]

---

1) 육구연(陸九淵, 1139~1193): 자는 자정(子靜), 호는 존재(存齋)·상산(象山), 시호는 문안(文安).
2) 극기복례(克己復禮): 『논어』「안연顏淵」에 나온다. "안연이 인(仁)에 대해 묻자, 공자께서 말
   씀하셨다. '자기의 사욕을 이겨 예(禮)로 돌아가는 것이 인이니, 하루 동안이라도 사욕을 이겨
   예로 돌아가면 천하(天下)가 인으로 돌아가게 된다. 인을 하는 것은 자기 몸에 달려 있는 것이
   지 남에게 달려 있는 것이겠는가?' 안연이 '그 조목(條目)을 묻고자 합니다'라고 말하자, 공자
   께서 말씀하셨다. '예가 아니면 보지 말고, 예가 아니면 듣지 말며, 예가 아니면 말하지 말고,
   예가 아니면 움직이지 말아야 한다.' 안연이 말했다. '제가 비록 어리석지만 청컨대 이 말씀
   을 일삼도록 하겠습니다'(顏淵問仁, 子曰: '克己復禮爲仁, 一日克己復禮, 天下歸仁焉. 爲仁由己,
   而由人乎哉!' 顏淵曰: '請問其目.' 子曰: '非禮勿視, 非禮勿聽, 非禮勿言, 非禮勿動.' 顏淵曰: '回
   雖不敏, 請事斯語矣')."
3) 주자에게~배척했다: 주희의 설은 『주자어류』 권124 「육씨陸氏」에 나온다. "육상산이 극기
   복례에 대해 설명하기를, '자기의 사욕이나 이욕(利慾, 개인적 이익을 탐하는 마음)을 극복하
   는 것이 아니라 별도로 극복해야 하는 것이 따로 있다'고 했는데, 또한 도리어 설파하려고 하
   지는 않았다. 내 일찍이 그를 대신해 말하기를, '이 말은 요컨대 언어도단(言語道斷, 궁극의
   진리를 말로 나타낼 수 없음) 심행노절(心行路絶, 말이 안 되고 마음의 작용이 끊어짐)에 불과

그러나 정자^{程子}는 안연이 즐거워한 바⁴⁾를 논해 "만약 즐거워할 만한 도가 있었다면 안연이 아닌 것이다"⁵⁾라고 했고, 『예기』「제의^{祭義}」의 '치재'⁶⁾에 대해 논하기를, "재계할 때 (고인의 평소 모습에 대해) 생각을 하면 안 된다"⁷⁾고 했다. 이 두 가지 주장을 육구연의 『상산어록^{象山語錄}』 속에 둔다면 어떻게 변별할 수 있겠는가? 주자는 정자의 설에 대해 "이 윤이 요순의 도를 즐거워했다"⁸⁾는 말을 인용해 운운한 바가 있는데, 역

─────

할 뿐이다'라고 하였다. 이어서 말했다. '이것은 사람을 깊은 구덩이에 빠뜨리니, 배우는 자들은 매우 경계하지 않으면 안 된다'(陸子靜說克己復禮云: '不是克去己私利欲之類, 別自有箇克處', 又卻不肯說破. 某嘗代之下語云: '不過是要言語道斷, 心行路絶耳.' 因言, '此是陷溺人之深坑, 學者切不可不戒')."

4) 안연이 즐거워한 바: 『논어』「옹야」에 나온다. "공자께서 말씀하셨다. '어질구나, 안회(顏回)여! 한 그릇의 밥을 먹고 한 표주박의 물을 마시며 누추한 골목에 사는 것을 다른 사람들은 그 근심을 견디지 못하는데, 안회는 그 즐거움을 고치지 않으니. 어질도다, 안회여!'(子曰: '賢哉, 回也! 一簞食, 一瓢飮, 在陋巷, 人不堪其憂, 回也不改其樂, 賢哉, 回也!')"

5) 만약~안연이 아닌 것이다: 『이정수어二程粹言·하』에 정이(程頤)의 설이 실려 있다. "선우신(鮮于侁)이 물었다. '안자(顏子)는 어찌해 그 즐거움을 고치지 않을 수 있었습니까?' 정자가 말했다. '그 즐거워한 바를 안다면 그 고치지 않음을 알게 될 것이다. 그가 즐거워한 바가 어떤 즐거움이라고 생각하는가?' 선우신이 말했다. '도를 즐겼을 뿐입니다.' 정자가 말했다. '안자가 도를 즐거워할 수 있는 것이라고 여겨 즐거워했다면 안자가 아니다'(鮮于侁問曰: '顏子何以能不改其樂?' 子曰: '知其所樂, 則知其不改. 謂其所樂者何樂也?' 曰: '樂道而已.' 子曰: '使顏子以道爲可樂而樂乎則非顏子矣')." 이 문답은 『논어집주대전論語集註大全』「옹야」에도 전재되어 있다.

6) 치재(致齋): '致齊'로도 적는다. 『예기』「제의祭義」에 실려 있다. "마음속으로 치재를 하고, 행동으로 산재(散齊)를 한다. 재계하는 날에는 고인이 거처하던 것을 생각하고, 웃고 이야기하던 모습을 생각하며, 그의 뜻을 생각하고, 그가 즐거워하던 것을 생각하며, 그가 좋아하던 것을 생각한다. 사흘을 재계(齋戒, 마음과 몸을 깨끗이 하고 부정한 일을 멀리함)하면 고인을 뵙게 된다(致齊於內, 散齊於外. 齊之日, 思其居處, 思其笑語, 思其志意, 思其所樂, 思其所嗜. 齊三日, 乃見其所爲齊者)."

7) 재계할 때~하면 안 된다: 『예기』「제의」에 대한 『예기집설禮記集說』 권110의 주석을 보면 다음과 같다. "하남 정씨(程氏)가 말했다. '무릇 제사지낼 때에는 반드시 치재를 해야 한다. 재계를 하는 날 고인이 거처하던 것을 생각하고, 웃고 이야기하던 모습을 생각하는 것은 효자가 평상시에 어버이를 생각하는 마음이지, 재계는 아니다. 재계할 때에는 그러한 생각을 해서는 안 되니, 재계라는 것은 침착하고 순수해야 귀신과 더불어 접할 수 있다. 그러나 귀신을 섬길 수 있는 것은 가장 높은 등급의 사람이다'(河南程氏曰: '凡祭必致齊. 齊之日, 思其居處, 思其笑語, 此孝子平日思親之心, 非齊也. 齊不容有思, 齊者, 湛然純一, 方能與鬼神接 然能事鬼神, 已是上一等人')."

시 정자의 설을 옳다고 여기지는 않았던 것 같다.

陸象山說克己復禮云: "不是克去私欲, 自有箇克去處." 此固見斥於朱子, 謂之禪學者也. 然程子論顏子所樂曰: "若有道可樂, 便非顏子", 論「祭義」致齋說曰: "齋不容思." 此兩說置之象山『語錄』中, 則又何以[9]辨焉? 朱子於程子上說, 引"伊尹樂堯·舜之道"之言, 而有所云云, 似亦不以爲然矣.

🍃 평설

상산 육구연은 주희의 논적으로서, 주희보다 아홉 살 아래지만 8년

---

8) 이윤(伊尹)이 요순(堯舜)의 도를 즐거워했다 :『맹자』「만장·상」에 나온다. "내가 논밭 사이에서 밭 갈고 지내어 그로써 요순의 도를 즐거워하는 것이 어찌 지금의 군주를 요순 같은 군주로 만드는 것만 하겠는가!(與我處畎畝之中, 由是以樂堯舜之道, 吾豈若使是君爲堯舜之君哉!)" 『주자어류』권31「논어 13」에 이와 관련한 논변이 있다. "물었다. '예전에 추도경(鄒道卿)은 정이천(程伊川)의 견해가 지극히 높다는 점을 논하면서, 선우신이 정이천에게 다음과 같이 질문했던 일을 말했습니다. 선우신이 〈안연은 그 즐거움을 고치지 않았다고 하는데, 즐거워한 바가 무엇인지를 모르겠습니다〉라고 하자, 정이천은, 〈보통 안자가 즐거워한 바가 무엇이라고들 말하는가〉라고 물었습니다. 〈안자가 즐거워한 것은 도라고들 말할 뿐입니다〉라고 말하자, 정이천이 말하기를 〈즐거워할 만한 도가 있었다면, 곧 안자가 아니다〉라고 했습니다. 이것은 안자의 공부가 지극해 도체(道體)와 혼연히 더불어 하나가 되고 안자의 지극한 즐거움이 저절로 묵묵하게 마음에 보존되어, 다른 사람들이 안자가 그 즐거움을 고치지 않음을 보는데도 안자 스스로는 모르는 것이 아니겠습니까?' 주자가 말했다. '바로 세상에 경전을 말하는 자들이 왕왕 앞서 말한 병폐를 가지고 있음을 말한 것이다. 본래 낮은데도 들어올려 높게 하고, 본래 얕은데도 뚫어서 깊게 하며, 본래 가까운데도 미루어서 멀게 하고, 본래 밝은데도 반드시 어두운 데에 이르게 한다. 또한 이윤이 유신(有莘)의 들에서 밭을 갈면서 요순의 도를 즐거워한 것과 같은 것을 보면, 일찍이 도를 즐거워함을 낮게 여긴 적이 없었다. 그러니 바로 안자가 도를 즐거워했다고 말한다고 해서 안 될 것이 무엇 있겠는가(問: '昔鄒道卿論伊川所見極高處, 以謂鮮于侁問於伊川曰: 顏子不改其樂, 不知所樂者何事? 伊川曰: 尋常說顏子所樂者何事? 曰: 不過說顏子所樂者道, 伊川曰: 若有道可樂, 便不是顏子, 豈非顏子工夫至到, 道體渾然與之爲一, 顏子之至樂自默存於心, 人見顏子之不改其樂, 而顏子不自知也?' 曰: '正謂世之談經者, 往往有前所說之病, 本卑而抗之使高, 本淺而鑿之使深, 本近而推之使遠, 本明而必使之至於晦, 且如伊尹耕於有莘之野, 由是以樂堯舜之道, 未嘗以樂道爲淺也. 直謂顏子爲樂道, 有何不可')?"
9) [교감] 以: 통문관본은 이 한 글자가 없다. 고려대본을 따른다.

먼저 죽었다. 육구연의 사상은 '심즉리心即理'로 개괄된다. 곧 '마음'을 혼연한 일체로 파악하며 그것이 그대로 이치라는 것이다. 육구연의 학설은 계보상으로 정호程顥에서 출발하며, 이것은 정이-주희로 이어지는 '성즉리性即理'의 주장과는 대치된다. 정호가 "착하고 악한 것이 모두 하늘의 이치天下善惡皆天理"라고 말한 것처럼 육구연도 천리天理와 인욕을 구분하지 않았다. 따라서 『논어』에서 나오는 인仁의 핵심 공부방법인 극기복례에 대해 "사욕을 극복하는 것이 아니다"라고 주장한 것이다. 육구연은 "마음은 하나인데, 사람이 어찌 두 마음이 있겠는가心一也, 人安有二心"라고 하여, '본래의 마음'을 자각하고 '먼저 그 중요한 바를 세우는 것先立其大者'을 실천원리로 내세웠다. 그러나 주희의 경우 인심人心은 사람의 욕망이 뒤섞여 있는 마음을 말하며, 도심道心은 하늘의 이치인 천리로 보았다. 1175년 주희의 친구 여조겸呂祖謙의 중개로 강서성의 아호사鵝湖寺에서 주희와 육구연이 담론했으나 의견의 차이를 좁히지 못했다.

주자학자는 육구연의 심학과 양명학陽明學을 이단의 설로 규정하고 그것과의 차이를 부각시켜왔다. 특히 육구연이 극기복례를 설명하면서 "사욕을 이겨 없앤다는 뜻이 아니다"라고 논한 것을 두고 주희는 그것이 선불교에 물든 결과라고 비판했다. 하지만 서포는 육구연의 심학, 양명학, 주자학의 차이는 그리 크지 않다고 보았다. 정이는 안연의 즐거움에 대해 논하며 "즐거워할 만한 도가 따로 있는 것이 아니다"라고 했고, 치재의 설을 풀이해서 "재계해 사려를 허용하지 않는다"라고 했다. 서포는 이러한 논설은 육구연의 심학과 그리 다르지 않다고 했다.

『주자어류』에서는 다음과 같이 말했다.

"석림 섭몽득[1])의 『피서녹화避暑錄話』에 상채 사양좌[2])의 주장을 실어 놓기를, '정이천程伊川이 어떤 승려를 만났는데, 후에 얻은 것이 있자 결국에는 그와 돌아섰다. 그의 설을 훔쳐다 자기 것으로 만들었는데, 이 것이 낙학洛學, 정호·정이 형제가 제창한 성명性命과 이기理氣의 학문이 되었다'고 했다. 그 런데 섭몽득의 설은 실로 믿을 만한 것이 못 되며, 사양좌가 이러한 주 장을 했는지도 잘 모르겠다. 지난번에 광로光老가 보여준 「영원靈源이 이 천거사程伊에게 준 서첩」을 보았더니, 이것은 반자진潘子眞에게 보낸 것 이었다. 그 오류가 이와 같았다."[3)]

---

1) 섭몽득(葉夢得): 북송의 학자. 자는 소온(少溫), 호는 석림(石林). 저서로 『석림시화石林詩話』, 『피서녹화』 등이 있다.
2) 사양좌(謝良佐, 1050~1103): 하남성 상채현(上蔡縣) 사람. 자는 현도(顯道), 시호는 문숙(文肅).
3) 『주자어류』에서는~그 오류가 이와 같았다: 『주자어류』 권126 「석씨釋氏」에 나오는 내용이 다. 다만 『주자어류』에서는 『피서녹화』가 아니라 『과정록過庭錄』의 내용을 비판한 것으로 되 어 있다.

주자가 정윤부程允夫에게 답한 편지를 보면, "소식과 소철蘇轍 형제는 먼저 나왔다가 뒤에 병이 들었고, 정호程顥와 정이程頤 형제는 먼저 병이 들었다가 뒤에 나왔다"[4]고 했다. 바야흐로 병이 들었을 때는 부처를 공부한 자에게서 구하기를 참으로 면치 못했으니, 참예하여 묻고 서찰을 왕래하는 것이 원래 이상한 일은 아니다. 광로가 보여준 영원의 서첩이 사실은 반자진에게 준 것이라 하더라도 이 서첩 외에 어찌 영원이 이천에게 준 다른 서찰이 없겠으며, 영원 한 사람 외에 정이천과 교유한 선승이 어찌 달리 없겠는가? 주자가 했듯이 해명하여 다른 데에 미루어버린다면 아마도 도리어 보는 사람의 의혹만 더할 것이다.

지금 정이의 서찰과 선종의 설이 모두 있는 것은 진실로 향기로운 풀과 악취 나는 풀이 서로 다르고, 얼음과 재가 서로 다른 것과 마찬가지다. 그러므로 남의 것을 훔쳐다 자기 것으로 삼았다는 무고誣告, 없는 일을 거짓으로 꾸며 남을 고발하거나 고소함는 공격하지 않아도 저절로 깨질 것이거늘 어찌 이러저러한 논쟁을 하리오?

『語類』曰: "葉石林『避暑錄』載上蔡說云, '伊川參某僧, 有得, 儉[5]其說來

---

4) 소식(蘇軾)과~뒤에 나왔다:『회암선생주문공문집晦庵先生朱文公文集』권41「정윤부程允夫에게 답함」에 나온다. "이정(二程)의 학문은 처음에는 그 요체(要諦)을 얻지 못해, 이 때문에 불로(佛老, 불교와 노자)에 드나들었으나, 돌이켜 육경(六經)에서 진리를 구함에 이르러서는 어찌 진실로 불로를 옳다고 여겼겠는가? 소식·소철의 학문의 경우 한창 나이가 어리고 기운이 호방했을 때에는 일찍이 망령되이 선학(禪學)에 빠져들었으니 대비각(大悲閣)의 기(記)와 중화원(中和院)의 기문(記文) 등에서 그 사실을 볼 수가 있다. 중년에 이르러서는 신세가 영락하고 불우해 울울(鬱鬱)하고 실의하게 된 후 엎드려 기어서 귀의했으니, 처음과 끝이 미혹되었고, 나아감과 물러남에 근거가 없었다. 이정과 비교하자면, '먼저 병이 나고 뒤에 나은 것, 먼저 낫고 뒤에 병이 든 것'이라는 양시(楊時)의 말이 정확하다(二程之學, 始焉未得其要, 是以出入於佛老, 及其反求而得諸六經也, 則豈固以佛老爲是哉? 如蘇氏之學, 則方其年少氣豪, 固嘗妄馳禪學, 如大悲閣·中和院等記可見矣. 及其中歲, 流落不偶, 鬱鬱失志, 然後匍匐而歸焉, 始終迷惑, 進退無據. 以比程氏, 正楊子'先病後瘳, 先瘳後病'之說)."

5) [교감] 得儉: 통문관본은 '儉得'으로 되어 있다. 고려대본을 따른다.

426 | 서포만필

做己使, 是爲洛學.' 石林說固不足信, 不知上蔡也怎地說. 向見光老示及
「靈源與伊川居士帖」, 此乃與潘子眞者, 其差謬如此"云云.

按朱子答程允夫書, 謂: "二蘇先瘵後病, 二程先病後瘵." 方其病時, 固不
免求之於學佛者, 其參問往復, 元非異事. 光老所示靈源帖, 固是與子眞者,
此一帖外, 靈源豈無他書? 靈源一人外, 亦豈無他禪僧乎? 如是分踈推諉,
恐反增觀者之疑惑也.

今伊川之書與禪說俱在, 誠如薰猶氷炭之不同者, 偸取己使之誣, 不攻自
破, 何足多辨?

🍂 평설

『주자어류』 권126 「석씨釋氏」에 다음과 같은 논변이 나온다.

　　근래에 석림 섭몽득의 『과정록』을 보니 사양좌의 주장을 실어놓기
를, "정이천이 어떤 승려를 만났는데, 나중에 얻은 것이 있자 마침내 그
를 배반했다. 그의 설을 훔쳐다 자기 것으로 만들었는데 이것이 낙학이
되었다"고 했다. 나는 일찍이 섭몽득의 설이 참으로 믿을 만하지 못하다
고 의심했고, 도리어 사양좌가 이러한 주장을 했는지도 잘 모르겠으니
이 어찌 된 사정인가? 지난번에 광로가 보여준, 어떤 승려가 이천거사
에게 준 서첩을 본 적이 있는데, 나중에 이 서첩이 『산곡집山谷集』에 실려
있는 것을 보게 되었다. 나중에 또한 이 서첩에 발문이 있는 것을 보니
곧 승려가 반자진에게 준 서첩이었으니, 그 오류가 이와 같았다. 다만
처음에 불학佛學, 불교의 공부은 존양存養, 본 마음을 보존하고 수양함하는 공부가 없
다가 당나라 제6조 혜능慧能 때에 이르러 존양의 공부를 사람들에게 가
르치기 시작했다. 처음에 배우는 자들 또한 일찍이 신상身上, 자기 자신의 몸
에 나아가 공부를 한 적이 없다가 정이천에 이르러 바야흐로 사람들에

게 신상에 나아가 공부하는 것을 가르치게 되었으니, 이것이 바로 정이천이 불교의 설을 훔쳐다 자기 것으로 만들었다고 말하는 까닭이다.

한편 주희는 『회암선생주문공문집』 권41 「정윤부에게 답함」에서 "소식과 소철 형제는 먼저 나왔다가 뒤에 병이 들었고, 정호와 정이 형제는 먼저 병이 들었다가 뒤에 나왔다"고 했다.

정이가 젊은 시절 선학에 물들었다는 사실은 주자학의 순수성을 고집하는 이들에게 심각한 사안이었다. 주희는 "정이가 정호와 함께 처음에는 불교에 병들었다가 뒤에 나왔다"고 변호하는 한편, 정이가 승려의 설을 훔쳐다 자기 것으로 써먹음으로써 낙학이 성립했다고 보는 사양좌의 설에 대해서는 면밀한 분석 끝에 사실이 아니라고 논박했다. 서포는 정이가 영원이란 승려와 서찰을 주고받아 「영원이 정이에게 준 서첩」이 있다는 것이 사실일지는 몰라도, 그렇더라도 정이가 불교를 비판하고 유교로 돌아갔다는 사실에 장애가 되지 않는다고 논했다.

맹자와 주자의 유연한 학문태도

상-81

성현이 가르침을 세우는 것은 때에 따라 다르다. 맹자가 성선性善을 말한 것[1]은 공자가 이利·명命·인仁에 대해 드물게 말씀하셨던 것[2]과는 다르고, 맹자의 기설氣說[3]은 또한 공자의 문하에서는 미처 발

---

1) 맹자가 성선(性善)을 말한 것: 『맹자』「고자告子」에 나온다. 고자가 성(性)은 고여 있는 물과 같아서 물을 터놓는 방향에 따라 다르게 흘러 그 흐름이 본래 정해진 방향이 없는 것처럼 인성(人性)도 선과 악으로 확연하게 나뉜 것은 아니라고 하자, 맹자는 물의 흐름이 동서로 나뉜 것은 아니지만 상하로 나뉘어 있듯이, 인성이 선한 것은 물이 아래로 흐르는 것과 같다고 함으로써 성선(性善)의 선(善)이 절대적임을 강조했다.
2) 공자가~말씀하시지 않았던 것: 『논어』「자한子罕」에 나온다. "공자께서는 이(利)·명(命)·인(仁)을 드물게 말씀하셨다(子罕言利與命與仁)."
3) 맹자의 기설(氣說): 『맹자』「공손추·상」에 나온다. "'감히 묻습니다. 선생님께서는 어디에 장점이 계십니까?' 맹자께서 말씀했다. '나는 말을 알며, 나의 호연지기(浩然之氣)를 잘 기르노라.' '감히 묻습니다. 무엇을 호연지기라고 합니까?' 맹자께서 말씀했다. '말하기 어렵다. 그기(氣)됨이 지극히 크고 지극히 강하니, 정직함으로써 잘 기르고 해침이 없으면 천지의 사이에 꽉 차게 된다. 그 기됨이 의(義)와 도(道)에 배합(配合)되니, 이것이 없으면 굶주리게 된다. 이 호연지기는 의리를 많이 축적해 생겨나는 것이다. 의가 하루아침에 갑자기 엄습하여 취해지는 것은 아니니, 행하고서 마음에 부족하게 여기는 바가 있으면 굶주리게 된다. 그러므로 나는 고자가 일찍이 의를 알지 못한다고 말한 것이니, 이는 의를 밖이라고 하기 때문이다. 반드시 호연지기를 기르는 데 종사하고, 효과를 미리 기대하지 않아 마음에 잊지도 말며, 억지

언하지 않은 것이다. 주자는 『중용』의 성·도·교[4]를 『소학』의 첫머리[5]에 내세웠다. 또 『근사록』 제1장[6]은 정이程頤가 일찍이 큰 제자에게도 보여주지 않았던 것이다. 무릇 앞시대의 사람이 은밀히 부탁하고 이심전심으로 전하는 것[7]은 후세 사람에게는 진부한 말과 상법常法, 일상의 현상이 된다. 그러니 이것이 어찌 고의로 서로 다른 가르침을 세운 것이겠는가? 아마도 어쩔 수 없이 그렇게 되었을 뿐인 듯하다.

이단異端 또한 그렇다. 석가가 살아 있을 때 40여 년을 설법했는데, 오로지 계율만을 간절히 말하다가 가장 마지막에 비로소 일승[8]의 법을 말했고, 입적할 때 가르침을 남기면서 또다시 계율을 말했으니, 단계를 뛰어넘지 않음이 이와 같았다. 달마[9]에 이르러서는 직지인심곧바

로 조장하지도 않고, 송나라 사람과 같이 하지 말지어다'('敢問夫子惡乎長?' 曰: '我知言, 我善養吾浩然之氣.' '敢問何謂浩然之氣?' 曰: '難言也. 其爲氣也, 至大至剛, 以直養而無害, 則塞于天地之間. 其爲氣也, 配義與道, 無是, 餒也. 是集義所生者. 非義襲而取之也, 行有不慊於心, 則餒矣. 我故曰, 告子未嘗知義, 以其外之也. 必有事焉而勿正, 心勿忘, 勿助長也, 無若宋人然')."

4) 성(性)·도(道)·교(教): 『중용』에 "하늘이 명(命)하신 것을 성(性)이라 이르고, 성(性)을 따름을 도(道)라 이르며, 도(道)를 품절(品節, 차등을 세움)해놓음을 교(教)라 이른다(天命之謂性, 率性之謂道, 修道之謂教)"라고 했다.

5) 『소학』의 첫머리: 『소학』 제1편 「입교立教」의 첫머리를 말한다. "자사(子思) 선생께서 말씀하시기를, 하늘이 명하신 것을 성이라 이르고, 성을 따름을 도라 이르며, 도를 품절해놓음을 교라 이른다고 하셨으니, 하늘의 밝음을 법도로 삼으며, 성인의 법을 좇아 이 편을 서술해 스승이 된 사람으로 하여금 가르치는 바를 알게 하며, 제자로 하여금 배워야 할 바를 알게 하노라(子思子曰: '天命之謂性, 率性之謂道, 修道之謂教. 則天明, 遵聖法, 述此篇. 俾爲師者, 知所以教, 而弟子知所以學')."

6) 『근사록近思錄』 제1장: 『근사록』의 첫 부분은 주돈이(周敦頤)가 말한 "무극이태극(無極而太極)"을 인용함으로써 시작해 성의 본원(本原)과 도의 체통(體統)을 논하고, 이것이 학문의 강령임을 밝혔다.

7) 이심전심으로 전하는 것: 불교의 용어로는 단전(單傳)이라고 한다. 경전에 의지하지 않고 마음으로 마음을 전한다는 뜻이다.

8) 일승(一乘): 승(乘)은 중생을 깨달음으로 인도하는 부처의 가르침을 뜻한다. 깨달음에 이르게 하는 오직 하나의 궁극적인 가르침이며, 부처가 중생의 능력이나 소질에 따라 여러 가지로 가르침을 설했지만, 그것은 결국 하나의 가르침으로 귀착한다는 뜻이다.

9) 달마(達磨): ?~495, ?~436, 346~495, ?~528 등 다양한 설이 있다. 보리달마(菩提達磨)는 보디다르마(Bodhidharma)의 음역으로, 중국 선종의 초조(初祖)이다.

로 사람의 마음을 가리켜 그것이 불심임을 깨달음과 견성성불^{자기의 본래 천성을 깨달으면 부처가 됨}

이라 했으니, 곧 "사람의 마음을 꿰뚫어볼 때, 본래 가지고 있던 불성佛性. 부처의 법성이 나타나 부처가 된다"[10)고 했다. 그러나 달마는 오히려 선정[11]으로 가르침을 폈고, 아홉 해나 면벽수행을 했다. 제4조 도신[12]은 30여 년 동안이나 옆구리를 자리에 붙여 눕지 않았다. 제6조 혜능[13]에 이르러서는 사람들이 가부좌한 것을 보고 지팡이로 때렸다. 제6조 혜능이 사람들을 가르친 것은 마치 의리義理로 설하듯이 했다. 예컨대 선善도 생각하지 말고 악惡도 생각하지 말라고 한 것이 이것이다. 그러다가 마조[14] 이후에 이르러서는 이와 같은 것들이 혜경蹊逕. 좁은 지름길으로 떨어져 정견正見. 팔정도八正道의 하나. 제법諸法의 진상을 바르게 판단하는 지혜을 장애障礙. 거리껴서 거치적거림한다고 여겨, 오직 의미 없는 화두話頭. 수행자가 깨달음을 얻기 위해 참선하면서 연구하는 과제를 가지고 설교해서 삼장三藏. 경장經藏. 율장律藏. 논장論藏과 경론經論. 부처의 말을 적은 경經과 이를 해석한 논論을 모두 제사에 한 번 쓰고 버리는 풀강아지로 만들어버렸다. 이 또한 어쩔 수 없어서 그런 것이 아니겠는가?

일찍이 나는 유가와 불가를 비교해 논한 적이 있다. 달마는 맹자이

---

10) 사람의 마음을~부처가 된다: 중생의 마음과 부처의 마음은 원래 하나이므로 부처도 다른 데서 찾을 것이 아니며, 성불이라는 것도 단지 스스로의 심성에 대한 지견(知見)으로 이루어진다는 뜻이다. 직지인심(直指人心)이라는 말은 선종의 제2조 혜가(慧可)와 달마의 문답에서 유래했다. 혜가가 달마에게 불도를 얻는 법을 묻자 달마는 한마디로 마음을 보라고 대답했다. 마음이 모든 것의 근본이므로 모든 현상은 오직 마음에서 일어나고 마음을 깨달으면 만가지 행을 다 갖추게 된다는 것이다. 견성성불(見性成佛)은 특히 중국 선종의 제6조 혜능을 시조로 하는 남종선(南宗禪)에서 강조한다. 이 말이 처음 나오는 문헌은 중국의 양(梁)나라 보량(寶亮, 444~509)의 『열반경집해涅槃經集解』라고 한다.

11) 선정(禪定): 드야나(dhyana)의 음역인 선(禪)과 그것의 번역인 정(定)의 합성어. 좌선(坐禪, 고요히 앉아서 참선함)을 함으로써 심신이 통일된 상태 또는 마음을 한곳에 집중시키는 명상을 나타내는 말이다.

12) 도신(道信, 580~651): 13세부터 제3조 승찬(僧璨)에게 10여 년 동안 배우고 제3조의 선법(禪法, 참선하는 법)을 이어받았다. 그는 동산법문(東山法門)의 초조로서, 문하에 500여 명의 학인(學人, 배우는 사람)을 두었다.

13) 혜능(慧能, 638~713): 중국 선종의 제6조.

14) 마조(馬祖): 마조도일(馬祖道一, 709~788). 19세 때 출가해 혜능 문하의 남악회양(南岳懷讓)

고 승찬^{僧璨}·혜가^{慧可}·홍인¹⁵⁾·도신^{道信}은 주염계^{周濂溪}·장횡거^{張橫渠}·정호^{程顥}·정이이며, 조계^{曹溪} 곧 제6조 혜능은 주자이며, 마조^{馬祖}와 임제¹⁶⁾는 육상산^{陸象山}과 왕양명^{王陽明}이다. 석가에서부터 변하여 마조와 임제로 되었으니, 그 변천의 유래는 점진적 양상을 띠었다.¹⁷⁾

聖賢立教, 隨時不同. 孟子之道性善, 異於孔子之罕言, 而其說氣, 又孔門之所未發也. 朱子以『中庸』性道教, 首揭於訓蒙之書, 而『近思錄』第一章, 又程子之未嘗示諸大¹⁸⁾弟子者也. 大抵前人之密付單傳, 在後人, 便成陳談常法, 此豈故相立異哉? 殆有不得不爾者耳.

異端亦然. 釋迦在世, 說法四十餘年, 唯諄諄於戒律, 最後始說一乘之法, 而臨滅遺教, 又復說戒, 其不躐等如此. 至於達摩¹⁹⁾, 便直指人心, 見性成佛. 然達摩猶以禪定說教, 九年面壁. 四祖道信, 三十餘年, 脅不至席. 至六祖, 見人結趺, 以杖叩之. 六祖之教人, 猶說義理, 如不思善·不思惡之類,

---

의 법을 이었다. 강서성 홍주(洪州)를 중심으로 교화했기 때문에, 그 일파를 홍주종(洪州宗)이라고도 한다.

15) 홍인(弘忍, 594~674): 중국 선종의 제5조. 일곱 살 때 제4조 도신을 따라 출가하여 51세에 대사(大師)가 되었다. 동산(東山)에 살았기 때문에 그 교단을 동산법문이라 칭했는데, 700명의 제자를 가르쳤다. 심성의 본원에 철저히 함을 본지로 하며, 수심(守心, 본래의 마음을 지킴)을 요체로 삼았다. 선종의 실제적인 확립자로서, 문하에 신수(神秀)·혜능 등 10대 제자를 배출했으며, 이 두 제자로 하여금 남종선·북종선의 두 계통으로 나뉘어 남북의 각지에서 선풍을 드날리게 했다.

16) 임제(臨濟): 임제의현(臨濟義玄, ?~867). 임제종(臨濟宗)의 개조(開祖). 어려서 불교에 심취해 출가 후 경(經)·율(律)·논(論)을 배우고 황벽희운(黃檗希運)을 찾아갔으나 그가 박대하자 대우(大愚)에게로 갔다. 그러나 대우가 임제의 스승은 역시 황벽이라고 타이르자, 그는 다시 황벽을 찾아가 그의 법을 이어받았다. 제자를 가르치는 데 갈(喝)을 사용해, 봉(棒)을 사용한 덕산선감(德山宣鑑)과 쌍벽을 이루어, '덕산의 봉, 임제의 갈'이라는 말이 유행했다. 선종 가운데 법손(法孫, 법맥에서 후손에 해당하는 사람)이 가장 번창했다. 제자 혜연(慧然)이 엮은 『임제록臨濟錄』에 그의 언행이 실려 있다.

17) 그 변천의 유래는~띠었다: 『주역』 곤괘(坤卦) 문언전(文言傳)의 표현을 빌려왔다.

18) [교감] 大: 고려대본은 '夫'로 되어 있다. 통문관본과 연민문고본을 따른다.

19) [교감] 摩: 이본들이 모두 이 글자로 되어 있다. '磨'와 통가자이다.

是也. 及至馬祖以後, 則以此等爲落蹊逕礙正見, 唯以無意味話頭說敎而三藏經論, 盡成芻狗矣. 此亦有不得已者耶?

嘗[20]以儒釋兩家, 比幷而論. 達摩, 孟子也. 璨·可·忍·信, 周·張·兩程也. 曹溪, 考亭也. 馬祖·臨濟, 象山·陽明也. 自釋迦變爲馬祖·臨濟, 所由來者漸矣.

🌿 평설

서포는 주자학자들이 신봉하는 맹자와 주희의 유연한 학문태도를 거론함으로써 당대 주자학자들이 특정 교설을 고수하는 맹목적인 자세를 선명히 대비시켰다.

서포는 맹자를 맹자답게, 주희를 주희답게 만든 것은 그들이 앞시대의 학문을 그대로 추종하는 데 그치지 않고 끊임없이 정진하고 탐구해서 학문 대상을 확대하고 새로운 개념을 제시한 데 있다고 보았다. 이에 비해 당대의 주자학자들은 불로佛老의 학설을 제대로 알려고 하지 않고 무조건 이단으로 취급해 편협하다고 비난했다. 서포는 불교사상이 석가에서부터 마조, 임제로 점진적으로 변화했듯이, 유교도 공자에서 주염계·장횡거·정호·정이를 거쳐 주희와 육상산·왕양명으로 점진적으로 변화했다고 보았다.

20) [교감] 嘗: 고려대본은 '當'으로 되어 있다. 통문관본과 연민문고본을 따른다.

주자와 육상산의 공부법
상―82

　주자가 상산 육구연을 배척하는 데는 힘을 아끼지 않았으나 그것은 모두 제자들과 문답할 때의 말이었다. 육구연과 더불어 대화할 때는 마치 맹자가 이지나 진상[1]에게 한 것처럼 눈을 크게 뜨고 입을 크게 벌리며 생각과 감정을 다 토로한 적이 없다. 그 까닭이 무엇인지 알 수 없다.

　『주자어류』에서 주자는 이렇게 말했다.

　"자정子靜. 육구연은 확실히 한 도리를 깨달았고 또 사람을 감동시키는 말을 잘해서 사람들로 하여금 쾌활하다 못해 미칠 듯한 기분이 들게 한다. 나도 그런 방법으로 말할 수는 있으나 다만 사람들을 그르칠까

---

1) 이지(夷之)나 진상(陳相):『맹자』 7편에 나오는 맹자가 비판한 사상가들만 해도 종횡가(縱橫家)로 알려진 공손연(公孫衍)과 장의(張儀), 여민병경주의(與民幷耕主義)를 내세운 농가(農家)인 허행(許行)과 진상, 도가(道家)의 계통을 이은 철저한 위아주의자(爲我主義者)인 양주(楊朱), 이와는 대조적으로 겸애주의(兼愛主義)를 제창한 묵적(墨翟)의 사상을 신봉하는 무리, 그 밖에 이지·자막(子莫)·송경(宋牼)·중자(仲子) 등 수가 적지 않다. 맹자는 복잡다단한 사상들을 비판하면서 인의의 대도를 선양(宣揚, 드러내 널리 떨치게 함)하고 그 실현을 권면했다.

두렵다. 그러나 육상산의 말은 사람들로 하여금 먼저 사물을 보게 한 후 비로소 밑으로 내려와 노력을 하게 하는 상달하학上達下學이니, 성인聖人의 하학상달[2]과는 비슷하지 않다."[3]

주자의 이 말로 본다면, 주자와 육상산의 견해가 역시 별다름이 없는 듯하고, 다만 사람을 가르치는 순서가 다를 뿐이다. 증석[4]이 도를 깨침과 자유[5]가 사람을 가르침은 비록 안연[6]이나 자하[7]에게 미치지 못했다 하더라도, 어찌 그들이 똑같이 성인 문하의 높은 제자가 되는 데 해로움이 있었던가?

朱子公之闢陸, 殆不遺[8]餘力, 而皆是與門人問答之言. 若其與象山往復說話, 則未見其有大開眼大開口盡情吐露, 如孟子之於夷之·陳相者, 未知何故.

『語類』云: "子靜却是實見得箇道理, 又會說得動人, 使人都快活顚狂. 某亦會恁地說, 只怕壞了人. 象山之說, 却是使人先見得這箇物事, 方下來做工夫, 與聖人下學上達不相似"云云.

以朱子此言觀之, 則朱·陸所見, 似亦無甚異同, 而但所以敎人之序不同耳. 曾晳之見道, 子游之敎人, 雖若不及於顔淵·子夏, 亦何害其同爲聖門高弟耶?

---

2) 하학상달(下學上達): 아래를 배워 위에 달한다는 뜻으로, 낮고 쉬운 것을 배워 깊고 어려운 것을 깨달음. 형이하(形而下)의 구체적이고 비근한 사실에서 출발해 높은 진리에까지 도달한다는 공자의 학문방법.
3) 자정은~비슷하지 않다:『주자어류』권124에 섭하손(葉賀孫)의 기록으로 실려 있다.
4) 증석(曾晳): 공자의 제자. 증자의 아버지. 자는 점(點).
5) 자유(子游): 공자 문하의 십철(十哲) 가운데 한 사람. 오나라 사람, 이름은 언언(言偃).
6) 안연(顔淵, BC 521~BC 490): 춘추시대 노(魯)나라의 현인으로, 이름은 회(回). 자는 연(淵). 안회(顔回)라고 흔히 부른다.『논어』20편 중 제12편이 「안연」이다.
7) 자하(子夏): 공자 문하의 십철 가운데 한 사람. 이름은 복상(卜商).
8) [교감] 遺: 고려대본은 '有'로 되어 있다. 통문관본을 따른다.

🌿 평설

『주자어류』에서 주희는 육구연이 확실히 도리를 깨달았고 사람을 감동시키는 언변술을 지녔다고 인정하면서도 하학상달의 학문을 가르치지 않아 도리어 위험하다고 비판했다. 그러나 서포는 육구연과 주희는 견해가 같되 사람을 가르치는 순서가 다를 뿐이라고 했다. 특히 서포는 주희가 제자들 앞에서는 육구연을 배척하는 데 힘을 아끼지 않았으면서도 그와 대면한 곳에서는 자신의 감정을 다 토로하지 않음을 문제 삼았다. 과연 주희의 그러한 태도가 육구연의 언변술 때문이겠느냐고 반문한 셈이다.

불경이 비록 번다하지만, 그 요지는 진공묘유[1] 네 글자에서 벗어나지 않는다. 규봉종밀[2]은 "진공이라는 것은 (현상적인) 유有를 어기지 않는 공空이고, 묘유라는 것은 공空, 본래 속성을 어기지 않는 유有이다"[3]라고 했다. 이 말은 주염계周濂溪의 "무극이태극無極而太極"[4]이라는 말과

---

1) 진공묘유(眞空妙有): 유식(唯識)에서 말하는 삼성(三性)의 하나인 '원성실성(圓成實性)'에 갖추어져 있는 공(空)과 유(有)를 말한다. 원성실성인 진여(眞如)는 소승(小乘)에서 말하는 유에 대한 상대적 공이 아니고, 아집(我執)이나 법집(法執, 현상의 특정 국면에 집착함)을 여읜 곳에 나타나는 묘한 이치이므로 진공(眞空)이며, 또 그 체(體)는 생멸변화(生滅變化)가 없는 항상 불변하는 실재이므로 묘유(妙有)이다.

2) 규봉종밀(圭峯宗密, 780~841): 당나라 승려로, 화엄종의 제5조다. 과주(果州) 서충(西充, 지금의 사천성) 사람. 속성은 하씨(何氏)이며, 호가 규봉(圭峰).

3) 진공이라는~어기지 않는 유(有)이다: 일체를 공이라고 해서 부정했을 때, 모든 사물은 그대로 긍정되어 묘유라고 생각된다. 또 진리(眞理) 내지 진여가 일체의 망상을 떠나 더하지도 덜하지도 않은, 집착을 떠난 모습을 진공이라 일컫고 상위불변(常位不變)이며, 더욱이 현실을 성립시키는 진실의 유(有), 즉 실존(實存)의 점을 묘유라고 한다. 본래 진실의 공은 묘(妙)한 현실의 생성·전개가 된다고 한다. 『선원제전집도서禪源諸詮集都序 상-2』에 관련 논변이 있다.

4) 무극이태극(無極而太極): 염계 주돈이(周敦頤)의 「태극도설太極圖說」에 나오는 말. 태극이 세계의 중심이라는 세계형성설을 말하는데, 절대적 실체인 태극이 변화해 유형유상(有形有相)

매우 비슷하다. 주자는 "「정성서」5)의 성性이라는 글자는 불교에서 사용하는 것과는 차이가 있다"6)고 했다. 대개 성性은 단정지어 말할 수 없음을 말한 것이다.

선가禪家. 선종에서는 작용7)을 성性으로 여기기 때문에 그들의 책에는

의 이기(二氣)와 오행(五行)이 나오고 그것이 다시 우주만물로 화한다고 하되, 그러면서도 태극은 무형무상(無形無相)의 무극(無極)에서 비롯된다고 했다. 『주원공집周元公集』 권1 「태극도설太極圖說」에 관련 논변이 있다.

5) 「정성서定性書」: 장재(張載)가 일찍이 정호(程顥)에게 서신을 보내, "본성을 안정시켜 움직이지 않도록 하지 못하면 오히려 바깥 사물에 얽매이게 된다"는 문제를 제기했는데, 이에 대해 정호가 서신으로 답한 글이다. 나중에 주희는 그의 제자들에게 「정성서」에서 말한 정성(定性)이란 실제로는 정심(定心)을 가리킨다고 해설했다. 「정성서」 중에서 상관없는 부분을 떼어내면, 그것은 '어떤 수양방법을 통해 마음의 안녕과 평정을 실현할 수 있는가'라는 주제를 논한 것임을 알 수 있다. 정호의 '정성'법은 '안팎을 모두 잊으라'고 주장하는 것으로, 그 핵심은 자아를 초월하는 데 있다. 이러한 수양방법은 맹자의 부동심(不動心) 사상을 계승한 것이며, 도가와 불교에서 강조하는 심리수양의 경험까지도 받아들인 주장이다.

6) 주자는~차이가 있다: 『이정유서二程遺書』 권2·상에 보면 정호는 성(性)에 대해 다음과 같이 밝혔다. "고자(告子)가 타고난 그대로를 성이라고 말하는 것은 옳다. 무릇 천지가 낳은 만물은 마땅히 이것을 성이라 해야 하니, 모두 그것을 일러 성이라 하는 것은 옳다. 그 가운데서 오히려 소의 성, 말의 성을 반드시 구별해야 하니, 이는 단지 도(道)의 일반일 뿐이다. 석가의 말씀과 같이 기어다니는 벌레, 동물, 영성을 함유한 것들이 모두 불성(佛性)을 가지고 있다면 이것은 옳지 않다. 천명(天命)을 일러 성이라 하고 성을 따르는 것을 일러 도라 하는 것은 하늘이 아래로 내려와서 만물이 유행(流行)하고, 각각의 성명(性命)을 바른 것이 이른바 성이고, 그 성을 따라서 잃지 않는 것이 이른바 도이다. 이것 역시 사람과 만물을 통해 말한 것이다. 성을 따른다는 것은, 즉 말은 말의 성이 되어야지 소의 성으로 만들어져서는 안 되고, 소는 소의 성이 되어야야 또 말의 성이 되어서는 안 된다. 이것이 이른바 성을 따른다는 것이다 (告子云生之謂性則可. 凡天地所生之物須是謂之性, 皆謂之性則可. 於中却須分別牛之性馬之性, 是他便只道一般. 如釋氏說蠢動含靈, 皆有佛性, 如此則不可. 天命之謂性, 率性之謂道者, 天降是於下, 萬物流行, 各正性命者, 是所謂性也, 循其性而不失, 是所謂道也. 此亦通人物而言. 循性者馬則爲馬之性, 又不做牛底性, 牛則爲牛之性, 又不爲馬底性. 此所謂率性也)."
한편 불교에서는 성(性)에 대해 다음과 같은 여러 뜻으로 설명한다. 첫째, 성질. 나면서부터 가진 본연의 성품(性品). 기성(機性)이란 말과 같다. 둘째, 사물의 자체, 본체. 현상차별의 상대적 모양과 달리, 일체의 번뇌를 섭취하는 색(色)·수(受)·상(想)·행(行)·식(識)의 오온(五蘊)에서 벗어난 평등진여(平等眞如)를 말한다. 셋째, 불변불개(不變不改)의 성질. 본래부터 으레 고쳐지지 않는 성질. 금성(金性), 화성(火性)과 같은 것이다. 한편 유식학(唯識學)에서는 정유이무(情有理無, 정은 있고 이는 없음)의 변계소집성(遍計所執性), 여환가유(如幻假有, 그림자처럼 다른 것을 빌려 존재함)의 의타기성(依他起性), 정무이유(情無理有, 정은 없고 이는 있음)의 원성실성 등 세 가지 성품을 들어 비공비유(非空非有, 공도 아니고 유도 아님)의 중도실상(中道實相)을 표현한다.

정성비구定性比丘, 정성보살[8])이라는 말이 있다. 정자[9])와 장횡거[10])의 학문은 선가에서 변용되어왔기 때문에 이를 그대로 이어받고서 고치지 않은 듯하다. 와륜선사[11])가 게송에서 "와륜臥輪은 기량[12])이 있어, 능히 모든 생각을 끊어버리는구나. 경계[13])를 대하여서 마음이 일어나지 않으니, 보리[14])가 날마다 자라나네"라고 했다. 제6조 혜능[15])은 그것을 고쳐 말하기를, "혜능은 기량이 없어, 온갖 생각 끊지 못한지라. 경계를 대하면 마음이 문득 일어나니, 보리가 어떻게 자라겠는가"라고 했다.[16]) 이것이 바로 장횡거와 정자의 정성定性의 지취旨趣. 취지이다.

7) 작용(作用): 역용(力用)이라고도 하며 줄여서 용(用)이라고도 한다. 사물에 갖추어져 있는 활동. 무위법(無爲法)에는 작용이 없으며, 유위법(有爲法)에도 현재법(現在法)에만 작용이 있고 과거·미래의 법에는 작용이 없다. 또 불·보살이 중생을 제도(濟度)하는 등의 작용, 식(識)이 인식의 대상을 식별(識別)하는 작용 등이 있다.

8) 정성보살(定性菩薩): 성문, 연각, 보살이 될 만한 결정적 종자와 본성을 가진 이를 말한다. 이와 반대로 두 가지나 세 가지 성(性)을 가진 것을 부정성(不定性)이라 한다. 정성보살은 법상종(法相宗)에서 세운 교의(教義)로, 중생의 오종성(五種性) 가운데 반드시 불과(佛果, 불도 수행으로 얻는 과보)를 열 수 있는, 보살로서의 무루(無漏, 번뇌에서 벗어나거나 번뇌가 없음)의 종자를 가지고 있는 사람을 가리킨다.

9) 정자(程子): 북송의 철학자 정호·정이(程顥) 형제. 이정(二程).

10) 장횡거(張橫渠): 장재(張載, 1020~1077). 북송의 철학자. 자는 자후(子厚), 호는 횡거.

11) 와륜선사(臥輪禪師): 당나라 초기의 스님.

12) 기량(技倆): 솜씨. 수단. 사가(師家, 스승)가 수행자를 교육 지도하는 솜씨나 수행자의 활동을 말한다.

13) 경계(境界): 대상, 외계의 존재. 현상(現象). 물건. 사물. 외계의 사물. 감각기관과 마음에 의해 지각되고 생각되는 대상. 일반적으로는 눈·귀·코·혀·몸·마음의 6기관이 감각작용을 일으키는 대상, 곧 육경(六境, 육식六識의 대상이 되는 여섯 경계)을 말한다. 이것들은 사람의 마음을 더럽히므로 진(塵)이라고도 한다. 흔히 인식의 대상, 마음의 인식작용이 인식하는 대상이나 가치판단의 대상을 가리키기도 한다.

14) 보리(菩提): 보디(bodhi)의 음역. 지도(智道)·각(覺)이라 한역한다. 불(佛)의 정각(正覺)의 지. 깨달음. 정지의 활동. 깨달음의 지혜. 방황하는 데서 눈뜨는 것. 지혜의 활동에 의해 무명(無明, 사악한 견해와 망념된 집착으로 인해 진리에 어두운 상태)이 없어진 상태를 말한다. 또한 번뇌를 버리고 얻는 니르바나, 깨달음의 경지를 가리키기도 한다.

15) 혜능(慧能, 638~713): 남해(南海) 신흥 사람, 속성은 노씨(盧氏). 초조(初祖) 달마(達磨)로부터 6대째인 조사. 당나라 때의 승려로 선종의 대성자.

16) 와륜선사가~라고 했다:『육조대사법보단경六祖大師法寶壇經』「기연품機緣品」에 나온다.『대정신수대장경大正新修大藏經』권48에 수록되어 있다.

주자는 나종례[17)]의 편지에 답하면서 이렇게 말했다. "원래 이 일과 선학禪學은 매우 비슷해서 터럭 끝을 다투는 것뿐이다. 그러나 이 터럭 끝이 도리어 심히 자리를 차지한다. 지금의 도학자는 선학을 알지 못하고 선학자 또한 도학을 알지 못하면서 서로 밀치고 때리고 하여 도무지 병통이 있는 곳을 찌르지 못한다. 아무래도 가소로울 뿐이다."[18)]

佛書雖繁[19)], 其要不出於'眞空妙有'四字. 圭峰宗密謂:"眞空者, 不違有之空也. 妙有者, 不違空之有也." 此語頗與濂溪周子'無極而太極'相似. 朱子謂:"「定性書」之性字, 用得差異." 盖性不可以定言也.

禪家以作用爲性, 故其書有定性比丘·定性菩薩之說. 疑程·張之學, 自禪而變, 故因循未改也. 臥輪禪師有偈曰:"臥輪有技倆, 能斷百思想. 對境心不起, 菩提日日長." 六祖改之曰:"惠能沒技倆, 不斷百思想. 對境心輒起, 菩提作麼長?" 此卽張·程定性之旨也.

朱子答羅宗禮書曰:"元來此事, 與禪學十分相似, 所爭毫末耳. 然此毫末, 却甚占地位. 今學者旣不知禪, 禪者又不知學, 互相排擊, 都不箚着痛處, 亦可笑耳."

🌀 평설

서포는 불가와 유가의 근본원리가 서로 같으므로 유교와 불교가 진정으로 상대를 알지 못하고 서로 배격하는 것은 옳지 않다고 했다. 서포는 특히 불교의 '진공묘유'가 주돈이의 '무극이태극'과 같다고 보았

---

17) 나종례(羅宗禮): 나박문(羅博文, 1116~1168). 송나라 남검주(南劍州) 사현(沙縣) 사람. 자는 종약(宗約)·종례(宗禮).
18) 원래~가소로울 뿐이다:『회암집』권3 속집「답라참의答羅參議」에 나온다.
19) [교감] 繁: 통문관본은 '煩'으로 되어 있다. 고려대본과 연민문고본을 따른다.

다. 또한 장재의 정성은 불교에서 나왔다고 주장했다. 서포는 당시 사람들이 불교의 교리를 이해하려고도 않으면서 무조건 불교를 배척하는 태도에 대해 우려했다. 즉 서포는 실지實地에서의 용공用功, 공부를 행함을 중시하면서 권위적 학풍에서 비교적 자유로운 견지를 취해 그 사상을 구축해야 한다고 보았다.

정자 문하의 여러 공들¹⁾은 선학禪學에 물들지 않은 사람이 없었다. 주자는 여대림²⁾을 가장 칭찬했지만 그에 대해서도 일찍이 선학을 배

---

1) 정자(程子) 문하의 여러 공들: 유작(游酢)·양시(楊時)·사양좌(謝良佐)·장역(張繹)·이유(李籲)·윤돈(尹焞)·유현(劉絢) 등. 『성호사설』 권13 「인사문人事門·정문제자程門諸子」에 보면 다음과 같은 논의가 있다. "두 정선생(程先生, 정호·정이)이 도학을 창명(倡明)하는 것으로 자기 책임을 삼았으니, 당시에 도를 들은 이가 매우 많았을 것 같으나, 오직 주광정(朱光庭)·여대림 형제·사양좌·유작·양시·윤언명(尹彦明)·장역·마신(馬伸)·후중량(侯仲良)·이유·유현 등 몇 사람뿐이다. 그중에 장전(張戩)은 표종숙(表從叔)이고 여대림은 장전의 사위이며, 후중량은 표형(表兄)의 아들이고, 이(李)·유(劉)·여(呂)는 모두 먼저 죽었으며, 여희철(呂希哲)·범순부(范淳夫)는 나이가 서로 비슷해 친구 사이에 불과했는데 오로지 선객(禪客, 선종의 이치를 추구하는 사람)의 풍미가 있었을 뿐 아니라, 범(范)은 낙(洛, 정이천을 내세운 당론)·촉(蜀, 소식을 내세운 당론) 사이에 끼여 양가(兩可, 둘 다 옳음)의 태도를 취했으며, 기타 제전(祭奠, 제사)을 드리지 않은 곽충효(郭忠孝), 이천을 죽이기를 청한 형서(邢恕), 금수만도 못한 주행기(周行己)의 무리는 어찌 족히 수에 칠 것이나 되겠는가? 뒤에 유작·사양좌는 노씨(老氏)·불씨(佛氏)에 음혹(淫惑)했고 윤돈은 예불하는 잘못이 있었으며, 양시는 실각(失脚)했다는 비방이 있었고, 시종 명절을 온전히 지킨 이는 여정자(呂正字, 여희철)·마전원(馬殿院, 마신)·후사성(侯師聖)·이단백(李端伯, 이유의)·유질부(劉質夫, 유현) 등 두어 사람이다."
2) 여대림(呂大臨, 1046~1092): 북송의 성리학자·금석학자로, 섬서성 남전(藍田) 사람. 자는 여숙(與叔), 호는 남전(藍田).

윘을 것이라고 의심했으니 다른 이들이 어떠했는지 잘 알 수 있다. 유
작3)은 스스로 말하기를, "만년에 불교에서 비로소 터득함이 있었다.
이에 이정二程에게서 배운 것이 지극한 경지에 이르지 못했음을 알았
다"고 했다. 때문에 주자에게 가장 심하게 미움을 사서, "양시와 사양
좌는 회수淮水의 중류에서 좌우를 관망했으나, 유작은 회수를 넘어 오
랑캐에 투항했다"4)는 주자의 비난이 있었다. 그러나 지금의 관점에서
그들을 살펴보면, 유작은 진실해 속이지 않았으니 어찌 다른 이들보다
낫다고 하지 않겠는가? 주자는 이정의『어록』에서 선학이 뒤섞인 곳은
번번이 유작이 잘못 기록했다고 돌렸다. 하지만『이정유서』중에 '경
이직내' 같이 불교에 대해 논한 것은 그 수가 매우 많거늘 어찌 모두가
유작 한 사람의 잘못이겠는가?5)

　　내가 생각하기에 낙학6)은 아마도 처음에는 선학禪學에서 도움받지
않을 수 없었다. 나중에는 선학이 낙학에 크게 범람할까 염려한 나머
지 음탕한 목소리와 아름다운 여색과 같다고 비판하는 경계를 시설해

---

3) 유작(游酢, 1053~1123): 북송 건주(建州) 건양(建陽, 지금의 복건성 소재) 사람. 자는 정보(定
夫)·자통(子通). 이름을 유초로도 읽는다. 세칭 광평선생(廣平先生)이다. 앞서 본『주자어류』
권96「정자지서程子之書·2」에 정명도(程明道), 즉 정호(程顥)가 "유정보(游定夫)는 만년에 또
한 선(禪)을 공부했다(游定夫晚年亦學禪)"고 지적한 말이 수록되어 있다.
4) 양시와 사양좌는~투항했다:『주자어류』권18에 보광(輔廣)이 기록한 주희의 논평이 실려 있
다. "정문(程門)의 이름 높은 제자 가운데 유씨(游氏)는 분명히 금나라에 투항하고 말았다. 비
록 상채(上蔡)와 귀산(龜山)이라 해도 다만 회하(淮河) 상에서 유유양양(游游漾漾)했으므로 끝
내 그들이 적을 격파한 것을 보지 못했다."
5)『이정유서二程遺書』중에~잘못이겠는가:『이정유서』는 모두 25권(상하 혹은 상중하의 분권
도 있음)인데, 그 가운데 제4권이 유작이 기록한 것으로 되어 있다.『주자어류』권96「정자지
서」2에 보면『이정유서』제13권 논평에 다음과 같은 언급이 있다. "유정보가 정명도의 말을
엮으면서 '석씨에게 경이직내(敬以直內, 경으로써 안의 마음을 곧게 함)는 있으나 의이방외
(義以方外, 의로써 밖의 몸을 방정하게 함)는 없다'고 했는데, 여여숙(呂與叔, 여대림)은 엮기
를, '경이직내는 있고 의이방외가 없다면 직내(直內)와 더불어 옳지 않다'고 했고, 또 '경이직
내는 의이방외하는 방도이다'라고 했으며, '유정보는 만년에 또한 선을 공부했다' 했다."
6) 낙학(洛學): 정호·정이의 학문. 이정이 하남(河南)의 낙양(洛陽)에서 강학했으므로 이렇게 칭
한다.

그것을 막고자 했으나, 문하의 사람들이 보고 들은 것에 이미 익숙해져서 복종하고 따르려 하지 않았다. 그래서 말류末流가 창궐하여 수습할 수 없게 되었으며, 곧바로 횡포⁷⁾와 금계⁸⁾에 이르렀으니, 또한 그 형세가 그러한 것이었다.

유학자가 이단을 물리치는 것은 항상 제왕이 오랑캐를 물리치는 것에 비유해왔다. "이단을 공박하면 해로울 따름이다"라고 한 『논어』의 한마디 말⁹⁾은 주나라 선왕이 잠깐 정벌한 것¹⁰⁾에 비유된다. 맹자는 한나라 무제가 석적石磧 남쪽 음산陰山 앞뒤에 세력을 뻗친 흉노인 막남무왕정¹¹⁾ 때문에 골머리를 썩인 것과 같았다. 한유와 구양수는 겨우 진晉나라와 송宋나라가 양자강을 경계로 이민족과 대치했던 것과 같았다. 정이·소옹은 당나라 태종이 천극한¹²⁾이라 칭한 것과 같았으므로 그 열렬함이 이보다 더 성대한 적이 없었다. 그러나 후대에도 항상 오랑

---

7) 횡포(橫浦): 장구성(張九成, 1091~1159). 송나라 전당(錢塘) 사람으로, 벼슬이 예부시랑(禮部侍郎)에 이르렀다. 자는 자조(子韶), 자호는 횡포거사(橫浦居士), 별호는 무구(無垢), 시호는 문충(文忠).

8) 금계(金谿): 육구연(陸九淵, 1139~1192). 무주(撫州) 금계현(金谿縣) 사람으로, 자는 자정(子靜), 호는 상산(象山), 시호는 문안(文安)이다.

9) 『논어』의 한마디 말: 『논어』「위정爲政」에 나온다. "이단을 공박하면 해로울 따름이다(攻乎異端, 斯害也已)"라고 했다.

10) 주나라 선왕(宣王)이 잠깐 정벌한 것: 『시경』「소아小雅·유월六月」에 "잠깐 험윤을 정벌한다(薄伐玁狁)"는 구절이 있다. 험윤은 흉노족인데, 이들이 주나라 서울인 호경(鎬京)을 침범하자, 주나라 선왕이 장군 윤길보(尹吉甫)에게 정벌하도록 명해 윤길보가 이들을 쫓아내고 개선했다. 「유월」은 그것을 기린 내용이라고 한다.

11) 막남무왕정(漠南無王庭): 한나라 때 흉노를 가리키는 말. 석적(石磧) 남쪽, 음산(陰山) 앞뒤에 세력을 뻗치고 있었다. 사막 남쪽에는 중국 천자의 권력이 미치지 못하기 때문에 이런 이름이 붙은 듯하다.

12) 천극한(天可汗): 원래 선비(鮮卑)·유연(柔然)·돌궐(突厥)·회흘(回紇)·몽고(蒙古) 등의 군주에 대한 칭호로서, 북방 유목민족의 통일군주의 칭호이기도 하다. 돌궐 등에는 극한으로 불리는 자가 다수 있었고, 그 가운데 중앙을 다스리는 자가 대극한(大可汗)이고, 그 밖의 극한들은 소극한(小可汗)이었다. 천극한은 당나라 태종(太宗)이 서북 이민족의 군장에게 받은 칭호이다. 『자치통감』 권11에, 이민족 군장들이 태종에게 천극한이 되기를 청하자, 태종이 천극한의 칭호를 수락한 일이 기록되어 있다.

캐의 화는 있었다.

程門諸公, 無不染禪. 朱子最許呂與叔, 亦疑其嘗學禪, 餘可知也. 游廣平
自言: "晚於佛學, 始有所得, 乃知學於二程者, 爲未至"云. 故得罪於朱子尤
深, 有"楊·謝在淮中流, 左右觀望, 而游則越淮投虜"之誚. 然自今觀之, 則
游之眞實不欺, 豈不勝於諸子乎? 朱子於兩程『語錄』, 雜禪處, 輒歸之廣平
之誤錄.『遺書』中論佛氏, 如敬以[13]直內之類, 其數甚多, 豈皆廣平一人之
誤耶?

竊[14]謂洛學之初, 恐不能無資於禪, 後慮此洛太[15]濫, 始設淫聲美色之誡
以杜之, 而門下之人, 見聞已慣, 不肯從令. 故末流披猖, 不能收拾, 直至於
橫浦·金谿, 亦其勢也.

常[16]以儒者之闢異端, 比之帝王之攘夷狄.『魯論』一語, 盖周宣之薄伐[17].
孟子如漢武之漠南無王庭. 韓·歐僅成晉宋之畫江. 伊洛如唐太宗之稱天可
汗, 烈莫盛焉. 然後代常有戎狄之禍.

🌿 평설

주희는 15세 때부터 24세까지 10년 동안 불교를 공부했다. 24세 때
이르러 아버지의 동문인 연평延平 이동李侗을 처음으로 만나 가르침을
받으며, 선禪을 떠나 유학으로 돌아왔다.

그러나 주희는 어려서 깨달음을 얻고자 했던 불교의 설을 다 부정한

---

13) [교감] 以: 통문관본은 '而'로 되어 있다. 고려대본을 따른다.
14) [교감] 竊: 통문관본은 '切'로 되어 있다. 약자이다. 고려대본을 따른다.
15) [교감] 太: 통문관본은 '大'로 되어 있다. 통가자이다. 고려대본을 따른다.
16) [교감] 常: 고려대본은 '嘗'으로 되어 있다. 통문관본을 따른다.
17) [교감] 伐: 고려대본은 '代'로 되어 있다. 오자이다. 통문관본을 따른다.

것은 아니었다. 유학으로 돌아온 후에도 불교에 대해 칭찬하곤 했다. 그런데 주희는 정이와 장재의 사유 방식을 계승해서, 불교배척 이론을 그들의 설에서부터 발전시킴으로써 불교의 이론이 유학의 '사실구시事實求是. 사실을 논하여 진리를 구함'의 태도만 못하다고 결론지었다.

그런데 주희로부터 소급해 정호·정이의 낙학에 이르면, 불교와의 친연성이 커진다. 낙학의 여러 제자 가운데 유작과 사양좌는 더욱 불교에 깊이 빠졌다. 서포는 유학자들이 이단과의 싸움에서 우위를 차지해 맹자·한유·구양수·정이·소옹이 그러한 예라고 할 수 있지만, "후대에도 항상 오랑캐의 화는 있었다"고 하여 불교와의 싸움이 만만찮았다는 사실을 지적했다.

주자와 선불교

상―85

왕세정[1]은 만년에 불교를 공부해 우바이[2] 도정[3]을 사사^{師事. 스승으로 삼고 섬김}했다. 그는 스승의 말이라 칭하며 이르기를, "육상산은 진실로 선^禪을 추종했지만, 주자도 역시 오십 보를 도망가고서 백 보 도망간 자를

---

1) 왕세정(王世貞): 명나라 중엽의 문인으로, 태창(太倉) 사람. 자는 원미(元美).

2) 우바이(優婆夷): 여자 재가신도. 우파시카(upasika)를 음역한 것이다. 남자 재가신도인 우바새와 함께 불교 교단의 칠중(七衆, 부처의 일곱 제자)을 이룬다. 한역하면 청신녀(淸信女)이고, 근사녀(近事女)라고도 한다. 근사녀란 부처·경전·승려의 삼보(三寶)를 가까이에서 섬기는 사람이라는 뜻이다. 우바새처럼 삼귀오계(三歸五戒)를 지켜야 하는데, 삼귀란 삼귀의(三歸依)로 삼보에 귀의함을 뜻하고, 오계는 불살생(不殺生)·불투도(不偸盜)·불사음(不邪淫)·불망어(不妄語)·불음주(不飮酒)를 이르는 말로, 출가자에게도 해당되는 불교도의 기본 계율이다. 『우바이정행법문』에는 우바이가 지켜야 할 덕목으로 착한 벗을 따르고 잘 섬길 것, 부모와 남편에게 잘하고 자식을 잘 돌볼 것, 자주 설법을 듣고 교리를 잊지 말 것, 불법을 배울 때 게으르지 말 것, 남을 비방하거나 때리지 말 것, 욕심을 내지 말고 적은 것에 만족할 것, 조용한 곳에서 정신을 집중해 수행할 것, 남에게 재물을 베풀 것, 질투하거나 성내지 말 것, 고통스러운 이에게 자비심을 베풀 것 등의 생활윤리가 나온다.

3) 도정(燾貞): 우바이의 이름. 불교를 신봉·포교하던 여자. 담양대사(曇陽大師)로, 속성은 왕씨(王氏)이다. 왕세정이 지은 「담양대사전曇陽大師傳」이 왕세정의 『엄주사부고弇州四部稿』 속고(續稿) 권78에 수록되어 있다. 또한 왕세정의 『담양대사적曇陽大師蹟』이 단행본으로 유통되었다.

비웃는 꼴이다"라고 했다.[4] 아마도 주자가 처음 도겸[5]을 좇아 영명靈明의 심학心學을 깨우쳤고, 그의 심학의 체용體用[6]을 논한 것이 남선 지해종[7]에서부터 나왔으며, 낙민파[8]의 존양공부存養工夫. 본심을 보존하고 본성을 기르는 수양 공부도 조계종曹溪宗에서 나왔기 때문일 것이다.

주자는 선종과 육학陸學. 육상산의 학문을 몹시 엄하게 배척했고, 또 정이와의 관계 때문에 소식蘇軾을 몹시 증오했다. 그런데 명나라 300년 동안 학문을 논하는 사람 중에 강서[9]를 좇는 사람과 문장을 쓰는 선비로 미

---

4) 왕세정은~했다: 왕세정의 「담양대사전」에 다음과 같은 일화로 나온다. 담양대사 도정의 부친은 예부시랑 한림학사 왕석작(王錫爵)인데, 마침 죽은 신건백(新建伯) 왕수인(王守仁)을 학궁(學宮)에 제사지내는 문제를 토의하라는 조칙이 내려왔다. 왕석작이 초안을 작성하기를, "저자는 패유(覇儒, 왕도가 아니라 패도를 주장하는 유학자)였다. 몰래 선(禪)을 일삼고는 겉으로 선을 공격했으므로 제사지내서는 안 된다(夫夫覇儒也. 陰事禪而外攻之, 不宜祀也)"라고 했다. 그런데 담양대사 도정이 보고는 "아버지께서 왕씨(왕양명)의 학문을 가지고 잘못이라 한다면 좋습니다만, 주씨(주자)를 근거로 왕씨를 물리친다면 불가합니다. 무릇 백 보를 도망간 자나 오십 보를 도망간 자나 모두 도망간 것은 같습니다(父以王氏學非也則可, 而以朱氏闢王氏則不可. 夫百步五十步者皆走也)"라고 했다. 왕석작은 초안을 제거하면서, 도정이 어디에서 주씨와 왕씨의 학문을 알았는지 속으로 괴이하게 여겼다.
5) 도겸(道謙): 개선사(開善寺)의 스님. 주회가 일찍이 그의 문하에서 공부한 적이 있다.
6) 체용(體用): 중국의 송·명 이학(理學)에서 사용했던 용어. 체는 본체적 존재로 형이상적(形而上的) 세계에 속하고, 용은 그것의 자기 한정적인 작용 및 현상으로 형이하적(形而下的) 세계에 속한다. 그러나 양자는 표리일체(表裏一體)의 불가분 관계에 있어 체를 떠나 용이 있을 수 없고 또 용이 없다면 체는 생각할 수 없다. 정이(程頤)가 주장하는 우주의 근본으로서의 이(理)와 그 발로(發露)로서의 사상(事象), 현상), 장재(張載)의 태극(太極)과 기(氣), 주회가 말하는 인간에게 보편적으로 갖추어진 성(性)과 그것이 외면(外面)에 나타난 정(情)의 관계 등은 모두 체용의 개념이다.
7) 남선(南禪) 지해종(知解宗): 선종(禪宗)은 제5조 홍인(弘忍)의 문하에서 제6조 혜능(慧能)과 신수북종(神秀北宗)이 나뉘는데, 혜능의 제자 신회(神會)가 지해(知解)를 위주로 하여 지해종을 열었다.
8) 낙민파(洛閩派): 낙양(洛陽) 출신인 정호·정이와 민(閩) 땅 출신인 주회.
9) 강서(江西): 선종을 가리키거나 육구연을 가리키는 듯하다. 강서는 그의 자이다. 당나라 승려 강서도일(江西道一, 709~789)이 선종을 세웠다. 도일은 남악회해(南嶽懷海)의 법사(法嗣)인데, 성이 마씨이기 때문에 마조(馬祖), 곧 마조도일(馬祖道一)이라고 일컫는다. 혹은 강서 마조산(馬祖山)에서 교화했으므로 강서마조라고도 부른다. 원화(元和) 연간에 대적(大寂)이라는 시호를 받았다. 한편 육구연이 강서성 금계(金溪) 출신이므로 강서로 육구연을 가리킬 수 있다.

산眉山, 소식을 따르는 사람이 주자를 기롱하고 모욕하는 자가 이르는 곳마다 무리를 이루었다. 정말로 이른바 "부자夫子를 죽이는 자는 죄가 없고 부자를 모욕하는 자는 금기가 없다"[10]는 말이 이에 해당한다고 하겠다.

　王元美晚年學佛, 師事優婆夷熹貞, 稱其師之言曰: "陸固禪矣, 朱亦五十步之笑百步." 盖以文公初從道謙, 悟靈明之心, 而其論心之體用, 出於南禪知解宗, 洛閩存養工夫, 發自曹溪故也.

　文公闢禪·陸甚嚴, 又以伊川之故, 深惡東坡. 而明三百年間, 講學者宗江西, 文章之士附眉山, 譏侮晦菴者, 所在成群, 眞所謂"殺夫子者無罪, 藉夫子者無禁"者也.

🌿 평설

　서포는 주희가 선종의 영향을 받았다고 논했다. 즉 "아마도 주희는 처음에 도겸을 좇아 영명의 심학을 깨우쳤고, 그가 심학의 체용을 논한 것이 남선 지해종에서 나왔다"고 했다. 주희가 하택신회의 영향을 받았다고 말한 것이다. 16세기 이후 이황을 비롯한 성리학자들이 불교는 물론이고 양명학을 선학이라고 비난하는 등 유심론적 학문 경향을 이단으로 논박해왔다. 그러한 풍토에서 서포는 반대로 불교가 정주학에 미친 영향을 강조했다.

---

10) 부자(夫子)를 죽이는 자는~금기가 없다: 『장자』 「잡편·양왕襄王」에 나오는 말이다. "자로 (子路)와 자공(子貢)이 서로 말하기를, '부자께서는 노나라에서 쫓겨나시고 위(衛)나라에서 는 자취가 지워지셨으며 송나라에서는 쉬셨던 곳의 나무가 뽑혔고 진(陳)과 채(蔡)에서는 궁 핍하셨다. 부자를 죽이는 자는 죄가 없고 부자를 모욕하는 자는 금기가 없다. 그렇거늘 부자 는 악기를 타면서 노래 부르고 북에 맞춰 춤을 추어, 결코 음악을 그치지 않으신다. 군자가 어떤 것도 치욕으로 여기지 않음은 이와 같단 말인가' 라고 했다."

가묘의 예법

상―86

　　정이程頤가 아버지 태중대부 정향1)의 상喪에 상주가 된 것은 당시 임
금의 제도를 따른 것이었다.2) 정이가 죽은 후에는 즉시 정향의 제사가
자연히 정호의 아들에게 돌아가야 했다. 송나라 태종3)이 자식에게 전
한 것은, 덕소4)가 먼저 죽었다는 것을 구실로 삼았다. 그러나 후중량5)
의 이야기6) 또한 전부 그른 것은 아니다. 가묘家廟, 한 집안의 사당를 세우는

---

1) 정향(程珦): 정호(程顥)와 정이의 아버지. 태중대부(太中大夫)를 지냈다.
2) 정이(程頤)가~따른 것이었다: 태중대부의 상에 정이가 상주로 된 것은 맏아들 정호가 먼저
　　죽었으므로, 당시의 예에 따라 둘째아들이 상주가 된 것이다. 『속자치통감장편續資治通鑑長
　　編』 권 437 철종 원우(元祐) 5년 정월에 보면, 정향이 죽었을 때 '한 아들'인 정이가 장례에 어
　　려움을 겪고 있으므로 부의를 내려주시라고 문언박(文彦博)이 청한 내용이 실려 있다.
3) 태종(太宗): 송나라 초대 황제 조광윤의 동생.
4) 덕소(德昭): 송나라 태조 조광윤의 아들.
5) 후중량(侯仲良): 송나라 하동 사람. 자는 사성(師聖), 호는 형문(荊門). 정이를 따라 배우다가
　　주돈이(周敦頤)를 방문해 학문이 크게 발전했다.
6) 후중량의 이야기: 정향의 적통에 대한 후중량의 설은 『이정외서二程外書』에 보인다. "이천선
　　생이 장차 숨을 거두려 할 때 단중(端中)을 돌아보며 '입자(立子)하라' 하였으니, 대개 그 적
　　자(適子)인 단언(端彦)을 가리킨 것이었다. 말이 끝나자 몰하였다. 거상(居喪)을 마친 후 명도
　　선생의 장손인 앙(昻)이 마땅히 자신으로써 후사를 세워야 한다고 하자 후사성(후중량)이 불

것이 정이에서 처음 시작되었다면, 그 가묘는 정이의 집에 있었을 것이라 생각된다. 그런데 정호의 아들은 반드시 같은 집에 살지는 않았을 것이므로, 정호의 신주가 어찌 그 아들이 사는 곳에 있지 않을 수 있었겠는가? 정이의 신주는 또 그 가묘家廟에 아버지 정향과 함께 받들 수 없었겠는가?

정호의 아들은 다만 마땅히 자기의 집에 가묘를 세워, 정향의 신주를 옮겨와서 받들어야 했다. 그리고 정이가 세운 가묘에서는 정이의 아들이 정이의 제사만 받들어야 했다. 이 일을 생각해보면, 정이가 유언을 남기지 않았기 때문에 한때 혼란이 일어났던 듯하다. 후세 사람들은 단지 후중량에게 허물을 돌려, 그의 말이 모호해서 정이가 정말 과실이 있어 정이를 두둔하려 했던 것 같다고 여긴다. 이것은 정말로 탄식할 만하다.

비록 그렇지만 정이는 옛날의 예를 따라 서너 칸의 사당을 세웠는데 그가 죽은 뒤 오히려 난처한 일이 벌어짐을 면하지 못했으니, 정전井田, 은나라와 주나라 때의 전제田制이나 봉건제도를 어찌 쉽게 말할 수 있겠는가?

伊川之主太中喪, 固時王之制. 伊川歿後, 則太中之祀, 自應歸於明道之子. 宋太宗之傳子, 蓋亦藉口於德昭之先死也. 然侯師聖之說, 亦未可盡非. 立廟創於伊川, 則其廟想在伊川家, 而明道之子, 未必同宮而居, 明道之主, 豈可不在於其子之所居, 伊川之主又不得奉於家廟乎?

가하다고 하였다. 앙이 말했다. '명도는 가묘(家廟)에 들어갈 수 없는 것입니까?' 사성이 말했다. '저는 감히 사사로움을 용납할 수 없습니다. 명도선생은 부친 태중(太中)보다 먼저 졸하였으니, 태중을 이어서 제사를 주관하는 자는 이천선생입니다. 그러니 아래 이천선생을 잇는 자는 단언이 아니면 누구이겠습니까?' 이리하여 의론이 처음으로 정해졌다(伊川先生將屬纊, 顧謂端中曰: '立子.' 蓋指其適子端彦也. 語絶而歿, 旣除喪, 明道之長孫昻, 自以當立, 侯師聖不可. 昻曰: '明道不得入廟耶?' 師聖曰: '我不敢容私, 明道先太中而卒, 繼太中主祭者, 伊川也. 今繼伊川, 非端彦而何?' 義始定)."

明道之子, 只合立⁷⁾廟於其家, 移奉太⁸⁾中之主, 而伊川所立之廟, 則伊川
之子, 只奉伊川之祀而已. 想此事, 伊川未有治命, 故致此一場紛紜. 而後人
只欲歸咎於侯師聖, 其言糢糊, 有若伊川眞有所失而爲之掩護者, 良可歎也.
　雖然伊川倣⁹⁾古禮立數間祠宇, 而身後有不免有難處事. 井田封建, 其可
易言乎哉?¹⁰⁾

🌿 평설

　북송의 정이는 아버지 정향의 상에 상주가 되었고, 그가 죽은 뒤 자
신의 신주는 정이의 가묘에 모셔졌다. 이것은 정이가 옛날의 예법을 따
른 것이어서 잘못이 없다. 그렇거늘 후세 사람들은 정이가 예법을 어겼
다고 비판했다.

　서포는, 정이의 자제는 정이의 신주를 정이가 세운 사당에 모시고 정
호의 자제는 정호의 신주를 정호가 세운 사당에 모셔야 한다고 논했다.
가묘의 예법과 같은 것은 고정불변하는 것이 아니라 시대에 따라 다를
수 있다고 본 것이다.

---

7) [교감] 立: 통문관본은 '主'로 되어 있으나, 고려대본과 연민문고본을 따른다.
8) [교감] 太: 통문관본은 '大'로 되어 있다. 통가자이다. 고려대본과 연민문고본을 따른다.
9) [교감] 倣: 고려대본은 '放'으로 되어 있다. 고자古字이다. 통문관본을 따른다.
10) [교감] 雖然~乎哉: 연민문고본은 이 부분이 탈락되었다. 통문관본과 고려대본을 따른다.

정이의 초조^{初祖} 제사

정이^{程頤}는 초조^{初祖, 가계의 초대 조상}와 선조^{先祖, 조부 이상의 조상}의 제사를 처음
시작했다. 이른바 초조라는 것은 바로 사람이 생겨났을 때의 조상으로
오직 초조를 계승한 종손만이 제사지낼 수 있다고 한다. 하지만 상고
시대에는 족보 책이 없었거늘, 어찌 반고[1]씨의 적손[2]이 누구인 줄 알
겠는가? 그런데 주나라의 정백 휴보[3]로 말하면, 사람이 생겨난 처음과

---

1) 반고(盤古): 중국의 천지창조신화(天地創造神話)에 등장하는 거인신(巨人神). 세계가 아직 혼
   돈(混沌) 상태였을 때, 반고가 태어났고 또 천지가 생겨났는데, 반고의 키가 자람에 따라 하늘
   과 땅도 자라면서 점점 멀리 떨어져 1만 8000년 후에 오늘날과 같이 되었다고 한다. 이것은 3
   세기 오(吳)나라의 서정(徐整)이 쓴 『삼오역기三五歷記』에 기록되어 있는데, 6~7세기 양(梁)
   나라의 임방(任昉)이 쓴 『술이기述異記』에 의하면, 반고가 죽은 후 그 사체가 화생(化生)해 머
   리는 사악(四岳)으로, 눈은 일월(日月)로, 기름[脂]은 강과 바다로, 모발은 초목이 되었다고 한다.
2) 적손(嫡孫): 적자(嫡子)의 정실이 낳은 아들.
3) 정백(程伯) 휴보(休甫): 『사기』에 의하면 사마씨(司馬氏)의 조상이다. 「태사공자서太史公自序」
   에 "옛날 전욱(顓頊)은 남정(南正) 중(重)에게는 천문의 일을 관장하게 하였고 북정(北正) 려
   (黎)에게는 지리의 일을 관장하도록 명하였다. 당우(唐虞)의 시대에도 중과 려의 후손들로 하
   여금 이를 주관하게 하여 정백(程伯) 휴보(休甫)가 또한 그 후손이었다. 그러다가 주 선왕(宣
   王) 때에 와서 그 관직을 잃고 사마씨(司馬氏)가 되었다(昔在顓頊, 命南正重以司天, 北正黎以司
   地. 唐虞之際, 紹復典之, 至于夏商, 故重黎氏世序天地. 其在周, 程伯休甫其後也. 當周宣王時, 失其

비교할 때 정이의 시대와 대단히 가깝다. 그러나 과연 정이 자신이 정백 휴보의 종손이라는 것을 알 수 있었겠는가? 정이의 시대가 되어서는 천하에 본디 다른 정씨도 있었다. 주자와 소식의 외가도 정씨이지만, 그들이 정이와 족보를 통했다는 말은 듣지 못했다. 그리고 사람이 처음 태어날 때의 시조로 말하면 그것이 결코 둘이 있을 수 없다. 그렇다면 주자나 소식의 외가인 정씨들도 모두 스스로 초조의 종손이라 여겨 초조를 제사지내야 할 것인가? 아니면 정이에게 양보해 정이를 종손으로 삼고 자신들은 제사지내지 말아야 할 것인가?

어떤 사람은 이렇게 말했다.

"이천^{정이}이 어찌 자신이 정씨의 초조를 계승한 종손임을 알 수 있었겠는가? 이것은 예禮에 따라 그렇게 한 것이다. 대개 성서탈적聖庶奪嫡[4]의 뜻을 취한 것이어서, 다른 정씨들은 참여할 수 없었다."

성서탈적이라 함은 한나라 사람들이 이러한 예를 만들어서 공자를 존중한 것이다. 그러나 공자가 어디 스스로 일찍이 천을[5]이나 현왕[6]을 제사지낸 적이 있는가? 주자가 "체제사[7]와 가까워 폐지하였다"[8]고

<hr>

守而爲司馬氏)"라고 했다.

4) 성서탈적(聖庶奪嫡): 천자가 된 서자가 적장자의 제사권을 가져온다는 뜻이다. 본래 한나라 매복(梅福)이 "제후는 종통을 빼앗고 천자가 된 서자는 적통을 빼앗는다(諸侯奪宗, 聖庶奪嫡)"라고 한 말에서 나왔다. 이 논리는 『백호통의白虎通義』에도 보인다.

5) 천을(天乙): 중국 고대 은나라를 창건한 왕. 이름은 이(履) 또는 천을ㆍ태을(太乙). 탕은 자이며, 성탕(成湯)이라고도 한다.

6) 현왕(玄王): 중국 고대 은나라의 시조로 전해지는 전설상의 인물. '건(乾)' 또는 '설(卨)'로 쓰기도 한다. 황제의 증손 제곡의 제2부인인 간적(簡狄)이 현조(玄鳥, 제비)의 알을 삼키고 낳았다고 하며, 그래서 현왕이라고도 한다.

7) 체(禘)제사: 제왕이 시조를 하늘에 배향하는 대제(大祭). 정월에 남쪽 교외에서 지냈다.

8) 체제사와 가까워 폐지하였다: 『주자어류』 권87 「예禮 4」에 "또 물었다. '선생님께서는 예전에 입춘에 선조를 제사지내고 동지에 시조를 제사지내셨는데 후에는 이를 폐지하셨습니다. 어째서입니까?' 답한다. '너무 지나친 것이라 생각해서이니, 체(禘)제사와 협(祫)제사 안에 모두 포함되어 있다. 지나치게 사치스러운 듯하여 폐지한 것이다'(又問: '先生舊時, 立春祭先祖, 冬至祭始祖, 後來廢之, 何故?' 曰: '覺得忒然過當, 和禘祫都包在裏面了. 恐太僭, 遂廢之)"라고 나온다.

말한 것은, 대개 말의 표현을 완곡하게 한 것이다.

伊川創初祖先祖祭. 所謂初祖, 乃厥初生民之祖, 惟繼初祖之宗得祭云. 上世未有譜牒, 安知盤古氏之嫡孫哉? 如周程伯休甫, 比之生民之初, 則甚近矣. 程子果能自知爲伯休之宗孫乎? 當伊川之時, 天下固有他程, 如晦菴·東坡之外家, 未聞與伊川通譜, 而生民之祖, 則不容有二. 若此者, 皆當自以爲初祖之宗, 而祭之耶? 抑讓伊川爲宗, 而不敢祭耶?

或曰: "伊川豈能自知爲繼初祖之宗乎? 是禮也. 盖取義於聖庶奪嫡, 他程不得與也." 夫聖庶奪嫡云者, 漢人作是禮以尊孔子, 孔子何嘗自祭天乙·玄王乎? 朱子謂"其近禘而廢之"者, 盖亦婉其辭也.

평설

정이는 초조와 선조의 제사를 처음 시작했다. 그러나 정이는 맏이가 아니므로 초조와 선조를 제사지낼 자격이 있는가 하는 의문이 후대 학자들에 의해 제기되었다. 또한 정씨 가운데는 다른 계열도 있었다. 정이를 옹호하는 사람은 '성서탈적'의 논리를 제시했다. 성서탈적이란 본래 천자가 된 서자는 적통의 제사권을 가져올 수 있다는 말인데, 어떤 사람은 훌륭한 자손이 적장자가 아니더라도 정통의 존중을 계승한다는 뜻으로 성서탈적의 논리를 끌어다 썼다.

그러나 서포는 정이가 스스로 초조와 선조를 제사지낸 것이 성서탈적의 논리로 설명할 수 없다고 보고, 정이의 제사를 부당하다고 여겼다. 선현들 가운데 도통의 계보에 속하는 이들을 무조건 옹호하려 하지 않은 것이다.

송나라 사람의 소설에 이런 이야기가 있다.[1]

"진동보[2]가 일찍이 당중우[3]에게 자신이 마음에 두었던 기녀 엄예嚴
蘂를 기적妓籍에서 빼달라고 부탁한 적이 있었는데 이를 허락했던 당중우
가 되레 일을 방해하여 자신의 뜻대로 일이 이루어지지 못하자 주자에게
참소讒訴하며 말하기를, '당여정唐汝正이 회암주자은 무식한 사람인데 어찌
감사가 되겠는가'라고 했습니다"라고 했다. 주자가 그것을 마음에 품었으
므로 절동의 제거提擧로서 태주지사 당중우의 죄를 조사했다[4]는 것이다.

---

1) 송나라 사람의~이야기가 있다: 이른바 '유한설(有恨說)'로, 남송의 고사를 기록한 송나라 주
   밀(周密)의 『제동야어齊東野語』에 나오는 이야기다.
2) 진동보(陳同父): 진량(陳亮, 1143~1194). 남송의 철학가이자 문학가로, 무주(婺州) 영강(永
   康, 지금의 절강성 금화金華 영강시永康市) 사람인데, 강릉에서 살았다. 자는 동보(同甫). 용
   천선생(龍川先生)이라 일컬어졌다.
3) 당중우(唐仲友, 1136~1188): 무주(婺主) 금화(지금의 절강성) 사람. 자는 여정(與政). 세칭
   열재선생(說齋先生)이라고 한다.
4) 절동(浙東)의~죄를 조사했다: 주희는 순희(淳熙) 8년에 절동의 제거(提擧)가 되어 여러 주·
   군에 사창(社倉, 고을에서 곳집을 두고 백성에게 곡식을 꾸어주는 제도)의 법을 시행해달라고
   청하는 등 여러 가지 시무에 힘썼다. 이때 태주지사(台州知事) 당중우의 부정을 조사해서 탄

이는 필시 당중우의 무리들이 이러한 이야기를 만들어내 주자를 비방한 말이므로 믿을 것이 못 된다. 그러나 당중우의 죄안罪案, 범죄 사실의 기록은 처음에는 관기를 함부로 한 것에 그쳤는데, 그때의 재상5)이 힘써 구제한 이후부터 죄안이 하나씩 하나씩 더해져서, 서적을 보낸 것도 뇌물로 계산되고 집안에 활과 화살을 보관한 것도 의심받지 않을 수 없었다. 다행히 효종6)이 그 죄안에 대해 의문을 품었고 또 포학한 왕이 아니었기에 망정이지 만약 당나라 덕종7)이었다면 어찌 멸족되지 않을 수 있었겠는가?

오필대8)는 주자의 문하에서 가장 총명하고 학문을 잘한다고 칭송받았다. 하지만 심계조9)와 친척관계가 되므로 주자는 도리어 의심하고 성을 내며, "안연이 환퇴의 가신이 되었다"10)는 말을 하기에 이르렀다.

핵했다. 봉장(封章, 상소)이 조정에 올라오자, 당시 재상으로 있던 왕회(王淮)가 당중우와 인척이었으므로 즉각 주희를 배척했다.

5) 그때의 재상: 왕회(王淮)를 말한다. 당중우와 인척관계였다.

6) 효종(孝宗, 1127~1194): 남송 제2대 황제(재위 1162~1189).

7) 덕종(德宗, 742~805): 당나라 제9대 황제(재위 779~805).

8) 오필대(吳必大): 송나라의 학자로, 자는 백풍(伯豐).

9) 심계조(沈繼祖): 당시 호굉(胡紘)이란 자가 있어 현달(顯達, 입신출세함)하기 전에 일찍이 건안(建安)을 찾아온 일이 있었다. 그때에 주희가 배우는 자들에게 다만 탈속반(脫粟飯, 현미밥)을 대접했으므로 호굉에게도 일례로 대우했는데, 호굉이 좋지 않게 여겨 "이는 인정이 아니다. 한 마리의 닭과 한 병의 술이 산중에 없지는 않을 것이다"라고 했다. 그후 감찰어사(監察御史)가 되어서는 주자를 공격하는 것으로 임무를 삼아 심계조를 시켜 열 가지 죄목으로 무함(誣陷, 없는 사실을 꾸며 남을 못될 구렁에 빠지게 함)할 때, 심지어 "나물을 먹으며 마귀를 섬기는 요술로 후진(後進)을 미혹시키고 행실 없는 무리들을 모아 당파를 만들며 형적을 숨기는 것이 귀신과 같다"했고, 선인(選人) 여철(余蕰)은 글을 올려 주희를 베어 위학(僞學, 정도에 어그러진 학문)을 근절시키라고 청했다. 당시 한 그릇 현미밥의 화가 종유(從遊, 학덕이 있는 사람과 더불어 놂)에게까지 미쳐 3000리 밖에 귀양 가 죽는 데까지 이르렀고, 평소에 스승으로 존앙(尊仰, 존경하고 추앙함)하는 무리들도 혹 문 앞을 지나면서도 들리지 않으며, 의관을 변장하고 시장에 돌아다녀 그 당파가 아니라고 밝힐 정도였다.

10) 안연(顏淵)이 환퇴(桓魋)의 가신이 되었다: 환퇴는 사마환퇴(司馬桓魋)이다. 그의 아우인 사마우(司馬牛)는 공자의 제자로서 현철(賢哲, 어질고 밝음)했다. 사마우가 형을 염려한 나머지 공자에게 군자에 대해 묻자 공자가 '군자는 불우불구(不憂不懼, 근심하지도 않고 두려워하지도 않음)'라고 대답했다는 기록이 『논어』「안연」에 나온다. 그런데 공자가 송나라에 갔을

오필대는 마침내 스스로 해명하지 못하고 죽었다. 주자는 후회하고 그의 죽음을 마음 아파했으니, 애당초 어떻게 이와 같이 노여움을 폭발하게 되었는지 알 수 없을 정도였다. 정이는 옛 친구를 의심하지 않고 친족을 책망하지 않았으므로, 이와 같이 하지는 않았을 것이다.

宋人小說言: "陳同父嘗有求於唐仲友而不得, 讒之晦菴[11]曰: '唐汝正言, 朱晦菴尙不識字, 安能爲監司?' 文公銜之, 是以有浙東之勘"云. 此必仲友之黨, 作爲此說, 以謗晦菴, 不足信也. 但唐之罪案, 初止於官妓踰濫, 而自時相力救後, 一節加於一節, 書籍贈遺, 皆入計贓, 家藏弓箭, 不免致疑. 幸賴孝宗非猜暴之主, 若遇唐德宗, 豈不亦族乎?

吳伯豊在朱門最稱穎悟善學, 而以其與沈繼祖有瓜葛, 故文公逆加疑恚, 至有"顔淵爲桓魋家臣"之語. 伯豊終未及自明而歿, 文公追悔而痛惜之, 未知初何以如是暴發也. 伊川之不疑故人, 不責族子, 却不如此.

🏵 평설

17세기 조선의 지식인들은 주희를 선현先賢으로 칭송했는데, 그 권위는 선현 이상이었다. 그러나 서포는 주희의 권위를 맹목적으로 승인하지 않았다. 이 조항에서는 비록 송나라 소설을 인용해 논하기는 했지만, 주희가 호불호에 따라 사람을 탄핵하고 증오한 사실을 거론했다.

때 환퇴가 공자를 죽이려 했던 일이 있다. 즉 공자가 일찍이 송나라에 가니 송나라 대부(大夫) 환퇴가 공자를 죽이려 하자, 공자가 옷을 변장하고 송나라를 지나면서 화를 면했다고, 『맹자』「만장·상」에 나와 있다. 『사기』에도 같은 기록이 있다. "공자가 조(曹)를 떠나 송(宋)을 지날 때 제자들과 더불어 큰 나무 아래서 예(禮)를 익혔더니, 송나라 사마환퇴가 공자를 죽이고자 그 나무를 찍고 뽑았다. 공자가 떠났다. 제자가 '속히 가셔야 합니다'라고 말하자, 공자는 '하늘이 내게 덕을 낳아주셨거늘, 환퇴가 나를 어떻게 할 것인가'라고 했다(孔子去曹適宋, 與弟子習禮大樹下. 宋司馬桓魋欲殺孔子, 拔其樹. 孔子去. 弟子曰: '可以速矣'. 孔子: '天生德於予, 桓魋其如予何')!"

11) [교감] 晦菴: 고려대본은 '元晦'로 되어 있다. 통문관본을 따른다.

정이·정호와 주자의 함양 공부 차이
상—89

큰 성인의 성덕成德. 대성한 덕은 마땅히 같지 않음이 없되, 옛사람은 주공周公에 대해서는 재예才藝. 재능과 기예를 칭하고 공자에 대해서는 학문을 칭했다. 안자와 맹자의 지위로 말하면 정녕 어느 한쪽으로 치우친 경향이 있다.

정이·정호·주자 세 선생의 조예가 깊고 얕음은 후학이 감히 의논할 수 없지만, 내 생각으로는 이치를 탐색하고 학문을 강론한 공은 정호가 정이만 못한 듯하고 정이는 또 주자만 못한 듯하되, 함양涵養. 본성을 기르고 닦음의 공부를 논한다면 또한 이와는 반대인 듯하다. 아마도 그 타고난 품성이 그렇게 만든 듯하다.

大聖人成德, 宜無不同者, 而古人於周公稱藝, 孔子稱學. 若顔·孟地位, 則固有偏至矣. 程·朱三先生, 造詣淺深, 後學宜不敢容議, 而竊謂探索講明之功, 明道似不如伊川, 伊川又不如晦菴, 而若論涵養, 則亦似反是, 恐其資稟然也.

✣ 평설

위대한 인물들의 성덕은 우열을 가리기 어려운 면이 있지만, 그래도 사람마다 타고난 품성이 다르기 때문에 학문의 방법이나 공적도 각기 다를 수 있다. 서포는 이치를 탐색하고 학문을 강론한 공은 정호보다 정이가 뛰어나고 정이보다 주희가 뛰어나지만, 함양 공부는 주희가 정이보다 못하고 정이는 정호보다 못하다고 했다. 주희의 지위를 상대화한 것이다.

정주학의 도통설 재론
상 − 90

    정호·정이가 언제 일찍이 스스로 염계濂溪 주돈이周敦頤에게 도를 전해받았다고 말했는가? 그러나 주자는 도리어 힘껏 그것을 증명해 기정 사실로 만들었다.[1] 선배 유학자의 이와 같은 일들은 정말 알 수가 없다. 설령 양시楊時와 사양좌謝良佐 등이 주돈이의 「태극도설」이나 『통서』[2]를 전수해줄 수 없었다 할지라도, 자기가 처한 당시에는 학문이 가는 실처럼 겨우 끊어지지 않고 있는 상태였으므로, 그 개략을 간략하게 보여 후학들로 하여금 육경六經, 중국의 여섯 경서 이후에 오히려 이와 같은 책이 있고 맹자 이후에 이러한 사람이 있음을 알게 했어도 무방하지 않았겠는가? 군자는 앞 시대의 현인에 대해서도 오히려 그 깊은

---

1) 주자는~만들었다: 주희는 『이락연원록伊洛淵源錄』 14권을 지어, 주돈이와 정호·정이 형제 이래 이른바 도통에 속하는 학자들의 행실과 문자를 모두 수록했다. 주희는 그 권1을 '염계선생'에게 배정했다.
2) 『통서通書』: 주돈이의 저서. 1권 40편. 본래 『역통易通』이라 칭했으며, 「태극도설」과 표리관계이다. 「태극도설」이 우주론을 설명한 데 반해 이 책은 윤리설을 설명했다.

덕을 발양發揚, 마음, 재주, 기운, 기세 같은 것을 떨쳐 일으킴하고자 하거늘, 하물며 자신이 친히 가르침을 받은 사람의 경우에야 어떠하겠는가?

만약 주자가 정호·정이를 계승해서 흥기하지 않았다면 세상의 몇 사람이 주돈이가 있는지 알았겠는가? 아마도 왕응진[3]이 정호·정이와 주돈이의 관계를 장재張載와 범중엄[4]의 관계에 비교한 것[5]이 실상을 얻었을 것이다. 그렇지 않았다면 정호·정이가 스승 주돈이를 받들지 못하고 스스로 스승보다 나아 보이게 만든 잘못이 어찌 단지 자하가 증자에게 책망당한 정도[6]에 그치겠는가?

주돈이의 두 아들제자은 모두 문학에 능해 소식·황정견[7]과 교유했다. 소식·황정견이 주돈이를 지극히 존경했으므로 심지어 황정견은 주돈이의 인품을 논평해 '광풍제월'[8]이라고까지 했다. 연평 이동[9]과 주자는 그 논평을 깊이 수용했다. 그런데 정호·정이가 주돈이를 칭송한 말이 없었기 때문에 『근사록』 말편[10]에 성현의 도통道統을 논하면서 황정견의 이 말로 채웠던 것이다. 아마도 주돈이가 국사[11]에 입전立傳

---

3) 왕응진(汪應辰): 송나라의 학자. 자는 성석(聖錫). 단명전 학사(端明殿 學士)를 지냈다.

4) 범중엄(范仲淹, 989~1052): 북송의 정치가·학자로, 강소성 소주(蘇州) 사람. 자가 희문(希文), 시호는 문정(文正).

5) 아마도 왕응진이~비교한 것: 왕응진은 "정호·정이와 주염계의 관계는 마치 장횡거와 범문정의 관계와 같다"고 했다. 『성리대전서性理大全書』 권39에 나온다.

6) 자하가 증자에게 책망당한 정도: 증자가 조문을 가서 스스로 죄가 없다고 하는 자하를 꾸짖으며 주변사람들에게 스승보다 낮게 여긴 것을 문책한 것을 가리킨다. 『예기』 「단궁檀弓·상」에 나온다.

7) 황정견(黃庭堅, 1045~1105): 자는 노직(魯直). 호는 산곡(山谷)·부옹(涪翁). 홍주(洪州) 분녕(分寧, 강서성 수수현修水縣) 사람.

8) 광풍제월(光風霽月): 깨끗하게 가슴속이 맑고 고결한 것, 또는 그런 사람을 가리킨다. 황정견이 주돈이의 인품을 평가한 말에서 유래했다. "용릉(舂陵)의 주무숙(周茂叔)은 인품이 몹시 높고, 가슴속이 담박 솔직해 광풍제월과 같다(舂陵周茂叔, 人品甚高, 胷中灑落, 如光風霽月)"고 평한 말이 『산곡집』 권1 '염계(濂溪)'에 나온다.

9) 이동(李侗, 1093~1163): 남송의 학자로, 남평(南平) 사람. 자는 원중(願中). 세칭 연평선생(延平先生)이라 했다.

10) 『근사록』 말편: 『근사록』 권14 「총론성현總論聖賢」 제16항에서 주돈이를 평하여 "흉중쇄락(胸中灑落) 여광풍제월(如光風霽月)"이라 했다.

되고 저술한 문장이 후세에 인멸湮滅, 흔적도 없이 모두 흩어짐되지 않은 것은 황정견의 힘일 것이다. 그러므로 주돈이의 두 아들이 소식·황정견과 교유한 것을 어찌 심하게 탓하겠는가?

二程何嘗自言傳道於濂溪? 而朱子却極力證成之. 先儒如此等事, 眞不可曉也. 設令楊·謝諸公, 無可以傳授「太極」·『通書』者, 當是時也, 斯文之不絶如縷12), 何妨略示其槪, 使後學知六經之後, 猶有此書, 孟子之後, 得有此人乎? 君子於前代賢人, 猶欲發揚潛德, 況身親受學者乎?

向非朱子繼二程而興, 則世人幾何知有濂翁者13)? 竊恐汪聖錫之比之橫渠·希文者, 爲得實狀. 不然則二程之失, 豈但子夏之見責於曾子者哉?

濂溪二子, 皆能文, 與蘇·黃游. 蘇·黃之尊濂溪甚至, 而黃之'光風霽月'一語, 延平·晦菴, 深有取焉. 『近思錄』末編, 論聖賢道統, 而以二程無稱道濂溪語, 故以山谷此語足之. 盖濂溪之立傳於國史, 所著文字之不泯於後世, 山谷之力也. 然則二子之與蘇·黃游, 亦何必深尤之也?

🪶 평설

서포는 정주학의 도통과 관련해 주돈이부터 정호·정이를 거쳐 주희로 이어졌다는 『이락연원록』 이래의 통설에 대해 의문을 제기했다. 우선 정호·정이가 주돈이를 계승했다는 데 대해서는 정호·정이가 스스로 밝힌 것이 없는데 주희가 입증해서 사실로 굳혔을 뿐이라고 했다. 그리고 만일 주희의 설이 옳다면 정호·정이는 스승을 현창顯彰, 밝게 나타냄

---

11) 국사(國史): 『송사宋史』를 말한다. 『송사』는 도학가(道學家)의 전(傳)과 유림(儒林)의 전을 별도로 배치했다. 주돈이는 『송사』 권427 열전 168 「도학」의 맨 처음에 입전되어 있다.
12) [교감] 縷: 고려대본은 '綫'으로 되어 있다. 통문관본을 따른다.
13) [교감] 者: 고려대본은 '哉'로 되어 있다. 통문관본을 따른다.

하지 않은 잘못을 범한 것이라고 했다. 마지막으로 주돈이가 후대에 주목을 받게 된 것은 주돈이의 두 아들이 소식·황정견의 무리와 친했고 황정견이 주돈이를 흠모해 '광풍제월'이란 말로 그의 인품을 칭송했기 때문이라고 했다.

서포는 주자학의 도통설이 학문의 발전·계승이라는 측면보다 우연적 요소에 의해 이루어졌다는 점을 지적함으로써 도통론의 허구성을 '뜻하지 않게' 폭로했다.

『시경』「관저」의 작중 화자 재론

상―91

일찍이 『시경』「관저」의 2~3장을 의심해 시인이 군자의 뜻을 대신 서술해 지은 것이라고 기록한 적이 있다.[1] 다시 생각해보니 만약 군자의 뜻이라고 본다면 말이 판에 박은 듯하고 뜻이 천박해 마치 오늘날 정식程式. 과거시험의 규식의 시와 흡사하다. 궁중에 있는 사람의 뜻을 표현했다고 보는 것이 더 적합할 듯하다.

"금슬우지琴瑟友之"의 '우友'를 "형은 우애를 지니고 아우는 공손하다"는 뜻의 "형우제공兄友弟恭"이란 말에 나오는 '우友'와 같다고 본다면, 이는 아랫사람에게 한 말이 된다. 그러나 "왕계지우"[2]라는 말을 역시 존귀한 사람에게도 사용했다. 하물며 이 장의 뜻은 친애에 주된 뜻을 두

---

1) 「관저」의~기록한 적이 있다: 『서포만필』 상-48 참조.
2) 왕계지우(王季之友): 『시경』「대아大雅·황의皇矣」의 "이 왕계는 마음속으로부터 우애했다(維此王季, 因心則友)"에서 나온 말이다. 주나라의 태백(太伯)은 왕계(王季)가 문왕(文王)을 낳은 것을 보고 천명이 그에게 있음을 알아서 오(吳) 땅으로 가서 돌아오지 않았다. 이것을 두고 혹 형제간에 정권 쟁탈의 갈등이 있었으리라 의심할지 몰라, 「황의」는 그 의심을 불식시키려고 왕계가 그 형 태백에게 진심으로 우애를 지녔다는 것을 강조한 것이다.

고 있으므로 안 될 것도 없지 않을 듯하다. 「계명」의 '잡패지증'[3]이나 「석인」의 '대부지퇴'[4]도 어찌 친밀한 관계에 대해 한 말이라고 해서 장엄함이 부족하다고 할 수 있겠는가? 이는 바로 국풍 시인의 뜻이 다른 문장과는 같지 않기 때문이다.

間嘗疑「關雎」二三章, 當作代述君子之意, 有所箚記矣. 更思之, 若作君子意, 則語板而意淺, 頗似今世程式詩, 不如作宮中之人之意之爲得體也.

'友'字以 "兄友弟恭" 觀之, 則是施於下者, 而如 "王季之友", 亦有用於尊者, 況此章, 意主於親愛, 恐無不可矣. 「鷄鳴」雜佩之贈, 「碩人」大夫之退, 亦豈不似昵而欠莊乎? 正以風人之義, 與他文字不同故也.

---

3) 「계명鷄鳴」의 '잡패지증(雜佩之贈)': 『시경』 「정풍鄭風·계명」의 제3장에, "그대가 오게 하신 분임을 알진댄 잡패(雜佩)를 풀어 선물할 것이며, 그대가 사랑하는 분임을 알진댄 잡패를 줄 것이며, 그대가 좋아하는 분임을 알진댄 잡패로 보답하리라(知子之來之, 雜佩以贈之, 知子之順之, 雜佩以問之. 知子之好之, 雜佩以報之)"라고 나온다. 주희의 『시집전』에는 "'래지(來之)'는 그가 오도록 만드는 것이니, 『논어』의 '문덕(文德)'이 닦여서 오게 한다'는 것과 같다. 잡패는 좌우의 패옥이다. ……부인이 또 그 남편에게 말하기를 '내 만일 그대가 초대하여 온 분인 것과 친애하는 분인 줄을 알진댄, 내 마땅히 이 잡패를 풀어서 그에게 주어 보답하겠다' 하였으니, 이는 규문(閨門) 안의 직분을 다스리는 것일 뿐만 아니라, 또 그 군자가 현자(賢者)를 친히 하고 선인(善人)을 벗삼아 그 환심(歡心)을 맺게 하고자 하여, 복식의 노리개에 아끼는 바가 없는 것이다(來之, 致其來, 如所謂修文德以來之, 雜佩者, 左右佩玉也 … 婦人語其夫曰: '我苟知子之所致而來, 及所親愛者, 則當解雜佩, 以送遺報答之.' 蓋不惟其門內之職, 又欲其君子親賢友善, 結其歡心, 而無所愛於服飾之玩也)"라고 했다. 한편 이 시의 제1장에 대한 주에서 주희는 "이는 시인이 어진 부부가 서로 경계하는 말을 기록한 것이다 …… 그 더불어 경계한 말이 이와 같으니, 연닐(宴昵)의 사사로움에 얽매이지 않음을 알 수 있다(此詩人述賢夫婦相警戒之詞 … 其相與警戒之言如此, 則不留於宴昵之私, 可知矣)"고 하였다.
4) 「석인碩人」의 '대부지퇴(大夫之退)': 『시경』 「위풍衛風·석인」 제3장에 "사마가 건장하며 붉은 재갈이 선명도 한데, 꿩털로 덮개를 장식한 수레를 타고 가서 조회하니, 대부들은 일찍 물러가서 임금을 수고롭게 말지어다(四牡有驕, 朱幩鑣鑣, 翟茀以朝, 大夫夙退, 無使君勞)"라고 했다. 조정의 신하들로 하여금 일찍 조정에서 물러나와 임금과 후비가 서로 화락하게 지낼 수 있게 하라는 내용의 시라고 전한다. 주희의 『시집전』에는 "'숙(夙)'은 일찍이란 뜻이다. 『옥조玉藻』에 이러한 말이 있다. '군주는 해가 뜨면 나가 조회를 보고, 노침(路寢, 천자나 제후가 사용하는 정전正殿)으로 물러나 정사를 들으며, 사람으로 하여금 대부를 보게 해 대부가 물러간 뒤에야 소침(小寢, 천자나 제후의 거처. 정전의 동서에 있음)으로 가서 옷을 벗는다'(夙, 早也. 『玉藻』曰: '君日出而視朝, 退適路寢聽政, 使人視大夫, 大夫退然後, 適小寢釋服')"라고 했다.

🦋 평설

　고전문헌에서 존비 관계를 표시한 어구는 현재의 관점에서는 이해하기 어려운 면이 있다. 서포는 『시경』「관저」에서 '금슬우지'라는 구절이 군자, 즉 문왕의 관점에서 말한 것인지 아니면 시적 화자가 별도로 있는지에 대해 탐색했다. 서포는 그 구절이 시적 화자가 말한 것이라 보고, 『시경』에서 친애의 뜻으로 아랫사람이 윗사람에게 존대격을 사용하지 않은 용례들을 찾아냈다.

나흠순과 장유의 인심도심설

상―92

일찍이 정암 나흠순[1]은 인심(人心)을 정(情), 도심(道心)을 성(性)이라 하고는[2], 비록 측은·공경의 마음의 발현도 유위[3]라는 말에 모두 귀속시켰다.[4]

---

1) 나흠순(羅欽順, 1465~1547): 명나라의 유학자로, 강서성 태화(泰和) 사람. 자는 윤승(允升), 호가 정암(整菴).

2) 인심을~하고는: 나흠순의 『곤지기困知記』 상에 "도심은 성(性)이고 인심은 정(情)이다. 마음은 하나인데 둘로 나누어 말하는 것은 동정(動靜)의 구분과 체용(體用)의 구별이 있기 때문이다(道心, 性也. 人心, 情也. 心一也而兩言之者, 動靜之分體用之別也)"라고 나온다.

3) 유위(惟危): 『서경』「우서·대우모大禹謨」에 보면, 순임금이 우임금에게 선위(禪位)하면서 "인심은 위태롭고 도심은 은미하니, 정밀하게 하고 한결같이 해야 그 중도를 잡을 수 있다(人心惟危, 道心惟微. 惟精惟一, 允執厥中)"라고 나온다. 「대우모」는 이른바 (위)고문상서에 속하지만, 성리학에서는 매우 중요한 고전으로 인식되어왔다.

4) 비록~귀속시켰다: 『곤지기』 하에 "『맹자』에서는 성선(性善)을 말하였으므로, 거론한 사단(四端)은 선 일변도로만 주의를 기울여 그 설이 끝내 갖추어지지 못했다. 다만 『대학』으로만 증명해보면 또한 볼 수가 있다. 『대학』에 나오는 애긍(哀矜)은 『맹자』에 나오는 측은(惻隱)과 같다. 천오(賤惡)는 수오(羞惡)와 같다. 외경(畏敬)은 공경(恭敬)과 같다. 만약 발(發)하여 모두 이치에 들어맞으면 또한 무슨 편벽될 것이 있겠는가? 여기에서 인심은 위태롭다는 것을 볼 수 있다(『孟子』道性善, 故所擧四端, 主意只在善之一邊, 其說終是不備. 但以『大學』證之, 亦可見矣. 哀矜猶惻隱也, 賤惡猶羞惡也, 畏敬猶恭敬也. 如發而皆當, 又何辟之可言哉? 此可見人心之危矣)"라고 나온다.

나는 이 점이 항상 의아스러웠다. 그 말은 불교에서 육용[5]을 환망幻妄, 덧없고 망령됨이라고 여기는 것과 다를 바가 없다. 그러다가 『주자어류』를 보니, 두종주[6]가 주자를 만나서 무구거사 장구성[7]의 정일설精─說을 외우자 주자가 말하기를, "인심과 도심은 분별해야 한다"고 했다. 두종주는 "인심이라고 하는 것은 기쁨과 화냄과 슬픔과 쾌락이 이미 발현된 것을 가리킵니다. 이러한 것들이 발현되지 않은 것이 도심입니다"라고 말했다. 주자가 말하기를, "그렇지 않다"고 운운했다.[8] 그제야 나흠순의 말이 장구성에게서 나온 것임을 알았고 그 말이 선학禪學인 것을 의심하지 않았다. 계곡 장유[9]가 지은 「인심도심설」[10]은 나흠순을 이정·주자의 반열에 두었는데, 이는 지나친 것 같다.

---

5) 육용(六用): 안(眼)·이(耳)·비(鼻)·설(舌)·신(身)·의(意) 등 육근(六根)의 작용을 말한다. 안근(眼根)은 시각능력 또는 시각기관이다. 안은 통속적으로 외부로부터 보이는 안구를 말하지만, 안의 본질은 물건을 보는 능력으로 안구가 있어도 보는 능력인 시신경이 상실되면 안근이라고 할 수 없다. 이른바 부파시대(部派時代, 석가모니의 입멸 후 100년이 지나 상좌부와 대중부로 양분되고 2년째에는 대중부에서 여러 부파가 분리되어 소승 20부파가 성립했음)에 접어들면서 이 양자를 구별해 시각능력의 본래 근은 승의근(勝義根)이며 안구는 부진근(扶塵根)으로 세속적 의미에 지나지 않는다고 간주했다. 요컨대 부진근은 눈으로 볼 수 있는 물질인 데 반해 승의근은 외부로부터 볼 수 없는 미세한 물질이라고 규정했다. 한편, 이근(耳根)은 청각능력 또는 청각기관을 말한다. 귀 자체를 지칭하는 것이 아니다. 비근(鼻根)은 후각능력 또는 후각기관이라고 지칭하여 후각신경을 가리킨다. 코 자체를 의미하지는 않는다. 설근(舌根)은 미각능력 또는 미각기관으로 미각신경을 가리킨다. 혀 자체를 가리키지는 않는다. 신근(身根)은 추위와 더위, 통증과 가려움, 멈춤과 미끄러짐 등을 느끼는 촉각능력 또는 촉각기관을 가리킨다. 이것은 몸의 표피에 분포되어 있다. 의근(意根)은 지각기관에 해당하며 지각능력이라 일컬을 수 있다. 의근은 지각작용을 관리하는 마음이라고도 할 수 있으며, 원시경전(原始經傳)이나 부파불교에서는 마음과 식을 같이 보았다.

6) 두종주(竇從周): 단양(丹陽) 사람으로, 주희의 제자. 자는 문경(文卿).

7) 장구성(張九成): 북송의 인물. 자는 자소(子韶), 호는 무구거사(無垢居士)이다.

8) 『주자어류』를 보니~운운했다: 『주자어류』 권78 「상서尙書 1」에 나오는 대화이다. '정일(精─)'에 대해서 두종주는 "정이라고 하는 것은 깊이 들어가 그치지 않는 것이고, 일이라고 하는 것은 뜻을 오로지 하여 둘이 됨이 없는 것이다(精者, 深入而不已. 一者, 專志而無二)"라고 풀이하였다.

9) 장유(張維, 1587~1638): 호는 계곡, 시호는 문충(文忠).

10) 장유(張維)가 지은 「인심도심설人心道心說」: 『계곡선생집谿谷先生集』 권4 설(說)에 수록되어 있다.

그렇지만 우리나라 사람들은 책 읽기를 마치 의학을 배우는 사람이 맥에 관한 책만 읽고 자기의 삼부맥三部脈, 사람의 몸에 세 치 간격으로 있다는 맥은 짚어보지 않는 것처럼 하면서, 이정·주자의 말을 고찰하기만 하면 즉각 물物이 이미 이르러오고격 지知가 이미 도달할 것처럼 말한다. 선배들로서 대유학자들도 왕왕 이와 같았을 따름이다. 그런데 장유에 이르러서는 보는 견해의 착오가 있긴 하지만 그나마 자신의 맥을 짚어보았으니 모양만 보고 그대로 따라하는 것과는 비교할 수 없다.

嘗疑羅整庵以人心爲情, 道心爲性, 雖惻隱恭敬之發, 擧歸之於惟危中. 其言與佛家以六用爲幻妄者無異矣. 及見『語類』, 寶從周見朱子誦張無垢精一之說, 朱子曰: "人心道心, 且要分別." 寶曰: "人心者[11]喜怒哀樂之已發. 其未發者, 道心也." 朱子曰: "不然"云云. 乃知整菴之言出於無垢, 其爲禪學無疑矣. 張谿谷作「人心道心說」, 以整菴班之程·朱, 恐過已.
雖然東人之讀書, 如學醫者, 只讀脈訣, 而不按自己三部, 其有能考出程朱之言, 則便謂物已格而知已至. 雖前輩鉅儒, 往往如此而止. 谿谷所見, 雖或差過, 乃是自按其脈者, 非依樣雷同之比也.

🎋 평설

장유의 『계곡집谿谷集』 권4 설說에 「인심도심설」이 있다. 민족문화추진회한국고전번역원의 번역을 참고로 하면 다음과 같다.

사람이 신명神明, 신묘하고 영명함한 것이 심心이라 하는데, 심心의 체體는 성性이다. 심心의 용用에는 두 가지가 있다. 첫째 의리義理에 입각해서 나오

---

11) [교감] 者: 통문관본과 고려대본은 '在'로 되어 있다. 연민문고본을 따른다.

는 것이 있으니, 예컨대 측은하게 여기고 부끄러움을 느끼고 사랑할 줄 알고 공경할 줄 아는 것들이 이것이다. 둘째 형기形氣. 형상과 기운에 구애받아 나오는 것이 있으니, 예컨대 추위할 줄 알고 따뜻한 느낌을 가지며 성색聲色. 음악과 여색이나 취미臭味. 냄새와 맛 등의 욕구를 일으키는 것들이 그 것이다. 이 두 가지 모두를 일컬어 정情이라고 한다. 형기에서 발동되는 것도 이理가 본래 그 속에 들어 있는 만큼 본래 선善하지 않은 것이 없는데 절도가 없이 마구 발동되는 까닭에 악惡하게 되고 마는 것이다. 형기에 구애받아 나오는 것을 인욕人欲이라 하고 의리에 입각해 바르게 나오는 것을 천리天理라 한다. 학문하는 길은 다른 것이 없다. 형기로 인해 유출流出되는 것을 절도 있게 하며 정당한 의리로 돌아가게 하면 심心의 용用에 하자가 없게 되면서 체體가 자연히 온전해질 것이다. 무릇 이것을 일컬어 정일지학精一之學이라고 한다.

인심과 도심을 말한 1장이야말로 아득한 옛날부터 내려오는 심학心學의 연원이라 할 것이다. 그런데 낙민洛閩. 낙양 출신인 정호·정이와 민 땅 출신인 주희이래로 말한 것들이 일치하지 않아 차이점을 보이면서 서로 다투고 있다. 이에 대해 내가 일찍이 생각해보았는데, 그 1장의 대요는 정精과 일一이라는 두 글자에 있으니 여기에 제대로 공력을 들이기만 한다면 분분한 여러 학설들도 취한 방향은 다르지만 똑같은 결론에 이른다고 해서 안 될 것은 없으리라고 여겨졌다. 이렇게 말하는 이유는 무엇이겠는가? 정자程子는 말하기를 "인심은 인욕이요 도심은 천리이다"라고 했고, 주자는 말하기를 "인심은 형기에서 나오고 도심은 성명性命에 근원한다"고 했으며, 나정암은 말하기를 "인심은 정情이요 도심은 성性이며, 인심은 용用이요 도심은 체體이다"라고 했다. 무릇 성性도 이 마음이요 정情도 이 마음이며, 형기도 이 마음이요 성명도 이 마음이며, 천리도 이 마음이요 인욕도 이 마음이다. 따라서 천리와 인욕을 위주로 해서 말할 경우에는 천리와 인욕의 측면에서 정일精一의 공력을 기울이면 될 것이고,

형기와 성명을 위주로 해서 말할 경우에는 형기와 성명의 측면에서 정일의 공력을 기울이면 될 것이며, 성·정과 체·용을 위주로 해서 말할 경우에는 성·정과 체·용의 측면에서 정일의 공력을 기울이면 될 것이다. 정자가 인심을 인욕이라 한 것을 보면 인심을 전적으로 악한 것으로 여긴 듯한 인상을 줄 수도 있으나 그 악한 요소를 제거하고 그 선한 요소를 온전히 하는 이것이야말로 정일하게 하는 공부라 할 것이다. 주자의 경우, 정자와 조금 다르게 인심을 해석하고 있으나 그 형기에서 유출되는 것을 절도 있게 하여 온전히 정대한 의리가 되게 하려는 점에서는 정자와 견해가 다르지 않다. 나정암이 체와 용으로 나눈 것이야말로 가장 어긋나 보일 수도 있으나 정精하게 그 용用을 살펴 일一하게 그 체體를 보존해야 한다는 점에서는 정자나 주자의 뜻과 같다고 해야 할 것이다. 대체로 이 몇 분의 설을 보건대 그 글의 뜻을 해석하는 데는 각각 같지 않은 점이 있기는 하나, 이 마음을 다스려 성性을 회복시키는 대법大法의 측면에서는 모두 하나일 따름이다. 그러니 어찌 꼭 해석의 차이에 구애받은 나머지 각자 주장을 내세워 일방적으로 고집하면서 서로 시끄럽게 떠들어야 하겠는가?

어떤 사람이 말했다. "그 말이 옳기는 하다. 그러나 「우서虞書·대우모大禹謨」에서 그렇게 말했던 본래의 취지는 필시 하나로 정해진 바가 있었을 것이다."

나는 이렇게 대답했다.

"위대한 순임금께서 돌아가신 지 지금 수천 년이 되었으니 본래의 취지가 무엇인지를 문의해볼 길이 없다. 그런데 이 몇 분의 학설을 보건대, 글을 고찰해보아도 거리낄 것이 없고 이치로 따져보아도 모두 통하고 있으니, 한쪽만 고집하면서 다른 모든 학설들을 무시해버려도 안 되고 이쪽 주장만 내세우면서 다른 쪽을 배척해도 안 될 것이다. 그래서 내가 외람되게 이런 식으로 논하게 되었던 것인데, 이는 대개 학자들로 하여금 지엽말단적인 변론을 하면서 다투는 일을 중지하고 오로지 본질적인 문제에 온 정신을 기울여 정일집중精一執中의 대법을 놓치지 않으려 할 따름이지, 감히 거드름을 피우며 양시론兩是論, 서로 대립하는 양쪽의 설을 둘 다 부분 인정하는 논리을 내놓아 세상 유학자들의 견해와는 다르다는 것을 과시하려 함이 아니다."

이에 어떤 이가 또 말했다. "여러 학설들이 필경에는 또한 우열이 있는 것인가?"

나는 이렇게 대답했다. "정자의 학설은 간단하고 주자의 학설은 치밀하며 정암의 학설은 구비되었다. 우열에 대한 문제는 쉽게 이야기할 성격의 것이 아니다."

서포는 장유가 나흠순의 설을 따르고 나흠순을 심지어 이정·주희와 같은 반열에 올려놓은 것에 대해 비판했으나, 장유가 주희의 설을 맹목적으로 따르지 않고 스스로 맥을 짚어 자기의 설을 낸 사실을 높이 평가했다.

　유학자들은 하·은·주 삼대를 존숭해서 무슨 일이든 오늘날은 미치지 못한다고 여기지만 삼대의 일 중에는 매우 이치에 어긋나는 것이 있다. 이웃나라에 시집가는 제후 집안의 여자는 모두 고모와 여동생을 잉첩腰妾으로 삼았으니, 『시경』의 이른바 "우리 여러 고모들에게 묻고, 마침내 큰언니에게 묻는다"[1]는 것이 이것이다. 형제의 윤리로 보면 설

---

1) 우리 여러 고모들에게~큰언니에게 안부를 묻는다: 『시경』「패풍邶風·천수泉水」에 나온다. "졸졸 흐르는 저 샘물도 기수(淇水)로 흘러가는데, 위(衛)나라를 그리워하여, 하루도 생각하지 않는 날이 없네. 어여쁜 내 몸종들과 함께하여 돌아갈 날 꾀하여 보네. 자(沸) 땅에서 한밤 자고 녜(禰) 땅에서 작별했네. 여자가 시집가면 부모 형제와는 멀어지는 것. 내 여러 고모들에게 묻고, 마침내 큰언니에게 묻네. 간(干) 땅에서 하루 묵고 언(言) 땅에서 이별했지. 기름 치고 굴대빗장 꽂고 수레 되돌려 달려가면, 곧바로 위나라에 이를 테니 아무런 해로움이 없으려나. 비천(肥泉)을 그리다가 긴 한숨만 지었네. 수(須)와 조(漕) 땅을 생각하니 나의 마음 시름 겹네. 수레나 타고 나가 놀면서 이 내 마음 달래나 볼까(毖彼泉水, 亦流于淇. 有懷于衛, 靡日不思. 孌彼諸姬, 聊與之謀. 出宿于沸, 飮餞于禰. 女子有行, 遠父母兄弟. 問我諸姑, 遂及伯姊. 出宿于干, 飮餞于言. 載脂載牽, 還車言邁. 邁臻于衛, 不瑕有害. 我思肥泉, 玆之永歎. 思須與漕, 我心悠悠. 駕言出遊, 以寫我憂). 모시서(毛詩序)는 이 시를 두고, 위(衛)나라 여자가 귀령(歸寧, 친정으로 돌아가 부모를 뵘)을 생각해서 지은 것이라고 보았다. 제후에게 시집간 뒤, 부모가 돌아가셨으나 귀령을 하려 해도 할 수 없으므로 이 시를 지어 자기 뜻을 드러낸 것이라고 보았다.

령 언니로서 동생의 잉첩이 된 이가 있다면 적서와 귀천의 다름은 있더라도 나이의 위아래를 뒤바꿀 수 없으므로, 다만 따로 시집보내는 것이 마땅하다. 하물며 고모는 내게 어머니로서의 예가 있는데 어찌 어머니를 업신여겨 종으로 삼을 수 있겠는가?

당나라 태종이 그 여식인 장락공주를 시집보낼 때 폐백을 보낸 것이 자신의 누이인 장공주천자의 누이보다 많았다. 그러자 위징2)은 한나라 명제가 "내 여식이 어찌 아버지의 여식과 똑같을 수 있겠는가"라고 한 말을 인용해 간쟁했다.3) 가령 태종이 여식을 시집보내면서 고조의 여식을 잉첩으로 삼았다면 예법에 어긋남이 또 어떠했겠는가? 이와 같은 일은 인간의 도리를 기준으로 삼는다면 차마 할 수 없는 것이다. 일찍이 오랑캐들도 이와 같지 않거늘 유학자들이 주나라 예법을 보호하려고 끝내 그 잘못을 말하려 하지 않았으니 역시 탄식할 만하다. 귀한 이

---

2) 위징(魏徵, 580~643): 수나라 산동성 곡성(曲城) 사람. 자는 현성(玄成), 시호는 문정(文貞).

3) 위징은~간쟁했다: 『구당서』 권51 「후비后妃 상·고조태목황후두씨태종문덕황후장손씨열전高祖太穆皇后竇氏太宗文德皇后長孫氏列傳」에 보면, "황후가 낳은 장락공주(長樂公主)는 태종에게 각별한 사랑을 한몸에 받았는데, 그녀가 시집갈 때에 이르자 태종이 일을 맡은 관리에게 그의 고모인 장공주(長公主)보다 예물을 갑절로 마련하도록 시켰다. 그러자 위징은 다음과 같이 간했다. '옛날 한나라 명제 때에 황자를 봉할 즈음 황제가, 「내 자식이 어찌 선제(先帝)의 자식과 같은 대우를 받을 수 있겠는가」라고 했습니다. 그러나 장주(長主, 장공주)라고 이른 것은 실로 공주보다 존귀해서이니 (동생과 자식을 향한) 정은 비록 차등이 있지만 의리는 차별이 없습니다. 만약 공주에게 베푸는 예가 장주보다 지나침이 있다면 의리상 불가할 듯하니 폐하께서는 살펴주십시오.' 태종이 물러나 그의 말을 황후에게 고하자 황후는 탄식하며 말했다. '폐하께서 위징을 존중하신다는 말을 들은 적이 있지만 그 이유를 전혀 알지 못했는데 이제야 그의 간언이 실로 의로써 군주의 사사로운 정을 제재할 수 있음을 들었으니 사직을 바르게 하는 신하라고 할 만합니다. 저는 폐하와 머리를 묶고 부부가 되어 예우하심이 곡진하고 정의로 대하는 것이 깊고 무거웠지만 말씀을 드릴 때마다 폐하의 안색을 살펴 감히 폐하의 위엄을 가벼이 범하지 못했습니다. 하물며 신하의 자리에서는 정은 소원하고 예는 엄합니다. 그래서 한비자(韓非子)가 「세난說難」을 지은 것과 동방삭(東方朔)이 간쟁이 쉽지 않음을 말한 것은 바로 이래서입니다. 충성스런 말은 귀에 거슬리지만 행실에는 이로우니 나라나 집안을 다스리는 사람이 민첩하게 받아들이기를 힘쓰면 민심이 편안해지고 간언을 막으면 정치가 어지러워지는 것이니, 원컨대 폐하께서 이 점을 살피신다면 천하 사람들이 매우 다행스러워할 것입니다.'"

를 귀하게 여기는 도리는 다만 천자와 제후들에게 통용될 수 있거니와, 경대부들에게 이러한 예를 시행하려고 한다면 크게 잘못된 일이다. 어찌 다 같이 아버지 항렬의 친척인데도 작록이 높은 자에게는 최복衰服, 부모·증조부모·고조부모 상에 입는 상복을 입고 수질首絰, 상복을 입을 때 머리에 두르는 띠을 하고 호곡號哭, 목 놓아 슬피 욺을 하면서 작록이 낮은 자에게는 부음訃音, 사람이 죽었다는 기별을 전해받고도 빙그레 웃고 마는 도리가 있겠는가?

전분4)은 한나라의 재상이라고 하여 그 형 합후의 위에 앉았고,5) 왕망王莽은 섭정을 하면서 어머니가 돌아가셨는데도 복을 입지 않았으며, 당나라 방훈6)은 천책장군天策將軍이라 자칭하면서 그 아비를 조정에 달려와 절하게 하고는 안석에 기대어 절을 받았다.7) 이 세 사람의 일은

---

4) 전분(田蚡, ?~BC 131): 서한 내사(內史) 장릉(長陵) 사람.

5) 전분은~위에 앉았고: 『사기』 권107 「위기무안후열전魏其武安侯列傳」에 다음과 같은 기록이 있다. "이때에 승상이 들어가 정무를 아뢰는데 앉아서 여러 날 동안 말한 것이 모두 윤허되어 사람을 천거하면 혹은 한미한 집안을 일으켜 2000석의 벼슬에 이르렀으니 권세가 주상에게서 옮겨갔다. 황제가 이에 말했다. '그대는 아직 관리들을 다 임명하지 못했는가? 나도 관리를 임명하고 싶네.' 고공(考工, 기계 제작을 맡은 관청)의 부지를 청해서 집을 넓히려 하자 황제가 화를 내며 말했다. '그대는 어찌 무기고마저 취하지 않는가?' 이 뒤로 위세를 조금 누그러뜨렸다. 일찍이 객들을 불러 술을 대접하는데 그 형인 합후(蓋侯)를 남쪽을 바라보게 앉히고 자신은 동쪽을 바라보며 앉으면서 존귀한 한나라 재상인 제가 형이라는 이유로 제 위치를 사사로이 낮출 수는 없다고 말했다. 무안후는 이때부터 더욱 교만해졌다(當是時, 丞相入奏事, 坐語移日, 所言皆聽. 薦人或起家至二千石, 權移主上. 上乃曰: '君除吏盡未? 吾亦欲除吏.' 嘗請考工地益宅, 上怒曰: '君何不逐取武庫?' 是後逎退. 嘗召賓飲, 坐其兄蓋侯南鄕, 自坐東鄕, 以爲漢相尊不可以兄故私橈. 武安由此滋驕)."

6) 방훈(龐勛, ?~869): 당나라 의종(懿宗) 함통(咸通) 연간에 계주(桂州) 수군(戍軍)의 식량 담당관으로 있었다. 계주를 지키는 군졸들이 오랫동안 고향에 돌아가지 못해 계주의 도장(都將)을 죽이고 반란을 일으키자 방훈은 도장이 되어 북쪽으로 쳐들어가서 숙주(宿州)와 서주(徐州)를 점거하고 서서(徐泗)절도사 최언증(崔彦曾)을 죽이고 무령군(武寧軍) 절도사를 자칭했다. 군대를 모집해 그 수가 1만 명에 이르렀다. 다시 사주(泗州)와 호주(濠州) 등을 쳐서 관군의 보급로를 차단했다. 이듬해 당나라 조정에서 강승훈(康承訓) 등에게 20만 명을 이끌고 토벌하게 했다. 이때부터 거듭 패퇴하다가 호주에서 참패한 뒤 물에 빠져 죽었다.

7) 당나라 방훈(龐勛)은~절을 받았다: 『자치통감』 권251 「당기唐紀 67 · 의종소성공혜효황제懿宗昭聖恭惠孝皇帝」 중에 다음 기록이 있다. "방훈은 아비, 거직을 대사마로 삼아 허길 등과 함께 서주에 머무르며 수비하게 했다. 어떤 이가 말했다. '장군께서 이제 막 병권을 휘두르고 계

참으로 가소롭다. 게다가 왕망 같은 자는 『주례』를 빙자하기까지 했다.

儒者尊三代, 以爲事事不可及, 而三代事煞有害理者. 諸侯女子之嫁於隣
國者, 皆以姑娣妹爲媵妾, 『詩』所謂"問我諸姑, 遂及伯姊"者也. 兄弟之倫,
設令姉之爲媵於妹者, 有嫡庶貴賤之殊, 長幼之序不可紊, 只當別嫁也. 況
姑者於我, 有母道焉, 豈得屈母爲婢乎?

唐太宗嫁其女長樂公主, 資送厚於長公主, 魏徵引漢明帝"我子豈得比先
帝子"之言以爭之. 假令太宗嫁其女, 而以高祖之女爲妾, 則其失又當如何
耶? 如此者, 人理之所不忍爲, 曾夷狄之不若, 而儒者爲護周禮, 終不肯言
其非, 亦可歎也. 貴貴之道, 只得用之於天子諸侯, 若施之卿大夫則大舛, 豈
有同是諸父兄弟姉妹之親, 而於其爵高者則衰絰號哭, 位卑者則承訃莞爾之
理乎?

田蚡自以漢相, 坐於其兄蓋侯之上, 王莽居攝, 母死不服, 唐龐勛自稱天
策將軍, 使其父趨拜於庭, 據案而受之. 此三人事, 俱極可笑. 若王莽者, 固
藉口於『周禮』矣.

🍃 평설

유학자들은 하·은·주 삼대의 정치와 문화를 이상으로 보아 심지어
관념적으로 그 시대상을 설정하기까지 한다. 그러나 서포는 그 관념에
숨어 있는 허구화와 날조를 비판했다. 이 조항에서는 특히 『시경』의
예를 통해, '고모와 큰언니'를 잉첩으로 삼았다는 사실을 예로 들어 그
비윤리성을 비판했다. 문화의 평가는 상대적이므로 서포의 '윤리'가

시니 부자관계라는 이유로 상하의 예절을 잃어서는 안 됩니다.' 이에 거직에게 조정에 달려와
절하게 하고는 방훈은 안석에 기대어 그 절을 받았다(龐勛以父擧直爲大司馬, 與許佶等留守徐
州, 或曰: '將軍方耀兵威, 不可以父子之親, 失上下之節.' 乃令擧直趨拜於庭, 勛據案而受之)."

지나치게 시대적 한계를 띠었다고 일축할 수도 있다. 하지만 서포가 적어도 유교적 봉건사회에서 통용되는 보편 윤리의 기준으로 하·은·주 삼대의 이상화·관념화를 배격한 것은 매우 급진적이라고 할 수 있다.

유학의 심성론과 불교의 관계

상—94

노자와 불교의 설이 유행하고부터 유학자들은 그 설을 채택하고 함께 이용하게 되어, 성性을 이야기하고 심心을 논하는 것이 노자·불교의 사상과 뒤섞여 하나가 되어버렸다. 그 사이에서 노자·불교와 섞이지 않은 사람으로는 안연과 맹자, 정자程子와 주자 외에는 다만 동중서[1]·제갈공명·사마광 등 몇뿐이다. 그런데 이들을 안연에게 견주어보면 동중서와 사마광은 천박하고 제갈공명은 조잡하다. 하지만 그들 이외의 여러 학

---

1) 동중서(董仲舒, BC 179~BC 104): 서한 신도(信都) 광천(廣川) 사람. 어려서 『춘추』를 깊이 공부했다. 경제(景帝) 때 박사가 되고, 무제(武帝) 때 현량대책(賢良對策)을 올려 제자백가를 내치고 유술(儒術)만 존중할 것을 주장했는데, 무제가 이 주장을 채용한 이후 2000여 년에 걸쳐 유학이 정통학술이 되는 문을 열었다. 일찍이 강도(江都)와 교서왕의 재상을 역임했다가 뒤에 병으로 사직하고 저술에 주력했다. 강도의 재상을 지냈으므로 동강도(董江都)라고도 부른다. 그의 학문은 유학을 중심으로 삼되 음양오행설이 섞여서 '천인감응(天人感應, 하늘의 도와 인간의 일이 서로 밀접하게 연결되어 있음)'의 신학체계를 형성했다. 천도(天道)와 인사(人事)가 서로 얽혀 있어서 군신·부자·부부의 도리가 모두 하늘의 뜻에서 비롯된다고 생각해 "하늘이 변하지 않으면 도 또한 변하지 않는다"고 주장했다. 저서에 『춘추번로春秋繁露』와 「거현량대책擧賢良對策」이 있다.

자들에게서는 또한 이 세 사람이 가진 순수함 같은 것을 볼 수가 없다.

오징[2]은 선가(禪家, 불교)의 찌꺼기를 주워모아 우뚝하게 자만하면서, 제갈공명은 학문이 드러나지 않고 사마광은 행실이 나타나지 않았다는 이유로 제갈공명과 사마광을 비판하고 깎아내리면서 성인의 학문에서 얻은 것이 없다고 했다.[3] 그러나 학문하는 방법은 다른 데 있는 것이 아니다. 의리를 밝게 변별해 취하거나 버리는 것일 뿐이다. 제갈공명

---

2) 오징(吳澄, 1249~1333): 강서성 숭인현(崇仁縣) 사람. 자는 유청(幼淸), 시호는 문정(文正).
3) 오징은~없다고 했다: 오징의『오문정집吳文正集』권40「존덕성도문학재기尊德性道問學齋記」
에 다음과 같은 논변이 있다. "주무숙(주돈이)·이정(二程)·장자후(장재)·소강절(소옹)이 흥
기한 때에 미쳐 비로소 위로는 맹자에게 통하여 하나가 되었고 정자로부터 4대를 이어 주자
에 이르러 문의(文義)의 정밀함과 자구에 대한 논의가 또 맹자 이래로 없었던 것이지만 그 문
인들은 종종 여기에 골몰해서 그 마음을 빠뜨렸다. 이미 속유(俗儒, 식견이나 행실이 저속한
선비)들의 기송(記誦, 암기)과 사장(詞章, 시가와 문장)의 학문을 속된 학문이라고 여기면서
도 그 학문하는 방법이 또한 언어와 문자의 말단을 벗어나지 못했다. 심지어 한 가지 기예만
을 지키면서 다시는 다른 책들을 두루 통달하지 못하고 썩어버린 말을 주워 담으면서 스스로
한 마디도 (자신의 절실한 말을) 내지 못해 도리어 자구를 암송하는 이들에게 그 비루함을 조
롱당하고 문사를 꾸미는 이들에게 그 졸렬함을 비판당했으니 이것은 가정(嘉定) 연간
(1208~1224, 남송 영종의 연호) 이후로 주자 문하에서 행해진 말류의 폐단인데도 이를 바로
잡을 수 있는 자가 없었다. 성인의 학문에서 귀하게 여기는 것은 하늘이 내게 부여한 것을 온
전하게 할 수 있는가일 뿐이다. 하늘이 내게 부여한 것은 덕성이니 이것이 인의예지(仁義禮
智)의 뿌리가 되고 이것이 형질혈기(形質血氣)의 주재(主宰)가 된다. 이것을 버리고 다른 것
을 구한다면 배우는 것은 도대체 무슨 학문인가? 가령 사마온공(司馬溫公)과 같은 행실과 제
갈공명과 같은 재주로도 학문이 드러나지 않고 행실이 나타나지 않음을 면치 못했으니 또한
자질이 남보다 뛰어남에 지나지 않거늘, 성인의 학문에서 얻음이 있다고 말한다면 안 되는 말
이다. 하물며 북계(北溪) 진씨(陳氏)나 쌍봉(雙峯) 요씨(饒氏)같이 훈고의 정밀함과 강설(講
說, 강의)의 세밀함에 그친다면 저 기송과 사장의 속학과의 거리가 어찌 한 치를 넘을 수 있겠
는가? 한나라와 당나라 유학자들은 책임이 없다. 성인의 학문이 송나라 때 크게 밝혀졌는데
도 그 뒤를 따른 자들이 이와 같으니 탄식할 뿐이다(建夫周程張邵興, 始能上通孟氏而爲一, 程氏
四傳而至朱, 文義之精密, 句談而字議, 又孟氏以來所未有者, 而其學徒往往滯於此而溺其心. 夫旣以
世儒記誦詞章爲俗學矣, 而其爲學, 亦未離乎言語文字之末, 甚至專守一藝而不復旁通他書, 撥拾腐說
而不能自遺一辭, 反俾記誦之徒, 嗤其陋, 詞章之徒, 議其拙, 此則嘉定以後朱門末學之弊, 而未有能
救之者也. 夫所貴乎聖人之學, 以能全天之所以與我者爾. 天之與我, 德性是也, 是爲仁義禮智之根株,
是爲形質血氣之主宰, 舍此而他求, 所學果何學哉? 假而行如司馬文正公, 才如諸葛忠武侯, 亦不免爲
習不著行不察, 亦不過爲資器之超於人, 而謂有得於聖學則未也. 況止於訓詁之精·講說之密, 如北溪
之陳·雙峯之饒, 則與彼記誦詞章之俗學, 相去何能以寸哉? 漢唐之儒, 無責焉, 聖學大明於宋代, 而
踵其後者如此, 可歎已)."

이 한나라 말에 재주를 감춘 채 은거하면서 제후들에게 명성이나 현달
顯達. 입신출세함을 구하지 않다가 한나라 황실의 방계인 영웅 유현덕이 삼
고초려한 뒤에야 쟁기를 놓아버리고 한나라를 부흥시키는 책임을 맡
았으니,[4] 만약 그를 송나라 말엽에 태어나게 했더라면 그가 기꺼이 오
랑캐의 머리와 복식을 하고 몽고의 작록을 달게 받아들였겠는가?

自二氏之說行, 吾儒旁採而兼用之, 談性說心, 混爲一途, 中間不雜者, 顔·
孟·程·朱外, 唯董江都·諸葛武候·司馬溫公數人而已. 方之顔子, 則董·馬
淺, 諸葛粗, 而其餘諸子, 亦未見如三子之粹者也.

吳幼[5]淸掇拾禪餘, 昂然自大, 以智不著, 行不察, 譏貶葛·馬, 謂之無所
得於聖學. 夫學問之道, 無他, 明辨義理而趨捨之而已. 孔明龍臥漢季, 不求
聞達於諸侯, 英雄帝胄三顧, 然後釋耒而任復漢之責, 若使之生於宋末, 其
肯披髮左袵, 甘心蒙古氏之爵祿哉?

🌀 평설

학문하는 사람들이 흔히 빠지기 쉬운 병폐는 순결주의다. 실상 어떠
한 지식도 체계는 완전히 독창적인 것이 불가능하다. 그런데도 속유俗

---

4) 한나라 황실의~책임을 맡았으니: 제갈량의 「출사표出師表」에 나온다. "저는 본디 포의(布衣,
   벼슬 없는 선비)의 한미한 선비로 남양에서 몸소 농사지으면서 어지러운 세상에서 목숨을 보
   전하며 제후들에게 명성이나 현달을 구하지 않았습니다. 그런데 선제께서 저를 비루하다 여
   기지 않으시고 외람되이 예를 낮추어 제가 사는 초려를 세 번이나 돌아보시어 당세의 일들을
   물어보시므로 이 때문에 제가 감격해서 마침내 선제를 위해 충성을 바칠 것을 허락했습니다.
   그러나 뒤에 어려운 일들을 만나 패배한 군대의 와중에서 임무를 받고 위태로울 즈음 명을 받
   든 지가 어언 21년입니다(臣本布衣, 躬耕南陽, 苟全性命於亂世, 不求聞達於諸侯, 先帝不以臣卑
   鄙, 猥自枉屈, 三顧臣於草廬之中, 咨臣以當世之事. 由是感激, 遂許先帝以驅馳. 後值傾覆, 受任於敗
   軍之際, 奉命於危難之間. 爾來二十有一年矣)."
5) [교감] 幼: 고려대본은 '幻'으로 되어 있다. 오자이다. 통문관본과 연민문고본을 따른다.

儒들은 성리학이 노자·불교와 같은 이단과는 전혀 무관한 것이라고 주장한다. 서포는 그 점을 비판해서, 유학자들이 제시한 심성의 이론이 노자·불교의 사상과 관계 있다고 지적했다. 다만 서포는 안연·맹자·정자뿐만 아니라 주희도 순수한 유교 사상가로 언급했다. 그리고 그 다음의 순수성을 지닌 학자들로 동중서·제갈량·사마광을 나열했다. 개별 학자들에 대한 서포의 평가가 모두 적실하다고 하기는 어렵지만, 유학의 순수성을 고집하지 않고 노자·불교와의 연관성을 지적한 것은 교조주의 유학을 전복할 만한 회의의 정신, 상대주의 관점을 담은 것이라고 하겠다.

　제갈공명¹⁾의 학문은 그 궁극에 이른 경지를 고찰할 수 없지만 행동
으로 드러난 것을 가지고 논한다면 계로의 용맹²⁾과 염구의 재예才藝. 재
주와 기예와 자공의 변설³⁾, 중궁의 천자가 될 만한 덕⁴⁾을 참으로 이미 겸
했다. 그리고 그가 유현덕이 세 번 방문한 것에 답해 현덕의 부탁을 맡
은 것⁵⁾으로 말하면, 안연이 견지한 "쓰이면 나아가고 버려지면 은거하

---

1) 제갈공명(諸葛孔明): 제갈량(諸葛亮, 181~234). 낭야군(琅邪郡) 양도현(陽都縣, 지금의 산동
　성 기수현沂水縣) 사람. 자는 공명, 시호는 충무(忠武).
2) 계로(季路)의 용맹: 『논어』「공야장公冶長」에 나온다. "공자께서 말씀하셨다. '도가 행해지지
　않는구나. 떼를 타고 바다로 나간다면 나를 따를 사람은 자로일 것이다.' 자로가 듣고 기뻐하
　자 공자께서 말씀하셨다. '유는 용맹을 좋아함이 나보다 지나치지만 사리를 헤아려 하는 바가
　없다'(子曰: '道不行, 乘桴浮于海, 從我者, 其由與!' 子路聞之喜. 子曰: '由也好勇過我, 無所取材')."
3) 염구(冉求)의 재예와 자공(子貢)의 변설: 『논어』「선진先進」에 나온다. "덕행에 안연·민자건·
　염백우·중궁이요, 말재주에 재아·자공이요, 실무에 염유·계로요, 문학에 자유·자하이다(德
　行, 顔淵·閔子騫·冉伯牛·仲弓. 言語, 宰我·子貢. 政事, 冉有·季路. 文學, 子游·子夏)."
4) 중궁(仲弓)의 천자가 될 만한 덕: 『논어』「옹야雍也」에 나온다. "공자께서 말씀하시기를, '중궁
　은 천자의 자리에 앉을 만하다'라고 했다(子曰: '雍也, 可使南面')."
5) 유현덕이~맡은 것: 제갈량의 「출사표」에 나온다. "선제께서 저를 비천하다 여기지 않으시고

는 자세"[6]와 증자가 "큰 절개를 지킬 일을 만나 그 절개를 빼앗을 수 없다"고 말한 것[7]을 또 어떻게 이보다 더하다고 하겠는가? 유학자의 도가 여기에 이르렀다면 성인成人[8]이라고 할 만하지 않겠는가?

지금 공자의 사당대성전에 배향配享. 주된 신주 옆에 학덕 있는 사람의 신주를 모심되는 사람 중 산동의 학구學究[9]와 문사나 일삼는 소인들[10]은 모두 들어갔는

외람되게도 스스로 몸을 낮추시어 세 번이나 신을 초옥 안으로 찾으시고 신에게 당세의 일을 물으시니, 이로 말미암아 감격하여 마침내 선제께 힘써 일할 것을 허락하였습니다. 그 뒤에 국운이 기울어짐을 만나 패군(敗軍)의 때에 임무를 받고 위급한 때에 명령을 받은 것이 그 이래로 21년이 됩니다. 선제께서 제가 삼가고 신중한지 아시고 붕어하실 때에 큰 일을 맡기셨으니 명을 받은 뒤로 아침저녁으로 걱정하고 한탄하며 부탁하신 일을 이루지 못해 선제께서 저를 알아보셨던 그 총명을 해칠까 염려했습니다(先帝不以臣卑鄙, 猥自枉屈, 顧臣於草廬之中, 諮臣以當世之事. 由是感激, 遂許先帝以驅馳. 後値傾覆, 受任於敗軍之際, 奉命於危難之間, 爾來二十有一年. 先帝知臣謹愼, 故臨崩寄臣以大事也. 受命以來, 夙夜憂嘆, 恐託付不效, 以傷先帝之明)."

6) 안연이~은거하는 자세: 『논어』「술이述而」에 나온다. "공자께서 안연에게 말씀하셨다. '쓰이면 도를 행하고 버려지면 도를 숨기는 것은 오직 나와 그대만이 할 수 있을 것이다.' 자로가 말했다. '선생님께서 삼군을 다스리신다면 누구와 함께하시겠습니까?' 공자께서 대답하셨다. '맨손으로 호랑이를 때려잡고 황하를 건너다가 죽더라도 뉘우침이 없는 사람과는 함께하지 않을 것이다. 반드시 일에 처하여 두려워하고 도모하기를 좋아해 이루어내는 자와 함께할 것이다'(子謂顏淵曰: '用之則行, 舍之則藏, 惟我與爾有是夫!' 子路曰: '子行三軍, 則誰與?' 子曰: '暴虎馮河, 死而無悔者, 吾不與也. 必也臨事而懼, 好謀而成者也')."

7) 증자가~말한 것: 『논어』「태백泰伯」에 나온다. "증자께서 말씀하셨다. '아버지를 여읜 어린 군주를 맡길 수 있고, 100리 밖에 있는 외교사절의 명령을 부탁할 수 있으며, 큰 절개를 지켜야 될 일에 처해 그 절개를 빼앗을 수 없다면 군자인가? 군자일 것이다'(曾子曰: '可以託六尺之孤, 可以寄百里之命, 臨大節而不可奪也, 君子人與? 君子人也')."

8) 성인(成人): 『논어』「헌문憲問」에 나온다. "자로가 성인에 대해 묻자 공자께서 대답하셨다. '장무중(臧武仲)의 지혜, 공작(公綽)의 욕심내지 않음, 변장자(卞莊子)의 용맹, 염구의 재주에다 예악으로 수식한다면 또한 성인이라 할 만하다.' 공자께서 잠시 있다가 다시 말씀하셨다. '지금의 성인이라는 것이 어찌 꼭 이럴 필요가 있겠는가? 이익을 보면 의를 생각하고 위태로움을 보면 목숨 바치고 오래된 약속 중에서 평소 평범하게 내뱉은 말을 지킬 것을 잊지 않는다면 또한 성인이라 할 만하다(子路問成人. 子曰: '若臧武仲之知, 公綽之不欲, 卞莊子之勇, 冉求之藝, 文之以禮樂, 亦可以爲成人矣.' 曰: '今之成人者何必然? 見利思義, 見危授命, 久要不忘平生之言, 亦可以爲成人矣')."

9) 학구(學究): 당나라 때 과거(科擧) 과목의 하나인 명경(明經) 중 학구일경(學究一經)이 있어서 그 과(科)에 응시한 자를 말한다. 전(轉)하여 서생(書生), 학생을 가리킨다. 흔히 오활한 학자, 얼치기 학자를 가리키는 뜻으로 쓰인다.

10) 문사나 일삼는 소인들: 원문은 추생(鯫生). 소견이 좁은 사람. 자기의 겸칭으로도 쓴다.

데도 제갈공명의 경우에는 거론하는 이가 있는 것을 듣지 못했으니 참으로 무슨 말을 하고 있는지 모르겠다. 육예六藝. 고대 중국 교육의 여섯 가지 과목. 육경六經가 교과로 설치된 이유는 인륜을 밝히고자 해서일 뿐인데 지금 한 가지 예藝를 공부한 사람은 성인聖人의 무리라고 말하고 천하에 의리를 밝힌 제갈공명 같은 사람은 반대로 버려두다니 이것은 비단 당나라 사람들이 한때 저지른 실책이 아니다. 참으로 후세의 학술이 인륜에 입각해서 교과를 설치하지 않고 오로지 지해知解11)를 종지宗旨. 주장된 요지로 삼았기 때문이다. 그래서 이로부터 인습因襲을 되물림하고 따르면서 그 잘못된 것을 깨닫지 못하고 있는 것이다.

孔明之學, 造詣所極, 雖不可考, 以其見之行事者論之, 則季路之勇, 冉求之藝, 子貢之辯, 仲弓之可使南面, 固已兼之. 而若其答三顧而任付12)托, 則顔子之用舍行藏, 曾氏之臨大節不可奪, 又何加焉? 儒者之道至此, 可不謂之成人哉?

今之從享13)聖廟者, 山東學究, 章句鯫生, 擧得與焉, 而至於孔明, 則未聞有擧論者, 誠不知其何說. 大抵六藝之設教, 只14)欲明人倫而已. 今以人之有功於一藝, 謂之聖人之徒, 而明大義於天下如孔明者, 反遺焉, 此非獨唐人一時之失, 良以後世學術, 不以人倫設教, 而專以智解爲宗旨, 故於此仍循, 不覺其非也.

---

11) 지해(知解): 불교용어로, 지금까지 머릿속에 간직해온 온갖 지식과 분별심. 여기서는 한 가지 기예나 한 지경에 치우친 공부방법과 그러한 학자들을 존중하는 세태에 대한 비판적인 용어로 쓰였다.
12) [교감] 付: 고려대본은 '附'로 되어 있다. 통문관본과 연민문고본을 따른다.
13) [교감] 享: 고려대본은 '亨'으로 되어 있다. 오자이다. 통문관본과 연민문고본을 따른다.
14) [교감] 只: 고려대본은 '其'로 되어 있다. 통문관본과 연민문고본을 따른다.

평설

　서포는 유학자의 덕목으로 실천을 매우 중시했다. 그리고 그 기준에 입각해서 제갈량은 공자의 사당에 배향할 만하다고 했다. 심지어 서포는 공자의 사당인 대성전에 배향된 인물 가운데는 산동의 학구, 문사나 일삼는 소인, 한 가지 예를 공부한 사람도 있다고 지적했다. 언설이 매우 과격하다. 그만큼 행사, 곧 실천을 중시하는 관점을 직접적으로 드러냈다고 할 수 있다.

제갈공명의 덕행 재론

상-96

　제갈공명과 장량[1]을 낙민[2]의 여러 큰 유학자들과 비교하는 것은 이윤[3]과 여망[4]을 안연[5]과 맹자에 비교하는 것과 같다. 하·은·주 삼대

---

1) 장량(張良, ?~BC 168): 자는 자방(子房), 시호는 문성공(文成公).

2) 낙민(洛閩): 정주학(程朱學)을 낙민학(洛閩學)이라고도 한다. 정호(程顥)·정이(程頤)는 낙양(洛陽) 사람이고, 주회는 건양(建陽), 즉 민(閩) 땅에서 학문을 강론해서 생긴 말이다.

3) 이윤(伊尹): 이름은 아형(阿衡). 그는 일찍이 탕(湯)의 인물됨을 알아보고 탕을 만나고자 했으나 여의치 않자 유신씨(有莘氏)의 잉신(媵臣)으로 들어가 유신씨의 딸이 탕에게 시집갈 때 솥을 지고 탕에게 갔다. 그는 음식 맛을 예로 들면서 정치 이야기를 비유해 탕에게 왕도를 실행하도록 했다. 혹은 이윤은 본래 처사였는데 탕이 여러 번 그를 초빙하고자 했으나, 다섯 번이나 거절한 뒤에야 비로소 탕에게 가서 그의 신하가 되어 소왕(素王, 왕자王者는 아니나 왕자의 덕을 갖춘 사람)과 구주(九主, 법군法君 등 아홉 부류의 군주 또는 삼황오제, 하나라 우왕, 또는 아홉 황제)에 대해 이야기했다고 한다. 탕은 이윤을 등용해 국정을 담당하게 하고 마침내 하나라 정벌에 성공, 전국을 평정했다. 탕의 장손인 태갑(太甲)이 천자의 자리에 오른 후 포학한 정치를 일삼자, 이윤은 그를 동궁(桐宮)으로 내쫓고 3년 동안 섭정했다. 태갑이 자신의 과오를 회개하고 수양에 힘쓰자, 3년 후 이윤은 그를 다시 모셔와 천자의 자리에 오르게 했다. 옥정제(沃丁帝) 때 죽었는데 후세 사람들은 그의 높은 인품을 기려 성인으로 추앙했다. 사마천의 『사기』 권3 「은본기殷本紀」에 나온다.

4) 여망(呂望): 본명은 강상(姜尙). 그의 선조가 여(呂)나라에 봉해졌으므로 여상(呂尙)이라 불렸고, 속칭 강태공으로 알려져 있다.

이하에서 성인의 온전한 체용體用을 얻은 사람으로는 아마 제갈공명 같은 사람이 없을 것이다. 그의 「출사표」[6)의 문장에 나타난 기상은 전국시대나 양한兩漢의 제가諸家들과는 매우 다르다. 마음이 움직인 적도 없고 기氣의 도움을 빌리지도 않았다.[7) 적을 토벌하고 한나라 황실을 부흥하는 일을 보기를 마치 농부가 논밭을 갈거나 효자가 어버이를 봉양하듯 했으니, 그가 깊이 수양한 사실을 여기서 볼 수 있다. 진실로 성인과 그리 멀리 떨어지지 않았다. 가령 맹자로 하여금 이런 일을 하게 했더라면 허다히 위협적인 기상이 없지 않았을 것이다.

일찍이 삼대 이후에 제왕으로 성학聖學, 성인이 진술한 학문인 유학에서 얻음이 있는 자는 오직 한나라 소열후[8) 한 사람뿐이라고 여겼다. 그가 유장劉璋을 기습해 탈취한 것[9)은 학력學力이 지극하지 못해 득실得失 때문에 동요된 것이라는 사실을 면할 수 없다. 이는 정녕 은나라 탕왕과 주나라 무왕에게 미치지 못한다. 하지만 그가 자식을 경계하고 어린 임금을 부탁한 몇 마디 말[10)은 진실로 진한秦漢 이후의 여러 임금이 미칠 수

---

5) 안연(顏淵): 안회(顏回, BC 521~BC 490).
6) 「출사표出師表」: 위(魏)나라와의 싸움에 출진(出陣)할 때, 촉제(蜀帝) 유선에게 올린 글로서, 북벌을 일으킨 경위를 밝히고 천자로서 지녀야 할 도리를 적었다. 국가의 장래를 우려한 전문(全文)은 제갈량의 진정(眞情)을 토로한 절열적인 고금의 명문이다. 전후 두 편이 있으며, 『삼국지三國志』「제갈량전諸葛亮傳」·『문선文選』 등에 수록되어 있다.
7) 마음이~빌리지도 않았다: 동심(動心, 마음이 움직임)과 차기(借氣, 기의 도움을 빌림)는 『맹자』에 나온 말로 인성(人性)의 발동(發動)에서 나타나는 상태를 가리키는 말이다. 여기에서 "마음이 움직인 적도 없고 기의 도움을 빌리지도 않았다"는 것은 부동심(不動心)이나 호연지기(浩然之氣) 같은 것을 말한다.
8) 소열후(昭烈侯): 유비(劉備, 161~223). 자는 현덕(玄德). 시호는 소열제(昭烈帝).
9) 유장(劉璋)을 기습해 탈취한 것: 유장은 후한 익주목사(益州牧使)인데, 유언(劉焉)의 아들이다. 성격이 나약했다. 촉 땅을 차지하고 있었는데 장로(張魯)의 침입을 받자 장송(張松)의 말을 따라 종친이기도 한 유비를 맞아들였다가 유비에게 공격당했다. 병사들과 장수들이 저항하고자 했으나 백성을 걱정해 항복했다. 『삼국지』「촉서蜀書·유장전劉璋傳」에 나온다.
10) 자식을 경계하고~몇 마디 말: 유비가 죽을 때 아들 유선에게는 제갈량을 아버지처럼 섬기라 하고, 제갈량에게는 아들을 부탁하되 그가 황제의 재목이 될 만하면 잘 보필하고 그렇지 않으면 제위를 빼앗아 취하라 했다. 『삼국지』「제갈량전」에 나온다.

있는 것이 아니다. 이같이 할 수 있었던 까닭은 본래 영특한 자질을 지니고서 일찍이 유학자의 문하에서 공부했기 때문이니, 그 배운 바를 헤아리건대 이미 옛날 은나라 왕 무정이 신하인 감반에게 배웠던 것[11]의 아래에 있지 않았다. 중년에 제갈공명을 얻어 '물과 물고기의 관계'[12]를 맺어, 제갈공명이 아침저녁으로 임금을 선도善道한 것[13]이 반드시 군사와 국가의 정책을 논하는 데 그치지는 않았을 것인데, 그 말이 후세에 전해지지 못한 것이 안타깝다.

무릇 유선[14]이 용렬庸劣했지만, 마침내 제갈공명이 살아 있던 10여 년간 털끝만 한 잘못을 저지르지 않았고, 이웃 적국의 신하들로 하여금 제갈공명의 덕을 끝없이 칭송하도록 했으며, 조비[15]·손권[16]·조예[17]·사마의[18]의 간사함으로도 감히 이간할 계책을 내지 못했다. 제갈공명을 이윤에게 비교한다면 느긋함이 그보다 뛰어났고,[19] 주공이 만난 불

<hr />

11) 감반(甘盤)에게 배웠던 것: 감반은 상(商, 은나라)의 어진 신하. 은나라 왕 무정(武丁)의 스승으로, 무정이 즉위한 후 재상이 되었다. 『서경』「상서·열명說命」에 "옛날 감반에게 배웠다(台小子舊學于甘盤)"는 글이 있다.

12) 물과 물고기의 관계: 어수계(魚水契), 어수지교(魚水之交). 또는 수어지교(水魚之交). 고기가 물을 떠나서는 살 수 없는 관계를 비유한 말. 『삼국지』「제갈량전」을 보면, 유비와 제갈량의 사이가 날이 갈수록 친밀해지는 것을 관우와 장비가 불평하자, 유비가 그들을 불러 "나에게 공명이 있다는 것은 고기가 물을 만난 것과 마찬가지다. 다시는 불평하지 말게(孤之有孔明, 猶魚之有水也. 願諸君勿復言)"라고 타일러, 관우와 장비는 다시는 불평하지 않았다고 한다.

13) 제갈공명이~선도(善道)한 것: 원문은 계옥(啓沃). 나의 마음을 열어 임금의 마음에 부어넣는다는 말로, 곧 선도를 개진해 임금에게 고함을 말한다. 『서경』「상서·열명說命」에 나오는 말이다.

14) 유선(劉禪, 207~271): 유비의 아들로 촉한(蜀漢)의 후주(後主).

15) 조비(曹丕, 187~226): 조조(曹操)의 둘째아들. 자는 자환(子桓), 시호는 문제(文帝).

16) 손권(孫權, 182~252): 시호는 대황제(大皇帝), 손견(孫堅)의 둘째아들. 200년에 형 손책(孫策)이 죽자 그 뒤를 이어 주유(周瑜) 등의 보좌를 받아 강남(江南)의 경영에 힘썼다.

17) 조예(曹睿): 명제(明帝, 205~239). 자는 원중(元仲). 문제(文帝)의 태자.

18) 사마의(司馬懿, 179~251): 하내군(河內郡) 온현(溫縣) 사람. 자는 중달(仲達).

19) 제갈공명을~그보다 뛰어났고: 은나라 탕의 장손인 태갑이 제위에 오른 후 포학한 정치를 일삼자, 이윤은 그를 동궁으로 내쫓고 3년 동안 섭정했다. 이와 달리 제갈량은 촉의 후주 유선이 황제의 재목이 아님에도 불구하고 끝까지 충성을 바쳐 그를 보좌했다.

행의 경우에는 진실로 덕을 부끄러워함이 없지 않다.[20] 만약 촉당蜀黨과 삭당朔黨이 갈리고[21] 절동의 감문과 비평[22]이 일어났을 때 제갈공명이 있었다면, 그는 공평정대해 평소에 사람을 감복시킬 수 있는 마음을 가지고 있었으므로, 반드시 그처럼 분란에 이르지는 않았을 것이다.

以孔明·子房比之洛·閩諸大儒, 則其猶伊·呂之於顔·孟乎! 三代以下, 得聖人體用之全, 疑無如孔明者. 其「出師」文字氣像, 逈異於戰國兩[23]漢諸家, 旣無所動心, 亦不借助於氣. 其視討賊復漢, 如農夫之把犁, 孝子之養親, 所養之深厚, 於此可見, 誠恐去聖不遠. 如使孟子爲此, 恐不無許多凌厲氣象[24]也.

嘗謂[25]三代後, 帝王之有得於聖學者, 唯漢昭烈一人. 若其襲取劉璋, 學力未至, 不免爲得失所動, 此固不及湯·武處, 而觀其誡子托孤數語, 誠非秦漢以下諸君所能及. 所以能如此者, 本以英睿之姿[26], 早遊於儒者之門, 諒

20) 주공(周公)이 만난~없지 않다: 주나라 무왕(武王)이 죽은 후 성왕이 제위에 올랐으나 아직 어려 주공이 섭정했다. 이를 두고 관숙을 비롯한 그의 아우들이 "주공은 성왕에게 이롭지 못할 것"이라는 유언비어를 퍼뜨렸으나 주공은 이에 개의치 않고 주나라를 안정시키기 위해 노력했다. 『사기』 권33 「노주공세가魯周公世家」 참조.
21) 촉당(蜀黨)과 삭당(朔黨)이 갈리고: 송나라 철종(哲宗) 때에 낙당(洛黨)·촉당·삭당으로 학파가 서로 갈렸다. 낙당은 정자(程子), 촉당은 소식(蘇軾), 삭당은 여도(呂陶)를 중심으로 하여 서로 헐뜯고 반목했다. 왕응린(王應麟)의 『소학감주小學紺珠』 명신(名臣) · 하 「원우삼당元祐三黨」 참조.
22) 절동(浙東)의 감문과 비평: 주희와 당중우(唐仲友) 사이에 오해로 인해 일어났던 사건. 『송사宋史』 권396 「왕회열전王淮列傳」에 기록이 있다. 처음에 주희가 절동제거(浙東提擧)가 되어 태주지사 당중우를 감문(勘問, 죄를 조사함)했다. 왕회는 평소 당중우와 친했으므로 주희를 좋아하지 않았다. 마침내 진가(陳賈)를 발탁해 감찰어사를 삼아 그로 하여금 이렇게 상소하게 했다. '근일에 도학이 이름을 빌려서 거짓을 멋대로 행하는 폐단이 있으니, 청컨대 조칙을 내려 통렬하게 혁파하소서.' 정병(鄭丙)이 이부상서로 있으면서 그와 함께 힘껏 도학을 공격했다. 그 뒤 경원(慶元) 연간의 위학(僞學) 금지령이 여기에서 시작됐다."
23) [교감] 兩: 고려대본은 '而'로 되어 있다. 오자이다. 통문관본과 연민문고본을 따른다.
24) [교감] 象: 고려대본은 '像'으로 되어 있다. 통문관본과 연민문고본을 따른다.
25) [교감] 謂: 통문관본은 '爲'로 되어 있다. 고려대본과 연민문고본을 따른다.
26) [교감] 姿: 통문관본은 '才'로 되어 있다. 고려대본과 연민문고본을 따른다.

其所學, 已不在舊學甘盤之下矣. 中年得孔明而托魚水之[27]契, 其所朝夕啓沃, 必不止於軍國謀猷, 而惜其言不得傳後也.

夫以劉禪之闇劣, 終孔明之身十餘年間, 無有纖毫過擧, 使隣敵之臣誦德無窮, 而丕·權·叡·懿之奸, 不敢萌流言之計. 方之伊尹, 從容過之, 而若周公所遭之不幸, 誠不無慙德也. 如使孔明當蜀朔之岐, 浙東之勸, 則其公平正大, 素有以服人之心, 必不至如許紛紜也.

평설

서포는 제갈량을 유교 사상을 체현한 인물로 존중했다. 우선 제갈량은 유비와의 관계에서 진정한 군신관계를 구현했다. 죽음에 임박해 제갈량이 제위에 오르는 것을 인정한 유비나, 생전에 부족한 유선이 조금의 착오 없이 나라를 다스릴 수 있도록 보필한 제갈량이나 모두 촉한의 장래를 우려했다. 제갈량이 손권을 거절하고 유비를 택한 것은 유비의 '삼고三顧'를 통해 유비가 군주로서 신하를 올바로 대우한 것임을 알았기 때문이었다. 제갈량은 유비의 유언에도 불구하고, 유선이 제위에 있을 만한 재목이 아님에도 불구하고, 위세를 떨치던 조비보다 더 뛰어난 능력이 있음에도 불구하고 촉한의 신하로서 충성을 다했다. 서포는 유비와 제갈량이 맺은 것과 같은 '수어지교水魚之交, 물과 물고기의 관계처럼 아주 친밀해 떨어질 수 없는 사이'를 소망했던 듯하다.

27) [교감] 之: 통문관본은 이 한 글자가 없다. 고려대본과 연민문고본을 따른다.

남송 명종의 즉위와 조여우·주자의 공로

　당나라 무종[1]은 태자 성미成美와 그의 형 용溶을 죽이고, 차례를 넘어 환관의 손에 의해 옹립되었다. 그는 이처럼 부정하게 나라를 차지했지만, 어진 재상을 임용하고 강한 번진藩鎭, 절도사의 군진을 평정하며 위엄이 있는 명으로 천하를 다스려 백성들이 마음으로부터 복종하지 않은 자가 없었다. 대체로 당나라는 나라를 세운 의리가 분명하지 않았다. 하지만 나라의 체통을 아주 존중했다.

　송나라는 이와 반대다. 제왕濟王 횡竑[2]은 태자의 자리에 있지도 않았고 또 이종[3]의 형도 아니었다. 영종[4]이 죽은 후 유명遺命, 군주가 임종할 때 하는 분

---

1) 무종(武宗): 본명은 이염(李炎, 814~846). 당나라 제15대 황제. 목종(穆宗)의 다섯째 아들이며 문종(文宗)의 동생으로, 어머니는 선의황후(宣懿皇后) 위씨(韋氏)이다.

2) 제왕(濟王) 횡(竑): 기왕(沂王) 조병(趙柄)의 아들. 이름은 귀화(貴和)이며, 가정(嘉定) 14년 (1221) 6월에 태자가 된 후, 이름을 횡으로 바꾸었다.

3) 이종(理宗): 본명은 조여거(趙與莒, 1205~1264). 『송사』 권41 「본기本紀·이종」에 본명은 조윤(趙昀), 태조의 10대손, 남송의 제5대 황제라고 나온다.

4) 영종(寧宗): 본명은 조확(趙擴, 1168~1224). 남송의 제4대 황제이다.

부이 없어서 이종이 모후母后의 명으로 즉위한 것이 무슨 잘못이겠는가? 제왕 횡은 호남의 반란군들에게 위협당했을 때, 처음 황제가 입는 황포를 억지로 입고 병사들 앞에서 맹세하였으나 그 반란군의 병력이 취약함을 알고는 요행을 바라기 어렵게 되자, 계획을 바꾸어 반란군을 토벌했다.[5] 하지만 결국 의심을 사 죽임을 당했으니, 그의 죽음은 비록 가엾다 하겠지만 어찌 보전할 길이 있었겠는가? 한때 선비들이 이것을 핑계 삼아 마치 송나라 황실이 쇠약해지고 몽고의 침략을 받게 된 이유가 여기에 있다고 간주하기까지 하는데 이것은 정말 가소로운 일이다.

확실히 영종이 천하의 대권을 선양禪讓받을 때는 처신하기가 무척 어려웠을 터인데, 그 어려움은 이제까지의 어떤 역사책에도 없었던 일이다. 따라서 조여우[6]의 공은 마땅히 박소[7]·육가[8]·양상[9]의 위에 있어야 할 것이다. 그러나 쇠약해져가는 송나라의 인심과 풍속은 한나라와 당나라처럼 순후하고 소박하지는 못했다. 당시에 만약 회암晦菴선생주희

---

5) 제왕 횡은~반란군을 토벌했다: 보경(寶慶) 원년(1225) 정월에 호남(湖南) 백성 반임(潘壬)과 반병(潘丙) 형제가 산동(山東) 충의군(忠義軍) 수령 이전(李全)에게 밀함(密函)을 보내 반란을 일으키자고 했다. 이전은 병사를 보내주겠다고 했지만, 약속한 시간에 병사를 보내지 않았다. 반씨 형제는 비밀이 탄로날까봐 호남 어민(漁民) 100여 명을 모아 제왕부(濟王府)에 들어가 억지로 조횡에게 황포(黃袍, 누른빛의 곤룡포)를 입혔다. 이 사건을 '호주지변(湖洲之變)' 혹은 '제왕지변(濟王之變)'이라고 한다. 다음날 조횡은 어민 100여 명과 와서 황포를 입혀주었다는 것을 알고, 황제가 될 수 없다는 사실을 깨달아 오히려 조윤에게 고해 어민을 토벌하게 했다. 그러나 이 사건 때문에 조윤과 사미원은 조횡에 대한 두려움이 더 커져 마침내 그를 죽였다.

6) 조여우(趙汝愚, 1140~1196): 자는 자직(子直). 1126년 과거에 급제하고, 효종(孝宗) 때 이부 상서가 되었다가 영종을 옹립하는 데 공을 세워 우승상(右丞相)이 되었다.

7) 박소(博昭): 서한(西漢) 황실의 외척으로서 왕위의 보존에 공을 세웠다.

8) 육가(陸賈, BC 240~BC 170): 서한(西漢) 초기의 정치가·문학가. 고조(高祖)를 보좌해 천하를 평정하는 데 공을 세웠다.

9) 양상(梁商): 동한 순제(順帝)의 외척. 135년에 군국대장군(軍國大將軍)을 역임했다. 동한(東漢)의 삼공(三公) 중 양진(楊震)과 이고(李固)보다 나은 자가 없다고 일컬어지는데, 등즐(鄧騭)과 양상의 천거로 관로(官路, 벼슬길)에 진출했다는 점에서 사람들이 하자로 여겼다고 한다.

이 없었다면 조여우가 또한 어찌 이를 감당해 진정시킬 수 있었겠는가? 회암선생 같은 분은 몸이 시골의 궁벽한 땅에 있되 나라의 구정과 대려[10]를 떠받치는 데 기여했으니, 백이伯夷의 청렴한 성품을 지니면서 이윤伊尹의 책임을 떠맡은 분이었다. 성인聖人 가운데 시의적절하게 중용을 지킨 공자와 가깝다 하지 않겠는가? 어질고 현명한 분으로서 백성과 나라에 유익함이 이와 같은데도, 임금된 자가 반드시 그를 죽이려 한 것은 무슨 뜻이었을까?

唐武宗殺太子成美及其兄溶, 越次而立於宦官之手. 得國之不正如此, 而任用賢相, 削平强藩, 威令行於天下, 未聞人心不服也. 盖唐之立國義理, 不甚分明, 而國體頗尊重.

宋則反是. 濟王竑, 不在儲貳之位, 亦非理宗之兄, 寧宗之崩, 未有遺命, 理宗之立, 受命母后, 授受之際, 有何可疵乎? 竑之被脅於群盜也, 初旣着黃誓師, 及見兵力撓弱, 難望僥倖, 乃復改圖. 其死雖曰可矜, 亦豈有保全之道乎? 一時士類, 得此而爲藉口之資, 有若宋室之削弱, 蒙古之侵凌, 坐此者然, 良可嘆也!

光寧之禪受天下之大權, 其處之之難, 載籍所未有. 趙子直之功, 當在博·陸·梁公之上, 以衰宋人心風俗, 非如漢唐淳質也. 當時若無晦菴夫子, 則子直亦何能擔當而鎭定之? 若夫子者, 身處衡茅之下, 國賴鼎呂之重, 以伯夷之淸, 而辨伊尹之任者也. 不幾於聖人之時乎? 仁賢之有益於人國家如此, 而爲人君者, 必欲戕殺之, 何意也?

10) 구정(九鼎)과 대려(大呂): 원문은 정려(鼎呂). 구정은 하나라 우임금이 주조한 솥으로, 하·은·주 삼대에 걸쳐 전한 보기(寶器)이다. 대려는 주나라 종묘의 큰 종이다. 둘 다 국가의 권위를 상징하는 보기이다.

🌿 평설

서포는 남송의 제4대 황제 조확, 곧 영종이 즉위할 때 조여우의 공이 컸던 사실과, 조여우가 그러한 계책을 낼 수 있었던 데는 주희의 공이 컸다는 사실을 강조했다. 주희는 시골에서 지내면서도 나라의 체통을 세우는 데 공을 세워 시의의 중용을 지킨 공자와 같은 성인에 가깝다고 추앙까지 했다. 서포는 주희의 학문이나 인물평론 등에 편협함이 없지 않다고 비판하면서도 주희가 경세經世, 세상을 다스림의 방면에서 세운 공로를 크게 칭송한 것이다.

공자 이후의 도통^{道統}

상 — 98

선배 유학자들은 "하나의 이치로 모든 것을 꿰뚫는다"¹⁾고 했던 충
서^{忠恕. 충실하고 인정이 많음} 취지를 공자가 증자²⁾에게 전한 도통³⁾의 내용이라

---

1) 하나의 이치로 모든 것을 꿰뚫는다(一以貫之): 『논어』 「이인里仁」에서 공자는 증자에게 자신의
   도가 일이관지임을 밝혔다. "공자가 '증삼아! 나의 도는 하나로 모든 것을 꿰뚫는다'라고 하
   자, 증자는 '네'라고 했다. 공자가 나간 뒤 문인(門人)들이 '무엇을 말씀하신 것입니까'라고 묻
   자, 증자는 '선생님의 도는 충서일 따름이다'라고 말했다(子曰: '參乎! 吾道一以貫之.' 曾子曰:
   '唯.' 子出, 門人問曰: '何謂也?' 曾子曰: '夫子之道, 忠恕而已也')." 이에 대해 정자(程子)는 "성
   인(聖人)이 사람을 가르침에 각기 그 재질을 따르셨다. 우리 도가 일이관지라는 것은 오직 증
   자만이 이것을 통달할 수 있었으니, 공자께서 이 때문에 증자에게 말씀해주신 것이다. 증자가
   문인들에게 말씀하시기를, '부자(夫子)의 도는 충서일 뿐이다' 하셨으니 이 또한 부자께서 증
   자에게 말씀하신 것이다(聖人教人, 各因其才. 吾道一以貫之, 惟曾子爲能達此, 孔子所以告之也. 曾
   子告門人曰: '夫子之道, 忠恕而已矣,' 亦猶夫子之告曾子也)"라고 했다. 증자가 도통의 계승자임
   을 말한 것이다.
2) 증자(曾子): 증삼(曾參, BC 505~BC 436). 자는 자여(子輿). 『논어』 전편을 통해 여러 번 증자
   라고 경칭(敬稱)을 쓰고 있는데, 정이(程頤)는 『논어』가 유약(有若)과 증삼의 문인들에 의해
   이루어졌기 때문에 이 두 사람에게 자(子)의 칭호를 붙여주고 있다고 주장했다.
3) 도통(道統): 성인의 도가 전수되어온 맥(脈). 송나라 이원강(李元綱)의 「성문사업도聖門事業
   圖」에 처음 나온다.

고 보았다. 그리고 상채 사양좌[4]는 "자공[5]이 그 도통의 전수에 낄 수 없었던 이유에 대해, 증자와 달리 자공은 금방 '예!'라고 답할 수 없었기 때문이다"라고 했다.[6] 이것은 아마 그렇지 않은 듯하다.

자공의 '아닌가요'라는 일전어[7]는 공자의 말이 있기 전에 이미 알아차려서 한 것이지, 어찌 듣고 난 후 도리어 멍하게 대답할 바를 알지 못해 그렇게 말했겠는가? 무릇 스승과 제자 간에 말을 주고받을 때는 모두 '유唯'라든가 '낙諾'이라든가 하는 식으로 고분고분 대답하는 말이 있기 마련이다. 그러나 기록하는 자가 실어둘 필요가 없다고 여겼기 때문에 모두 그때그때 생략한 것이다. 유독 증자의 경우에만 생략하지 않은 것은, 부자夫子가 나가고 문인들이 문답하는 말이 그 아래에 있으므로 문장의 흐름상 부득이 그렇게 하지 않을 수 없었다.

만약 반드시 '예!'라고 답한 것을 귀하다고 보아야 한다면, 안연이 나라 다스리는 법을 물어 공자가 가르쳐주었을 때[8] 어찌 안연이 흐리

---

4) 사양좌(謝良佐, 1050~1103): 북송의 유학자. 자는 현도(顯道), 호는 상채(上蔡).

5) 자공(子貢, BC 520~BC 456): 성은 단목(端木), 이름은 사(賜)이다.

6) 상채 사양좌는~ 했다: 『논어』 「위영공衛靈公」에 대한 『논어집주』를 보면 사양좌의 설 다음에 윤돈(尹焞)의 주(註)를 실어두었다. 윤돈은 배움에 대한 증자와 자공의 깊고 얕음을 논해 이렇게 말했다. "공자께서 증자에 대해서는 그가 질문하기를 기다리지 않고 바로 이것(一以貫之)으로써 말씀하셨는데 증자는 다시 이것을 깊이 깨닫고는 '예' 하고 대답하셨다. 그런데 자공으로 말하면 먼저 의문을 유발한 뒤 말씀해주셨는데도 자공은 끝내 증자처럼 '예' 하고 대답하지 못했으니, 두 사람의 배움의 깊고 얕음을 여기에서 볼 수 있다(孔子之於曾子, 不待其問而直告之以此, 曾子復深喩之曰唯. 若子貢則先發其疑而後告之, 而子貢終亦不能如曾子之喩也. 二子所學之淺深, 於此可見)." 주희 또한 "부자(夫子)가 자공에 대해서는 여러 번 말씀해주셨으나 다른 사람은 여기에 참여하지 못했으니, 그렇다면 안자·증자 이하 여러 제자들이 배운 바의 깊고 얕음 또한 볼 수 있다(夫子之於子貢, 屢有以發之, 而他人不與焉, 則顏曾以下諸子, 所學之淺深, 又可見矣)"라고 부연했다.

7) 자공의~일전어(一轉語): 『논어』 「위영공」에 나온다. "공자가 '사(賜)야, 너는 내가 많이 공부해서 지식이 많다고 여기느냐?' 하고 묻자, 자공은 '그렇습니다. 그렇지 않습니까'라고 대답했다. 공자는 '아니다. 나는 하나를 가지고 꿴다'라고 말했다(子曰: '賜也, 女以予爲多學而識之者與?' 對曰: '然. 非與?' 曰: '非也. 予一以貫之')." 서포는 '아닌가요'를 뜻하는 '비여(非與)'의 '여(與)'를 '여(歟)'로 적었다. 일전어는 일단 수긍한 뒤 반문하는 말.

멍덩해서 못 알아들은 일[9]이 있었기에[10] '예!'라고 대답했다는 글자가 없단 말인가? 그리고 「우서虞書」[11]에서 순임금이 우禹에게 '정일精一'[12]에 대해 풀이했을 때 어디 일찍이 우가 '예!'라고 대답했다는 글자가 있었는가? 사양좌의 이런 말은 자칫 『전등록』[13] 속의 기관機關[14]과 유사하다. 그러나 우리 유학의 서적에는 그런 것이 없었다.

『효경』[15]에는 "아버지를 섬기는 것에서 바탕을 취해 임금을 섬기므

---

8) 안연(顔淵)이~가르쳐주었을 때: 『논어』「위영공」에 안연이 나라 다스리는 법을 묻는 대목이 있다. "안연이 나라 다스리는 법을 물었다. 공자는 이렇게 대답했다. '하(夏)나라의 책력을 행하며, 은(殷)나라의 수레를 타고, 주(周)나라의 면류관을 쓰며, 음악은 소무(韶舞)를 할 것이요, 정(鄭)나라의 음악을 추방하며, 말재주 있는 사람을 멀리해야 하니, 정나라 음악은 음탕하고 말 잘하는 사람은 위태롭다(顔淵問爲邦. 子曰: '行夏之時, 乘殷之輅, 服周之冕, 樂則韶舞, 放鄭聲, 遠佞人, 鄭聲淫, 佞人殆')." 이에 대해 정이는 "정사(政事)를 물은 것이 많으나 오직 안연에게 이로써 말씀해주셨다(問政, 多矣. 惟顔淵告之以此)"라고 했다.

9) 흐리멍덩해서 못 알아들은 일: 원문은 청영(聽瑩). 의심스럽게 여겨 분간하지 못함 또는 그런 생각. 귀로 듣고서도 그 의미를 모르는 것을 비유한 말이다. 『장자』「제물론齊物論」에 나온다.

10) 어찌 안연이~있었기에: 안연의 평소 자세를 염두에 두고 한 말이다. 『논어』「위정爲政」에 나온다. "공자가 말했다. '내가 회(回)와 함께 온종일 이야기할 때는 어리석은 것 같더니, 물러가서 그 사생활을 살펴보면 그대로 행하니 회는 어리석지 않구나(子曰: '吾與回言終日, 不違如愚. 退而省其私, 亦足以發. 回也不愚')."

11) 「우서虞書」: 『상서』「우서」는 본래 유우(有虞)의 사관(史官)이 지었다는 「요전堯典」「순전舜典」 두 편과 하(夏)나라 사관이 군신 간의 말씀과 선정(善政, 바르고 착한 정치)을 기재한 「대우모大禹謨」「고요모皐陶謨」「익직益稷」 세 편으로 이루어져 있다.

12) 정일(精一): 순임금이 우(禹)에게 "인심은 위태롭고 도심은 은미하니, 오로지 정밀하게 하고 한결같게 해야 진실로 그 중도(中道)를 잡을 수 있다(人心惟危, 道心惟微, 惟精惟一, 允執厥中)"라고 한 말이 전한다. 『상서』「우서·대우모」에 나온다. 앞에 나왔다.

13) 『전등록傳燈錄』: 『경덕전등록景德傳燈錄』 30권. 송나라 도원(道原)이 경덕 원년(1004)에 엮었다. 과거칠불(過去七佛)에서 서천이십팔조(西天二十八祖), 그리고 다시 선종의 초조(初祖) 달마(達摩)·제2조 혜가(慧可)·제3조 승찬(僧璨)·제4조 도신(道信)·제5조 홍인(弘忍)·제6조 혜능(慧能) 등 동토육조(東土六祖)를 거쳐 법안 문익(法眼文益, 885~958)의 제자에 이르기까지 불법(佛法)을 계속 이어온 1701명의 행적, 스승과 제자의 인연, 깨달음에 대한 문답, 어록을 집대성한 저술이다.

14) 기관(機關): 교묘한 술수, 방책. 『전등록』에서는 스승과의 일대일 문답을 통해 제자가 깨닫도록 하기 때문에 극히 제한적이며 폐쇄적인 관계를 형성한다.

15) 『효경』: 『효경』은 공자가 지었다는 설, 증자가 지었다는 설, 공자의 70여 제자의 유서(遺書)라는 설, 증자의 문인이 집록(集錄, 여러 서적에서 모아 기록함)했다는 설 등이 있다. 다만 『효경』에 공자와 증자의 이야기가 많이 나온다는 점으로 보아 증자의 문인이 이 책을 썼을 것이라고 추정된다.

로 공경하는 것이 같으며, 아버지를 섬기는 것에서 바탕을 취해 어머니를 섬기므로 사랑하는 것이 같다"[16]고 했다. 이것이 바로 『논어』에서 "하나의 이치로 모든 사물을 꿰뚫는다"라고 이른 바이다. 『효경』은 증자가 공자의 뜻을 받들어 지은 책이거늘, 일관一貫의 도를 어찌 반드시 증자가 말년에야 비로소 들을 수 있었겠는가?[17]

先儒以一貫之旨爲孔·曾道統之傳. 而上蔡謂: "子貢之不得與焉者, 以其不能如曾子之曰唯." 竊恐不然矣.

子貢 '非歟'之一轉, 已會於夫子未言之前, 安有旣聞之後反復朦然不知所對乎? 凡師生授受之際, 皆應有唯諾之辭. 而記者以爲不足錄, 故一切從省. 獨於曾子而不省者, 以其下有夫子出, 門人問答之語, 故文勢不得不然.

若必以曰唯爲貴, 則如顔淵問爲邦之類, 豈皆有所聽瑩, 而『虞書』'精一'之訓, 又何嘗有唯字乎? 謝氏此語, 頗似『傳燈錄』中機關, 吾儒書未之有也.

『孝經』曰: "資於事父以事君而敬同, 以事母而愛同", 此則[18]『論語』所謂 "一以貫之." 亦豈必曾子末[19]年始得聞之耶?

평설

성리학주자학은 도통을 중시한다. 사양좌는 『논어』를 분석해 공자의 적전이 일관의 도를 공자에게서 직접 들은 증자라고 했다. 그리고 증

---

16) 아버지를 섬기는 것에서~사랑하는 것이 같다: 『효경』「사장士章」에 나온다.
17) 증자가 말년에야 비로소 들을 수 있었겠는가: 『사기』「공자세가孔子世家」에 의하면, 공자는 69세 되던 해(애공 11년, BC 484)에 노나라로 돌아와 후학양성에 전념했다고 한다. 그러나 제자 가운데 안연과 자로(子路)가 먼저 운명을 달리했기 때문에, 공자 말년에는 증자와 자공 등이 있었다.
18) [교감] 則: 고려대본은 '卽'으로 되어 있다. 통문관본을 따른다.
19) [교감] 末: 고려대본은 '晩'으로 되어 있다. 통문관본을 따른다.

자가 공자의 적전일 수 있었던 것은 그가 공자의 말씀을 듣고 한마디로 '예!'라고 깨달음의 대답을 할 수 있었던 데서 잘 나타난다고 했다. 서포는 증자가 공자의 적전이라는 것을 부인할 수 없지만 안연이나 자공도 모두 적전이라고 보았다. 서포는 주자학자들에 의해 고착된 도통의 계보를 회의함으로써 권력화된 도통론을 부정한 것이다.

도통이란 말은 송나라 이원강李元綱의 「성문사업도聖門事業圖」에서 처음 나왔다. 또 도통을 중시하는 관념은 이미 『상서』 「홍범洪範」・『논어』 「요왈堯曰」・『중용』 등에 나오고, 도통론의 발상은 맹자에게까지 거슬러 올라가되, 도통론은 당나라 한유韓愈의 「원도原道」에서 형성되었다. 한유는 도를 요堯・순舜・우禹・탕湯・문왕文王・무왕武王・주공周公・공자・맹자가 전수한 것으로 보고, 그 도는 윤집궐중允執厥中하고 백성에게 그 중中을 베푸는 지덕至德이며, 그것이 곧 시중時中의 덕을 지닌 군자의 도임을 밝혔다.

주희는 『논어집주』 서설에서 도통의 개념에 대해 상세히 설명하고, 구체적인 도통에 대해서도 공자 후 증자와 자사 두 사람을 더해 그들부터 맹자까지 이었다. 그리고 주희는 공자의 제자 가운데 안회가 가장 어질었으나 일찍 죽었고 뒤에 오직 증삼이 공자의 도를 전했다고 하면서, 뒤이어 공자의 손자인 자사가 이 증자에게 배웠고 맹자는 자사의 문인에게 수업했다고 덧붙였다. 그리고 맹자의 도통은 다시 북송의 이정二程에게 전해졌다고 보았다. 이러한 도통이 확립됨으로써 공자 이전에 요순까지 거슬러 올라가는 도의 역사성과 불변한 가치가 입증되었으며, 정학正學, 정도를 걷는 학문과 위학僞學, 정도에서 어그러진 학문의 구별이 뚜렷해졌다. 도통의 확립은 성리학 전개의 한 토대가 되었다.

주자의 변론하기를 좋아함
상―99

　진부량[1]은 주자에게 준 서찰[2]에서 "장구章句. 경문의 구와 장을 나누는 일와 훈고訓詁. 어휘의 의미를 주석하는 일는 제생諸生에게나 맡기십시오"라고 권했다. 그리고 또 "주자가 임황중林黃中이나 육자정陸子靜. 육구연에게 변론한 것을 옳지 않다고 여겨, 지나치게 말을 다듬고 너무 자세해 간이簡易함을 많이 해쳤고, 자부심이 너무 심해 도리어 인색하고 교만한 데로 흘렀다"는 등의 말을 했다.

　주자는 문인들에게 말하기를, "다만 내가 너무 지나치게 말을 다듬고 너무 자세하다는 지적은 적절하지 않다. 그 사람의 우물우물함과는 달랐을 뿐이다. 그 사람은 제대로 이해할 수 없었으나, 사람들이 떠받

---

1) 진부량(陳傅良, 1141~1207): 자는 군거(君擧), 호는 지재(止齋). 정자(程子)의 문인. 저서에 『시해고詩解詁』『주례설朱禮說』 등이 있다.
2) 진부량은 주자에게 준 서찰: 『지재집止齋集』 권38 「주원회에게 준 서찰與朱元晦」에 실려 있다. 수록된 서찰은 궐자(闕字, 빠진 글자)가 많아 원문을 상고하기 어렵다. 그러나 『주자어류』에 이 글의 인용처가 모두 나온다. 서포는 『주자어류』를 읽고 이 논편을 작성한 듯하다.

들고 추종하니까, 자기가 모른다고 말하는 것은 싫고 또 말하지 않을
수도 없었기에, 다만 그렇게 골돌^{鶻突, 분명치 못함}하게 되었을 뿐이다"³⁾라
고 했다. 그 말이 화평한 맛을 많이 결여하고 있다.

　선배 유학자가 이르기를, "맹자는 규각^{圭角4)}이 크게 드러났고, 영특
한 기질은 일에 해롭다"⁵⁾고 했다. 그렇지만 맹자는 제자들이 그에게
변론하기를 좋아하는 것^{好辯}에 대해 묻자, "내가 어찌 변론하기를 좋아
하겠는가? 나는 부득이해서 그러는 것이다"⁶⁾라고 대답했다. 어찌 그
리도 질박하고 온융한가!

陳君擧與晦庵書, 勸以"章句訓詁, 付之諸生", 又有"刻劃⁷⁾太精, 頗傷易

---

3) 다만 그렇게~되었을 뿐이다:『주자어류』권123에 나온다. 주희는 진부량의 권고에 대해 맹자
　　가 양주(楊朱)와 묵적(墨翟)을 물리치기 위해 어쩔 수 없이 변론한 것을 예로 들고, 자신 또한
　　그럴 수밖에 없었던 이유를 설명했다.
4) 규각(圭角): 언행에 모가 나서 원만하지 못함을 이르는 말.
5) 맹자는~일에 해롭다:『맹자집주孟子集註』「서설序說」에서 맹자를 평한 정자의 글로 나온다.
　　"맹자에게는 다소 영특한 기질이 있다. 영특한 기질이 있게 되면 규각이 있게 된다. 영특한 기
　　질은 일에 아주 해롭다. 안자(안연)가 혼후(渾厚, 온화하고 인정이 두터움)한 것과는 다르다.
　　안자는 성인에게서 떨어져 있는 것이 머리카락 하나 정도이고, 맹자는 대현(大賢)으로서 아성
　　(亞聖)인 안자 다음이다. 어떤 이가 말하기를, '영특한 기질이 어디에 나타났습니까' 하자.
　　'다만 공자의 말씀과 비교해보더라도 금방 드러난다. 또한 마치 얼음과 수정이 빛이 나지 않
　　는 것은 아니지만, 옥과 비교해보면 옥은 저절로 온윤(溫潤)하고 함축해 있는 기상이 있어 그
　　다지 빛이 나거나 번쩍거리지 않는다'고 대답했다(孟子有些英氣, 才有英氣, 便有圭角, 英氣甚害
　　事, 如顔子便渾厚不同. 顔子去聖人只毫髮間, 孟子大賢, 亞聖之次也. 或曰: '英氣見於甚處.' 曰:
　　'但以孔子之言比之, 便可見. 且如氷與水精, 非不光, 比之玉, 自是有溫潤含蓄氣象, 無許多光耀也')."
6) 내가 어찌~그러는 것이다:『맹자집주』권6「등문공滕文公·하」에 나온다. 맹자는 당시 사람들
　　이 맹자를 호변객(好辯客)이라 부른 것에 대해 양주와 묵적 등의 사설(邪說, 그릇된 설)을 물
　　리치고 우(禹)·주공·공자 등의 사업을 계승하기 위해서는 변론이 부득이하다고 역설했다.
　　"공도자(公都子)가 '외인(外人)이 다 부자(夫子)를 변론하기를 좋아한다고 칭하니 어째서입
　　니까'라고 하자, 맹자는 말했다. '옛날 우(禹)가 홍수를 다스리시매 천하가 안정되었고, 주공
　　이 이적(夷狄)을 평정하고 맹수를 몰아내시매 백성이 편안해졌으며, 공자가『춘추』를 이루시
　　매 난신적자(亂臣賊子)가 두려워했다. 그래서 나 또한 인심을 바로잡아 사설을 종식시키고,
　　피행(詖行)을 막고, 음사(淫辭), 음탕한 말을 내쳐서 삼성(三聖, 노자·공자·안회)을 계승하려
　　는 것이다. 어찌 변론하기를 좋아하겠느냐. 부득이해서 그러는 것이다'라고 했다."
7) [교감] 劃: 고려대본은 '畫'으로 되어 있다. 고자이다. 통문관본을 따른다.

502 | 서포만필

簡, 矜持已甚, 反涉吝驕"等語.

文公語門人曰: "只是某不合說得太分曉, 不似他含糊. 他是理會不得, 而被人擁從, 旣不肯道我不識, 又不得不說, 所以只恁鶻突了." 蓋其辭意頗 欠和平矣.

先儒謂孟子圭角太露, 英氣害事, 而其答公都子好辯之問曰: "予豈好辯 哉! 予不得已也." 何其渾渾也!

평설

『논어』에서 공자는 말했다. "군자는 말은 어눌하게 하고 행동은 민 첩하게 해야 한다君子欲訥於言而敏於行"라고. 그러나 공자를 추존하던 맹자와 주희는 너무 많은 말들을 쏟아냈다. 안연이 '말 못 하는 바보'처럼 묘 사될 정도로 말을 아낀 것과는 대조적이다. 그런데 맹자와 주희를 비 교하면 주희는 더욱 화평한 기상을 잃었다. 정이는 맹자를 평해서 "다 소 영특한 기질이 있다. 영특한 기질이 있으면 규각이 있게 되므로 영 특한 기질은 일에 아주 해롭다"고 했다.

하지만 맹자의 제자 공도자가 바깥 사람의 말을 인용해 맹자에게 변 론하기를 좋아함을 은근히 따지자, 맹자는 "부득이해서 그러는 것이 다"라고 대답했을 따름이다. 그 대답은 매우 질박하며 남을 이기려는 뜻이 없다. 그렇거늘 주희는 진부량으로부터 너무 분명하게 말한다고 비판받자 제자들이 있는 자리에서 "진부량이 우물우물 말하는 것이지, 내가 분명하게 말하지 않은 것은 아니다"라고 상대방을 거꾸로 비난했 다. 주희의 변명은 확실히 화평한 기운이 부족하다. 맹자는 당당했다. 양주와 묵적을 물리치고 공자의 도를 세우기 위해서는 어쩔 수 없었다 는 공적인 이유를 제시했다. 여기서 서포는 주희의 변론하기를 좋아함 과 이김질의 성품을 은근히 비판했다.

불교의 살생 금지와 유교의 인仁

장구성[1]이 살생을 경계해 게를 먹지 않자, 양시[2]는 주공이 이적을 병합하고 맹수를 몰아낸 사실[3]을 들어 타일렀다.[4] 주자는 양시의 말이 적절하지 못하다고 여겨, "포희씨복희씨가 그물을 짰다"[5]는 말과 "군자는 푸줏간을 멀리한다"[6]는 설을 부연했다.[7] 내 생각으로는 이 역시

---

1) 장구성(張九成, 1092~1159): 정이(程頤)의 문인이다. 자는 자소(子昭), 호는 횡포거사(橫浦居士)·무구거사(無垢居士). 장구성과 양시의 논란은 『횡포어록橫浦語錄』에 실려 있다.

2) 양시(楊時, 1053~1135): 송나라 장락(將樂) 사람으로, 자는 중립(中立), 호는 구산(龜山)이다.

3) 주공이~몰아낸 사실: 『맹자』 「등문공·하」에 나온다. "옛날에 우(禹)는 홍수를 다스려서 천하를 평온하게 했고, 주공(周公)은 이적(夷狄)을 병합하고 맹수를 몰아내 백성을 편안하게 했으며, 공자는 『춘추』를 완성해 난신적자(亂臣賊子)가 두려워했다(昔者禹抑洪水而天下平, 周公兼夷狄, 驅猛獸而百姓寧, 孔子成『春秋』而亂臣賊子懼)."

4) 장구성이~타일렀다: 『주자어류』 권101에 요덕명(廖德明)이 기록한 어록에 나온다. 이하 주희가 양시를 비판한 내용도 이 어록에 소개되어 있다.

5) 포희씨가 그물을 짰다: 포희씨(庖犧氏)는 복희씨(伏犧氏)라고도 한다. 상고시대의 제왕으로, 처음으로 팔괘(八卦)와 문자(文字)를 만들었고 백성들에게 어렵(漁獵, 고기잡이와 사냥)과 목축(牧畜)을 가르쳐서 푸줏간을 채웠다고 한다.

6) 군자는 푸줏간을 멀리한다: 『맹자』 「양혜왕梁惠王·상」에 나온다. 제나라 선왕(宣王)이 흔종

장구성의 마음을 설득시킬 수 없을 것이라고 여겨진다.

　상고시대의 성인들은 시대에 맞게 가르침을 베풀었는데, 대개 모두가 이용후생利用厚生의 일이지만, 혹 정덕正德에는 미진함이 있었다.[8] 만약 포희씨가 그물을 짠 것이 진선眞善이었다면, 성탕成湯은 어찌해서 그물의 삼면을 풀어놓았으며,[9] 공자는 어찌해서 낚시질만 하고 그물질은 하지 않았는가? 만약 공자가 낚시질은 하되 그물을 쓰지 않고 주살은 쏘되 잠자는 새를 쏘지 않은 것[10]이 진선이라면, 맹자는 어찌해서 그 "살아 있는 것을 보고는 차마 그 죽는 것을 보지 못하고, 짐승의 애

(소의 피를 북에 바르는 일)을 위해 끌려가는 소가 불쌍해서 양으로 바꾸라고 한 일이 있다. 맹자는 그 마음이 바로 불인지심(不忍之心, 차마 할 수 없는 마음)으로서 인(仁)의 단초가 되므로 제나라 선왕도 왕도정치를 할 수 있다고 설득했다. 그러면서 맹자는, 군자는 짐승을 대할 때 살아 있는 모습을 보고서는 차마 그 짐승의 죽는 모습을 볼 수 없고 그 짐승의 죽는 소리를 듣고서는 차마 그 고기를 먹을 수 없으므로, 군자는 푸줏간과 부엌을 멀리한다고 부연했다.

7) 주자는~부연했다: 『주자어류』 권101 「정자문인程子門人」에 실려 있다.

8) 대개 모두가~있었다: 이용(利用)은 쓰임을 이롭게 함을, 후생(厚生)은 삶을 두터이 함을, 정덕(正德)은 자신의 덕을 바르게 함을 말한다. 『서경』 「우서·대우모」에 보면, 우가 순임금에게 하는 말에 "덕으로만 옳은 정치를 할 수 있고, 정치는 백성을 보양하는 데 있다. 수·화·금·목·토·곡(穀)을 오로지 닦고, 덕을 바로잡고 쓰임을 이롭게 하며 삶을 두터이 함을 오로지 잘 조화시키십시오(德惟善政, 政在養民, 水火金木土穀惟修, 正德利用厚生惟和)"라고 했다. 『춘추좌씨전』에는 "백성의 덕을 바르게 하는 정덕과 백성들이 쓰고 하는 데 편리하게 하는 이용(利用)과 백성들의 생활을 풍부하게 하는 후생(厚生)을 삼사(三事)라 이릅니다(正德, 利用, 厚生, 謂之三事)"라는 말이 나온다. 정덕은 정신적·도덕적인 것이요, 이용후생(利用厚生)은 물질적인 것이다.

9) 성탕은 어찌해서~풀어놓았으며: 『사기』 「은본기殷本紀」에 나온다. 해망(解網)은 인덕(仁德)을 비유하는 말이 되었다.

10) 공자가~쏘지 않은 것: 『논어』 「술이」에 나온다. "공자가 낚시질은 하되 그물은 쓰지 않았고, 주살은 쏘되 잠자는 새를 쏘지 않았다(子釣而不網, 弋不射宿)"고 했다. 주희는 『논어집주』의 주(註)를 통해 다음과 같이 부연했다. "망(網)은 큰 노끈을 그물에 달아 흐르는 물을 가로질러 고기를 잡는 것이다. 익(弋)은 생사(生絲, 명주실)를 화살에 매어 쏘는 것이다. 죽은 것은 새이다. 홍씨가 말했다. 공자께서는 젊었을 때 집이 빈천했다. 봉양과 제사를 위해 부득이 낚시와 주살로 사냥을 하셨는데, 대략 이렇다. 그러나 물건을 다 취하는 것은 불의한 것이니 다 취하지 않으셨다. 여기서 어진 사람의 본심을 볼 것이다. 물건을 대함이 이와 같으니 사람을 대하는 바를 알 수 있으며, 작은 것을 이같이 하니 큰 것을 알 수 있다." 공자는 물욕이나 사심을 위해 낚시나 사냥을 한 것이 아니라, 생활하기 위해 어쩔 수 없이 살생을 했다. 이런 부분은 '살생유택(殺生有擇)'이라는 불교의 사상과도 통하는 부분이 있다.

처로운 소리를 듣고 나서는 차마 그 고기를 먹지 못한다"는 말을 했겠는가?[11] 성탕과 공자·맹자도 앞서의 성인과 다름을 혐의하지 않았거늘, 장구성이 왜 하필 포희와 맹자를 표준으로 삼았겠는가?

아마 이 일은 그 궁극을 논한다면 석씨釋氏, 불교에게까지 이르지 않으면 그치지 않을 것이다. 만약 중中을 잡으려 하면[12] 중도에서 흐지부지 그만두게 됨[13]을 면할 수 없으므로, 쉽게 말할 수 없다.

어떤 사람이 주자에게 "정이가 자신의 생질녀를 개가시켰는데 그 일이 절개를 잃는 일은 큰 일이다라고 한 그 자신의 말[14]과 상반된 것은 무슨 까닭이냐"고 물었다. 주자는 "큰 강령은 비록 이와 같지만, 사람들 역시 그 강령을 다 지킬 수는 없다"고 말했다.[15] 석씨가 살생하지 않음 또한 이와 같다. 진실로 사람으로 하여금 다 보편적으로 행하게 할 수는 없지만, 어찌 그것을 어질다 하지 않을 수 있겠는가?

백이[16]의 청淸과 유하혜[17]의 화和나 석가의 자慈는 모두 성인보다 지

---

11) 맹자는 어찌해서~했겠는가: 각주 6) 참조.
12) 중(中)을 잡으려 하면: 『서경』 「우서·대우모」에 나오는 이른바 16자결(十六字訣)이다. 순임금이 우임금에게 "인심은 위태롭고 도심은 은미하니, 오로지 정밀하게 하고 한결같게 해야 진실로 그 중도를 잡을 수 있다(人心惟危, 道心惟微, 惟精惟一, 允執厥中)"는 말을 전했다고 한다. 앞에 나왔다.
13) 중도에서 흐지부지 그만두게 됨: 무슨 일이든지 처음에는 정성껏 하다가도 중도에 그만두어 이루지 못함을 말한다.
14) 그 자신의 말: 『하남정씨유서河南程氏遺書』 권22에 기록되어 있고 『근사록』 권6 「가도家道」에도 전재되어 있다. 이정·주희의 시대에 와서 정절의 관념이 더욱 엄격해져 정이(程頤)는 부녀의 개가(改嫁)를 반대했다. 어떤 사람이 "과부가 개가하지 않아서 굶어죽을 경우라면 어떻게 하겠느냐"고 묻자, 정이는 "굶어죽는 일은 작은 일이요, 절개를 잃는 일은 큰 일이다(餓死事極小, 失節事極大)"라고 말했다.
15) 주자는~말했다: 『주자어류』 권96 「정자지서程子之書·2」에 나온다. 서포는 본래의 백화어 표기를 조금 고쳐 인용했다.
16) 백이(伯夷): 은(殷)나라 고죽군(孤竹君)의 아들 백이와 숙제. 무왕(武王)이 은나라를 치려 하자 이를 간(諫)했으나, 무왕이 천하를 손 안에 넣자 백이·숙제 형제는 주(周)나라의 곡식 먹기를 부끄럽게 여겨 수양산(首陽山)으로 도망가서 고사리만 뜯어먹다가 마침내 굶어죽었다. 『맹자』 「만장·하」에 보면 "백이는 성(聖)의 청(淸)한 자이고, 유하혜는 성(聖)의 화(和)한 자이다"라고 했다. 유학에서는 청절지사(淸節之士)로 현양(顯揚, 이름과 지위를 세상에 드날림)한다.

나치며, 그 지나침이 바로 성인에게 못 미치는 점이다. 그러나 어찌 유독 석씨에 대해서만 크게 증오하고 배척해야 하겠는가?

張子韶戒殺不食蟹, 楊龜山擧周公兼夷狄驅猛獸以諭之. 朱子以龜山語爲不切, 又有"庖犧結網罟, 君子遠庖廚"之說. 竊謂此亦未必使子韶心腹也.

上古聖人, 因時設敎, 大抵皆利用厚生事, 而或未盡乎正德也. 若以庖犧結罟爲眞善, 則成湯何以解網三面, 孔子何以釣而不網乎? 若以孔子釣弋爲眞善, 則孟子何以有"見其生不忍見其死, 聞其聲不忍食其肉"之說乎? 成湯·孔·孟, 旣不以異於前聖爲嫌, 則子韶又何必以庖犧·孟子爲準乎?

蓋此事若論究竟處, 不至於釋氏則不止. 如欲執中, 則不免半上落下, 未易言也.

或問: "伊川甥女改嫁事, 與其言相反, 何也?" 朱子曰: "大綱雖如此, 人亦有不能盡者." 釋氏之不殺, 蓋亦如此. 固不可使人人而通行, 豈得不謂之仁哉?

伯夷之淸, 柳下惠之和, 釋迦之慈, 皆過於聖人, 其過便是不及處. 雖然何必獨於釋氏而深惡痛斥哉?

🍃 평설

속유俗儒는 흔히 경전의 특정 사례를 기준으로 타인의 행위를 평결한다. 하지만 그것은 설득력을 지니지 못하는 경우가 많다.

---

17) 유하혜(柳下惠): 유하계(柳下季)라고도 부른다. 성은 전(展), 이름은 획(獲)이며, 자는 자금(子禽). 유하를 식읍(食邑)으로 받았고 시호가 혜(惠)였으므로 유하혜라고 부른다. 관모를 쓰지 않은 사람과 함께 있으면 자기 몸이 더럽혀지기라도 하듯 여겨서 피했다고 한다. 감옥을 관리하는 관직인 사사(士師)의 벼슬을 맡아 세 번이나 관직에서 쫓겨났으나 노나라를 완전히 떠나지는 않았다.

북송 때의 재상이자 불교 신자이기도 했던 장구성이 살생을 경계하자 양시는 주공의 예를 들어 인간과 기타 생물의 경계를 분명히 해야 한다고 주장했다. 주희는 더 나아가『주역』에서 포희가 생물을 포획하는 그물을 짰다고 한 기록과『맹자』가 군자는 다만 푸줏간을 멀리한다고 했던 말을 인증해서 장구성을 계도할 수 있었을 것이라고 여겼다.

하지만 서포는 경전에 기록된 성인의 언행은 시대에 대응하는 논리를 따른 것이어서 만고불변의 준칙은 될 수 없다고 보았다. 서포에 따르면, 상고시대에는 대개 이용후생利用厚生을 중시했지 인간의 본성 자체를 바로잡는 정덕正德의 문제를 우선시하지 않았다. 따라서 상고시대의 성인과 후대의 현인이 행한 구체적 행적은 각각 참조 준거가 될 따름이지 진리의 보편적 기준이 될 수는 없다. 더 확장하면 불교가 살생을 금한 것도 보편적 윤리로서 누구에게나 강요할 수는 없지만, 거꾸로 인仁의 가르침으로서 부분적으로 긍정할 수는 있다. 이렇게 서포는 진리의 보편성보다 사실의 역사성에 더욱 주목했다.

불교의 귀신설

상-101

상례喪禮에 불사佛事, 불가에서 행하는 모든 일를 하지 않는다는 한 조항은 다만 "선왕의 예가 아니다"[1]라는 말로 처리해버리면 족할 것이다. 사마광司馬光이 말했듯이 "교화를 떠받치는 데 뜻을 두었으나 이치의 면에서는 아마도 미진한 듯하다"[2]는 식으로 본다면, 귀신 이야기가 유교의 경전에 나타난 것이 많지 않다고는 할 수 없고, 또 유교의 경전도 인간의

---

1) 선왕(先王)의 예(禮)가 아니다: 춘추시대에 선왕의 예법을 준수하는 것을 존중하는 관념을 드러낸 말이다. 이를테면『춘추좌씨전』을 편찬한 호안국(胡安國)은 주나라 평왕(平王)이 붕(崩)하자 주나라 사람은 부고(訃告)를 듣고 왔지만 노나라 은공(隱公)이 분상(奔喪, 부음을 듣고 급히 가서 조문함)하지 않은 사실을 두고, "크게 선왕의 예가 아니며, 춘추의 의리를 잃었다"고 논했다.

2) 교화(敎化)를 떠받치는 데~미진한 듯하다: 구준(丘濬)의『대학연의보大學衍義補』권51 치국평천하지요(治國平天下之要) 가향지례(家鄕之禮) 상지하(上之下)에 보면, 사마광은 불교의 추천(追薦, 죽은 사람을 위해 공덕을 베풀고 그 명복을 빎)이나 수륙재(水陸齋, 불교에서 물이나 육지에 있는 고혼孤魂과 아귀餓鬼 등 잡귀를 제도濟度하려고 그들에게 법식法食을 공양하는 법회) 등 갖가지 불사를 비판하면서 "불교에서 말하는 극락·지옥이라는 것은 선을 권하고 악을 징치하기 위한 것이다. 상례를 정말로 지공(至公, 지극히 공평함)하게 행하지 않는다면 귀신이라 해도 어찌 다스릴 수 있겠는가"라고 말했다. 서포는 사마광의 말을 의역한 듯하다.

기氣가 완전히 소멸되어 귀신이 존재하지 않는다고 결코 말하지는 않았다. 선배 유학자들은 성인이 죽으면 그 청명한 기운이 위로 올라가 하늘과 합한다고 했다. 따라서 혼탁한 기운의 경우에는 이치상 당연히 이와 반대일 것이다. 『시경』에 "은나라의 세 임금이 하늘에 있다"[3]고 했고, 『춘추좌씨전』에 "정나라 백유는 여귀가 되었다"[4]고 했다. 이것이 바로 고락苦樂이다. "지옥에서 끓이고 불태우며 방아 찧고 맷돌로 간다"[5]는 이야기는 비록 승려들로 하여금 해설을 하게 하더라도 어찌 참으로 지옥에 그런 것들이 갖추어져 있다 하겠는가? 『춘추』의 기록이 아무리 "빛나는 곤룡포와 추상같은 도끼"[6]라 하지만, 만일 외국 사람이 이것을 번역한다면 반드시 그렇게 여기지는 않을 것이다.

옛날에는 임금이나 부모가 병환이 나서 신령에게 기도하면, 반드시 자기 잘못을 뉘우치고 스스로 반성하는 말이 있었다. 오직 공자만이 빌 만한 잘못이 없었다.[7] 그러나 그렇게 기도하는 일이 어버이를 대하

---

3) 은나라의 세 임금이 하늘에 있다: 『시경』 「대아大雅·하무下武」에 나온다. "주나라는 발자취를 이어 대대로 어진 임금이 나셨도다. 세 분 선왕이 하늘에 계시고, 임금께서는 서울에서 그분들과 짝하시네(下武維周, 世有哲王. 三后在天, 王配于京)." 주희는 『시집전』에서, 철왕(哲王)은 태왕(太王)과 왕계(王季)를 말하고, 삼후(三后)는 태왕, 왕계, 문왕(文王)이라고 보았다. 또한 재천(在天)이란 이미 몰(沒)하셨음에도 그 정신이 위로 하늘과 합함이며, 이 장은 무왕이 능히 태왕, 왕계, 문왕의 통서(統緒, 한 갈래로 이어온 계통)를 이어서 천하를 둔 것을 찬미한 것이라고 풀이했다.
4) 정(鄭)나라~되었다: 백유(伯有)는 정나라 사람으로, 원래 이름이 양소(良霄), 백유가 자이다. 정나라 목공(穆公)의 서자(庶子, 적장자가 아닌 아들)인 공자(公子) 거질(去疾)의 아들이다. 지하실을 만들어놓고 매일 술만 마시다가 쫓겨난 뒤 다시 몰래 들어와 난을 일으켰으나 양고기 파는 점포에서 죽었다. 그후 여귀(厲鬼)가 되어 사대(駟帶)와 공손단(公孫段)을 죽이자, 자산(子産)이 양소의 아들 양지(良止)를 세워 재앙을 그치게 했다. 『춘추좌씨전』 양공(襄公) 30년과 소공(昭公) 7년에 관련 기록이 있다.
5) 지옥에서~맷돌로 간다: 주 2)에 언급한 사마광의 말에 나온다.
6) 빛나는 곤룡포와 추상같은 도끼: 공자가 『춘추』를 지어 인물을 표창하고 폄하한 사실을 두고 범녕(范寧)은 『춘추곡량전春秋穀梁傳』에 대한 『집해集解』를 저술하고 그 서문에서 "한마디의 표창은 빛나는 곤룡포보다 영화롭고 한마디의 폄하는 추상같은 도끼보다 무섭다"고 했다.
7) 오직 공자만이~잘못이 없었다: 『논어』 「술이」에서, 공자가 위독해지자 자로(子路)가 기도하

는 데 두텁지 못한 것이라는 말은 듣지 못했다. 이제 부처에게 비는 것만이 어찌 유독 혐의가 되겠는가? 만약 어버이에게 진실로 죄가 있어서 부처에게 기도를 해도 벗어날 수 없다면, 산천이나 오사[8]에 기도한다고 해도 어찌 반드시 벗어날 수가 있겠는가?

또 "불법佛法이 중국에 들어오기 전에 어찌해서 한 사람이라도 죽었다가 되살아나서 염라대왕을 보았다는 말이 없는가"라고 한다면, 이것은 고집불통에 가까운 말이라 하겠다. 서한西漢 이전에는 역사 서적이 많지 않았고, 또 있다 해도 그 말이 몹시 간결했으니, 설령 참으로 염라대왕을 본 사람이 있다 하더라도 어찌 꼭 후세에 전했겠는가? 비록 그렇지만 조간자가 꿈에 천제 있는 곳에 갔다는 일[9]과, 전횡[10]이 죽은 뒤 문객이 그를 조문하는 만사挽詞에서 귀백鬼伯을 일컬은 것[11]은 역시

기를 청했는데, 공자는 병이 나면 기도하는 일이 예법에 나오느냐고 물었다. 자로가 "있습니다. 뢰(誄)에 보면 상하 신명(神明, 하늘과 땅의 신령)께 기도한다고 했습니다"라고 대답하자, 공자는 "내가 기도해온 것이 오래되었다(丘之禱久矣)"고 했다. 평소의 삶이 신명의 뜻과 부합하기에 기도를 일삼을 필요가 없다고 거부한 것이다.

8) 오사(五祀): 다섯 종류의 제사. 다만 이에 대해서는 이설이 여럿 있다. 『주례』 「대종백大宗伯」에서는 구망(句芒)·욕수(蓐收)·현명(玄冥)·축융(祝融)·후토(后土)라 하였고, 『예기』 「곡례曲禮」에서는 문(門)·항(行)·호(戶)·조(竈)·중류(中霤)라고 하였으며, 『예기』 「제법祭法」에서는 사명(司命)·중류(中霤)·문(門)·항(行)·려(厲)라고 하였다.

9) 조간자(趙簡子)가~갔다는 일: 춘추시대 진(晉)나라의 조간자가 꿈에 천제(天帝)의 거처에서 노닐면서 균천광악(鈞天廣樂)을 들었다는 기록이 『사기』 권43 「조세가趙世家」에 나온다.

10) 전횡(田橫): 제(齊)나라 왕 전영(田榮)의 아우. 전영이 죽자 그 아들 전광(田廣)을 왕으로 삼고 스스로 상국(相國)이 되었다. 다시 전광이 한신(韓信)에게 포로로 잡히자 스스로 제나라 왕이 되었다.

11) 전횡(田橫)이 죽은 뒤~귀백(鬼伯)을 일컬은 것: 진(秦)나라 말기에 제나라 왕으로 일컫던 전횡이 문객 500여 명과 함께 섬으로 피해 들어갔는데, 전횡이 한나라 고조의 부름을 받고 낙양(洛陽)으로 가다가 30리를 남겨두고 자결하자, 이 소식을 들은 섬 안의 문객 모두 자살해 그 뒤를 따랐던 고사가 『사기』 권94, 「전횡열전田橫列傳」에 나온다. 앞서 전횡이 낙양으로 향하다가 자결했을 때 문객들이 그 소식을 듣고는 「해로薤露」와 「호리蒿里」의 만가(輓歌)를 지어 애도했다. 그 가운데 「호리」는 사람의 목숨은 염교(薤)에 맺힌 이슬처럼 덧없고, 사람이 죽으면 혼백이 호리산, 즉 묘지로 돌아간다는 내용인데, 그 가사 가운데 "귀백이 한사코 어이 이리 재촉하는가(鬼伯一何相催促)"라는 말이 있다.

어찌 이런 것이 아니겠는가? 중국 사람이 말하는 '천자天子'라는 것은 호인胡人들이 등걸리騰乞里라고 한다. 그저 "이런 것은 모두 증거할 수 없다"고 하면 되지, 어찌 중국에는 전혀 없었던 것이라 하겠는가?

대개 부모에 대해 비록 혈기血氣는 동일하지만 형해形骸. 사람의 몸과 몸을 이룬 뼈가 이미 다르므로 성정性情도 다르다. 고금을 통해 오직 순임금만이 겨우 그 아버지 고수瞽瞍의 마음을 돌리게 했어도, 역시 그로 하여금 성인이 되게 하지는 못했다. 하물며 어버이가 이미 죽었으면 그 신기神氣. 인간을 이루는 정신과 기운가 산 사람과는 서로 접할 수도 없거늘, 이제 구구한 정성으로 호신[12]에게 복을 빌어, 보통 사람이 죽고 난 뒤 감응하는 기운[13]이 성인의 기氣와 마찬가지로 오르내리게 한다면 그런 일이 가능하겠는가? 하물며 선왕의 제사지내는 예禮는 정성을 쌓아서 시행한다면, 그것으로 자연히 이미 죽어서 굴屈한 기운을 펼 수 있고 추모의 정성도 펼 수 있거늘, 또 어찌 이러한 오랑캐의 예를 사용하겠는가?

喪禮不作佛事一款, 只消 '非先王之禮' 五字以解之足矣. 若溫公所云: "意在扶敎, 而於理恐未盡", 鬼神之說, 見於經傳不爲不多, 而未嘗言澌滅無有也. 先儒謂聖人之死, 其淸明之氣, 上合乎天, 若其昏濁者, 理當反是. "三后在天", "伯[14]有爲厲", 卽此便是苦樂. "剉燒舂磨"之說, 雖使僧家解之, 亦豈謂眞有是具乎? 『春秋』之 "華袞斧鉞", 使外國人譯之, 則未必不作是觀矣.

---

12) 호신(胡神): 부처를 가리키는 말이다. 또는 '狐'자를 피해 '胡仙' 또는 '胡神'이라고 쓴 것으로도 볼 수 있으나, 문맥상 부처를 가리키는 것으로 보아야 한다. 한편, 호선은 화북(華北) 및 동북(東北) 지방에서 성행하는데, 당나라 때 비롯되었다. 상가(商家)에서는 재신(財神)으로서 신앙하고 술집이나 도박장에서도 반드시 이를 모신다.
13) 감응하는 기운: 원문은 훈호처창(焄蒿悽愴)이다. 훈호처창은 『예기』 「제의祭儀」에 나오는데, 훈호는 제사 때 제품(祭品) 등에서 향취가 올라가 신령과 접하는 기를 말하고, 처창은 돌아가신 분을 추모해 마음이 슬퍼지는 것을 말한다.
14) [교감] 伯: 고려대본은 '白'으로 되어 있다. 통문관본을 따른다.

古者君父之病, 禱于神祇, 必有悔過自訟之辭, 唯孔子無過可禱也. 然未聞以禱謂之待親不厚, 則今玆禱佛, 寧獨爲嫌? 若謂親苟有罪, 非禱佛所能免云爾, 則禱之山川五祀, 又可必其得免乎?

又曰: "佛法未入中國前, 何無一人死而復生, 說見閻羅?" 此則近於固滯矣. 西漢以前, 史籍無多, 其言甚簡, 設有眞見閻羅者, 何必傳後? 雖然趙簡子之夢至帝所, 田橫客之誄稱鬼伯[15], 亦安知非此物乎? 中國之所謂天子, 固胡人之騰乞里也. 只當曰: "此等說俱不足據", 安可謂都無說之者乎?

大抵子於父母, 雖一氣血, 形骸旣別, 性情亦異. 古今惟舜, 僅令瞽瞍允若, 亦不能使之作聖, 況其親已死, 神氣不能與生者相接 今乃以區區之誠, 邀福於胡神, 欲使凡夫之焄蒿悽愴, 與聖人同其陟降, 其可得乎? 況先王祭祀之禮, 積誠而行之, 則自足以伸旣屈之氣, 而展追慕之誠, 又安用此夷禮乎?

🌿 평설

서포가 불교를 바라보는 시각은 이중적이다. 곧 불교의 심학心學에 대해서는 그것이 유교의 심학과 다르지 않다고 보지만, 불교의 기복 관념에 대해서는 매우 비판적이다.

이 조항에서 서포는 불교가 재를 올려 죽은 어버이를 천도薦度. 죽은 사람의 혼령이 극락세계로 가도록 기원하는 일할 수 있다고 보는 설에 대해 비판했다. 하지만 서포는 귀신의 존재에 대해서는 인정하고, 유교의 경전에도 귀신의 존재를 인정했으므로 불교의 귀신설을 무조건 배격할 수는 없다고 주장했다.

---

15) [교감] 伯: 고려대본은 '白'으로 되어 있다. 통문관본을 따른다.

유교와 불교, 그리고 풍수설에 나타난 죽음의 관념

상-102

사람이 죽으면 골육은 썩어 부패하고 신기神氣는 사라져버려 산 사람과는 날마다 멀어지고 날마다 잊혀간다. 그런 까닭에 제사의 예禮를 마련해 이미 굽은 것을 때에 맞추어 펴주고 자손의 정성과 제사 받드는 일을 펴게 한 것은 선왕의 가르침이다. 정성을 배로 삼고 부처에게 나루를 물어 캄캄하게 막힌 것으로 하여금 말끔히 올라가서 영원히 하늘나라의 즐거움을 누리게 한다는 것은 부도浮屠, 불가의 가르침이다. 명당에 모셔서 마른 뼈로 하여금 기운을 타게 해 자손들이 음덕蔭德, 조상의 덕을 입어 크게 창성昌盛하는 복을 받게 한다는 것은 풍수술[1]이다. 이 세 가지는 정자가 말한 작성作聖·기천祈天·연수延壽의 세 가지 일[2]과 아주 비슷

---

1) 풍수술(風水術): 지세의 이점을 활용하는 방편술(方便術). 개운술(開運術)의 한 방책(方策).
2) 정자(程子)가 말한~세 가지 일: 『이정유서二程遺書』 권15 「입관어록入關語錄」에 보면, 작성(作聖)·기천(祈天)·연수(延壽)의 세 가지 일에 대해 상세히 논한 어록이 많이 실려 있다. 특히 국가의 기천영명(祈天永命, 영구한 천명을 하늘에 기도함), 도가의 장생구시(長生久視, 오래도록 삶), 유교의 입어성인(入於聖人, 성인의 경지에 들어감)은 이(理)와 도(道)의 면에서 한결같다고 했다. 「입관어록」은 정호(程顥)의 어록이라고 한다.

하다.

그런데 처음의 작성에 대해서는 새삼스레 논할 여지가 없지만, 그
다음의 기천과 연수 두 가지는 모두 망망茫茫해서 힐문할 필요조차 없
는 일에 속한다. 하지만 지금 사람들은 처음 것에 대해서는 자잘한 예
법까지 모두 구비했고, 중간 것에 대해서는 크게 비웃으며, 마지막 것
에 대해서는 죽기를 무릅쓰고 강구한다. 그렇게 된 까닭을 가만히 따
져보면 역시 슬프고 애처롭다 하겠다.

人之死也, 骨肉腐朽, 神氣浮散, 與生者, 日遠日忘矣. 設爲祭祀之禮, 使
旣屈者, 有時而伸, 以展子孫之誠薦者, 先王之敎也. 以誠爲航, 問津於佛,
使屈滯者淸升, 永享諸天之樂者, 浮屠之說也. 藏之煖穴, 使枯骸乘氣, 而子
孫受蔭, 大獲昌熾之福者, 風水之術也. 此三子頗與程子所稱, 作聖祈天延
壽三事相類.

上者無容議爲, 中下二事, 俱屬茫然[3], 不可究詰, 而今世之人, 於其上者,
備文焉, 中者大笑之, 下者碎首焉. 默[4]究其所以然者, 亦可悲傷.

🌿 평설

서포는 죽음의 문제와 관련해 유교·불교·풍수설의 차이와 그 득실
을 따졌다. 서포는 당시 사람들이 풍수설에 골몰하는 풍습에 대해서는
크게 비판했다. 하지만 불교의 천도薦度는 곧 정이가 말한 기천祈天과 가
깝거늘 당시 사람들이 크게 비웃는 것은 잘못이라고 말했다. 그리고
유교의 제사는 긍정하지만 그 자잘한 예법을 모두 세세하게 갖추려는
것은 반드시 옳다고 할 수 없다는 뜻을 내비쳤다.

---

3) [교감] 然: 고려대본은 '眯'로 되어 있고 연민문고본은 '眛'로 되어 있다. 통문관본을 따른다.
4) [교감] 默: 통문관본은 '點'으로 되어 있다. 오자이다. 고려대본과 연민문고본을 따른다.

주자의 불교 게송 분석 비판
상-103

주자는 『전등록』¹⁾의 서천조사²⁾의 게송^{偈頌, 부처의 공덕을 기린 노래}에 운각^韻^{脚, 시의 구절 끝에 놓는 운자}이 있는 것은 중국인이 거짓으로 지어낸 것이라 보고,³⁾ 자기가 정녕 장물^{臟物}을 들춰냈다고 여기면서, 양억⁴⁾과 소철⁵⁾이

---

1) 『전등록』: 비바시불(毘婆尸佛)로부터 석가모니불(釋迦牟尼佛)에 이르는 칠불(七佛)에서 시작해서 초조 마하가섭(摩訶迦葉) 이후 선종의 초조로 일컬어지는 제28조 보리달마(菩提達磨)를 거쳐 후대 제52조에 이르는 제불제조(諸佛諸祖), 그리고 응화(應化, 불보살이 중생을 구제하기 위해 여러 모습으로 변신해 나타남, 응현應現)한 여러 성인들의 깨달음의 기연(機緣, 부처의 교화를 받을 만한 인연의 기틀)과 교화의 발자취를 전기 형식으로 엮고, 마지막으로 이분들의 대표적인 찬(讚)·송(頌)·게(偈)·시(詩)·명(銘)·가(歌) 등을 채록한 선문의 귀중한 책이다. 원래 이름은 『경덕전등록景德傳燈錄』이다. 경덕(景德)은 남송(南宋)의 진종(眞宗)황제의 연호이다. 편자로 알려져 있는 송나라 승려 도원(道原)이 경덕 원년에 진종황제에게 바쳤기 때문에 경덕전등록이라고 한다. 따라서 『전등록』이 발간된 연도를 송나라 진종 경덕 원년인 1004년으로 잡고 있다. 그 뒤에도 원나라 인종(仁宗) 연우(延祐) 3년인 1316년에 다시 발간했다.
2) 서천조사(西天祖師): 서천 제28조의 보리달마, 곧 달마대사. 서천은 인도를 가리킨다.
3) 주자는~지어낸 것이라 보고: 『주자어류』 권126 「석씨釋氏」의 제1조항에 관련 언설이 나온다.
4) 양억(楊億): 송나라의 학자로, 복건성 사람. 자는 대년(大年), 시호는 문공(文公).
5) 소철(蘇轍): 송나라의 문인. 미산(眉山, 사천성 남쪽 소재) 사람으로, 소순(蘇洵)의 아들이다. 자는 자유(子由), 호는 난성(欒城).

미처 깨달아 살피지 못했음을 비웃었다.[6] 무릇 하·은·주 삼대 때 성인의 교훈 가운데 후대에 전해지는 것이 몇 없거늘, 어찌 유독 서축인도의 말이 수천 년간 전해 내려오면서 이지러져 완전치 못하게 되는 일이 전혀 없을 리 있겠는가? 이는 본디 믿을 바가 못 된다. 그러나 운각이 있고 없음을 가지고 진위를 판단하는 것은 옳지 않은 것 같다. 외국말에는 단지 운각이 없을 뿐만이 아니다. 어찌 오언과 칠언의 구별이 있을 수 있겠는가? 다만 번역자가 어떻게 하느냐에 달렸을 뿐이다. 불경을 번역할 때는 본지本旨를 잃지 않는 것을 중요하게 여기고, 말의 장단長短이나 번간煩簡. 번거로움와 간략함은 원래 문제 삼지 않았다. 하물며 운이 있고 없음과 같은 것이야 더 말해 무엇하겠는가?

　명나라 만력[7] 연간에 우리나라에 왔던 중국 사신이 태평관[8]에 머물다가 길거리에 울려 퍼지는 노랫소리를 듣고 관반館伴. 사신을 접대하는 주무 관리에게 묻기를, "저 노래는 무엇인가"라고 했다. 관반이 글씨로 써서, "옛날에도 이와 같았다면, 이 몸체를 어떻게 보존했을까? 근심스런 마음은 헝클어진 실과 같아서, 굽이굽이마다 맺힘을 이루네. 풀려고 하고 또 풀려고 해도 그 끝간 곳을 모르겠네"라는 뜻이라고 알려주었다. 그러자 중국 사신은 그것을 참 좋다고 했다고 한다. 아마도 관반이 일시적으로 급하게 대답해야 했고, 또 본지를 잃을까 염려해서 압운押韻. 비슷한 음을 배치해 운율적인 효과를 내는 일까지는 할 수 없었다. 지금 만약 이 번역 시가에서 '보保'자를 '활活'자로 고치고 '거처去處' 두 글자를 '소재所在'라고 고친다면, 곧 '활活'과 '결結', '재在'와 '해解'가 운을 이룰 것이다. 그렇지만 노래의

6) 양억(楊億)과 소철(蘇轍)이~비웃었다:『주자어류』권126 「석씨」의 한 조항에서 주희는 『전등록』이 송나라 진종 때 승려가 만들어 헌정(獻呈, 물품을 바침)하자 진종이 양대년(楊大年), 즉 양억에게 산정(刪定, 글의 자구를 깎고 다듬음)하게 했으므로 그 책에 그의 이름이 나온다고 했다.
7) 만력(萬曆): 명나라 명종(明宗)의 연호(1573~1619).
8) 태평관(太平館): 조선시대에 중국 사신이 우리나라에 와서 머물던 객관(客館).

뜻은 전혀 달라지는 것이 없다. 그렇다면 어찌 운이 없으면 우리나라의 가요라 하고 운이 있으면 중국 사람이 지었다고 할 수 있겠는가?

한나라 명제 때 서강西羌 사람 백랑白浪이 바친 악장樂章, 나라의 제전이나 연례 때 연주하던 주악을 기록한 가사에도 운이 있었다.9) 대개 한나라 사람이 번역하면서 운에 맞추었다고 하는데, 정녕 그런 것은 아니다. 서강의 언어에는 본래 운이 있거늘, 역시 어찌 한나라 사람이 만들었겠는가? 중국 사람들은 정말 외국어의 형세를 모른다. 그러니 주자가 저런 말을 했다 해도 이상할 것이 없다.

朱子以『傳燈錄』西天祖師偈有韻脚, 謂之華人贋作, 自以爲捉得正臟, 笑楊大年・蘇子由之不能覺察. 夫三代聖人謨訓之傳於後者, 無幾, 豈獨西竺之語, 流傳數千年都無殘缺理乎? 此固不足信也. 然以韻脚之有無爲斷案, 則恐不然. 外國之語, 非但無韻, 亦豈有五言七言之別乎? 惟在譯者之所爲耳. 譯經唯以不失本旨爲貴, 語之長短煩簡, 元無所關, 況有韻無韻乎?

萬曆間華使在館, 聞街巷唱曲聲, 問館伴曰:"彼歌云何?" 館伴書以對曰: "昔日若如此, 此身那得保? 愁心如亂絲, 曲曲皆成結. 欲解復欲解, 不知端去處." 華使稱善. 盖館伴一時副急, 又恐失本旨, 故未能就韻也. 今若改保字爲活, 改去處二字爲所在, 則活與結, 在與解成韻矣. 然歌意則初無彼此之殊, 豈可以無韻者爲高麗風謠, 有韻字爲華人贋作乎?

---

9) 한나라 명제(明帝) 때~운이 있었다:『후한서』권116 「남만서남이전南蠻西南夷傳」 '서남이(西南夷)'의 작도이(莋都夷) 조항에 보면 복보(僕輔)가 백랑(白浪・白狼, 서융의 이민족)의 왕 당추(唐菆) 등이 지은 모화귀의시(慕華歸義詩) 3장을 한문으로 번역해 올렸다. 그 시는 원이낙덕가시(遠夷樂德歌詩)・원이모덕가시(遠夷慕德歌詩)・원이회덕가시(遠夷懷德歌詩)의 세 편으로, 한역시는 4언시로 되어 있다. 그런데『후한서』에 주(註)를 단 당나라 장회태자(章懷太子) 이현(李賢)은 이 세 편에 대해『동관기東觀記』를 인용해 '이인본어(夷人本語)'를 각 어구마다 주석으로 제시했다. 그 서남이족의 본어도 4언시로 되어 있는데, 한자로 음역한 글자들을 보면 군데군데 압운한 것처럼 볼 수 있는 음들이 나온다.

漢明帝時, 西羌白浪所獻樂章, 亦有韻. 盖漢人譯之而就韻, 固非. 羌語本有韻, 亦豈漢人作乎? 中國人不識外國語勢, 無怪朱子言如此.

🍃 평설

주희는 화華의 언어와 이夷의 언어를 양분하고, 화의 언어에는 운각이 있다고 했다. 그렇기 때문에 불교의 게송에 운각이 있는 것은 모두 중국 사람이 거짓으로 지어냈다고 보았다. 서포는 주희의 설을 비판해 운의 유무를 가지고 중국 시와 외국 시를 구별할 수 없다고 지적했다. 화이론적 사고에서 벗어나 문화 주체의 사상과 맥락에 따라 문화를 이해해야 한다고 본 것이다.

주자의 불경 비판 재고

상—104

주자는 또한 『원각경』[1]에 나오는 "사대[2]가 분산되거늘 망령된 몸뚱이가 어디 있으랴"라는 말이 『열자』[3]와 비슷하다고 해 불경이 『장자』

---

1) 『원각경圓覺經』: 원명은 『대방광원각수다라요의경大方廣圓覺修多羅了義經』 1권 12장. 당나라 영휘(永徽) 연간에 북인도 계빈국(罽賓國)의 승려 불타다라(佛陀多羅)가 한역했다. 대승(大乘, 불교의 가장 높고 깊은 이치)과 원돈(圓頓, 원만하여 빨리 성불成佛하는 법)의 교리를 설한 것으로, 주로 관행(觀行)을 설명했는데, 문수(文洙)·보현(普賢)·미륵보살 등 12보살이 불타와 1문 1답하는 형식을 취했다. 고려의 지눌(知訥)이 이 경을 중시해 요의경(了義經)이라 하면서 퍼뜨리기 시작했다. 조선 초 함허(涵虛)가 『원각경』 3권을 지으면서 한국 불교 전문강원(專門講院)에서 승려의 교과 과목으로 채택되었다. 『유마경維摩經』 『능엄경楞嚴經』과 함께 선(禪)의 3경(經)이며, 이에 대한 주석서(註釋書)로는 당나라 종밀(宗密)의 『원각경소圓覺經疏』 6권, 『원각경초圓覺經鈔』 20권, 『원각경대소圓覺經大小』 12권 등 9종이 있다. 현존 경판은 1588년 청도군 운문사(雲門寺)에서 판각한 경판이 보존되어 있고, 1611년 하동 쌍계사(雙溪寺) 판각과 1655년 순천 선암사(仙巖寺) 판각의 경판이 보존되어 있다.

2) 사대(四大): 불가에서 말하는 세상의 사원소. 지(地)·수(水)·화(火)·풍(風). 도가에서는 도(道)·천(天)·지(地)·인(人, 왕王)을 말한다. 『도덕경』 25장에 "도가 크다, 천이 크다, 지가 크다, 왕이 또한 크다. 역중(域中, 세계 전체)에는 4가지 큰 것이 있으니, 왕은 그중 하나다(道大, 天大, 地大, 人亦大. 域中有四大, 人居其一焉)"라고 했다.

3) 『열자列子』: 열어구(列禦寇). BC 400년경 정(鄭)나라에 살았다고 전하지만, 『사기』에는 그 전기가 보이지 않고 『장자』 「소요유逍遙遊」에 "열자는 바람을 타고 하늘을 날았다(列子乘風而行)"고 한 것으로 미루어 보아 장자가 허구로 가정한 인물로 추정된다. 『장자』에서는 그가 세

와 『열자』에서 나온 것이라고 했다.[4] 이 역시 그런 것 같지 않다. 도가와 불교는 모두 정신을 귀하게 여기고 육신은 버린다. 이것은 "동해나 서해나 세상 모두가 마음정신은 똑같다"[5]는 것이므로 입언立言. 논리를 세워 진술함의 본지가 당연히 서로 같지 않으려야 같지 않을 수 없다. 그런데 『원각경』을 번역한 중국 사람은 그 대강의 본지가 『열자』의 말한 바와 비슷하다고 여겨, 『열자』 문장의 어법을 모방하여 문장을 지었으니, 이러한 것은 문인이 행하는 일에서 자주 볼 수 있는 일이다.

당나라 역사의 기록에서 이소가 회서를 평정하고[6] 왕식이 절동을 평정한 뒤[7] 여러 장수들과 문답하는 내용은 모두 한신이 배수진을 써서 조나라 군사를 격파했을 때 한 말[8]을 모방했다. 이소와 왕식 두 사람이 어찌 반드시 앞 시대 사람의 말씨를 배웠겠는가? 그렇다고 그때 그들이 이런 말을 전혀 하지 않았는데 역사가들이 꾸며냈겠는가? 대개 이소와 왕식이 한 말의 뜻이 한신과 비슷했기 때문에 역사가들이 앞 시대 역사서의 문장어법을 훔쳐다 썼을 뿐이다.

주자는 또 "불경 가운데 서축西쓰에서 온 것은 단지 「사십이장경」뿐

상에 쓰이기를 원하지 않고 도를 닦은 인물로 나온다. 한편, 『열자』의 텍스트 성립에 대해서는 여러 가지 논란이 있다.

4) 주자는 또한~했다 : 『주자어류』 권126 「석씨釋氏」의 첫 조항에 여대아(余大雅)의 기록으로 실려 있다.

5) 동해나 서해나~똑같다 : 이를테면 황종염(黃宗炎)의 『주역상사周易象辭』 권3 몽괘(蒙卦) 해설에 "선성(先聖)과 후성(後聖)이 그 규도(揆道, 법도)가 합일하고, 동해와 서해가 심리(心理)가 같다(先聖後聖, 其揆合一, 東海西海, 心理攸同)"고 했다. 이와 같은 통념이 있었기에 서포가 인용한 듯하다.

6) 이소(李愬)가 회서(淮西)를 평정하고 : 회서절도사(淮西節度使) 오소성(吳少誠)의 아들 오원제(吳元濟)가 반란을 일으켰을 때 상국(相國) 이소가 진압했다.

7) 왕식(王式)이 절동(浙東)을 평정한 뒤 : 왕식은 당나라 의종(懿宗) 때 무령절도사(武寧節度使)로 나가, 은도(銀刀) 등의 칠군(七軍)을 모조리 복주(伏誅, 형벌을 받게 해서 죽임)시키고 서(徐) 땅의 난리를 평정했다. 『구당서』 권19에 입전되어 있다.

8) 한신(韓信)이~격파했을 때 한 말 : 『사기』 「회음후열전淮陰侯列傳」에 보면, 한신이 1만여 명의 군대로 20만 명의 조나라 군대를 격파한 배수일전(背水一戰)의 고사가 있고, 전투에서 이긴 후 한신이 병사들과 나눈 문답이 실려 있다.

이다"⁹⁾라고 했지만 어찌 그렇겠는가? 마등과 법란이 처음 중국에 들어갔을 때 주인과 손님 모두 뜻이 통하지 않았으므로, 먼저 불경 중에서 간단하고 쉽게 알 수 있는 것을 번역해 그것을 효시로 삼았을 것이니, 마치 우리나라에서 언자諺字, 한글를 만들어 먼저 『소학』¹⁰⁾과 『삼강행실』¹¹⁾을 번역했고 『주역언해』¹²⁾는 제일 늦게 나온 것과 같다. 이 역시 『능엄경』이나 『원각경』 같은 것은 당나라 초에 비로소 번역된 것과 같다.

　주자는 또 『유마경』¹³⁾이 남북조시대에 만들어졌다고 했으나,¹⁴⁾ 『세설신어』¹⁵⁾에 나오는 은호¹⁶⁾와 왕탄지¹⁷⁾ 같은 사람들의 말¹⁸⁾로 살펴본

---

9) 불경 가운데~「사십이장경」뿐이다: 『주자어류』 권126 「석씨」에 주희의 언급이 나온다. 일반적으로 말하기를, 후한(後漢) 64년에 명제(明帝)가 금옷을 입은 사람을 꿈에 보고 채음(蔡愔)·왕준(王遵) 등 16인을 서역에 보내 불법을 들여왔는데, 가섭마등(迦葉[攝]摩騰)과 축법란(竺法蘭)이 백마에 불경 42장과 불상을 가져왔고 백마사(白馬寺)에서 『불설사십이장경佛說四十二章經』을 지어 불법을 강해(講解, 글이나 학설을 강론해 해석함)했다고 한다. 따라서 백마사는 중국 최초의 불사(佛寺)이고 『불설사십이장경』은 최초의 한문 불경인 셈이다.

10) 『소학小學』: 주희가 제자 유자징(劉子澄)에게 소년들을 학습시켜 교화할 수 있는 내용의 서적을 편집하게 하여 주희가 교열, 가필한 것이다. 1185년에 착수해 2년 뒤 완성했다. 내·외 2편으로 되어 있는데, 내편은 입교(立敎)·명륜(明倫)·경신(敬身)·계고(稽古)의 4개 항목을 기본으로 유교 윤리사상의 요강을 논했으며, 외편은 가언(嘉言)·선행(善行)의 2개 항목 밑에 한나라 이후 송나라까지의 현철(賢哲, 현인과 철인)의 언행을 기록해 내편과 대조시켰다. 봉건제 사회에서 개인 도덕의 수양서로 특출한 것이다.

11) 『삼강행실三綱行實』: 정석견(鄭錫堅, ?~1500)이 1489년 산정(刪定)한 책. 정석견은 본관이 해주(海州)로, 자는 자건(子健), 호는 한벽재(寒碧齋). 삼강은 군위신강(君爲臣綱), 부위자강(父爲子綱), 부위처강(夫爲妻綱)을 말한다.

12) 『주역언해周易諺解』: 조선 선조 때 『주역』에 한글로 토를 달고 우리말로 번역한 책. 활자본. 9권 5책. 교정청(校正廳)을 설치해 번역본을 일단 완성한 듯하나, 1606년(선조 39)에 재차 역주 작업을 실시해 간행했다.

13) 『유마경維摩經』: 『유마결소설경維摩詰所說經』 『유마결경維摩詰經』 『정명경淨名經』 『불가사의해탈경不可思議解脫經』이라고도 한다. 모두 3권 14품이다. 후진(後秦) 때 구마라집(鳩摩羅什)이 번역했다. 대승반야공관(大乘般若空觀)을 선전하고, 소승(小乘)의 일면성을 비판했다.

14) 주자는~했으나: 『주자어류』 권126 「석씨」의 한 조항에서 주희는 『유마경』에 "옛적에 이백기(李伯紀)의 아들의 설을 듣자니"라는 글이 나오고 이백기는 남북조시대 사람이라는 이유로 『유마경』이 남북조시대에 만들어졌으리라는 견해를 드러냈다.

15) 『세설신어世說新語』: 중국 남조 송나라의 유의경(劉義慶, 403~444)이 편집한 후한 말부터 동진(東晉)까지의 명사들의 일화집. 『유의경세설』 『세설신서』라 불렸으나, 북송 이후로 현재

다면, 이 불경은 동진시대에 이미 성행했다. 고개지[19]의 벽화로 〈금속
金粟〉이라는 것도 후세에 전하는데 어찌 남북조시대에 나왔다고 하겠

의 명칭이 되었다. 덕행(德行)·언행(言行)부터 혹닉(惑溺, 홀딱 반해 빠짐)·구극(仇隙, 원수
와 같이 나쁜 사이)까지 36문으로 나눈 3권본으로 정해졌다. 선행하는 유사 재료와 진(晉)나
라 배계(裴啓)의 『어림語林』이나 곽반(郭頒)의 『위진세어魏晉世語』 등을 바탕으로 유의경을
중심으로 한 문인들이 선택, 수록한 듯하다. 양(梁)나라 유효표(劉孝標)의 주(註)는 나중에
없어진 사료(史料)를 풍부하게 인용했다. 그 밖에 명나라 왕세정(王世貞)의 『세설신어보世說
新語補』 등이 있다. 현재 왕조(汪藻)의 『서록敍錄』을 곁들인 송판(宋版, 존경각본尊經閣本)이
진정(秦鼎)의 주해 『세설전본世說箋本』과 함께 이용되고 있다.

16) 은호(殷浩, ?~356): 진(晉)나라 진군(陳君) 장평(長平, 하남성 화현華縣 동북) 사람. 선(羨)
의 아들. 자는 심원(深源).

17) 왕탄지(王坦之): 진(晉)나라에서 중랑장(中郎將) 벼슬을 지냈다. 자는 문탁(文度). 사안(謝安)
과 절친했다.

18) 은호와 왕탄지 같은 사람들의 말: 은중군(은호)과 불교의 관계는 『세설신어』에 나온다. 『세
설신어』 「문학文學」에 보면, "은중군이 폐출(廢黜, 작위나 관직을 떼고 내침)당해 동양(東陽)
으로 가서 불경을 보기 시작했는데, 처음으로 『유마경』을 보고 『반야바라밀』이 너무 많은 것
을 의심했다. 후에 소품을 읽고 글이 너무 짧은 것을 한탄했다(殷中軍被廢東陽, 始看佛經. 初
視維摩詰, 疑般若波羅密太多. 後見小品, 恨此語少)"라고 했다. 그리고 왕탄지와 불교의 관계는
『신수신기新搜神記』에 나온다. 『신수신기』 「강하영모연絳霞映暮煙」에 다음과 같은 기록이 있
다. "사문 축법사(竺法師)는 회계(會稽) 사람이다. 북조 중랑장 왕탄지와 서로 어울려 아주
친했다. 번번이 사생(死生)·죄복(罪福)·보응(報應, 인과에 따라 선악이 되갚음됨)의 일을
논했으나 아득해 분명히 밝힐 수가 없었다. 그래서 함께 약속하기를 만약 한 사람이 먼저 죽
으면 알려주기로 했다. 그런 말이 있은 뒤 한 해가 지나서 왕탄지가 사당에 있다가 홀연 축법
사가 온 것을 보았다. 축법사는 이렇게 말했다. '소승은 아무 달 아무 날에 운수가 다했습니
다. 죄복의 설은 빈말이 아니어서, 몸체에 그림자가 있듯 소리에 메아리가 치듯 분명합니다.
단월(檀越, 그대)께서는 도덕을 삼가 닦아서 신명의 경지로 오르시기를 바라나이다'(沙門竺
法師, 會稽人也. 與北中郎王坦之周旋甚厚, 每共論死生罪福報應之事茫昧難明, 因便共要, 若有先死
者, 當相報. 語后經年, 王于廟中忽見法師來, 曰: '貧道以某月日命故, 罪福皆不虛, 應若影響. 檀越
惟當勤修道德, 以升躋神明耳')."

19) 고개지(顧愷之): 중국 동진(東晉)의 화가로, 강소성 무석(無錫) 사람. 자는 장강(長康)·호두
(虎頭). 생몰 연대는 분명하지 않으나 의희(義熙) 연간(405~418) 초기에 산기상시(散騎常侍)
가 된 얼마 후 62세로 죽은 듯하다. 364년(흥녕2) 건강(建康, 지금의 남경)에 있는 와관사(瓦
官寺) 벽면에 유마상(維摩像)을 그려 화가로서 이름을 드러냈다. 유마는 금속여래(金粟如來)
가 화신해 세상에 나온 것이라고 전하므로, 유마상을 금속 그림이라고 말한다. 고개지는 「논
회論畫」「화운대산기畫雲臺山記」 등의 화론(畫論)을 남겼다. 송나라 육탐미(陸探微), 양나라
장승요(張僧繇)와 함께 육조(六朝)의 3대가라 일컬어지며, 당나라 장언원(張彥遠)이 지은 『역
대명화기歷代名畫記』 등에서도 세 사람이 함께 거론된다. 현재 영국박물관에 있는 〈여사잠도
女史箴圖〉는 고개지의 진적(眞蹟, 친필)으로 알려져왔으나, 지금은 당나라 때의 모작(模作)으
로 보는 견해가 유력하다.

는가?

朱子又以『圓覺經』"四大分散, 妄身何在"語, 類『列子』, 遂謂佛經出於
『莊』·『列』, 此亦恐不然. 老·釋二家, 皆貴精神, 而遺形骸, 此所謂"東海西
海同此心"者. 立言之旨, 自有不容不同者, 而華人之譯是經者, 見其大旨,
與『列子』所云相似, 倣其文法以文之, 此乃文人之常事.

唐史記李愬平淮西·王式平浙東後, 與諸將問答, 皆依倣韓信破趙語, 何
必是王·李二人故學前人? 亦豈當時都無此語, 而史臣杜撰乎? 蓋王·李所
言意勢, 與韓信相近, 故史臣竊用前史文法耳.

朱子又謂: "佛經西來者, 只是四十二章", 豈其然乎? 摩騰[20]·法蘭初入
中國, 主客不相通其意, 先譯經藏中簡而易曉者, 爲之權輿, 如我國造諺字,
先譯『小學』及『三綱行實』, 而『周易諺解』最後出, 亦如『楞嚴』·『圓覺』之屬,
始譯於唐初也.

朱子又謂: "『維摩經』是南北朝人所造", 而以『世說新語』殷浩·王坦之諸
人語觀之, 則是經已盛行於東晉, 顧愷之壁畫[21]「金粟」, 亦傳於後世, 安可謂
出於南北乎?

🌿 평설

불교가 어느 때 중국에 처음 들어왔는지에 대해서는 종래 여러 설이
있었다. 또 불경 가운데 인도에서 수입된 것과 중국에서 만든 것의 구
별에 대해서도 의견이 다르다. 주희는 후한 때 들어온 '사십이장경'만
인도의 본래 불경이라 보고, 『유마경』은 남북조시대에 만들어졌다고

---

20) [교감] 騰: 고려대본은 '謄'으로 되어 있다. 통문관본과 연민문고본을 따른다.
21) [교감] 畫: 고려대본은 '筆'로 되어 있다. 오자이다. 통문관본과 연민문고본을 따른다.

주장했다. 서포는 '사십이장경'이 처음 한문으로 번역된 불경들이고, 불교의 연구가 심화되면서 다른 불경들도 차례로 번역되었으며, 『유마경』은 이미 동진시대에 존재했다고 추정했다. 서포는 불경 가운데 한나라 사람이 지은 것도 있다는 사실을 알지 못했다. 하지만 주희의 오류에 대해서는 어느 정도 잘 반박했다고 말할 수 있다.

가의賈誼, BC 200~BC 168   한(漢)나라 문제(文帝) 때의 학자로, 낙양(洛陽) 사람. 시문에 뛰어나고 제자백가에 정통해 문제의 총애를 받아 약관으로 최연소 박사가 되었다. 1년 만에 태중대부(太中大夫)가 되어 진(秦)나라 때부터 내려온 율령·관제·예악 등의 제도를 개정하고 관제를 정비하기 위해 많은 의견을 올렸다. 그러나 주발(周勃) 등 고관들의 시기로 장사왕(長沙王)의 태부(太傅)로 좌천되었다. 자신의 불우한 운명을 굴원(屈原)에 비유해「복조부鵩鳥賦」「조굴원부弔屈原賦」를 지었으며,『초사楚辭』에 수록된「석서惜誓」도 그의 작품으로 알려졌다. 4년 뒤 복귀해 문제의 막내아들 양왕(梁王)의 태부가 되었으나 왕이 낙마로 급서(急逝)하자 이를 애도한 나머지 1년 후 33세로 죽었다. 저서에『신서新書』10권이 있다. 진나라의 멸망 원인을 논한「과진론過秦論」이 널리 알려져 있다.

가토 기요마사加藤清正, 1562~1611   일본의 에도시대(江戶時代)에 활동한 무장(武將). 1562년 나카무라(中村)에서 출생했으며, 아명은 가토 도라노스케(加藤虎之助). 도요토미 히데요시(豊臣秀吉)와는 6촌간으로, 어렸을 때부터 히데요시의 시동을 지내며 많은 전투에 참가해 전공을 세웠다. 시즈가타케 전투(賤ヶ岳の合戰)에서는 뛰어난 활약으로 후쿠시마 마사노리(福島正則)·가토 요시아키(加藤嘉明) 등과 더불어 '시즈가타케의 칠본창(七本槍)'이라는 별칭을 얻었다. 히데요시의 전국통일 이후 규슈(九州)의 히고(肥後) 남부에서 25만 석의 다이묘(大名)로 임명되었다. 임진왜란 때 함경도로 침략해 조선의 왕자 임해군과 순화군을 포로로 잡았으나 울산 싸움에서 위기를 겪었으며, 그 과정에서 함께 참전한 고니시 유키나가(小西行長)·이시다 미쓰나리(石田三成) 등과 갈등을 빚었다. 1598년 히데요시가 죽고, 섭정을 맡았던 도쿠가와 이에야스(德川家康)와 이시다 미쓰나리가 세키가하라 전투(關ヶ原戰鬪)를 벌이자, 동군(東軍)인 이에야스 측에 참전해 고니시 유키나가의 우토성(宇土城)을 함락했다. 이후 구마모토(熊本) 대영지(大領地)의 세습영주가 되어 7년에 걸친 대공사 끝에 구마모토성을 축조했다. 정치가로서도 능력을 발휘하다가 1611년 8월 2일에 사망했다.

가후賈詡   후한 말기부터 활동한 위(魏)나라 모사(謀士). 자는 문화(文和). 본래 동탁(董卓)의 모사였으나 이각(李傕)과 곽사(郭汜)를 거쳐 장수(張繡)의 모사가 되었다. 그후 장수를 설득해 조조(曹操)에게 항복하게 했으며, 조조의 모사로서 활약했다.

간문제簡文帝 진(晉)나라 제8대 황제 태종(太宗).

강상姜尙 주나라 문왕(文王)과 무왕(武王) 때 활동한 인물. 선조가 여(呂)나라에 봉해졌으므로 여상(呂尙)이라 불렸고, 속칭 여망(呂望) 또는 강태공(姜太公)이라고도 한다. 서백(西伯) 창(昌), 즉 주나라 문왕이 인재를 구한다는 소식을 듣고 반계(磻溪)에서 낚싯바늘도 끼지 않은 채 낚싯줄을 던져 마침내 서백 창의 눈에 띄게 되었다. 여기서 발탁되어 서백 창은 그에게 태공망(太公望)이라는 호를 지어주었는데 서백 창의 아버지 태공이 바라던 인물이라는 뜻이다. 문왕 사후 무왕을 도와 은(殷)나라 주왕(紂王)을 물리치고 주나라를 건국하는 데 공을 세웠다. 이후 성왕이 제나라 제후에 봉해 제나라의 시조가 되었다. 병서(兵書)인 『육도六韜』가 그의 저서라고 전하기도 했다. 『사기』 권32 「제태공세가齊太公世家」에 나온다.

강엄江淹, 444~505 남조 때 문인. 자는 문통(文通). 송(宋), 남제(南齊), 양(梁)의 세 왕조를 섬겼다. 양나라에서는 금자광록대부(金紫光祿大夫)가 되어 예릉후(醴陵侯)에 봉해졌다. 한나라에서 송나라까지 시인 30명의 작품을 모방한 잡체시(雜體詩) 30수를 남겼다. 부(賦)로는 「한부恨賦」「별부別賦」가 유명하다.

강후絳侯 주발(周勃, ?~BC 169).

개보介甫 왕안석(王安石, 1021~1086).

개우蓋寓 후당 태조 이극용(李克用)의 장군 가운데 가장 신임받던 인물.

거군巨君 왕망(王莽, BC 45~AD 23).

건문제建文帝 명나라 제2대 황제 혜제(惠帝). 태조의 손자이며 의문태자(懿文太子)의 아들로, 이름은 윤문(允炆)이다. 뒤에 공민제(恭閔帝)라 불리기도 했다. 의문태자가 일찍 세상을 떠나자 1398년, 즉 홍무(洪武) 25년에 황태손(皇太孫)에 책봉되었다. 즉위 후 제태(齊泰)·황자징(黃子澄)·방효유(方孝孺) 등을 등용하고 여러 왕을 제거할 계획으로 주왕 숙(周王橚), 제왕 부(齊王榑)에게 죄를 씌워 서인(庶人)으로 만들었다. 이에 연왕(燕王)으로 있던 성조(成祖, 명나라 제3대 황제, 영락제)가 1399년에 북평(北平)에서 반란을 일으키고 1402년에 남경(南京)을 함락한 뒤 조카를 몰아내고 왕위를 차지했다. 혜종은 이때 성안에서 불에 타 죽었다고도 하고 살아서 종적을 감추었다고도 한다. 성조는 혜종이 자기에게 황제의 지위를 물려주었다 하여 손국(遜

國)이란 명분을 내세웠으며, 제태·황자징 등을 간신으로 규정해 죽였다. 『명사明史』권4「공민제본기恭閔帝本紀」참조.

경산종고徑山宗杲, 1089~1163 법명은 종고(宗杲), 대혜종고(大慧宗杲)라는 이름으로 더 알려져 있다. 안휘성(安徽省) 선주(宣州) 영국(寧國) 사람. 자는 담회(曇晦), 호는 묘희(妙喜). 공안선(公案禪, 공안을 공부해 진리를 깨닫고자 하는 선불교)을 제창해, 임제(臨濟)의 재흥이라고 일컬어졌다. 법호는 호선(好善). 열일곱 살에 출가해 선주 명교(明敎)선사에게서 깨쳤다. 조동종(曹洞宗)의 장로들을 많이 찾아다니다가 변량의 천녕사(天寧寺)에서 원오선사(圓悟禪師)의 법을 받아 경산 능인사(能仁寺)에서 크게 교화했다. 그때 정치를 비판했다는 혐의로 귀양 갔다가 17년 만에 석방되었다. 75세로 입적했다. 1158년에 경산에 석장을 머무를 때 송나라 효종제(孝宗帝)가 대혜선사(大慧禪師)라는 호를 주었다. 저술로『오법안장五法眼藏』6권,『대혜어록大慧語錄』30권,『법어法語』3권,『대혜보각선사보설大慧普覺禪師普說』5권,「종문무고宗門武庫』1권,『서장書狀』2권 등이 있다. 법을 이은 제자가 90여 명이나 되었다.

경종敬宗 당나라 목종(穆宗)의 맏아들. 이름은 이담(李湛). 유극명(劉克明)의 반란으로 살해되었다.

경포黥布 본명은 영포(英布). 한나라 법에 걸려 얼굴에 자자(刺字, 살을 따고 흠을 내어 죄명을 찍어넣던 벌)하게 되어 경포라 했다. 항적(項籍)이 구강왕(九江王)에 봉했고, 한나라 고조를 도와 천하를 평정했다. 회남왕(淮南王)에 봉해졌다. 뒤에 한신(韓信)과 팽월(彭越)이 죽임을 당하자 두려워서 반란을 꾀했다가 고조에게 토벌당했고, 결국 월(越)로 도망했다가 번양(番陽) 사람의 손에 죽었다.

계곡谿谷 장유(張維, 1587~1638).

계자季子 춘추시대 오(吳)나라 사람. 연릉계자(延陵季子), 즉 계자찰(季子札, BC 575~BC 485). 오나라 군주 수몽(壽夢)의 아들인데, 재덕(才德)을 인정받아 수몽과 그의 세 형이 왕위를 물려주려 했으나 사양했다. 연릉(延陵)에 봉해져 연릉계자라고 불린다. 그에 대한 기록과 평가는『춘추공양전』『춘추좌씨전』등에 보인다.『춘추좌씨전』에 의하면, 양공(襄公) 29년에 그가 노(魯)나라에 와서 주나라의 음악인 주남(周南)과 소남(召南)을 듣고 논평했다. 또 노나라로 가는 길에 서(徐)나라를 지나게 되었는데 서나라 왕이 그의 검(劍)을 좋아했으므로, 사신의 임무를 마치고 돌아가는 길에 주겠다고 약속하고는, 돌아오는 길에 서나라 왕이 죽은 것을 알고 그의 묘에 칼을 바쳐 약속을 지켰다고 한다.

고개지顧愷之 중국 동진(東晉)의 화가로, 강소성 무석(無錫) 사람. 자는 장강(長康)·호두(虎頭). 생몰연대는 분명하지 않으나 의희(義熙) 연간(405~418) 초기에 산기상시(散騎常侍)가 된 얼마 후 62세로 죽은 듯하다. 364년(흥녕 興寧 2) 건강(建康, 지금의 남경)에 있는 와관사(瓦官寺) 벽면에 유마상(維摩像)을 그려 처음으로 화가로서 이름을 드러냈다. 초상화와 옛 인물을 잘 그려 중국 회화사상 인물화의 최고봉으로 일컬어진다. 유마는 금속여래(金粟如來)가 화신해 세상에 나온 것이라고 전하므로, 유마상을 금속 그림이라고도 한다. 고개지는 「논화論畫」 「화운대산기畫雲臺山記」 등의 화론(畫論)을 남기기도 했다. 송나라 육탐미(陸探微), 양나라 장승요(張僧繇)와 함께 육조(六朝)의 3대가라 일컬어지며, 당나라 장언원(張彥遠)이 지은 『역대명화기 歷代名畫記』 등에서도 세 사람이 함께 거론된다. 현재 대영박물관에 있는 「여사잠도女史箴圖」는 옛날부터 고개지의 진적(眞蹟, 친필)으로 알려져왔으나, 지금은 당나라 때의 모작(模作)으로 보는 견해가 유력하다.

고니시 유키나가小西行長, ?~1600 일본 아즈치모모야마시대(安土桃山時代)의 무장. 약종상(藥種商)의 아들로 태어났다. 임진왜란 때 선봉장으로 조선에 출병해 평양까지 침공했다. 화평공작에 실패해 귀국했다가 정유재란(1597~1598) 때 재침했으나 위세가 떨어지고, 도요토미 히데요시가 죽자 퇴각했다. 귀국 후 도쿠가와 이에야스에 맞서 싸우다 패해 참수형을 당했다.

고병高棅, 1350~1413 복건성 장락(長樂) 사람. 자는 언회(彥恢), 호는 만사(漫士). 일명 정례(廷禮). 벼슬은 한림원(翰林院) 대조(待詔)·전적(典籍)을 지냈다. 시서화(詩書畫)에 능해 삼절(三絶)이라 일컬어졌고, 민중십재자(閩中十才子)의 한 사람이다. 저서로 『소대집嘯臺集』 20권, 『수천청기집水天淸氣集』 14권이 전하고, 『당시품휘唐詩品彙』 『당시정성唐詩正聲』을 엮었다. 『당시품휘』에서 당시를 초(初)·성(盛)·중(中)·만(晚)의 4기로 분류한 것으로 유명하다.

고봉원묘高峰原妙 원(元)나라 승려. 천목산(天目山) 사자원(獅子院)에서 강학했고, 명본(明本)에게 의발(衣鉢)을 전했다.

고숙사高叔嗣, 1501~1537 명나라 시인으로, 상부(祥符) 사람. 자는 자업(字業), 호는 소문산인(蘇門山人). 1523년 진사가 되고, 이부주사(吏部主事)를 거쳐 호광안찰사(湖廣按察使)에 이르렀다. 어려서 이몽양(李夢陽)의 지도를 받았으며, 그의 형 중사(仲嗣)와 더불어 재명(才名)을 떨쳤다. 문집으로 『소문집蘇門集』 8권이 있다. 재능을 품고 시대에 용납되지 못하는데다 병이 많은 처지를 비관한 비가(悲歌)를 많이 짓되, 시풍은 담아(淡雅, 담박하고 우아함)하고 청광(淸曠, 맑고 확 트임)해 일찍이 이반룡(李攀龍)이 알아주었으나, 전칠자(前七子)와는 독립해 고유한 풍격을 이루었다.

고환^{高歡} 북제(北齊)의 시조. 처음에 후위(後魏)에서 벼슬하다가 평양군공(平陽郡公)으로 봉해져서 북방을 평정했다. 효무제(孝武帝)를 옹립하고 자신은 승상이 되었다. 효무제는 그의 핍박을 견디다 못해 우문태(宇文泰)에게 도피했다. 이에 효정제(孝靜帝)를 세워, 이때부터 위(魏)나라는 동서로 나뉘었다. 그 아들 고양(高洋)에 이르러 황제의 지위를 찬탈한 후, 자신은 신무황제(神武皇帝)로 추존되었다.

고황제^{高皇帝} 명나라 태조 주원장(朱元璋, 1328~1398). 묘호는 태조(太祖)이고, 재위 기간의 연호에 따라 홍무제(洪武帝)라고도 한다. 호주(濠州)의 빈농 출신으로, 17세에 고아가 되어 탁발승(托鉢僧)으로 지내다 홍건적(紅巾賊)의 부장 곽자여(郭子興)의 부하가 되면서 두각을 나타내 원나라 강남(江南)의 거점인 남경을 점령했다. 그 뒤 각지의 군웅들을 모두 굴복시키는 한편, 북벌군을 일으켜 원나라를 몽골로 몰아내고 중국을 통일했다. 한족(漢族)의 왕조를 회복하고 중앙집권적 독재체제의 확립을 꾀했으나, 공포정치를 행하여 비판을 받았다.

곡응태^{谷應泰, 1620~1690} 청(淸)나라 초기의 학자로, 직례(直隸) 풍윤(豊潤, 지금의 하북 당산시 풍윤구) 사람. 자는 갱우(賡虞), 별호는 임창(霖蒼). 순치(順治) 연간(1644~1661)에 진사시에 합격한 뒤 호부주사·원외랑 등 여러 벼슬을 역임하고 절강제학첨사(浙江提學僉事)에 이르렀다. 견문이 넓고 기억력이 뛰어났으며 문장을 잘 지었다.『명사기사본말明史記事本末』『축익당집築益堂集』등의 저서를 남겼다.『청사열전淸史列傳』권70에 입전되어 있다.『명사기사본말』은 1352~1644년의 명나라 역사를 간명한 문장으로 개괄했다.『명사』보다 80년 앞서 청나라 초기에 완성되었는데, 야사 등 많은 사료를 종합해『명사』와는 성격이 다르다. 농민 봉기와 환관들의 전횡(專橫), 왜구의 동남 연해 침략 등에 관해 집중적으로 기술하고 있어 사료적 가치가 크다. 단, 역사적 사건을 전면적으로 다루지는 못했다.

공근^{公瑾} 주유(周瑜, 175~210).

공명^{孔明} 제갈량(諸葛亮, 181~234).

공문거^{孔文擧} 공융(孔融, 153~208).

공문자^{孔文子} 춘추시대 위(衛)나라 대부(大夫). 이름은 어(圉), 시호는 문(文). 행실이 좋지 않았지만 문이라는 시호를 받았다.『논어論語』「공야장公冶長」

에 관련 기사가 나온다. "자공이 '공문자를 어찌 문(文)이라 합니까'라고 묻자, 공자는 '명민하면서도 배우기를 좋아하며 아랫사람에게 묻기를 부끄러워하지 않으므로 문(文)이라 한 것이다'라고 말했다(子貢問曰: '孔文子, 何以謂之文也?' 子曰: '敏而好學, 不恥下問, 是以謂之文也')."

공서적公西赤 춘추시대 노나라 사람. 자는 자화(子華). 공자의 제자로 공자보다 42세 연하이다. 번거로운 의례를 능숙하게 처리했다. 『논어』「공야장」에 관련 기사가 나온다. "공자가 말하기를, '적(赤)은 예절에 밝아 띠를 묶고 예복을 차려입고 조정에 서서 빈객과 더불어 말을 나눌 만하지만, 그가 어진지는 모르겠다'라고 했다(子曰: '赤也, 束帶立於朝, 可使與賓客言也, 不知其仁也')."

공손문의公孫文懿 공손연(公孫淵, ?~238).

공손연公孫淵, ?~238 서기 3세기 요동 지방의 세력가이자 연나라 왕으로, 공손강(公孫康)의 차남. 자는 문의(文懿). 228년에 숙부 공손공(公孫恭)의 자리를 빼앗아 요동태수가 되었다. 233년에 오나라 손권(孫權)이 보물과 사신을 보냈으나, 공손연은 사신의 목을 베어 위(魏)나라로 보냈다. 이때 위나라 명제(明帝)로부터 낙랑공(樂郞公)의 작위를 받았다. 그러나 경초(景初) 원년(237), 공손연은 연호를 소한(素漢)으로 하고 연나라 왕을 자칭해 위나라에 대항할 뜻을 분명히 했다. 그사이에 위나라에 인질로 잡혀 있던 형 공손황(公孫煌)이 죽임을 당하자, 선비족을 끌어들여 위나라를 침략했다. 위나라 명제가 사마의(司馬懿)에게 반란을 진압하도록 명하자, 사마의는 경초 2년(238)에 요수(遼水)에 이르러 주둔했고, 공손연은 요수(遼隧)에서 성을 견고히 했다. 사마의는 공손연의 본거지였던 양평(襄平)으로 진격해서 점령했다. 연일 장맛비가 내려 철군을 건의하는 부장들도 있었으나, 사마의는 자신의 군대는 숫자가 적고 적군은 숫자가 많아 금방 군량미가 바닥날 터이므로 비가 멎자마자 속전속결해야 한다고 주장했다. 비가 그치고 맹렬한 공격을 받은 공손연은 크게 두려워해서 인질을 교환해 강화할 것을 제의했다. 사마의가 강화를 거절하자 공손연은 남쪽으로 공격했으나 패하고 말았다. 아들 공손수(公孫修)와 함께 도주하다가 위나라 군사에게 붙잡혀 참수되었다. 사마의는 그해 8월에 공손연의 머리를 낙양으로 올려 보냈다. 『진서』 제기(帝紀)「선제宣帝」참조.

공융孔融, 153~208 동한(東漢) 헌제(獻帝) 때의 인물. 자는 문거(文擧). 건안칠자(建安七子) 가운데 한 사람으로 북해상(北海相)을 지냈다. 나이가 어린 예형(禰衡)과 도의로써 사귀었으며, 조조(曹操)에게 상소를 올려 예형이 뛰어난 인재라고 천거했다. 조조의 잘못을 지적해 조조와 사이가 나빴다. 『후한서』에 입전(立傳)되어 있다.

공자孔子, BC 552~BC 479   유교의 개조(開祖). 노나라 창평향(昌平鄕) 추읍(鄒邑, 현재의 산동성 곡부曲阜의 남동) 사람. 자는 중니(仲尼), 이름은 구(丘). 노나라에서는 뜻을 이루지 못하고 15년간 여러 나라로 돌아다니며 선왕(先王)의 도(道)를 역설했으나 그 이상을 현실정치에서 제대로 펴지는 못했다. 만년에는 고향으로 돌아와 사학(私學)을 열어 제자를 가르치는 한편, 『시詩』와 『서書』를 정리하고 예(禮)와 악(樂)을 선정했으며, 『춘추春秋』와 『십익十翼』을 저술했다. 죽은 후 제자들이 그의 언행록인 『논어』를 엮었다.

곽광霍光, ?~BC 68   서한(西漢) 하동(河東) 평양(平陽) 사람. 자는 자맹(子孟). 곽거병(霍去病)의 배다른 동생으로, 대사마대장군(大司馬大將軍)을 지냈다. 무제(武帝)의 유조를 따라 어린 왕 소제(昭帝)를 보필(輔弼)해 정사(政事)를 전담했다. 그 공으로 박륙후(博陸侯)에 봉해졌다. 13년 뒤 소제가 죽자 창읍왕(昌邑王)을 맞아들여 즉위시켰고, 얼마 후 창읍왕이 음란하다 하여 폐위시킨 뒤 선제(宣帝)를 즉위시켰다. 선제를 맞아 22년간 정치를 잘 보좌했으므로, 죽은 뒤 기린각(麒麟閣)의 수좌(首座)에 도상(圖像)이 모셔졌다. 『전한서前漢書』에 입전되어 있다.

곽도郭圖   후한 때의 인물로, 자는 공칙(公則). 원소(袁昭)의 모사.

곽박郭璞, 276~324   진(晉)나라 문희(聞喜, 지금의 산서성) 사람. 자는 경순(景純). 진(晉)나라 원제(元帝, 사마예司馬睿) 때 저작좌랑(著作佐郎)과 상서랑(尙書郎)을 역임했다. 뒷날 정남대장군(征南大將軍) 왕돈(王敦)의 기실참군(記室參軍)이 되었는데, 복서(卜筮, 점괘)가 불길함을 보고 왕돈이 모반할 것을 막으려 간하다가 그에게 살해당했다. 천문·역산(曆算)·복서·시부(詩賦)에 두루 능했다. 『이아爾雅』 『산해경山海經』 『방언方言』 『초사』 등에 주를 달았다.

곽분양郭汾陽   곽자의(郭子儀, 697~781).

곽자의郭子儀, 697~781   당나라 현종(玄宗) 때의 명장으로, 화주(華州, 지금의 섬서성) 정현(鄭縣) 사람. 무과에 급제한 후 천덕군사(天德軍使) 겸 구원태수(九原太守)가 되었다. 천보(天寶) 연간(742~756)에 북경 방위를 맡아 삭방절도사(朔方節度使) 휘하에 있었는데, 안녹산(安祿山)의 난이 일어나자 삭방의 군사를 거느리고 하동절도사(河東節度使) 이광필(李光弼)과 함께 하북(河北)에서 사사명(史思明)을 물리쳤다. 756년에 숙종(肅宗)이 서북의 영무(靈武)에서 즉위한 후에는 황태자 광평왕(廣平王, 뒤의 대종代宗) 밑에서 관

내하동(關內河東) 부원수(副元帥)가 되어 관군을 총지휘했으며, 위구르(회
흘回紇)의 원군을 얻어 장안과 낙양을 수복했다. 그러나 환관 어조은(魚朝
恩) 등의 배척으로 한때 실각했다. 그후 대종의 광덕(廣德)·영태(永泰) 연간
에 토번(吐蕃)이 복고회은(僕固懷恩) 등과 연합해 장안을 치려 하자 다시 기
용되어 위구르를 회유하고 토번을 무찔렀다. 중서령(中書令)에 발탁되고 상
보(尙父)의 칭호를 받았으며 분양왕(汾陽王)에 봉해졌다.

곽자흥郭子興 곽흥(郭興).

곽흥郭興, ?~1355 곽자흥(郭子興)이라고도 한다. 원나라 말기 호주(濠州) 정원
(定遠) 사람. 강회(江淮) 지역 홍건군(紅巾軍) 우두머리였다. 주원장이 그의
군문(軍門)에 참가해 여러 번 공을 세우자, 자신의 딸을 아내로 삼게 했다.
그녀가 후일의 마황후(馬皇后)이다. 곽자흥은 주원장의 협력으로 여러 차례
원나라 군사를 격파했으나, 동지 간에 내분이 그치지 않아 항상 근심하다가
병을 얻어 죽었다. 1370년에 저양왕(滁陽王)으로 추서(追敍, 죽은 뒤에 관작
을 내리거나 품계를 높여줌)되었다.

관중管仲 춘추시대 제나라의 재상(宰相). 본명은 관이오(管夷吾). 가난했던 소
년 시절부터 포숙아(鮑叔牙)와의 깊은 우정은 '관포지교(管鮑之交)'라 하여
유명하다. 환공(桓公)이 즉위할 무렵 환공의 이복동생인 규(糾)의 편에 섰
다가 패전해 노나라로 망명했다. 그러나 포숙아의 진언(進言)으로 환공에게
기용되어 국정(國政)에 참여하였다. 환공을 도와 군사력을 강화하고 상업·
수공업을 육성했다. 제환공은 그의 보필로 동방이나 중원(中原)의 제후와 9
번 회맹(會盟)하고, 남쪽의 초(楚)나라를 눌렀다. 『관자管子』는 후세 사람들
이 가필한 것이라 한다.

광장匡章 제나라 장군. 그의 부친이 모친을 죽여 마판 밑에 파묻자, 광장은 부친
에게 죽은 모친을 용서하고 다른 데에 옮겨다 묻기를 권유했다. 부친이 들어
주지 않자, 부친이 마음을 돌리지 않는 이상 처자의 봉양을 받을 수 없다고
하여 처를 내보내고 자식을 자기 앞에 오지 못하게 했다. 부친이 마음을 돌
리지 않고 그대로 죽어버리자, 광장은 처자를 물리친 채 혼자 살았고, 모친
도 다시 장사지내지 않았다. 『맹자』「이루離婁·하」에 나온다. "공도자(公都
子)가 말했다. '광장을 온 나라 사람들이 모두 불효라고 합니다만 부자(夫
子)께서 그와 더불어 교유하시고 또 따라서 예우하시니, 감히 묻겠습니다.
어째서입니까?' …… 맹자가 말했다. '광장은 아들로서 아버지에게 책선(責
善, 옳은 일을 하도록 서로 권함)을 하여 서로 맞지 않은 것이다'(公都子曰:
'匡章, 通國皆稱不孝焉, 夫子與之遊, 又從而禮貌之, 敢問何也?' … 孟子曰:

'夫章子, 子父責善而不相遇也'." 맹자는 제나라 사람들이 모두 불효자라고 싫어하는 광장과 예모를 갖추어 교유했다. 『조주장지趙注章旨』에는 "광장은 부친에게 죄를 지어 처를 내보내고 자식을 못 오게 하여 위로는 봉양하지 못하고 아래로는 자기를 책망했다. 뭇사람은 불효라고 했지만 기실은 그렇지 않다. 그렇기 때문에 맹자는 예모를 갖추어 그를 대해주었던 것이다"라고 했다. 주자의 『집주集注』에는 "이 장의 뜻은 뭇사람이 미워하는 일에 대해서도 반드시 그것을 살펴야 한다는 것으로서, 이것으로 성현의 지극히 공정하고 지극히 어진 마음을 알 수 있다"고 했다.

광형匡衡　전한(서한)의 학자·정치가. 자는 치규(雉圭). 『시경』에 밝았다. 태자소부(太子少傅)와 승상을 지냈는데, 직언을 잘해 면직되기도 했다.

구래공寇萊公　구준(寇準, 961~1023).

구마라집鳩摩羅什, 343~413　구마라시바(鳩摩羅時婆)·구마라기파(拘摩羅耆婆)로도 적으며, 줄여서 나집(羅什)이라고도 한다. 동수(童壽)라고 번역된다. 구마라염(鳩摩羅炎)을 아버지로, 구자국(龜慈國) 왕의 누이동생 기파(耆婆)를 어머니로 하여 구자국에서 태어났다. 후진(後秦)의 요흥(姚興)이 양(涼)을 쳐서 401년(융안隆安 5) 구마라집을 장안(長安)으로 데려와 국빈으로 대우하고, 서명각(西明閣)과 소요원(逍遙園)에 머물며 여러 불교 경전을 번역하게 했다. 특히 삼론(三論)과 중관(中觀)을 널리 포교했으므로 그를 삼론종(三論宗)의 조사(祖師)라고 일컫는다. 74세에 장안의 대사(大寺)에서 입적했다. 『성실론成實論』『십송률十誦律』『대품반야경大品般若經』『묘법연화경妙法蓮華經』『아미타경阿彌陀經』『중론中論』 등 경률론(經律論) 74부 380여 권을 번역했다.

구문진俱文珍　당나라 덕종(德宗) 때부터 헌종(憲宗) 때까지 활동한 환관. 본래 이름은 구문진이지만 후에 환관 양아버지의 성을 좇아 유정량(劉貞亮)으로 개명했다. 훗날 순종(順宗)을 겁박해 헌종에게 제위를 넘겨주게 했고, 이왕팔사마(二王八司馬)를 축출하는 팔사마의 난을 일으켰다.

구산龜山　양시(楊時, 1053~1135).

구야歐冶　춘추시대 월나라의 단공(鍛工). 구야자(歐冶子). 오나라의 간장(干將)과 더불어 단공으로서 유명하다. 월나라 왕에게 담로(湛盧)·거궐(巨闕)·승사(勝邪)·어장(魚腸)·순구(純鉤)라는 다섯 검을 만들어주고, 초나라 왕에게 용연(龍淵)·태아(泰阿)·공포(工布)라는 세 검을 만들어주었다. 『오월춘추吳越春秋』에 나온다. 현재 복건성 복주시(福州市) 북부에 구야가 칼을 만든 유적이 있다고 전한다.

구양수歐陽脩, 1007~1072 　송나라 길주(吉州) 여릉(廬陵, 지금의 강서성 길안시吉安市) 사람. 자는 영숙(永叔), 자호는 취옹(醉翁). 만년에는 육일거사(六一居士)라고도 했다. 경력(慶曆) 연간(1041~1048)에 범중엄(范仲淹) 등의 개혁 정치에 참여했다는 이유로 보수파 여이간(呂夷簡) 등의 시기를 샀다. 범중엄이 개혁에 실패하자 그도 상서를 올려 혁신을 옹호한 까닭에 척주(滁州)·양주(揚州)·영주(潁州) 등지로 유배되었다. 후에 한림학사(翰林學士)·사관수찬(史館修撰)에 들어가 송상(宋庠) 등과 더불어『신당서新唐書』편찬에 참여했다. 만년에는 왕안석(王安石)의 신법(新法)에 반대했다. 신종(神宗) 희령(熙寧) 4년(1071)에는 태자소사(太子少師)를 지냈다. 그 이듬해 죽자 태자태사(太子太師)로 추증되고 문충(文忠)의 시호가 내렸다.

구우瞿佑, 1341~1427 　명나라 문학가로, 절강성 전당(錢唐, 지금의 항주杭州) 사람. 佑는 祐로도 적는다. 자는 종길(宗吉), 호는 존재(存齋). 양유정(楊維楨)에게「부혜배사賦鞋杯詞」를 지어 바쳐 '구가(瞿家)의 천리구(千里駒)'라고 일컬어졌으나, 관직은 고작 지방 현(縣)의 훈도(訓導)를 지내다가 뒤에 주왕부(周王府) 우장사(右長史)가 되었다. 영락(永樂) 연간(1403~1424)에는 필화(筆禍)로 섬서성 보안(保安)에 유배되었다가 1425년에 복귀했다. 저서에『향대집香臺集』『영물시詠物詩』『존재유고存齋遺稿』『악부유음樂府遺音』『귀전시화歸田詩話』『여청사余淸詞』등 20여 종이 있고, 소설『전등신화剪燈新話』를 남겼다.『전등신화』는 본문 4권과 부록 1권으로,「수문사인전修文舍人傳」「영호생명몽록令狐生冥夢錄」「취취전翠翠傳」「애경전愛卿傳」등 21편을 수록했다. 1378년경에 이루어졌다.

구인후具仁垕, 1578~1658 　조선 중기의 정치가. 본관은 능성(綾城). 자는 중재(仲載), 호는 유포(柳浦). 조부는 좌찬성 구사맹(具思孟)이고, 아버지는 대사성 구성(具宬)이며, 인조의 외종형이다. 1623년(인조 1)의 반정에는 미처 서울에 도착하지 못해 참여하지 못했으나, 처음부터 계획을 세운 공로로 정사공신(靖社功臣) 2등에 오르고 능천군(綾川君)에 봉해졌다. 1644년에는 심기원(沈器遠)의 역모사건을 적발, 처리한 공으로 영국공신(寧國功臣) 1등에 책록되고 능천부원군(綾川府院君)에 봉해졌다.

구일具鎰, 1620~1695 　조선 중기의 정치가. 능풍부원군(綾豐府院君) 구인기(具仁墍)의 아들로, 자는 중경(重卿). 1642년(인조 20) 진사가 되고, 1644년 세마(洗馬)를 거쳐 1646년 공신의 적장자라 하여 와서별제(瓦署別提)로 특진했으며 곧 선공감첨정(繕工監僉正)이 되었다. 1688년 지돈녕부사(知敦寧府事)가 되었는데 이듬해 기사환국(己巳換局)으로 삭직(削職, 죄지은 사람의 벼슬을 빼앗음)당해 송추(松楸)에 은거했으며, 1694년 갑술옥사(甲戌獄事)로 다시 지돈녕부사·지훈련원사(知訓鍊院事) 등에 제수되었으나 사퇴했다.

구준寇準, 961~1023 북송 초기의 정치가·시인. 자는 평중(平仲), 시호는 충민(忠愍). 거란 침입 때 많은 공을 세워 내국공(萊國公)에 봉해져 구래공(寇萊公)이라고도 한다. 고관들의 서곤체(西崑體, 서곤이란 서방의 신선산. 미사여구를 존중하고 비현실적 광경을 추구한 시풍)와는 다른 시풍을 추구해 자연의 애수(哀愁)를 읊은 시를 남겼다. 『구충민공시집寇忠愍公詩集』이 전한다.

굴원屈原, BC 343?~BC 277? 전국시대 초나라의 왕족과 같은 성이며, 이름은 평(平). 회왕(懷王)의 신임이 두터웠으나 참소당하자『이소離騷』를 지었고, 끝내 용납되지 않자 멱라수에 빠져 죽었다. 은사(隱士)인 어부(漁父)를 만나 자신의 심정을 토로하는 형식으로「어부사漁父辭」를 짓기도 했다. 『사기』 권84에「굴원열전屈原列傳」이 있다.

권근權近, 1352~1409 고려 말 조선 초기의 문신·학자. 본관은 안동(安東). 초명은 진(晉), 자는 가원(可遠), 호는 양촌(陽村). 권부(權溥)의 증손이다.

권필權韠, 1569~1612 조선 중기의 문인. 본관은 안동. 자는 여장(汝章), 호는 석주(石洲). 정철(鄭澈)의 문인인데 과거에 뜻이 없어 시주(詩酒)를 즐겼다. 친우들의 추천으로 제술관(製述官)이 되고 동몽교관(童蒙教官)에 임명되었으나 나아가지 않았다. 임진왜란 때에는 구용(具容)과 함께 주전론을 주장했다. 광해군 때 임숙영(任叔英)이 대책(對策, 왕이 질문한 시사 문제에 답변하는 글 양식)에서 유희분(柳希奮)의 방종을 공격하다가 광해군의 뜻에 거슬려 삭과(削科, 과거 규칙에 위반한 급제자의 급제를 취소하던 일)된 사실을 듣고, 「궁류시宮柳詩」를 지어 풍자했다. 1612년 김직재(金直哉)의 무옥(誣獄, 죄 없는 사람을 무고해 일으킨 옥사)에 연루된 조수륜(趙守倫)의 집을 수색하다가「궁류시」를 적은 원고가 발견되어 해남으로 귀양 가게 되었다. 귀양길에 동대문 밖에서 술을 폭음하고는 이튿날 44세로 죽었다. 문집으로『석주집石洲集』이 전한다.

규봉종밀圭峯宗密, 780~841 당나라 승려로 화엄종의 제5조. 과주(果州) 서충(西充, 현재의 사천성) 사람. 속성은 하씨(何氏), 호는 규봉(圭峰), 시호는 정혜선사(定慧禪師). 젊어서 유교를 배우고 807년 수주(遂州)의 도원(道圓)에게 출가해 선을 배웠다. 회창(會昌) 원년(841) 1월에 흥복탑원에서 62세로 입적했으며, 선종에서는 하택종(荷澤宗)에 속하고, 화엄종에서는 징관(澄觀)의 뒤를 이은 제5조이다. 「선원제전집도서禪源諸詮集都序」에서 교선일치(教禪一致)를 주장하여, 선(禪) 3종(宗)과 교(教) 3종(宗)을 대조하고 서로 융

합해 일치함을 밝혔다. 선 3종이란 식망수심종(息妄修心宗, 北宗禪), 민절무
기종(泯絶無寄宗, 牛頭禪과 石頭希遷 계통), 직현심성종(直顯心性宗, 馬祖道
一 계통, 荷澤宗)을 가리키며, 교 3종이란 밀의의성설상교(密意依性說相教,
人天敎·小乘敎·唯識敎), 밀의파상현성교(密意破相顯性敎, 般若空觀 계통),
현시진심즉성교(顯示眞心卽性敎, 如來藏思想 계통)를 가리킨다. 저서로는
『원각경소圓覺經疏』『원각경초圓覺經鈔』『화엄윤관華嚴倫貫』15권,『기신론
주起信論註』『선원제전집도서禪源諸詮集都序』100권,『원인론原人論』『행원
품수소의기行願品隨疏義記』등이 있다.

금남錦南　정충신(鄭忠信, 1576~1636).

기신紀信　한나라 고조의 충신. 항우(項羽)가 형양(滎陽)을 포위해 위급할 때, 스
스로 고조의 수레를 타고 고조인 것처럼 주의를 끌어 초(楚)나라를 속였다.
고조는 그 틈을 타서 빠져나갔으므로, 항우는 그 사실을 알고 분노해서 기신
을 태워 죽였다. 후에 순경(順慶)에 사당을 세우고 충우(忠祐)라 했다.

김류金瑬, 1571~1648　조선 중기의 정치가. 본관은 순천. 자는 관옥(冠玉), 호는 북
저(北渚), 시호는 문충(文忠). 유근(柳根)의 사위이다. 1596년(선조 29)에
문과 급제해 승문원과 예문관의 관직을 거쳐 1612년(광해군 4) 교리(校理)
로 있다가 강계부사(江界府使)로 나갔다. 1617년(광해군 9)에 폐모론(廢母
論)이 일어나자, 정청(庭請, 대신이 백관을 거느리고 궁정에 나가 큰 일을
아뢰어 하교를 기다리는 일)에 참여하지 않아 대간(臺諫)의 탄핵을 받고 낙
향했다. 이귀(李貴) 등과 함께 인조반정을 주도하여 승평부원군(昇平府院
君)에 봉해지고, 대제학·우의정·좌의정을 거쳐 영의정에 올랐다. 심기원(沈
器遠)의 역모를 평정한 공으로 영국공신(寧國功臣) 1등에 오르고 순천부원
군(順天府院君)이 되었다. 저서에『북저집北渚集』이 있다.

김시양金時讓, 1581~1643　조선 중기의 정치가. 본관은 경주(慶州)로, 현감 인갑
(仁甲)의 아들. 처음 이름은 시언(時言)으로, 자는 자중(子中), 호는 하담(荷
潭), 시호는 충익(忠翼). 문과 급제 뒤 광해군 때 전라도사(全羅都事)로 있다
가 정치를 비판한 죄로 경성(鏡城)에 유배되었다. 인조반정으로 풀려나 예
조정랑(禮曹正郎)과 홍문관 교리(校理)를 거쳐, 이괄(李适)의 난을 평정하
는 데 공을 세워 응교(應敎)로 승진했다. 정묘호란 뒤 평안도관찰사 겸 체찰
부사를 지내고 병조판서 겸 사도체찰사(四道體察使)로서 척화를 주장했다.
뒤에 판중추부사(判中樞府事)로서『선조실록』을 개수하는 중 실명하여 사직
했다. 염리(廉吏, 청렴한 관리)에 선발되었다. 회령(會寧)의 향사(鄕祠)에
제향(祭享, 제사를 받음)되었다. 저서에『하담파적록荷潭破寂錄』『하담집荷

潭集』『부계기문涪溪記聞』 등이 있다.

김춘택金春澤, 1670~1717 　김만중(金萬重)의 족손. 본관은 광산(光山)으로, 자는 백우(伯雨), 호는 북헌(北軒), 시호는 충문(忠文). 아버지는 호조판서 김진구(金鎭龜), 할아버지는 숙종의 장인 김만기(金萬基, 즉 서포 김만중의 형)이다. 증조모 윤씨에게 학업을 익히고, 종조부 김만중에게 문장을 배웠다. 1689년의 기사환국(己巳換局) 이후 남인이 정권을 잡았을 때 여러 차례 투옥, 유배되었다. 1694년 궁중과 내통해 폐비 민씨를 복위시키려 했다는 죄로 체포되어 심문받았으나, 갑술환국(甲戌換局)으로 남인이 축출되면서 풀려났다. 남구만(南九萬) 등 소론으로부터 파행적 정치활동을 했다고 공격받아, 1701년 부안(扶安)에 유배되었다. 다시 희빈 장씨의 소생인 세자를 모함했다는 혐의로 서울로 잡혀가 심문을 받고, 1706년 제주로 이배되었다. 이조판서를 추증받았으며, 문집으로『북헌집北軒集』이 전한다.

김휘金徽, 1607~1677 　조선 중기의 정치가. 본관은 안동. 자는 돈미(敦美), 호는 사휴정(四休亭)·만은(晚隱). 김시양(金時讓)의 아들이다. 1642년(인조 20) 식년문과에 병과로 급제해 봉교로 임명되고, 같은 해 홍문록에 올랐다. 1646년 민회빈(愍懷嬪) 강씨(姜氏)가 사사되자 정언으로 있으면서 그 경위를 규명하라는 소를 올렸다가 파직되었다. 1649년 효종이 즉위하자 부수찬에 기용되고, 이조좌랑·이조정랑·교리·응교·헌납·사간·집의 등을 역임했다. 현종 연간에는 충청도관찰사·도승지·함경도관찰사·경상도관찰사·강화유수·황해도관찰사 등을 역임했다. 1666년(현종 7) 남인의 탄핵으로 삭직되었으나, 1668년 형조참판을 거쳐 대사헌이 되었다. 숙종이 즉위한 뒤 1675년 이조판서에 올랐고, 이듬해에 예조판서·개경유수를 역임했다.

나관중羅貫中 　원나라 말기, 명나라 초기의 문인.『삼국지연의三國志演義』의 작가로 알려져 있다. 원나라 때 종사성(鍾嗣成)이 편찬한 잡극 작자의 열전인『녹귀부속편錄鬼簿續編』에, "나관중은 태원(太原) 사람인데, 호해산인(湖海散人)이라고 부른다. 사람들과 잘 어울리지 않았다. 악부(樂府)와 은어(隱語)는 대단히 청신(淸新)하다. 나와 망년지교(忘年之交)를 맺었지만, 시절의 이런저런 연고를 만나 각각 하늘 끝에 있어 만나지 못한다. 지정(至正) 갑진(甲辰, 1364)에 또 만났으나 헤어진 지 60년이 되었으니, 끝내 어디서 죽었는지조차 모른다"라고 되어 있다. 작품으로『풍운회風雲會』『연환간連環諫』『비호자蜚虎子』세 편이 있었다고 하지만 송나라 태조 조광윤(趙匡胤)의 출세담인『풍운회』이외는 전하지 않는다. 그의 본관에 관해서는『녹귀부속

편』은 산서성 태원이라고 했으나, 가정본(嘉靖本)『삼국지연의』의 장대기(蔣大器) 서문에서는 산동성 동원(東原) 사람이라고 했다. 중국학자 왕이기(王利器)는 원나라 말기 주자학자로 절강(浙江) 자계(慈溪) 사람인 조해(趙偕, 보봉寶峰)의 문인으로 거론되는 나본(羅本)이 나관중과 동일 인물이라고 보았다. 또 자계현령 진문소(陳文昭)의 이름이『수호전』에 동평부윤(東平府尹)으로 나온다는 사실에서 나관중이 동평과 특별한 관계에 있다고 주장했다. 그런데 명나라 때 낭영(郎瑛)의『칠수유고七修類稿』는 "『삼국지』『수호지』는 항인(杭人) 나본관중(羅本貫中)이 편찬한 것"이라 했고, 명나라 때『서호유람지여西湖游覽志餘』『속문헌통고續文獻通考』 등은 나관중을 항주 사람이라 했으며, 명나라 때 장편소설『설당전전說唐全傳』에는 '여릉나본편(盧陵羅本編)'이라 되어 있다. 나관중 자신이나 조상이 산서성 태원에서 동평을 거쳐 절강성 항주로 이주한 듯하다.

나박문羅博文, 1116~1168　송나라 남검주(南劍州) 사현(沙縣) 사람. 자는 종약(宗約)·종례(宗禮).

나종례羅宗禮　나박문(羅博文, 1116~1168).

나흠순羅欽順, 1465~1547　명나라 유학자로, 강서성 태화(泰和) 사람. 자는 윤승(允升), 호는 정암(整菴). 주자학의 입장에서 왕양명(王陽明)의 설을 비판했으나, 순수한 주자학자로 보기는 어렵다. 주희(朱熹)는 만물이 기(氣)로 성립된다고 보고, 그 기를 통제하는 것을 이(理)라 생각하여, 이는 기에서 독립된 것으로 보았다. 그러나 나흠순은 기를 떠난 이는 없다 하여 이기일체론(理氣一體論)을 제창했다. '기의 철학'을 내세워, 주희의 '이(理)의 철학'을 수정했다고 할 수 있다. 환관 유근(劉瑾)에 의해 관직을 빼앗겼다가, 후에 남경이부상서(南京吏部尙書)·예부상서(禮部尙書)에까지 이르렀다. 저서에『곤지기困知記』5권,『정암존고整菴存稿』20권이 있고,『정의당전서正誼堂全書』에『나정암집羅整菴集』2권이 수록되어 있다.

낙빈왕駱賓王, 639~684?　당나라 시인으로, 의오(義烏) 사람. 시문이 뛰어나 왕발(王勃, 650~676)·양형(楊炯, 650~695?)·노조린(盧照隣, 637?~689?) 등과 함께 '초당사걸(初唐四傑)'로 일컬어지며, '왕양노락(王楊盧駱)'으로 병칭되기도 한다. 중앙요로에 등용되었으나 측천무후의 노여움을 사서 절강성 임해(臨海)로 좌천되자 불만을 품고 사임했다가 서경업(徐敬業)이 양주(揚州)에서 반란을 일으키자 이에 가담해 격문을 기초했다. 서경업의 반란이 실패한 뒤 처형되었다는 설과 자취를 감추었다는 설이 있다.

난대欒大　한나라의 방사(方士, 신선의 술법을 닦는 사람). 오리(五利). 무제 때 방술로 오리장군(五利將軍)이 되어 악통후(樂通侯)에 봉해졌다. 뒤에 그 말이 징험이 없다고 해서 죽임을 당했다. 『사기』 「봉선서封禪書」와 장형(張衡)의 「서경부西京賦」에 나온다.

남곤 南袞, 1471~1527 조선 전기의 문신. 본관은 의령(宜寧). 곡산군수(谷山郡守) 남치신(南致身)의 아들. 자는 사화(士華), 호는 지족당(知足堂)·지정(止亭). 김종직(金宗直) 문하에서 문명을 떨쳤으며, 1489년(성종 20) 생원·진사시에 모두 합격, 1494년 별시문과에 을과로 급제했다. 검열을 거쳐 사가독서(賜暇讀書, 젊은 관료 가운데 총명한 자를 선발해 휴가를 주고 독서당에서 학문에 전념하도록 한 제도)를 했다. 1504년(연산군 10) 갑자사화(甲子士禍) 때 서변(西邊)에 유배되었으나, 1506년(중종 1)에는 박경(朴耕)의 모반을 무고(誣告, 없는 일을 거짓으로 꾸며 남을 고발함)해서 그 공으로 이조참판이 되고 여러 벼슬을 역임했다. 1518년 주청사(奏請使)로 명나라에 가서 종계(宗系)를 변무(辨誣, 억울함에 대해 변명함)하고 돌아와 예조판서가 되었다. 1519년(중종 14) 심정(沈貞)과 함께 기묘사화(己卯士禍)를 일으켜 집권자 조광조(趙光祖) 등 신진 사류들을 숙청한 후 좌의정이 되고 1523년 영의정에 올랐다. 문장에 뛰어나고 글씨에도 능했으나, 만년에는 죄를 자책, 화를 입을까봐 사고(私稿)를 불태웠다. 죽은 뒤 문경(文敬)이란 시호가 내렸으나, 1558년(명종 13) 관작(官爵)과 함께 삭탈당했다. 저서로 「유자광전柳子光傳」 『지정집止亭集』이 있다.

남구만 南九萬, 1629~1711 조선 후기의 정치인. 본관은 의령. 자는 운로(雲路), 호는 약천(藥泉)·미재(美齋), 시호는 문충(文忠). 1668년 안변부사·전라도관찰사가 되고, 1674년 함경도관찰사가 되었다. 서인으로서 남인을 탄핵하다가 남해로 유배되고, 이듬해 경신대출척(庚申大黜陟, 남인세력이 대거 축출된 사건)으로 남인이 실각하자 도승지·부제학·대제학·대사간을 역임했다. 문집에 『약천집藥泉集』이 있다.

남용 南容 남궁괄(南宮括). 춘추시대 노나라 사람으로 공자의 제자. 『논어』 「선진先進」에 나온다. "남용이 백규(白圭)를 노래한 시를 세 번씩 되풀이해 읽거늘, 공자가 형의 딸을 그의 아내로 삼게 했다(南容三復白圭. 孔子以其兄之子妻之)."

남용익 南龍翼, 1628~1692 조선 중기의 정치가. 송시열(宋時烈)의 문인. 자는 운경(雲卿), 호는 호곡(壺谷), 시호는 문헌(文憲). 이조판서와 양관대제학(兩館大提學)을 지냈다. 1689년(숙종 15) 기사환국 때 명천(明川)에 유배되었다가 3년 뒤 그곳에서 죽었다. 효종·현종·숙종 3대에 걸쳐 청화요직(淸華要

職)을 두루 역임하고 문명을 날렸으나, 늘 근신하고 근면했다. 저서로 『호곡집壺谷集』『부상록扶桑錄』이 있고, 시선집 『기아箕雅』를 엮었다.

낭아왕琅邪王, 558~571 　고엄(高儼)의 봉작명. 북제(北齊)의 종실이었던 그의 자는 인위(仁威). 무성제의 셋째아들로, 후주(後主) 무평 2년에 화사개(和士開) 등이 멋대로 정치를 한다 하여 살해하자, 그를 두려워한 후주가 유도지(劉桃枝)를 시켜 그를 살해했다.

내호아來護兒, ?~617 　수(隋)나라 강도(江都, 지금의 강소성 강도江都) 사람. 자는 숭선(崇善). 양소(陽素)를 따라 절강(浙江)에서 고지혜(高知慧)를 격파하고, 후에 양제(煬帝)를 따라 고구려를 침공했다가 대패했다. 『수서隋書』「내호아열전來護兒列傳」, 『북사北史』「내호아열전」 등 참조.

노담老聃 　노자(老子)의 본명.

노동盧仝, 775?~835 　당나라 중기의 시인. 호북성 범현(范縣) 사람. 호는 옥천자(玉川子). 궁핍한 생활을 하면서도 청렴한 인품을 굽히지 않아, 조정에서 기용하려 했으나 사양했다. 하남령(河南令)으로 있던 한유(韓愈)가 높이 평가했다. 붕당의 횡포를 풍자한 장편시 「월식시月蝕詩」가 매우 유명하다. 재상 이훈(李訓) 등이 환관 소탕을 도모하다가 실패한 '감로(甘露)의 변'에 휩쓸려 살해되었다. 저서에 『옥천자시집玉川子詩集』 2권과 『외집外集』이 있다.

노수신盧守愼, 1515~1590 　조선 선조 때의 명신으로 영의정을 지냈다. 본관은 광주(光州). 자는 과회(寡悔), 호는 소재(蘇齋)・이재(伊齋)・여봉노인(茹峰老人), 시호는 문의(文懿)・문간(文簡). 1543년 식년문과에 장원, 1544년 시강원 사서가 되고 사가독서를 했다. 인종이 즉위하자 대윤(大尹)의 일원으로서 정언(正言)이 되어 이기(李芑)를 논핵, 파직시켰다. 그러나 1545년 명종이 즉위한 후 소윤(小尹) 윤원형(尹元衡)이 이기와 함께 을사사화(乙巳士禍)를 일으키자 이조좌랑에서 파직되고 1547년(명종 2)에 순천(順天)으로 유배되었다. 양재역벽서사건(良才驛壁書事件)으로 가중처벌되어 진도(珍島)로 이배, 19년 동안 귀양살이했다. 1565년 다시 괴산(槐山)으로 옮겼다가, 1567년 선조가 즉위하자 풀려나서 교리(校理)에 기용되고 여러 벼슬을 거쳤다. 1573년(선조 6)에 우의정, 1578년에 좌의정, 1585년에 영의정이 되었다. 1588년 영중추부사(領中樞府事)가 되었으나, 다음해 기축옥사(己丑獄事) 때 지난날 정여립(鄭汝立)을 천거했다는 이유로 탄핵을 받고 파직되었다. 문집에 『소재집蘇齋集』이 있다. 양명학을 공부해 주자학자들의 공격을 받았다. 휴정대사(休靜大師)와도 친교가 있었다.

노자老子 　도가(道家)의 창시자. 초나라 고현(苦縣, 현재의 하남성 녹읍현鹿邑

縣) 사람. 이름은 이이(李耳), 자는 담(聃). 춘추시대 말기 주(周)나라의 수장실사(守藏室史, 장서실 관리인)를 지냈다. 하지만 주나라를 떠나 서방(西方)으로 향하다가 관문지기의 요청으로 상하(上下) 2편의 책을 써주었다고 한다. 이것을 『노자』 또는 『도덕경道德經』이라고 한다.

노직魯直　황정견(黃庭堅, 1045~1105).

누태후婁太后　고환(高歡)의 첫째 부인으로, 고양(高洋)의 모친. 강직하고 호방한 여인이었다.

눌재訥齋　조사연(趙師淵, 1165~1173).

능창군綾昌君　능창대군(綾昌大君, 1599~1615).

능창대군綾昌大君, 1599~1615　조선 중기의 종실. 본관은 전주(全州), 이름은 전(佺). 선조의 손자이고, 원종(元宗, 정원군定遠君)의 셋째아들. 인헌왕후(仁獻王后) 구씨(具氏)의 소생이며, 인조의 동생이다. 작은아버지 신성군(信城君)에게 입양되었다. 1615년(광해군 7) 소명국(蘇鳴國)이 신경희(申景禧)의 추대를 받아 왕이 되고자 했다고 무고해서, 광해군에 의해 교동(喬桐)에 위리안치(圍籬安置, 외부와 접촉하지 못하도록 가시로 울타리를 치고 죄인을 가두어두던 일)되었다가, 17세로 목매어 죽었다. 인조가 즉위하자 신원(伸寃, 원통한 일을 풂)되고, 1632년 대군으로 추봉(追封)되었다.

담양자曇陽子　명나라 담양대사(曇陽大師). 왕세정(王世貞)의 『엄주산인사부고弇州山人四部稿』 속고(續稿) 권78에 「담양대사전曇陽大師傳」이 실려 있다. 성은 왕씨(王氏), 이름은 도정(燾貞), 담양은 그의 호. 왕석작(王錫爵)의 아들이다. 왕석작은 예부상서(禮部尙書)로 문연각태학사(文淵閣太學士)를 겸직했다. 금아유(禁阿諛)·억분경(抑奔競) 등 여러 조항을 상소하였고, 뒤에 수상이 되었다.

당순지唐順之, 1507~1560　명나라 강소성 무진(武進) 사람. 자는 응덕(應德), 호는 형천(荊川). 왕기(王畿)의 학문을 이어받아 양명학자로도 유명하며, 산문작가로도 뛰어났다. 왕신중(王愼中)·모곤(茅坤)·귀유광(歸有光)과 함께 당송파로 불린다. 수학의 삼각법에도 정통했다.

당중우唐仲友, 1136~1188　남송 무주(婺州) 금화(金華, 지금의 절강성) 사람. 자는 여정(與政). 세칭 열재선생(說齋先生)이라고 한다. 신주(信州)와 태주(台州) 지사를 맡아 정치를 잘했다는 명성이 있었다. 재상 왕회(王淮)의 인척으로 경제(經濟)의 학문을 주장해 금화학파(金華學派)를 창시했으며, 학술사상의 면에서 진량(陳亮), 섭적(葉適)과 동조를 이루었다. 태주(台州)지사로 있을 때 주희(朱熹)의 탄핵을 받았다. 즉, 주희는 남송 고종(高宗) 때 급제했으나 시절이 어렵고 어버이가 연로해 물러나 있었다. 그러다가 효종(孝宗)의 구언(求言, 임금이 신하의 바른말을 널리 구함)이 있자, 상소를 하여 부름을 받아 입대(入對, 임금 앞에 나아가 자문에 응하던 일)했다. 이때 효종이 금나라와 강화했으므로 마침내 물러나 절동제거(浙東提擧)가 되었다. 당시 태주지사이던 당중우의 부정한 일을 조사해 탄핵했는데, 봉장(封章, 상소)이 올라가자 재상으로 있던 왕회가 당중우와 인척관계였으므로 주희를 배척했다. 또 임률(林栗)이 주희를 찾아와 강학했지만 의론이 같지 않자 상소하기를, "주희는 문자를 알지 못하고 정이(程頤)와 장재(張載)의 찌꺼기를 표절하고 있다"고 했다. 이 때문에 주희는 절동제거의 직을 물러나고 말았다.

당태종唐太宗, 재위 624~649　당나라 제2대 황제.

대왕代王　한나라 고조의 아홉 왕 가운데 맏아들. 이름은 환(桓). 한문제

대혜종고大慧宗杲, 1089~1163　임제종(臨濟宗) 양기파(楊岐派)의 승려. 곧 경산종고. 앞에 나왔다. 『서포만필』에 인용된 묘희의 말은 『대혜보각선사연보大慧普覺禪師年譜』소흥(紹興) 10년, 『오등회원五燈會元』권20, 『속전등록續傳燈錄』권32 등에 나온다.

덕소德昭　송나라 태조 조광윤(趙匡胤)의 아들.

덕종德宗, 742~805　당나라 제9대 황제(재위 779~805).

도겸道謙　개선사(開善寺)의 스님.

도선道詵, 827~898　신라 말의 승려이며 풍수설의 대가. 속성은 김씨. 15세에 출가해 월유산(月遊山) 화엄사(華嚴寺)에서 승려가 되었다. 846년 곡성 동리산(桐裏山)의 혜철(惠徹)을 찾아가 '무설설(無說說) 무법법(無法法)'의 법문을 듣고 오묘한 이치를 깨달았다. 전라도 희양현(曦陽縣) 백계산(白鷄山) 옥룡사(玉龍寺)에 자리잡고 후학들을 지도했는데, 그의 명망을 들은 헌강왕(憲康王)은 궁궐로 초빙해 법문을 들었다. 고려의 숙종은 대선사(大禪師)를 추증하고 왕사(王師)를 추가했다. 또한 의종은 비를 세웠다. 일설에 의하면 도선은 당나라로 유학해 밀교승려 일행(一行)에게 풍수설을 배워왔다고 한다. 875년(헌강왕 원년)에 도선은 "지금부터 2년 뒤 반드시 고귀한 사람이 태어날 것이다"라고 했는데, 그 예언대로 송악에서 태조가 태어났으며, 이 예언 때문에 태조 이후의 고려왕들은 그를 극진히 존경했다. 도선의 저서라고 전해지고 있는 것으로는 『도선비기道詵秘記』「송악명당기松岳明堂記」「도선답산가道詵踏山歌」「삼각산명당기三角山明堂記」등이 있다.

도신道信, 580~651　중국 선종의 제4조. 13세부터 제3조 승찬(僧璨)에게 10여 년

동안 배워 선법을 이어받았다. 동산법문(東山法門)의 초조(初祖)로, 문하에 500여 명의 학인(學人, 불교를 배우는 사람)을 두었다.

도요토미 히데요시豊臣秀吉, 1536~1598   일본의 무장·정치가. 하급무사인 기노시타 야우에몬(木下彌右衛門)의 아들로, 오와리국(尾張國, 지금의 아이치현愛知縣)에서 태어났다. 젊어서 기노시타 도키치로(木下藤吉郎)라 했고, 후에는 하시바 히데요시(羽柴秀吉)라고 했다가, 다이조 대신(太政大臣)으로서 간파쿠(關白)가 된 뒤 도요토미라는 성을 썼다. 1558년 무렵부터 오다 노부나가(織田信長)의 휘하에서 두각을 나타내 중용되어오던 중, 오다 노부나가가 아케치 미쓰히데(明智光秀)의 모반으로 혼노사(本能寺)에서 죽자 원수를 갚음과 동시에 그 뒤를 이어 천하통일을 이룩했다. 그는 내부 분열을 염려해 전시 동원령을 내려 임진왜란을 일으켰다. 곧, 나고야(名護屋, 지금의 나고야名古屋)에 지휘소를 차리고, 출정군을 9대로 나누어 15만 8800명을 선두로 조선을 침략하게 했다.

도은거陶隱居   도홍경(陶弘景, 451~536).

도종道宗   이도종(李道宗, 600~653). 당나라 종실(宗室)로, 자는 승범(承范). 태종이 번방(藩邦, 변경의 이민족 자치지역)을 침공할 때 참가해 공을 세웠다. 645년 태종의 고구려 침공 때는 요동도(遼東道) 행군총관(行軍摠管)으로서 대총관(大摠管) 이적(李勣)과 함께 6만 대군을 이끌고 쳐들어와 개모성(蓋牟城)·요동성(遼東城)을 함락했으나 안시성(安市城)에서 대패했다. 뒤에 태종은 그가 건의한 평양(平壤) 진격의 전략을 채택하지 않은 것을 후회해 패전의 죄를 용서했다. 용감하고 고상했으나 중국의 많은 문학 작품은 그를 소인배로 묘사했다. 『설가장薛家將』은 대표적인 예이다.

도홍경陶弘景, 451~536   중국 남조 때 단양(丹陽) 말릉(秣陵) 사람. 처음에는 제나라 여러 왕의 시독(侍讀)으로 있었으나, 뒤에 구용(句容)의 구곡산(句曲山)에 은둔했다. 소연(蕭衍)이 세운 양나라 왕조의 기밀(機密)에 참여해 산중재상(山中宰相)이라 불렸다. 명산을 두루 다니며 약초를 조사해서 『본초경집주本草經集注』를 저술했다.

동래東萊   여조겸(呂祖謙, 1137~1181).

동방삭東方朔, BC 154~BC 93   한나라 무제 때 인물. 염차(厭次) 사람. 자는 만천(曼倩). 『한서』「동방삭전」의 찬(贊)은 그를 골계(滑稽)의 웅(雄)이라 일컬었다. 『사기』「골계열전滑稽列傳」에 다음 일화가 나온다. "동방삭이 땅에 엎드려 노래하기를, '세속 속으로 가라앉고, 금마문(金馬門)에서 세상을 피하네. 궁전 안에서 세상을 피하고 몸을 보전할 수 있거늘, 하필이면 깊은 산 속, 쑥대

초가집 아래로 피신하라'라고 했다(據地歌曰: '陸沈於俗, 避世金馬門. 宮殿中, 可以避世全身. 何必深山之中, 蒿廬之下').)." 한나라 때부터 신이(神異)한 일들을 기록한 글을 그의 이름에 가탁하는 일이 많아, 『신이경神異經』『십주기十洲記』 등도 그의 저술이라고 전한다. 하지만 모두 진(晉)나라 이후의 위작(僞作)이라고 한다.

동승董承　후한 헌제(獻帝)의 장인으로, 거기장군(車騎將軍)을 지냈다. 헌제의 밀조(密詔)를 받았다고 하여, 유비(劉備)와 내통하고 조조를 살해하려다가 일이 발각되어 조조에게 죽임을 당했다. 『삼국지』 권32 촉서(蜀書) 「선주전先主傳」에 보면 이러한 기록이 있다. "유비가 출발하기 전 헌제의 장인이며 거기장군으로 있는 동승이 헌제의 허리띠에 쓴 밀조를 주며 조조를 죽이라고 했다. 유비는 미처 행동으로 옮기지 못하고 있었다. 이때 조조가 유비에게 조용히 말했다. '지금 천하에 영웅이 있다면 당신과 나뿐이오. 원술(袁術) 같은 사람은 그 안에 들지 못하오.' 유비는 마침 밥을 먹고 있었는데, 이 말을 듣고 숟가락과 젓가락을 떨어뜨렸다(先主未出時, 獻帝舅車騎將軍董承, 辭受帝衣帶中密詔, 當誅曹公, 先主未發. 是時曹公從容謂先主曰: 今天下英雄, 唯使君與操耳. 本初之徒, 不足數也.' 先主方食, 失匕箸)."

동중서董仲舒, BC 179~BC 104　전한 신도(信都) 광천(廣川) 사람. 어려서 『춘추』를 깊이 공부했다. 경제(景帝) 때 박사가 되고, 무제(武帝) 때 '거현량대책(擧賢良對策)'을 올려 제자백가를 내치고 유술(儒術)만 존중할 것을 주장했다. 무제가 이 주장을 채용한 이후 2000여 년에 걸쳐 유학이 정통학술로 되었다고 전한다. 강도(江都)와 교서왕(膠書王)의 재상을 역임했다가 병으로 사직하고 저술에 주력했다. 강도의 재상을 지냈으므로 동강도(董江都)라고도 부른다. 유학을 중심으로 삼되 음양오행설을 섞어 '천인감응(天人感應)'의 신학체계를 형성했다. 군신·부자·부부의 도리가 모두 하늘의 뜻에서 비롯된다고 생각해 "하늘이 변하지 않으면 도 또한 변하지 않는다"고 주장했다. 저서에 『춘추번로春秋繁露』가 있다.

동탁董卓　후한 영제(靈帝) 때 장군으로, 환관을 주륙(誅戮, 죄를 물어 죽임)하고 스스로 상국(相國)이 되어 소제(少帝)를 폐하고 하태후(何太后)를 시해(弑害, 부모나 임금을 죽임. 시살弑殺)하고는 헌제를 세웠다. 원소(袁紹) 등이 병사를 일으키자, 천자를 장안으로 옮기고 스스로 태사(太師)라 하여 찬탈의 뜻을 품었다. 이때 왕윤(王允)의 계책으로 의붓아들 여포(呂布)에게 죽임을 당했다.

동호董狐　춘추시대 진(晉)나라의 사관(史官). 진나라 영공(靈公)이 조천(趙穿)

에게 시해되자 조돈(趙盾)이 정경(正卿)의 소임을 못한 탓으로 보고, "조돈이 그 군주를 시해했다"고 기록했다. 『춘추좌씨전春秋左氏傳』 선공(宣公) 2년에 나온다. 조천은 조돈의 종부(從父)이다. 영공이 조돈을 죽이려 하자, 조돈은 출분(出奔, 국경을 넘어 도망함)했다가 조천(趙穿)이 영공을 시해했다는 소식을 듣고 돌아와 조천을 토벌했다. 동호는 그 일에 대해 '조돈이 그 군주를 시해하다'라고 써서, 조정의 사람들에게 보였다. 공자가 말하기를, '동호는 옛날의 양사(良史, 어진 사관)이다. 서법(書法, 역사 기록의 방법)을 따라 조돈의 죄를 숨기지 않았다'고 했다."

두건덕竇建德, 573~621　수나라 청하(淸河) 장남(漳南) 사람. 대업(大業) 13년 (616)에 악수(樂壽)에서 장락왕(長樂王)이라고 칭했다. 우문화급(宇文化及)이 수나라 양제를 시해하자 그를 토벌하고 월나라 왕 양동(楊侗)을 하왕(夏王)에 봉했다가 왕세충(王世充)이 양동을 시해하자 스스로 황제라고 칭했다. 이세민(李世民, 훗날 당나라 태종)이 왕세충을 토벌할 때 왕세충을 도왔다가 패한 후 장안에서 참수되었다.

두보杜甫, 712~770　당나라 시인. 자는 자미(子美). 장안 근처 소릉(少陵)에 살았으므로 스스로 소릉야로(少陵野老)라 했다. 후세 사람들은 두소릉(杜少陵)이라고 불렀다.

두양능杜讓能, 841~893　당나라 말기의 인물로, 효성으로 소문났다. 자는 군의(群懿). 한림학사(翰林學士)·병부시랑(兵部侍郎)·동평장사(同平章事)를 지냈다. 소종(昭宗) 때 태위(太尉)로 승진하고 진국공(晉國公)에 봉해졌다. 이무정(李茂貞)이 그를 싫어해 난을 일으키자 소종은 그에게 이무정을 토벌하도록 했는데, 패하여 죽었다.

두여회杜如晦, 585~630　당나라 태종 때의 재상으로, 경조(京兆) 두릉(杜陵) 사람. 자는 극명(克明). 대대로 북조(北朝)와 수나라에서 벼슬하던 관료 집안 출신이다. 수나라 때 현위(縣尉)가 된 후 초야에 묻혀 있었으나, 진왕부 병참군 (秦王府兵參軍)이 되어 각처를 전전했다. 문학관(文學館) 18학사의 한 사람으로 방현령(房玄齡)에게 그 재능을 인정받아 태종 즉위 후에는 태자좌서자 (太子左庶子)·병부상서(兵部尙書)·상서우복야(尙書右僕射) 등의 요직을 맡았고, 채국공(蔡國公)에 봉해졌다. 당나라의 법률제도와 인사행정을 정비해 방현령과 더불어 정관지치(貞觀之治, 당나라 태종이 이룩한 치세)를 이루었다.

두예杜預, 222~284　당나라 경조(京兆) 두릉(杜陵) 사람. 자는 원개(元凱). 『춘추좌씨전』에 대한 주석을 달고, 경문과 주석을 한데 합해 『춘추경전집해春秋經

傳集解』를 엮었다. 『춘추좌씨전』에서 좌씨가 활용한 춘추의례설(春秋義例說, 춘추의 경문을 해석하는 체계적인 논변)을 확인해 좌씨학(左氏學)을 발전시켰다. 두예 이전의 『춘추좌씨전』 연구자들은 『춘추공양전』이나 『춘추곡량전』의 의례설을 빌려 좌씨의 의례설로 세웠는데, 두예는 『춘추석례春秋釋例』를 저술해 『춘추』의 경문(經文)과 좌씨의 전문(傳文)을 상세히 검토하고 귀납적으로 분석해 좌씨 본래의 춘추의례설을 확립했다. 당나라에 이르러 공영달(孔穎達, 574~648) 등이 태종의 칙명을 받아 오경정의(五經正義)를 작성할 때, 『춘추』는 『좌씨전』을 정통 주석으로 보고 또 그 주해는 두예의 주가 가장 뛰어나다고 인정해 두예의 주를 기반으로 정의(正義)를 완성했다. 단, 두예는 스스로 주해한 것이 아니라 학자들을 동원해 주해를 하게 하고 자신의 이름을 붙였다고 한다.

두종주竇從周　남송 때 주희의 제자로, 단양(丹陽) 사람. 자는 문경(文卿).

두홍점杜鴻漸, 709~769　당나라 복주(濮州) 복양(濮陽) 사람. 자는 지손(之巽). 현종 개원(開元) 연간(713~741)에 진사가 되어 대종(代宗) 때 병부시랑·동중서문하평장사(同中書門下平章事)가 되었다.

두황상杜黃裳, ?~808　당나라 순종(順宗)·헌종(憲宗) 때의 정치가. 자는 준소(遵素), 시호는 선헌(宣獻). 벼슬은 문하시랑(門下侍郎)·동중서문하평장사에 이르렀으며, 순종 때 태상경(太常卿)을 거쳐 빈국공(邠國公)에 봉해졌다. 헌종의 신임을 받았다.

등애鄧艾, 197~264　위(魏)나라 대장으로, 의양(義陽) 극양(棘陽, 지금의 하남성 신야新野 동북쪽) 사람. 자는 사재(士載). 사마의(司馬懿)의 하급관리였다가 후에 연주자사(兗州刺史)에 임명되었고, 안서장군(安西將軍)으로 옮겨 촉나라 대장 강유(姜維)와 대치했다. 위나라 경원(景元) 4년(263), 종회(鍾會)와 군사를 나누어 촉나라를 토벌했다. 그가 정예군을 거느리고 음평(陰平)의 작은 길을 통해 촉 땅에 몰래 들어가 면죽(綿竹)에서 제갈첨(諸葛瞻)을 격파하고 곧바로 성도(成都)까지 돌진하자, 후주(后主)가 투항하여 촉한(蜀漢)이 멸망했다. 그 공을 인정받아 태위(太尉)로 봉해졌으나 종회가 모반죄로 무고했으므로, 함거(檻車)에 실려 낙양(洛陽)으로 압송되었다. 종회가 피살당한 후 부하에 의해 풀려났으나, 사사로운 원한을 품고 있던 옛 장수 전속(田續)이 뒤쫓아와 죽였다.

등우鄧禹　후한 신야 사람. 광무제(光武帝)가 병사 일으키는 것을 도와 크게 활약했으므로 천하가 평정된 뒤 고밀후(高密侯)에 봉해졌다. 명제(明帝) 때 태부(太傅)가 되었고, 운대이십팔장(雲臺二十八將)의 수좌(首座)를 차지했다.

등정공滕定公 　등(滕)나라 문공(文公)의 아버지. 정공이 죽자 세자는 사부(師傅) 인 연우(然友)에게 맹자를 찾아가 장례에 관한 일을 묻도록 했다. 연우의 보 고대로 3년상을 지내기로 하자, 부형(父兄)과 백관(百官, 모든 벼슬아치)이 모두 따르지 않았다. 그러자 세자는 연우에게 "내가 지난날 학문을 한 적이 없었고, 말타기와 칼쓰기를 좋아했다(吾他日, 未嘗學問, 好馳馬試劍)"며 자책 했다.

라후라羅睺羅 　라후라존자(羅睺羅尊者). 라후. 실달태자의 아들. 실달태자가 어느 날 동문(東門)을 나갔을 때 정거천(淨居天)이 아주 늙은 사람으로 화해 나타 났고, 남문(南門)을 나갔을 때는 크게 병든 사람으로 화해 나타났으며, 서문 (西門)을 나갔을 때는 죽은 사람으로 화해 나타났고, 북문(北門)을 나갔을 때는 비구(比丘)로 화해 나타났다. 이에 생(生)·노(老)·병(病)·사(死)의 이 치를 목격한 그는 속세를 떠날 뜻이 더욱 깊어졌다. 실달태자의 부친 정반왕 (淨飯王)은 우타이(優陀夷, 실달태자의 학우)를 시켜 그의 출가를 말리게 했 다. 그러나 실달태자는, "나는 불로(不老)·무병(無病)·불사(不死)·불별(不 別)의 네 가지 원(願)이 있다" 하므로, 왕은 야수다라(耶輸陀羅, 실달태자의 비妃)에게 각별히 보호하도록 하고, 이어 야수다라를 통해 이르기를, "왕에 게 후사(後嗣)가 없으니, 자식 하나만 낳아주면 출가를 허락하겠다고 하셨 다"고 했다. 그러자 실달태자가 야수다라의 배를 손가락으로 가리켰는데 문 득 야수다라는 임신한 것을 깨달았다. 이렇게 해서 실달태자의 아들로 라후 가 태어났다. 라후는 하늘로부터 화생한 것이요, 부모의 회합을 거쳐 태어난 것이 아니다. 뒤에 라후라존자라 일컬어졌다.

마속馬謖, 190~228 　촉한의 장수. 제갈량과 형제처럼 지내던 마량(馬良)의 아우. 유비가 형주에 있을 때 형 마량과 함께 유비의 부하가 되어 촉으로 따라 들 어갔다. 여러 고을의 현령과 태수를 지냈고, 재능이 남달라서 제갈량이 높이 평가했다. 그러나 유비는 임종 때 제갈량에게 "마속은 말이 앞서고 몸이 뒤 따르지 않으므로 중요한 일을 맡겨서는 안 된다"고 충고했다. 그렇지만 제갈 량은 마속을 참군(參軍)으로 발탁했다. 남만 정벌 때에는 "용병술은 성채가 아니라 마음을 공략하는 것이며, 무기로 싸우는 것이 아니라 마음을 굴복시 키는 데 있다"고 진언해, 제갈량이 맹획(孟獲)을 용서함으로써 남방을 복종 시키는 데 성공했다. 228년(건흥 6) 제갈량은 위나라 침공에 앞서 기산(祁 山)에 군대를 주둔시켰는데, 위연(魏延)과 오의(吳懿) 같은 실전 경험이 풍부한 장군들을 제쳐놓고 마속을 선봉으로 등용했다. 제갈량은 사마의가 가정(街亭)으로 진군할 것을 예상하고, 마속과 왕평(王平)을 보내 가정을 지키도록 했다. 왕평은 위나라 군사들이 산을 포위하면 큰일이라고 여겨 평지에 진을 치자고 했지만, 마속은 산꼭대기에 진을 쳤다. 마속은 사마의의 대군에게 대패하고 간신히 목숨만 구했다. 마속은 한중(漢中)으로 돌아와 제갈량 앞에 스스로 몸을 묶고 나타나 벌주기를 청했다. 제갈량은 군령에 따라 마속을 처형하고는 통곡했다. '읍참마속(泣斬馬謖)'이라는 고사는 여기서 유래한다.

마조^{馬祖}　마조도일(馬祖道一, 709~788).

마조도일^{馬祖道一, 709~788}　당나라 승려. 속성은 마(馬)씨, 법명은 도일(道一). 처적(處寂)에게 출가해 선(禪)을 배웠고, 후에 원율사(圓律師)에게 구족계(具足戒, 비구와 비구니가 지켜야 할 계율)를 받았다. 그리고 혜능(慧能) 문하의 남악회양(南岳懷讓)의 법을 이었다. 어느 날 "벽돌을 갈아서 거울을 만들수 없는데, 어찌 좌선을 하여 성불할 수 있겠는가"라는 회양의 말을 듣고 깨달음을 얻어, 강서(江西) 지방을 다니며 선의 가르침을 전했다. 그의 사상은 '보통의 평범한 마음이 곧 도(平常心是道)'라는 말로 대변된다. 추상적이고 형이상학적인 사고의 틀로 도피하는 것을 거부하고, '우는 아이를 달래 울음을 그치게 하는 돈(止啼錢)'같이 살아 숨 쉬는 진리를 주장했다. 강서성 홍주(洪州)를 중심으로 교화했기 때문에 그 일파를 홍주종(洪州宗)이라고 한다. 문하에 백장(百丈)·대매(大梅)·남전(南泉) 등 139명의 학인(學人)이 있었으며, 입실 제자만 84명이라고 한다. 이로써 남악의 종풍(宗風, 한 종파의 풍조)이 일시에 융성했다. 그것이 후일 임제종(臨濟宗)으로 발전했다. 『어록語錄』1권이 있다.

만장^{萬章}　전국시대 맹자의 제자. 『맹자』「등문공滕文公·하」에 보면, 맹자에게 "송나라가 장차 왕도정치를 행하려 하니, 제나라와 초나라가 그를 미워해 쳐들어오면 어찌합니까?"라고 물었다. 주희는 『맹자집주孟子集註』에서, "송나라 왕 언(偃)이 등나라를 멸하고 설(薛)나라를 정벌했으며, 제(齊)·초(楚)·위(魏)의 군대를 패퇴시켜 패자(覇者)가 되고자 했다 하니, 아마도 바로 이때인 듯하다"라고 추정했다.

매요신^{梅堯臣, 1002~1060}　북송의 시인. 자는 성유(聖兪). 구양수(歐陽脩)와 시우(詩友)였고, 저서로 『당재기唐載記』『완릉집宛陵集』 등이 있다. 구양수는 「매성유시집서梅聖兪詩集序」에서, "대개 세상에서 전하는 시란 대부분 옛날의 궁한 사람에게서 나온 문사이다. …… 대개 궁하면 궁할수록 더욱 교묘해진다. 그러므로 시가 사람을 궁하게 하는 것이 아니라, 아마도 궁한 사람인 이후에야 공교로워지는 것이다(蓋世所傳詩者, 多出于古窮人之辭也. … 蓋愈窮則愈工. 然則非詩之能窮人, 殆窮者而後工也)"라고 했다.

맹교 孟郊, 751~814   중당(中唐)의 시인. 한유(韓愈)의 복고주의(復古主義)에 동조해서 악부(樂府)나 고시(古詩)를 많이 남겼다. 한유와 시풍이 비슷해 한·맹(韓孟)이라 불린다. 한유는 그의 시를 높이 평가해 "허공에 가로누인 힘찬 언어의 향연(橫空盤硬語)"이라고 했다. 북송의 강서시파(江西詩派)에 영향을 끼쳤다. 저서로 『맹동야시집孟東野詩集』 10권이 있다.

맹달 孟達, ?~228   후한 때 부풍(扶風) 사람. 자는 자도(子度). 젊어서 촉(蜀) 땅에 들어가 유장(劉璋)에게 귀의했다가 유비가 촉에 들어가자 의도태수(宜都太守)가 되었다. 뒤에 관우(關羽)를 돕지 않은 죄가 두려워 부하를 이끌고 위(魏)나라로 귀의해 문제(文帝)의 총애를 받았다. 문제가 죽자 맹달은 자원해서 변방의 임무를 맡았는데, 마음속으로 늘 불안해했다. 제갈량이 그 소식을 듣고 회유하자, 맹달은 여러 차례 제갈량과 편지를 주고받으며 촉으로 귀의하고자 했다. 그러나 그와 사이가 나빴던 위흥태수(魏興太守) 신의(申儀)가 그 사실을 밀고하므로, 태화(太和) 원년(227) 12월에 신성(新城, 지금의 호북성 방현房縣)에서 반란을 일으켰다. 사마의(司馬懿)는 완(宛, 지금의 하남성 남양南陽)에서 8일 만에 성 아래에 이르고, 군대를 나누어 보내 오나라와 촉나라의 원군을 격파하고, 이듬해 정월에 성을 공격해 16일 만에 함락하고 맹달을 참수했다. 맹달은 완(宛)의 지세가 험준하므로 사마의가 친히 출병하지 않을 것이고 완과 신성의 거리가 1000리나 되기 때문에 사마의 쪽의 군대가 오려면 한 달 이상 걸릴 것이라고 판단했다. 그러나 사마의의 군대가 이르자 맹달은 제갈량에게 편지를 보내 "내가 거사(擧事)한 지 겨우 8일 만에 적군이 이미 성 아래에 당도하다니 어찌 그리 신속한가!"라고 했다. 『진서晉書』 제기(帝紀) 선제(宣帝)의 기록에 나온다.

맹지상 孟知祥   오대(五代) 촉(蜀)의 군주. 형주(荊州) 용강(龍岡) 사람. 자는 보윤(保胤), 묘호는 고조(高祖), 시호는 문무성덕영렬명황제(文武聖德英烈明皇帝). 후당(後唐)의 장종(莊宗)에게 인정받아 장종의 아우 극양(克讓)의 딸을 아내로 맞았다. 장종이 낙양에서 제위에 오르자 태원윤 북평유수(太原尹北平留守)가 되고 장종이 시해되자 병란(兵亂)을 일으켰다. 장종의 아들 명종(明宗)이 이를 토벌하려 했으나 뜻을 이루지 못하고 933년 촉왕(蜀王)에 봉했다. 그해에 명종이 죽자 스스로 제위에 올라 국호를 촉(蜀)이라 하고 성도(成都)를 도성으로 삼고는, 연호를 명덕(明德)이라 했다.

맹후孟后, 1073~1131　북송 철종(哲宗)의 황후. 명주(洺州) 사람. 16세에 세가(世家) 여인 100여 명과 함께 선발되어 입궁해서, 원우(元祐) 7년(1092)에 철종이 황후로 책봉했다. 철종의 총애를 받던 유첩여(劉婕妤)가 장돈(章惇)·학수(郝隨) 등과 결탁해서 맹후가 귀신에게 빌어 다른 사람에게 저주를 내린다고 무고했다. 소성(紹聖) 3년(1096) 9월에 폐위되어 화양교주(華陽教主), 옥청묘정선사(玉清妙靜仙師)가 되었고, 충진(沖眞)이라는 법명을 받았다. 원부(元符) 말년에 다시 중궁(中宮)으로 돌아와 원우황후(元祐皇后)가 되었다. 휘종(徽宗)이 즉위하자 조지(詔旨, 칙명)를 따라 다시 요화궁(瑤華宮)에 거처하게 되었다. 흠종(欽宗)이 즉위하고서 원우태후(元祐太后)로 받들려 했으나 조서가 하달되기 전 수도가 금나라 군사에게 함락되었다. 장방창(張邦昌)이 제위를 찬탈한 다음 그녀를 송태후(宋太后)라 하고 다시 존호를 원우황후라 한 뒤, 궁중에 들어와 수렴청정(垂簾聽政, 임금이 정사政事를 볼 수 없을 때 왕대비나 대왕대비가 정사를 돌보던 일)하도록 했다. 1127년 금나라가 송나라 수도 개봉(開封)을 함락하고 휘종과 흠종 부자 및 왕비와 왕족을 북으로 압송해가자, 맹후는 휘종의 아홉째아들 고종을 불러들여 임안(臨安)에서 즉위하도록 했다. 소흥(紹興) 원년(1131) 월주(越州)에 이르러 병으로 죽으니, 향년 59세였다. 시호를 소자헌열(昭慈獻烈)이라 했다가 뒤에 소자성헌(昭慈聖獻)으로 고쳤다.

명도선생明道先生　정호(程顥, 1032~1085).

명제明帝, 28~75　후한의 제2대 황제(재위 57~75). 이름은 유장(劉莊)으로, 광무제의 넷째아들이다. 환영(桓榮)에게 사사(師事)해『춘추』와『상서』에 통달했다. 기원후 67년에 꿈을 꾸고 불교에 귀의(歸依)한 다음 서역 승려를 불러 낙양에 백마사(白馬寺)를 세웠다.

명종明宗, 867~933　후당(後唐)의 왕. 어릴 때의 이름은 홀막길(忽邈佶). 본래 성이 없던 사타부(沙陀部)의 백성이었다. 말타기와 활쏘기를 잘해 후당 태조 이극용(李克用)에게 인정받아 양아들이 되어 이사원(李嗣源)이라는 이름을 하사받았다. 동광(同光) 4년(926) 장종(莊宗, 이존욱李存勗)의 미움을 받자, 위주(魏州)의 병란을 틈타 변주(汴州)를 탈취했다. 4월에 장종이 반란군에게 피살되자, 낙양으로 들어가 국정을 장악하고 이어 제위에 올랐다.

명황明皇　당나라 현종(玄宗, 685~762)의 별칭. 이름은 융기(隆基)이며 예종의 셋째아들이다. 초기 20년 동안은 정사를 잘 다스려 나라가 융성했으나, 노년에 접어들자 정치를 등한시하고, 도교에 빠져 막대한 국비를 소비했다. 35세나 연하인 양귀비(楊貴妃)를 궁내로 끌어들인 뒤 정사를 포기하다시피 해서 권신 이임보(李林甫)가 국정을 대신 맡아보았다. 755년 안녹산(安祿山)의 난이 일어나 사천(四川)으로 난을 피해가던 도중 양귀비는 병사에게 살해된다. 이듬해 아들 숙종(肅宗)에게 양위하고 상황(上皇)으로 은거했으며, 장안으로 돌아온 뒤 죽었다.

모곤茅坤, 1512~1601   명나라 절강성 귀안(歸安) 사람. 자는 순보(順甫), 호는 녹문(鹿門). 요족(猺族)의 반란을 진압했고, 호종헌(胡宗憲)의 휘하에서 왜구 평정을 도왔다. 편서에 『당송팔대가문초唐宋八大家文鈔』가 있고, 저서에 『옥지산방고玉芝山房稿』『해구후편海寇後編』『서해본말徐海本末』 등이 있다.

모문룡毛文龍, 1576~1629   명나라 말기의 군벌. 호는 진남(振南). 1605년 무과에 급제한 다음 요동(遼東) 총병관 이성량(李成梁) 밑에서 유격 활동을 했다. 1621년 누르하치(奴兒哈赤)가 요동을 공략하자, 광녕(廣寧)의 순무(巡撫) 왕화정(王化貞)의 휘하로 들어갔다. 뒤에 연안 제도를 자기편으로 끌어들이고, 조선과 손잡고 청나라를 위협할 태세를 취하여, 좌도독(左都督)에 임명되었다. 그 뒤 전횡을 일삼다가 산해관 군문 원숭환(袁崇煥)에게 참살되었다.

무령왕武靈王, 재위 BC 326~BC 299   전국시대 조(趙)나라 왕. 전국 중기에 강대해진 진(秦)나라가 원교근공책(遠交近攻策)으로 다른 제후국을 압박하자, 전국 7웅의 하나였던 조나라의 무령왕은 가까이 있던 호(胡, 북방민족)를 정벌해서 북방으로 국토를 확대해나갔다. 그동안 호의 전법을 배워 호복(胡服)과 기사(騎射, 말타기와 활쏘기)를 채택하고 군제를 개혁했다. 무령왕은 왕위를 혜문왕에게 물려주고 은퇴해 스스로 주부(主父)라 부르고, 호지(胡地)를 지나 진나라를 공격하려고 했다. 『사기』에 의하면 스스로 첩자가 되어 진나라로 들어갔다고 한다. 무령왕의 장자 장(章)이 동생 혜문왕에 대해 불만을 품고 난을 일으켰고, 이어 주부도 죽어서, 진나라를 공격하려던 계획은 실현되지 않았다.

무삼사武三思, ?~707   당나라 측천무후(則天武后)의 배다른 오빠 무원경(武元慶)의 아들. 무후가 주(周)나라를 세우자 양왕(梁王)으로 책봉되어 요직을 역임했으며, 697년에 재상이 되었다. 이듬해 황태자가 되려고 책동했으나, 적인걸(狄仁傑)의 직간(直諫)으로 실패했다. 둘째아들 무숭훈(武崇訓)이 중종(中宗)의 딸 안락공주(安樂公主)와 결혼한 뒤, 위황후(偉皇后) 및 상관소용(上官昭容)과 사통해 은밀하게 세력을 쌓았다. 안락공주 등과 함께 황태자 이중준(李重俊)을 제거하려다가 태자의 군사에게 붙잡혀 참형되었다.

무씨武氏   당나라 고종(高宗)의 황후. 즉 무측천(武則天), 측천무후.

무양후舞陽侯   번쾌(樊噲). 한나라 패현(沛縣) 사람으로, 유방(劉邦)을 따라 의병을 일으켜 전공을 많이 세웠다.

무원형武元衡, ?~? 중당(中唐)의 시인·정치가. 자는 백창(伯蒼). 헌종 때의 재상으로, 중립노선을 지켜 헌종으로부터 '장자(長者)'라는 별명을 듣기도 했다. 강성해진 번진(藩鎭)을 토벌하자고 주장했는데, 이 때문인지 자객에 의해 장안에서 암살되었다.

무조武曌 측천무후(則天武后, 624~705). 조(曌)는 측천무후가 만든 글자로, 자신의 이름을 표기하는 자형으로 사용했다.

무창武昌 오국륜(吳國倫, 1517~1578).

무측천武則天, 624~705 당나라 제3대 고종의 황후로, 중국 역사상 유일한 여제(女帝). 이름은 무조(武曌)로, 산서성 사람. 14세 때 태종의 재인(才人)으로 궁에 들어갔다. 638년에 태종이 죽은 후 잠시 감업사(感業寺) 비구니가 되었으나 고종(649~683)의 총애로 다시 입궁했다. 그후 황후 왕씨(王氏)를 모함해 쫓아내고 고종 6년(655)에 황후가 되었다. 그 뒤 병약한 고종을 대신해 정무를 맡아 권력을 휘둘렀는데, 고종이 죽자 아들인 중종·예종(睿宗)을 차례로 즉위시켰다가 폐위시켰다. 생애의 마지막 15년(690~705) 동안 국호를 당(唐)에서 주(周)로 변경하고 천수(天授)라는 연호를 썼다. 당나라 왕조의 기반을 튼튼하게 한 측면이 있다. 등극 이후 스스로 만든 글자로 이름을 바꿨다. 조(曌)는 태양을 가리키는 '일(日)'과 달을 지칭하는 '월(月)' 그리고 하늘을 의미하는 '공(空)' 세 글자가 합쳐 이루어진 것으로, 하늘에 해와 달이 동시에 떠 있어 비춘다는 뜻이다.

무후武后 무측천(武則天, 624~705).

묵특冒頓, BC 209~BC 174 한나라 때 흉노족의 왕. 유목 부족들을 통합해 부족연맹체를 유목제국으로 만들고 동호(東胡)를 정벌해 복속시켰다. 평성(平城, 지금의 산서성 대동大同)에서 한나라 고조의 군대를 완전 포위했으나, 길을 터주어 고조로 하여금 달아나게 했다. 이후 한나라 조정은 흉노와 형제 사이임을 선언하고 세폐(歲幣)를 제공하면서 화친(和親) 관계를 맺었다. 고조가 죽자 묵특은 한나라를 경시해 고조의 아내 여후(呂后)에게 구혼하기도 했다. 한나라 조정은 좋은 말로 거절하고, 세폐를 늘려 흉노를 달랠 수밖에 없었다.

문간공文簡公 성혼(成渾, 1535~1598).

문성文成 문성장군(文成將軍). 한나라 무제 때 제(齊) 땅 사람 소옹(少翁). 귀신을 다스리는 방술로 한무제를 만나자 무제는 그를 문성장군에 봉하고 많은 상을 내렸다.

문정공文正公 왕단(王旦).

문정공文靖公 이항(李沆).

문천상文天祥, 1236~1282 남송(南宋) 때 정치가. 자는 송서(宋瑞)·이선(履善), 호는 문산(文山). 남송이 원나라에 항복하자 공제(恭帝)의 명을 받아 원나라에 가서 강화를 청했으나 적진에 구류되었고, 그사이에 도성은 함락되고 송나라는 멸망했다. 북송(北送)되던 중 탈주해 잔병(殘兵)을 이끌고 싸웠으나, 광동성 오파령(五坡玲) 전투에서 다시 체포되었다. 독약을 먹고 자살을 기도했으나 실패해 3년간 옥살이를 했다. 원나라 세조가 벼슬을 권했으나 끝내 거절해 사형당했다. 옥중(獄中)에서 「정기가正氣歌」를 지어 자신의 충절을 드러내기도 했다. 문집에 『문산전집文山全集』이 있다.

민공閔公 춘추시대 노나라 군주. 『춘추』 민공(閔公) 2년의 경문(經文)에 "가을 8월 신축일에 민공이 훙(薨, 임금의 죽음)했다(秋, 八月, 辛丑, 公薨)"라고 되어 있다. 노나라 장공(莊公)에게는 네 명의 형제, 즉 맏이인 경보(慶父)와 동생인 숙아(叔牙), 계우(季友)가 있었다. 장공과 계우는 한어머니에게서 태어났고, 경보와 숙아는 배다른 어머니에게서 태어났다. 노나라 장공 32년, 장공은 임종 전에 숙아를 불러 누가 왕위를 계승하면 좋을지 묻자 숙아는 경보를 추천했다. 장공이 다시 계우를 불러 그의 의견을 묻자 계우는 장공의 아들 반(般)을 추천했다. 장공이 죽자, 계우는 숙아가 경보를 지지할까봐 거짓 명령을 내려 숙아를 잡아다 독주(毒酒)를 먹여 죽였다. 계우는 계획대로 공자 반을 군주의 자리에 앉혔다. 장공이 죽은 지 두 달도 채 되지 않아 경보는 사람을 보내 공자 반을 암살했다. 계우는 공자 반의 피살 소식을 듣고 이 일이 경보의 소행임을 알았지만, 자신의 힘이 부족해 그와 직접 부딪치지 않기 위해 진(陳)나라로 몸을 피했다. 경보는 얼마 동안 왕위에 오르지 않고 있다가, 제나라로 출발하기에 앞서 여덟 살 된 장공의 손자를 왕위에 앉혔다. 그가 노나라 민공(閔公)이다. 이듬해 경보는 민공을 살해했다. 노나라 백성들이 경보를 미워해 집단적으로 반발하자, 경보는 노나라를 떠나 거(莒)나라로 갔다가 자살했다.

민자건閔子騫 공자 문인의 십철(十哲) 가운데 한 사람. 십철이란 안연(顔淵)·민자건·염백우(冉伯牛)·중궁(仲弓)·재아(宰我)·자공(子貢)·염유(冉有)·계로(季路)·자유(子游)·자하(子夏)를 말한다. 『논어』 「옹야雍也」에 보면, 계씨(季氏)가 민자건을 비재(費宰)로 삼으려 하자 그가 거절했다는 이야기가 나온다. "계씨가 민자건을 비(費) 땅의 수령으로 삼자, 민자건이 말하기를, '나 대신 사양한다는 말을 좀 해달라. 나를 다시 부르는 일이 있으면 나는 반드시 문수의 가에 있을 것이다'라고 했다(季氏使閔子騫爲費宰. 閔子騫曰: '善爲我辭焉! 如有復我者, 則吾必在汶上矣'). " 하안(何晏)의 『집해集解』에 보면, "문수로 떠난다는 것은 북쪽 제나라로 가겠다는 말이다(去之汶水上, 欲北如齊)"라고 했다. 뒷날 '재문(在汶)'이라고 하면, 은거(隱居)의 전고(典故, 전거가 되는 고사)가 되었다.

박동량^{朴東亮, 1569~1635} 조선 중기의 정치가. 자는 자룡(子龍), 호는 기재(寄齋)·오창(梧窓)·봉주(鳳洲). 1604년(선조 37) 호성공신(扈聖功臣) 2등에 책록되어 금계군(錦溪君)에 봉해졌고, 형조판서를 역임한 뒤 1608년 의금부판사(義禁府判事)가 되었다. 광해군 시절 계축옥사(癸丑獄事) 때 앞서 선조가 죽을 당시 인목대비(仁穆大妃)의 사주로 궁녀들이 유릉(裕陵, 의인왕후懿仁王后의 능)에 저주할 때 묵인했다는 일과 김제남(金悌男)과 역모를 꾀했다는 죄목으로 투옥되었는데, 역모사건은 부인하고 대북파(大北派)가 조작한 유릉 저주 사건은 시인했다. 이로써 폐모(廢母)의 구실을 제공함으로써 감형되어 지방으로 풀려났다. 1623년 인조반정(仁祖反正)이 일어나자 유릉 저주 사건을 그릇 시인한 죄로 부안(扶安)에 유배되고 1627년 충원(忠原)으로 양이(量移, 멀리 유배된 사람의 죄를 감해 가까운 곳으로 옮기던 일)되었다가 1632년에 풀려났다. 1635년 아들 박미(朴瀰)의 상소로 복관(復官)되고, 좌의정에 추증되었다.

박미^{朴瀰, 1592~1645} 조선 중기의 정치가. 자는 중연(仲淵), 호는 분서(汾西). 참찬 박동량(朴東亮)의 아들이며, 선조의 부마(駙馬, 임금의 사위)이다. 1603년(선조 36) 선조의 다섯째딸인 정안옹주(貞安翁主)와 혼인해 금양위(錦陽尉)에 봉해졌다. 1613년(광해군 5) 폐모의 논의가 일어났을 때, 아버지가 국구(國舅, 임금의 장인)인 김제남과 친교가 깊다 하여 화를 입었다. 자신도 폐모론의 정청(庭請)에 불참했다 하여 김류(金瑬) 등과 함께 십사(十邪)로 불리면서 관작을 삭탈당했다. 인조반정 후 1625년(인조 3) 회맹공신(會盟功臣) 책봉 때 구공신(舊功臣) 적장자라 하여 가자(加資, 정3품 통정대부 이상의 품계를 올리던 일)되었으며, 혜민서 제조(惠民署提調)에 서용(敍用, 주로 죄가 있어 면관免官되었던 사람을 다시 쓰는 일을 말함)되었다. 1638년 동지겸성절사(冬至兼聖節使)로 청나라에 다녀온 뒤 금양군(錦陽君)으로 개봉(改封, 봉한 것을 다시 고쳐 봉함)되었다.

박세당^{朴世堂, 1629~1703} 조선 후기의 학자. 본관은 반남(潘南). 자는 계긍(季肯), 호는 잠수(潛叟)·서계초수(西溪樵叟)·서계(西溪), 시호는 문절(文節). 1660

년(현종 1)에 증광문과에 장원급제해 성균관 전적에 제수되었다. 그 뒤 여러 관직을 역임하다가 당쟁(黨爭)에 혐오를 느껴 관료생활을 그만두고 양주 석천동(石泉洞)으로 물러났다. 한때 통진현감이 되었으나 당쟁으로 말미암아 두 아들을 잃자, 석천동에서 농사지으며 학문 연구와 제자 양성에 힘썼다. 저서로『서계선생집西溪先生集』『사변록思辨錄』『신주도덕경新註道德經』1책,『남화경주해산보南華經註解刪補』6책, 편저로 농업서인『색경穡經』 등이 있다.

박은朴誾, 1479~1504 　조선 전기의 시인이자 정치가. 본관은 고령(高靈). 자는 중열(仲說), 호는 읍취헌(挹翠軒). 한성부판관(漢城府判官) 박담손(朴聃孫)의 아들. 15세 때 이미 문장에 능해 대제학 신용개(申用漑)의 눈에 들어 그의 사위가 되었다. 1495년(연산군 1) 진사가 되고, 이듬해 18세로 식년문과(式年文科)에 병과(丙科)로 급제, 1498년 사가독서(賜暇讀書)를 했다. 벼슬살이하던 중 유자광(柳子光)·성준(成俊)·이극균(李克均)의 죄상을 연산군에게 극언했다가 그들의 모함으로 투옥된 후 파직당했다. 1504년 지제고(知制誥)에 임명되었으나 이 해의 갑자사화로 동래에 유배, 다시 의금부에 투옥되어 사형당했다. 조선 500년의 으뜸가는 한시인(漢詩人)으로 일컫기도 한다. 1506년 신원되고, 도승지에 추증되었다.

반경盤庚 　은(殷)나라 왕. 상(商)나라 황제 양갑(陽甲)의 아우. 당시 상나라 도읍은 하북(河北)에 있었는데 궁실이 협소하고 식수 문제가 있었으므로, 반경은 즉위한 뒤 남쪽으로 황하를 건너 성탕(成湯)의 옛 도읍인 서박(西亳)으로 천도했다.

반고盤古 　중국의 천지창조신화에 등장하는 거인신(巨人神). 세계가 아직 혼돈 상태였을 때 반고가 태어났고 또 천지가 생겨났는데, 반고의 키가 자람에 따라 하늘과 땅도 자라면서 점점 멀리 떨어져 1만 8000년 후 오늘날같이 되었다고 한다. 이것은 3세기 오(吳)나라의 서정(徐整)이 쓴『삼오역기三五歷記』에 기록되어 있다. 6~7세기 양(梁)나라의 임방(任昉)이 쓴『술이기述異記』에 의하면, 반고가 죽은 후 그 사체가 화생(化生)해서, 머리는 사악(四岳), 눈은 일월(日月), 기름[脂]은 강과 바다, 모발은 초목이 되었다고 한다.

반고班固, 32~92 　후한의 역사가로, 안릉(安陵) 사람. 자는 맹현(孟賢). 반표(班彪)의 아들이다. 아버지의 유지를 받들어『한서漢書』를 20여 년에 걸쳐 저술했으나, 팔표(八表)와 천문지(天文志) 등은 완성하지 못해 그의 누이동생 반소(班昭)가 이를 보완했다.

방정학方正學 　방효유(方孝孺, 1357~1402).

방차율房次律 당나라 현종 때 인물. 본명은 방왕관(房王官), 문부상서(文部尚書)·문하평장사(門下平章事)를 지냈다. 병법에 무식해서 유질(劉秩)에게 병사(兵事, 병역·군대·전쟁에 관한 일)를 일임했다가 대패했다.

방통龐統, 179~214 삼국시대 촉한(蜀漢) 양양(襄陽) 사람. 자는 사원(士元). 젊었을 때 순박하고 노둔해서 알아주는 사람이 없었다. 하지만 사람 알아보는 감식안을 지닌 사마휘(司馬徽)가 그를 일컬어 남주(南州)의 으뜸이 될 것이라고 예견했다. 전란을 피해 강동에 있을 때 조조가 남침하자, 적벽(赤壁)에서 화공(火攻)을 하라고 계책을 세워, 조조가 보낸 유세객인 장간(蔣幹)을 이용해 조조를 설복하고 배와 배를 모두 사슬로 묶는 연환계(連環計)를 쓰도록 했다. 하지만 들창코에 얼굴은 검고 못생겼기 때문에 손권(孫權)은 그를 중용(重用)하지 않았다. 오나라 참모 노숙(魯肅)이 촉한의 유비(劉備)에게 편지를 보내 "방사원은 백리재(百里才, 현령을 맡을 만한 재주)가 아니므로, 치중(治中)·별가(別駕)를 맡기면 비로소 기족(驥足, 천리마의 발)을 펼 것입니다"라고 했다. 마침 제갈량은 지방 순찰 중이었는데, 유비는 그의 외모를 보고는 뇌양(耒陽)의 작은 현령 자리를 주었다. 방통은 부임한 뒤 술에 묻혀 지냈는데, 순찰 나온 장비가 만나보고 천하의 기재임을 알았다. 제갈량 또한 그가 인재임을 알아보고 무겁게 쓸 것을 건의하므로, 유비는 그를 치중종사(治中從事)로 삼았다. 마침내 제갈량과 나란히 군사중랑장(軍師中郎將)이 되었는데, 유비를 따라 촉에 들어가 낙현(雒縣)을 포위해 군사를 이끌고 성을 공격하다가 낙봉파(落鳳坡)에서 빗나간 화살에 맞아 죽었다. 그때 겨우 36세였다. 관내후(關內侯)에 추봉되고 정후(靖侯)의 시호를 받았다.

방현령房玄齡, 578?~648 당나라 태종 때의 정치가. 제주(濟州) 임치(臨淄, 지금의 산동성) 사람. 대대로 북조(北朝)를 섬기고, 18세에 수나라의 진사가 되었다. 당나라가 일어나자 이세민(李世民, 태종)의 세력에 가담해 측근으로 활약했다. 태종이 즉위하자 중서령(中書令)이 되고, 이어 상서좌복야(尚書左僕射)가 되었다. 정치에 밝고 공평한 태도로 일관했기 때문에 두여회(杜如晦)와 더불어 현상(賢相)이라는 칭송을 받았다. 정관지치(貞觀之治)는 그들에게 힘입은 바가 컸다. 태종의 신임이 지극해 고구려 공격 때에는 장안(長安)에 남아 지키기도 했다. 태종의 소릉(昭陵)에 배장(陪葬, 주군의 무덤 곁에 매장됨)되었다.

방효유方孝孺, 1357~1402 명나라 태조(太祖)·혜제(惠帝) 때의 명신으로, 절강성 영해(寧海) 사람. 자는 희직(希直)·희고(希古), 호는 손지재(遜志齋), 시호는 문정(文正). 송렴(宋濂)의 문하에서 학문을 했다. 홍무(洪武) 25년(1392)

한중부교수(漢中府敎授)에 임명되었다가, 홍무 27년(1394) 태조의 열한번째아들 촉왕(蜀王) 주춘(朱椿)의 부름으로 그 세자의 스승이 되었다. 서재에 '정학(正學)'이라는 이름을 하사받은 후 정학선생(正學先生)이라 불렸다. 혜제(건문제建文帝)가 1398년에 즉위하자 부름을 받고 한림시강(翰林侍講)이 되었고, 이듬해 시강학사(侍講學士)에 올랐다. 그후 태조의 넷째아들로서 연왕(燕王)으로 있던 주체(朱棣, 훗날의 성조成祖·영락제永樂帝)가 군사를 일으켜 건문제를 축출한 다음 정난병(靖難兵)을 이끌고 서울을 함락해 제위에 올라, 방효유 등 건문제를 추종하는 사람들을 죽이고 연경(燕京)으로 천도(遷都)했다. 연왕 주체가 서울에 들어와 방효유를 불러 조서(詔書)를 초하게 하자, 방효유는 최질(衰経)을 걸치고 가서 목놓아 울었다. 연왕이 의자에서 내려와 위로하고 좌우 신하들에게 붓과 종이를 주게 하여 조서를 초하도록 강요했으나, 방효유는 붓을 땅에 던지며, "죽이면 죽을 뿐이지 조서는 초할 수 없다"고 했다. 혹은 '연적찬위(燕賊簒位, 연경의 도적이 황제의 지위를 찬탈했다)'라고 썼다고 한다. 격노한 영락제는 구족(九族)에다 친구와 제자를 더해 십족(十族)을 처형했다. 문집으로 『손지재집遜志齋集』 24권이 있다. 『명사明史』에 입전되어 있다.

방훈龐勛, ?~869 당나라 의종(懿宗) 함통(咸通) 연간(860~873)에 계주(桂州) 수군(戍軍)의 식량담당관으로 있었다. 계주를 지키는 군졸들이 도장(都將)을 죽이고 반란을 일으키자 방훈은 도장(都將)이 되어 북쪽으로 쳐들어가서 숙주(宿州)와 서주(徐州)를 점거하고 서사절도사(徐泗節度使) 최언증(崔彦曾)을 죽인 후 무령군절도사(武寧軍節度使)를 자칭했다. 군대를 모집하니 그 수가 1만 명에 이르렀다. 다시 사주(泗州)와 호주(濠州) 등을 쳐서 관군의 보급로를 차단했다. 이듬해 당나라 조정은 강승훈(康承訓) 등에게 20만 명을 이끌고 가서 토벌하게 했다. 이때부터 거듭 패퇴하다가 호주에서 참패한 뒤 물에 빠져 죽었다.

배건통裵虔通 수나라 하동(河東) 사람. 양제 때 동의대부를 지냈다. 북방에서의 반란을 틈타 우문화급(宇文化及)을 수반으로 삼아 반란을 꾀했으나 우문화급이 패하자 당나라로 귀의했다.

배도裵度, 765~839 당나라 헌종 때의 명신으로, 문희(聞喜) 사람. 자는 중립(中立), 시호는 문충(文忠). 헌종 때 문하시랑평장사(門下侍郎平章事)에 제수되어 회채(淮蔡)의 난을 평정하고, 책훈(冊勳, 나라에 공을 세운 사람의 이름과 공훈을 기록함)으로 진국공(晉國公)에 봉해졌다. 그래서 배진공(裵晉公)이라고도 한다. 하지만 문종(文宗)이 즉위한 뒤 우승유(牛僧孺)와 이종민(李

宗閔) 등이 배척해 동도유수(東都留守)로 밀려났다. 환관이 정권을 잡아 세상이 어지러워지자, 동도에 녹야당(綠野堂)을 짓고 백거이(白居易)·유우석(劉禹錫) 등과 시를 읊으며 지냈다.

배적裵寂 당나라 초기의 정치가. 유문정(劉文靜)과 함께 당나라 고조를 도와 전공을 세웠다. 수나라 공제(恭帝) 때 천하가 어지러우므로 이세민(李世民, 뒷날의 태종)이 천하 평정의 뜻을 품고 아버지 당공(唐公) 이연(李淵)에게 병사를 일으킬 것을 권했으나 듣지 않자, 진양궁인(晉陽宮人) 배적을 시켜 이연을 모시고 술을 먹으면서 억지 승낙을 받아내게 했다. 『통감절요通鑑節要』권34 수기(隋紀)「공제」에 나온다. 후에 고조를 속였다는 죄목으로 정주(靜州)로 좌천되었다가 죽었다.

배진공裵晉公 배도(裵度, 765~839).

배휴裵休 ?~860? 당나라 하내(河內) 제원(濟原) 사람. 자는 공미(公美). 하동대사(河東大士)라 일컫는다. 관직은 중서시랑(中書侍郎)에 이르렀다. 불교를 숭상해 술과 고기를 먹지 않았고, 불교의 교리를 연구해 수만언(數萬言)을 연역(演繹, 의의를 부연해 진술함)했다. 『당서唐書』권182에 입전되어 있다.

백거이白居易, 772~846 당나라 시인·정치가. 자는 낙천(樂天), 호는 취음선생(醉吟先生). 이백(李白)과 두보(杜甫) 이후 최고의 시인으로, 같은 시대의 한유(韓愈)와 더불어 '이두한백(李杜韓白)'으로 병칭된다.

백공승白公勝, ?~BC 479 춘추시대 초(楚)나라 사람. 백공은 그의 호이고, 이름은 승(勝)이다. 또한 왕손승(王孫勝)이라고도 한다. 『춘추좌씨전』애공(哀公) 16년에 "백공이 정(鄭)나라를 치겠다고 청하자, 자서(子西)가 허락했다. 군사를 일으키기 전에 진(晉)나라 사람이 정나라를 정벌했고, 초나라는 정나라를 구하러 정나라와 맹약을 맺었다. 백공승은 노하여 말하기를, '정나라 사람이 여기에 있으니, 원수가 먼 데 있는 것이 아니다'라고 했다(白公請伐鄭, 子西許之. 未起師, 晉人伐鄭, 楚救之與之盟. 勝怒曰: '鄭人在此, 讐不遠矣')"는 기사가 있다. 두예(杜預)의 주에 "자서를 정나라 사람에 비긴 것이다"라고 했다.

백광훈白光勳, 1573~1583 조선 중기의 문인. 박순(朴淳)의 문인으로, 본관은 해미(海美). 자는 창경(彰卿), 호는 옥봉(玉峯). 13세에 상경해 양응정(梁應鼎)·노수신(盧守愼) 등에게 배웠다. 1564년(명종 19) 진사가 되었으나 현실에 나설 뜻을 버리고 시와 서도를 즐겼다. 1572년(선조 5) 명나라 사신이 오자 노수신을 따라 백의로 제술관(製述官)이 되어 시와 글씨로 사신을 감탄하게 만들었다. 1577년 선릉참봉(宣陵參奉)으로서 관직에 나서고, 이어 여러 참봉 벼슬을 지냈다. 최경창(崔慶昌)·이달(李達)과 함께 삼당시인(三唐詩人)이라고 일컬어진다.

백금^{伯禽} 주공(周公)의 아들로, 노(魯)에 봉(封)해졌다.

백기^{柏耆} 당나라 위주(魏州) 사람. 지략이 있다고 자부했으며, 종횡가류(縱橫家流)의 학문을 익혔다. 반란을 일으킨 왕승종(王承宗)을 대의(大義)로 달래자, 왕승종이 당나라 조정에 고을을 바치고 아들을 인질로 보냈다. 이로써 이름이 천하를 진동시켰다. 『구당서』 권154에 입전되어 있다.

백이^{伯夷} 은(殷)나라 고죽군(孤竹君)의 아들. 아우 숙제(叔齊)와 함께 이제(夷齊)라고 병칭됨. 무왕이 은나라를 치려 하자 이를 간해 말렸으나, 무왕이 천하를 손안에 넣자 백이와 숙제 형제는 주(周)나라의 곡식 먹기를 부끄러이 여겨 수양산(首陽山)으로 도망가 채미(采薇, 고사리를 캐서 먹음)하다가 마침내 굶어죽었다. 유학에서는 청절지사(淸節之士)로 현양해왔다. 『논어』 「술이述而」에 보면, 자공(子貢)이 공자에게 백이와 숙제에 대해 묻자 공자는 그들을 옛날의 현인이라고 답했다. 자공은 다시 그들이 스스로 원망했는지를 물었는데, 공자는 "인(仁)을 구하여 인을 얻었으니 또 어찌 원망했겠느냐(求仁而得仁, 又何怨?)"라고 답했다. 또 『맹자』 「만장萬章·하」에서 맹자가 말하기를, "백이는 성(聖)의 청(淸)한 자이고, 유하혜는 성(聖)의 화(和)한 자이다"라고 했다.

백장선사^{百丈禪師} 당나라의 승려. 속성은 왕(王)씨, 법명은 회해(懷海). 어려서 출가해 대장경을 열람하고, 뒤에 마조(馬祖)의 시자(侍者)가 되었다. 마조가 입적한 뒤 그의 탑을 석문(石門)에 쌓고 10년 동안 모시고 지내면서 마조의 법석을 계승하다가 백장산에 들어가 교화했다. 백장은 선종의 독특한 제도를 창설, 선원의 모든 규칙을 새로 만들고 그 위에 승가의 경제적인 기초를 다졌다. 그의 저술인 『백장청규白丈淸規』는 중국·한국·일본의 교단에 큰 영향을 주어 지금까지 기본 법칙이 되고 있다. 그는 수행자도 반드시 일할 것을 권장해 "하루 일하지 않으면 하루 먹지 말라(一日不作, 一日不食)"고 하여, 죽을 때까지 날마다 몸소 일을 했다. 당나라 헌종 원화(元和) 9년에 95세로 입적했다.

번쾌^{樊噲, ?~BC 189} 한나라 패현(沛縣, 지금의 강소성 풍현豊縣) 사람. 유방을 따라 군사를 일으켜 전공을 많이 세웠다. 홍문(鴻門)의 모임에서 항우가 유방을 죽이려는 계략을 꾸몄을 때 문지기의 저지를 뚫고 들어가 항우를 맹렬히 꾸짖고 유방을 탈출시켰다. 그 뒤 초나라를 정벌하는 데 공을 세워 무양(舞陽, 지금의 하남성 무양현 서북쪽)을 식읍으로 받았으므로 무양후(舞陽侯)

라 불린다. 천하가 평정된 후 고조가 병들어 군신들을 만나려 하지 않자 문을 박차고 들어가 과거를 회상케 함으로써 병석에서 일어나도록 했다. 『사기』권94에 입전되어 있다.

범녀范女　범순부(范淳夫)의 딸.

범순부范淳夫　범조우(范祖禹, 1041~1098).

범순인范純仁　북송 때 사람. 범중엄(范仲淹)의 둘째아들. 자는 요부(堯夫). 철종(哲宗) 때 상서우복야(尙書右僕射)가 되고, 중서시랑(中書侍郞)에 이르렀다. 시호가 충선(忠宣)이므로 범충선이라고 일컬어진다. 왕안석(王安石)의 신법을 비판해 그의 미움을 샀다.

범엽范曄, 398~445　남조(南朝) 송나라의 사학가·문학가. 순양(順陽) 산음(山陰, 지금의 하남성 석천현淅川縣 동쪽) 사람. 자는 울종(蔚宗). 어려서부터 학문을 좋아해 경전과 사서를 널리 공부하고, 예서와 음악에 정통했다. 조부 범녕(范寧)도 문학으로 저명했다. 17세 이후 벼슬길에 올랐다. 진(晉)나라 안제(安帝) 때 유유(劉裕)의 상국연(相國掾)과 유의강(劉義康)의 관군참군(冠軍參軍)을 맡았으며, 송나라에 들어서는 상서이부랑(尙書吏部郞)에 이르렀다. 그러나 원가(元嘉) 9년(432)에 선성태수(宣城太守)로 좌천되자, 울적한 가운데 『후한서後漢書』100권을 저술했다. 송나라 문제(文帝) 때 노국(魯國)의 공희선(孔熙先)이 반역을 일으켰을 때 그에 연좌되어 저자에서 처형당했다. 범엽은 『춘추곡량전집해春秋穀梁傳集解』도 저술했다. 15권의 문집이 있었으나 일실(逸失, 잃어버림)되었으며, 지금은 문장 5편과 시 2수가 전한다. 그가 지은 『후한서』는 『동한관기東觀漢記』를 주요 근거로 삼고 다른 여러 저술 등의 장점을 널리 채택한 권위 있는 역사서로 손꼽힌다.

범울종范蔚宗　범엽(范曄, 398~445).

범范**과 유**劉　사마광(司馬光)을 도와 『자치통감』편술에 참여한 유반(劉攽)·유서(劉恕)·범조우(范祖禹) 등을 말한다. 유반은 『사기』『전한서』『후한서』를, 유서는 『삼국사』『남북조사』『수사』를, 범조우는 『당사』『오대사』를 맡았다.

범조우范祖禹, 1041~1098　송나라의 역사가. 자는 순부(淳夫)·몽득(夢得), 호는 화양선생(華陽先生). 진사시에 합격한 뒤 사마광(司馬光)을 도와 『자치통감』을 편수했다. 책이 완성된 뒤에 비서정자(秘書正子)로 추천되어 벼슬을 받았고, 철종 때는 급사중(給事中)으로 옮겼다. 후에 무고를 당해 소주별가(昭州別駕)로 폄적(貶謫, 벼슬을 깎아 멀리 귀양을 보냄)되었다가 죽었다. 저서로 문집 『범태사집范太史集』55권 이외에도 『당감唐監』24권과 『제학帝學』8권 등이 있다.

범중엄范仲淹, 989~1052   북송 때의 정치가·학자. 강소성 소주(蘇州) 오강(吳江) 사람. 자는 희문(希文), 시호는 문정(文正). 인종(仁宗)의 친정(親政)이 시작되자 부름을 받아 간관(諫官)이 되었다. 그러나 곽황후(郭皇后)의 폐립 문제를 놓고 찬성파인 재상 여이간(呂夷簡)과 대립했기 때문에 지방으로 쫓겨났다. 그 뒤 구양수(歐陽脩)·한기(韓琦) 등과 함께 여이간 일파를 비난했으며, 자기들 스스로 군자의 붕당(朋黨)이라 하여 이른바 '경력당의(慶曆黨議, 경력 연간의 당쟁)를 초래했다. 1038년에 이원호(李元昊)가 서하(西夏)에서 제위에 오르자, 섬서경략안무초토부사(陝西經略安撫招討副使)가 되어 그 침입을 막았다. 그 공으로 추밀부사(樞密副使)가 되고, 이어 참지정사(參知政事)로 승진해 개혁에 힘썼으나, 그를 미워하는 하송(夏悚) 일파의 저항에 부닥쳐 다시 지방으로 쫓겨났다가 병으로 죽었다. 「악양루기岳陽樓記」와 「동려군엄선생사당기桐廬郡嚴先生祠堂記」를 지어 유명하다. 저서로 『범문정공집范文正公集』 24권이 있다. 『송사』에 입전되어 있다.

범증范增   진나라 말기와 초한 전쟁 때 항우의 참모. 어려서부터 기계(奇計)를 좋아했다. 70세 때 항우가 군사를 일으키자 항우를 잘 보필했기 때문에 아부(亞父)로서 존경을 받았다. 홍문(鴻門)의 모임에서 항우에게 유방을 살해하라고 권유했으나 받아들여지지 않았다. 한나라의 반간계로 한나라에 내통한다고 의심을 사서 낙향하다 종기 때문에 목숨을 잃었다. 『사기』 「항우본기項羽本紀」에 보면, 범증이 항우에게 유방을 빨리 치라고 권하면서, "패왕(沛王, 유방)은 함곡관에 들어간 이후로 재물도 탈취하지 않고 부녀자도 겁탈하지 않은 것을 보면 그 뜻이 작지 않음을 알 수 있습니다"라고 했다. 또 "패왕은 그 기운을 보면 용이나 호랑이와 같아서 오채(五彩)를 이룬다"고도 했다.

범질范質, 911~964   오대(五代) 때의 정치가. 대명(大名) 종성(宗城) 사람. 자는 문소(文素). 후당(後唐) 장흥(長興) 연간(930~933)에 진사가 되고, 후당·후진(後晉)·후한에서 벼슬살이했다. 곽위(郭威)가 후주(後周)를 세운 뒤 크게 등용되었다. 후주 세종(世宗) 때에는 율조(律條)를 상정(詳定)해 『형통刑統』을 편찬했다. 송나라 태조(太祖)가 개국하자 그에게 귀의해 시중(侍中)이 되었다.

범충선范忠宣   범순인(范純仁).

범희문范希文   범중엄(范仲淹, 989~1052).

법정法正   촉(蜀)의 모사. 자는 효직(孝直). 장송(張松)의 천거로 유비(劉備)에게 지략을 전하기 시작하고, 양평(陽平)에서 하후연(夏侯淵)과 싸워 승리를 거두게 했다. 건안(建安) 25년(220)에 사망했다. 훗날 장무(章武) 2년(222)

에 유비가 손권과의 전투에서 대패하자, 제갈량은 법정이 없음을 안타까워 했다.

변수卞隨**와 무광**務光　『장자』「양왕讓王」에 따르면 변수와 무광은 하(夏)나라 탕왕(湯王)과 동시대의 인물이다. 탕왕이 걸왕(桀王)을 치려고 변수와 무광에게 의논했으나 둘은 모른다고만 대답했다. 탕왕이 이윤(伊尹)과 더불어 걸왕을 치고 천하를 물려주려 하자 변수는 주수(稠水), 무광은 여수(廬水)에 빠져 죽었다.

보리달마菩提達磨, ?~495, ?~436, 346~495, ?~528　Bodhidharma의 음역(音譯)으로, 중국 선종의 초조(初祖). 남인도 또는 페르시아의 셋째 왕자로 태어나 반야다라(般若多羅)의 법을 잇고 중국으로 들어왔다. 그후 숭산(嵩山) 소림사(少林寺)에서 9년 동안 면벽 수행을 하였고, 사람의 마음은 본래 청정하다는 이치를 깨달아야 한다고 주장하여, 이 선법을 제2조 혜가(慧可)에게 전했다. 이 법통은 제3조 승찬(僧璨), 제4조 도신(道信), 제5조 홍인(弘忍), 제6조 혜능(慧能)으로 전해졌다.

부의傅毅, ?~90?　후한 때 무릉(茂陵) 사람. 자는 무중(武仲). 박학하고 문학에 뛰어났다. 명제(明帝)가 현인을 발탁할 뜻이 없어서 선비들이 대부분 은거하자「칠격七激」을 지어 풍자했다. 장제(章帝) 때 난대(蘭臺)의 영사(令史)가 되어 낭중(郎中)에 제수되고, 반고(班固)·가규(賈逵)와 함께 궁중 도서를 교서(校書)했다. 영원(永元) 연간의 초에 두헌(竇憲)에게 천거되어 주기실(主記室)이 되고, 두헌이 대장군(大將軍)이 되자 사마(司馬)의 직을 제수받았다.

부필富弼, 1004~1083　송나라 낙양(洛陽) 사람. 자는 언국(彥國). 봉호는 정국공(鄭國公). 인종(仁宗) 때 관직에 등용되어 재상이 되었다가 왕안석(王安石)과 정견이 달라 박주(亳州)의 관리가 되었다. 문집으로『부정공시집富鄭公詩集』을 남겼다.

북지北地　이몽양(李夢陽, 1475~1529).

분양汾陽　곽자의(郭子儀).

비장방費長房　후한 때 여남(汝南) 사람. 직업은 원래 시연(市掾, 하급 관청의 관리)이었으며, 둔갑술(遁甲術)을 배웠다.『후한서』권112에 나온다. 호공(壺公)에게 신선술을 배운 뒤 죽장(竹杖)을 타고 집으로 와서 갈파호(葛陂湖)에 죽장을 던지니, 그 정령이 청룡(靑龍)으로 화해 구름 속으로 사라졌다고 한다.『신선전神仙傳』「호공」에 나온다.

사마思摩 당나라 때 힐리극한족(頡利可汗族) 사람. 당태종의 정관(貞觀) 무렵에 억류되어 있었는데, 당나라 태종이 그의 충성을 높이 사서 그에게 자신과 같은 이씨(李氏) 성을 하사했다. 하남(河南) 지방에서 힐리구부(頡利舊部)를 거느리게 했고, 요동(遼東) 출정(出征) 때 유시(流矢)에 맞자, 태종이 그 피를 빨아주기도 했다.『구당서』권250에 사적이 나와 있다.

사마광司馬光, 1019~1086 북송 때의 정치가·사학자. 자는 군실(君實), 호는 우보(迂夫)·우수(迂叟), 시호(諡號)는 문정(文正). 산서성 하현(夏縣) 속수향(涑水鄕) 사람이므로 속수선생(涑水先生)이라고도 한다. 또 죽은 뒤 온국공(溫國公)에 봉해졌으므로 사마온공이라고도 한다. 20세에 진사가 되고, 1067년 신종(神宗)이 즉위한 해에 한림학사(翰林學士)와 어사중승(御史中丞)이 되었다. 그러나 신종이 왕안석(王安石)을 발탁해 신법(新法)을 추진하게 하자, 지방으로 나갔다. 당시 그는『자치통감資治通鑑』을 쓰고 있었는데, 신종의 후원을 받아 1084년에 20권으로 완성했다. 이듬해 신종이 죽은 뒤 철종(哲宗)이 즉위해 선인태후(宣仁太后)가 섭정하자, 발탁되어 중앙에 복귀, 정권을 담당했다. 재상이 되어서는 왕안석의 신법을 하나하나 폐지하고 구법(舊法)으로 대체했으나 얼마 되지 않아 죽었다. 저서로는『자치통감』외에『속수기문涑水紀聞』『사마문정공집司馬文正公集』등이 있다.

사마선왕司馬宣王 사마의(司馬懿, 179~251).

사마온공司馬溫公 사마광(司馬光, 1019~1086).

사마의司馬懿, 179~251 후한 말기의 하내군(河內郡) 온현(溫縣) 사람. 자는 중달(仲達). 조조(曹操)의 청으로 그의 부하가 되고, 조조의 아들 조비(曹丕, 문제文帝)가 위(魏)나라를 세운 뒤에는 명제(明帝)·제왕(齊王) 등 3대 황제를 섬겼다. 위나라 군사를 통솔하고 위나라 유일의 권신이 되었다. 그의 손자 사마염(司馬炎)이 제위를 빼앗아 진나라를 일으켰다. 촉한(蜀漢)의 제갈량을 오장원(五丈原)에서 막았고, 공손연(公孫淵)을 물리쳐 요동을 위나라의 영토로 삼았다. 그 밖에 남방의 오(吳)나라에 대비해 회하(淮河) 유역에 광대한 군둔전(軍屯田, 군량이나 군수비용을 충당하기 위해 설정한 둔전)을 설치하고 국방을 튼튼히 했다.『삼국지』「위서魏書」참조.

사마중달司馬仲達 사마의(司馬懿, 179~251).

사마천司馬遷, BC 145~BC 86? 전한의 사학가·문학가·사상가. 하양(夏陽) 용문(龍門), 지금의 섬서성 한성韓城) 사람. 자는 자장(子長). 원봉(元封) 3년(BC 108)에 부친 사마담(司馬談)의 직을 이어 태사령(太史令)이 되었다. 태초(太初) 원년(BC 104)에는 당도(唐都) 등과 함께 역법을 개혁해 태초력(太初曆)

을 정했으며, 부친의 뜻을 이어 사서(史書)를 집필해 태시(太始) 4년(BC 93)경에 역사서를 완성했다. 이 역사서는 '태사공서'라고 했는데, 훗날 『사기』라 부르게 되었다. 『사기』는 중국 최초의 기전체 통사(通史)이며 '하늘과 인간의 관계를 궁구하고 고금의 변화에 통해 일가(一家)의 말을 이룬' 역사 저작이다.

사마휘司馬徽 후한 말기의 영천(穎川) 사람. 자는 덕조(德操). 은사 방덕공(龐德公)이 양양(襄陽)에 거처하던 사마휘의 총명함을 칭찬해 그를 수경(水鏡)이라고 불렀다. 유비를 위해 제갈량과 방통(龐統)을 천거한 것으로 유명하다.

사맹謝孟 남송 때 상산(象山) 육구연(陸九淵)의 제자. 육씨 기생을 사랑하므로 육구연이 말리자, "육손(陸遜)·육항(陸抗)·육기(陸機)·육운(陸雲)이 죽은 뒤 천지의 기운이 육씨의 남자에게 모이지 않고 여자에게 모였다"고 탄식했다 한다.

사사명史思明, ?~761 당나라 현종 천보(天寶) 14년에 안녹산과 함께 난을 일으킨 인물. 안녹산은 양국충을 토벌한다는 구실로 범양(范陽)에서 병사를 일으켜 현종을 성도(成都)로 내몰았다. 그리고 지덕(至德) 원년 정월에 낙양(洛陽)에서 황제라 칭하고 국호를 '대연(大燕)', 연호를 성무(聖武)라 했다. 이어서 지덕 2년 정월에 작은아들 안경은(安慶恩)을 사랑해 후계자로 삼으려 했으나 둘째아들 안경서(安慶緒)에게 살해당했다. 이때 안녹산의 부장이었던 사사명은 범양을 근거로 건원(乾元) 2년 3월에 안경서를 죽이고 스스로 대연황제(大燕皇帝)라고 칭했으나, 낙양에서 장안으로 향하는 길에 장자 조의(朝義)에게 살해당했다.

사상채謝上蔡 사양좌(謝良佐, 1050~1103).

사안謝安 동진(東晉) 때의 명신. 자는 안석(安石). 처음에는 동산(東山)에 은거하다가, 40세에 이르러 벼슬길에 나가 태보(太保)의 직에 있었다. 죽은 뒤 태부(太傅)로 추증되었으므로 흔히 사태부(謝太傅)라 부른다. 『진서晉書』권79에 입전되어 있다.

사양좌謝良佐, 1050~1103 북송의 유학자. 자는 현도(顯道), 시호는 문숙(文肅). 하남성 상채현(上蔡縣) 사람이어서 상채선생(上蔡先生)이라고 일컬어졌다. 1085년 진사에 급제, 주현(州縣)의 지사를 오래 역임했으나, 후에 구화(口禍) 때문에 서민이 되었다. 정호·정이 형제에게 학문을 배웠다. 특히 정호의 학풍을 존숭해 일가(一家)를 이루었으며, 유작(游酢)·여대림(呂大臨)·양시(楊時)와 함께 4선생(四先生)으로 일컬어졌다. 저서에 『논어설論語說』이 있어 세상에 널리 행해졌다고 하나 현재는 전하지 않는다. 그는 인간 수양의 목적이 양심(良心)을 방해하는 인욕(人欲)을 버리고 천리(天理)를 밝히는 것이라고 했고, 이것을 인(仁)의 구현이라고 보았다. 인욕을 제거하는 방법으로는 불교의 견성(見性, 모든 망혹을 버리고 자기 본연의 천성을 깨달음)과 유학의 궁리(窮理, 사물의 이치를 깊이 연구함)를 들었다. 그의『논어설』은 주희의 집주(集註)에도 많이 인용되었다고 한다. 제자들이 편집한『상채선생어록上蔡先生語錄』3권이 있다.

사영운^{謝靈運} 남조(南朝) 송나라 시인으로, 하남성 사람. 문벌귀족 출신으로 조부는 전진(前秦) 부견(苻堅)을 격파한 사현(謝玄)이다. 강락공(康樂公)의 작위를 이어받았다. 사현이 죽은 뒤 이 집안을 이끈 사람은 종숙(從叔) 사혼(謝混)이었다. 사혼은 당시 건강(建康, 지금의 남경南京)의 오의항(烏衣巷)에 있었던 사씨 저택에서 종종 사영운 등 어린 조카들을 모아 시문을 지으면서 노닐었다. 그런데 진(晉)나라와 송나라의 왕조 교체기에 정세판단을 잘못해 사혼이 유유(劉裕), 송나라 무제(武帝)에게 죽임을 당하자 사영운은 불안하게 되었다. 송나라 왕조 성립 후 절강성의 회계태수(會稽太守)나 영가태수(永嘉太守)로 좌천되었고, 임천내사(臨川內史)를 지냈다. 절강성에 좌천되어 있던 시절에 산수미를 시로 재현했다. 시는『문선文選』에 많이 수록되어 있다. 특히 산수시는 그림을 그린 듯이 청신했으므로, 포조(鮑照)는 그의 시를 두고 "마치 부용이 막 피어난 것과 같아 자연스러워 사랑스럽다(如初發芙蓉, 自然可愛)"고 했다. 어릴 때의 자(字)가 객아(客兒)여서 사객(謝客)이라고도 일컬었다.

살도랄^{薩都剌, ?~1364} 원나라 시인. 자는 천석(天錫), 호는 직재(直齋). 본래 답실만(答失蠻) 씨로, 몽골 사람이다. 생년에 대해서는 지원(至元) 9년(1272)설, 지원 말 1294년설, 대덕(大德) 연간(1297~1307)설 등이 있다. 시는 자연경물을 묘사한 것이 많고, 민생의 고통을 반영한 작품도 있다. 풍격은 유려하고 청완(淸婉)하거나 호매(豪邁, 호탕하고 씩씩함)하고 분방하기도 하다. 저술로『안문집雁門集』3권,『집외집集外集』1권,『천석사天錫詞』1권 등이 있다.

삼가^{三家} 춘추시대 노나라 대부인 맹손씨(孟孫氏)·숙손씨(叔孫氏)·계손씨(季孫氏)를 말한다.

삼소^{三蘇} 북송의 소씨(蘇氏) 3부자. 노천(老泉) 소순(蘇洵), 동파(東坡) 소식(蘇軾), 영빈(潁濱) 소철(蘇轍)을 말한다.

삼양^{三楊} 명나라의 명신인 세 양씨(楊氏). 양사기(楊士奇), 양영(楊榮), 양부(楊溥)를 말한다. 세 사람은 선종(宣宗) 때 신하로 있다가, 선종이 죽은 뒤 아들 영종(英宗)이 9세로 즉위하자, 그를 보필했다.

상象   순(舜)임금의 이복동생. 순의 아버지인 고수(瞽瞍)와 함께 순을 죽이려 했다.

상앙商?, ?~BC 338   전국시대 위(衛)나라 공족(公族) 출신. 위앙(衛鞅) 또는 공손앙(公孫鞅)이라고도 불렀다. 형명학(刑名學)에 조예가 깊었다. 위(魏)나라에서 벼슬을 하려 했으나 받아주지 않아, 진(秦)나라로 가서 효공(孝公)에게 발탁되었다. 부국강병의 계책을 세워 보수파와 투쟁하면서 형법·가족법·토지법 등 여러 방면에 걸친 개혁을 단행함으로써 후일 진나라 제국의 기반을 세웠다. 그 공적으로 열후(列侯)에 봉해지고 상(商, 지금의 섬서성 상현商縣)을 봉토로 받아, 상앙이라 불렸다.

상촌象村   신흠(申欽, 1566~1628).

서거정徐居正, 1420~1488   조선 전기의 문인. 본관은 달성(達城). 자는 강중(剛中), 호는 사가정(四佳亭), 시호는 문충(文忠). 권근(權近)의 외손자. 1444년 문과에 급제한 뒤 여러 벼슬을 거쳐 1464년 조선 최초로 양관(兩館) 대제학이 되었다. 그후 28년간 대제학을 겸임하고, 45년간 여섯 왕을 섬겼다. 『경국대전經國大典』『동국통감東國通鑑』『동국여지승람東國輿地勝覽』『동문선東文選』『역대연표歷代年表』의 편찬에 참여했으며, 『향약집성방鄕藥集成方』을 국역했다. 문집에『사가집四佳集』이 있고, 저서에『동인시화東人詩話』『태평한화골계전太平閑話滑稽傳』『필원잡기筆苑雜記』등이 있다.

서경덕徐敬德, 1489~1546   조선 중기의 유학자. 본관은 당성(唐城). 자는 가구(可久), 호는 화담(花潭), 시호는 문강(文康). 평생 벼슬하지 않고 학문 연구와 제자 양성에 힘썼다. 상수학(象數學)에 뛰어났고 기(氣) 철학을 체계화했다. 죽은 뒤 우의정에 추증되었다. 황진이·박연폭포와 함께 송도삼절(松都三絶)로 지칭된다. 문집으로『화담집花潭集』이 있다.

서경업徐敬業   이경업(李敬業). 당나라 때 측천무후(則天武后)가 섭정할 때 양주(揚州)에서 군사를 일으켜 측천무후를 공격하고 여릉왕(廬陵王)을 복위하려 했다. 측천무후가 이효일(李孝逸)에게 30만 대군을 이끌고 반란을 진압하도록 해서 40여 일 만에 평정했다.

서광계徐光啓, 1562~1633   명나라 송강부(松江府) 상해(上海) 사람. 서광계(徐廣啓)로도 적는다. 자는 자선(子先), 호는 현호(玄扈). 만력(萬曆) 32년에 진사가 되었다. 천주교를 믿었으며 교명은 보록(保祿)이다. 『기하원본幾何原本』을 번역했으며, 탕약망(湯若望) 등이『숭정역서崇禎曆書』를 지을 때 감독을 자임했다. 저서에『농정전서農政全書』가 있다.

서애西厓   유성룡(柳成龍, 1542~1607).

서언왕徐偃王 주(周)나라 목왕(穆王) 때 서국(徐國)의 군주. 강회(江淮)의 제후 36국이 그를 좇자 목왕이 초나라를 시켜 정벌하게 했는데, 언왕은 백성을 사랑한 나머지 싸우지 않고 초나라에 패했다 한다. 『수경주水經注』 권8에 기록이 있다.

서지재徐之才 서웅(徐雄)의 아들로, 북제(北齊) 사람. 방술·천문에 정통했고, 양(梁)나라에서 벼슬하다가 소종(蕭綜)을 따라 위(魏)나라에 들어와 상서령(尙書令)이 되었다.

서현비徐賢妃, 627~650 당나라 태종 말년에 가장 총애를 받은 후궁. 이름은 혜(惠). 네 살에 『논어』『시경』에 통달하고 여덟 살에 문장을 짓는 등 뛰어난 재녀였다고 한다. 충용(充容, 서열 제12급인 후궁의 명칭)의 직에 있으면서, 태종 말년에 장손황후(長孫皇后) 다음으로 대담하게 간언을 올리고 시대의 병폐를 교정하고자 했다. 정관(貞觀) 23년에 태종이 죽자 태종에 대한 그리움과 슬픔으로 병에 걸렸는데, 치료를 거부하다가 결국 스물네 살에 세상을 떠났다. 고종 때 그의 순정과 충성을 칭송해서 그에게 정1품의 현비(賢妃)를 추봉했다.

석가釋迦, BC 624~BC 544 불교의 개조. 샤키아족(釋迦族)의 왕자로 태어났지만 29세 때 고(苦)의 본질을 탐구하고 해탈(解脫)을 구하고자 출가해서, 6년간의 고행 끝에 보리수(菩提樹, Bodhi-tree) 아래에서 깨달음을 얻었다. 이 깨달음을 정각(正覺, abhisambodhi)이라고 한다. 깨달음의 내용은 『아함경阿含經』에 설명되어 있다.

석개石介, 1005~1045 북송 때 연주(兗州) 사람. 자는 수도(守道)·공조(公操), 조래선생(徂徠先生)이라 일컬어졌다. 「경력성덕시慶曆聖德詩」를 지어 범중엄(范仲淹)·부필(富弼) 등을 칭찬하고, 하송(夏竦)을 간인(奸人)이라 지적하니, 범중엄이 그 시를 보고 괴귀(怪鬼)한 무리가 일을 그르친다고 했다. 『언행귀감言行龜鑑』「학문문學問門」에 나온다.

석륵石勒 5호16국의 하나인 후조(後趙)의 초대 왕. 갈족(羯族) 사람으로 유연(劉淵)이 한(漢)국을 세우자 장군으로 임명되어 진(晉)의 왕준(王浚)을 무찌르고 왕위에 올랐다. 전조(前趙)를 멸한 뒤 세력이 화북 일대에 미쳤다.

석만경石曼卿 석연년(石延年, 994~1041).

석수도石守道 석개(石介, 1005~1045).

석숭石崇 진(晉)나라 무제(武帝) 때의 부자. 하남(河南) 낙양시(洛陽市) 서북쪽의 금곡(金谷)에 별장을 지어놓고 호사를 누렸다. 애첩 녹주(綠珠)를 달라는 권신 손수(孫秀)의 요구를 거절한 일로 그의 모함에 걸려 처자 등 일족 15명과 함께 처형되었다. 수레에 실려 처형당하는 동시(東市)로 나갈 때, "종놈이 내 재산을 탐낸 것이다"라고 한탄하자, 압송해가는 사람이 "재산이 해를 끼치는 줄 알았으면 어찌 일찌감치 분산시키지 않았는가?"했다고 한다. 『진서晉書』권33에 나온다. 중국의 가장 부유한 인물로 언급된다.

석연년石延年, 994~1041　북송 때의 정치가·문인. 자는 만경(曼卿). 진종(眞宗) 때 대리시승(大理寺丞)으로 있으면서 장헌태후(章獻太后)에게 정치에 복귀하라는 상소를 올렸다. 태자중윤(太子中允)으로 있을 때는 변방의 경비를 강화해야 한다고 주장했다. 호주가로, 세칭 주선(酒仙)이라고 일컬어진다. 문학에 뛰어나 소순흠(蘇舜欽)·매요신(梅堯臣)과 나란히 이름을 날렸다.

석주石洲　권필(權韠, 1569~1612).

석현石顯　전한 때 제남(濟南) 사람. 자는 군방(君房). 원제(元帝) 때 중서령(中書令)이 되어, 원제가 병이 나자 정치를 전담했다. 하지만 성제(成帝)가 즉위하자 장신궁(長信宮) 태복(太僕)의 자리로 옮겨, 권력을 잃고 관직에서 해임되어 고향으로 돌아가다가 병사했다.

선덕여왕善德女王　신라의 제27대 왕(재위 632~647). 진평왕에게 아들이 없었으므로 선덕왕은 신라 최초로 여자로서 왕위에 올랐다. 재위 기간 동안 귀족 자제들을 당나라 국학에 입학시키고 황룡사(皇龍寺) 9층탑을 세우는 등 문화적 업적을 쌓았고 당나라와의 외교를 긴밀히 했으며 군사적으로는 김춘추(金春秋)와 김유신(金庾信)을 중용해 삼국통일의 기반을 닦았다. 647년 정월 비담(毗曇)·염종(廉宗)의 난이 일어나자 그 와중에 죽었다.

선인태후宣仁太后　선인후.

선인후宣仁后, 1032~1093　송나라 영종(英宗)의 비(妃). 박주(亳州) 몽성(蒙城) 사람. 철종(哲宗)의 모후(母后). 성은 고씨(高氏). 어머니 조씨(曹氏)가 인종(仁宗) 조황후(曹皇后)의 동생이므로 어려서부터 궁중에서 자랐다. 경력(慶曆) 7년(1047) 영종(英宗)과 혼례를 올리고, 신종(神宗)과 기왕(岐王) 호(顥), 가왕(嘉王) 군(頵), 수강공주(壽康公主)를 낳았다. 영종이 즉위하자 치평(治平) 2년(1065)에 황후로 책봉되었고, 신종이 즉위하자 황태후가 되었다. 철종이 열 살의 어린 나이로 즉위하자 태황태후(太皇太后)로서 수렴청정했다. 이 시기가 원우지치(元祐之治)이다. 신법당을 싫어해 사마광(司馬光)·여공저(呂公著) 등을 등용하고, 채확(蔡確)·장돈(章惇) 등의 신법당을 파면했으며, 또 시행 중이던 신법을 대부분 폐지했다. 섭정 9년 만인 원우(元祐) 8년(1093) 병으로 죽으니 향년 62세였다. 시호를 선인성렬(宣仁聖烈)이라 했다.

선종宣宗 명나라 제5대 황제. 성조(成祖, 영락제永樂帝)의 손자. 선종 즉위 후 성조의 아들이며 인종의 친동생, 즉 선종의 숙부인 한왕(漢王) 고후(高煦)가 반란을 일으켰다. 한왕 고후는 아버지를 닮아 군사적인 재능이 있었고, '정난(靖難)의 변'과 성조의 북정(北征)에 종군해 무공을 세워 제위를 넘보았다. 그런데 형 인종이 병사하고 조카 선종이 즉위하자, 다음해 반란을 일으켰다. 선종은 친히 출정한 그달에 반란군을 토벌해 지위와 권력을 강화했다.

선화宣華 남조(南朝) 진(陳)나라 선제(宣帝)의 딸. 수나라 문제(文帝)가 진나라를 멸망시키자 수나라 궁에 들어와 문제의 궁빈(宮嬪)이 되었다. 문제의 총애를 받아 황태자를 폐위하고 세우는 데 큰 영향력을 지녔다. 이후 선화부인으로 제수되었다. 수나라 양제가 즉위해 그녀와 간통했다.

설공薛公 전한 때 여음후(汝陰侯) 등공(滕公)의 식객. 경포(黥布)가 반란을 일으키자 등공은 설공의 자문을 받고 황제에게 그를 소개했는데, 설공은 경포가 상·중·하의 세 계책 가운데 하책을 취할 것이므로 한나라는 안전할 것이라고 말했다. 이로써 천호(千戶)에 봉해졌다. 『한서漢書』 권34에 나온다.

설총薛聰 신라 경덕왕 때의 학자로, 원효대사(元曉大師)와 요석공주(瑤石公主) 사이에서 태어났다. 고려 현종 때 홍유후(弘儒侯)로 추대되어 문묘(文廟)에 배향되었다.

섭몽득葉夢得, 1077~1148 북송의 학자. 자는 소온(少薀), 호는 석림(石林). 저서로 『석림시화石林詩話』 『피서녹화避暑錄話』 등이 있다.

섭석림葉石林 섭몽득(葉夢得, 1077~1148).

성현成俔, 1439~1504 조선 전기의 문신으로, 본관은 창녕(昌寧). 자는 경숙(磬叔), 호는 용재(慵齋)·허백당(虛白堂), 시호는 문대(文戴). 연산군이 즉위하자 공조판서로서 대제학(大提學)을 겸임했다. 죽은 지 수개월 후 일어난 갑자사화 때 부관참시(剖棺斬屍, 죽은 후에 큰 죄가 드러난 사람에 대해 극형을 가하던 일)당했다. 후에 신원(伸寃)되었다. 유자광(柳子光) 등과 함께 『악학궤범樂學軌範』을 편찬했으며 수필집 『용재총화慵齋叢話』를 남겼다.

성혼成渾, 1535~1598 조선 선조 때의 유학자. 자는 호원(浩原), 호는 우계(牛溪)·묵암(默庵), 시호는 문간(文簡). 동서분당의 시기에 이이(李珥)·정철(鄭澈) 등 서인과 노선을 함께했다. 학문은 이황과 이이의 학설을 절충했다고도 하고, 외손인 윤선거(尹宣擧)·윤증(尹拯)에게 계승되면서 소론학파의 사상적 원류가 되었다고도 한다. 기호학파(畿湖學派)의 이론 근거를 닦았다고 간주된다. 저서로 『우계집牛溪集』 『주문지결朱門旨訣』 『위학지방爲學之方』 등이 있다.

소공召公   BC 11세기 때 주나라 무왕의 동생이다. 이름은 석(奭). 소공은 칭호. 형제인 주공(周公)과 함께 어린 성왕(成王, 무왕의 아들)을 보필해 주나라 왕조의 기반을 확립했다. 주나라 초기의 금문(金文)이나 『상서尚書』 등에서 '대보(大保)'라고 일컫는 것은 왕의 후견역이라는 뜻이며, 또 '황천윤대보(皇天尹大保)'라고도 일컫는 것은 소공이 사관(史官)의 장관으로서 성직(聖職)에 있었기 때문이다. 무왕이 죽자 무왕이 멸망시킨 은(殷)나라 왕조의 후손 무경(武庚)이 동남방의 이민족인 이(夷) 등과 짜고 반란을 일으켜 은나라 왕조를 부흥하려 했다. 소공은 주공과 함께 젊은 성왕을 옹립하고 출정해 반란을 진압하고 무경 등을 죽였다. 다시 동쪽의 산동반도(山東半島)에 있는 이족의 본거지까지 원정해 동방 경략의 대업을 완성했다. 주공은 성왕 초에 죽었으나 소공은 다음 왕인 강왕(康王) 때까지 생존해 고령에도 불구하고 정치를 보살폈다.

소동파蘇東坡   소식(蘇軾, 1036~1101).

소망지蕭望之, BC 106?~BC 47   전한 때 난릉(蘭陵) 사람인데, 두릉(杜陵)으로 이사했다. 자는 장천(長倩)이다. 선제(宣帝) 때 벼슬이 태자태부(太子太傅)에 이르렀고, 선제의 병이 심해지자 어린 원제(元帝)를 보필했다.

소명왕小明王, ?~1366   원나라 말기, 백련교(白蓮教)의 무리인 홍건군(紅巾軍)의 우두머리였다. 이름은 한림아(韓林兒)이다. 한산동(韓山童)의 아들로, 한산동이 죽자 무안(武安)의 산중으로 숨었다가, 지정(至正) 15년(1355)에 유복통(劉福通)을 박주(亳州)로 맞이해 황제로 세우고 자신은 소명왕이라고 했다. 국호는 송(宋), 연호는 용봉(龍鳳)이라 했다.

소명윤蘇明允   소순(蘇洵, 1009~1066).

소문蘇門   고숙사(高叔嗣, 1501~1537).

소부邵溥   자(字)는 공청(公清). 소옹(邵雍)의 손자, 소백온(邵伯溫)의 장남이다. 정강(靖康) 연간에는 호부시랑(戶部侍郎)을 지냈으며, 고종(高宗)이 남도(南渡)한 이후에는 사천(四川) 선무사(宣撫使)와 섬서(陝西) 선무사를 지내고, 소흥(紹興) 20년에는 미주군(眉州郡) 태수(太守)를 맡았다. 관직이 휘유각대제(徽猷閣待制)에 이르러 조정의 관직을 띤 채 죽었다. 소부가 정이의 곤괘 육오六五효 해석을 비판한 내용이 주희의 『문공역설文公易說』 권3과 『주자어류』 권69에 실려 있다.

소순蘇洵, 1009~1066   송나라 미산(眉山, 지금의 사천성) 사람. 자는 명윤(明允), 호(號)는 노천(老泉). 소식(蘇軾)의 아버지. 흔히 노소(老蘇)라고 부른다. 젊은 시절 협객 노릇을 하다가 25세 때부터 학문에 힘썼으나 진사에 낙방하자 관리가 되기를 단념하고 정치와 역사평론의 저술에 힘썼다. 1056년에 평론이 구양수(歐陽脩)의 인정을 받게 되어 유명해졌다. 그후 조정에 나가 북송 이래의 예(禮)에 관한 글을 모은『태상인혁례太常因革禮』를 편찬했다. 아들 소식·소철과 함께 삼소(三蘇)라 불렸고, 함께 당송팔대가(唐宋八大家)로 칭송되었다. 그의 문집을『가우집嘉祐集』또는『노천선생집老泉先生集』이라 한다.『시법諡法』이라는 저술도 있다.

소식蘇軾, 1036~1101　북송 때의 시인·정치가. 미주(眉州) 미산(眉山) 사람. 자는 자첨(子瞻)·중화(仲和), 호는 동파거사(東坡居士). 소순의 아들이며 소철의 형으로, 대소(大蘇)라고도 불렸다. 인종(仁宗) 가우(嘉祐) 2년(1057)에 진사가 되었다. 신종(神宗) 때 왕안석의 변법(變法) 즉 신법에 반대해 항주통판(杭州通判)으로 유배당했다. 이후 밀주태수(密州太守)와 서주태수(徐州太守)를 역임하고 원풍(元豊) 2년(1079)에 호주태수(湖州太守)로 옮겼다. 이때 신법을 풍자하는 시를 지은 것이 문제가 되어 투옥되었다가 황주(黃州)의 단련부사(團練副使)로 유배당했고 원풍 7년(1084)에 상주(常州)로 옮겼다. 철종이 즉위하고 사마광(司馬光)의 구법당이 집권하자 한림학사(翰林學士) 겸 시독(侍讀)에 기용되었다. 그러나 신법을 모두 폐지하는 데 불만을 느끼고 원우(元祐) 4년(1089) 항주태수로 나간 후 여러 주의 태수를 역임했다. 원우 8년(1093) 철종이 직접 정사를 돌보며 다시 신법을 시행하자 남방의 혜주(惠州) 등지로 유배를 가게 되었다. 휘종(徽宗)이 즉위해 사면령이 내려진 뒤 서울로 돌아와 제거성도옥국관(提擧成都玉局觀)에 임명되었다가 이듬해 상주(常州)에서 세상을 떴다. 저술로『동파전집東坡全集』110권이 있다.

소열후昭烈侯　유비(劉備, 161~223). 자는 현덕(玄德), 시호는 소열제(昭烈帝). 제갈량(諸葛亮)·관우(關羽)·장비(張飛)와 함께 파촉(巴蜀)을 평정한 후 221년 제위에 올라 국호를 한(漢)이라고 했다. 형주 탈환을 위해 오나라를 공격했으나, 이릉(夷陵) 싸움에서 대패해 백제성(白帝城)에서 제갈량에게 후사를 맡기고 병사했다. 진수의『삼국지』촉서(蜀書)「선주전先主傳」에 나온다.

소옹邵雍, 1011~1077　북송의 학자·시인으로, 하남(河南, 지금의 하남성 낙양洛陽) 사람. 자는 요부(堯夫), 자호는 안락선생(安樂先生), 시호는 강절(康節). 인종(仁宗) 말기에 유일(遺逸, 학덕이 높은 처사로서 초야에서 지내는 사람을 시험 없이 발탁하는 것)로서 벼슬이 제수되었으나 병을 핑계로 나가지 않고 30여 년간 낙양에 은거하면서 사마광(司馬光)·부필(富弼) 등의 정치가나 정호(程顥)·정이(程頤) 형제 등 학자들과 벗하며 지냈다. 저서로『황극경세서

皇極經世書』『이천격양집伊川擊壤集』등이 있다.

소우蕭瑀, 574~647　당나라 초기 사람. 자는 시문(時文). 남조(南朝) 후량(後梁)의 명제(明帝) 소규(蕭巋)의 아들. 경술과 문장에 뛰어났으며, 불교를 애호해 승려가 되려고 했다. 당나라에 귀의한 이후 관직이 동중서문하삼품(同中書門下三品)에 이르렀다. 송국공(宋國公)에 봉해졌다.

소자유蘇子由　소철(蘇轍, 1039~1112).

소자첨蘇子瞻　소식(蘇軾, 1036~1101).

소제昭帝, BC 87~BC 74　한나라 무제의 작은아들로, 본명은 엽(曄) 또는 민(敏, 황태자가 된 후)이며, 유불릉(劉弗陵)이라 한다. 희종(僖宗)의 병이 악화되자 황태자로 있다가 즉위했다. 곽광(霍光)·김일제(金日磾)·상관걸(上官桀)·상홍양(桑弘羊) 등이 유조(遺詔)를 받들어 정사를 보필했다. 13년간 재위했다. 시호가 소(昭)이다.

소주蘇州　위응물(韋應物, 737~804).

소준蘇峻, ?~328　진(晉)나라 때 무인. 자는 자고(子高). 진(晉)나라 원제(元帝)를 도와 공을 세우고 관군장군(冠軍將軍)이 되었는데, 성제(成帝) 때 반란을 일으켜 관군을 차례로 물리치고 왕을 석두성(石頭城)으로 내쫓기까지 했으나, 끝내 도간(陶侃) 등의 군대에 패해 죽었다.『진서晉書』권100에 나온다.

소철蘇轍, 1039~1112　북송 때의 문인. 소순(蘇洵)의 아들. 소식(蘇軾)의 아우. 자는 자유(子由), 호는 난성(欒城). 19세 때 형 소식과 함께 진사에 급제했으나 왕안석(王安石)의 신법에 반대해 지방 관리로 좌천되었다. 철종(哲宗) 때 구법당이 정권을 잡자 우사간(右司諫)·상서우승(尙書右丞)을 거쳐 문하시랑(門下侍郎)이 되었다. 그러나 또다시 신법당에 의해 광동성 뇌주(雷州)로 귀양 갔고, 사면된 후에는 하남성의 영창(潁昌)으로 은퇴했다. 당송팔대가의 한 사람이며, 시문 외에도 많은 고전의 주석서를 펴냈다.『난성집欒城集』『난성응조집欒城應詔集』『시전詩傳』『춘추집전春秋集傳』『고사古史』등의 저술이 있다.

소하蕭何, ?~BC 168　한나라 고조 때의 재상으로, 강소성 패(沛) 땅 사람. 고조를 도와 한나라 조정을 세웠다. 고조가 함양(咸陽)에 입성하자, 소하는 진나라의 율령(律令)과 서적들을 거두어들였으며, 산천의 요새나 군현(郡縣)의 호구를 파악했다. 초한(楚漢) 전쟁 중에 관중(關中)을 지키면서 병사나 군량을 보급해주었고, 한나라 통일 이후 최고의 공훈을 인정받아 찬후(酇侯)에 봉해졌다. 승상의 직위에 이르렀다.

손권孫權, 182~252　삼국시대 오(吳)나라의 군주. 손견(孫堅)의 둘째아들로, 시호는 대황제(大皇帝). 200년에 형 손책(孫策)이 죽자 그 뒤를 이어 주유(周瑜) 등의 보필을 받아 강남(江南)의 경영에 힘썼다. 촉(蜀)나라 유비(劉備)와 결탁해, 조조(曹操)의 대군을 적벽(赤壁)에서 격파함으로써 강남에서의 지위를 확립했다. 그후 형주(荊州)의 귀속 문제를 둘러싸고 유비와 대립했으나, 219년 조조와 결탁해 유비의 용장 관우(關羽)를 격파하고 형주를 공략했다. 그 결과 위(魏)·오(吳)·촉(蜀) 3국의 영토가 거의 확정되었다. 제위에 올라 연호를 황무(黃武), 도읍을 건업(建業, 남경南京)으로 정했다. 『삼국지』 오서(吳書) 「오주전吳主傳」 참조.

손복孫復, 992~1057   북송 초기의 학자. 진주(晉州) 평양(平陽) 사람. 자는 명복(明復). 석개(石介)의 스승.

손책孫策, 175~200   후한 말 강동(江東)에 기반을 두고 오나라를 창업한 소패왕(小霸王)이다. 흥평(興平) 2년(195), 나이 21세인 그는 원술(袁術)의 속박에서 벗어나 군사를 이끌고 장강을 건너 남하한 뒤, 3~4년 사이에 단양(丹陽)·회계(會稽) 등 여러 군(郡)을 탈취했다. 동오덕왕(東吳德王)이라 자칭하던 엄백호(嚴白虎)를 격파해 오군(吳郡)을 탈취하고, 강동의 대부분을 점령해서 손오(孫吳)의 나라를 세우는 기초를 다졌다. 『삼국지』 오서(吳書)에 입전되어 있다. 『삼국지연의』는 그를 더욱 영웅으로 형상화했다. 부친 손견이 전사하고 잠시 원술에게 의탁하던 손책은 남의 밑에 오래 머물러 있는 것을 달가워하지 않아서, 외삼촌을 구원하고 친족들을 보호해야 한다는 이유를 명분으로 삼아 우연히 얻게 된 전국옥새(傳國玉璽)를 저당물로 잡히고 원술로부터 3000여 명의 병사와 500필의 말을 빌려 강동으로 진격함으로써 창업의 첫걸음을 내디뎠다. 강동을 탈취하기 위해 격파해야 할 가장 중요한 상대는 양주자사(揚州刺史) 유요(劉繇)였는데, 나관중(羅貫中)은 그 전쟁과정을 상세히 묘사했다. 손책은 태사자(太史慈)와 싸워 그를 사로잡았고, 우미(于麋)를 옆구리에 끼운 채 숨이 끊어지도록 했으며, 벽력 같은 소리로 번능(樊能)을 죽였고, 비검을 날려 엄여(嚴輿)를 물리쳤다. 하지만 그는 숲속으로부터 예기치 못한 습격을 받고 결국 상처가 깊어져서 죽었다. 이때 불과 26세였다.

송강松江   정철(鄭澈, 1536~1593).

송강왕宋康王, 재위 BC 286~BC 239   전국시대 송나라 왕. 이름은 언(偃). 벽공(辟公)의 아들로, 형 척성(剔成)을 죽이고 스스로 '송군(宋君)'이라 했다가 10년 만에 왕으로 일컬었다. 성질이 포학무도해 제후들이 '걸송(桀宋)'이라 불렀다.

송경宋璟, 663~737   당나라 형주(邢州) 남화(南和) 사람. 측천무후에게 중용되었다가 예종(睿宗)이 다시 옹립되자 이부상서(吏部尙書) 동중서문하삼품(同中書門下三品)이 되어 외척세력을 제거하는 데 힘썼다. 이때 태평공주(太平公主)에게 미움을 사 조주자사로 폄적(貶謫)되었다. 현종 개원(開元) 초에 형부상서가 되었다가 개원 4년 요숭(姚崇)을 이어 재상이 되었다.

송도군宋道君 송나라 휘종(徽宗, 1082~1135). 북송 말기의 천자로 재위 기간은 1100~1125년이다. 도교를 숭상해 도관(道觀, 도교의 사원)을 크게 일으키고 스스로를 '교주도군황제(敎主道君皇帝)'라 일컬었다.

송창宋昌 한나라 고조를 따라 공을 세운 인물. 장무후(莊武侯)에 봉해졌다. 고조의 장남인 대왕(代王) 환(桓)을 옹립했다.

수隨·**육**陸 한나라의 수하(隨何)와 육가(陸賈). 수하는 언변이 뛰어나서 회남왕(淮南王) 경포(黥布)에게 초나라를 배반하고 한나라에 귀의하도록 했다. 육가는 진평(陳平)에게 충고해 여씨들을 제거하도록 했다.

수경水鏡 사마휘(司馬徽).

수계須溪 유신옹(劉辰翁, 1232~1297).

숙손통叔孫通 진(秦)나라 설(薛) 땅 사람. 학문이 뛰어나 박사가 되어 2세 황제의 궁정에 출입했다. 한나라 고조가 들어서자 박사로 있으면서 예제(禮制)를 제정했다. 그는 노(魯) 땅 출신의 제자 100여 명과 함께 야외에서 면체(綿蕝)를 베풀고 예를 익혔다. 면(綿)은 대나무를 이어 세우고 띠로 꼰 새끼를 둘러 넘어지거나 떨어지지 않도록 만든 장치이다. 체(蕝, 蕝로도 적음)는 의례 장소에서 각자의 위치를 쉽게 알아볼 수 있도록 하는 표시이다. 혜제(惠帝) 때는 황제의 시조 이하 조상을 위한 사당을 설치해야 한다고 건의해, 시조 묘인 원묘(原廟)를 건립하게 했다. 직사군(稷嗣君)에 봉해졌다. 『사기』에 입전되어 있다.

숙제叔齊 은나라 말기 고죽국(孤竹國) 왕의 아들. 아버지가 그에게 왕위를 물려주려 했는데 아버지가 죽자 숙제는 형 백이(伯夷)에게 왕위를 양보했다. 백이가 아버지의 뜻을 어길 수 없다고 하여 도망하자 그도 뒤를 따랐다.

숙종肅宗 당나라 현종을 이은 왕. 짧은 재위 기간 중에도 숙종의 장황후(長皇后)와 이보국(李補國)이 권력을 다투었다. 762년에 숙종이 죽자 이보국이 황후를 죽이고 황태자를 왕으로 세웠다.

숙향叔向 춘추시대 진(晉)나라의 현자. 성은 양설(羊舌), 이름은 힐(肹) 또는 숙힐(叔肹). 숙향은 그의 자. 제나라의 안영(晏嬰), 오나라의 계찰(季札), 정나라의 자산(子産)과 함께 당대의 대표적인 현인이라 일컬어졌다.

순舜 성은 우(虞) 또는 유우(有虞), 이름은 중화(重華). 선양(禪讓, 왕위를 혈족이 아닌 어진 이에게 평화적으로 물려줌) 설화의 대표적 인물로, 요(堯)·우(禹)와 병칭된다. 『사기』「오제본기五帝本紀」에 의하면, 전욱(顓頊)의 6대손으로 아버지는 고수(瞽瞍). 요임금은 순의 평판을 듣고 자기 두 딸을 순에게 출가시켰다. 아버지와 이복동생 상(象)에게 살해당할 뻔한 사건들을 극복하고 효의 도리를 다했다. 요임금의 발탁으로 섭정했으며, 요임금이 죽자 요임금의 아들 단주(丹朱)를 즉위시키려 했으나 천하의 인심이 그에게 기울어졌기 때문에 마침내 제위에 올랐다. 남방을 순수(巡狩, 왕이 나라 안을 두루 살피며 돌아다니던 일)하던 중 병을 얻어 죽어, 창오산(蒼梧山)에 묻혔다고 한다.

순문약^{荀文若} 순욱(荀彧).

순욱^{荀彧} 후한의 영음(潁陰) 사람. 연(衍)의 아우로, 순욱(荀郁)으로도 적는다. 자는 문약(文若), 시호는 경(敬). 효렴(孝廉)으로 천거되었다가 조조(曹操)의 분무사마(奮武司馬)가 되어, 군무와 국정에 관해 자문했다. 그 공으로 만세정후(萬歲亭侯)에 봉해졌다. 동소(董昭) 등이 조조에게 위공(魏公)의 작위를 올리려고 진언했을 때, 한나라를 유지해야 한다고 여겨 반대했다. 손권을 정벌할 때 시중(侍中)으로 있었는데, 조조의 군대에 참여해 유수(濡須)에 이르러 병을 얻어 마침내 약을 마시고 죽었다. 당시 사람들이 그를 순령군(荀令君)이라 칭했다. 순욱이 죽은 다음 해에 조조는 위공이 되었다. 『후한서』와 『삼국지』에 입전되어 있다.

순자^{荀子} 순황(荀況, BC 313~BC 238). 전국시대 조나라 안택현(安澤縣) 사람. 인간이란 악을 지니고 있는 존재라고 파악하고, 성인들을 본받아 예의와 법도를 배워 그런 악습을 제어해야 한다고 하여 후천적 학습을 중시했다. 『순자荀子』를 남겼는데, 이 책에는 「권학勸學」「수신修身」「불구不苟」「영욕榮辱」 등 총 32편의 글이 실려 있다. 제23편인 「성악性惡」에서는 '인간의 본성은 악하다'는 문제를 전문적으로 다루었다.

순제^{順帝, 1320~1370} 원나라 최후인 제14대 황제 혜제(惠帝). 제11대 명종(明宗)의 장남으로, 이름은 토곤 테무르(安懽帖木兒·安歡帖睦爾·脫歡鐵木兒). 14세 때 황제에 즉위했다. 귀족, 공신에 대한 국고 지급이 막대한데다가 라마교에 심취하여 국가재정이 고갈되기에 이르자, 화폐를 남발하고 소금값을 대폭 인상했다. 이에 하남(河南)에서 백련교(白蓮敎)를 주축으로 홍건적의 난이 발생하고, 주원장(朱元璋)이 두각을 나타내 인망(人望)을 얻게 된다. 그 결과 1368년 원나라 수도인 대도(大都)가 함락되고, 순제는 피난생활을 하다 병을 얻어 죽었다. 이로써 원나라 왕조는 멸망했다.

승건承乾   당나라 태종의 첫째아들. 돌궐의 풍습을 좋아했고, 기행(奇行)으로 황태자 자리에서 물러나야 했다. 둘째아들인 위왕(魏王) 태(泰)는 학문에 능하고 신하들에게 신임도 있었으나, 승건과 사이가 좋지 않아 우여곡절 끝에 막내 진왕(晉王) 치(治)가 태자로 책봉되고 후에 당나라 제3대 황제 고종이 되었다.

시마즈 요시히로島津義弘, 1535~1619   일본의 에도시대에 활동한 무장. 1600년 도쿠가와 이에야스와 그의 수하들로 이루어진 동군(東軍)이 이시다 미쓰나리(石田三成)의 서군(西軍)과 세키가하라 전투(關ヶ原戰鬪)를 벌이자, 서군의 편에 서서 싸우다가 패색이 짙자 적 한가운데를 정면으로 돌파하고 퇴각했다. 이후 가지키(加治木)에서 유유자적한 말년을 보내다가 1619년 85세로 사망했다.

시세종柴世宗   후주(後周)의 제2대 황제(재위 954~959). 시영(柴榮, 921~959). 형주(邢州) 용강(龍岡) 사람. 곽위(郭威)의 내질(內姪)이었는데 뒤에 양아들이 되어 성을 곽(郭)으로 바꾸었다. 곽위가 후주를 세우자 진왕(晉王)에 봉해졌다. 현덕(顯德) 원년(954)에 태조가 죽자 제위를 이어받아 안으로는 예악·제도·형법을 정비하고, 밖으로는 진(秦)·농(隴) 지역을 취하는 등 위세를 떨쳤다.

신양信陽   하경명(何景明, 1483~1521).

신풍新豊   장유(張維, 1587~1638). 신풍부원군(新豊府院君)에 봉해졌다.

신혼申混, 1624~1656   조선 효종 때의 문신. 본관은 고령(高靈)으로, 신기한(申起漢)의 아들. 자는 원택(元澤), 호는 초암(初庵). 1644년(인조 22) 별시 문과에 병과 12등으로 급제하고, 1650년(효종 1)에 봉교(奉敎), 정언(正言), 수찬(修撰)을 지냈고, 1654년(효종 5)에 안주교수(安州敎授)가 되었다. 문집으로 『초암집初庵集』이 있다.

신흠申欽, 1566~1628   조선 광해군, 인조 때의 문신. 본관은 평산(平山)으로, 개성도사(開城都事) 신승서(申承緒)의 아들. 자는 경숙(敬叔), 호는 현헌(玄軒). 현옹(玄翁)·상촌(象村), 시호는 문정(文貞). 1586년(선조 29) 별시에 급제했다. 광해군 때인 1613년에 영창대군 사건이 일어나자 선조의 유교칠신(遺敎七臣)의 한 사람으로 지목되어 관직을 빼앗기고 김포로 방축(放逐)되었다가 춘천으로 유배되었다. 인조반정 후 다시 이조판서가 되었으며, 대제학을 겸했다가 우의정이 되었고, 좌의정을 거쳐 1627년(인조 25) 영의정으로 승진했다. 인조의 묘정(廟庭)에 배향(공로 있는 신하가 죽은 뒤 그를 종묘 제사에 부제祔祭하던 일)되었다. 이정구(李廷龜)·장유(張維)·이식(李植)과 더불어 한학사대가(漢學四大家)로 일컬어진다. 저서로 『상촌집象村集』『청창연담晴窓軟談』 등이 있다.

심경지沈慶之 　남조 송나라 제3대 황제인 문제(文帝) 때 오(吳, 절강성) 땅 사람. 『송서宋書』에 입전되어 있다. 어릴 때부터 무예를 닦아 기량이 뛰어났다. 동진(東晉)의 유신(遺臣, 전 왕조의 신하) 손은(孫恩)이 반란을 일으켰을 때 불과 10세에 사병(私兵)을 이끌고 맞서 싸워 무명(武名)을 떨쳤다. 40세 때 이민족의 반란을 진압한 공로로 장군에 임명되었다. 문제에 이어 즉위한 효무제(孝武帝, 재위 453~464) 때는 도읍인 건강(建康, 남경南京)을 지키는 방위 책임자로 승진했다. 그후 건무장군(建武將軍)에 임명되어 변경 수비군을 총괄했다. 효무제가 문신들에게 북위(北魏)를 정벌하기 위한 출병을 논의하도록 하자, 심경지는 "밭갈이는 농부에게 맡기고 바느질은 아낙에게 맡겨야 합니다. 다른 나라를 정벌하려고 하면서 백면서생(白面書生, 희고 고운 얼굴에 글만 읽는 사람, 곧 세상 경험이 없는 사람)과 계책을 논하다니, 그 일이 어떻게 이루어지겠습니까(耕當問奴, 織當問婢. 欲伐國而與白面書生謀之, 事何由濟)"라고 했다. 그러나 효무제는 문신들의 의견을 받아들여 출병했다가 크게 패했다.

심괄沈括, 1031~1095 　북송 때의 관리·학자. 자는 존중(存中), 호는 몽계(夢溪). 사천감(司天監)으로 있으면서 천체관측법·역법(曆法) 등을 창안했다. 후에 지방관이 되고, 또 수차에 걸쳐 변경지방을 시찰했다. 1075년 요(遼)나라에 파견되어 국경선 설정에 대해 공을 세웠으며 상세한 지도를 작성했다. 왕안석(王安石)의 신법당에 속했기 때문에 좌천된 일도 있었다. 천문·수학·지리·본초(本草) 등 과학에 밝았다. 저서의 대부분은 없어졌으나, 『몽계필담夢溪筆談』 26권, 『보필담補筆談』 3권이 남아 있다.

심약沈約, 441~513 　남조(南朝) 때 무강(武康) 사람. 자는 휴문(休文), 시호는 은(隱). 송나라와 제나라에서 벼슬살이를 했고, 양나라 무제(武帝) 때 상서복야(尙書僕射)·상서령(尙書令) 등을 지냈다. 문단의 영수로서 사조(謝朓)·왕융(王融)과 함께 영명체(永明體)를 창출해 후대 격률시(格律詩)의 서막을 열었다.

심이기審食其 　전한 초기의 정치가. 패공(沛公)이 팽성(彭城)에서 패해 서초(西楚)가 여후(呂后)를 인질로 잡아놓았을 때 시종했다. 항우가 패한 뒤 벽양후(辟陽侯)로 봉해졌고, 여후가 정권을 잡게 되자 신임을 받았다. 관직은 좌승상까지 이르렀다. 유장(劉長)의 모친은 일찍이 조나라 재상 관고(貫高)가 한나라 고조를 죽이려고 한 일에 연좌되어 감옥에 갇혔는데, 유장의 외삼촌은 벽양후 심이기를 통해 고조에게 사실을 이야기해달라고 여후에게 부탁했으나 여후는 이를 허락하지 않았다. 뒤에 유장의 모친은 자살하고 유장은 이 일로 벽양후에게 원한을 품고 조회하러 가는 길에 벽양후를 살해했다.

싯다르타悉達多 석가여래. 본래 중천축(中天竺)의 마하타국(摩訶陀國) 정반왕(淨飯王)의 태자. 마야부인(摩耶夫人)의 오른쪽 옆구리로 출생했다. 주(周)나라 소왕(昭王) 26년 4월 8일에 탄생했다고 전한다. 그의 호가 실달태자(悉達太子)이다. 그가 막 태어났을 때, 손으로 천지(天地)를 가리키며 스스로 말하기를, "천상과 천하에 나만 존귀할 뿐이다(天上天下, 惟我獨尊)"라고 했다. 모후(母后)가 별세하자 이모 교담미(憍曇彌)가 길렀다.

아난阿難 석가의 사촌 동생으로, 석가의 나이 55세 때 그의 시자(侍者)로 추천되어 25년간 보좌하면서 가장 많은 설법을 직접 들었으므로 다문제일(多聞第一)이라 불린다. 그가 석가의 가르침을 기억해내어 "나는 이렇게 들었다. 어느 때 붓다께서는……"이라는 말을 시작으로 암송하면, 비구들은 아난의 기억이 맞는지를 확인해 잘못이 있으면 정정한 뒤 모두 함께 외웠다. 불경은 이런 식으로 결집되었다고 한다.

아도阿道 고구려의 승려. 일명 아두(阿頭) 또는 아도(我道)라고도 한다. 위(魏)나라 사람 굴마(崛摩)와 고구려 여인 고도령(高道寧)의 사이에서 태어나 5세에 출가했다. 부친에게 학문을 배우고 19세에 돌아와 어머니의 명에 따라 신라에 가서 왕가에 불교를 전했다. 흥륜사(興輪寺)를 창건했다. 혹자는 아도가 묵호자(墨胡子)와 같은 사람이라고도 한다.

악비岳飛, 1103~1142 남송 고종(高宗) 때의 충신으로, 탕음(湯陰) 사람. 자는 붕거(鵬擧). 실지 회복에 뜻을 두어 '진충보국(盡忠報國, 충성을 다해 나라의 은혜를 갚음)' 네 글자를 등에 새겼고, 고종이 손수 '정충(精忠)'이란 글자를 써서 깃발을 만들어주었다. 진회(秦檜)가 금나라와 화친하려 하자 반대하다가, 무고로 죽임을 당했다. 후에 악왕(鄂王)에 추봉하고 시호를 무목(武穆)이라고 했다.

안녹산安祿山, 703?~757 당나라 때 반란을 일으킨 무장(武將). 아버지는 이란계 소그드 사람의 무장 안연언(安延偃, 일설에는 양아버지라고도 함)이고, 어머니는 터키족 돌궐(突厥)의 무녀(巫女) 아사덕씨(阿史德氏)이다. 동북 지방의 여러 민족을 진압하는 일에 노력해 현종의 신임을 얻었다. 이후 744년에 범양절도사(范陽節度使)가 되고 751년에 하동절도사(河東節度使)를 겸임함으로써 국경 방비군의 3분의 1 정도를 장악했다. 황태자와 양국충(楊國忠)

이 안녹산에게 모반의 뜻이 있다고 여겨 현종과의 관계를 이간하려 하자, 양국충을 제거한다는 명목으로 반기를 들었다. 곧 755년에 15만 대군을 거느리고 범양에서 중원(中原)으로 쳐들어갔다. 이듬해 스스로 대연황제(大燕皇帝)라 칭하고 성무(聖武)라는 연호를 세워 화북(華北)의 주요부를 점령했다. 그러나 얼마 후 시력이 약해지고 악성 종기를 앓게 되자 기강이 흔들렸다. 또 애첩 소생을 편애함으로써 둘째아들 안경서(安慶緖)와 반목했다. 결국 안경서와 공모한 측근 이저아(李猪兒)에게 취침 중 살해되었다. 사후에 『안녹산사적安祿山事蹟』이 편찬되었다.

안사고顏師古, 581~645　당나라 초기의 학자. 옹주(雍州) 만년(萬年) 사람. 이름은 주(籒), 사고는 그의 자. 『안씨가훈』의 저자로 알려진 안지추(顏之推)의 손자이다. 『오경정의五經正義』의 편찬에 참여했고 『한서漢書』에 주석을 가함으로써 전대의 여러 주석을 집대성했다.

안연顏淵　안회(顏回, BC 521~BC 490).

안회顏回, BC 521~BC 490　공자 문하의 십철(十哲) 가운데 제1의 인물. 자가 연(淵)이어서 흔히 안연(顏淵)이라고 부른다. 공자보다 30세 어렸으나 공자보다 먼저 죽었다. 학문과 덕이 특히 높아 공자도 그를 가리켜 학문을 좋아하는 사람이라고 칭송했다. "자기를 누르고 예로 돌아가는 것이 곧 인이다"라든가, "예가 아니면 보지도 말고, 듣지도 말고, 말하지도 말고, 행동하지도 말아야 한다"는 공자의 가르침을 실천했다. 장자(莊子) 같은 도가에서도 높이 평했다. 젊어서 죽었기 때문에 저술이나 업적은 남기지 못했으나 『논어』에 「안연」편이 있고, 『사기』 권67 「중니제자열전仲尼弟子列傳」에 사적이 나온다.

애공哀公, ?~BC 468　춘추시대 노나라 군주. 성은 희(姬)이고 이름은 장(蔣). 정공(定公)의 아들이다. 재위 중 공자가 위(衛)나라에서 노나라로 돌아왔으나, 그를 등용할 수 없었다. 삼환(三桓)이라는 공족 3가(公族三家)의 세력이 강했고, 오나라와 제나라의 침략이 잦아서 국력을 펴지 못했다.

양공襄公, ?~BC 637　춘추시대 송나라 군주. 환공(桓公)의 아들이며 이름은 자보(玆甫)이다. 공자(公子) 목이(目夷)를 재상으로 삼아, 제나라 환공(桓公)에 이어 제후의 맹주로서 초나라와 패권을 다투었다. 초나라와 홍수(泓水)에서 전투하던 중 부상을 입고 죽었다. 초나라와의 전투에서 초나라 군사가 강을 건너 전열을 가다듬기 전에 공격하자는 사마자어(司馬子魚)의 계책이 정도(正道)가 아니라 하여 듣지 않았다가 패했다. 이 때문에 세상 사람들이 쓸모없는 인을 비유해 '송양지인(宋襄之仁)'이라 부르게 되었다.

양광楊廣, 569~618　수나라 양제의 본명으로, 문제의 둘째아들이다. 수나라 제2대

황제(재위 604~618). 시호의 양(煬)은 악랄한 황제를 뜻한다. 600년에 황태자 양용(楊勇)을 실각시키고 스스로 태자가 되었다. 만리장성을 수축하고 대운하를 완성하는 등 백성에게 과중한 부담을 주었다. 돌궐(突厥)과 토욕혼(吐谷渾)을 공략했으나, 고구려 침입에서는 번번이 대패했다. 특히 613년 제2차 침공 때는 후방에서 양현감(楊玄感)이 반란을 일으켜 철수한 이후 각지에서 반란이 일어났다. 만년에 강도(江都, 양주揚州)로 갔다가 우문화급(宇文化及)에게 살해되었다.

양구산楊龜山 양시(楊時, 1053~1135).

양대년楊大年 양억(楊億, 974~1020).

양무제梁武帝 중국 남조 양(梁)나라의 초대 황제. 본명은 소연(蕭衍)으로, 묘호는 고조. 박학하고 문무에 재질이 있어, 남제(南齊)의 경릉(竟陵) 왕자량(王子良)의 집에서 심약(沈約)·범운(范雲) 등 문인 귀족과 교유해 팔우(八友)의 이름을 얻었다. 500년 옹주(雍州)의 군단장으로 있다가 건강(建康)을 함락시켜 남제를 멸망시키고 제위에 올라 국호를 양(梁)이라 했다. 치세는 50년에 이르는데, 후반에는 불교를 깊이 믿어 정치 파국을 가져왔다. 548년에 후경(侯景)의 반란이 일어난 뒤 병을 얻어 죽었다.

양묵楊墨 양주(楊朱)·묵적(墨翟). 전국시대의 사상가로, 유가에 의해 이단(異端)의 대표로 비판받았다. 『맹자』「진심盡心·상」에 보면, 양주는 자기 자신의 터럭 하나를 뽑아 천하를 이롭게 할 수 있더라도 하지 않는다고 했다. 또한 『맹자』「등문공·하」에 다음과 같은 말이 있다. "성왕이 나오지 않아 제후가 방자하며 초야의 선비들이 멋대로 의논해 양주·묵적의 말이 천하에 가득하니, 천하의 말이 양주에게 돌아가지 않으면 묵적에게 돌아간다. 양주는 자신만 위하니 이는 군주가 없는 것이요, 묵적은 똑같이 사랑하니 이는 아버지가 없는 것이니, 아버지가 없고 군주가 없으면 이는 금수이다. 공명의(公明儀)가 말하기를, '푸줏간에 살진 고기가 있고 마구간에 살찐 말이 있는데도 백성들에게 굶주린 기색이 있으며 들에는 굶어죽은 시체가 있다면 이는 짐승을 내몰아 사람을 잡아먹게 하는 것이다'라고 했다. 양주와 묵적의 도가 그치지 않으면 공자의 도가 드러나지 못할 것이니, 이는 부정한 학설이 백성을 속여 인의의 정도를 꽉 막는 것이다. 인의가 꽉 막히면 짐승을 내몰아 사람을 잡아먹게 하다가 사람들이 장차 서로 잡아먹게 될 것이다. 내가 이 때문에 두려워하여 옛 성인의 도를 보호하고 양주와 묵적을 막으며 부정한 말을 추방해 부정한 학설이 나오지 못하게 하는 것이다. 그 마음에서 나와 일에 해를 끼치며, 일에서 나와 정사에 해를 끼치니, 성인이 다시 나오셔도 내

말을 바꾸지 않으실 것이다(聖王不作, 諸侯放恣, 處士橫議, 楊朱墨翟之言, 盈
天下, 天下之言, 不歸楊則歸墨, 楊氏, 爲我, 是無君也, 墨氏, 兼愛, 是無父也, 無
父無君, 是禽獸也. 公明儀曰:'庖有肥肉, 廐有肥馬, 民有飢色, 野有餓莩, 此率獸
而食人也.' 楊墨之道, 不息, 孔子之道, 不著, 是邪說誣民, 充塞仁義也, 仁義充
塞, 則率獸食人, 人將相食. 吾爲此懼, 閑先聖之道, 距楊墨, 放淫辭, 邪說者不得
作, 作於其心, 害於其事, 作於其事, 害於其政, 聖人復起, 不易吾言矣)."

양상^{梁商} 동한 순제(順帝)의 외척. 135년에 군국대장군(軍國大將軍)을 역임했
다. 동한의 삼공(三公) 중 양진(楊震)과 이고(李固)보다 나은 자가 없다고
일컬어졌지만, 등즐(鄧騭)과 양상(梁商)의 천거로 관로(官路)에 진출했으므
로, 사람들이 그 점을 하자로 여겼다고 한다.

양소^{楊素, ?~606} 섬서성 위남(渭南) 사람. 자는 처도(處道). 기상이 장대하고 문
장에도 남달리 뛰어났다. 대대로 북조에 출사한 가정에서 태어나 처음에는
북주(北周)에 출사하고 얼마 뒤 양견(楊堅)과 결탁해 수나라 왕조를 일으키
는 데 크게 공헌했으며, 진왕(晉王) 양광(楊廣, 뒷날의 수양제)과 함께 진
(陳)을 토벌했다. 납언(納言)·내사령(內史令)·상서우복야(尙書右僕射) 등
대관을 역임했고, 고경(高熲)과 협력해 실권을 장악한 뒤 태자 양용(楊勇)을
폐하고 동생 양광을 태자로 봉하게 했다. 만년에는 문제에게 미움을 사 양광
이 양제로 즉위한 뒤에도 외견상으로는 예우를 받는 듯이 보였으나, 실제로
는 경원(敬遠, 공경하나 가까이하지 않음)되었다.

양숙^{養叔} 춘추시대 초나라의 명궁 양유기(養由基). 갑옷을 한데 모아 쏘면 일곱
벌을 뚫을 수 있었다. 또한 버들잎사귀를 100보 거리에서 백발백중으로 맞
혔다. 『한서』권51 「가추매로전賈鄒枚路傳」에 나온다.

양시^{楊時, 1053~1135} 송나라 장락(將樂) 사람. 자는 중립(中立), 호는 구산(龜山),
시호는 문정(文靖). 정이(程頤)에게서 학문을 배웠다. 희령(熙寧) 연간에 진
사가 되고, 고종(高宗) 때 벼슬이 용도각직학사(龍圖閣直學士)에 이르렀다.
벼슬을 그만두고 노년에 구산에 은거했으므로 학자들이 구산선생이라고 불
렀다. 저서로 『이정수언二程粹言』 『구산집龜山集』이 있다.

양신^{楊愼, 1488~1559} 명나라 문학가로, 사천성 신도(新都) 사람. 자는 용수(用修),
호는 승암(升庵). 1524년 계악(桂萼)이 등용될 때 반대하다가 운남성 영창
(永昌)으로 유배되었다. 그 뒤로는 다시 벼슬하지 않았다. 저술이 100여 종
에 달하는데, 후세 사람들이 그 요체만을 모아 『승암집升庵集』81권과 『승암
유집升庵遺集』26권을 간행했다.

양억^{楊億, 974~1020} 북송 초기의 문인으로, 복건성 사람. 자는 대년(大年), 시호

는 문공(文公). 17세에 진사시에 급제하고, 한림학사를 거쳐 공부시랑(工部侍郎)에 이르렀다. 『태종실록太宗實錄』『책부원구冊府元龜』 등을 편찬하고, 전유연(錢惟演) 등과 주고받은 시 200여 수를 모아 『서곤수창집西崑酬唱集』을 편찬했다.

양웅楊雄, BC 53~AD 18 서한 말기의 학자로, 촉군(蜀郡) 성도(成都) 사람. 성을 '楊'이 아니라 '揚'으로 표기하기도 한다. 자는 자운(子雲). 사부(辭賦)에 뛰어났으며, 『주역』과 『논어』를 모방해 각각 『태현太玄』과 『법언法言』을 지었다. 『태현경』은 64괘 384효의 체제를 바꾸어 81수(首) 729찬(贊)의 체제로 만들었다. 『한서』 권87에 입전되어 있다.

양창楊敞, ?~BC 74 서한 경조(京兆) 화음(華陰) 사람. 처음에 곽광(霍光)의 군사마(軍司馬)가 되었고 대사농(大司農)·어사대부(御史大夫)를 역임했다. 소제(昭帝) 원봉(元鳳) 6년에 승상이 되었고 안평후(安平侯)에 봉해졌다. 곽광과 함께 창읍왕(昌邑王)을 폐위시키고 선제(宣帝)를 즉위시켰다.

양현감楊玄感, ?~613 수나라의 정치가. 권신 양소(楊素)의 아들. 아버지의 공로로 예부상서에 올랐다. 독서를 즐기고 기사(騎射, 말타기와 활쏘기)에 뛰어났다. 그러나 양제의 정치가 어지럽고 자신이 소외되자 반의를 품었다. 613년 양제의 제2차 고구려 침공 때 여양(黎陽)에서 이밀(李密) 등과 반란을 일으켰다. 그러나 낙양(洛陽) 공격에 실패하고 서방으로 도망가 관중(關中)으로 들어가려 했을 때, 장안(長安)에서 온 관군과 고구려 원정을 중단하고 돌아온 원정군의 협공을 받은 끝에 자살했다. 시체는 낙양에서 3일간 효수(梟首, 죄인의 목을 베어 높은 곳에 매달던 처형)되었다. 이 반란 이후 수나라에서는 각지에서 반란이 잇달아 일어났다.

양호楊鎬, ?~1629 명나라 하남(河南) 귀덕부(歸德府) 상구(商邱) 사람. 진사 출신인데, 1597년(선조 30) 정유재란(丁酉再亂)이 일어나자 흠차경리조선군무(欽差經理朝鮮軍務) 도찰원우첨도어사(都察院右僉都御史)로서 총독 형개(荊玠), 총병(摠兵) 마귀(麻貴), 부총병 양원(楊元) 등과 함께 참전했다. 12월에 울산(蔚山)에서 벌어진 도산성(島山城) 전투에서 크게 패하고도 이를 승리로 보고했다가 탄로가 나서 6월에 탄핵을 받고 돌아갔다. 1618년 청나라가 명나라를 침략하자 다시 기용되어 요동 등을 경략했으나 크게 패해 그 책임을 지고 사형당했다.

엄광嚴光 후한 초의 은자. 일명 엄준(嚴遵)이라고도 하며, 자가 자릉(子陵)이어서 엄자릉 또는 엄릉이라고도 부른다. 회계(會稽) 여요(餘姚) 사람으로, 어려서 후한 광무제(光武帝)와 동문수학했다. 『후한서後漢書』 「엄광열전嚴光

列傳」에 "황제가 어려서 엄광과 함께 배웠으므로 황제가 되고 나서 물색(物色)하니 얼마 후 제나라에 어떤 남자가 염소 가죽옷을 입고 못가에서 낚시한다고 아뢰는 사람이 있었다"고 했다. 광무제가 관직을 주려 했으나 동강(桐江) 가에서 낚시질로 세상을 마쳤다.

엄노성(嚴老成)　엄준(嚴畯).

엄무(嚴武, 726~765)　당나라 화주(華州) 화음(華陰) 사람. 자는 계응(季鷹). 음보(蔭補, 조상의 덕으로 벼슬을 얻음)로 태원부참군(太原府參軍)에 조용(調用, 등용)되고 전중시어사(殿中侍御史) 등을 거쳤다. 숙종(肅宗) 지덕(至德) 연간(756~757)에 경조소윤(京兆少尹)을 제수받았다. 이후 성도윤(成都尹)·검남절도사(劍南節度使)를 역임했다. 광덕(廣德) 2년, 토번(吐蕃) 7만 명을 격파해 검교이부상서(檢校吏部尙書)에 오르고 정국공(鄭國公)에 봉해졌다. 촉(蜀) 땅에서 벼슬하던 수년 동안 토번이 감히 쳐들어오지 못했으나, 행실이 거만했다.

엄연년(嚴延年, ?~BC 58)　서한 때 동해(東海) 하비(下邳) 사람. 자는 차경(次卿). 소제(昭帝) 때 군리(郡吏)를 지냈고 선제 때는 시어사(侍御史)가 되었다. 곽광(霍光)이 창읍왕(昌邑王)을 폐위하고 선제(宣帝)를 즉위시키자, 곽광이 폐립(廢立, 임금을 폐하고 새로 임금을 맞아 세움)을 마음대로 한다며 그를 탄핵했다. 『전한서』 권90에 입전되어 있다.

엄우(嚴羽, 1197?~1253?)　남송 후기의 문인. 소무(邵武, 지금의 복건성) 사람. 자는 의경(儀卿)·단구(丹邱). 종씨인 엄인(嚴仁)·엄삼(嚴參) 등 8인과 함께 시로 이름이 나서 그들을 구엄(九嚴)이라 불렀다. 스스로 창랑포객(滄浪逋客)이라 호를 지어 자신의 책을 『창랑시화滄浪詩話』라고 했다. 『창랑시화』는 시변(詩辨)·시체(詩體)·시법(詩法)·시평(詩評)·고증(考證)의 다섯 부분으로 나뉘어 있다. 소식(蘇軾)과 황정견(黃庭堅) 이후의 시풍에 대해 "문자로 시를 짓고, 학식으로 시를 지으며, 의론으로 시를 지었다(以文字爲詩, 以才學爲詩, 以議論爲詩)"고 비판하고, 한나라·위나라, 성당(盛唐)의 시를 최고의 기준으로 내세웠다. 그는 "말은 다해도 뜻은 무궁하다(言有盡而意無窮)"라거나 "영양이 뿔을 나무에 걸면 자취가 없어져 찾을 수 없다(羚羊掛角, 無迹可求)"는 말로 시의 최고 경지를 표현했다. 형상이나 말에 매이지 않고 한없는 의미를 낼 수 있어야 훌륭한 시라고 본 것이다.

엄준(嚴畯)　중국 삼국시대 오나라의 학자로, 팽성(彭城) 사람. 자는 만재(曼才). 엄노성(嚴老成)이라 일컬었다. 어려서부터 학문에 침잠했고, 『시경』 『서경』 과 삼례(『예기禮記』 『주례周禮』 『의례儀禮』)에 정통했으며, 또 『설문해자說

文解字』를 좋아했다. 장소(張昭)가 그를 추천하자 손권(孫權)이 기도위(騎都尉) 종사중랑(從事中郎)에 임명했다. 『효경전孝經傳』등을 지었다.

업중재자鄴中才子 조조의 아들이자, 조비(曹丕)의 동생인 조식(曹植). 중국 삼국시대 위나라의 수도가 업(鄴)이었으므로, 위나라를 업중(鄴中)이라 표현한다.

여공呂公 주(周)나라 여상(呂尙). 강상(姜尙)이라고도 한다.

여공저呂公著, 1018~1089 북송 때 수주(壽州) 사람. 자는 회숙(晦叔), 시호는 정헌(正獻). 인조(仁祖) 때 진사가 되었다. 벼슬은 상서우복야 겸 중서시랑(尙書右僕射兼中書侍郎)에 이르렀다. 사마광(司馬光)과 함께 국정(國政)을 맡았다. 청묘법을 반대해 외직으로 내려갔다가, 다시 중앙 정계로 복귀해 중서시랑이 된 이후 신법을 폐지했다. 죽은 뒤 신국공(申國公)에 봉해졌다.

여대림呂大臨, 1046~1092 북송의 성리학자·금석학자로, 섬서성 남전(藍田) 사람. 자는 여숙(與叔), 호는 남전(藍田). 만년에 태학박사(太學博士), 비서성정자(秘書省正字)가 되었다. 처음에는 장재(張載, 장횡거張橫渠)에게 배우다가 스승이 죽은 뒤에는 정호·정이에게 배웠으나, 장재에게 배운 이론을 좀처럼 바꾸지 않았다고 한다. 사양좌(謝良佐)·유작(游酢)·양시(楊時)와 더불어 정문(程門)의 4선생이라 일컬어졌다. 육경(六經)에 두루 조예가 있었으며 예(禮)에 특히 밝았다. 장재와 정호의 학문을 계승해 일원기(一元氣)를 우주의 본체로 보았다. 또한 사람이 태어날 때의 성(性)은 천지의 중정(中正)을 품부받으므로『중용』에서 말한 미발지성(未發之性) 같은 것이라 하고, 그것이 이미 발해 사물에 접하면 기질지성(氣質之性)이 생겨난다고 설명했다. 적자지심(赤子之心)을 양심(良心)으로 보았으며, 그것의 수양 방법으로 후천적인 교정보다는 오히려 양심의 근본을 구명하고 그 근본을 잃지 않으려고 노력해야 한다고 강조했다. 그의 사상은 나종언(羅從彦)과 이동(李侗)을 거쳐 주희에게 계승되었다. 금석학에도 조예가 깊어『고고도考古圖』를 편찬했다. 저서에『남전문집藍田文集』『시설詩說』『대학설大學說』『중용설中庸說』『극기명克己銘』『미발문답未發問答』등이 있다.

여릉廬陵 주(周)나라 초기의 정치가. 당나라 고종을 이어 즉위한 태자 현(顯), 즉 뒷날의 중종(中宗, 683~684, 705~710)을 말한다. 측천무후(則天武后)가 그를 폐해 여릉왕(廬陵王)에 봉하고 유폐했다.

여망呂望 주(周)나라 초기의 정치가. 본명은 강상(姜尙). 그의 선조가 여(呂)나라에 봉해졌으므로 여상(呂尙)이라 불렸고, 속칭 강태공으로 알려져 있다. 서백 창은 그에게 태공망(太公望)이라는 호를 지어주었는데 서백 창의 아버지인 태공이 바라던 인물이라는 뜻이다.

여얼呂孽　한나라 고조의 비였던 여후(呂后)의 인척들. 양왕(梁王) 여산(呂産), 조왕(趙王) 여왕(呂王), 연왕(燕王) 여통(呂通)을 말한다. 이들은 여씨를 옹립하려 했다.

여여숙呂與叔　여대림(呂大臨, 1046~1092).

여온呂溫, 771~811　중당(中唐)의 시인으로, 하중(河中, 지금의 산서성 영제永濟) 사람. 자는 화숙(和叔)·화광(化光). 정원(貞元) 14년(798)에 진사에 급제했고, 형부낭중(刑部郎中)을 지냈으나 도주자사(道州刺史)로 폄적되었다. 뒤에 형주자사(衡州刺史)로 옮겼는데 결국 이곳에서 생을 마쳤다. 『여형주집呂衡州集』이 전한다.

여의如意　측천무후가 총애한 남성의 이름.

여정余靖　북송 때의 정치가. 자는 안도(安道), 호는 무계(武溪), 시호는 양(襄). 벼슬은 우정언(右正言)·공부상서(工部尙書) 등을 지냈다. 범중엄(范仲淹)이 간신 여이간(呂夷簡)과 맞지 않아 귀양 가게 되자, 취하할 것을 소청했다가 폄출(貶黜)되었다.

여조겸呂祖謙, 1137~1181　남송 무주(婺州, 금화金華) 사람. 자는 백공(伯恭), 호는 동래(東萊). 주희·장식(張栻)·육구연(陸九淵)과 더불어 강학에 힘써 동남삼현(東南三賢)이라 일컬어졌다. 주희와 육구연의 아호사(鵝湖寺) 회합을 주선했다. 주희와 함께 북송 도학자의 어록을 편집해 『근사록近思錄』을 이루었다. 저서에 『동래좌씨박의東萊左氏博議』 『여씨가숙독시기呂氏家塾讀詩記』 등이 있다.

여헌가呂獻可　여회(呂誨, 1014~1071).

여회呂誨, 1014~1071　송나라 정치가. 자는 헌가(獻可). 왕안석이 재상에 취임하는 것부터 반대했고, 왕안석이 신법을 만들자 왕안석을 탄핵하는 상소를 올렸다.

여후呂后, ?~BC 180　한나라 고조 유방(劉邦)의 비. 이름은 치(雉)로, 산양(山陽) 사람. 자는 아후(娥姁). 유방의 천하통일을 도왔고, 유방이 죽은 뒤 아들 혜제(惠帝)를 즉위시키고 자신이 실권을 잡았다. 혜제가 23세의 나이로 죽자, 혜제의 후궁에서 출생한 여러 왕자들을 차례로 등극시키면서 황제의 권력을 대행하고 여씨 일족을 고위고관에 등용해 사실상 여씨 정권을 수립했다. 또 유방의 총비(寵妃) 척부인(戚夫人)의 수족을 잘라 변소에 가두고 인체(人彘)라고 비웃는 등 횡포가 자심했다. 특히 유씨(劉氏)만 후왕(侯王)으로 책봉하라는 유방의 유훈(遺訓, 죽은 사람이 생전에 남긴 훈계)을 어기고 동생 여산(呂産)과 여록(呂祿)을 후왕으로 책봉했다. 이에 고조의 옛 신하들이 반발하게 되어, 그녀가 죽자 여씨를 주멸(誅滅, 죄 있는 자를 죽여 없앰)하는 사건이 일어났다. 이로써 여씨 정권은 붕괴하고 고조의 차남 유항(劉恒)이 즉위해 문제(文帝)가 되었다.

역상酈商　한나라 초기의 정치가. 고양(高陽) 사람. 패공(沛公)을 도와 전공을 세워 곡주후(曲周侯)가 되었고, 고조가 죽자 효제(孝帝)를 섬겼다. 그의 형인 역이기(酈食其) 역시 패공을 도와 제나라 70여 성을 항복시키는 등 큰 공을 세웠다.

역이기酈食其　한나라 진류(陳留)의 고양(高陽) 사람. 독서를 좋아했으나 집이 가난했다. 광생(狂生)이라 불리던 인물인데, 패공이 진류의 지세를 둘러보려고 고양에 머물렀을 때 알현했다. 그때 패공이 침상에 걸터앉고 두 시녀가 발을 씻겨주었는데, 역이기가 길게 읍만 하고 절을 올리지 않았다. 역이기는 "족하께서 무도한 진(秦)을 꼭 치려고 한다면, 어른을 거만하게 맞아서는 안 됩니다" 하자, 패공이 발을 씻다 말고 옷을 입은 다음, 그를 상좌에 모시고 진류를 항복시킬 계획을 청했다. 호를 광야군(廣野君)이라 했다. 고조를 도와 사방을 다니며 유세했다. 제나라 전광(田廣)에게 역성(歷城)의 수전(守戰) 태세를 풀도록 유세하여 방비를 느슨히 하자 한신(韓信)이 습격해 제나라의 70여 성을 함락했다. 한나라는 그 아들 개(疥)를 고량후(高梁侯)로 삼았다.

연개소문淵蓋蘇文, ?~666　고구려의 장수. 당나라 고조 이연(李淵)의 '淵' 자를 피하기 위해 '泉'으로 쓰기도 했다. 또한 개금(蓋金)이나 개소문(蓋蘇文)이라고 부른다. 645년에 당나라의 17만 대군을 격퇴했고, 그후에도 네 차례나 당나라의 침입을 막아냈다. 『개소문전蓋蘇文傳』이 있다.

연왕 쾌燕王 噲, ?~BC 314　전국시대 연(燕)나라 왕. 이름이 쾌(噲)이며, 역왕(易王)의 아들이다. 소대(蘇代)의 계략에 걸려 자지(子之)를 신임해 나라를 그에게 맡기고 스스로 신하가 되니, 나라가 크게 혼란스러워졌다. 시피(市被)·태자평(太子平)과 계획해 자지를 공격했으나 패했다. 제나라가 연나라를 칠 때 쾌는 죽고, 자지는 혜(醢, 식초)로 만들었다. 2년 뒤 연나라 사람들이 태자평을 즉위시켰다. 『전국책戰國策』과 『사기』에 관련 기록이 있다.

연평延平　이동(李侗, 1093~1163).

염류炎劉　한나라 왕족 유씨(劉氏). 한나라의 덕이 화(火)이기 때문에 '염(炎)' 자를 붙였다. 유향(劉向)의 『삼통력三統曆』은 진(秦)나라가 수덕(水德)인 반면, 한나라가 화덕(火德)이므로, 한나라가 진나라를 이겼다고 설명했다.

영瑛　당나라 현종의 둘째아들. 처음에 진정왕(眞定王)으로 봉해졌다가 715년에 태자가 되었다. 영의 어머니 조여비(趙麗妃)는 원래 기녀였는데 춤과 노래를 잘해 노주(潞州)에서 현종의 총애를 받았다. 조여비의 아버지 조원례(趙元禮)와 오라비 상노(常奴)가 모두 대관에 이르렀다. 『신당서新唐書』 열전(列傳) 제7 「십일종제자十一宗諸子」와 『구당서舊唐書』 열전 제57 「현종제자玄宗諸子」에 약전(略傳, 간략하게 적은 전기)이 있다.

영종寧宗 본명은 조확(趙擴, 1168~1224). 남송의 제4대 황제. 아들이 없어 동생의 아들 조횡(趙竑)을 양아들로 삼아 태자로 봉했다. 『동남기문東南紀聞』에 의하면, 재상 사미원(史彌遠)이 태자 조횡을 미워했는데, 영종이 조횡을 제위에 올릴까봐 영종이 병을 심하게 앓았을 때 선단(仙丹)을 먹였다. 영종이 단약을 먹은 지 오래지 않아 죽으니 사미원이 조횡을 폐위시키기 위해 영종까지 독살했다는 소문이 돌았다.

영현伶玄 한나라 노수(潞水) 사람. 자는 자우(子于). 사공소리(司空小吏)에서 회남상(淮南相)까지 관직을 역임했다. 저서에 『비연외전飛燕外傳』이 있으나 후세 사람의 가탁(假託, 이름을 빌림)으로 보기도 한다.

예장豫章 당나라 예왕(豫王) 윤(輪). 훗날의 예종(睿宗, 재위 684~690, 710~712). 중종을 이어 황제가 되었다.

예조藝祖 송나라 태조 조광윤(趙匡胤). 시호는 영무예문신덕성공지명대효황제(英武睿文神德聖功至明大孝皇帝). 처음 후주(後周)의 세종(世宗) 밑에서 금군(禁軍)의 장이 되었고, 거란(契丹)·남당(南唐)과의 싸움에서 공을 세워 금군 총사령이 되었다. 세종의 사후 북한(北漢) 침입의 위기 때 금군의 옹립으로 제위에 올랐다. 즉위 후 후주 유신(遺臣, 전 왕조의 신하)의 반란을 진압해 화북 지역을 확보하고 963년 이후 형남(荊南)·호남(湖南)·후촉(後蜀)·남한(南漢)·남당 등의 강남(江南)과 사천(四川)의 후국들을 병합했다.

오국륜吳國倫, 1517~1578 명나라 문인. 호광(湖廣) 흥국주(興國州) 무창(武昌) 사람. 자는 명경(明卿). 무창 사람이어서 오무창 또는 무창이라고 일컫기도 한다. 명나라 중기 후칠자(後七子)의 한 사람이다. 왕세정(王世貞)이 죽자 그를 이어 왕도곤(汪道昆)·이유정(李維禎)과 함께 문단을 주도했다. 저서로 『담추동고甋甀洞稿』54권, 『속고續稿』27권이 있다.

오군吳郡 왕세정(王世貞, 1526~1590).

오도현吳道玄, 700?~760? 당나라 하남성 우주(禹州) 사람. 어렸을 때 이름은 도자(道子)인데 현종이 도현(道玄)으로 고쳐주었다고 한다. 처음에는 지방의 낮은 벼슬아치였으나, 현종에게 그림 재주를 인정받아 궁정화가가 되었다. 인물·금수·대전(臺殿)·초목 등의 회화에서 묘법(描法)을 일변시켰다. 『역대명화기歷代名畫記』를 남겨 회화사상 최고의 평가를 받았다. 하지만 확실한 유품은 전하지 않는다.

오릉중자^{於陵仲子} 전국시대 제나라 사람. 진중자(陳仲子).『맹자』「등문공·하」에 나온다. 진중자는 성품이 너무 깔끔해 만종(萬鍾)을 받는 자기 형 대(戴)의 녹과 집이 모두 불의(不義)한 것이라 하여 먹지도 살지도 않고 오릉(於陵)이라는 곳에 따로 나가 살면서 사흘씩이나 굶어야 할 정도로 궁하게 지냈다. 하루는 자기 형 집에 갔다가 누가 산 거위를 가져온 것을 보고는 얼굴을 찌푸리며 하는 말이 꽥꽥거리는 그것을 무엇하려고 받느냐고 했다. 그다음 어느 날 형 집에 들른 그는 어머니가 잡은 그 거위 고기를 함께 먹고 있었다. 때마침 자기 형이 밖에서 돌아와 동생이 먹는 것을 보고는, "야 그게 바로 꽥꽥거리는 그 고기다"라고 말하자, 먹다 말고 뛰쳐나가 토했다고 한다.

오리^{五利} 난대(欒大).

오백풍^{吳伯豊} 오필대(吳必大).

오왕^{吳王} 태종과 수나라 양제의 딸인 양숙비(楊淑妃) 사이에서 난 아들이다.

오징^{吳澄, 1249~1333} 남송과 원나라 때의 학자. 강서성 숭인(崇仁) 사람. 자는 유청(幼淸), 시호는 문정(文正). 처음에 초옥에서 기거했는데, 정문해(程文海)가 그것을 초려(草廬)라고 이름했으므로 학자들이 그를 초려선생이라 불렀다. 송나라 영종(英宗) 때 한림학사(翰林學士)가 되었고, 원나라의 경연(經筵)에서 강관(講官) 등 요직을 지냈으며,『영종실록英宗實錄』을 감수했다. 노재(魯齋) 허형(許衡)과 함께 남북의 2대 유학자라 일컬어졌다. 주희의 사전제자(四傳弟子, 학통상 4대 뒤의 제자)이다. 한편으로는 동향 선배인 상산(象山) 육구연(陸九淵)의 덕행을 학문의 바탕으로 삼아야 한다 하여 주륙합일(朱陸合一)을 주장했다. 이 점에서 그는 왕양명(王陽明)의 선구가 되었다. 또 경전을 비판하기도 했고, 고고학의 선구자가 되었다. 저술로는『오경찬언五經纂言』『초려정어草廬精語』등이 유명하며, 문집 53권을 남겼다.

오필대^{吳必大} 남송 때의 학자. 주희의 고제(高弟). 자는 백풍(伯豊). 간신 한탁주(韓侂冑)가 집권할 때 벼슬에 임명되었으므로, 주희가 모름지기 확고한 뜻을 세워 힘쓰고 노력해야 스스로 수립할 수 있다고 권고했다. 뒤에 주자학을 위학(僞學, 정도에서 어그러진 학문)이라 규정하고 금지하자, 벼슬을 그만두었다.

오한^{吳漢} 후한 때 완(宛) 땅 사람. 왕망의 말기에 어양(漁陽)으로 망명해 있다가, 광무제를 도와 공을 세우고 대사마(大司馬)가 되었으며, 광평후(廣平侯)에 봉해졌다.

와륜선사^{臥輪禪師} 당나라 초기의 승려.「와륜선사간심법臥輪禪師看心法」과「와

「류선사게臥輪禪師偈」를 남겼다. 보리달마계 이외의 산성(散聖, 정통 법맥을 이어받지 않은 성인)으로서 이름이 높았다. 그의 간심법은 제6조 혜능의 비판을 받았다.

완성完城 최명길(崔鳴吉, 1586~1647). 완성부원군(完城府院君)에 녹훈(錄勳, 훈공을 장부에 기록함)되었다.

왕개보王介甫 왕안석(王安石, 1021~1086).

왕검王儉, 452~489 남조(南朝) 제(齊)나라의 낭야(琅邪) 임기(臨沂) 사람. 자는 중보(仲寶). 송나라 명제(明帝) 때 비서승(秘書丞)을 지냈으나, 이후 제나라 고제(高帝)인 소도성(蕭道成)을 좇아 우복야(右僕射)가 되었다. 제나라의 예의(禮儀)와 조책(詔策)은 모두 그의 손에서 나왔다. 『남제서南齊書』 권23에 입전되어 있다.

왕계王季 주(周)나라의 선조. 계력(季歷). 무왕 이후에 왕계라 추존(追尊, 왕위에 오르지 못하고 죽은 사람에게 제왕의 칭호를 올림)했다.

왕규王珪 당나라 태종 때의 명신. 자는 숙개(叔玠), 시호는 의(懿). 예부상서(禮部尚書)를 지냈다. 과부 형수를 극진히 받들고 집안일은 반드시 형수에게 물어본 뒤 처리했다. 『구당서』 권70과 『신당서』 권98에 입전되어 있다.

왕단王旦 북송 때의 정치가. 자는 자명(子明), 시호는 문정(文正). 진종(眞宗) 때 지추밀원(知樞密院)·태보(太保)에 이르고, 죽은 뒤 위국공(魏國公)에 추봉(追封)되었다.

왕도곤汪道崑, 1525~1593 명나라의 문학가로, 흡현(歙縣) 사람. 자는 백옥(伯玉), 호는 태함(太函)·남명(南溟). 가정(嘉靖) 26년(1547)에 진사에 합격했다. 전후칠자(前後七子)를 본받은 후칠자(後七子) 가운데 한 사람이며, 왕세정과 병칭되어 '남북양사마(南北兩司馬)'로 불렸다. 그러나 왕세정은 만년에 왕도곤에 대해 "마음속으로는 왕도곤의 문장을 비난하지만 입 밖으로 말할 수 없다(心誹太函之文, 而口不能言)"고 했다.

왕돈王敦 진(晉)나라 사람. 자는 처중(處中). 두도(杜弢)의 난을 평정한 후 정남대장군(征南大將軍) 등의 벼슬에 올라 권력이 커지자, 진나라 원제(元帝)는 유외(劉隗)를 중신으로 삼았다. 왕돈은 유외를 제거한다는 명목으로 병사를 일으켰으나 뜻을 이루지 못하고 병으로 죽었으며, 뒤에 부관참시되었다.

왕망王莽, BC 45~AD 23 산동(山東) 사람. 자는 거군(巨君). 한나라의 신도후(新都侯)였으나, 인망을 얻자 한나라 평제(平帝)를 시해하고 그 어린 아들 유영(劉嬰)을 세워 섭정하다가 다시 8년에 유영을 몰아내 한나라를 멸망시키고 국호를 신(新)이라 한 다음 황제가 되었다. 주(周)나라 시대의 정전법(井田

法)을 모방해 토지개혁을 단행하고 사대제도(賖貸制度, 가난한 농민에게 싼 이자의 자금을 융자해주는 제도)를 두기도 했으나, 여러 모순과 사회 문제를 해결하지 못했다. 광무제가 병사를 일으킨 뒤, 장안(長安)의 미앙궁(未央宮)에서 부하에게 찔려 죽음으로써 건국한 지 15년 만에 멸망하고, 후한이 그 뒤를 이었다.

왕발王勃, 650~676   당나라의 시인. 강주(絳州) 용문(龍門) 사람. 자는 자안(子安).

왕백王柏   송나라의 학자. 무주(婺州) 금화(金華) 사람. 자는 회지(會之), 호는 노재(魯齋). 시와 그림에 뛰어났다. 저술로『독역기讀易記』『서의書疑』『시의詩疑』『노재집魯齋集』이 있다.

왕비王伾   중당(中唐)의 정치가로, 항주(杭州) 사람. 왕숙문(王叔文)과 함께 개혁을 주도하다 실패하여 개주사마(開州司馬)로 좌천되었고, 그곳에서 생을 마쳤다.

왕세정王世貞, 1526~1590   명나라의 문인. 강소성 태창(太倉) 사람. 그가 출생한 강소성 태창을 오군이라 불렀다. 자는 원미(元美), 호는 봉주(鳳州)·엄주산인(弇州山人). 1547년에 진사가 되고 형부(刑部)의 관리가 되었으나, 강직한 성격 때문에 재상 엄숭(嚴嵩)의 뜻을 거역했다. 엄숭이 구실을 만들어 고도어사(古都御史)였던 그의 아버지를 사형시키자, 벼슬을 그만두고 아버지의 무고함을 8년간 주장한 끝에 명예를 회복시켰다. 그 뒤 다시 지방관에 복귀했고, 남경(南京)의 형부상서(刑部尚書)를 마지막으로 관직에서 물러났다. 문학적으로는 후칠자(後七子)의 맹주 격인 이반룡(李攀龍)과 함께 '이왕(李王)'이라 불려, 명나라 후기 고문사파(古文辭派)의 지도자가 되었으며, 이반룡이 죽은 뒤에는 그 지위를 독차지했다. 『엄산당별집弇山堂別集』등 많은 역사 논문을 남겼다. 문집으로『엄주산인사부고弇州山人四部考』174권, 『속고續稿』207권을 남겼고, 『예원치언藝苑卮言』이라는 문학예술비평서를 저술했다. 『금병매金甁梅』가 그의 작품이라는 설이 있다. 희곡으로는『명봉기鳴鳳記』가 유명하다.

왕세충王世充, ?~621   수나라 신풍(新豊) 사람. 자는 행만(行滿). 양제 때 강도(江都)의 군승(郡丞)이 되었다가 양제가 강도에서 피살되자 월왕(越王) 양동(楊侗)을 동도(東都, 낙양)에서 옹립했다. 이후 이밀(李密)과 전투하여 승리했다. 이듬해 양동을 폐하고 스스로 황제가 되었으며, 나라 이름을 정(鄭)이라 칭하고 연호를 개명(開明)이라 했다. 그 뒤 이세민(李世民)에게 패해 항복했다가 장안에 이르러 악감정을 지닌 이들에게 사살당했다.

왕소원王昭遠, 944~1000   송나라 익주(翼州) 부성(阜城) 사람. 호는 철산(鐵山). 학

식은 있었으나 인색했다. 『송사』권479, 「왕소원열전王昭遠列傳」에 이러한 기록이 있다. "왕소원은 술이 얼근하게 취해 팔을 휘두르면서, '이번 행차에는 단지 적을 이기는 데 그치는 것이 아니라, 이 2~3만의 조면(雕面, 겉꾸밈을 함) 악소년들을 거느리고 중원을 취하기를 손바닥 뒤집듯 할 것이다'라고 했다. 출발할 때 철여의(鐵如意, 철로 만든 조장爪杖)를 들고 군사의 일을 지휘하며, 스스로를 제갈량에 견주었다."

왕수인王守仁, 1472~1529 여요(餘姚) 사람. 자는 백안(伯安), 호는 양명(陽明), 시호는 문성(文成). 홍치(洪治) 12년(1499)에 진사가 되고 형부주사(刑部主事)와 병부주사(兵部主事)를 맡았다. 상소를 하여 환관 유근(劉瑾)을 탄핵하고 대선(戴銑)·박언징(薄彦徵)을 구하려다 귀주(貴州) 용장(龍場)의 역승(驛丞)으로 좌천되어 수문현(修文縣)의 양명동(陽明洞)에서 강의했다. 유근이 주살되자 여릉(廬陵) 지현(知縣)에 기용되었고, 뒤에 좌첨도어사(左僉都御史)로서 남공(南贛)을 순시했다. 농민 봉기를 진압하고 명나라 종실(宗室) 주신호(朱宸濠)의 반란을 평정하는 데 공을 세워 신건백(新建伯)에 책봉되었다. 관직이 남경(南京) 병부상서(兵部尚書)에 이르렀다. 『왕문성공문집王文成公文集』38권이 있다.

왕숙문王叔文, 753~806 중당(中唐)의 정치가로, 월주(越州) 산음(山陰, 지금의 절강성 소흥紹興) 사람. 왕비(王伾)·유우석(劉禹錫)·유종원(柳宗元) 등과 연합해 조정의 혁신에 진력했으나 정권을 잡은 지 146일 만에 환관과 일부 조정의 관료, 번진(藩鎮) 세력의 반대에 부딪혀 실패했다. 806년에 환관 구문진(俱文珍)에게 죽임을 당했다.

왕안석王安石, 1021~1086 무주(撫州) 임천(臨川) 사람. 자는 개보(介甫), 만년의 호는 반산(半山). 1042년에 진사에 급제한 이후 수많은 내외 관직을 지냈다. 신종(神宗) 희령(熙寧) 2년(1069) 참지정사(參知政事)가 되어 한기(韓琦)·사마광(司馬光) 등 구법당(舊法黨)을 축출하고 이재(理財, 재물을 유리하게 다룸)에 능한 강남 출신 신진관료들을 발탁해 신법(新法)을 실시했다. 신법은 국가재정의 확보와 국가행정의 효율성 증대 등에서 일정한 실적을 거두었으나, 후진 지대에서는 오히려 영세 농민층의 몰락을 가속화하는 문제를 일으켰다. 이는 반대파인 구법당이 재집권하는 주된 명분이 되었다. 만년에 강녕(江寧) 종산(鍾山)에 은거했다. 원풍(元豊) 원년(1078)에 서국공(舒國公)에 봉해지고, 뒤에 다시 형공(荊公)에 봉해졌다. 저서 중『자설字說』『종산일록種山日錄』은 망실(亡失)되었으나, 『임천집臨川集』100권, 『임천집습유臨川集拾遺』『주관신의周官新義』잔권, 『노자주老子注』일부가 현존한다.

일찍이 같은 고향의 증공(曾鞏)과 교유했다.

왕언백汪彦伯**과 황잠선**黃潛善 송나라의 간신들. 황잠선은 이강(李綱)을 배척했는데, 재상 왕위공(王魏公)은 그와 합세해 이강과 조정(趙鼎)의 무리를 탄핵하고 왕언백과 진회(秦檜)의 무리를 추천했다.

왕언장王彦章, 863~923 오대(五代) 때 후량(後梁)의 수장(壽張) 사람. 자는 자명(子明). 어려서 주온(朱溫)을 따라 군졸이 되었다가 무공을 떨쳐 전주자사(澶州刺使)로 옮겼다. 용맹하고 날랜데다가 출전할 때 항상 철창을 지녔으므로 왕철창(王鐵槍)이라는 별명을 얻었다. 진(晉)나라 군대가 그의 처자를 사로잡아 그를 얽매려 했으나 개의치 않았다. 포로가 되어, 진(晉)나라 왕 이존욱(李存勖)으로부터 투항하라는 핍박을 받았으나, "내가 진나라와 10여년 싸우면서 아내와 자식을 잃은 깊은 원한이 있는데 투항해야 할 이유가 뭔가? 아침에 양나라를 섬기고 저녁에 진나라를 위한다면 무슨 얼굴로 천하의 사람을 대하겠는가? 죽을지언정 구차하게 살고 싶지는 않다"고 거절했다. 문상현(汶上縣)에 그의 묘지와 사당이 있다.

왕유王維, 701~761 당나라의 시인. 자는 마힐(摩詰).

왕장王章 한나라의 학자. 자는 중경(仲卿). 제생(諸生)으로서 장안에서 공부할 때, 병이 들었건만 덮을 것이 없자 덕석으로 몸을 가리고 누워 울면서 처와 영결(永訣, 죽은 사람과 산 사람이 영원히 헤어짐)했다. 그 처는 "중경이여, 현재 조정의 고관들 중 누가 중경보다 낫다 하겠는가. 그럼에도 지금 병이 들어 조금 고달파졌다고 스스로 분발하지 못한 채 오히려 눈물만 흘리다니 얼마나 옹졸한 짓인가" 하고 꾸짖었다. 『한서漢書』 「왕장전王章傳」에 나온다.

왕탄지王坦之 동진(東晉) 사람. 자는 문도(文度). 치초(郗超)와 함께 환온(桓溫)의 막하(幕下)에 들었다가 중서령(中書令)에 이르렀고, 사안(謝安)과 함께 조정을 도왔다.

왕통王通, 584~617 수나라의 학자로, 강주(絳州) 용문(龍門) 사람. 자는 중엄(仲淹). 저서로는 『중설中說』이 있는데, 『문중자文中子』라고도 한다. 『중설』은 그가 문인들과 나눈 대화를 분류·정리한 책으로, 왕도(王道)·천지(天地)·사군(事君)·주공(周公)·문역(問易)·예악(禮樂)·술사(述史)·위상(魏相)·입명(立命)·관랑(關朗) 각 1편씩 모두 10권으로 되어 있다.

요堯 순(舜)임금과 아울러 중국의 이상적인 천자로 알려져왔다. 사적은 『상서尙書』 「요전堯典」이나 『사기』 「오제본기五帝本紀」에 기록되어 있다. 『사기』에 의하면 요임금은 성을 도당(陶唐), 이름을 방훈(放勳)이라고 한다. 오제(五帝)의 하나인 제곡(帝嚳)의 손자로, 제위에 오른 후 희화(羲和) 등에게 명해 역법(曆法)을 정했다. 효행으로 이름이 높았던 순(舜)에게 자기의 두 딸을 시집보내고 순으로 하여금 섭정하도록 한 후 선양(禪讓)했다.

요군소堯君素 수나라 탕음(湯陰) 사람. 양제가 진(晉)나라 왕으로 있을 때, 좌우에서 시종했다. 양제가 등극한 뒤 여러 차례 승진해 응격낭장(鷹擊郎將)에 이르렀고, 수나라 말에 하동통수(河東通守)가 되었다. 당나라에서 여소종(呂紹宗)·위의절(韋義節) 등을 보내 공격하면서, 요군소에게 금권(金券, 금계金契. 공신에게 내려주어 본인과 자손들이 죄를 범하더라도 이것을 보이면 그 공을 헤아려 면해주거나 줄여줌)을 내려주었으나, 요군소는 항복하지 않았다. 처가 성 아래에서 투항을 권유하자, 처에게 활을 쏘아 넘어뜨렸다. 성을 오랫동안 지켰으나 한 해가 넘어 먹을 것이 떨어지자, 성을 지키던 사람들에게 해를 당했다.

요립寥立 촉한(蜀漢)의 임원(臨沅) 사람. 자는 공연(公淵). 유비 때 장사태수(長沙太守)·장수교위(長水校尉)·시중(侍中) 벼슬을 지냈으나 후주(後主) 유선(劉禪) 때 평민으로 강등되어 문산(汶山)으로 좌천되었다.

요숭姚崇, 650~721 당나라 섬주(陜州) 사람. 측천무후에게 발탁되어 관직에 오른 이후 중종(中宗), 예종(睿宗), 현종 초에 여러 번 재상의 직에 올랐다. 영무도(靈武道) 대총관이 되기도 했으며, 예종(睿宗)이 등극했을 때 태평공주(太平公主)를 동도(東都)로 내보내야 한다는 주청을 올려 폄적되었다. 이후 치정십사(治政十事)를 올려 다시 수제도(修制度)가 되었다. 716년 은퇴하면서 송경(宋璟)에게 자신을 대신하게 했다. 역사에서는 요송(姚宋)이라고 칭하여, 개원(開元) 연간의 명재상으로 평가한다.

우禹 하(夏)나라의 시조. 순임금 때 치수사업을 성공시켰으며 순임금에게 왕위를 물려받았다. 그의 이후로는 자식에게 왕위를 물려주게 되었다. 『사기』 권2 「하본기夏本紀」에 나온다.

우길于吉 삼국시대 오(吳)나라 사람. 부수(符水)로 병을 다스리자 오나라 사람들이 섬기는 자가 많았다. 손책(孫策)이 요괴(妖怪)라 하여 살해했다. 『삼국지』 오지(吳志) 「손책전孫策傳」의 주(注)에 나온다.

우맹優孟 춘추시대 초나라의 악인(樂人). 언변(言辯)이 좋아 풍간(諷諫, 완곡한 표현으로 잘못을 고치도록 말함)을 잘했다. 『사기』 「골계열전滑稽列傳」에 나온다. 초나라 재상을 지내던 손숙오(孫叔敖)는 아들에게 어려운 일이 있으면 우맹을 찾아가라고 유언했다. 손숙오가 죽자, 장왕(莊王)은 그의 가족에게 아무런 배려도 하지 않았다. 몇 년 후 손숙오의 아들이 우맹을 찾아가자, 우맹은 손숙오의 옷과 관을 만들어 입고 그의 몸짓과 말씨를 익혀 1년 뒤에는 똑같이 흉내를 내게 되었다. 장왕과 신하들은 모두 손숙오와 우맹을 분간하지 못했다. 장왕이 그를 재상으로 임명하려 하자, 우맹은 손숙오의 아들 형편을 거론했다. 장왕은 자신의 과오를 반성해 손숙오의 아들에게 봉읍(封邑, 제후로 봉해준 땅)을 주고 아버지 제사를 모시게 했다.

우문태宇文泰, 505~556 남북조시대 북주(北周)의 태조. 자는 흑달(黑獺). 우문부(宇文部, 선비족 일파) 출신의 무천(武川) 사람. 북위(北魏)의 북변 수비병이었으며, 말기의 내란(육진六鎭의 난)을 진압하는 과정에서 실력을 길러, 후위(後魏) 때 관서대도독(關西大都督)이 되었다. 효문제(孝文帝)가 고환(高歡)에게 핍박받아 장안으로 도망와서 자신에게 의지하니 이로부터 서위(西魏)라 하여 고환의 동위(東魏)와 대립했다. 534년에 효무제(孝武帝)를 독살하고 문제를 세워 자신이 태사(太師)가 되었으며, 다시 공제(恭帝)를 세워 권력을 장악했다. 강남의 양(梁)나라와 더불어 세 왕조가 정립한 복잡한 정치상황에서 부병제(府兵制)의 전신인 24군을 창설하고, 『주례周禮』에 바탕을 둔 관제를 확립했으며, 새 법전을 제정하는 등 개혁정치를 단행했다. 스스로 제위에 오를 꿈을 꾸었으나, 끝내 이루지 못하고 죽었다. 그 아들 각(覺)이 서위의 정권을 찬탈해 북조(北朝)라 했다.

우문화급宇文化及, ?~619 수나라 무천(武川) 사람. 자는 문술자(文述子). 수나라 양제가 즉위한 후 총애를 믿고 방탕하게 지내다가 북방에 난이 일어났다는 소식이 전해지자 양제를 죽이고 진왕(秦王) 양호(楊浩)를 세워 자신이 대승상이 되었다. 이후 이밀(李密)과의 전투에서 형세가 불리해지자 양호를 죽이고, 스스로 나라를 세워 허(許)라고 칭했다. 두건덕(寶建德)에게 피살되었다.

우미인虞美人 우희(虞姬). 항우(項羽)의 애희.

울지경덕尉遲敬德, 585~658 당나라 초의 장수. 당나라 태종이 잠저(潛邸, 왕위에 오르기 전에 살던 집)에 있을 때부터 수행하며, 두건덕·왕세충(王世充)·유흑달(劉黑闥) 등을 정벌한 맹장(猛將). 부하를 지극히 사랑했으나 자부심이 강해 재상과 대신들을 깔보며 모욕하다가 태종의 꾸지람을 듣고는 머리를 조아리며 사죄한 뒤 기질을 고쳤다고 한다. 악국공(鄂國公)에 봉해졌다.

원소袁紹, ?~202 후한 때 여남(汝南) 여양(汝陽) 사람. 자는 본초(本初). 영제(靈帝) 때 시어사(侍御史)·호분중랑장(虎賁中郎將)이 되었다. 영제가 죽자 동탁(董卓)을 불러들여 환관들을 주살할 것을 하진(何進)에게 권했는데, 일이 누설되어 하진이 피살당하자 군사를 이끌고 궁에 쳐들어가 환관들을 모조리 죽였다. 동탁이 도성에 도착해 소제(少帝)를 폐위시키자 기주(冀州)로 도망가 병사를 일으켜서는 동탁을 토벌하고자 스스로 맹주(盟主)가 되었다.

원재元載 ?~777 당나라 때 봉상(鳳翔) 기산(岐山) 사람. 자는 공보(公輔). 현종의 천보(天寶) 연간에 조정에 들어가 이보국(李輔國)을 보필했다. 대종(代宗) 때 벼슬이 중서시랑(中書侍郞)에 이르렀는데, 세도와 사치가 심해 귀중품을 산더미처럼 모았다고 한다. 이보국이 죽은 뒤 사사(賜死, 죄인에게 사약을 내려 자결하게 하던 일)되었다.

원제元帝 한나라 선제(宣帝)의 큰아들로, 이름은 석(奭). 즉위하면서 유생들을 등용해 정사를 맡겼으나 성격이 우유부단했다. 16년간 재위했으며, 시호는 원(元)이다.

원진元稹, 779~831 중당의 시인으로, 자가 미지(微之). 백거이(白居易)와 동년 (806)의 급제로, 악주자사(鄂州刺史)로 있으면서 무창절도사(武昌節度使)를 겸했다. 궁중의 환관들과 결탁했다는 비난을 샀다. 하지만 연애시를 짓고 자신의 경험을 토대로「앵앵전鶯鶯傳」같은 애정소설을 지었다. 그의 염시(艶詩)는 원화체(元和體)의 대표라고 간주된다. 원화체란 명칭은 본래 비난의 의미를 지닌다. 오언배율「몽유춘夢遊春」과 칠언고시「연창궁사連昌宮詞」등 두 장편은 백거이의 시와 병칭된다.

원찬袁粲 남조(南朝) 때 송나라 사람. 유휴범(劉休範)이 반란을 일으키자 여러 장수를 격려해 승리를 거두었다. 그러나 소도성(蕭道成), 즉 남제(南齊)의 고제(高帝)가 명제(明帝)의 어린 아들인 후폐제(後廢帝, 훗날 창오왕蒼梧王으로 강등됨) 유욱(劉昱)을 폐위시키려 할 때, 이에 반대해 고제를 죽이려다 누설되는 바람에 살해되었다. 소도성은 마침내 송나라 폐제(廢帝)를 죽이고 순제(順帝)를 세웠다가 제위를 빼앗아 남제를 세웠다. 『송서宋書』권89「원찬열전袁粲列傳」에 이러한 기록이 있다. "순제(順帝)가 즉위한 뒤, 원찬은 중서감(中書監)으로 천직되었고, 사도(司徒)와 시중(侍中)을 연임했다. 이때 제왕(齊王)이 동부(東府)에 있었으므로, 원찬을 석두(石頭)에 주둔하게 했다. 원찬은 평소에 성품이 담박하고 겸손해, 매번 조정의 명이 있을 때마다 대개 곧바로 따르지 않고, 사정이 어쩔 수 없이 절박해 부득이한 연후에야 관직에 나아갔다. 그러나 조직이 내려와 석두로 옮기라고 하자, 원찬은 머뭇거림 없이 곧바로 칙지를 따랐다. 주선해주는 사람이 기세를 살필 줄 알았는데, 그가 원찬에게 말하기를, '석두의 기운이 아주 어그러져 있으니, 가면 반드시 화를 입을 것입니다'라고 했다. 원찬은 대답하지 않았다."

원흉소元凶邵 남조(南朝) 때 송나라 문제(文帝)의 장남 유소(劉邵, 424~452). 자는 휴원(休遠). 여섯 살에 태자가 되었으나 나중에 미신에 현혹되어 문제가 폐위시키자, 문제를 시해하고 즉위했다. 후에 효무제(孝武帝)에게 죽임을 당했다.

위공^{衛公} 이정(李靖, 571~649).

위공^{魏公} 장준(張浚, 1094~1164).

위문장^{魏文長} 위연(魏延, ?~234).

위선공^{衛宣公} 위(衛)나라 제14대 군주(재위 BC 718~BC 700). 이름은 진(晉). 공자 주우(州吁)가 BC 719년에 형 환공(桓公)을 죽이고 왕위를 찬탈했으나 민심을 얻지 못해 한 해도 못 가서 대부 석작(石碏)에게 죽임을 당했다. 위나라에서는 형(邢)나라에 있던 진(晉)을 불러 왕위에 앉혔다. 사람됨이 음탕해 공자 때부터 아버지 장공(莊公)의 첩 이강(夷姜)과 관계하고 아들까지 낳아 급자(急子)라 했다. 군주가 된 후 아들 급자의 신부가 될 제나라 희공(僖公)의 장녀 선강(宣姜)이 미색임을 알고 아들 급자를 송나라 사신으로 내보낸 후 신대(新臺)를 지어 선강을 첩으로 만들어버렸다. 선강과의 사이에 수(壽)와 삭(朔)을 낳았다. 천성이 사악한 삭의 간계로 친형 수와 급자가 비명횡사하자 충격을 받아 반년 만에 세상을 떠났다.

위씨^{韋氏} 위후(韋后, ?~710).

위앙^{衛鞅} 상앙(商鞅, BC 390~BC 338). 전국시대의 정치가이며 법가(法家)를 대표하는 인물. 위(衛)나라의 몰락한 귀족의 후예이다. 왕실의 혈통을 이어받았다고 해서 공손앙(公孫鞅)이라고도 하고, 위나라에서 태어났기 때문에 위앙이라고도 한다.

위연^{魏延, ?~234} 중국 삼국시대 때 유비(劉備) 막하의 용장(勇將)으로, 의양(義陽) 사람. 자는 문장(文長). 유비를 따라 촉(蜀)으로 들어가 아문장군(牙門將軍)이 되었다. 건흥(建興) 8년(230)에 음계(陰谿)에서 곽회(郭淮)를 대파하고 전군사정서대장군(前軍師征西大將軍)에 올랐다. 위연은 제갈량을 따라 출정하면서 군사 1만 명을 자기에게 주면 길을 달리해 동관(潼關)에서 만나겠다고 하여 옛날 한신(韓信)의 고사를 거론했다. 제갈량이 허락하지 않자, 제갈량을 겁이 많다고 비판하고 자신의 재주가 온전히 쓰이지 못함을 한탄했다. 『삼국지』촉지(蜀志)「위연전」에 그 기록이 나온다. 제갈량이 죽은 뒤 양의(楊儀)와의 싸움에서 패해 도망하다가 마대(馬岱)의 군사들에게 붙잡혀 죽임을 당했다.

위응물^{韋應物, 737~804} 당나라 시인으로, 섬서성(陝西省) 장안(長安) 사람. 소주자사(蘇州刺史)를 역임했으므로 위소주(韋蘇州)라고도 일컫는다. 그의 시에는 전원산림(田園山林)의 고요한 정취를 소재로 한 작품이 많다. 왕유(王維)

·맹호연(孟浩然)·유종원(柳宗元) 등과 함께 자연파 시인의 대표자이다.

위집의韋執誼 당나라 순종(順宗) 때의 정치가. 왕비(王伾)·왕숙문(王叔文) 등과 더불어 한림학사(翰林學士)로 있다가 순종이 즉위하자 상서좌승(尙書左丞), 동중서문하평장사(同中書門下平章事)가 되어 정권을 잡았다. 이른바 팔사마(八四馬)의 한 사람으로, 왕비·왕숙문이 실각하자 애주자사(崖州刺史)로 좌천되었다.

위징魏徵, 580~643 당나라 초기의 공신·학자. 자는 현성(玄成), 시호는 문정(文貞). 수나라 산동성 곡성(曲城) 사람. 수나라 말에 이밀(李密)의 군대에 참가했으나 곧 당나라 고조에게 귀순해 고조의 맏아들 이건성(李建成)의 유력한 측근이 되었다. 태자 이건성이 아우 이세민(李世民)과의 경쟁에서 패했으나, 태종이 된 이세민이 위징의 인격에 감동해 그를 불러 간의대부(諫議大夫) 등의 요직을 맡겼고, 결국 재상으로 삼았다. 위징은 평소 담력과 지혜가 있어 황제의 면전에서 직간해 황제가 성내더라도 안색이 변하지 않았다. 주(周)·수(隋)·오대(五代)의 정사(正史)를 편찬하는 사업과 『유례類禮』 『군서치요群書治要』를 편찬하는 데 크게 공헌했다.

위첩衛輒 춘추시대 위(衛)나라 임금 첩(輒). 오나라와 동맹을 맺으러 갔다가 오나라에 억류되었다. 오나라가 놓아주자, 첩이 돌아와서 이언(夷言, 오랑캐 말), 즉 오나라 방언을 본받아 말하자, 자지(子之)가 말하기를, "임금이 반드시 면하지 못하고 오랑캐 땅에서 죽을 것이다"라고 했다. 『춘추좌씨전』에 나온다.

위후韋后, ?~710 당나라 중종(中宗)의 황후. 측천무후가 중종을 폐위했을 때, 유폐지에서 실의에 빠진 중종을 격려했다. 중종이 복위한 뒤 정치에 참여했고 무삼사(武三思)와 내통했다. 중종을 독살하고 황태후가 되어 측천무후처럼 되려 했으나 뒷날 현종이 된 임치왕(臨淄王) 이융기(李隆基)에게 진압되어 죽임을 당했다.

유개游開 북송의 학자로, 건안(建安) 사람. 자는 자몽(子蒙). 정호(程顥)·정이(程頤) 형제의 제자 유작(游酢)의 아들.

유계술劉季述 당나라 소종(昭宗) 때의 환관. 건녕(乾寧) 연간에 왕중선(王仲先)과 함께 좌우중위(左右中尉)가 되었다. 그때 소종이 술을 좋아하고 측근들을 자주 책망하므로, 그것이 두려워서 그를 폐하려 획책했다. 왕중선 등과 함께 황후의 영을 고치고 태자를 세워 사직을 주도케 했으며, 소종을 소양원(少陽院)에 가두었다. 그 뒤 백관들을 모조리 죽인 뒤 소종도 죽이고 천자를 낀 채 권력을 마음대로 휘둘렀으나 도위(都尉) 손덕소(孫德昭)에게 사로잡혀 죽었다.

유공간劉公幹　삼국시대 위(魏)나라의 문인 유정(劉楨). 공간은 그의 자.

유공권柳公權, 778~865　당나라 때 경조(京兆) 화원(華原, 지금의 섬서성 동천시 요주구) 사람. 자는 성현(誠懸). 원화(元和) 초(806)에 진사에 급제해 벼슬이 태자태사(太子太師)에 이르렀다. 목종(穆宗) 때 시서학사(侍書學士)에서 사봉원외랑(司封員外郎)으로 옮겼는데, 목종이 붓을 쓰는 법을 묻자 마음이 바르면 글씨가 바르게 된다고 답했다. 문종(文宗) 때 중서사인(中書舍人)의 벼슬에 올랐다. 뒷날 하동군공(河東郡公)에 봉해졌다. 함통(咸通) 연간(860~873) 초기에 태자태보(太子太保)로 승진했다. 해서(楷書)에 능해 서체가 경미(勁媚)하고 서법이 근엄(謹嚴)해 세상에서 '안근유골(顔筋柳骨)'이라 일컬었다. 『구당서』열전 권115와 『신당서』열전 88에 입전되어 있다.

유광세劉光世　남송의 무장. 장준(張浚)·한세충(韓世忠)·악비(岳飛) 등과 협력해 회하(淮河)와 진령(秦嶺)에서 금나라의 침공을 저지했다.

유광평游廣平　유작(游酢, 1053~1123).

유근柳根, 1549~1627　조선 중기의 문신. 본관은 진주(晉州). 자는 회보(晦夫), 호는 서경(西坰), 시호는 문정(文靖). 유영문(柳營門)의 아들인데 유광문(柳光門)에게 입양되었다. 황정욱(黃廷彧)의 문인이다. 1572년(선조 5) 별시문과에 급제했다. 1591년 좌승지로 있을 때 건저(建儲, 왕세자를 정하는 일) 문제로 정철(鄭澈)이 화를 당할 때 그 일파로 몰려 탄핵을 받았다. 이듬해 임진왜란이 일어나자, 의주로 임금을 호종(扈從, 임금이 탄 수레를 호위하며 따름) 했다. 1597년 운향검찰사(運餉檢察使)로서 명나라 군량미의 수송을 담당했다. 1604년 호성공신(扈聖功臣) 3등에 녹훈되고 진원부원군(晉原府院君)에 봉해졌다. 1613년(광해군 5) 폐모론이 일어나자 괴산으로 물러났는데 정청(庭請)에 참여하지 않아 관작이 삭탈되었다가 1619년 복관되었다. 1623년 인조반정으로 다시 기용되었으나 나아가지 않았다. 1627년 정묘호란(丁卯胡亂) 때 강화로 왕을 호종하던 중 통진(通津)에서 죽었다. 괴산 화암서원(花巖書院)에 제향되었다. 저서로 『서경집西坰集』이 있다.

유기지劉器之　유안세(劉安世, 1048~1125).

유량庾亮, 289~340　동진(東晉) 때 영천(潁川) 언릉(鄢陵) 사람. 자는 원규(元規). 명제(明帝)의 비 명목황후(明穆皇后)의 오빠. 노장(老莊)을 좋아하고 풍격이 헌걸차며 단정했다. 중서령(中書令)을 거쳐 육주제군사(六州諸軍事)를 맡았고, 뒤에 세 주의 자사를 역임했다. 한 방면을 진무(鎭撫, 난리를 일으킨 백성을 평정하고 어루만져 달램)한 군정장관(軍政長官)으로 언급된다. 『진서晉書』권37에 입전되어 있다. 만당의 시인 방간(方干, ?~885)이 지은 「월月」에 "유량은 재주를 믿어 기격(氣格)이 높고 또 빼어났으니, 바야흐로 들자니 붓을 휘둘러 이미 시를 이루었다고 하네(庾亮恃才高更逸, 方聞墨翰已成章)"라는 말이 있다. 유량이 남루(南樓)에 올라 달을 감상한 일을 소재로 삼아 달구경을 읊은 것이다.

유문정劉文靜　당나라 초의 정치가. 당나라 고조를 도와 난을 평정하는 데 지략을 발휘하는 등 전공을 세웠다. 하지만 동료인 배적(裵寂)이 자신보다 관직이 높은 데 불만을 품어, 그것이 화근으로 되어 죽었다.

유방劉邦　한나라 제1대 황제(재위 BC 206~BC 195). 자는 계(季), 묘호는 고조. 패(沛, 지금의 강소성 풍현豊縣) 사람. 4년간에 걸친 항우와의 쟁패전에서 소하(蕭何)·조참(曹參)·장량(張良)·한신(韓信) 등의 도움으로 해하(垓下)의 결전에서 항우를 대파하고 천하통일의 대업을 달성했다. BC 202년 유방은 황제에 오르고 수도를 장안(長安)으로 정했다.

유비劉備, 161~223　중국 삼국시대 촉(蜀)의 황제. 자는 현덕(玄德), 시호는 소열제(昭烈帝). 제갈량(諸葛亮)·관우(關羽)·장비(張飛)와 함께 파촉(巴蜀)을 평정한 후 221년 제위에 올라 국호를 한(漢)이라고 했다. 형주(荊州)를 탈환하기 위해 오나라를 공격했으나, 이릉(夷陵)의 싸움에서 대패해 백제성(白帝城)에서 제갈량에게 후사를 맡기고 병으로 죽었다. 진수(陳壽)의 『삼국지』촉서(蜀書)「선주전先主傳」 참조.

유선劉禪, 207~271　중국 삼국시대 촉(蜀)의 제2대 황제. 유비의 아들로 촉한(蜀漢)의 후주(後主). 제갈량의 보필을 받는 동안은 나라를 지켰으나 제갈량 사후 환관 황호(黃皓)를 총애하여 점차 주색에 빠져들었고, 조정의 정치가 나날이 부패했다. 위나라에 항복한 뒤 안락공(安樂公)으로 봉해졌다. 『삼국지』촉서(蜀書)「후주전後主傳」 참조.

유성룡柳成龍, 1542~1607　조선 중기의 학자·정치가로, 본관은 풍산(豊山). 자는 이현(而見), 호는 서애(西厓), 시호는 문충(文忠). 이황(李滉)에게 배우고 1567년(명종 22) 문과에 급제한 후 관로에 들어섰다. 선조에게 권율(權慄)·이순신(李舜臣)을 천거해 국가의 간성(干城, 나라를 지키는 믿음직한 인물)으로 삼게 했으며, 임진왜란 때 명나라 원군을 불러왔다. 예악과 교화, 병법, 이재(理財) 등을 연구했으며, 문장과 글씨에도 뛰어났다. 저술로 『서애집西厓集』『신종록愼終錄』『관화록觀化錄』 등이 있다.

유수광劉守光, ?~914　중국 오대 때 심주(深州) 낙수(樂壽) 사람. 후량(後梁) 유인공(劉仁恭)의 아들이며, 유수문(劉守文)의 동생인데, 용렬하고 우둔했다. 후량 태조의 개평(開平) 원년에 아버지 유인공이 후량의 이사안(李思安)으로부터 공격을 받자 그를 격퇴하고는 스스로 노룡절도사(盧龍節度使)가 되어 아버지를 유폐시키고 형 유수문(劉守文)을 살해했다. 건화(乾化) 연간(911~915) 초기에 스스로 연제(燕帝)라 칭하고, 3년 후 주덕위(周德威)에게 패해 남쪽 창주(滄州)로 도망했으나 진(晉)에서 잡혀 태원(太原)에서 참수당했다.

유수기劉守奇 유수광(劉守光)의 아우.

유술柳述 수나라 하동(河東) 해(海) 땅 사람. 유기(柳機)의 아들로, 자는 업륭(業隆). 수나라 문제의 총애를 받아 관직이 이부상서에까지 이르렀다. 하지만 총애를 믿고 교만을 떨다가 양소(楊素)에게 미움을 샀고, 양제가 등극하자 좌천되었다.

유신옹劉辰翁, 1232~1297 송나라 말기의 문학가. 자는 회맹(會孟), 호는 수계(須溪). 이종(理宗) 경정(景定) 3년에 전시(殿試, 왕이 직접 주관하던 과거)의 대책(對策)을 작성하면서 권세가였던 가사도(賈似島)를 비판해 고작 병등(丙等)에 이름이 들었다. 송나라가 망하자 벼슬하지 않고 은거하다가 일생을 마쳤다. 시평에 능해 두보·왕유(王維)·이하(李賀)·육유(陸游)의 작품에 평점(評點)을 가했다. 문집으로『수계집須溪集』이 있고, 후세 사람들이 편집한『수계사須溪詞』가 있다.

유안세劉安世, 1048~1125 북송 때 위(魏, 지금의 하북성河北省 대명大明) 땅 사람. 자는 기지(器之), 시호는 충정(忠定). 세상에서는 원성선생(元城先生)이라 일컬었다. 진사에 합격한 뒤 바로 벼슬길로 나아가지 않고 사마광(司馬光)에게 배웠다. 원우(元祐) 연간(1086~1094) 여공저(呂公著)에 의해 정언(正言)으로 천거되었고, 이어 간의대부(諫議大夫)와 추밀도승지(樞密都承旨) 등을 지냈다. 장돈(章惇)에 의해 남안군(南安郡)으로 방출된 뒤 다시 소부소감(少府小監)으로 강등되었고, 그후 신주별가(新州別駕)로 폄적되어 영주(英州)에 안치되었다. 휘종(徽宗)이 즉위한 뒤 사면받고 복직되었으나 채경(蔡京)이 집권하자 연달아 일곱 번 쫓겨나 섬주(陝州)의 기관(羈管)이 되어 죽었다. 저술로『진언집盡言集』이 있다.

유약有若 춘추시대 말기의 노(魯)나라 사람. 자는 자유(子有). 공자의 제자.『사기』에서는 공자보다 43세 연하라고 기록되어 있고『공자가어孔子家語』에서는 33세 연하라고 기록되어 있는데, 어느 쪽이 옳은지 확인할 수 없다.

유엽劉曄 중국 삼국시대 위나라 성덕(成德) 사람. 자는 자양(子陽). 조조(曹操)가 불러 사공조연(司空曹椽)이 되었고 이후 동향후(東享侯)에 봉해졌다.

유우석劉禹錫, 772~842 　중당(中唐)의 시인으로, 낙양(洛陽) 사람. 자는 몽득(夢得). 덕종(德宗)의 정원(貞元) 9년(793) 진사에 급제했다. 왕비(王伾)·왕숙문(王叔文)의 혁신정치에 가담했다가 좌천된 팔사마(八司馬) 중 한 사람이다. 낭주사마(朗州司馬)로 좌천되었다가 10년 후 연주자사(連州刺使)로 전직되었다. 그후 중앙과 지방 관직을 역임하면서 태자빈객(太子賓客)을 최후로 생애를 마쳤다. 시문에 뛰어나고 유종원(柳宗元)과 밀접한 관계를 유지해 사람들이 '유유(劉柳)'라고 불렀다. 후에는 백거이(白居易)와 항상 창화(唱和, 한쪽에서 부르고 다른 쪽에서 화답함)하므로 사람들이 '유백(劉白)'이라고도 불렀다. 백거이는 그를 시호(詩豪)라고 칭찬했고, 송나라 때 소식(蘇軾)과 황정견(黃庭堅)도 그를 높이 받들었다. 『유몽득문집劉夢得文集』30권과 『외집外集』10권이 전한다.

유원성劉元城 　유안세(劉安世, 1048~1125).

유인공劉仁恭 　당나라 때 심주(深州) 사람. 유수광(劉守光)의 부친. 호방하고 슬기가 있었는데, 땅을 파서 성을 공격해 군중에서는 유굴두(劉窟頭)라 불렀다. 중원에 사건들이 많았으나, 연(燕)나라에 의지해 무서울 게 없었고, 늘 대안산(大安山)에 거처했다. 후량(後梁)의 이사안(李思安)이 공격해오자, 그 아들 유수광이 병사를 거느리고 격파해 물리치고는 노룡절도사를 자임하더니, 결국 유인공을 별실에 가두었다. 이존욱(李存勖)이 연나라를 격파하고 유인공을 죽였다.

유작游酢, 1053~1123 　북송 때 건주(建州) 건양(建陽, 지금의 복건성) 사람. 자는 정부(定夫)·자통(子通). 이름을 유초로도 읽는다. 세상에서는 광평선생(廣平先生)이라 일컬었다. 신종(神宗) 원풍(元豊) 6년(1083) 진사에 급제했다. 형 유순(游醇)과 함께 문학과 행실로 명성이 높았다. 뛰어난 제자로 여본중(呂本中)·증개(曾開)·강기(江琦) 등이 있다. 『역』이야말로 만사를 포괄하며, 한마디로 그것을 개괄하면 "성명(性命, 본성과 천명)에 순응할 따름이다(循性命而已)"라고 했다. 정문(程門) 가운데 양시(楊時), 사양좌(謝良佐)와 정립해 이학(理學) 발전사에서 상당한 영향을 끼쳤다. 저서에 『역설易說』『중용의中庸義』『논어맹자잡해論語孟子雜解』가 있었다지만, 대부분 전하지 않는다.

유장劉璋 　후한 황실의 후예로, 노공왕(魯恭王)의 후손 유언(劉焉)의 아들. 자는 계옥(季玉). 평범해서 천하를 다툴 능력이 없었다. 조조, 손권, 장로(張魯)가 익주(益州)를 노리고 있었으나 아무 대책도 세우지 못하다가 결국 유비의 공격을 받아 나라를 물려주었다.

유정량劉貞亮 구문진(俱文珍).

유종원柳宗元, 773~819 중당의 산문가·시인. 자는 자후(子厚). 유하동(柳河東)이라 불리기도 한다. 정원(貞元) 9년(793) 진사에 급제한 이후 집현전 정자(集賢殿正字)와 경조부(京兆府) 남전(藍田)의 현위(縣尉) 등을 역임했다. 정원 21년(805) 순종(順宗)이 즉위하고 왕숙문(王叔文) 등이 정치를 혁신할 때 참여했으나 실패한 뒤 영주사마(永州司馬)로 폄적되었다. 10년 후에 유주자사(柳州刺史)로 옮겼고 그곳에서 원화(元和) 14년(819)에 병으로 죽었다. 『유하동집柳河東集』이 전한다.

유준劉峻 중국의 남조 양(梁)나라 사람. 유회진(劉懷珍)의 종부제(從父弟). 자는 효표(孝標), 시호는 현정선생(玄靖先生). 경독(耕讀, 낮에는 농사짓고 밤에는 책 읽음)을 게을리하지 않고 이서(異書, 그리 흔하지 않은 책)가 있는 것을 알면 반드시 빌려 보았다. 최위조(崔慰祖)는 그를 서음(書淫)이라고 불렀다. 전교비서(典校秘書)가 되어 『유원류원苑』을 편찬했다. 동양(東陽) 자암산(紫巖山)에 집을 지어 「산서지山栖志」를 쓰고, 또 『세설신어주世說新語注』를 지었다.

유지원劉知遠 중국 오대의 후한(後漢)을 개국한 시조. 후진(後晉)이 거란에게 멸망당하자 오대십국의 후한(後漢)을 세웠으며, 즉위 후 이름을 유고(劉暠)로 바꾸었다.

유질劉秩 당나라의 문신. 유지기(劉知幾)의 아들. 『주례』에 나오는 육관(六官)의 직(職)에 따라 경사백가(經史百家)의 말을 분류해 『정전政典』 35권을 지었다. 이후 두우(杜佑)가 『정전』을 주자료로 삼아 200권의 『통전通典』을 엮었다.

유창劉敞, 1019~1068 북송 때 신유(新喩) 사람. 자는 원보(原父), 호는 공시(公是). 『춘추春秋』에 뛰어났다. 『송사宋史』 권319에 입전되어 있다.

유첩여劉婕妤, 1079~1113 북송 때 철종(哲宗)에게 총애를 받아 미인(美人)을 거쳐, 첩여(婕妤)에서 현비(賢妃)로 올랐다. 하지만 맹후(孟后)가 중궁(中宮)으로 있을 때 첩례(妾禮)를 올리지 않고 맹후를 무고해 폐위하기에 이른다. 휘종(徽宗)이 즉위한 후 궁중 밖의 일까지 관여하자 폐위하려는 좌우의 핍박을 받게 되어, 결국 자살했다. 맹후와 유첩여의 관계는 인현왕후와 장희빈의 관계를 연상시킨다.

유필柳泌 당나라 헌종 때의 방사(方士). 헌종은 회서(淮西)의 승리를 보고받자 게을러져서 환관을 가까이하고 조정의 신하를 멀리했다. 또 다음해에는 용수지(龍首池)를 준설하고 승휘전(承暉殿)을 세웠으며, 또 다음해에는 불골

(佛骨, 부처의 유골. 불사리)을 맞이해 궁중에 머물게 했다. 마침내 천하에 조서를 내려 방사를 구했는데, 유필을 태주자사(台州刺史)로 삼아 천태산(天台山)에서 영약(靈藥)을 캐게 했다.

유하혜^{柳下惠} 춘추시대 노(魯)나라의 현자. 유하계(柳下季)라고도 부른다. 성은 전(展), 이름은 획(獲)이며, 자는 자금(子禽). 감옥을 관리하는 사사(士師)의 벼슬을 맡아 세 번 쫓겨났다. 청정(淸正)하고 법을 엄격히 한 까닭에 시의(時宜)에 맞지 않아 벼슬을 버리고 유하(柳下, 지금의 복양현濮陽縣 유둔柳屯)에 은거했다. 죽은 후 시호를 혜(惠)라고 하므로 유하혜라고 부른다. 『논어』「미자微子」에서는 그를 고대 일민(逸民, 학문·덕행이 있으면서도 세상에 나서지 않고 파묻혀 지냄)의 한 사람으로 꼽아, "일민으로는 백이·숙제·우중(虞仲)·이일(夷逸)·주장(朱張)·유하혜·소련(少連)이 있다"고 했다.

유향^{劉向, BC 77~BC 6} 한나라 사람. 초나라 원왕(元王) 유교(劉交)의 4대손. 본명은 갱생(更生)으로, 자는 자정(子政). 관직은 중루교위(中壘校尉)였으나, 오로지 경학(經學)에 침잠했으며, 별자리를 관찰해 음양휴구(陰陽休咎)를 가지고 정치의 득실을 논했다. 저서에 『홍범오행전洪範五行傳』『열녀전列女傳』『열선전列仙傳』『신서新序』『설원說苑』 등이 있다.

유홍^{劉弘, 재위 BC 184~BC 180} 전한의 황제. 혜제(惠帝)의 후궁에게서 난 왕자. 양성후(襄城侯)로 봉해졌다가 그의 형인 항산왕(恒山王) 불의(不疑)가 죽자 그 뒤를 이어 항산왕이 되었다. 뒤에 소제(少帝) 유공(劉恭)을 대신해 황제가 되었다.

유흠^{劉歆, BC 53?~BC 25} 전한 때의 학자. 자는 자준(子駿). 나중에 이름을 수(秀), 자를 영숙(穎叔)으로 고쳤다. 아버지 유향(劉向)과 함께 궁정의 장서를 정리하고 육예(六藝, 유가의 경전)의 서적들을 7종으로 분류해 『칠략七略』을 엮었다. 『한서漢書』「예문지藝文志」가 대개 이것을 기초로 이루어졌다고 한다. 『춘추좌씨전』『모시毛詩』『일례逸禮』『고문상서古文尙書』를 특히 존숭했다.

육가^{陸賈, BC 240~BC 170} 전한 초기의 정치가·문학가. 원래 초(楚) 땅 사람. 한나라 고조를 도와 공을 세웠으며, 천하가 안정된 뒤 남월왕(南越王)을 달래 한나라로 귀순하게 만들었다. 무력통치를 좋아하는 고조를 위해 진(秦)나라가 천하를 잃고 한나라가 천하를 얻게 된 이유와 고금의 치란(治亂)에 관한 것들을 12편으로 엮어 『신어新語』를 저술해 고조가 천하를 다스리는 데 참고가 되게 하는 등 많은 영향력을 행사했다. 고조가 죽고 혜제(惠帝)가 제위에 올랐는데, 여태후(呂太后)가 권력을 휘두르자 우승상 진평(陳平)은 화가 자기에게 미칠까봐 깊이 들어앉아 있었다. 이때 육가가 나타나서 태위(太尉) 주발(周勃)과 결탁해 장수와 재상이 서로 한 덩어리가 되지 않으면 안 된다는 충고를 했다. 진평은 그 충고를 받아들여 주발과의 사이를 돈독히 하고 결국 여씨(呂氏) 일가를 주륙하는 데 성공했다.『사기』권97에 입전되어 있다.

육구연陸九淵, 1139~1193 남송의 학자. 무주(撫州) 금계현(金谿縣, 현재의 강서성) 사람. 자는 자정(子靜), 호는 존재(存齋)·상산(象山), 시호는 문안(文安). 관직에 올랐으나 곧 물러나 강서성 귀계(貴溪)의 상산에 강당을 짓고 후학 양성에 전념했다. 당시 주희의 학설과 대립했으나, 두 사람은 모두 정호(程顥, 명도明道)·정이(程頤, 이천伊川)의 학문을 계승했다. 다만 주희가 정이의 학통을 따라 도문학(道問學)을 존중해 격물치지(格物致知)의 성즉이설(性卽理說)을 제창한 데 비해, 육구연은 정호의 존덕성(尊德性)을 존중해 치지(致知)를 위주로 하는 심즉이설(心卽理說)을 제창했다. 주요 저서에 어록(語錄)·서간(書簡)·문집(文集)을 수록한『상산선생전집』36권이 있다.

육상산陸象山 육구연(陸九淵, 1139~1193).

육조六祖 당나라 선종의 제6조 혜능(慧能, 638~713). 속성은 노씨(盧氏)로, 남해(南海) 신흥 사람. 세 살 때 아버지를 잃고 땔나무를 팔아 어머니를 봉양하다가 장터에서『금강경金剛經』을 듣고 출가할 뜻을 세웠다. 제5조 홍인(弘忍)에게서 법을 전해받고 676년에 남방으로 가서 교화를 펴다가 조계산(曹溪山)에 들어갔다. 정혜불이(定慧不二)를 설하고, 좌선보다 견성(見性, 모든 망혹妄惑을 버리고 자기 본연의 천성을 깨달음)을 중시했으며, 신수(神秀)가 북점(北漸)의 종풍(宗風)을 세운 것에 대립해, 돈오돈수(頓悟頓修)적인 남돈(南頓)의 선풍(禪風)을 선양(宣揚)했다. 713년 8월에 76세로 입적했다.

육지陸贄, 754~805 당나라 때 학자이자 정치가. 자는 경여(敬輿). 덕종(德宗) 때 한림학사(翰林學士)가 되어 신임이 두터웠으며 중서시랑(中書侍郎)·동평장사(同平章事)에 이르렀다.『춘추』를 특히 깊이 연구해 20년간 강학하고 10년간에 걸쳐『춘추집주春秋集註』를 저술했다. 제고(制誥)·주초(奏草)·주의(奏議) 등이 중심이 된『한원집翰苑集』이 전한다. 송기(宋祁)의「육지찬陸贄贊」에는 육지의 정론(政論, 정치상의 언론)이 수백 편 있는데 모두 인의에 바탕을 두고 있어 분명하기가 단청과도 같다고 했다. 소식(蘇軾)은 육지의 문체에 대해 "일의 상황을 깊이 있게 논하고 말은 도덕에서 벗어나지 않았다"고 했다.

윤돈尹焞 북송 때의 학자. 정이(程頤)의 제자. 호는 화정(和靖).『성호사설』제13권 인사문(人事門) '정문윤후(程門尹侯)'의 내용을 보면 다음과 같다. 윤돈은 둔한 사람이기에 마음이 다른 데로 달아나지 않고 다만 하나의 경(敬)

자에 나아가 공부를 착수해 끝내 성공했지만, 주희는 그가 보고 얻은[見得] 바가 투철하지 못해 속담에서 "울 줄 모르는 어린아이를 안았다[抱]"는 말과 같다고 비판했다고 언급했다. 윤돈이 조정에 올린 글도 거의 그의 제자 여계 중(呂稽中) 등이 대신 써준 것이기 때문에, 사마의(死馬醫)라는 비평까지 들었다. 말[馬]의 죽음에 이유가 있다는 것은 말하나, 말이 죽지 않도록 구제할 줄 알지 못한다는 뜻이다. 윤돈은 관음불(觀音佛)을 맞아 예배를 드리면서, "관음 역시 현자(賢者)이다"라고 했고, 또 『광명경光明經』을 읽는 중에 손이 오면 으레 앉아서 기다리게 하고 다 읽은 뒤에 만나보면서, "이는 노모(老母)의 유명(遺命, 임종 때의 분부)이다"라고 했다. 주희는 "그는 부모에게 도(道)를 깨닫게 하는 절차를 빠뜨렸다"고 지적했다. 동문인 후중량(侯仲良)의 집에 묵을 때 벽에 불상(佛像)을 걸어놓고 가족들과 함께 항상 계율을 지키고 소식(素食)을 하면서 후중량에게도 자기들을 따르라고 했으나 후중량은 "나물밥[蔬食]은 선비의 본분이지만 그런 밥을 먹는 것은 잘못이다"라고 거절했다고 한다.

윤원거尹元擧, 1601~1672　　조선 중기의 학자. 김장생(金長生)의 문인으로, 본관은 파평(坡平), 자는 백분(伯奮), 호는 용서(龍西). 1633년(인조 11) 생원·진사 양시에 급제하고, 1635년 성균관 유생이 되었다. 이듬해 병자호란 때 아버지가 강화(江華)에서 순절(殉節, 충절이나 정절을 지켜 죽음)한 뒤 은거했다가 1658년(효종 9) 학행(學行)으로 천거되어 공조정랑(工曹正郞)에 임명되었으나 부임하지 않았다. 현종 때 지평·장령 등으로 수차 임명되었으나 역시 사양했다. 격조 높은 시를 지어 명성이 높았다. 이조참관이 추증되었으며, 연산(連山) 구산서원(龜山書院)에 제향되었다. 문집으로 『용서집龍西集』이 전한다.

윤이지尹履之, 1579~1668　　조선 중기의 학자. 본관은 해평(海平), 자는 중소(仲素), 호는 추봉(秋峯). 시호는 정효(靖孝). 영의정 윤두수(尹斗壽)의 손자이고, 영의정 윤방(尹昉)의 아들이다. 어머니는 판관 한의(韓漪)의 딸이다. 1600년(선조 33) 문음(門蔭, 음서蔭敍)으로 세자익위사세마(世子翊衛司洗馬)가 된 뒤, 1616년(광해군 8) 증광문과에 병과로 급제해 공조·호조정랑을 거쳐 사예(司藝)에 이르렀다. 1618년 이이첨(李爾瞻) 등이 폐모론을 제기하자 이에 반대하고 은퇴했으나, 1623년 인조반정 이후 여주목사로 재기용되었다. 1627년에 전라감사로 있을 때 정묘호란이 일어나자 총융사로서 남한산성을 수비했다. 1637년 병자호란 때에는 강화부사로서 강화의 수비를 맡았다. 이듬해 도승지로서 경연참찬관(經筵參贊官)이 되고, 해창군(海昌君)에 습봉

(襲封)되었다. 1645년 평안감사가 된 뒤 함경감사·한성판윤을 거쳐, 1650(효종 원년) 형조판서에 임명되었다. 이후 형조판서를 두 차례 역임하였고, 1658년에는 80세로 정헌대부(正憲大夫)에 오르고, 1668년(현종 9) 90세로 숭정대부(崇政大夫)에 올라 판돈녕부사가 되었다. 이 해에 죽었다. 저서로 『추봉집秋峯集』이 있다.

윤화정尹和靖　정이의 제자 윤돈(尹焞).

윤휴尹鑴, 1617~1680　조선 중기의 학자. 본관은 남원(南原)으로, 처음 이름은 갱(鍞). 자는 희중(希仲), 호는 백호(白湖)·하헌(夏軒). 1638년에「사단칠정인심도심설四端七情人心道心說」을 지은 이래로, 『중용』『대학』『효경』『상서』『주례』『예기』『춘추』등 여러 경서에 대한 자신의 분장(分章)·분구(分句)·해석을 가한 『독서기讀書記』를 남겼다. 『독서기』는 20대 유천(柳川) 시절에「홍범설洪範說」「주례설周禮說」「중용설中庸說」등을 짓고, 서울 하헌(夏軒) 시절에「효경장구고이孝經章句攷異」「대학설大學說」「중용장구보록서中庸章句補錄序」「중용대학후설中庸大學後說」등을 지음으로써 이루어졌다. 후학들이 성학(聖學, 성인이 가르친 학문, 곧 유학)에 기여하는 길은 주희의 업적을 토대로 삼되 새로운 해석과 이해의 경지를 개척해야 한다고 주장했다. 나중에 정치적으로 악용되어 사문난적(斯文亂賊, 교리에 어긋나는 언동으로 유교를 어지럽히는 사람)으로 지탄받았다. 문집으로 『백호문집白湖文集』이 전한다.

은중문殷仲文, ?~407　동진(東晉)의 정치가. 자와 이름이 모두 중문(仲文)이다. 환온(桓溫)의 사위가 되고, 신안태수(新安太守)에 올랐다. 뒤에 환온의 아들 환현(桓玄)을 섬기다 환현이 모반죄로 사형당하자, 안제(安帝)를 섬겨 상서(尙書)에 오르고 동양태수(東陽太守)로 나갔다. 그러나 뜻을 펴지 못해 반란을 기도했다가 유유(劉裕)에게 죽임을 당했다.

은태사殷太師　은나라의 현인 기자(箕子). 주(紂)가 도리에 어긋나자, 태사(太師)인 기자가 간했으나 듣지 않았다. 그는 미친 척하고 지내다가 주(周)나라 무왕(武王)이 은나라를 정벌하니「홍범洪範」을 저술하고 조선(朝鮮)에 봉해졌다고 전한다.

은호殷浩, ?~356　진(晉)나라 진군(陳郡) 장평(長平, 지금의 하남성 화현華縣) 사람. 은선(殷羨)의 아들로, 자는 연원(淵源). 『노자』와 『주역』을 좋아해 청담(淸談)을 논하는 인사들 사이에서 존경을 받았으며, "연원이 일어나지 않으면 창생을 어찌할 것인가!"라는 말이 있을 정도였다. 건원(建元) 연간 초기에 징소(徵召)되어 건무장군(建武將軍)이 되고, 영화(永和) 6년에 중군장군

(中軍將軍)이 되어 양(揚)·예(豫)·서(徐)·연(兗)·청(靑) 다섯 주의 도독(都督)으로 있었다. 목제(穆帝)의 신임을 얻었지만, 환온(桓溫)과 마찰을 일으켰다. 요양(姚襄)의 반란에 장수를 보내 격파하려 했으나 패하여, 그 책임을 지고 폐위되어 서인이 되었다. 서인이 되어서도 전혀 원망하는 말이 없었고, 오로지 종일토록 허공에 '돌돌괴사(咄咄怪事)' 네 글자만 쓰고 있을 뿐이었다. 『진서晉書』에 입전되어 있다. 어떤 사람이 그에게 "장차 지위를 얻으려 하면 꿈에 관(棺)을 보고, 재물을 얻으려 하면 꿈에 똥[糞]을 보는 것은 어째서입니까?"라고 묻자, "관직은 본디 부패해 냄새나는 것이므로 장차 관직을 얻으려 하면 꿈에 시체를 보게 되고, 재물은 본시 분토(糞土)이므로 장차 재물을 얻으려 하면 꿈에 예오(穢汚, 오물)를 보게 된다"고 답했다 한다.

의창군義昌君, 1589~1645　조선의 왕족. 이광(李珖). 선조의 서자. 자는 장중(藏中). 어머니는 김한우(金漢祐)의 딸 인빈김씨(仁嬪金氏)이고, 부인은 양천허씨(陽川許氏)로 허성(許筬)의 딸이다. 광해군의 패륜(悖倫)을 한탄하다가, 1618년(광해군 10) 모반죄로 주살된 허균(許筠)의 사건에 연좌되어 훈작(勳爵, 훈공의 등급과 작위)을 삭탈당하고 유배되었다. 1623년의 인조반정으로 풀려나 종친으로서 인조의 총애를 받았다.

이각李傕, ?~198　후한 말 동탁(董卓)의 부하. 전선에 나가 있을 때 동탁이 여포(呂布)에게 살해되자, 가후(賈詡)의 진언을 받아들여 장안(長安)을 공략했다. 이에 군사를 동원해 여포를 몰아내고 왕윤(王允)을 처형한 뒤 동료인 곽사(郭汜)와 함께 조정을 마음대로 움직였다. 그후 장안에서 이각이 곽사와 내분을 일으켜 혼란한 틈을 타 헌제(獻帝)가 장안을 탈출하자, 이각은 다시 곽사와 화해하고 헌제를 괴롭혔다. 후에 헌제가 파견한 토벌군에 잡혀 효수당했다.

이강李綱, 1083~1140　송나라의 정치가. 자는 백기(伯紀), 호는 양계(梁溪), 시호는 충정(忠定). 휘종(徽宗) 때 진사가 되었다. 금나라의 침략에 맞서 힘을 다해 싸울 것을 주장한 대표적인 주전론자(主戰論者). 고종(高宗) 때 천하의 중망(重望, 두터운 명망)을 한몸에 받고 승상이 된 지 70여 일 만에 황잠(黃潛) 등에게 밀려 파직되면서 개혁정책이 무산되고 말았다.

이건성李建成　당나라 고조의 태자이며 태종의 형. 태종이 진왕(秦王)으로 있을 때 공이 많고 명망이 높자, 아우 이원길(李元吉)과 공모해 태종을 참소해 죽이려 했다. 태종이 이건성을 사살하고 심복인 울지경덕(尉遲敬德)이 제왕(齊王) 이원길을 사살했다. 『통감절요通鑑節要』 권36 당기(唐紀) 태종·상에 간략한 기록이 있다.

이괄^{李适} 조선 인조반정 직후에 반란을 일으킨 인물. 1623년 3월 12일 인조반정에 참여해 김류(金瑬)와 지휘권을 놓고 반목했으나 반정(反正)을 성공하게 했다. 이때 2등 공신에 훈록(勳錄)되어 한성판윤(漢城判尹)이 되었다가, 그해에 평안도 병마절도사 겸 부원수로 영변(寧邊)으로 부임했다. 1624년(인조 2) 1월 22일 구성부사(龜城府使) 한명련(韓明璉)과 함께 난을 일으켜, 군사 1만 2000명을 동원해 관군(官軍)과의 교전을 피하면서 2월 9일 서울에 무혈 입성했다. 인조가 공주(公州)로 피난 가자, 선조의 열번째 왕자 흥안군(興安君) 이제(李瑅)를 왕으로 추대했다. 11일 장만(張晩) 원수 휘하 정충신(鄭忠信) 등이 이끄는 관군과 안현(鞍峴)에서 싸웠으나 참패해 이천(利川)까지 달아났다가, 부하 기익헌(奇益獻)과 이수일(李守一)에게 살해되었다.

이광필^{李光弼} 당나라의 무장(武將). 곽자의(郭子儀)의 추천으로 안녹산(安祿山)의 난을 평정하는 데 참가했다.

이구^{李覯, 1009~1059} 북송 때 건창(建昌) 군남성(軍南城) 사람. 자는 태백(泰伯)이며, 우강선생(盱江先生)·직강선생(直講先生)으로 불렸다. 평소에 『맹자』를 좋아하지 않았고, 불교와 도교를 강하게 배척했으며, 농업생산을 중시했다.

이규보^{李奎報, 1168~1241} 고려의 문신·재상. 본관은 황려(黃驪, 지금의 여주驪州), 처음 이름은 인저(仁氐). 자는 춘경(春卿), 호는 백운거사(白雲居士). 만년에는 시·거문고·술을 좋아해 삼혹호선생(三酷好先生)이라고 불렸다.

이극^{里克} 진(晉)나라의 경(卿). 해제(奚齊)와 탁자(卓子)를 살해했다.

이극용^{李克用, 856~906} 후당(後唐)의 태조. 당나라 말기 군웅(群雄)의 한 사람. 돌궐(突厥)의 사타족(沙陀族) 출신으로, 후당 이존욱(李存勗)의 아버지. 황소(黃巢)의 난이 일어나자 당나라 조정의 부름을 받고 사타족을 인솔하여 황소군과 싸워 장안을 탈환했다. 그 공로로 883년 하동절도사(河東節度使)에 임명되었다. 이듬해 하남(河南)에서 황소를 무찔러 죽여 그 공적이 컸지만, 황소의 잔당 중에서 대두한 주전충(朱全忠)과 이무정(李茂貞)이 유력한 절도사로 등용되었기 때문에 그들과 정립(鼎立, 세 세력이 솥발과 같이 맞섬)하는 형상이 되었다. 903년에 주전충이 태원(太原)을 포위하자, 위협을 느끼다가 병을 얻어 죽었다. 그후 아들 이존욱이 유지를 이어받아 후량(後梁)을 멸하고 화북을 통일했다.

이길보^{李吉甫} 당나라 헌종 때의 명신.

이단하^{李端夏, 1625~1689} 조선 중기의 문신. 본관은 덕수(德水). 자는 계주(季周), 호는 외재(畏齋)·송간(松磵). 1687년 좌의정이 되었으나 병으로 사직했다.

문집에『외재집畏齋集』이 있다.『서포집』권1에「외당 이상서 계주 단하에게 부치는 시 6수寄畏堂李尙書季周端夏六首」가 있다.

이달李達, 1539~1618　조선 선조 때의 문인. 본관은 신평(新平). 자는 익지(益之), 호는 손곡(蓀谷)·동리(東里)·서담(西潭). 한시에 능했고 글씨에도 조예가 깊었으나, 관기의 태생이라는 신분상의 한계로 벼슬이 한리학관(漢吏學官)에 그쳤다. 정사룡(鄭士龍)과 박순(朴淳)의 문인으로, 당시풍(唐詩風)의 시를 잘 지어 최경창(崔慶昌)·백광훈(白光勳)과 함께 삼당파 시인으로 불렸다. 지금의 강원도 원주시 부론면 손곡리(蓀谷里)에 은거해 호를 손곡이라 했다. 허균과 허난설헌을 가르쳤다. 허균은 그의 전기로「손곡산인전蓀谷山人傳」을 지었다. 저서로『손곡시집蓀谷詩集』이 전한다.

이덕유李德裕, 787~850　당나라 무종(武宗) 때의 재상. 찬황(贊皇) 사람. 이길보(李吉甫)의 아들로, 자는 문요(文饒). 경종(敬宗) 때 절서관찰사(浙西觀察使)를 지내다 문종(文宗) 때 배도(裵度)의 추천으로 재상의 물망에 올랐으나, 우승유(牛僧孺) 등의 배척으로 무산되었다. 목종(穆宗) 때부터 우승유와 이종민(李宗閔) 두 사람이 붕당(朋黨)을 꾸미자, 당시 재상이었던 부친 이길보의 뒤를 이어 무종(武宗) 때까지 전후 40년 가까이 서로 당쟁을 벌였는데, 이것이 우이(牛李)의 당쟁이다.『구당서』「이덕유전李德裕傳」에 나온다. 그 자신은 무종 때 재상이 되어 6년간 정권을 잡았다. 저서로는『차유구문次柳舊聞』『회창일품집會昌一品集』이 있으며, 경종에게 올린「단의육잠丹扆六箴」이 유명하다.

이덕형李德馨, 1561~1613　조선 선조 때의 명신. 본관은 광주(廣州). 자는 명보(明甫), 호는 한음(漢陰)·쌍송(雙松)·포옹산인(抱雍散人), 시호는 문익(文翼). 임진왜란 때 동지중추부사로서 일본 사신 겐소(玄蘇)·야나가와(柳川調信) 등과 화전을 교섭했으나 실패했다. 그후 청원사(請援使)로 명나라에 가서 원병을 요청했고, 이여송(李如松)의 접반관이 되었다. 광해군 5년에 폐모론(廢母論)에 반대하다가 삭직되었다.

이동李侗, 1093~1163　남송의 학자. 남평(南平) 사람. 자는 원중(願中). 세상에서 연평선생(延平先生)이라 일컫는다. 정이(程頤)의 사전제자(四傳弟子)이다. 이(理)와 심(心)은 하나라 보고, 묵좌징심(默坐澄心)·체인천리(體認天理)의 인식방법을 주장했다. 주희가 무이산(武夷山)에 있던 24세 때 그의 문하에서 공부하고, 그 어록을 집성해『연평답문延平答問』을 엮었다. 주희는 뒷날 "이 선생을 뵌 뒤로부터 평이하고 실천적인 학문을 하게 되었다"고 말한 바 있다.『송조명신언행록宋朝名臣言行錄』외집(外集) 권12「주희」에 나온다.

이마두利瑪寶, 1552~1610 이탈리아 예수회 선교사이자 중국 최초의 선교사인 마테오 리치. 명나라의 만력(萬曆) 연간(1573~1620)에 신종(神宗)에게 자명종·대서양금(大西洋琴, 피아노의 전신)을 헌정해 북경 거주를 허락받았다. 『기하원본幾何原本』『곤여만국전도坤輿萬國全圖』『산해여지전도山海輿地全圖』등을 번역했다. 그의 학문은 중국 지식인층의 관심을 끌어 서광계(徐光啓)·이지조(李之藻) 등의 유력한 관료도 개종시켰다. 저서에 『천주실의天主實義』『교우론交友論』등이 있다.

이명한李明漢, 1595~1645 조선 중기의 문신. 본관은 연안(延安), 자는 천장(天章), 호는 백주(白洲), 시호는 문정(文靖). 1610년 사마시에 급제하고, 1616년 증광문과에 을과로 급제한 뒤 벼슬길에 나아갔는데, 광해군 때의 폐모론 정청(庭請)에 참여하지 않아 일시 파직되었다가 다시 관직에 나아갔다. 1623년 인조반정 후 여러 내직을 역임했다. 1643년 이경여(李敬興)·신익성(申翊聖) 등과 함께 척화파(斥和派)로 지목되어 심양(瀋陽)에 억류되었다가, 이듬해 세자이사(世子貳師)로서 소현세자를 모시고 돌아왔다. 1645년에 명나라와 밀통한 자문을 썼다는 이유로 다시 청나라에 잡혀갔다가 풀려나와 예조판서가 되었다. 아버지 이정구(李廷龜), 아들 이일상(李一相)과 더불어 3대가 대제학을 지낸 것으로 유명하다. 저서로 『백주집白洲集』 20권이 있다.

이몽양李夢陽, 1475~1529 명나라 때 북지(北地) 사람. 자는 헌길(獻吉), 호는 공동자(空同子). 명나라 효종(孝宗)과 무종(武宗)을 섬겨 강직한 신하로 이름이 났다. 하경명(何景明)·서정경(徐禎卿) 등과 시문의 복고를 주창했다. 진한(秦漢)의 고문과 이백(李白)·두보(杜甫)의 시를 이상으로 하고, 시의 격조를 중시하는 격조설(格調說)을 주창했으나, 모의(模擬)·표절(剽竊)을 한다는 비난도 받았다. 전칠자(前七子)의 한 사람이다. 저서로 『이공동전집李空同全集』 66권과 부록 2권이 있다.

이무정李茂貞 후당 때 박야(博野) 사람. 시호는 충민(忠敬). 본래 성은 송씨(宋氏)이고, 이름은 문통(文通)이다. 당나라 광계(光啓) 연간(885~888) 초기에 여러 차례 무정군절도사(武定軍節度使)로 임명되어 이무정이란 이름을 하사받았다. 소종(昭宗) 때 농서군왕(隴西郡王)에 봉해졌다. 소종이 여러 환관에 의해 폐위되자 반정을 일으켰다. 당나라가 끝내 멸망하고 장종(莊宗)이 낙양(洛陽)에 들어오자 표(表)를 올려 신(臣)이라 칭했다. 장종은 그의 노고를 생각해 진왕(秦王)으로 고쳐 봉해주었다.

이민서李敏敍, 1633~1688 조선 중기의 문신. 본관은 전주(全州), 자는 이중(彝仲), 호는 서하(西河), 시호는 문간(文簡). 1650년(효종 원년) 진사가 되고 1652

년 증광문과에 을과로 급제한 후 벼슬길에 들어섰다. 현종 초 수찬(修撰)으로 있을 때 허적(許積)을 탄핵했다가 병조좌랑으로 전직되고, 나주목사와 이조·호조참의를 지냈다. 1677년(숙종 3) 광주목사(光州牧使) 때 의병장 박광옥(朴光玉)의 사우(祠宇, 사당)를 중수하고 김덕령(金德齡)을 배향(配享)하게 했다. 1683년 강화유수(江華留守)를 거쳐 호조·이조판서, 돈녕부지사(敦寧府知事)가 되었다. 문집으로 『서하집西河集』이 있다.

이밀李密, 582~618 수나라 말기의 군웅(群雄)으로, 요령성(遼寧省) 조양(朝陽) 사람. 자는 현수(玄邃). 문무를 겸비하고 뜻이 웅대했다. 처음 양제(煬帝)의 좌친시(左親侍)가 되었으나 사직하고 독서에 전념해 대학자에게 글을 배우기도 했다. 후에 양소(楊素)에게 인정받아 양소의 맏아들 양현감(楊玄感)의 친구가 되었다. 양현감의 반란이 일어났을 때 주모자로 지목되어 체포되었으나 탈주했다. 여러 군웅을 찾아다니다가 적양(翟讓)의 군대에 투항하였고, 얼마 후 그 집단을 장악했다. 이연(李淵)이 당나라 왕조를 일으켰을 때 최대의 반란집단으로 부상해 낙양(洛陽)의 왕세충(王世充)을 공격했으나 실패했다. 618년 당나라 왕조에 항복했으나 대우에 불만을 품고 모반을 꾀하다 살해되었다.

이반룡李攀龍, 1514~1570 명나라 때 제남군(濟南郡) 역성(歷城, 지금의 산동성 제남시 역성구) 사람. 자는 우린(于麟), 호는 창명(滄冥). 가정(嘉靖) 23년(1544) 진사가 되고 형부주사(刑部主事)에 제수되었다. 얼마 후 순덕지부(順德知府)를 지내고 하남안찰사(河南按察使)에 이르렀다. 이선방(李先芳)·사진(謝榛)·오유악(吳維岳) 등과 시사(詩社, 문학단체)를 조직하고 복고(復古)를 내걸었다. 후에는 왕세정(王世貞)·종신(宗臣)·양유예(梁有譽)·서중행(徐中行)·오국륜(吳國倫) 등이 차례로 입사(入社)해 이선방·오유악 등과 함께 칠자(七子)가 되었다. 이들이 곧 '후칠자(後七子)'이다. 저서로 『창명집滄冥集』 30권이 있다. "서경(西京) 이하로는 이렇다 할 산문이 없으며, 중당 이하로는 좋은 시가 없다"고 하면서 유독 명나라 초기의 이몽양(李夢陽)을 받들어 모방과 복고의 문학을 제창했다.

이복李服 후한 광무제 유수(劉秀)가 건국할 때 공적을 세운 28장수 중 한 사람. 촉(蜀)의 공손술(公孫述)과 여덟 번 싸워 여덟 번 이겼다.

이상은李商隱, 812~858 당나라 말기의 시인. 자는 의산(義山). 사회현실에 대한 견해를 시로 나타내기도 했으나, 애정을 노래하거나 아득히 먼 세계를 상상하는 시를 잘 지었다. 「항아嫦娥」 「거듭 성녀의 사당을 지나며重過聖女祠」 「금슬琴瑟」 등이 유명하다.

이색李穡, 1328~1396 고려 말기의 문신·학자로, 본관은 한산(韓山). 자는 영숙(穎

叔), 호는 목은(牧隱). 삼은(三隱) 중 한 사람이다. 찬성사(贊成事) 이곡(李穀)의 아들로, 이제현(李齊賢)의 문인이다.

이소^{李愬, 773~821} 당나라 때 장군. 이성(李晟)의 아들로, 자는 원직(元直). 지략을 갖추고 기마와 궁술에 능했다. 원화(元和) 11년(816년)에 회서절도사(淮西節度使) 오원제(吳元濟)가 난을 일으키자, 토벌군에 자원해 지휘를 맡았다. 이소는 병사들이 여러 차례의 패배로 지쳐 있음을 보고 사기를 북돋우는 한편 상대가 자신의 군대를 얕보아 방비를 허술하게 했다. 항복한 적장 이우(李祐)를 신용해 선봉을 맡기고 자기는 중군(中軍)을 맡아 눈 내리는 밤에 채주(蔡州)를 기습해 반란군의 대장 오원제를 사로잡았다. 그 공으로 산남동도절도사(山南東道節度使)에 임명되고 양국공(涼國公)에 봉해졌다.

이수광^{李睟光, 1563~1628} 조선 중기의 문신. 본관은 전주. 자는 윤경(潤卿), 호는 지봉(芝峰), 시호는 문간(文簡). 태종의 아들 경녕군(敬寧君) 비(裶)의 5대손이다. 1585년 별시문과에 급제하고 호조·병조좌랑을 지냈다. 1592년 임진왜란 때 경상우도방어사 조경(趙儆)의 종사관으로 참전했으나 용인(龍仁)에서 패했다. 주청사(奏請使)로 연경(燕京)에 갔을 때 명나라에 와 있던 이탈리아 신부 마테오리치의 저서 『천주실의天主實義』와 『교우론交友論』, 중국인 유변(劉汴) 등이 지은 『속이담續耳譚』 6권을 가지고 돌아왔다. 1613년 계축옥사(癸丑獄事)가 일어나자 관직을 버리고 은거했다. 1623년 인조반정으로 재차 등용되어 도승지·대사간이 되었고, 이조참판 등을 역임했다. 1627년 정묘호란 때는 왕을 호송해 강화(江華)로 갔다. 이조판서를 지냈고, 사후 영의정에 추증되었다. 저서에 『지봉집芝峰集』 『지봉유설芝峰類說』 등이 있다.

이순^{二荀} 순욱(荀彧)과 순유(荀攸). 후한 말기에 조조(曹操)를 섬겼던 정치가이자 군사(軍師). 순유는 순욱의 조카.

이승^{李昪} 중국 오대 때 남당(南唐)의 군주. 남당은 오나라에서 벼슬 살던 이승이 예제(睿帝)를 몰아내고 양위의 형식을 취해 금릉(金陵, 남경南京)에 세운 나라(937~975)로, 본래는 그냥 당(唐)이라고 했다. 양자강 하류에서 강서(江西)·호남(湖南)·복건(福建)에 걸친 지역을 차지하고, 차츰 화남(華南)을 통일하는 형세로 발전했다. 화북(華北)에서 피신해온 당나라의 귀족을 받아들여 당나라 문화를 계승했다. 그러나 왕실이 지나치게 사치에 빠져 3대 38년 만에 송나라에게 멸망당했다.

이식^{李植, 1584~1647} 조선 중기의 문신. 본관은 덕수(德水). 자는 여고(汝固), 호는 택당(澤堂)·남궁외사(南宮外史)·택구거사(澤癯居士), 시호는 문정(文靖).

1610년(광해군 2) 별시문과에 급제, 1617년에 선전관을 지냈으나, 1618년
에 폐모론이 일어나자 경기도 지평(砥平, 지금의 양평군 양동면)으로 낙향
했다. 1623년 인조반정이 일어난 뒤 이조좌랑에 등용되었다. 1626년에 대사
간·대사성·좌부승지 등을 지냈으며 1632년까지 대사간을 세 차례 역임했다.
사친(私親, 종실에서 들어가 대통을 이은 임금의 친부모, 또는 빈으로서 임
금의 생어머니)의 추숭(追崇, 왕위에 오르지 못하고 죽은 사람에게 제왕의
칭호를 올림)이 예가 아님을 논하다가 인조의 노여움을 사서 간성(杆城)현
감으로 좌천되었다. 1633년에 부제학을 거쳐 1638년 대제학과 예조·이조참
판을 역임했다. 1642년에 김상헌(金尙憲)과 함께 척화를 주장한다 하여 심
양(瀋陽)으로 잡혀갔다가 돌아올 때 다시 의주에서 체포되었으나 탈출했다.
1686년 영의정에 추증되었으며 여주의 기천서원(沂川書院)에 제향되었다.
신흠(申欽)·이정구(李廷龜)·장유(張維)와 함께 조선 중기 한문사대가(漢文
四大家)로 꼽혔다. 구한 말에는 김택영(金澤榮)에 의해 여한구대가(麗韓九大
家)의 한 사람으로 뽑혔다.『초학자훈증집初學字訓增輯』『두시비해杜詩批解』
등을 저술했으며『수성지水城志』『야사초본野史初本』등을 편찬했다. 문집으
로『택당집澤堂集』이 전한다.

이안눌李安訥, 1571~1637   조선 중기의 문신. 본관은 덕수(德水). 자는 자민(子敏),
호는 동악(東岳), 자호는 청학도인(靑鶴道人). 시호는 문혜(文惠). 이행(李
荇)의 증손이며 진사 이형(李泂)의 아들로 재종숙부 사헌부 감찰 이비(李泌)
에게 입양되었다. 이식(李植)의 종숙(從叔)이다. 18세에 진사시에 장원급제
했으나 동료들의 모함을 받자 과거를 포기하고, 권필(權韠)·윤근수(尹根壽)·
이호민(李好閔) 등과 더불어 동악시단(東岳詩壇)을 결성했다. 29세 때인
1599년에 문과에 급제한 후 여러 내직을 맡았고, 1601년에는 서장관(書狀
官)으로 명나라에 다녀왔다. 이후 여러 내·외직을 거쳤다. 1623년의 인조반
정 이후 예조참판이 되었으나 비방 때문에 사직했고, 이괄(李适)의 난이 평
정된 후에는 방관했다는 이유로 귀양을 갔다. 1627년 정묘호란이 일어나자
사면되어 강도유수(江都留守)에 임명되고, 1631년에 함경도관찰사가 되었
으며, 이듬해에 예조판서 겸 예문제학을 거쳐 충청도순찰사에 제수되었다.
이후 청백리에 들어 숭정대부의 가자(加資)를 받고, 형조판서 겸 홍문관제
학에 임명되었다. 1636년 병자호란이 일어나자 남한산성으로 인조를 호종
(扈從)했다가 환도 후 병세가 악화되어 죽었다. 문집으로『동악집東岳集』26
권이 전하는데, 여기에 4379수의 시를 남겼다.

이양원李陽元, 1526~1592   조선 중기의 종실 인물. 본관은 전주(全州). 자는 백춘

(伯春), 호는 노저(鷺渚), 시호는 문헌(文憲). 정종의 아들인 선성군(宣城君) 무생(茂生)의 현손이며, 이원부령(利原副令) 학정(鶴汀)의 아들로 이황(李滉)의 문인이다. 1555년(명종 10) 알성문과에 병과로 급제, 1563년 호조참의가 되었다. 그해에 종계변무사(宗系辨誣使) 정사(正使) 김주(金澍)의 서장관(書狀官)으로 명나라로 가서 명나라의 『태조실록太祖實錄』과 『대명회전大明會典』에 태조 이성계(李成桂)의 아버지가 이인임(李仁任)으로 잘못 기재된 것을 바로잡고, 김주가 객사(客死)하자 『태조실록』과 『대명회전』의 개정본을 가지고 돌아와 그 공으로 가자(加資)되었다. 1590년(선조 23) 종계변무의 공으로 광국공신(光國功臣) 3등에 책록(冊錄)되고 한산부원군(漢山府院君)에 봉해졌으며, 이듬해 우의정으로 승진했다. 1592년 임진왜란이 일어나자 유도대장(留都大將)으로 수도의 수비를 맡았다가 한강을 방어하지 못하자 양주(楊州)로 철수해서, 분군(分軍)의 부원수(副元帥) 신각(申恪), 함경도병마절도사 이혼(李渾)의 군사와 합세해서 해유령(蟹踰嶺)에서 일본군과 맞싸워 승리했다. 이로써 영의정에 올랐다. 이때 의주로 피난 가 있던 선조가 요동(遼東)으로 건너가 명나라에 내부(內附)한다는 소식을 듣고 탄식하며 8일간 단식하다가 피를 토하고 죽었다.

이여송李如松, ?~1598 명나라 때 요동(遼東) 철령위(鐵嶺衛) 사람. 자는 자무(子茂), 호는 앙성(仰城). 1592년 영하(寧夏)에서 발배(哱拜)의 난이 일어났을 때 제독(提督)으로서 이를 평정했다. 같은 해 조선에서 임진왜란이 일어나자 제2차 원군으로 4만의 군사를 이끌고 조선에 들어와, 1593년 1월 평양성에서 고니시 유키나가(小西行長)의 일본군을 격파해 전세를 역전시키는 공을 세웠다. 그러나 벽제관 싸움에서 고바야카와 다카카게(小早川隆景)에 패한 후로는 평양성을 거점으로 화의를 도모하다가 그해 말에 철군했다. 1597년 요동 총병관(總兵官)이 되었으나 이듬해 토번(土蕃)의 침범을 당해 반격하다가 전사했다.

이우李祐 당나라 때 제(齊) 땅의 영주. 이우(李佑)라고 알려져 있는데, 『구당서』와 『신당서』에는 모두 이우(李祐)라고 되어 있다.

이원二袁 원술(袁術, ?~199)과 원소(袁紹, ?~202).

이윤伊尹 은나라 초기의 재상. 이름은 지(摯), 자는 윤(尹). 관명인 아형(阿衡)이 호가 되었다. 신야(莘野)에서 농사짓다가 탕(湯)의 인물됨을 알아보고 만나보려 했으나 여의치 않자 유신씨(有莘氏)의 잉신(媵臣)으로 들어가 유신씨의 딸이 탕에게 시집갈 때 솥을 지고 탕에게 갔다. 이때 음식 맛을 예로 들면서 정치 이야기를 비유해 탕에게 왕도(王道)를 실행하도록 권유했다.

또다른 전승에 의하면, 이윤은 본래 처사였는데 탕이 여러 번에 걸쳐 그를 초빙했으나, 다섯 번이나 거절한 뒤에야 비로소 탕에게 가서 그의 신하가 되어 소왕(素王)과 구주(九主)에 대해 이야기했다고 한다. 탕은 이윤을 등용해 국정을 담당하게 하고 마침내 하나라 정벌에 성공, 전국을 평정했다. 탕의 장손인 태갑(太甲)이 제위에 오른 후 포학한 정치를 일삼자, 이윤은 그를 동궁(桐宮)으로 내쫓고 3년 동안 섭정했다. 태갑이 자신의 과오를 회개하고 수양에 힘쓰자, 그를 다시 모셔와 제위에 오르게 했다. 옥정제(沃丁帝) 때 죽었는데, 후세 사람들은 그의 높은 인품을 기려 성인으로 추앙했다. 『사기』 「은본기殷本紀」에 사적이 나온다. 저서에 「이훈伊訓」「사명肆命」「조후徂后」 등 3편이 있었다는데, 「이훈」만 『서경』에 전한다. 같은 책의 「태갑」「함유일덕咸有一德」에도 그의 말이 실려 있다.

이이첨李爾瞻**과 정인홍**鄭仁弘   광해군 때 정권을 휘둘렀던 대북파(大北派)의 인물들. 광해군은 문치(文治)와 국방(國防)에 힘썼으나, 아우를 죽이고 국모(國母)를 유폐(幽閉)하며 어진 재상을 유배하는 등 폐정(弊政, 폐단이 많은 정치)을 거듭했다. 이에 김류(金瑬)·최명길(崔鳴吉)·이귀(李貴) 등 서인(西人)들이 계해반정(癸亥反正, 인조반정)을 일으켜 광해군을 유배보냈다.

이임보李林甫, ?~752   당나라의 종실로, 이사해(李思海)의 아들. 관직이 중서문하삼품(中書門下三品)에까지 이르렀다. 환관·비빈들과 결탁해 권모술수를 부려 세상에서 구밀복검(口蜜腹劍, 말로는 친한 척하나 속으로 해칠 생각을 지님)의 인물이라고 일컬었다. 말년에는 기악(妓樂)에 탐닉했다.

이장二張   측천무후(則天武后)의 총애를 받던 환관 장역지(張易之)와 장창종(張昌宗).

이정李靖, 571~649   당나라 때 경조(京兆) 삼원(三原) 사람. 본명은 약사(藥師). 고조 때 행군총관(行軍總管)을 지냈다. 태종이 즉위하자 형부상서(刑部尙書)가 되고 검교중서령(檢校中書令)을 겸해 번방(藩邦)을 침략하는 데 큰 공을 세워 위국공(魏國公)이라는 봉호(封號)를 받았다. 병법이 뛰어나, 저술로 『이위공병법李衛公兵法』이 있다. 『구당서舊唐書』에 입전되어 있다.

이정귀李廷龜, 1564~1635   조선 중기의 4대 문장가 가운데 한 사람이자 정치가. 자는 성징(聖徵), 호는 월사(月沙)·보만당(保晚堂). 벼슬은 우의정, 좌의정에 이르렀다. 문집 『월사집』 이외에, 저서로 『서연강의書筵講義』 『대학강의大學講義』가 있다.

이제현李齊賢, 1287~1367   고려 후기의 문인·학자·정치가. 본관은 경주(慶州). 자는 중사(仲思), 호는 익재(益齋)·역옹(櫟翁)·실재(實齋), 시호는 문충(文忠). 충렬왕 때 과거에 급제해 관리가 된 뒤 충선왕·충혜왕·충목왕·충정왕 등 원나라 간섭기의 여러 조정에서 일하고, 공민왕 때 문하시중에 올랐다. 30년에 걸쳐 다섯 차례나 중국에 다녀왔다. 충선왕 시절 북경의 만권당(萬卷堂)에서 한족 학자인 조맹부(趙孟頫) 등과 교제했다. 저서에 『효행록孝行錄』 『역옹패설櫟翁稗說』 『익재난고益齋亂藁』 등이 있다.

이존욱李存勖, 885~926　　중국 오대 때 후당(後唐)의 시조 장종(莊宗, 재위 923~926). 산서성 태원(太原) 사람. 돌궐(突厥) 사타족(沙陀族) 출신의 진왕(晉王) 이극용(李克用)의 맏아들로, 908년 왕위를 계승했다. 914년 연왕(燕王) 유수광(劉守光)을 멸하고 이어서 후량(後梁)을 쳤다. 923년 하북성 위주(魏州)에서 제위에 올라 국호를 당(唐)이라 칭했으며, 같은 해 후량을 멸하고 도읍을 낙양(洛陽)에 정했다. 925년 전촉(前蜀)도 병합해 하북의 땅을 평정했다. 뛰어난 무장이었으나 측근들에게 정치를 맡기고 사치에 빠진 탓으로 반란이 일어나 부하에게 살해당했다.

이종理宗　　남송의 제5대 황제. 본명은 조여거(趙與莒, 1205~1264). 태자로 세워지면서 조윤(趙昀)으로 개명했다. 주자학자들을 중용했으나, 개혁이 지나치게 이상론적인데다가 몽골의 침략을 당했다. 『송사』 권41 본기(本紀) 제41 「이종」에 나온다.

이주李冑, 1468~1504　　조선 중기의 문신. 본관은 고성(固城). 자는 주지(冑之), 호는 망헌(忘軒). 좌의정 이원(李原)의 증손, 현감 이평(李泙)의 아들이며, 어머니는 허추(許樞)의 딸이다. 1488년(성종 19) 별시에 을과로 급제해 검열을 거쳐 정언을 지냈다. 1498년(연산군 4) 무오사화(戊午士禍) 때 김종직(金宗直)의 문인으로 몰려 진도로 귀양 갔다가, 1504년 갑자사화(甲子士禍) 때 이전에 궐내에 대간청(臺諫廳)을 설치할 것을 청한 일이 있다는 이유로 김굉필(金宏弼) 등과 함께 사형당했다. 뒷날 도승지에 추증되었다. 문집으로 『망헌유고忘軒遺稿』가 있다.

이준경李浚慶, 1499~1572　　조선 중기의 문신. 본관은 광주(廣州), 자는 원길(原吉), 호는 동고(東皐)·남당(南堂)·홍련거사(紅蓮居士)·연방노인(蓮坊老人), 시호는 충정(忠正). 1504년(연산군 10)의 갑자사화(甲子士禍)로 할아버지 이세좌(李世佐)와 아버지 이수정(李守貞)이 화를 입자 이에 연좌되어 괴산(槐山)과 청안(淸安)으로 유배되었다가 2년 뒤 중종반정으로 풀려났다. 1522년(중종 17)의 생원시에 급제하고, 1531년(중종 26)의 식년문과에 을과로 급제했으며, 1543년의 중시(重試, 당하관 이하의 문무관에게 10년마다 한 번씩 보게 하던 시험)에서 수석을 차지했다. 1548년 병조판서로 특진(特進)되고,

이듬해 대사헌(大司憲)으로 자리를 옮겼다가 곧 한성부판윤(漢城府判尹)이 되었다. 그러나 이기(李芑)의 모함으로 1550년에는 보은(報恩)으로 유배되었고 이듬해 방환(放還)되어 지중추부사(知中樞府事)로 서용(敍用)되었다. 1555년(명종 10) 도순찰사(都巡察使)로서 을묘왜변을 진압했다. 3년 뒤 좌찬성을 거쳐 우의정으로 승진하고, 1560년에 좌의정, 1565년에 영의정이 되었다. 1567년 명종이 승하하자 선조를 맞아 왕으로 세우고 원상(院相, 왕이 죽은 뒤 졸곡까지의 스무엿새 동안 어린 임금을 보필해 정무를 맡아보던 임시 벼슬)이 되었다. 이듬해 70세로 궤장(几杖)을 하사받았다. 1571년(선조 4) 영의정을 사임하고 영중추부사(領中樞府事)가 되었다가 이듬해 타계했다. 형 이윤경(李潤慶)과 더불어 청렴해 '이봉(二鳳)'이라 불렸으나, 신진 사류들을 억제한다고 비난받기도 했다. 1590년(선조 23) 종계변무의 공이 인정되어 광국원종공신(光國原從功臣) 1등에 추록(追錄, 추가해 기록함)되었으며, 1602년(선조 35)에는 청백리에 녹선(錄選, 선발해 기록함)되었다. 선조의 묘정(廟庭)에 배향되었고, 청안(淸安)의 구계서원(龜溪書院)에 제향되었다. 저서로는『동고유고東皐遺稿』등이 있다.

이지조李之藻, 1564~1630   명나라 때 절강(浙江) 항주(杭州) 사람. 자는 진지(振之)·아존(我存), 호는 순암거사(淳庵居士)·존원수(存園叟). 만력(萬曆) 26년(1598)의 진사시에 급제했다. 서광계(徐光啓)와 함께 이마두(利瑪竇)가 전한 천주교를 독실히 믿었다. 이마두와 함께『동문산지同文算指』『혼개통헌도설渾蓋通憲圖說』『원용교의圓容較義』등을 지었으며, 따로『환유전實有詮』『명리탐名理探』등을 저술했다.

이천伊川   정이(程頤, 1033~1107).

이천하李天下   중국 오대 때 후당(後唐)의 장종(莊宗).『자치통감』권272에, 후당 장종은 간혹 스스로 흰 분과 검은 칠을 하고 배우들과 함께 뜰에서 연극을 하여 유부인(劉夫人)을 즐겁게 하므로 배우들이 이천하라고 불렀다고 나온다.

이치李治, 628~683   당나라 제3대 황제인 고종. 태종과 문덕순성황후(文德順聖皇后) 사이에서 태어난 셋째아들. 태종이 즉위하면서 맏아들 이승건(李承乾)은 태자, 둘째아들 이태(李泰)는 위왕(魏王), 이치는 진왕(晉王)이 되었다. 하지만 태종은 이승건을 탐탁지 않게 여겨, 그가 숙부 한왕(漢王) 이원창(李元昌)과 함께 모반을 꾀했다는 이유로, 643년 태자를 폐위했다. 태종은 자신이 그랬듯이 태자도 자기의 형제들을 해칠 것이라 우려해 장손무기(長孫無忌)가 추천한 이치를 태자로 삼았다. 그러나 649년 태종이 죽고 즉위한 이치는 측천무후(則天武后)의 꼭두각시 노릇을 했다.

이필李泌, 722~789 당나라 때 요동(遼東) 양평(襄平) 사람으로, 자는 장원(長源). 위주국(魏杜國) 이필(李弼)의 6대손으로 경조(京兆)로 옮겨 살았다. 숭산(崇山)·화산(華山)·종남산(終南山)에 노닐며 신선불사술(神仙不死術)에 경도되었다. 천보(天寶) 연간(742~756)에 한림원대조(翰林院待詔)와 동궁공봉(東宮供奉)을 지냈는데, 태자(훗날의 숙종肅宗)가 예우하므로 양국충(楊國忠) 등이 그를 시기했다. 숙종이 영무(靈武)에서 즉위하자 조정에 들어가 국사를 논했으며, 밖에 행차할 때는 수레를 나란히 타고 다녔다. 마침내 이보국(李輔國) 등이 시기하자 물러나 형산(衡山)에 은거했다. 대종(代宗)이 즉위한 뒤 초주자사(楚州刺史)·항주자사(杭州刺史)가 되고, 덕종(德宗) 때에는 중서시중(中書侍中)·동평장사(同平章事)에 제수되었다. 업후(鄴侯)에 봉해졌고, 죽은 뒤 태자태부(太子太傅)에 추증되었다. 문집 20권을 남겼다. 이름을 이비라고 읽기도 한다. 하지만『어비자치통감강목御批資治通鑑綱目』에 인용된 왕유학(王幼學)의『통감강목집람通鑑綱目集覽』에 보면, "이필에 대해 동형(董衡)의 석(釋)은 필(泌)을 박(薄)과 필(必)의 반절이라 하고, 혹음(或音)을 병(兵)과 미(媚)의 반절이라고 했으나, 잘못이다"라고 했다. 따라서 이비가 아니라 이필로 읽어야 할 것이다.

이항李沆 북송 진종(眞宗) 때의 명재상. 자는 태초(太初), 시호는 문정(文靖). 함평(咸平) 연간(998~1003)에 평장정사(平章政事)로 있으면서 원려(遠慮, 앞일을 헤아리는 깊은 생각)와 선식(先識)이 있었다.『송사』권282에 입전되어 있다.

이항복李恒福, 1556~1618 조선 중기의 문신. 본관은 경주(慶州). 자는 자상(子常), 호는 백사(白沙). 이몽량(李夢亮)의 아들이며 권율(權慄)의 사위이다. 1580년(선조 13) 알성문과에 병과로 급제했고, 1589년 예조정랑으로서 정여립(鄭汝立)의 옥사를 다스리는 데 참여했다. 1598년에 좌의정으로 진주사(陳奏使)가 되어 명나라에 다녀왔다. 1600년 영의정이 되고, 1602년 오성부원군(鰲城府院君)에 봉해졌다. 광해군 즉위 후에도 정승의 자리에 있었으나, 1617년 이이첨(李爾瞻)이 주도한 폐모론에 반대하다가 1618년 삭탈관직되었다. 북청으로 유배되었다가 그곳에서 죽었다. 저서로『백사집白沙集』『북천일록北遷日錄』『사례훈몽四禮訓蒙』등이 있다.

이행李荇, 1352~1432 조선 전기의 문신이자 시인. 자는 택지(擇之), 호는 용재(容齋)·창택어수(滄澤漁水)·청학도인(靑鶴道人). 1504년 갑자사화 때 홍문관 응교로 있으면서 연산군의 생모인 폐비 윤씨의 복위를 반대하다가 충주에 유배되고, 이어 함안(咸安)으로 옮겨졌다가 1506년 거제도에 위리안치되었다. 그해 9월에 중종반정으로 풀려나와 다시 홍문관 교리로 등용되었다. 그러나 조광조(趙光祖) 등 신진 사류로부터 배척을 받아 첨지중추부사로 좌천되자 사직하고 충청도 면천(沔川)으로 내려갔다. 1519년 기묘사화로 조광조 일파가 실각하자 다시 홍문관 부제학에 제수되었다. 1531년 김안로(金安老)의 전횡을 논박하다가 오히려 그 일파의 반격으로 판중추부사로 좌천되고, 이어 1532년 평안도 함종(咸從)에 유배되어 그곳에서 죽었다. 시호는 문정(文定)이었으나 뒤에 문헌(文獻)으로 바뀌었다. 저서로 『용재집容齋集』이 있다.

이허중李虛中, 762~813 중당(中唐)의 인물. 자는 상용(常容). 진사시에 급제한 후, 원화(元和) 연간(806~820)에 관직이 전중시어사(殿中侍御史)에 이르렀다. 한유(韓愈)와 교유하여, 한유가 그의 묘지명을 지었다. 후세에 성명학(星命學)의 시조로 추앙되었다.

인목대비仁穆大妃, 1584~1632 연안김씨(延安金氏)로, 존호는 소성정의명렬(昭聖貞懿明烈)이며, 휘호(徽號, 시호와 함께 올리는 존호)는 광숙장정(光淑莊定)이다. 김제남(金悌男)의 딸로, 영창대군(永昌大君)의 어머니이다. 1602년(선조 35) 왕비에 책봉되었다. 1608년 광해군이 즉위하자 광해군 대신 영창대군을 왕으로 추대하려던 소북(小北)의 유영경(柳永慶) 일파가 몰락하고 대북(大北)의 정인홍(鄭仁弘)·이이첨(李爾瞻) 등이 득세했다. 1612년(광해군 4) 대북파의 사주를 받은 윤인(尹訒)에 의해 살해될 뻔했으나 박승종(朴承宗)의 저지로 목숨을 보전했다. 1613년 대북파의 모략으로 어린 영창대군이 강화도로 유배되었으며, 친정아버지 김제남 등이 사사(賜死)되고, 대비는 1618년 서궁에 유폐되었다. 대북파는 폐모론을 제기해 왕대비(王大妃)로서의 지위를 위협했다. 1623년 서인들이 인조반정을 일으켜 광해군과 대북 일파를 몰아내자, 대비는 복호(復號)되어 대왕대비로서 인경궁(仁慶宮) 흠명전(欽明殿)을 거처로 삼게 되었다. 능은 경기도 구리시 인창동의 목릉(穆陵)이다.

인열왕후仁烈王后, 1594~1635 인조의 비. 1610년(광해군 2) 능양군(綾陽君, 훗날의 인조)과 혼인해 청성현부인(淸城縣夫人)으로 봉해지고, 1623년 인조반정으로 왕비가 되었다. 효종·소현세자(昭顯世子)·인평대군(麟坪大君)·용성대군(龍城大君) 4형제를 낳았다.

인종仁宗, 재위 1022~1063 북송의 제4대 황제로, 이름은 조정(趙禎). 진종(眞宗)의 여섯째아들이고, 어머니는 이신비(李宸妃)이다. 13세에 즉위하여, 처음에는 유태후(劉太后)가 섭정하다가, 1033년에 유태후가 죽자 친정(親政, 임금이 직접 정사를 봄)했다. 한기(韓琦)·범중엄(范仲淹)·구양수(歐陽脩)·사마광(司馬光) 등의 명신이 정치를 맡았고, 주돈이(周敦頤)·이정(二程) 등의 유학자도 나와서 '경력(慶曆)의 치(治)'라는 북송의 최전성기를 맞았다.

인평대군麟坪大君, 1622~1658   조선 인조의 셋째아들이며 효종의 동생. 자는 용함(用涵), 호는 송계(松溪). 1630년에 인평대군으로 봉해졌다. 1640년 볼모로 심양(瀋陽)에 갔다가 이듬해 돌아온 이후, 1650년부터 네 차례에 걸쳐 사은사(謝恩使)가 되어 청나라에 다녀왔다.

인헌왕후仁獻王后, 1578~1626   원종(元宗)의 비. 좌찬성 능안부원군(綾安府院君) 구사맹(具思孟)의 딸이며, 인조의 어머니이다. 1590년(선조 23) 선조의 다섯째아들인 정원군(定遠君)과 혼인해 연주군부인(連珠郡夫人)으로 봉해졌다가, 인조반정으로 인조가 즉위하자 부부인(府夫人)에 진봉(進封)되고 궁호(宮號)를 계운궁(啓運宮)이라 했다. 1632년(인조 10) 이조판서 이귀(李貴)의 주청으로 정원군이 원종으로 추존됨에 따라 인헌왕후로 추존되었다. 인조를 비롯해 능원대군(綾原大君)·능창대군(綾昌大君)을 낳았다.

일행一行, 683~727   당나라 때 승려. 성은 장씨(張氏), 본명은 수(遂). 위주(魏州) 창락(昌樂) 사람. 어려서부터 총명해 경사(經史)를 두루 섭렵했고, 역상(曆象)·음양(陰陽)·오행(五行)에 특히 정통했다. 출가해 불법을 익혔으며, 앞시대의 역법을 살펴 새로운 역법을 만들었다. 『대연력大衍曆』3권, 『섭조복장攝調伏藏』10권, 『천일태일경天一太一經』1권을 지었다. 대혜선사(大慧禪師)라는 시호가 내려졌다.

임영소林靈素   송나라의 도사. 도술을 잘 부렸다.

임제臨濟   임제의현(臨濟義玄, ?~867).

임제의현臨濟義玄, ?~867   임제종(臨濟宗)의 개조(開祖). 출가하여 경(經)·율(律)·논(論)을 익히고 황벽희운(黃檗希運)의 법을 이었다. 제자를 가르칠 때 갈(喝)의 방법을 사용해, 봉(棒)을 사용한 덕산선감(德山宣鑑)과 쌍벽을 이루어, '덕산의 봉, 임제의 갈'이라는 말이 유행했다. 선종 가운데 법손(法孫)이 가장 번창했다. 제자 혜연(慧然)이 엮은 『임제록臨濟錄』에 그의 언행이 실려 있다.

자고子固   증공(曾鞏, 1019~1083).

자공子貢, BC 520~BC 456   공자 문하의 십철(十哲) 가운데 한 사람. 춘추시대 위(衛)나라 사람으로, 성은 단목(端木)이고 이름은 사(賜). 일이관지(一以貫之)에 대해 공자는 자공에게 언급한 적이 있다. 『논어』「위영공衛靈公」에 그 기록이 있다. "공자가 말했다. '사(賜)야, 너는 내가 많이 배우고 그것을 기억하는 자라고 여기느냐?' 자공이 '그렇습니다. 아닙니까?'라고 반문하자, '아니다. 나는 일이관지(一以貫之)한다'라고 답하셨다(子曰: '賜也, 女以予爲多學而識之者與?' 對曰: '然, 非與?' 曰: '非也. 予 一以貫之')." 주희의『논어집주論語集註』를 보면, "사상채가 말하기를, '성인의 도가 커서 사람들이 두루 보고 알지 못하니, 당연히 많이 배우고 그것을 기억하는 것이라 여길 것이다(謝氏曰: '聖人之道, 大矣. 人不能遍觀而盡識, 宜其以爲多學而識之也')" 라고 했을 뿐, 자공에 대해서는 평가하지 않았다.

자규子糾   제나라 환공(桓公)의 이복동생. 환공의 형이라는 설도 있다.

자로子路, BC 543~BC 480   공자 문하의 십철(十哲) 가운데 한 사람. 성명은 중유(仲由)로, 변(卞, 지금의 산동성) 사람. 계손씨(季孫氏)에게 벼슬하였으므로 계로(季路)라고도 부른다. 자로는 그의 자. 공자보다 아홉 살 연하여서 제자들 중 가장 나이가 많았다. 무뢰한이었으나 공자의 훈계로 입문했다. 공자가 진후(陳后) 남자(南子)와 회견했을 때 분개했으며, 공자가 반란을 일으킨 자들을 두 번이나 섬기려 했을 때도 항의했다. 공자는 한 나라의 군대를 지휘할 수 있는 사람으로 자로를 추천했고, "자로 같은 사람은 제 명에 죽지 못할 것이다"라고 말하기도 했다. 기원전 481년 공자가 노(魯)나라에 돌아온 이후 자로는 염구(冉求)와 함께 계강자(季康子)의 가신(家臣)이 되었다. 이때 소주(小邾)의 대부 역(射)이 구역(句繹) 땅을 노나라에 병합시키는 대가로 자기에게 일정한 보장을 해달라고 제의했으나 자로는 맹약을 하지 않았다. 계강자(季康子)가 염구(冉求)를 보내 설득하자, 자로는 "만약 노나라가 소주와 전쟁을 한다면 나는 기꺼이 도성 아래서 죽을 용의도 있다. 그러나 저 사람은 소주의 반역자가 아닌가? 그를 정직한 사람으로 대접하는 일은 나로서는 못 하겠다"고 했다. 그 뒤 자로는 자고(子羔)를 데리고 위(衛)나라로 갔다. 그들은 모두 공자가 위나라에 있을 때 관계를 맺은 공씨(孔氏)의 가신이 되었는데, 반란이 일어나 공씨가 위난에 처하자 자고는 달아나며 자로에게도 그렇게 하라고 설득했다. 자로는 그들의 녹(祿)을 먹는 사람으로서 그들의 재난을 보고 도망갈 수 없다고 하여, 결국 주인을 구하려다 칼에 맞아 죽었다.

자방子房   장량(張良, ?~BC 168).

자양子陽   유엽(劉曄).

자운子雲   양웅(揚雄, BC 53~AD 18).

자유子游   공자 문하의 십철(十哲) 가운데 한 사람. 오(吳)나라 사람. 본명은 언언(言偃).

자장^{子張} 이름은 사(師). 공자 문하의 한 사람.

자첨^{子瞻} 소식(蘇軾, 1036~1101).

자하^{子夏} 공자 문하의 십철(十哲) 가운데 한 사람. 성명은 복상(卜商). 산서성
사람. 단, 이설도 있다. 공자가 죽은 뒤 위(衛)나라 문후(文侯)에게 초빙되어
스승이 되었으나 공자의 죽음을 슬퍼해 실명했다고 한다. 그의 학문은 시와
예에 통했으며, 공자의 『춘추』를 전해 『공양전公羊傳』과 『곡량전穀梁傳』의
원류(源流)를 이루었다. 증자(曾子)가 주관적 내면성을 존중한 것과 달리,
예(禮)의 객관적 형식을 존중했다.

장공근^{張公謹, 594~632} 당나라 때 위주(魏州) 번수(繁水) 사람. 자는 홍신(弘愼).
태종(太宗) 정관(貞觀) 원년(627)에 대주도독(代州都督)이 된 이후 정치의
득실을 말할 때마다 모두 받아들여졌다. 후에 이정(李靖)을 도와 돌궐(突厥)
을 경략하고 정양(定襄)을 정벌했으며 힐리(頡利)를 패배시켰고, 담국공(郯
國公)에 봉해졌다. 양주도독(襄州都督)으로 있으면서 은혜로운 정치를 펴서
명망이 높았다. 39세로 근무지에서 죽었다.

장광보^{張光輔, ?~689} 당나라 때 경조(京兆) 사람. 어려서부터 총명해 관리로서의
재간을 지녔다. 측천무후(則天武后)가 정권을 잡았을 때 문창우승(文昌右
丞)·봉각시랑(鳳閣侍郞)·납언(納言)·내사(內史) 등을 거쳤다. 뒤에 무고(誣
告)에 걸려 집안이 적몰(籍沒, 중죄인의 가산을 모두 몰수하던 일)되었다.

장구성^{張九成, 1091~1159} 송나라 때 전당(錢塘) 사람. 자는 자조(子詔), 자호는 횡
포거사(橫浦居士), 별호는 무구(無垢), 시호는 문충(文忠). 양시(楊時)의 제
자이면서 대혜종고(大慧宗杲) 선사에게 선을 배웠다. 경학(經學)에 주력하
면서 불학(佛學)을 배웠다. 저서에 『횡포집橫浦集』등이 있다. 횡포학파(橫
浦學派)의 선구가 되었다. 예부시랑으로 있을 때 승상 진회(秦檜)와 뜻이 맞
지 않아 귀양살이하면서 경의(經義, 경서의 뜻)를 해석했는데, "측은히 여기
는 마음은 인이 비롯되는 곳이다"라는 구절을 깊이 생각하다가 깨달은 바가
있어서 다음 게송(偈頌)을 지었다. "봄 하늘 달밤에 개구리 우는 소리를 듣
고, 건곤을 처부수어 한 일가가 되었도다. 바로 이러한 때를 뉘라서 알아들
을 것인가, 고갯마루에서 발이 채인 현사(玄沙)스님만 아시리(春天夜月一聲
蛙, 撞破乾坤共一家. 正恁魔時誰會得, 嶺頭脚痛有玄沙)."

장덕원^{張德遠} 장준(張浚, 1094~1164).

장도릉^{張道陵, 34~156} 한나라 말기의 도사(道士). 본래 뛰어난 도사를 천사(天師)
라 했는데 장도릉만 천사로 일컫게 되었고, 장도릉의 도교를 천사도(天師道)

라 했다. 강서성 용호산(龍虎山)에서 수련했으며, 그 자손이 대대로 용호산 상청궁(上淸宮)에 거처했다. 장천사의 후손들도 장천사라고 속칭했다.

장돈章惇 북송 철종(哲宗) 때의 권신. 자는 자후(子厚). 왕안석의 신법을 재시행하면서 이에 반대하는 원우당인(元祐黨人)들을 배척했다.

장량張良, ?~BC 168 진나라 말기부터 한나라 초까지 활동한 인물. 자는 자방(子房). 원래 한(韓)나라 사람으로 조상 대대로 한나라에서 재상을 지냈다. 한나라가 망한 후 가재를 팔아, 무게 120근을 던지는 장사를 얻어 박랑사(博浪沙, 지금의 하남도河南道 양무현陽武縣)에서 진시황에게 철퇴를 던지게 했으나 실패했다. 그 뒤 태공망(太公望, 여상呂尙)의 병법서를 얻어 공부하고 패공(沛公)이 일어나자 그를 따라 전략을 군막에서 세우고 눈에 보이지 않는 승기(勝機, 이길 기회)를 마련했다. 홍문(鴻門)의 모임에서 공을 세우고 항우를 무찔러 한나라 통일에 공을 세웠다. 소하(蕭何)·한신(韓信)과 함께 한나라 창업의 삼걸(三傑)이라 일컬어진다. 하지만 작은 고을인 유(留)를 봉지(封地)로 받았을 뿐이다. 또한 노자의 "공을 이루면 스스로 숨는 것이 하늘의 도(功邃身退天之道)"라는 가르침을 따라, 신농(神農) 때의 신선 적송자(赤松子)처럼 되고자 곡식을 먹지 않고 몸을 가볍게 하는 술법을 배웠다 한다. 『사기』 권55 「유후세가留侯世家」에 나온다.

장무張武 한나라 초기의 정치가. 대왕(代王)의 낭중령(郎中令)을 지냈다. 고조가 죽은 후 여후(呂后)가 세력을 잡고, 또 여씨가 반란을 일으켰을 때, 대왕에게 신중히 거동(擧動)하도록 건의했다.

장방창張邦昌, 1081~1127 송나라 때 금나라가 세운 괴뢰국의 황제. 동광(東光) 사람. 자는 자능(子能). 정강지변(靖康之變) 후 금나라는 송나라의 점령지에 괴뢰국을 세우고 금나라에 인질로 잡혀 있는 장방창을 황제로 즉위시켜 국호를 대초(大楚)라 하고는 황하 이남을 통치하도록 했다. 장방창은 맹후(孟后)를 송태후(宋太后)로 받들어 연복궁(延福宮)에 모시고 그 뜻에 따라 정사를 처리했으며, 다시 호순척(胡舜陟)과 마신(馬伸)의 건의에 따라 그녀의 호를 원우황후(元祐皇后)로 높이고 그녀에게 수렴청정을 하게 했다. 장방창은 남송의 고종이 즉위하자 동안군왕(同安郡王)에 봉해졌다가, 참위(僭位, 신분에 넘치는 임금 자리에 앉는 일)해서 궁정을 어지럽혔다는 죄목으로 사사되었다.

장방평張方平, 1007~1091 북송 때 응천(凝川) 사람. 자는 안도(安道), 호는 낙전거사(樂全居士), 시호는 문정(文定). 인종(仁宗) 때 관리가 되었다. 신종(神宗) 때 참지정사가 되어 왕안석의 신법을 반대했다.

장선張璿, 1477~1542   명나라 때 진주(晉州) 사람. 자는 중재(仲齋), 호는 항산(恒產). 정덕(正德) 3년(1508)의 진사로, 어사(御史)를 제수받고 산동(山東)을 순안(巡按, 순행巡行하고 안찰按察함)했으며, 유육(劉六)의 거사를 진압했다.

장소張昭, 156~236   손권(孫權)의 모사(謀士)로, 오나라의 건국공신. 팽성(彭城) 사람. 자는 자포(子布). 황건적의 난을 피해 강남으로 이주했다가 197년에 손책(孫策)이 원술(袁術)에게서 귀부할 때 주유(周瑜)의 추천으로 그의 막하에 들어가 무군중랑장(撫軍中郎將)이 되었다. 200년 손책의 유촉(遺囑, 죽은 뒤의 일을 부탁함)을 받은 그는 비탄에 잠긴 손권을 꾸짖어 상복을 군복으로 갈아입히고 전군을 순찰시켰다. 그후 주유 등과 협력해 손권을 잘 보필했다. 『춘추좌씨전해春秋左氏傳解』와 『논어주論語注』를 저술했다. 적벽대전을 앞두고는 신중론으로 조조에게 항복하자고 주장하다가 패했으나, 경솔한 정책을 간(諫)하는 등 바른말을 잘했다. 손권도 그를 높여 장공(張公)이라 불렀지 감히 이름을 부르지 못했으며, 그를 보오장군(輔吳將軍)에 임명하고 누후(婁侯)에 봉했다.

장손무기長孫無忌, ?~659   당나라 태종 때의 정치가. 문덕순성황후(文德順聖皇后)의 오빠. 626년 이건성(李建成)·이원길(李元吉)이 위징(魏徵) 등의 획책으로 이세민(李世民, 곧 뒷날의 태종)을 제거하려 하자, 방현령(房玄齡) 등과 함께 이세민에게 알려서 그들을 죽이게 했다. 이후 태종이 이치(李治)를 세자로 책봉하는 데 지대한 영향을 끼쳤다. 하지만 고종이 황후 왕씨(王氏)를 폐하고 소의무씨(昭儀武氏, 측천무후)를 들이려하자 반대하다가 검주(黔州)로 유배되었다.

장순張巡, 709~757   당나라 때 남양(南陽) 사람. 안녹산(安祿山)이 반란을 일으키자 현령으로서 상관의 항복 명령을 거절하고 의병을 일으켜 전공을 세웠으나, 후에 허원(許遠)과 함께 강회(江淮)의 수양성(首陽城)을 수비하다가 전사했다.

장식張栻, 1133~1180   남송 때의 학자. 주희(朱熹)의 친구. 자는 흠부(欽夫)·경부(敬夫), 호는 남헌(南軒). 장준(張浚)의 아들로 호굉(胡宏)에게 배웠다. 저서에 『남헌역설南軒易說』『계사논어해癸巳論語解』『남헌집南軒集』등이 있다. 『송사』권429에 입전되어 있다.

장오張敖, ?~BC 182   진나라 말, 초한 전쟁 때 조왕(趙王) 장이(張耳)의 아들. 유방(劉邦)의 장녀 노원공주(魯元公主)의 남편. 장이가 죽자, 유방은 장오를 조왕으로 세웠다.

장왕^{莊王} 춘추시대 초나라 왕. 춘추오패(春秋五覇)의 한 사람. 양자강 중류지역을 본거지로 삼은 초나라는 BC 7세기 중엽부터 북진정책을 추진했으며, 장왕의 시대에는 육혼(陸渾)의 융(戎)을 토벌한 여세를 몰아 낙양(洛陽) 근처에서 위세를 떨쳤다. 주왕(周王)의 사신 왕손만(王孫滿)에게 주나라 왕실의 정(鼎)의 경중(무게)을 물어 주나라 왕실이 얼마나 지속할 수 있겠느냐는 뜻을 내비쳤다. 그후 진(陳)·정(鄭) 등 오랜 전통을 지닌 나라들에게 압박을 가했으나 멸망시키지는 않았다. 정나라에 원군으로 출동한 진(晉)나라의 군대를 필(邲)에서 대파해 명성이 더욱 높아졌다.

장위공^{張魏公} 장준(張浚, 1094~1164).

장유^{張維, 1587~1638} 조선 중기의 문신. 본관은 덕수(德水). 자는 지국(持國), 호는 계곡(谿谷)·묵소(默所), 시호는 문충(文忠). 우의정 김상용(金尙容)의 사위, 효종 비 인선왕후(仁宣王后)의 아버지. 김장생(金長生)의 문인. 1612년 김직재(金直哉)의 무옥(誣獄)에 연루되어 파직되었고, 1623년 인조반정에 가담해 정사공신(靖社功臣) 2등에 녹훈되었다. 1624년 이괄(李适)의 난 때 왕을 공주로 호종(扈從)한 공으로 이듬해 신풍군(新豊君)에 봉해졌다. 1627년의 정묘호란 때 왕을 강화로 호종했으며, 1636년의 병자호란 때 최명길(崔鳴吉)과 더불어 강화론을 주장했다. 이듬해 예조판서를 거쳐 우의정에 임명되었으나 어머니의 부음으로 18차례 사직소를 올려 끝내 사퇴했고 장례 후 과로로 병사했다. 신풍부원군(新豊府院君)에 진봉(進封)되었으며, 영의정에 추증되었다. 이식은 그를 육왕학파(陸王學派)로 지적했으나, 송시열은 "문장이 뛰어나고 의리가 정자(程子)와 주자를 주로 했으므로 그와 더불어 비교할 만한 사람이 없다"고 했다. 천문·지리·의술·병서 등 각종 학문에 능통했고, 특히 서화와 문장에 뛰어나 이정구(李廷龜)·신흠(申欽)·이식(李植)과 더불어 사대가(四大家)라는 칭호를 얻었다. 많은 저서가 있었으나, 『계곡만필』『계곡집』『음부경주해陰符經註解』만 전한다.

장이^{張耳} 한나라 고조가 포의(布衣, 벼슬 없는 선비) 때 교유한 인물. 지략이 있어 처음에는 진섭(陳涉)을 따라다니다가 한나라 원년(BC 206)에 항우(項羽)를 따라 함곡관에 들어갔다. 항우는 조(趙)나라의 땅을 주어 그를 상산왕(常山王)으로 삼았다. 다음해 진여(陳餘)의 습격을 받아 나라를 잃고 유방에게 투항했다. 또 다음해 한신과 함께 조나라를 격파했으며, 진여와 조왕 헐(歇)을 베어 죽였다. 한나라 고조 4년(BC 203)에 조왕(趙王)이 되었다가 이듬해 가을에 죽자 그의 아들 장오(張敖)가 대신 조왕이 되었다. 장오는 고조 유방의 장녀 노원공주(魯元公主)를 아내로 맞이했다.

장자소張子韶　장구성(張九成, 1091~1159).

장재張載, 1020~1077　북송의 철학자. 자는 자후(子厚), 호는 횡거(橫渠).『예禮』를 숭상하고,『역易』을 종(宗),『중용中庸』을 체(體)로 삼았으며, 우주의 본체를 태허(太虛)라고 했다. 만물의 상이는 음양 이기가 서로 교류하는 정도의 차이에 따른다 했고, 만물은 모두 태허의 현상이므로 그 사이에 아무런 구별 없이 물아일체(物我一體, 외물外物과 자아自我 또는 객관과 주관이 하나가 됨)이며, 생사 또한 참〔眞〕의 생멸(生滅)이 아니라 집산에 불과하다고 주장했다. 저서로『정몽正蒙』『경학이굴經學理窟』『역설易說』등이 있다.

장저長沮**와 걸닉**桀溺　춘추시대의 은자들. 그들이 나란히 밭을 갈고 있을 때 공자가 그곳을 지나다 그들에게 나루터를 물었다.『논어』「미자微子」에 보면, 공자가 장저와 걸닉을 평해 "새 짐승과는 한무리를 이루고 살 수 없다. 나는 이 세상 사람의 무리와 함께하지 않고 달리 누구와 함께하겠는가? 천하에 도리가 행하고 있다면야 내가 세상을 변역(變易, 변하여 바꿈)시키려 하지 않을 것이다(鳥獸不可與同群. 吾非斯人之徒與, 而誰與? 天下有道, 丘不與易也)"라고 했다.

장주莊周　전국시대 사상가. 장자(莊子). 성은 장(莊), 이름은 주(周). 송(宋)의 몽읍(蒙邑, 지금의 하남성 상구商邱) 사람. 맹자와 거의 비슷한 시대에 활약한 것으로 전한다. 관영(官營)인 칠원(漆園)에서 일한 적도 있으나, 이후 평생 벼슬길에 들지 않았으며 10여 만 자에 이르는 저술을 완성했다. 초나라 위왕(威王)이 그를 재상으로 맞아들이려 했지만 사양했다. 저서인『장자』는 원래 52편이었다고 하는데, 현존하는 것은 진대(晉代)의 곽상(郭象)이 산수(刪修, 글의 자구를 깎고 다듬어 잘 정리함)한 33편이다. 그 내편이 원형에 가장 가깝다고 한다.

장준張浚, 1094~1164　남송 초기 주전파의 인물. 자는 덕원(德遠), 봉호(封號)는 위공(魏公). 실지(失地) 회복에 뜻을 두고, 금나라와 싸워 여러 차례 전공을 세워 그 공으로 위국공(魏國公)에 봉해졌다. 고종 때 천섬경서제로선무사(川陝京西諸路宣撫使)로서 금나라의 침입을 막았으나 여지(呂祉) 등을 임용해 실패했고, 주화파인 진회(秦檜)에게 몰려 영주(永州)로 좌천되었다. 효종(孝宗) 때 추밀사(樞密使)를 제수받고 강회(江淮)의 군사를 도독(都督)했다. 주희와 절친했던 남헌(南軒) 장식(張栻)은 그의 아들이다.『송사』권361에 입전되어 있다.

장형張衡　후한 때 하남성 남양(南陽) 사람. 낭중(郎中)과 상서시랑(尙書侍郞)을 역임했으며 14년간 태사령(大史令)으로 있었다.『초사楚辭』를 본뜬 칠언체

(七言體)로 왕을 풍간(諷諫)하는 「사수시四愁詩」 4수를 지었다. 10년 동안 정성을 들여 지은 「동경부東京賦」와 「서경부西京賦」, 그리고 『주역』의 해석서인 『주역훈고周易訓詁』 등이 유명하다. 개천설(蓋天說)과 혼천설(渾天說)의 두 설을 세심하게 분석하여 최종적으로 혼천설을 인정하는 한편, 선인들의 연구 성과에 기초해 혼천설을 수정했다.

장형張衡, ?~612   수나라 때 하내(河內) 사람. 자는 건평(建平). 양광(楊廣)을 위해 갖은 애를 다 쓴 후 양광이 양제(煬帝)가 되자 어사대부(御史大夫)에까지 올랐다. 이후 원망했다는 죄에 연루되어 집에서 사약을 받고 죽었다.

저수沮授   후한 때 광평(廣平) 사람. 지략이 있었으나 원소(袁紹)를 따라서, 원소가 조조(曹操)와 싸울 때 죽었다.

적송자赤松子   전설상의 신선. 신농(神農) 때의 우사(雨師, 비를 맡은 신). 수옥(水玉)을 차고 신농을 가르쳤으며, 불속에 들어가도 타지 않았다고 한다. 곤륜산(崑崙山)에 이르러 서왕모(西王母)의 석실(石室)에 들어갔고, 바람을 타고 내려왔다고 한다. 한나라 때의 장량도 그를 사모해 스스로 적송자를 따라 노닐고자 한다고 했다. 『한서』 「장량전張良傳」에 나온다.

적양翟讓, ?~617   수나라 때 동군(東郡) 위성(韋城) 사람.

적인걸狄仁傑, 630~700   당나라 때 태원(太原) 사람. 자는 회영(懷英). 명경과(明經科)를 거쳐 등용되어 고종·중종·예종 때 여러 관직을 역임하고 자사(刺史)에까지 이르렀다. 측천무후(則天武后) 때도 황실을 보호하며 무후가 무삼사(武三思)를 후계자로 세우는 것을 막고 당나라 왕조의 회복에 공을 세웠다.

전겸익錢謙益, 1582~1664   명나라 말기, 청나라 초기의 문학가. 자는 수지(受之), 호는 목재(牧齋)·동간유로(東澗遺老)·어초사(漁樵史)·우산종백(虞山宗伯), 만호(晩號)는 몽수(蒙叟), 상숙(常熟, 지금의 강소성) 사람. 만력(萬曆) 38년(1610)에 진사가 되고, 동림서원(東林書院)에서 강의했다. 숭정(崇禎) 연간(1628~1644) 초기에 예부시랑(禮部侍郎)이 되었으나 온체인(溫體人)과의 권력투쟁에 패해 관직에서 쫓겨났다. 청나라 병사가 남하하자 앞장서서 항복해 예부우시랑(禮部右侍郎)에 임명되어 비서원(秘書院)의 일을 관장했다. 명기(名妓) 유여시(柳如是)와 사랑하는 사이였는데, 명나라가 멸망한 후 유여시는 순절(殉絶, 충절이나 정절을 지켜 죽음)하기를 권했으나 전겸익은 따르지 않았다. 굴대균(屈大均)의 『남도사절제신전南都死節諸臣傳』에 그의 추악한 행적이 기록되어 있다. 그러나 청나라 조정에 들어가서도 신임을 받지 못했으므로, 고향으로 돌아가 유여시와 시를 주고받거나 고서(古書)를 교감하면서 일생을 보냈다. 시문(詩文)으로 큰 명성을 얻어 오위업(吳偉業)·공정자(龔鼎孳)와 함께 강좌삼대가(江左三大家)라고 일컬어졌다. 저서로『초학집初學集』117권과『유학집有學集』50권, 보유(補遺) 1권이 있으며『투필집投筆集』2권 등이 있다. 청나라 건륭제(乾隆帝)는 그의 변절을 문제삼아 일체의 저작을 훼금(毀禁)했다.

전류錢鏐 중국 오대 때 오월(吳越)의 개국왕(開國王). 임안(臨安) 사람. 자는 구미(具美). 어릴 때 소금을 팔면서 도둑질을 했다 한다. 후당(後唐) 건부(乾符) 때 황소(黃巢)를 격파하고 진해군절도사(鎭海軍節度使)가 되었다. 처음에는 오왕(吳王)에 봉해졌고, 천후(天後) 때에는 월왕(越王)이 되었다. 양태조(梁太祖)가 즉위하자 오월왕에 봉해졌으나, 이윽고 오월국왕이라 자칭했다.

전분田蚡, ?~BC 131 전한 때 내사(內史) 장릉(長陵) 사람. 제조랑(諸曹郎)으로 벼슬을 시작해 경제(景帝) 만년에 총애를 받았다. 무제(武帝)가 즉위하자 무안후(武安侯)에 봉해지고 태위에 제수되었으며, 후에 승상이 되었다. 건의하는 일마다 받아들여져 권세를 떨쳤다. 저택은 천하에서 제일 화려했고 첩은 100명을 헤아렸으며 소유한 전지(田地, 전답)가 매우 비옥했다. 출세하기 전에 두영(竇嬰)을 아버지의 예로써 섬겼는데, 출세하고 나서 두영이 권세를 잃자 일을 꾸며 두영과 관부(灌夫)를 죽였다. 얼마 지나지 않아 병으로 죽었다.

전욱顓頊 중국 고대 전설상의 임금으로, 황제(黃帝)의 손자라고 한다. 고양씨(高陽氏)라고도 한다.『산해경山海經』에 의하면 전욱은 죽은 뒤 다시 소생하는 신이라고 하며, 중(重)이라는 신에게 명해 하늘을 위로 밀어올리고 여(黎)라는 신에게 명해 지면을 낮추게 하여 하늘과 땅을 지금처럼 떨어지도록 했다고 한다. 역서(曆書)를 만들었다고도 전한다. 이 전욱력(顓頊曆)은 전국시대와 진(秦)나라 통일 이후 중국 전역에서 실행했는데, 매년 10월을 그해의 연초로 삼았다.

전횡田橫 진나라 말, 초한 전쟁 때 제(齊)나라 왕 전영(田榮)의 아우. 전영이 죽자 그 아들 전광(田廣)을 왕으로 삼고 스스로 상국(相國)이 되었다. 다시 전광이 한신(韓信)에게 포로로 잡히자 스스로 제나라 왕이 되었다.

정두경鄭斗卿, 1597~1673 조선 중기의 문인. 이항복(李恒福)의 문인. 자는 군평(君平), 호는 동명(東溟). 광해군 때는 포의로 있었고, 이항복의 문하생들이 1623년 인조반정을 일으키자 그도 출사했다. 다만, 조상 중에 명종 때의 권신 정순붕(鄭順朋)이 있었으므로 좌절을 겪었다. 병자호란을 맞게 되자 모친상을 이유로 출사하지 않다가 효종이 즉위하고 나서야 다시 관직에 나아갔다. 효종이 사랑했으나 문형(文衡, 조선시대 대제학의 별칭)의 위치에 오르지는 못했다. 뒷날 최석정(崔錫鼎)은「동명집서東溟集序」에서 정두경의 시를 다음같이 평했다. "우리나라 문체는 대략 세 가지 병이 있다. 그 기(氣)가 쇠잔하고 시들어서 떨치지 못한 것이요, 그 사(辭)가 비루하면서 우아하지 못한 것이요, 그 이(理)가 가늘고 잘아서 크게 온전하지 못한 것이다. 정두경 공의 경우는 그렇지 않아서 이미 뛰어나고 씩씩한 것을 주로 하여, 고작자(古作者)의 풍(風)으로 돌아갔다. 그리하여 문(文)은 요약됨이 부족한 듯 보이지만 옹졸함은 없고 시는 맛이 적은 듯 보이지만 평범함은 없어서, 한마디라도 쇠약하고 비루하고 가늘고 자잘한 병통에 관계된 것을 찾으려 해도 찾을 수 없다."

정문부鄭文孚, 1565~1624　조선 중기의 문신으로서 무공을 세운 인물. 본관은 해주(海州)로, 서울 사람. 자는 자허(子虛), 호는 농포(農圃), 시호는 충의(忠毅). 부사 정신(鄭愼)의 아들이다. 1585년(선조 18) 생원이 되고, 1588년 식년문과에 갑과로 급제해 한성부참군이 되었다. 1590년 사헌부지평으로 지제고를 겸했으며, 다음해 함경도 병마평사가 되었다. 1592년 행영(行營)에서 임진왜란을 맞았는데, 회령의 반민(叛民, 반란에 가담한 사람들) 국경인(鞠景仁)이 임해군(臨海君)·순화군(順和君) 두 왕자와 이들을 호종한 김귀영(金貴榮)·황정욱(黃廷彧)·황혁(黃赫) 등을 잡아 왜장 가토 기요마사(加藤淸正)에게 넘기고 항복하자, 최배천(崔配天)·이붕수(李鵬壽)와 의병을 일으킬 것을 의논하고 종성부사 정현룡(鄭見龍), 경원부사 오응태(吳應台), 각 진의 수장(守將)·조사(朝士, 조정 신하)들과 합세해 의병을 조직했다. 먼저 국경인·국세필(鞠世弼)을 참수하고, 이어서 명천·길주에 주둔한 왜적과 장덕산(長德山)에서 싸워 크게 이겼으며, 쌍포(雙浦) 전투와 이듬해 백탑교(白塔郊) 전투에서 대승해 관북 지방을 수복했다. 1615년 부총관에 임명되고 다시 병조참판에 임명되었으나 북인(北人)의 난정(亂政)을 통탄하여 나가지 않았다. 1623년 인조반정이 일어난 후 전주부윤이 되었다. 다음해 다시 부총관에 임명되었으나 병으로 부임하지 않고 있던 중 이괄(李适)의 난에 연루되어 고문을 받다가 죽었다. 후에 신원(伸寃, 원통한 일을 풂)되어 좌찬성에 추증되었다. 저서로『농포집農圃集』이 있다.

정사룡鄭士龍, 1491~1570　조선 중기의 문신. 자는 운경(雲卿), 호는 호음(湖陰). 시문과 음률에 뛰어나고 글씨도 잘 썼다. 문집에『호음잡고湖陰雜稿』가 있고, 저서로『조천일록朝天日錄』이 있다.

정원진程元振　당나라의 환관. 대종(代宗)을 옹립한 공로로 표기대장군(驃騎大將

軍)에 오르고 빈국공(邠國公)에 봉해졌다. 금위군(禁衛軍)을 총지휘하여 세력이 막강해지자, 부정과 비리를 자행했다. 그러던 중, 토번(吐蕃)·당항(黨項)의 침공을 받고 황제가 섬(陝) 지역으로 파천(播遷, 임금이 도성을 떠나 딴 곳으로 피란함)하게 되자, 그를 처단해야 한다는 여론이 일어나, 결국 삭탈관직(削奪官職, 죄지은 사람의 벼슬과 품계를 빼앗고 벼슬아치 명부에서 깎아버림)당하고 전리(田里, 향리)로 추방되었다. 그후 삼원(三原)에서 부인의 복장을 하고 장안(長安)으로 들어와 역모를 꾸미다 발각되어 유배 가는 도중에 죽었다.

정이程頤, 1033~1107   북송 때의 학자. 하남성(河南省) 낙양(洛陽) 사람. 자는 정숙(正叔), 호는 이천(伊川), 시호는 정공(正公). 이천백(伊川伯)에 봉해졌으므로 이천선생이라 존칭된다. 형 정호(程顥, 정명도程明道)와 함께 주돈이(周敦頤)에게 배웠고, 형과 아울러 이정자(二程子)라 불렸다. 정주학(程朱學)의 창시자이다. 철종(哲宗) 초기에 사마광(司馬光)·여공저(呂公著) 등의 추천으로 국자감교수가 되었고, 이어서 비서성교서랑(秘書省校書郎)·숭정전설서(崇政殿說書)로 발탁되었다. 그러나 왕안석(王安石)·소식(蘇軾) 등과 뜻이 맞지 않았고, 당화(黨禍, 당파싸움으로 말미암아 생기는 재앙과 피해)를 입어 사천성 부주(涪州)로 귀양 가기도 했다. 『역경』에 대한 연구가 특히 깊었고, 이기이원론(理氣二元論)을 수립했다. 저서에 『역전易傳』 4권이 있고, 『태극도설太極圖說』『태극도설해太極圖說解』를 남겼다. 공부 방법으로 형 정호는 정좌(靜坐, 마음을 가라앉히고 고요히 앉음)를 주장했으나, 그는 거경궁리(居敬窮理, 몸가짐을 경건하게 하고 사물의 이치를 궁구함)에 힘썼다. 그의 학설은 형의 학설과 함께 서필달(徐必達)의 『이정전서二程全書』에 수록되었다. 그의 전기는 주희(朱熹)가 지은 『이락연원록伊洛淵源錄』에 실려 있다.

정자程子   중국 북송의 철학자 정호·정이 형제. 이들 형제의 학설을 이정지학(二程之學)이라 하며 주희(朱熹)에게 영향을 주었다. 이정지학과 주자학을 합쳐 정주학(程朱學)이라 한다.

정자산鄭子産   춘추시대 정(鄭)나라 대부(大夫). 성명은 공손교(公孫僑). 자산은 그의 자. 『논어』「공야장公冶長」에 "공자께서 자산에 대해 말씀하셨다. 군자가 가져야 할 네 가지 도를 갖췄다. 그는 스스로 처신함이 공손하고 윗사람을 모심이 공경스러우며 백성을 돌봄이 은혜롭고 백성을 부림이 의로웠다(子謂子産有君子之道四焉. 其行己也恭, 其事上也敬, 其養民也惠, 其使民也義)"고 했다.

정주鄭注, ?~835　당나라 경종(敬宗) 때의 권력자. 태화(太和) 9년(835)에 재상 이훈(李訓)과 정주 등이 환관을 살해할 계책으로 금오청사(金吾廳事) 뒤 석류나무에 감로가 있다고 황제에게 말해, 황제가 가서 그것을 볼 때 환관들이 수행하면 현장에서 제거하려고 복병을 두었다. 그러나 그 사건의 전말이 탄로가 나서 이훈·정주·왕애(王涯) 등이 피살되고 말았다. 감로(甘露)의 사변이라고 한다.

정지상鄭知常, ?~1135　고려 전기의 문신·시인. 본관은 서경(西京), 처음 이름은 지원(之元). 호는 남호(南湖). 1114년의 문과에 급제했다. 1127년에 좌정언(左正言)으로서 척준경(拓俊京)을 탄핵해 유배를 갔고, 1129년 좌사간(左司諫)으로서 시정(時政, 당대의 정사)에 관한 소를 올렸다. 음양비술(陰陽秘術)을 믿어서 묘청(妙清)·백수한(白壽翰) 등과 아울러 삼성(三聖)이라는 칭호를 받았다. 서울을 서경으로 옮기고 금나라를 정벌하며 고려의 군주도 황제를 칭해야 한다고 주장했다. 1130년에 지제고(知制誥)로서 「산재기山齋記」를 지었으며, 뒤에 기거랑(起居郎)이 되었다. 1135년 묘청의 난이 일어나자 이와 관련된 혐의로 김부식(金富軾)에게 참살되었다. 저서로는 『정사간집鄭司諫集』이 있었다지만 전하지 않는다.

정철鄭澈, 1536~1593　조선 중기의 문인·정치가. 본관은 연일(延日), 자는 계함(季涵). 돈녕부판관 정유침(鄭惟沈)의 아들. 임억령(林億齡)에게 시를, 김인후(金麟厚)·송순(宋純)·기대승(奇大升)에게 학문을 배웠으며, 이이(李珥)·성혼(成渾)·송익필(宋翼弼) 같은 유학자들과 친교를 맺었다. 1561년(명종 16) 26세에 진사시 1등을 했고, 이듬해 별시문과에 장원급제했다. 40세인 1575년(선조 8) 벼슬을 버리고 고향으로 돌아갔다. 그 뒤 승지로 있을 때 진도군수 이수(李銖)의 뇌물사건에 연좌되어 동인(東人)의 탄핵을 받아 다시 고향으로 돌아갔다. 임진왜란이 일어나자 귀양에서 풀려나 평양에서 왕을 맞이하고 의주까지 호종. 왜군이 아직 평양 이남을 점령하고 있을 때 경기도·충청도·전라도의 체찰사(體察使, 지방에 군란이 있을 때 그 지방에 가서 일반 군무를 총찰하던 군직)를 지내고, 다음해 사은사(謝恩使)로 명나라에 다녀왔다. 그러나 동인의 모함으로 사직하고 강화의 송정촌(松亭村)에 우거(寓居)하다가 58세로 죽었다. 작품으로는 「관동별곡」 「사미인곡」 「속미인곡」 「성산별곡」 등 4편의 가사와 시조 107수가 전한다. 저서로 시문집인 『송강집松江集』과 가사집인 『송강가사松江歌辭』가 있다.

정충신鄭忠信, 1576~1636　조선 선조·광해군 때의 무인. 본관은 금성(錦城), 자는 가행(可行), 호는 만운(晚雲), 시호는 충무(忠武). 1592년(선조 25) 임진왜란 때 권율(權慄)의 휘하에서 종군하던 중 그의 장계(狀啓, 지방의 관원이 글로 써서 올리던 보고)를 가지고 의주(義州)에 갔다가 이항복(李恒福)의 눈에 들어, 그의 주선으로 학문을 익혔다. 그해 무과에 급제한 뒤 1621년(광해군 13) 만포첨사(滿浦僉使)로 국경을 수비하고, 1623년(인조 1) 안주목사 겸 방어사가 되었다. 이듬해 이괄의 난 때 전부대장(前部大將)으로 황주(黃州)와 서울 안현(鞍峴)에서 싸워 이겨 진무공신(振武功臣) 1등에 책록(冊錄)되어 금남군(錦南君)에 봉해졌다. 이어 평안도병마절도사 겸 영변대도호부사(寧邊大都護府使)가 되었다. 천문·지리·복서(卜筮)·의술 등 다방면에 해박하고, 또 청렴하기로도 이름이 높았다. 광주(光州)의 경렬사(景烈祠)에 배향되었다. 저서로『만운집晩雲集』『백사북천일록白沙北遷日錄』『금남집錦南集』등이 있다.

정호程顥, 1032~1085　송나라 때 낙양(洛陽) 사람. 자는 백순(伯淳). 세상에서 명도선생(明道先生)이라 불렸다. 동생 정이(程頤)와 함께 이정(二程)이라 일컬어졌다.

정회丁會, ?~910　중국 오대 때 수춘(壽春) 사람. 자는 도은(道隱). 처음에는 황소(黃巢)를 따르다가 주온(朱溫)에게 발탁되었다. 이후 진(晉)나라 왕 이극용(李克用)에게 투항했다. 이존훈(李存勛)의 뒤를 이어 도초토사(都招討使)가 되었다.

제갈공명諸葛孔明　제갈량(諸葛亮, 181~234).

제갈량諸葛亮, 181~234　촉한(蜀漢)의 재상으로, 낭야군(琅邪郡) 양도현(陽都縣, 지금의 산동성 기수현沂水縣) 사람. 자는 공명(孔明), 시호는 충무(忠武). 어릴 때 아버지와 사별해 형주(荊州)에서 숙부의 손에서 자랐다. 207년 유비(劉備)에게 삼고초려(三顧草廬)의 예로써 초빙되어 천하삼분지계(天下三分之計)를 진언(進言, 윗사람에게 자기 의견을 말함)하고 군신수어지교(君臣水魚之交, 물과 물고기의 관계처럼 떨어질 수 없는 임금과 신하의 교분)를 맺었다. 208년, 오나라의 손권(孫權)과 연합해 조조(曹操)의 대군을 적벽(赤壁)에서 대파하고, 형주·익주(益州)를 점령함으로써 유비의 영역을 확장시켰다. 221년(장무章武 원년) 한나라의 멸망을 계기로 유비가 제위에 오르자 재상이 되었다. 유비가 죽은 후 어린 후주(後主) 유선(劉禪)을 보필해 오나라와 연합하고 위(魏)나라에 대항했다. 생산을 장려해 민치(民治)를 꾀하고, 운남(雲南)으로 진출하는 등 촉(蜀) 땅의 경영에 힘썼으나 국세가 기울어가는 가운데, 위나라 장군 사마의(司馬懿)와 오장원(五丈原)에서 대진(對陣)하고 있다가 병으로 죽었다. 위나라와 싸우러 출진(出陣)할 때 올린「전출사표前出師表」와「후출사표後出師表」는 천고(千古)의 명문이라 일컬어졌다. 『삼국지』에 입전되어 있다.

제남濟南 이반룡(李攀龍, 1514~1570).

제왕濟王 **횡**竑 남송 때 기왕(沂王) 조병(趙柄)의 아들로, 이름은 귀화(貴和). 가정(嘉定) 14년(1221) 6월에 태자가 된 후 이름을 횡으로 바꾸었다.

제을帝乙 은나라 주(紂)왕의 아버지.

제환齊桓**과 진문**晉文 춘추시대 제나라 환공(桓公)과 진(晉)나라 문공(文公). 춘추오패(春秋五霸) 가운데 국력이 막강한데도 허약한 주(周)나라 황실을 잘 받들었다고 일컬어지는 제후들.

조계曹溪 제6조 혜능(慧能).

조군언祖君彦, ?~618 수나라 때 범양(范陽) 추(遒) 사람. 양제(煬帝)의 대업(大業) 연간(605~617)에 동도서좌(東都書佐)가 되었다. 이후 이밀(李密)에게 귀의해 기실(記室, 기록·문격文檄 등을 담당하는 관리)이 되었다. 이밀이 수 양제의 10대 죄악을 낱낱이 열거하여 꾸짖은 격문은 조군언이 지은 것이라 한다. 이밀이 왕세충(王世充)에게 패했을 때 그도 함께 피살되었다.

조맹덕曹孟德 조조(曹操, 155~220).

조변趙抃, 1008~1084 북송 때 서안(西安) 사람. 자는 열도(閱道), 시호는 청헌(淸獻). 인종(仁宗) 때 진사가 되었다. 철면어사(鐵面御史)라고 일컬어졌다. 신법에 반대했다.

조보趙普, 922~992 북송 건국 시기의 정치가. 천진시(天津市) 계현(薊縣) 사람으로, 후에 낙양(洛陽)으로 이사했다. 자는 칙평(則平), 시호는 충헌(忠獻). 후주(後周) 때 조광윤(趙匡胤, 송나라 태조)의 막료가 되어 서기를 맡았고, 진교(陳橋)의 병변(兵變, 병란)을 계획해 후주로부터 정권을 빼앗는 데 기여했다. 송나라가 세워진 뒤 우간의대부(右諫議大夫)가 되고 추밀사(樞密使) 등을 거쳐 964년에 재상이 되었다. 북송 초기 각종 중대한 법령의 제정에 참여해 숙위(宿衛)와 절진(節鎭)의 병권을 없애고 문신이 주(州)를 다스리게 했으며 모든 주에 전운사(轉運使)와 통판(通判)을 두어 정권과 재정이 중앙으로 집중되게 했다. 태조 말년에는 총애를 잃고 하양삼성절도사(河陽三城節度使)로 나갔다.

조비曹丕, 187~226 중국 삼국시대 위(魏)나라의 초대 황제. 조조(曹操)의 둘째아들. 자는 자환(子桓), 시호는 문제(文帝). 조조는 한나라의 헌제(獻帝)를 옹립하고 화북(華北)을 평정하되 제위에 오르지 않았으나, 조비는 헌제에게서 양위받는 형식으로 황제가 되어 도읍을 낙양(洛陽)에 두고, 국호를 위(魏)

라 했다. 즉위 후 한나라의 제도를 개혁하고 구품관인법(九品官人法)을 시행해 국력을 증강시켜 오나라 및 촉한(蜀漢)과 대항했다. 동생 조식(曹植)과 함께 당대의 유수한 문인(文人)으로 명성이 높았고, 문학을 장려하는 한편 『전론典論』『시부詩賦』 등 100여 편을 저술했다.

조사연^{趙師淵, 1165~1173} 송나라 종실로서 황암(黃巖) 사람. 자는 기도(幾道), 호는 눌재(訥齋). 건도(乾道) 연간(1165~1173)의 진사이다. 스승 주희(朱熹)와 함께 『통감강목通鑑綱目』을 논의하고 교주(校註)했다. 곧 주희가 범례를 만들고, 이에 따라 조사연이 전편을 작성했다. 영해군추관(寧海軍推官)을 거쳐 승상(丞相)을 역임했다. 조여우(趙汝遇)가 직사관(職事官)에 천거했으나, 참소로 벼슬에서 물러났다. 10여 년 뒤 태상승(太常丞)이 되었다.

조삼^{曹參} 조참으로도 읽는다.

조식^{曹植, 192~232} 중국 삼국시대 위(魏)나라의 시인으로, 안휘성(安徽省) 사람. 자는 자건(子建), 시호는 사(思). 마지막 봉지(封地)가 진(陳)이었으므로 진사왕(陳思王)이라고 부른다. 위나라 무제 조조(曹操)의 셋째아들이며, 문제 조비(曹丕)의 아우이다. 그 세 사람을 삼조(三曹)라 하며, 건안문학(建安文學)의 대표로 꼽는다. 「증백마왕표·7수贈白馬王彪七首」「기부시棄婦詩」「칠애시七哀詩」 등과 「낙신부洛神賦」「유사부幽思賦」 등이 유명하다. 문집으로 『조자건집曹子建集』 10권이 있다. 그의 작품은 『문선文選』『옥대신영집玉臺新詠集』 등에 많이 수록되어 있다.

조여거^{趙與莒, 1205~1264} 남송의 제5대 황제. 『송사』 권41 본기(本紀) 제41 「이종理宗」에는 본명이 조윤(趙昀)으로 나온다. 태조의 10대손. 조윤은 왕의 종실이지만 평민으로 태어났다. 재상 사미원(史彌遠)과 황후 양씨(楊氏)는 태자 조횡(趙竑)을 폐위하고, 조윤을 제위에 올렸다. 조횡을 폐위한 것에 불만을 품은 충의군(忠義軍)이 1225년에 반란을 일으켜, 조횡을 황제로 추대했다. 조윤과 사미원은 조횡을 조정에서 쫓아내더니 마침내 그를 죽였다. 조횡이 죽은 후, 조윤에 대한 조정과 백성들의 불만은 더욱 커졌다.

조여우^{趙汝愚, 1140~1196} 남송 때의 정치가. 자는 자직(子直). 효종(孝宗) 때 이부상서(吏部尙書)가 되었으며, 1194년에 한탁주(韓侂冑)와 함께 영종(寧宗)을 옹립하는 데 공을 세워 우승상(右丞相)이 되었다. 주희(朱熹)를 천거하기도 했다. 하지만 재상 한탁주의 모함으로 조정에서 쫓겨났다가 유배지 영주(永州)에서 죽었다. 저서로는 『송조실록거요宋祖實錄擧要』『독행사실篤行事實』『송명신주의宋名臣奏議』가 있다.

조예^{曹睿} 위(魏)나라 명제(明帝, 205~239). 자는 원중(元仲). 문제(文帝)의 아

636

들로, 아버지의 유언에 따른 조진(曹眞)·조휴(曹休)·사마의(司馬懿)·진군(陳群) 등이 보필했다. 즉위 초에 오(吳)·촉(蜀)나라가 연합해 공략해오자, 사마의 등 무장을 파견하고 자신도 참전해 오나라를 격퇴했다. 그러나 만년에는 사치에 빠졌다. 그가 죽자 양자로 삼은 제왕(齊王) 방(芳)을 보필한 자들의 내분으로 사마의가 실권을 쥐었다. 『삼국지』「위서魏書」 참조.

조운趙雲　중국 삼국시대 촉한(蜀漢)의 장수. 상산(常山) 진정(眞正) 사람. 자는 자룡(子龍). 선주 유비(劉備)가 장판(長板)에서 조조의 군대에 패했을 때 선주의 감부인(甘夫人)과 후주(後主)를 구했고, 선주를 도와 성도(成都)를 취했다.

조익趙翼, 1579~1655　조선 중기의 문신. 본관은 풍양(淵壤), 자는 비경(飛卿), 호는 포저(浦渚)·존재(存齋). 오위도총부 부총관 조안국(趙安國)의 증손으로, 할아버지는 현령 간(侃)이고, 아버지는 중추부첨지사 영중(瑩中)이다. 어머니는 찬성 윤근수(尹根壽)의 딸이다. 장현광(張顯光)·윤근수의 문인이다. 저서로 『곤지록困知錄』『중용주해中庸註解』『대학주해大學註解』『서경천설書經淺說』 등이 있고, 문집으로 『포저집』 35권 18책이 전한다. 한국경학자료집성(성균관대 대동문화연구원)에 『맹자천설孟子淺說』이 수록되어 있으나 본문에 인용된 『맹자』「만장萬章」은 누락되어 있다.

조자룡趙子龍　조운(趙雲).

조적祖逖　진(晉)나라 범양(范陽) 사람. 자는 사치(士稚). 절의를 지킨 사람으로 유명하고, 여러 번 석륵(石勒)의 군사를 격파한 공이 있다. 조적은 유곤(劉琨)과 경쟁하는 처지였는데, 다시 유곤과 함께 사주주부(司州主簿)에 임명되었다는 소식을 듣고 매우 경계했다고 한다.

조정趙鼎　남송 초기의 재상. 시호는 충간(忠簡). 장준(張浚)을 재상에 천거해 그와 협심해서, 실지(失地)를 회복하고자 노력했다. 후에 진회(秦檜)의 화의론(和議論)에 반대하다가 영남(嶺南)으로 좌천되자 곡기를 끊고 죽었다. 저서에 『충정덕문집忠正德文集』이 있다.

조정지趙挺之, 1040~1107　남송 때 밀주(密州) 제성(諸城) 사람. 자는 정보(正夫), 시호는 청헌(淸憲). 원우(元祐) 연간(1086~1093)에 축출되었다가 채경(蔡京)이 재상이 된 뒤 그의 추천으로 상서우복야(尙書右僕射)에 제수되었다. 그러나 훗날 채경의 간악함을 고발하며 그와 다투었다.

조조曹操, 155~220　후한 말 패국(沛國)의 초(譙) 땅 사람. 자는 맹덕(孟德), 시호는 무황제(武皇帝). 환관 양자의 아들로, 황건적(黃巾賊)의 난을 평정해 공을 세우고, 헌제(獻帝)를 옹립하고 나서 권세를 휘둘렀다. 화북(華北)을 평정한 후 남하를 꾀했는데, 208년 손권(孫權)·유비(劉備)의 연합군과 적벽(赤壁)에서 싸워 대패해 세력이 강남(江南)에는 미치지 못했다. 216년 위왕(魏王)의 자리에 올라 실권은 잡았으나 스스로 제위에 오르지 않았고, 220년 정월 낙양(洛陽)에서 죽었다. 시부(詩賦)의 재능이 뛰어나, 건안문학(建安文學)을 일으켰다. 『삼국지』 「위서」 참조.

조참曹參 초한 전쟁과 전한 초기의 정치가. 조삼으로도 읽는다. 한나라 고조와 같은 패(沛) 땅 사람으로, 소하(蕭何)와 함께 병사를 일으켜 고조를 도와 천하를 평정하고, 건성후(建成侯)·평양후(平陽侯)로 봉해졌다가 제(齊)나라 재상이 되었다. 소하가 죽자 그를 이어 정승이 되었는데, 한결같이 소하의 법을 준수해서 백성을 번거롭게 하지 않았다. 『사기』 권54 「소상국세가蕭相國世家」, 『한서』 권39 「조삼열전曹參列傳」 참조.

조한曹翰, 924~992 북송 때 대명(大名) 사람. 시호는 무의(武毅). 송나라 태조 조광윤을 따라 택(澤)·노(潞)를 정벌하고 강남을 평정해 계주관찰사(桂州觀察使)가 되었다. 태종 때는 태원(太原)과 유주(幽州)를 정벌하는 데 공을 세웠다. 좌천우위상장군(左千牛衛上將軍)을 지냈다.

종밀宗密, 780~840 화엄종(華嚴宗) 제5조. 속성은 하(何), 시호는 정혜(定慧). 규봉대사(圭峰大師)라 칭했다. 28세에 도원선사(道圓禪師)를 따라 출가했고, 후에 화엄종 제4조 청량징관(淸凉澄觀)에게 배우고 『화엄경』을 공부했다. 또 스스로 선종(禪宗)의 일파인 하택선(荷澤禪)의 법계(法系)를 이어 받았다고 한다. 중국의 불교경전인 『원각경圓覺經』을 주석하고 세상에 반포한 공적이 크다. 「선원제전집도서禪源諸詮集都序」를 지어 교선(敎禪, 교종과 선종) 일치설을 주장했다. 또 「원인론原人論」에서는 유교·도교를 불교의 입장에서 정의해 삼교일치설을 전개했다. 그의 사상은 송학(宋學, 중국 송나라의 유학)의 원류가 되었다. 한편 화엄종은 그의 후계자가 없어 제5조로 법통이 끊겼다.

종영從榮, ?~933 중국 오대 때 후당(後唐) 명종(明宗)의 둘째아들. 천성(天成) 원년(926)에 천웅군절도사(天雄軍節度使)에 제수되었다. 장흥(長興) 원년(930)에 하남윤(河南尹) 겸 판육군제위사(判六軍諸衛事)에 제수되었고, 뒤에 진왕(秦王)에 봉해졌다. 유학을 좋아하고 시를 배워, 1000수의 시를 남겨 『자부집紫府集』이라고 했다. 그러나 사람됨이 경망하고 소인들을 임용했다. 장흥 4년(933)에 명종의 병세가 위독하자 종영은 명종이 이미 승하한 줄 알고, 자신은 인망(人望)이 부족해 후계자가 되지 못하리라 여겨 군사를 이끌고 궁실로 쳐들어갔지만 실패해 서인으로 강등되었다.

좌자左慈 후한 때 여강(廬江) 사람. 자는 원방(元放). 젊어서 천주산(天柱山)에서 『단경丹經』을 얻어 육갑신술(六甲神術)에 밝았다. 후한 말기에 조조(曹操)의 연회에 참석해 동반(銅盤) 물에서 송강(松江)의 노어(鱸魚)를 낚았다. 조조가 죽이려 하자 벽 속으로 들어가고, 양성산(羊城山)에서 다시 죽이려 하자 양으로 변해 양떼 속으로 들어갔다고 한다. 『후한서』 권112 하 「신선전神仙傳」에 입전되어 있다.

주紂 중국 고대 은나라 최후의 왕. 하(夏)나라의 걸왕(桀王)과 함께 걸주(桀紂)로 병칭되는 악덕천자(惡德天子). 본명은 제신(帝辛) 또는 수(受). 주(紂)는 무도한 군주에게 주어지는 시호이다. 『사기史記』에 따르면 그가 포학한 정치를 하자 백성들과 제후들의 마음이 주(周)나라 문왕(文王)에게로 쏠렸다고 한다. BC 1100년경 문왕의 아들 무왕(武王)은 제후들과 군사를 일으켜 은나라를 멸망시켰다.

주공周公 주나라 왕조를 세운 문왕의 아들이며 무왕의 동생. 이름은 단(旦). 무왕의 뒤를 이어 어린 성왕(成王)이 제위에 오르자 섭정했다. 은족(殷族)의 대표자 무경(武庚)·녹보(祿父), 그리고 주공의 동생 관숙(管叔)·채숙(蔡叔) 등이 반란을 일으키자, 소공(召公)의 협조를 받아 동방으로 원정(遠征)해 하남성 낙양(洛陽) 부근 낙읍(洛邑, 성주成周)에 진(鎭)을 두었다. 이후 은나라 옛 지역인 상구(商丘)에 주왕(紂王)의 형 미자계(微子啓)를 봉해 송(宋)나라라 칭하고, 아들 백금(伯禽)을 노(魯, 곡부曲阜)에 봉건(封建)하는 등 봉건제(封建制)를 실시했다. 『주례周禮』는 그의 저술이라고 전한다.

주광정朱光庭 북송 때 학자. 자는 공엄(公掞). 정호(程顥)와 정이(程頤)에게 학문을 배웠다. 원우(元祐) 연간(1086~1094)에 급간(給諫)을 지냈다.

주덕위周德威, ?~919 중국 오대 때 후당(後唐)의 장수. 삭주(朔州) 마읍(馬邑, 지금의 산서성) 사람. 자는 진원(鎭遠), 어릴 때의 이름은 양오(陽五). 당나라 말기에 이극용(李克用)의 기장(騎將)이 되고, 철림군사(鐵林軍使)에 올랐다. 이극용을 따라 왕행유(王行瑜)를 격파하고 검교좌복야(檢校左僕射)·아내지휘사(衙內指揮使)에 승진되었다. 이존욱(李存勖)을 따라 후량(後梁)의 병사를 여러 차례 격파했으며, 유수광(劉守光) 부자를 유주(幽州)에서 잡아 유주(幽州)·노룡(盧龍) 절도사가 되었다. 후량의 마지막 황제 때 호류파(胡柳陂)의 전쟁에서 이존욱(李存勖)이 적을 경솔히 대하는 바람에 전사했다.

주돈이周敦頤, 1017~1073 북송 때 유학자. 도주(道州, 지금의 호남성 도영현道營縣) 사람. 자는 무숙(茂叔), 호는 염계(濂溪). 지방관으로서 활동한 후 만년에는 여산(廬山)의 염계서당(濂溪書堂)에 은퇴했기 때문에 문인들이 염계선생이라 불렸다. 북송의 사마광(司馬光)·왕안석(王安石)과 같은 시대의 인물이다. 도가사상의 영향을 받고 새로운 유교이론을 창시했다. 즉 우주의 근원인 태극(太極)인 무극(無極)에서 만물이 생성하는 과정을 도해해 태극도(太極圖)를 그리고, 태극에서 음양의 이기가 나오며, 음양 이기에서 오행(五行), 오행에서 남녀, 남녀에서 만물이 나오는 순서로 세계가 구성되었다고 논했다. 그런데 인간만이 중정(中正, 과불급이나 치우침이 없이 곧고 올바름)과 인의(仁義)의 도를 지키고 마음을 성실하게 하여 성인이 될 수 있다고 강조했다. 저서에 『태극도설太極圖說』과 『통서通書』가 있다. 주돈이가 정호(程顥)·정이(程頤) 형제를 가르쳤기 때문에 주희는 그를 도학(道學)의 개조(開祖)라고 칭했다.

주무제周武帝　북주(北周)의 제(帝) 우문옹(宇文邕). 북주 효민제(孝閔帝)와 명제(明帝)의 뒤를 이은 세번째 황제로, 18년간(561~578) 재위했다. 건덕(建德) 6년(577)에 북제(北齊)를 멸망시킨 이후, 멸불(滅佛) 정책을 원래의 북제(北齊) 영토까지 확대 실시했으나 이듬해 악질에 걸려 죽었다.

주발周勃, ?~BC 169　전한의 명신. 강소성 패현(沛縣) 사람. 시호는 무후(武侯). 고조를 섬겨 천하 평정의 공을 세우고, 고향의 호유후(戶牖侯)에 봉해졌다가 뒤에 곡역후(曲逆侯)로 개봉(改封)되었다. 혜제(惠帝)와 문제(文帝)를 섬겨 조참(曹參)이 죽은 후 좌승상(左丞相)에 오르고 강후(絳侯)에 봉해졌다. 여후(呂后)가 죽은 직후 진평(陳平)과 함께 여씨의 난을 평정해 한나라 황실의 안녕을 도모했다.

주세종周世宗, 921~959　중국 오대 때 후주(後周)의 황제. 본명은 시영(柴榮). 곽위(郭威)의 아내인 시후(柴后)의 조카로, 이후 양아들로 들어와 성을 곽(郭)으로 고쳤다. 곽위가 후주를 건립한 이후 진왕(晉王)에 봉해졌다가 즉위했다.

주염계周濂溪　주돈이(周敦頤, 1017~1073).

주영소朱令昭　청나라 산동(山東) 역성(歷城) 사람. 자는 차공(次公), 호는 칠원(漆園), 별호는 유마거사(維摩居士). 저서로 『민유집閩游集』 『빙학시초冰壑詩鈔』가 있다.

주우규朱友珪, ?~913　중국 오대 때 후량(後梁)의 태조 주온(朱溫)의 아들. 자는 요희(遙喜). 태조가 병들어 주우문(朱友文)을 즉위시키려 하자, 태조와 주우문을 죽이고 즉위했다. 즉위한 지 8개월 뒤 원상선(袁象先)이 금병(禁兵, 궁궐 내 숙위병)으로 토벌하니 자살했다.

주원장朱元璋, 1328~1398　명나라를 건국한 시조. 묘호는 태조(太祖)이고, 재위 연호에 따라 홍무제(洪武帝)라고 한다. 호주(濠州, 지금의 안휘성 봉양현鳳陽縣)의 빈농 출신으로, 17세에 고아가 되어 탁발승으로 지내다가 홍건적(紅巾賊)의 부장 곽자흥(郭子興)의 부하가 되면서 두각을 나타내어 원나라 강남(江南)의 거점인 남경(南京)을 점령했다. 그 뒤 각지의 군웅들을 모두 굴복시켜 명나라를 세우고 연호를 홍무(洪武)라 했다. 동시에 북벌군을 일으켜 원나라를 몽골로 몰아내고 중국 통일을 완성했다.

주유周瑜, 175~210　중국 삼국시대 오(吳)나라의 명장. 여강(廬江) 서현(舒縣) 사람. 자는 공근(公瑾). 손견(孫堅)의 아들 손책(孫策)과 동갑이었기 때문에 형제처럼 지냈다. 손견을 섬기다가 손견이 죽은 후 손책을 섬겨 양자강 하류 지방을 평정했다. 손책이 죽은 후에는 그의 동생 손권(孫權)을 섬겼다. 조조(曹操)가 화북(華北)을 평정하고 강동(江東)을 위협하자, 촉나라 제갈량과 함께 적벽(赤壁)에서 위나라 군사를 대파했다. 그후 촉한의 유비(劉備)가 형주(荊州)에 세력을 확대할 것을 염려해 사천(四川) 지방을 공략해야 한다고 진언했으나 그 계획이 실행되기 전에 병으로 죽었다. 주유가 대도독(大都督)이 되어 조조와 대치할 때, 조조가 유세객으로 보낸 장간(蔣幹)에게 창고를 보여주면서 군량이 많음을 과시했다.『자치통감資治通鑑』권66에 나온다.

주자朱子　주희(朱熹, 1130~1200).

주전충朱全忠, 852~912　중국 오대 때 후량(後梁)을 개국한 제왕. 본명은 주온(朱溫). 안휘성 사람. 당나라 희종(僖宗) 때 황소(黃巢)의 난에 참가해 부장(部將)이 되었으나, 882년 형세의 불리함을 간파하고 관군에 항복해 당나라 희종(僖宗)으로부터 전충(全忠)이라는 이름을 하사받았다. 그 뒤 황소 및 진종권(秦宗權)을 공격해 격퇴하고 동평군왕(東平郡王)에 봉해졌고, 이극용(李克用)을 방어하고 선무절도사(宣武節度使)가 되었으며, 병사를 거느리고 환관들을 죽여 양(梁)나라에 봉해졌다. 그후 당나라 소종(昭宗)을 살해한 뒤 애제(哀帝)를 세우고, 다시 907년에 애제로부터 제위를 물려받아 양(梁)나라를 세우고 개봉(開封)을 수도로 정함으로써 당나라 왕조를 멸망시켰다. 그러나 세력 범위는 화북 일부에 한정되었다. 이후 50년에 걸쳐 오대십국이 분쟁했는데, 주전충은 즉위 후 6년 만에 아들 주우규(朱友珪)에게 살해되었다.

주희朱熹, 1130~1200　남송의 대학자. 복건성 우계(尤溪) 사람. 자는 원회(元晦)·중회(仲晦), 호는 회암(晦庵)·회옹(晦翁)·운곡산인(雲谷山人)·창주병수(滄洲病叟)·둔옹(遯翁). 어려서 불교와 노자의 학문에 흥미를 가졌으나, 24세 때 연평(延平) 이동(李侗)을 사숙(私淑, 직접 가르침을 안 받으나 스스로 그 사람의 덕을 사모하고 본받아서 도나 학문을 닦음)하면서 유학의 정통을 계승했다. 강우(講友)로는 남헌(南軒) 장식(張栻)과 동래(東萊) 여조겸(呂祖謙)이 있으며, 논적(論敵)으로는 상산(象山) 육구연(陸九淵)이 있었다. 19세에 진사시에 급제해 71세에 생애를 마칠 때까지 여러 관직을 거쳤으나, 9년 정도만 현직에 근무했다. 46세까지는 북송의 염계(濂溪) 주돈이(周敦頤)·횡거(橫渠) 장재(張載)·명도(明道) 정호(程顥)·이천(伊川) 정이(程頤)의 저서를 교정하고『논어』와『맹자』를 연구했다. 이 시기에『근사록近思錄』을 엮었다. 그 뒤 육상산 형제와 아호사(鵝湖寺)에서 강론하면서 도학(道學)의 입장을 분명히 했다. 이 시기에『논맹집주혹문論孟集註或問』『시집전詩集傳』『주역본의周易本義』『역학계몽易學啓蒙』『효경간오孝經刊誤』『소학서小學書』『대학장구大學章句』『중용장구中庸章句』등을 저술했다. 61세 이후에는『석전예의釋奠禮儀』『맹자요로孟子要路』『예서禮書: 의례경전통해儀禮經傳通解』『한문고이韓文考異』『서전書傳』『초사집주후어변증楚辭集註後語辨證』을 저술했다. 만년에는 권신 한탁주(韓侂胄)의 미움을 사서 박해를 받았으나, 죽은 뒤 학문을 인정받아 '문공(文公)'의 시호가 내리고 태사(太師)·휘국공(徽國公)을 추증(追贈)받았다. 막내아들 주재(朱在)가 편찬한『주문공문집朱文公文集』(100권, 속집 11권, 별집 10권), 여정덕(黎靖德)이 편찬한『주자어류朱子語類』(140권)가 있다.

중경仲卿   왕장(王章).

중종中宗 재위 683~684, 705~710   당나라 제4대 황제. 이름은 현(顯). 고종의 일곱째 아들로, 측천무후(則天武后)가 어머니이다.

증공曾鞏, 1019~1083   북송의 문인. 자는 자고(子固). 세상에서는 남풍선생(南豊先生)이라 부른다. 당송팔대가의 한 사람으로, 소식(蘇軾)과 같은 해에 진사가 되었다. 문장에서 끈기 있는 의론을 내세우는 것이 그의 특색이다. 오랜 지방관 생활 끝에 60세가 지나서 중앙 관직인 사관수찬(史館修撰)·중서사인(中書舍人)에 올랐다. 저서에는 고금의 전각(篆刻)을 모은『금석록金石錄』500권과 시문집『원풍유고元豊遺藁』가 있다.

증삼曾參, BC 505~BC 436   춘추시대 산동성 사람. 자는 자여(子輿). 증점(曾點)의 아들. 증참이라 읽기도 한다. 공자의 고제(高弟)로 효심이 두텁고 내성궁행(內省躬行)에 힘썼으며, 노(魯)나라에서 교육에 주력했다.『논어』전편을 통해 여러 번 증자(曾子)라고 경칭(敬稱)되고 있다. 정이(程頤)는『논어』가 유약(有若)과 증삼의 문인들에 의해 이루어졌기 때문에 이 두 사람에게 자(子)의 칭호를 붙였다고 주장했다. 증자는 공자의 일이관지(一以貫之) 사상을 충서(忠恕)로 인식하고 이 도를 다시 공급(孔伋)에게 전했으며 공급은 맹자에게 전했는데, 이것이 공문(孔門)의 정전(正傳)이라고 일컬어진다. 또 증자는 효(孝)를 우주에 가득 찬 원리라고 보아 효를 공자의 인(仁)에 가까운 것으로 해석했다. 『효경孝經』의 작자라고 전해진다.

증자曾子　증삼(曾參).

지봉芝峯　이수광(李睟光, 1563~1628).

직稷　후직(后稷). 주(周)나라의 시조.

진고령陳古靈　진양(陳襄, 1017~1080).

진공晉公　배도(裵度, 765~839).

진관陳瓘, 1057 또는 1060~1124　북송 때 남검주(南劍州) 사람. 호는 요옹(了翁), 시호는 충숙(忠肅). 신종(神宗) 때 진사시에 급제했다. 태학박사(太學博士)가 되었을 때 채변(蔡卞)이 『자치통감資治通鑑』의 판목을 훼손하려 하자 제지했다. 휘종(徽宗)이 등극하자 좌사마(左司馬)가 되어 채변과 장돈(章惇)의 죄를 힐난했다.

진군거陳君擧　진부량(陳傅良, 1141~1207).

진동보陳同父　진량(陳亮, 1143~1194).

진량陳亮, 1143~1194　남송의 철학가·문학가. 무주(婺州) 영강(永康, 지금의 질강성 금화金華 영강시永康市) 사람인데, 강릉(江陵)에서 살았다. 자는 동보(同甫). 세상에서는 용천선생(龍川先生)이라 일컫는다. 광종(光宗) 때 진사시에 급제했다. 애국심을 지니고 경세치용(經世治用)을 주장한 학자로서, 영강학파의 대학자이다. 주희와는 천리와 인욕, 의(義)와 이(利), 왕도(王道)와 패도(覇道)에 대해 견해 차이가 있었다. 저서에 『용천문집龍川文集』 30권, 『용천사龍川詞』 4권이 있다.

진부량陳傅良, 1141~1207　북송 때의 학자. 자는 군거(君擧), 호는 지재(止齋). 정자(程子)의 문인. 저서에 『시해고詩解詁』『주례설朱禮說』 등이 있다.

진사도陳師道, 1053~1101　북송 때의 시인. 자는 무기(無己), 호는 후산거사(後山居士). 황정견(黃庭堅) 등과 강서시파(江西詩派)를 형성했다. 서곤체(西崑體)의 사조(詞藻)를 반대하고 수경(瘦硬)과 기굴(奇崛)의 풍격을 추구했으며 요체(拗體)를 좋아해 난삽한 흠이 있었다.

진사왕陳思王　조식(曹植, 192~232).

진상陳相　전국시대 초나라 진량(陳良)의 제자. 스승을 배반하고 허행(許行)의 말과 행동을 듣고 따랐다. 진량은 북방에서 주공(周公)과 공자의 학문을 받들었거늘 진상은 농사지어 생활하기를 고집한 허행의 행동을 좇았으므로 맹자는 이에 대한 반론을 제기했다. 『맹자』「등문공滕文公·상」'신농지언자허행(神農之言者許行)'에 나온다.

진수^{陳壽, 233~297} 서진(西晉)의 역사가. 파서군(巴西郡) 안한현(安漢縣) 사람. 삼국시대 촉나라에서 관각영사(觀閣令史)가 되었다. 환관 황호(黃皓) 등이 전횡(專橫, 권세를 혼자 쥐고 마음대로 함)했으나 굴복하지 않으므로 누차 견출(譴黜)되었고, 촉나라가 망한 후 오랫동안 침체돼 있었다. 그때 진(晉)나라 사공(司空)인 장화(張華)가 그의 재주를 아껴 후원해서 효렴(孝廉)으로 좌저작랑(佐著作郎)에 제수되어 양평령(陽平令)에 임명되었다. 『촉상제갈량집蜀相諸葛亮集』을 편찬하고 이를 상주(上奏)해 저작랑(著作郎)에 제수되었고, 마침내 『삼국지三國志』65편을 편찬해 이름을 떨쳤다.

진숙달^{陳叔達, ?~635} 당나라 초기의 정치가. 자는 자총(子聰). 수나라에서는 벼슬하지 못하고 당나라에 귀순한 뒤 황문시랑(黃門侍郎)·시중(侍中)을 제수받고 강국공(江國公)에 봉해졌다. 어머니가 병들어 목이 마를 때면 포도를 먹고 싶어했으므로 진숙달은 왕이 내린 음식상에 놓인 포도를 먹지 않았다. 당나라 고조가 그 까닭을 듣고 곧 효성을 칭찬하며 포도를 주었다고 한다.

진양^{陳襄, 1017~1080} 북송 때 복주(福州) 후관(候官) 사람. 자는 술고(述古), 호는 고령(古靈). 청묘법(青苗法, 빈농을 구제하기 위해 정부가 저리의 자금을 융통해주는 제도)을 논해 왕안석을 귀양 보내려 하다가 오히려 폄직(貶職, 벼슬이 떨어지거나 면직을 당함)되었다. 옛사람들의 언행을 본받고 가는 곳마다 학교를 세웠으며 민간의 이익을 강구했다. 저서에 『역의易義』와 『중용의中庸義』가 있다. 『언행귀감言行龜鑑』「덕행문德行門」에 보면, 그의 감화로 "아무리 허탄하고 당돌하며 방자하고 오만해서 통솔할 수 없는 자라도 그의 문에서는 감히 예법을 어기지 못했다(雖有誕突恣傲不可率者, 不敢失禮於其門)"라고 했다.

진여의^{陳與義, 1090~1138} 북송과 남송의 교체기에 활동한 뛰어난 시인. 자는 거비(去非), 호는 간재(簡齋). 두보(杜甫)를 추존했으므로 시의 풍격이 두보와 유사하되, 시의 구조보다 조밀한 서정에 치중했다. 저서로 『간재시집簡齋詩集』30권이 전한다.

진평^{陳平, ?~BC 178} 한나라 초기의 하남성 난고현(蘭考縣) 양무(陽武) 사람. 시호는 헌(獻). 어려서 황로(黃老, 황제黃帝와 노자를 아울러 일컫는 말)의 학문을 좋아했다. 처음에는 항우(項羽)를 섬겨 신무군(信武君)이 되었으나, 후에 유방(劉邦)을 섬겨 도위(都尉)에 봉해졌다. 이어 호군중위(護軍中尉)가 되어 거듭 기묘한 계책을 써서 한나라 통일에 공을 세우고, 고향의 호유후(戶

屩侯)에 임명되었으며, 곡역후(曲逆侯)로 승진했다. 혜제(惠帝) 때는 우승상(右丞相)으로 있다가 상국(相國) 조삼(曹參)이 죽은 뒤 좌승상(左丞相)이 되어, 주발(周勃)과 함께 여씨(呂氏)의 난을 미연에 진압하고 문제(文帝)를 옹립했다. 문제 때 승상에 올랐다. 『사기史記』 권56 열전에 입전되어 있다.

진홍지陳弘志**와 유극명**劉克明   중당(中唐) 때의 환관들이다. 진홍지는 820년에 제11대 황제 헌종(憲宗, 778~820)을 살해했고, 유극명은 826년에 제13대 황제 경종(敬宗, 825~826)을 시해했다. 『구당서舊唐書』 권15 본기(本紀) 「헌종憲宗」에 "이날 저녁, 상이 태명궁 중화전에서 돌아가셨다. 향년은 43세이다. 이때 갑자기 돌아가셨으므로 모두들 말하기를, 내관 진홍지가 시역(弑逆, 부모나 임금을 죽임)했는데, 사관이 감추어서 적지 않았다고 했다(是夕, 上崩於大明宮之中和殿, 享年四十三. 時以暴崩, 皆言內官陳弘志弑逆, 史氏諱而不書)"라고 했고, 『구당서』 권36 지(志) 「천문天文」 하에 "12월 8일 밤, 경종이 내관 유극명에게 시해되었다. 강왕(絳王)이 즉위했는데, 추밀사 왕수징(王守澄) 등이 강왕을 살해하고 문종을 세웠다(十二月八日夜, 敬宗爲內官劉克明所弑, 立絳王. 樞密使王守澄等殺絳王, 立文宗)"라고 했다.

진후주陳後主   중국 남북조 시대 진(陳)의 마지막 황제인 제5대 황제. 선제(宣帝)의 장남 진숙보(陳叔寶). 자는 원수(元秀), 어릴 때의 이름은 황노(黃奴), 시호는 양(煬). 주색에 빠져 정사를 돌보지 않고, 임춘(臨春)·결기(結綺)·망선(望仙)의 세 누각을 세워 날마다 비빈(妃嬪) 압객(狎客)과 주연하면서, 시를 짓고 증답(贈答, 서로 주고받음)했다. 그 가운데 가장 염려(艶麗)한 것을 취해 사곡(詞曲)으로 만들어 「옥수후정화玉樹後庭花」와 「임춘악臨春樂」 등을 지었다. 요이(妖異)가 자주 나타나자 스스로 불노(佛奴)가 되어 기도했으며, 수나라 군사가 들이닥쳐도 기악(妓樂)을 연주했다. 수나라 장수 한금호(韓擒虎)가 주작문(朱雀門)에 들어오자 공비(孔妃)·장비(張妃)와 함께 연지정(胭脂井)에 숨었다가 붙잡혀 장안(長安)으로 끌려갔으며, 수나라 문제로부터 예우를 받다가 낙양에서 죽었다. 장성현공(長城縣公)에 추봉(追封)되었다. 『진서陳書』와 『남사南史』에 자세한 기록이 있다.

차천로車天輅, 1556~1615   조선 중기의 문인이자 서경덕(徐敬德)의 문인. 자는 복원(復元), 호는 오산(五山)·난우(蘭嵎)·귤실(橘室)·청묘거사(淸妙居士). 선조 연간에 명나라로 보내는 외교문서를 작성하거나 중국 사신과의 창화(唱和)를 담당했다. 그의 시는 한호(韓濩)의 글씨, 최립(崔岦)의 문장과 함께 송도삼절(松都三絶)로 불렸다. 문집에 『오산집五山集』이 있다.

창랑滄浪 엄우(嚴羽, 1197?~1253?).

창읍왕昌邑王, ?~BC 59 한나라 무제의 손자 유하(劉賀). 소제(昭帝)가 죽자 곽광(霍光)이 그를 맞아들여 즉위시켰으나, 즉위 27일 만에 음란하다 하여 폐위시켰다. 선제(宣帝) 때에 해혼후(海昏侯)에 봉해졌다.

채원정蔡元定, 1135~1198 남송 때 건주(建州) 건양(建陽) 사람. 자는 계통(季通), 호는 서산(西山). 채발(蔡發)의 아들. 어려서 아버지에게 학문을 배운 후 주희(朱熹)를 스승으로 섬겼다. 심계조(沈繼祖) 등이 상소를 올려 주희를 공격할 때 연루되어 1197년 도주(道州)로 유배되었다가 이듬해 사망했다.

채유후蔡裕後, 1599~1660 조선 중기의 문신. 본관은 평강(平康), 자는 백창(伯昌), 호는 호주(湖洲), 시호는 문혜(文惠). 17세에 생원시에 급제하고, 1623년(인조 원년) 개시문과(改試文科)에 장원한 뒤 사가독서(賜暇讀書)를 했다. 1636년 병자호란 때 집의(執義)로서 왕을 호종했다. 김류(金瑬) 등의 강화 천도 주장을 반대하고, 주화론(主和論) 편에 섰다. 1641년 광해군이 제주(濟州)에서 죽자 호상(護喪, 초상 일을 주장하여 보살핌)을 맡아보았다. 효종이 즉위한 뒤 대제학으로서 『인조실록仁祖實錄』과 『선조개수실록宣祖改修實錄』 편찬에 참여했다. 좌부빈객(左副賓客)을 거쳐 1660년(현종 1) 이조판서를 지냈다. 작품으로는 시조 2수가 있고, 문집으로는 『호주집湖洲集』이 전한다.

채침蔡沈, 1167~1230 남송 때 건양(建陽, 지금의 복건성) 사람. 자는 중묵(仲默). 채원정(蔡元定)의 아들. 어려서 주희에게 배웠으며 30세에 이르러 과거공부를 포기하고 이학(理學)에만 전념했다. 구봉(九峯)에 은거했으므로 구봉선생이라고도 한다. 채원정이 홍범(洪範)의 수(數)에 관한 자신의 학설을 완성시키라고 유언하자, 『황극경세서皇極經世書』를 완성했다. 경원(慶元) 5년(1199) 겨울에 주희가 『서경書經』의 전(傳)을 채침에게 부탁하자, 이후 『금문상서今文尙書』와 『고문상서古文尙書』를 모두 대상으로 삼아 연찬해서 가정(嘉定) 2년(1209)에 『서집전書集傳』을 이루었다. 『송사』에 입전되어 있다. 명나라 때 문정(文正)이라는 시호가 내렸다.

채확蔡確, 1038~1093 북송 때 진강(晉江, 지금의 복건성) 사람. 자는 지정(持正). 원풍(元豊) 연간(1078~1085)에 상서우복야(尙書右僕射) 겸 중서시랑(中書侍郎)을 지냈다. 후에 신주(新州)에 위리안치되었다가 죽었다.

천개소문泉蓋蘇文 연개소문(淵蓋蘇文, ?~666). 중국에서 당나라 고조 이연(李淵)의 '淵' 자를 피하기 위해 '泉'으로 썼다. 또한 개금(蓋金)이나 개소문(蓋蘇文)이라고도 부른다.

천을天乙 은나라를 창건한 왕. 이름은 이(履)·천을(天乙)·태을(太乙). 자는 탕이며, 성탕(成湯)이라고도 한다.

철종哲宗, 1076~1100 　북송 제7대 황제의 묘호. 신종(神宗)의 여섯째아들로, 이름은 조후(趙煦)이다. 즉위할 때 나이가 어려 태황태후 고씨(高氏)가 수렴청정했다. 후에 친정(親政)을 하면서 사마광(司馬光)과 여공저(呂公著)를 등용하고 왕안석(王安石)의 신법을 파하고 장돈(章惇)·채확(蔡確) 등을 폄적시켰다. 15년의 재위 중에 원우(元祐)·소성(紹聖)·원부(元符) 등 3개의 연호를 사용했다.

최경창崔慶昌, 1539~1583 　조선 중기의 시인. 자는 가운(嘉運), 호는 고죽(孤竹). 박순(朴淳)의 문인으로, 1568년(선조 1)에 문과에 급제했지만 관직에 연연하지 않고 시서화(詩書畫)에 전념했다. 허균(許筠)은 『학산초담鶴山樵談』에서 그의 시를 청경(淸勁)하다고 논평했다.

최광원崔光遠 　당나라 때의 인물. 안녹산(安祿山)·사사명(史思明)의 난으로 현종이 피난 갈 당시 경조윤(京兆尹)이었는데, 안녹산의 부름에 응하지 않았다. 위북(渭北)에서 교민(僑民)들을 모아 반란군이 취한 틈을 타 2000명을 죽이고 1000필의 말을 빼앗았기 때문에 도적들이 오히려 그를 피해 다녔다. 예부상서(禮部尙書)와 검남절도사(劍南節度使)를 지냈다. 면주(緜州)의 부사(副使) 단자장(段子璋)이 반란을 일으켰을 때 이를 토벌했다.

최돈시崔敦詩 　남송 때의 정치가. 자는 태아(太雅). 최돈례(崔敦禮)의 아우. 소흥(紹興) 연간(1131~1162)에 진사가 되었고, 관직은 시구직학사원(侍講直學士院)에 이르렀다. 강직하기로 이름났다.

최립崔岦, 1539~1612 　조선 선조·광해군 때의 문신. 자는 입지(立之), 호는 간이(簡易)·동고(東皐). 이이(李珥)의 문인. 1555년(명종 10) 진사, 1561년 식년문과에 장원급제했다. 여러 외직을 거쳐 1577년(선조 10) 주청사(奏請使)의 질정관(質正官)으로 명나라에 다녀왔다. 1584년 호군(護軍)으로 이문정시(吏文庭試)에서 장원을 했고, 1592년 공주목사, 1593년 전주부윤 등을 지냈다. 1594년 주청부사로 명나라에 다녀왔으며 1595년 판결사(判決事) 등을 거쳐 형조참판에 이르러 사직하고, 평양에 은거했다. 문장에 뛰어나 차천로(車天輅)의 시, 한호(韓濩)의 글씨와 함께 송도삼절이라고 일컬어졌다. 문집으로는 『간이집簡易集』이 있고, 『주역본의구결부설周易本義口訣附說』『한사열전초漢史列傳抄』『십가근체十家近體』를 엮었다.

최명길崔鳴吉 1586~1647 　조선 중기의 문신. 본관은 전주(全州), 영흥부사 최기남(崔起南)의 아들이다. 자는 자겸(子謙), 호는 지천(遲川), 시호는 문충(文忠). 이항복(李恒福)과 신흠(申欽)에게 배웠고 조익(趙翼)·장유(張維)·이시백(李時白)과 교유했다. 김류(金瑬)·이귀(李貴) 등과 뜻을 합해 인조반정을 성공시켰으며, 그 공으로 참의(參議)에 오르고 1등공신이 되고 완성군(完城君)에 봉해졌다. 정묘호란 때 주화론(主和論)을 주장했다. 1636년에는 이조판서에 다시 올라 병자호란 때 강화를 주관했다. 난중의 일처리로 인조의 깊은 신임을 받음으로써 1637년 우의정과 좌의정을 거쳐 이듬해에는 영의정에 올라, 개혁을 추진하면서 국정을 주도했다. 일찍 사이가 벌어진 김류·김자점(金自點)과의 세력 다툼으로 1640년에 일단 물러났다가 2년 후 다시 영의정이 되었다. 임경업(林慶業)을 통해 승려 독보(獨步)를 명나라에 보내 비공식적 외교관계를 유지한 일이 발각되어 1643년 청나라에 끌려가 심양(瀋陽) 감옥에 수감되었다가 1645년에 풀려났다. 저서로는 목판본『지천집遲川集』19권 외에 문중 소장 필사본 속집 4권, 유집 4권이 전한다. 그 밖에『경서기의經書記疑』등이 있다.

최치원崔致遠　신라 때의 문신. 자는 고운(孤雲). 신라 경문왕 때 당나라에 유학해 빈공과(賓貢科)에 급제해 문명을 떨쳤고, 고병(高騈)의 종사관으로「토황소격문討黃巢檄文」을 대신 써주었다. 신라에 귀국해서 내직과 외직을 두루 거쳤으나 육두품(六頭品)으로서 정치적 이상을 이루지는 못했다. 고려 현종 때 문창후(文昌侯)로 추증되고 문묘에 배향되었다.

최호崔浩, ?~450　북위(北魏)의 인물. 유학·사학·천문·술수(術數) 등에 재능이 많아 태조 도무제(道武帝)로부터 인정받아 약관의 나이에 직랑(直郎)에 임명되었으며, 세조(世祖) 태무제(太武帝) 때인 429년에 사직(史職)에 임명되어 국사 편찬의 총책임을 맡았다. 한인(漢人) 귀족의 세력을 믿고 화이사상(華夷思想, 중국 민족이 스스로를 중화로 존중하고 주변의 다른 민족을 이적夷狄으로 천시하던 사상)을 근거로 국사에 북위 조상들의 불명예스러운 사실을 기록하고 이를 비석에 새겨 세움으로써 선비족의 분노를 샀다. 그 결과 그를 비롯한 최씨 일족은 물론, 그와 인척관계에 있었던 범양(范陽) 노씨(盧氏)·태원(太原) 곽씨(郭氏)·하동(河東) 유씨(柳氏) 등 화북의 명문 귀족 128명이 태무제에게 주살(誅殺)되었다.

최후상崔後尙, 1631~1680　조선 중기의 문신. 본관은 전주(全州). 자는 주경(周卿). 영의정 최명길(崔鳴吉)의 아들이다. 1654년(효종 5) 진사시에 급제하고, 1664년(현종 5) 춘당대 정시문과에 병과로 급제했다. 승문원에 선발되었다가 예문관 검열을 거쳐 홍문관 응교에 이르렀다. 홍문관 부제학에 추증되었다. 최석정(崔錫鼎, 1646~1715, 처음 이름은 석만錫萬)의 양아버지이다. 최석정은 한성부 좌윤 최후량(崔後亮)의 아들인데, 최후상에게 입양되었다.

최석정은 남구만(南九萬)·박세채(朴世采)의 문인이다. 『서포집』 권1에 「최주경이 영남의 막부로 가는 것을 전송하며送崔周卿佐幕嶺南(名後尙)」라는 제목의 오언고시가 있다.

추양鄒陽 　전한 때 제(齊)나라 임치(臨淄) 사람. 경제(景帝) 때의 유세객(遊說客)이다. 처음에 오왕(吳王) 유비(劉濞)를 좇아 문장으로 명성이 있었다. 오왕이 모반하려 할 때 글을 올려 모반하지 말라고 간했으나 받아들여지지 않자, 장기(莊忌)·매승(枚乘)과 함께 양효왕(梁孝王)의 식객이 되었다. 『한서』 「예문지藝文志」에 그의 문장 7편을 수록했는데, 「상오왕서上吳王書」 「옥중상양왕서獄中上梁王書」가 전한다. 양나라에서 양승(羊勝)·공손궤(公孫詭)의 참소로 감옥에 갇히자 양효왕에게 억울함을 호소한 글이 「옥중상양왕서」이다.

추연鄒衍 　전국시대 제나라 임치(臨淄) 사람. 연나라 소왕(昭王)이 그를 스승으로 받들어 갈석궁(碣石宮)을 지어주었는데 소왕이 죽은 후 혜왕(惠王)은 참소하는 말을 믿고 그를 옥에 가두었다. 그러자 여름인데도 서리가 내렸고 땅이 얼어 오곡이 자라지 않았다. 추연이 피리를 불어 그것을 따뜻하게 하니, 벼와 기장이 무럭무럭 자랐다고 한다. 『열자列子』 「탕문湯問」, 『한비자韓非子』 「식사飾邪」, 『법언法言』 「오백五百」 등에 나온다. 『사기』에 따르면, 추연은 천상(天象, 천체의 현상)을 말하는데 그 변론이 굉원박대(宏遠博大)했다. 음양오행설을 주창, 자연과 인사에 관한 모든 사상을 음양과 오행상승의 원리로 설명했다. 오행의 성쇠원리로 역사의 추이와 미래를 예견할 수 있다는 오덕종시설(五德終始說)을 주장했다. 『사기』 권74에 입전되어 있다.

충사도种師道 　북송 말기의 정치가. 흠종(欽宗) 때 지모(智謀)와 병법에 능했던 인물. 금나라 군대가 침입할 때 그의 힘으로 민심을 안정시키고 적을 물리쳤다.

충선忠宣 　범순인(范純仁).

칠자七子 　후한 말기의 건안칠자(建安七子). 유정(劉楨)을 비롯해서 공융(公融)·진림(陳琳)·왕찬(王粲)·서간(徐幹)·완우(阮瑀)·응창(應瑒) 등이다.

탁자卓子 　진(晉)나라 왕자. 해제(奚齊)와 함께 이극(里克)에게 살해당했다.

탕약망湯若望, Johann Adam Schall von Bell, 1591~1666 　독일의 예수회 선교사로 중국 이름이 탕약망이다. 청나라 제3대 황제 순치제(順治帝, 1638~1661)의 조언자였다. 1622년 중국에 도착했으며, 유럽에서 천문학을 배운 관계로 중국에서 서양의 천문학 서적을 번역하고 중국 역법을 개혁하는 중요한 관직에 임명되었다.

태공太公**과 양저**穰苴   태공망(太公望) 여상(呂尙)과 사마양저(司馬穰苴). 양저는 춘추시대 제나라 사람으로 성은 전(田)이다. 출신이 미천했으나 병법에 밝아 대사마(大司馬)가 되었고 병서(兵書)를 남겼다.

태무제太武帝, 408~452   북위(北魏)의 제3대 황제(재위 423~452). 본명 척발도(拓跋燾). 선비족으로, 자는 불리(佛貍). 묘호는 세조(世祖). 명원제(明元帝)의 맏아들. 즉위한 후 최호(崔浩) 등의 한인(漢人)들을 등용했다. 외몽고의 유연(柔然)을 쳐서 큰 타격을 준 뒤, 하(夏)·북연(北燕)을 멸망시켜 화북을 통일시켰다. 또 동서 교통의 요지인 감숙성(甘肅省) 지방을 확보해 사마르칸트·페르가나 등 서역에서 입공(入貢, 조공을 바침)하는 나라가 20여 개국에 이르렀다. 도교를 숭상하고 불교를 탄압해 446년 조서를 내려 사탑불상을 파기하고 승려를 갱살(坑殺, 구덩이에 묻어 죽임)했다. 452년에 환관 종애(宗愛)에게 시해당했다.

태백泰伯   주(周)나라 태왕(太王)의 맏아들. 태백(太伯)으로도 쓴다. 그의 동생으로 우중(虞仲)과 계력(季歷)이 있었는데, 태왕이 계력의 아들 창(昌, 훗날의 문왕)이 뛰어난 인품을 지니고 있음을 보고 계력에게 왕위를 넘겨주려 했다. 당시에는 장자 상속제였기 때문에 계력이 왕위에 오르는 것은 불가능했으나 태백과 우중이 태왕의 뜻을 알고 형만(荊蠻) 땅으로 떠났다. 사마천의 『사기』 권4 「주본기周本紀」에 나온다.

태사공太史公   사마천(司馬遷, BC 145~BC 86?).

태왕太王   주(周)나라의 시조. 고공단보(古公亶父). 기산(岐山)으로 도읍을 옮겨 나라 이름을 주라 하고 제후국으로서의 기틀을 갖추었다. 『사기』 권4 「주본기」 참조.

태전太顚, 732~824   당나라 헌종 때의 승려. 정원(貞元) 6년(790)에 조주(潮州) 영산(靈山)에 은거했다. 한유(韓愈)도 조주(潮州)에 폄적(貶謫)되었을 때, 그와 만나고 서신도 교환했다. 「여맹간상서서與孟簡尙書書」에서 한유는 자신이 이단을 배척하고 유학의 정통을 지키는 입장을 다음과 같이 밝힌 바 있다. "선생님의 편지를 받아보니 어떤 사람이 제게 근래에 불교를 약간 받들게 되었다 하더라고 말씀하신 것은 그릇된 말입니다. 조주에 있을 때 한 늙은 중이 있어 호를 태전(太顚)이라 했는데, 자못 총명하고 도리를 잘 알고 있었습니다. 먼 객지에 더불어 이야기할 만한 사람도 없었던 터라 산에서 조주 외성으로 오도록 초청해 수십 일 동안 머물게 한 일이 있었습니다. 실로 육체는 도외시하고 이치를 스스로 내세움으로써 다른 일이나 물건의 침란(侵亂)을 받지 않았고, 그와 더불어 이야기할 때 비록 모든 것을 이해하지는 못했으나 요컨대 가슴속에 걸리고 막히는 것이 없었으니 얻기 어려운 상대라 여겼습니다. 그래서 서로 왕래하게 되었고, 바닷가로 가서 해신을 제사지낼 때 마침내 그의 움막을 방문하기로 했습니다. 그리고 원주(袁州)로 오게 되어 의복을 남겨놓고 작별했는데 그것은 바로 인정이었습니다. 불법을 존숭하고 믿으며 행복과 이익을 추구하려는 것은 아니었습니다(蒙惠書云, 有人傳愈, 近少奉釋氏者, 妄也. 潮州時, 有一老僧號太顚, 頗聰明識道理. 遠地無所可與語者, 故自山召至州郭, 留十數日, 實能外形骸, 以理自勝, 不爲事物侵亂, 與之語, 雖不盡解, 要自胸中, 無滯碍, 以爲難得. 因與往來, 及祭神至海上, 遂造其廬, 及來袁州, 留衣服爲別, 乃人之情, 非崇信其法, 求福田利益也)."

태종太宗, 재위 624~649　당나라 제2대 황제로, 이름은 이세민(李世民). 598년에 이연(李淵, 당나라 고조)의 둘째아들로 태어났다. 어머니는 두씨(荳氏)다. 북방민족의 피가 섞인 무인 귀족 집안에서 태어났다. 수나라(581~618) 말기 혼란하던 617년에 태원유수(太原留守)였던 아버지에게 병사를 일으킬 것을 권했다. 이듬해 618년 고조가 즉위하자 진왕(秦王)에 봉해졌고 창업 초기 당나라 왕조의 안정에 기여했다. 626년 태자 이건성(李建城)과 아우 이원길(李元吉)을 현무문(玄武門)에서 사살하고 즉위한 후, 연호를 정관(貞觀)으로 정했다. 649년에 사망하기까지 국정을 총괄했다.

택당澤堂　이식(李植, 1584~1647).

파사파巴斯巴　서장(西藏)의 승려. 파사팔(巴思八)이라고도 적는다. 이것은 별호이지 이름은 아니다. 큰 신통력(神通力)을 갖추어 원나라 초기에 제사대보법왕(帝師大寶法王)에 봉해졌고, 그가 죽은 후에는 그의 조카로 대를 계승하도록 했다. 그리고 명나라 초기에 여러 법왕이 중국으로 조회하러 왔을 때 성조(成祖)가 당나라의 전례를 거울 삼아 모두 우대했는데, 그 중들도 다 환술(幻術, 남의 눈을 속이는 기술)을 부릴 줄 알아 더욱 존대를 받았다고 한다.

팔사마八司馬　당나라 순종(順宗)·헌종(憲宗) 때의 여덟 명의 정치가. 당나라 덕종(德宗)이 죽고 그의 아들 순종(順宗)이 즉위하자 순종의 태자 시절 스승이었던 왕비(王伾)와 왕숙문(王叔文)이 정권을 잡았는데, 이들은 유종원(柳宗元)·유우석(劉禹錫) 등과 함께 환관의 전권(專權)과 번진(藩鎭)의 할거(割據, 땅을 나누어 차지하고 지배함)에 반대해 중앙집권체제를 강화하려 했다. 이를 영정혁신(永貞革新)이라 한다. 그러나 146일 만에 환관 구문진(俱文珍)과 수구세력들은 병중에 있는 순종에게 헌종(憲宗)한테 선양하도록 하고 이듬해 영정혁신을 추진한 왕비와 왕숙문, 그리고 그들을 추종한 여덟 명을 죽이거나 사마(司馬)의 직으로 좌천시켰다. 이를 이왕팔사마사건(二王八司馬事件)이라 한다. 팔사마 가운데 유종원은 영주(永州)로, 유우석은 낭주(朗州)로, 위집의(韋執誼)는 애주(崖州)로, 한태(韓泰)는 건주(虔州)로, 진간(陳諫)은 태주(台州)로, 한엽(韓曄)은 요주(饒州)로, 능준(凌準)은 달천(達川)으로, 정승(程昇)은 방주(郴州)로 좌천되었다.

포저浦渚 조익(趙翼, 1579~1655).

하경명何景明, 1483~1521 명나라 중기의 문신. 신양(信陽) 사람. 자는 중묵(仲默), 호는 대복(大復). 1502년 진사시에 급제하고, 중서사인(中書舍人)·이부원외랑(吏部員外郎)·섬서제학부사(陝西提學副使) 등을 역임했다. 이몽양(李夢陽)·변공(邊貢)·서정경(徐禎卿)·강해(康海)·왕구사(王九思)·왕정상(王廷相)과 함께 '전칠자(前七子)'라 불렸으며, 이몽양과 나란히 '하이(何李)'라 일컬어졌다. 저서로 『하대복선생집何大復先生集』 38권, 『하자잡언何子雜言』 1권 등이 있다.

하약필賀若弼 수나라의 명장. 문제(文帝)에게 진(陳)나라를 평정할 십책(十策)을 상주(上奏, 임금에게 말씀을 아룀)했는데, 문제는 그와 한금호(韓擒虎)를 다 총관(摠管)으로 임명했다. 하약필은 오주총관(吳州摠管)이 되어 강을 따라 방수(防戍, 국경을 지킴) 군사들을 배치하고 교대할 때마다 반드시 역양(歷陽)에 집결시켰다. 진(陳)나라 사람들은 대군(大軍)이 오는 줄 알고 나라 안의 사졸과 군마(軍馬)를 모두 징발했다가 방수 군사가 교대하는 것임을 알고는 병력을 다시 해산했으며, 나중에는 늘상 있는 일로 여겨 다시는 방비하지 않았다. 그러자 하약필은 강 건너 남서주(南徐州)에 병력을 투입해 습격함으로써 무찔렀다. 뒤에 황제가 북순(北巡)하는 데 따라가서 득실을 논하다 주살(誅殺)되었다.

하지장賀知章, 659~744 당나라의 문인. 월주(越州) 영흥(永興) 사람. 자는 계진(季眞)·유마(維摩), 호는 사명광객(四明狂客). 695년에 진사시에 급제한 후 태상박사(太常博士)·예부시랑(禮部侍郎)·태자빈객(太子賓客)·비서감(秘書監) 등을 역임했다.

하후연夏侯淵 ?~239 중국 위(魏)나라의 장군. 초(譙, 지금의 안휘성 박주亳州) 땅 사람. 자는 묘재(妙才). 하후돈(夏侯惇)의 친척 동생. 조조(曹操)와 한집안 사람으로 조조가 군대를 일으킬 때 참여해 농서(隴西)에서 마초(馬超)를 패주시키는 등 큰 공을 세웠으며, 무제(조조)를 보필해 한중(漢中)을 평정했다. 하후패(夏侯霸)·하후위(夏侯威)·하후혜(夏侯惠)·하후화(夏侯和) 등 네 아들을 두었는데, 모두 병법에 능하고 무예가 출중했다. 『삼국지』 위서 「하후연전」에 의하면, 하후위는 연주자사(兗州刺史), 하후혜는 황문시랑(黃門侍郞)·낙안태수(樂安太守), 하후화는 하남윤(河南尹)·태상(太常) 등을 역임했다고 한다.

하후현 夏侯玄, 209~254   중국 위(魏)나라의 초(譙, 지금의 안휘성 박주) 땅 사람. 자는 태초(太初). 하후상(夏侯尙)의 아들이자 조상(曹爽)의 외사촌 동생이다. 조방(曹芳)이 군주로 있을 때 정서장군(征西將軍)에 임명되어 옹주(雍州)·양주(涼州) 등의 군사를 감독했다. 정시(正始) 10년(249), 사마의(司馬懿)는 조상을 죽인 후 하후현을 낙양(洛陽)으로 돌려보냈다. 뒤에 태상(太常) 벼슬을 지냈다. 가평(嘉平) 6년(254), 조방이 사마사(司馬師)의 권력 전횡에 불만을 품고 하후현과 중서령(中書令) 이풍(李豊), 광록대부(光祿大夫) 장집(張緝)을 불러 사마사를 죽일 것을 모의했다. 세 사람은 궁을 나온 후 사마사의 불심검문에 걸려 조방의 밀조(密詔)를 빼앗겼다. 이풍이 유인책에 속아 죽음을 맞은 후, 하후현도 사형당했다. 하후현은 청담가(淸談家)이기도 했다. 『삼국지』 「위지」에 입전되어 있다.

하휴 何休, 129~182   후한 말기의 사상가. 산동성 제령(濟寧) 사람. 자는 소공(邵公). 소박하고 근엄한 학자로, 젊어서 관리가 되었으나 곧 사퇴하고 15년에 걸쳐 『춘추공양전해고春秋公羊傳解詁』를 지었다. 당시 마융(馬融)과 정현(鄭玄)을 중심으로 『춘추좌씨전』이 성행해 『춘추』의 기사를 역사적 사실로서 상술하는 학풍이 성행했는데, 하휴는 『춘추공양전春秋公羊傳』을 존중했다. 곧 그는 한나라 경제(景帝) 때의 박사 호무생(胡毋生)에게서 비롯되어 동중서(董仲舒)를 거쳐 전해온 공양학(公羊學)의 전통을 이었다. 그의 공양학은 청나라 말에 이르러 금문공양학(今文公羊學)으로 개화하게 된다.

한기 韓琦, 1008~1075   송나라 인종(仁宗) 때의 재상. 자는 치규(稚圭), 시호는 충헌(忠獻). 위국공(魏國公)에 봉해졌으므로 한위공(韓魏公)이라 부른다. 지주안무사(知州按撫使)로서 사천(四川)의 기민(飢民, 굶주린 백성) 190만 명을 구제하고, 서하(西夏)의 침입을 격퇴해 변경 방비에도 역량을 과시함으로써 서른 살에 추밀부사(樞密副使)가 되었다. 그러나 자청해 지방관을 역임하고, 1056년 삼사사(三司使)가 되었으며, 1058년에는 재상에 올라 약 10년간 국정에 참여했다. 신종(神宗)이 즉위한 후 다시 지방으로 나갔으며, 왕안석(王安石)의 청묘법(靑苗法) 실시를 맹렬히 비난하고, 거란이 요구해온 영토 할양(割讓, 영토의 일부를 다른 나라에 넘겨줌)에도 반대하는 등 왕안석과 정면으로 대립해 관직에서 물러났다.

한소제^{漢昭帝}　전한의 제8대 황제(재위 BC 87~BC 74). 무제의 작은아들로, 처음 이름은 엽(曄)이었다가 황태자가 된 후에는 민(敏)이라 했다. 유불릉(劉弗陵)이라고도 한다. 희종(僖宗)의 병이 악화되자 태자로 있다가 즉위했다. 곽광(霍光)·김일제(金日磾)·상관걸(上官桀) 등이 유조(遺詔, 임금의 유인)를 받들고 정사를 보필했다. 13년간 재위했고, 시호는 소(昭)이다.

한왕량^{漢王諒}　수나라 문제(文帝)의 다섯째아들 양량(楊諒). 자는 덕장(德章), 일명 걸(杰). 개황(開皇) 연간(581~600) 초기에 한왕(漢王)이 되었으며 문제의 총애를 받았다. 돌궐의 침입에 대비해야 한다고 하면서 뒤로는 다른 계책을 세우다 양수(楊秀)가 시해되고 문왕이 죽자 반란을 일으켰다. 하지만 양소(楊素)에 의해 격퇴된 후 평민으로 유폐되었다가 죽었다.

한원길^{韓元吉, 1118~1187}　남송 때 허창(許昌) 사람. 자는 무구(無咎), 호는 남간(南澗). 관직은 이부상서(吏部尚書)에 이르렀다. 금나라에 저항하고 북벌할 것을 주장했다. 사(詞)가 웅혼하고 비장하다.

한유^{韓愈, 768~824}　당나라의 문인으로, 하북(河北) 창려(昌黎) 사람, 자는 퇴지(退之), 시호는 문공(文公). 25세 때 진사시에 급제하고 35세 때 국자감(國子監) 사문박사(四門博士)가 되었다. 36세 때 감찰어사(監察御使)가 되어, 경조윤(京兆尹) 이실(李實)을 탄핵하다가 양산(陽山)으로 좌천되었으며, 헌종(憲宗)이 즉위하자 권지국자박사(權知國子博士)가 되었다. 817년 오원제(吳元濟)의 반란 평정에 공을 세워 형부시랑(刑部侍郞)이 되었으나, 52세 때인 819년 헌종(憲宗)이 불골(佛骨)을 모시는 것을 간했다가 조주자사(潮州刺史)로 좌천되었다. 이듬해 목종(穆宗)이 즉위한 뒤 다시 경사(京師, 서울 곧 장안)로 소환되어 국자감좨주(國子監祭酒)·병부시랑·경조윤·이부시랑 등을 역임했다.

한유^{韓維, 1017~1098}　북송 때 영창(潁昌) 사람. 자는 지국(持國). 영종(英宗) 때 관리가 되었다. 관직은 문하시랑(門下侍郞)에 이르렀고, 남양군공(南陽君公)에 봉해졌다. 신법(新法)의 폐해를 역설했으나 왕안석(王安石)의 『삼경신의三經新義』는 인정했다. 『남양집南陽集』을 남겼다.

한전해^{韓全海}　당나라 말기 소종(昭宗) 때의 환관. 내추밀사(內樞密使)로 있다가 소종 때 좌신책중위(左神策中尉)가 되고 표기대장군(驃騎大將軍)에 임명되었다. 그때 최윤(崔胤)이 환관들을 몰살시키려고 주전충(朱全忠)을 불러 병사를 이끌고 들어와 한전해를 토벌하게 했다. 한전해 등은 두려워서 소종을 핍박해 봉상(鳳翔)으로 행차하게 했다.

한퇴지^{韓退之} 한유(韓愈, 768~824).

한호^{韓濩, 1543~1605} 조선 중기의 서법가. 왕희지(王義之)와 안진경(顔眞卿)의 필법을 익혀 해(楷)·행(行)·초(草) 등 각 서체에 모두 뛰어났다. 명나라 사신을 수행하거나 외국 사신을 맞을 때 연석(宴席)에 나가 휘호를 담당했다. 필적은 『석봉서법石峯書法』『석봉천자문石峯千字文』등으로 모각(模刻)되었다. 그 밖에 비문(碑文)이 많이 남아 있다.

항백^{項伯} 진(秦)나라 말과 초한(楚漢)전쟁 때의 인물. 항우(項羽)의 숙부. 유후(留侯) 장량(張良)과 친해서 홍문(鴻門)의 모임 때 범증(范增)의 계책을 장량에게 알려주어 유방(劉邦)이 피신할 수 있게 했다.

항우^{項羽, BC 232~BC 202} 진(秦)나라 말 임회군(臨淮郡) 하상현(下相縣, 지금의 강소성) 사람. 이름은 적(籍), 자는 우(羽). BC 209년 진승(陳勝)·오광(吳廣)의 난으로 진(秦)나라가 혼란에 빠지자, 숙부 항량(項梁)과 함께 봉기해 회계(會稽) 태수를 참살하고 인수(印綬, 병권을 가진 벼슬아치가 병부 주머니를 매달아 차던 길고 넓적한 녹비 끈)를 빼앗은 것을 시작으로 진나라 군사를 도처에서 무찌르고, 함곡관(函谷關)을 넘어 관중(關中)으로 들어갔다. 이어 앞서 들어와 있던 유방(劉邦)과 홍문(鴻門)에서 만나 이를 복속시켰으며, 진나라 왕 자영(子嬰)을 죽이고 도성 함양(咸陽)을 불지른 뒤에 팽성(彭城, 지금의 서극徐州)에 도읍해서 서초(西楚)의 패왕(覇王)이라 칭했다. 그러나 각지에 분봉(分封)한 제후를 통솔하지 못하고 해하(垓下)에서 한왕(漢王) 유방에게 포위당해 자살했다.

해제^{奚齊} 춘추시대 진(晉)나라 헌공(獻公)과 여희(驪姬) 사이에서 태어났다. 여희는 헌공의 총애를 받았기 때문에 헌공은 태자 신생(申生)을 폐하고 공자 이오(夷吾)와 중이(重耳)를 몰아낸 후 해제를 후사로 삼으려 했다. 헌공은 임종에 앞서 대부 순식(荀息)에게 국정을 맡긴 다음 해제를 부탁했다. 헌공이 죽자 진(晉)나라는 혼란스러워졌고, 해제는 이극(里克)에게 죽임을 당했다.

허백당^{虛白堂} 성현(成俔, 1439~1504).

허봉^{許篈, 1551~1588} 조선 중기의 문신. 자는 미숙(美叔), 호는 하곡(荷谷). 허균(許筠)의 형이다. 이조좌랑으로 있을 때 김효원(金孝元) 등과 함께 동인(東人)의 선봉이 되어 심의겸(沈義謙) 등 서인들과 대립했고, 이후 병조판서 이이(李珥)를 탄핵했다가 갑산(甲山)에 유배되었다. 영의정 노수신(盧守愼)의 주선으로 재기용되지만 거절하고, 백운산(白雲山)·인천·춘천 등지로 유랑하다가 금강산에 들어가 병으로 죽었다. 문집에 『하곡집荷谷集』『하곡수어荷谷

粹語』등이 있고, 편저에『의례산주儀禮刪註』『북변기사北邊記事』『독역관견讀易管見』『이산잡술伊山雜述』『해동야언海東野言』등이 있다.

허유許由 상고시대의 고사(高士, 인격이 고결한 선비). 양성(陽城) 괴리(槐里) 사람. 자는 무중(武仲). 패택(沛澤)에 숨어 살았는데, 요임금이 그에게 천하를 맡기려 하자 기산(箕山) 밑 영수(潁水)의 물에 귀를 씻었다. 그의 벗 소부(巢父)가 마침 송아지에게 물을 먹이려다 그 까닭을 묻고는, "그대는 짐짓 부유(浮游)한 행위를 해서 명성을 얻고자 하는구려. 이 물을 먹였다가는 내 송아지 입이 더러워지겠군" 하고 송아지를 끌고 상류로 올라갔다고 한다. 『고사전高士傳』에 나온다.

허적許𥳑, 1563~1641 조선 중기의 문신. 본관은 양천(陽川). 자는 자하(子賀), 호는 수색(水色). 아버지는 참봉 허방(許昉)이며, 허균(許筠)의 재종형이다. 1628년 유효립(柳孝立)의 모반사건에 공을 세워 영사공신(寧社功臣)에 녹훈(錄勳)되고 양릉군(陽陵君)에 봉해졌다. 이후 판서에까지 올랐다. 시문에 능했으며, 저서로『수색집水色集』이 있다. 허균은『수색집』에 서문을 적어, "한(漢)의 악부(樂府), 위진(魏晉)의 고시, 당(唐)의 경룡(景龍)·개원(開元) 연간의 근체시를 넘나들며 경한(勁悍)하고 유수(幽邃)해 우뚝하게 일가를 이루었다"고 평했다. 허균(許筠)은 또「전오자시前五子詩」에서 허적을 두고, "완적·포조와는 어깨를 나란히 하고, 양웅·사마상여는 막상막하라네(阮鮑當雁行, 揚馬庶燕頷)"라고 했다.

허조許稠, 1369~1439 고려 말과 조선 초에 활동한 문신. 본관은 하양(河陽). 자는 중통(仲通), 호는 경암(敬菴), 시호는 문경(文敬). 1383년(우왕 9) 진사시, 1385년 생원시에 급제하고 1390년(공양왕 2) 식년문과에 급제해서 전의시승(典儀寺丞)이 되었다. 1392년 조선이 건국되자 좌보궐(左補闕)·봉상시승(奉常寺丞)으로서 지제고(知製誥)를 겸해 예악과 제도를 바로잡는 데 힘썼다. 1397년 전적(典籍)이 되어 석전(釋奠, 음력 2월·8월의 상정일上丁日에 문묘에서 공자에게 지내는 제사) 의식을 개정했으며, 1411년 예조참의가 되어 의례상정소제조(儀禮詳定所提調)를 겸임했을 때에는 사부학당(四部學堂)을 신설하고 왕실의 각종 의식과 일반의 상제(喪制)를 정하는 데 공헌했다.

허초희許楚姬, 1563~1589 조선 중기의 여류시인. 본관은 양천(陽川). 호는 난설헌(蘭雪軒)·경번(景樊). 허균(許筠)의 누이. 이달(李達)에게 시를 배워 천재적인 시재(詩才)를 발휘했다. 김성립(金誠立)과 결혼했으나 원만하지 못하자, 불행한 자신의 처지를 시로 달래 섬세한 필치로 독특한 감상을 노래했다. 작품 일부를 동생 허균이 명나라 사신 주지번(朱之蕃)에게 주었는데, 그것이 중국에서 『난설헌집蘭雪軒集』으로 간행되었다.

현안자玄晏子 진(晉)나라의 은사(隱士) 황보밀(皇甫謐)의 자호(自號).

현왕玄王 은나라의 시조로 전해지는 전설상의 인물. 건(乾) 또는 설(卨)로 쓰기도 한다. 황제의 증손 제곡(帝嚳)의 제2부인인 간적(簡狄)이 현조(玄鳥, 제비)의 알을 삼키고 낳았다고도 해서 현왕이라 한다.

혜강嵇康, 223~262 중국 위(魏)나라 초군(譙郡) 사람. 완적(阮籍) 등과 함께 '죽림칠현(竹林七賢)'이라고 일컬어졌다. 『혜중산집嵇中散集』 권2 「산거원에게 보내어 절교하는 서신與山巨源絶交書」에서, "탕과 무를 비판하고 주공을 반박한다(非湯武而薄周公)"는 뜻을 말했다.

혜능慧能, 638~713 중국 선종의 제6조. 집이 가난해 나무를 팔아서 어머니를 봉양했는데, 어느 날 장터에서 『금강경金剛經』 읽는 것을 듣고 불도에 뜻을 두어, 제5조 홍인(弘忍)을 찾아가 노역에 8개월 종사한 뒤에 의발을 전수받았다. 신수(神秀)와 더불어 홍인 문하의 2대 선사로서, 후세에 신수의 계통을 받은 사람을 북종선(北宗禪), 혜능의 계통을 받은 사람을 남종선(南宗禪)이라고 한다. 이른바 오가칠종(五家七宗)이 모두 남종선에서 발전했다. 제자로는 하택신회(荷澤神會)·남양혜충(南陽慧忠)·영가현각(永嘉玄覺)·청원행사(青原行思)·남악회양(南岳懷讓) 등 40여 명이 있었다. 그의 설법을 기록한 것을 『육조단경六祖壇經』이라고 한다.

혜문제惠文帝, 467~499 중국 남북조시대 북위(北魏)의 제6대 황제. 묘호는 고조. 처음에 문명태후(文明太后)가 집정했는데 그사이 균전제(均田制) 등을 실시해 융성기를 맞았다. 490년에 직접 정사를 보고 호어(胡語, 오랑캐 말)를 금하며, 제실(帝室)의 성을 탁발씨(拓跋氏)에서 원씨(元氏)로 고치는 등 중국에의 동화 정책을 강화했다.

호안국胡安國, 1074~1138 북송 때 복건성 무이산시(武夷山市) 사람. 자는 강후(康侯), 시호는 문정(文定). 소성(紹聖) 연간에 진사시에 급제해 태학박사(太學博士)가 되고, 고종 때 중서사인(中書舍人)에 임명되고 시강관(侍講官)을 겸했다. 일생 『춘추春秋』를 연구했다. 사양좌(謝良佐)와 양시(楊時) 등에게 학문을 배워 이정(二程)의 학문을 전수했다. 남송 때의 학자 오봉(五峯) 호굉(胡宏)이 그의 아들이다. 『춘추호씨전春秋胡氏傳』 30권과 『자치통감거요보유資治通鑑擧要補遺』 100권을 저술했다.

호음湖陰 정사룡(鄭士龍, 1491~1570).

호응린胡應麟, 1551~1602 명나라 문인으로, 절강(浙江) 난계(蘭谿) 사람. 자는 원서(元瑞), 호는 석양생(石羊生)·소실산인(少室山人). 예부주사(禮部主事)와 운남참정(雲南參政) 등을 지낸 호희(胡僖)의 아들. 어려서부터 시인으로 명성을 얻었지만 향시(鄕試)에 급제했을 뿐, 관계(官界)에 들어가지는 못했다. 아버지와 교분을 맺은 당시 문단의 맹주 왕세정(王世貞, 1526~1590)의 시사(詩社)에 참여하는 한편, 4만여 권에 달하는 장서를 쌓아두고 독서와 저술로 생을 마쳤다. 저술은 고증이 정밀하고 품평이 적확하다는 정평이 있다. 문집으로『소실산방집少室山房集』이 있고, 학술 논변을 엮은『소실산방필총少室山房筆叢』이 전한다. 시론집으로『시수詩藪』가 있다.

호인胡寅, 1098~1156 북송의 학자. 복건성 무이산시(武夷山市) 사람. 자는 명중(明仲). 호는 치당(致堂), 시호는 문충(文忠), 호안국(胡安國)의 조카로 그의 양아들이 되었다. 선화(宣和) 연간(1119~1125)에 진사가 되었고, 관직은 휘유각직학사(徽猷閣直學士)에 이르렀다. 고종(高宗) 때 금나라가 쳐들어오자 소를 올려 주전론을 주장했다. 휘종(徽宗)과 영덕황후(寧德皇后)가 사망했을 때 조정에서 한 달을 하루로 계산해 상복을 입으려 하자 소를 올려, "예(禮)에 의거하면 원수를 갚지 않는 한 복을 벗지 않습니다. 조칙을 내려 삼년복을 입으시고 그후 검은 옷을 입고 전쟁에 나가시어 천하를 교화하기를 바랍니다"라고 주장했다. 하지만 주화파인 진회(秦檜)의 미움을 사서 좌천되었다. 장복(章復)은 호인이 모친상 때 복을 입지 않는 불효를 저질렀다고 탄핵했다.『비연집斐然集』15권,『독사관견讀史管見』을 저술했다.

호인중胡仁仲 명나라 학자. 자는 숙심(叔心), 호는 문경(文敬). 저서로는『역상초易象鈔』『호문경공집胡文敬公集』이 있다.

호치당胡致堂 호인(胡寅, 1098~1156).

홍서봉洪瑞鳳, 1572~1645 조선 중기의 문신. 본관은 남양(南陽). 자는 휘세(輝世), 호는 학곡(鶴谷), 시호는 문정(文靖). 병자호란이 일어나자 최명길(崔鳴吉)과 함께 화의(和議)를 주장했고, 영의정과 좌의정을 지냈다. 소현세자(昭顯世子)가 급사하자 봉림대군(鳳林大君, 뒷날의 효종)의 세자 책봉을 반대하고 세손으로 적통(嫡統)을 이어야 한다고 주장했으나 용납되지 않았다. 저서로는『학곡집鶴谷集』이 있다. 시조 1수가『청구영언靑丘永言』에 전한다.

홍인弘忍, 594~674 중국 선종의 제5조. 일곱 살 때 제4조 도신(道信)을 따라 출가해 51세에 대사(大師)가 되었다. 동산(東山)에 살았기 때문에 그 교단을 동산법문(東山法門)이라 칭했다. 700명의 제자를 가르쳐 크게 선풍(禪風)을 선양(宣揚)했다. 심성의 본원에 철저히 함을 본지로 하며, 수심(守心)을 요체로 삼았다. 달마(達磨)·혜가(慧可)로 시작되는 중국 선종의 확립자로서, 문하에 신수(神秀)·혜능(慧能) 등 10대 제자를 배출했으며, 이 두 제자가 각기 남종선·북종선의 두 계통을 발전시켰다.

홍흥조洪興祖, 1090~1155 　북송 때 진강(鎭江) 단양(丹陽) 사람. 자는 경선(慶善),
호는 연당(練塘). 저서로는『노장본지老莊本旨』『주역통의계사요지周易通義
繫辭要旨』『좌씨통석左氏通釋』『초사보주楚辭補注』『고이고異』등이 있다.

화담花潭 　서경덕(徐敬德, 1489~1546).

화사개和士開, 524~571 　중국 남북조시대 북제(北齊) 임장(臨漳) 사람. 자는 언통
(彦通). 무성제(武成帝)가 황제로 즉위하자 평소 총애받던 그는 시중이 되었
다. 무성제가 태자인 후주(後主)에게 제위를 선양한 후에는 상서령 등이 되
어 조정의 일을 좌지우지했다. 이후 낭야왕(瑯琊王) 고엄(高儼)에게 시해되
었다.

환공桓公 　춘추시대 제나라의 군주(재위 BC 685~BC 643). 춘추오패(春秋五覇)
의 한 사람. 내란으로 형 양공(襄公)이 살해된 후, 이복동생 규(糾)를 몰아내
고 즉위했다. 포숙아(鮑叔牙)의 진언으로 규의 옛 신하인 관중(管仲)을 재상
으로 기용, 그의 협력으로 제후와의 회맹(會盟)에서 신뢰를 얻었다. 특히 규
구(葵丘, 지금의 하남성)에서의 회맹으로 패자(覇者)의 자리를 굳혔다. 또
산융(山戎)을 쳐서 연나라를 구하고, 노나라의 내란 평정에 힘을 기울였으
며, 오랑캐의 침입으로 멸망한 형(邢)을 이의(夷儀, 지금의 산동성)로 옮기
고 위(衛)나라를 초구(楚丘, 지금의 산동성)로 옮겨 부흥시켰다. 만년에 관
중의 유언을 무시하고 전에 추방한 신하를 다시 등용했다가 그들에게 권력
을 빼앗기고 죽었다.

환온桓溫, 312~373 　동진(東晉)의 정치가·무인(武人). 자는 원자(元字). 벼슬이 대
사마(大司馬)에 이르렀다. 황제 혁(奕)을 폐위하고 간문제(簡文帝)를 옹립
한 후 찬탈의 음모를 꾸미다 뜻을 이루지 못하고 병으로 죽었다.

황간黃幹, 1152~1221 　남송의 학자. 자는 직경(直卿). 주희에게 학문을 배웠는데,
주희가 그의 견지고사(堅志苦思)함을 칭찬해 딸을 처로 삼게 했다. 세상에
서는 면재선생(勉齋先生)이라 부른다. 주희의『의례경전통해儀禮經傳通解』
에서 누락된 상례(喪禮)·제례(祭禮)를 양복(楊復)과 함께 보충해『의례경전
통해속儀禮經傳通解續』을 엮었다. 문집으로『면재집勉齋集』을 남겼다.

황벽黃檗, ?~856 　당나라 때의 승려. 법명은 희운(希運). 강서성 서주부(瑞州府)
황벽산(黃檗山)에서 출가했다. 백장(百丈)으로부터 마조(馬祖)를 깨우친 사
연을 듣고 그 자리에서 크게 깨쳐 백장의 법을 이었다. 그 뒤 재상 배휴(裵
休)의 청을 받고 여러 곳에서 교화했다. 당나라 선종(宣宗)이 단제선사(斷際
禪師)라는 호를 내려주었다.

황석노인黃石老人 진(秦)나라 말기의 이인(異人). 장량(張良)이 박랑사(博浪沙)에서 진시황(秦始皇)을 암살하려다 실패하고 패(沛) 땅 하비(下邳, 지금의 강소성 비현邳縣)에 숨어 살다가 우연히 만난 노인이다. 이 노인은 장량에게 『태공병법太公兵法』을 전해주기 전에 다리에서 신발을 일부러 떨어뜨려 장량의 인간됨을 시험했다. 장량은 어느 날 하비의 다리 부근을 산책하고 있다가 허름한 옷을 걸친 노인을 만났는데, 노인은 일부러 신발을 다리 아래로 떨어뜨리고는, "이놈아, 가져와라"라고 말했다. 장량이 신발을 주워 올라오자, 노인은 "신겨라"라고 했다. 장량이 무릎을 꿇고 신겨드리자, 노인은 일단 웃고 떠나갔다가 돌아와서는 "닷새 뒤 이른 아침에 여기서 나를 만나러 오너라"라고 했다. 닷새 지나 장량은 아침 일찍 나가보았는데, 노인은 이미 와 있다가, 장량을 꾸짖고는 "다시 닷새 뒤 아침 일찍 만나자"라고 했다. 장량은 닷새 뒤에 닭의 울음소리가 들리자마자 일어나 나가보았으나 노인은 이미 와 있으므로, 다시 닷새 뒤 만나자고 했다. 닷새 뒤에 장량은 한밤중에 나갔는데, 잠시 있자니 노인이 왔다. 노인은 태공망(太公望) 여상(呂尙)의 병법서를 주면서, "이것을 읽으면 왕자(王者, 왕도로 천하를 다스리는 사람)의 사부가 되리라"라고 했다. 뒷날 장량은 유방(劉邦)의 사부가 되었다. 『사기』 권55 「유후세가留侯世家」에 나온다.

황정견黃庭堅, 1045~1105 북송의 문인. 홍주(洪州, 지금의 강서성) 분녕(分寧, 지금의 수수현修水縣) 사람. 자는 노직(魯直), 호는 산곡(山谷)·부옹(涪翁). 시에 있어 소식과 함께 소황(蘇黃)이라 병칭된다. 강서시파(江西詩派)의 조종(祖宗)으로 받들어졌다. 저서로는 『산곡집山谷集』 70권이 있다.

황정욱黃廷彧, 1532~1607 조선 선조 때의 문신. 본관은 장수(長水). 자는 경문(景文), 호는 지천(芝川), 시호는 문정(文貞). 황희(黃喜)의 후손. 명종 때 급제하고, 선조 때 종계변무(宗系辨誣)의 공으로 광국공신(光國功臣) 1등에 올랐다. 임진왜란 때 임해군(臨海君)과 순화군(順和君)을 함경도로 호종했다가 두 왕자와 함께 반란군 국경인(鞠景仁)에게 붙잡혀 일본군에 넘겨져서는 우리나라 조정에 대해 항복을 권유하는 글을 써야 했다. 난이 끝나고 그것이 빌미가 되어 유배되었다. 1597년 왕의 특명으로 석방되었으나 복관(復官)되지 못한 채 죽었다. 저서로는 『지천집芝川集』이 있다.

황희黃喜, 1363~1452 여말·선초의 문신. 본관은 장수(長水), 처음 이름은 수로(壽老), 자는 구부(懼夫), 호는 방촌(厖村), 시호는 익성(翼成). 1376년(우왕 2) 음서(蔭敍)로 복안궁녹사(福安宮錄事)가 되었다. 1392년 고려가 망하자 두문동(杜門洞)에 은거하다가 1394년(태조 3) 조정의 요청과 두문동 동료들의 천거로 성균관 학관에 제수되면서 세자우정자(世子右正字)를 겸임한 후 직예문춘추관·감찰 등을 역임했다. 1449년 벼슬에서 물러날 때까지 18년간 영의정으로 있으면서 농사의 개량, 예법의 개정, 천첩(賤妾) 소생의 천역(賤役) 면제 등의 업적을 남겼다. 파주의 방촌영당(厖村影堂), 상주(尙州)의 옥동서원(玉洞書院) 등에 제향되고, 세종의 묘정에 배향되었다. 저서로는 『방촌집厖村集』이 있다.

횡포^{橫浦} 장구성(張九成, 1091~1159).

효종^{孝宗, 1127~1194} 남송 제2대 황제(재위 1162~1189).

후사성^{侯師聖} 후중량(侯仲良).

후주^{後主} 삼국시대 촉한(蜀漢)의 제2대 황제. 소열제(昭烈帝) 유비(劉備)의 아들 유선(劉禪)을 말한다.

후중량^{侯仲良} 북송 때 하동(河東) 사람. 자는 사성(師聖), 호는 형문(荊門). 정이(程頤)를 따라 배우다가 주돈이(周敦頤)를 방문해 학문이 크게 발전했다.

후직^{后稷} 주(周)나라의 시조. 성은 희(姬), 이름은 기(棄). 흔히 직(稷)이라고 일컬어진다. 후직의 어머니가 거인의 발자국을 밟고서 태기가 있은 후 후직을 낳았는데, 그 일이 상서롭지 못하다 하여 아이를 버렸다. 그런데 말이나 소들이 아이를 피해 지나갔고 새들이 날개로 아이를 덮어 보호하는 것을 보고 어머니가 다시 소중하게 키웠다고 한다. 『사기』 권4 「주본기周本紀」에 나온다.

휘종^{徽宗 1082~1135} 북송의 제8대 황제(재위 1100~1125). 이름 조길(趙佶). 신종(神宗)의 아들. 형인 제7대 황제 철종(哲宗)이 병으로 죽자 즉위했다. 처음에는 신종의 황후였던 향태후(向太后)의 섭정 아래서 신법과 구법을 절충한 정치를 행했으나, 즉위 이듬해 태후가 죽고 직접 정사를 보기 시작하면서 신종이 단행했던 신법을 채용했다. 그러나 정치는 채경(蔡京) 등 총신(寵臣)들에게 떠맡기고, 자신은 궁정·정원 등을 지어 호사스러운 생활을 했다. 문화재를 수집·보호하고 서화원(書畵院)을 설치해서 궁정서화가를 양성해, 문화사에서 선화시대(宣和時代)라고 일컬어지는 성대를 이루었다. 그 자신이 시문(詩文)과 서화에 뛰어났고, 특히 그림은 전문가의 경지에 달해 풍류천자라는 칭호를 얻었다. 1125년에 금나라가 침입하자 흠종(欽宗)에게 양위하고 근왕(勤王, 임금을 위해 충성을 다함)의 군사를 모집했으나 실패했다. 이로써 북송은 멸망했다.

휴정^{休靜, 1520~1604} 조선 중기의 승려이자 승군장(僧軍將). 서산대사(西山大師). 문집으로 『청허당집淸虛堂集』이 있고, 편저에 『선교식禪敎釋』 『선교결禪敎

訣』『운수단雲水壇』『삼가귀감三家龜鑑』『심법요心法要』『설선의說禪儀』등
이 있다.

■ 『서포만필 인명사전』의 인물 정보는 다음과 같은 자료를 근거로 삼되, 본
문 이해에 필요한 범위 내에서 재정리했다.

한국

한국민족문화대백과사전 편찬부, 『한국민족문화대백과사전』 26책, 성남: 한
　　국학중앙연구원, 1989~1991.
임종욱, 『한국역대인명사전』, 이회문화사, 2009.
한국학중앙연구원 제공, 한국역대인물종합정보시스템(people.aks.ac.kr).
한국고전번역원 제공, 한국문집총간 해제.
네이버 제공, 두산백과사전(www.encyber.com).

중국

張撝之, 沈起煒, 劉德重 편, 『中國歷代人名大辭典』 2책, 上海: 上海古籍出版社,
　　1999.
임종욱, 『중국역대인명사전』, 이회문화사, 2010.
바이두(百度) 제공, 바이두백과(baike.baidu.com).

일본

大日本人名辭書刊行會, 『大日本人名辭書』(全5卷), 講談社學術文庫, 講談社,
　　1980.
市古貞次, 『國書人名辭典』(全5卷), 岩波書店, 1993.11~1999.6
朝日新聞社, 『朝日日本歷史人物事典』, 朝日新聞社, 1994.11
日本古典文學大辭典編集委員會, 『日本古典文學大辭典』(全6卷), 岩波書店,
　　1983.10~1985.2.

문학동네 한국고전문학전집을 펴내며

우리가 고전에 눈을 돌리는 것은 고전으로 회귀하기 위해서가 아니다. 한국의 고전은 고전으로서 계승된 역사가 극히 짧고 지금 이 순간에도 발견되고 있으며 심지어 어떤 작품은 저 구석에서 후대의 눈길을 간절하게 기다리고 있기도 하다. 우리의 목표는 바로 이런 한국의 고전을 귀환시키는 것이다. 그러니까 고전 안에 숨죽이며 웅크리고 있는 진리내용들을 다시 불러들이고 그것으로 이 불투명한 시대의 이정표를 삼는 것, 이것이 우리의 궁극적인 목적이다.

문학동네 한국고전문학전집은 몇몇 전문가의 연구실에 갇혀 있던 우리의 위대한 유산을 널리 공유하는 것은 물론, 우리 고전의 비판적·창조적 계승을 통해 세계문학사를 또 한번 진화시키고자 하는 강한 열망 속에서 탄생하였다. 그래서 문학동네 한국고전문학전집은 이미 익숙한 불멸의 고전은 말할 것도 없고 각 시대가 새롭게 찾아내어 힘겨운 논의 끝에 고전으로 끌어올린 작품까지를 두루 포함시켰다. 뿐만 아니라 한국 고전의 위대함을 같이 느끼기 위해 자구 하나, 단어 하나에도 세밀한 정성을 들였다. 여러 이본들을 철저히 비교하는 과정을 거쳐 정본을 확정했고, 이제까지의 모든 연구를 포괄한 각주를 달았으며, 각 작품의 품격과 분위기를 충분히 살려 현대어 텍스트를 완성했다. 이 모두가 우리의 고전을 재발명하는 것이야말로 세계문학의 인식론적 지도를 바꾸는 일이라는 소명감 덕분에 가능했음은 물론이다. 부디 한국의 고전 중 그 정수들을 한자리에 모은 문학동네 한국고전문학전집이 그간 한국의 고전을 멀리했던 독자들에게 널리 읽히고 창조적으로 계승되어 세계문학의 진화를 불러오는 우리의, 더나아가 세계 전체의 소중한 자산으로 자리하기를 기대해본다.

문학동네 한국고전문학전집 편집위원
심경호, 장효현, 정병설, 류보선

옮긴이 **심경호**

현 고려대학교 특훈명예교수. 1955년 충북에서 태어났다. 서울대학교 국어국문학과와 동 대학원 석사과정을 졸업하고, 일본 교토대학 문학박사 학위를 받았다. 고려대학교 문과대학 한문학과 교수 및 고려대학교 한자한문연구소장을 역임했다. 저서로 『한학 입문』 『김시습 평전』 『안평』 『김삿갓 한시』 『내면기행』 『산문기행』 『한국의 석비문과 비지문』 『호, 주인옹의 이름』 30여 종이 있다. 역서로 『주역철학사』 『서포만필』(상·하) 『심경호 교수의 동양 고전 강의: 논어』(1~3) 『춘향전·춘향가』 『을병조천록』 30여 종이 있다.

한국고전문학전집 001

서포만필 상

ⓒ심경호 2010

1판 1쇄 | 2010년 8월 28일
1판 6쇄 | 2023년 10월 6일

옮긴이 심경호

책임편집 구민정 | 편집 임혜지 김춘길 오동규 | 독자모니터 김경범
디자인 윤종윤 한충현 김민하 | 저작권 박지영 형소진 최은진 서연주 오서영
마케팅 정민호 서지화 한민아 이민경 안남영 왕지경 황승현 김혜원 김하연
브랜딩 함유지 함근아 고보미 박민재 김희숙 정승민 배진성
제작 강신은 김동욱 이순호 | 제작처 영신사

펴낸곳 (주)문학동네 | 펴낸이 김소영
출판등록 1993년 10월 22일 제2003-000045호
주소 10881 경기도 파주시 회동길 210
전자우편 editor@munhak.com | 대표전화 031)955-8888 | 팩스 031)955-8855
문의전화 031)955-2696(마케팅) 031)955-2690(편집)
문학동네카페 http://cafe.naver.com/mhdn
인스트그램 @munhakdongne | 트위터 @munhakdongne
북클럽문학동네 http://bookclubmunhak.com

ISBN 978-89-546-0889-3 04810
        978-89-546-0888-6 04810 (세트)

* 이 책의 판권은 옮긴이와 문학동네에 있습니다. 이 책 내용의 전부 또는 일부를 재사용하려면 반드시 양측의 서면 동의를 받아야 합니다.
* 이 도서의 국립중앙도서관 출판시도서목록(CIP)은 e-CIP 홈페이지(http://www.nl.go.kr/ecip)에서 이용하실 수 있습니다. (CIP제어번호: CIP2010002287)
* 잘못된 책은 구입하신 서점에서 교환해드립니다. 기타 교환 문의 031) 955-2661, 3580

www.munhak.com